话说中华五千年

宋史演义

许慕羲 著

中国文史出版社

图书在版编目（CIP）数据

宋史演义 / 许慕羲著 . -- 北京 : 中国文史出版社，
2018.6
（话说中华五千年）
ISBN 978-7-5205-0296-2

Ⅰ . ①宋… Ⅱ . ①许… Ⅲ . ①章回小说－中国－现代
Ⅳ . ① I246.4

中国版本图书馆 CIP 数据核字（2018）第 113457 号

责任编辑：秦千里

出版发行：中国文史出版社
社　　址：北京市海淀区西八里庄 69 号院　邮编：100142
电　　话：010-81136606　81136602　81136603（发行部）
传　　真：010-81136655
印　　装：廊坊市海涛印刷有限公司
经　　销：全国新华书店
开　　本：16 开
印　　张：34.5
字　　数：776 千字
版　　次：2019 年 5 月北京第 1 版
印　　次：2019 年 5 月第 1 次印刷
定　　价：118.00 元

出版说明

原书名《宋宫十八朝演义》，共一百回，民国许慕羲著。

本书从宋太祖赵匡胤降生写起，至越昺与陆秀夫蹈海而止，共计三百二十五年历史。本书虽以宋宫为名，描写帝王的情感世界，并对宫闱生活做了细致刻画，但其内容并不就此而止，作者对宋朝的重大政治军事事件和重要人物皆有浓墨重彩的描写。同时文笔优美，其写作水平不低于蔡东藩。

作者生平不详，著有《元宫十四朝演义》《五代史演义》《元宫十四朝演义》等作品。

趙普
杜太后
宋太祖
宋太宗

燕國長公主
高懷德
石守信
陳摶

北漢主劉繼光
南漢王劉鋹
吳越王錢俶
南唐主李煜

李重進
韓通
李筠

秦王德芳
燕王德昭
魏王廷美
楚王元佐
八大王元儼

潘美
曹彬
楊業
楊廷昭

寇準
宋真宗
呂端
王旦

遼主耶律隆緒
蕭太后
耶律休哥

丁謂
王欽若
王曾
呂夷簡

李宸妃
宋仁宗
劉太后
曹皇后

歐陽脩
富弼
韓琦
范仲淹

李元昊
李繼遷
李德明

狄青
儂智高
包拯
文彥博

王安石
宋神宗
宋英宗
高皇后

蘇軾
司馬光
宋哲宗
孟廢后

程頤
程顥
張載
周敦頤

林靈素
宋徽宗
宋欽宗
蔡京

宋江
張叔夜
童貫
方臘

金太宗吳乞買
金太祖阿骨打
斡離不
粘沒喝
兀朮

韋太后
宋高宗
李綱
宗澤

岳雲
岳飛
韓世忠
梁夫人

檜妻王氏
秦檜
汪伯彥
黃潛善
張邦昌

李皇后
宋光宗
宋孝宗
張浚
虞允文

韓侂胄
宋寧宗
趙汝愚
朱熹

真德秀
宋理宗
魏了翁
史彌遠

謝太后
賈似道
宋度宗
宋恭宗

楊太妃
文天祥
宋帝昰
帝昺
陸秀夫
張世傑

元太祖
鐵木真
伯顏
張弘範
元世祖忽必烈

目 录

第一回　杏花细雨走青骢　凤目娥眉归绛帐

唐末干戈迭起，强藩割据称雄。更延胡马入关中，扰得人寰沸涌。
夹马营中肇瑞，陈桥驿畔成功。欺凌孤寡肆凶锋，竟使华夷一统。

这首西江月，是个文人读了五代残唐和宋朝开国的历史，心中触动了感慨，才提起笔来，做这首词儿。它的意思分为两层：上半阕是说唐朝末造，祸乱频仍，藩镇互相割据，各自称雄，已是民不堪命。还有个后晋高祖石敬塘，不识羞耻，倒去认贼作父，开门揖盗，不但把燕云十六州送与契丹，还把他的兵马引入中国，把个花花世界扰乱得不可收拾，贻后来无穷之祸。下半阕是说宋太祖赵匡胤产生在洛阳夹马营内，诞生的时候，已有异香不绝，光遍全身的祥瑞，乃是天上降下的真命帝主；后来陈桥兵变，黄袍加身，果然代后周而有天下。只可惜他趁着周世宗初亡，拥兵还朝，生生的把七岁的幼主，青年的皇后，逼往西宫，自己篡窃了大位，还要口口声声说是天命攸归，人心爱戴，方才仿着唐虞的样儿，行那禅让的礼节，真和古时的尧舜一般。其实他和部下，鬼鬼祟祟，暗行篡位，简直是欺凌孤儿寡妇得来的天下。不过当五代之际，扰攘已久，天命所向，人心厌乱，世界应该平靖，所以能够统一中国，南征北讨，逆取顺守，做了个开基创业天子。但是天理循环，报应不爽，虽然被他统一了华夏，究竟不肯使他安安稳稳，享受那玉食万方的富贵。方将后唐、西蜀平定，便弄出烛影斧声的千秋疑案。非但使他身死不明，还有个忘恩负义的太宗，即位之后，立刻把皇后宋氏驱往西宫居住，竟和太祖对待周世宗的皇后一样的手段，还不是眼前的报应么？后来皇子德昭遭了太宗的嫉忌，竟至不得其死，那报应不是更比到周恭帝还要惨酷么？谁知人们做了恶事，天的报施不但来得快，而且惨。竟比到所施于人的，还要刻毒到几千几万倍哩。诸君不信，试看北宋传到了八九世，便生出一个金国来，不但将河北的地方完全夺去，还把徽、钦二宗掳往五国城中，受那坐井看天的苦楚。到了康王南渡，建都临安，仍然使他和后周一般，只剩得半壁江山，而灭亡的时候，也只剩得几个小孩子。今年立一个，既被北兵掳了去；明年立一个，没上两年工夫，又惊骇而死，剩下了赵氏一块肉，流离播迁，遁至崖山，不过度了一年，便覆亡了。虽有文天祥、陆秀夫、张世杰等几个忠臣，赤心耿耿，要想保着赵氏骨血绵延一线之传，也终归计穷力竭，毫无效果，只落得置身无地，负帝蹈海，沉舟尽忠，徒以一死卸责。这个报应，不比到宋太祖篡后周的帝位，还要惨酷到几千倍几万倍么？照着这样看来，“天道循环，果报昭彰。”这两句话，是历历不爽，任凭你用尽心机，安排计策，做成了绝大事业，传到后世子孙手里，自有人照着以前的样儿，巧取豪夺，丝毫不爽。圣人云：“货悖而入者，亦悖而出。”这句言语，是一定不移，无可逃免的。不然，宋朝的太祖，得了天下以后，鉴着前朝的过失，殚思竭虑，为后世子孙思患预防，可谓无微不至了。如罢诸将典禁军在杯酒之间，释去功臣的兵权，可以没有藩镇拔扈的祸患；整顿宫闱，不令后妃预闻外事，可以没有牝鸡司晨的祸患；抑制宦官，不使干涉朝政，可以没有阉侍专权的祸患。他如睦好懿亲，善处骨肉，没有宗室骄横的祸患；任用贤能，防闲戚里，可以没有外戚僭窃的祸患。宋太祖有这几种杜祸未萌、防患未然的政策，岂但汉唐不能和他比隆，就是夏、商、周三代，恐怕还不及他哩！何以传到子孙手里，就那样的疲弱起来，受外夷的宰割，竟至于灭亡呢？这也是天意使然，要令宋太祖的后代子孙，受种种的苦楚，种种的羞辱，以彰果报。所以宋太祖鉴前朝之失，把各种祸患，都已防到，独有那外夷，他却不在心上。因此抑兵太过，致使辽、金、元三国相继而起，永为边患。到得南宋，又复任贤不专，听信奸邪，内无良相，朝多佞幸，虽然外面有几个良将如岳飞、韩世忠等人，又为奸臣秦桧所害。一则冤沉三字，身死风波；一则骑驴湖上，雄心灰尽。逐致专阃无人，束手待毙，始而媚外求和，苟延残喘，继则迎敌乞降，不恤国耻，终且蹈海殉国，宗社覆亡。这恰是惩前毖后的宋太祖所意想不到，防不及防的。真是人有千算，天只一算，若非冥冥中自有主宰，哪能这样的报应昭彰，毫厘无差着？然而太祖得国，虽由篡窃而来，恰是恢廓大度，好生恶杀，善政多而恶事少。他的深仁厚泽，实足以维系人心，应合天意，并不像五代君主的专行暴虐，所以南北两宋，传了十八主，计有三百二十五年，比到五代十三君，共只四五十年，已是相去天渊之隔，就是比较两汉也只少数十年；比到唐代，恰长数十年。这正是，老天爷因为宋太祖能体天地好生之德，以爱民为心，宽和为政，所以使他享国长久，乃是彼苍好善，格外优待的意思。不过宋太祖虽然躬行善政，不像那五代时，朱温、李存勖、石敬塘、刘知远、郭威等人的淫凶强暴，单这区区宽厚的政策，终究抵不来篡窃天位的罪恶。若不降罪示罚，那后世的臣下，都可以尤而效之，弑君夺国，绝无忌惮了。又岂是彼苍彰善瘅恶的道理呢？所以"得国由小儿，失国亦由小儿"这两句话，虽是元朝伯颜拒绝宋使的口头语，并不是什么箴语。但是把宋朝得国失国的因由仔细想来，伯颜这两句话，倒好像上天借他来表示有一种绝大的因果一般哩！先唠唠叨叨的说上这一番空话，粗粗看来，好似迷信，细细按去，恰有道理。等到把这宋宫十八朝演义依着事实，挨次叙来，方知所言并非空中楼阁，实是信而有证哩。

且说五代时候，后唐明宗李嗣源，接位以后，因为群雄割据，天下不能统一，几十年来，兵戈扰攘，祸乱相仍，把那百姓弄得家破人亡，老弱转乎沟壑，壮者散之四方，那种民不聊生的情形，他瞧入眼中，实在不忍。因此每晚在宫内，焚香叩拜，向天祝告道："某是胡人，为众所推，暂承唐统，愿天早生圣人，为生民主，拨乱反正，统一中原。"不料他一片诚心，每夕祷告，竟能感动，心鉴其真忱。

在明宗天成二年，洛阳夹马营内，果然诞生灵异，竟产下个香孩儿来。这香孩儿生产的时候，赤光绕室，并且异香馥郁，发自小儿身上，经宿不散，因此远近传为异闻，尽称此儿为香孩儿，到处传说这香孩儿生有异禀，是将来的真命天子，所以才有这样奇异的预兆。但是，这香孩儿，既人人说他是真命天子。你道他究竟姓甚名谁？原来香孩儿便是大宋朝开基创业的第一代太祖皇帝，姓赵，名匡胤，本贯河南涿州人氏，世代为官，不同卑贱之家。高祖讳朓（tiáo），曾经做过唐朝的永清、文安、幽都三县县令。曾祖单讳珽（lǐng），在唐官居节度，并御史中丞。祖讳敬，曾为营、蓟、涿三州刺史。父亲双名弘殷，少骁勇，善骑射，神力过人，相貌嵚(qīn)崎。后唐庄宗，因其勇猛，有胆略，命典禁军，官拜都指挥使。娶妻杜氏，乃定州安喜人杜三翁之女，幼读诗书，生性严正，治家极有礼法，与弘殷同庚。自结缡以来，夫妇相敬如宾，真有孟光举案齐眉的情形。弘殷因其知书达礼，持家有法，也十分敬爱于她。那杜氏嫁了弘殷，第一胎便生一子，弘殷青年得儿，自然欢喜异常。遂取匡时济世之义，题名叫做匡济。不幸未及周岁，遽而夭折，弘殷夫妻心下十分悲伤。幸得第二胎复生一男，取名匡胤，便是远近皆知，传为异事的香孩儿了。那香孩儿初生时，体有红光，异香满室，经宿不散。及至长大起来，生得蛾眉凤目，隆准龙颜，面泛红光，相貌异于常人，而且性情豪迈，胆略过人；更并性喜武艺，最好的是骑马射箭，舞刀弄棒。又复膂力甚大，质地聪敏，凡是各种武技，十八般军器，莫不一学便会，一会便精。寻常懂武术的人，哪里近得来他！其父弘殷，本是武官，历事后唐、后晋两朝，未尝失职。因此每逢校阅军伍，操练行阵的时候，匡胤必定前往观看。且喜出入营中，开硬弓骑烈马，习以为常。弘殷爱子心切，也不禁止他。唯有杜氏见儿子专好武艺，不肯读书，心下甚为不悦。又见弘殷任他如此，不加以禁止，更觉不快。便对弘殷说道："香孩儿年纪渐长，应该使他入塾读书，将来学成之后，可以效力王家，光宗耀祖，方不负你我生他一场。倘若听凭他在外游荡，整日间跑马射箭，持枪拈棍，学那匹夫之勇，将来一字不识，如何能够出仕，岂不堕落赵氏的家声么？你应该劝他认真读书方好。"弘殷听了杜氏一番言语，心下深以为然，命人把匡胤叫来，向他说道："你年纪已长，终日里舞刀弄剑不务正业，将来如何得了？从此以后，须要把刀枪弓箭，一齐抛去，认真读书，以图上进，方不愧我们的世家子弟。"匡胤听了，奋然说道："治世用文，乱世用武，现在时局扰乱，兵争不已，儿很愿练习武事，将来乘机崛起，始能安邦定国，扬名后世，方不虚此一生呢！"杜氏从旁笑道："但愿儿能够继承祖业，不堕家声，那就好了。还想什么大功名大事业么？"匡胤笑道："唐太宗李世民，当日也不过是将门之子，后来居然化家为国创成帝业。儿也是世代将门，所以注重武事，深愿和唐太宗一般，轰轰烈烈做一番极大的事业，岂不很好么？"弘殷不待匡胤说毕，早已大声喝道："你不要信口胡说，世上讲大话的人，往往没有用处，我不能任你如此胡闹。"说毕，又回顾杜氏道："匡胤在家读书，无人训诲，仍是没用，我要亲自教他，又因身典禁军，没有空闲。只有你父杜三翁，他是饱学之士，现在隐居家中，一无所事。我想把匡胤送往外公家内，请其教授诗书，不知你的意思如何？"杜氏应道："这有什么不好呢？我父亲通达古今，下笔万言，真是宿学大儒。匡胤得他训诲，将来是不患不成的。待我将行李略略收拾，明天清晨，就可以到外公那里去了。"弘殷点头称是。杜氏见主张已定，便回到后中堂，将行李一件一件，替匡胤收拾好了，交与弘殷。当晚不便送匡胤去，到得翌日清晨，起身之后，弘殷又向匡胤叮嘱道："你此去原为的是读书，须要小心谨慎，听外公的教训，如果稍有不对之处，为我知道，定然加以责罚，绝不宽容。你可牢牢记着，休得遗忘。到得外公那里，尤其要上进用功，莫辜负我期望你的心意。此处到安喜县，路途虽不很远，我却无暇送你前往，可由自己带着应用之物，独自前去。在外公那里读书，不可怠惰，有事方可归来，无事不必归家，致碍读书。"匡胤一一应诺，便带着行节，辞别父母，向安喜县杜三翁家行来。

其时正值春天，杏花开放，细雨蒙蒙，匡胤策着青骢，带雨前进，不上数日，早已到了。便令家人通报进去，说是涿州赵指挥之子赵匡胤前来拜访。那家人忙忙答应道："相公请暂候一刻，待我去通报了，再请你进去。"匡胤听了，便在门房内坐下。那家人进去通报，不多一刻，就出来请匡胤进去，匡胤整齐衣冠，来到里面，拜见了外公杜三翁。三翁见外孙长得一表人才，相貌出众，心下甚是欢喜。命他一旁坐下，问他独自前来之意。匡胤道："父亲因外孙在家不习文事，专攻武艺，将来难以出人头地，意欲亲自教导，又因身典禁军，没有空闲，所以命我出外从师，就外公处寄食读书，以为日后立业之本。"三翁大喜道："我正因汝外祖母去世多年，只生汝母一人，又远嫁在外，只剩我一人在家居住，觉得十分孤零。今得贤孙到此读书，正可慰我寂寥，不至孤孤凄凄度那冷淡岁月了。只是汝父之意，要我亲自教你读书，若在十年以前，还可担任此事，现在白发盈颠，眼目昏花，哪里还能教读？幸得这里有一位饱学文人，姓辛，名文悦，住在本县五马坊前，离此并不很远。他开着学塾，专赖教读为生。你若得拜在他的门下，受领训诲，进步很是容易。好在我与他也十分要好，明天和他去说，谅无不成之理。"匡胤听了，诺诺连声。三翁又命家人收拾出一间静室，与匡胤居住。到了次日早晨，匡胤起身，见过外公，三翁命他陪着自己用了早饭，吩咐："好好在家，不要出外。我到五马坊去见辛先生，和他商量你读书之事。"匡胤答应了一声。那杜三翁扶了一根龙头拐杖，颤巍巍的一步一步，踱了出去。匡胤因为外公吩咐，不要出外，只得在家守候。停了半日，那杜三翁方从外面拄了拐杖，慢慢的走了进来。匡胤见了，慌忙迎上前去，扶住三翁，口内连连说道："为了外孙的事情，倒劳动外公了。不知那辛先生可肯收我在门下，加以教训么？"三翁一面走着，一面笑嘻嘻的说道："我到得辛先生书塾里，把来意向他说了，辛先生初时因学生过多了，恐怕教授不能周到，反要误人子弟，很觉踌躇。经我再三说明，那辛先生又知是我的外孙，不便推却，只得答应了。明天乃是黄道吉日，你可前去上学读书。"匡胤听了，连忙道谢。杜三翁次日清晨命匡胤换了一身洁净衣服，携着香烛，和自己一同至五马坊，拜了先生。辛文悦见匡胤生得凤目蛾眉，心下喜欢，便收为学生。自此以后匡胤早上到塾中去，晚上宿在外公杜三翁那里。转瞬之间，已经半月有余，并没什么事情。杜三翁见匡胤肯认真诵读，心中不胜欢喜，早已写了书信，通知弘殷夫妻，使他二人可以放心。哪里知道，匡胤是天生的英雄，性情是好动不好静的，在辛文悦处读书，初时和塾中这些学生并不认识，只得安安稳稳，遵守先生的规矩，不敢胡行乱做；到得半月之后，一切事情都已熟悉，如何还肯安安静静的读书？便和同学的一班人联络起来，闹出了很多的事情。未知匡胤闹些什么事情，且待下回分解。

第二回　守信施威拳术惊人　匡胤泄忿便壶钻孔

却说匡胤在辛文悦那里读书，因为辛先生是个积学之士，道德、文章都是独一无二的。匡胤心内很觉佩服，所以在此读书甚为安静。但是辛文悦的规矩极其严格，匡胤乃是天性好动，不喜静居的人，被他束缚了半月有余，心下如何忍耐得住？况且塾中都是些年轻子弟，人人都喜玩耍，自从匡胤进塾，初时不甚熟悉，因此没有话说，后来在一处长久了，大家结为朋友，便免不得弄些事故出来。原来塾中的学生，有两个人和匡胤最是莫逆。这两个人是谁呢？一个叫做罗彦威，一个叫做石守信。两人都只十七八岁，生得相貌魁伟，膂力无穷，和匡胤一见如故，十分要好。每日到了放学之后，三个人必定预约好了，到城外的旷野地方，或是驰马，或是射箭。那书塾中的学生，都年纪相仿，谁个不喜这些事情？知道他们三人，每天必往城外练习武技，大家便都去观看。内中有个姓王、名唤伯旦的学生，他的生性十分狡猾，常常在先生面前讲说他人的坏处，挑唆先生，不是打这个，便是骂那个。只因这王伯旦最会献小殷勤，先生十分宠信他。众学生虽然心里恨他，因他是先生喜爱的人，大家只得忍着气，不敢奈何他。匡胤的性情本来十分伉直，瞧见王伯旦时常在先生跟前搬弄是非，心下很不为然。只是他没有侵犯着自己，未便干预旁人的事情，所以忍耐在心已有好久了。

这日也是恰当有事，放学之时，匡胤便约了罗彦威、石守信去城外比较拳脚，恰恰被王伯旦听见，他便上前说道："你们去比较拳脚么？我从前也用过一番苦功的，对于拳术，极有门径，今天也去比较一下，不知你们敢和我较量么？"匡胤听了这话，心中已是不乐，又见他那种傲慢的样子，更感不快，便向他说道："你要前去较量，我们岂有不敢之理，只是拳脚不带眼睛，倘若受了伤，休要怨恨我们。"石守信也从旁说道："你要较量，就此前去，哪个不敢和你比较的，他就是乌龟，你若是口出大言，没有真实本领，被我打伤了，休得追悔。"说着，便同匡胤、颜威一同向城外而去。那王伯旦自恃有几斤蛮力，自然也跟着他们而去。另外这些学生，大家都深恨王伯旦，听说他今天和匡胤等比武，都巴望他被匡胤打倒，方才称心，也一齐跟踪而来，要看他们谁胜谁负。匡胤等三人，到得城外一片空场上，立将下来。那些看热闹的学生，早似看把戏一般，围了一个圈子，中间腾出一片极大的空地，任他们比试。就有个奸刁的人，把王伯旦一推道："你既说要和他们比较，此时还不上去，更待何时？"王伯旦虽然有些蛮力，也曾学过几路拳技，只是没有明师指点，苦不甚精。此时讲了大话，被人家挤住了，不得退后，只有硬着头皮，跳入场中，说道："我只独自一人，你们倒有三个，还是你们三人一拥齐上，打我一人呢？还是一个对一个，轮流较量呢？"匡胤正要回答，石守信早已大声喝道："像你这样懦夫，还用得着三个人拼你一个么？不是姓石的说句大话，我只用一只手，便可将你打倒。"王伯旦也深知三人的勇力，只因无意中一句言语，惹出事来，欲要上前，惟恐抵敌不住；如果后退，又与自己的颜面有关，正在那里踌躇不决，进退两难。旁边这些看热闹的学生,一齐大喝道:“王伯旦,你平日耀武扬威,何等厉害,今日为何这样庸懦没用呢?”王伯旦被众人一声断喝,不觉满面通红,知道今天万不能不比较一下了。当下便将腰带紧了一紧,踊身一跃,跳进了空场,摆开门户,等待交手。那石守信早已脱去长衣,果然将一只左手,缩在腰内,单用右手,举拳打来。王伯旦忙将身子一闪,也还拳击去。两人一来一往,打了几个回合。只听石守信喝声“去吧”,一脚飞起,把王伯旦跌出一丈开外。看热闹的人,见守信拳法,如此高明,不由得轰雷一般,喝起彩来。那王伯旦虽然跌了一交,幸而没受重伤,连忙爬了起来,飞逃而去。众人见王伯旦头也不抬,只管奔逃,又不禁拍着手哈哈大笑了一阵。匡胤见时候不早,便向众人拱一拱手道:“今日为时已晚,我被王伯旦一扰,也没兴致练习武技了。众位请各自回去,我们三人也要走了。”众人听了这话,知道没有什么可观,也就一哄而散。匡胤等三人,待众人走尽,也各自归家。他们都是英雄性气,打败了王伯旦,并不算什么事情,绝不放在心上。谁知那王伯旦,度量很是窄狭,被石守信踢了一脚,心中十分怀恨。立意要报此仇,自己仗着辛先生的宠爱,连忙跑到塾中,向辛文悦哭诉一番。却将自己要和他们较量的话,隐藏起来,只说匡胤等三人,欺负自己,要先生代他出气。说着,不觉放声大哭起来。辛先生是最喜爱王伯旦的,听了这话,将他身上仔细一看,只见披在身上的一件熟罗长衫,已扯得不成模样,头脸上果然有几处跌伤。便对王伯旦道:“你也不用悲伤,待我明天用个手段,责罚他们一场,便可出你胸中之气了。”王伯旦见先生允诺了责罚匡胤等三人,心中很是欢喜,料想这三个人,必定要被先生重重地责罚一场了。心中想着,便辞别了先生,回家而去。

到得次日,匡胤等来至塾中。辛先生听了王伯旦一面之词,把匡胤、守信、彦威三人唤至面前,说他们在外闯事,不容分辩,每人打了二十戒尺。并说下次再不改过,定然逐出门外,不准在此读书。守信和彦威被打之后,倒也不把这事放在心上。独有匡胤,责打了二十下,心内十分不服。暗暗想道:“先生偏听了王伯旦一面之词,把我们如此作践,这个仇恨,如何可以不报?但是要出这口气,究竟怎样下手呢?他是先生,我们是学生,难道可以和他挥拳么?”想了一会,没有主意,心中十分焦灼。忽然抬头一望,见阶台旁边,摆着一把便壶,乃是辛先生夜间用的。陡的心头一动,暗中说道:“我何不将他的便壶,如此这般,一来可出胸中之气,二来他不知道谁人干的事情,可以免去责罚。”当下想定主意,也不声响,趁个空儿,将自己用的铁钻,在便壶底下,打了几个洞,觅些碎泥,将所钻之洞,一一塞住,仍旧摆在原处。辛先生哪里知道有人捉弄他,到了夜间,一觉醒来,仍然照着老例,把便壶拿上床去,一泡便溺,几乎将便壶灌满。不料壶底的碎泥,经便溺一冲,早已不知去向。壶中所存的便溺,早已源泉滚滚,从钻孔中直流而出。辛先生正在溺到将半的时候,忽然觉得两腿之旁,一股冷气,直冲将来,吃了一惊,只疑自己睡梦之中,没有留神,溺在壶外。慌忙伸手一摸,那被褥早已完全湿透。立刻跳起身来,将便壶提起一看,只见那壶底,有三五个窟窿,那便溺兀是在洞中滴沥而出。辛先生此时方才恍然大悟道:“这必是学生之中,有人怨恨于我,暗中施的促狭,待明天查访出来,是谁干的,必不饶他。”心内想着,气冲冲的将便壶丢在地上,把两腿揩拭干净,床上的被褥也一齐换过,忙乱了半天,方始收拾停妥,睡不上多时,已经天光明亮，众学生陆续前来。辛先生也只得起身下床，盥洗已毕，归入座中。见学生都已到齐，便开口说道："你们随着我读书，所教所学，都以道德为先。我虽屡次责罚你们，也因你们不肯力图上进，方才略施夏楚之威，期得攻错之助，并非有心凌辱，完全出自美意。你们就因此记了仇恨，昨天竟有人在便壶底下，打了几个洞，将床上的被褥完全糟蹋了，并且累得我收拾了一夜，没有睡觉，这种行为，岂是诵读诗书研究道德的人所应为的么？这事是谁做的，速速承认了去，倘若此时不肯明言，待我察访出来，定必加倍处责，决不宽恕。"辛先生的言语方毕，只见学生之中，有一人立将起来，恭身言道："先生的便壶坏了，说是学生们记了仇恨，有意捉弄。先生这句话，未免太轻视学生了！"辛先生听了，忙将这人一看。只见这人，生得龙眉凤目，方口大耳，鼻如悬胆，唇若涂朱，真是玉立亭亭，相貌堂堂，与众学生大不相同。辛先生认得这人，名唤柴荣，也在门下读书，资性甚是聪颖，大有一目十行，过目不忘的光景，所以辛先生很是喜爱他。平日对待柴荣，也比旁人格外优厚，当下辛先生便向柴荣问道："你说我太轻视学生，何不把这理由讲给我听听呢？"柴荣答道："先生说学生们毁坏便壶，可有什么证据么？"辛先生被他一问，沉吟了半晌，方才说道："虽然没有证据，但这里除了一班学生，并无外人前来，不是他们有意毁坏，还有谁来做这事情呢？"柴荣道："先生试想，你的便壶，摆在阶畔，人人都看得见，塾中学生也有二十余人，众目昭彰，倘若有人起意，要毁坏这便壶，哪里能够不被他人所见呢？由此想来，这便壶忽然有了窟窿，或是年代过久，理应毁坏；或是洗涤的时候，没有留神，碰在石子上面，以致如此，也未可知。我想学生们受了先生春风时雨之化，都知束身自爱，必不肯做此下流之事。况且学生们都是同出同进，也没空隙做这没意思的举动。有这两个原因，我所以说先生的话，未免太轻视学生了。"辛先生被柴荣这样一说，倒反堵住了嘴，没有话讲，只得点点头道："你的言语，也还有理。只是要说与学生们全无关系，恐怕也不尽然。待我慢慢地调查起来，得了真凭实据，自有办法。"柴荣听得如此说法，不便多言，遂即归坐。

当时柴荣和辛先生一番辩论，塾中的学生，都因这事与自己没有关系，毫不介意，独有匡胤，初时听辛先生说是学生记了仇恨，有意毁坏，心下未免吃惊，深恐先生追究起来，隐瞒不过，要受责罚。后来听得柴荣一番辩论，能将辛先生说得默默无言，不禁暗暗欢喜道："不料小柴竟有这般口才，我今天的事情，若没有他竭力遮掩，恐怕有些费事哩！"从此以后，匡胤深感柴荣和他十分要好。柴荣见匡胤精通武艺，富有胆识，知道是个有用之才，也存心要结交他。两个人彼此互相敬爱，居然如漆似胶，不胜莫逆。有一天，正是中秋佳节，塾中放假，匡胤在杜三翁家内吃了午饭，独自坐在静室里面，看了一会书，觉得孤零零的，着实无趣。又不知石守信、罗彦威两人往哪里去了，便往柴荣寓处找他闲谈，以破岑寂。匡胤是来惯了的，知道柴荣吃过饭，正睡午觉，不待通报，即向卧室而来。推门进去，举目一望，不觉大吃一惊。你道是何缘故？原来匡胤步入门内，直奔床前，意欲唤醒柴荣，不料床上红光绕帐，哪里有什么柴荣呢？竟是一条白龙，盘屈在床上，像是睡着了一般。匡胤蓦然见此异事，不禁"啊呀"一声叫了出来。接着又将身体往后退了几步，一个不留心，将背后茶几碰倒，扑通一声响。那床上的白龙，早已不知去向。只见床中睡的柴荣，忽地惊觉，翻身坐起，见是匡胤，随即问道："你从哪里来的？因何面有惊惧之色？连茶几也碰倒在地？”匡胤不便将瞧见白龙盘屈床上的话告诉柴荣，只得用话掩饰道：“我并没什么事情，只因今天放假，没有事做，独自在家。吃过午饭，看了几页书，心中十分烦闷，找寻石守信、罗彦威两人，又没找到，所以前来与你闲谈消遣。不料走得急促点儿，竟将茶几碰倒，因此面上略现惊慌之色。”柴荣听了，绝不疑心，便走下床来与匡胤相偕坐下，谈了一番空话。匡胤一面谈话，一面转念道：“小柴有白龙盘床之兆，将来必能干一番惊天动地的事业，现在变乱无常，兵戈遍地，没有收拾时局，统一中原的人物。小柴既有异兆，或者是真命天子，能够化家为国，亦是意中之事。我不如趁着微贱之时，和他结为兄弟，后来方有倚仗，倘若迟疑不决，待他发了迹再去结交，那就迟了。”当下主张已定，便和柴荣说道：“我与你在一塾读书，意气又复相投，虽属异姓，无殊手足，何不效刘关张桃园结义故事，结为异姓兄弟，将来可以互相照应，不知你意下如何？”柴荣也因匡胤是个命世英才，早就有意和他结拜，好做将来臂膀，只因贵贱悬殊，未便启齿。今见匡胤情愿与自己结为兄弟，正中机会，哪有不允之理，却故意推辞道：“结拜兄弟一层，恐怕有干未便。”匡胤不觉诧异道：“你我情如骨肉，谊同手足，结拜一层，有什么不便呢？”柴荣笑道：“你乃世家子弟，父亲又在朝为官，何等显耀！我祖父和父亲虽也出仕，现在皆已去世，家境又甚寒苦，哪里比得上你！倘若结为兄弟，岂不要被旁人议论么？”匡胤听了，连连摇头道：“你的言语，也太迂气了。自古道英雄不论出身高低，只要有所作为，能够创立事业，论什么门第呢？况且你父也曾出仕，你的姑丈郭威，又和我父是一殿之臣，门第正复相当，结拜一事，有什么不可以呢？我的主意已定，你也不必推辞，择个吉日，就结拜起来吧。”柴荣见匡胤出自一片真忱，并非假意，也就点头答应。两人商议了一会，又取历书查看，见明日便是上好的黄道吉日，遂决定次日赴北门外关帝庙去结拜。匡胤从腰中取出一锭银子，吩咐柴荣的家人去备三牲祭礼，明日一早，便挑往北门关帝庙去，料理好了，等候自己和柴荣，前往结拜。家人领了银子，自去置备，这里匡胤又和柴荣约定，明日午前，自己一定到这里来与柴荣前往关帝庙去，柴荣答应了。匡胤见时候不早，便辞别柴荣，回到杜三翁家内，吃过晚饭，安心睡觉。到得次日午前，换了一身衣服，径至柴荣寓所。柴荣也换了洁净衣服，正在寓中等候匡胤，见他已来，心下不胜欢喜。便问匡胤：“是吃了饭去，还是立刻就行？”匡胤道：“我们办有三牲祭品，供过关帝，结拜以后，正可把来下酒，不必吃饭，就此前去吧。”柴荣连道有理，立起身来，同匡胤出了寓所，径奔北门，直向关帝庙而去。

两人正行到北门天汉桥前，忽见许多人立在桥上，不知看些什么，把过桥的路，都拥塞住了。两人一时不能前进，心下十分焦急。匡胤忍耐不住，叫柴荣跟在自己后面，他将身上前，用双手向两旁一分，那些站的人，哪里经受得住，早如波浪一般，往两下分开，中间现出一条路来。匡胤忙携着柴荣，走上桥去。不知众人挤在此处，究因何事。两人到了桥上，四下留心观看。原来那桥的北面，站定一个黑汉，面前摆着十几张弓，众人打着一个大圈，团团围住了黑汉。匡胤和柴荣见了这般情形，心下好生奇怪，便向旁边一个老人问道：“这黑汉是哪里来的？众人因甚围着看他？那面摆的十余张弓，又是什么缘故？”那老人见匡胤、柴荣相貌不凡，衣服整齐，知是宦家子弟，忙含笑道：“二位公子不知，这个黑汉自前天到此卖弓，先向众人言道：‘我卖的弓，与众人不同，人家做生意，卖物件，是要钱的。我卖的弓，只要有人能将弓拉开，非但不要他出钱购买，并且把弓送他一张，决不食言，众位请上来拉吧！’众人听了这话，人人希罕，个个称奇，内中有力气的，便想平白地得他的弓。就有一人走上前去道：‘喂！黑汉，你说把弓拉开了，就奉送一张，可是真的么？’黑汉道：‘我生平没说过假话，只要有人将弓拉足，定必送他一张。你如有力能拉，尽管拉就是了。’那人听了，便弯下身去，拿了一张弓，用尽平生之力，拉了半日，连吃奶的气力都使了出来，休想动得分毫。那人满面羞惭，只得将弓放下，转身而去。又有一个大汉，生得身长丈余，相貌甚是凶恶，看来力量也不很小的，见那人拉不开弓，抱愧而去，心中好生不服，大踏步走上前来，也不与黑汉讲话，径就地上，拿起一张弓来，狠命拉扯。面上挣得通红，那弓仍旧没有拉开，也只得将弓放下，含羞而退。自从这两个人出丑以后，便没人敢来拉弓。黑汉却不因无人拉扯移易地方，每天仍在桥北站立，等到夕阳西下，方始收弓回去。今天已是第三日了，不知可有大力之人，把他的弓拉扯开来。”匡胤听了老人之言，心下想道：“这黑汉既说卖弓，并不要钱，其中定有缘故。”一面想着，一面举目看那黑汉，见他生得面如漆黑，黑中透光，甚为发亮，两眼如铜铃一般，左目微眇，颌下一部钢须，根根倒卷；身长七尺有余，站在那里，好似一座铁塔，令人望而生畏。匡胤见了他的相貌，便向柴荣说道：“这个黑汉，威风凛凛，相貌堂堂，真是英雄好汉！他必另有事故，才借卖弓为由，意在引动众人。你且在此略站一会，待我上前去把弓拉上一把，看他如何对待。”柴荣也觉得那黑汉来得奇怪，见匡胤要去拉弓，并不阻止，只点了点头，站在那里等候。匡胤分开众人，走至黑汉面前，深深一拱道：“听说尊兄的弓，任人拉扯，小可自不量力，意借宝弓一试，不知可蒙俯允？”那黑汉也还礼道：“我有言在先，任凭何人，将弓拉开，遂即奉送一张。尊兄既愿拉扯，请随意捡取一张，拉了开来，我必将弓奉送的。”匡胤闻言，也不回答，遂向地上拣张较小的弓，拿了起来，双手便拉。忽然听得一声响亮。未知是何缘故，且听下回分解。

第三回　推心置腹三雄结义　轻歌妙舞双美献技

且说匡胤拿起弓来，双手便拉，只因用力过猛，那弓响亮一声，应手折断。匡胤将断弓丢在地上，弯着腰又取了一把最大的，轻轻一拉，那弓早如满月一般，扯将开来，匡胤却面不改色，胸不喘气，从容自如，把弓放还原处。旁观的人，无不拍手称赞，都说这红面汉膂力甚大，非常人所及。黑汉见匡胤绝不费力，便把自己的弓拉开，面上也现出惊愕之色，连忙抢上一步，满面春风，双手打拱，向匡胤说道："英雄真好力量！但不知尊姓大名，何处人氏，请赐示知。"匡胤也拱手答道："小可姓赵，名匡胤，涿州人氏，拉扯一把弓，乃是寻常小事，有甚奇异！"黑汉说："原来是赵家公子，怪不得有此神力，果然不愧将门之子！小可闻名已久，今日得见，真是三生有幸！"匡胤答道："小可徒有虚名，毫无实际，何蒙揄扬，不胜惭愧！但不知壮士何方人氏，尊姓大名，因甚在此卖弓，又不收钱，愿闻其详！"黑汉道："小可郑州人氏，姓郑名恩，字子明，自幼父母俱亡，遗有良田千顷，颇可度日。只因小可生性好武，不惜重资，延请名师，教授武艺；又爱延揽人才，结纳英雄，闻得有武艺出众、本领惊人的好汉，虽然远在天涯海角，也要想了法儿，请他来家。因此年方弱冠，已经学成一身本领，十八般武艺，无一不精。但是武艺虽已学成，家产却中落了。小可又天生的性情豪爽，不治生业，仍旧结交江湖豪杰，遇有患难之人，倾囊相助，并不吝惜。所以家财挥斥殆尽，飘荡江湖，借着卖弓为由，意欲结识几个英雄豪杰，并非觅取蝇头微利的商贾可比。"匡胤听了，喜之不胜道："原来郑兄卖弓，是为物色人才起见，现在有一位豪士，虽则是个文才，不懂武艺，却是肝胆照人的朋友。郑兄既爱结交，不可不与此人一见。"郑恩忙道："公子所说的豪士，不知居住何处，是何姓名？务乞引往一见，那就感恩不尽了！"匡胤道："此人与我一同前来，尚在桥上等候，可以一呼就到。待我请他至此，替郑兄介绍便了。"说着，举起手来，向桥上招了几招。那柴荣正等得不耐烦，忽见匡胤招手叫他，便径奔桥北而来。到了二人面前，匡胤便指着郑恩，对柴荣说道："这位是郑州郑子明兄，乃是当今豪杰！吾兄应该一见。"又把柴荣的姓名家世，也向郑恩介绍一遍。郑恩恭身为礼道："原来也是一位公子。小可失敬了！望乞恕罪！"柴荣见郑恩豹头环眼，身长七尺有余，竟是一员大将的模样，便存心要结交他。当下不敢怠慢，慌忙答礼道："我们都是豪侠襟怀，郑兄何必如此客气呢？"郑恩道："小可出身乡间，性情又甚莽撞，不谙礼节，还请二位原谅！"匡胤笑道："我们有幸相遇，正是天缘。今日我与柴兄来此，原是到前面关帝庙内，结拜弟兄的。既然无意之中碰见郑兄，何不一同前往，三个人结拜起来，就可以继续刘关张桃园结义的佳话了。"郑恩大喜道："小可乡村愚夫，多蒙二位不弃，携带着一同结义，真是万千之幸了！"当下将摆在面前的弓，除了匡胤拉折的一把，弃置不要，其余的都收了起来，跟随柴、赵二人，同至关帝庙内。家人们已将香烛点好，三牲祭礼，摆设齐整，等候主人前来行礼。三人瞧见诸事齐全，好生欢喜，遂即开出年庚。柴荣年纪最长，应居第一，匡胤居次，郑恩第三,依次行了个礼,三人又对拜了两拜,不觉格外亲昵起来。匡胤便对家人说道:“我们还没吃饭,可把祭礼拿往后面,整备好了,取来下酒。”家人连声答应,收了祭品,自去整备。不多一会,早已端将上来,安排杯箸,请三人入座饮酒。柴荣乃是大哥,坐在上首;匡胤第二,郑恩末位斟酒,对饮起来。柴荣的食量,本不甚好,只饮了几杯酒。匡胤是宦家子弟,平日饮馔,极为精致,这三牲祭品,烧煮得不甚入味,哪里吃得下去,也只得饮了一会寡酒。独有那郑恩,他是乡村上长大的,粗糙惯了,食量又较常人大起几倍,把酒用大碗筛来,一口喝干,鸡、鱼、肉整块的塞入嘴中,一顿大嚼,早如风卷残云一般,吃得杯盘狼藉,所余无几了。柴荣和匡胤见他这般模样,一齐含笑说道:“三弟真是英雄,我等万不及也!”郑恩摩着肚皮答道:“我从前在家,每餐须食斗米十肉,现在落拓江湖,长久没有像今天这样大嚼了。你们瞧着,不要笑我是酆都城内赶出的饿鬼!”说罢,哈哈大笑,十分有兴。匡胤、柴荣也不禁陪着他大笑一阵。饮酒既毕,家人们收拾了剩酒残肴。柴荣便约郑恩到自己寓所居住,郑恩一诺无辞。进了城,便把行李搬至柴荣寓内,安居下来。从此,匡胤除了读书以外,便和石守信、罗彦威来到柴荣那里,谈论古今。有时高兴起来,还和他们去骑马射箭,练习武艺。连柴荣这样文绉绉的,也被他们陶熔出来,竟能骑得烈马,开得硬弓,寻常的人都近他不得。

日去月来,光阴迅速,匡胤到此读书,转瞬一年。忽然静极思动,要回到汴京,看望父母一遭,便将自己的意思,对柴荣等说明。柴荣道:“二弟既回汴京,我与家姑丈,亦暌隔长久,等二弟动了身,也要往姑丈任上去趟。”郑恩道:“既然大哥二哥皆要归去,小弟一人在此,有何兴味,况也离家多年,应该回去看视一番,待两位哥哥行后,小弟也到郑州去了。但不知此次一别,何时再能相会,令人心中很觉不快,须要约个相会之期才好。”匡胤笑道:“倘要会面,有甚烦难。明年正月元宵节,汴京必然大放花灯,庆祝元宵佳节。每年总是如此,已成惯例,并无更改。大哥,三弟何不于元宵节时,赴汴京看灯,那时我们弟兄,又可以在一处畅叙了。”柴荣、郑恩齐道:“此言甚为有理!明春元宵节,一定去汴京一行便了。”匡胤见二人都已应承,心下不胜欢喜,也不再坐下去,便起身辞别道:“明日一早,即便登程,恕不前来辞行了。”柴荣答道:“我们乃是自己弟兄,用不着这些浮文,明天我与三弟也要收拾行装,不来送行了,就此分别,来年正月内再见吧。”三人相对拱手作别。

匡胤自往外公杜三翁家,暗中想着:“我若说此番回去,是自己的主张,外公一定不肯放我归去,只得假造一封家信,前去骗他一骗。”想定主意,遂即取过笔砚,造了弘殷的信,藏在怀中,径至前面,见了杜三翁,行过了礼。三翁命他一旁坐下,询问近日的学业如何?匡胤按定心神,回答得井井有条,一丝不乱。三翁大喜道:“外孙来此,方将一年,学问已如此进步!倘能长久下去,精勤不怠,何患不成当代通儒呢!这也是你们赵氏的祖功宗德,所以才能这样容易。但愿你日进竿头,方不枉了我的一番苦心和你父亲至深且切的期望!”三翁絮絮叨叨,讲个不停,匡胤又不能阻止他,只得耐定性子,待他讲毕,方从怀中掏出那封假信,呈于三翁道:“父亲今天有信前来,说是有要紧事情,急待外孙回去商酌,并嘱信到即行,不可迟延,恐误事机。”三翁听了,将信接过,看了一遍道:“哦!哦!你来此也将近一年了。想必你父亲记念着你,所以寄信叫你归去。既有父亲信来,我也不便阻挡,只是去了何时再来,这里的功课,关系着你一生的前程,倘若半途而废,岂不前功尽弃么?”匡胤陪笑答道:“父亲来信说是有事相商,想必没甚耽延。外孙回去,只要事情一了,立即赶回来,决不敢抛荒功课的。”三翁点头说:“如此也好,只不知何日动身?”匡胤道:“父亲的信,十分紧急,外孙明日清晨便要登程了。”三翁道:“你也有些行李应该收拾一下,明天如何来得及呢?”匡胤不禁暗笑道:“我瞒着你早已预备停妥,还有什么要收拾呢!”当下不便明言,支吾应道:“外孙快去快来,行李不用带去,免得途中累赘,外公以为如何?”三翁听说,深以为然。遂允许匡胤于明晨回去。到得次日一早,三翁尚未起身,匡胤已悄悄的命人将行李挑在城外,守候自己一同登程,免得三翁瞧见了行李,要将昨日谎话戳穿,这也是他的聪明之处。当下瞧着那人,把行李挑去,自己重复回到里面,直往三翁房内,向他辞行。三翁方才起身,正在那里梳洗。见了匡胤,便叮嘱他一路小心,早去早回,不可耽延时光,荒废功课。匡胤诺诺答应,遂向三翁行了一礼,辞别出外。三翁一直送到门前,眼望着匡胤走得已远,不能瞧见,方才回到里面。

那匡胤离了外公家,放开大步,径奔城外,到了约定的地点,与挑行李的人会齐,直向汴京而去。一路之上,晓行夜宿,非止一日,已抵家中,却巧弘殷正在家内,与杜氏在后堂对坐闲谈。次子匡义、三子匡美,都在一旁侍立。忽报大公子已经归来,弘殷许久不见儿子,正在记念,听说匡胤回来,心内也觉欢然。杜氏更比弘殷快活,忙向匡义说道:“大哥既已到家,你该出外迎接才是。”匡义答应了一声,飞奔出外,迎接匡胤。不多一会,早见匡胤携定匡义的手,步入后堂,向父母行过了礼,方才说道:“孩子不孝,出外就学,将近一年,有失定省之礼,尚请双亲恕罪!”弘殷道:“你在外能够认真求学,比在家侍奉我们还要孝顺,哪有罪你之理。只是此时既非节下,又非年终,如何回来呢?”匡胤道:“儿已出外多时,着实记念家中,现在离年终也不远了,所以提早回来。”弘殷道:“既已回家,也就不必多说了。只是休得像从前一样,终日在外和那些朋友舞刀弄枪的胡闹。须要在家温习功课,以免荒废。我不时要来考察你,如果仍和从前一样,那时休要怪我。”匡胤听了,诺诺连声。杜氏坐在一旁,深恐匡胤讲出甚话,触恼弘殷,遂即打岔道:“匡义、匡美,你们两人离开大哥将近一年,此时他既回来,如何不去拜见?难道做兄弟的道理都不懂得么?”匡义闻得母亲吩咐,遂趋步上前,向匡胤下拜。那匡美还在呀呀学语时代,杜氏说的话,如何省得?仍旧立着,不肯上前。匡胤见匡义行礼,连忙将他扶住,举目细细一看,见他生得面白唇红,河目海口,双眉人鬓,两耳垂肩,真是龙凤之姿,天日之表,虽然身材尚未长成,站在面前,已是亭亭玉立,十分可爱。匡胤笑着,向父母说道:“孩儿离家不满一载,二弟已长成如此模样,将来的后福,要比孩儿好得多哩!”杜氏道:“现在长得倒还不差,至于后福如何,只好看他的造化了。”匡胤应了声是,便告退下来,自去整理卧室。

从此匡胤安居家中,虽然遵着弘殷的教训,不准出外胡闹,但他的性情是好动的,哪里按捺得住。过了两日,旧性复萌,仍去找他的少年朋友,在外乱闯去了。原来匡胤天生神武有力,从前在家的时候,声名甚盛,众少年都敬爱匡胤,不敢侮弄。其中最莫逆的有两个人,一个是磁州韩令坤;一个是太原慕容延钊,都是倜傥不群的勇敢少年。

匡胤和这两人，本是旧日知己，如今游学归来，少不得彼此拜访，互相往来，日日聚在一处。除了研究武艺，时或联辔出游，或射猎；或比箭；或击球；或蹴鞠，甚至呼驴喝雉，樗蒲六博，无所不为。有一天，韩令坤约了匡胤到一处土室里面赌博为戏。正在兴高采烈，胜负未分的时候，忽闻外面一阵声音，甚为喧扰。二人忙将赌博停住，倾耳细听，觉得这阵声音，只在土室上面往来旋绕，并不到旁的地方去，都觉惊疑起来。匡胤向令坤道："这声音像是什么禽类，你听那声音里面，还夹杂着翅膀飞动之音哩！此地本来邻近山林，人迹稀少，莫非有什么毒虫猛兽经过这里，因此惊动了林间的鸟类，喧扰得如此厉害？好在我们的弓箭都随身带来，何不出外观看？倘有猛兽，射死了它，也可与地方除害。不知韩兄意下如何？"令坤道："你言正与我意相合，可谓英雄所见略同了。"当下放了赌具，各人携了弓箭，走出土室，四下观望。哪见有什么猛兽，却是一群鸟雀，在土室顶上飞鸣搏斗，所以噪声不已。令坤向匡胤道："这鸟雀甚为可恶！它们身为同类，还要互相搏斗，自行残杀。无怪现在的军人一言不合，便动干戈，虽杀人盈野，血流沟渠，也不顾惜了。"匡胤道："它们这样狠斗，不肯休息，其结果必至两败俱伤。我们何不想个法子，替它解围呢？"令坤道："要替它解围，是很容易的！何用想法子，只要在地上拾几块碎石子，向上抛掷，它们自然惊散逃走，不再争斗了。"匡胤笑道："抛砖掷石，乃是小儿的行为，我们长大成人，并且自命为英雄好汉，岂可效那小儿的举动呢？"令坤问道："你的意思要怎样才好呢？"匡胤道："它们既然同类相争，便该处治一番，以儆效尤，而戒后来。我们都有弓箭在身，何不射死几个鸟雀，以惩强暴。"令坤闻言，连连点头道："此言很是。它们搏击不已，便是狠戾强暴的确证，我们射死了它，并不为过。"说着，两人退后了几步，离开土室约有一丈开外。正在抽箭搭弓，要放射出去，突然天崩地塌的一声响，顿时灰尘飞扬，两目难睁，眼前竟看不出是什么东西倒将下来。可是土屋顶上，争斗搏击，飞鸣不已的鸟雀，经此一吓，也没命的逃走，不知去向。一刹那间，耳根十分清净，居然悄无声息。两人忙将眼睛揉了一会，方得睁开观看。你道这声响亮究是何物？却是那座土屋无缘无故崩倒下来。匡胤连称侥幸："好好的土室，忽然坍塌，我们不是这阵鸟雀的喧声，正在里面赌得有兴，哪肯出外？岂不压死其中，没处呼冤么？"令坤也道："真是奇事！想必鸟雀的争斗喧嚷，正是来救我们的。虽然你我命不该绝，天借其便，引出土室，但是那群鸟雀总算是救命恩人，我们不能知恩报恩，还要用箭射它们，岂不罪过！"匡胤接口说道："幸而土室坍塌迅速，这群鸟雀没有被射，否则不知要伤残多少性命了。从此以后，你我对于物命，务要加以保护，即使细如虫蚁，也不可去伤害它，方是体恤上天好生之德呢！"令坤点头叹息道："你所说的真是仁人之言，其利甚溥（pǔ 广大）！我当紧紧记着这番言语，日后不到万不得已，决不伤残生灵。"匡胤道："此言方是正理！须知天地之大德曰生，无论宇宙间一草一木，只要是含有生机的东西，都是天地所爱惜保护，不忍残害的。如果我们无缘无故去作践了它，那就是有背好生之德，不免上天动怒了。"令坤不待言毕，接口说道："据你这般说来，我们将来带了兵马和敌人开仗，也不能伤害他么？"匡胤道："两国相争，各赌生命，这是为国效力，为民请命，又当别论。不然，汤武都是圣人，为什么有牧野之师，孟津之会呢？正因为去残除暴，救民水火，乃是体恤彼苍好生之德。如果抱定了妇人之仁，不肯伤害生命，那天下的人民,不要被桀纣暴虐而死么?所以汤武的伤残生命,正是救护生灵,你却不可听了我的话,弄误会了。不过还有一层,做了带兵的将官,虽然刀枪无情,不能不伤生命。只是到得那时,应该抱着好生的主义,能够少一番杀戮,就是为国家留一点元气,须于绝无生路之中,觅出生路来,方是道理。所以同是一样的争城夺地,那仁暴之分,就这等地方判别出来了。”令坤听得他这篇议论,不觉十分佩服。心里还想同他谈论,因见时候不早,深恐不能赶入城去,只得停了谈锋,各人携带弓矢,回到城内,分手而去。

光阴如驶,早是残冬已尽,腊去春回又到新年。匡胤忙忙碌碌的把新年过去,不觉又近元宵佳节,汴京城内,照例大放花灯,与民同乐;在三日之前,已经预备起来。匡胤此时,倒反没有事情,惟日夕盼望柴荣、郑恩来践看灯之约。哪知盼望到十五这日,还不见两人的踪影,料定柴、郑二人,决非有意失约,必然有甚要事,不能脱身,所以如此。只得闷闷的挨到晚上,在家内陪着父母兄弟,吃团圆筵宴。那弘殷因身典禁军,责任重大,不敢多延时刻,只在席上略坐一坐,饮两杯酒,吃些儿菜,应个景儿,便去调派禁军,弹压游人,巡查街市去了。匡胤陪着母亲,吃了饭,散席之后,方始禀告杜氏,说是有朋友约着,同去看灯。杜氏吩咐早去早回,不可在外闯事。匡胤口称领命,便辞了杜氏,大踏步出外。行到众人约会之所,只见许多少年,如韩令坤、慕容延钊、张光远、杨廷龙、周霸、史圭、李汉升、李重进这一班儿,都齐集在那里,一见匡胤到来,尽皆欢呼迎接道:“赵兄既到,我们应该出发看灯了。”当下议定南天门天庆楼,灯采最是壮丽,又与此处相近,先往那里游玩一番。众人齐都赞成,径向南天门而去。此时灯火已经点齐,一路之上,笙歌刮耳,弦瑟并陈。又加着绿槐夹道,青柳垂堤,那风景的奇妙,真令人赏心悦目,如入山阴道上,大有应接不暇之势。只是有一桩事情最为惹厌,乃是游人如栉,鱼贯而行,不得超越而前。如有乱行之人,那站在街旁的禁兵,就要上前干涉。所以这一夜金吾不禁,人数虽多,能够维持秩序,不致扰乱,就是这个缘故。匡胤知道这个章程,只得耐定性儿,慢慢的行向前去。过了天庆楼,已至御勾栏,其时御勾栏内,有南唐进献的一双美人,一名大雪,二名小雪,生得千娇百媚,丰神绰约,并且精擅歌舞。今天乃是元宵节,两个美人在门前搭了高台,献她的歌舞技艺。此时双美,正在台上开始歌舞。匡胤同了众人,却却到来,挤向台前观看,真是轻歌妙舞,十分动人!看得他们心花怒放,禁不住高声喝采。未知后事如何,且听下回分解。

第四回　入教坊佳人垂巨眼　赋长征壮士起雄心

话说匡胤正同着众人在台前观看歌舞，看到精采之处，不禁大声喊起好来。喝彩的声音未毕，忽见人丛中钻出一条黑汉，直奔匡胤面前说道："二哥原来如此快乐！小弟没有一处不找到了。"匡胤见是郑恩，不觉大喜道："你如何此时才来？"郑恩道："我因数年没有回乡，此番归去，因家内事情绊住身子，不能早日出行，所以今日傍晚方始到此。一到这里，觅个寓处，安放了行李，便去找你，哪知你已出门看灯，我没有法子，只得独自一人，到灯市来找你。这人山人海的地方，哪能寻得着？好容易在此相遇，免得再去乱闯，真是大幸！柴大哥去年也约定到汴京来的，想已至此多时，因甚不同你来看灯？"匡胤摇着头道："柴大哥至今还没到来，他不是言而无信的人，必定有甚事故，难以脱身，所以失约的。此时暂且不要管他，我先替你介绍几位朋友，认识了他们，将来可以互相援助，创立事业。"说着，引了郑恩和韩令坤等人，一一相见，彼此通了姓名。都是少年英雄，意气相投，如何不喜。张光远因见大雪、小雪歌声宛转，舞态翩翩，心内很觉羡慕，便要在御勾栏内饮酒取乐，并且借此与郑恩接风，遂将此意言明。众人齐都赞成，唯有匡胤竭力阻止道："你们不知道这两个妓女，一名大雪，一名小雪；大雪深得汉主的宠幸，小雪却是太师苏逢吉的禁脔。其中的秘密事情，外人都不能知，我却甚为了了。有多少豪华子弟，看上了大雪、小雪的美貌，至御勾栏内挥霍银钱，想和两个美人取乐。汉主身处宫禁，未必立即知道，倒还没甚要紧。那苏逢吉是个胸襟窄狭、最善吃醋的人，他自与小雪要好之后，深恐有人去和她勾搭，便派了许多心腹，在暗中侦察。倘有什么人，转了大雪、小雪的念头，立刻前去报告。苏逢吉就施出手段，处治这人，所以有许多王孙公子，高官显宦，不过爱着两个妓女的才貌，至勾栏内走动了一二次，苏逢吉便把他们恨入骨髓，暗中倾陷。因此，为了大雪、小雪丧身亡命、破家荡产的人不知其数。我们若去饮酒取乐，真是太岁头上动土，一定搅出大祸来的。奉劝你们，还是息了这个念头吧。"慕容延钊听了这番话，心内很不服气，勃然怒道："勾栏乃是公共之地，人人可以取乐，怎么苏逢吉竟敢霸占住了，不许旁人玩耍？况且他身为宰辅，乃朝廷大臣，百官的表率，挟妓饮酒，已经有罪，如何还要禁止他人，不准到勾栏中去寻欢取乐呢？别人怕他的势力，我慕容延钊却不怕他。大家尽管放心前去，如果姓苏的有甚话说，我只要一拳就将他打倒，看他有什么本事处治我？"匡胤不待延钊讲毕，连连摇首道："快休如此乱说！你们倘若不听我的言语，一定要闹乱子的。"众人尚未答言，史珪也不服气道："赵兄向来胆量很大，今天怎么如此怕事起来？我想，苏太师此刻正随着御驾，在五凤楼看灯侍筵，哪有工夫到这里来？正可乘此机会，乐上一乐，有何不可？"匡胤道："有人到勾栏中去，他当时并不出头干预，待至日后，却暗暗的用计陷害，受祸的人，自己丧了性命，还不知道是何缘故哩！古人说的，明枪易躲，暗箭难防，何必为了玩耍的事，去蹈危机呢？况且取乐的地方，不止一处，我们既要饮酒，可以往旁的妓院中去,何必定要在此呢?"韩令坤接口说道:"赵兄所言很为有理,玩笑场中本是取乐的,既有这种危险,尽可另觅地方,开怀畅饮,各叙衷曲。前天听说教坊司内,新近才到一妓,叫做韩素梅,色艺俱佳,比较大雪、小雪还要美貌,我们何不到她家去走一遭?"众人一齐应允,遂即从人丛中挤了出来。一共十个少年,沿路走去,却因看灯的人往来不绝,途中甚不易行,只得慢慢走着,且行且看。只见游行看灯的人,老的少的,男的女的,蠢的俏的,好的歹的,不计其数,把一条大道拥挤不通。

匡胤等十人,好容易转过了东阁巷,来到教坊司门首,听得里面箫管盈耳,歌声遏云,那景象的美丽,景况的热闹,果然不亚于御勾栏。十个少年心下甚喜,直向里面走去。管门的鸨儿,见这一群人都是鲜衣华服,气概不凡,知是宦家公子,能得他们进门,定然财星照命,如何还肯怠慢,慌忙立在一旁,双手下垂,打了个千,直挺挺的立着,向众人问道:"多蒙各位爷光临,顿使蓬荜生辉,但不知是照应哪个姑娘的,请吩咐明白,暂请在客厅待茶,小的去通报了,好让姑娘迎接爷们入内。"讲了这话之后,仍旧恭身而立,等候吩咐。不料,走在前面的,乃是郑恩、周霸两人,多是鲁莽得很,鸨儿说的这番话,哪里听得出头绪?见她唧唧哝哝说了一会话,还是垂着手,立在一旁,并不引导自己进内,心下疑惑鸨儿瞧不起人,所以做出这般模样。便齐声吆喝道:"你就是这样的乌龟么?嘴内嚼些什么?如何嚼完了还站在这里,不引着我们进去,是何缘故?难道怕我们前来白玩,不肯花钱么?"鸨儿见这两个人生得面如黑漆,好像烟熏太岁一般,吓得她手足无措,哪里还敢答话!郑恩见鸨儿一声不响,早已勃然大怒道:"你这王八羔子!竟敢如此慢人,那还了得!待我来教训一下,日后方才不敢放肆!"一面说,一面举起巨箩般拳头,要打那鸨儿。匡胤见了,忙从后面抢上前来,挡住郑恩的拳头道:"你怎么如此莽撞?她早就问照应哪个姑娘,你不把韩素梅的名字说出,院子里的姑娘不止一人,她将我们引到哪个姑娘房里去呢?你不怪自己不懂规矩,反责她瞧不起人,这就错了!"郑恩被匡胤诉说了一番,自知理屈,只得默默无言,立在那里。匡胤又向鸨儿道:"我们人数虽多,却没一个和你们院内的姑娘认识。只因听说新近到了一位韩素梅姑娘,色艺冠绝一时,汴京城内,没人赶得上她,所以前来瞻仰素梅姑娘的容光,托你把我们领到韩素梅姑娘房间内去就是了。"鸨儿听说,连称领命。遂把匡胤等人引到房前,喊声素梅姑娘,有客人来了。素梅闻得客来,忙将门帘揭起,亲自迎到门外,把众人让入房内,相请坐下。一一问了姓名,应酬十分周到。众人见她从容不迫的款待客人,已是暗暗称赞,果然名不虚传,就这应酬功夫,已非旁的姑娘所能企及。再细细的看她相貌,却生得圆姿替月,杏脸羞花,娥眉曼倩,星眼清灵。那身材更是不长不短,不瘦不肥,十分婀娜。最及销魂的是裙下双钩,不满三寸,盈盈的立在那里,真如月里嫦娥临凡,广寒仙子降世。那种秀丽天然的姿态,再也形容不来。当下竟把众人看得呆呆的坐着,连话也讲不出。只有郑恩、周霸乃是两个莽夫,并不觉得怎样是美艳,怎样是丑陋,进得房来,刚才坐下,匡胤等正在饱餐秀色,他们两人,早已闹着要摆酒筵。匡胤此时心神略定,忙阻止郑、周两人道:"你们且慢性急,待我来和素梅姑娘商酌,自然有酒喝的。"说罢。回头对素梅道:"我们兄弟十人,久闻芳名,渴思一见。今天冒冒率率,径至贵院,承蒙姑娘不弃,没有屏绝不见,以闭门羹相待,已是万幸。但是我这两个兄弟,还不知足，更有进一步的要求，意欲借姑娘的妆阁，摆一席酒，畅叙一番，只是初次见面，便这样的骚扰芳闺，恐怕姑娘见怪，还望原谅他们不谙礼节，休要责备。”素梅忙道：“赵公子说哪里话来，仰承青眼，不弃葑菲，肯到我们这小地方来，已是万千之幸！何况还要摆酒，照应我的生意，更是求之不得的事情，哪有见怪之理！但是公子们初次来到敝院，区区一席酒筵，应该贱妾作东，以尽地主之谊，请公子们万万不要客气才好。”匡胤道：“姑娘之言说得太客气了，我们初登妆阁，哪有讨扰姑娘之理。”说着，取出十两一锭银子，递给素梅道：“费心关照郇（xún）厨代办一席。倘有不敷，再行找补。”素梅哪里肯接银子，再三推让，匡胤只是不允，没有法想，方才收下。便命厨房内速速整备丰盛酒筵一席，立刻就要，不得迟延。下面连声答应，果然只要有钱，甚为容易。不上一刻工夫，早有一个当差的鸨儿，来问素梅道：“姑娘酒筵摆在哪里？”素梅道：“赵家公子不比旁人，就摆在房里罢。”鸨儿答应一声“是”，就在房内调排桌椅，安设杯箸，陈列好了，素梅便请众人入座。众人都推匡胤去坐首席。匡胤道：“这个如何使得！”郑恩见匡胤不肯坐首席，早就嚷道：“二哥不用谦让了！柴大哥不在这里，论年龄也应该是你坐的，还是从直些罢，不用让再让三，多方作态，我的肚子很觉饥饿，再也忍耐不住了。”众人说道：“还是郑三弟爽快！二哥就坐了罢。”匡胤见他们一定不依，只得坐了首位。众人也按着年龄，挨次而坐，一席共是十个人，多是知己弟兄，并不客气，酒到杯干，很为畅快！素梅敬了一巡酒，便坐在匡胤身后，亲拉弦索，唱了一支曲儿。歌声抑扬，真有裂石遏云之妙！众人无不大声喝采道：“果然名不虚传，真是色艺双佳！”彼此谈谈讲讲，觥筹交错，十分有兴。散席之后，时已不早，各人辞别素梅，都要回去。素梅对于匡胤，很现出一种恋恋不舍之状。原来素梅，本是好人家的女儿，只因父母双亡，又值乱世荒年，因此流落平康，却颇知自爱。只以声技，博些缠头，借此度日，从来不曾留客住宿，心内很想择人而侍，跳出火坑。今天见赵匡胤，觉得他方面大耳，红光照人，龙行虎步，品貌不凡，知道这人后福不可限量，不禁十分属意。唯恐他一去不来，自己的心事，竟成画饼，所以临走的时候，揽住匡胤的衣袖，再三叮嘱，叫他常来院中走走。匡胤是个豁达大度之人，这些事情，哪里放在心上。不料郑恩见素梅对于匡胤十分爱慕，大有依依不舍之状，便取笑她道：“你能始终保全贞节，不失身于旁人，我就劝赵公子，日后发了迹，纳你做个偏房，不知可能答应得下么？”也是素梅生来有做宫妃的福分，她听了郑恩的话，遂即指天誓日的说道：“贱妾一定依着郑爷的吩咐，始终保全清白之身，守候着赵公子，决不食言。但是，赵公子发迹之后，却不可翻悔的，要请众位爷作个凭证，留件信物，妾始放心。”匡胤见素梅听了郑恩说的笑话，竟认真起来，连忙分辩道：“这是郑爷打趣我们的话，你万万不可认真，须知，我有父母在堂，自己作不得主。况且正室未娶，哪有先娶偏房之理。快快把这念头打消，不要贻误你的终身。”素梅道：“妾所求于公子的，并非立刻就要成为事实，乃是待公子发迹之后，方才践约的。公子说，现有父母在堂，自己作不得主，这话是不错的，但是公子到发迹之后，难道自己还作不得主么？即使时间略略迟延，无论到十年二十年后，妾总保全此身，守候公子，绝不怨恨就是了。至于未娶正室，不能先娶偏房，这是人生的大道理，贱妾自当听候公子的命令，万无催促之理，此时只要公子答应一声，留件信物，妾就放心了。”匡胤被素梅说得低头无语，竟有进退两难的情形。原来匡胤见素梅生得美丽如花,又复擅长歌舞,正在爱慕不胜,今见素梅情愿做自己的偏房,心下哪有不喜之理!只是碍着家中规矩严紧,所以不敢答应。突然间被素梅说出两层道理,因此委决不下,一时之间,竟至无言可答。所以低头不语,现出为难的情形。张光远瞧着匡胤的模样,知道他进退两难,便向匡胤说道:"素梅既真心实意愿作你的偏房,好在此时并不实行,就答应她罢。"韩令坤也道:"古人说的,佳人难得。素梅一见了面,便属意于你,真是前生的缘分,如此好事,岂可当面错过?还以答应为是。"匡胤听了两人的话,尚未回答。郑恩是最巴望此事成功的,已抢着说道:"二哥平日最爽快不过,今天为何像妇女一般,毫无决断。这样的好事,哪有不允之理?素梅既要一件信物,腰间常挂的那块玉佩,就可以给她的,你自己不好意思,待我来替你除下就是了。"说着,走至匡胤身旁,在腰间把玉佩解下,随手递给素梅道:"这块玉佩,便算是赵公子的信物,你可好好收着,日后公子发了迹,自然要来娶你的;但是我老郑在中间如此出力,将来的谢媒酒,你要格外丰盛些才好。"素梅听了郑恩的话,不好意思回答,只得含羞带笑,把玉佩接去,好好收藏。匡胤此时也乐得顺水推舟,一任郑恩替自己作成这事,所以并不阻挡。慕容延钊见事情已成,不禁大声说道:"还是老郑来得爽快,竟把一件美事办成了功,真是有趣!"众人也都和着延钊,称扬一番。因为时已过晚,只得大家分手,各自散去。

匡胤自此安居家中,每日除了读书习武,遇有空间,便到外面和张光远等一班少年,任意游玩,况又多了韩素梅这个腻友,和她来往盘桓,更加容易消磨岁月。不知不觉,已经由春至秋。其父弘殷,已为匡胤聘定贺姓之女,择吉亲迎。燕尔新婚,郎才女貌,夫妇情爱,自然深厚得很。

过了几时,已到汉隐帝乾佑元年,却因凤翔与河中、永兴三省,因隐帝初立,互相联络,违抗朝命,少不得要派将出师,以彰讨伐。隐帝却派弘殷往征凤翔。旨意既下,弘殷匆匆的点兵调将,择日兴师。匡胤闻得父亲奉命出征,却提起了一股雄心,要跟随弘殷一同出发,把自己的意思告知父亲。不料,弘殷因他娶亲未久,坚执不允。匡胤哪敢违命,只得暂时遵从,心中早已打定一个主意,只待送过父亲,便要实行。你道打定的是什么主意?他因为弘殷不准自己随营出征,这一腔壮志,无从发泄,始而想和母亲、妻子言明,待父亲行后,立即收拾行李,赶往营中,到了那时自己既已出外,父亲也就不便赶他回来,就可力图功名,创建事业了。继而一想,父亲是个大丈夫,奇男子,尚恐怕自己随同出兵,或有危险,不准所求,母亲、妻子乃是女流之辈,胆量更小,倘若言明,知道儿子、丈夫要去打仗,哪里肯安然放行?如此一想,所以打定主意,守到弘殷出兵以后,不如瞒着母亲、妻子,私自赶向前去,给他们一个不别而行,免得种种阻挠。胸中有个主张,倒反十分安详,帮着弘殷料理了公私之事。到得出师的吉日,弘殷祭过了旗,自和送行诸人一一话别,又嘱咐匡胤,管理家务诸事谨慎,按着课程读书,不可出外游荡。匡胤连声答应。已听得三声炮响,前锋军队早就启行,弘殷跨上雕鞍,向着送行的人将手一拱。只见旌旗招展,刀枪纵横,许多兵将前围后绕,簇拥着弘殷,径向凤翔一路而去。那些赶来送行的同僚和亲戚,见弘殷已去,就陆续散回。匡胤少不得代父亲致谢一番,直待送行的人都已散尽,方才怏怏的向家内而行。他今天瞧着父亲出兵时,那样威风显赫，心下更是羡慕，恨不得立刻赶往军前，立下大功，出仕王家，也好像父亲一般，身为元戎，受那些将官兵士的拥护。想到这里，如何还肯迟延？立刻回至家内，敷衍了母亲、妻子一会儿。好在存着私行的念头，已非一日，早将应用的东西并一个包裹，藏在背人之处，此时不用费事，挨到次日清晨，在杜氏面前扯个谎，只说有事出外，径自暗中插弓带箭，携了杆棒，提着包裹，也不通知张光远、韩令坤等一班朋友。就是韩素梅，和匡胤那样要好，也不晓得他有潜身出外的事情。直到张光远等打听明白，前来告诉了素梅，方才知道匡胤已经不别而行，出外从军去了。素梅见匡胤已去，乃是无可如何之事，只盼望他早早立功，奏凯归来，自己的事情，便有希望了。从此安居家中，闭门谢客，果然守定前盟，并不应征侑（yòu 劝人忙喝）觞。来往的人，也只有匡胤的朋友，如郑恩、张光远等前来报告些消息。到得后来，郑恩等人也各自去赶功立业，连一个人也没有来了，直到匡胤篡了后周，登基以后，方才宣召入宫，立为妃嫔。这是后话，将来自有交代，此时暂按不提。

却说匡胤提了包裹，潜行出门，却因自己动身没有告知家中，唯恐母亲、妻子突然不见了自己，心中未免着急，便在路上写了封信，托人带往家内，安慰她们。杜氏婆媳接到匡胤来信，得知已潜往凤翔从军，虽然十分记念，但事已如此，也就无可奈何，只得由了他去。匡胤初次出门，上路之后，哪里认得路途，往凤翔去，本该向西而行，他却匆匆的，恨不得立刻赶到，好立大功，所以决不询问，放开大步，向前直奔。哪里知道，把方位弄错，该向西行，反倒绕道，误向南方去了。乃至知道走错了路，已经行了三日，只得鼓着勇气，将错就错，仍往前进，以碰机缘。这日又因贪行路程，错过了宿站。看那天色，已是暮霭四起，一轮红日，落下西山，渐渐的黑暗起来。要想觅个宿处，留着心向四下观望，都是些旷野之地，不要说没有人家可以寄宿，就是行路的人，也不见一个。此时正是深秋天气，时光将晚，半空里罩着薄薄的一层暮云，耳听得一阵西风，呼呼吹来，把地上的落叶卷起，飕飕的响个不停，那种凄凉景象，就是携着同伴，相偕而行，也要令人不欢，何况匡胤独自一人，孤孤零零，遇到这般环境，心中岂有不动之理？因此把胸中满满的一腔空抱壮志，未遇明时的牢愁，提将起来，不觉四顾茫茫，天下如此之大，竟没一个巨眼人，能够识得我的本领。可见知音难遇，古人这句话，未尝不是阅历之谈。想到这里，心内好生难受，长吁一声，仍往前进。幸亏匡胤的胆量甚为雄壮，虽然觉得风景萧瑟，胸中不乐，但还不惧怕。但因所行的路径过于冷僻，唯恐有甚危险之事突然发生，把杆棒取将出来，拿在手中，以防万一。又恐天色晚将下来，遇不到人家可以借宿，只得不顾高低，舍命的向前狂奔。哪里知道，放出脚力，一阵奔跑，片刻之间，居然赶了十余里路，竟被他越过一座树林，抬头一看，不觉大喜起来。未知所喜何事，且听下回分解。

第五回　奋神威深宵斗恶煞　遇异僧萧寺延嘉宾

且说匡胤贪赶路程，错过宿站，沿路行来，都是旷野地方，四下并无居人。天色又渐渐的黑暗下来，只得紧紧的赶向前去，希望前面有甚乡村小户，借宿一宵。果然不出所料，走过一座树林，抬头一看，见有几处炊烟，在半空中袅袅不已，心中大喜道："既有炊烟，就有人家，今晚可以免得野宿了。"一头思想，脚下提足气力，急奔向前。到了那里，果是小小的村落，只有五六家人家，却都把大门掩上，绝无声息。只有一家门前，立定一个身带重孝的妇人，手中拿着铁锁，将门闭好，正要上锁。匡胤慌忙抢前几步，对那妇人深施一礼，口称"夫人请了！"那妇人乃是村野农妇，如何懂得夫人的称呼？却对着匡胤摇一摇头，用手将身上指了一指道："你不见我身穿孝服么？丈夫死去尚没多日，已是无夫的人了，怎么还称我夫人呢？"说着，仍旧用锁将门锁上。匡胤听了妇人的话，知道她不懂得"夫人"的称呼，便顺着她的口吻说道："你既没了丈夫，我就称你为无夫人吧。"妇人道："天色已晚，你叫我做什么呢？"匡胤道："我是过路的人，只因多赶了几里路，把宿站错过，想借你家中住宿一夜，明日一早便行。"妇人连连摆手道："不行！不行！我的丈夫死了，今夜正值回煞，连我也不敢住在家内，所以锁了门，回到娘家去权宿一夜，免得冲犯煞神，致伤生命，如何可以留你寄宿呢？"说罢这几句话，踅（xué 折回）转身来，头也不回的竟自去了。匡胤见那妇人不允借宿，抛下自己而行，心内不觉踌躇道："这妇人说丈夫死了，今夜是回煞的日子，她要赶往娘家，免得冲犯煞神，照此看来，屋内已没有什么人了，我何不自入内住上一夜？天明即行，省得再到旁的人家去多费口舌，岂不甚妙！只是她已将门加上了锁，倘若破门而入，不要被人家见怪么？"便向房屋的四周留心观看，见那墙垣很是低矮，遂道："有了，我只要越垣进去，住上一夜，明日不待妇人归来，早些动身，岂不很好！"主意已定，遂将包裹系在腰内，走近墙垣，踊身一跃，早已跳上墙去；又用力向内一纵，飞身而下，双脚点地，落在天井里面。举目看到房屋时，却是小小的三间平屋，中一间停着灵柩，灵前垂着白幔，供桌上点着明晃晃的香烛，并有许多鱼肉莱蔬，酒饭杯箸，供在上面，想是那妇人把接煞的手续预备停妥，方始出外的。匡胤大喜道："我腹中正在饥饿，既有现成的酒饭和丰盛的肴馔，乐得饱餐一顿，倒头而睡，明天妇人回来，见酒饭莱肴，一罄而空，必定疑心是煞神前来享受，决料不到是我做的事情。"想罢，走入屋中，将腰际的包裹、弓箭一齐解下，搁在地上，又把杆棒靠墙竖定，然后在灵桌上面，把所有的酒肴菜饭，一阵狼吞虎咽的乱吃，早已壶尽杯干，碗底朝天，绝无所剩。匡胤大嚼一阵，腹内已饱，觉得行路辛苦，精神疲乏，便想安睡。急向左右两间房内一看：原来左首乃是厨房，右首屋内却有一张木榻，两只破椅，摆在那里，想来就算房间了。匡胤也不顾什么，竟把灵前的烛台携入房内，又把包裹、弓箭也取将进来，向木榻上横身一倒，和衣而卧。却因日间过于劳苦，倒头便已睡着。

乃至一觉醒来，已是半夜，耳中听得似有什么声响，翻转身来，朝外一看，并没什么东西；却见先前由灵前携入房中的烛台，那蜡烛虽还很长，火光却变成绿色，渐渐的低将下去，竟把房中变成一种阴惨萧森的景象。那中堂的灵柩，又好像噗噗的似有爆裂之声。此声方过，又似乎有人发出一声长叹，其音甚为幽细；接着又从天井里起了一阵旋风，直扑到屋内；非但灵前的烛光阴森森的动摇不定，就是携入房里的那个烛台，也更加惨黯了。旋风过去，便有"噗哧，噗哧"，好像有什么怪鸟展动翅膀，飞至灵前一般。匡胤虽然生成的大胆，到了此时，眼看着这样现象，耳听得那种异声，也不禁毛骨竦然！暗暗想着："那里真有鬼么？我倒不很相信，必须出外一看究竟。"一面想着，一面从床上坐了起来，把心神定了一定。此时房内的烛光，已不像先前的幽黯，瞧见自己的杆棒，仍旧靠墙竖定。便走下床来，先把杆棒取在手中，径奔门前，向外一望，不禁十分惊异。原来灵帏之前，供桌之旁的椅子上面，停了两只大鸡，正在那里向供桌上觅取食物。匡胤停睛细看，觉得这两个东西，虽然和鸡相似，身体却要大到数倍，翎毛都呈灰黑之色，颈项甚长，眼圆喙尖，锐胫利爪，形状极其勇猛。左首的一个，顶上像鸡冠一般，簇将起来；右首的一个却光光的，并无鸡冠。匡胤暗道："这两个东西，想来是一雌一雄，相匹成偶。世俗相传，人死之后，遇到回煞的日期，必有煞神前来，享受所供的祭品。倘若回避不及，冲犯了煞神，就有杀身之祸。这两个似鸡非鸡的怪物，生相异常凶恶，莫非就是煞神？今天被我碰见，真乃千载难逢的机会，正可把它剿灭，为民除害，此刻还不下手，被它惊觉逃去，那就很可惜了。心下想定主意，举起杆棒，蹿将出去，惟恐这两个怪物飞往门外，无从寻觅，却把身体当门立定，使它不能逃走；方才放开霹雳一般的喉咙，大声喝道："好怪物！我在此处下榻，竟敢前来现形，胆气真个不小，快快上前来领死。"口中说着，一杆棒当头劈去。那两个煞神正在寻觅灵前的祭品，出其不意，被匡胤一声大喝，顶上的阳光随着喝声，冒将起来。煞神见了，知是大有来历的人，便觉十分惊骇，要想躲避，无奈，匡胤是个真命天子，动起怒来，发出的阳光，比较常人，不知大上几倍。煞神被他的阳光慑住，不能躲闪；况且匡胤又当门立定，要想逃走，又不能够。说时迟，那时快，匡胤的杆棒，已是劈至煞神顶上。那煞神原是最凶恶不过的东西，如今为匡胤逼住，既不能躲避，又无从逃走，只得展开翅膀，向棒上一挡；匡胤的杆棒被它的翅膀碰着，似有千斤之重，虎口震动，手内的杆棒，竟握持不牢，噗的一声，早已飞过一旁，落在地上。匡胤失了杆棒，心下大大吃惊道："不料这个东西，竟具如此力量，倒要留神一点，不要为它所害。"当下伸出双拳，直向煞神打去。两个煞神，也就叫了一声，拼命来斗。匡胤施展平生本事，一来一往，和煞神斗了半日，幸亏圣天子到处，百灵相助，煞神虽是凶狠，和匡胤只斗得一个平手。后来天光将亮，阳气愈盛，阴气潜销，两个煞神，渐渐的气焰低下，不能抵敌。匡胤反觉愈斗愈勇，精神百倍，忽然奋起神威，大喊一声，伸出手去，把顶上有冠的煞神，一把拉住。那一个煞神见势不妙，拼命的向外扑去，飞往空中，不知去向。那个被匡胤拿住的煞神，还不肯服服贴贴的就擒，却把两个利爪在匡胤腕上，乱扑乱抓。匡胤不觉大怒，用个擒拿手法，将它两只翅膀握牢，随用左手把它的羽毛乱拔，不一会，早已羽毛零落，鲜血迸流，不能动弹。匡胤知道它已无逃走的能力，将手一松，把它丢在地上，自己争斗了半夜，也觉十分乏力，就在一个椅上,坐下休息一会,等到精力复原,就要上道。

此时天光已经大亮,匡胤坐了一会,已经复原,正要取起包裹,即行动身,不想低头一看,见自己的衣服上面,到处沾渍着血踪,倘若走在路上,岂不惹人疑心?正要解开包裹,取衣更换,忽听前面的大门,“呀”的一声,走进一个人来。匡胤看时,不是别人,正是昨天身穿重孝的那个妇人,她因避煞,赶往娘家住了一夜,只因惦记家中,无人照顾,东方刚才发白,便辞别父母,回家来。到了门前,取出钥匙,将锁开了,推门进来,蓦然瞧见匡胤手中正在解取包裹,疑是窃贼,趁着自己家中无人,前来行窃。唯恐家内的衣物,已经失去,心下慌张异常,大声喊着捉贼。那左右邻舍,吃了早餐,要去下田,忽听妇人大喊捉贼,便一窝蜂的拥进门来,七嘴八舌的问那妇人,失了什么东西?贼人可曾逃去?妇人却用手指定匡胤道:“这个青年汉子,就是窃贼。我昨夜因为丈夫回煞,到娘家去住了一夜。天明归来,刚走进门,这个青年汉子在此收拾包裹,我也不知失了些什么东西,须要检查一番,方得明白。”众人听了,一齐注视匡胤,见他满身血迹,大家不胜惊诧。正要喝问匡胤,因何趁妇人家内无人,胆敢行窃?身上许多血迹,又是什么缘故?谁知匡胤不待他们喝问,早已向那妇人道:“无夫人,你难道不认识昨天锁门时借宿的人么?这包裹乃是我自己的,并未偷你什么东西。”妇人听了此言,方始记起昨天的事情,便道:“不错!你正是昨天向我借宿的青年,只是我锁了门,没有允许你借宿,怎么户门没开,你竟能到家里来的呢?况且你昨天身上的衣服,十分洁净,并无一点污秽,为何又弄得满身都是血迹呢?”匡胤答道:“你要问门户未开,我怎么能够进来的么?只因我见你匆匆锁门而去,知道内中无人,免得再到旁的人家去借宿,又要多费周折,便从墙上跳入里面,预备住一夜,天色未明即便动身。不料睡到半夜,煞神前来将我扰醒,我就和煞神争斗了半夜。一个煞神斗不过我逃走了;一个煞神却被我一把抓住,将它打死,现在躺在那边,那血淋淋的东西,不是煞神么?我身上的血迹,就是和煞神争斗沾染上的。”众人听了匡胤的话,齐把打死的东西一看,认得果是煞神,不觉惊喜欲狂,一齐而上,把匡胤围住,有的向他叩头,有的向他礼拜,有的口称恩人,还有的对着已死的煞神,戟指骂道:“你如今还能祸人么?天道好还,也有今天这一日,真是快心得很!”匡胤被他们一阵胡闹,弄得如坠五里雾中,一点头绪没有,只是呆呆的看着他们,一句话也说不出来。幸亏众人当中,有个为首的老者,瞧见匡胤呆呆立着,不敢开口,知道匡胤不明白其中的原因,就把众人拦住道:“多蒙这位英雄替我们地方上除了大害!向他道谢,原是正理。只是也应该把内中的详情细细的告知,然后再行道谢,方使他可以安心受你们的礼拜!像这样乱七八糟的瞎闹一阵,反把他弄得没有头绪,那样行为,岂是感念恩德的所应该如此的么?你们快些退立一旁,让我向英雄说知备细,再行道谢,也还不迟哩!”众人听了老者的言语,方才把圈子一松,齐齐退向后面,等候着老者和匡胤说话。老者不慌不忙,取过一张椅子,让匡胤靠着灵前的供桌,坐将下来,方才向匡胤问道:“不知英雄尊姓大名?仙乡何处?因甚来到此地?”匡胤见问,便将姓名籍贯,以及赴凤翔行营,因贪赶路程,错过宿站,方才到此的话,一一告诉了老者。老者听了,肃然起敬道:“原来是位宦家公子!老汉失礼得很!”匡胤道:“老丈休要客气,我们萍水相逢,总算有缘,不知这里是何地名。我昨夜与煞神争斗,将它打死,也不过偶然之事，那些人为什么要现出这般模样？还请老丈不嫌烦琐，详细告我。”老者答道：“承蒙公子下问，老汉敢不详告？我们这村，叫做桐荫村，属于襄阳府所管，若问打死煞神，众人为何要如此模样，这话说来很长。因为我们这个村庄，不知在哪一朝，哪一代兴出的例儿，无论何等人家，不问富贵贫贱，官宦平民，如果有人亡故，必定要回煞的。到了回煞的日期，相传有两个煞神，似鸡，鹤颈鸟喙，铁距铜爪，相貌凶恶，力大无穷，乃是一雌一雄，相配成偶，死人回煞，煞神一定前来享受祭品，死者的家族到得回煞这夜，无论男女老幼，都要回避出外，不得存留一人。倘若有人在家，触犯了煞神，便立即将魂魄吸去，这个人不上三日，就一命呜呼了。“那煞神来往，必有一阵旋风，非但死者的家族不能触着这风，就是左邻右舍和远近的行人，也不能触犯的，如果稍不留神，碰着旋风，就有不测之祸，任是仙人，也解救不来。所以本村每逢有人亡故，请阴阳先生算定了回煞之期，必须通告村中住户，使他们预先防备。到了这一天，家族人等，固然避往亲戚人家，就是近旁的邻居，也要关门闭户，不敢出外，否则遇着旋风，往往有不幸之事发生出来。“刚才这一班人，都是受过煞神之害的。有的是父母冲犯了煞神，没了性命；有的是妻女遇了煞神，吸去魂魄。皆是受了煞神的祸患，无从伸雪，心中十分怨苦，又没有法子可以抵制。如今忽见公子竟将煞神打死，并且死的还是个雄的煞神，单剩下一个雌的，它没有雄的那样厉害，虽然逃走去了，可以不必惧怕。公子这么一来真是替我们村上除却一个大害！那些人围绕着公子，叩头礼拜，正是表示他们感谢的意思，不过没有将内中的详情说明，反使公子摸不着头绪了。”匡胤经老者把情由表明，方才知道其中的缘故，一心要想赶路，立起身来，辞别老者，便要动身。老者连忙挽留道：“地方上蒙公子除去大害，全村的人都要奉请一下，以表谢意，少不得屈留公子居住几日，使我们略尽地主之谊。”匡胤哈哈笑道：“我打死了煞神，不过是偶然遇见侥幸成事，并非有意替你们除害，如何要酬谢呢？快请老丈传语这些乡邻切勿如此。我有万分紧要的事情在身，顷刻也不能留在这里的。”说着，立起身来，匆匆欲行。老者又再三挽留，匡胤只是不允。老者见匡胤坚执要行，无论如何也留他不住，实在没有法想，只得说道：“公子既然一定要去，老汉也不敢过于挽留。只是此刻时将晌午，公子自早晨至今，未进饮食，腹中岂不饥饿？况且离了我们这村，有数十里人迹罕见的旷野之地。公子若不用饱饮食，到了那里，前不着村，后不着店，岂不大受其累？我劝公子还是略延片刻，吃过了饭再行动为上。”匡胤初时一心要想赶路，却把饮食一事抛在脑后，并不记忆。现在被老者一言提醒，觉得腹中甚是饥饿，也就笑着说道：“我因有事在心，竟把吃饭也忘记了。既蒙老丈和众位乡亲一片美意，留我吃饭，若再执意推辞，那就太觉不近人情了。我便老老实实在此吃了饭再动身吧。”老者和众人见匡胤答应在此吃饭，一齐大喜。老者道：“我原说公子乃是爽快不过的人，何至吃一顿饭都不肯赏光呢？只是此间摆着一口灵柩，地方过小，连桌椅都没处摆，还请到老汉家里去坐吧。”匡胤已允许在此吃饭，也就不再推辞，便同了老者到他的家内而去。众人因匡胤急切要动身，连忙备了酒饭，请匡胤饱餐一顿。匡胤吃罢饭遂即插弓袋箭，提了包裹，辞别老者和众人，登程而去。

走了两日，已抵襄阳。所苦的是此次出外，乃是背着母亲、妻子不别而行；随身资斧,所带无多,这时已经用罄,再向前去,尚不知有无机缘,所以心内甚为着急。也是匡胤不该落拓穷途,自有际遇到来。这日正当天色将暮,身边没了盘缠,不能至旅店内寄宿。寻到一处僧寺,步入里面,见了僧徒,说出行路经此,无处安身,欲借宝刹,暂宿一宵的意思。不料做僧徒的人,都是势利的居多,他们平日见了富贵显赫的人,自然呵奉不遑。现在瞧着匡胤,行囊萧索,衣履敝旧,知是日暮途穷的征客,无甚油水可沾,如何肯留他住宿下来?当即一口回绝,不容存身。匡胤此时进退两难,只得婉言恳求,但得容留,便在庑下,寄居一夜,也不妨的。哪知这些僧徒任凭再三央告,总是白眼相向,不肯允许。匡胤见他们如此执利,不觉发起火来,厉声说道:"出家人慈悲为本,庵观寺院,又是受的十方供献,我们过路客人,借宿一宵,乃是应该容纳的,如何这般央求,还是不肯答应呢?休要惹我发起性来,得罪了你们,那就懊悔嫌迟了!"内中有个僧徒,见他说话强硬,正要发作。忽见一个小沙弥从里面匆匆走出,向众僧徒说道:"你们又在这里争闹些什么?老师父叫我来问你们守候的贵人,此刻可曾到来?他在那里盼望着呢?"众僧徒齐声埋怨道:"都是老师父不好,无缘无故,看什么天象,说是紫微星朗照本方,今天午后,必有贵人降临,命我们在此守候。我们自从吃了饭就在此坐守,直到此刻,天色将晚,也没有什么贵人降临。倒反有个过路穷人,硬要在寺内投宿,我们不肯答应,他便倔强起来,正在和他争闹哩!"小沙弥道:"老师父说的,真人不露相,露相不真人,你们俗眼凡胎,哪里识得?这投宿的过客,正是贵人。老师父已知他现在到了本寺,命我来关照你们,好好的请他到里面去,不可怠慢着他!"众僧徒一齐诧异道:"落魄到这般样子,老师父反说他是贵人,不知贵在哪里,我们可瞧不出来。老师父既要请他进内,你就同着他往里面去罢,我们却没这闲工夫来陪侍他。"说罢这话,竟自一哄而散,不来理睬匡胤。那小沙弥却经师父再三吩咐了出来的,见众僧徒一齐散去,只得上前陪笑说道:"贵客休要嗔怪,他们多是些无知之徒,不懂接待宾客的礼节。我们师父已经知道贵客到此,在方丈室里等候许久了,命我前来奉请,望贵客一同到方丈内去吧。"匡胤早把小沙弥的话听得明明白白,料定里面的老师父必是异人。又见小沙弥如此客气,也就不肯怠慢,口中连连称谢,遂将适才放下的箭囊弓袋,和那包裹,一齐拿了,跟随小沙弥,径向方丈内去。不知这老师父究竟是何等样人,见了匡胤有何话说,且听下回分解。

第六回　指迷途老僧赠偈语　遇机会太祖入戎行

话说匡胤跟随小沙弥来到方丈处，早有一个皓首庞眉的老和尚，降阶相迎。匡胤见这和尚，癯（qú 瘦）骨清颜，衲衣锡杖，飘飘然大有出尘之概，知道他非寻常僧人可比，连忙向他拱手。老僧也慌忙答礼道："小徒无知，冒犯贵人，尚望宽宥为幸！"匡胤道："小可原想投效戎行，博取功名，因此离家远行，不料性急匆忙，走错路径，以致资斧告匮，落魄穷途，栖止无所。今天虽蒙上人青眼，得瞻道范，有处安身，但后顾茫茫，机会难遇，尚不知如何结局。上人无故称为贵人，未免拟非其伦。况且小可毫无才干，不能奋发有为，创建事业，扬名四海，只落得长途奔波，觍（tiǎn 厚着脸皮）颜向人，哪里敢当这贵人两字，还请上人不要如此称呼，使小可听了，十分汗颜，无地容身！"老僧道："此事早有定数，不过时机未至，龙困浅水，尚缺风云。一旦得了机会，自然飞黄腾达，无人能及，此时何必过谦呢？"一面说着，邀匡胤在方丈处坐下。小沙弥献上茶来。匡胤喝着茶，询问老僧的姓名，老僧答道："老衲自幼出家，世事久已抛弃，迄今年逾百岁，哪里还记得俗家姓名？不过当年出家的时候，本师曾代老僧，取色即是空，空即是色之义，起个法名，唤做大空，因此人家都叫老僧为大空和尚。"匡胤问道："上人寿过期颐，道行高妙，必然能知过去未来之事。小可愚昧，未知将来结局如何，还求上人指示迷途，加以教诲，就是万幸了！"老僧道："赤光绕室，已呈预兆；奇香不散，早有异征；点检作天子，已有定数，后福正是不浅，结局何用忧虑呢！"匡胤见老僧竟将自己出生时的赤光异香都说了出来，好似目睹一般，不觉十分惊诧。只有所讲的点检作天子那句话，心内不甚明白，便追问道："上人所说的点检，究竟是何人物？小可生性愚鲁，不能懂得隐语，还请上人明白指教，以释我疑，那就感激得很了！"老僧微笑道："天机不可泄漏，日后自然明了，老僧饶舌，已经罪过了！"匡胤道："未来之事，深恐泄漏天机，致干上苍罪谴，恰不必去谈它，但是小可此时穷途踯躅，进退两难，未知向哪一方面行去，可以碰到机缘能够得志，这是指点迷途，救拔众生的事情，略略谈论，想必无其妨碍。"老僧毅然答道："此刻机会将到了，只要再向北方进行，自有奇遇。"匡胤听罢，沉吟了半晌，低头不语，现出十分踌躇的样子。老僧不待询问，早就明白匡胤为难的缘故，遂即说道："但请放心，不用忧虑。区区盘缠乃是小事，老衲自当代为筹备。"匡胤谢道："萍水相逢，便承上人资助，小可心下如何得安呢！"老僧道："结些香火因缘，也是老僧份内之事，何必心下不安呢！今晚权请在敝寺暂宿一夜，明日即当送行，免得错过机会，又要多费周折。"说毕，遂唤小沙弥近前吩咐道："你引这位贵客至客房内暂时休息一下，并命厨房备饭款待，休得怠慢！"小沙弥答应了一声，便代匡胤拿了弓箭包裹，请他往客房里去，匡胤起身向老僧致谢告退。老僧扶了锡杖，款款的送出门外，自回方丈。

匡胤同了沙弥来到客房，见是一间小小的房屋，内中床帐被褥，色色俱备，并且收拾得窗明几净，一尘不染，十分清净。匡胤接连赶了好多天的路，在途中所受的尘氛之气,到了此处,不觉一扫而空,心内很是爽快。忙将身上的尘埃拂拭干净,坐在房里,饮了杯茶。那小沙弥已携进一个烛台,摆在桌上。用火将烛点上,把桌子揩拭一下,随后出去,搬入晚饭,将菜肴碗箸安排齐整,回身对匡胤道:"贵客请用晚膳。"匡胤腹中正觉饥饿,便狼吞虎咽的大吃一阵,吃得腹中已饱,方才把碗筷放下。等到小沙弥将残肴撤去,送上脸水,匡胤净过了脸,身体已觉疲乏异常,遂将被褥取过,倒身在床上呼呼睡去。只因行路辛苦,连日在乡村人家借宿,没有好好的睡眠,今天在这客房里面,觉得甚是舒服,所以一会儿睡着,竟是贪眠忘晓。及至一觉醒来,已经红日当窗,连忙披衣坐起道:"怎么一觉睡至此刻方始醒来!岂不有误行程么?昨晚那个老僧,曾言今天送我动身,免得错了机缘,倘因起身迟延,把际遇错过,那就追悔莫及了!"一面说着,走下床来,早见小沙弥送进了面盆手巾,侍候梳洗,梳洗方毕,又搬进早餐。匡胤随意吃了一会儿,遂即整衣出外,径向方丈而来。

老僧已扶着锡杖,在那里守候。两下相见,互相问了早安,便邀入方丈坐下。匡胤唯恐错过机缘,急欲告别登程。老僧笑道:"贵客休要性急,从来说一饮一啄,莫非前定,断乎没有差错的。贵客就是此刻动身,也要到得那个时候才有机会碰着,却是勉强不得的。况且老僧尚有薄酒三杯,奉敬贵客,以壮行色;等到午后登程,并不嫌迟!"匡胤听了老僧的话,哪有不依之理!遂又重行坐下。和老僧闲谈一会儿,不觉谈及时局。匡胤便问老僧道:"天下大势,一治一乱,原是循环不息的,所以前人曾说'分久必合,合久必分',便是易经上也说'无平不陂,无往不复,否极泰来,乱极必治'。现在的时局,离合纵横,兵戈扰攘,已经四五十年,也不可谓不久了。照着常理推测起来,天心也应厌乱;但时之久暂远近,小可凡胎俗骨,难以细度,上人能知过去未来,想必久已明了,究竟不知何日方得太平?"老僧答道:"贵客所说分久必合,合久必分的话,一点也不错。到了中原混合为一的时候,自有太平出现。老僧夜观天象,为期也不远了。"匡胤道:"混合中原之期,既已不远,那真命帝主,想已出世的了,不知现在何处?"老僧道:"贵客要问真命帝主在于何处,却是远在天边,近在眼前;但天心虽然相助着他,也总要戒杀好生,才能够统一中原。玉食万方,孟子所言'不嗜杀人者能一之',正是这个意思。如果违背了这个道理,一味的荼毒生灵,以偿所欲,既使能够统一,他的国祚也决不长久的。"匡胤听了,连连点头道:"上人的言语,实在有理!天生民而立之君,原是要他代天宣化,保护人民的;倘若只管自己争城争地,不管百姓的死活,又何必要这君主呢?不用上溯唐虞,但就周秦两代而论,文王、武王,专以保民为主,所以国祚绵长,传至八百年之久。秦始皇虽然统一了中原,专门暴虐百姓,荼毒人民,唯恐天下背叛,费尽心血的收兵器以对内,筑长城以御外,焚诗书以塞民智,禁偶语以杜反侧,这样的防微杜渐,总认为可以子孙帝皇,传至万世了。哪里知道,陈涉崛起田间,振臂一呼,天下响应,传到二世,就灭亡了。把周、秦两朝的事迹略一比较,可见开基创业之君,断乎不可以多事杀戮的。"老僧不待匡胤说完,早已拍着手道:"贵客能见及此,真是苍生之幸,老衲可以断定贵客的后福,将来竟没有限量哩!"两人谈论得十分投机,不知不觉,时已晌午。老僧一看日影,笑向匡胤道:"我们只管饶舌,连时间都忘记了,贵客还要赶路哩,老衲如何昏蒙到这样地步,把正经事情也几乎误了。"说着,即命小沙弥,快去开饭。小沙弥去了一会，搬进来几样素菜，另有一把酒壶，盛着热酒，一齐摆在桌上。又取过一副杯箸，安排在上首。老僧起身，请匡胤上坐，匡胤道："既蒙上人款待酒饭，如何一个人独吃，上人何不一同用膳呢？"老僧道："既请贵客饮酒，老衲理应奉陪，只因服气已久，烟火食屏绝多年，老衲只好旁坐相陪，请贵客独用罢！"一面说，一面执壶斟酒，让匡胤入席。匡胤见老僧不吃酒饭，也就不再谦让，致谢了一声，便在上首坐定，举杯一饮而尽。老僧又执壶斟满。匡胤甚觉不安！便向老僧道："上人既不饮酒，可让我自己斟吧，如此劳累上人，心中实在不安得很！"老僧还要客气，匡胤早将酒壶取在面前道："让我自斟自饮，倒可多喝几杯，上人倘若再不允许，我就从此停杯不饮了。"老僧见匡胤并不作客，也就任他自便，不复多礼。匡胤饮着酒问道："刚才上人说，服气已久，屏绝烟火食已经多年，不知道'服气'是什么一种功夫，像我们俗骨凡夫，可以学习么？"老僧道："服气一法，乃是禅门真诀。大凡修道的人，都要从此入手，无论什么人，只要真心从道，皆可学得，而且学习久了，效验异常宏大。但是这种秘诀，只有修道的人，才要学习，像贵客一般人物，将来还要玉食万方，享受四海的供献，用不着导引辟谷的法子。"匡胤听了，方不多言。饮了一壶酒，便命小沙弥盛饭。老僧道："只因贵客还要赶路，老衲也不奉劝多饮了。"匡胤吃罢饭，小沙弥送上面水，方把残肴撤去。老僧已取出十两银子，送给匡胤，匡胤再三推让，不肯收受。老僧道："贵客休得客气，这银子也由施主舍给敝寺，老僧特地取出，送给贵客的。大概由此处起身，向北而行，不过十日，便有机缘。这区区银子，虽是少数，已够应用了。"匡胤知道推却不了，方才收了银子，向老僧再三道谢，遂即取了弓箭包裹，作别欲行。老僧道："且慢，老僧尚有几句偈语，为贵客送别，虽没什么深意，留作后来应验，也是好的。"匡胤道："上人既有偈语，自当恭听清诲！"老僧遂作偈道："遇郭乃安，历周始显；两日重光，囊木应谶。这十六字，请贵客记取，将来自有应验。"匡胤听了，茫然不解，知道这是天机，便向老僧追问，他也不肯直言，只紧紧记牢了四句偈语，回答了领教两字，并不向老僧细细诘问。当下由小沙弥将箭囊弓袋并包裹等件，拿了出来。匡胤向老僧作别道："仰蒙上人厚爱，深情恳挚，小可不胜感激！此去若能得志，定当报答恩德。但不知何日再得会面，上人能识未来之事，想必已经知道的了。"老僧道："若问再见之期，须要待到太平时候，才能重行聚首。"（"太平"二字暗伏太平年号。）匡胤遂即携了行李弓箭，迈步出寺。老僧亲自送至寺门，道了声沿途珍重，回身入内。

匡胤依了老僧嘱咐的话，直向北方前进。一路之上，纵览形胜，细玩风景，倒也不甚寂寞。况且有了老僧所送的十两银子，资斧不忧缺乏，心里很是宽慰。迤逦行来，已至汉阳，当即雇了舟船，渡过汉水，循着江岸，向前进行。走了一会，忽然一座高山，遮断前途。匡胤看那山时，层峦叠嶂，势甚险峻。山的后面，隐隐的传出角声，似断似续，听不清楚。匡胤心下狐疑不定道："这个声音，分明是军营中的角声，难道此有甚军队，驻扎在这里么？"一面想着，也不顾山路崎岖，奋力走上山顶，举目观看。只见前面一座大营，依山傍水的驻扎在那里，且有一面大旗，竖在军中，荡漾空际，耀日生光，旗上写着一个大字，被风吹着，飘摇不定，急切间看他不出。匡胤只得走下山来，又向前行了数十步，才看清楚，旗上乃是大大的一个"郭"字，不禁触目惊心，暗中转念道："前在襄阳遇见的老僧，临别时赠我四句偈语，第一句就是‘遇郭乃安’，莫非我的机缘，就在此处么？这倒不可错过。”暗暗转念了一会儿，拿定主意，直叩营门，求见主帅。便将衣服整理一下，抢步前进。到了大营，见有卫兵在营门外守护着，便上前问道：“贵营的郭元帅，可在里面么？”兵士道：“在里面呢！你打从哪里来？问他做什么？”匡胤答道：“我从汴京到此，特地来拜见郭元帅，要求他收录在营，出力报效。”兵士听了，向他浑身上下看了一会儿，方才问道：“请将姓名籍贯告我知道，方好替你通报。”匡胤随：“我姓赵，名匡胤，乃是涿州人氏，父亲弘殷，现为都指挥使。”兵士摇着头道：“瞧不出你还是个公子哩！但是父亲既做到都指挥使的爵位，乐得安居家中，享受富贵荣华，怎么反要来投军呢？”匡胤道：“古人说的，‘时势造英雄，英雄造时势’，现在正值世界扰乱，乃英雄豪杰有为之时，不趁此建功立业，尚待何时？”兵士道：“不料你年纪很轻，倒有这般壮志，待我与你通报，见与不见，可要看你造化。”说着，回身往后营去了。

你道这座大营里的郭元帅，究竟是何人？原来就是后周太祖郭威，乃是邢州尧山县人氏，生得相貌魁梧，力大无穷，自幼学习武艺，弓马娴熟，韬略深渊。少年时候，行为甚是无赖，最喜赌博，樗蒱（chūqú 古代的一种游戏，像后代的掷色子）之戏，一掷万金，绝不吝啬。颈上黥着飞雀啄黍之状。说来却也奇怪，初黥那飞雀的时候，这粒黍，距离飞雀约有寸许地位，后来出仕为官，颈上的飞雀和那粒黍，竟会渐渐的相近起来。有个相面先生，替郭威相面，说他相貌异常，虽然出身微贱，后来必然大富大贵，竟是九五之尊。郭威问他，应在何时可以发迹？相面先生道：“等到颈上黥的飞雀，啄到了那粒黍，便是身登大位的时候了。”相面先生讲了这番无影无踪的话，非但郭威嗤之以鼻，便是旁边的人，也都不相信道：“颈上黥的飞雀啄黍，乃是不能移动的。相距寸许远近，岂有可以啄到之理？这明明是相面先生的胡言。”哪知和郭威在一处赌钱吃酒的朋友，却把相面先生的话，当作一件新闻，互相传述，人人皆知。从此以后，都叫郭威为郭雀儿。那郭威在乡党之中，颇有侠气，常常替人家排难解纷，遇有穷途落魄，或是遭了急难的人，他也肯解囊相助，十分慷慨，因此地方上很有人感激他。有个姓柴的，名唤守礼，为了一桩官司，被人诬陷，几乎惹出大祸，幸得郭威出头排解，方才没事。守礼感念郭威恩德，无可报答，便把自己妹子，嫁于郭威为妻。守礼的儿子，便是柴荣。前回书中，匡胤、郑恩三人结义之后，匡胤将回汴京，柴荣不是说也要动身去看望姑丈么？就是去看郭威的。只因郭威娶了柴氏，并未生育儿女，却把柴荣视同亲生儿子一般，十分钟爱。后来郭威跟了后汉高祖刘智远，立了许多战功。智远甚是器重郭威，遇有机密大事，都是史宏肇、郭威两人代为划策，所以智远篡了后晋，史宏肇、郭威都是开国元勋。智远临殁，郭威、史宏肇又做了顾命大臣，拥立太子承祐为帝，就是后汉隐帝了。其时隐帝幼弱，诸事都听郭威、史宏肇的指挥。所以隐帝即位，便命史宏肇为枢密使，郭威为枢密副使。又因邺都是国家的重镇，须要威望素著的将帅，前去镇守，遂加郭威为侍中，兼邺都留守，带领部下兵将，坐镇邺都。郭威奉到圣旨，知是朝廷倚仗自己的威望，压制各镇，好使他们不敢暗生异心，所以有这样的重任，哪里还敢怠慢？立刻收拾行装，带了家眷，径往邺都就任。不料郭威到了邺都，没有多时，那护国节度使李守贞，据了河中，联络了永兴的赵思绾，凤翔的王景崇，三处藩镇，一齐抗命起来，声势猖獗异常，各路将帅不能抵敌，纷纷告急，文报络绎，如同雪片一般飞来。隐帝年幼无知，如何应付得来？立召枢密使史宏肇，同平章事苏逢吉、杨邠（bīn）入宫，商议发兵之策。史宏肇毕竟是阅历已深，很有才干，能担重任的人。他见隐帝急得手足无措，便从从容容的安慰了隐帝，叫他不要着急；一面与苏逢吉、杨邠商议调遣将帅，分路出兵。当下议定，命赵弘殷征讨凤翔的王景崇；郭从义征讨永兴的赵思绾，唯有河中的李守贞，兵力最强，声势也最厉害，须要极有威名，能征惯战，智勇足备的大将前去，始能抵敌李守贞。史宏肇等踌躇了半日，除却邺都留守郭威以外，更没旁人可当此任。当下商议已定，入见隐帝，奏明此事。隐帝一一准奏，却另外下一道谕旨，命郭威为西面招慰安抚史，征讨河中，诸路军马皆受节制。郭威奉到谕旨，见军情紧急，自然不敢迟延，略略挑选兵将，带了内侄柴荣，秘书王涛，率领部下人马，兼程前进。

这日行到半途，扎下大营，在路旁暂憩。匡胤恰巧到来，遇个正着，便直叩营门，请求效力。兵士代他通报进去。郭威因在用人之际既有壮士投效，自然不肯拒绝，立命召入相见。匡胤闻召，随定兵士步入中军帐前，向郭威打了一拱，侍立帐下。郭威未曾开口，先把匡胤的相貌端详一会儿，见他正在壮年，身材魁梧，心下已有三分喜爱。遂问明姓名籍贯并及三代履历。匡胤朗朗回答，声音洪亮，语言鲜明。郭威见了，更加合意，早有留他在营之心，却故意问道："你年纪尚轻，正应在家读书，徐图上进，如何出外投军，轻蹈险地呢？"匡胤答道："现值时局多故，正是大丈夫立功之秋，稍有志气的人，怎肯枯坐家中，不思出外建立功业呢？我久已抱定入营效力的志愿，上可以酬报国家，略尽食毛践土之谊，下可以显亲扬名，不致虚生人世，这就是我前来投效戎行的本意了。"郭威道："你的志愿如此宏大，正可追随令尊，同往凤翔，建立功绩，因何不随父前去，反到我营中来投效呢？"匡胤经此盘问，料知难以隐瞒，只得将父母爱子心切，不许从军，并自己如何潜身出外，走错路程，始到此处的情形，一字不遗的述了一遍。郭威听了，方才明白匡胤前来投军的原由。遂即言道："我与你父，本属同寅，今既到此，哪有不肯录用之理。现在且留在我帐下，同去征讨河中，等到立了功劳，自然保荐。"匡胤谢了郭威收录之德，正要告退出帐，忽然有一位青年将军走入中军帐内，一眼瞥见匡胤，现出惊诧的神情，向他问道："你如何不在汴京，竟会来到这里呢？"未知来者是谁，且听下回分解。

第七回　遇盟兄太祖投军　战敌兵李筠中计

话说匡胤谢了郭威录用之德，正要告退出帐，忽见一位青年将军匆匆入内，一眼瞥见匡胤，现出惊诧的神气，急忙问道："你怎么离了汴京，来到此处？"匡胤见了那人，也不禁惊喜交集，来不及回答他的话，赶上前去和他执手行礼，诉说自己到此的情由。你道这位青年将军是谁？他瞥见匡胤，为何要现出惊诧的神气？匡胤见了他，又为何惊喜得话也不及回答，赶上去和他执手行礼呢？原来这青年将军并非他人，乃是前回书中和匡胤、郑恩在关帝庙内结义的柴荣。

那柴荣自在定州安喜县内与匡胤、郑恩分别的时候，本约定次年元宵佳节，至汴京看灯，再行聚首。不料回到邺都去看望姑丈、姑母，他的姑丈郭威、姑母柴氏，因为膝下无儿，心下正感不快，见柴荣忽地远远的跑来看望自己，哪有不喜之理！又见柴荣长成得长身玉立，仪表堂堂，并且生性温和，待人接物彬彬有礼，侍候尊长，更是柔声下气，颇具孝心，郭威夫妇更加钟爱，索性寄信于柴荣之父，要将他抚养为子，所有郭威的家财产业，及朝廷恩荫的爵位，言明日后都归柴荣承受。柴荣之父，名唤守礼，原因郭威有恩于己，无可报答，遂将妹子嫁他。现在郭威又是汉主的开国元勋，官居极品，并兼将相，十分显赫。他的言语怎敢违背！况且自己儿子做了郭威养子，便可平步青云，立刻变成贵人了，这种机会真是千载难逢，岂可错过？遂即回信答应。郭威夫妇，见守礼唯命是从，竟肯把儿子送于自己，这一喜好似天外飞来一般，当下择定吉日，率领柴荣，祭告天地祖宗，把柴荣承嗣过来，抚养为子，从此以后，柴荣便改姓为郭，称为郭荣，不再姓柴了。郭威夫妇，自得郭荣承继之后，忽地有了儿子，出入追随，朝朝侍奉，把膝下萧条之憾，完全除去，心下的快乐，自然不可言喻。再加郭荣秉性和平，夙谙礼节，做了郭威的养子，更是施出平身本事，晨昏定省，出告返面的克尽于职，所以郭威夫妇愈加喜欢。不但视若亲生，并且看待他如胸头之气，掌上之珍，连一时一刻也离不开他。你想郭荣有了这样际遇，如何还能离开邺都，远赴汴京，实现从前与匡胤、郑恩所订的元宵看灯之约哩？这便是郭荣失约的原因。趁此交代清楚。

闲话休提。单说匡胤、郭荣兄弟二人，无意之中，在军营会面，哪能不惊喜异常，互相握手细诉别后的情形。郭威见自己的儿子和匡胤认识，并且十分要好，即便问道："荣儿，你与赵指挥的公子，是何时相识的，怎么我竟没有知道呢？"郭荣见问，便将自己在安喜读书，与匡胤乃是同窗好友，后来又因卖弓，遇见郑恩，三个人因意气相投，在关帝庙内，学着刘、关、张桃园结义的故事，结拜为异姓兄弟，一一告知郭威。郭威听了，也喜逐颜开的对匡胤道："赵公子原来与我儿是结义兄弟，从此以后，我倒要忝居长辈，唤公子为贤侄了。"说着，又回顾郭荣道："赵贤侄今日方至营中，尚没有安身的营帐，你们既是结义兄弟，就和自家人一般，可同了他到你帐下，好好款待，等到将来立了战功，受了军职，自有区处。"郭荣得了父亲的吩咐，诺诺连声，引了匡胤，向郭威告退，同回自己营帐，细叙契阔。从此匡胤更加死心塌地，跟着郭荣，随在营内，径赴河中，征讨李守贞。

匡胤正值壮年，勇猛非凡，又一心一意要想建立功绩，出人头地，所以披坚执锐，所至无敌，竟立了无数战功。直到李守贞战败，无可为力，与妻子举火自焚而死，河中地方完全平定。郭威回任邺都留守，待遇匡胤格外优厚，却始终不肯保荐，因此匡胤虽立了许多功劳，仍旧未得官职。这却不是郭威埋没功绩，因见匡胤少年英雄，到处无敌，乃是一员虎将，自己帐下，少他不得，倘若把功劳叙出，加以保荐，朝廷任用，便不能单为自己膀臂，为了这个缘故，只把匡胤羁縻在自己部下，不肯放他做官；又恐匡胤，因为有功不赏，心怀缺望，所以款待得异常优厚。暗中又命郭荣，再三宽慰，叫他暂时忍耐，将来自当格外酬报，不愁没有高官重禄。匡胤也知郭威要把自己留在部下，所以不肯保举，倒也毫不介意，并没怨望的意思。不多几时，郭威篡了后汉，建国号为周，便拔补匡胤为东西班行首，并拜滑州副指挥使。未几，又调任为开封府马直军使。

到得此时，匡胤总算遂了做官的心愿。但郭威因为要他出力建功，不肯把他的官职轻易加大，唯恐他因官高爵重，心怀满足，不再替自己出力建功。这正是驾驭英雄豪杰的手段，所以终郭威之世，官爵不过到马直军使而止。后来郭威既殁，世宗即位，不但念他功劳甚大，并且还有结义的一层香火因缘，有意重用，刚才嗣位，便命匡胤入典禁兵，而且款待他，也异于常人。每逢万机之暇，世宗无甚事情，便召匡胤入宫，和他闲谈，或时饮酒，还是和未贵时一样，仍旧称为二弟。此时郑恩，亦已受职，与匡胤同典禁兵；世宗待他，也和匡胤一般，绝无歧视。世宗又因天下未能统一，燕云十六州沦于契丹，没有恢复，便加意练兵，竭力搜罗堪以胜任将帅的人物。匡胤早把慕容延钊、韩令坤等一班少年时节的朋友，荐引入朝，世宗召见他们，一一量才录用，却都十分称职。朝廷上面，自从郭威殂逝，世宗继承大位，励精图治，引用人才，济济盈廷，真个能人辈出，贤才登进，大有休明之象。世宗本要征汉灭唐，平定西蜀，先统一了中原，然后讨伐契丹，收回燕云。无如还在国丧期内，未便用兵，只得忍耐住了。

哪里知道，世宗因为居丧期内，守着礼节，不去侵犯他人，那北汉主刘崇，他偏生不识好歹，只道世宗初立，年纪又轻，必定没甚才干。又加以郭威才死了并无多日，主少国疑，将帅未必用命，乘丧侵犯，定可大获全胜；又恐自己兵力单弱，不能抵敌周兵，故与群臣商议，联合契丹并力伐周。主意已定，乃遣使臣，赍了许多金帛，贿赂契丹，求他出兵相助，帮同伐周。契丹得了北汉的金帛，自然一口答应，发兵相助。刘崇闻得契丹兵已到来，现在河东驻扎，心中大喜，便命邱从晖为都部署，张元徽为先锋，长子成钧为亲军使，丁桂率了群臣，留守晋阳。分派已定，亲自带领诸将，统率三万人马，会同契丹派来之兵，择日起程。一声炮响，浩浩荡荡，杀奔潞州，乘丧伐周。他以为这一举，周人必不料及，可以乘其不备，大败周兵，趁势恢复基业。哪里料得，世宗非他人可比，虽然年纪尚轻，就是老成练达，阅历很深的人，也及他不来呢。当下北汉的兵马，一路上旌旗招展，杀奔潞州。那潞州在后周时，称为昭义军，其时昭义军节度使，乃是李筠。李筠本名李荣，因避世宗御讳，改名为筠。那李筠虽也了得，但是生性甚是轻率，遇到事情，很有一往直前的气概，却不预备退步。就在这生性上，吃亏不少，他还是不肯改悔，仍旧任性而行。当时报称北汉人马,联合了辽兵,前来侵犯边界。李筠闻报,勃然大怒道:"刘崇这老匹夫,太不讲道理了!我国正在丧期之中,竟是毫不顾恤,乘丧动兵,在他以为我国刚才没了国主,今上年纪尚轻,又是初登大宝,正是人心疑贰,守备松懈的时候,乘丧进兵,必可获胜。须知昭义军有我李筠在此,岂能任你这老匹夫前来猖獗!若不放些手段出来,杀他个下马威,怎么知道我的厉害!"李筠便传下将令,命部下军马,齐集教场伺候出战。总算他有些计算,派了四名将官,各带一千人马,预备下矢石滚木及一切守城器具,分守各门,不得懈怠,倘有疏忽,定以军法从事,决不宽贷。其余的兵将一齐跟随自己,出城迎战。传令已毕,也不问北汉兵马,究有多少,自己所率的六千人马,是否能够抵敌,居然放起一声号炮,率领部下人马,摇旗呐喊,冲出城去;也等不及汉兵到来,传令前军从速前进,遇见汉兵,须要个个奋勇,迎头截击,不得放他逃走。自己押着后队,亲自督战。众兵将奉到命令,又见主帅也亲自临阵,果然个个勇气百倍,径向前进。李筠的前部先锋,乃都指挥穆令均,沿路迎将上去。行到将近上党地方,才与汉兵相遇。刘崇遥见周兵,前来迎战,队伍整齐,旌旗飞扬,其势甚为锋锐,知道不可与他力战。遂即传齐众将,命先锋张元徽,率兵五千埋伏在巴公原之左;都部署邱从晖,率兵五千,埋伏在巴公原之右,等候敌兵杀至分际,听得炮声响亮,一齐杀出,分左右截击,不得有误。邱从晖、张元徽一声得令,各自领兵前去埋伏。刘崇又命大将杨衮,带领五千人马,迎敌周兵,诈作战败,引他到巴公原下,等到伏兵杀出,再指挥人马,回头追杀,必可大获全胜。杨衮得了将令,遂即领兵迎敌。刘崇调遣已毕,便将人马,约至隐僻之处,并知会辽兵,待敌人中计,一同杀出,邀截他的后路。那穆令均,奉了李筠的将令,叫他奋勇向前,却不料刘崇暗施诡计,在那里守他,正兴匆匆的杀上前去,与杨衮的人马,劈面相遇。两下布开阵势,穆令均挺枪跃马,高声喝道:"杀不死的匹夫,怎敢乘我国新丧君主前来侵犯边界?知事的快快退去,饶尔不死,否则惹恼了我,定把你们杀得全军覆没,匹马不返,便是那刘崇老匹夫,也要生掠活捉过来,碎尸万段,以为乘丧欺人者戒。"杨衮听了,也忍不住怒发冲冠,横刀出阵,指着穆令均一骂道:"无知匹夫!怎敢口出狂言,快快通名过来,你老爷刀下,不斩无名之将。"穆令均道:"吾乃昭义军节度使部下先行官,都指挥穆令均是也!来的老将何名,我看你年纪很大,白发盈颠,如何不知进退,还敢前来上阵交锋,若知本先行的厉害,速速退去,免得死于枪下。"杨衮怒道:"你休夸口,可知山后的金刀杨衮么?可惜我的宝刀,今天要斩你这个鼠辈,未免有污刀锋。"穆令均也不回言,挺枪便刺,杨衮举刀相迎。两人一来一往,战了二十余合,未分胜败。杨衮想道:"我奉令诱敌,何必与他力战?"遂诈作力乏,虚砍一刀,回马便走。穆令均只道杨衮真个战败,哪肯放他逃去?挥动人马,尽力追杀。北汉人马,都抱头鼠窜而逃。看看追过了巴公原,忽听一声号炮,左有张元徽,右有邱从晖,率领伏兵,两路杀出,夹击周兵。周兵与杨衮大战了一场,又急急的追逐了十余里路,已是筋疲力乏,怎禁得两路伏兵,皆是以逸待劳的生力军,如何抵敌得住?早已毫无斗志,纷纷乱窜。那杨衮又挥动人马,回头杀来。三面都是汉兵,直把周兵围在垓心。穆令均仗着一支枪,左冲右突,要想杀出重围,哪里能够?正在危急的当儿,忽见汉兵阵脚松动,一标军杀入重围,十分勇猛,汉兵拦挡不住,已经被他冲将进来。

穆令均举目观看，却是主帅李筠，率领牙将刘琼、王彦直，带了人马，前来救应。穆令均与众兵士，瞧见救兵已到，个个精神奋发，舍命冲杀，与李筠合兵一处，突出重围，向后逃走。邱从晖哪里肯舍？指挥三路军马，紧紧追赶。周兵无心抵敌，直向潞州奔去。不料行至分际，又是一声炮响，刘崇亲自带领大军，一声呐喊，从隐僻处杀出，截住周军归路，又加上辽兵，帮同夹击，直杀得周兵尸横遍野，血流成渠，几至全军覆没。穆令均坐下的马，略一迟慢，已被杨衮追上，举刀便砍。令均慌忙用枪相还，哪里还来得及！早被杨衮手起刀落，斩于马下，正是：

一时豪杰成何事，千古冤魂怨落晖。

李筠见穆令均阵亡，吓得心胆俱丧，哪里还敢抵敌，拍着马，向前乱奔。幸亏刘琼、王彦直率领败残人马，且战且走，死命的保住李筠，逃入潞州城内，慌忙吩咐紧闭四门，竭力守御。这一场大战，李筠的六千人马，被杀死五千有余，只剩得数百败兵，逃进城中。汉兵已直抵城下，乘势攻打。幸亏李筠出战的时候，派四员大将，各自领兵一千，分守四门，早将守城器具，预备齐全。汉兵前来攻打，城上灰瓶石子，弓箭鸟枪一齐打下，反把汉兵打死无数。邱从晖见城中有备，料知不能取胜，遂即收兵回营。李筠见死了穆令均一员大将，汉兵已合围攻城，如何还敢出战，只得凭城坚守，一面备了告急本章，遣人星夜赶赴汴京，奏明北汉接联辽兵，乘丧侵犯边界，自己率兵迎敌，大败一阵，现在汉兵围攻潞州，十分危急，请求速发救兵。

世宗接得李筠告急表章，欲亲自率将兵前往潞州，抵御刘崇。把这意思告知群臣，群臣一齐谏阻，世宗不听，大师冯道竭力固争道："千金之子，坐不垂堂。陛下奈何忘先帝付托之重，以万乘之尊，轻临险地？况且我国新遭大丧，陛下初登宝位，山陵未曾修竣，梓宫尚未奉安，人心容易摇动，不可轻出，但命智勇之将，御之足矣。"世宗道："昔唐太宗初得天下，凡遇征伐，未尝不亲临戎。行以唐太宗之英明，尚不敢偷安避危，朕自知万不及太宗，怎敢深处宫闱，不身先士卒，为众将表率呢？且刘崇幸我大丧，欺朕年轻，前来侵犯，正要乘我不备，侥幸万一。朕若不亲自率将兵前往御敌，非但为敌人轻视，且不足以振作士气，奋发人心。"冯道还要争谏，世宗深为不悦。只因冯道为先朝元老，不得不优容一些，所以不加申斥。唯有同平章事王溥，却以亲征为然，劝世宗御驾亲赴潞州，不难大破刘崇。世宗遂命冯道，奉梓宫赴山陵，下诏亲征。赵匡胤出班奏道："朝廷平昔整饬戎行，勤加操练，将士中固然不少英雄，但此次御驾亲临，不同寻常，臣意陛下宜于出兵之前，亲至教场，命众将比较武艺，挑选能征惯战，英雄无敌之将，任为先锋，方可以鼓励将士，群思自奋，破敌便不难矣。"世宗闻奏，深以为然，即从其言。

次日清晨，亲至教场，在演武厅上，升帐坐定。匡胤奏道："披坚执锐，杀敌致果，以勇为贵；乘人不备，暗中取胜，以箭为上。陛下宜先试弓箭，后试勇力，取其弓马娴熟、力量兼有者为正先锋，技艺稍次，力量略小者为副先锋。"世宗道："所奏甚是。"乃传旨命于教场平坦之地，竖起箭鹄，令众将先较射，后比武。一声旨下，早见左班中趋出一将，生得面如傅粉，唇若涂朱，身穿大红箭袍，腰围金带，脚登乌靴，相貌堂堂，威风凛凛，甚是英雄。众人视之，乃张永德也。永德向上打拱道："恕臣甲胄在身，不行全体！"世宗道："卿亦欲较射么？"永德道："愿得充先锋，为国效力，如何不要较射？"世宗许之。永德退下，披挂齐全，一跃上马，在教场中，放开辔头，跑了一转，抽弓搭箭、觑定红心。一箭射去，喝声"着"，那支箭不偏不倚，恰中红心，永德连放三箭，支支都中红心，将台上的鼓，擂得咚咚不绝。众将看了，无不称扬。只因御驾在此，不敢高声喝彩，一齐窃窃私语。永德跳下了马，收过弓箭，上厅打拱道："先锋之职，当与臣充当否？"世宗道："卿之弓箭，甚为佳妙，果然可充先锋。"语尚未毕，右班中一将，喊声如雷道："先锋印还当与我！"世宗视之，乃虎将郑恩也。郑恩上帐打拱道："臣幼习弓马，箭法之妙，不让于张永德，愿陛下命臣与永德比并高下。"世宗点头允之。郑恩退下，披挂好了，上马来到场中。众人见他黑盔黑甲，又是生就的黑脸，跨下一匹乌骓马，浑身上下，全是黑色，犹如一片乌云相似。也和永德一样放马跑了一转，连射三箭，均中红心，将台上鼓声又擂个不已。郑恩下了坐骑，走至帐前，向世宗道："先锋之职，应该与臣充当。"张永德连忙道："臣与郑恩都射中红心，箭法并无高下，先锋自应由臣充当。"郑恩怒道："你的箭虽也射中红心，那有我的箭法高妙？"张永德也发怒道："你我箭法，分明没有高下，如何要强充先锋？"世宗见张、郑两人，互相争论，遂即说道："二卿休得争论，你们的弓箭果然难分高下，朕本言明，先较弓箭，后较武艺。二卿弓箭都中红心，未便强为判断，可再较量武艺，谁人武艺高强，便授先锋之职，不得互相争论，有伤和气。"郑恩听了，便怒目向张永德道："你硬说箭法没有高下，可敢与我比武么？"张永德道："有甚不敢，就与你战三百合，又待何妨？"郑恩并不回言，跑下帐来，跨马提刀，要与永德厮拼。永德亦取兵器，上马奔来，与郑恩比较。赵匡胤深恐二人有失，忙上前阻住道："且慢！待我见了主上，自有分别高下之法。"郑恩、永德，各自勒马停刀，在场中立定。匡胤上帐启奏道："郑恩、张永德，皆是当世虎将，从来说'两虎相争，必有一伤'，尚未出军，先使自己将官厮拼，甚不相宜。臣有一法，可以不用刀枪，分别二人的勇力谁强谁弱？"世宗道："朕正因刀枪无情，两人比武，恐有伤害，卿既有妙法，可以不用刀枪，那是最好的了。不知是何法儿，可速奏明。"匡胤道："教场之前，左右各有石狮一个，分立两旁，每只石狮，重逾千斤，陛下何不传旨，令张永德、郑恩各举石狮，谁举得高，便是谁的力大，即便参授先锋，不得争执。"世宗大喜道："卿言有理！朕当依言而行。"遂传旨张永德、郑恩二人，不许用刀枪比试，可各举石狮，能够绕教场一周，仍将石狮还与原处者即为先锋，不得再有异言。张永德、郑恩得到旨意，争向前去，举那石狮。未知二人能否将石狮举起，且听下回分解。

第八回　选先锋教场举石狮　取雄关城壕跃骏马

话说张永德、郑恩奉到世宗圣旨，命二人各举教场前的石狮，比试勇力。永德、郑恩一齐至石狮之前，举目端详，见那石狮乃是整块大石，经匠人雕琢而成的。其高约五尺有余，埋入地中有七八寸之深，重量至少也有一千六七百斤。当下永德、郑恩观看已毕。永德先开口道："谁先来举这个石狮？"郑恩道："你年纪比我大，理应让你先举。"永德也不谦逊，左手揽衣，右手将石狮摇了一摇，周围泥土已经松动，然后双手捧定石狮下面的座子，用尽平生之力，把石狮掇将起来，离地约有一尺光景，却一步也行动不得，如何能绕着教场走个周遭呢？永德掇了一刻工夫，方将石狮放于原处，让郑恩来举。郑恩走上前去，也将双手捧定石狮，掇将起来，说也奇怪，竟与永德一样，也只离地一尺，要想行动，亦复寸步难移，只得也掇了一刻时光松手放下。众将士一齐称奇道："这两个人，箭法和勇力居然相同，怎样分得出高下呢？"众人正在窃窃私议，忽然从队伍中走出一个青年壮士，直奔石狮跟前，高声说道："张、郑两位将军举它不起，待我来试它一下。"说着，撩起衣襟，双手将石狮一捧，轻轻的举将起来，竟沿着教场绕了一周，走回原处，把石狮放下，端立不动，面不改色，气不涌出，如若无事一般。众将看了，都把舌头伸了出来，缩不回去，齐声说道："这才是真力量呢！"匡胤见了，更是惊喜，连忙命人将青年壮士邀至中军帐前。那青年奉令上帐，参见世宗，行过了礼，侧身站立。世宗见他相貌雄伟，虎背熊腰，确是一个英雄。不觉喜动龙颜，向青年问道："你姓甚名谁？何处人氏？素昔作何生理？可一一告知朕躬。"青年恭身奏道："小臣姓高，名怀德，乃真定常山人氏。父亲讳行周，曾为天平节度使，因得罪先帝，削去爵位，郁郁家居，患病而殁。小臣自幼膂力过人，由父亲传授武艺，立定志愿，要想建功立业，丧服既满，遂赴汴京，借碰机缘。不料资斧用尽毫无门路，何以进身？因此流落汴京。今日闻得圣上驾临教场，比较武艺，选取先锋，所以前来瞻仰。因见张、郑两位将军，未能举得石狮，不觉技痒起来，大胆上前，举起石狮，还求圣上恕小臣冒昧之嫌。"世宗道："你原来是高行周之子，行周只因得罪先帝，削夺了官爵，不料他竟抑郁而死，深为可惜！朕看你将这千斤以外的石狮，轻轻举起，不但毫不吃力，还能绕着教场走了一周，这力量果然不小，不愧为将门之子！但是力量虽大，不知弓箭如何，可能射否？"高怀德道："小臣幼年便习武艺，十八般军器，无一不能。这弓箭一道，更是家传绝技，比较旁的武艺，尤其擅长。陛下不信，小臣可以当面试验，如果不能中的，甘愿认罪。"世宗道："很好，你就当场射与朕看，倘若射中红心，朕当逾格录用。"说罢，吩咐预备鞍马弓矢，令高怀德射箭与朕观看。怀德奉旨，退出帐来，跨上马背，往来驰骤了一会，连放三箭，俱中红心，世宗瞧着，心内大悦。遂即授怀德为帐前步骑，日后有功，再行升赏。匡胤出班奏道："陛下今日比箭较艺，原是选取先锋的，早经明降旨意，箭法高超，武艺出众者，充为先锋之职。今怀德箭法武艺都非诸将所及，自应授怀德为先锋，方与前旨符合。"世宗道："卿言虽甚合理,但事有经权,不可执一而论,前部先锋,责任重大,怀德固是英雄,年纪尚轻,且系新进,恐其未经大敌,有误军机,那时追悔莫及了。"匡胤极力保荐道:"臣看怀德,年纪虽轻,勇猛异常,诸将中无人能及,用为先锋,即系新进,亦无妨碍。并且张永德、郑恩共争先锋,箭法勇力,又复不分高下,选取先锋颇难定夺。怀德本领胜过张、郑二人,使充先锋,诸将可无异议。况怀德以白身之人,绝无功绩,陛下因其武艺超群,不次拔擢,必定衔恩感德,力图报答,绝不至有误军机,陛下尽可放心。"世宗深然其言,遂命军政司取过先锋印,授与怀德,并嘱其奋力杀敌,报效国家;不可有负朝廷。怀德初时,不过想博取一官半职,所以前来施展本领,哪知匡胤见他人物轩昂,英武绝伦,有意罗致他为自己的膀臂,因此在驾前竭力举荐,竟得充作先锋,这一喜真是不可言喻,当下接过先锋印,谢了圣恩,退下帐来。

世宗将先锋选定,遂即下诏亲征,由柴太后监国,李穀(gǔ)为枢密使,范质参知政事,辅佐柴太后,权理一切国政。又以赵匡胤为宿卫亲军使,郑恩为宿卫亲军副使,张永德为监军使,并调回张光远、罗彦威、史彦超、马全义、刘词等一干众将,随驾亲征。分遣已毕,点起八万人马,并程而进,不到两天工夫,已抵泽州东北,命将解了潞州之围。北汉主刘崇,知世宗亲自出征,晓得是个劲敌,方悔不该欺他年轻,乘丧侵伐,便将军马驻扎在高平之南,预备交战。

到了次日,两军一齐出营,布成阵势。世宗全身披挂,亲自督战。刘崇亦亲身临阵,指挥作战。那汉兵势如怒潮一般,人人奋勇,个个扬威,直向周阵猛扑过来。世宗见了,也慌忙挥军迎战。两下里兵对兵,将对将,各持军械,战斗起来。哪知战不到一会,周阵内忽然蹿出一队人马,弃甲倒戈,投降汉军。还有步兵千余人,跟随过去,一齐向着北阵,高呼万岁,自愿降顺。世宗吃了一惊,连忙看时,却是右营步军使樊爱能与副将何徽,率领部下千余人,甘心做那降虏。世宗经此一激,不禁怒气填胸,亲自出阵,挥军直进。汉主刘崇,立在旗门影里,见世宗冒着矢石,临阵督战,便命几百个弓弩手,把强弓劲弩,攒射世宗。左右护卫的亲兵,见弓弩射来,忙用盾四面蔽护,把世宗遮在中间,那麾盖上,已是矢集如猬。周兵见自己将佐投降敌人,汉兵又十分勇猛,不觉有些慌乱,渐渐的阵脚松动,支持不住。赵匡胤见势头不佳,大声说道:"主忧臣辱,主辱臣死,现在十分危急,正是我辈拼命杀敌之时。难道袖手旁观,一任汉兵猖獗,主上被困么?"言毕,跃马如飞而出。郑恩也怒声如雷,向高怀德道:"你受主上特别殊恩,此时不舍命报效,更待何时?我与你同去冲突汉阵。"高怀德点头答应,与郑恩各挺军器,拍马冲去。汉将刘显、刘达,深恐自己阵势为高、郑两人冲动,拍马出阵,迎住二人,大呼厮杀。郑恩杀得性起,一刀劈去,刘显措手不及,中刀落马,郑恩复加一刀,砍为两段。刘达见刘显阵亡,心下慌乱,手脚一慢,被高怀德一枪刺中左肩,疼痛难禁,哪里还敢再战,拍马向后而逃。汉军见刘显已死,刘达受伤,未免有些胆怯,锐气顿减。又被匡胤同张永德冲入汉阵,一阵乱杀,汉兵死者不计其数。史彦超、马全义目击匡胤、永德,已将汉阵冲动,各引一千铁骑,乘势杀出,忽地向左右分开,从斜刺里突入汉阵,乱砍乱杀,声震山岳,汉兵如何抵敌得住,纷纷向后退走。刘崇见自己人马倒却下来,拔出宝剑,将退后的兵士杀了数名,要想借此阻住,哪里阻止得来?前队军马已如崩山倒海一般，往后逃走，后军也被前军牵动，无心再战，一齐乱窜起来。刘崇见势已不支，怎还顾得厮杀？带转马头，匆遽逃走。世宗乘势指挥人马，追杀上去，汉军愈乱，周兵越追越紧。刘崇初时还望辽兵前来助战，岂知辽将见汉军一败，非但不来救援，反领了人马走回本国，置刘崇于不顾。刘崇无奈，只得拍马加鞭，逃回河东，收集残兵，闭门固守。世宗率军直达城下，择地安营。那背军降敌的樊爱能、何徽，也想入城。刘崇因其不忠于周，未必能忠于自己，拒绝投降，不准入城。二人无法可施，只得仍回周营，伏地请罪，求恕一死。世宗大怒道："背君贼子！尚何颜面见朕，若不以军法从事，如何儆众！"立命推出斩首，将两颗血淋淋的头，挂在营门号令示众。全军见了，莫不股栗。可怜樊、何二人，背周降汉，原想图谋富贵，不料刘崇拒而不纳，反倒送了性命。这也是奸人的报应。到了次日，世宗传令攻城，城上矢石雨下，周兵反被击伤。匡胤大怒，誓欲攻破此城，以泄其愤，遂即身先士卒，用火焚城。城上守兵，愈觉慌张，只得将箭乱放，抵住周兵，不使上城。此时风助火威，烟焰涨天。匡胤正在攻打，急忙中被矢射中左臂，血流如注，还要裹创再攻，不甘退却。世宗见匡胤受伤，急命回营休息。且因河东城高池深，粮草充足，料知攻打不下，况顿兵坚城，素为兵家所忌，便与诸将商议，暂将人马撤退，遇有机会，再取河东，诸将齐声赞同。世宗主意已定，拔队退还，仍返汴京。因此番出征，匡胤战功最著，特擢为都虞侯，领严州刺史，其余诸将，如郑恩、高怀德等一班战将，依其功绩之大小，量加升拔。

到了世宗三年，又下令亲征南唐，遂拜李穀为行营都部署；司空赵弘殷副之；殿前都虞侯赵匡胤为侍卫指挥使；韩令坤、李重进等诸将，一律随军进征。惟郑恩患病未起，高怀德留守汴都；符彦卿、药元福，年纪已老，不能临阵，未曾同行。其余大小将弁，莫不摩拳擦掌，随营立功。显德三年正月，车驾发大梁，直告南唐进兵。那南唐主，名唤李璟（jǐng），占据江淮，与周也是敌国。世宗有志统一中原，欲荡平江淮，然后再取岭南巴蜀，所以发兵南下。这次的先锋，却是李重进，官拜归德节度使，奉了世宗旨意，一路浩浩荡荡，旌旗招展，到了正阳。唐主闻得周兵到来，即遣刘彦贞为都部署，将兵二万，迎敌周师于寿州，皇甫晖、姚凤领兵三万，屯于定远，又飞召镇南节度使宋齐邱，速还金陵，商议退敌之策。那刘彦贞，本是寿州人氏，生得蛇头鼠目，素昔骄傲，并无才略，专一贿赂权要，以固禄位。奉到唐主旨意，提兵前进。打听得李穀的前部先锋李重进，兵至正阳，他便带了人马，直趋正阳。清淮节度使刘仁赡，池州刺史张全约，竭力谏阻道："周兵远来，利在速战。公但扼定淮泗，不令前进，彼远道输运，甚不便利，待到粮尽，自然退去。待其既退，而后击之，可以大获全胜。否则屯兵寿州，以逸待劳，虽无大功，亦无失着，还属中策。若领兵直趋正阳，我兵奔走之余，力乏精疲，如何能与交锋，正中他反客为主之计，待到失利，悔无及矣！"彦贞不听二人之言，传令众军，从速前进。仁赡谓全约道："刘公不听忠言，此行必无侥幸，我与公早早预备守城器械，免得措手不及。"全约从其言，即命所部，依淮而守。其时李重进引兵前行，却与刘彦贞在途中相遇。彦贞屯军安丰，列营数十里，声势甚为煊赫，一望去好似数十万大军的样子。重进不敢冒昧，遂登高观察一番，谓众将道："彦贞营棚，皆不如法，虽然声势甚盛，破之极易！"即召部将曹英道："与汝三千军马，自上流出其不意，突然击之，彼军可破矣。"曹英得令，率兵自去。次日，重进全身披挂，横刀跃马，出阵讨战。彦贞亦领兵出营，摆成阵势，操枪勒马，立于旗门之下，指定重进骂道："无故侵犯我国，是何道理？速速退去，尚可免受诛戮，否则教你死无葬身之地。"重进大怒，也不答言，轮刀纵马，直取彦贞。彦贞正要接战，身后一将，跃马而出，抵住重进。彦贞视之，乃牙将张万也。二人两马相交，刀枪并举，战有五十回合，重进佯输诈败，拍马绕阵而走。张万放马追来，重进待他身临切近，按住刀，挽弓搭箭，回头射去。张万应弦落马，重进举刀一砍，挥为两段。彦贞见折了张万，心头火起，大喝一声，挺枪直取重进。重进回马相迎，二人交锋，正在难解难分之际，忽然一声炮响，曹英率领三千军马，从上流杀来，唐兵阵势大乱。彦贞料不能敌，勒马逃走。曹英乘势追杀，唐兵大败，丧折殆尽。彦贞奔走了十余里路，又见前面山坡之下，旗帜飘扬，一队人马，拦住去路，正是李毂的副将王成，劈面迎来。彦贞此时，前有敌军，后有追兵，进退无路，只得拼着性命，与王成死战。不料彦贞心慌意乱，战未三合，马失前蹄，将彦贞跌落坡前，被周兵拥上，乱刀砍死。李重进知道彦贞被杀，乘势急进，俘斩唐军万余级，获其辎重盔甲，不计其数。这场大战，杀得唐军亡魂皆冒，从此望见周军旗帜，便觉惧怕。

刘仁赡在寿州城内，探知彦贞战败身亡，又见败兵纷纷逃来，只得开城收纳，幸得自己早有预备，守城器具甚是完全，粮饷亦十分充足，便一面料理守城，一面遣人星夜至金陵告急。唐主得知彦贞兵败阵亡，寿州危急，忙召群臣商议。枢密使陈景闻奏道："周师锐不可挡，彦贞新败，吾军闻风胆落，若与交锋，必难获胜。主上可传旨，命各处将帅，坚守城池，不得轻易出战，守老其师，然后击之，始可获胜。"唐主闻奏，深以为然，即传旨令各处坚守，不得出战。哪知旨意方下，滁州失守的警耗，早又传来。滁州怎么失守如此之快呢？只因彦贞战败的信息，传播开来，那皇甫晖、姚凤，本来奉了唐主之命，屯兵定远。二人得到彦贞败信，便商议道："定远无险可守，周兵之势，锋锐异常，倘若到此，我们怎能抵挡？只有清流关，最为险要，我们不如弃了定远，退保清流关，即使周兵到来，我们能够胜他，原是很好，如果不能取胜，只要坚守关城，周兵也无奈我何，岂不比在定远地方好得多么？"两人商议已定，居然弃了定远，带领人马，退守清流关而去。世宗率兵前来，如入无人之境，便在下蔡地方，架成浮梁，预备渡淮。却因清流关甚是险要，必须攻取到手，才能直下南唐。

原来，那清流关在滁州西南，依山靠水，势甚雄峻，大有一夫当关，万夫莫开之概，所以皇甫晖、姚凤驻守关中，拥众自固。世宗也深知此关，最为紧要，但能破了这座关城，滁州等处便可唾手而得，南唐也不难平定了。只是皇甫晖、姚凤拥着数万大军，据着天险之地，很不容易攻入。因此心下十分踌躇，不知派遣谁人前去，才能不负委任，攻破此关。正在帐内迟疑不决，没有主意，忽见匡胤步入中军，启奏世宗道："清流关为南唐要害之区，我们不能不拼力攻打，夺得关城。臣愿得二万人马，往攻此关，望陛下准臣之奏，命臣前去，定将清流关取来，倘若不能获胜，甘愿治罪。"世宗道："卿虽勇猛无敌，但清流关坚固异常，皇甫晖、姚凤又是南唐宿将，守御得法，恐怕难以攻取。"匡胤道："以臣观之，皇甫晖、姚凤都是毫无勇敢之人，陛下可以不用忧虑。"世宗问道："皇甫晖、姚凤向称南唐名将，屡经大敌，未尝挫衄。唐主李璟（jǐng），命他将兵，正是倚仗两人平日的威名，卿如何说他没有勇敢呢？”匡胤道：“晖、凤两人，如有勇敢，早已拒住定远，不使我兵到此了。即使定远无险可守，退至清流关，以谋万全之策。我兵既到，也应开关出战，以决胜负，不该藏身关内，拥兵自卫。臣说他不勇敢，就是为此。我兵突然进攻，晖、凤二人，慑于声威，必定不敢迎战。主将既已畏怯，军士更无斗志，攻取关城，自易为力。臣虽不才，愿当此任，夺关破敌生擒晖、凤就在此举，陛下请勿疑心。”世宗道：“卿既力请攻关，愿当此任，想必胸有成竹，可操胜算，明日命卿前往便了。”匡胤道：“处事不可迟疑，机会不可失误。欲破清流之险，除却蓦地掩袭，使他不及防备，没有它法。陛下既以臣为可任，事不宜迟，就在今日！”世宗大喜，遂命匡胤领二万人马，前去攻关。

匡胤奉了旨意，星夜行进。一路之上，掩旗息鼓，绝无声响，但令人马鱼贯而行。将近天晓，已行至距关十里之地。匡胤惟恐天明之后被关内得了信息，便难下手。急命军士，赶速前行，人马到关，却值黎明。关中守兵，尚在睡梦之中，完全没有知道。直到天已大明，方命侦骑出关，察探敌情。不料关门刚才开放，忽来一员大将，蚕眉凤目，绿袍青巾，好似天神一般，手提大刀连杀数人，守关兵丁知道不好，急欲闭关，后队兵马，早已一拥而进，关内顿时大乱，自相践踏，死者不计其数。皇甫晖、姚凤方始起床，听得外面喊杀连天，不知何故。正要命人探问，已接连报称，周兵杀入关中，两人骤闻此信，吓得手足无措，不知如何是好。姚凤连说：“怎么了？怎么了？”身体已经颤动不已。还是皇甫晖略有主意，向着姚凤说一声快些走吧！飞奔出室，跳上马背，连加几鞭，拼命逃走。姚凤也就跟着后尘，如飞而去。总算两人奔走迅速，逃得性命，径向滁州城内去了。只可怜关内的数万唐兵，出其不意，毫无防备，被周兵一哄进关，大刀阔斧，四下乱杀，又没了主将，连兵器也来不及携取，哪有抵抗的能力。只恨没有长着翅膀，飞不出去，被周兵杀死大半，有一小半侥幸得脱，都向滁州奔逃。皇甫晖、姚凤一口气跑到滁州，回头一看，只见尘土飞扬，旌旗飘荡，周兵已如飞一般，追将上来。两人见了，不禁连声叫苦，料知预备守城器具，再也来不及了，只得把城外吊桥从速拆毁，还可阻住周兵，使他暂时不得进城，才可料理守御之事。当时一声令下，吩咐拆桥，许多兵士，七手八脚的把桥板拆卸下来，果然壕宽渠广，如果不架浮桥，竟难飞越而过。哪里知道，天下事情最难逆料，皇甫晖、姚凤以为吊桥既已拆毁，纵然不能永远阻住周兵，使他不能攻城，也可以略缓须臾，免得一时之间措手不及。谁知竟是出于意外，那大队周兵，赶到壕边，一声呐喊，早已“噗咚噗咚”一个个跳入水中，连那统兵大将赵匡胤，也勒马一跃，跳入壕内。未知匡胤因何跳入壕内？且听下回分解。

第九回　跃龙马大破唐军　递雁帛勉励旧友

话说皇甫晖、姚凤失了清流关，奔入滁州，未及修缮守备，周兵已如飞追来。皇甫晖、姚凤无法可施，只得将吊桥拆毁，总道可以暂时阻住周师，使他不能近城。哪里知道统帅赵匡胤来至壕前，勒马一跃，竟跳过七八丈宽阔的壕渠，绝不沾泥带水，从从容容的立在城下。那些周兵，瞧见主帅已经跳过壕去，哪里还肯怠慢，个个奋勇争先，跳入水中，凫水而过。晖、凤二人见周营的兵将如此勇猛，这一惊非同小可，慌忙避入城内，闭门自守。匡胤便命攻城。一声令下，部下的二万人马，将滁州围住，四面驾起云梯，出力攻打。忽闻城上有人高声说："请周将前来答话。"匡胤举目观看，见城上立定的并非他人，就是南唐的大将皇甫晖。匡胤跃马上前道："事已至此，有甚言语，赶快说来。"皇甫晖向匡胤拱手道："来者可是赵统军么？我与你本无私仇宿恨，不过各为其主，请你暂停攻打，让出空地，容我军排定陈势和你决一胜负。我若再行战败，愿将此城奉献。"匡胤听罢，哈哈大笑道："你不过是缓兵之计，我也不怕你飞上天去，就宽你须臾之死，有何妨碍！"说毕，即令军士暂停进攻，并约退一里之地，列成阵势，等候皇甫晖出战。皇甫晖、姚凤果将城门开放，率领人马出城，阵势尚未布好，匡胤突然冲入唐军队里，唐军阻挡不住，前队大乱。皇甫晖措手不及，被匡胤一棍打中肩胛，"啊哟"一声，撞下马来。姚凤见了，急来相救，不防周兵拥上，刀枪齐施，马匹受伤，前蹄一失，也将姚凤翻跌在地。周兵哄将上来，把皇甫晖、姚凤一齐捉住。唐兵见主将被擒，吓得魂飞魄散，纷纷溃散，滁州城内，早已不见唐兵的踪迹。匡胤率军入城，一座滁州，唾手而得。匡胤安民已毕，即遣使押解皇甫晖、姚凤，向世宗处报捷。然后分遣诸将，各带人马，防守四城。吩咐要小心谨慎，以防不测。

其时匡胤之父赵弘殷，奉了世宗之命，带领后队前来，到得滁州，已是深夜，令人传呼启城。匡胤传令军中道："父子虽是至亲，守城系属王事，且今贼氛未净，恐有余党，隐伏城内乘机作乱，不可启城。"弘殷听了，没有法想，只得在城外野宿一宵。到得次日天明，方能入城。

世宗接到匡胤捷报，心下甚喜，命翰林学士窦仪，往滁州籍记帑藏财帛。窦仪领旨，径至滁州。由匡胤一一交付，籍记清楚，匡胤适因犒赏军士，令亲吏往库内取绢数匹。窦仪不允道："公初取滁州时虽把库中所有之物，一齐取去，亦无妨碍。今已籍为官物，非有皇上诏书，不得支付，请公勿怪。"亲吏回报匡胤。匡胤叹道："窦学士守正不阿，真忠义之士！"非但没有怒意，并且十分器重窦仪。过了几日，有新授滁州判官到任，方才来至滁州，即行拜谒匡胤。匡胤接见之下，才知这新任判官姓赵，名普，字则平，本贯蓟州人氏，因避乱徙居洛阳。永兴节度使刘词，知其品学兼优，才能出众，聘为幕僚，甚是器重。赵普也实心任事，帮着刘词，施行了许多善政。至是刘词已卒，临殁时备了遗疏，推荐赵普，说他才具优长，可当大任，请朝廷录用。现在滁州初定，一切官吏,均须徐授,同平章事范质,又举荐他,世宗便命为滁州判官。赵普奉了旨意,束装起身,不日已抵滁州,素闻匡胤大名,久思一见,所以初到滁州,不及料理旁的事情,即来晋谒匡胤。匡胤见他人物轩昂,言词清朗,已是十分中意,只不知才情如何,要想试他一试。

其时因新得滁州,深恐溃兵散勇,暗中匿迹,或为南唐探听军情,或联络地方匪徒,扰乱秩序,稍一不慎,为患非浅,故命部下举办清乡。这日,兵士捉到乡民一百余名,完全指为盗匪,匡胤并不讯问,即命行刑。却巧赵普自与匡胤相见之后,语言甚为投机,每日必在匡胤那里,帮着办理事情,因见部兵捉获盗匪,并不讯问即便行刑,心下很不为然,遂向匡胤抗议道:"这一百余人,说他们是盗匪,并没真赃实据,未曾加以审问,便将他们一律斩首,情真罪当,倒也罢了。倘若有挟嫌图报,诬良为盗的事情,问也不问一问,即把来杀了,岂非视人命为儿戏么?"匡胤笑道:"你究属是书生本色,说话未免有些迂腐,要知道这里的百姓都是俘虏,我把他们一律赦免,不行治罪,已是法外施仁,如今还不改悔,甘心为盗,若不立正典刑,何以儆戒将来呢?"赵普道:"公言差矣!我们对于南唐,只应把李景一人视为敌国,其余如南唐的将帅,虽然和我们敌对,乃是食人之禄,理当忠人之事,在上阵交锋时候,自然认做敌人。倘若投降我们,或是已与我们不再抵抗,就不应该把他视为敌国,要与自己的人一样看待,方合道理。何况那些百姓无知无识,无权无勇,虽身居南唐境内,乃是无辜之人,如何可以一概视为敌国呢?明公素有大志,很想统一中原,奈何自分畛域,致失民心,岂非大误么?"匡胤听了赵普的言语,也觉有理,遂即说:"你若不怕辛苦,就把这一百余人,交付于你,前去审问。"赵普便不推辞,将这一百余人,逐得推问。倒有七八十人,没有佐证,便禀明匡胤,把犯有赃证的,是盗匪的人,定了罪名,其余无辜,一概释放。这件事情,方才行过。那滁州的人民,欢声大振,都称颂匡胤慈爱仁明!竟是口碑载道,到处欢迎起来。匡胤至此,才知道赵普果有才干,并非浪得虚名者可比,由此益加信任,凡有事情,必与商议。赵普也格外效忠,遇到疑难之事,尽力为匡胤筹划,处置莫不得宜。久而久之,匡胤竟倚仗他如左右手一般,时刻少他不得,所以对待赵普,也格外优厚,差不多和自己兄弟一样。

匡胤的父亲弘殷,也在滁州,父子同在一处,朝朝聚首,自然欢乐得很。不料乐极生悲,弘殷忽然生起病来,其势甚为沉重。匡胤好生着急,延医服药,日夕侍奉,自不消说。哪知事有凑巧,匡胤正因父病甚重,急得无可奈何,扬州的警报又纷纷到来。唐主因周兵异常厉害,已将滁州夺去,心内甚为恐惧,便遣李德明至周营求和,情愿割地罢兵。世宗因他没有削号称臣,不允求和。唐主李景,见世宗不肯罢兵,不得不于死中求活,遂挑选精锐之士,共得六万人,命其弟齐王李景达为元帅,带领兵马,往江北进发,直抵扬州。那扬州距离六合,只有百余里远近,为江北最紧要的地方,本为南唐的境界。世宗规取形势,知道扬州为江北要塞,不可不取,早就命赵弘殷把扬州夺了过来。弘殷得了扬州,便命韩令坤率兵镇守,自己带了本部人马,到滁州来帮助匡胤。此时李景达兵到扬州,韩令坤见景达兵势极盛,深恐众寡不敌,飞章告急,请求救援。世宗见扬州危急,下诏命匡胤速趋六合,兼援扬州。军情十分紧急,促其从速进行,不得迟延。

匡胤接到旨意,觉得甚是为难。独自一人踱来踱去的想道:"遵着君命赶往六合,虽然免了违旨之罪，但是父亲的病这样严重，自己离了滁州，无人侍奉，如何放心得下？倘有不测之事发生出来，非但抱恨终身，那不孝之罪，也就擢发难数了。如果顾着父亲的病，那旨意又来得非常紧急，抗违君命，贻误军机，两重罪命，如何承受得起？况且韩令坤又是少年时候的至友，此时被困扬州，急盼我发兵救援，倘若迁延下去，扬州有失，岂不是君命友谊都难保全么？”匡胤想来想去，公谊私情，两相感触。正在进退两难，徬徨无措的时候，恰值赵普走了进来。匡胤瞧见了他，不觉大喜道：“你来得正好，我有一件为难之事，无法两全，请你的高才，为我解决一下。”赵普便问：“何事不能两全，要我解决？”匡胤让赵普坐下，把自己所虑的事情与他熟商。赵普毅然答道：“这样的事情何用商量？从来说‘君命诏不俟驾而行’。又道是公而忘私。如今扬州既在紧急，请公即日率兵前去。若因令尊有病，无人侍奉，不能放心，普可以代公侍疾，决不有负公的付托便了。”匡胤道：“侍奉父亲，乃人子份内之事，如何敢劳君替代？”赵普道：“公也未免拘于世俗之见了。普姓赵，公亦姓赵，彼此本属同宗，若不以名位为嫌，公父即我父，一切询寒问暖，进奉药饵，普当力尽其职，决不致言于心违，公请放心。”匡胤听了，拜谢不已道：“蒙君如此相待，此后当视同手足，决不相负。”赵普慌忙答礼道：“我是甚等之人，敢当明公这样重礼！”匡胤既已决定主张，一刻也不肯迁延。当下留赵普居守滁州，把公私诸事，都托付于他。简选了二千精兵，连夜启行，兼程并进。方抵六合，听说扬州守将韩令坤，已弃城西走。闻到这信，禁不住大怒道：“令坤如何这样畏葸？他的一生英名，从此丧失，固不足惜；但扬州为江北重镇，若被南唐重行夺去，我们所得的江北地方，随处震动了！我却不可以不设法挽回此事，一则为国尽力，二则保全令坤。”当下低头沉思，顿时得到一个主意，立刻派了一队兵，驻扎在扬州溃兵必经之路，并出令道：“倘有扬州兵从此经过，即行拿获，刖去双足，不准私放一人，如敢违令，立按军法。”又致书于令坤，大意是说：“与君总角之交，素知君勇武过人，今忽畏敌怯退，殊出意外。君若离扬州一步，上无以报国，下无以对友，昔日英名，而今尽丧矣。”令坤受此一激，遂即率兵回去，仍旧占住扬州，凭城坚守。其时南唐偏将陆孟俊，从泰州杀来，令坤乃齐集部下，大声说道：“我受国恩，今日敌兵前来，誓与决一死战。汝等亦宜同心戮力，有进无退，生死相共，方不愧为英雄好汉。如有临阵退缩者，立斩以徇，莫怪我言之不早也。”兵士们听了，齐声答应道：“谨遵将令！”令坤见军士可用，即命开城出战。一声令下，城门开处，令坤一骑马，当先冲出，直扑敌阵。兵士见主将如此勇敢，也就精神奋发，努力向前，呐喊一声，舍命突阵。陆孟俊立马阵前，见一员周将，率领兵士，前来突阵，深恐被他冲动阵脚，难以抵御，连忙挥兵迎战，不料周兵舍命而来，个个如生龙活虎一般，见人杀人，遇马斫马，令坤一枝枪，如蛟龙出水，猛虎离山，所到处波翻浪涌，人仰马跌。周兵跟着乱杀，但见人头滚落，血雨横飞，霎时之间，唐兵阵势已经散乱，被周军捣入中坚。孟俊如何抵挡得住？遂即策马逃命。唐兵见主将向后逃走，也就弃甲抛戈，各自飞奔逃命，到处乱窜。令坤遥见孟俊在前奔走，如何肯舍？便拍马追来，看看追得将近，立即取弓抽箭，“飕”的一声，将孟俊射下坐骑。周兵一拥而上，立将孟俊获住，捆绑好了。令坤擒了敌将，心下大喜，也不追赶唐兵，掌着得胜鼓，一径回城。来至帅府，升坐大堂，左右将孟俊推上。令坤正要命人将他押入囚车，解赴行在，前去报功，忽见后堂闪出一个美貌妇人，哭拜在地道："陆孟俊这贼是妾的仇人。望将军作主，碎剐这厮，与妾报仇。"令坤视之，乃是自己新纳簉室杨氏，便问道："你与这贼有何怨仇？"杨氏便将自己的仇恨带哭带诉的细说了一遍。令坤听了杨氏之言，勃然大怒，立向孟俊喝道："她的言语可是真的么？"孟俊无从抵赖，只求速死。令坤便命军士押了孟俊，交与杨氏，听凭她怎样处治，以报大仇。

你道杨氏和陆孟俊有什么怨仇，要这样的央求令坤，替她作主，报仇雪恨？原来杨氏是潭州人杨金山之女。杨金山家资巨富，潭州人都称他为杨百万。膝下只生一子一女，子名宝官，女名月娥。宝官方才数岁，尚由保姆携带，乃是金山晚年生育的，月娥年已及笄，犹然待字。生得圆姿替月，秀靥临风，真有沉鱼落雁之容，闭月羞花之貌。潭州地方，哪一个不知道杨百万的女儿月娥，是个绝世佳人呢？便有许多富家子弟，托了媒人，前来作伐，要想娶月娥为妻。一者爱慕月娥的美貌；二者贪图杨家是个巨富，妆奁陪赠，必定丰厚，所以每日前来说亲的人，几致户限为穿。那杨金山恰拿定主意，要替女儿选择个才貌双全的郎君作配，因此凡来说亲的子弟，一经相看，便不成功。这样经过多时，竟没一个人能够中选的，因此潭州地方，都说这杨老儿有些呆气，替女儿择婿要这样的认真，除非是神仙降世，方才能中他的意，看来这位月娥小姐，只好老守香闺，一生一世不嫁人的了。杨金山听了这些言语，便笑着说道："他们这些俗人，知道什么？天老爷既使我的女儿有这样的姿容，必定也生一个才貌双全的郎君和她匹配，方不辜负了她的美丽呢！不过机缘还没有到来，所以尚未遇见。待到那个时候，自然会碰见的，现在这些少年，都是土牛木马，怎能配得我的女儿！"他说了这番话，便拿定主意，等候机缘，凡是登门作伐的，都一概拒绝不见，免得他们前来缠绕。那些人见杨老儿这样固执，也只得乘兴而来，败兴而去。从此以后，知道杨月娥是不容易娶得的，也就没有人再来说亲了。过不了几时，陆孟俊奉了唐主之命，领兵攻取潭州，一鼓而下，得了城池。孟俊素知潭州有个杨金山，家资巨万，富堪敌国。并且闻得他的女儿杨月娥，才貌绝世，人都称她为月里嫦娥，早有垂涎之意；要想攫取杨金山的家财和他的女儿，只是没个机会，忽然奉到攻取潭州之命，心下好不欢喜。便带了兵，连夜赶至潭州，一阵攻打，潭州唾手而得。他纵令部下，四出掳掠，杀人放火，奸淫妇女，无所不为。孟俊自己领了数百军马，直奔杨家而来。那杨金山听得唐兵来攻打潭州，直吓得手足慌乱，走投无路，要想带了家眷，逃走出去，又因唐兵突如其来，已将城池围困得水泄不通，无处可逃，只得吩咐家人，将大门紧紧关闭，躲在家中，不敢声响。哪里知道，陆孟俊带了亲信军士，一声呐喊，直打入来，见人便杀，见物便抢，竟把杨家一门，大大小小二百余口，杀个尽绝。家私财物，命兵士劫掠了去，尽入私囊。但是孟俊的目的，本来要抢取月娥小姐的，早已预先关照了部下，如其遇见杨金山的女儿杨月娥，务必要好好的保护着她，不可加以惊吓，用车辆送往营内，自有重赏。众兵士听了这个命令，个个人都想拿到了杨月娥献于主帅，领取重赏。哪里知道，自从打门入内，把杨氏一门杀得鸡犬不留，始终没有瞧见月娥的踪影。陆孟俊因为不见月娥，便传令众兵士四处查抄，谅她一个女子，安能逃走？想是躲藏在隐僻所在，务要仔细检查，将她拿了前来。兵士奉命，便四散开来，到处查抄去了。未知月娥小姐隐藏在什么地方，是否被兵士查获，且待下回分解。

第十回　刀光血影富豪灭亡　割肉剜心佳人雪恨

话说陆孟俊把杨金山一家杀得鸡犬不留，却始终没有瞧见金山的女儿杨月娥，便吩咐众兵士道："那杨月娥，乃是个未出闺门的女子，谅来逃走不了，一定藏匿在隐僻的所在，你们可与我细细的搜查一番，倘若得了月娥，自有重赏。"众兵士一声得令，便分散开来，四处搜寻，把杨金山家内前后左右，都查到了，哪里有月娥的影儿呢？众兵士搜查过了，便去回报孟俊道："奉令搜查，并无杨月娥的踪迹。"孟俊听了，知道月娥必是预先躲避在外，所以家内搜查不着。此时方悔不该把杨氏一门杀尽，应该留个活口，查究根底。如今是没有法想了。幸亏杨金山的家财，完全入了自己的私囊，总算遂了一半心愿，便带了兵士，径自回营。那杨月娥的消息只好慢慢的再行打听。

但是，杨月娥究竟藏身在什么地方，如何陆孟俊这样搜查，竟会没有影儿呢？原来月娥的为人，非但容貌生得美丽，而且心灵手巧，极其聪明。她前几次听说唐主派兵来攻取潭州，便知道自己面貌生得这般姣美，家财又这样的富厚，倘被唐兵攻破了城，断无幸免之理，所以在唐兵未到之时，便劝他父亲，从速逃往它方，暂避祸患。无奈杨金山是个爱财如命的人，眼睁睁的瞧着这许多家私，如何舍得抛弃了逃往它处呢？所以月娥再三相劝，他总说现在唐兵前来攻打的消息，未知真假，倘若并无兵来，我们弃家而逃，不但白白的丢了巨万财产，而且要被笑话的。况且我又不是城内的官府，就是唐兵打破了城，也不见得把安分守己的百姓加以屠戮的。因此不听女儿的话，只是在家内守着，绝不打算逃走。月娥见父亲不从自己的话，知道他性情固执，难以相劝，便自己退回房内，暗暗的收拾一番，只等唐兵到来，如果有甚风吹草动，即行逃走出外。

到得孟俊攻破潭州，带了亲信兵士，来到杨家，将大门打开，一拥而进的时候，月娥早已得了信息，悄悄的开了后门，径自逃走出外。她的主张，原想逃至城外，找寻幼时的乳母，在她家中暂时存身，然后打听父亲的消息。哪里知道，走到街上，四处都是唐兵，在那里杀人放火，打劫财物，如何还能出得城去？月娥深恐被唐兵瞧见，便遮遮掩掩的，拣那僻静的地方，一步一步的踅去。方才走得一箭之路，忽然一队兵士，簇拥着一位将军，骑在马上，劈面而来。月娥躲避不及，只得侧转身去，低下了粉颈，站在旁边，让他们过去。那位将军早已瞧见她生得修眉妙目，杏脸桃腮，出落得千种风流，万种旖旎，不觉暗暗喝彩道："好个美貌女子，我既遇见，岂可错过？"当下勒定坐骑，唤个贴身的护兵，吩咐他去问那女子，姓甚名谁，因何没有伴侣，独自一人来在此处。那护兵奉了命，来到月娥跟前，问了两遍，月娥只是低着头，一声不响。那位将军见护兵问不出她的根由，便策马上前，亲自问道："小娘子可是避兵出外的么？未知究是谁家宅眷？独自一人，孤孤凄凄行走，倘若遇见强暴，就不免受辱了。小将因可怜小娘子是个年轻女儿，方才询问姓名，望小娘子从实言明，小将自当尽力保护。"月娥早已把那位将军暗暗看了个仔细，恰见那位将军星眼剑眉，面如满月，年约三十左右，语言温和。月娥见他相貌出众，举止文雅，并不像那些武将犷悍粗豪的模样，且对于自己很有怜惜之意。正因行到此处，四下都是乱兵，惟恐遇见强暴，性命难保，见他婉言相问，遂即乘机答道："妾乃杨金山之女，杨月娥也。"那位将军听了，接口说道："小娘子莫非是杨百万之女么？"月娥道："杨百万正是妾的父亲，不知将军尊姓大名，现居何职，因甚知道我父亲号称百万？切望示知。"那将军道："我乃唐将马希崇也，官拜奋威将军。小娘子要问知道你父号称百万的缘故，其事甚长，此处非讲话之所，并且异常危险。我的营寨离此不远，请至营中再为细谈。"月娥此时无处投奔，进退两难，正在没有法儿，眼见马希崇性情和厚，绝非强梁之辈，很愿随他前去。当下也不开口，只是微微的点了一下头，表示愿意前去。马希崇见月娥答应前往营中，直喜得心花大开，遂率领部兵，拥护着月娥，来至营中。吩咐众兵士道："这位小娘子随我来营的事情，你们务要谨守秘密，不可传说开去，倘若有人泄漏，定以军法从事，决不宽贷的。"部兵听了，齐声答应。马希崇又吩咐谨守营门，有人前来，须要传报，不得擅行放人。吩咐已毕，方才同月娥径入后帐，相对坐下。月娥刚要开口，马希崇早已说道："小娘子能从家中脱身出外，没有落在陆孟俊手中，真是万千之幸。但是此刻府上人丁，恐怕竟被他杀戮无遗的了。"月娥闻言，好生诧异道："将军之言，妾实不明其意，那陆孟俊究是何人？与妾家有何仇恨，要将人丁杀戮无遗？求将军明白宣示，解释疑团。"马希崇道："陆孟俊并非他人，便是我们军中的主将，他要杀戮你家中的人丁，也并不是有什么仇恨。"月娥不待说毕，接口言道："将军之言差矣！身为三军主将，只应戮力戎行，杀敌致果，那有不论是非，将安分百姓，全家杀尽之理？"马希崇道："你原来没有知道陆孟俊心意，他未曾奉命攻取潭州的时候，早就闻人传说，潭州有个杨百万，富堪敌国，又有一个女儿，生得如花似玉，真个是蓬莱神仙降世，月殿嫦娥下凡，有多少富室豪门，王孙公子，前去求亲，都遭拒绝，这样美貌的小姐，家私又如此豪富，不知哪个有福的郎君，能够消受她哩！孟俊听了这番言语，心内既羡慕小娘子的美貌；又垂涎你们的家私，便日夜盼望唐王命他攻打潭州。"不料天从人愿，唐主竟有旨意，着其率领部下将卒，径取潭州。他得了旨意，喜出望外，便预先传令军中，无论偏稗将佐，与部下小卒，如果攻下了潭州，要将杨金山满门杀绝，单将他的女儿生擒活拿，并同所有家财，献至军中，自当不吝重赏。他传令之后，又恐出兵迟延，走漏了消息，被潭州守将预为防守，使攻打不下，那时非但不能立功，连小娘子也不能到手，所以一接到唐王的旨意，便点齐了人马，连夜赶来。果然不出所料，潭州守将，并不知道有兵马前来，一无防备，被他们赚开城门，一拥而入，唾手得了潭州。潭州既得，也不及料理旁的事情，遂即带了亲信兵士，竟奔小娘子家中而去。说来你的家中岂有不被他杀尽之理？小娘子若非逃出在外，也就落在他手掌之中了。我所以说你能够逃出，乃是你的大幸哩！"月娥听了，不觉掩面悲啼，十分痛恨起来，马希崇见她一经哭泣，更如梨花着雨，芍药笼烟，分外觉得娇艳，心中甚是怜惜，便款款深深的安慰月娥，劝她不要悲伤，权时藏匿在自己营中，慢慢的再打听家人的消息。如果真个被孟俊杀了，还可以设法报仇，我当惟力自视，助你雪恨。月娥见马希崇这样的款待自己，心内十分感激，遂即拭了眼泪，连连道谢，又重托他打听父亲和家人的消息，究竟生死如何。马希崇诺诺连声道："你只要安心住在这里，我自派人去打听，立刻就有实在音信了。"当下走出后帐,传进两名心腹兵士,暗中嘱咐了一番,命他二人,一个去打听杨金山家内的情况;一个去侦察陆孟俊没有得着杨月娥,可肯就此死心塌地,绝了妄念。又叫他们速去速来,不准搁延。两个兵士领了命令,分头而去。马希崇又回到后帐,再三劝慰月娥,叫她安心在此住着,包管没有意外之祸。这时月娥感念马希崇的心,已到十二分地步,便安心在他营中等候确实的消息。过了一会儿,那个打听杨金山家内情形的兵士,早已前来报告道:"探得陆元帅带了数百名心腹军人,直入杨百万家中,见人便杀,见物便抢,已将杨家一门二百余口,尽行屠戮。又因不见了杨月娥小姐,说她藏在隐僻所在,命军队到处搜查,连地皮也几乎翻转,仍没有月娥小姐的踪影。陆元帅便下令,将所有家私和珍宝古玩,都搬运而去,然后放一把火,将房屋全行烧毁。他的意思是恐怕月娥小姐藏在屋内,放火烧毁房屋,月娥小姐要逃性命,就不能不出来了。哪知将房屋烧尽,仍旧不见月娥小姐逃走出外,陆元帅没有法想,只得带了军队回营而去。"马希崇听了,说他探事明白,赏了他一份羊酒花红,吩咐自去休息,听候调遣。兵士叩谢而出。马希崇回身进帐,要将所探情形告诉月娥,哪知月娥早已潜身在帐后,听了个明明白白,已是哭得死去活来。马希崇连忙劝道:"你身负血海冤仇,正该保重玉体,替死去之人报仇雪恨,才是道理,如何可以这样伤心呢?须知你们杨家,一门尽绝,只剩你一个人了,倘若有甚长短,还有何人出力报仇呢?"月娥哽咽着说道:"虽蒙将军谕以大义,责以报仇,但妾是个深闺弱女,这强贼又统领大军,生杀之权皆在掌握,哪有报仇的希望呢?唯有死后和他在阎王殿上去算帐罢了。"马希崇忙又劝道:"你这话也过于消极了,古往今来以女子成大事的,不知凡几,只要立定志愿,百折不回,自然有报仇的日子。况且你现在在我的营中,我当出死力帮助你;倘若事情不成功,我也拼着一死,和你同往冥中,决不食言的!尽管放心是了。"月娥连忙拜谢道:"将军肯这样出力,替妾报仇,妾愿终身长为婢妾,服侍将军。"马希崇听了此言,大喜过望道:"只要你保重身体,万事都有我相机而行,总有一日,可以如愿的。"说着,便趋近月娥身侧,亲手替她拭去泪痕。月娥此时已将身体许于希崇,也就任他代为拭泪,不再拒却。两人正在互相偎依,互相劝慰的当儿,那个去侦察陆孟俊的兵士,已经回营。希崇忙舍了月娥,步出后帐,问他打听得什么消息?兵士道:"陆元帅回营之后,虽然得了杨百万的家财,却因他的女儿月娥小姐未知下落,没有如愿,心中好生不快,便传了几个善于侦探的兵丁,命他们四出打听,务要将月娥小姐的下落查访出来,又传下将令道:'无论军民人等,有人知道杨月娥的踪迹,前来报信者,赏银百两;倘若隐匿不报,一经查出,全家斩首。'这令下了之后,并且写了告示,在潭州城内,到处悬挂,好使百姓大家知道,前来报告。"马希崇听毕,也赏了一份羊酒,命他退下。刚才回到后帐,月娥早已迎着道:"适间兵土的探报,妾已听明。那陆贼悬了重赏,购缉于我,倘若有人知道将军将妾隐匿在营,前去通风报信,岂不要波累着将军么?"希崇不让她再说下去,便接口道:"你也脱嫌过虑了!我若没有这个胆量,也不敢将你隐匿在营中,况且我们已是一家人了,很应该祸福相共,生死相偕,你尽管放心!如有什么意外,决不抱怨的。"月娥见希崇果是真心对待自己,便一心一意跟着希崇,做了他的姬妾。希崇深恐军中藏着女子,容易打眼,倘若漏了风声,不是玩的,便叫月娥改了男装,充作自己贴身的跟随,免得被人疑心。

那部下的兵将，都因希崇平素恩威相济，人人悦服，个个倾心，虽然知道这事，也不肯泄漏风声的。所以任凭孟俊怎样察访，也不知道月娥藏匿在希崇营中。过了些时，又奉到唐主手敕，命陆孟俊镇守泰州，马希崇镇守扬州，二将奉了旨意，各率本部人马，分头前去。

希崇到了扬州，因离开了孟俊，并且各为镇将，不相统属，非比在潭州的时候，乃是孟俊的部下，要受他的节制，不得不令杨氏改扮男装，遮掩耳目。现在到了扬州，可以不用避忌，便叫杨氏仍旧恢复了本来面目。两人相亲相爱，住在扬州这繁华地方，十分快乐。唯有杨氏因为大仇未报，思想起来，时常哭泣。希崇再三相劝，叫她暂时忍耐，等到一有机会，总要替她报仇的。这样的蹉跎下来，到得赵弘殷奉了周主之命，攻取扬州，那时韩令坤充当弘殷的先锋，带了人马，势如破竹，直抵扬州，马希崇率兵迎战，被令坤杀得大败亏输，退入城中，闭门坚守。弘殷大军到来，与令坤合兵一处，将扬州团团围住，悉力攻打，希崇把守不住，独自遁去，把杨氏遗在城中。弘殷克了扬州，安民已毕，便命令坤居守，自己带了部兵，西还入滁。那令坤是个少年心性，孤眠独宿，如何能够忍耐得住？早知南唐守将马希崇是有家眷的，城破之时，独自逃生，有个爱妾杨氏，遗留在此，久已存了染指之意。只因碍着弘殷不敢行事。现在弘殷既去，令坤镇守扬州，没人管束，便把杨氏纳为偏房，十分宠爱。杨氏当扬州失守，希崇独自逃走之时，本要图个自尽，只因梦见父亲杨金山向她说："不久便可手戮仇人，报仇雪恨，后来还有大福享受，须要耐心静守，随遇而安，万勿轻生自误。"杨氏得了这梦，方才绝了短见的念头，所以令坤纳她作妾，也就委屈忍受，不再拒绝。果然过不到几时，陆孟俊从泰州领了人马来侵扬州，经不起令坤一战，就生擒活捉了来。杨氏闻知孟俊被获，便哭求令坤，要他作主替自己报仇。令坤问了根细，便把孟俊赐给杨氏，任她怎样处治，以泄冤愤，只吩咐将首级保全好了，预备解赴行在。杨氏谢了令坤，即命军士，排起香案，写了杨氏父母的牌位，焚起香烛，杨氏拜祷过了，军士将孟俊押上。杨氏从袖中取出一把解腕尖刀，交于一个军士，命他将孟俊洗剥好了，推至香案之前，慢慢细剐。直待将身上的皮肉，割到将尽，杨氏方从军士手中要过尖刀，亲手刺入胸内，挖出心肝，祭奠父母。当下祭祀已毕，方把首级割下，其余的尸骨，都抛弃在郊外旷野之地，喂饲禽兽。杨氏忍耻受辱，跟随令坤一场，总算报了父母的大仇，也不枉了她这番的失节。这且暂时不提。单说齐王李景达，奉了唐王之命，做了元帅，本要攻取扬州，又怕韩令坤英勇无敌，不敢径取扬州，料想六合地方，周兵必无勇将镇守，便想先取六合。以断扬州之路。当下领着人马来到六合，哪知六合已有赵匡胤据守在那里了，景达闻知匡胤也在六合，不觉吃了一惊。未知胜败如何，且听下回分解。

第十一回　乘风飞驶渡淮河　淡月无光劫敌寨

话说李景达只道六合地方没有重兵据守，所以带领人马，直趋六合，哪知探马报来，周将赵匡胤，早已驻兵六合了。景达闻报，大吃一惊。素知匡胤的威名，料想难以抵敌。但是兵已到此，断无退回之理，只得硬着头皮，率兵前进，距城二十里，立下营寨，预备厮杀。匡胤见唐兵到来，只是凭城坚守，并不出战。景达也因惧怕匡胤，不敢发兵搦战。两下对守了几天，周营将士只道匡胤怯战，一齐入帐禀道："扬州方获大捷，唐军必然丧胆，乘势进击，定可望风溃散，主将何故坚守不出，坐失时机？"匡胤道："我非怯敌，实因只有二千兵马，若去击他，他见我兵寥寥，反倒使他胆壮，不如待其来攻，然后破之。"郑恩道："主将之意，固是不错，但景达竖子，不往扬州，而趋六合，明明是胆怯的缘故，倘不从速进击，被他潜师遁去，岂不可惜？"匡胤笑道："景达乃唐王之弟，奉了君命，身为元帅，如若不战而走，威风扫地矣。我料他虽然胆怯，必然硬着头皮前来讨战，你且等着，自有分晓。"果然不出匡胤所料，景达守了数日，便发兵前来搦战。匡胤带了诸将，整军出城迎敌，方才排定阵势，唐兵已摇旗呐喊，向前冲突。匡胤即指挥兵将，奋勇迎住，两下大杀一阵，不分胜败。看看天色将晚，各自鸣金收军。匡胤回城，检点军士，也死伤了数十名，将受伤的调入后营医治，又传诸将，把出战时所带皮笠，呈上验看。诸将奉令呈上。匡胤亲自看过，即传几个将士上前，大声说道："你们方才临阵，因何不肯力战？军法临阵退缩者，例应斩首。"说着，便命斩讫报来。左右将士都上前代求，吁请宽宥。匡胤笑道："你们疑我冤屈他们么？试看这个便是退缩的证据。"一面说，一面将皮笠指示诸将道："他们若不退缩，这笠上如何留有剑痕？"众将看时，果见每个笠上，砍有剑痕，大家不明其故。匡胤道："现在唐兵甚盛，我兵只有二千，彼众我寡，若要胜他，非人人怀着必死之心，尽力杀敌，如何能够抵挡数倍之众呢？我临阵督战的时候，亲见他们退缩不前，所以用剑砍了他们的皮笠，作为标记。若不将这几个人按照军法斩首示众，岂不要人人效尤么？那时怎样破得敌兵，保守这座孤城呢？"诸将听了，都面面相觑，不敢出声而退。匡胤传令，斩了退缩之将，传首晓谕各营，然后方将尸首埋葬。

到得次日黎明，即便升帐，召集诸将，当面训谕道："要破唐兵，非人人出力，各自为战，不能收效。今日出战，你们能奋力向前，哪怕他兵马再多些，也要杀得他全军覆没，方才收兵。"诸将听了，莫不躬身答应。匡胤又传过高怀德、张琼道："我料唐兵败后，必要渡江南归，你二人可领一千人马，绕出唐兵之后，径至江口，截其归路，我当前来接应。先后夹攻，李景达这厮，即不死于阵，也要死于江了。"高怀德、张琼得令而去。匡胤便率了兵将，一马当先，冲出城来。恰好唐兵也到来了。两下布成阵势，大杀起来。这次战争，果然比不得昨日了，周阵的将士，个个奋勇，人人争先，哪怕你刀砍枪戳，绝不惧怯，唐兵越多，他们越是冲突得厉害。景达立马阵前，见周将舍命冲入阵来，自己人马有些招架不住，他还仗着兵多，将令旗挥动，命部下人马分做两翼，包抄周兵。哪里知道，围了这边，那边突了出来；围了那边，这边冲了出来，休想困住周兵。正在鏖战的当儿，忽然一彪人马，为首一员大将领着，全用的是长矛，直搠入中军。那将见李景达凤盔金甲，手持令旗，在那里指挥，便大喝一声道："贼将往哪里走！俺郑恩来取你的命也。"那声音起在空中，如巨雷一般，唐兵听了，莫不往后倒退。景达吃了一惊，忙要命将抵敌，郑恩已飞马冲来，举矛直刺。景达哪敢迎战，慌忙拍马逃走。郑恩早已一矛，将景达的大纛钩倒，周兵乘势拥上。唐阵上不见了大纛，只道主将已被杀退，谁还有心厮杀？便如山崩一般，往后倒退。周兵奋呼追杀，直杀得唐兵弃甲抛戈，四散奔走。李景达见周兵紧紧迫来，只得没命的乱跑。跑了一阵，已到江边，打算弃了坐骑，乘船渡过江去，便可脱离虎口。不意一声号炮，飞入天空，江边杀出一彪周军，两员大将，好似天神下降，威风凛凛，拦住去路，大喝："李景达！拿下头来方才放你过去！"景达吓得几乎跌下马来，幸得身边两员大将，一名岑楼景，一名李晋忠，一人仗着大砍刀，敌住张琼；一人挺手中长枪，迎住高怀德，大呼厮杀起来。李景达乘着这个机会，跑至江边，觅得一只小船，放流而渡。这边岸上，匡胤已率领兵将，追杀到来。岑楼景、李晋忠，正与张琼、高怀德杀得难解难分，早有周将报信，郑恩等前来助战。任你岑楼景、李晋忠最骁勇些，也只得抱头鼠窜，向前逃走。那败下的唐兵尚有一万余人，急切之间，没有大船，如何渡过江去？被周兵如砍瓜切菜一般，杀得尸横遍野，血流如渠。那些唐兵，走投无路，只得跳入江中，凫水逃生，有几个懂得水性，还能泅至彼岸，逃了性命，这些不善游泳的，便沉入江内，葬身鱼腹。岑楼景与李晋忠，见四面俱无出路，势已迫急，没有法想，只得把马一拎，加上一鞭，跃入水内。幸亏两人所乘的都是骏马，竟自半沉半浮的渡过江去，得了性命。这一场大战，周军只是二千，杀了唐军数万，江南的精锐略尽，全国震惊！匡胤杀退景达，收了人马，差人往行报捷。

周世宗正因攻打不下寿州，要想班师回国，忽接匡胤捷报，便拟改道由扬州进兵，攻取江南，遂召宰相范质等商议。范质启奏道："陛下自孟春出兵，迄今已至盛夏，兵力既疲，粮饷又复难继，依臣愚见，不如暂时退兵，休息数月，再起兵平定江南，也未为迟。"世宗听了，沉吟一会道："孤攻打寿州，已经数月，耗费了许多军械粮饷，仍是攻打不下，弃之而去，心实有所不甘。"范质再欲进谏，早见李重进上前奏道："陛下尽请回都，臣愿稍效微劳，攻取寿州。"世宗道："卿愿代朕受劳，尚有何说！"遂分兵万人，命李重进围攻寿州，自率部下人马，与范质等人一同回都。又因赵匡胤率兵在外过久，未免劳苦太甚，也传旨饬令回兵，还都休息，另差大将驻守滁、扬二州。匡胤接到圣旨，便从六合引兵回滁，入城见过父亲。此时弘殷病已全愈，父子相见，十分喜悦，各述别后情事。弘殷说："病中多亏赵判官，朝夜侍奉，亲调汤药，才得无事。"匡胤十分感激，便向赵普再拜道谢。赵普忙答拜道："普是何等之人，敢劳公拜谢？"从此匡胤对于赵普更加亲信，竟和弟兄一般看待。过了几时，朝廷另派的镇将已至，匡胤奉了弘殷，带着赵普，一同还汴。

父子入朝，谒见世宗。世宗慰劳有加，且亲谓匡胤道："朕征讨南唐，惟卿功绩最大，历溯诸将，未有能出卿右者。卿父弘殷，克取扬州，亦有功绩。朕当奖卿父子为诸臣首功。"匡胤叩首奏道:"此皆陛下恩威,与诸将戮力所致,臣实无功,不敢受赏也。"世宗道:"赏功罚罪,国之大典,朕亦不能怀私,妄行赏罚,卿实有功,何用谦让。"匡胤顿首而谢。又荐判官赵普,才具优长,堪当大任。世宗点首退朝,遂即降旨,封弘殷为检校司徒,兼天水县男;匡胤为定国节度使,兼殿前都指挥;赵普为节度推官。三人接了旨意,一齐上表谢恩。从此,匡胤父子,分典禁兵,十分显赫,朝中诸臣莫不羡慕。世宗又异常亲信匡胤,凡有所奏,无不允行,便是先朝旧臣,也没有他的威势,所以人心归附,臣下推戴。到得世宗崩驾,便有陈桥兵变,黄袍加身的事情出来,这也是天意兴赵,因此,世宗推心置腹绝不疑他。正是:天意断然兴火德,故教父子掌兵权。

世宗回汴之后,一心要讨平江南,深恐水军不及南唐,难以飞渡长江,便在汴梁城西的汴水里面,造了战舰数百艘,任命南唐降将督练水军。一面又命匡胤操演兵卒,汰弱留强,搜乘补卒,克期大举,水陆并进。适值唐主遣员外郎朱元,出兵江北,攻取舒、和、蕲各州,兵锋直指扬、滁二州。守城的周将,望风逃走,转入寿春,告急的文报,如雪片般飞来。世宗闻报,甚是震怒,急命王环为水军统领,亲自督率战船,从闵河沿颍入淮。其时朱元因李重进围攻寿州,已逾半载,幸赖书度使刘仁赡,多防备御,未能攻下。朱元便率领边镐、许文缉,进援寿州,各军据住了紫金山,共立十余座营寨,与城中烽火相望,兵势甚盛。又南筑甬道,长约数十里,运输粮秣入城。重进便把步兵分做两队,一队专事攻城;一队乘夜袭击粮道,杀败唐将,劫夺粮草数十车。朱元自经此败,方不敢进逼,只守住了紫金山,与寿州遥为声援。现在闻报周主亲统水军,由颍入淮,旌旗蔽空,舳舻横江,来势十分勇猛。朱元同边镐等听了这个探报,非常惊惶,连忙飞章向金陵乞援。唐主阅表之后,再遣齐王李景达,与监军使陈觉,统兵五万,来援朱元。不到数日,世宗舟师渡淮,抵寿春城。朱元登高窥探,但见战舰如林,顺流而驶,势如奔马,纵横开阖,出没波涛,若履平地,不觉大惊道:"向谓北人只能驶马,不能驶船,今看周之水军,竟能乘船飞行,反比我们南人来得敏捷,这真出人意外了。"未了,又见一艨艟大舰,蔽江而来,正中坐着一位金冠龙袍的大元帅,料知是周主。旁边还立着一位蛾眉凤目,面如重枣,长须飘拂,头戴金盔,身穿绿袍的大将。那相貌的出众,身材的魁伟,觉得比周主还要生得威武,心内禁不住羡慕起来。便指着那绿袍大将,向左右问道:"这是何人?你们可知道么?"有经过战阵的将士答道:"这人便叫赵匡胤。"朱元叹息道:"我闻得他智勇足备,屡败我朝大将,今日目睹他的丰采,方知名不虚传。"正在说着,周主的战船,已直薄紫金山。只听得三声号炮,战鼓齐鸣,旌旗影里,周主已亲擐甲胄,指挥军士登岸,进攻寿州。赵匡胤也就率领偏师,攻打紫金山的营寨。唐营中边镐、许文缉,开营出敌,两阵方接,鼓声大震,战了一会,匡胤忽地勒兵退走,边、许二将只知道周军已败,挥兵大进。哪知追到寿州城南,匡胤突然翻转身来,直冲唐兵,那些军士都用长枪大戟,刺入唐阵。唐兵正在追奔逐北之际,一时收煞不住,被周兵一阵乱搠,纷纷落马,践踏而死者,无计其数。边、许二将方知中了敌人诱敌之计。要想整饬队伍,奋勇迎战,忽然左首冲出周将李怀忠,右首冲出周将张琼,各率部下精兵,奋力砍杀,捣入阵内,犹如虎入羊群一般。边、许二将,三面受敌,慌得手足无措,要带了败残兵马,仍向原路奔逃,无如人马已被周兵截成数段,首尾不能相应,彼此不能相顾了。

边、许二将，只领得数十骑，奔回紫金山而去。匡胤见唐将已遁，便立马高呼道："降者免死。"唐兵正在走投无路，听了这话，一齐弃甲抛戈，跪于道旁，口称愿降。匡胤收了降兵，直逼紫金山下寨。边镐、许文缜已是全军覆落，只望朱元出兵救援。不想朱元寨中，已树了降旗，纳款周师。边、许二将无可奈何，只得卸去甲胄，装着小兵的模样，越过紫金山逃命去了。

唐王所遣的齐王景达和监军陈觉，正率舟师入淮，援应紫金山的唐兵。恰巧遇着周水军统领王环，迎头痛击。两边正在酣战，周主世宗已得了探报，亲自率领人马，来至岸上督战。水军见世宗御驾亲临，更加奋勇杀敌。又有赵匡胤收降了朱元，逼走了边镐、许文缜，将紫金山平定，也来助战。李景达、陈觉尚未知紫金山败耗，兀自勉强支持。及见周兵愈来愈多，恰不见朱元等的动静，心下好生疑惑，便命目兵升桅遥望，探视紫金山的情形。哪知不看犹可，一看过去，只见紫金山已完全树了周军的旗帜，自己的旗帜也不知哪里去了。目兵知道不妙，连忙下桅报知景达。景达便问陈觉道："紫金山遍悬周军旗帜，莫非已失守了么？"陈觉答道："若不失守，如何悬起周军旗号来呢？看来我们力战无益，不如退兵为上。"景达还有些迟疑不决，陈觉又道："若不早些退兵，恐怕也和紫金山一样，要全军覆没了。"景达听罢，心内十分恐惧，便传令退兵。唐军本来是勉强和周军支持的，忽然接到退兵的将令，更加没有斗志了。战舰刚才一动，已被周舰突入，横冲直撞，杀死无数唐兵，夺去舰械，不可胜计。唐兵或投降，或溺死，丧失二万余人。景达、陈觉哪敢迟延，一同逃奔金陵而去。寿州城内，没有救应，刘仁赡坚守了半年有余，已是矢穷力尽，如今又得了紫金山覆没和景达、陈觉的败耗，直急得疾病交乘，卧床不起。世宗兵临城下，又射入诏书，谕令速降。免得攻破了城，涂炭生灵。监军使周廷构，见了世宗劝降的诏书，便与左骑都指挥使张全约，商议投降，张全约也很赞成。此时仁赡已病得不省人事，周、张两人便代他草了降表，并舁着仁赡，出城迎接世宗。世宗知道仁赡病重，命其回城休养，并传谕仁赡家属，安心治病，又封他为天平节度使，兼中书令。仁赡于当日即便病殁。世宗乃赐爵彭城郡王，厚恤其家，且改清淮军为忠正军。

寿城既下，世宗进军攻取濠、泗。泗州守将范再遇开城乞降。匡胤时为前部先锋，入城之后，禁止掳掠，秋毫无犯，百姓大悦，争献刍秣，犒劳军队。世宗闻得泗州已下，便亲取濠州，团练使郭廷谓自知不能抵敌，命参军李延邹草表迎降。延邹不允，为廷谓所杀。遂即亲草降表，出迎周师。世宗受降之后，即命廷谓徇天长，另派指挥使武守琦趋扬州。于时南唐守将望风披靡，天长、扬州陆续平定，泰州、海州亦相率归附。独有楚州防御使张彦卿，与都监郑昭业，不肯降顺，登陴守御，十分坚固。世宗攻了数日，未能得手，心下好生不悦。急调匡胤助战。匡胤闻命，遂调集水师，泝淮北上，将到清口，已近黄昏，诸将皆请觅港停泊。匡胤道："清口有唐军营寨，彼不料我兵到此，势必无备，我正好乘夜袭取唐营，如何停泊中途呢？"说毕，即命扬帆疾进，直抵清口。是夜，天色阴沉，淡月无光，唐营果然不作准备，被匡胤率领兵将，呐喊一声，砍开营门，杀入寨内。唐兵都从睡梦里惊醒，如何抵敌得住？被周兵杀得尸积如山，血流成渠。匡胤踹入后帐，要捉拿主将陈承诏，却不见他的踪迹，料是逃命去了。遂带领百余骑，从后帐而去,向前疾追,约摸追赶了五六里,遥见前面有一条黑影,奔驰不已。匡胤如何肯舍,连加两鞭,那马放开四蹄,如腾云驾雾,追将上去,渐渐的追近那个黑影。匡胤急忙抽箭,搭在弓上,"飕"的一箭射去,只见那条黑影已倒在地上,匡胤骤马赶上,将这人拿住。后面兵士亦已赶到,吩咐举火看时,不觉大喜。未知匡胤拿获的是何等样人,且听下回分解。

第十二回　软玉温香荒酒色　奇花异卉绕楼台

话说匡胤擒了中箭的人，命兵士举火照看，正是陈承诏。他在后帐，从睡梦中惊觉，知有敌兵杀入寨内，连忙跨马飞逃。偏生又被匡胤追上，一箭射中左肩，颠下马来，被获就擒。匡胤擒了陈承诏，带了人马，赶至楚州。见了世宗，献上陈承诏，诉说劫寨情由。世宗很赞成他智勇足备，当下斩了承诏，便命匡胤帮同攻打楚州。那楚州内无粮草，外无救兵，如何保守得住？不上两日，便被周兵攻破。张彦卿矢穷力尽，还举起绳床，抵抗周军，被乱军杀死，郑昭业亦自刎而亡。守兵千余名，尽皆死斗，绝无一人投降的。世宗深嘉其忠，十分赞叹。传命将张彦卿、郑昭业从厚殡殓安葬，并出示安民。楚州破后，周师又向南下。唐主闻报，惊惶无措，急宣群臣商议，都是面面相觑，毫无主张。唐主知道在廷文武都是脓胞，没人能够抵敌周兵，不得已遣陈觉奉表，愿传位太子弘冀，听命称臣，且献舒、卢、蕲、黄四州之地，画江为界，哀恳息兵。世宗道："朕的本意，只取江北之地，今唐主既愿举国内附，尚有何求？连传位太子一节，都可不必的。"乃赐书唐主，通好罢兵。唐主接到赐书，即自去帝号，奉周正朔。世宗奏凯还朝，真个是鞭敲金镫，人唱凯歌，兵士将佐，莫不踊跃欢呼。世宗到了汴京，论功行赏，诸将皆有赐赉，唯匡胤格外优厚。自此罢兵息民，从事休养。

不多几时，唐主遣使来汴，暗中致书匡胤，并赠白金三千两。匡胤接着笑道："这明明是用的反间之计，欲离我君臣之心，彼乃于中取事耳。"遂不启其书，连同所赠白金，呈明世宗。世宗嘉其忠而且智，温谕奖勉，遂后又改授为忠武军节度使，仍典禁兵如故。其时弘殷忽发旧疾，不久逝世。世宗又厚赐赙仪，追赠为太尉武清节度使。匡胤母杜氏，封南阳郡太夫人，匡胤便家居守制，不预闻政事。

次年为显德六年。世宗见士马精强，精饷充足，又起雄心，意欲恢复燕云，统一中原。却因北汉主曾引辽兵入寇，便打定主张，先行伐辽，御驾亲征。乃召匡胤入朝，授为水路都部署，又简亲军都虞侯韩通为陆路都部署。择定吉日，命两将先行出发，水陆并进。世宗车驾，亦登龙舟，作为后应。匡胤率了战舰，当先出发，张起帆来，顺着风势，驶过瀛、莫二州。辽地兵民不意周师骤至，毫无防备，瞧见周兵来势勇猛，莫不仓皇失措，望风而遁。周兵驾着战舰，直抵辽属宁州。那宁州刺史王洪，正因接到周兵侵界的消息，飞章入奏，请兵守城。哪知辽兵还没请到，周师已如飞而至，战舰直薄城下。王洪守着一座空城，如何抵敌？便开城投降。匡胤降了王洪，即命为向导，进取益津关。守关主将，乃是终廷辉，闻得宁州已降，周兵将到，便登关探望。只见敌军用的都是艨艟大舰，已如一字，排在关前，旌旗飞扬，刀枪密布。舟中兵将，个个都是精壮勇敢之士，大有虎跳龙跃的模样。廷辉见了，不觉打了一个寒噤，暗道："好雄壮的南军，我这关内，兵微将寡，怎样抵挡呢？"正在暗中踌躇的当儿，忽听关下有人大叫开关。廷辉低头看时，却是宁州刺史王洪，遂即问道："我闻你已降周，来此何故？"王洪答道："我为关内生灵，所以单人独马，前来和你商议，可速开关，放我入内，自有话说。”廷辉便下关来，命兵士开门，放进王洪。相见之下，王洪便道：“周兵来势甚盛，未易抵敌，我劝将军不如降了周兵，保全关内生灵。”廷辉沉吟了半晌，想不出什么退兵的计策，只得依从王洪之言，随着他开关迎降。匡胤见廷辉来降，用好言抚慰了一番，方才问他前面的路径。廷辉道：“过了此关，不到数十里路，便是瓦桥关，水路甚是狭隘，不能行驶大船，元帅若要进军，必须舍舟登陆，方可前去。”匡胤乃派偏将偕王洪往宁州镇守，又添兵与廷辉守益津关。暗中想道：“韩通人马尚未到来，若在此守候，未免坐失时机，不如乘胜直进为上。”想毕，便命三军舍舟而陆，向前竞进。

未满一日，即至瓦桥关。守关的将官，名唤姚内斌，率领数千骑卒，出关抗拒，哪里敌得过匡胤？战了一阵，早被匡胤杀得马仰人翻，逃回关中，不敢再出。匡胤率兵攻关，直至一昼之久，不能攻入。到得次日，韩通人马亦已到来，与匡胤相见，诉说瀛州刺史高彦晖，莫州刺史刘楚信，瞧见兵到，即行投降，所以兵不血刃，直至此地。只因山路崎岖，人马难行，来迟数日，匡胤也把自己行军情形，告诉了韩通。遂即领兵直薄关前，叫姚内斌答话。内斌上得关来，匡胤说道：“守将听着，天兵到来，瀛、莫二州，及宁州、益津关，莫不望风降顺；独有你守着这区区瓦桥关，要想抗拒天兵，我不难一鼓入关，因念南北生灵，同是赤子，不忍玉石俱焚。你若稍知时势，怀念故国，从速投降，免遭杀戮。”内斌听了，低头想了一会，方才说道：“且待明日再行报命。”匡胤道：“大丈夫一言既出，驷马难追，明日不降，休怪我刀下无情！”说罢，径自领兵回营。恰好都指挥李重进等，带领禁军，如飞而至，匡胤知世宗已到，忙同韩通率领诸将出营接驾。世宗入营，慰劳一番，询问军情，匡胤、韩通一一陈奏。世宗当晚即宿于营中。到了次日，姚内斌果然出关投降，匡胤引他入见世宗。行过了礼，世宗温语抚慰，内斌叩首谢恩，遂即引导世宗进关。

世宗见连降了各处关津，心中十分欢喜，便命置酒庆功，令文武诸臣，俱皆入座。席间议及进取幽州之策。诸将一齐奏道：“陛下离汴都不过四十余日，兵不血刃，即得燕南诸地，此正声威远播之际，敌人自应丧胆。但辽主亦甚知兵，闻得燕南之地已失，必定用重兵扼守幽州，陛下若欲进兵还宜审慎为是。”世宗听了，甚为不悦，便默然无语。诸将见世宗面有不悦之色，也就不敢多言。酒阑席散，世宗退归营中，密传先锋都指挥使李重进入帐，吩咐道：“朕志在统一天下，削平南北，今已出兵到此，幸得燕南各地，岂肯就此罢手？你可于明日，率兵万人，先行出发，朕当亲自接应。”李重进遵旨而退。又传散骑指挥使孙行友，命率骑兵五千，即日往攻易州。孙行友亦奉命而去。次日，李重进带兵先行，到了固安。城中官吏早已逃避一空，城门大开，周兵一拥而入，得了固安，重进令军士暂时休息，再往前进。转瞬之间，世宗御驾亦至，到了固安，遥见一道长流，阻住去路，其水荡荡，深不见底。因此召见土人询问此水何名，可有舟楫渡过此水？土人答道：“这水叫作安阳水，向来有木筏可渡，只因大军到来，辽人将木筏拘往对岸，所以无舟可渡。”世宗闻言，便传令各军，伐木作桥，限日告成，自己却带领亲军，暂回瓦桥关住宿。不料夜间冒了风寒，忽然生起病来，卧床两日，尚难痊愈。只因孙行友生擒了易州刺史李在钦，差人前来报捷，世宗扶病升帐，问他可愿降顺？在钦瞋目说道："要杀便杀，何用多问！"世宗便喝左右，推出斩首。这时已觉得头昏目眩，不能支持，忙退入后帐休息，自此其病愈觉沉重。诸将见世宗病重，意欲启请还都，又恐触动其怒，不敢入奏。匡胤奋然说道："主上抱病逗留在此，倘被辽人得知，大举来攻，岂不误事？待我入见，请驾回都便了。"遂即直入后帐，请见世宗，世宗即命传入。匡胤来到御榻之前，先问了安，然后谈及军事。世宗道："朕愿期一鼓平辽，统一南北，谁知疾病侵入，不能如愿，奈何？"匡胤从容奏道："想天意尚未绝辽，所以圣躬不豫。臣愿陛下上顺天心，暂时班师回汴，释之不问，天必降福，圣躬自然康泰了。"世宗沉吟半晌道："卿言亦是有理，朕且暂时返驾，卿可调遣各路军马，明日即行启銮。"匡胤奉命退出，传旨调回李重进、孙行友等人马，准备返跸。次日，世宗升帐，命改瓦桥关为雄州，饬韩令坤镇守；益津关改为霸州，令陈思让镇守，各统所部人马，小心防御，休为辽人所算。二将齐声领命，恭送世宗启跸。

一路行程，并无耽延，回至汴京，病已略愈，在宫静养数日，已是霍然。世宗乃是英明之主，不肯虚耗光阴。此时尚未临朝办理政事，闲坐宫内，和符后及妃嫔们谈了一会，觉得没有兴趣，便从锦囊中取那各处文报奏章，预备披阅。伸手一探，忽得直木一方，长约三尺，上有五个大字，写着"点检作天子。"世宗看了，好生奇异！便把玩了一会，仍复收在囊内。次日临朝，传旨免都点检张永德官，改用赵匡胤为殿前都点检兼检校太尉。匡胤谢恩已毕，即有宰相范质出班奏道："现有南唐遣使，赍表入贡，已在馆驿数日，因陛下圣躬未愈，不敢渎奏。"世宗便命宣唐使入朝。唐使礼部尚书王崇质闻得传宣，捧了表文，急趋入朝。在陛前舞蹈已毕，呈上表文。世宗看了，见进贡的是两名美女，遂命王崇质引领入朝。你道唐主为何不献珍宝，单献两名美女呢？原来唐主既失了江北之地，又削号称臣奉周正朔，只因迫于兵力，势不能敌，以致委屈若此，心内实不甘服。未及几时，又闻探报，周主亲征辽邦，兵不血刃，已获南燕各地，唐主吃惊道："周主这样厉害，不上几年，便要被他统一天下了，我这区区江南之地，恐怕也难保全！如何是好呢？"当下便与丞相宋齐邱商议。宋齐邱奏道："主公犹忆当年南汉主登极，进献大小雷女乐，曾免数年之侵扰么？如今何不访求绝色美女，献于周主呢？好在我们内附之后，尚未进贡，这次就借贡献为名，自不招人疑忌。周主倘能溺于酒色，自然英气销磨，没有大志了。我们再慢慢的休养生息，将来就有报仇之日，这正是范蠡献西施之计也！"唐主闻奏，便道："卿言虽甚有理，但是周主非南汉可比，很是英明，我们贡献美女彼若却而不受，岂不自讨没趣么？"宋齐邱道："人非圣贤，岂有不爱美色之理？不过英明之主，爱惜令名，不肯自己选取美女，以贻口舌于臣下。倘若有人进献于他，这现成的美色，臣料周主一定收纳，可以无虑。"唐主即从其奏，命人四出，访求绝色美人。江南山川灵秀，本是出产美色的地方，哪有访求不得之理？不上几日，已访得两名美女，一名秦弱兰，一名杜文姬，都生得轻盈窈窕有西子太真之色，倾国倾城之容；并且精擅文翰，善于吟咏。唐主大喜，便衣以轻绡雾竺之衣，装以珠翠金宝之饰，置之后苑，教导歌舞及弹丝品竹之技。两个美女，心灵性巧，一经指点，便已熟谙，不到一月工夫，吹弹歌唱，俱已学得纯熟。唐主又亲往后苑，命两美人试验一番，居然歌声婉转，如黄莺娇啼，可以移情悦性。又命两人起舞，只觉罗袂翩翩，不减于汉宫飞燕，掌上轻盈，令人目眩神迷。再看他们的吹弹时，又是琴瑟筝琵，笙箫鼓笛，样样都全，好似唐明皇身到广寒，听着《霓裳羽衣曲》一般。唐主不觉大喜道："如此美人，如此技艺，我见犹怜，不愁周主不爱也。"当下便命翰林苑撰了表文，差礼部尚书黄崇质，用轻车绣幔，载了两个美女，前往汴京贡献。黄崇质抵汴之时，正值世宗抱病返都，在宫静养，只得在馆驿中住下。

这日世宗召见，行礼既毕，阅了表文，果然不出宋齐邱所料，世宗本想选几名美人，入内廷供奉，以便行乐；恰恐在廷诸臣谏阻，未曾进行。如今南唐既然进贡，料想必是绝色，乐得收了下来，以图欢娱，又免了自己点选，被臣下看轻，说主上好色，真是一举两得的事情，所以绝不迟疑，命黄崇质引着两个美女入朝。崇质领旨，将两人引至殿前。二人轻提翠袖，慢启朱唇，高呼已毕，俯伏丹墀。世宗吩咐抬头，两个美人遵了旨意，仰首而跪。世宗见这两人，果有沉鱼落雁之容，闭月羞花之貌，心内甚喜！便问："汝二人叫何名字？"左首一个便启奏道："臣妾秦弱兰。"右首的一个，也随着奏道："臣妾杜文姬。"世宗含笑道："汝等之名，亦甚文雅，想有若兰之才，文姬之技了。"黄崇质奏道："二美人不但生得美丽，就是吟诗作赋，品竹弹丝，也样样精熟的。"世宗闻奏，更加欢喜，命将两女收入御乐院内。早有范质出班奏道："陛下以神武之姿，端理天下，方欲削平南北，混一寰区，奈何受南唐之美女也？"王溥亦执笏谏道："唐主不以有用之物贡献陛下，而以美色引诱陛下，此正越王勾践之所以报吴也。愿陛下谕其来使，屏而不受，则彼自知惭愧，而不敢复萌异志。且使天下闻之，皆知陛下不溺情于声色，则辽邦倾心，北汉畏威，四海可不劳而定矣。"世宗以温语慰之道："二卿所言，虽是有理，但唐主遣使远来进献美女，其心亦是可嘉。若屏而不受，未免绝远人之望。且唐主亦何至效勾践之故志，而以美色饵朕？即使其存心如此，朕非夫差可比，彼又何能施其伎俩呢？二卿且退，朕自有方略处之。"范质、王溥见世宗不从其谏，只得默然。当下设筵以宴唐使。席间，世宗问王崇质道："唐王亦治兵甲，修守备么？"崇质奏道："自事大国之后，不复敢治甲缮守备了。"世宗道："朕向日兴师征伐，则为仇敌，今既通好内附，则为一家，唐主与朕，名分已定，更无他说。但是人事变幻，不可逆料，朕在位之日，固不至加兵于江南，若至后世，便不可知了。归语唐主，兵甲城郭，亦宜及时修葺，以防外负，而为久远之计。"崇质顿首受命，辞别世宗，取路自回江南，面见唐主，复了旨意，并及世宗谕令修缮甲兵城郭之意，唐主听了，甚为感动。遂命官吏查阅城郭，凡不完固的，加以修缮，检视甲兵，凡有残缺的，从事补充。唐主奉了世宗之谕，缮城守，整军备，自有一番料理，不在话下。

单说世宗纳了两个美人之后，终日只有宫中饮酒作乐，左拥右抱，昼则挥毫联句，以角才思；夜则笙歌聒耳，筵乐无度，绝不思量视朝听政，讨论治理，早把从前混为一区宇，荡平四海的雄心，销磨净尽。世宗又因宫殿卑陋，并无游赏宴乐之地，台榭池沼之胜，传旨在内苑中，起造楼台一座，名曰赏花览胜之楼，以便与秦弱兰、杜文姬日夕登临眺览。恰命教练使冯益监工，克期造竣。冯益领了圣旨，哪敢怠慢，便招工募匠，运砖瓦，搬材料，择吉兴工，昼夜不息，耶许之声，闻于宫外。诸臣因世宗收了南唐美女，累日不朝，政务丛脞，已是好生着急；如今又听得起造楼台，工役并兴，满朝文武，都面面相觑，无法可施。意欲进谏，又因内外隔绝，不得见面，且恐世宗正在沉溺之际，必致触犯龙颜，难免罪戾，所以没有计较。范质因谓王溥道："主上现在沉酣声色的时候，我们入谏，亦未必肯垂金听，现在最要之着，惟有建立储贰，以端国本，倘有不测，尚可倚赖。"王溥答道："相公之言是也！我们明日，径叩宫门，请见主上，奏立太子，想来不致触犯圣怒的。"范质听了，便向文武诸臣道："明日诸公务须齐集朝堂，与老夫一同入奏。"众人齐声应诺，各自散归。

次日，文臣由范质为首，武将由匡胤为首，一齐直叩宫门，请见世宗，面奏大事。世宗正与杜、秦二美为长夜之饮，直至次日清晨还在那里猜枚行令，不肯休息。阶下笙歌，仍复喧耳，侍从诸人奔走忙碌。世宗因秦美人猜输了拳，传旨斟一大杯酒以罚之。忽见宫门上传报道："文武诸臣有事启奏陛下，俱在宫门候旨。"世宗方命撤去残席，又恐诸臣见了自己的情形必要诤谏，因令："二美暂退，待见过文武诸臣再行作乐。"秦、杜二美人奉了旨意，自与阶前歌舞的宫女，退入偏宫。世宗遂宣群臣入见。范质、匡胤率领诸臣行礼已毕，分班侍立。世宗垂问道："众卿有何政事入宫见朕？"范质、匡胤同声奏道："陛下春秋已富，未立皇储，请速定大计，以端国本，而副中外之望，国家幸甚！"世宗道："功臣之子，皆未受封，岂可先加恩于朕之皇嗣。"匡胤又奏道："臣等受陛下厚恩，已出非分，还敢企望推恩于子孙么？乞陛下速立皇储，无用迟疑。"世宗乃准其奏，下旨封子宗训为梁王。时宗训年仅七岁，诸臣顿首谢恩，辞退出宫。世宗方欲宣召秦、杜二美人，重行取乐，忽冯益入宫启奏，赏花览胜楼，已克期完工，请陛下御驾临幸。世宗即命驾临后苑，看那新建的楼台，果然曲栏映日，画栋飞云，富丽堂皇，庄严璀璨，有西江月词一阕为证：

> 画栋鲜明峻伟，楼台雄丽奇观；四围彩色绘山川，纵是蓬瀛不换。
> 铺列奇珍异宝，相陈丝竹吹弹；君王从此倚栏干，日与佳人赏玩。

世宗见楼台造得甚是美丽，龙心大悦，重赏冯益，令其退去。冯益谢了圣恩，欣然而退。世宗见楼台虽已造成，内苑中没有名花点缀，终是缺憾，因命群臣各献奇花异卉，栽种内苑，以便凭栏赏玩。诏旨一下，那些文武诸臣，莫不叹息，都说主上大改当初的性情，不知荒淫到如何地步；但又不敢违旨，少不得寻觅些花卉献上。还有这些意图进用，贪荣慕利的人，便想借此逢迎圣意，希图邀宠，便不吝重价，四出购取奇花异卉，献入宫内。世宗吩咐侍从，拣那稀见少有的花卉，栽于楼之左近，其余平淡无奇的，分栽苑内，日夜灌溉栽培，使之从速长成。果然人手众多，办事容易，不多几日，那内苑里，早已绿叶成荫，繁花如锦，人游其中，香气扑鼻，如入花国，真个心悦神怡。世宗便携了秦、杜二美人，日夕在楼上饮酒赏花，歌舞作乐，留连不去。文武诸臣，无一人敢入谏者。其时，郑恩适因奉使回都，沿路之上，已听得人纷纷议论，尽说世宗受了南唐进献的美女，将雄心销磨已尽，竟是荒淫无度，纵情酒色，可惜一位英明之主，中了南唐的美人计，便弄到这般田地。若再这样下去，不知悔悟，恐怕内忧外患，相乘而起，从前征伐他人，如今要被他人所征伐了。一路行程，所听见的，都是这些议论，心内好生诧异。

暗道："出使在外不过数月，朝政就变到这样地步了么？有赵匡胤、范质、王溥在朝，主上如果这样荒淫，哪有不行谏阻之理？道路传言，恐非确实。"心下想着，便不分晓夜，赶回汴京，要打听所闻的言语，是否的确。非至一日，已抵汴京，正值世宗建了高楼，命群臣进献花卉。有那些逢迎圣意，希图富贵的人，出了千金之赏，购取异种。那班牟利之徒，不惮辛苦，各处去觅了珍奇花卉，或用车装，或用船载，陆续不绝，都向汴京赶来，唯恐落后，失了发财的机会，纷纷扰扰，争先而行，汴京的街道，几乎为之拥塞。郑恩骑在马上，带了随从，正要赶入京都，恰被那些卖花的，挑着担儿，携着筐儿，提着篮儿，还有几个人合在一处杠抬着合抱大的花树，横亘而行的，竟把郑恩的马拥住了，不能前进。郑恩见这情形，料知路上的传闻有几分可信，便耐定了性儿，柔声下气的，向一个携着花树的问道："你拿的是什么花？要往哪里去？"那人见郑恩衣服鲜明，气象堂皇，骑了高头骏马，马后随着许多从人，料知是位官员，疑心他也是觅取奇花异卉去进献朝廷的，正好卖给他，图取厚利。便陪笑说道："我这花，名唤樱花，是出在东洋大海，一个什么国里的。这花乃是异种珍品，只有那个国里才有的，开放起来，美丽非凡，我冒着风涛之险，渡了东洋大海，费了许多心血，方才得着这一株花。长官如果购买了，去进献朝廷，包管可以压倒旁的花卉，不过价钱须要千金，少了是不卖的。"郑恩听说一株花要千金之价，心下更是奇异，便故意问道："你讨这样的大价钱，恐怕没有人来买吧？"那人冷笑道："长官想必是远道来的、不明白这里的情形。现在朝廷收了南唐进贡的美人，起造了赏花楼，命文武诸臣各献奇花异卉，栽在内苑，以便赏玩。我这樱花，倘若遇见识货的长官，莫说千金，便更多些，也要买了去进献朝廷，希图升官发财，你怎么嫌我讨价太大呢？"未知郑恩听了这话，如何回答，且听下回分解。

第十三回　金樽檀板度良宵　玉骨冰肌葬火窟

话说郑恩听了那人的言语，心下想："主上果然纵欲无度，道路传言，绝非虚伪，我今既已回朝，自当面折廷诤，挽回主上之意。"当下便向那人说道："照你的言语讲来，价钱果然不大，可惜我不贪富贵，并不要这花进献朝廷，你快去卖给他人吧。"说着，早率了随从人等，策马入城，径叩宫门，请见世宗。世宗听说郑恩奉使回朝，便传入内苑，在赏花楼延见。因其是亲信之臣，又系微贱时候的旧交，可以无须避忌，所以并不命退女乐，即召他入内。郑恩听了宣召，便大踏步走入内苑，举目观看，果与前日不同。只见楼台金碧，高插云霄，珠帘垂地，辉生四壁；隐隐的瞧见许多美人，都执着乐器，侍立在帘内；那楼的左右前后，都环绕着奇花异卉，并不知道是什么花，只觉得鲜艳夺目，芬芳扑鼻，也不仔细看视，随定内侍，直达楼上。见世宗居中而坐，两旁陪侍着两个绝色女子，都是宫装艳服，容光照人。郑恩趋近御座，俯伏行礼，高呼万岁。世宗即命平身道："卿沿途辛苦，不必行此大礼！"郑恩谢过了恩，将奉使之事一一奏明，遂又顿首奏道："陛下与臣等起自戎马之中，英明神武，声威播于天下，山陬水涯，莫不称颂，皆以为尧舜重生，汤武再世，统一四海，扫荡群雄，重睹太平，即在目前。乃臣出使返命，沿途之上，人民议论，大异昔日，都疾首蹙额，传说陛下纳了南唐美女，终日不理朝政，酣歌恒舞，为长夜之饮；建造楼台，并兴土木，百姓尽生忧虑，惟恐北汉引诱辽人兴兵入寇，大有朝不保暮的景象。臣听了这般说法，瞧了这样情形，还道是传闻之言，不足深信。谁料行近汴京，竟有无数愚民，运了许多奇花异卉，入京贩卖，一花之微，乃至索价千金。臣目睹此事，甚为诧异。因而详细探问，方知陛下起造楼台，命群臣各献花卉，栽种内苑，逢迎之臣，重价购买，希图邀宠。如此行径，非特荒于政事，且启宵小幸进之门，臣恐祸患将从此起。愿陛下屏除美色，亲贤臣，远小人，重振旧日精神，讲求治理，则国家幸甚！人民幸甚！"郑恩奏毕，世宗谕道："卿之忠心，朕所深知，远出归朝，风霜劳顿，宜加休息。至于卿之所奏，朕自有主张，可以毋庸忧虑。"因命郑恩官还原职，在朝伴驾，并赐假半月，以酬其劳。郑恩见世宗温语慰谕，恩礼有加，不便多渎，只得谢恩。退出宫来，回归府第，休息了一夜，次日黎明起身，即往会见群臣。范质、王溥与匡胤等，因世宗不出视朝，都在朝房聚集商议，无计挽回圣意，见郑恩到来，各自起身相迎，询问出使情形。郑恩详细述了一遍，便向范质、王溥道："主人贪恋美色不理政事，两位丞相执掌朝纲，为百僚之首，何不尽力谏阻？"范质、王溥齐声说道："我等非不力谏，奈主上不肯垂听，没法可想。"郑恩又对匡胤道："兄与主上义结金兰，富贵与共，宜匡弼过失，以尽寸心，奈何亦缄默不言，袖手旁观呢？"匡胤深知郑恩性情暴躁，倘与辩白，恐怕惹出事来。便含笑答道："贤弟责备，我已知过，停会儿请至我处，共商挽回之策。"众人见匡胤不与郑恩争辩，也知其意，尽皆嘿嘿无言。范质等便商议了一会政事，各自散去。郑恩随了匡胤来至家中，分宾主坐下。匡胤说道："贤弟适在朝房，责我不谏主上，我非不欲苦谏，无如屡次进言，俱被拒绝。若不自知份量，再行冒渎，必获罪戾，再四思维，只有用谲谏之法，使主上自己省悟，否则虽有千言万语，主上正在沉溺不返的时候，恐亦徒劳无功。”郑恩谢道：“弟性愚直，适间开罪于兄，还请原宥！但不知如何谲谏，望兄指教。”匡胤道：“近日主上命群臣各献花卉，我与贤弟何不如此如此，以进花为名，暗寓讽谏，或可补救于万一也。”郑恩道：“此法固妙，但我于文字不甚懂得，如何能行此事？”匡胤道：“这个容易，我们先预约好了，明日便可应用。”当下匡胤一一整备齐全，又教导了郑恩。到得次日，匡胤、郑恩也随着进花的官员，齐入内苑，直趋楼前。世宗与秦弱兰、杜文姬两个美人正在楼上酣饮，一眼瞥见了匡胤，便道：“卿亦来进花么？”匡胤趋近御前，恭身答道：“陛下既有旨意，臣等安敢不来进献？”世宗喜道：“卿所进的，必是名花！”匡胤乃举梅花一枝道：“臣所进者，江南第一枝也。”世宗命内侍接过，植于内苑，因问道：“此花有何好处，卿却称为江南第一枝？”匡胤道：“此花与众不同，迥异寻常，雪里芳华，吐清香以挺秀，阳春独发，占百花之魁首。昔人尝有诗赞之道：

一夜东风着意催，初无心事占春魁。
年年为报南枝信，不许群芳作伴开。

世宗听了大喜道：“卿诗清新已极，不想戎马之士，亦擅文词，可见吾国人材之盛，不同他邦！朕之美人，亦善吟咏，当命和卿之诗，以示宠异。”遂命杜文姬速题一首，以和匡胤之诗。杜文姬奉了旨意，不加思索，即吟诗呈上。其诗道：

梅花枝上雪再融，一夜高风激转冬。
芳草池塘冰未薄，柳条如线着春工。

世宗览了文姬之诗，称赞不已道：“美人所吟，与赵点检之诗，工力悉敌，正未可以判分优劣也。”正在讽诵称赏，忽见郑恩大踏步上楼道：“臣亦有花来献。”世宗喜道：“卿之所献，当更出色！”即命左右取来，乃是枯桑一枝。世宗笑道：“卿所献者，不过枯桑一枝，并非奇花异卉，有什么好处呢？”郑恩道：“臣之所献，与众不同，汴京城内，若无此物，则人民皆尽寒冻而死。”世宗问道：“亦有说乎？”郑恩道：“臣亦有俚言四句，敢为陛下咏之。”即朗声吟诗道：

竹篱疏处见梅花，尽是寻常卖酒家；争似汴京千万顷，春风无地不桑麻。

郑恩吟毕，匡胤从旁奏道：“郑恩所献，比臣之梅花尤胜，愿陛下三复其诗。”世宗喜道：“二卿处处不忘忠爱，朕躬自能领会。”因命内侍，赐二人御酒各一金卮，以旌其献花进谏之功。二人顿首谢恩，饮了御酒，立于栏干之外。但见献花之臣，纷纷而进。世宗命内侍一一收纳，当心培植，直至薄暮，献花的人都已退去。世宗见匡胤、郑恩仍直立栏干之外，因问道：“卿等此时尚未归去，岂有事欲奏朕躬也？”匡胤闻言，乘机进谏道：

"臣等见陛下累月不朝,荒于政事,心中惶惑,不知所措。愿陛下亲大臣,勤庶政,则国家有磐石之安,而社稷有泰山之固,其欢乐当比歌舞宴饮,高过万倍了。"世宗道:"朕昔日因干戈扰攘,无少闲暇,今日国家升平,南方臣服,正当寻欢取乐,以娱生平,故与二姬略事游览,卿等何必琐琐烦渎呢?人生在世,如草头垂露,天年易尽,二卿值此太平之时,亦宜日与亲知故旧,宴游欢乐,以尽天年,方不致虚生一世,何苦辛劳恓惶,争名夺利,没有休息的时候呢?"郑恩进谏道:"陛下当日何等英武刚毅!今乃出此贪图安乐之语,殊非臣等所望!况寡欲所以养生,美色醇酒,实戕身之刀剑。陛下圣容,昔日何等威严!今因贪恋酒色,已是清减异常,倘有不测,悔之莫及矣!"世宗道:"二卿且退,朕自知之。"说罢,竟不与二人多言,拂袖回宫而去。二人见世宗绝无省悟之意,只得嗟叹而退。

过了一日,司天监忽然上奏,说是火星侵入紫微垣内,宫廷之中,恐有火灾,急宜修省,以禳天灾。世宗见了章奏,也没什么动静。匡胤便与郑恩商议道:"主上荒淫酒色,天象示儆于上也不加理会,若不及早设法,势将无可挽救了。"郑恩道:"我等直言进谏,主上竟不听从,更有何法可施呢?"匡胤附耳言道:"我们乘着司天监奏宫廷有火灾的机会,可如此这般而行。若把楼台毁去,美色绝了根株,主上没了迷惑的人,又失了游观之地,自然恢复往时的原状了。"郑恩喜道:"此计甚妙!连着根株,一齐锄去,哪怕主上不省悟呢?"二人商议好了,便去秘密布置,吩咐守宫禁军,备下硝磺引火之物,候至夜间举事。那些禁军,都归匡胤统带,听了主帅的密令,自然不敢有违。分遣已定,等到二更以后,匡胤、郑恩早杂在禁军之中,混入宫内,藏匿于赏花楼左近,此时夜深人静,但听得楼上歌声彻耳,音乐齐奏,世宗正与二美人饮酒取乐。郑恩见时候已至,便在楼之侧首放起火来。时当冬令,深夜之间,朔风大作,一刻之顷,火趁风威,顺着风势向赏花楼烧去,烟焰涨天,火光四照,汴京城中的人,都从睡梦里惊醒,沸翻盈天。都说是皇宫内苑走了火,军民人等,文武百官,一齐七手八脚,赶来救火,那时火势正盛,哪里扑灭得来?世宗恰在楼上,左拥秦弱兰,右携杜文姬,酣呼畅饮,笙歌彻耳,如何知道起火?幸亏有个宫人,瞧见了火光,仓皇报知世宗道:"内苑里起了火了!"世宗大惊,忙撇了酒杯,离开御座,步向窗前看视,只见红光弥漫,烟焰涨天,已直烧到赏花楼上。内监宫人,见势不佳,忙请世宗避火。世宗这时惊惶失措,忙命内监挽扶着往楼下奔避,哪里还顾得秦、杜二美人和这些歌姬舞女呢?刚才跑至扶梯下面,恰见郑恩从火光中奔来,大叫:"主公休慌,臣来救驾也。"说罢,即将世宗负于背上,逃出外面,脱离火窟。秦弱兰、杜文姬也带跌带爬,跑下楼来,哭泣哀号道:"谁人救妾,妾当奏知圣上,官上加官,以报其德。"那些禁军早经匡胤嘱咐,不准援救秦、杜二美人和一班歌姬舞女,一任她们哀呼求助,只顾救火,绝不理睬。此时匡胤却从侧首转出,向二美人道:"我来救你们出去。"秦弱兰、杜文姬信以为真,奔向匡胤身旁,被他一手一个提将起来,抛入火中。可怜绝代佳人,不上片刻,早已化作飞灰,还有那些歌姬舞女,也都惊得目瞪口呆,走投无路,尽皆烧死;就是几个逃出外面,也被火烧得焦头烂额,不堪进御了。守宫禁军见秦、杜二美人已活活烧死,方才出力救火,即行扑灭,任你怎样施救,那座赏花楼,已化为灰烬了。还算他们手脚来得快,只烧了赏花楼,没有蔓延到旁的宫院去。这时文武百官早来宫门,叩请圣安。世宗幸亏郑恩背负逃至后殿,听说文武诸臣前来恭请圣安,看那天光,已是黎明,便传旨升殿受朝。群臣朝见已毕,分班侍立。世宗降谕道:"内苑无故火起,皆朕不德所致,前日司天监奏称荧惑星侵犯紫微垣,宫廷中宜防火灾。上天早有垂象,朕躬昏聩,不知修省,果有此变,自是以后朕当力行德政,以迓天庥,尔大小臣工,亦宜体朕此意,共进嘉谋嘉猷,助朕修德禳灾。"诸臣闻谕,一齐顿首奏道:"陛下能够修德行仁,使政事无缺,泽降下民,天心自然默佑,转灾为福,祯祥迭至了。"世宗又奖励郑恩,说他仓猝之间,能够奋不顾身,尽力救朕,乃是忠义之士。郑恩顿首道:"此乃陛下洪福齐天,恰遇机缘,微臣何敢受此奖许?"世宗回顾匡胤道:"卿率禁军救火,未知可将秦、杜二美人救出么?"匡胤奏道:"火势甚大,不可向迩,无人敢近,秦、杜二美人不能救出,想已焚死。"世宗听说二美人已死,十分伤感。从此思念二美人,郁郁不乐,忧闷成疾,不能视朝。后人有诗一首,咏匡胤设计焚死秦、杜二美人,以致世宗伤感成疾,遂以不起云:

忠君如此亦堪怜,何事佳人向火燃?若使陈桥袍不着,千年公议属谁传。

其时,镇军节度使韩通,因奏报边务入朝,闻知世宗染疾,即至宫门问安。世宗召入垂询边事,并告以火焚楼台,二美人俱死,因此忧愁成疾。韩通奏道:"外面纷纷传言,都说火焚内苑之举,皆出赵匡胤、郑恩所为,陛下幸自保重,不必以二美人为念。"世宗闻通之言,沉吟一会道:"二臣屡次进谏,朕未听从,激而出此,亦未可知;然二臣皆为亲信之臣,且无证据,不可加罪。"韩通见世宗不肯加罪赵、郑二人,正要再奏赵匡胤权太重,宜加裁抑,不料世宗已是十分疲乏,早向韩通道:"卿可留京,暂充侍卫副都指挥使,保卫宫禁。朕此时困顿实甚,卿可暂退,有事再议。"韩通谢恩辞退,回至府中,心下想道:"世宗病势甚重,倘有不测,赵匡胤掌握大权,与我素不相睦,恐为所图,如何是好呢?"思量一会,没有主意,即召心腹李智商议。李智道:"君侯无须忧虑,现闻符太师尚有次女,待字闺中,何不奏知圣上,赐婚公子?若联此姻,则公子与圣上为连襟,便是皇亲国戚,设或主上有甚不测,必是符娘娘垂帘听政,有此内援,君侯尚有何患?"韩通大喜道:"此言甚然!我当奏闻主上,为儿联姻。"次日入宫,面见世宗,启奏道:"臣子韩淞,年龄已长,闻符国丈,尚有次女,未曾许字,与臣子年貌相当,欲求圣恩,赐为婚姻。"世宗道:"卿既有此意,朕当为之主婚。"韩通顿首谢恩而退。世宗即日召太师符彦卿入宫,谕以韩通有子韩淞,愿与皇姨联姻之事。符彦卿顿首奏道:"主上既有旨意,臣安敢不遵?但现有殿前都点检赵匡胤,遣人为其弟匡义求亲。韩通、匡胤皆与臣并肩事主,同为一殿之臣,匡胤又复先来求亲,臣实未便允韩而却赵,望陛下为臣作主。"世宗听奏道:"皇丈所言,颇为有理。韩、赵皆为亲信之臣,朕亦未便显分彼此,惟韩通求朕赐婚,朕已允之。今既不能两全,皇丈可效前人彩楼招亲之事,择定吉日,高搭彩楼,传朕旨意,通知韩、赵二家,令匡义、韩淞届期齐集楼前,由皇姨亲抛彩球择配。球中谁人,即许于谁,各听天命,不得争执。"符彦卿顿首谢恩道:"陛下如此处置,可使韩、赵两家各无异言,真是两全之道也。"当下辞驾出宫,将世宗圣旨传知赵匡胤、韩通,待择定吉期,搭起彩楼，由皇姨抛球择配，两家届期可令子弟齐至楼下，接取彩球。匡胤、韩通自然遵旨而行。你道赵匡胤如何与韩通同时求婚于符彦卿？原来匡胤本有两弟两妹，次弟名匡义；三弟名匡美。那匡美年尚幼稚，匡义年已十九岁，生得齿白唇红，面如冠玉，龙颜日角，两耳垂肩，长身玉立，虎步龙行，相者尝说他龙凤之姿，天日之表，后福非浅，将来必为太平天子。因此匡义深自期许，颇有不居于人下的志愿。读书之暇，时常舞枪弄剑，练习武艺，又喜出外打猎。这日带了随从，复往城外打围，恰遇着一件巧事。未知匡义遇着何事，且听下回分解。

第十四回　彩球飞去龙凤配合　哀诏颁来车驾上宾

话说赵匡义带领随从人等出城打围，行至皇城以外，忽见一座花园，甚为壮丽。匡义暗道："不知谁家花园，建筑得如此齐整！"正在停马观看，忽见园内有株梅树，紧靠园墙栽着，虬枝横斜，吐出墙外，有一只喜鹊栖于枝上，对着自己叫个不住。匡义说道："你向我叫个不休，且叫你吃我一弹。"说着，挽起弹弓，直向喜鹊打去。喜鹊左翼受弹，奋翅飞起，盘旋了一会，竟跌于园内。匡义意欲取回喜鹊，遂问左右道："此是谁氏之园？"左右答道："这是当今国丈符太师的花园。"匡义道："符彦卿乃吾兄同朝之友，不妨进去索取此鹊，汝等可觅其园门，待我入内。"左右寻了一会，只见门上加着双簧锁，关闭得甚是坚牢。便回报匡义道："此园与符太师住宅相连，寻常无事，并不启门，都从宅门出入；若要进内，须往宅门通知，请符太师发下锁匙，启门而入。"匡义道："为了一只喜鹊，何用兴师动众，惊扰太师？待我越墙而进，取了那只喜鹊，便可速去打围。"当下遂令左右停于园外，亲自越墙而过，取那喜鹊。不料匡义越墙之时，恰值符皇姨也同了侍女前来园中游览。忽见有人越墙进园，侍女们疑是窃贼，不觉惊慌起来，大声叫喊。匡义听得喊声，连忙向前观看，见有一群侍女簇拥着一个金装玉裹，美如天仙的女子，立在那边亭下。匡义暗想，此必符彦卿之女也，彦卿年已老大，恰有艳丽的女儿藏在闺中，恰是意想不到的事，忽又转念道："不妙！此老生性拘执，彼女在园，我无端越墙而入，被侍女们叫喊起来，惊动彦卿，必疑我有意窥视他的女儿了，且待我止住她们不要叫喊。"心内想着，急急趋向前去，向着那些侍女道："姐姐们不要惊疑，我非歹人，乃殿前都点检检校太尉赵匡胤之弟，赵匡义是也，偶然出外打围，弹中一只喜鹊，落在园内，所以越墙觅取，姐姐们不信，现随从之人，停于墙外，且有中弹的喜鹊在梅树之下，可以为证。望姐姐们不用声张，免得惊动太师，感恩不浅！"符小姐听了匡义之语，见他生得相貌非凡，言词清朗，知是大贵之相，心内甚是爱慕。只因避着男女之嫌，不便亲自答话，便止住侍女们，不要叫喊，拣一个齿牙伶俐的侍女，传语道："赵点检乃是太师同朝之友，公子既是其弟，小姐自当用情，不加为难，但是太师不久就要到来，倘若遇见，甚为不便，叫你从速出外。"匡义躬身答应，仍要越墙而过。小姐又令侍女止住道："公子不可越墙，倘被路人所见，深为不雅。现有锁匙在此，当开了园门，放你出去。"匡义听了，很佩服符小姐的见识，连声道谢。符小阻早取出锁匙，侍女开了园门，将匡义放出。匡义出园，因思符小姐德容兼备，念念不已，仍旧跨了马，前去打围去了。正是：前生曾种蓝田玉，此日欣逢宿世缘。

匡义带了随从前往打围，射飞逐走，直至天晚，方挑了许多獐兔之属，回至府中。见过匡胤，说起出外打围，误入符太师花园，遇见皇姨之事，匡胤闻言，甚为留心，因问匡义道："汝曾亲见皇姨么？"匡义答道："是亲见的。"匡胤道："皇姨的花容生得如何？"匡义经此一问，倒有些不便回答，只是低头无语。匡胤笑道："这有何妨，何必如此害羞呢?”匡义无法,只得说道:“长得很好!”说到“好”字,已是面红过耳,十分局促。匡胤道:“此事非出偶然,乃天意也,吾当为汝成之。”

次日,便请范枢密到府。范质闻是匡胤相请,即便到来。匡胤迎入,分宾主坐定。范质动问相请之故,匡胤将匡义误入符太师花园,遇见皇姨,蒙其不加责备,开门放出的事详说一遍。又道:“皇姨与舍弟年貌相当,今日奉屈枢密玉趾,意欲仰仗鼎力成此良缘。”说着,起身一拱道:“敢烦大驾,为舍弟执柯就永感大德了。”范质也起身还礼道:“此事甚易,符太师之夫人与寒荆通家往来,过从甚密。明日当令寒荆,亲往符师,为令弟作媒,未有不谐的。”匡胤道:“有劳夫人鱼轩亲往,于心不安!”范质道:“你我同朝好友,当得效劳,何用客气?”说罢,起身告辞,回至家中,把匡胤所托之事,告知夫人郝氏。那郝氏夫人,与符太师夫人,本是结拜姊妹,时常来往的,听了范质的话,不觉含笑道:“赵家公子,眼力居然不差。皇姨花容,生得千娇百媚,真是尘世少有的!但不知赵家公子,品貌如何,也要配得皇姨,妾身方愿前去作媒。倘若生得人物猥琐,配不上皇姨,将来受人家的埋怨,那就不便去说了。”范质道:“你尽管放心,赵公子是我见过的,生得堂堂一表,颜如冠玉,乃是大贵之相。听得人家传说,从前有个什么相士,说赵点检凤质龙姿,决非人臣之相,他的第二位兄弟尤其出色,福命更比乃兄高过十倍。这一些说法,虽是江湖术士骗人的言语,但赵公子相貌决非凡品已可想见了。”郝夫人道:“既是如此,妾身明日前往符府作媒便了。”到得次日,郝夫人乘轿来到符太师符中,符夫人接了进内,奉过香茗,叙了寒暄,便说起赵公子求亲一事,并夸奖匡义品貌如何美丽,才情如何出众,说得天花乱坠,不由符夫人不信,当下便回言道:“小女年已及笄,正该许字,承蒙夫人作媒,此段姻缘,极是相宜,但须与太师商议,妾身不能擅自作主,改日再行报命便了。”郝氏夫人道:“儿女婚姻乃是大事,夫人自应与太师商议,得了同意再行决定。妾身暂且告辞,在舍间恭候佳音。”说罢,起身辞别。符夫人也不挽留,送至仪门,看着郝氏夫人上了轿,方才回到里面,便与符太师说知范枢密夫人前来替赵点检的兄弟求亲,未知太师意下如何。符太师道:“赵点检威震人寰,位居极品,他的兄弟赵匡义,我也曾经见过,品貌才情,也不在点检之下。若是配我女儿,果是美满良缘,这头亲事,门当户对,珠联璧合,很可以允得。耽延一日,夫人可亲往范府,答应了他,我们也可了却一桩心事。”符夫人答道:“太师既然见过赵家公子,品貌才情都可以配得我们女儿,妾身改日便去答拜范夫人,允许这头亲事,叫她回报赵点检,择日纳聘就是了。”符太师点头答应道:“夫人之言,甚合吾意。”夫妇二人商议停妥,正打算过了一天便往范府去报命,不料到得次日,世宗忽传旨召符太师入宫,谕知韩通之子韩淞,欲与皇姨求亲。符太师暗想,韩通的家世门弟,固甚相当,但是韩淞的相貌,虽也生得齐整,恰有些纨袴气,才华又不及匡义。心下很有些不愿意。只因世宗出面替他说合,不敢说出不愿两个字来,只得委婉其词,把赵匡胤先来为其弟赵匡义求亲的事情,告知世宗,并说自己与韩、赵两家同为一殿之臣,未便回绝哪一家,恳请世宗作主。他的意思,以为韩通、赵匡胤,都是世宗亲信之臣,世宗也不便偏袒哪个,必定有法调停。果然不出所料,世宗命他用彩楼择配之法,以免争执。符太师领了旨意,回至府中,择定吉日,高搭彩楼,通知韩、赵二家。

匡胤、韩通，自然遵着世宗旨意。到了吉日，匡义、韩淞各带了八名家将，来到彩楼之前。匡义人品轩昂，仪表出众，安安详详，从容不迫的立于彩楼之左。那韩淞虽然衣服华丽，辉煌夺目，立于楼右，品貌怎能及得匡义？此时汴京城里的人，早已纷纷传说：符皇丈高搭了彩楼，由皇姨抛球为定，选择韩、赵二家婚姻，都来观看。因奉着旨意，只准赵匡义、韩淞立近楼前，其余闲杂人等，只准远看，不许上前，且不得喧哗吵闹。所以前来观看的人虽多，但离着彩楼远远立定，并无声音。到了吉时，忽听鼓乐齐奏，先有一个管家立在楼上，向楼下朗声说道："今天乃是符皇姨奉了圣旨，高抛彩球，以定韩、赵两公子的婚姻，但凭彩球击中，便是婚姻所在，两下各无怨言。"说罢，即高声吟诗道："彩楼高搭一时新，天上人间富贵春。凭语蓝桥消息好，尽教仙娥意殷勤。

吟罢四句诗词，回转身躯，朝着楼内打了一拱道："良时已到，请皇姨出来选择贵人！"邀请已毕，那管家退立一旁。早见十二名侍女，都打扮得齐齐整整，簇拥着皇姨，轻盈慢步，来到楼中。真是嫦娥离月殿，仙姬下蓬莱。四围观看的人，莫不齐声喝彩，欢呼如雷，虽有禁军奉着圣旨，禁止喧哗，哪里禁止得住？就这喝彩声中，皇姨已经端坐金交椅上，举起凤目，向楼上观看。只见前日在园内无意中遇见的那位公子，立于楼左，那一种堂皇富丽的仪表，雍容华贵的态度，好似鹤立鸡群，可以压倒一切。又见楼右立定一人，有八名家丁，分立左右，皇姨料知必是韩通之子韩淞，但见他裘马辉煌服装明艳，也是一位翩翩公子，但是气概人品，哪里及得来匡义呢？皇姨一眼看去，心内早已分出了高下。便有一个侍女，捧着个五色彩球献于皇姨。皇姨纤手接过，轻轻举起，却将球略偏左些，抛将出去。只见那个彩球在空中滴溜溜滚个不已，乘着皇姨偏左之势，直奔匡义那边而去。匡义大喜，忙抢一步，举起双手一接，已将五色彩球，端端正正捧在手中。韩淞的八名家将，见彩球向匡义那边飞去，正要上前抢夺，早被匡义的家将上前拦住，说道："此事早经圣旨宣谕在前，只凭天命，各不争执，你们如要动蛮便是违旨了。"韩淞的家将，见彩球已入匡义手内，知道抢亦无益，只得懊丧而退。匡义接着了彩球，便吩咐牵过了青骢马，捧定彩球，由家将围绕着，喜孜孜的回去。那些看热闹的人，见匡义得了彩球，都拍着手大声欢呼，跟着匡义的马，看他回去。韩淞立在楼右，冷清清的，无人过问，愈加觉得羞愧难当，便同了家将上了坐骑，静悄无声的回至家中，将彩球被匡义接去的事情，告知韩通。韩通大怒道："不为吾儿夺得皇姨，怎泄胸中之气！"当下又传李智商议道："皇姨抛球之时，不向正中，偏向赵匡义一边抛去，以致彩球被他抢去，这明明是鄙弃吾儿，两下串通，故有此举。吾欲面奏主上，说赵匡胤、符彦卿预先接连，呵通一气，有意将彩球抛中匡义，求主上仍将皇姨判归吾儿如何？"李智道："不可！主上降旨，本说彩球击中，即为婚姻，两下不准争执的。现皇姨有意将彩球抛向匡义，并无证据，君侯倘若启奏主上，彼有彩球为凭，恐亦无益。"韩通道："既不能启奏主上，难道一任他们成亲么？这口气如何忍得下去呢？"李智道："匡义既得彩球，不久便要迎娶皇姨，君侯只要探知他的吉期，预命心腹勇士伏于要道，将皇姨的喜轿抢来，立刻与公子成亲，即使主上得知，生米已成熟饭，皇姨既属公子，也就只得周全此事，不便降罪的了。"韩通想来，也无别法，即便依从李智之言，暗中打听匡义迎娶皇姨的吉期，预备半路抢亲，暂且不提。

单说匡义得了彩球，跨马回府，见了匡胤，告知已得彩球。匡胤大喜，仍请范枢密为媒，行盘纳聘，选定吉日，迎娶皇姨。匡胤乃是精细之人，知道韩通气量狭隘，一心要为儿子谋娶皇姨，如今被匡义夺来，一定不肯甘休，必有诡谋，于中捣乱，便命得力家将暗中打听韩通有何举动。家将奉命而去，不多几日，早将韩通听从李智之谋，要在迎娶皇姨的时候，半途邀截的事情打听清楚，报告匡胤。匡胤怒道："此乃奉了主上圣旨，言明各无争执的，如何行此无理之事，半路抢劫呢？待我预伏兵士，将他们拿住，奏知主上，看他吃罪得起么？"郑恩听了笑道："这韩老儿，想替儿子娶皇姨，想疯了心了，怎么出此强盗打抢的下策呢？赵兄正该把他抢亲的人拿住，惩戒这老儿一番，以儆其后。"赵普道："不可和他硬做，我们但戏弄他一番，使之有苦难言就是了，何用兴师动众呢？况且皇城之内，两下争斗起来，必然扰及人民，惊动主上；韩通野蛮无理，我们不可和他一般见识。"匡胤道："则平之言有理！但不知如何便可戏弄韩通，请教妙计？"赵普道："我们可预备两乘喜轿，令一人假扮皇姨，排着执事，鸣锣喝道，从大路而行；却将皇姨的喜轿，由小道抬归，那韩通不防我们已有预备，必定派人在大路等候，待他抢了假皇姨去，看他还有何法与我们作对？"匡胤道："此为接木移花之计，免得两下在皇城争斗，惊扰百姓，亦是好事。但命谁人假扮皇姨和他戏耍呢？"郑恩拍手笑道："此事只有我老郑来得，待我坐了轿儿，被韩老儿抢去，好讨扰他一顿盛筵，喝个大醉而回。使韩老儿计谋不成，倒反赔贴了酒菜，岂不开心么？"匡胤等商酌已定，到了迎娶的吉期，果然由郑恩坐了一乘轿儿，大排执事，鼓乐齐鸣，径向大道而行。恰将符皇姨另用轿儿抬了，绕着小道，来至府中，与匡义参拜天地，结了婚姻，送入洞房。韩通哪里知道匡胤暗中用计，早令心腹勇士数十人埋伏在大道之旁，等得喜轿到来，吆喝一声，向前扑来。那些鼓乐人等，以及抬喜轿的轿夫，预经匡胤吩咐，韩通如来抢亲，可将喜轿抛弃，不必和他抵抗，此时见众人扑来，便呐喊一声，将轿儿弃在路旁，四散奔走。那些抢亲的勇士，见喜轿在道旁放着，并不追赶，只将轿儿抬了回来。韩通已令韩淞着扮齐整，一等轿儿抢到，即行参拜天地，将新人送入房中。赵家若有人来理论，只把府门紧闭，令部兵把守，到得次日，亲事已成，看他有何法想，韩通准备好了，眼巴巴的盼望抢亲的人回来，不到一会，已见心腹勇士抬轿而归。韩通知已得手，急命将轿儿抬入中堂，令人开放，搀扶新人出外行礼。谁知轿门一开。那新人用不着人搀扶，早已大踏步走出轿来，摇摇摆摆，踱至正中，高声喊道："韩老兄，今日请我老郑到府，想是备了美酒佳肴，请我喝个痛快的？"韩通见轿中的人并非新人，乃是郑恩。知道中计，暗暗叫苦不迭，又因郑恩性气刚强，是世宗亲爱之臣，如何敢得罪他？连忙陪笑说道："不知是郑老兄光降，多多有罪！我这里酒筵齐备，正要奉敬一杯。"郑恩哈哈笑道："你没有抢着皇姨，反要请我吃酒，岂不太蚀本么？"韩通忙道："郑兄休要见笑，快请饮酒。"郑恩也不推辞，便在正中坐下，叫道："快取大杯来，酒要喝得痛快，我不做新人，用不着这小杯。"韩通无法，只得命左右取过大杯，斟酒奉于郑恩，亲自在旁相陪。郑恩不客气，狼餐虎饮，如风卷残云，把酒肴吃个干净，方把杯箸放下，正色向韩通说："韩老兄，你和赵点检乃是同僚，又都是主上亲信的臣子。皇姨这门亲事，乃奉了旨意，抛球择配，各听天命不得争执的，彩球既然中了匡义，不中你的令郎，可知与你令郎没有姻缘之分，理应由匡义迎娶成亲，你如何怀恨在心,竟令多人半途抢亲？在这皇城之中辇毂之下,胆敢手执刀仗,居然强抢硬夺！倘被主上得知,降罪下来,怎样承当呢？”韩通被郑恩正言相责,惭愧无地,做声不得。郑恩见他如此模样,又用好言相劝道:“韩老兄,不必把这件事介于心,你令郎青年英俊,人才出众,何患没有佳偶？不用和匡义争取皇姨,有伤同朝之谊。我老郑素性伉直,所以毫无避忌,请你不要见怪。今天叨扰了你的盛筵,改日再当备酒相邀,此时我且告退。”说罢,立起身来,说声“韩老兄,老郑去了。”便摇摇摆摆,踱出韩府。早有从人备了马来,在门外侍候,郑恩见了,跨上马背,如飞而去。韩通瞧着郑恩,一无法想,只得目瞪口呆的望着他出外,待到去远,方才透过一口气来,勃然怒道:“赵匡胤、郑恩欺人太甚！竟敢到我门上当面羞辱,若不奏明主上,报此仇恨,也不能在朝为官了。”韩通气了一夜,次日入宫,将一切情由奏知世宗。又说匡胤、郑恩有意羞辱,臣实无颜在朝伴驾。世宗慰谕道:“此事恰是卿的不是,皇姨婚姻,由朕降旨,彩楼择配,原是替卿与匡胤解纷的。彩球既中匡义,自应匡义与皇姨成婚,卿何得与之争执,半路抢亲呢？朕为一国之主,未便偏袒谁人,倘若追究此事,卿实不免罪戾,还是不要提起的好。况匡胤与卿皆为朕之亲臣,无分高下。皇姨归了匡义,也是美满良缘,卿子尚未择配,朕当探明朝臣之女,有美貌贤淑,与卿子年齿相当的,为之主婚可也。”韩通听得世宗之谕,只得谢恩而出,不在话下。

单说世宗自火毁赏花楼,秦弱兰、杜文姬两个美人葬身火窟以后,每日思念不已,因此忧郁成疾,不能视朝。虽经太医官诊视,服了药下去,也如石沉大海一般,全无功效,非但不见轻减,倒反日加沉重,竟是饮食不进,大势垂危。世宗自知不起,亟召范质、王溥等入受顾命,重言嘱咐道:“储君年幼,卿等宜善辅之。翰林学士王著,乃朕藩邸故人,朕若不起,当召之入相,卿等谨记勿忘!”范质等顿首受命,退至宫门,私相谓道:“王著日在醉乡,乃酒徒也,岂可入相,此是主上乱命,不可遵依而行,我们当谨守秘密,勿泄此语。”大家点首会意,绝不提起此事。是夜世宗崩于寝殿,远近闻之,莫不嗟悼！后人有咏之道:

五代相承十二君,世宗英武更仁明。出师命将谁能敌,立法均田岂为名？木刻农人崇本业,铜销佛像便苍生。上天倘假数年寿,坐使中原见太平。

世宗既崩,群臣奉梁王宗训即位,是为恭帝。文武大臣,山呼已毕,尊符皇后为皇太后,垂帘听政。在朝诸臣,皆加一级。惟匡胤改受归德军节度使,并检校太尉,仍任殿前都点检,并以慕容延钊为副都点检。延钊与匡胤,本系总角之交,十分莫逆,至同是值殿廷,格外要好。两人时相过从,暗中密议事情,人皆莫测。单说周兵部侍郎窦仪,奉了朝命,往南唐告哀,抵江南时,正值冬天雨雪。唐主在宫围炉御寒,忽闻周主驾崩,不觉将手中铜炉惊坠于地,仰天长叹,说出几句话来。未知唐主说的什么话,且听下回分解。

第十五回　观天察象惑军心　筑坛受禅登大位

话说唐主李景，因天寒雨雪，正在宫中围炉取暖，忽然左右报道："周世宗驾崩，太子宗训即位，差兵部侍郎窦仪，赍哀诏到来。"唐主听了这话，不觉吃了一惊，将手内的铜火炉跌于地上，仰天长叹道："天心尚未压乱，致使周主遽尔晏驾，又不知要扰乱到怎样地步了！"说着，泪如雨下，好生伤感。左右问道："周世宗是怎样的君主，大王要这般悲伤？"唐主道："周世宗英明神武，拨乱反正之主也。倘天假之年，不难平定四海，令天下共享太平之福。如今宫车上宾，太子年幼，朝中功臣，必有异图，我江南又要罹兵革之祸了。"哀诏既已到来，理当迎接，其时雪势甚大，如鹅毛一般，纷纷飘下。唐主颇觉寒冷，欲在廊下受诏。窦仪不允道："使者奉诏而来，岂可有失旧制，若因雨雪，请俟他日开读便了。"唐主闻言，乃于庭中受诏，不胜哀泣。遂即款待使者，窦仪颁诏既毕，自然辞别唐主回国，不在话下。

单说周主宗训即位之后，光阴易过，眨眨眼已经过了残年，又是元旦，为周主纪元的第一日。文武官员，朝贺如仪。过不到几日，忽有边镇飞报汴京，说是北汉主刘钧，连接辽兵，乘丧入寇，声势甚盛，请速发大兵，至边抵御，免致有失。幼主宗训，只知在宫玩耍，懂得什么！符太后闻报，便召范质及在廷诸臣，商议遣将命师之策。范质奏道："北汉乘丧犯边境，又连接辽兵，其势必盛。我国新遭大丧，人心疑贰，非有威望素著之大将，恐难当此重任。殿前都点检赵匡胤，素有威名，忠勇绝伦，可为元帅；副都点检慕容延钊，向称骁勇，可作先锋；得此二将，率兵赴边必可退敌。"符太后准奏，急召匡胤入朝，命为统帅。又诏各镇将会集北征，悉归匡胤调遣，以一事权。匡胤谢恩毕，启奏道："主上新立，人心未定，京师根本之地，兵马不宜轻动。臣当另调澶州等处将帅，率兵前来，同臣进剿。"符太后道："军中之事，悉以付卿，听凭便宜行事可也。"匡胤奉了旨意，辞退出外，命慕容延钊为先锋，即行出发。延钊得了将令，挑选精锐，克日登程。匡胤又下令，调取各路镇帅，如高怀德、石守信、张令铎、王审琦、张光翰、赵彦徽等。不多几日，先后率兵到来，遂祭旗出发。其时汴京人心惶惶，大有不可终日之势，军民纷纷谣传，都说主上年幼，北兵犯境，将册点检为天子，以定祸乱。到处谣言，惟宫中尚晏然不知。匡胤出师之日，已有这些谣言，市民惊骇疑惑，深恐都城之内，或有不测，相率避匿。匡胤恰如若无事，神闲气定的率领大军，按驿而行。

这日行抵陈桥驿，天色傍晚，日影微昏，不便前进，即令各军就驿安营，暂息一宵，次日进发。有前部散指挥使苗训，号称善识天文，独在营外立着，观望云气。便有一人走将过来问道："苗先生，你又在这里看天文了？ 上天可有什么垂象么？"苗训闻言，回头看时，不是别人，乃是匡胤亲吏楚昭辅，遂即用手指点着说道："你不见太阳下面又有一太阳么？"昭辅用心细看，果见日下又有一日，互相磨荡，熔成一片黑光。未既，一日沉没；一日独现。那光芒格外明朗，照耀双目，不能睁视。日之左右上下，复有紫云，周围旋绕,映射着日光,真个是祥光万道,瑞气千条,绚烂夺目,十分好看。停了半晌,那紫云慢慢散去,红日已下西山。昭辅看了这般景象,不胜惊异,便问苗训道:“天象如此,主何吉凶?”苗训道:“你是点检亲信之人,不妨向你实说,这乃是点检当兴之兆,所以上天垂此异兆。”昭辅道:“从来说天无二日,民无二王,点检既然当兴,怎么又现出二日呢?”苗训道:“这便是一王退位,一王受命的祥兆了。那先没的日光,应验在周帝退位;后现的日光,紫云旋绕,乾德当阳,正应在点检身上。”昭辅又问:“此兆主何时方才应验呢?”苗训道:“天象已现,应验只在旦夕之间了。”那苗训在军中,凡遇风云雷雨,都能逆料,对于国家灾祥,军事吉凶,往往谈言微中,所以军中都尊敬他,一齐呼为苗先生。昭辅当时听了苗训的话,又目击两日相荡,紫云旋绕的祥瑞,不由得他不信以为真。当下便与苗训相偕回营,把这话告诉旁人,顿时当作一件异事,纷纷传说起来,全军俱各知道,到处议论,尽说上天垂象,点检当为天子。便有都指挥,领江宁节度使高怀德,见军心已向匡胤,遂首先倡议道:“主上新立,况并幼弱无知,大敌当前,我们虽出死力,谁人知得?不如上应天心,下顺人情,先册点检为天子,然后北征,不识在座诸公以为如何?”众将皆然其言,都愿匡胤即了尊位,大家都可以做开国元勋,所以不约而同,齐声应道:“高指挥所言是也!我们速宜进行。”都押衙李处耘道:“诸公既有此意,不可轻泄,须要设法禀明点检,得其允许,方可行事。”石守信、杨廷翰说道:“我们往告点检,恐其不允,把事情弄僵了,反为不妙。现有点检亲弟赵匡义亦在军中,何不同他商议,请其入告点检,方可成功。”众将齐称有理,便去与匡义商酌。匡义道:“吾兄自以忠义自期,若冒昧进言,恐未必允从,必须计出万全,方无遗憾。”话言未毕,忽见掌书记赵普,匆匆前来。匡义见了,即谓赵普道:“吾正有事,欲延君商议。”便把众将之谋,告知赵普。普道:“我亦正为此事而来,现在各营军士,都聚集营门,纷纷私议,尽道:‘点检倘若不肯即尊,我们冒锋镝,犯死生,为着谁来?不如各自散去,归家务农为上。’军士如此归心,民心亦可想见,只要一入汴京大事唾手可定,速乘今夜,如此这般,预备起来。到了这个时候,点检虽欲不允,亦不可得了。”诸将听了赵普的话,齐声应诺。便与匡义、赵普出来,整备军伍,齐集各营将士,宣布所定计划。军中欢声雷动,尽愿点检速为天子,使四方平定,重睹升平。诸将预备已毕,环列待旦。将到天色黎明,大众直逼匡胤寝门,齐呼“万岁!”守门侍卒,忙摇手禁止道:“点检尚未起身,不宜惊扰。”众人齐道:“今日册点检为天子,你还没有知道么?”当下即推匡义入帐,请点检起身受贺。匡义乃排众直入,正值匡胤睡觉醒来,欠身徐起。遥见匡义趋入,便问有何事故?匡义略述诸将之意,并军士归心情形。匡胤道:“此何等事,而可为也!诸将欲图富贵,虽陷我于不义,亦非所恤,汝为我亲弟,岂可如此?”匡义道:“不然!天与不取,反受其殃,古有明训,愿兄长无再疑虑。从前曾有老僧赠兄长偈语,内云‘两日重光,囊木应谶’这两句话,已实现了,有何不可为呢?况且三军归心,尽说点检不从我们之言,即便散归田里。如果军士真个散去,兄长岂不获罪么?弟意不妨就为天子。”匡胤闻言,意不能决,便道:“且待我出谕诸将,再为计较。”语毕趋出,只见众将齐集,军士露刃环列,齐声高呼:“三军无主,愿奉点检为天子!”匡胤未及开言,高怀德、石守信已手捧黄袍,披在匡胤身上,全军下拜,齐呼“万岁!”声彻内外。匡胤道:“汝等欲图富贵,奈何使我受不义之名?

况此等重大事情，岂可仓猝为之！”赵普趋进言道：“天命攸归，人心倾向，明公若再推让，反致上违天命，下失人心了。”匡胤道：“我受世宗厚恩，今尸骨未寒，而即背之，天下其谓我何？”赵普道：“欲报世宗，只要礼待幼主，优遇故后，使之安享快乐，便可报答世宗恩德了。”匡胤正要开言，诸将已拥着他上马，不由分说，向汴京进发。匡胤不得已揽辔谓诸将道：“我有号令，你等能遵依而行我始返汴，否则宁死不去也。”诸将齐称听令。匡胤乃下令道：“太后，主上，我当北面事之，尔等不得冒犯；京内大臣，昔日皆我同僚，尔等不得欺凌；朝廷府库和士庶人家内，尔等不得侵扰。能从我言，后当重赏；否则戮及妻孥，决不宽待。”诸将皆再拜受命，匡胤乃整军回汴，先遣楚昭辅偕同客省使潘美，加鞭疾驰，前往汴京。潘美是去授意宰辅；楚昭辅是去安慰家人。

两人奉了命令，飞行入汴，此时汴京，方得消息，正值早朝时候，突闻此变，满朝文武，都吓得相顾失色，不知所措。符太后顾谓范质道：“卿等保举匡胤，领兵退敌，如何生出这样变故来？”说到此处，已是泣不成声。范质嗫嚅道：“待臣出去晓喻匡胤，贵以大义，劝其谨守臣节便了。”符太后也没法想，只得含泪回宫。范质退出朝门，紧持右仆射王溥的手道：“仓猝命将，竟致此变，这都是我们的过失，为之奈何？”哪知心中着急，用力过甚，竟将指甲掐人王溥掌中，深入分余，几乎出血。王溥痛得不能回答，口中呻吟不已。范质急忙放手，向他道歉。恰值侍卫亲军副都指挥使韩通，自禁中趋出，遇着范质、王溥，遂即说道：“变军将到，二公尚有闲暇从容叙谈么？”范质道：“韩指挥可有什么良谋，退得变军？”韩通道：“水来土掩；兵来将挡。城中尚有禁军，急宜请旨调集，登陴守御；一面传檄各镇，速令勤王。镇帅不乏忠义之士，倘若星夜前来，协力讨逆，何患变军不平呢？”范质道：“指挥言虽有理，但远水难救近火，如何是好？”韩通道：“二公快去请旨，通往召集禁军。”说着，疾趋而去。范质、王溥，踌躇未决，只见家人前来报道：“变军前队，已进城来，相爷快回家去。”范质、王溥此时哪里还顾得请旨，早已如飞的跑转家中去了。那匡胤的前部都校王彦升，已带了铁骑驰入城内，恰巧与韩通劈面相遇，便高声喊道：“韩指挥，快去迎接新天子！”韩通怒道：“你们这些逆贼，通同谋反，还敢来此胡言乱语么？”一面骂着，一面向家门驰去。彦升向来性气刚暴，被韩通骂了一阵，不觉激得三尸暴躁，七窍生烟，哪里还记得匡胤曾有将令，不准杀戮大臣，当下急拍坐骑，紧紧追赶。韩通驰入家门，正欲阖户，不防彦升赶到，飞身下马，跳入门内，劈面一刀，将韩通砍死。再闯进去，将韩通一门老幼尽行屠戮，然后出去迎接匡胤。匡胤入城，命兵将一律归营，自己退居公署。早有军校罗彦瑰等，将范质、王溥诸人，捉入署内。范质见了匡胤，朗声说道：“公为先帝亲信大臣，今乘丧乱，欺凌孤儿寡妇，谋叛自立，异日何以见先帝于地下？”匡胤呜咽流涕道：“我受世宗厚恩，为三军逼迫，以至于此，惭负天地，实属无奈。”范质还要回问，早有罗彦瑰按剑厉声道：“三军无主，众议佥同，立点检为天子，再有异言，不肯从命，莫谓我宝剑不利也。”说罢，剑已出鞘，露刃相向。王溥吓得面无人色，降阶下拜。范质不得已亦拜。匡胤忙下阶扶起两人，赐他们左右分坐，商议即位仪节。范质道：“明公既为天子，将何以处置幼主？”赵普在旁说道：“即请幼主，法尧禅舜，将来碍以虞宾，即是不负周室。”匡胤道：“公等无疑，太后、幼主，我当北面事之，早已下令军中，誓不相犯。”范质道：“如此，当召集文武百官，准备受禅。”匡胤道：

"请二公代我召集，我绝不肯薄待先朝旧臣。"范质、王溥乃告辞而出，入朝宣召百僚，商议受禅的礼节。当下由翰林承旨陶穀，兵部侍郎窦仪等，议定礼节，应筑受禅坛，由周主降诏，禅位于匡胤。众议既定，乃筑坛于南郊，坛高三丈，按着三才；长四丈，按着四时；阔五丈，按着五行。上级为六六三百六十步，名曰"君坛"。中级七七四百九十步，名曰"祖坛"。下级九九八十一步，名曰"将坛"。上形圆像天，下形方像地，中正为人。坛的周围，插赤帜二十四面，按着二十四气。下层坛上，分为五方：东方属木，色尚青，立青旗十二面，护坛兵将，皆穿青盔青甲；西方属金，色尚白，立白旗十二面，护将兵将，皆用白盔白甲；南方属火，色尚赤，立赤旗十二面，护坛兵将，皆用赤盔赤甲；北方属水，色尚黑，立黑旗十二面，护坛兵将，皆用黑盔黑甲；中央属土，色尚黄，立黄旗十二面，护坛兵将，皆用黄盔黄甲；中层坛上，按照八卦方位，树立乾、坎、艮、震、巽、离、坤、兑大旗八面。又按着卦象，变化八八六十四卦，树立旗帜六十四面，坛中设着皇天后土，日月星辰，雷雨风云，三山五岳，四海八方之神位。最高的一层坛上，北方列着七旗，是为北斗；南方立着六旗，是为南斗。四周为二十八宿，列旗二十八面。顶上按照天干之数，列着甲、乙、丙、丁、戊、己、庚、辛、壬、癸旗十面；顶下则按照地支之数，列着子、丑、寅、卯、辰、巳、午、未、申、酉、戌、亥旗十二面，坛中设立三皇座，五帝座，以及轩辕、尧、舜、禹、汤、文、武，历代皇帝之座。坛之左右，有奏乐亭，舞佾亭。到了吉时，奏过了一遍大乐，然后继以熙和之曲，文德之舞。那大乐的前面，立定和声郎四人，在那里指挥着，所以音节起落，格调和谐，绝无错误。在这音乐声中，早有文武百官排班前导，来到坛下，文东武西，分列两旁，肃静无声，随后便是石守信、王审琦两员亲信将士，顶盔贯甲，腰弓佩剑，左右夹侍着那位太平天子，从容不迫的来至坛上；由翰林承旨陶穀，袖出禅位诏书，递与兵部侍郎窦仪，双手捧定，朗声诵读，宣徽使引匡胤北面听宣。其诏书道：

> 天生烝民，树之司牧。二帝推公而禅位，三王乘时而革命，其揆一也。惟予小子，遭家不造。人心已去，天命攸归。咨尔归德军节度使，殿前都点检，兼检校太尉赵匡胤，禀天纵之姿，有神武之略，佐我高祖，格于皇天，逮事世宗，功存纳麓。东征西讨，厥绩隆焉！天地鬼神，享于有德，讴歌讼狱，归于至仁。应天顺人，法尧禅舜，如释重负，予其作宾，于戏钦哉！畏天之命！

宣诏日毕，即便退下，入更衣室，改换天子衣服，戴冲天冠，服衮龙袍，朱履赤舄，由内侍簇拥扶掖，再登坛上，南面而立。枢密使范质，进镇圭；右仆射王溥，捧玉册；太师符彦卿，导引匡胤，行祭天礼，坛下奏大乐。行祭地礼，奏太平之乐；又行祭历代帝皇及祖宗之礼，奏社稷之乐；礼成，銮薄车驾，早已预备，文武百僚，恭请匡胤升坐銮舆，回朝受贺，遂有黄衣内侍二十四名，扶掖匡胤升了御辇，细乐迭奏，声韵悠扬，排起銮驾，从受禅坛还朝。但见前面列着肃道旗十二对，骏马二十四匹，甲士三十六人，虎豹两只前导，驯象六乘，分列左右；另有甲士十六人，分掌其职；随后又是虎豹旗、象旗，各四面；日旗、月旗，各两面；左青龙，右白虎，前朱雀，后元武，旗帜各一对；天马、天禄、白泽、云、雷、风、雨、江、淮、河、汉旗各一面；金、木、水、火、土五星旗，二十八宿旗、熊罴旗、鸾旗、五岳旗，左右飘扬，光彩耀眼。另有金盔金甲的卫士五人，一人掌大纛，四人执剑，持弓弩，拥护着龙旌凤节，流苏玉辂而行。其后便是日月扇，青伞、华伞、珠伞、黄罗伞、黄罗宝盖、华盖、曲柄黄伞，大红宝伞。接着又是龙凤金扇，日月流苏，金爪、卧爪、立爪、羽葆幢盖、信幡、日月幡、龙头竿、凤尾旌；以下又有金枪、银钺、剑、戟、弓、矢、刀、鞭、锏、锤、金刀、骨朵、金吾杖、银抓、仪刀、仪锽氅、戈氅、金氅，共一十八种。接着又是黄衣卫士、红衣卫士、白衣卫士、青衣卫士、黑衣卫士、彩衣卫士、金衣卫士、各十六人。又有黄罗宝盖四、金水盆一、金踏脚一、金交椅一、金水罐、金唾壶、金唾盂各一；左拂子、右拂子、金香炉、金香盒各一对，由黄衣校尉，分执而行。又是锦衣校尉二十四人，各执弓矢；金吾卫六十四人，各执豹尾枪，前后拥护。最后方是红纱灯十六对，紫金香炉八对，由内侍二十四人分执，引着匡胤銮舆，像香烟缥缈由午门而入。箫管声中，徐徐而行，直抵午朝门外。早有文武臣僚，从受禅坛绕道先至，俯伏道旁，恭迎圣驾。

匡胤的銮舆，直入崇元殿，升了御座，净鞭三响，文武百官，各按爵位向上朝贺，行君臣礼，高呼万岁，舞蹈已毕，有殿头掌礼官，高喊平身免礼。众官起来，文东武西，分班侍立。早有太师符彦卿、枢密使范质，分着左右，夹侍着周主宗训，来至丹阶，行礼叩贺。匡胤正欲起立答拜，有赵普奏道："周主现为主上之臣，君无拜臣之礼，望陛下不必谦虚，有碍君臣之礼。"匡胤乃止，遂宣敕命，封宗训为郑王，符太后为周太后，迁居西宫。符彦卿、范质又扶着宗训，俯伏谢恩，然后同着符太后，含着一泡眼泪，迁居西宫而去。周主既取消尊号，匡胤即拟改定国号。因前邻归德军在宋州，特称宋朝，以火德王，色尚赤，改元建隆，大赦天下，颁诏各镇，追赠韩通为中书令，厚礼收葬。又录佐命元功，授石守信为归德军节度使；高怀德为义成军节度使；张令铎为镇安军节度使；王审琦为泰宁官节度使；张光翰为江宁军节度使；赵彦徽为信军节度使，并皆掌侍卫亲军。擢慕容延钊为殿前都点检，所遗副都点检一缺，命高怀德兼任。赐皇弟匡义为殿前都虞侯，改名光义；赵普为枢密直学士；周宰相范质守司徒，兼侍中；王溥守司空，兼门下侍郎；魏仁甫为尚书右仆射，兼中书侍郎，均同平章事，其余周主旧臣，悉进位加级。这一班趋扳龙附凤的臣僚，都受了新主的宠命，莫不欣欣然各现喜色，哪里还记得周主的旧恩？从此这赵匡胤，便安安稳稳做了大宋朝第一代皇帝，史称为启运立极、英武睿文、神德圣功、至明大孝、太祖皇帝。我这书中，说不来许多徽号，但称他为太祖就是了。后人有诗咏宋太祖篡夺周位，这班臣子，都一齐忘了世宗的恩德，甘心受宋朝的爵位道：

周祚已移宋鼎新，首阳不食是何人？
片言未合忙投拜，可惜韩通致杀身！

太祖大封功臣以后，又立四亲庙，尊高祖朓为僖祖文献皇帝，曾祖珽为顺祖惠元皇帝，祖敬为翼祖简恭皇帝，妣皆为皇后。父弘殷为宣祖昭武皇帝，每岁五享，朔望荐食荐新；三年一祫，五年一禘。庙祠既定，乃尊母杜氏为皇太后，立夫人王后为皇后。原来太祖原配贺氏，生一子二女，子名德昭。在周世宗显德五年，贺氏即因病逝世，继娶彰德军节度使王饶之女，世宗朝曾赠给冠帔，封瑯琊郡夫人。至是太祖继位，遂立为皇后。又有妓女韩素梅，太祖微时，偕郑恩等往勾栏游玩，素梅识得太祖乃大贵之相，遂倾心相侍，愿以终身倚靠，作为偏房，太祖允之。在周世宗时，已经接至汴京，作为侧室，此时亦封为惠妃。太祖敕封既毕，又下旨命内侍打扫宫庭，收拾寝殿，令王溥、魏仁甫为迎銮正副使，备了全副仪仗，至点检衙署，迎请杜太后入宫；高怀德持节，备了皇后仪仗，迎接皇后；王审琦持旌，备了半副仪仗，迎接惠妃。又命司天监择定入宫的吉期，前往迎接。范质等四位大臣，奉了旨意，到了吉期，将仪仗排刘齐，一路笙箫鼓笛，丝竹管弦，前往迎接太后、皇后和惠妃。一路之上，早有地方官，知道太后、皇后一同入宫，预先打扫街道，沿着路旁，挂灯结彩，搭盖了五色棚帐，凡是凤辇经过的所在，都铺了黄泥。汴京的百姓见了这般情形，也都在门前摆了香案，迎接鸾驾。诸事料理齐全，等吉日一到，就要迎接太后入宫了。那太祖又传旨，文武百官，一齐赴朕旧邸，恭迎太后。百官遵旨，待至吉日。王浦、魏仁甫备起太后的全副鸾驾；高怀德持着金节，备起皇后的仪仗；王审倚持着银旌，备起惠妃的仪仗，前往旧邸迎接。文武百官，追随仪仗之后，都是步行，到了旧邸，早有承宣官，启奏太后道："迎銮正副使，王溥、魏仁甫、高怀德、王审琦，偕同文武臣僚，朝见太后娘娘，与皇后娘娘，惠妃娘娘。"杜太后闻奏，喜道："吾儿素有大志，今日果然成功也！"遂传懿旨道："迎銮正副使和文武臣僚，均免朝参，侍候启驾。"文武官员，奉了旨意，便排着班，在门前侍候。王溥、魏仁甫、高怀德、王审琦四人，恭请凤驾启行。文武百官，一齐俯伏道上，呼着万岁。承宣官传旨平身。文武官纷纷动身，都是徒步而行，列队在前引导。把太后的仪仗，一对一对，排列而行，却与天子的銮驾一般，凤辇之前，多了二十四名武装宫女，又有彩衣宫女十二人，提着红纱灯三对，金炉三对，在太后凤辇左右。天子的仪仗，前回书中，已经表过，此时不必再提了。太后穿着黄龙袍，黄缎龙凤裙，头戴金凤冠，端端正正坐在凤辇里面，三十六名黄衣宫监，抬着向前而行。太后过去，接连着便是皇后的仪仗，前导黄麾两对，大戟一对，五色绣幡三对，长戈一对，绣幡三对，雉尾扇两对，红花团扇两对，曲盖、紫方伞各两对，由红衣甲士掮定前行。甲士之后，便是两匹高头骏马，左是高怀德，捧着迎皇后的金节；右是王审琦，持定迎惠妃的银旌，马后是校尉六十四人，金吾杖、立爪、卧爪、镫仗、骨朵、仪刀、钺斧，都一对一对的分列左右，寂静无声，往前进行。随后又有金响节十二，绵花盖四，十六个侍卫，戴着阔边珠凉帽，红衣、黄缎腰带，碧油靴，跨着白马，手持豹尾枪，成对而行。侍卫后面，便是内侍十二人，宫女二十四人，手中都执着金交椅、金踏脚、金水盆、金唾盂、金唾壶、金香盒、金脂盒列队过去。最后是武装宫女十二人，都是短衣窄袖，各执金斧、银钺、黄盖、青伞等类；锦衣宫女十二人，提着红纱灯三对，金炉三对，在凤辇左右。皇后穿着日月龙凤金绣袄，山河社稷地理裙，头戴八宝镶珠金凤冠，堂皇富丽，端坐辇中，真像个一国的国母模样。皇后的凤辇过后，就是惠妃的仪仗，也列着引幡、清道旗、黄盖、青伞、金瓜、月斧等类，却比皇后的减少一半，所以说半副仪仗。惠妃也戴着珠凤冠，穿了金绣云霞帔，绯红盘金锦绣裙，却生得柳眉凤目，杏脸桃腮，十分美丽，坐在凤舆里面，徐徐而过。凤舆之后，又有校尉六十四人，武官长两名，统率着御林军五百名，一个个鲜衣华服，刀枪如霜，弓矢耀日，在后护驾。皇后的凤辇，惠妃的凤舆,进了午朝门,行抵乾清门,便有总管太监,恭请皇后、惠妃,下了凤辇,改乘安车,赴坤宁宫而去。惠妃没有旨意派她住在哪一个宫内,也随着皇后同至坤宁宫。皇后入宫,自有宫内的嫔妃宫女前来朝参,不在话下。未知太后入宫典礼如何,且听下回分解。

第十六回　点绣选美人民悲号　偎红倚翠天子风流

太后的仪仗，直进东华门，出西华门，经元武门，走过长安门，直抵午朝门。仪仗早已一对一对，停止进行。太祖已率领文武百官，伏地迎接，太后见皇帝亲自跪迎，便口吐御音，传旨平身。太祖谢恩起立，亲自扶着太后御辇，文武官员追随于后，进了乾清门，便恭请太后御崇元殿受贺，太祖下拜，群臣皆行朝贺礼。太后不但没有喜色，反愀然不乐起来。左右进言道："臣等闻母以子贵，今子为天子，以天下养，富贵达于极点，太后反有不悦之色，何也？"杜太后道："先圣有言：'为君难'。天子为一国元首，政治所自出，倘若治臻上理，本来是尊荣的；如果有失，虽欲求为匹夫，亦不可得，你们道可忧不可忧呢？"太祖顿首再拜道："敢不谨遵慈训，朝夕兢兢，以迓天庥。"太后受贺退殿，白坐安车，进仁寿宫。那安车高四尺余，金顶凤头，红帘绣幕，四周金翅十二，金轮红幅，乃是专备后妃们乘坐的，此时一言表过，后文便不再赘叙了。当下太祖送杜太后进了仁寿宫，告辞退出，自往坤宁宫，与皇后相见。皇后、惠妃闻得太祖到来，一同俯伏接驾，太祖传旨平身。入宫之后，与皇后聚谈一番，即命惠妃居住景福宫。惠妃谢了圣恩，有了安身之处，便向太祖、皇后之前告退，自向景福宫居住去了。

太祖从此做了皇帝，有皇后、惠妃陪伴，早欢暮乐，也算快活的了。但是太祖尚是心怀不足。一天想起宫中的嫔御不足，只有皇后、惠妃二人共处，未免太觉寂寞。从来说的皇帝有三宫六院，七十二妃，朕既贵为天子，自应玉食万方，享天下的供奉，虽不必像古时帝皇有三宫六院，七十二妃，也不可缺少了嫔御，使天下人民笑朕枉为天子之尊，不知享受富贵。况且宫院里面，因周世宗生性俭朴，不肯点选良家女子入宫，所以侍候的宫女，只有寥寥数十人，如何能够给侍六宫呢？朕何不以此为题，点选绣女，拣那美貌的封为嫔妃，姿色略下的给侍六宫呢？主张既定，便传下旨意，分遣内监，往开、归、陈、许四处属下，挑选绣女。这道圣旨一下，那开、归、陈、许四府所属的州县，地方官，便忙着供应内监，调查民家有无女儿；那各州县的百姓，没有女儿的，还可以相安无事，有女儿的，便不免奔走呼号，设法隐匿。但州县官奉着圣旨，又有内监监视着，哪里敢怠慢一点儿？早已派遣了差役，命地保引导了，挨户严查，不准隐匿。众百姓听到了这个消息，更加惊慌，那已许字而未成婚的，便赶紧通知男家，草草的成了亲；那没有许字的，便把女儿胡乱送给人家去成婚，也不问这人的年龄几何，有妻无妻，只把女儿嫁了丈夫，免得点选上册，就算得了性命。所以，有一夕之间，而得婚数妻的，也有少女配了老夫的，富家嫁了穷人的，纷纷扰扰，真是遇了大难一般。那些百姓，闻得点绣女，为何要如此惊惶着急呢？点进宫去，也不过是吃饭睡觉，和外面一样的度日，并没犯着死罪，因甚要这样的鸟乱，岂非是自讨苦吃么？况且相貌生得美丽的，点进宫去，中了皇帝的意，将来为妃为后都不一定，还有使母家享受富贵的希望，何生把女儿胡乱送人呢？只因为父母之心，皆巴望儿女能够常在膝下，一家团聚，可以叙着天伦之乐，倘若被选了去，便埋没深宫，永远不能再和父母见面，竟与死了一般。至于得中皇帝之意，为妃为后，虽不一定，但是这种希望，这种际遇，乃是一千个绣女之中，难得有一个的。古人说得好，伴君如伴虎。即使中了上意，做了妃嫔，那天颜的喜怒，是不可测的，设或得罪了皇帝，非但女儿的性命，不得活在世上，就是家门也恐不得保全。那些百姓，存了这个心，所以情愿女儿嫁个贫贱的人家，度那安稳的日子，不愿意女儿进宫，希望那不可必得的富贵。因此听到了挨户搜查的消息，便慌乱异常，不问好歹，把女儿去嫁于人，这也是父母爱女儿的心，人人所同的，所以表明一番。

闲话休赘，单说那些地方官，派着公差，由地保带领着，各处搜查。那有女儿的人家，虽然把女儿纷纷的送到人家去成婚，究竟不能送尽了一个不剩的；况且官府得这个消息，早出有示谕，限定在点绣女的期内，官民人家，一律不许结婚，倘不遵依，便是有意隐匿绣女，违逆圣旨，男女两家，合门处斩。这一来那些有女儿的人，便是要送给人家，也没人敢收纳，只得听那内监和地方官上了名册，不敢违拗。选了一月有余，在四属州县，选到了三千名绣女，却把来细细的挑选了几日，只挑出三十名最美丽的，作为上等；挑得姿首略次一些的，一百七十名，作为中等；其余二千八百名，又剔去了二百名有暗疾的，吩咐退还母家，只剩二千六百名，作为下等。当时分定了等次，便由总管内监，奏知太祖，各属所选的绣女，已经来至汴京，请旨定夺。太祖闻奏，心下大悦。即命内监先把名册呈进，总管奉旨，便把三本名册呈上，太祖取过一册，只见那名册分着上、中、下三等，上等的册上，只有三十人，遂传旨先把上等的三十名，传令进见。一声旨下，那三十名绣女，已由内监引到御阶，花枝招展的拜伏在地，齐吐莺声，三呼万岁。太祖听了这般娇嫩的声音，已经心花大开，不胜喜悦。亟命那第一个绣女抬起头来，那个女子得了旨意，怎敢有违？便含羞带愧的，秉正了身躯，将头仰起，太祖见她生得果然美丽，遂问她："你叫什么名字？父亲做甚事情？何处人氏？可一一奏明。"众绣女的姓名年岁和籍贯履历，本来载明在册上，太祖明明知道，为何要问她呢？因为看她长得容貌出众，心内着实爱她，只听她奏对的言词，是否清朗，乃是故意问的。那女子听了，早不慌不忙的奏道："臣妾宋淑贞，河南洛阳县人，父亲宋偓，在周世宗时，任左卫上将军，现蒙陛下洪恩，任为华州节度；母亲为汉永宁公主，周太祖时，曾蒙恩赐以冠帔，臣妾今年十七岁，值陛下旨意，点选绣女，官民人家，一概不许隐匿，臣妾之母，不敢违旨，所以报名应选。兹承天语垂询，不敢不以上闻，望陛下赦臣妾不敬之罪！"说罢，重又俯伏在地。太祖见她奏对从容，语言清朗，更加喜欢！便道："卿原来是宋偓之女，自幼生长诗礼之家，母亲又是汉室公主，怪不得如此大方了。"宋淑贞谢恩道："臣妾蒲柳之质，仰荷陛下天语褒奖，何以克当？"太祖即召两名内监道："汝二人可引宋淑贞往长春宫，改换内家装束，侍候驾临。"两名内监，领了旨意，宋淑贞又谢过恩，方随着两名内监，坐乘宫车，往长春宫去了。太祖又命那第二名绣女，抬起头来，那女子领旨，秉正仰首，太祖御目细看，见她相貌和宋淑贞长得相仿，只略略丰厚一些，心下也很欢悦。又问她姓甚名谁，何方人氏，父母何人，多少年纪，那女子答道："民女方翠娥，河南归德府人氏，父亲方以咸，是个文士；母亲陆氏，亦系儒家之女；民女今年十八岁，蒙圣上洪恩，点选入宫，民女父母，不敢有逆圣旨，所以报名上册的。"太祖听她奏对，也很有礼节，甚是合意。遂又宣过两名宫监，传旨引方翠娥往万春宫，改换内家装束，在彼侍候。方翠娥谢恩已毕，也乘着宫车而去。太祖这里，又看那第三第四名时，虽也生得美貌，却不及宋淑贞、方翠娥两女的从容不迫，奏对明朗了。当下将这上等的名册，一一看过，吩咐总管太监，将这二十八名绣女，分派在坤宁宫、景福宫、长春宫、万春宫去当差。总管太监领了旨意，引着二十八名绣女，往四宫内分派。太祖见上等名册只选得两个中意的，那中等、下等料想没有什么美貌的女子在内了，也懒得亲自看，便将两本名册发下，着内监把这二千七百七十名绣女，分别派往各宫听差。内监领旨而去，太祖点视已毕，一心惦念着宋淑贞，即命驾幸长春宫，一声旨下，早有宫监抬过御辇，太祖坐了，直向长春宫而来。已有一名太监，如飞的跑往长春宫，通知守门的内监，圣驾临幸。守门内监，又报知值日宫女，转告宋淑贞，预备接驾。此时宋淑贞，已经改换了内家装束，只因尚未受封，还穿宫装，并无品级。宫女们知道她是太祖亲自选中，谅来不日便有封号，如何敢藐视她？都照着妃嫔之例，称她为宋娘娘。当下由值日宫女启奏道："圣驾将到，请娘娘接驾。"这位宋娘娘，乃是破题儿第一遭，宫中的规矩，素未练习，值日宫女请她接驾，不知如何方好，正在没有主意，早已转上四个宫女，引导着宋娘娘来至宫门，御道之旁，侍立守候。瞧见御驾将到，便指教她俯伏道旁，口称臣妾宋淑贞接驾，愿吾皇万岁，万万岁。随驾内监，传旨平身。太祖来至宫中，宋淑贞重又朝见，拜伏在地。太祖传旨免礼，一旁赐坐，宋淑贞三呼谢恩，方才在下首坐了，陪伴圣驾。太祖见她改换了宫装，格外觉得体态窈窕，丰姿秀逸，真个是秋水为神玉为骨，芙蓉如面柳如腰，称得起天姿国色，绝世佳人了。太祖这时喜得心花大开，命她坐近御前，细细询问家中事情，宋淑贞一一回奏。太祖听了所奏之言，方知淑贞幼时随其母永宁公主，入见周太祖郭威，曾蒙赐过冠帔。太祖喜道："卿父昔尝与朕共事周世宗，本有同朝之雅，今卿又得入宫侍朕，自当从优封赠卿之父母，即卿亦当加封为妃，以未优异。"淑贞听了旨意，忙俯伏谢恩，从容奏道："臣妾初进宫庭，得侍陛下，已属圣恩浩荡，何敢妄邀封典？况臣妾之父，已受节镇，臣妾之母，亦膺诰命；恩礼有加，实觉过分！伏乞陛下，勿以臣妾入侍掖庭之故，封赠妾之父母，致令外庭臣僚，议论陛下，宠任外戚，愈增臣妾罪戾，诚为万幸！"奏毕，连连叩首，俯伏于地，太祖闻奏，心中更加喜悦。亟用御手亲自扶起，仍命归坐，温谕奖勉道："不意卿闺中弱质，有此见识，秉性贤淑，不言可知。朕当依卿所奏，从此以后，对于外戚，尤应力加裁抑，借免专擅之患。但卿之封号理合恩加，明日朕自有旨，可勿固辞。"淑贞又复离座拜谢。太祖谕道："卿勿多礼。"遂命排筵，旨意一下，早已水陆毕陈，真是天家富贵，不同寻常。太祖面南正坐，赐令淑贞侧坐侍筵。其时天色已晚，宫中点起了金莲炬，照耀得光辉满室，无异白昼。淑贞手捧金杯，斟满琼浆，献爵上寿。太祖又命宫女奏起乐来，顿时箫管齐鸣，丝竹杂陈，奏着房中之乐，以侑御觞。太祖此际，口饮御酒，耳听雅乐，目视美色，直乐心花如莲瓣一般，一叶一叶，舒将开来，禁不住连进数觞，已觉微有醉意；又见夜色已深，遂命止乐撤筵，伸手携着淑贞，同入寝宫。早有侍寝宫女，揭起龙凤帐，展开锦绣衾，服侍太祖与淑贞，双双入寝。那淑贞初经雨露，自然婉转娇羞，另有一种风流趣味，太祖觉得十分畅快，格外欢娱，一宵容易，已转五鼓。太祖欲起视朝，已有司晨宫女，同着尚衣尚冠诸美人，隔着帏幕，恭请御驾升帐。太祖徐徐起身，淑贞也不敢再睡，意下起坐。太祖心下十分怜惜，恐其早起，冒了风寒。连忙止住她道："朕因五更三点例应上朝听政，不得不于此时起身。卿在宫内并无事情，正可安睡，以养精神，不用过于拘礼。"说着，竟自下了龙床，众宫女服侍着整冠束带升了御辇。辇之左右，有十二对明纱灯，照耀而行。出了宫门，便有御前侍卫和执事内监，拥护着乘舆，直至金銮殿，受了百官朝贺。值殿官早已高声喝道："有事出班启奏，无事卷帘退朝。"喝声方止，早见文班中有一位大臣，紫袍象简，执笏当胸，俯伏金阶道："臣守司徒，兼侍中，同平章事范质有事启奏，愿吾主万岁，万万岁。"太祖道："范卿平身，有何政事，可细细奏来。"范质奏道："自陛下即尊以来，在廷诸臣，俱已蒙恩，加官进爵；但各路藩镇边帅，亦系周之旧臣，陛下初登大宝，亦应颁诏谕知，并加恩命，抚绥外臣。便是江南吴越两国，在周世宗时，已经内附，也该遣使降诏，使知朝廷已易新主，令其畏威怀德，倾心内附，不敢携贰。臣意如此，因敢冒渎尊严，谨以上闻，伏候圣裁。"奏毕，俯伏候旨。太祖闻奏，即降谕道："范卿所奏，实为安内攘外，抚绥远人之要着，足见忠心为国，朕实嘉之！所有派遣各路藩镇边帅和江南吴越的使臣，着卿会同大臣，拟具奏闻。其诏旨，可命翰林院撰就，陈朕御览。"范质顿首领旨。太祖见无甚政事，便将御袖一拂，退朝回宫，遂又传旨，敕封宋淑贞为贞妃，方翠娥为婉仪。从此太祖有惠妃，即韩素梅，贞妃与方婉仪三个天姿国色的美人陪伴着，除了上朝听政以外，便在后宫偎红倚翠，左拥右抱，寻欢作乐，十分快活。虽未统一天下，好在南汉、北汉，以及西蜀、辽邦，目前都各守疆界，并不侵犯边境，兵戈宁息，倒很有些太平的景象。所以太祖虽然贪恋女色，朝廷的臣僚，闾阎的人民，也不觉着他的坏处。有一天，太祖往仁寿宫去朝见太后。因为正当春日，风景融和，后宫里也沿着御道，栽种了许多杨柳桃花。周世宗在日，建筑了赏花楼，曾命群臣，进献奇花异卉，后苑内栽种遍了，便把余存下的，栽在宫中的御道两旁。一到春天，百花齐放，那御道上，就如锦绣一般，很是可观；更兼夹道都是合抱大的杨柳，夹杂在桃花之中，红绿相间，又有许多奇花异卉，环绕着争妍斗艳，芬芳馥郁，令人目观花卉，鼻嗅芳香，觉得心旷神怡，如置身于蓬莱仙境。所以太祖这一次去朝参太后，因要细细的赏玩风景，领略春光，便屏除侍从，并不乘坐御辇，独自一人，徒步而行，沿着御道，真那万紫千红，芳菲满目，心内甚是喜悦。徐徐的向仁寿宫而来，恰巧守门宫监，因为日长无事，料想太后已息了午觉，必不传呼，他就趁着这点儿空闲前去找寻同伴，谈天说地去了。哪知太祖恰于此时前来并且不乘御辇，又没侍从，守门宫监，如何能够知道？太祖到了宫门之前，见静悄悄的，守门宫监一个也不在那里，知道他们躲懒的躲懒，玩耍的玩耍，所以一人俱无。当下绝不声响，径自入宫，并不前去朝参太后，先往各处偏宫里面查察一番，谁知，行到这一处，冷清清的不见宫女的影迹，行到那一处，也是寂寂无声，没有内监、宫女在那里侍候。太祖想道："只因太后秉性仁慈，诸事都不认真，所以这些宫女、内监十分胆大，竟敢荒废执事，肆无忌惮了。朕躬若不整顿一番，将来宫廷里面，宫女、内监人人效尤，还有什么职务呢？"一面想着，一面前进，不知不觉，行至一座宫前，抬头一看，见匾额上写着"静香轩"三字。太祖转念道："这静香轩，乃是朕妹，燕国长公主居住的地方，朕和她长久没有见面，何不进内，略略叙谈呢？"心中想着，步入里面。走进窗前，忽听得一声长叹，其声幽怨异常。太祖听了，不禁止住脚步，从窗隙中向内窥视。未知长叹的究是何人，且听下回分解。

第十七回　静香轩孀妇怀春　兴庆坊公主再醮

话说太祖走到了静香轩，正拟入内与燕国长公主叙谈，刚才步近窗前，忽听得一声长叹，其音悲而且怨，异常动人。便停住了脚步，立在窗前，向内窥视。那窗扇嵌着很透明的琉璃，看将进去，甚是明了。原来发这一声长叹的不是他人，正是太祖的胞妹，燕国长公主。她因在沉香床上，春睡方醒，抖起了一腔幽怨，所以发出这声长叹。太祖见她斜倚牙床，双眼惺忪，似泣非泣，显露着不胜伤春的模样，房中静悄悄的，鸦雀无声，也没有一个宫女在旁侍候，太祖瞧见这般行径，早已明白她的意思，不觉暗暗点头道："御妹正在青年，没了妹丈，寡鹄孤鸾，形只影单，无人陪伴，怎么叫她不伤心呢？这却是朕的过失了，像御妹的年纪，应该早早替她觅取才貌双全的人，遣嫁出宫，才是道理，如何竟会忘记得连影儿都没有呢？"你道太祖因甚说出这番话来？只为太祖有胞妹二人，一已夭逝，追封为陈国长公主；一曾嫁米家为妇，丈夫名唤米德福。不幸那米德福没有福气，做皇帝的妹丈，一病而亡，抛撇下少年妻房，又没生下男女，家境十分艰难。太祖在周世宗时，便奉了杜太后之命，接了回来，一同居住。及至太祖登了大宝，遂封她为燕国长公主，迎接太后入宫以后，公主也就奉了太后懿旨，到宫内存身。太后因痛爱女儿，不忍相离过远，便告知太祖，把仁寿宫里的静香轩，赐给公主作为闺房。太祖手足情深，哪有不允之理，况且太后年迈，皇后妃嫔，不过早晚之间，到仁寿宫请安问候，虽为天子之母，倒因着宫闱礼节，不如庶民之家，媳妇对姑嫜，时刻可以见面。现在得公主住在静香轩内，就在仁寿宫里面，便可以早晚陪侍太后，免使年高之人，冷清清的举目无亲，还有些宫女内监奔走使令，岂不甚好？所以太祖听了太后的慈谕，立刻满口答应，传下旨意，把仁寿宫的静香轩，赐给燕国长公主居住，并派遣二十四名宫女，十六名内监，侍候公主。杜太后见太祖看待公主如此情重，心内大悦，即命公主迁入静香轩中，朝晚陪侍太后，赐赉甚厚。哪知公主虽然置身禁御，养尊处优，享着皇家的富贵，却因韶年守寡，深宫寂寞，难耐凄凉，对着那春花秋月，便觉情绪恶劣，万般伤怀，触处都是悲感。又因这种愁恨，只有自己蕴蓄胸中，不能对人诉说，心里更是难受。现当芳春时候，白昼初长，公主朝见过太后，回至静香轩内，愁绪萦心，四肢慵懒，便遣退宫女，倒身在牙床上面，暗暗饮泣。独自一人，伤感了半日，不知不觉，沉沉睡去。一觉醒来，只见金炉香烬，罗帐四垂，寂寂无声，春昼正永。公主触动了伤春情怀，便连连的打了几个呵欠，伸了一伸懒腰，浑身软绵绵的，一丝气力俱无，不觉长叹一声，这一声长叹，含着无限幽怨，真是如哀如慕，如泣如诉，比到猿啼三峡，还要酸楚点儿。太祖乃是天纵聪明，闻着些儿声息，便可以知道这件事的原由。何况耳听公主的叹声，又从后窗隙中窥见公主倒睡牙床的情形，心内如何还不明白？因为公主年纪尚稚，格外生出一片怜惜的意思，所以说出上面这几句自己引咎的话来。当下太祖因瞧见公主如此情况，不便进去和她叙谈，遂轻轻的退将出来。一面走着，一面打算安排公主的终身大事，却因满朝没有个可以配合公主的人，即使年貌与公主相当，可以配得，又都是有了家室的，难道朕的御妹，反屈身去做偏房么？因此心内好生不悦，走路也走得很慢。行到一株桃树之下，便立在那里，心口沉吟了半日，忽然想出一个移花接木的主张道："殿前副都点检高怀德，新赋悼亡，相貌出众，年龄又与御妹不相上下，况怀德是朕的故交，现在又很有功绩，倘把御妹下嫁于他，作为继室，岂不是一双两好的美满良缘么？"原来这高怀德，乃真定郡人氏，其父名行周，曾任周天平节度使。怀德系出将门，生时膂力，弓马娴熟，并且生成的虎背熊腰，豹头燕领，声如洪钟，威风凛凛，貌若天人。这时正在壮年，必定要重续鸾弦的，把燕国长公主配给他，一个是续娶，一个是再醮，倒也很相宜的。太祖定了主见，便绝不停留，直入仁寿宫内朝参了杜太后，问了安好。太后见了，心下甚喜，便命太祖坐下，母子之间，叙了一番闲谈，太祖才慢慢地向太后陈说："意欲将燕国长公主下嫁高怀德。"太后听了这一段话，倒觉呆了一呆道："长公主韶年稚齿，即使守节，我心也觉不忍。况且又无儿女，将来未知如何了局，倘行遣嫁，使之有个归宿，未尝不妙。但汝为天下之主，不比臣庶之家，公主再嫁，是否有碍国家体面，要被臣僚议论么？"太祖道："这也没甚关碍，况律书不废再醮之文，臣僚哪有什么议论。即使略有关碍，也不妨勉强一点，径自施行。御妹年方逾笄，何忍令她永守空闺，抱恨终身呢？"杜太后道："汝言亦是有理！但也须问明汝妹，若是她心愿意，方可举行的。"太祖连连称是。遂辞别太后，告退而出，太后即刻宣召公主，屏退宫女，密密的将太祖欲令再醮高怀德的意思，向她细说一遍。公主正在伤春的时候，巴不得有此一举。况且高怀德入值殿廷，公主曾经见过他的，觉得他身材魁梧，仪表非凡，心内好生爱慕。现在太祖欲将自己嫁他，正中下怀，哪有什么不愿之处，只是不便直接答应，便低下了头，做出羞赧的颜色，嘿嘿无言。杜太后道："非是为娘叫你改节，只因汝兄怜汝独处深宫，寂寂寡欢，年纪既轻，膝下又没儿女，将来如何了局？所以设出这个法子来的，汝又何必含羞不语呢？"公主听了，只得支吾着道："吾兄贵为天子，不论宫廷内外，都该听他的命令而行，他要怎样，女儿哪敢不遵。"说到这里，早已面红过耳，起身辞别而去。杜太后听了公主之言，明明是答应的了，便毫不迟疑，命人奏知太祖。太祖听说御妹愿意下嫁高怀德，遂即谕意赵普、窦仪，令他两人作伐。两人闻了旨意，欣然领命，便到高怀德府中，告知太祖欲将御妹嫁作继室，特命他们两人执柯的意思。怀德因丧了夫人，无人陪伴，心下十分懊闷，要想续娶，一时之间又难得相当的女子。现在太祖愿将御妹下嫁，他入直殿廷之时，也曾见过燕国公主，姿色明艳，年岁甚轻，况又是当今天子的胞妹，娶为继室，自己就是皇亲国戚，何等荣耀！乐得他绝不推辞，满口答应。赵普、窦仪见怀德欣然允诺，心中大喜，即辞别而去，复了旨意。太祖得了回复，也觉欢然，亲至仁寿宫，奏知杜太后，先由高怀德备下盛礼，请了赵普、窦仪，恪行纳采闻名的仪节。太祖不便亲自主婚，传旨命光义代行。又在兴庆坊收拾了一处宏广壮丽的大第宅，赐与公主，作为府第，以便亲迎。高怀德纳采问名的礼物，都抬向公主府中而来。行过了纳采问名之礼，太祖便命公主出居府中，钦天监选择吉日，下嫁燕国长公主，举行婚礼。到了吉期这一天，高府备了全副仪仗，簇拥着沉香飞凤辇，怀德亲自骑着大宛名马，金鞍银勒，锦鞯珠鞭，头带乌纱，身穿红袍，腰围玉带，脚踏朝靴，真个是银盆白面生光采，五绺长须飘瑞霭，身材魁伟，体态轩昂，十分威武。那执事排开，一路行至兴庆坊公主赐第，早有赵光义偕同许多文武官员前来迎接。怀德慌忙下马相见，由司礼官引入甥馆。当时又有诏书颁下，特派怀德为驸马都尉。怀德北面接旨，叩谢已毕。卤簿使整备送亲仪仗时，又接到杜太后懿旨，恩赐公主全副銮驾和御前鼓乐。这一来更加热闹异常，那仪仗排将开来，竟有数里路远近，前面是高怀德的执事；随后便是钦赐公主的銮驾，一对一对的排开前进。御前鼓乐，一律锦衣花帽，沿路吹打，声韵悠扬。御乐之后，才是公主的沉香辇，有宫女二十四人，执着红纱灯、金香炉、拂子、盥具等类，都是黄金铸成，璀璨生辉。高怀德早有司礼官，引导他执贽奠雁已毕，竟自骑了马，赶上自己的执事，先行回府，在门前下马，恭候公主的凤辇。不多一会，执事头踮纷纷到来。执事过去，又听得笙簧叠奏，箫鼓齐鸣，一对一对的红纱灯，引导了公主的凤辇到门，直至阶前，停止住了。便由宫娥彩女，搀扶着公主，缓步下辇。怀德连揖三揖，引了公主，升阶登堂。公主东向，怀德西向，行相见礼，彼此又复易位，行交拜礼。礼成，导入洞房，行合卺礼。这时满朝文武，莫不登门道贺，宾筵丰盛，雅乐铿锵，说不尽的富贵，写不尽的繁华。怀德行了合卺礼，亲出外面款待宾客，真个水陆毕陈，觥筹交错，热闹异常。到得酒阑席散，送过宾客，方才回入洞房。公主已卸去礼服，淡妆素抹，含笑相迎。怀德亦趋步执手，相让入座。彼此互相窥视，一个是丰容盛鬋，丽若天人；一个是广颐方额，丰仪出众，自然各自喜慰。便由宫女替公主卸了晚妆，怀德也宽去靴袍，宫女们一齐退出，带上房门。怀德与公主携手入帏，同圆好梦。这一夜的欢娱，不用说得，比较第一次结婚时，更觉恩爱万倍。从此这位燕国长公主，安身得所，翠眉舒展，与怀德一双两好，朝朝盘桓，消却了万种闲愁，千缕幽恨；只生欢喜，不生愁恨了。

哪里知道鸾胶方续，兵戈忽兴。潞州有飞报前来，周昭义军节度使，检校太尉李筠，结连北汉兴兵，以恢复周室为名，势甚猖獗，请朝廷速发大军征剿。所以有旨意下来，命高怀德随同大军，进讨李筠。那李筠乃是太原人氏，历事唐晋汉三朝，很立下些战功。至周擢检校太尉，领昭义军节度使，驻节潞州。宋太祖受禅，容纳范质之言，颁诏各路藩镇边帅，加以高爵厚禄，借事羁縻。诏书到潞州时，李筠正得了太祖篡周的消息，聚集部下将校，商议起兵伐宋，声罪致讨。忽报宋朝遣使，赍着诏书到来。李筠道："我正要兴师致讨，他既有伪诏前来，当拒绝之。"牙将刘琼进言道："宋主以明公周之重臣，今特遣使前来，必加封爵，宜优容回答，以观其行止，何必拒绝。"士彦真亦谏道："事有缓急之分，征伐乃系大事，岂可仓猝举行，明公当厚款其使，权受诏书，然后商议进讨之策。未为晚也。"李筠见部将宾僚谏阻甚切，不得已接入使命，拜受诏书。使人宣诏道："新君即位，加公中书令，仍兼检校太尉，领昭义军节度使。"李筠受诏毕，置酒款待使人，饮到半酣，命左右取周太祖的画像，悬于堂中，指示众将佐说道："吾受周之厚恩，今幼主为人废止，不能力图兴复，反受爵位，异日何面目见太祖于地下！"说罢，涕泗交颐，悲感不已。刘琼等见李筠如此举动，不胜惶骇。即向使人掩饰道："令公被酒，致失常度，幸勿怀疑！"及筵席既散，使人告辞，回至汴京，复了旨意，奏明李筠席间如此行为，恐有不轨之举。太祖因欲笼络各藩镇边帅之心，不肯轻动，暂把这件事搁置起来。李筠送过宋使，一心要举兵恢复周室，只因潞州兵力薄弱，未敢径自起动。北汉主刘钧闻之李筠有拒绝宋朝之意，便乘此机会，令人驰蜡书约他一同起兵。李筠大喜，便欲即日举事。长子守节入谏道："潞州一隅之地，何能当大梁之兵？还请父亲慎重将事，切勿暴动。"李筠怒道："你知道什么，赵匡胤身为周室旧臣，乘着世宗晏驾，手握兵权，背恩负义，欺负孤儿寡妇，诈称北汉结连辽邦，兴兵犯界，出兵陈桥，买嘱将士，拥戴自己，回军入汴，逼宫篡位，废了少主，幽了太后，大逆不道，我如何北面臣事于他？况且世受周室厚恩，为国讨逆，虽死无怨。"守节泣涑道："父亲即欲兴师讨逆，报答周室，亦应计出万全，不可冒昧。依儿愚见，何不将北汉来书，寄至汴京，以示并无异图。宋主见我忠于他，自然放心不疑，那时相机行事，突然出兵，使宋人措手不及，方可集事。"李筠答道："此计倒也行得，我便差你赍书往汴，窥视宋朝行动，倘遇周室旧臣，心怀故主的，也可约为内应。此事极关重要，你须慎重而行。"守节奉了父命，立刻赍了汉蜡书，星夜赴汴，入见太祖，朝拜已毕，呈上北汉蜡书。太祖览罢，对守节道："卿父有此忠诚，朕实嘉尚，卿在此为皇城使，朕当另遣使命，颁诏慰谕卿父。"守节谢恩而退。太祖乃手缮诏书，派遣使命，往潞州慰谕李筠。守节单居汴京，细心察探，见汴都甚为安靖，各路藩镇边帅也都倾心归服，并无异图，哪有机会可乘？忙暗中寄信至潞州，切劝其父，不可轻举妄动，宜效忠宋主，以免祸患。谁料李筠不从守节之谋，使命赍着太祖亲笔手诏，到了潞州，李筠毁诏囚使，不肯奉命。太祖闻得此信，亟召守节入见，面谕道："汝父毁诏囚使，反迹已露，汝今尚有何说？"守节闻谕，慌忙俯伏奏道："臣在潞州，曾泣谏父亲，效忠朝廷，望陛下详察。"太祖道："汝之行为，朕早已知道，兹特赦汝回返潞州，可归语汝父。朕未为天子时，汝父可以自由行动；朕即为天子，奈何不守臣节，自取罪戾？"守节连连叩头，领旨退出，连夜收拾，径赴潞州而去。太祖自赦守节之罪，命他往潞州劝李筠恪守臣节，料知李筠必不信守节之言，定然还兴起兵戈的，便传赵普计议道："李筠意欲谋反，宜如何处之？"赵普奏道："陛下新立，藩臣多有异谋，今李筠叛迹已著，绝非口舌所能挽回，陛下虽恩赦守节，命其回去劝谕，恐亦徒劳无功。臣想，潞州不过一隅之地，怎当天下之兵？现在且暂置不问，待其起兵作乱，那时逆迹昭然，然后命智勇之将，提一旅之师，踏平潞州，捉住李筠，正以叛逆之罪，使各路藩臣边帅，知所戒惧，此亦惩一儆百之策也。"太祖深然赵普之言，便把李筠这一件事，暂时搁置，待李筠公然谋反，再行命将致讨。且按下太祖一面之事。

单说守节奉了太祖之命，回潞州劝谕父亲，惟恐略略迟缓，有误时机，便不分晓夜，奔驰而去。这日到了潞州，入见李筠，备陈太祖之命，力劝其父，恪守臣节，切勿轻易用兵，致取灭门之祸，从速放还命使，上表谢罪。李筠不从其言，道："你在汴京，我还有所顾忌，所以迟疑不决。现在你已归来，我还怕什么呢？"当下叱退守节，便令幕府，草了檄文，历数太祖背周之罪，布告天下，且执监军周光逊，押送北汉，请求出兵，同讨宋朝。一面遣骁将儋珪，率兵袭取泽州。儋珪乃李筠部下有名勇将，最善驰马，一日能行七百余里。李筠要乘宋朝不备，袭取泽州，因此特命儋珪前去，乃是迅雷不及掩耳的意思。那儋珪奉了将令，自恃英雄无敌，只带领精骑数百，飞风一般，奔向泽州而来。泽州刺史张福，尚未得有潞州反叛朝廷的消息。听得儋珪奉了李筠之命到来，便开城迎接，与儋珪见面，还没开口，已被他手起一刀，挥于马下。儋珪杀了张福，立即挥兵入城。城内没了主将，又无防备，谁敢抗拒，只得投降。儋珪得了泽州，差人报捷。李筠闻报大喜。从事闾邱仲卿，上帐献计道："明公孤军起事，势甚危险，虽有河东援应，恐不足恃。大梁甲兵精锐，难与力争，不如西下太行，直抵怀孟、寨虎牢，据洛邑，东向而争天下，方为上策。"李筠毅然道："吾为周室宿将，与世宗义若兄弟，禁卫军皆我旧部，闻我起兵讨逆，势必倒戈响应，况有儋珪等骁勇绝伦，何愁不踏平汴京，恢复周室哩！"闾邱仲卿见李筠刚愎拒谏，不听善言，嘿然而出，退至帐外，仰天叹道："将骄卒惰，恃勇轻进，孤军深入，汴梁大兵一到，如以石压卵，必成齑粉，吾属死无葬身之地了。"李筠不用仲卿之谋，正要发兵进取，忽报北汉主刘钧，亲自率兵到来。李筠即至太平驿迎谒，拜伏道旁。汉主即封李筠为平西王，赐良马三百匹，召见慰劳。李筠拜见汉主，极言受周厚恩，今日起兵愿以死报，望陛下援助，决不有忘大德。汉主听了此言，嘿然无语。

原来，周室与北汉乃系世仇，李筠口口声声报答周室，惹起了汉主的疑忌，因此满心不悦，只留些老弱之卒，算是帮助李筠的。并且命宣徽使卢赞，监督李筠的军队，竟自启驾回去。李筠见了这般行径，心下甚是不平，便与卢赞时有龃龉。又见北汉的人马皆是老弱残卒，哪里上得战阵？心内十分懊悔，但是事已如此，不得不奋力前进，乃命长子守节据守潞州，自率部兵南进。那监军卢赞，又因着小事，与李筠争执，互起冲突。卢赞密报汉主，汉主又差平章事卫融，替他们和解。李筠好生不乐，也不调动汉兵，只带着自己的兵将，向前进取，其势甚是勇猛。

警报传到汴京，太祖即命石守信为统帅，高怀德为副，率领偏裨将佐，兴师北征。怀德恰是新婚燕尔，给假在家，每日与公主饮酒寻欢，真是枝生连理，花开并蒂，十分快乐。这日正在排着筵宴，与公主对坐着，把酒言欢，开怀畅饮，忽报圣旨下，怀德忙具衣冠，排了香案，俯伏接旨。宣读已毕，送赍诏官去了，即行入内，公主便问圣旨前来有何事故。怀德答道："北汉主刘钧，这一次接连了潞州李筠，直来入寇，边境十分危急，主上命石守信为统帅，令我副之，所以降旨前来，宣召入朝，即日便要出发。"公主正在新婚之后，与怀德相处得火一般热，忽闻有旨前来，宣召怀德，同征潞州，如何割舍得来？早已凤目含涕，娥眉敛翠，芳心辗转，柔肠回环，现出伤离怨别的模样来。怀德见了，忙安慰道："公主不必忧愁！某虽不才，系出将家，身经百战，从无败衄。当初随着周世宗，东征西讨，也不知经过多少大敌，如今李筠区区小丑，潞州弹丸之地，又有御驾亲征，何能拒抗王师？无异以石压卵，不多几日，便可奏凯回朝，仍与公主欢聚了。"公主听了怀德宽慰之言，稍觉放怀。怀德奉了旨意，不敢迟延，遂即冠带入朝，石守信已经在朝听训，还有许多文武都在御前，商议进兵之策。怀德忙抢步入殿，行过朝见之礼，侍立一旁。只听太祖对群臣说道："李筠无知，胆敢谋叛，朕当率领人马，御驾亲征，谅潞州一隅之地，不难即日踏平的。"群臣闻谕，尚未回言，有同中书门下平章事吴延祚启奏道："潞州城池岩险，且阻太行，贼若据之，未易破也。臣料李筠素勇而轻进，若速击之，必离上党，来邀我战，犹兽亡其薮，鱼脱于洲，不难擒矣。"太祖善其言，因谕守信、怀德道："二卿率众先行，务要迅速进兵，扼住要隘，勿纵李筠西下太行，乃为上策；朕当亲统大军，为二卿援应。"石守信、高怀德顿首领旨，辞退出朝，整顿兵马，预备出发。临行之时，怀德又回府去，拜别公主，谆嘱她安心静候，不要挂念，待班师回朝，再行聚首。

公主这时也无可奈何，只得起身说道："但愿驸马马到成功，旗开得胜，早早归来，免得深闺悬念。"怀德又携着手叮咛一番，方才告别出门。公主含着一泡眼泪，送至阶下，看那怀德，走了出去，不见影踪，才懒洋洋的回进闺中，每日无情无绪的盼望怀德的捷报。

那怀德出门跨马，赶去会着石守信，带领人马，启行去了。太祖自遣两将行后，又命慕容延钊、王全斌出兵东路，夹击李筠。传旨已毕，遂即启驾亲征，令窦仪、赵普留守汴京，晋王光义，代理一切政务，为宫庭总监。赵普闻旨，出班奏道："臣不才，愿为扈从，效力戎行。"太祖道："卿书生，岂胜介胄之事，且留守京师，亦甚紧要，何为请行？"赵普道："诚如陛下圣谕，京师根本之地，但有晋王、窦仪居守，可以无忧。臣受陛下厚恩，安敢畏避劳苦，故敢请行。"太祖见赵普自愿随军，也就依从，令他同了大军启行。你道赵普为何不愿留守汴京，反要随营出征，受那战争之苦呢？只因他与光义甚为投合，平常时候，你来我往，密密商议，好似有何大事一般，他人皆不能测。这次征讨李筠，他知潞州一隅之地，难挡大梁雄兵，不日就可成功，力请随行，一则可以立下功劳，加官进爵；二则可以窥伺太祖动静，暗中通知光义，早作准备，所以竭力请行。当下太祖将诸事分派已毕，便率领御林军，并扈从诸臣，启驾往潞州而去。光义同着在廷诸臣，送过圣驾，各自回城。他奉了太祖之命，代理政务，又充了宫廷总监，不论宫中府中之事，都要归他处理，权柄在手，自然可以任意而行，毫无顾忌了。

原来太祖兄弟，本有五人。太祖居次，长匡济早亡，太祖即位，追封曹王；三弟即匡义，太祖即位，改名光义，封晋王兼殿前都虞侯，领开封尹；四弟匡美，改名光美，太宗即位，又赐名庭美，太祖封为秦王，领兴元尹；五弟匡赞，幼即夭亡，追封为岐王。兄弟之间，惟光义生性最为狡猾，外貌宽仁，内实深沉，而且生得相貌异常，幼年时候有相者说他将来贵不可言，必为太平天子。太祖也常常说："光义龙行虎步，仪表非凡，将来后福无限，胜我十倍。"光义听了此言，也以此自负，便有不愿居于人下之意。陈桥之变，光义出力最多，功绩最大，也一半为着自己将来的地步，及至太祖受了周禅，封光义为晋王，领开封尹，班于文武诸臣之上。他便暗中结交大臣，收揽贤豪，邸内蓄着勇士，名为护卫，实则隐怀异志。只因太祖生有二子，长名德昭，次名德芳。德芳虽幼，德昭年龄已长，深恐太祖立德昭为太子，自己日后的希望便断绝了。因此预先招收了勇士谋臣，养在邸中，暗暗策划。又因赵普最得太祖信任，此时虽未入相，已是权倾朝野，异日不患不秉朝政。光义便暗中笼络，曲意交欢，看待赵普，犹如兄弟一般。赵普也感念光义相待之情，每在太祖之前，称赞光义，英明仁厚，豁达大度，可以付托大事。光义见赵普已入自己彀中，便暗中和他商酌，如何可以进行大事，谋取将来的皇位。那赵普，字则平，原是幽州人氏，秉性深沉，有岸谷，多忌刻，尝以天下事为己任。少习吏事，寡学术，尚智谋。及事太祖，尝劝他道："卿才可为宰相，宜多读书，以裕经纶。"赵普奉了太祖之命，从此注意读书，每逢退朝，回到私第，便闭户启箧，取书读之，手不释卷，咿唔竟日。至翌朝临事，取决如流。他家中人，不知读的是何种书籍，待他出外，私自启箧观之，乃《论语》二十篇也。当日光义和他商议日后大事，便暗暗为光义筹划道："主上英明果断，灯照靡遗，殿下万万不可轻率，露出形迹来，反为不美。臣知太后，于诸子之中，最为钟爱的乃是殿下。且因周室之失国，由于幼主临朝，主上方得乘机崛起，奄有天下。

太后鉴及于此，常常说：‘国赖长君，当以周室为前车之鉴，不可蹈其覆辙。’主上因太后这般言语，心亦为动，所以并不敕立太子，就是皇长子德昭，年已长成，至今还没有加以封号，也是这个缘故。殿下只要乘着这个机会，侍奉太后，得其欢心，使太后注意殿下，不过一句话，大事便可成就，而且冠冕堂皇，继承大统，哪里用得着旁的谋划呢？”光义听了赵普的主张，深以为然，从此以后，便进行图谋皇位的手段了。未知光义怎样图谋，且听下回分解。

第十八回　图大事光义挥金　乱宫闱惠妃纵欲

话说光义纳了赵普之言，暗中图谋帝位，欲博取杜太后的欢心，便常常到仁寿宫内朝见太后，做出十分孝顺的模样来。太后于诸子之中，本来最爱光义，见他对于自己很尽孝心，更加十分溺爱，但是光义虽可出入宫禁，究竟为礼法所拘，不能任意行动。这时太祖亲征李筠，命光义代理政务，又充了宫廷总监，宫中一切事情，皆须由他管理，便借此为名，日夜在宫，每天到仁寿宫问安侍膳，晨昏定省，显出百般孺慕的样子。他有的是金银财宝，常常的用些金钱，买服那班宫娥内侍之心，非但仁寿宫内太后的左右宫娥内侍，得了他的贿赂，代他说话，就是各院妃嫔以及六宫的宫娥内侍，也时常挥霍金钱去运动她们。这班妃嫔，虽然享了皇家富贵，究竟是妇人女子，有什么见识？得了光义的馈赠，自然人人心喜，个个欢然，异口同声，都说光义的好话。独有坤宁宫的王皇后，她位正昭阳，为六宫之主，阃令森严，所有宫女内侍，都惧怕皇后的威严，不敢私相受授。又有长春宫的宋贞妃，端庄静穆，恪守礼法。她手下宫娥太监，也不敢出外胡行。光义知道这两处，不是财帛珍宝可以运动的，只得搁置一旁，不去引诱她们。惟有景福宫的韩惠妃，她本是勾阑出身，博得太祖的宠爱，封为妃嫔。虽然置身青云之上，轻贱的本性，究竟不能改变。光义遇着令节，入宫朝贺太后，惠妃偶然遇见，瞧他生得体态轩昂，仪表非凡，心中好生羡慕，不免对着光义媚眼流波，嘿嘿含情以目送意。光义是何等的聪明人物，瞧了惠妃的情形，早已明白，便记在心头，要想设法勾引，使惠妃顺从自己，可以得个绝大的助力。只因太祖禁令森严，天威咫尺，不敢胡行乱做，轻率举动。心里却很爱惠妃的美貌，垂涎已久，只是没个机会可以下手。如今太祖亲征李筠，恰巧的命他代理政务，又任为宫廷总监，得以出入禁掖，自由行动。光义好不欢喜。便一面在仁寿宫杜太后面前，做出百般孝顺的模样，朝夕去问安侍膳，一面贿通景福宫的内监，在惠妃面前，献了不少的殷勤。没到几天工夫，早把惠妃哄骗得心花大开，时常对着宫人，称赞光义生性慷慨，相貌又长得十分俊美，话语之间，很露出不胜爱慕的神情。那些宫人都得了光义的好处，惠妃在景福宫里一举一动，一颦一笑，也暗中去报知光义。光义得了这个消息，知道时机已熟，便要乘势下手。

这日清晨，惠妃起身之后，正在那里梳头，茜纱窗上，一轮日光，射在菱花宝镜之旁，妆台上摆的奁具，都是黄金铸成，珠宝镶嵌，映着阳光，冉冉生辉。惠妃坐对菱花，打散了头发，乌漆似的万缕青丝直垂至地。那香气从发中一阵一阵腾将出来，甜津津的，使人闻了心神迷醉。有个宫娥，站在身后，轻轻的举着金篦，一下一下的替她通发。两旁立着四个宫人，有的手捧金面盆，有的手拿金粉盏，有的手持金脂盒，有的手执金盥具，静悄悄的鸦雀无声，侍候着惠妃梳妆。那个宫女通发通好了，分做三绺，替她挽起盘龙高髻来。忽有宫门上的太监进来报道："晋王爷请见！"惠妃闻报，因自己正在梳头，便说："请王爷在外宫略坐，我即出见。"那太监转身出去。惠妃忙忙的将盘龙髻挽好,随手取了一枝珠兰花,向鬓边插戴。忽闻橐橐,一阵靴声响亮,珠帘揭起,晋王光义,已满面春风走将进来。见了惠妃,兜头就是一揖道:“参见娘娘。”慌得惠妃连忙站起身来,要想还礼,那手中的一枝珠兰还未插好,纤指一松,便从鬓边落将下来。也是天缘凑巧,那花儿落在地上,并不停止,一直滚至光义脚旁,光义忙弯身拾起,向惠妃递来。那立着的宫女,伸手去接那花儿,光义将手一挡,抢进一步,举着花儿,笑嘻嘻的低声说道:“待我来与娘娘插花。”说着,逼近惠妃身旁,将花儿轻轻的插在她鬓云上面。惠妃此时,直羞得红晕粉颊,阻挡他又不好,不阻挡又不好,弄得进退两难,好生侷促。光义见惠妃红潮满面,现出浅嗔薄怒,羞怯怯的立在那里,愈觉妩媚动人;再加着那脂粉香气,一阵阵的沁入鼻观,不觉神魂飘漾,如何忍耐得住?也不顾两旁立着许多宫娥,便趁着插花的势儿,将双手向惠妃的柳腰一搂,低言悄语的问道:“圣驾出征,抛下娘娘,可觉得冷静么?”此时立在两旁的宫娥,见光义与惠妃这般行径,早已明白其意,她们预先都得了光义的贿赂,巴不得成全了两人的好事,一则可以酬报光义,不白受他的赏赐;二则光义和惠妃有了暧昧,必定时常来往,她们又好于中取利。所以光义将双手去搂抱惠妃的纤腰,她们已不约而同的退了出去。惠妃见宫人全都退出,她本来是个淫荡的人,太祖在宫中的时候,因有宋贞妃、方婉仪、刘婉容、陈修媛、王贵人、李才人、潘美人,还有后宫宠爱的美人,不下数十余名。圣驾临幸,雨露哪能遍及,再加着那些受封的美人、夫人们,一个个争妍斗艳,邀恩固宠,想尽了许多方法,以求羊车临幸。那太祖又是个开国之君,不比这些昏庸之主,虽然溺情女色,却不荒废政事,宫闱里的恩情,为政务所间,自然不能浓厚。况且太祖天生成的英明果决,不受妃嫔们的迷惑,并没有专擅宠幸的人,今日退朝,到那个妃嫔宫中寻欢取乐;明日退朝,又往这个妃嫔宫里吹弹歌唱,总是雨露平均,不肯偏袒哪一个的。惠妃虽也得着太祖的宠爱,总没有法儿使太祖专心一志的留恋着自己,所以景福宫内,御驾临幸,虽不至盼断羊车,悲吟秋扇,每月之中,也只承幸得一二次。那惠妃是个妓女出身,放浪惯的,又兼天生的丽质,淫荡不羁,当日在勾阑中,有许多王孙公子,爱恋她的才貌,不惜缠头之费,低首石榴裙下,博取美人的轻怜密爱,真个是朝朝笙歌,夜夜元宵,哪里空过了一日?只因遇着太祖,见他人才出众,仪表堂堂,知道将来必非凡品,要图后半世的富贵,所以做出很清高的样子,和太祖订了嫁娶之约,也料不到太祖竟能身登九五,富有四海,享受六宫的春色,聚集三千的宠爱。因此惠妃自入宫来,虽觉十分富贵,却为着不能满足她的性欲,心内很是不乐。常常对镜自怜,临风微叹,觉得自己生就了这副花容月貌,竟不能如唐朝的杨贵妃一般,使六宫粉黛无颜,三千宠爱在一身,辜负了韶华好景,甚为可惜。她既怀了这种心事,未免沾花惹草,到处留心,要偿自己的欲壑,无奈宫禁之中,规律谨严,皇亲国戚,也不能轻易入内。只有逢到令节朝贺之期,光义、光美,才得入宫朝参太后。惠妃曾经在这时候暗中窥视,觉得光美的相貌,虽也清秀,并不出奇,独有光义生得龙章凤质,方面大耳,堂堂天日之表,亭亭玉树之姿,真是秉天地之精英,钟山川之灵秀,方才有这般的品貌。惠妃见了,暗中连连的夸奖道:“如晋王的仪容,方称得起是个玉人儿呢!”她心内爱慕光义,已非一日,只因内外隔绝,无从见面,也只有暗中相念罢了。如今见光义进宫,有意挑逗,正中下怀,却因宫女在旁,不便与光义勾搭,只得装出羞愧之态，以遮眼目。不料宫女们十分知机，一齐退去，她便与光义同入内宫，唧唧哝哝相偎相依的不知说些什么。停了好半晌，光义方携了惠妃的手，并着肩儿，一同移步，从内宫出外。此时惠妃满面含春，星眼微饧，新梳的盘龙髻，已是松松的有些散乱。便是光义刚才替她插在鬓边的珠兰花，也不见了。光义咳嗽了一声，宫女们听见，方才慢慢的进来，侍候着两人净脸洗手。光义坐了一会，喝过一杯香茗，起身而去。惠妃与光义勾搭上手，竟是相怜相爱，大有不能分拆之势。但光义在宫中如此干名犯义，胡行胡做，他的意思，却不仅是贪恋女色，原欲借着这点因由，使妃嫔倾心于己，帮着他在太祖跟前说些好话，图谋大事。现在惠妃虽然上手，他还贪心不足，一意要把方婉仪、刘婉容、陈修媛、王贵人，以及李才人、潘美人一齐收作自己的心腹，使太祖的妃嫔，都与自己通连一气，方才可以遂他的大愿。但是这些妃嫔们，所享受的是上方玉食，所穿的是绫罗绸缎，所有的是金银财帛，若不把她们所有的去送给她们，如何能够动得她们的心呢？只有把她们所缺少的而求之不得的，去送给她们，才可以收服人心，得着死力。只是皇宫富贵无所不有，妃嫔们所缺少的，只有男女的欢爱，除此以外，便无论什么，都是不稀罕的。光义猜透这个道理，深知欲得妃嫔们的助力，非舍着自己的身体去结交她们，恐怕难以收效，好在已有惠妃的一条门路，只要她肯穿针引线，代自己勾搭，那些妃嫔，便容易得手了。光义拿定了主张，便暗暗的溜至景福宫，去和惠妃商议。惠妃此时，已把景福宫内，上上下下的宫女内监，一齐贿买通了，果是有钱使得鬼推磨，那些宫女内监，得了财帛，一齐做了惠妃的心腹，光义到来，毫无阻碍，堂堂皇皇的直入寝宫。在那些宫女之前，绝不避忌，竟与惠妃并肩携手，十分恩爱。宫女们侍候圣驾惯了的，也把光义当做太祖一般的侍候，每逢光义到来，便照着圣驾临幸的规矩，奉侍着安寝。

这天晚上，光义要惠妃替自己效劳，上了龙床，格外的巴结，尽力的报效。两人轻怜密爱，你欢我乐，直过了两个更次，方才偎抱而卧。这时惠妃心畅意适，胸中只贮着一个光义，便是为他赴汤蹈火，粉骨碎身，也是愿意。光义见此情形，料知时机已熟，便拥着惠妃的香躯，趁她粉汗盈盈，娇喘微微的当儿，轻言悄语，将自己的心愿，告诉了她。又央求她替自己引诱那些妃嫔，待弄上了手，就可帮助着共图大事，免得孤掌难鸣。惠妃听了，初时不肯答应，却回言道："好呀！你这人也太不知足了，既得陇复望蜀。我若替你穿针引线，把她们勾搭上手，哪里还肯一心向着我呢？那不是上了你的当么？"光义见惠妃不允，急得在枕边哀求不已。惠妃禁不住他苦苦的央告，便道："我替你出了力，倘若得了她们，把我忘记了，那不是自讨苦吃么？"光义忙道："你替我出力，我如何肯忘记了你呢？倘若不能相信，我就当面起个誓。"便在枕边起誓道："韩惠妃替我赵光义出力，图谋大事。我后来若忘了她的恩情，后代子孙，必定死在绝域，尸骨也不得回来。"光义赌这恶咒时，他以为自己人事若成，身登天位，子子孙孙，都做皇帝。哪里有做皇帝的，身死外国，尸骨还不能回来之理？这个誓是绝定不会应验的。光义信口乱说，以为万无应验之理，后来偏偏应了他的誓，金人入寇，把徽宗、钦宗以及皇后宗亲，尽行掳了去，囚在五国城。后来徽、钦二宗，死于金国，梓宫虽然回来，却是空的，并无尸骨在内，竟应了光义的誓言。这是后话。暂按不提。

单说惠妃见光义起这样的重誓，忙伸过春笋似的纤手，将他的口按住道："只要你心口如一,不抛弃我就是了,何用起这般重誓呢?”两人喁喁细语,讲个不了,直至天明,方才略略安睡,即便起身,已是日上三竿,甚觉迟晏了。光义做贼心虚,见时候晏了,惟恐被人碰见,好生不便,忙忙地洗漱了,径自出宫而去。惠妃因夜间受了光义的嘱托,便一心一意的替他引诱那些妃嫔。这些妃嫔,寂处深宫,锦衣玉食,毫无所事;又因太祖广田自荒,旷废已久,未免饱暖思淫,只因禁御之中,都是些内监宫女,没有什么法子想,只得咬紧牙关,忍受那凄凉寂寞之苦。但是对着那春花秋月,未免有情,谁能遣此?日间你来我往,谈谈说说,倒还容易度过。惟有那夜间,长门寂寂,深锁宫闱,瞧着那一盏银灯,孤眠独宿,受尽了凄凉滋味,叫这样的青年女子,如何煎熬得来。正在满怀春意,无从发泄的当儿,便是没有人前来勾搭她们,心头已是七上八下,不能安稳,再加上惠妃,使出勾阑院中替人牵马的手段来,一阵引诱,早轻轻易易,先把那方婉仪、陈修媛、潘美人,替光义勾搭上了。只因光义生得清秀俊美,翩翩然有出尘之态,妇人女子见了他的面,若非玉洁冰清,坚贞自守,胸有定见,不可摇惑的人,没有不倾心于他的。因此方婉仪、陈修媛、潘美人,自经光义交接之后,早已死心塌地,降服于他。还恐怕有了什么事情,不合光义之意,便要被他抛弃,不肯枉顾,岂非是到口的肉馒头,忽然之间,凭空飞去么?因为这个缘故,方婉仪等三个人,争先恐后的奉承光义,惟恐不当其意。凡是光义说什么,她们没有不依从的,所以光义又借着三人的助力,把王贵人、李才人又先后勾引上了。犹有那个刘婉容,她虽生得风情旖旎,貌若天仙,却是秉性严正,在同辈妃嫔之中,虽也随和着说笑玩耍,并不露一点轻狂的态度出来,而且琴棋书画,诗词歌赋,以及弹丝品竹,描龙绣凤,无一不会,无一不精,真是女子中的全才。太祖平时也最宠爱她,宫廷里面,除了坤宁宫的王皇后,长春宫的宋贞妃,就要算这刘婉容最是刚正不阿了。便是韩惠妃,虽然是太祖微时收纳的,又随着皇后一同进宫,要算最早的妃嫔,位分又在诸人之上,她见了刘婉容,也怀着三分畏怯之心,不敢在她面前轻易调笑,因为这个缘故,没有人敢去勾引她。光义也久闻刘婉容的声名,定要把她弄上了手,方才甘心,无如韩惠妃等一班人,都不敢去招惹她。光义无法可施,只得自己出马了,好在担任着宫廷总监的名目,可以自由出入,他便借着查察六宫的名目,到刘婉容的宫内去走动。那刘婉容闻报晋王爷前来查宫,她却从从容容的在外宫迎见,行礼之后,很庄重地谈了几句话,便端坐无言,绝不开口,连眼角也不向晋王瞧一瞧。光义要开口和她兜搭,因见她艳如桃李,冷若冰霜的样子,惟恐轻易开口,把事情闹决裂了反为不美。坐了一坐,好生没趣,只推说还要到旁的地方去查察,搭讪着起身告辞,刘婉容也不客气,只说一声恕不远送,便退向内宫去了。光义走了出来,好生纳闷道:“这样的美貌女子,难道没有风月之情?怎么我坐在那里,只是冷冷的连正眼也不瞧一瞧呢?听说圣上在宫,最是宠爱她,平常时间,她要怎样,便是怎样,圣上总是言听计从的,要图大事,必得把她收为腹心,方能事半功倍。但是她那正言厉色的样儿,令人瞧着,心下畏惮,纵有万语千言,也说不出口,这便如何是好呢?”光义筹思无策,闷闷不乐,觉得心内异常懊恨,暗暗的自己埋怨自己道:“光义!光义!你枉是生得人材出众,连个小女子也没有手段制服得住,还说什么国家大事呢?”他独自一人坐在那里,以口问心的好半晌,方才决定一个主张道:“我瞧刘婉容,乃是才貌俱全,秉性坚刚的女子,凡是刚直的人，只有软化的一个法子，万万不可轻举妄动，希图速效的。好在她的宫女内监，都被我贿买通了，只要暗中嘱托她们，凡是刘婉容的一举一动，或是出宫游玩，或是到什么地方去，便来通报，我得了信息，即刻赶去，做个不期而遇，和她常常见面，盘桓熟了，再在她身上陪些小心，献些殷勤。慢慢使她软化，自然不知不觉的落入圈套了。"想罢主意，便不惜金钱，把服侍刘婉容的宫女内监，一齐买通了。果然刘婉容刚一举步，便有内监通知光义，光义便假做闲游，也向刘婉容所到的地方行去，与刘婉容劈面遇着，他便陪着笑，问长问短，十分殷勤，刘婉容从前见了光义，冷冷地不和他说话，原是生来的性情如此，并不是憎厌光义的。不料这天坐在宫中，好生无聊，出来游览一番，借此散散心情，刚才走到后苑太湖石边，劈面遇见光义，要想回避，也来不及了。光义早已上前，兜头一揖。刘婉容只得还了一礼。未知二人见面，说些什么，且听下回分解。

第十九回　**秋千架上惊魂荡魄　芍药圃前蜜爱轻怜**

话说刘婉容，因独坐深宫，觉得无聊，带了随身的两名宫女，来至后苑，游散消遣。这个后苑，还是周世宗时建造的，有太液池、飞云阁、观鱼亭、绿荫轩、采莲径、延爽斋、绮望楼、明霞院、悦心殿、芍药圃、海棠榭，各种胜景。楼台亭阁，高插入云；奇花异卉，繁花满目。太祖登基之后，又加以修葺，万机之暇，率领妃嫔，来此游赏。真个是揽湖山之胜，擅围林之奇，花木扶疏，景色宜人。刘婉容同了宫人，正分花拂柳，行至太湖石旁，忽与光义劈面相遇。他见了婉容，满面含春，兜头就是一揖道："我因昼长无事来此闲行，不意夫人也来游览，不期而遇，可谓有缘。"刘婉容见光义劈面撞来，一时无从回避，又见他满面笑容兜头一揖，也只得提起彩袖，还个万福。光义道："未知夫人驾临内苑，没有早些回避，万勿见罪！"婉容答道："王爷何用如此客气，婉容哪里经当得起。"光义道："夫人想是刚才进苑，尚未各处游赏，我当陪侍而行，以免寂寞。"刘婉容忙道："王爷请便，如何敢劳大驾呢？"光义道："我奉圣上旨意，照料宫廷，夫人既至后苑，理应追随照顾的，夫人不必推辞。"刘婉容听了这话，不便再却，只是低垂粉颈，嘿嘿无语。光义便老着脸，在前引导，有意要和婉容说话，便沿路上指指点点，告诉婉容道，这是什么花，这是什么树，就是一草一石，他也要指导婉容观看，向她诉说来历。婉容本来最爱游览风景，光义这一指点，恰恰的投其所好，任凭她性情孤僻，不肯和人兜揽，也就不知不觉的与光义问答起来。光义见婉容已与自己说话，心下不胜喜悦，更加提起精神，显露出十分殷勤，追随着婉容，前后左右的照应。直待婉容把后苑游览已遍，回转宫去，他还一直送至宫门。婉容在途中再三辞谢，叫他不要相送。光义哪里肯依，总说照顾宫廷，乃是自己的责任。婉容推辞不得，只得由他送到宫门之前。光义却站在一旁，很恭敬的瞧婉容进了宫，方才退去。那刘婉容本是坤宁宫的押班宫女，只因生来的性情，最喜游览风景，一有空闲，便到后苑去散步，无意中遇着太祖，太祖见这宫女，生成的花容月貌，十分动人，便临幸了她，封为婉容。只因宋朝宫廷之内，自皇后以下，有贵妃、淑妃、德妃；又有婉仪、婉容、婉媛；昭仪、昭容、昭媛；修仪、修容、修媛，谓之九嫔。那九嫔之下，还有贵人，才人，以及夫人、郡君等各种封号，都是经过天子临幸，方才加以封的。那刘婉容受封之后，只因才貌双全，深得太祖的宠爱，赐居永福宫。她住在永福宫里，每日必往后苑散步闲行，有时带着宫女同行，有时连宫女也不携带，独自前往，或折取花枝；或徙倚树下；或凭栏微吟；或临轩闲眺，竟成了日常清课。倘有一天，遇着风雨，不能前去，便觉心头怏怏，如有所失。太祖把婉容宠爱得什么似的，非但不阻止她，反把后苑修葺起来，添植了无数花木，建造了许多亭台，使婉容每日前去游赏。太祖有时高兴，也同着刘婉容驾临后苑，看她们斗草评花，投壶蹴鞠，好生快乐。刘婉容又有一桩本领，是荡秋千。她生成的弱骨纤腰，身轻体软，登上了秋千，荡漾起来，直入空际，或上或下，忽疾忽徐，好似飞仙一般，那彩袖飘扬，红裙飞舞，令人看了目眩神迷，真可称为绝技。及至下了秋千，娇喘微微，香汗盈盈，那种弱不胜衣的情形，更加令人不胜爱怜。太祖因她善荡秋千，特地制造了一架，植立在芍药圃前。那座秋千架儿，造得格外灵动，踏板全用紫檀造成，嵌着珠宝，光辉夺目，两旁悬挂的彩绳，都用金银线绞起来的，远远望去，黄白相间，映着前后左右的花儿叶儿，红的绿的，四面环绕，如云露一般，灿灿可观。刘婉容见太祖为着自己，备下这般美丽的秋千架儿，心里愈觉欢喜，便常常的荡那秋千，借此遣兴。自从太祖驾临泽潞，亲征李筠，刘婉容很记念着太祖，不知此次出兵，能否得利，心内好生不快。竟有许多时日，没到后苑去游览。这一天高起兴来，带了宫女来至后苑，恰巧的碰着光义。刘婉容本来十分腼腆，不愿多说什么，谁知光义异常殷勤，陪侍着到处游玩，回去的时候，又一直送至宫门。刘婉容只道他一片好意，不便深却，所以由他追随。到了宫门之前，方才分别而去。刘婉容这次游览之后，又提起了兴致，每天午后，必定往后苑去玩赏风景。哪里知道，每天必定与光义相遇，三回五次，都是如此，相见的次数多了，便慢慢的厮熟起来。再加光义有心要勾引婉容，一见面总是陪着小心，百般奉承。婉容瞧着光义，粉面朱唇，风流倜傥，心内也暗暗的夸奖。又见他语言知趣，性格温存，善能体贴妇女的意思，没有一样不凑合自己的心怀，便不知不觉的和光义有说有笑，十分莫逆起来。光义见自己的计策已有效验，更是格外巴结，十分奉承，以博婉容的欢心。但是婉容虽然有说有笑，不像以前冷淡的样子，却是语不及私，绝无轻狂之态，光义言谈之间，有时涉于调笑，婉容便正颜厉色，只当没有听见一般，绝不回答。光义见她如此模样，倒弄得进退两难，没了主意，要想趁势去勾搭吧，见她若即若离的神情，又恐怕闹出事来；要从此丢开手，不去引诱她吧，以前的一番功夫，岂不白白的花费了么？况且这样千娇百媚的美人儿，已经有了几分希望，也舍不得丢开手的。光义正因这事，十分为难，没有主意，谁知天缘凑合，机会来了。那天光义因有几件要紧的政事和大臣们商酌施行，到后苑比往日迟晏了些，深恐刘婉容已经回宫，不能相遇，忽匆匆的绝不耽延，直奔后苑。进了苑门，静悄悄一些声音也听不见，暗道：今天来迟了，刘婉容已游毕回宫了。一面想，一面走，早经过了延爽楼，绕明霞院，越海棠榭，将近到芍药圃，便听得咿呀呀咿的声音。光义听了，就知有人在那里打秋千，暗中说道："我闻听说刘婉容最爱打秋千，莫非她此时还没回宫，在那里打秋千么？"心内想着，赶行几步，已到芍药圃，停睛细观，果然是刘婉容，站在秋千架上，一高一低，一起一落，在那里荡个不已，并且没有宫女跟随，独自一人打着秋千。原来刘婉容，因多时没有打秋千，很想打一回，舒畅舒畅筋骨，无如这几天来到后苑，总与光义相遇，不便施展本领，心下好生不快。今天独自来至后苑，以为没有宫女相随，即使光义也到苑中，自己只得一人，没有声息，便不致惊动光义寻找前来了。及至到了苑内，果然不见光义的影儿，心中大悦，料想光义今天不到这里来了，便放心大胆，拽起了八幅罗裙，露出了麦绿色盘金绣花裤儿，把腰中系的丝绦，紧了一紧，双手携住金银绞丝的绳索，两脚一蹬，早已蹲在紫檀踏板之上，便慢慢地把腰一拱，两脚一蹭，把踏板向前送出，那绳索就悠悠的向上一荡。刘婉容顺势一蹭一送，接连不已，徐徐的紧急起来，那秋千也就渐渐的高将起来。初时不过离地一二尺远近，慢慢的高至三四尺，五六尺，竟高至一丈开外。那踏板抛起和架顶成了个平行线，好像身体在半空里荡着，那衣裳裙带,随风飘扬,映着一片斜阳,光辉灿烂,宛似洛水神妃,凌波仙子,在空中御风飞行,煞是好看。再加着三寸红菱,如春日初透的笋芽,瘦尖尖的,登在踏板之上,令人瞧着,愈觉销魂。光义立在那里,看到好处,不禁连连叹赏。正在称赞之际,那秋千更加打得迅速起来,其疾如同风雨,其高直上青云,忽听得"啊哟"一声,刘婉容双手一松,竟从上面直撞下来。你道刘婉容如何竟从上面撞下来呢?只因刘婉容许久没有打秋千了,今天打得高兴了,力气用得很足,时间经历过久,那秋千被她催动得如激箭一般,荡过秋千架的顶儿,差不多把刘婉容颠倒过来,脚底向天,头顶朝地了。刘婉容知道不好,要想收束时,哪里收束得来,不觉心里一阵眩晕,眼前一发黑,心中一模糊,双手一松,一个倒翻筋斗,从上面直撞下来。此时刘婉容的身体,被秋千荡得离地有二丈左右,这一撞下来,不粉身碎骨,也要玉碎香消,岂不把个绝世佳人生生的断送了么?说时迟,那时快,当刘婉容撞下来的时候,光义早已瞧见,叫声"不好!"急忙之间,没有别法,只得拼命跑向前来,双手朝上一抱,把刘婉容的身体抱个正着。只因撞下来的势儿过猛,光义被婉容的身体一震,立脚不牢,一屁股坐在地上,幸亏满地的绿草,如茵褥一般,铺得厚厚的,并不觉得痛苦。光义坐在草上,忙向怀中看那刘婉容时,只见她星眼半合,檀口紧闭,鬓乱钗堕,乌云披散,已惊得昏晕过去不知人事了。光义见她这般模样,又是可怜,又是可爱,紧紧的抱定婉容的娇躯,将自己的脸儿,贴着她的粉颊,轻轻地呼唤。停了好半晌,那刘婉容方才渐渐醒来。初醒之时,还是娇喘不已,芳心跳动,躺在光义身上,不能动弹,光义把她搂抱着,用手在心前抚摸了一会,方得清爽,刚一抬眼,见自己躺在光义的怀里被他紧紧抱住,脸贴脸的厮偎着,不觉羞惭满面,慌忙要把光义推开,爬将起来;无奈受惊过甚,昏眩初醒,四肢无力,坐也坐不起来。光义趁势偎依着道:"适间好险呀!从这高处撞翻下来,把我急得神魂飞荡,只得舍命向前,将你抱住,总算皇天保佑,没有失误。但是受了这样大的惊恐,又是刚才醒了转来,哪里有力气坐起,好在这苑中,除你我两个人以外,并无他人,你就睡在我怀内,将息一会,待力气恢复了,再起来吧。"说着,又紧靠着粉腮,低低问道:"不知道有哪里受了伤损么?如果有什么地方疼痛,须要早早说出,从速医治,万万不可耽误!"刘婉容见身体被光义抱着,只因实在没有气力,不得动弹,本来羞愧无地,如今听了光义一番说话,方才记起,自己从秋千架上直撞下来,幸得光义相救,才能保全性命,心中好生感激。又见光义对于自己,万种温存,千般怜惜,眼瞧着这样美貌少年,将身体搂抱,相偎相倚,又是那样的恩深义重,轻怜密爱。人非草木,岂能无情?那一片芳心,早已把握不定了,怎禁得光义又百般兜搭,便也佯嗔薄怒,似拒非拒,任凭光义满身抚摸,亲颊接吻起来。虽然没有真个销魂,那一场轻薄,也就达于极点了。两人亲昵了大半日,刘婉容的气力方才复原,光义扶着她,慢慢坐起。原来,妇人女子的性情,最是偏执,要是心内不愿意,任凭如何趋承巴结,她总是冷冷淡淡的,一百个不瞅不睬,也不是势力所能加,威武所能屈的。惟有慢慢地用着深情,把她的芳心,挽回转来,使她知道这人是个温文尔雅,善于用情的,并非那粗暴强横,毫无情义的人可比,她的心肠便自然而然的改变过来了。及至心肠一经改变,她却死心塌地,一片深情,都用在这个人身上。从前冷冷的,现在变做一盆火一般了;当初淡淡的,如今便异常的亲昵了;那不瞅不睬的神情,也变作相怜相爱了。如果这样一来,她为着这个人,赴汤蹈火,粉身碎骨,都不推辞的。自古以来如文君的私奔、绿珠的坠楼,以及虞姬的自刎而亡、关盼盼的高楼独宿,都是这个原因造成的风流佳话。如今这刘婉容,屡次遇着光义,见他对于自己,万种温存,百般体贴,心中早已觉得光义这个人在妇女身上是很能用情的,便不知不觉有些喜爱他了。及至秋千架上直撞下来,在那性命攸关的当儿,又得光义奋力相救,感念着活命之恩,更加觉得光义是个有恩有义的人了。所以倒在光义怀中,一任他抚摸轻薄,丝毫没有却避的意思。况且那时,她方才苏醒转来,四肢无力,百体皆慵,就是要想却避,也动弹不得。男女偷情,最要紧的是第一次接近的时候,只要接近之后,两心相印,并无违忤,便可以势如破竹,绝不费力了。这时的光义与刘婉容,虽没有真个消魂,却已到了相亲相爱,双方默许的地步了。所以光义把婉容慢慢的扶着,坐将起来,婉容还觉得十分娇慵,仍旧将头枕在光义的肩上,徐徐的伸出两条玲珑玉琢的臂膊,把香云整理了一会,方叫光义扶她起立。光义听了,如奉着圣旨一般,忙忙地双手捧着婉容,从地上立起。哪知刘婉容的气力,仍未恢复,一双金莲贴在地上,仍是站立不稳,如经风弱柳一般,东摇西晃,势将倾跌。光义见了这个样子,急忙把她扶住道:“你刚才苏醒转来,尚难独自行走,还是我搀扶着送你回宫吧。”刘婉容听了,并不答言,只将头点了一点。光义便扶着婉容,慢慢的回至宫中。一群宫娥,见光义扶着婉容,喘吁吁的走将进来,不知什么缘故,一齐迎上前去,询问原因,光义道:“娘娘从秋千架上跌下地来,幸亏我打从那里经过,将她扶住方才无事,但已跌得昏晕过去,不省人事,此刻还是力倦身慵,不能动弹,你们快领着我,送往寝宫里面,扶她安睡,好好将养。”众宫娥听了,连连答应,有几个在前领导,有几个帮着光义搀扶着婉容,直入寝宫。光义好好的扶她在沉香床上睡下,随手取过一条龙凤绣衾,替婉容盖在身上;又将锦帐放下,方才嘱咐宫娥,好好的侍候着,不可无故惊动,待将她养了一宵,自然痊愈。宫娥们连声应诺。光义还不放心,又轻轻的揭开锦帐,看了一看,见婉容星眼微闭,玉体横陈,已是呼呼的睡去。光义便放下了心,径自退出宫来,也不到韩惠妃、方婉仪等宫去,直至自己休息的地方。早有内侍服侍着,用过晚膳,陈上香茗。光义想到日间的事情,真是机缘凑巧,这刘婉容又是自己的囊中物了。心内想着,好生畅快,喝了几口茶,便命内侍服侍睡下,觉得心宽意适,头一着枕,早已沉沉睡去。直至醒来,天已黎明,忙忙的起来,梳洗已毕,整冠束带,出外会集文武,办理政务,直至晌午,退回宫来,一心惦念着刘婉容,匆匆的用毕午饭,直向永福宫中瞧视婉容。

那刘婉容只因惊骇过度,昏晕了一阵,并无什么疾病,将养了一夜,已是精神复原,毫无所苦,清晨起身,宫女们侍候着梳头理发,洗面漱口。她知道光义必定要来看望自己的,便格外的整理修饰,延至晌午,方才完毕。用过午餐,正和两个贴身宫女,讲论昨日在秋千架上怎样的跌下,怎样的得到光义相救,才能保全性命,不然,早已跌得筋断骨折了。那两个宫女,早已得了光义的贿赂,便在婉容跟前,称赞光义怎样的多情,怎样温和,不但生得容貌秀美,而且能够体贴人情,便是昨天扶了娘娘回来,他还亲自送至寝宫,好好的服侍睡下,又亲手替娘娘盖上绣衾,放下锦帐,嘱咐我们小心侍候,临去的时节,还轻轻的揭开帐门,仔细看视,见娘娘安然睡着,方才放心前去的话,一齐告诉了婉容。婉容心中更是感念光义，觉得他的为人，竟是好到绝顶的了。说也奇怪，当初刘婉容虽与光义相逢，见他生得清俊秀美，态度翩翩，却是心地空明，毫不动念。自从昨日得了光义的援救，便觉心内常常念着光义，连行处坐处，都觉得光义的态度神情，时时刻刻映在眼中，要想把惦念他的心肠抛将开去，哪里知道刚才抛去，又兜上心来，任凭如何也抛不开去。如今表面上与宫女讲着话，一片芳心，却忆着光义，盼望他前来，好两下里细聚衷情。正在这个当儿，守门宫监前来报道："启上娘娘，晋王爷来看望娘娘，已是进宫了。"刘婉容正在盼望，听说光义已到，心中不胜喜悦，便道："请王爷内宫相见。"宫监奉命退出，不到片刻，光义已直入宫内，见了婉容，满面春风的道："昨日受惊，今天想已平复了，我心中十分惦念，昨宵一夜未能安睡，早上便要前来探望，只因政务羁绊，不能脱身，所以此时才来，望勿嗔怪！"婉容忙道："王爷说哪里话来，贱妾昨日若无王爷相救，早已没了性命，此恩此德，虽粉身碎骨，也难报答。如今又蒙王爷亲自探望，使贱妾何以克当？"两人谦让着，相对入座，婉容吩咐宫女，速将御用香茗取来，奉敬王爷。宫女便去取了太祖平时用的金碗，盛了香茗，献于光义，又将婉容用的玉碗，也盛上一盏来。当下光义与婉容喝着茶，便密密切切的谈起心来。那两个宫女，十分知趣，瞧着光义和婉容，低言悄语，谈得异常亲密，径自退了出去，只剩下光义、婉容两人，相对而谈。试想，孤男寡女，在这时候，既没有他人在旁，还有什么顾忌呢？况且，这光义与婉容，一个是有意挑逗，一个是感恩知己，两人早已心心相印，不过没有机会，未曾上手罢了。现在深宫相对，宫女们自行退出，正合着两个人的心意，好似干柴逢着烈火，哪有不燃之理。此时那些宫女，都在外面候着，连气也不敢轻喘一声，惟恐惊动了王爷和娘娘，致干未便，静悄悄的默无声息。过了半日，方才听得晋王爷和娘娘谈笑的声音，又听得呼唤宫女，取茶前来。这些宫女，哪也怠慢，忙忙的斟了两杯香茗，送将进去。只见光义满面春风，十分得意，婉容却云鬓微蓬，金钗斜插，和光义并肩携手的坐在那里，唧唧哝哝，不知说些什么。那宫女送上香茗，光义笞嘻嘻的称赞道："好呀！你们很知道理，我与娘娘定当重重的赏赐你们。"那宫女微微的一笑道："服侍王爷娘娘，乃是奴婢等分内之事，怎么敢望赏赐呢？但愿王爷不要嫌奴婢们粗蠢，没有旁的宫中的姊妹善于趋承，常常的前来坐谈一会，莫辜负了我们娘娘今日的一番深情蜜意，便是奴婢们的万幸了！"光义听了，不觉哈哈笑道："可儿！可儿！真是有其主，必有其婢，可谓强将手下无弱兵了！"刘婉容听着宫女们的话，明明是自己与光义的私情而言，倒觉得不好意思，满面羞惭，低下头去，用手整理着衣裙，默默无语。那宫女又凑着趣道："时候已是不早，奴婢去传御膳司，备桌酒筵来，王爷便在这里用晚膳吧！"光义正舍不得抛却婉容，听了这话，恰中心怀，连连点头道："很好！很好！你就传去吧。"婉容却拦住道："且慢！你去传酒，倘若御膳司问你何人在宫？为甚要备酒筵？你却如何回答呢？"那宫女道："娘娘放心！奴婢只说惠妃娘娘来至咱们宫中，一时高兴，要和娘娘饮酒取乐，那就万无一失了。"婉容本意也要将光义留在此处，方可停眠整宿，以遂自己的心愿，见那宫女说得有理，也就不加阻挡，由她传去。不多一会，酒已传来，婉容深恐外面不便，即命宫女在寝宫内安排饮酒。宫女们奉了命令，便七手八脚，调排桌椅，安放杯箸，请王爷、娘娘入席饮酒。光义便携了婉容的纤手和她并肩坐下。宫女们斟上酒来,两个人浅斟低酌,谈谈讲讲,情味十分浓厚。这席酒,虽没有丝竹管弦之盛,但是男贪女爱,眉目传情,觉得另有一种趣味,两人直吃到月上花梢,方命宫女撤去残席,携手就寝。那一夜的欢娱,自不必说了。从此刘婉容也和光义打通一路,替他在内中出力了。光义把太祖的妃嫔,勾引上手,只顾偷寒送暖,暗中取乐,哪里还记念着太祖的出征辛苦呢?哪知好事难长,这日光义忽然接到一道旨意,心下不免着慌起来。未知是何旨意,且听下回分解。

第二十回　李筠孤忠报周朝　刘氏抗节感太祖

话说光义自和刘婉容勾搭上手，志愿已偿，心中十分快畅，便日夕在宫内与韩惠妃、方婉仪、刘婉容、陈修媛、王贵人、李才人、潘美人等，朝欢暮乐，纵欲无度，只避着坤宁宫王皇后和长春宫宋贞妃的眼目。因为王皇后执掌昭阳，秉性端庄，阃法森严；宋贞妃系出世家，深明礼教，不可干犯，所以光义很是惧怕这两个人，非但不敢失礼，而且到处小心谨慎，防备着皇后和贞妃；惟恐自己的事情，落在她们眼内，倘若告知太祖，如何得了？因此，光义虽然胡为，却是偷偷摸摸，遮遮掩掩的，不敢明目张胆，肆无忌惮，也就因为这个原因，光义的罪恶，始终被他弥缝着，没有败露。这也是光义的福命，应该享有宋朝的天下，所以如此。

这日光义办罢了政务，正要悄悄的回宫中去取乐，忽报内侍王继恩从潞州赍着旨意回朝。光义听了，连忙预备香案，跪接圣旨，方知太祖已经平定了潞州，不日便要班师回朝。光义奉了这道旨意，好似半空中起了一个焦雷，震得他几乎失色。只因光义与韩惠妃、刘婉容等一班妃嫔，正打扰得火一般热，巴望太祖永远在外，不要回朝，方合他的心意，如今忽然平定了潞州，不日班师。太祖回朝之后，哪里还能出入宫禁，图取欢乐呢？所以一闻这个消息，不觉慌得面色改变起来。惟恐自己惊慌的形状，被旁人瞧了，识破内中的秘密，连忙镇定心神，故作欢容，以手加额道："反贼已平，真乃国家之幸，社稷之福也。"当下捧过了圣旨，便向王继恩询问征讨李筠的情形。王继恩遂将前敌的事情，细细的说了一遍。光义方知王师所至，势如破竹，李筠力竭，举火自焚而亡，不觉喜形于色，对王继恩道："你行路辛苦，且去休息吧。"王继恩拜谢了，自去休息，不在话下。

单说太祖究竟怎样讨平李筠，也须叙述一番，以免遗漏。原来太祖自命石守信、高怀德进讨李筠，又遣慕容延钊、王全斌，出兵东路，两面夹击以后，也就亲自统率御林军，向前进发。途中接到前军捷报，高怀德与石守信，兵抵长平，大胜李筠，斩着三千余级，贼兵望风而遁。现在石守信与高怀德，已率兵追赶，直攻大会寨了。太祖闻报大喜道："有此一捷，贼人锐气已坠，见了官军，心惊胆战。大会寨虽然险峻，已有慕容延钊、王全斌前往夹击，想也不难破了。"说罢，催军前进，以便接应前锋军队。果然不出太祖所料，又接到石守信、高怀德夺取大会寨的报告。太祖更加喜悦，便传来人入帐，亲自垂问攻战情形，来人细述一遍。方知石守信自长平获胜之后，便与高怀德商议道："慕容延钊与王全斌，已绕道直捣泽州，我等急宜前往接应。"高怀德点头道："元帅之言不差，我们从速进兵，不可迟缓。"当即传令拔营前进，直薄大会寨。那大会寨，倚山为固，势极险要，大有一夫当关，万夫莫开的形状。李筠自长平战败，知道锐气已坠，便收集了败残人马，紧紧的守住大会寨，不敢和宋兵交战。石守信见李筠坚守不出，便鼓励士卒，悉锐往攻，接连猛扑数次，都被寨中发出矢石，打了回来，非但不能攻入寨内，倒反伤损了好些士卒。高怀德不胜忿怒，就要亲冒矢石，引兵攻打。石守信却阻住他道："将军休要发怒。王全斌的兵马，若至泽州，寨内得了消息，必然惊慌。待他军心一乱，便容易攻打了。"高怀德听了此言，只得忿忿的收兵回营。到了次日，再去攻打，寨内依然箭如蝗飞，滚木炮石，相继打下，军士不能上前，哪里攻打得破？只得仍又收兵回营。接连数日，总是攻他不下。高怀德便与石守信说道："寨中坚守如故，并无惊惶之意，难道王全斌的人马，还没有到泽州么？"石守信道："这也难以逆料，我们不论王全斌到与不到，且设计攻破此寨，再说旁的事情。"高怀德道："他坚守不出，如何攻得破呢？"石守信道："李筠为人，刚愎自用，使性负气，不能忍耐。明日将军同了王景，率兵直抵关前搦战，如此如此，辱骂一场，必将李筠激怒，开寨出战。我却与罗彦瑰，左右埋伏，将军诈败，诱他追赶，伏兵齐起，两下夹攻，此寨不难破矣。"高怀德闻言大喜！次日便与王景带领人马，直抵寨前，排开阵势，大声辱骂道："李筠逆贼，被老爷杀得不敢出头，如鼠子一般，躲在寨中，若敢出来与王爷战三百合，方是英雄。"高怀德与军士，齐声辱骂。李筠听了，哪里忍受得住？便披挂上马，率领劲卒，冲出寨来与高怀德交战。高怀德也不答话，抡刀便砍。李筠用枪架住，两人大战二十余合，不分胜败。宋阵上王景一马飞出，大呼："高将军且自歇息，待我来杀这逆贼。"说着，举刀跃马，来战李筠。怀德回马，立于旗门之下，瞧他两人厮杀。李筠见王景前来，愈加忿怒，奋枪直刺；王景用刀架开，回手砍来。李筠也隔开了，一枪向王景肋下就刺。王景将马一带，闪过了枪，一刀往李筠当头直劈。两人搭上手，也战了二十余合。王景假作力乏，虚砍一刀，回马败走。高怀德又勒马出阵，让过王景，故意邀住李筠，奋力迎战。李筠杀得性起，大叫道："你们两人一齐上来，我也不惧。"说着，那条枪舞得如飞花滚雪一般，十分勇猛。怀德渐渐抵敌不住，王景拍马上前助战。那卢赞、卫融，在寨上见宋将军双战李筠，惟恐有失，便带了寨兵，飞马而出，帮着李筠，力战宋将。怀德、王景双战李筠，尚难取胜，又添了卢赞、卫融，如何抵挡得住？两人只得勒马而走。宋军见主将败走，也就一齐向后奔逃。李筠见已得胜，哪里肯放宋军逃生，挥兵紧紧追赶。怀德、王景带了败兵，只管奔走。李筠同着卢赞、卫融，奋力追杀，直杀得宋军弃甲抛戈，奔避不及。追了有六七里路，忽听一声炮响，石守信、罗彦瑰两支伏兵，分左右杀出，将敌兵冲成两截。李筠方知中计，正要回身迎敌，那高怀德、王景又回兵杀来，两下夹击。李筠吓得几乎落马，哪里还敢迎战？同着卢赞、卫融拼命杀出重围，带了手下的败兵，向寨中奔去。哪知刚到寨前，已见寨上竖了大宋的赤帜，早有一员金盔的大将，领着宋兵，从寨中杀出，拦住去路。此时把个李筠，弄得不知所措，只得大吼一声，向西北角上遁去。那将也不追赶，便迎接石守信等进寨。

你道这员人将是谁？原来就是王全斌。他同了幕容延钊，本要潜赴泽州，却因沿路多是高山，羊肠小径，崎岖异常，深恐孤军深入，误了大事，所以和慕容延钊商议，半途回兵，绕出大会寨，来会石守信。恰巧石守信用诱敌计，把李筠引诱出寨，卢赞、卫融又尽起寨内精卒，帮着李筠，追杀宋军，只留些老弱残兵守寨。王全斌便乘势袭了大会寨，闻得李筠败回，便留慕容延钊守寨，亲自率领人马，出寨阻挡李筠。这时与石守信等会合入寨，说明袭寨情由，彼此大喜！石守信便遣人至御营报告。太祖问了备细，龙心大悦，传旨即日拔寨，向前往发。不日将抵大会寨。石守信闻知太祖御驾将至，便率领众将，出寨十里迎接。见了太祖，行了朝见的礼。太祖慰劳一番，即由众将，拥护入寨，驻跸一宵；次日下旨，进取泽州。途中山岭复杂，乱石嵯峨，甚是难行。太祖亲自下骑，先负数石而行。众将见太祖亲自负石，哪敢怠慢，便各个争先，负去大石，士卒随之，顷刻之间，将一条崎岖山路，平为大道，军队欢呼进行，十分迅速。将近泽州，见有数座敌寨，据住要隘，阻住宋兵，不得前进。原来李筠自大会寨失守，领了数十骑逃奔泽州，半路上遇着卢赞、卫融，会合一处，互相说道："大会寨已失，宋兵必然直逼泽州，倘若泽州也失，如何是好？"卢赞、卫融面面相觑，一无计较。还是李筠说道："现在别无它策，只有择险扼守，使宋兵不能逼近泽州，待他军心稍懈，然后设计破之。"两人听了，齐声称是。李筠立刻调取精兵，把各处要隘严行据守，扎下数座大营，互相联络，声势倒也不弱。宋兵到来，被李筠的大营阻住，不能前进。太祖便命择地安营，亲自策骑，观看李筠的营寨，却向众将笑道："李筠竖子，深恐我军进逼泽州，不能保守，所以据住要隘，阻我前进。现在只要攻破他的营寨，泽州守兵，便可望风瓦解，不难唾手而得矣。"当下便传令进攻。李筠与卢赞，并马出营，迎敌宋军。这里慕容延钊、高怀德两骑马飞出阵来，向前厮杀。李筠接住延钊；卢赞接住怀德，四骑马，八条臂膊，杀在一处，拼命相争，搅作一团，盘旋不已。两边阵上的将官，见这四个人杀得难解难分，都看得呆了，却见高怀德杀得性起，大喝一声，手起刀落，将卢赞斩于马下。正要割取首级，回营报功。忽闻敌阵有人大喊："高怀德不得猖獗，我来取你的狗命了。"怀德抬头看时，乃是河阳节度范守图，他同李筠通连一气，帮同谋反，见怀德斩了卢赞，心下气忿不过，飞马出阵与怀德交战。怀德大骂："范守图背君鼠子，谋反逆贼。圣上不曾待亏于你，胆敢跟随李筠，一同造反，今已死在眼前，还敢口出大言，不要走，吃我一刀！"举刀直向顶门砍去。范守图被怀德骂得暴跳如雷，也就举刀相迎。宋阵上王全斌已看了多时，便拍马舞枪，前来帮助怀德，双战守图。守图与怀德相争，已非敌手，再加上个王全斌，早已累得手慌脚乱，一个破绽，被怀德拖住甲绦，活擒下马，掷向阵前，小军一拥而上，捆捉而去。李筠见连失两将，不敢恋战，便抛了延钊，与卫融一同逃进泽州。宋军追至城下，四面围攻，早有都校马全义，率领敢死士数十人，打从城南，缘堞而上，城内立即大乱起来。你道泽州为何破得这样疾速？只因李筠仓皇入内，急命大将儋珪率兵守城。那儋珪见宋兵势大，李筠已是无可为力，竟自缒城逃走，不知去向。城上的守兵，没了主将，哪个还肯出力死守，所以被马全义爬上城了，同了数十个敢死之士，一阵刀砍剑斫，因此大乱起来。李筠闻得儋珪逃走，宋兵已经上城，直急得手足无措，面容失色。他有个爱妾刘氏，随侍军中，便向李筠说道："事急矣，令公速速备马，逃出城去，返守潞州，还可背城一战，不致束手就擒。"李筠听了，尚在犹豫未决。左右道："令公一至城门，部下或劫公出降，以图富贵，那时悔之晚矣。"李筠叹道："我本自誓，以死报周。今已势穷力尽，舍一死外，尚有何法？"即命左右，取薪自焚。其妾刘氏，亦欲从死。李筠忙阻止道："你现怀孕，倘得生男，或可为我复仇，快快逃生去罢。"刘氏号泣而去。李筠便命纵火，顷刻之间，火随风势，风助火威，烈焰飞腾，红光耀眼。李筠已化成飞灰了。后人读史至此，有诗叹道：

拼将一死效孤忠，臣力穷时恨不穷。
厝火积薪甘烬骨，满城烟雾可怜红。

李筠既死，守兵尽皆逃散。马全义斫开城门，放进宋兵。王全斌首先冲入，恰遇卫融匹马逃奔，当即喝声："休走！"将卫融擒下了马，命小卒捆绑起来，其余兵将，被杀的被杀，投降的投降。太祖御驾入城，首命救灭余火，出榜安抚百姓。王全斌解上卫融，太祖责道："你何得帮助反臣，抗敌我兵？"卫融道："桀犬吠尧，吠非其主，我为汉臣，但知有汉王之命，不知有宋。"太祖怒道："今既被擒，还不速降，岂谓我刀不利耶？"卫融愤然道："你敢负周，我不负汉，速速杀我，必不为你所用也。"这几句话，更加恼怒了太祖，立命卫士，用铁挝猛击卫融之头，血流满面。融犹大呼死不负主，我今得死所矣。太祖嘉其忠烈，即令卫士停击，释融之缚，善言劝慰，命为太府卿，卫融乃降。太祖吩咐驻军一日，进取潞州。这夜太祖便在泽州安息，到了黄昏时候，觉得十分寂寞，欲思安息，又睡不着，正在那里筹思消遣的法儿。早有内监王继恩，窥知上意，便趋至御前，低低说道："奴婢闻得李筠有妾刘氏，怀孕数月。李筠临死，命她速速逃生，将来养了男儿，可以代为报仇。奴婢听得这话，令人四处搜查，在北城马房内，将刘氏捉住，现已拿来，请万岁爷定夺。"太祖正在无聊，听了此言，即命："将刘氏带来见朕。"不多一会，已将刘氏带来。此时刘氏鬓发飞蓬，衣裳破碎，见了太祖，跪伏地上，不敢仰视。太祖问道："你即李筠之妾刘氏么？"刘氏叩头道："罪妾正是刘氏。"太祖道："你可抬起头来。"刘氏不敢逆旨，只得秉正向上。太祖见她眉衔千斤之恨，眼含亡国之悲，杏脸凝愁，桃腮带泪，虽在危难之中，仍不减轻盈婀娜之态。太祖看了，不禁暗暗叹赏道："弱质娇姿，温馨如玉，在这性命呼吸的时候，犹有如此风韵，倘若装束起来，处之金屋银屏之下，岂不更加可人么？"想到这里，心内愈觉怜惜，遂即和颜悦色的说道："你的夫主李筠，胆敢谋叛，深负朕恩，照例应该灭族。你乃筠之姬妾，亦难幸逃法网。朕因见你生得如花如玉，颇动怜惜之意，不忍煮鹤焚琴，下这毒手。你若顺从朕躬，不但免去叛逆之罪，还要大大加恩哩，你可愿意么？"那刘氏听了太祖的话，不但没有感谢之意，反倒正色说道："罪妾失主，世食周禄，身受厚恩，理应图报。事既失败，灭族亦无所恨。至于妾身，生为李家之人，死是李氏之鬼，安敢贪生怕死，怀着贰心哩？况且女子以节为重，陛下初登大宝，正宜振兴礼教，维持风节，使天下之人，知所适从，欲此失节之妇何为？且陛下曾与李筠比肩事周，同为一殿之臣，今乘其危亡，逼其媵妾，不知天下万世，将谓陛下为何如主耶？罪妾自夫主举兵以后，即知潞州一隅之地，难挡大梁之兵，久已拼却一死。只因夫主临殁之时，曾嘱咐道：'汝现怀孕，速速逃生，倘举一男，或可延我宗嗣。'妾奉此命，不得不暂时苟活。今既为陛下所获，望速赐一死。臣死君，妾死夫，分也，敢有贰心么？"太祖听了刘氏的言语，不觉肃然起敬道："不意你是一个妇人，却有这样忠义之心，朕非但不肯逼迫于你，并且看在你的面上，还要免却李筠灭族之罪哩。"刘氏听了，遂即谢恩。太祖吩咐左右内侍，将刘氏带下去，另拨一间房屋给她居住，并要好好看承，不得怠慢，待下了潞州，朕自有办法。左右应声领旨，遂将刘氏带了下去。太祖此时，经刘氏一番议论，倒反心如止水，毫无它念，竟是安然睡觉。到了次日，传旨各营拔队起行，进取潞州。那潞州的李守节，得了情报，不觉大惊！要想求救于汉主刘钧，一时间来不及，急得没有摆布，只好束手待毙。直到宋兵已抵城下，太祖传谕守节，速速出降，尚可免死。守节闻谕，即出城迎驾，伏地请死。太祖道："你父谋逆，你却知忠。平时劝谏之言，朕早已知道，岂有不分善恶，妄事孥戮之班。今特加赦宥，且授为团练使。你须好好的干父之蛊，莫负朕恩。"守节连连叩谢！太祖遂命守节，导入潞州，安民已毕，大宴群臣，并领守节预宴，赐他袭衣锦带，银鞍勒马。守节感激涕零，叩谢不已！太祖又命内侍王继恩，赍着圣旨，先行回汴，谕知光义，以安众心，这便是光义接到圣旨，心中着慌的原因了。太祖在潞州休息了数日，方才启跸反汴，临行之时，又传旨于守节道："你父有妾刘氏，颇具忠义之心，是个难得的妇人，现在身怀六甲。朕已安置在泽州，你可接来同居，好好的看待她，倘能生下一儿半女，也是你父的骨血，不可有负刘氏的一片苦心。"守节领了意旨待太祖去后，果然遣人往泽州将刘氏接来同住。后来刘氏生下一男，守节历任单济和三州团练使，才逾壮年，病殁无子，幸赖刘氏所生之男接承李氏宗祧，不至绝嗣。这虽是李筠孤忠的报应，也赖太祖圣明，不肯逼迫刘氏，才使李筠不致绝后，话休烦絮。

且说太祖班师回汴，光义虽有心事，面上却不敢不做出欢乐的神情，率领文武百官，出城数十里，迎接太祖。太祖入了汴京，朝见群臣，自有一番庆祝。那班臣子，又免不得粉饰太平，讴歌颂扬起来。太祖也以为泽、潞平定，其他藩镇知所儆戒，必不敢胡作非为了。哪知过了数日，有南唐使臣入朝，赍表贺平泽、潞，并附着淮南节度使一封密书，进呈御览。太祖展开观看，见书上写道：

> 周淮南节度使李重进，奉书南唐主麾下，重进周室之懿亲，藩镇之旧臣，世受先帝深恩，不忍背负，今将举兵入汴，乞大王援助一旅之师，联镳齐进，声罪黩致讨。若幸得成功，重进当拱手听命，还爵朝廷，少效臣节于万一，宁敢穷兵黩武哉？惟大王垂谅焉！

太祖看罢这书，勃然变色道："重进胆敢谋反么？朕接位之后，因其是藩镇重臣，特命陈思诲前去抚慰他，并赐以铁券，可谓恩至义尽了。如今思诲还没回来复旨，他却潜结南唐，居然要举兵入汴，这样逆贼，安得不加天讨？"一面又慰谕唐使道："汝主竭诚事朕，朕心甚慰。汝可回去传语汝主，守住要隘，勿令逆兵侵入，朕即日便要发兵平淮了。"唐使领命去讫。太祖绝不迟延，即饬石守信、王审琦、李处耘、宋偓（wò）四员大将，分领人马，先行进讨，御驾率着禁兵，随后出发，仍命光义代理政事，部署六官。料理已毕，领兵启行。那石守信等四将，奉了旨意，早已统了劲卒，向淮南进发了。

在下编书到此，却不能不把李重进的履历略表一番。那李重进，乃是周太祖郭威之甥，生长太原，历事晋、汉、周三朝。周末任为淮南节度使，镇守扬州。太祖篡了周室，加授为中书令，移镇青州。重进与太祖比肩事周，分掌兵柄，乃至太祖受禅，恐为所忌，心常不安，移镇之命既下，重进益觉怏怏不快。李筠举兵讨宋的消息传到扬州，重进大喜道："趁此时机，正可与潞州联络进行。"特遣亲吏翟守珣（xún），往潞州联盟，定议夹攻。哪知翟守珣早已看出宋朝乃天之所命，李筠与李重进，不知天命，定要败亡。他奉了重进之命，不往潞州，反暗暗的来至汴京，求见太祖。太祖传见，问明情由，便对守珣道："重进之心，无非怕朕加罪，朕今赐以铁券，誓不相负，他能见信么？"守珣道："臣料重进，终有异志，愿陛下预为防备。"太祖点头道："朕与卿相识有年，今特将这个消息，报告朕躬，可谓不负故交了。但朕欲亲征潞州，恐重进乘虚掩袭，很是掣肘，烦卿归劝重进，令其缓发，休使二凶并作，分我兵势。待朕讨平潞州，再征重进，那就易于对付了。"守珣唯唯遵命。太祖厚赐守珣，令归扬州。守珣回到扬州，面见重进，捏造一派谎话，欺骗重进，止住了他，竟是按兵不动。到了太祖北征的时候，尚恐重进掩袭后路，欲安其心，特遣六宅使陈思诲赍了诏命，赐重进铁券。重进留住思诲，只说待太祖回汴，一同入朝，后闻太祖平了李筠，班师返汴，重进大惧，便欲整理行装，随着思诲，一同入朝。却有部将向美、湛敬等人阻道："令公乃周室懿亲，总不免见忌宋主，此番入朝，适中调虎离山之计了。令公此去，如鸟入樊笼，只恐性命难保。"重进听罢此言，便道："我不入朝，倘若宋主见责，又当如何？"未知向美等有何计较，且听下回分解。

第二十一回　立约言密藏金柜　收边境平定荆南

话说李重进深恐不随陈思诲入朝，要受宋主的罪责。向美力谏道："古人有言，宁我负人，毋人负我。如今宋主初平泽潞，兵力已疲。明公何不先发制人，兴师入汴，以成万世不拔之基呢?"重进道："我非甘心臣宋，其如扬州一隅之地，兵力不足何?"湛敬道："公可拘住宋使，暗向南唐乞援。唐主必思恢复全淮，定必尽力相助。我得唐助，何患兵力不足呢?"重进叹道："入朝见忌，难免一死，结援南唐，以拒宋师，事败之后，也是一死；始终总是不免一死，我便依着你们做去吧。"当下决定主意，拘住陈思诲，遣使往南唐乞援；一面修葺城池，缮具甲兵，预备战守。过了些时候，并不闻唐主的回报，心内好生疑虑。忽报宋兵南下了。重进大惊道："南唐肯允援助与否，尚无定议，宋兵已竟前来，如何是好?"向美、湛敬到了此时，也不免心下惊惶起来，但这件事情，是他两人竭力造成的，只得硬着头皮道："令公休要着急。从来说水来土掩，兵来将挡。末将不才，愿率兵拒之。"重进遂发精兵一万，命向美、湛敬前去迎敌。自己在城居守，静听好音。不料叠次传来，多是败耗，心内已甚惶恐。后来又听说太祖御驾亲征，将抵扬州，更加慌张，正要添募兵士，接应前敌，忽见湛敬狼狈逃归，报说向美阵亡，兵士多半丧失。重进经此一来，更吓得面如土色，还要设法抵抗，蓦闻城外炮声响亮，鼓角齐鸣，知道宋军已到城下，只得亲自上城看视一番，再作计较。哪知走上城去，一望之下，但见刀枪如雪，戈矛似林，那宋兵如蚁聚一般，迤逦行来，约有数里之长。最后军队之中，掌着一柄黄罗伞，下面坐骑上，一位金甲金盔的人远远而来，谅来必是宋天子了。重进看了，知难抵敌，长叹一声，下得城来，便对部下说道："我系周室旧臣，理应一死，以报先帝，今将举室自焚，汝等可逃生去吧。"左右请将陈思诲杀掉，以泄忿恨。重进道："我已将死，杀之何益!"说罢，即令家人聚薪举火，阖门烧死。重进既亡，城中大乱，众兵无主，只得开城出降。宋军入城，拿住了湛敬等二十余人。太祖御驾进来，先命救熄帅府之火，又将湛敬等提来审问，讯系逆党，即命斩首，便问陈思诲何在？当有左右报称，城中大乱之时，已为逆党杀死。太祖甚是叹息！命厚礼安丧。再访翟守珣时，他却躲在家里，不敢出头，太祖将他传来，慰谕道："扬州已平，卿可随朕回汴。"守珣道："臣自汴返扬，复命之后，深恐重进怀疑，所以潜居家中，借以避死。今日得见陛下，始拨开云雾，重睹天日，但臣事重进有年，不忍见他暴骨扬灰，乞陛下开恩，准臣收拾余烬，葬于野外，臣虽死亦无恨矣。"太祖道："掩骨埋骼，理所应为，况卿曾事重进，理当如此，可速速掩埋，随朕返汴。"守珣谢了恩，自去拾了重进烬余之骨，买棺盛敛，葬于郊外，然后随驾启行。太祖方要登程，南唐主李景，遣使犒师，并遣子从镒朝见，太祖深加慰劳。当这时候，恰有唐臣薛良、杜著，投奔军前，且献平定南唐之策。太祖怒道："唐主事朕甚谨。你等竟敢卖主求荣，罪在不赦。"即喝令左右速行拿下。卫士拿下二人，由太祖当面定刑，命将杜著斩首，薛良戍边。他二人本因得罪南唐，乘间逃来，意欲脱罪图功，不想弄巧成拙，一死一戍，这也是卖主求荣的报应。太祖诛了南唐逃臣，启跸返汴，到了汴京，少不得饮宴策勋，举行一番典礼，诸将皆恩加官爵。翟守珣尤见重用，初时授为殿直，不久便充了供奉官。太祖自平了李筠、李重进之后，藩镇畏威怀德，再也没人敢生异心，很觉得四方安静，有些太平气象。太祖心下十分怡悦！常常出宫微行，有时独自出去，有时命守珣等随行。守珣便进谏道："陛下万乘之尊，奈何不自爱惜，倘有不测，怎样是好？"太祖笑道："帝皇创业，自有天命，不能强求，亦不能强却。从前周世宗时，见有方面大耳者，则杀之以杜后患。朕终日在他左右，并不觉得。可知天命攸归，决非他人所能暗中谋害的。"遂不听守珣之言，竟至赵普家中。赵普闻知太祖驾到，慌忙迎接，引入厅中，参谒已毕；亦劝太祖，善自珍重，白龙鱼服，最是可虞。太祖笑道："如果天命已归他人，朕即端居深宫，也不能免却祸患的。"赵普答道："陛下固是圣明，但谓普天下之人，人人畏服，无一有异志者，臣却不敢断言，即如典兵诸将，亦岂人人可恃，一旦变生肘腋，祸起萧墙，那时措手不及，后悔已嫌迟了，还请陛下自重为上！"太祖笑："卿也未免过虑了，典兵诸将，如石守信、王审琦辈，皆朕故人，谅不至此。"赵普道："臣亦未尝疑诸将不忠。但细观诸将皆非统驭之才，倘若军伍中胁命生变，他亦不得不俯从众意。"这一句话，却说动了太祖之心，暗自想道："普言颇为有理。朕在陈桥驿中，为训下迫胁，遂不得不负周室。如果诸将部下，也有此种举动，又哪里制服得住呢？"想到这里，便对赵普说道："卿言不为无见，朕自有道理处置此事。"赵普见太祖已明白自己的意思，便也不再多言。太祖回宫之后，过不到几日，在晚朝时候，命有司设宴于便殿，召石守信、张令铎、王审琦、罗彦瑰等入宴。酒至半酣，太祖屏退左右，对众将说道："朕非卿等不及此，但身为天子，实属大难，反不若为节度使时，得以逍遥自在。朕自受禅以来，已一年有余，从没有一夕能够安于枕席。"石守信等离座对道："现在藩镇畏服，天下归心，陛下尚有什么忧虑呢？"太祖笑道："卿等与朕，悉系故交，何妨直言。这皇帝的宝座，哪一个人不想坐呢？"守信等听了此言，不禁暗暗惊惶，一齐伏地叩首道："陛下何出此言。目今天下已定，何人敢生异心，自取灭族之祸？"太祖道："卿等本无此意，但麾下贪图富贵，暗中怂恿，一旦变起，将黄袍加于卿等身上，卿等虽欲不为，但势成骑虎，也就不得不从了。"守信等汗流浃背，涕泣谢道："臣等愚不及此，乞陛下哀矜，指示生路。"太祖道："卿等且起，朕却有一个主张，要与卿等熟商。"守信等谢恩起立，太祖命各归坐位，徐徐说道："人生如白驹过隙，少而壮，壮而老，老而死，不过一瞬间事。到了撒手之时，纵有富贵，也难带去，惟有趁着活在世上的时候，多积金银，厚自娱乐，令子孙不至穷苦，方才不负此生。朕为卿等打算，不如释去兵权，出守大藩，多置田宅，为子孙立个长久的基业。自己却买些歌童舞女，日夕欢饮，安享富贵，以乐余年。朕且与卿等，结为婚姻，世世相继，永远不替。岂非是个上策么？"守信等又顿首拜谢道："臣等蒙陛下怜念，一至于此，真所谓生死人而肉白骨了，敢不谨遵圣谕么？"是晚尽欢而散。

到了次日，诸将一齐上表乞罢典兵。太祖遂命石守信为天平节度使；王审琦为忠正节度使；张令铎为镇宁节度使；赵彦徽为武信节度使，皆罢宿卫就镇。就是那驸马都尉高怀德算是至亲了，也出为归德节度使，撤去殿前副都点检。诸将奉了旨意，先后辞行。太祖又设宴厚加赏赉，都欢欢喜喜的叩谢而去。过了些时，太祖要召取天雄军节度使符彦卿，入典禁兵。那符彦卿，乃是宛邱人氏，其父名存审，曾任后唐宣武军节度使。彦卿幼擅骑射，壮号骁勇，历晋代汉室，已就镇外藩。周主即位，授天雄军节度使，晋封卫王。世宗迭册彦卿两女为后，就是光义的继室，也是彦卿的女儿。周世宗加封他为太师。太祖即位，仍授为太师。此时因诸将尽皆就镇，所以要召彦卿入值。赵普闻知这事，忙进谏道："彦卿位极人臣，岂可再令典兵。"太祖道："朕待彦卿素厚，且系姻戚，谅必不至负朕。"赵普突然道："陛下奈何负周世宗？"太祖听了此言，默然无语，遂罢此议。既而永兴军节度使王彦超，护国军节度使郭从义，定国军节度使白重赞，安远军节度使武行德，保大军度节使杨廷璋，同时入朝。太祖赐宴后苑，从容说道："卿等皆国家旧臣，久临藩镇，王事鞅掌，殊非朕优待勋旧之意。"语至此，王彦超已明上意，便避席跪奏道："臣素乏功绩，忝膺疆寄，今年力衰颓，幸陛下洪恩，乞赐骸骨，归老田园。"太祖亦离座，亲自扶起彦超道："卿有功不居，真可谓谦谦君子了！"武行德等还不明白太祖的心事，反在席间，历陈自己战功及平日的劳苦。太祖冷笑道："此皆已过之事，还说它做什么？"待至席散，侍臣已料太祖另有旨意，果然于次日降旨，将武行德等尽罢节镇，惟王彦超留镇如故。后人有诗咏太祖收诸将兵权道：

天下纷纷乱不穷，君臣遭际建奇功。
谁知杯酒成良策，尽释兵权一语中。

太祖既尽收宿将兵柄及藩镇重权，乃选择将帅，分部守边。命姚内斌守庆州；董遵晦屯环州；赵赞屯延州；王彦升守原州；冯继业镇灵武，控制西鄙；马仁禹守瀛州；李汉超屯关南；韩令坤镇常山；贺维忠守易州；何继筠领棣州，防御北边。又命郭进镇西山；武守琪戍晋州；李谦溥屯隰州；李继勋镇昭义，驻扎太原。诸将家族，悉留汴京，厚加抚养，所有军务，尽许便宜行事；每逢边将入朝，必定召对命坐，赐宴赍金，厚结其心，所以边将悉尽死力，西北得以平静。那时关南地方，忽有人民控诉李汉超强占民女及贷钱不偿之事，赴汴京叩阍上诉，请求伸雪。太祖即召见说道："汝女可适何等人家？"此人答道："不过农家。"太祖又道："李汉超没有到关南的时候，辽人曾来侵扰么？"其人道："年年入寇，苦累不堪！"太祖道："如今还有辽人敢来侵扰么？"其人道："如今却没有了。"太祖勃然作色道："汉超是朕之大臣，汝女嫁之为妾，岂不比嫁于农家好得多么？倘使关南没有汉超，汝的子女及家室，早为辽人所掳劫，还能保全到现在么？这等事情，还要来京控诉，足见是个刁猾之民。姑念初次，不来罪你，下次再敢如此，决不宽贷！"说罢，喝令左右，将那人赶了出去。那人含屈负冤，涕泣而去。太祖赶走了告状的人，却下一道密谕给汉超，令他从速退还民女，并清偿所贷之款……"朕念尔是有功之臣，暂从宽典，此后慎勿再做这样事情。如果财用困乏，尽可告知朕躬，何用向人民告贷呢？"汉超奉到密谕，既感且愧，立刻将民女退还，并偿清贷款，且上表谢罪。又有那环州守将董遵晦，本为高怀德之甥，父名宗本，曾仕汉为随州刺史。太祖微时，尝游汉东，至宗本署内。宗本甚是器重，留住署内。那遵晦却瞧太祖不起，常常欺凌。一天，对太祖说道："我尝见城上，紫气如盖，又梦登一高台，见一黑蛇，长逾百尺。忽然霹雳一声，那条蛇飞入空中，化龙而去，不知主何吉凶?”太祖听了，只是微笑，并不回言。又有一日，与太祖谈讲兵法，遵晦见识不及太祖，居然恼羞变怒，欲与太祖角力。太祖慌忙回避，遂辞宗本而行。周末宋初，遵晦已任骁骑指挥使，太祖于便殿召见，遵晦恐太祖记念前事，不胜惊惧，伏地请罪。太祖令左右扶起他道：“卿尚忆紫云如盖，黑蛇化龙之事么?”遵晦再拜碰头道：“臣当日愚昧，不识真主，罪该万死！”太祖大笑。不到几日，遵晦部下忽有兵士击鼓鸣冤，告他不法之事，多至数十款。遵晦惶恐待罪。太祖召谕道：“人孰无过？能改则过自消灭。朕方赦过赏功之不暇，决勿追念旧恶，卿可无惧。自今以后，改过自新，朕且破格重用。”遵晦叩头谢恩。遵晦之父宗本，世藉范阳，隶辽将赵延寿部下，及延寿被执，宗本携了遵晦南奔，妻室皆陷入幽州。太祖又令人纳赂边民，赎还遵晦生母，送与遵晦，因此遵晦更加感激，誓以死报。太祖见他可用，特授为通远车节度使，镇守环夏。遵晦至镇，召诸族酋长，宣谕朝廷威德，众皆悦服。未几，蕃众又来寇边，遵晦发兵深入，斩获无数，边境以宁。太祖鉴于唐代尾大不掉之弊，又令文臣知州事，置诸州通判，设诸路转运使，选诸道兵入补禁卫，于是藩镇之弊一扫而空了。

太祖正在尽力的施行政事，哪知杜太后忽然生起病来，其时正是建隆二年，夏六月，太后病势甚沉，太祖日夕侍奉，不离左右，无奈日重一日，竟成不起之症。太后自知垂危，便召诸子及赵普，同至榻前，先问太祖道：“你可知道得国的原因么?”太祖答道：“皆仗祖考及太后之余荫，所以得此幸遇。”太后道：“不然！正因周世宗以幼儿主天下，你所以得至于此。使周有长君，你哪能得天下呢？你百岁后，可传位于光义，光义传光美，光美传德昭。四海至广，万几至众，国有长君，社稷之福也。你不可有违我言。”太祖涕泣顿首道：“敢不如教！”太后又顾谓赵普道：“你随主上，已历多年，无异骨肉。我的遗言，须要帮同记着。”遂命普于榻前，写立约书，先载太后遗嘱，在末了还写上他自己的名字道：臣赵普谨记，藏于金柜之内，命谨密宫人掌管着，永为成规，世世勿替。那光义、光美，前已表过，你想必知道。这德昭又是谁呢？乃是太祖长子，原配贺皇后所生，所以太后遗嘱中，命光义传光美，光美传德昭，若能照此做去，不背遗言，倒还公允，无如后人不能遵守，就难免闹出骨肉惨变来了。这是后话，暂按不提。

单说太后命赵普写毕约言之后，不到两日，便崩于滋德殿，年六十，谥曰明宪，乾德二年，复改谥昭宪，葬于安陵，神主祔享太庙。太祖遭了大丧，少不得哀毁异常，颁诏天下，不在话下。太祖自从改文臣知州事，尽收藩镇兵柄，集权中央，五代外重内轻，尾大不掉之弊，净尽除去。百年痼疾，一旦全蠲，心下自是欢然，便又改元乾德，以建隆四年，为乾德元年，百官又有一番朝贺的礼节，这些琐事，也不去叙它。

太祖改元之后，适有武平节度使周保权，遣使入朝，表称衡州刺史张文表，聚众作乱，势甚危急，乞求救援。那保权乃是周行逢之子，行逢在周世宗时，因平定湖南，授为朗州大都督，兼武平军节度使，管辖湖南全境。太祖受禅，加中书令，任职如故。行逢在镇，力求治理，颇得众心，惟境内一切处置，还是五代时方镇旧例，并未改革，行动自由，朝命难制。太祖即位之后，接连着就有李筠、李重进的叛乱，中原尚未平定，哪里顾得到边镇地方呢？所以行逢在镇七年，安安稳稳，很享了些尊荣之福。到得病重将死的时候，召集部下将校嘱咐道：“我子保权，年才十一岁，全仗诸公护持，所有境内各属，大都恭顺,必无异心。惟衡州刺史张文表,为人刚而且险,素性凶悍。我死之后,必定为乱。望诸公善辅吾儿,无失疆土,万不得已,可举族归朝,不可陷入虎口,那还不失为中策。”言毕而逝。保权嗣位,讣至衡州,那张文表果然说道:“我与行逢,俱起家微贱,同立功名,如今行逢已殁,不将节镇与我,反叫我北面而事小儿,未免欺人太甚了!”当即带领部众,袭据潭州,杀死留后廖简,且声言进取朗州,将尽灭周氏,朗州大震。保权命杨师璠往讨文表,且遣使赍表入朝,请求救援。那荆南节度使高继冲,亦奉表上闻。继冲系高保勖之侄,保融之子。保勖之祖,名季兴,唐末为荆南节度使,历梁及后唐,晋封南平王。季兴死后,子从晦袭爵,从晦传子保融,保融传弟保勖,保勖复传侄继冲,世镇江陵,与湖南接壤,境地毗连。继冲恐文表侵入辖境,所以驰奏朝廷。太祖阅了两处的奏章,知道有机可乘,早已成竹在胸,先下诏于荆南高继冲,命发水师数千名,往讨潭州;后令慕容延钊为都部署,李处耘为都监,率兵进讨。临行之时,面谕二将道:“江陵临长沙,东距建康,西逼巴蜀,北近大梁,乃是形胜之区,要害之地。如今四分五裂,正好乘着这个机会,收归朝廷。二卿此去,向荆南借道,因利乘便,同隙入城,岂非一举两得之事么?”二将领旨而去。到了荆南,便遣阖门使丁德裕先赴江陵,向继冲借道进兵。继冲已先接到太祖谕旨,命他起水师,往讨潭州,并言大兵不日即至,且须借道江陵云云。继冲接到此谕,十分犹疑,却又不敢违命,只得点集水军三千名,令亲校李景威统率了,向潭州出发。此时又有丁德裕前来,说明大军已抵襄州,要借道江陵,进取湖南。继冲便一面款留丁德裕,一面召集僚属会议,部将孙光宪进言道:“中国自周世宗时,已有统一天下之志。如今宋主,规模更是阔大,比周世宗还要神明英武。江陵区区一隅,地狭民贫,万难拒抗宋师,不若以疆土归之,还可免祸。就是明公的爵位,也不至完全失却。若迟疑不决,兵临城下,那时就要玉石俱焚了。”继冲闻言,踌躇了一会,也无他法,便遣叔父保寅采选肥牛数十头,美酒百瓮,先往犒劳,以觇宋师强弱。保寅既至荆门,往军中请见,先由李处耘接待,甚是殷勤。次日又由慕容延钊召保寅入帐,置酒款洽,相对甚欢。保寅以为宋将并无他图,便暗遣心腹,往报继冲,令他安心。哪知李处耘早已暗领人马,衔枚疾驰,径赴江陵。继冲正盼保寅的回报,忽闻大军掩至,急得手足无措,惟有出城相迎,北行十余里,方与处耘相值。处耘请继冲入寨,令他在营等候延钊,径自率兵,进了江陵,及至继冲归城,宋兵已扼住各处险要,不得已缴出版图,不费一矢,不折一兵,便将荆南三州十六县,完全收归朝廷了。继冲既已纳土,便遣王济昭,奉表赍册入朝。太祖闻得兵不血刃,已定荆南,龙心自然喜慰万分。遂命王仁瞻为荆南都巡检使,仍令赍衣服玉带,器币鞍勒,赏给继冲,且授为马步都指挥使,仍领荆南节度使。又因孙光宪劝令继冲纳土归朝,授为黄州刺史。荆南自高季兴据守以来,传袭四世五帅,凡五十七年,至继冲降宋,初时乃任荆南节度使,后改武宁节度使,直到开宝六年,方才病殁,总算富贵终身了。

那慕容延钊、李处耘,平定荆南,便率领大军,浩浩荡荡,直取潭州。其时湖南将校杨师璠,已在平津亭大破敌军,擒住了张文表,脔割而食,潭州城守空虚,延钊之兵,乘势掩入,又是不费兵刃,得了潭州,遂即进兵朗州。周保权是个稚子,听说大兵到来,已吓得面无人色,还有什么主张?倒是牙将张从富说道:“如今我兵新胜,气势正盛,宋兵远来，必然疲惫，何妨与他决一胜负？且朗州城郭坚固，即使战而不胜，凭城固守，待他食尽，自然退去了。”诸将皆以从富之言为然。保权有什么见识，一凭将佐们主张，当下计议已定，便准备战守事宜，整顿兵甲，抗拒宋师。慕容延钊未抵朗州之前，先令丁德裕去宣抚保权，劝他纳土归朝，却被张从富等辱骂而回。慕容延钊即日奏闻太祖。太祖又遣中使往谕，从富非但不受朝命，反尽拆境内桥梁，沉船阻河，伐树塞路，一意抵抗宋军。慕容延钊见他绝无降意，方与李处耘陆续进兵。处耘先到沣江，见对岸设立敌阵，旌旗飘扬，防守得甚是严整，若要渡江，必被邀击。处耘看了一会，眉头一皱，计上心来。未知处耘用何计策，渡过沣江，且听下回分解。

第二十二回　奇珍异宝屏宫冷　箫鼓画船锦江秋

话说李处耘兵至沣江，见对岸敌人防守甚严，知道难以飞渡。他便得了一个计较，分兵一枝，悄悄的从上流头偷渡过去，自己却在正面，佯作欲渡之势。那张从富，只防着李处耘一方面，却不料斜刺里杀出一彪宋军，真个是飞将军从天而降一般，慌得措手不及，连忙回身迎战。那对岸的宋兵，又飞渡过江，两面夹攻，如何抵挡？只得带了败兵，一溜烟逃进朗州去了。宋军俘获甚众，悉至处耘帐下，献捷报功。处耘检阅俘虏，把那肥而且壮的人，拿来脔割作糜，分啖左右；又把几人黥字于面，纵他回去，传说宋军甚是利害，喜啖人肉。朗州城内听了这个消息，顿时全城惊骇，纷纷逃避。等到处耘兵临城下，城中愈加慌张。从富料知难以坚守，便向西山遁去；别将汪端，保护着周保权及其家属，逃至沣江南岸一个僧寺里面，躲藏起来。处耘攻入朗州城内，待延钊兵到，搜捉逃虏，寻至西山，恰巧遇着从富欲往它处，毫不费力，捉来斩首；又探访至僧寺，搜出保权及其家属，尽为俘虏，湖南遂平，保权解往京师，上表待罪。太祖下旨，释缚入朝，保权不过十一岁的小孩子，骤睹天威，吓得他战战兢兢，连“万岁”两个字也叫不出来，惟有伏在地上，颤作一团。太祖见他惊惧得这般模样，甚觉可怜，便降谕特赦，授为“右千牛卫上将军”，葺京城旧邸院，赐他与家属同居。后来保权年岁长大，累迁右羽林统军，出知并州，也与高继冲同一善终，这总算太祖以忠厚待人了。荆襄既定，太祖复拟荡平南北，统一天下，因恐兵力过劳，不得不略事休养。会军校史珪、石汉卿，入白太祖，诬陷殿前都虞侯张琼，拥兵骄恣，擅作威福。太祖召琼面讯，张琼不但不肯认罪，倒反顶撞起来。太祖大怒，喝令左右掌嘴。那石汉卿一闻谕旨，即举铁挝，猛击琼首，血滚如注，立时晕厥。汉卿便将他拽出，闭置狱中。等到张琼苏醒过来，知道自己受伤甚重，料难再活，不觉大泣道：“我在寿春，身翼主上，迭中数矢，当日死了，倒也得个忠臣的名气，如今死在狱中，落得不明不白，真是可恨！”原来周世宗时，太祖率兵，进攻寿春，身先士卒。城上矢如蝟集，尽向太祖而发。张琼以身蔽翼太祖，连中数矢。太祖方才得免，尝抚其背，称为忠勇。如今听信石汉卿与史珪的谗言，竟忘其劳，所以张琼言及其事。当下张琼长叹一声，将腰间所系玉带解下，托狱吏寄回家中，以遗其母，便猛力向墙上一头撞去，头破脑裂，倒地而绝。太祖闻琼临死之言，复探得他家中毫无余财，不觉后悔，命有司厚恤其家，且严责石汉卿鲁莽，便把一个忠心救主的张琼，活活送却。

到了乾德二年，范质、王溥、魏仁甫三人同日罢相，乃以赵普为门下侍郎、同平章事，集贤殿大学士。赵普入相，范质等三人，同日罢职。中书无宰相署敕，普以白上。太祖道：“卿但以敕来，朕为卿署之。”赵普奏道：“此乃有司之职，非帝王之事也。”太祖便命翰林学士，讲求掌故。窦仪奏道：“今皇弟尹开封，同平章事，即宰相任也。”太祖乃命光义署敕赐普。原来宋朝初年，官制多仍唐代旧例。同平章事，唐时已有此官，即宰相之代名词。赵普既相，太祖拟置一副相，苦无名称，因询之翰林承旨陶穀。穀进言道："唐有参加政事，比宰相下一级，即副相也。"太祖遂命枢密直学士薛居正、兵部侍郎吕余庆，并以本官参知政事，以为赵普之副，刺尾署衔，随宰相后，月俸杂给，视宰相减半，自是垂为定例。太祖既相赵普，视之左右手，事无大小，悉与咨商，有时在朝廷上面，未能决定，到了夜间，太祖便亲临普宅，商酌要政，所以赵普退朝以后，深恐御驾降临，不敢易去衣冠。一日大雪之夜，道路已为雪没，赵普退朝，用过晚膳，对门客道："今夜如此大雪，主上想必不来了！"门客答道："雪夜甚寒，便是寻常百姓，也不愿出门了，况贵为天子，岂有冒此宵寒，轻易出外？丞相尽可早些安寝了。"赵普闻得此言，方才放心易服，退入内室，与林氏夫人，闲谈片刻，将要安睡。忽闻有人叩门，赵普听了，心下甚疑。忽阍人入报，圣驾到来。慌得赵普不及冠服，匆匆出迎。只见太祖立于风雪之中，连忙叩拜道："臣普接驾来迟，且衣冠未整，应该待罪。"太祖笑道："今夜大雪，卿必疑朕不出，何足言罪。"一面说道，扶起普来，趋入厅事道："朕已约光义同来，他还没到么？"赵普正要回答，光义已经驱驰而至。君臣三人，齐集厅事。太祖笑问赵普道："美酒、羊羔，为御寒妙品，卿家亦备之乎？"赵普唯唯应道："臣已备之。"太祖大悦，遂命将重茵列于地上，凭借而坐，就堂中炽炭烧肉。赵普并命妻林氏，出而司酒，林氏奉命而出，拜见太祖及光义。太祖呼林氏为嫂道："今宵有劳贤嫂了！"赵普代为逊谢。不上片刻，酒内具已齐备，由林氏捧献上来，赵普斟酒侍饮。酒至半酣，太祖问赵普道："朕因诸国未平，时生边患，是以寝不安枕。他处尚可从缓，惟太原一路，接连辽邦时来侵扰，朕欲先取太原，徐图他国。卿意如何？"赵普答道："太原当西北二面，我若攻下太原，便与辽邦毗连，边患我独当之矣。不如先图诸国，俟削平各路。太原弹丸黑子之地，不入版图，又将安归？"太祖笑道："朕意亦复如此，前言不过试卿；只是现在要削平诸国，当从何处入手？"赵普道："莫如伐蜀。蜀道虽是险阻，后主荒淫无度，君骄臣惰，百姓离心。王师所至，不难一鼓荡平。臣主先伐蜀者，即因此也。"太祖连连点头道："卿言有理！"因又议及伐蜀计划，君臣三人，足足谈议了两个时辰。夜色已深，太祖方与光义相偕而去。后人有诗一首，咏太祖雪夜访赵普，商议征伐诸国道：

漫天风雪迎王驾，列地重茵坐主臣。
不避宵寒筹妙策，艰难蜀道一时平。

太祖自在赵普家中，议定了先行伐蜀，然后削平诸国之谋，便命王全斌等，训练兵马，贮积粮草，伺有机会，即便兴兵。太祖伐蜀，尚有一番预备，暂按不提。

单说那西蜀地方，剑门阁道，形势险要，土壤肥沃，古称天府之国。五代时，孟知祥为西川节度使，后唐明宗，封为蜀王，唐末僭称帝号，历史上名为后蜀。那蜀主孟知祥，恃着地势险阻，不愁外兵侵入；更兼闾阎富饶，人民蕃庶，他就未免荒淫起来了。他未曾入蜀之时，娶妻李氏，本是后唐太祖弟克让之女。庄宗即位，封为琼华长公主，嫁于知祥，夫妻甚是相爱。知祥为蜀王时，李氏一病不起，撒手长逝。知祥自然十分悲伤，少不得从厚殡殓，择地安葬，及知祥称帝，遂追册为皇后。但知祥因李氏病殁，心中时觉不快！便借酒色两字，消遣闷怀，因此后宫里面罗绮似云，嫔嫱如织，知祥受宠爱的宫嫔，也是姓李，乃是后唐的宫女。庄宗因知祥灭梁定蜀功绩很巨，所以选择后宫美女，赐给知祥。偏是李氏，十分凑趣，不上多时，便受了孕，生下一子，取名仁赞，便是将来的后主孟昶了。知祥见李氏生了儿子，更加把她宠爱起来，竟造了一座屏宫，与李氏居住。日夜在屏宫里面，征歌选舞，饮酒取乐。但是那屏宫是怎样建筑的呢？乃是知祥自出巧思，用罗绮置成画屏七十扇，上面皆是名手所画的花卉翎毛，以及山川人物，细入毫发，远望如生。每扇屏上都装有机关，将枢纽合起来，曲折回环，深奥幽邃，成为一座宫殿。不识路径的人，误入其中，任你绕来绕去，千回百折，还在那个地方，休想走得出去；若是知道其中秘密的，却又玲珑剔透，任意往来，毫无阻碍。真个是鬼斧神工，勾心斗角，巧妙已极。那蜀主知祥，既然创制了屏宫，又搜罗了许多美女。在屏宫中，罗列着无数的奇珍异宝，使人见了，目眩神迷，不知其名。就中单有两件著名的宝物，乃是稀世之珍，罕有之品。第一件叫做"皇明帐"，乃是一顶帐儿，其色浅红，类若鲛绡，卷之不盈一握，放之其大无比；夏日张之，蚊蝇不敢飞集；夜间自有光芒生出，如镂金错采，虽无灯火，亦复耀眼放明。最奇怪的是无论床之大小，把这帐儿张上，总是尺寸相称，不爽毫厘的。蜀主因有此异，十分宝贵，又赐它一个名字，唤做"如意帐"。第二件叫做"左宫枕"，是用一块青玉琢成的，纹理细密，光辉滑腻，其体平方，其长却好两人并肩与睡；设于床榻，冬温夏凉；酒醉之后，用以枕首，能够解酒，任是烂醉如泥，呕吐狼藉，只要一着此枕，便凉沁肺腑，心酣意畅，毫无醉态，沉沉睡去；平常睡时，用了此枕，便于梦中往游仙境，阆苑蓬山，奇花瑶草，玉液琼浆，神女仙姬，罗列满前，无异登仙。蜀主视同性命一般，爱惜非凡，也替它起个名字，唤作"游仙枕"，和"皇明帐"一同摆设在屏宫里面。其余的珠玉锦绣，珊瑚碧树，也不计其数，多不及这两件的宝贵，蜀主也不甚重视的，不过借此陈设着，贪图夸耀富贵，争奇斗异罢了。后人读史至此，有诗咏道：

> 绡帐轻红玉枕青，仙能入梦醉能醒。
> 琼华一去屏宫冷，独旦迢迢七十屏。

蜀主这样荒于酒色，究竟是上了年纪的人，哪里禁受得住？不到几时，便染成一病，恹恹而亡。子仁赞嗣位，改名昶，是为后蜀后主。后主初立，年始十六，委政于赵季良、张知业、李仁罕，不改元，乃袭蜀主知祥年号，称明德元年。尊其父知祥为高祖皇帝，生母李氏为皇太后。至四年，始改元为广政元年，以事诛张知业、李仁罕，始亲政。后主初亲政事，尚知劝农敦耕，以重国本，尝手自撰词，颁给郡县，以劝农桑，其诏书言道：

> 刺史县令，其务出入阡陌，劳来三农，望杏敦耕，瞻蒲劝稼。春鹂始啭，便具笼筐；蟋蟀载吟，即鸣机杼，其各勉旃，毋负朕意。

后主精研词翰，崇尚六经，命其相臣毋昭裔，刻《孝经》、《论语》、《尔雅》、《周易》、《尚书》、《周礼》、《毛诗》、《礼记》、《仪礼》、《左传》，凡十经于石，尽依太和旧本，历八载乃成。又恐石经流传不广，因刻为木板，以便传流。后世用木刻本书，实始于后主孟昶。后主善赋词，而薄纤浮之礼，平居尝道："朕不效王衍作轻薄小词。"乃敕史馆，集古今韵会五百卷，并从毋昭裔请，营学馆，镂板印九经以颁郡县，故其初政，尚有可观。后人曾作宫词咏其事道：

旧本新翻漶漫余，摹镌不异太和初。
君王最薄纤浮体，特敕官司勘韵书。

这首宫词，便是咏后主刊刻经书，集辑韵会，有功于文学的。到了广政十三年，后晋末季，秦州节度使何建、凤州防御使石奉頵，俱以城来降。后主以为实力充足，远人归服，便慢慢的放纵起来，并用藩邸给事之人，王昭远、伊审征、韩保正、赵崇韬等，分掌机要，总持内外兵柄，他自己却酣歌恒舞，日夜娱乐。其母李氏，曾对后主说道："吾昔日曾见庄宗，跨河与梁军战；又见汝父在并州捍御契丹，及入蜀平定两川。当时主兵者，非有功不授，所以士卒畏威，乐为之用，所向必克。今王昭远，出自微贱，自汝就学之年，给侍左右；韩保征等，又皆纨袴子弟，素不知兵。一旦边警忽起，此辈有何智略可以御敌？高彦俦是汝父旧人，秉心忠实，多所经练，汝可重加委任，必定胜于王昭远等万倍了。"后主非但不能依从李氏的话，且因王昭远等善于逢迎，更加重用，凡一切政务，都由昭远等办理。自己却因欢喜打球走马，强取民地，辟为打球跑马之场，悉命宫女衣锦曳纨，来往场中，打球走马，如蛱蝶飞舞，红飘绿扬，以为笑乐。又因后宫妃嫔没有绝色美女，下诏国中，民家女子，有姿色者，都赴官署报名，听候选择。时青城费氏有女，生得娇小玲珑，风姿秀逸，长成之后，不但盛鬋丰容，并且擅长吟咏，精工音律。后主闻其才色，选入宫中，十分嬖爱。因前蜀王建之妾小徐妃，号为花蕊夫人，也就袭其名称，封费氏为花蕊夫人。那花蕊夫人，既生成玉样温柔，花样风流，更兼天赋歌喉，每逢侍宴，红牙按拍，檀板轻敲，真个是响遏行云，声徐流水，余音袅袅，绕梁三日。那花蕊夫人，又精擅烹炰，后主日日饮宴，觉得肴馔都是陈旧之物，端将上来，便生厌恶，不能下箸。花蕊便别出心裁，用净白羊头，以红麹煮之，紧紧卷起，将石镇压，以酒淹之，使酒味入骨，然后切如纸薄，把来进御，风味无穷，号称"绯羊首"，又名"酒骨糟"。后主遇着月旦，必用素食，且喜薯药；花蕊夫人，又以薯药切片，莲粉拌匀，加用五味，调和以进，清香扑鼻，味酥而脆，并且洁白如银，望之如月，宫中称之为"月一盘"。其余肴馔，另翻花样，特别新制的，不计其数。后主将她的法儿，命御膳司刊列食单，多至百卷，每值御宴，更番迭进，累月没有重味。那菜肴之多，也就可想而知了。后人也有宫词一首，专咏此事道：

听朔先期敕大官，绯羊首向食单刊。
玉霄自具清虚府，只奉斋筵月一盘。

后主因花蕊夫人最爱牡丹花与红栀子花，因辟宣华苑，广选牡丹，种植于内。蜀中牡丹花种，最为珍贵，惟于绘图中见之，皆称为洛阳花，不知有牡丹之名。后主不惜金钱，四出收集，广加栽植，十分茂盛，改名宣华苑为牡丹苑。当春花时，双开的有十株，黄的、白的各三株，黄白相间的四株，其余深红、浅红、深紫、浅紫、淡花，巨黄、洁白；正晕、侧晕、金含棱、银含棱；傍枝、副搏、合欢、重叠台，多至五十叶，面径七八寸，有檀心如墨的，花开香闻五十步，真个是锦绣成堆，繁华满目，如入花城香国，疑是阆苑蓬瀛。后主与花蕊夫人，日夕盘桓花下，吟诗作赋，饮酒弹琴，便是神仙也无此快乐。后主又因歌词俱乏新调，遂于后苑，召集群臣，开筵大赏牡丹，命群臣各赋新诗，播入管弦，吹唱起来，音韵嘹亮，煞是可听。不啻唐元宗在沉香亭，命李太白奏清平乐，此后便定为例，年年三月间，必举此会，名为宴戆瑞牡丹。那红栀子花，乃是道士申天师所献，只有种子两粒，说是入山访道，仙人所赐，不敢自秘，故以进御，实系世间罕有之物。王昭远从旁献谀道："仙花出现，乃国家祥瑞，西蜀当兴之兆，陛下宜敬谨受之，种于后苑，不可亵渎。"后主大喜，厚赐申天师，将这两粒花种，栽于芳林园内，命谨密宫人，专司灌溉，小心培植。这花得着人工调养，果然发育甚快，开起花来，其色斑红，其瓣六出，清香袭人。花蕊夫人最爱这些花，说红栀子有牡丹之芳艳，具梅花之清香，真是仙品。后主亦看得十分宝贵。民间闻得红栀子花有这样的美观，都要求这红栀子花，前来栽种。富贵之家，竟不惜千金重价，购觅种子。但这红栀子花乃是仙品，蜀中只有两粒种子，还是仙家赐于申天师，由申天师献于后主，已栽在芳林园内，民间哪里还可购觅？蜀中人民，空自寻觅一番，绝无所得，便有人模仿那花的式样，画在团扇上面，执在手内，以示夸耀。初时不过一二善画之人，聊以遣兴。后来竟相袭成风，不但团扇上面画着红栀子花。那豪家子弟，便命绣工绣在衣服上面，到处游行，比较美恶，争艳斗丽起来。那些妇女，见男子们这样看重红栀子花，也就互相仿效，都把绢素鹅毛裁剪出来，做着红栀子花，插在鬓上，作为装饰。一时之间，传遍蜀中。那凤钗珠环，金押银簪，尽都摒而不用，一齐戴起红栀子花来。就是后宫里面，那些嫔妃宫娥，也都戴着此花，遂成为当时的风尚。后人也有宫词咏此事道：

红栀花种自仙岩，点缀钗梁绿鬌衔。
香似官梅兼有色，画宜团扇绣宜衫。

后主又因蜀称锦城，不可没有点缀，乃下令国中，沿着城上，尽种芙蓉。至秋时，芙蓉盛开，沿城四十里远近，都如铺着锦绣一般，高下相映，耀目争晖。时近中秋，后主命驾，往游浣花溪，并观水嬉。其时蜀中，百姓富庶，又直升平之候，遇着佳节，一齐踵事增华，点缀太平景象；所以到了中秋佳节，便在浣花溪畔，濯锦江边，罗列水嬉，庆祝中秋。如今闻得后主御驾，也来观看水嬉，更加兴如癫狂，夹着江岸，皆创起锦棚绣帐，花亭月榭，以为御辇憩息之所。哄动了倾城妇女，都来游玩，珠光宝气，绮罗成阵，箫鼓画船，逐队而行。及至后主御辇出宫，带了无数的宫嫔女官，一个个锦衣玉貌，珠履绣袜，车水马龙，碾尘欲香，所过之处，百姓皆伏地迎接，口呼万岁，真个是风流天子，千古盛事。后主龙辇出城，遥看着沿城的芙蓉花，开得叠锦堆霞，一眼望去，好似红云一般，连续不断，心中大喜，对左右近臣说道："自古以蜀为锦城，今日观之，真个是锦城了。"侍臣张立，见后主荒淫骄奢，久欲讲谏，现在得有机会，便作诗一首，陈于后主，意在讽谏，其诗道：

四十里城花发时，锦囊高下照坤维。
虽装蜀国三秋景，难入幽风七月诗。

后主看了张立这诗，知道他意存讽谏，但只笑了一笑，也不奖励他，也不责备他，一直出城。到了江边，弃了御辇，同着花蕊夫人、宠妃张太华，与近御的宫人，登上龙舟。其余的妃嫔宫娥，俱坐着凤舸，追随着后主的龙舟，上下游行，观看水戏，真是珠翠罗绮，名花异香，馥郁森列，十里锦江，龙舟来去，舟中箫鼓竞奏，弦竹齐鸣，前后左右的美貌宫人，都轻启朱唇，放出娇音，唱着后主自编的"万里朝天曲"。那娇喉宛转，如莺鸣树梢，怡神悦耳。两岸的百姓，连水戏都无心观看，只追逐龙舟，听唱歌曲，望着舟中，锦绣罗绮，就如神仙一般，莫不称羡。后人又有宫词咏道：

浣花溪水滑于油，面面芙蓉映好秋。
下上龙舟箫鼓引，神仙宛在锦城游。

后主看罢水戏，回至宫中，仍是日日娱乐，夜夜笙歌，颠倒于宫女队里，哪里还有心情去问国事？每逢宴余歌后，略有闲暇，便同着花蕊夫人与张太华，将后宫的佳丽召至御前，亲自点选，拣那身材婀娜，姿容俊秀的，加封位号，轮流进御，特定嫔妃位号，为十四品，计有昭仪、昭容、昭华；保芳、保衣、保香；安宸、安跸、安情；修容、修媛、修涓等封号。其品秩比于公卿大夫士，每月香粉之资，皆由内监专司，谓之月头。到了支给俸金之时，后主亲自监视，那宫人竟有数千之多，唱名发给，每人由御床之前走将过去，亲手领取，名为支给买花钱，所以花蕊夫人有宫词咏此事道：

月头支给买花钱，满殿宫人近数千。
遇着唱名多不语，含羞走过御床前。

后主最是怕热，每遇炎暑天气，便觉喘息不已，甚至夜间亦难着枕，便命韩保正征召夫役，聚集材料，在摩诃池上，建筑水晶宫殿，以为避暑之所。未知水昌宫殿，如何建筑，且听下回分解。

第二十三回　杨柳海棠梁州曲　冰肌玉骨洞仙歌

话说后主因天气炎热，没有避暑的地方，便传旨命韩保正征召民夫，起造水晶殿，择定地址，在摩诃池上。那摩诃池，本是前蜀王衍避暑的地方，总名叫作宣华苑。其中风景宜人，树木清幽，风亭水殿，曲榭回廊，只因年久失修，俱已倾颓。后主栽种牡丹花的地方，也就在这苑内。地址极其广大，如今要找避暑的所在，这个宣华苑最是相宜，所以命韩保正建筑水晶殿，并将苑中各处亭阁台馆，一齐收拾齐整，且要限期完工，赶着夏天避暑。韩保正奉了旨意，哪敢迟延？便督率着民夫，昼夜经营起来。果然世上无难事，只要人手多，不上两个月工夫，已将那座宣华苑收拾得齐齐整整。那摩诃池上的水晶殿，也建筑完竣，又另外凿了一处九曲龙池，蜿蜒曲折，有数里之长，通入摩诃池内；清波涟漪，朱栏回环，池内尽植莲花，青梗绿盖，红白相间，亭亭净植，风来飘香。池边两岸，悉种杨柳，丝丝垂条，蘸波生晕。池上架着红桥，池中系着画船，映着楼台金碧，台殿崔巍，竟与江南扬州平山堂的风景无异。韩保正工程完毕，便来谒见后主，复了旨意，且请御驾亲临看视，如有不到之处，再行添筑。后主听得水晶殿已成，便命启跸，前往看视。韩保正引导后主，来至苑中，但见画栋雕梁，飞甍碧瓦，五步一阁，十步一楼，复道暗廊，千门万户，纹窗珠帘，绣幕锦帏，富丽堂皇，似秦始皇之阿房；清幽曲折，疑隋炀帝之迷楼，九曲回肠。后主见了，已是欣然。他最要紧的是那座水晶殿，瞧着旁的地方，已是如此美丽，料想水晶殿更为可观了。便命韩保正从速引导至摩诃池上，要看水晶殿造得如何。韩保正奉了旨意，便领着后主，迤逦而行，来到摩诃池上。后主细看那殿，矗立在池之中央，四围均用文木，做成活络桥梁，直通殿内。共有四座小桥，按着东西南北架立。要用之时，池栏上面有个机关，只须一按，那桥自然架好，便可从桥上走入殿内，不用那桥时，也不要将机关一拉，那桥自会收将起来。要用那一面的桥，便按那一面的机关，却是万无一失的。后主便从南面桥上，步入殿内，仔细看时，见大殿三间，都是楠木为柱，沉香作栋，珊瑚嵌窗，碧玉为户，四周墙壁，不用砖石，尽用数丈开阔的琉璃镶嵌，内外通明，毫无隔阂，一入其中，如入琉璃世界。最奇妙的是池内安着四架激水机器，将机捩开了，四面的池水，便一齐激将起来，高至数丈，聚于殿顶，仍从四面分泻下来，归入池中。那清流从高处直下，如万道瀑布，奔腾倾倒；又如四练当空，琤玐泻玉，声似琴瑟，清脆非凡。那池中的水珠儿，激荡得飞舞纵横，如碎玉撒空，如珍珠走盘，十分好看，却又没有一点儿激入殿里来。无论什么炎热天气，有这四面的清流，自上射下，那暑热之气，早已扫荡净尽，便似秋天一般了。再看那殿中陈设的用品，全是紫檀雕花的桌椅，大理石镶嵌的几榻，珊瑚屏架，白玉碗盏。沉香床上，悬着鲛绡帐，设着青玉枕，铺着冰簟，叠着罗衾。后主到了这里，好似入了清凉世界，不复知世间再有暑热；又好似游那阆苑琼楼，隔绝了十丈红尘，直喜得眉开眼笑，连连赞美。四下看了一会，忽然皱着眉头，现出不悦之色。韩保正见后主蓦然不乐，不知什么地方建筑错了，致使圣心烦闷，连忙趋前奏道："未知何处不合圣意，望乞指示，以便改造？"后主道："卿造此殿，妙绝人工，处处都合朕意，并无不好的地方，何用改造。"韩保正道："既无不妥之处，陛下为何忽呈不悦之色呢？"后主道："朕看了此殿，色色俱全，并且出奇斗异，巧夺天工。惟有夜间仍用银灯宝炬未免尚有油腻之气。这样所在，如广寒宫一般，若不出一新奇之法，使夜间光明如昼，仍旧还用那金莲宝炬，未免是个缺点。况且这座水晶殿，本是避暑的所在。若点起了许多银灯宝炬，烟焰熏蒸，岂不烦躁得很？卿有何法，可使夜间不点灯，而自能光明呢？"韩保正闻得后主此言，也觉好生为难，暗暗想道："我非神仙，怎么会有夜间生光的法儿呢？"一时不能回答，只是低头沉思，却听得后主自言自语道："若在月望左右，这水晶殿，里外通明，有月光照着，倒可不用点灯，只可惜不能夜夜都有明月，那却如何是好呢？"韩保正正因想不出法儿，心里很觉着担忧。忽听得后主说月望左右，有明月照着，可以不用灯烛。他便触动灵机，顿时想得一法，启奏后主道："臣闻先皇在日，后宫中曾有明月珠一颗，常常悬在殿中，以代灯烛。陛下何不将此珠取来悬挂，夜间就可以光明透彻，不用灯烛了。"后主大喜道："非卿言及，朕几忘却此宝珠矣。"忙命内侍，飞马取了明月珠，悬于殿内。后主见水晶殿已布置得毫无缺憾，便又注意到殿之外面，用手指着向保正问道："那边青翠飘扬，红桥隐隐，又是何处？"保正道："此名九曲龙池，乃臣凿通了摩诃池，借它的水灌注而成。池中皆种莲花，两岸遍植杨柳，架以红桥，环以曲栏，全仿江南扬州平山堂的风景。陛下避暑于水晶殿，昼长无事，到彼游赏，就无异置身江南了。那池中还系着几只画船。陛下于宴饮之暇，可以命宫人们荡桨采莲，凭栏而看，亦颇有兴趣。此系臣随意妄为，并未奉有谕旨，还乞恕罪！"后主听了，又不胜喜悦道："不意卿之胸中，却有如此丘壑。朕正思游玩江南风景，深恨路程遥远，关山阻隔，不能如愿；现在有这个地方，与江南风景相同，朕时时游玩，也可略慰中怀了。卿可引朕前往一看。"保正领旨，导着后主，弯弯曲曲，行至九曲龙池，只见夹岸杨柳，迎风飘拂；满池芙蕖，映日鲜妍；危楼一角，隐于万绿丛中；小桥跨水，横卧百花深处。若于斜照衔山，明月初上之时，置身其间，凭栏而立，细细的嗅那莲花香气，真可沁入肺腑。倘于杨柳之下，盘陀石上，执竿垂钓，也可以领略静中趣味，风景入画，无异江南。后主游览至此，不觉大悦道："卿为朕建筑宫殿，劳苦功高，朕当有以酬之。"遂命近侍，取锦缎百匹，金珠数只，赐于保正。保正谢恩，欣然而退。花蕊夫人有宫词咏九曲龙池道：

龙池九曲远相通，杨柳丝牵两岸风。
长似江南好风景，画船来往碧波中。

后主自建筑了水晶殿，转瞬之间，炎夏已届。便携了花蕊夫人，偕同宫眷，移入宣华苑内，以避暑热。赵崇韬见韩保正以建筑宫殿蒙后主恩赏，深得宠任，心内好生艳羡；又闻得后主已将宫眷，迁入宣华苑避暑，他也要博取后主的欢心，以图爵赏，暗中打算道："宣华苑整理得固是美丽，主上于其间宴乐，只有歌伎，而无梨园，亦是缺点。我于去岁，即购备了许多聪明子弟，命乐工教以歌曲，现已一齐练习纯熟，前次命他们奏技，果然歌喉抑扬，舞态翩翩，进退疾徐，都中音节，本来预备下了献于主上的，何不趁着这个机会，把来进献呢？”打定主意，绝不迟延，便将全部梨园献于后主。后主得了赵崇韬的梨园，便亲自检点，见有三十二名子弟，个个多是年在十二三岁，生得相貌清秀，性情聪颖，甚讨欢喜。遂又考究他们的戏剧，却有数十余出，都是歌舞纯熟，板眼无讹。后主得了这部梨园，真个如获异宝，连连的称赞赵崇韬，忠心爱主，不可不加重赏，以示鼓励。便下谕赵崇韬晋封侯爵，并赐金银彩缎，以旌其进献梨园子弟之功。后主加封了赵崇韬之后，便命在水晶殿内排宴，携着花蕊夫人和张太华，同入宴中。后主居中正座，花蕊夫人居左，张太华居右，宫娥彩女，两旁侍立，听候传唤，一律都穿着雾縠轻绡，罗袜珠履。一眼望去，翠羽明珰、琼环玉佩、红粉成行，美艳异常，后主看着大乐，便命传那梨园子弟前来奏乐侑酒。梨园子弟奉了圣谕，便有那押班的进上歌扇，请后主点曲。后主便递于花蕊夫人道：“卿可拣好听的点来。”花蕊夫人接过，展开一看，见上面载着二三十出戏名，内中却有“霓裳羽衣曲”，遂向后主道：“这‘霓裳羽衣曲’乃是唐明皇同着叶法善，在中秋之夕，游玩月宫，袖中藏着玉笛，适值嫦娥在广寒宫，与群仙宴饮奏曲，明皇将玉笛偷记其谱，回至凡间，与杨太真按谱填曲，奏将起来，真个是音韵嘹亮，响遏行云，不同凡间之乐。自从安史作乱，杨太真马嵬赐帛，明皇幸蜀归来，移居西内，为李辅国所制，郁郁不乐，又因思念杨妃，不忍再歌旧曲，便将歌词遗失，如今只传其谱，而无其词。不知这班梨园子弟所歌的‘霓裳羽衣曲’，又从何来，陛下何不令其奏一套呢？”后主道：“卿言正合朕意。”遂命梨园先奏一套升平乐，再奏霓裳羽衣曲。梨园子弟奉命，便在阶前奏乐歌舞起来，一霎时箫鼓并喧，笙歌迭奏，吹过了一套升平乐。后主连连点头，道：“声韵虽佳，惜欠悠扬！”花蕊夫人与张太华却含笑不语。后主即传命速奏霓裳羽衣曲。这一次的奏曲，却不比先前的奏升平乐了。班中步出十六个年轻子弟，都在十龄以外的光景，尽是锦衣绣裳，眉清目俊，分为两班，八个歌，八个舞。那笙箫管笛，琴瑟钟磬，一时并奏。但见那舞的是羽衣翩跹，歌的是娇声婉转，和着各种乐声，高低疾徐，音韵悠扬，十分入拍。后主听到好处，不禁连声称赞！就是那花蕊夫人和张太华，皆是精工音律，善于歌舞的，到了这时，也就凝神细听，点头不已。后主早举起金杯，连进数觞，向花蕊夫人、张太华笑说道：“观此妙舞，听此仙曲，二卿不可不进一觞，以赏其妙。”二人齐称领旨。早有宫女，执着金壶，斟上酒来。花蕊夫人与张太华，各饮了一杯；又听那歌舞时，已经入破，觉得歌声更加激越，其音可裂金石；那舞也愈舞愈紧，飘飘然有凌空之态，使人听了歌声，触动壮怀，看了舞态，心惊目骇。到了最后之时，又从激昂之中，转为抑扬婉转，令听者如御风而行，不知其身之在于何处。奏至分际，忽闻一声金钟，清越无比，一刹那间，歌停舞止，丝管齐歇，万籁无声，四围寂静，真有曲终人不见，江上数峰青之妙。后主连连赞叹道：“这样仙乐，确是世间罕有，朕今日得闻妙音，实是平生大幸。想当初唐明皇与杨太真，在宫中宴饮奏乐，也不过如此快乐的了。”因命近侍，重赏梨园子弟，以酬其奏曲之劳。张太华见后主如此高兴，便起身奏道：“今日之乐，固已达于极点，但所奏霓裳羽衣曲，歌舞并陈，箫管齐鸣，尚觉繁杂太过，殊少清幽之致，于暑炎之时，似乎不甚合宜。臣妾之意，欲选梨园中善吹玉笙及精于歌曲之人，命他在九曲池头、杨柳岸畔、海棠花下，全用细乐，更番迭奏，再用银笙按拍，唱陛下新谱的梁州序曲儿，那声调乐腔，夹着池水，随风传来。陛下在这里听着，必然格外的悠扬飘渺，如闻仙乐，比到那霓裳羽衣曲，还要好听得多呢!”后主闻言，拍手称妙道:“这样布置，又清爽，又幽雅，比那繁音促节，酣歌恒舞，高过万倍，非但另出心裁，别开生面，洗却繁华，扫尽尘俗；而且最宜于夏夜纳凉时听之，当可全消暑气，涤去烦襟，如入清凉世界。非卿慧心，不能及此!”当下命梨园子弟，挑选那善于歌吹的，速往九曲池，依照张太华的言语，全用细乐，歌唱梁州。梨园押班，奉了圣谕，便选了十二名子弟，摒除繁音，全用箫笛琴笙，前往九曲龙池，吹唱起来。后主坐在宴中，刚饮了一杯酒，忽听得龙池那边，杨柳荫中，海棠花下，悠悠扬扬，起了一缕声音，甚是清越；细细听去，乃是玉笛之音；接着又有两种声音，与笛声相和，其音更觉幽细而长，与玉笛合在一处，因风飘荡，竟辨不出是何乐器；觉得这股乐声，忽断忽续，忽高忽低，令人心静气敛，躁释矜平，如置身高山流水之间，便含着笑，向张太华微微点首道:“有趣得很！但先吹的乃是玉笛，后来与笛相和的，又是两样什么东西呢？朕却分别不出，卿可知道么?”张太华道:“臣妾听来，一是凤箫，一是银笙，故其音袅袅，细长而婉转，能与笛声相合，毫无参差之处。”花蕊夫人也连连点首道:“不错！一定是笙、箫、笛三种合奏，才能这般抑扬低昂，清楚动人哩。”正在说着，又听得一缕娇音，隔水飞来，异常流动。后主忙定了神，按着拍，一字一字的听他唱来，正是唱的梁州序新曲，却顿挫有致，高下合节；又夹着池中的流水，树上的清风，更觉得声音飘飘，几欲仙去。后主此时，爽快已极，便命左右:“快斟酒来，朕当饮一大杯，以赏此雅之曲。”又对花蕊夫人与张太华道:“二卿亦应各饮大杯，聊佐朕兴。今日之宴，也可算得生平第一快事了，如何可以不痛饮一醉呢?”花蕊夫人与张太华，不敢违逆后主之命，口称臣妾遵旨，便有宫女，替两人换上大杯，斟满了酒，一饮而尽。花蕊夫人也把这事，吟成宫词道：

梨园子弟簇池头，小乐携来候宴游。
试炙银筝先按拍，海棠花下合梁州。

后主这日，因听梨园奏乐，兴酣意畅，直饮至天色已晚，犹未罢宴。那殿中悬着的一颗明月珠，已是熠熠生光，真个似明月一般，照耀得如同白昼。这水晶殿，四围都是琉璃镶嵌而成，被那珠光映射，更加内外洞澈，纤悉毕具。坐在殿中，如在水晶宫里一样，愈加高兴起来，便命左右进上酒来，连举数觥，不觉大醉。花蕊夫人见后主醉得人事不知，便命停乐撤筵，同着宫女，把后主扶在沉香床上，轻轻的扶他睡倒，将鲛绡帐垂下。后主首一着枕，已是呼呼睡去，十分沉酣。花蕊夫人吩咐宫人，在床前小心侍候，徐徐退去。看视张太华时，见她也是两颊红晕，双眼矇眬，已有十分醉意，知道她的酒量甚浅，今日饮得过多，难以支持，便命太华的随身宫人，好好的扶持着她，回宫安寝。太华的四名随身宫人，奉了花蕊夫人之命，连忙点起龙凤宫灯，传了小辇前来，将太华慢慢的扶离坐位。只见她早已柳腰软摆，莲步郎当，低垂粉颈，微合星眼，竟难动弹。便由四个宫人，左右前后的扶持着她，上了小辇。花蕊夫人惟恐太华醉中糊涂，从辇上倾跌下来，又把自己的宫人，派了四名，帮同着送她回宫。这八名宫人，便令小内侍执定宫灯,在前引导,她们簇拥着小辇,慢慢行去。花蕊夫人送去了张太华,又亲至床前,揭起了鲛绡帐,见后主仍是酣睡未醒,便又退了下来,命宫人预备下雪藕、冰李,待后主醒来,与他解醒。那后主这一睡,直睡到半夜方才醒来,一翻身坐在冰簟上面,觉得甚是烦渴。正要唤宫人斟茶解渴,花蕊夫人已盈盈的步至床前,挂起了鲛绡帐,手托晶盘,盛着备下的冰李、雪藕道:"陛下酒已醒了么?可略进些以解宿酲。"后主正在燥渴得很,见了这两样东西,正合其意,便取来大嚼一阵,觉得凉生齿颊,顿时宿酲尽消,十分爽快,连连称赞道:"卿真能如人意,朕初醒之时,烦热异常,得此二物,顿如醍醐灌顶,遍体清凉,但酒性虽退,却难安卧,卿可扶朕起来,偕往纳凉。"花蕊夫人连称遵旨,便举纤手,将后主扶起。后主尚觉四肢无力,身体摇摆不定,只得伏在花蕊夫人香肩之上,慢慢地行至水晶殿阶前,在紫檀椅上坐下。此时绮阁星回,玉绳低转,夜色深沉,众宫人悉已酣睡,静悄悄的绝无声息。花蕊夫人意欲唤起几名宫人前来侍候。后主拦阻着道:"朕与卿对坐纳凉,颇觉清净,若将她们唤起,人太多了,又要觉得烦热了。"因命夫人并肩而坐,携着她的纤手,四下观看。但见微云一抹,河汉参横,天淡星明,凉风时起,那岸旁柳丝花影,映在摩诃池中,被水波荡着,忽而横斜,忽而摇曳,那种风景,就有善画的名手,也画不出这样清雅幽悄的神情来。回头看那花蕊夫人时,却穿着一件淡清色蝉翼纱衫,被明月珠的光芒,映射着里外通明。但见她里面隐隐的围着盘金绣花抹胸,乳峰微微突起,映在纱衫里面,愈觉得冰肌玉骨,粉面樱唇,格外娇艳动人。后主情不自禁,把花蕊夫人揽在身旁,相偎相依,情味十分甜蜜。那花蕊夫人低着云鬟,微微含笑道:"如此良夜,风景宜人。陛下精擅词翰,何不填一首词,以写这幽雅的景色呢?"后主道:"卿若肯按谱而咏,朕当即刻填来!"花蕊夫人道:"陛下有此清兴,臣妾安敢有违?"后主心喜,立即取过纸笔,一挥而就,递与花蕊夫人道:"朕词已成,卿可谱将起来。"花蕊夫人接来观看,乃是以夏夜即景为题,调寄洞仙歌一阕,把那良夜风景,描写得淋漓尽致。花蕊夫人捧着词笺,娇声诵道:

冰肌玉骨,自清凉无汗。水殿风来暗香满。绣帘开一点。明月窥人,人未寝欹,枕钗横鬓乱。起来携素手,庭户无声,时见疏星渡河汉。试问夜如何?夜已三更,金波淡玉绳低转。但屈指西风几时来,又只恐流年暗中偷换。

花蕊夫人看了这词,只是娇声讽诵,爱不忍释,连连称赞道:"陛下词笔,清新俊逸,气魄沉雄,可谓古今绝唱了。"后主微笑道:"卿休只是称赞!快快按入谱中,歌于朕听,那是胡赖不去的。"花蕊夫人道:"既已有言在先,臣妾自当按谱歌来。"才歌得"冰肌玉骨"四个字,后主忽将她拦住道:"且慢!卿一人歌来,虽觉可听,尚嫌枯寂。待朕吹着玉笛,卿再歌唱,使歌声、笛声融成一片,方才有趣呢!"说罢,亲自取过平日所用的玉笛,吹将起来。花蕊夫人低鬟敛黛,歌着词儿,果然笛声嘹亮,歌声婉转。唱到"那人未寝,欹枕钗横鬓乱",后主便将玉笛放慢,花蕊夫人却随着玉笛,延长了珠喉,一顿一挫,更加靡曼动人。至"又只恐流年暗中偷换",又变作一片幽怨之声,如泣如诉,格外凄清。后主的笛声,也吹得回环曲折,凄楚悲凉。那林间的宿鸟,被歌声惊动,扑扑飞起。

池中的游鱼，更是摇尾摆鳞，在波面上跳跃了一会儿，都聚在后主和花蕊夫人所坐的那一方面，好像也懂得歌唱，前来静听的样子。当时歌声的好处，也就可想而知了。后人读史至此，尝题宫词一首，咏后主在摩诃池避暑，令花蕊夫人唱洞仙歌之事道：

冰肌玉骨耐烦炎，拜奉新词妮夜蟾。
池上风来纨扇却，雪香浓傍御衣沾。

后主歌吹了一会，觉得露凉侵衣，风寒扑面，星横斗转，夜色已阑，方才兴尽。便携了花蕊夫人，同往安寝。

后主这样的朝欢暮乐，那光阴过得非常迅速，转眼之间，早又夏去秋来，又是重阳佳节，秋高气爽，最宜游览。后主闻得青城山，风景佳胜，冠绝尘寰，久拟前往游玩，便趁着重阳登高，前去一游。本来要与花蕊夫人偕行，只因夫人偶患微恙，故后主单与张太华同辇而往。哪知这一去，竟把张太华的性命送掉，使后主抱恨无穷。未知张太华如何丧命，且听下回分解。

第二十四回　红锦褥中藏艳骨　白杨树下见幽魂

话说后主当着重阳佳节，赴青城山登高，本欲与花蕊夫人、张太华两人一同前去，只因花蕊夫人偶患感冒，御医诊视，说是受了风寒，所以青城之游，不能偕行。后主只得嘱咐她安居宫中，小心静养，便携着张太华，启跸往青城山去。沿路之上，官员迎送，供张丰盛，难以言喻，不说别的，单是途间所经之处，那树上枝头，都用红锦剪成花朵，绿绢裁叶儿，缀在树上，远望去好似万花齐放，鲜艳夺目。那御驾休憩的地方，盖着锦亭绣阁；夜间住宿的行宫里面，都用红锦泥着窗户，碧纱笼罩四壁。又因后主素性最爱名花，那宫殿之中，一时来不及栽种，便选觅了各式盆花，或堆作花山，或叠成花屏，不知费了几许人工，多少物力，方才布置起来。那后主不过住得一夜，便已登程而去。至于每餐所进御膳，地方官搜罗异味，想尽方法，欲思巴结，真个肴列山珍，品具海错，宴陈水陆之奇，馔罗天厨之精。后主是宫中享用惯的，外面的烹炰，怎及得上方玉食？任你竭尽了庖人的才能，备具了珍馐的美味，那后主还觉得嚼蜡无味，没有一顾的价值、下箸的地方。但是官员们因为要博后主的欢心，才这样的穷奢极欲，尽力供奉，好借此加官进爵，骤膺天眷。无如钱财乃是第二生命，他们岂肯自掏私囊，前来供张呢？不过借着这个名目，去剥削百姓，使那富者出钱，贫者出力罢了。到得后来，索性不论贫富，一概供张之费，都要民间担任承办。还有那些凶恶的吏胥差役，从中侵渔，挟仇陷害，以致倾家荡产的，到处皆是。蜀中人民，向称富庶，因为后主历年来荒淫无度，土木时兴，征役不息，已竟支持不住。再加了这次的游览青城山，到处均须铺张扬厉，竭力供奉，那百姓们的财力，经此一来，更是荡然无余，全国骚然了。偏是那后主还不知民间的疾苦，又传下一道旨意，要地方官派遣织工，限期织成鸳衾百幅，以供御用。你道什么叫做“鸳衾”？原来后主见天气渐渐寒冷，恰于此时又往青城山去，虽然沿路之上供张甚盛，那里有深居宫中这样的安乐？未免晓行夜宿，侵冒风露。他又不知珍摄身体，每夜还要临幸妃嫔，所以身体稍感不快，便疑心是陈设的衾褥不甚洁净，以致违和。遂与张太华商议，要想个法儿，另外制成一种锦被，睡时盖在身上，可以遮盖严密，不为风寒所侵，以便途间应用。张太华便想了一个主意，乃是用绫锦或罗绢，一梭织成，须有三幅之阔，被头织出两个孔穴，若云板之状，铺在床上，恰恰两人并肩而睡，可以扣于颈项下面，如盘领的模样，两旁所余存的被儿，拥覆双肩。这样一来，遮盖得异常严密，一些风寒也透不进去，仍旧可以男女两人，拥抱而卧。因这被儿，是两个人并肩而睡时盖的，有如鸳鸯交颈一般，所以取名为“鸳衾”。张太华想了这个主意，后主大喜道：“卿的巧思，真不可及！现在旅行之际，急宜从速备来，以便应用。”立刻命太华绘成图式，开明大小阔狭，长短尺寸，传出旨意，着有司派令织工，照着图样，织成百幅进用。并严立期限，不得延迟；如有违误，必加罪责，决不宽贷。那些官员，奉了这样严厉的上谕，哪里还敢怠慢，连夜派出差役，搜罗织工，要他们三日之内，织成鸳衾百幅。把一般织工，逼得叫苦连天，逃走无路，躲避无门。那有钱的织工，还可以拿些财帛，贿赂监督的差役，或是避免此事，或是宽展期限；独有那穷苦的工人，既没钱财使用，又不能免此工役，哭哭啼啼的受了敲打鞭扑，还要无昼无夜的赶织鸳衾。好容易织成功了，由有司献于后主，他不过把来赐于随从的妃嫔，到了夜间临幸之时，可以恣情风月，取得片刻之欢。却不知消耗了多少工人的血汗，甚至因此废了性命的也大有人在！你道专制君主的淫威，可叹不可叹呢？那后主织成了鸳衾，心满意足，便催促着扈从人等，趱程前进。一路之上，车水马龙，旌旗鲜明，仪仗辉煌，直向青城山而去。恰恰于九月初八日，行抵青城山下，正好应那重阳佳节登高的景儿。青城地方的官员，早在数十里外，迎接圣驾，御跸经行之地，铺陈得花团锦簇，风光满眼。又在青城山麓，费了无数金钱，盖造了一座行宫，预备后主驻跸。众官员迎着圣驾，伏地朝参，三呼万岁，行礼已毕，方才引导着后主，来至行宫里面，立刻摆上盛筵，替圣上洗尘。后主传旨，各官且退，明日为重阳佳节，圣驾清晨即上青城山登高，此时已要休息了。众官员奉了旨意，方敢退去。

次日后主启驾上山，张太华同辇而行；其余宫眷妃嫔，乘车相随；扈从官员及卫士，左右前后，拥护而登。后主在辇中，见青城山高入云际，盘道危磴，险峻异常。到了那逼窄之处，连御辇也不能平行而过，只得换坐篮舆，以跻山颠。这些宫眷妃嫔，都深处宫闱，娇养娇惯的，哪里经过这样高峻险窄的所在？篮舆又不能遍及，只得跌跌撞撞，你扶我，我搀你，连缀而上。此时后主同着张太华，早由卫士簇拥着上了山，就是几个有位号，得着后主宠爱的妃子，也乘篮舆相随而登。惟有那些宫眷，都跌得花冠倾欹，罗衣皱皴，有的跌倒在地，请人搀扶；有的刚才爬起，又复倾倒，那种艰苦情形，真堪发噱。后主在山上，见了这般模样，不觉哈哈大笑，心中大乐。当下便传旨意，至九天丈人观暂时休憩。早有近侍，在观中预备齐全。闻得圣驾将临，观主李若冲，率领着观中全体道士，披了法服，鸣钟击鼓，拜伏在观门以外，迎接圣驾。后主携着张太华，步至观前，见李若冲率众跪接。久知这李道士是个有功行的，也就不肯轻慢，传谕平身。李若冲谢了恩，上前来引导后主，入观随喜。后主仍携着太华，步入观内，见这丈人观，建筑得甚为壮丽，四面俱是苍松翠柏，高出云表，浓荫密翳，连红日都遮蔽了，不能透入。进了观门，便是一带石砌甬道，直达三清殿，殿上供奉着三清圣像。后主同太华参过了三清，绕到后殿。那后殿却供奉的是玄穹上帝。后主也亲自拈香礼拜，然后由李若冲领到云房里面，敬上香茗。后主饮着茶，觉得芳馨异常，看那茶色，却是碧沉沉的与旁的香茗颜色不同；就是盛茗的碗盏，也是洁白如玉，光滑赋润，极为可爱。便举着茗碗，向李若冲问道："炼师，这茶是如何煎的，却有这样的芳香？"李若冲回奏道："贫道这茶，不过是武彝松萝，却用梅花蕊上收下的露水，盛于古磁坛中，埋在山内，已历多年。今日因陛下驾到，方才取出，以松柴煎煮，故此芳香异常。"后主听了，不觉大喜道："炼师有这样的情趣。朕今日不啻置身于仙家矣。"李若冲连连逊谢，不一会，摆上斋筵，虽是山肴野簌，后主因素常吃的，都是珍馐百味，把肠胃也吃腻了，忽然吃着素筵，觉得清香可口，十分受用，所以愉悦得很。用罢了斋，便传谕侍从，今宵在九天观休息，明日赴丈人峰游览。那后主安寝的所在,已由李若冲预备停妥。到了晚上,即行安寝。至次日天还未明,后主便起身,命侍从秉着火炬,照耀出观,要往丈人峰顶,观看日出。就是那些妃嫔,也因要看奇异的风景,都踊跃争先,齐上峰顶。好在九天观已在丈人峰的峰腰,到峰颠并不很远,且有磴道可行,不似昨日上山那样艰险。不上一刻,已登峰之绝顶,其时天方黎明,后主命将火炬全行熄灭,遥望着东方。但见那极东的天上,渐渐的射出一道光华,为云气蓊翳着,隐隐约约的乱晃。忽然间那道光华,迸做了数万道,把那云气,映成了五颜六色,便有车轮大一轮红日,忽上忽下,升降不定,照耀得人的双目不能逼视。正在揉眼细视,忽地那轮红日,往下一落,如坠入云海里面,绝无踪影,眼前顿时黑漆漆的,绝无所见,如同夜间一般。后主正觉惊诧,但见那光华陡然升起,一刹那间,满天的云翳,完全消灭,一轮红日,已在天上,照耀得遍地光明了。后主点头叹道:"红日一出,浮云全消。正与那真主一出,即可削平西方,戡定祸乱一般。但不知现在的真主,却是何人,并于何时出现呢?"后主叹嗟了一会,便要携着张太华同下峰去。回身看时,那太华带了两名宫人,离开自己站立之地,约有十余丈路,在那里看着峰下,指指点点,讲论风景。后主连连招手,叫她过来,哪里知道,骤然之间,黑云涌起,将日光遮住,闪电如金蛇一般,在黑云里面,乱窜乱射。后主惊道:"方才红日初升,云翳全消,怎么此时又黑云蔽天,暴雨将至呢? 这真是天有不测之风云了。"一语未毕,已是狂风骤雨,打将下来。后主忙着要找个地方躲避一下,谁知,平空起了个霹雳,其声之大,势将撼摇山岳,把后主震得目眩耳鸣,心惊魄荡,几乎跌倒峰头。好容易撑持住了,抬头看时,这一个巨雷,已震得雨散云收,那天上的红日,重又现了出来,觉得分外的光明了。后主看自己身上,已被暴雨淋得浑身俱湿,正在没有主意,却听得宫人们连声喧嚷。连忙回头看望,只见那些宫人们,有的被雷震得昏晕在地;有的虽然没有晕去,却惊骇得玉容失色,抱定了头,坐在乱石之上,都一个个如水淋鸡一般,甚是可怜,此时正在那里彼此询问,所以喧嚷起来。后主瞧着众人的模样,忽然念着张太华,她的胆子最小,在宫内的时候,遇着轻微的雷声,还要掩没两耳,惊得躲藏不迭,如今在这高峰之上,蓦地遇到这样的巨雷,不知惊惶到怎样地步了,便向太华所立的地方望去。只见太华与两个宫人,一齐倒在地上。后主还道她们为雷声所惊,昏晕过去,忙招呼了宫人随同自己,亲往看视。行至太华身旁,弯下腰去,连声呼唤,太华没能答应。后主好生诧异,便伸手在太华身上一摸,谁知那美丽无双,才容绝世的张太华,已是香魂渺渺,七魄悠悠,竟被暴雷震死了!后主此时,好似一个失脚,跌入冰窖里面一般,禁不住抱着太华的尸身,放声大哭起来。那些妃嫔宫人,瞧见这般模样,也聚将拢来,悲啼不已。有年长的宫人,忙止住她们道:"莫哭!莫哭!这是惊恐过甚,晕厥过去,可以救得转来的。"当即止住了哭声。那年长宫人,便在太华胸前,按摩起来;又命旁的宫人,把同着太华惊死的宫娥,也照样按摩,不可间断。按摩了半晌,那两个宫娥,却慢慢的苏醒转来,微微的叹了口气,睁开眼道:"震死人了!"众人大喜!再看太华时,已四肢僵直,毫无转机。那年长的宫人,知已绝望,只得停止按摩。后主见两个宫人,虽已醒来,太华竟没法救治,又不觉悲从中来,涕泣说道:"此皆朕之过也,朕若不登丈人峰观看日出,何止送了美人的性命。如今美人这样丧身,叫朕何以为情呢?"说着,又号啕不已。众妃嫔上前劝道:

“死者不能复生，陛下还须保重龙体，不可过哀。况张妃子的尸身，在这高峰之顶，也不是事情，必须设法运下峰去，备棺殡殓。”后主经众人再三劝解，方才略止悲哀，遂谕近侍，往九仙观借了一张竹榻，把太华尸体，陈于榻上，抬下峰去，在九仙观内，备棺殡殓。观主李若冲，知道此事，也甚吃惊，忙至观前迎驾。只见那位张娘娘，已僵卧在竹榻上面，平日间玉笑花香的态度，不知哪里去了。李若冲连连点首叹息道：“在劫者总是难逃，任你富贵炙手，势力薰天，也不能挽回造化的。”李若冲在那里叹息着，后主御驾已至。李若冲连忙上前迎接，后主含着痛泪道：“朕的美人，竟在丈人峰上，为暴雷震死，炼师道法高明，必知其故！岂知张太华造下了什么罪恶，因此上天降罚，雷击而死么？但太华青年入宫，情性温和，平日之间，服侍朕躬，小心谨慎，口不妄言，并无罪恶，为什么要遭此惨死呢？朕实不解，望炼师明以教朕！”李若冲奏道：“张娘娘之被震而死，乃是前因，并非造下罪孽，上干天怒，遭雷击毙者可比。若是上天示罚，必用雷火诛戮，尸体焦黑，不忍看视。今张娘娘不过大数已尽，适当其道，所以被震而殁，岂可疑为造下罪孽，遭致天诛呢？”后主道：“照炼师这样说来，张妃之死，乃是适当暴雷之道，所以被震而死。但那两个宫人，也与张妃同立一处，同被震死，何以两个宫人加以施救，绝而复苏，张妃却不能救治呢？”李若冲道：“这就是所说的大数了，两个宫人，数未应绝，所以遇救重生。张娘娘大数已尽，虽然加以救治，也难再活，便是这个道理。”后主道：“即使张妃大数已尽，以她平日的为人而言，也应该在深宫里面好好死去，为什么要在这高峰之上，被雷震殁呢？”李若冲道：“这又是贫道所说的前因了。凡人生于世上，一饮一啄，皆由前定，何况生死大数，哪有错误之理？张娘娘应该在丈人峰上，遭暴雷震死，早已由冥冥中注定了的。古人说得好，生有时辰死有地便是指此而言。”后主道：“炼师以为凡事皆有定数，如此言来，人生在世，只要听之运数，任其自生自灭就是了，何必劳苦辛勤，早起夜眠的力行政务呢？”李若冲道：“这又不然！大数虽由天命，有时也可以人力挽回的，如那水火刀兵之灾，荒旱饥馑之难，若能勤修政治，预为防备，也有可以免去祸患的时候。所以说‘君相能够造命’。又道‘人力可以胜天’，若事事委之命数，那又何必要这君相呢？总之，人生于世，应该尽我之力，防微杜渐，方是道理。如果人力已尽，尚难挽回，那便委之大数，也就无憾了。所以凡事虽有个运气，人力却不可以不尽的。如今张娘娘已死，也难复活，陛下也不必过于悲悼！只好好的殡殓安葬，也就不负平日的情义了。”后主听了李若冲一大篇议论，心内虽略略省悟，但是张太华乃系最宠爱的妃子，平常时候，相随左右，寸步不离，现在忽然死去，心头的悲痛，总难解释。但事已如此，只得传出旨意，备棺盛殓；又命宫人们，把太华平素心爱的衣饰，一齐替她穿戴起来，将红锦龙褥，裹好尸体，盛入棺中。后主又抚棺大哭了一场，方在九仙观前，白杨树下，掘土安葬。后主葬了太华之后，又想起花蕊夫人，抱恙在宫，未知已否痊愈，现在一个张太华已经死了，花蕊夫人若再有个长短，岂不是把自己心头之肉都割去了么？想到这里，更觉放心不下，恨不能身生双翅，飞回宫内，看视花蕊夫人才好。所以到得次日，便匆匆的离了九仙观，启跸回去。那后主一路之上，凄凄切切，思念着张太华，回归成都，却非一日可至，未免要耽延几日，我且不去提他。

单说那丈人峰的九仙观内，自从后主把张太华葬在观前白杨树下，启跸去后，观中的道士，每逢夜间，便听得有女人悲吟之声，其音凄怨异常，动人心肺。到了风雨阴晦之夜，且听得有敲打观门及女子行路之声。那些道士，十分惊惧，尽说是张太华死得凄惨，阴魂不散，所以显魂，日子久了，恐怕变成僵尸，还要前来吃人哩。这个谣言发生起来，便将这班道士吓得魂不附体，天色方才傍晚，便将观门闭上。大家躲躲藏藏，不敢出外行动，惟恐遇见鬼魂，伤了性命。那座九仙观，本是名胜的所在，相传当初时候，有九个仙人，因游玩丈人峰，曾经跨鹤而来，降于观中，所以取名为九仙观。因有这个灵异，那九仙观的香火，异常兴旺，游玩之人也陆续不绝，都是借住在观中，所以观中的收入，很是不少。自从有女鬼显魂，这番谣言传说开去，非但游玩风景的人不敢前来，便是烧香的人，也没有这个胆量敢来轻易尝试，踏这险地了。就此一来，好好的一座香火旺盛的九仙观，竟弄得冷冷落落，萧条异常。那九仙观的道士，虽然有些山地可以耕种，但是人数过多，靠着地产所出，哪里够得开销？平常日间，全凭着烧香的施主，捐缘助款和游玩风景的人们寄宿观中，收取宿费膳资。如今因着闹鬼，没人敢来，便把九仙观的生计断绝了。观主李若冲，每日只在云房习静，修炼功夫，观中的各项事情，都派定职事的人担任管理，他是绝不过问的。那些有职事的道士，见连日来一些收入也没有，眼见得一座热热闹闹的九仙观，要被女鬼闹得冰消瓦解了，若不早些设法挽救，恐怕噬脐无及。那些有职事的，便会齐了，一同来至云房，面见李若冲，把所有的情形陈说一番，要请观主设法挽回，并驱除女鬼，以免人心惶惑。李若冲听罢一番说话，便用好言抚慰道："你们不用过虑，俺这九仙观，数千年来的道场香火，十分兴旺，岂有被这个女鬼闹败之理？那女鬼的事情，俺久已知道，只因她死得甚苦，阴魂不散，一时又难托生，所以夜间出来显魂，并不为祟，俺不能用法力去镇压她。现在既与本观生计有关，俺于今晚当用言语点化于她，使之往好处托生，自然没有祸患了。你们且去办理正事，不用心焦，今晚可把观门虚掩着，不必上闩，待我前去会那女鬼便了。"众职事听了这话，知道观主道法玄通，若去会那女鬼，定可无患，大家放了心，告退出外。

到了夜晚的时候，李若冲用了晚斋，也不带道童，手内扶着一根藜杖，独自一人，打从云房慢慢的出来，行至观门，见那门儿，果然虚掩着，并未关闭。那些道士，早躲得无影无踪，一些声息也没有。李若冲道："好个出家人，这样贪生怕死，还修什么仙、什么道呢？"说道，随手开了观门，步将出去。此时月淡风清，四围静悄悄的，万籁俱寂，那棵杨树的枝条，被风吹着，在月光之下，摇曳不定。那种景色，阴黯黯的觉得甚是幽寂，若不是有道气的人，在这样凄清寥落的所在，便是没有什么鬼祟，也觉有些毛骨森然，何况还明知有女鬼出来显魂呢？但是那李若冲，却与平常人不同，他乃修炼有年，很具功行的，所以毫无恐惧之心，拄着杖，在月光下面，徘徊瞻眺了一会，并没有什么影响，暗暗的想道："那女鬼难道晓得俺前来会她，今夜竟不出现了么？"正在想着，忽然一阵风过去，天上的月色，好似被一层薄雾笼罩住了，那光儿更加阴森起来。李若冲低低说道："来了。"语声未毕，已见那白杨树侧隐隐绰绰，似烟非烟，好像有个影儿。忽前忽后的好一会，便有个女子，一手扶着杨树，一手拿着一方白绫巾，立在那里，低鬟敛眉，口中低吟，其声幽细，极其哀怨。李若冲要看她作何行径，绝不声响，却留着心，细细的听她吟些什么。那吟声虽然十分幽咽，倒还听得清楚，却是一首诗。其词道：

一别銮舆经几年，白杨风起不成眠。
常思往日椒房宠，泪滴衣襟损翠钿。

其吟声凄恻异常，李若冲味其诗句，早已知是张太华的幽魂，便前行几步，故意喝问道："在白杨树侧低鬟微吟的，是人是鬼，可速速言来，若有半字虚言，须知本师法力高强，道术精通，便要将你打入九幽地狱，永不超升了，你可从实而言。"那女子听了，竟毫不畏怯，反翩然向前，裣衽而言。未知那女子是人是鬼，说些什么？且听下回分解。

第二十五回　粉香花气莲池曲　檀板金樽柳枝词

话说李若冲在九仙观前，白杨树侧，听那女子所吟之诗，确是张太华的阴魂，便故意问她是人是鬼。那女鬼见问，裣衽说道："与炼师别来未久，何至相忘？妾非他人，乃蜀主之妃张太华也，因陪侍圣驾游玩丈人峰，为雷震死，不能托生，欲求炼师超拔。"李若冲道："汝既系张太华之阴魂，何得每夜惊忧，使人心惊惶不安？"女鬼答道："妾非敢惊扰，只因欲求炼师超拔，不能径入观内叩求炼师，所以每夜在观前盘桓，希望得见炼师，面陈衷曲。不意观中诸人，疑妾为祟，遂致惊惶不安，实非妾有意骚乱也。今日得能面见炼师，真是万幸，望炼师怜念孤魂无依，沉沦苦海，大展法力，俯赐超拔，俾得向好处托生，那便永感鸿恩了！"若冲道："汝既欲求超拔，亟宜敛迹幽冥，须知人鬼殊途，不能相混，免得惊骇生人，扰乱本观的道场。本师当允汝所请，为汝修建醮事，使汝向好处托生，脱离苦海。"女鬼闻言大喜，拜谢道："既蒙炼师俯允超拔，妾愿已遂，何用夜夜出现，从此当藏身地下，听候好音，决不敢再行出外，惊扰世人了。"说着，又拜了两拜，退至白杨树下，冉冉而灭，霎时之间，绝无踪影。李若冲连连称奇道："世间竟有如此灵鬼，能与人觌面接谈，据她说夜间显魂，并非为祟，实欲求俺超拔，俺既允她建醮，倒要从速料理此事，不可使她在地下延颈盼望。"心中盘算了一会，也就退归观中，自行安睡。

到了次日，便将昨夜遇见女鬼，乃是张太华阴魂，欲求超拔，所以显形，并非为祟，俺已允许了她的要求，从此便当敛迹泉台，等候救度，决不出现了，说于众道士。众道士听了此言，人人放心，个个欢喜。自此以后，那张太华的幽魂，果然不出来哀吟，那些道士也就照旧出入，并不惊惶躲藏了。这消息传将开去，都说九仙观李若冲炼师，道法高深，已将现形的女鬼，送往好处托生，九仙观依旧太平无事了。人家听了这个传说，都相信李若冲是个仙人，便一齐前来建醮修斋，超度亡魂。那九仙观的香火，比前时更加兴旺了。就是那些游览风景的人，也都陆续而来，纷纷不绝了。那李若冲因答应了张太华的请求，便择定吉日，启建道场，虔修长生金简，超度太华的灵魂，脱离苦海，移牒幽冥，使太华往好处托生。到得道场将毕，醮事圆满。这日的夜间，李若冲正在云房，调息养气，端然默坐。忽然一阵风过，似梦非梦的见张太华翩然而来，向他拜谢道："妾蒙炼师超度，已可脱离幽冥，受生人世矣。今生投胎之期，感念炼师恩德，特恳求监守的鬼使，得其许可，领导前来拜谢鸿慈！"说罢，连连拜谢，又在云房墙壁之上，用黄土写了七绝一首，以坚若冲之信，方才跟随鬼使前去托生。李若冲蓦然省悟，见自己身体仍然端坐在那里，并未移动，那张太华的灵魂，已杳无迹兆。若冲惊疑不已道："明明的见那张太华向俺拜谢，说是仰蒙超度，已经受生人世，特求鬼使领来道谢的，怎么又一无所有呢？她临去的时候，还在壁间留诗一首，待俺看来。"便起身向壁间观看，果然用黄土写首一首诗在壁间。那字迹黯淡得很，细细辨别，却还看得清楚，其诗道：

符吏匆匆叩夜扃，便随金简出幽冥。
蒙师荐拔恩非浅，领得生神九卷经。

李若冲看了这诗，啧啧称奇，便用笔录将出来。哪知壁上黄土所写的鬼书，随录随灭，及至若冲抄录完毕，壁间已一字无存了。若冲更加奇怪了。到了次日，众道士闻得此事，无一人不称为奇事，传为美谈。不上几日，这事传到成都。后主闻知，命使至九仙观，向李若冲详询一切，并将两首诗带了回去，呈于后主观看。后主看了这诗，十分伤感，又因李若冲超荐太华，使之托生人世，免致坠落幽冥，心内甚为嘉尚，便遣使命赍了许多金帛宝玩，赏若冲以示宠异，报其超荐太华之功。后人有诗一首，咏张太华创制鸳衾，导后主入于奢侈之途，以致在丈人峰顶，为暴雷震死，几乎永沉苦海。若非李若冲道法高妙，哪里还能受生人世。其诗道：

鸳衾成时只一梭，铺装早屏旧绫罗。
清宵梦杳芙蓉帐，黄土留诗不忍哦。

单说后主自从九仙观启跸回銮，一路之上，只是思念着张太华死得可惨，心内不胜悲伤，时时哭泣，虽有妃嫔们再三劝解，也难减却胸中的悲感。又因惦记着花蕊夫人的病体未知已否痊愈，惟恐有甚长短，又要失去一个美人，因此昼夜不安，恨不能立即便抵成都见着花蕊夫人，方好放心。真个是度日如年，好容易一程一程的赶向前去，到了成都，回至宫中，却见花蕊夫人已率领合宫妃嫔，前来迎接。后主见她花容如旧，知道其疾已愈，心中的一块石头方始落下，便抢步上前，携定花蕊夫人玉手，一面走一面问道："卿恙已经痊愈了么？朕身虽在外，心中无时无刻不挂念着卿的，如今托赖上苍的福佑，病已脱体，真乃朕之万幸！只可怜张太华，已经长逝人世，不能再见了。"后主说到这里，已是哽咽起来，再也说不下去了。花蕊夫人因为不见太华与后主同行，心内正在疑惑，今见后主说起太华，这样悲伤，便知太华必遭不幸。只因后主那样哀感，不便多问，便同入宫中，与众妃嫔朝参已毕，问了一番游览青城山的情形。见后主已消了悲伤之念，方徐徐的问及张太华的事情。后主见问，长叹一声，将如何至丈人峰观看日出，如何忽起暴雷，张太华竟为雷震而亡，如何用红锦龙褥裹了尸体，葬于九仙观前，白杨树下，然后启跸回来，说了一番。不禁又双泪交流，十分痛惜。花蕊夫人闻得张太华惨死于丈人峰上，也觉不胜伤感，惟恐自己若一哭泣，更加惹动后主忆念太华之心，只得忍住眼泪，婉言相劝。后主经花蕊夫人百般劝慰，也不得不略止悲怀，况且久别之后，一旦聚首，少不得互诉衷肠，喁喁细语，情话缠绵，自有一番乐境。花蕊夫人更恐后主思念太华，郁郁于怀，有损龙体，格外的柔情宛转，轻颦浅笑，引着后主寻欢取乐。后主本是个忘忧天子，被花蕊夫人施出手段，加意奉迎，便一心只在花蕊夫人身上，朝朝晚晚，追欢取乐，把个张太华早已抛在九霄云外，不复记忆了。

时光迅速，转瞬过了残冬，又到上元灯节。蜀中向例，每逢正月望日，谓之元宵节，必定张灯三日，以示庆祝。这日夜间，后主循着旧例，于五凤楼前，高搭彩棚，架起鳌山,遍悬灯炬。那鳌山上面,扎成一套一套的故事,都用绫罗绸绢制成人物花卉,禽鸟鳞介,五色鲜妍,各式俱备。日间看去,已觉十分精采;到了入夜之时,点起灯烛,光辉夺目,鳌山之旁,陈列伎乐,锣鼓喧天,笙簧遍地。后主又传旨任凭人民,入内观灯,不得禁止。真个是银花火树,金吾不禁,一派笙歌,与民同乐。刚近黄昏,后主亲登露台,大宴群臣。到得酒酣之时,御驾直至曲阑之侧,观看灯彩。只见那些百姓,拥拥挤挤,纷纷扰扰,万头攒动,都是争先恐后,抢至五凤楼,观看鳌山。两旁的舞娼歌妓,更是笙箫迭奏,舞态翩跹。后主见了那些歌舞的娼妓,不觉心中一动道:"宫内的歌舞,和梨园子弟所奏之曲,朕已听得够了,觉得陈腐可厌,今天即有民间的歌舞陈列于此,何不宣她们来此歌舞一番,不但借此侑酒,且可以一广眼界,岂不甚妙!"当即传下旨来,宣召舞娼歌妓至露台前奏技。那旨意一下,这些娼妓,哪敢迟延,便由内侍引导而来。歌者居右,舞者居左,分成两行,各执乐器,排列露台之前,舞的舞,歌的歌,夹杂着音乐之声,抑扬顿挫,十分可听。那舞的更是高低疾徐,进退中节。后主仔细审视,见那些娼妓,皆系年轻女子,一个个花容月貌,锦衣绣裳,甚是娇艳。看到那舞娼队中,有个梳着高髻的女子,容光更为夺目,不禁心动神移,暗暗喝彩。只因刚才舞时,没有留意,不知她舞得如何。便命近身内侍,去问那舞娼中,头上梳着高髻,身上穿着藕香色绣花盘金舞衣的,叫何名字,可命她独自一人,奏技与朕观看。内侍奉了旨意,如飞而去。不上片刻,便上来复旨道:"那个梳高髻的舞娼,名唤李艳娘,年方十八岁,已奉了圣命,独自奏技。"后主点了点头,两道眼光便直注在李艳娘身上,只见众舞娼一齐退去,单剩了李艳娘一人在场。后主又传命艳娘舞时,只奏细乐,不用锣鼓。一声旨下,锣鼓齐停,只有笙箫管笛,婉转悠扬。那李艳娘便在这个时候,用手按了一按头上高髻,紧了一紧身上舞衣,从容不迫的轻舒莲步,软摆柳腰,舞起天魔舞来。但见她忽高忽低,或进或退,轻如飞燕,快如盘鹰,腰肢婀娜,体态轻盈,翻若游龙,翩若惊鸿。舞到紧急之际,便如风雨骤至,只见衣袂,飘飘飞动腾起空中,却不见她的身形,使看的人,目荡心惊,噤住了口,连气息都不敢吐将出来。这样的技艺,真是出神入化,世间罕有。后主见了这样的绝技,又生得那样的美貌,心内如何不喜?便传谕道:"李艳娘舞罢,可上露台见朕,还有言语要询问她呢?"内侍又将此旨传下。艳娘舞毕,便遵着旨意,珊珊的上了露台,来至后主御前,俯伏在地,三呼万岁。后主传旨平身,艳娘谢恩起立。后主便细细的赏鉴她的姿容,真是远看不如近看,那艳娘的美貌,的确无可比拟,便是那一身的肌肤,洁白如玉,令人见了,便要销魂。何况美若太真,艳如西施,一举一动,莫不合宜;一颦一笑,亦足移人。后主望着她,不觉看出了神,反把个艳娘弄得羞惭满面,不知如何是好。后主看了半晌,方才含笑问道:"你叫李艳娘么?"艳娘低低的应了声"是"。后主又道:"你头上的发髻,梳得高高的,和旁人不同,是何缘故?"艳娘道:"贱妾因奉传宣,前来五凤楼奏技,所以梳得这发髻,名曰'朝天髻',乃是取朝见陛下之意。"后主大喜道:"好个'朝天髻',朕从前曾作一曲,名为'万里朝天',乃是说四海之内,万里之外,皆来朝见朕躬的。你今天的发髻,又名'朝天髻',与朕的曲名,不谋而合,可谓具有同心了。朕意欲宣你入宫,不知你可愿意么?"艳娘道:"贱妾蒲柳之姿,荷陛下厚恩,宣召入宫,哪敢违背?惟是妾家甚贫,父母年老,赖妾养赡。妾若入宫,父母失了依赖,必受饥寒之苦,还乞陛下开恩。”后主道:“这个容易得很,卿之父母,朕当重加赏赍,使之得以温饱便了。”当下便赐艳娘父母金钱十万,艳娘遂即谢恩。后主又封艳娘为昭容,终日随侍御驾,十分宠爱。后宫妃嫔,见艳娘如此宠幸,不免私心羡慕,一齐学着她的装束,尽把发髻绾得高高的,希望博得圣驾临幸。这个风气一开,连宫人们也梳起朝天髻来了,真是上行下效,捷于影响。后人读史至此,也有宫词一首,咏李艳娘梳朝天髻,宫人互相仿效道:

露台灯耀舞衣妍,一搦纤腰十万钱。
进御乞颁新位号,梳将高髻学朝天。

后主自得了李艳娘之后,命她与花蕊夫人一同随侍,愈加纵情酒色,恣意笙歌,把一座宣华苑点缀得花团锦簇,真是个朝朝寒食,夜夜元宵,富贵非凡,欢乐无尽。一日,后主自觉得心中毫没兴趣,向花蕊夫人说道:“朕因日日宴饮,把肠胃也吃腻了。那宫人们的歌舞,梨园的奏曲,也觉得过于热闹,听的歌声,心内未免生烦。卿可有什么新鲜而且清静的消遣法儿么?”花蕊夫人笑道:“天天是这般笙歌聒耳,酒肉罗列,果然很是乏味。无怪陛下嫌它陈旧可憎,便是妾等,也实在没有兴趣了。如今陛下要另觅快乐之法。妾想九曲龙池里面,莲花盛开,陛下何不驾幸龙池,赏玩一番呢?”后主道:“赏荷一事,原是最清雅的,但花酒相连,既然赏花,必须饮酒,到得酒酣之际,没有歌舞,又觉枯寂得很,岂非仍旧不离旧套么?”花蕊夫人道:“赏花固须开宴,妾意所有菜肴均改用新鲜之品,不用那些山珍海味,却传旨于成都的渔人,命他们将才起水的鲜鱼,轮番进御,把来或作脍,或作羹,或作汤。那才起水的鱼,鲜味必佳,作了羹汤,既可醒酒,又能开胃,且无油腻之患;陛下再传旨御厨里面,命他们制备菜肴,须选时新的蔬果,避去油腻,惟尚清洁,这样一来,那肴馔便鲜美可口,当与往日大不相同了。到了酒酣之际,陛下如果不喜歌舞,可命那些宫人,荡着画桨,前去采莲,在着藕花深处,红妆绿袖,齐声高唱采莲之曲,出没烟波之间,陛下倚栏而观。待她们采得莲花归来,再由陛下点视,如有奇品异种,格外颁赏。那些宫女,闻得另有赏赍,必然踊跃从事,争先恐后了,这不是很有趣味的事情么?”后主听了花蕊夫人的言语,不禁拍手称赞道:“卿的主张,真是超群脱俗,这样安排,不但去尽陈腐,而且清雅得很!待朕传旨出去,叫他们预备起来。”当即传出两道旨意,一道是命成都渔人,每人都要进献初出水的鲜鱼数尾;一道是命御厨房所备肴馔,屏除珍错,均用时新蔬菜,以免油腻。这两道旨意传将出去,御厨房自然购取时新蔬菜置备起来。他们领了管家的银钱,想着法儿去采办时新之品,不过多费些手续,倒还容易照办。惟有那些渔人,都是穷苦异常,每日靠着打鱼,卖了钱来,作为衣食之费。现在奉了圣旨,要他们进奉才出水的鲜鱼,都要拣大而且活的纳入宫内。试想,他们费了许多气力,摇着一只小船,出去数十里或是百余里,方才打着活的鲜鱼,原想把来卖了钱钞,好去籴米买柴,养活家口,迁延岁月;忽然要每个渔人进献鲜鱼,以供御用,那些渔人,怎么不要叫苦连天呢?却又不敢违逆圣旨,只得将那鲜鱼送入宫内。还有那没有打着鲜鱼的,或是打到了,又嫌过小,不能进御的,种种困难之处，艰苦之状，真是一言难尽。那后主自传出两道旨意之后，便命近侍预备了许多采莲的船，宣齐宫人，每只船上派定宫人四名，两名打桨，两名采莲，且要齐唱采莲之曲。那些宫人奉命之下，也去预备起来，一个个打扮得玉笑花香，娇艳异常，都在九曲龙池中的画船上侍候着。那后主左携花蕊夫人，右携李艳娘，在一只龙棹凤桨的画船上面，两扇的文窗，一齐开了，见左右前后，环绕着几十只采莲船。每只船上四个宫人，都是高髻宫装，玉琢的臂儿，带着黄澄澄的金钏，映着亭亭的红花，透在水面的绿叶，分外觉得娇艳美丽，婀娜轻盈。那粉香花气，融成一片，扑入鼻中，也分不出是花香、是粉香，只觉甜蜜蜜的，令人嗅着心旷神怡。后主此时胸怀畅然，动了酒兴，遂即传命排宴，一声旨下，厨船上把早已准备好的时新蔬菜，一样一样的端将上来。花蕊夫人与李艳娘，左右夹侍；近臣们却列坐舱外，侍候传唤。后主饮着酒，用着时新蔬菜，果然清爽可口，比那山珍海错，另有一种风味。饮了一会，便命将各渔人进奉的鲜鱼，须要拣那肥嫩鲜活的，临时开剥，做起脍来下酒。近侍奉命，传宣出去。那些渔人，都捧了鲜鱼，等候多时，听得传宣，不敢上前，隔着花枝，把鲜鱼递于内侍，送往厨船，立刻做起鱼脍来。花蕊夫人曾有宫词道：

厨船进食簇时新，侍座无非列近臣。
日午殿头宣索脍，隔花催唤打渔人。

不多一会，奉上鱼脍。后主吃着，鲜美非凡，连连夸奖花蕊夫人想的法儿真是不错。酒至半酣，便命宫人们开始采莲。那些宫人奉了旨意，荡起画桨，船儿散将开来，争向藕花深处。到了花丛里面，一个个轻展珠喉，娇音宛转唱起采莲曲来。那歌声或远或近，隐隐的在红花绿叶之中，传将过来，真个悠扬飘渺，入耳怡神。后主连称有趣，举起大杯，饮了一杯，再看采莲的船儿在池中划来荡来，宫女们一面唱一面争着采莲，那水中的沙鸥，被兰棹所惊，一齐扑扑的飞向两岸。那数十只画船，追逐奔驰，画桨齐拍，那水珠儿溅将起来，把宫人的罗衣，尽皆溅湿。她们虽然溅湿了罗衣，还是争先恐后的来往采莲。后主此时，双眼迷离，也辨不出哪里是花，哪里是人，但见穿来梭去，鬓影衣香，夹着花光，在面前晃漾不定。花蕊夫人也有宫词，咏采莲时的情景道：

内人追逐采莲时，惊起沙鸥两岸飞。
兰棹把来齐拍水，并船相闹湿罗衣。

后主看着那些宫人，荡着画桨，正在眼花缭乱之际，忽见她们唱着歌，把船头一齐掉转，如飞的直向御舟而来，把个御舟团团围住，顿时都捧定了所采的莲花，如战胜归来献捷一般，将莲花都安放于后主之前。后主便命花蕊夫人同李艳娘，细细检视，将那奇异的莲花捡了出来，以便赏赍。两人奉命点了一会儿，见有重台的、并蒂的、并头的、连理的，共计二十余枝；其余白的、红的、金边白底的、金边红底的，又有一百余枝。两人检视清楚，启明后主。后主便将采得重台和并蒂、并头、连理花的宫人，加以赏赐。

那些采莲的宫人，也各赏宫锦一匹。众宫人受了赏赐，一齐欢喜，叩谢而退。

有一天，后主在宣华苑内，遍赐群臣宴饮，吩咐群臣，皆宜尽欢，不醉无归，群臣顿首奉命。后主乃宣艳娘，当席而舞，梨园子弟，奏乐以和。后主到了酒酣之时，兴致勃勃，便亲自执着檀板，唱那韩琮的柳枝词道：

梨园随堤事已空，万条犹舞旧东风。
何须思量千年事，唯见杨花入汉宫。

后主唱得声韵嘹亮婉转异常，群臣皆捧觞上寿，争进谀词，后主大悦。独有内侍宋光浦，见后主荒于酒色，不以国事为心，甚是忧愁。意欲进谏，遂起身斟酒，献于后主道："陛下歌韩琮词，臣亦记得胡曾有一诗，愿歌与陛下听之。"遂歌道：

吴王恃霸弃雄才，贪向姑苏醉绿醅。
不觉钱塘江上月，一宵西送越兵来。

宋光浦歌得音节凄凉，恻人心肺。后主听罢，甚为不悦，正欲谴责宋光浦。宰相李昊亦起身谏道："宋光浦所歌之诗婉而多讽，望陛下三思之。"后主道："蜀中富庶，时值太平。宋光浦所歌之诗，未免拟非其伦了。"李昊又奏道："陛下宴乐深宫，久不预闻外事。现在宋主已平荆南，兵威所加，无不摧折。臣观宋主，不类周汉，将来必定统一海内，为陛下计，不如遣使朝贡，免启戎机。"后主尚未应言，早有王昭远趋前奏道："蜀道险阻，外扼三峡，宋兵安能飞渡？陛下何必称臣入贡，自损威风呢？"未知后主依从何人之言，且听下回分解。

第二十六回　铁如意指挥三军　金凤钗手剔孤灯

话说李昊因宋太祖平定荆南劝后主奉表纳贡,免启兵端。王昭远又说蜀地险阻,外扼三峡,宋兵不能飞渡,劝后主不必称臣入贡,自损威风。后主听了王昭远的话,遂不从李昊朝贡之议。但是闻得宋兵平定荆南,心中也觉有些恐惧,便与群臣商议,增兵水陆,扼守要隘,以防宋兵前来侵犯。当下又有张庭伟献议,劝后主通好北汉,夹攻汴梁。后主便从其议,修了书函,遣部校赵彦韬,赍了蜡书,由间道驰往太原。哪知赵彦韬也是个卖主求荣之徒,他见后主荒于朝政,沉迷酒色,知道蜀中必要败亡;宋朝兵力甚盛,君明臣良,日后必能扫荡群雄,统一天下,他久已有心降宋,现在得着这个机会,便带了蜡书,表面上说是承命往太原去,实却暗中驰至汴京,请见太祖,把后主蜡书进入太祖。太祖展书看时,见上面写道:

> 早岁曾奉尺书,远近睿听,丹素备陈于翰墨,欢盟已保于金兰。洎传吊伐之佳音,实动辅车之喜色。寻于褒汉,添驻师徒,只徒灵旗之济河,便遣前锋而出境。

太祖看了此书,不觉笑道:"朕要伐蜀,正恐师出无名,现在有了这封书信,便可借此兴兵了。"遂即调遣军马,命忠武军节度使王全斌,为西川行营都部署;都指挥使刘光义、崔彦进为副;枢密副使王仁赡、枢密承旨曹彬为都监。率马步军六万人,分道入蜀。全斌等奉了旨意,入朝辞行。太祖面谕道:"卿等此行,西川可以取得么?"全斌道:"臣等仰赖天威,秉承庙谟,誓必平蜀,方才班师。"有右厢都校史延德踊跃奏道:"除非蜀中在于天上,人不能到,那就无策可取;若在地上,有这样的兵力,还不能平此一隅之地么?"太祖喜道:"全仗卿等勇往直前,效力戎行。平蜀之后,所有财帛,必当分给将士。朕只欲其土地,此外并无他求。但卿等此去,蜀主势穷力竭,必定出降,卿等须要善待,并要将其家属,无论大小男妇,一齐送入汴京。沿路之上,亦要好好看承,不得侵犯一人。朕已在汴河之滨,为蜀主治第。多至五百余间,供张什物,一切具备。朕当令蜀主与其家属,安居享福也。"全斌等领了旨意,辞驾退出,兵分两路,全斌与彦进等,由凤州而进,光义与曹彬等,由归州而进。两支人马,浩浩荡荡,杀奔西蜀而去。

你道太祖在全斌等启行之时,为何嘱咐他们,优待孟昶家属,并说在汴河之滨,治第五百余间,一切供张什物,莫不全备,要使孟昶和家属,安居享福这个话,可是太祖心里之言么?原来太祖久闻花蕊夫人,天姿国色,是个尤物,心内十分羡慕,惟恐兵临成都,花蕊夫人为兵将所蹂躏,所以诸将临行之时,他便再三嘱咐,不准侵犯蜀主家属,无论大小男妇,都要好好的解送汴京。太祖的话,原含着一片深意在内的。至于在汴河之滨,为蜀主治第五百余间,一切供张俱全,也是真言,并非假话。所以王全斌和将士们听了太祖嘱咐之言，绝不敢违，取蜀之后纵兵扰乱民间，掳掠金帛子女，对于蜀主的眷属，却没有丝毫侵犯，并好好的解到汴京，面见太祖，这是后话，不去提它。

单说后主孟昶闻得宋兵入蜀的警报，便也调集人马，命王昭远为都统，赵崇韬为都监；韩保正为招讨使，李进为副，带领大兵，抵拒宋师。临行之时，又命左仆射李昊，在郊外设下筵宴，为王昭远与诸将饯行。李昊奉了圣命，只得来至郊外，替他一一斟酒，并祝此去军行顺利，旗开得胜，马到成功。那王昭远却自负不凡，带着酒兴大声说道："俺此行，不但克敌，便是率领师徒进取中原，直捣汴京，也如反掌之易。"李昊见他如此骄纵，知道此去必败，却又不敢不敷衍着他。昭远饮酒已毕，率领人马启行，手执铁如意，指挥军士，自比诸葛亮。哪知昭远的人马，方抵罗川，宋兵已攻克了万仞、燕子二寨，进取兴州。昭远闻报，忙令韩保正、李进率领五千人马，前去救应。两个人奉了将令，方才行至三泉寨，已见宋兵蜂拥而来，正遇着宋军前部先锋史延德，直向蜀军冲来。韩保正、李进双马齐出，挡住史延德交战，不上数合，都被史延德活擒过去，指挥宋军，大杀一阵。可怜这些蜀兵，逃也来不及，都被杀死，做了无头之鬼，连军中带的三十万石粮米，也为宋兵所得。王昭远闻得韩、李两人被擒，五千人马，全军覆没。他还说胜败兵家常事，只要自己出去，一场厮杀，便可把宋兵杀得片甲无存了。他口内虽说着大话，却不敢率兵前进，只在罗川，列了营寨，等候宋军。幸亏得史延德胜了一阵，打听得蜀兵甚多，惟恐孤军深入，寡不敌众，在半路休息，等候后队的人马，直待崔彦进领兵到来，方才合力前进。将近罗川，遥见蜀兵依水下寨，桥梁却还未断，崔彦进的先行张万友，大声喊道："不乘此渡过浮桥，更待何时?"语音未绝，已驰马上桥，后面宋兵如疾雨狂风，跟着拥来。蜀兵见了，慌忙拦阻，哪里还来得及，早被宋军飞渡而过。王昭远见宋军这样勇猛，哪敢迎战，便率领人马，退保漫天寨。宋军乘着一股锐气，直抵寨下。崔彦进瞧这漫天寨，形势险峻，王昭远坚守不出，却难攻取，便思得一计。他分军三路，以两路在后埋伏，自己率领一支兵，至寨下尽力叫骂。把王昭远骂得忍耐不住，又见宋军寥寥无几，便恃着人马众兵开关冲出。彦进略略迎战，便率军退去。昭远以为宋军败退，便挥动人马，尽力追来。看看追了有十余里路，昭远也觉得离关过远，刚要收兵回寨。哪知左右两面，突然杀出两支人马，一路是宋将康延泽；一路是张万友。崔彦进、史延德又挥军杀回，三面夹攻，把个王昭远吓得亡魂皆冒，带着败兵，夺路奔逃。蜀兵大溃而走，死者不计其数，退至寨前，宋军已奋勇追来，踊跃登山。昭远瞧着这般情形，料知难以保守，遂领了败残人马，退出漫天寨，匆匆的渡过桔柏江，焚去桥梁，退守剑门。崔彦进取了漫天塞，夺得马匹旗帜，器械粮草，不知其数，便等王全斌大军到来，会同前进。及至全斌到来，打听得昭远已退保剑门。全斌因剑门险阻异常，不易攻取，且等候刘光义等消息，再定行止。不止几日，得着光义来书，已攻克夔州，进入峡中了。那夔州地扼三峡，为西蜀江防第一重门户。蜀宁江制置使高彦俦，与监军武宁谦，闻得宋军得归州入蜀，便在夔州城外，锁江上面，筑起浮桥，上设敌棚三重，夹江列炮，专防敌船前来袭击。刘光义、曹彬临行时，早经太祖指示地图，嘱令水陆夹攻，方可取胜，所以光义溯江入蜀，距锁江三十里，便舍船登陆，夤夜进攻蜀营。那蜀兵只顾得水路，却不防陆路，忽被宋军由陆路攻入，立即大乱起来，只得退入夔州。光义得了太江浮梁，进薄城下，高彦俦拟坚守城池，武守谦一力主战，彦俦拗他不过，只得听从。武守谦领兵出城，与宋将张廷翰交战，约有两个时辰，武守谦气力不加，只得虚晃一枪，向城中逃去。说时迟，那时快，武守谦刚才入城，张庭翰已追进城来。守门兵卒要关闭城门，被庭翰枪挑数人，后面宋军一拥而入。刘光义、曹彬也先后驰入。高彦俦忙来抵拒，哪里还能阻挡？武守谦早已逃得没有踪影。彦俦身中数十伤，实在支持不住，奔归署内，整冠束带，向北再拜，自焚而亡。光义克了夔州，安抚百姓，礼葬彦俦，整兵北进。一路之上，势如破竹，那万施、开忠等州，望风披靡，峡中郡县，尽皆归降，即驰书报知全斌。全斌闻得东路大捷，便进兵益光。途中获得蜀兵探卒，用好言抚慰，劝令归降，问他入蜀的道路。探卒感念全斌不杀之恩，便说道："益光江东，越大山数重，有一狭径，地名来苏，由此径通过，可以绕出剑门南面，与官道会合，前面就没有什么险阻了。"全斌闻言大喜！便从来苏直趋青疆，一面分兵与史延德潜袭剑门。那王昭远闻了消息，便令偏将在剑门据守，自己领了兵马，至汉源，来拒全斌。谁料尚未遇着全斌，剑门为宋军袭取的消息，早已报来，把个昭远吓得面目失色，手足无措，僵卧胡床，如死人一般，那指挥三军的铁如意，也不知丢往哪里去了。不上一刻，早已号炮连天，王全斌、崔彦进领兵杀来。昭远急得只是颤个不住，还是都监赵崇韬布阵出敌。此时的蜀兵，一齐胆战心惊，如何还敢与宋军交战？一见宋军杀来，便纷纷溃散。赵崇韬见军心离散，也只得拨马而走，哪知崔彦进已飞马追上。赵崇韬措手不及，便被彦进活活擒去。王全斌挥军大杀，将蜀兵如砍瓜切菜般，不知杀了多少。有几个跑得快的，得命回寨，将昭远掖上了马，加鞭疾驰，逃至东川，躲在仓舍里面，只是悲嗟流涕，两目尽肿。没有多少时候，追兵已到，四下搜捉，寻入仓舍里面，见昭远缩做一团，也不问三七二十一，将铁索套在他颈上，好似牵猴子一般，把他牵将去了。

蜀主孟昶，此时正在宫中与花蕊夫人、李艳娘歌舞饮酒，寻欢取乐，吃得醉醺醺的在那里互相调笑；忽然败报传来，吓得后主连酒也醒了一半，忙出金帛募兵，令太子玄酷为统帅，李廷珪、张惠安等为副，速赴剑门，应援前军。那太子玄喆，从来未习武事，平素但好声歌，在成都出发的时候，军中还携带好几个美女，笙箫管笛，沿路吹唱不休，一些没有行军的样儿。李廷珪、张惠安又是个庸懦无能之人。刚才行到绵州地方，闻说剑门失守，便抱头鼠窜的逃了回来。后主十分惊惶，忙向左右问道："如今宋军势如破竹，锋不可挡，为之奈何？"有老将石斌献计道："宋师远来，势难持久，请深沟高垒，严拒敌军。"后主叹息说："我父子推食解衣，养士四十年。及危亡之时，没有一个人为我杀一敌将。今欲固垒拒守，谁肯为我效力呢？"说道，好生悲叹，泪下如雨。忽见丞相李昊跑来报道："宋师已入魏城，不日便要到成都了。"后主彷徨失措道："这便如何是好？"

李昊道："宋师勇猛，无人可挡，看来成都亦复难守，不如见机纳土，尚可保全性命。"后主想了半晌，实在没法，只得说道："朕也顾不得什么了，卿即为朕修起降表，前往军前投诚吧。"李昊奉命，立刻修起表来。后主便遣通奏伊审征，赍往宋营。王全斌许其纳降，令兵马都监康延泽，带领百骑，随审征入成都，宣谕恩信，尽封府库，方才回营复命。

次日，王全斌统领大军入城。刘光义、曹彬亦引兵来会。后主迎谒马前，全斌下马

抚慰,待遇甚优。后主又遣其弟仁赞,诣阙上表道:

> 先臣受命唐室,建牙蜀川,因时势之后迁,为人心之拥迫。先臣即世,臣方鼎年,猥以童昏,谬承余绪,乖以小事大之礼,阙称藩奉国之城,染习偷安,因循积岁。所以上烦宸算,远发王师,势甚疾雷,功如破竹。顾惟懦卒,焉敢当锋,寻束手以云归,止倾心而俟命。当于今月七日,已令私署通奏使宣徽南院使伊审征,奉表归降,以缘路寇攘,前进不得。臣寻令兵士援送,至十一日,尚恐前表未达,续遣供奉官王茂隆,再赍前表,至十二日以后,相次方到军前,必料血诚,上达睿听。臣今月十九日,已领亲男诸弟,纳降礼于军门。至于老母诸孙,延残喘于私弟,陛下至仁广覆,大德好生!顾臣假息于数年,所望全躯于今日。今蒙无戎慰恤,监护安抚,若非天地之重慈,安见军民之受赐。臣亦自量过咎,尚切忧疑,谨遣亲弟,诣阙奉表,待罪以闻。

这道表文,相传亦是李昊手笔。李昊原是前蜀旧臣,前蜀亡时,降表也是李昊所修,蜀人夜书于其门道:世修降表李家。这也是当年的一段趣闻哩。那后蜀自孟知祥传至孟昶,凡二世,共三十二年。太祖接着孟昶的降表,即简授吕余庆知成都府,并谕蜀主孟昶,速率家属,赴汴京授职。孟昶接到旨意,哪敢迟延,便携带家属启行,闻得知成都府的名唤吕余庆,孟昶不觉骇然道:"国之灭亡,殆由定数,不可逃也。"记得今岁元旦,命翰林撰春联帖子,所撰的皆不称意,曾自撰一联道:"新年纳余庆,佳节号长春。"今日出降,不料来知成都府事者,即名"余庆"。况闻宋主以诞生之辰为长春节。可见这春联帖子,竟成了谶了。孟昶说着,嗟叹不已!沿路由峡江而下,山川崎岖,道路难行,那花蕊夫人,娇怯怯的身躯,经受了这样风霜之苦,抱着一腔亡国之恨,整日间秋水凝波,春山敛黛,十分幽怨。幸得王全斌出师之时,曾承太祖面谕,蜀主孟昶出降,须要好好的保护着他,并其家属送至汴京。所以王全斌传下将令,格外优待,不论军民将士,有敢侵扰蜀主及其家属的,一概军法从事,决不宽贷,因此一路行来,总算安稳。

这日道经葭萌关,在驿中憩息。后主孟昶自有军士监守,另居一室;花蕊夫人带了两名宫人,居于左首一间屋内;昶母李氏,居于右首屋内。其余男妇诸人,都在驿中夹杂住下。花蕊夫人瞧着这般模样,回想盛时,在宫中歌舞宴饮,何等欢乐,今日国亡家破,身为囚虏,尚不知到汴京时性命如何,心内想着,好不伤感。独自一人涕泣了一会儿,觉得一盏孤灯,昏惨惨的,不胜凄凉,再看两个宫人,已是睡得和死人一般。花蕊夫人要睡又睡不去,要想把灯剔亮。却又没有灯檠,只得将头上的金凤钗取下,把灯剔亮,那胸中的哀怨,无处发泄,便随意填的一阕小令,取过笔墨,要写了下来,却又没有笺纸,只得蘸着笔,在那驿壁上写道:

> 初离蜀道心将碎,离恨绵绵,春日如年。马上时时闻杜鹃。三千宫女皆花貌,共斗婵娟,髻学朝天。今日谁知是谶言。

花蕊夫人题罢，掷笔叹道："当年在成都宫内，主上亲谱'万里朝天曲'，命我按拍歌之，以为是万里来朝的佳谶，因此百官竞执长鞭，自马至地。妇人竞戴高冠，皆呼为'朝天'。及李艳娘入宫，好梳高髻，宫人皆学之邀宠幸，也唤做'朝天髻'。哪知今日万里崎岖，前往汴京，朝见宋主。万里朝天的谶言，却是降宋的应验，岂不可叹么？"她独自一人，孤零零的追想前情，悲伤现在，芳心似捣，柔情如织，哪里还能安睡？不知不觉，早又天明，监送的军骑，已来催促登程，只得随着众人一齐动身，沿途前进，并无阻碍，早已到了汴京。孟昶待罪阙下，太祖御崇元殿，宣孟昶入见。孟昶叩拜已毕，太祖赐坐赐宴，备加恩礼，并封孟昶为检校太师，兼中书令，授爵秦国公，赐居汴河之滨，新造第宅。自孟昶之母李氏以下，凡子弟妻妾及官属，均赐赉有差，就是王昭远等一班俘虏，也尽行释放。你道太祖因甚如此加恩？只因久闻孟昶之妾花蕊夫人艳绝尘寰，欲思一见颜色，以慰渴怀，又不便特行召见，恐人议论，便想出这个主意。遍加赏赐，他们必定进宫谢恩，就可见花蕊夫人了。果然到了次日，孟昶之母李氏，便带着儿子的妻妾一同入宫，拜谢圣恩。太祖便择着次序，一个一个召见。到得花蕊夫人入谒，太祖格外留神，觉得她才至座前，便有一种香泽扑入鼻中，令人心醉，仔细端详，真是天姿国色，不同凡艳，千娇百媚，难以言喻。折腰下拜，好似迎风杨柳，婀娜轻盈。太祖已看出了神，好似酒醉一般失了知觉。等到花蕊夫人口称臣妾费氏见驾，愿皇上圣寿无疆，这一片娇音，如莺簧百啭，呖呖可听，方才把太祖的魂灵，唤了转来。太祖自觉过于出神，太不雅观，便竭力镇定，传旨平身，且谕孟昶母李氏，一同旁坐。李氏请旨入谒六宫，当下便有宫女引导，花蕊夫人也跟随前往。太祖仍在那里等候她们，去了好一会，方才出外，谢恩告退。太祖称李氏为国母，并传谕叫她随时入宫，不必拘泥形迹，李氏唯唯而退。太祖却把两道眼光，射住在花蕊夫人身上，一瞬也不瞬。花蕊夫人也有些觉着，便瞧了太祖一眼，低头敛鬟而退。这临去时的秋波一转，更是勾魂摄魄，直把个太祖弄得意马心猿，竟致时时刻刻记念着花蕊夫人，几乎废寝忘餐。恰值此时，皇后王氏于乾德六年崩逝，六宫春色，虽然如海，都比不上花蕊夫人的美貌。太祖正在择后，遇到这样倾国倾城的佳人，如何肯轻易放过？无奈罗敷有夫，又不能强夺过来，思来想去，便将心肠一硬道："不下毒手，如何能得美人？"当下决定了主意。便在这一天，召孟昶入宫夜宴，太祖以卮酒赐之，并谕令开怀畅饮，直至夜半，方才谢恩而归。至次日孟遂即患病，胸间似乎有物梗塞，不能下咽。延医诊治，皆不知是何症候，不上两日，即便死去，年四十七岁，从蜀中来到汴京，不过七日工夫。

太祖闻得孟昶已死，为之辍期五日，素服发丧，赙赠布帛千匹，葬费尽由官给，追封为楚王。昶母李氏，自入朝后，太祖特赐肩舆，令她时常入宫。李氏每见太祖，辄有戚容，太祖尝慰谕她道："国母善自珍摄，无过戚戚，如嫌在京不便，他日当送母归去。"李氏问道："陛下使妾归于何处？"太祖道："当送母回至蜀中。"李氏道："妾本太原人，倘得归老并州，以遂夙愿。妾便感恩不尽了！"太祖欣然言道："并州现为北汉所占据。待朕平了刘钧，定当为母所愿。"李氏拜谢而退。到得孟昶病殁，李氏并不哭泣，但举酒酬地道："汝不能以一死殉社稷，贪生至此。我亦为汝尚存，不忍遽死。今汝既死，我生何为？"遂绝食数日而亡。太祖闻李氏亦殁，命赙赠加等，且命鸿胪卿范禹称经理丧事，与孟昶俱葬于洛阳。葬事既毕，孟昶家属，仍回汴京，少不得入宫谢恩。太祖见花蕊夫人全身缟素，愈显得明眸皓齿，玉骨珊珊，便乘此机会，把她留在宫中，逼令侍宴。花蕊夫人在这时候，身不由己，也只得宛转从命。饮酒中间，太祖知道花蕊夫人能诗，在蜀中时，曾作宫词百首，要她即席吟诗，以显才华。花蕊夫人奉了旨意，遂立吟一绝道：

君王城上树降旗，妾在深宫哪得知。
十四万人齐解甲，更无一个是男儿。

太祖看了这诗，击节叹赏，极口赞美道："卿真是个锦心绣口了！"那花蕊夫人本是个天生尤物，饮了几杯酒，红云上颊，更觉妩媚动人。太祖瞧了这样的美人，哪里还忍耐得住，便命撤去御筵，携着花蕊夫人，同入寝宫，共效于飞。这花蕊夫人，床笫之间，工夫极好，服侍得太祖心酣意畅。到了次日，即册立为贵妃。花蕊夫人既顺从了太祖，又受封为妃，少不得拿出在蜀中引诱孟昶的手段来，引诱太祖，每日里歌舞宴饮，取乐不已。太祖得了这个温柔乡，好不有兴，每日退朝，便往花蕊夫人处调笑。这一日太祖退朝回来，见了一样东西，大为疑惑。未知所见何物，且听下回分解。

第二十七回　**鲜花宝炬供张仙　玉碎香消中冷箭**

话说太祖自蜀主孟昶亡故后，逼幸了花蕊夫人，觉得她旖旎风流，美丽绝伦，便十分宠爱起来。每日退朝，即至花蕊夫人那里，饮酒听曲，调笑取乐。这日退朝略早，径向花蕊夫人那里而来，步入宫内，见花蕊夫人正在那里悬着画像，点上香烛，叩头礼拜。太祖不知她供的什么画像，即向那画像仔细看视。只见着一个人，端坐在上，那眉目之间，好似在何处见过一般，急切之间，又想不起来，心内好生疑惑，遂问花蕊夫人道："妃子所供何人，却要这样虔诚礼拜?"花蕊夫人不意太祖突如其来，被他瞧见自己的秘事，心下十分惊慌，又听得太祖追问她所供何人，要这样的虔诚礼拜，便镇定心神，徐徐回答道："此即俗传之张仙像也，虔诚供奉可以得嗣。"太祖闻说是张仙神像，花蕊夫人虔诚供奉，乃是求祷子嗣的，便笑着说道："妃子如此虔诚，朕料张仙必定要送子嗣来的。但张仙虽是掌管送生之事，究竟是个神灵，宜在静室中，香花宝炬供养；若供在寝宫里面，未免亵渎仙灵，反干罪戾了。"太祖又道："供奉神灵，乃是好事，况且妃子又为虔求子嗣起见，尽管打扫静室，供奉张仙便了。"花蕊夫人听了太祖的话，连忙拜谢。你道花蕊夫人所供的果是张仙么？只因她与蜀主孟昶，相处得十分亲爱。自从孟昶暴病而亡，她被太祖威逼入宫，因为贪生怕死，勉承雨露，虽蒙太祖宠冠六宫，心里总抛不了孟昶昔日的恩情，所以亲手画了孟昶的像，背着人，私自礼拜。不料被太祖撞见，追问原由，便诡说是张仙之像，供奉着虔诚求子嗣的。太祖听了她一篇鬼话，非但毫不疑心，反命她打扫静室，虔诚供奉，以免亵渎仙灵。花蕊夫人得了太祖的许可，好不欢喜，便收拾了一间静室，把孟昶的像，高高悬起，每日里焚香点烛，朝夕礼拜，十分虔诚。那宋宫里面的妃嫔，听说供奉张仙可以得子，哪个人不想生下个皇子，以为后来富贵之地。都到花蕊夫人宫中，照样画了一幅，前去供养起来。从此这张仙送子的画像，竟从禁中传出，连民间妇女要想生抱子的，也画了一轴张仙，香花顶礼，至今不衰。花蕊夫人对着太祖一篇鬼话，遂开了风气，它的魔力，也可算是很大的了，后人有诗咏此事道：

供灵诡说是灵神，一点痴情总不泯。
千古艰难惟一死，伤心岂独息夫人。

太祖自孟昶来至汴京，曾将汴河旁边新造的邸第，五百多间大厦，赐他居住，内中一切供张什物，莫不完备。太祖所以这样厚待孟昶，原是注意花蕊夫人，借此以买花蕊夫人的欢心，方好于中取事。现在孟昶母子俱已亡故，花蕊夫人又复入宫，心愿已遂，便命将邸第中的供张什物，收入大内。待卫们奉了旨意，前去收拾，连孟昶所用的溺器，也取了回来，呈于太祖。那溺器是个最污秽的东西，待卫们怎么还要取来，呈于太祖呢？只因孟昶的溺器与众不同，乃是七宝装成，精美无比，侍卫们见了，十分诧异，不敢隐瞒，所以取回呈览。太祖见孟昶的溺器，也这样装饰，不觉叹道："溺器要用七宝装成，却用什么东西贮食呢？奢靡至此，安得不亡！"遂命侍卫将溺器撞碎，说宫中何用此物。侍卫们奉旨，"扑"的一声，化作数块。有一日，花蕊夫人在着碧纱窗下对镜理妆，太祖坐在那里看着。只见花蕊夫人香云委地，光可鉴人，那脂粉香气，一阵阵扑入鼻中，令人心神俱醉。太祖心内想道："原来美人梳妆，也有这一种风趣，怪不得水晶帘下看梳头，古人传为韵事，咏诸诗篇了。朕戎马半生，哪里领略过此中趣味，若非讨平孟昶，得了花蕊夫人，岂不枉为天子，虚生人世么？"一面想着，一面伸手，将梳妆之具，一样一样的把来玩弄。偶然将妆镜取在手中细细看玩，恰见镜之背面，镌着"乾德四年铸"五个小字，不觉惊疑道："朕前此改元，曾谕廷臣，遍考古前年号，不与前朝重复。如何这面镜子上，也有乾德年号呢？"便向花蕊夫人问道："孟昶在蜀，也曾建号'乾德'么？"花蕊夫人道："孟昶初嗣位时，仍袭前主知祥年号，称为'明法元年'，后来改元'广政'，直至灭亡，并未听说有改元乾德的事情。"太祖道："如此说来，一定是前朝的年号了，这倒不可不考究清楚。"

次日便召廷臣，询问前代有无建号"乾德"二字的？群臣突闻上谕，皆不知所对。独有窦仪启奏道："前蜀主王衍，曾有此号。"太祖喜道："怪不得镜子上有此二字，镜系蜀中所制，自应记着蜀主的年号了。宰相须用读书人，卿可谓具有宰相之才了！"窦仪叩谢不遑而退。朝中诸臣，见太祖这样夸奖窦仪，都料他不久便要入相，就是太祖也有此意，遂与宰相赵普商议。赵普奏道："窦仪文艺有余，经济不足。"太祖默然。原来窦仪为人，很是清刚，赵普恐他入相不便于己，所以如此回奏。窦仪闻知此事，晓得赵普怀着忌刻之意，心中怏怏不乐，竟致染传一病，不久遂殁。太祖闻得窦仪已亡，甚是悼惜。

忽然蜀中有飞报到来，乃是文州刺史全师雄，聚众作乱，王全斌等屡战屡败，所以飞报朝廷，请求救援。太祖吃惊道："蜀中平定未久，如何又有乱事？此必王全斌等不善抚驭所致。"遂命客省使丁德裕，率兵援蜀，并遥命康延泽为东川七州招安巡检使，剿抚兼施。这道旨意下去了，丁德裕、康延泽自然遵旨而行。你道西蜀为何忽然扰乱起来，那全师雄又是何人，因甚王全斌竟不能抵敌，要向朝廷请求救援？原来王全斌自入成都之后，自以为不世之功，便骄恣起来，昼夜酣饮，不问军务，并且纵令部下，掠取财帛，奸淫妇女，蜀民咸生怨望。曹彬见了这样行为，甚为不然，屡次请全斌班师回汴。全斌非但不听他的言语，反而贪财黩货，嗜杀好淫，更甚于前，把蜀中闹得处处不安，人民离心。又值太祖下诏，令蜀兵赴汴，命全斌厚给川资。全斌贪婪性成，不遵谕旨，格外克扣，因此蜀兵不胜愤恨，行到绵州，竟揭竿而起，号称"兴国军"，胁从至十余万众。文州刺史全师雄，素号能军，向称骁勇，乱军推他为帅。全斌闻报，便遣部将朱光绪，领兵千人，前往抚慰。哪知朱光绪也是个贪淫嗜杀之徒。他不去抚慰乱众，打听得全师雄有个女儿，生得花容月貌，美艳非凡，蜀人都称她为赛西施。师雄只此一女，十分钟爱，视同掌上名珠一般，任是富家公子，官宦大族前来求亲，师雄都不当意，因此耽延下来，娇养深闺，至今尚未许字。现在师雄为乱兵所逼，推为主帅，心中本不愿意背反朝廷，无奈被乱兵包围住了，若不依从，便有性命之忧，只得勉强顺着他们，慢慢地再图反正。此时恰被乱兵簇拥而进，不在文州。朱光绪闻得师雄身在军中，素慕赛西施的美名，垂涎已久，正好乘机取来，便带了从骑，驰去把师雄全家拿下，说他率众倡乱，将师雄家口不论大小，一一杀死；只留得赛西施一人，逼她荐了枕席，纳为姬妾，反向全斌处报称全师雄势甚猖獗，不受招抚，请兵进剿。那全师雄在乱军之中，正在设法劝谕，力图反正，只待有人前来招抚，便可归顺。忽得急报，知道家属尽被杀死，爱女也为人占作姬侍，直气得死而复生，咬牙切齿道："我不杀尽宋兵以报此仇，也难泄心头之恨。"遂连夜进兵，攻据了彭州，自称"兴蜀大王"。两川人民因恨宋兵掳掠奸淫，居然群起响应，愈聚愈众，势不可遏。崔彦进与弟彦晖，分道往剿，屡为所败，彦晖阵亡。全斌得报，又命张庭翰率兵救应，亦战败逃回，成都大震。其时城中尚有降兵二万七千人，全斌深恐这些降兵，也怀着谋叛之意，起而应贼，尽把降兵诱入夹城里面，杀得半个不留。这杀降的信息，传将开去，远近相戒，同拒官军，西川十六州，同时谋叛。全斌急得手足无措，只得飞奏朝廷，请兵救援。一面仍令刘光义、曹彬相机进讨，捉拿师雄。刘光义廉谨守法，曹彬宽厚有恩，这两人的军队，入蜀以来，秋毫无犯，军民畏威怀德，甚是心服。这一回奉了将令，从成都出兵，仍归守着军律，绝不扰民，沿途百姓望见刘光义、曹彬的旌旗，一齐额手称庆，争献酒食，以犒三军。宋兵到了新繁，师雄率众出敌，才一对阵，前队士卒，已解甲投诚，把个师雄弄得莫名其妙，只得麾众退去。哪知阵势一动，宋军已如潮水一般，直压将来，口中大呼"降者免死"，乱兵都弃甲抛戈，争先降顺，只剩了几个不怕死的悍目与宋军对垒。被刘光义、曹彬麾众杀来，哪里抵挡得住，一齐回身逃走。师雄便率领败残之众，投往郫县，复由宋军追上，只得又逃至灌口。全斌闻得刘光义、曹彬大获全胜，也就星夜前进，袭击灌口贼众，师雄势穷力竭不能支持，杀了一条血路，逃入金堂，身被数十创，口喷鲜血，倒地而死。乱党退据铜山，又改推谢行本为帅，巡检使康延泽，用兵剿平，丁德裕亦已到蜀，分头招抚，乱事乃定。西南诸夷，亦多闻风归附，捷报到了汴京。太祖已略闻王全斌等行为，降旨促令全斌班师回汴，命中书问状，尽得全斌等贪黩杀降诸状。太祖念其平蜀之功，只降全斌为崇义节度留后，崔彦进为昭化节度留后，王仁赡为右卫将军。仁赡对簿时，力诋诸将，以图自免，惟推重曹彬一人，且对太祖道："清廉慎畏，不负陛下所托，惟曹都监一人而已！"太祖查得曹彬行囊，只有图书、衣服，余无它物，果与仁赡所言相符，遂优加赏赉，擢为宣徽南院使，并因刘光义持身醇谨，亦赏功晋爵，分外优厚。太祖以乾德年号与前蜀王衍相同，立意要改换年号，且因中宫久虚，拟立花蕊夫人为后，便与赵普密议。普言亡国之妃，不足母议天下，宜另择淑女，以主宫政。太祖听了，沉吟半晌道："既是如此，宋贞妃为左卫上将军宋偓之女，久处宫中，贤名素著，朕欲册立为后，卿以为可否？"赵普道："陛下圣鉴岂有谬误。"太祖之意遂决，乃于乾德五年腊月，下诏改元开宝，并拟定开宝元年二月，册立贞妃宋氏为皇后。那宋皇后十分柔顺，每值太岁退朝，必整衣候接，所有御馔，必亲自检视，旁坐侍食。那花蕊夫人，自入宫中，本求宠冠妃嫔，很有立为皇后的希望。忽被宋贞妃夺取此席，倒也罢了，谁知她又言语不谨，致遭祸患。

你道花蕊夫人怎么言语不谨，以致遭了祸患呢？原来每逢令节，遇着皇子德昭入宫朝参，花蕊夫人见德昭生得相貌堂堂，仪表非俗。年纪虽轻，进退周旋很中礼节，只因自己未曾生有儿女，对于德昭，十分钟爱，问寒询暖，很觉殷勤。德昭是个无母之儿，见花蕊夫人殷勤看待，便也时常到花蕊夫人那里，问候安好。杜太后临殁之时，金柜遗诏，命太祖传位光义的一件事情，早已被花蕊夫人知道，心里很有些替德昭不服，常常的在太祖面前说："皇子德昭，很有出息，将来继承大统，必是有道明君，陛下万不可遵守遗诏，舍子立弟，使德昭终身抱屈。"哪知太祖孝念纯笃，立意要遵守太后的遗诏，并不因为花蕊夫人之言，摇动龙心。但是太祖的心，虽没动摇，花蕊夫人在太祖跟前所讲的言语，早已被宫人窃听了，传播出去。韩惠妃、刘婉容等一班妃嫔，都与光义有交情的，听得此事，便暗暗告知光义。光义不知花了多少精神，费了几许钱财，才博得太后临殁的几句遗言，忽然听说花蕊夫人在太祖面前，劝他传位德昭，推翻金柜的遗诏，如何不要痛恨入骨呢？便咬牙切齿的骂道："这贱人不过是亡国的妃嫔，偶得皇上的宠幸，竟敢如此大胆干预国家大事起来，我若不把这贱人活活处死，也不显我的手段。"从此光义深恨花蕊夫人，一心要将她治死。暗中串通了韩惠妃、刘婉容等人，在太祖的临幸时候，迭进谗言。太祖虽然英明，但禁不住六宫的妃嫔通同一气和花蕊夫人作对。日久月深，没有一句好话传入太祖耳内。况且宋贞妃新册立为皇后，太祖觉得她事事贤淑，处处柔顺，格外的敬重着宋后，自然不因不由，慢慢得把宠爱花蕊夫人的心，冷淡了点儿。但是太祖对于花蕊夫人，虽然略觉冷淡，因为贪恋着她的花容月貌，并没有厌弃之意，还常常的临幸花蕊夫人宫内，不过比较从前，疏失一些罢了。光义闻得太祖仍旧恋着花蕊夫人的颜色，并没厌弃的意思，心下愈加痛恨，誓必除去了她，方出心头之气。

也是恰当有事，太祖忽然高起兴来，带了光义、光美和近御的侍卫，往后苑射猎，偏偏又命花蕊夫人随驾而去。原来花蕊夫人，非但才容绝世，并且精于骑射，在蜀中时，常常的随着后主孟昶出外打猎。太祖平日之间，无甚事情，便和花蕊夫人谈论孟昶宫中的事情，以为笑乐。花蕊夫人要博太祖的欢心，并不避讳，将后主怎样娱乐，怎样荒淫，一一告诉太祖，便是随着孟昶出猎的话，也曾对太祖说过。太祖遇事留心，既知花蕊夫人，善于骑射，便要试一试她的骑射究竟如何，所以今日高起兴来，往苑中射猎，便命花蕊夫人伴驾而行，也不过乘着一时之兴，使她献一献技艺的意思。哪里知道，竟因此送了花蕊夫人的性命呢。

那花蕊夫人自入宋宫，好久没有出外打猎，忽闻太祖命她随往苑中，也觉高兴得很。当下换了一身武装，悬弓插箭，前来随侍圣驾。太祖见花蕊夫人头插雉尾，身穿盘金绣花软甲，脚登绿牛皮挖云头的小蛮靴，尖损损，瘦鏖鏖的不满三寸，腰间悬着一把宝雕弓，插着一壶狼牙雕翎箭，愈显出柳眉凤目，杏脸桃腮，令人见了不胜动情。太祖心中大喜，便也不乘御辇，传旨在御厩中，牵出马来，拣一匹金鞍珠勒的银合马，赐于花蕊夫人乘坐。太祖却乘了从前出征时用的枣骝铁脚追风马。光义、光美也是全装皮挂，各人乘了自己的马，带领侍卫，在前引导。一声吆喝，向苑中而去。到了苑中，撒开围场，飞禽走兽，惊骇潜遁，众侍卫控弦走马，往来驰骤，争先恐后，势如奔雷掣电一般，顷刻之间，已获了不少的獐、鹿、雉、兔。花蕊夫人也夹杂其中，揽辔控送，矫捷异常，并且箭无虚发，获禽甚多。太祖看了，心中大喜道："不料一个女子，竟有这样勇敢，若非今日同来打围,朕哪里知道她有这样的绝技呢?”众侍卫见花蕊夫人骑射如此精妙,也都佩服,极口称扬。惟有光义,深恨花蕊夫人,一心要乘着射猎的时候,暗中算计她,却又无从下手,心中正在闷闷不乐。又听得众人称扬花蕊夫人的骑射精妙,胜过男儿,那赞美的言语,几乎众口一词,光义愈加烦恼。暗暗的恨道:“这贱人偏有如此本领,现在被她显了技艺,众人同声赞扬,倒还没甚要紧,惟恐皇上格外要加以宠爱,这贱人若得志,于我的前途大有阻碍,不于今日将她害死,以后便没有机会了。”正在那里筹思无策,忽然左首树林里面一声怪吼,奔出了异兽来,其形类虎,其首如狮,尾长一丈,遍体黄毛,爪牙锋利,连连叫吼,音如雷鸣,在围场中奔走冲突,势甚勇猛。众侍卫不知这兽是个什么东西,见它来得十分凶恶,深恐惊了御驾,便一拥齐上,将手中的箭,乱放乱射。此时花蕊夫人,瞧见这兽来势汹汹,也怕危及太祖,赶紧抽出狼牙箭,搭在宝雕弓上,尽力射去,正中那兽的左眼。这兽的左眼中了利箭,还是咆哮跳踯,吼叫连连。众侍卫见异兽带伤,一齐乘机放箭,只听得“飕飕”满围场都是箭声,如蝗一般,到处飞舞。花蕊夫人正抽了第二枝箭,要想施放出去,哪知弓才引满,箭犹未发,忽然一声惨呼,竟从马上直跌下来。太祖与众侍卫们,大吃一惊,不知是何缘故,幸亏那个异兽,已中箭如猬,倒在地上不能动弹。众人此时也顾不得那兽是死是活,一齐奔向花蕊夫人跟前看视。只见她倒在地上,一枝箭恰恰射中咽喉,已是星眼紧闭,玉碎香消,没有气息了,连忙报告太祖。太祖坐在马上,远远的望着花蕊夫人,一箭射中异兽左眼,心中不胜欢喜;又见众人箭如飞蝗,满场中好似狂风疾雨的到处乱舞,甚是好看,觉得很为高兴。不料就在这个当儿,花蕊夫人便从马上直跌下来。太祖还道她急于射那异兽,用力过猛,一时之间坐不稳雕鞍,所以跌了下来。及至侍卫前来报称花蕊夫人在纷乱之际,一箭误中咽喉,已是死于马下。太祖得了此报,连声叫苦,也顾不得皇帝的体统,一翻身下马来,飞奔至花蕊夫人尸体之旁。举目一看,只见她玉容寂寞,一枝利箭,从咽喉射入,直贯后颈。太祖用力将那枝箭拔出观看,并没什么姓名记号在上,疑心是众侍卫乱射异兽,误中了花蕊夫人。那个时候,个个弯弓,人人放箭,没有法儿追究凶手。太祖好不悲伤,早已泪如雨下,便抱住花蕊夫人的尸身,号啕大哭,口口声只说妃子之死是朕害的,若不前来打猎,安坐宫中,哪里有这样的变端呢?絮絮叨叨,一面哭泣,一面诉说,直哭得泪干声嘶还不停止。早有光义上前劝道:“妃子之死,乃系前定。想必寿缘已满,故尔误中飞箭。死者不能复生,陛下不可过哀,还宜保重龙体,以慰天下臣民之望。”太祖经光义再三相劝,也就无可如何,只得止住了悲哀。传旨将花蕊夫人以贵妃礼殡殓,祔葬陵寝。从此,一个娇滴滴、美艳无双的花蕊夫人,就了结了。但是花蕊夫人所中的这枝冷箭,究竟是谁人放的?就上文的事揣摩起来,也应该知道这个放箭的人了。只是未必个个人都肯细心推究,与其多费脑力,不知多费些墨水,明明白白的写了出来吧。原来光义深恨花蕊夫人,立意要把她治死,好容易随驾出外射猎,有了这个机会,却没有伤她的法儿。正在筹思无策的当儿,忽见异兽突出,众侍卫把弓箭乱放,满场中好似箭林一般,他便心生毒计,抽出箭来,搭在弓上,假做射那异兽,却用眼光觑准了花蕊夫人,趁她将放第二枝箭的时候,心心念念,都注在异兽身上,不及躲闪,便翻转身来,“飕”的一箭射去,正中咽喉,跌下马来,倒地而死。这个时节,恰恰满场纷乱,并没一个人瞧见光义施放冷箭,所以被他遮掩过了。那太祖虽然英明,也料不到光义会干这样的事情,只疑是乱箭误伤,无从追究。回至宫中,惟有日夕悲哀,悼惜不已。谁知太祖正在悲悼,又有一个消息传来,便把雄心提起,要去用兵了。未知有何消息传来,且听下回分解。

第二十八回　玉堂珠殿兴土木　炼汞烧丹费心机

话说宋太祖正在追悼花蕊夫人，忽地接得北汉主刘钧病殁，养子继恩嗣位的消息，便把哀悼花蕊夫人之意，变作了一片雄心，要乘着这个机会，削平北汉。遂命昭化军节度使李继勋，起兵北征。继勋进军至铜锅河，连战皆捷，正要围攻太原。北汉主继恩，慌了手脚，只得遣使向辽邦乞兵，请求救援。哪知司空郭无为，因与继恩夙有嫌隙，竟密嘱供奉官霸荣，刺死继恩，立其弟继元为北汉主，太原很是危乱。太祖得了这个探报，如何还肯放手？一面促令李继勋进兵，一面使赍诏，谕令速降，并允许于援降之后封继元为"平卢节度使"。郭无为为"邢州节度使"。郭无为得了诏书，意欲出降，那继元却不肯答应。恰巧辽主兀律，发了人马，前来救援。李继勋深恐孤军轻进寡不敌众，致遭败衄，遂收兵而回。那北汉主继元，反结了辽兵，入寇晋、绛两州，大掠一场，满载而归。这个报告到了汴京，太祖勃然大怒道："刘继元釜底游魂，乃敢猖獗至此。朕不发兵荡平北汉，必为天下所笑矣。"遂即下令亲征，命光义为东京留守、大内都部署，居守汴京。太祖亲统大军，直抵太原，围困了三个月，攻打得很是猛烈，无如北汉大将刘继业，善战善守，非但不能攻破太原，反伤了大将石汉卿等数员，辽主又复出兵来救，宋营得了探报，便有太常博士李光赞，力劝太祖退军回汴，再图后举。太祖即与赵普商议，赵普亦赞成退兵之议。太祖遂分兵屯守潞州，以防北汉结合辽人进兵侵扰，便领大军退归汴京。这乃是宋太祖开宝二年之事。北汉终太祖之世，未能平定。值到宋太宗太平兴国四年，方得讨灭，这是后话，此处表过不提。

单说太祖班师回汴，眨眼又到了开宝三年，忽有道州刺史王继勋上奏南汉主刘鋹，残暴不仁，人民怨恨，且屡次兴兵寇边，侵扰不已，伏乞速兴王师，吊民伐罪等语。太祖览了此奏，还不肯轻易用兵，遣书南唐，命唐主转谕刘鋹，令其纳贡称臣。这时南唐主李景，已经去世，第六子李煜继位，是为南唐后主。唐主李煜仍旧事宋不怠，且与南汉世通盟好，故太祖命唐主转谕刘鋹。李煜既得太祖之命，自然转告南汉主刘鋹。那刘鋹非但不肯降服，且拘住唐使，驰书李煜，语多侮谩。唐主李煜只得将刘鋹的原书上奏。太祖知非用兵不可，遂命谭州防御使潘美，朗州团练使尹崇珂，领兵南征。写到这里，却不能不把南汉的来历，略略叙述一番，方有头绪。

那南汉的始祖刘隐，在五代朱梁时，据有广州，受梁封为南海王，隐殁后，其弟陟袭位，当贞明元年，封钱镠为吴越国王。刘陟以为钱镠与自己同据土地，同受王爵，今钱镠既为吴国王，自己仍为南海王，未免相形见绌，遂上书求封南越国王，朝廷不许。刘陟便对僚属说道："如今中国纷纷，孰为天子安能梯航万里，远事伪廷。"遂决意绝贡中朝，自称为帝，因改名为"岩"，又改为"龑"，"龑"读若"俨"，字书不载，乃刘龑意欲称帝，取飞龙在天之义，以私意造成的。他改名之后，即要建国称帝，因惮王定保之威严，恐其不从，先命他出使荆南，然后即皇帝位于番禺，建国号曰"大汉"，改元乾亨。"龑"

既即尊，深以身居南方，人皆号称南蛮王为耻。每遇北人，必言自己世居咸秦，常称中朝为洛州刺史，自制平顶之帽，戴于头上，以为美观。由是国中风俗一变，皆以安丰顶为尚。龚又召司天监周杰，占卜国运之长短，周杰奉命布筴，遇复之丰，龚问享国究有几多年数，卿可细细参之，不用隐讳。周杰参详了一会，早知南汉的国运，只有五十五年，却恐直言贾祸，便回奏道："臣参详复丰二卦，皆以土为应，土之数为五，二五十也，上下皆为五数，可以享国五百五十五年。"后来传至刘鋹，为宋所灭，自龚称帝之年，至鋹出降之日，恰恰是五十五年。周杰恐怕说了实话要被刘龚所害，因此多说了五百年，以避祸患。刘龚哪知内中元奥，听说可以享国五百五十五年，心下大喜，重赏周杰，命他退去。从此刘龚自以为国运久长，可以有恃无恐，便渐渐的骄奢淫逸起来，起造玉堂珠殿，饰以金碧翠羽，焕丽异常。后人有宫词咏刘龚称帝之事道：

> 万里梯航一笑休，玉堂殿心造蛮陬。
> 加尊新尚安丰顶，刺史传呼到洛州。

南汉主刘龚，自造选了玉堂珠殿，心犹未足，又役民夫数十万，建筑南宫，经历三载，方才成功。真是鬼斧神工，镂金错彩，异常辉煌。单就那南宫里的一座南薰殿而言，已是精巧达于极点，那四围的殿柱，都用合抱大的沉香木，将中间挖通透了，又将碧玉雕镂的玲珑剔透，作为础石；将金炉焚着沉檀龙涎，及各种异香，安放在础石里面，人坐殿上，但觉香气氤氲，芬芳扑鼻，不知香味从何而来，任你仔细端详，也不见什么形迹。刘龚日夕在内，宴饮取乐，常对左右近臣说道："昔隋炀帝论车烧沉水，怎似我二十四个藏用仙人，纵不能上追尧舜禹汤，做个圣主仁君，也不失为风流天子。"原来南薰殿上的柱础，共有二十四个，个个都可置金炉，焚香于内，刘龚起个美名，叫做"藏用仙人"。其时王定保奉使前往荆南，事毕回来。刘龚知道他不以自己称帝为然，便预先差近臣倪曙，迎接慰劳，将建国称帝的事情，告诉定保，免得他不知内中原因又要多费口舌。定保听完倪曙之话，知道其事已成，心中虽道不悦，也没法儿挽回，只得说道："建国当有制度，我回来的时候，经过南门，见那清海军的匾额还悬挂在上面，岂不见笑四方么？"倪曙听了定保的话，便去告诉刘龚，除去了清海军的匾额。到了建筑南宫，大兴土木，人料定保必要进谏的，哪知定保非但不发一言，南宫造成之后，反作了一篇《南宫七奇赋》，称扬赞美，淋漓尽致。人家方知王定保，从前十分刚正，现在也一变而为阿谀逢迎，贪恋禄位了。那南汉乃是新创的小国，不过广南一隅之地，财力有限，怎禁得刘龚这样的奢靡无度呢？早把地方上弄得民穷财尽，人人嗟怨，天象也就屡示变异了。乾亨九年八月，天上现出一道白虹，其长亘天，忽地落下，蜿蜒进宫，光华夺目，不可逼视，直入三清殿内。宫人内监，一齐看见，诧为奇事，连忙簇拥着前去观看。只见那道白虹如龙一般围着御座，旋绕三匝，便不见了，大家惊异称怪，议论不已。刘龚闻知这事，料想天降灾异，必有祸患，很为忧惧。当时有个翰林学士承旨王宏，闻说主上因白虹入三清殿，颇怀忧畏，他欲献媚刘龚，便假说天降白虹，化为白龙，乃是上天降的祥瑞，南汉应该统一天下；还作了一篇《白龙赋》，献于刘龚。那篇赋作得文采巨丽，句句都是赞美之词。刘龚看了大悦，也以为那道白虹，果是白龙了。遂重赏王宏，改元白龙，以应其兆。后人读史至此，也作一首宫词，咏王定保的改变晚节，和王宏的献媚取悦道：

> 军门旧额作贻嗤，旋拜南宫献七奇。
> 狡狯更传王学士，白虹现赋白龙时。

那刘龚荒淫无道，直至后晋天福七年，一病而亡。其子刘玢嗣位，为弟刘晟所弑。刘晟弑了刘玢，遂自立为南汉皇帝。那刘晟性尤暴虐，举动乖谬，嫌刘龚所筑的南宫地方狭小，不甚美丽，难壮观瞻，便大兴土木，役动民夫百余万，建筑七座行宫。哪七座行宫呢？一"昌华宫"；二"天明宫"；三"甘泉宫"；四"玩华宫"；五"秀华宫"；六"玉清官"；七"太微宫"。这七座宫，都用琉璃为瓦，沉香为柱，碧玉嵌窗，珊瑚作砌，玳瑁为梁，珍珠镶栋；内中都将红锦泥壁，锦绣铺地，所有陈设，悉是奇珍异宝，光怪陆离。再加以幽房密室，复道层楼，人入其中，迷离惝恍，摸不着道路，便绕来绕去，不能出外。那七座行宫，造到成功，不知害了多少百姓的性命，所役的百余万民夫，几乎死得一个不剩，真个是尸如山积，白骨遍地，好不凄惨。

那刘晟把百姓害到如此地步，他还不肯息手。因为这七座行宫，造成之后，都是空的，没有美貌宫人在内居住，岂不是辜负这些富丽堂皇的离宫么？遂即传下旨意，分派内侍，往广南各地，采选美女。这些内侍们，一个个如狼似虎，把广南各处的人民，闹得马仰人翻，鬼哭神号。方才选了三千名美女，送入宫中，由刘晟亲自过目，分派在七座行宫里面，侍候御驾游幸。选来的美女之中，有两个女子，极为艳丽，真个有倾国倾城之色，西子、太真之貌，不亚似洛浦神妃、广寒仙子，而且知书识字，精工翰墨。刘晟见了，好不欢喜，便问明二女姓名，一个叫作卢琼仙；一个叫作黄琼芝。刘晟遂命二女，随侍左右，十分宠幸。只因朝夜宴乐，荒淫好色，对于朝事和文武所上的章奏，哪里还有心情前去批决。如今得了这卢琼仙、黄琼芝两人，都是出口成章，应答如流的女才子，刘晟遂加封两人为女侍中，一样的戴着朝冠，穿着朝服，参决政事。到了后来，刘晟的精神一日不济一日，所有政务奏章，一齐付于卢琼仙、黄琼芝裁决批发，刘晟绝不寓目。这两个女侍中，势倾朝廷，文武百官，莫不低头趋奉，竟致贿赂公行，卖官鬻爵。卢琼仙、黄琼芝得了众官的贿赂，顿时十分豪富，便奢华阔绰起来，两人都在外面置了邸第，名为侍中府。那侍中府，盖造得楼阁冲霄，宅第连云，华美异常；府中也一样的奴仆成群，姬侍满前，一呼百诺，好不威武。自古道逸则生淫，卢琼仙、黄琼芝正当及笄之年，情窦初开，性欲方张的时候，虽然得着刘晟的宠爱，时常临幸。但是宫中的妃嫔甚多，刘晟应酬了这里，又要去光顾那里，如何能够单单守着这两位女侍中呢？况且这卢琼仙、黄琼芝，又是天生的尤物，一夜也空过不得的。刘晟又是酒色淘虚的身体，便是夜夜伴着卢琼仙、黄琼芝，也不能满足两人之意。所以卢琼仙便和黄琼芝商议了一个主意，暗中派人在外四处访寻美貌男子，且要身强力壮、精神充足的，遂即设法引诱来了，藏在府中取乐。后来又恐走漏风声，被刘晟知道不当稳便，两人又凑出了许多银钱，盖造了一座花园，楼台亭阁，花卉树木，也和普通的花园一般，惟有那座假山，却是聘了名手前来堆叠的。表面看去，玲珑剔透，嵯峨崔巍，峰峦挺秀，与真山一般，那山洞中却藏着一座密室，弯环曲折，十分深邃，异常幽奥，并且防备严紧，道路回环，非有知道底蕴的人，领导前行，万难入内。卢琼仙、黄琼芝有了这样的秘密所在，不忧泄漏风声，越发放纵起来，添派了许多心腹在外面察访，无论是官家子弟，富室王孙，只要生得眉目清秀，身体魁梧，就用尽法儿，或是引诱，或是诓骗，甚至于巧取豪夺，无所不为。这时候广南境内青年子弟，强壮后生，无故失踪的，不知凡几。这些人家，见自己的儿子无缘无故不知去向，怎么不要惊慌失惜呢？少不得派人寻觅四方，到处察访，有的还出了榜文，悬了重赏，有人知风报信，因而寻获者，不惜厚赠。然只是一失去了，便是无影无踪，任你怎样的费尽心力，也莫想找寻得到。便有人捕风捉影的乱说乱讲，道是广南地方出了妖怪，专门摄取青年男子充它的食料，那些青年人一经失去便找寻不到，一定被妖怪连皮带骨吞入腹中，所以没有影踪。这个议论传了出去，广南地方的人家，更加惊惶得不得了，凡是有子弟的，一齐把来深藏密室，不敢放他们出外行走，弄得各处人民闻风骇惧，草木皆兵，乱纷纷的没有个了结的时候。那卢琼仙、黄琼芝，虽然淫荡成性，引诱了几个青年藏在家中，也就够她们取乐了，何必要骗取这许多男子呢？况且照写书的说来，只有骗进去的，没有放出来的，日积月累，非但那花园内假山洞里藏不了许多青年男子，便是两座侍中府内，也要人满为患了，恐怕没有这个道理罢？要晓得卢琼仙、黄琼芝乃是天生的妖淫女子，比到那春秋时的夏姬，唐朝的武则天，还要厉害万分。那些引诱去的青年子弟，有的外强中干，表面虽是魁伟，内里实在不足，一经卢琼仙、黄琼芝的播弄，早已头昏目玄，元精尽丧，没有用了。便是最好的本领也不过陪伴着两人，十日半载就要筋疲力尽，骨瘦如柴，成为痨病了。那卢琼仙、黄琼芝更有一桩可恶之处，她们两人得了青年男子，用过了一两回，见他精力已疲，就生了厌弃之心，即命家中的心腹奴仆，用绳索绑缚了那人的手足，抛弃在后园一口深井之内，由他淹死，以灭形迹。遇着强壮的男子，合得来心意的，便让他多活几天，到了精尽成病之时，也要照样绑缚，掷于井内。凡是到两人手中的男子，没有一个保得住性命的。所以卢琼仙、黄琼芝派人出外寻访强壮美貌的青年，竟没有休息的时候，便是这个道理。如今一言表过，不必烦絮了。

单说南汉主刘晟，每日在宫与许多妃嫔昼夜取乐，朝中政事完全交付卢琼仙、黄琼芝两个女侍中，去替他办理，精神固然保存不少，但是刘晟虽然置政事于不问，他对于淫乐，仍是不稍间断的。一个人的精力有限得很，如何禁得日久月长的斫丧呢？刘晟到了这时，实在精疲力尽，支持不住，他便想到神仙修炼，有个采阴补阳的法子，心想："学习了此法，非但可以久战不倦，还可以补益身体，我何不下道旨意，访求神仙炼丹之术呢？"打定了主意，遂即颁下旨意，命广南各处，如有深明道家炼丹之术者，由郡县敦聘来京。那广南郡县得了此旨，早已纷纷的送了许多道士前来。刘晟便在玉清宫召见这班道士，垂询他们烧丹炼汞，采阴补阳之法？这些道士，有的说："我能调精养气之术"；有的说："我能健阳御女之法"。纷纷扰扰，说个不少。刘晟听了，甚为欣然，便命他们将所能之术，传授于己。哪知他们异口同音的说道："陛下要炼各种法术，非积修炼之功数十年不可,若要一旦习成,却没有这般容易。臣等另有秘炼之丹药,情愿献于陛下,倘若服了丹药,自能添精益髓,增加气力,然后慢慢修炼,方可有成。”刘晟道:“既是如此,汝等可将丹药献上,待朕试服。如果灵验,朕当不吝重赏。”这班道士齐称遵旨。都将胡芦里的丹药献了上来。刘晟便不问好歹,一概收了,把来服用。当晚服了他们的丹药,果然觉得精神发越,临御妃嫔,时间竟能耐久,也不觉着疲乏,心中大喜,以为他们所进的丹药真个灵验,就天天服用起来。哪知这些丹药,都是市间所卖的什么三鞭壮阳丸,扶阳乾健丸一类,尽是用海狗肾和各种金石之药配合而成,其性燥烈异常;服得久了,心烦口燥,六神无主,坐立不定,在大冷的天气,亦觉得口干舌焦,心如火烧一般。刘晟烦燥到无可如何,只得命近侍觅许多西瓜水置在冰桶里面,时时饮着,方才略解心头的烦热。

其时英州官员,有奏章前来,说是英州云华山石室里面,有一个老人,得长生久视之术,延年益寿之方,居于云华石室,不知有多少年代。相传这个老人,不知姓名,地方上的百姓都称他为英州野人。这英州野人,遇到百姓们有了什么奇怪的病症,他也施舍些丹药,替人治病却很有效验。只是须要和他有缘,方肯医治。若是和他没有缘,任你怎样的哀告求拜,也是没有用的。因此英州地方的百姓,都把他当神仙一般看待,人人皆知有个英州野人,说起来都十分敬重。那英州的地方官,接到刘晟敦聘深明道术、善于烧炼丹药的旨意,便备了聘礼,亲自到云华山石室里面,去聘请英州野人进京。这英州野人却再三推辞,不肯应征。地方官不能相强,又哪敢隐匿不报?只得缮了奏章,启明原因,听凭刘晟如何裁夺。那刘晟服了众道士的丹药,弄得心烦意燥,十分难受,览了奏章,知道英州野人颇具神术,且善治病,便道:“他既不肯应征前来,朕何妨亲自往访他呢?”遂传旨驾幸英州,当即启跸。沿路地方官预备供张,迎驾送驾,纷纷忙乱,少不得又是各郡县的百姓晦气,被那些贪官派了差役,敲剥了银钱,还要拉去当差。弄得这一方的百姓倾家荡产,生命俱亡的,不计其数,真是怨声载道,恨入骨髓。但又惧怕威势,都是敢怒而不敢言,惟有暗中祝告上苍,使那刘晟早早灭亡,生了真命天子出来,平定四海,令百姓安居乐业。

慢言百姓们个个嗟怨,人人痛恨,单说那南汉主刘晟,一路行来,并无耽延,这日将抵英州。早有文武官员,得了前站飞报,出郭十里迎驾,已在城内预备下一座绝大的行宫,铺陈得花团锦簇,把刘晟接入里面居住。刘晟一心要见那英州野人,求他传与法术,以纵淫欲,便立刻传下旨意,命近身内侍,赍经云华山石室,宣召英州野人,至行宫见驾。那个内侍奉了刘晟之命,那敢怠慢,立刻带了从人,飞马来至云华山麓,见上山的路径都是蜿蜒小道,甚是弯曲,只得下了坐骑,步行而上。好容易一颠一踬,到了石室之前,正要入内,却见那石室双门紧闭,叫唤不开。刘晟听了,好生诧异,即宣英州官员,问他云华石室,双门紧闭,只得对着门,高声呼喊。岂知任你叫破了喉咙,也是无人答应。那内侍没有法想,遂带了从人回转行宫,启奏刘晟,说那石室双门紧闭,莫非英州野人不在室内?那官员见问,恭身奏道:“英州野人,静坐石室,向不外出,便是石室的门也从来不关闭的。今既如此,必是知道陛下有旨,前往宣召,所以闭门不纳。”刘晟道:“朕欲见野人有所垂询,特地来此。他今闭了双门,不奉圣旨,是何意见?”那官员又奏道:“英州野人,乃是有道全真,已经位列仙班,不受人君的管束。陛下欲见其人,必须御驾亲临石室。野人见陛下诚心相访,不惜纡尊降贵,屈驾枉顾,自然迎见圣驾了。”刘晟道:“神仙原不是轻易得见的,朕明日御驾亲赴石室便了。”到得次日,刘晟果然轻车简从,秉着一片诚心,往云华石室,访那英州野人。说亦奇怪!刘晟今日亲来,连上山的路径也不像昨日那般曲折难行了,刘晟的御辇,竟可直达山顶。到了石室之前,却见双门大启,一个道人,当门而立,见了刘晟,打个问询道:“贫道山野之人,何劳圣驾亲临。”刘晟见那道人,头戴纯阳巾,身穿茧绸道袍,脚踏棕鞋,手执拂尘,生得俊眉星眼,鹤发童颜,五绺长须,如银针一般,披拂胸前,真个是仙风道骨,飘飘然有出尘之概。刘晟瞧了野人的相貌,知道是当世神仙,不敢轻慢,连忙下辇,和那道人执手相见。这人不慌不忙的,把刘晟让入石室里面,坐将下去。未知刘晟与道人说些什么,且听下回分解。

第二十九回　**霞裾云幄启巫风　斗虎抵象残民命**

话说刘晟见了英州野人，同入云华石室里面，坐了下来。野人又打了一个问询，开口说道："陛下来意，贫道已经尽知，但贫道虽与陛下有缘，也仅有一瓶丹药，可以献于陛下，倘若服完之时，便没有了。望于服药之后，清心寡欲，屏除酒色，自可使龙体安康，延年益寿。若仍旧不改前行，丹药服毕，那就无法可想了。"说罢，取出一瓶，内中满贮丹药，献于刘晟。又叮嘱道："愿陛下无忘贫道之言，清静持躬，尽除俗念，服此丹药，不难寿至期颐也。"刘晟亲手接过丹药道："仙长之言，安敢不遵，朕从此当从事清修，不生欲念，以保身体，方不负仙长赐丹之意。"英州野人道："能够如此，实陛下之幸福也。"刘晟遂即取了丹药，辞别了英州野人，启驾回归番禺。后人有宫词一首，咏刘晟亲受丹药于英州野人，并以政事付给卢琼仙、黄琼芝道：

受得神丹保睿躬，云华扃闭石堂穹。
甘泉无事劳亲决，只付双双女侍中。

刘晟自英州返跸番禺，每日服了英州野人的丹药，果然不比前后那班道士所献之物，觉得精神充足，百病俱消。又因在云华石室当面允许野人此后从事清修，不生妄念，所以回銮以后，便收拾了南薰殿，在内静坐，以养身体。哪里知道平日娱乐惯了，一旦独处南薰殿中，如何忍受得来？只觉心中忽起忽落，思了这样，又想那样，那颗心好似吊桶一般，七上八下，神魂不定，实在难过。把个刘晟急得直跳起来道："要是这个样子，即使真个寿于天齐，成得大罗天仙，我也不愿意受这罪的。"说着，便出了南薰殿，仍去与妃嫔们饮酒取乐去了。刘晟恃着英州野人的丹药，更是尽力渔色，通宵达旦的临御妃嫔，绝不疲乏，心内十分欢喜，称赞英州野人丹药之妙。哪知乐极悲生，有一天取那丹药服时，见这瓶中已将告罄，不觉吃了一惊道："临别之时，野人曾经嘱咐过，服了此药，清心寡欲，屏除女色，自可寿享期颐。如果若和从前一样，贪酒好色，丹药服完，便没有它法可想。现在丹药已完，这却如何是好呢？"沉吟了一会儿道："朕的身体此时强健得很，那个野人也未必真是神仙，他说的话，难道总是灵验的么？就是丹药完了，只要多食滋补之品，自然身强力壮，没有疾病了。"想到这里，便不把英州野人之言放在心上，仍旧娱乐不已。不料丹药服完之后，未及三日，刘晟便患起病来，卧床不起，奄奄一息，命太医诊脉，都说六脉已绝并无治法。刘晟也知天命已尽，遂不服药，在床待毙，延至周世宗显德五年而亡，长子刘铱嗣位，刘铱初名继兴，封卫王，即位之后，易名为铱，改元大宝。那刘铱的性情，更比其父昏庸。初登大位，仍以卢琼仙、黄琼芝为侍中，参决政事。又信任宦官龚澄枢，国家大政，皆由澄枢指示可否，然后画诺照行。其时宦官专权，百官皆俯首听命，奔走恐后。这刘铱又生成一种脾气，凡群臣有才能的，读书的士子中了进士、状元，皆要先下蚕室，然后进用。就是和尚道士，可与谈禅的，也要加以宫刑，方才信任。便有那些不识羞耻的人，居然自己割了阳具，以求进用。于是阉人之数，比到刘晟时增加十倍。刘晟在世，宫中使唤的内侍，不过三百余人，刘鋹手里，竟多至三千余人，诸内侍尽加使相之衔。刘鋹又设立内三师，内三公等官，悉以内侍充之，并省紫闼黄枢，判决百司，与三师、三公一样的恩荣。于是时人皆称未受宫刑之官及读书之人，为门外人，而称自宫以求进用者，为门内人。后人读史至此，也咏宫词一首道：

内三公并内三师，紫闼黄枢判百司。
闻说床头勤自阉，人间无复重须麋。

刘鋹既重用内宫，事事皆惟内宫之言是从。其时有个内宫陈延寿，因自己的权力不及龚澄枢，要想邀取刘鋹之宠幸，便举女巫樊胡子，结连首尾，引进宫内，朝见刘鋹。自言奉了玉皇的使命，特至下界，为南汉之师，辅佐刘鋹，削平四海，统一天下的。那樊胡子本是番禺小民张二之妻，家中贫苦异常，张二又复生性痴呆，不善生计，专靠其妻樊胡子，为人家看香头、送神请仙、画符咒水、医治疾病，养活全家。后来张二一病身亡，樊胡子更无忌惮，专一的与些青年无赖私下往来。这班无赖子弟，见樊胡子年纪尚轻，相貌又美，便如蚁附膻，如蝇逐臭，争先恐后的趋奉樊胡子。樊胡子却似海纳百川一般，凡是来亲迎自己的，绝不拒却，总抱着佛家舍身布施的宗旨，使来者满意而去。因此樊胡子的党羽，到处皆是，凡和她亲近过的人，便似吃了迷药的听候指挥，惟命是从。所以富家宦室的秘事，都被樊胡子的党羽刺探了来，暗中报告。樊胡子得了人家秘密事情，便装着神道，附在自己身上，胡言乱语了一会，然后再把人家的秘密宣布出来。无论闺房戏言，床笫私语，她也有本事探听了来，一字不遗的当面讲说。因此，富家巨室，宦门豪族，都惊以为神，尽说樊胡子乃当世神仙，有未卜先知之术，便抢着迎归家中，虔诚供奉。樊胡子出入富家豪室，钱也有了，势也大了，更加施出手段，不惜金钱买通了人家的家人仆妇，使女丫环，串联一气，代她刺探隐私。无论什么富贵人家，官宦邸第，凡有一举一动，樊胡子没有不预先得着报告的。从此樊胡子的名声，愈传愈大，伎俩也愈演愈奇，竟到宫里来施展狡狯了。那个陈延寿，没有下蚕室的时候，原是个无赖之徒，和樊胡子本来要好得很。后来因犯了奸淫妇女的罪案，下了蚕室，便混进宫内，充当一名内侍。只因语言辩给，性情灵巧，善于趋承，刘鋹慢慢的把他信任起来。他要和龚澄枢争权，便常常在刘鋹跟前，诉说樊胡子怎样的能够未卜先知，怎样的能够与神灵往来，说得天花乱坠，不由刘鋹不信，便命陈延寿，将樊胡子宣进宫来。樊胡子奉诏而来，见了刘鋹，装腔作势，说自己奉了玉皇使命，要辅佐南汉统一天下，陛下如果心中不信，玉皇能够附在自己身上，亲自与陛下说明。刘鋹听了，便问她请玉皇下降，要如何排场，怎样施为。樊胡子大声道："玉皇乃九天主，总理四海九州，天下万国，不比别的神圣。要请玉皇下降，须要陛下薰沐斋戒，每夜子时，向天祷告，虔诵玉皇宝诰，七七四十九日，期满之时，再于内殿设立雾帐、云幄，遍陈奇珍异宝，搭起云坛一座。我于坛前通诚默祷，那玉皇感念陛下一点真诚，方肯下降我身，亲与陛下问答。这乃是万劫难遇的事情，若非陛下是个真命帝主，是玉皇的亲身太子降临凡世，我也不敢答应这件事情的。但是斋戒祷告之时，务要虔诚将事，倘若少有不敬，或略存虚伪之意，非但玉皇请不来，还有雷火烧身之患呢。”刘𬬮见樊胡子说自己是玉皇的亲太子下凡，乃是真命帝主，心下不胜欢喜，便立意要请玉皇下降，询问祸福。遂即依照樊胡子的言语，择了吉期，先赴斋宫，诚诚心心的斋戒了七日。然后，于夜半子时，在宫中设了玉皇的宝座，每天亲自望空祷告，虔诵玉皇宝诰，待至七七之期已满，又在内殿立起了雾帐云幄，把宫中所有的珍珠宝玉，一切贵重物品，都陈立起来，又搭了一座坛场，诸事料理齐备，方去宣召樊胡子。那樊胡子闻召，知是要自己去请玉皇下降，便格外的装妖做怪打扮起来。只见她头戴远游冠，身穿紫霞裾，腰束锦裙，足登朱红履，不僧不俗，不男不女的模样，令人见了也要发笑。她在前面走着，后面还有几个人跟随着，抬了一张胡床，说是樊胡子的法宝，每逢着要请神灵下降，只要向胡床上仰面卧倒，那神就附在她身上了。所以樊胡子无论到什么地方去行法，总要令人抬了那张胡床，跟着自己而去的。现在要请玉皇下降，这胡床更缺不得了。来至宫中，见过刘𬬮，即命她请玉皇下降。樊胡子口称奉命，遂至内殿，伏在玉皇坛下，捣了一会儿鬼，便将胡床置于帐内，卧在上面，忽然坐将起来，口中说道：“吾乃玄穹高上帝，玉皇大天尊是也，可传南汉主刘𬬮前来，吾有要言面谕。”左右听了，哪敢怠慢，一叠连声的请刘𬬮前来。刘𬬮本在下面看着，见玉皇要和自己说话，连忙走上前来，向着坛上叩头礼拜道：“刘𬬮敬听圣谕。”樊胡子在帐中，高坐堂皇，做出玉皇的口气道：“太子皇帝，可敬听我谕。”刘𬬮忙再拜道：“臣𬬮敬谨恭听。”樊胡子即传玉皇之谕道：“刘𬬮本是吾的太子，因悯世道纷乱，民不聊生，所以命汝下界，降生南汉，将来当扫平诸国，统一天下。吾又恐汝缺少辅佐之人，故命樊胡子、卢琼仙、龚澄枢、陈延寿等降临人世，辅佐太子皇帝，这四个人皆是天上神圣，乃吾特派下凡的。就是偶然不慎犯了什么过失，太子皇帝也不得加以惩治。吾念太子皇帝诚心供奉，当时时降临凡间。若有什么祸福祲祥，自当预先告知樊胡子，令其转达太子皇帝，好作趋避。”刘𬬮听了，躬身道谢。樊胡子又传玉皇之言道：“吾事甚繁，不能久延，今当返驾。”刘𬬮忙俯伏在地，恭送玉皇圣驾。只见樊胡子在帐中连连打了几个呵欠道：“玉皇已经返驾上天了，命我传语太子皇帝，陈延寿、龚澄枢、卢琼仙，将来都是元勋功臣，不可轻视。南汉境内，要有祲祥，玉皇必定预先示知。”刘𬬮大喜！自此宫中的内侍宫人，都称刘𬬮为太子皇帝。刘𬬮也自以为是玉皇帝的太子降凡，必得神灵扶助，因此有恃无恐，愈加暴虐起来，造作烧煮剥剔，剑树刀山诸刑，臣民稍有过犯，即用毒刑处治，异常惨毒。是以文武恐惧，百姓离心，道路以目，不敢多说一句话。刘𬬮却以为自己的威力加于全国，心内不胜欢悦。后人有宫词一首，咏那樊胡子借着玉皇下降，迷惑刘𬬮道：

霞裾云幄坐娥媌，鹄立金铺听不淆。
遥见至尊呼太子，祲祥说是玉皇教。

刘𬬮又在后苑内养了许多猛兽，如虎豹之类，人民有犯罪者，即令将衣服剥去，驱入苑中，命他赤身露体，与虎、豹、犀、象角斗。试想那些犯罪之人，也是圆颅方趾的人类，怎能抵御得猛兽？有的瞧见了虎豹，已经吓得战战兢兢，神魂俱丧；有的胆量稍壮，不甘束手待毙，勉强与虎豹斗上一回，却是赤手空拳，哪能抵敌这些猛兽？少不得也被虎豹吞入腹中，当了点心。刘鋹领了左右，在楼上观看，见那些犯罪之人畏惧的形状和凄惨的声音，他便拍手大笑，以为快乐。又闻得内侍监李托，有两个养女，都生得如花如玉，十分美丽，便选入宫中，长者封为贵妃，次者封为美人，甚是宠幸。遂加李托为特进开府仪同三司，甘泉宫使，兼六军观军容使，行内中尉事。自此李托的权力无与伦比，朝中政务，皆须咨于李托而后行。刘鋹日夕同着李贵妃姊妹，或是饮酒歌舞，或是命罪囚斗虎抵象，以为娱乐。有时心内稍觉不快，见文武诸臣所上奏章略有不合，便命卫士捉了前来，或是烧煮；或是剥剔；或上剑树；或上刀山，每日如此，不知害了多少人命。那些文武臣工，莫不栗栗危惧，见了刘鋹，好似见阎王一般，如何还敢多言？因此，大小事情都由内侍办理，就是位列三台，官居宰相，也不过备员而已。那刘鋹又喜出外微行，闻得番禺苏氏，有一座花园，擅楼台之胜，具池沼之美，便携了李贵妃，不令侍从得知，私自出宫至苏氏园内游览。苏氏园丁，见这一男一女，衣服华丽举动不凡，知是朝中贵人，不敢拦阻，任他人内随意游行。刘鋹见这座花园，果然布置得宜，景色清幽，心下其喜。携着李贵人的手，登楼入室，拂柳穿花，来至一处。此处遍植芭蕉，上面悬着一块匾额，额曰绿蕉林，觉得浓荫匝地，碧地如洗，身入其间，衣袂都变作翠色，须眉亦成为绀绿。刘鋹至此心胸为之一爽，对李贵妃道："昔唐代有僧人怀素，喜种芭蕉，名其所居为绿天。此处芭蕉如此之盛，也不亚于怀素的绿天了。"口中说着，一眼瞥见对面桌上，有现成的文房四宝，遂提起笔来，在墙上大书"扇子仙"三个大字；后面又写着"大汉天子携李妃游此，偶题。"一行小字，遂掷下了笔，与李贵妃扬长而去。次日园主到来，瞧见壁上的御书，急唤园丁，问他圣驾何时来至园中，因何不到府内报告？园丁道："并没圣驾到园，小人怎敢乱报。"园主指着壁上扇子仙三字道："上面明明写着大汉天子携李妃游此偶题，你说圣驾没有到园，这字又从何而来？"园丁看了，不觉吃惊，暗道："昨日这一对男女原来是皇帝同妃子前来游园，幸而我没有得罪于他，不然这条性命早就不保了。"心下想着，便对园主说道："昨天有一男一女，前来游园，我因他们衣服华贵，相貌不凡，恐是贵家眷属，因此不敢阻挡，一任他们到园内随戏了半日，方才出去，却不知是当今天子御驾降临。"园主听这话，直吓得伸出了舌头，缩不进去，连称万幸道："亏得你昨天见机，没有阻挡他们，要是开罪了皇帝，今天连我也要拿了去，不是上刀山剑树，定然去喂虎豹犀象了，这真是天大的幸运呢！"那园主不敢亵渎御书，忙取了碧纱，把刘鋹所题的字，笼罩起来。又在那绿蕉林造了一座亭子，即取名为"扇子亭"，以表皇帝来游的荣宠。这件事情传了出去，广南地方，都称芭蕉为扇子仙了。后人也有宫词一首，咏那李托因进献两个美女，得蒙宠任，并刘鋹私幸苏氏花园道：

一双玉李进君容，艳雨奢云宝帐重。
谁更偷陪题扇子，绿天秋净晓荫浓。

刘𬬮自从在苏氏园内游玩之后，更加微行得勤了。有时带了一二个内侍，相随出外；有时独自一人，飘巾艳服，至街市中乱闯，酒店、饭馆、花街柳巷，无处不到。倘若倒霉的百姓遇见了他，偶有一二句言语不谨慎，触犯了忌讳，或是得罪了他，顿时便命卫士捉进宫去，剥皮刲肠，斗虎抵象，活活的送了性命。广南的人民，知道刘𬬮时常出来微行，从此偶见面生之人，便疑是皇帝来了，一齐张口结舌，连话也不敢多讲，那饭馆、酒店之内，座间都贴了禁谈时事的简帖，真个弄到了“相视以目，有口难言”的光景了。这一日刘𬬮独自出宫，偶然走至一座古董店前，见柜台里面坐着一个青年女子，皮肤略带黑色，身体甚是肥腯，那眉目之间，却现出妖情的态度。刘𬬮见了，很是动情，即走上去，和那女子搭讪说话。那女子见了生人，毫不羞怯，居然和刘𬬮攀谈起来。刘𬬮方知她是波斯贾胡之女，因见此女伶牙俐齿，极其聪慧，心内非常爱惜。到了次日，就降出一道谕旨，宣召这波斯女人入宫。谁知这波斯女，非但生性聪慧，而且极其淫荡，床笫之间，放浪异常，把个刘𬬮弄得神魂颠倒，大加宠爱。因其黑而肥腯，赐号媚猪。媚猪的房术，十分厉害。刘𬬮往往被她战败，弃甲曳兵而逃，只得访求方士，觅取健阳之法，以与媚猪相抗。乃于殿间另辟一窗，摆列筹码，命宫人守之，每与媚猪宣淫一次，宫人即投一筹，一夜之间，必投十余筹，方满其欲，名之曰“候窗监”。刘𬬮又喜纵观男女交欢，遂选择许多无赖青年，匹以雏年宫人，命男女尽去其衣，聚在一起，互相交欢。刘𬬮与媚猪，往来巡行，记其胜败，见男胜女，更加以赏赐；女胜男，便说是个废物，轻则宫刑，重则烧煮剥剔，以喂虎豹。那男女交媾之处，名为“春场”；男女互相交接，名曰“大体双”。后人有宫词咏刘𬬮的纵淫道：

私署官司惯候窗，银壶静报漏琤琮。
何来绝慧波斯女，别恋春场大体双。

刘𬬮又有个宫人，生有殊色，名叫素馨，性最爱花，又喜素静，尚着白夹衫，带素馨花，云髻高盘，满插花朵，远远望去好似神仙一般。刘𬬮甚是嬖爱，特地为了素馨造起一座芳园林。园内种植名花，到得春间，百花盛开，便命素馨率领众宫人，为斗花之会，其律甚为谨严。每逢开花之期，刘𬬮在天明之时，亲自开了园门，放宫人们入内，采择花枝。待至采择齐备，遂即扃闭园门，齐往殿中各出花枝，以较胜负；且令内侍抱关至楼，罗列门前，禁止出入，以防传递，名曰“花禁”。斗花胜者，当夜即蒙御驾临幸；斗花败者，各罚金钱，置备盛筵，为胜者贺功。芳林园中除了众花之外，又栽着许多荔枝树，到得荔枝熟时，树果累累，如同贯珠，颜色鲜红，灿若云霞，极为可观。刘𬬮便大张筵宴，令宫人妃嫔，尽皆与席，酣呼畅饮，美其名曰“红云宴”。后人也有宫词，咏刘𬬮开花之会，及张盛筵以赏荔枝道：

芳林花事斗纷纷，买宴挥金胜负分。
又看荔枝三百熟，敕开内苑赏红云。

刘𬮤性情虽然暴虐，天资甚是聪慧，常用珍珠结为鞍勒，作戏龙之状，精巧异常。又在东莞县置媚都川，命人入海采珠，多至三千人，有入水五百余尺，始能得珠者。在宫无事之时，更熁鱼英——即鱼脑骨作托子，镂椰子为壶，皆雕刻精工，细入毫芒，虽有名的雕刻工匠见了刘𬮤所制器物，莫不吐舌，诧为世所罕有。𬮤有广建别馆离宫往来其间，自号为萧闲大夫。后人读史至此，也作宫词咏之道：

鱼英托子镂椰壶，恰称萧闲署大夫。
戏结珠龙情不浅，探波仍课媚川都。

广南地狭力贫，刘𬮤这样奢侈无度，自然府藏空虚，不敷应用了，刘𬮤便增加赋敛，繁重异常，每岁收入，尽作建造宫观之用。陈延寿又劝刘𬮤除去诸王，以免后患。于是刘氏宗族，屠戮殆尽。旧臣宿将非诛即逃。廊庙之上，官员一空，只剩下了李托、龚澄枢、陈延寿和一班内侍，及阿奉内侍，素与通联一气的官员。稍秉正气的人，哪里还能立足？所以，宋朝命潘美将兵前来讨伐，也没有称报。直待宋军已侵入广南境内，方才惊慌起来。未知后事如何，且听下回分解。

第三十回　星流天雨兆灭亡　白雪阳春歌宛转

话说南汉主刘铱,荒于酒色,不问政事。宋将潘美、尹从珂率领大军,已入南汉境内。刘铱直待宋军已抵芳林,距贺州只有三十里路了,方才得着信息,顿时慌张起来。此时南汉的宿臣旧将,多以谗死,宗族近支,诛戮殆尽,掌兵的人都是些宦官;再加从刘晟手里就耽于游宴,城壁壕隍多设为宫观池沼,楼舰皆毁,兵械腐败,所以得了宋军来侵的消息,内外震骇,不知所措。刘铱只得命龚澄枢往贺州;李托往韶州;郭崇岳往桂州,抵御宋军。那龚澄枢奉了刘铱的命令,推辞不得,便领了人马前往贺州,方才行至中途,闻得宋将潘美、尹从珂,已经围困下贺州,旦夕将下。澄枢只接到个报告,就吓得面如土色,逃命也来不及了,如何还敢到贺州去抵挡宋兵?便抱头鼠窜的奔了回来。刘铱见龚澄枢逃回,急得没有法想,大将伍彦柔自请率兵抵御宋军。刘铱乃遣伍彦柔统带水师,救援贺州。伍彦柔兵至贺州城外,天色已晚,便在舟中宿了一夜,次日迟明,伍彦柔挟弹登岸,踞坐胡床,指挥三军。不料宋将潘美,已预先伏兵岸侧,一声炮响,突然杀出。伍彦柔猝不及防,慌忙迎战。汉兵已被宋军冲成数段,潘美、尹从珂指挥兵将,大呼厮杀,鼓声如雷,众兵一齐奋勇冲突,把南汉的人马,如同砍瓜切菜,杀死无数。伍彦柔见大势不妙,方要逃走,已被宋军追上,一刀杀死,割了首级,悬于竿上,晓示城中。贺州的守卒,惊惶失措,遂被宋军攻破了城池。潘美督率战舰,便要乘胜而下进取广州。那日李托虽然奉命前赴韶州,他如何有这胆量去和宋军对垒?一味迁延拖宕,仍在朝中,并未赴韶。刘铱听说宋军将要顺流而下攻取广州,早已束手无策,只得与李托商议退兵之计。李托也是没有主意,只望着刘铱一声不响。便有人保荐旧将潘崇彻,统兵迎敌。刘铱心下尚不愿起用崇彻,无如警报迭至,急切之间,无人可用,没有法想,只得宣召潘崇彻,领兵三万,出屯贺江。崇彻本来因谗被斥,居恒怏怏不乐,此时势已危机,方命统兵退敌,便挟着前嫌,不肯出力,存了坐观成败之心,带了三万人马,逗留不进,一任宋军攻昭州,破连州,下桂州,势如破竹,进抵韶州。韶州地方,乃广南锁钥,此城失去,广州便难保守。故刘铱尽拣国中精锐及有所驯象,悉数出发,遣都统李承渥为元帅,赴韶州防御。承渥兵抵韶州,屯在城北莲花峰下,列象为阵,与宋师对垒。那训象阵,乃是刘铱平日教练成功的,每象载精卒十余,均执兵仗,冲杀起来,势如潮涌,猛不可挡。宋军见了象阵,也不免心下惊惧,不敢迎战。潘美忙传令众兵休要退怯,自有破阵之策。遂命军将悉备强弓硬弩,待众象冲来,即便攒射,自可破他象阵。将士得令,立刻备齐了强弓硬弩,等到交锋之时,李承渥吩咐放出象来,冲杀过去,宋军阵中一声呐喊,箭如雨发,那象被劲弩射着纷纷向后面返奔,象背上的锐卒,一齐坠地,宋军乘势掩杀,众象奔腾驰突,反把汉兵践踏而死者不计其数,李承渥不能抵敌,只得翻身奔逃,总算走得快,保全了性命。宋军遂即攻入韶州。刘铱闻知象阵为宋军所破,李承渥大败逃回,韶州已失,吓得战战兢兢,不知如何是好。满朝中都是些宦官和没用的人,谁能上前打仗? 刘铱见众人面面相觑,一筹莫展,只得涕泣回宫,对着那些宫人、妃嫔,泪如雨下,连一句话也说不出来。宫人、妃嫔见刘铱这般模样,也都个个惊惶失措。有宫媪梁鸾真,上前说道:“陛下不必着急,妾的养子郭崇岳,颇知兵法,熟谙战术,陛下若命为将,不难退敌。”刘铱正因无人领兵出战,心下十分慌张,听得梁鸾真保荐郭崇岳,也不问他是怎样的人,能够胜任不能够胜任,遂传郭崇岳入见,封为招讨,使命与大将植廷晓统兵六万,屯于马径,列栅以拒宋军。这郭崇岳,绝不知兵,专事迷信,日夜祈祷鬼神,想请些天兵天将来退宋军。谁知鬼神无灵,一任郭崇岳叩头祈祷,只是没有应验。潘美等又破了英州、雄州,潘崇彻率兵降宋。潘美的大军,已抵泷头,郭崇岳见宋军乘胜而进,兵势甚盛,吓得胆裂魂飞,连忙退入广州,对刘铱说:“宋军已到泷头,十分厉害,看来马径也难保全,只有敛兵入城,固守广州,再图良策了。”刘铱闻言大惧,思索了半日方才说道:“宋军如此厉害,无人敢去抵挡,不如求和吧。”遂遣人赴宋营,请求罢兵议和。潘美不允,叱退来使,立即进兵马径,扎营双女山下,离广州城只有十里远近。刘铱见潘美不允求和,兵临城下,只得预备逃走。急取船舶十余艘,悉载金宝妃嫔,意欲浮海逃生。尚未及发,宦官乐范,先与卫兵千余名,盗船遁去。刘铱这时没了船舶,愈加穷蹙,只得命左仆射萧漼,诣宋营乞降。潘美将萧漼送往汴京,率兵进攻广州。刘铱欲遣弟保兴率百官出迎宋军,郭崇岳入阻道:“城内尚有精兵数万,何不背城一战? 战若不胜,再行出降,也还不迟。”遂也植廷晓出兵拒战,据水列栅,夹江布阵,以待宋军。不一会儿,宋军渡江而来,崇岳与廷晓,出栅迎战,无奈南汉人马,都已亡魂丧胆,见了宋军,好似遇着虎豹一般,纷纷逃走,自相践踏,十死六七,植廷晓战殆于阵,郭崇岳奔回栅内,严加防守。刘铱又遣其弟保兴前来帮同崇岳,悉力拒守。潘美向诸将说道:“汉兵编木为栅,自谓坚固,若用火攻,必定自乱。”遂分派兵士,每人各执二炬,顺风纵火,万炬齐发,一刹那间,烟焰蔽天,各栅尽已烧着。那些守栅的汉兵,被烟火迷了出路,不能逃走,都成了焦头烂额之鬼。郭崇岳也走投无路,葬身火窟,只有保兴逃回城中。龚澄枢、李托二人私下商议道:“宋军远来,无非贪我金宝财帛,我若先发毁去,使之得一空城,他不能久驻,自然退去了。”乃纵起火来,把府库宫殿,一夜之间,烧成灰烬。城内放火,人皆慌乱。宋军乘乱入城,擒了刘铱并龚澄枢、李托及宗室文武九十七人,保兴逃入民舍,亦为所获,悉数押送阙下。潘美既擒刘铱,有内侍数百人,盛服求见。潘美道:“我奉诏伐罪,正为此辈,尚敢来见我么?”遂命一一缚住,斩首示众。广南悉平,共得州六十、县二百四十、户十七万。南汉自刘隐据广南,至刘铱而亡,凡传五主,共五十五年。当时广州有童谣道:“羊头二四白天雨。”人莫能解,至刘铱被擒,南汉灭亡,适值辛未二月四日,识者因谓羊为未之神;白天雨者,取皇师如时雨之义;二四者,课二月四日灭南汉也。又在南汉未亡之前一年,九月八日,夜间众星皆北流,知天文者谓为刘氏归朝之兆。后人有诗咏道:

妇寺盈廷召灭亡,王师如雨奏鹰扬。
羊头戾气童言兆,天上星流占不祥。

刘𬬮等押送汴京，太祖御崇德门亲受南汉俘虏，当即宣旨，责问刘𬬮在广州暴虐人民，横征赋税之罪。刘𬬮此时，反不慌不忙，向太祖叩头说道："臣僭位之时，年方十六，龚澄枢、李托等，皆先朝旧人，每事悉由他们作主，臣不得自专，所以臣在广州，澄枢等是国主，臣反似臣子一般，还求陛下垂怜！"太祖听了刘𬬮的言语，乃命大理卿高继申审讯龚澄枢、李托诸人，尽得奸、贪、谄、谀诸状，遂引澄枢、李托等，斩于千秋门下。特诏赦刘𬬮之罪，赐袭衣冠带，器币鞍勒马，授金紫光禄大夫、检校太保、右千牛卫大将军，封恩赦侯。刘𬬮受封，叩首谢恩，太祖已有大第宅赐他居住。其弟保兴，亦得受封为右监门左仆射，所有萧漼以下各官员，均受职有差。潘美等凯旋回汴，载归刘𬬮私财，还有美珠四十六瓮、金帛相等，太祖仍旧给还于𬬮。又有𬬮亲手用美珠结成一龙，头角爪牙，无不毕具，十分巧妙，献入大内，太祖见了，叹息谓左右道："刘𬬮好工巧，习与性成，若能移治国家，何至灭亡？"左右闻言，唯唯称是。刘𬬮体质丰硕，眉目俱竦，有慧才，具口辩，故为太祖所喜，时常召赐御筵，听其谈论，以为笑乐。一日，太祖乘肩舆，从十余骑，幸讲武池，从官未集，刘𬬮先至，太祖以银卮酌酒赐之。𬬮在广南，群臣有不如其意者，尝以鸩酒赐饮，以毕其命；今见太祖赐以卮酒，亦疑为鸩，泣而言道："臣承祖父基业，违抗朝廷，劳王师致讨，罪固当死。陛下不杀臣，今见太平，愿为大梁布衣，延旦夕之命，以全陛下生成之德。承赐卮酒，臣不敢饮。"太祖笑道："你疑此酒有毒么？朕推心于人腹，安肯作此等事！"说罢，命左右取过赐刘𬬮的酒，一饮而尽，复命另酌一卮赐之。刘𬬮饮毕，拜谢圣恩，面上很是惭愧。太祖却绝不介意，且加封刘𬬮为卫国公，并丰刘𬬮月给，增钱五万、米麦五十斛。太祖的度量，可谓卓越无比了。这却不在话下。

且说南汉已平，南唐主李煜，震恐异常，遣弟从善，诣阙上表，愿去国号，改印文为"江南国主"，且请赐诏呼名。太祖准如所请，厚待从善，除常列赏赍之外，更赐白金五万两，作为赆仪。太祖为何这样厚待从善，除常赐之外，还要以白金五万两为赆仪呢？只因江南主李煜，曾密馈赵普银五万两。赵普不敢私相受授，据实奏闻，太祖道："卿尽可受之，但复书答谢，少赠来使就是了。"赵普道："人臣无私馈，亦无私受，不敢奉诏。"太相道："大国不宜示弱，但当令其不可测度，朕自有计，卿可无辞。"至从善入朝，所以特地赐银，仍如李煜馈赠赵普之数。从善回国，告知李煜，君臣们都惊疑不定，深畏太祖英明，更加不敢携贰了。如今南汉已灭，只剩了江南李煜，北汉刘继元、吴越国王钱俶了。那北汉，适当西北之冲，太祖欲留了他，以挡边患，打算在诸国平定之后，方才兴师征讨。吴越国王钱俶，是个知时识势的人，久已降顺宋廷，且允不日即便入朝。因此太祖不把这两处放在心上，一意要讨平江南，收其土地，正拟发兵。不料故周主宗训，自与其母迁居房州，已历数年，忽然一病而亡。太祖闻报，素服发丧，辍朝十日，谥以周恭帝，还葬周世宗庆陵左侧，号称顺陵。把周恭帝葬事料理清楚了，又值同平章事赵普，生出种种事情，太祖要更动宰相，无暇征讨江南。

但是赵普深得太祖信任，因甚又要调动呢？只因太祖拟发兵讨平江南，又微行去访赵普，行至相府，恰值吴越王钱俶，差人寄书于赵普，且馈赠海物十瓶，置于庑下。忽闻太祖驾临，仓猝出迎，不及将海物收藏。太祖走了进来，一眼望见，即问瓶中何物？赵普料知难以隐瞒，遂据实奏道："乃系吴越王钱俶，馈臣的海物。"太祖道："海物必佳，何不取出一尝。”赵普不敢逆旨，便取出瓶启封，揭开一看，哪里是什么海物！瓶内满满贮着瓜子金，黄光灿然，耀眼生辉，此时把个赵普弄得手足无措，局促不安，只得顿首奏道：“臣尚未发启，实不知内中都是黄金，乃据来人所言，故以海物启奏陛下，尚乞恕罪！”太祖叹道：“你也不妨受了此物，他的来意，以为国家大事，都由你书生作主，所以格外厚赠的。”说罢此言，也不和他商议事情，径自回宫去了。赵普匆匆拜送，心内十分懊丧，唯恐太祖降罪，惴惴不安了好几日，后来见太祖恩礼未衰，方才把心放下。不料一波未平，一波又起。赵普因建造第宅，命亲吏往秦陇间购取巨木，编成大筏，运至汴京，以备材料。那亲吏乘便多办若干，转鬻于人，借博厚利。其时有诏禁止私运秦陇大木，往来贩卖。赵普暗地命人往购，已属违旨，贩卖渔利，尤为不法，早为三司使赵玭查出隐情，当将此事奏闻。太祖大怒道：“贪得无厌至于如此，何以表率百僚，治理天下？”遂命翰林学士承旨，拟定诏书，即日驱逐赵普，幸得故相王溥竭力解救，才得停止未发。后因翰林学士卢多逊与赵普不协，召对之时，常常在太祖面前陈说赵普的过失。太祖心下更加不悦，看待赵普，益觉疏失。赵普心不自安，上疏请罢政事。太祖下诏，调普外任，命为河阳三城节度使，卢多逊遂得擢为参知政事。多逊的父亲，叫做卢亿，曾经作过少尹，已致仕在家，闻得多逊讦赵普之短，取得参知政事，不禁长叹道：“赵普是开国元勋，小子无知，轻诋先辈，日后恐难免祸。我得早死，不致亲见就是侥幸了。”果然不多几时，卢亿便以忧抑而死，多逊丁忧去职，奉诏起复，遂即入朝视事，深得太祖的信任。太祖把内事料理既毕，便要处置江南了。先降诏给李煜，召他入朝。李煜奉了诏书，深恐入京被留，托疾固辞。太祖见李煜不肯奉诏，且闻他阴修战略，意在抵抗王师，便决意兴兵进讨江南了。

但是江南李氏的历史，书中未曾叙过，现在太祖要兴师南下，我却不能不叙述一番，使之略有头绪。那江南国号本名南唐，唐主李昪，初为徐温养子，冒姓徐氏，名知诰。后来徐温被逼禅位，昪乃僭号于金陵，称为大齐皇帝，改元升元。嗣因江西杨化为李，洪州李生连理，李昪以为树木呈奇，乃是祥瑞，遂谓群臣道：“朕系出唐宗室建王恪之后，今当复姓为李，国号曰唐。”群臣皆贺，李昪大悦。乃祀圜丘，太史上奏，月延三刻，实是维新鼎命之应。李昪遂庆贺为瑞，赐文武宴于殿内，极水陆之珍，擅山海之奇，所有肴馔，人皆莫识，其食味中有鹭鸶饼、天喜饼、驼蹄餤、密云饼、铛糟炙、珑璁餤、红头签、五色馄饨、子母馒头等，不下数十余品。真是奇珍美味，令人食之，齿颊生香，三日不绝。但李昪宴集群臣，虽然异常丰盛，平日自奉，却甚俭朴，衣服必经浣濯，宫人不曳罗绮，寝殿中夜间所燃之烛，不用脂蜡，灌以乌桕子，燃而取亮；案上捧烛的铁人，高约五尺，还是吴太祖杨行密马厩中所用之物，李昪以为弃之可惜，取为烛台，号曰“金奴”。一日黄昏时候，在宫内夜宴，急须点烛，因呼：“小黄门，掇过朕的金奴来。”其俭朴如此。后人有宫词咏之道：

木再呈奇月再延，维新鼎命百灵骈。
内家从识驼蹄餤，夜捧金奴侍御筵。

李昪在位七年而卒，其长子李景嗣立。李景原名景通，即位后，改名为璟，后因臣服于周世宗，避周庙讳，复改为景。璟对于兄弟，备极友爱，以弟景遂为元帅，封太弟，居东宫；景达封齐王，为副元帅；景逖封江王，并就李昪柩前，立盟约，日后传位太弟，誓必兄弟相继，所有中外庶政，也一切委于太弟景遂参决。每逢游宴出处，均与诸弟相偕。尝值元旦日大雪，李景见六出纷飞，树顶枝头，浑如积玉，阶前砌畔，宛似堆银，身处其间，不啻琼宫见阙。遂道："如此雪景，何不开宴赏之。"即召太弟景遂，齐王景达，江王景逖，与文武大臣，登楼赐筵。刹时之间，歌舞齐陈，酒肴迭上，李景命群臣开怀畅饮，今日须要极尽欢娱，不醉不休。酒至半酣，李景略有醉意，兴致翩翩，遂召歌者王感化，亲题《浣溪沙》词二阕，命之歌以侑酒。感化接过词来，就在当筵，按谱合调，歌将起来，真个字字铿锵，声声入拍，十分可听。其词道：

菡萏香销翠叶残，西风愁起绿波间，还与韶光共憔悴，不堪看！细雨梦回鸡塞远，小楼吹彻玉笙寒，多少泪珠何限恨，倚阑干。

王感化歌罢第一阕，群臣听了，一齐称扬道："陛下所填之词，真是锦心绣口，情韵俱佳，那第二阕一定是更妙的了。"遂又听感化歌第二阕道：

手卷真珠上玉钩，依前春恨锁重楼，风里落花谁是主，思悠悠！青鸟不传云外信，丁香暗结雨中愁。回首绿波三峡暮，接天流。

感化歌喉抑扬，清振林木。李景不胜欣悦，命遍席皆换大杯，须得痛饮一场，赏此新曲，方不负感化的檀板轻歌也。群臣不敢逆旨，共换大杯，欢呼畅饮。太弟景遂，又与群臣各赋一诗，以记今日之盛。李景大悦，直饮至夜深方才散席。次日太弟景遂，率文武臣僚，入内谢宴。行礼即毕，李景开言说道："昨日之宴，君臣兄弟共聚一堂，真乃升平盛事，宜将所咏诗章，装订成册，并绘一图，以传后世，使知我君臣同乐，兄弟友爱不比寻常。卿等以为如何？"景遂奏道："陛下之意甚善！倘得绘成图画。臣等亦可追随陛下，共传万世了。"李景立即传谕，将昨日所咏诗篇，汇集起来，谓徐铉道："此编序文，须仗卿生花妙笔，始可传后。"徐铉顿首奉命，遂为前后序文。李景又召精于绘画者，合成一图，图中一切布景皆令各名手分别担任，如李景御容，由高冲古担任；太弟以下侍臣，法部丝竹，由周文矩担任；楼阁客殿，由朱澄担任；雪竹寒林，由董元担任；池沼禽鱼，由徐崇嗣担任，诸人殚心竭虑，各献所长，精绘成图，曲尽一时之妙。李景见了这图，好生欢喜，遂命装裱好了，珍藏内府，时时赏玩。李景初嗣位时，承李昪恭俭朴素之余，又值中原多故，卢文进、李金全、皇甫晖等，皆归于南唐，于是跨据江淮三十余州之地，擅鱼盐之利，府库充盈，物力丰厚。李景又复春秋鼎盛，处在江南繁华地方，自恃国富兵强，便慢慢的骄奢淫逸起来，后宫佳丽满前，罗绮如栉，游玩宴赏，竟无虚夕；走马击球，通宵达旦。再加子弟们如从嘉、从冀、从谦辈，少年性情，争奇斗异，狗马声色，内宠宴私，盛极一时。那从嘉便是后主李煜，从冀乃李景长子，太弟景遂殁后，李景即立为太子，不久亦亡。惟有那从谦，年纪最小，生性聪慧，相貌清俊，深得李景爱怜，封为宜春王，听其出入宫禁，绝不拘束。从谦上恃李景的宠爱，下仗自己相貌美秀，日日在妃嫔队里跑来走去，少不得沾花惹草，和一班妃嫔，谑浪笑傲，无所不至。那些妃嫔，虽得李景临幸，但是六宫之中，春色如海，雨露哪能遍及。这些妃嫔，正在盛年，春花秋月，未免有情，长夜迢迢，凄凉难耐。忽见宜春王从谦生得风流蕴藉，性情温和，对于妇女面上，更是细腻熨贴，宛转随人。那妃嫔们见了宜春王，没有一个不喜欢的，只要入得宫来，便你推我拉，此争彼夺，好似见着珍奇异宝一般，把个宜春王弄得分身不开，应酬不及，不知如何方法。李景也明晓得宜春王和妃嫔宫人有不干不净之事，一则钟爱宜春王，不肯加以责罚；二则自己妃嫔过多，日久月长，精神疲乏，实在有些支持不住。今见宜春王出入宫禁，众妃嫔人人推爱，个个欢迎，乐得开一眼，闭一眼，由她们胡厮歪缠，自己可以借此休养，珍摄精神，也顾不得父子聚麀的丑事了。

这日正当三春的时候，后苑中百花齐放，这些妃嫔，值此长日如年，无事可为，好不难受，听说苑中花事甚盛，便三三两两，都到后苑来赏花消遣，恰值宜春王也在苑中，骑着马在花下驰骤。未知宜春王与妃嫔又有何事，且听下回分解。

第三十一回　舞伎歌童开夜宴　杏朱梨粉觑晓窗

话说南唐后苑，正当春日，百花齐放，妃嫔们闲着无事，都带着宫人来到苑中，如穿花蛱蝶一般，来往赏玩。此时各花虽然俱开，惟有桃花最盛，其色娇艳，令人见了甚为可爱。众妃嫔意欲折取花枝插于瓶中，以供赏玩，便命宫人前去采折。谁知这桃花的枝条生得甚高，宫人们哪里攀折得来？一齐纷纷扰扰，抢着去搬取彩梯前来折花。恰巧宜春王从谦，骑着一匹绿耳马，在那里奔突驰骤，十分高兴，忽见宫人纷纷喧嚷，他即拍马上前问道："你们为什么如此忙乱？"宫人见是宜春王，乃平日嬉戏惯的，便有几个宫人抢着说道："众位妃娘娘要采那桃花，无奈枝条生得过高，我们攀折不来，意欲找觅彩梯，所以如此。"宜春王道："采取桃花，何用搬那彩梯，费这样的周折，待我来替你们采吧。"说着，纵马至桃花树下，任意攀折，折了一枝，便抛下一枝来，那些宫人，个个要得着桃花献于主人，便争先抢夺，满苑中好像莺飞燕舞一般，碌乱纷纷，甚是好看。不上一会儿，早将满满桃花采了净尽，宫人们也个个捧了许多花枝，十分欢喜。宜春王含笑向宫人道："我的绿耳梯，岂不比你们的彩梯好得多么？"说着，将坐下的马，加上一鞭，如飞驰去。后人读史至此，有宫词一首，咏李景开筵赏雪，及宜春王乘马攀折桃花之事道：

图画天然摹雪后，交辉棣萼小西楼。
朝元才了芳菲早，又纵宜春绿耳梯。

李景自接位之后，颇喜道术。各处方士，闻得国主尊重羽流，喜爱道术，都纷纷来至金陵自炫其术。有道士谭峭，字景升，曾在嵩山从师修炼，得辟谷养气之术，夏则服乌裘，冬则衣绿衫，卧于风雪之中，亦复汗出如沛。李景见其甚有道气，极加敬礼，赐号金门羽客，每逢御宴，必召景升陪侍，赐之饮酒多至一石，亦不言醉。一日雪夜，天寒地冻，河冰凝结，李景饮酒过多，思得鲜鱼为汤以解宿酲，却因天气寒冷，无从得鱼，心甚怏怏。景升道："陛下要鲜鱼醒酒，亦非难事，臣当取松江鲈鱼，为陛下作羹，当较它鱼，尤为鲜美。"李景不信道："松江鲈鱼，必于秋风起时，方可取得。此时风雪交加，如何能有鲈鱼？况松江距此千里路途，便有鲈鱼，一时如何能够取来？"景升道："陛下不信，待臣立刻取来，方知臣言，绝非欺骗陛下。"李景道："未知如何取法？朕倒试一试你的本领哩！"景升即令内侍取过钓钩，秉着宝炬，来至池边，把鱼钩垂入池中，竟去钓鱼。两个内侍，秉烛照着，心中暗暗好笑道："这道士真在那里活见鬼了，如此寒冷天气，池水结成坚冰，怎样钓得鱼来呢？"那两个内侍正在那里暗暗发笑，恰见景升将钓竿往上提，"噗"的一声，早已钓起一条尺余长的鲈鱼来。即命内侍取过盆水，把鱼养在那里。那鱼还在盆内跳跃不已。内侍大惊，齐声称赞道："羽客的本领真是不小，这样冷天，竟能钓得鱼来。”景升也不理他们，又把鱼钩垂下，须臾，又得一尾，这样的接连钓了四尾，方令内侍连盆捧来，献于李景道：“幸不辱命，已取得松江鲈鱼四尾。陛下可命御厨速速作羹，前来醒酒。”李景见他这般天气，居然钓得鲜鱼，心内也觉诧异，却故意说道：“朕这池内，本来养着许多鲈鱼，被你钓将起来，怎么谎朕是松江鲈鱼呢？”景升笑道：“陛下休要胡赖，无论什么地方的鲈鱼，只得两腮，独有松江鲈鱼，乃是四腮。陛下不信，请仔细一看，便知臣言不谬了。”李景听了，即令将鱼取过，详细观看，果然都是四腮，方才相信景升的法术真是高妙，从此更加敬礼，加封为“紫霄真人”，当命之宿于宫中。李景戏谓之道：“卿是神仙，亦有男女之情么？”景升奏道：“神仙有男女之情。臣非神仙，故心如死灰枯木，不知何为男女之情。”李景意欲试之，留他宿于殿中，夜间命美貌宫人前往就之。谁知他呼呼大睡，任凭如何摇撼，只是不醒。宫人叫唤了半日，见他愈加熟睡，只得去告知李景。李景闻之，颇为惊怪！

又有耿先生者，乃女道士也。玉貌鸟爪，尝着碧霞帔，往来江淮地方为人医治疾病，颇知灵异。宋齐邱闻其名，荐入宫中，尝于李景之前，颠倒四时花木为戏，言人祸福，其应若响。宫人重之，皆称为耿先生。一日，南海地方，贡龙脑浆，说是很能补益身体。李景便用龙脑浆调入酒内，赐一盏于耿先生。耿先生谢了恩，一饮而尽，说道：“这个酒并不见得好。”李景道：“你说这酒不好，要怎么样的才好呢？”耿先生道：“若得龙脑少许，我能制之。”李景即命内侍取了许多龙脑，要耿先生制造起来。耿先生遂用缣帛做成一囊，把龙脑装入囊中，悬在一个玻璃瓶中。不过片刻工夫，已听得瓶内有滴沥之声。过了一会，开瓶看时，龙脑已尽成浆，流入瓶内。耿先生道：“贮于瓶内，至明日用之，香气必较南海所进者尤为佳妙。”李景至明日发现，果然贮着半瓶龙脑浆，芬芳馥郁，馨烈异常，与南海所贡者，大不相同。李景大喜，命内侍谨密收藏，常常调酒饮之，香沁肺腑。李景又于大雪之时，命耿先生献技，其时正在围炉御寒，耿先生就庭中取雪，置于飞红的炭火里面，初经投入，灰埃飞起。耿先生手执火钳，徐徐将近灰四面壅盖住了。过了一刻，从炉中倾倒出来，投入里面的雪，已经变成一块铜了，又把来放在地上，待到火气退尽，取起观看，却是一锭纹银，银之下面，还现出垂酥滴乳之状。李景见了，不胜惊喜！便要求耿先生，多化些银两出来，以济国用。耿先生连连摇头道：“这事不敢奉诏，若多化了银两，必干天谴。非但贫道获罪，便是陛下也有不便。”后人读史至此，也作宫词一首，咏谭景升与耿先生道：

> 裘衫杳渺去青城，无复金门羽客迎。
> 别试承浆熔雪手，内廷重款耿先生。

那谭景升后来辞别了李景，飘然而去，径入蜀之春城山，不复再见，相传以为成仙而去，所以这首诗的首二句，说是“裘衫杳渺去青城，无复金门羽客迎”，乃是说谭景升成仙而去，不复溷迹尘世的意思。耿先生在内廷供奉了数年，也就辞了李景，不知去向，这也不在话下。

单说那李景在位，专尚浮靡。江南本是个文弱之邦，再加李景崇尚文词，用韩熙载、冯延巳等人为相。那冯延巳本是李景藩邸的旧僚,为元帅府书记时,即以文采风流,为李景所器重,曾填谒金门词一阕,见称于世。其词道:

风乍起,吹皱一池春水;闲引鸳鸯香径里,手挼红杏蕊。斗鸭阑干遍倚,碧玉搔头斜坠。终日望君君不至,举头闻鹊喜。

李景见了冯延巳这阕词儿,深为称扬,说他作得很好。平常时候,两人互相谈论填词之法。李景尝和延巳调笑道:"吹皱一池春水,干卿底事?"延巳答道:"臣的词句虽好,还不如陛下'小楼吹彻玉笙寒'的句子,来得警策哩!"李景听了,心下大悦,遂以延巳为中书侍郎同平章事。延巳既相,专门拈弄笔墨,不以政事为意,尝作乐府百余阕,其中有一章名《长命女》,词道:

春日宴,绿酒一杯,歌一遍。再拜陈三愿:一愿郎君千岁;二愿妾身长健;三愿如同梁上燕,岁岁长相见。

冯延巳所作的乐府,都是些风云月露之词,儿女私情之事,若说经济之学,治国之方,连梦也不曾做过一个。这样的宰相,怎么不要启文弱之风,失人民之望呢?

那韩熙载更是放诞风流,不修帷薄,以其颇擅文章,名闻京洛。李昪僭号,任为秘书郎,令事李景。景既嗣位,益加恩礼,授为兵部尚书。江东人士,重其文章,载金帛以求其铭志碑记的,不绝于道。又因为李景代撰文章,所获赏赐,不计其数,熙载遂大治府第,蓄养宾客;后堂姬妾,多至四十余人。婢女侍儿,披罗曳绮;歌童舞伎,分立成行。熙载退朝之后,声乐满前,左拥右抱,饮酒取乐,酒醉饭饱,便挟着心爱的姬妾,当庭宣淫,也不避人。平常时节,对于姬妾媵侍,不加防闲,听其任意出入外斋,与宾客生徒,杂处其间,谑浪调笑,无所不至。姬妾们尝在大庭广众,以手探宾客的私处,议论阳具之大小,以为笑乐。熙载当面看了,恬不为怪。熙载又有一种古怪脾气,所有替人做铭志碑记的谢仪,及李景赏赉的金银财帛,到了他的手内,便完全分散于歌姬妾侍。自己不名一钱,甚至三餐不继,饮食断绝,便穿了破烂不堪的衣服,装成鸠形鹄面之乞丐的样子,手托瓦钵,向歌姬院内,沿门乞食。这些侍妾歌姬,看熙载前来乞食,故意把些残羹冷炙,吃剩的食物打发于他。熙载并不嫌其为残余之物,居然大嚼起来,吃罢了时,便拍手大笑,十分快乐。侍女们待他笑罢,方才取过汤来,代为梳洗,献上衣襟,替他穿戴。熙载待她们服侍着穿戴已毕,便又大排筵宴,自己居中高坐,姬妾旁坐陪侍,歌童舞伎,分列左右,左舞右歌,管弦丝竹之声,洋洋盈耳。歌舞既毕,遂令歌童舞伎,各各脱去衣服,一丝不挂,男女追逐为戏。熙载看得高兴起来,连举数觥,颓然醉倒,方由姬妾们左右扶持,回归寝室,安然睡觉。每日总是如此,若有一日不向歌姬们乞食,心内便觉不快,晚间睡觉,也不能安枕了。韩熙载身为南唐大员,放诞不羁到这个样子,哪里还能整理国事,安辑人民呢?所以周世宗时节,举兵南下,势如破竹,竟把全淮之地,尽行取去,李景出于无奈,只得削号称臣,遵奉周之正朔了。

至宋太祖受禅，诏书来至江南，李景自知地蹙兵弱，万难以一隅之地，抗拒中原，遂即臣事宋廷，十分恭顺。但太祖是个雄才大略之主，登基以后，志在削平诸国，统一天下！李景虽然称臣降服，江南地方，未入版图，时刻不忘，意欲起兵征讨，又因李景很是恭顺，毫无间隙，未便兴这无名之师。遂想出一个计较，托言中原扰乱多年，书籍均已散佚，诏谕李景，欲遣翰林学士承旨陶穀，至江南抄录各种书籍，以备修史之用。实则使陶穀借抄录书籍为名，暗中窥探江南虚实，为将来兴兵攻取江南预留地步。李景奉了太祖的旨意，哪敢不遵，即上表奏称国中所有之书，均已预备齐集，恭候天使驾临敝国，听凭抄录。太祖接了李景的表文，即令陶毂奉使而去，并暗中嘱咐他窥探江南的动静。陶穀奉了旨意，择日登程。有宋臣李献，与南唐韩熙载，乃是文字之交，两下时有书信往来，相得甚欢。李献见陶穀已遵旨前赴江南，遂暗中寄书于韩熙载道："五柳公骄甚，若抵江南，宜善待之。"陶穀到了江南，见过李景及文武臣僚，果然以大国使人自处，趾高气扬，不可一世，且自夸廉隅整饬，操守清廉。李景与诸大臣，见这样旁若无人之概，心内甚是讨厌，却因他是天朝使臣，不得不以礼相待。当时摆了盛筵，与陶穀洗尘接风。席间都是南唐大臣，如宋齐邱、冯延巳、徐铉、韩熙载等，列坐相陪。李景因敬重陶穀，命宫中承值的歌姬，出来奏乐侑酒。那陶穀偏有做出岸然道貌，十分清高的样子，对于这些歌姬，连正眼也不瞧一瞧。宋齐邱和韩熙载，见他如此拘谨，心内甚是好笑，饮至天晚席散，陶穀向李景谢了筵，送至馆驿里面安歇。到了次日，陶穀请命于李景，往史馆中抄录书籍。史馆里面，原有南唐的许多翰林在内，陶穀抄录之暇，便与众翰林闲谈，渐渐的说到韩熙载身上。陶穀便大发议论，讥韩熙载乞食歌姬，失大臣之体。作臣的人，有文无行，实不足取。众人见他信口雌黄，心中虽然不服，也未便与他争执，只得嘿嘿无言而散。陶穀自归馆驿去了，早有人把他讥弹的话，前往报知韩熙载。熙载听了，不觉怒道："我因他是天朝大臣，故此好好看待，他竟敢这样无礼，挑消我的短处；我若不设个计策处治他一番，如何知我南唐的厉害呢？"当下又转念道："那陶穀在本国的时候，想必也是目中无人，和同僚官员不能相协，所以李献寄书给我，说'五柳公骄甚，宜善待之。'他这'宜善待之'四字，分明是句双关话，表面是嘱我好好的看承陶穀，不可怠慢，暗中却是叫我置个善策，处治了他，以儆其骄的意思。我若不用计治服陶穀，也要被李献所笑了。但是那陶穀做出目不斜视，耳不妄听的样子，我却怎么样处治他呢？"独自一人，沉吟了半日，心内已打定了一个主意。次日便进宫朝见李景，熙载本是李景藩邸之旧人，所以君臣之间甚是融洽。参拜已毕，李景便赐熙载一旁坐下，谈了些国家政务，就说到陶穀身上。李景语言之下，也有些嗔怪陶穀骄傲太甚的意思。熙载乘机奏道："陶穀在史馆抄书，竟在大庭广众，议论我朝大臣的短处，那种狂妄的情形，真正可恨！"李景怒道："他既自谓学识优长，怎么在人国内可以议论人家的大臣呢？也太不知道理了，若不是上国的使臣，朕定要降罪于他。"熙载道："臣想宋主忽地派遣陶穀来到江南，名虽抄录书籍，暗中实据窥探内情之意，若不略略给些厉害于他，必谓江南无人，愈加看轻我朝了。"李景闻言，不禁连连点头道："卿言甚是有理，朕也疑心宋主百忙中怎么要抄录起书籍来呢？就是要修辑前代史乘，我国已经奉了他的正朔，总算是南北一家了，何妨降道诏书，命我国把书籍进呈，何用派人前来抄录呢？

内中含有别情,不言可知了。但是陶縠为人,虽甚狂妄,并没什么过失,怎样的才可以给他些厉害呢?况且又是宋主差来的使臣,倘若得罪了他,于宋主面上,又难免不好看。”熙载道:“陛下所虑,固是不谬,但臣的意思,也并不要使他十分下不来台,只令他犯点儿风流罪过,把他的嘴堵塞住了,也就罢了。”李景道:“陶縠这人,十分正经,大有非礼不言,非礼不视的气概。卿如何使他犯风流罪过呢?”熙载道:“臣观陶縠的为人,外清高而内多欲。他的操守是很容易败坏的。臣已思得一计,只要如此如此。待事成之后,陛下再邀他赴宴,当着筵宴之前,再这样的一番施为,既不破他的面,使之不能下台,又使他暗中惭愧,受了捉弄,只怯在肚里吃苦,口中却说不出来。岂不很好么?”李景说:“此计固妙!但是岂知陶縠可能上钩?卿且去施展起来,看他如何。”熙载奉了命令,辞退出宫,回至府中,唤了个上等歌伎,名唤秦蒻兰的,吩咐了一番言语。秦蒻兰听了吩咐,遂即换了一身旧衣服,熙载又把驿卒张三传来,把计划说个明白,叫他领了秦蒻兰前往驿中,照计而行,不得有误。驿卒唯唯连声道:“小人理会得,包管不会误事。”熙载大喜道:“此事成功,我当奏知国主,赏个官儿与你做。”驿卒张三叩头拜谢,暗暗的带了秦蒻兰,到驿中安排起来,我且按下不提。

单说陶縠在史馆里面,抄录六朝的书籍。他本奉了太祖之命,要窥探江南虚实,表面上却把抄书当作很要紧的事情,每日清晨便赴史馆,直到晚上,方才回至馆驿安息。在史馆之中,除了抄书以外,便和那些在史馆值班的翰林,谈论些学问掌故。那些翰林倒也随问随答,很觉亲近。陶縠便故意的谈些现在的时事,慢慢的要探他们的口风。哪知这些翰林,早经李景嘱咐过了,在陶縠面前,不准谈论本国事情。因此陶縠和他们谈及时事,他们都守口如瓶,一些口风也不肯吐露出来。陶縠见了这般情形,也没有法想,只得一天一天度将过去。早已过了两个多月,陶縠已把一部六朝书籍抄毕,拟在馆驿休息几日,再往史馆,抄录它种书籍。这日清晨起身,坐在房内,忽见有个人影,在窗前晃摇不定,好似在那里偷觑自己一般。陶縠疑惑道:“什么人在窗前偷觑呢?”便从座中起立,步至窗前,向外一看,谁知不看犹可,这一看,竟把陶縠的魂灵儿飞去半天,呆呆的立在那里,动也不动了。原来窗前偷觑的,乃是一个美貌女子,年约十七八岁,身上虽是穿的破旧衣服,却生得体态轻盈,风神独绝,一双俏眼,觑着窗上,向里面偷看不已。陶縠遇见妇女,任是怎样的美貌,他总是正颜厉色的,绝不动心,偏偏今天见了这个女子,竟会神魂飘荡,把持不定起来。立在窗前,两眼发直,只是射在那女子粉颊上面,连瞬也不瞬一瞬。那女子十分乖觉,见陶縠向自己呆呆看着,急把粉颈一低,忙移莲步,好似惊鸿一瞥,翩然而逝,已去得无影无踪了。陶縠看看女子去了,方才慢慢的把飞去的魂灵儿收将回来,心内想道:“我在这驿馆里住了两月有余,只因忙着抄录书籍,朝出晚归,有这样神仙般的女子在左近,也不知道。今天若不在馆中休息,岂非当面错过么?但是这个女子,不知是甚等的人,却出落得如此美貌,看她身上的衣服甚是破旧,想是贫苦人家的女儿。我生平对于女色漠不关心,今天见了此女,竟是神魂飘荡,难以自持,须要想个法儿,和她暗通款曲,方了心头之愿。只是女子已去了,又不知她的姓名住处,怎样和她亲近呢?惟有巴望她再来窗前偷视,我方好细细的询问。”陶縠独自一人,在馆中思念那个女子,望她再到窗前偷看,不料那女子并不前来。陶縠心头闷闷不乐，要想抛将开去，谁知刚才抛去，又上心来，一日之间，神魂若失，连饮食也无心去吃。直到天色已晚，闷闷的饮了两杯酒，始终没见女子前来窥觑，心内很觉有些感触，在房中踱来踱去，填成醉落魄词一阕道：

杏朱梨粉，露华凝碧轻烟润；纱窗深掩凭谁问，隔个阑干远抵天涯恨。别时但愿心头印，见时但愿眉头近；此生便算衿裯分，密约除非梦里寻芳信。

陶穀填就这词，取过笔墨笺纸，就灯写了，看过一遍，背着手，在房中高声吟哦。正诵着"隔个阑干远抵天涯恨"，忽听帘钩叮当，两扇门儿，"呀"的一声，推了开来。陶穀猛听得有人推门，不觉吃了一惊，连忙回头看时，正是日间在窗外偷觑的女子，悄悄的推开门儿，侧身入内，向着陶穀微微一笑，低声说道："好一个'隔个阑干，远抵天涯恨'，却不料君须眉如戟，居然如此风雅。妾阅人多矣！今日见君之容，听君所填之词，一往情深，风韵独绝，妾心竟难自持，故不避嫌疑，效红拂之投李靖；文君之奔司马。望君勿以唐突见责，实为万幸！"不知陶穀听了女子的话，怎样回答，且听下回分解。

第三十二回　**陶学士馆中遇美　李国主池畔垂纶**

话说陶穀听那女子谈吐风雅,心内更加敬爱,也顾不得平日之操守了,便把往时的岸然道貌,抛在九霄云外,笑嘻嘻的携着那女子的手道:“小娘子必是神仙下降,今日得见,真是三生之幸!”说着,连连作揖不已。那女子见了陶穀这般形状,禁不住掩着樱唇,嗤的一笑道:“妾闻陶学士乃是个目不斜视的正经人。原来也是个假道学,背着人竟是这样放浪不羁哩。”陶穀笑道:“我平日见色不迷,颇能自守。今天见了小娘子,不知怎样把持不定起来,想是与小娘子有宿世缘分,所以如此。未知小娘子贵姓芳名,居住何处,因甚来到馆驿里面?”那女子答道:“妾乃驿卒张三之女,名唤阿仙,即住在驿馆后面。久已闻得学士大名,很想一见,只因学士往史馆抄录书籍,早出晚归,恨无其便。今日知道学士在馆中休息,所以私来窗下,瞻仰尊颜。妾父在此充当驿卒,已历多年,妾自幼相随,居住馆驿后面,过路的官员,也不知见过多少,皆不能动妾之心。今日见了学士,不知何故,耿耿在心,竟难抛舍,故于晚间瞒着父亲,来此一会。不料行至门前,学士正在填词,妾幼年亦曾读书,听了学士之词,十分情重,忍耐不住,推门而进,阻了学士的清兴,乞恕唐突之罪!”陶穀忙道:“蒙小娘子不弃,玉趾降临,乃是求之不得的,怎么反说是唐突呢?”一面说着,一面在灯下观看阿仙的容貌,真是千般娇媚,万种风流,虽是裙布钗荆,越显出国色天香,陶穀眼看着佳丽,如何还能忍耐,便举步上前,拥抱求欢。阿仙装出不胜羞愧的样子,对陶穀道:“妾虽是驿卒之女,出于寒微,平日守身似玉,颇知自爱,一旦遇见学士,诚心爱慕,遂不自持,蒙耻相就,还望学士鉴妾痴心,勿以为路柳墙花,始乱终弃,使妾抱恨无穷也。”陶穀听了,忙指灯立誓道:“蒙小娘子垂怜,我若忘了今日之情,将来必无善果。”阿仙见陶穀对灯起誓,慌忙拦阻道:“只要学士不忘今日之情就是了,何必起这重誓呢。”陶穀便乘势将阿仙拥入帐中,阿仙半推半就的成了好事。陶穀和她并枕而卧,细声喁喁,相怜相爱,十分要好。从来说欢娱嫌夜短,寂寞恨夜长。陶穀与阿仙一夜绸缪,不觉东方发白。阿仙见天色已明,连忙起身道:“贪欢忘晓,倘被我父得知,如何是好?”陶穀也恐为人撞见,坏了自己的名声,遂与阿仙匆匆起身。两人携着手,大有恋恋不舍之意。阿仙低声说道:“妾蒙学士爱怜,乞赐一词,以记今日之情。”陶穀听得阿仙向他索词,绝不推辞,便提起笔来,在昨晚所题的醉落魄后面,一挥而就,递于阿仙。阿仙接过看时,却是调寄锦堂春一阕,其词道:

> 月照纱厨金枕,花园宝镜香奁。三山不在沧洲外,隔个水晶帘。人静香沉玉兔,夜阑影落银蟾;阿仙省识相思意,春色透眉尖。

阿仙得了陶穀的两阕词儿,心内好生欢喜,连连道谢,辞别欲行。陶穀又约阿仙,今晚务必前来。阿仙点头答应,径自出门,往后面而去。陶穀眼巴巴望着阿仙去得不见影儿,方才回转身来。因为昨夜未能好好的安睡,此时天光尚早,重又倒在床上,闭着双眼,细细的想着夜间与阿仙的情味,心内异常酣畅,暗中欣幸道:“不想我来到江南,竟有这样的奇遇,也不枉了此一番的辛苦跋涉。但是我抄完了书,便要回国。这阿仙与我如此恩爱,怎么舍得抛弃了她回国去呢?且待她今夜前来,与之商酌,同往汴京,方得天长地久,永远相守。想那阿仙,不过是驿卒之女,同我前往汴京,做得学士的爱妾。可以安享富贵,谅无不允之理。倘若她的父母不肯答应,只消多给他些金银就是了,何患不能如愿呢?”陶穀睡在床上,胡思乱想地在心中盘算,不知不觉沉沉睡去。一觉醒来,已是辰牌时分,命人打了水来,梳洗已毕,一眼瞥见桌子上面,摆着一个红纸帖儿,随手取过一看,乃是李景请去赴筵的帖儿,上面写出“午刻候驾”。陶穀知道时候不早,忙忙的整冠束带,前去赴筵。见了李景,参拜过了。李景却十分恭敬,口口声声称他为陶先生,并说陶先生奉命来到敝国,寡人因国事羁身,未能亲与先生把盏,实在简慢得很,今天特地备了一杯水酒,一则谢罪;二则与先生畅叙衷曲。陶穀见李景十分殷勤,只得也谦逊了几句。李景即命摆筵,一声传出,早已整整齐齐的摆了三桌盛筵。李景乃是国主,体统攸关,自然在正中一席,面南而坐,下首列着一席,面东背西,乃是宾位,让陶穀独自一人入座,下首一席,面西背东,乃是宋齐邱、冯延巳、徐铉、韩熙载,依次而坐。陶穀向李景顿首谢坐,一同入席。酒过数巡,李景便命传歌伎侑酒,旨意下来,早有一班弛锦裾,曳罗裳的美女,手执乐器,排列阶前,歌唱的歌唱,奏乐的奏乐,金石丝竹与宛转娇喉,一时并作。陶穀见李景命歌伎侑酒,早又正襟危坐,做出那不可干犯的老调来了。李景和诸大臣见了这般模样,心里不觉暗笑,也不去理他,只是吩咐内侍,用大杯敬酒。那些歌伎一曲奏完,乐声停止,李景忽向陶穀笑道:“先生乃天朝金马玉堂之客,敝国所有的歌曲,哪里听得入耳?寡人新得一个美女,姿色虽不甚佳,曾得天朝之贵人垂爱,加以宠幸,且填了两阕词儿,赐给于她。寡人曾经听她唱过,真是才子之笔,得着佳人,曼声歌来,格外浓艳可听。今当传她前来,歌唱一回,好使先生听了,开怀畅饮。”陶穀听罢李景一番言语,还没有明白他的用意,正要开口辞谢。谁知李景不由分说,即命内侍,传歌伎秦蒻兰来敬陶先生的酒。须臾之间,早见一个宫装高髻,态度如仙的美人,莲莲珊珊,走上前来,陶穀觉得这个美人好生面熟,似在哪里见过一般,便留着心仔细观看,不觉吃了一惊,暗中叫起苦来,顿时坐立不安,手足无措。你道陶穀为什么见这个歌伎要惊慌到如此地步?原来这歌伎秦蒻兰,便是昨日在馆驿中,自称驿卒张三女儿与陶穀缱绻通宵的阿仙。陶穀初见这歌伎,好生面熟,心内已经疑惑,及至走到阶前,留心观看,谁说不是阿仙呢?不过昨夜穿的是破旧衣裳,今日却是罗绮满身,愈觉妩媚动人了。陶穀此时,方知中了南唐君臣的美人计,料想:“他们必是恨着自己,不肯和光同尘,脂韦随俗,所以用这样的毒计,捉弄自己。现在命她前来侑酒,必是要当筵羞辱了,倘若在酒席上面,当着大众,把昨夜的事情明白宣布,自己的名节,岂不完全扫地,便有何面目见人呢?”内心想着,十分惶急,面红耳赤的坐在席中,直急得额上的汗,如黄豆一般大小流将下来。陶穀正在仓皇无地,那歌伎秦蒻兰,已袅袅婷婷,步至李景席前,向国主行过了礼,侍立一旁,听候旨意。李景见了秦蒻兰,却满面含春的指着陶穀,对她说道:“这位陶学士,乃是天朝的大臣,奉了天朝皇帝的圣旨,来至我国抄录书籍，是个胸罗锦绣，腹隐珠玑的才人！而且品行端方，举动循理，又是个不欺暗室的慎独君子！朕一则敬他的才学；二则重他的品行，今日屈他前来赴筵，众歌伎所歌的曲子，皆不能动学士的清听，因知你曾为天朝贵人所宠幸，且蒙贵人赐有两首词儿，情文俱佳，浓艳异常，可当筵歌来，劝学士畅饮一杯。朕自有重赏。”秦蒻兰口称遵旨，遂手执檀板，轻启珠喉，先歌那《醉落魂》一词。歌声方毕，李景已连连称赞道：“风华曲赡，一往情深，真是才子之笔！说着，又回顾秦蒻兰道：“你斟一大杯，敬于学士，求其饮干。”秦翡兰奉了旨意，早已满斟了一大杯，奉于陶穀道：“学士请尽此杯！”陶穀听得秦蒻兰，在筵前歌着昨日所填思慕阿仙之词，心内又羞又急，如坐针毡一般，甚是难受。忽见她又敬自己的酒，如何还敢推让，连忙接了过来，一饮而尽。李景笑道：“若非天朝贵人的佳作，哪能使陶先生如此豪饮？秦蒻兰还有一词，可再歌来。”秦蒻兰口称领旨，又把陶穀赠于阿仙的《锦堂春》词，歌了一遍。李景道：“好个‘阿仙省识相思意，春色透眉尖’。这一阕更比前阕还要香艳了，学士宜多饮几杯，方不负此词之佳妙。秦蒻兰早又斟了三大杯来敬陶穀。陶穀酒量甚窄，如何能饮这三大杯酒？只得起身谢道：“承蒙大王赐酒，理应恭领。无如臣量甚浅，饮此三杯，必致大醉失仪，还求大王免臣饮酒。”李景微笑道：“先生今日听佳词，对美人理应饮个大醉，方才畅快。如果饮得醉了，朕即送先生归回馆驿就是了。”陶穀见李景再三相劝，暗暗想道：“我正怕他还有什么言语羞辱于我，现既如此劝酒，何不接过饮了，假作大醉之状，免得他再肆讥讽呢?”遂顿首言道：“大王赐酒，臣何敢辞，但醉后失仪，尚乞宽宥!”说罢，便接过酒来，连连干了，将身伏在桌上，现出沉醉之态。李景说道：“陶先生果然不胜酒力，可命侍卫四名，好好的送他回归馆驿。”侍卫奉了圣旨，立刻扶着陶穀，坐上安舆，送回馆驿，扶他好好睡下，方才回去复旨。

陶穀酒虽过量，心内尚是明白，睡在床上，暗想这件事，明是江南君臣，做成圈套，陷害自己，深悔见色迷心，受了他们的捉弄。现在把柄已落入人家手内，只得低声下气，忍让一时，免得将此事宣扬出来，被朝廷知道，没有面目回国。从此陶穀把骄傲狂妄的态度，完全收拾起来，再也不敢讥议江南臣僚的短处，匆匆的将书籍抄毕，回到汴京，见了太祖，只说江南君臣，上下一心，无隙可乘。因此太祖又把兵下江南之事，暂时搁起。我且按下不说。

单提那南唐主李景，自从陶穀回汴以后，深恐宋主起兵讨伐，因宋齐邱是个智谋之士，召进宫内与他密商道：“宋主志在统一天下，江南地方富庶，尤为所忌。前次遣陶穀前来抄录书籍，乃是暗探我国虚实，此番回汴，必将我国情形，奏知宋主。倘若宋主贪心不足，起兵南下，难以抵御，必须筹图兵饷，预为防备，免得临期匆促，措手不及。卿智谋深沉，定有良策，为朕分忧。”宋齐邱道：“陛下不必忧虑。臣观陶穀的为人，色厉内茬，前番中了韩熙载的美人计，当筵受了羞辱，已知我国君臣，并非软弱可欺之辈，又经陛下预先料着宋主的意思，于陶穀来时，密谕国中，不得泄漏内情，因此陶穀虽在我国数月之久，一些事情也没有探得。此次返汴，见了宋主，报告我国情形，宋主知我上下一心，无隙可乘，必不敢兴兵南下。况且我国臣服宋廷，陛下平素又极恭顺。臣料宋主，必定先取南汉及荆湖诸处，此时尚无暇顾及江南。即使宋师径自前来，非臣夸口，即臣一人，可以抵得十万大军！长江天险，横亘南北，也可当得十万人马。此外又有精卒十万，可以制敌。合算起来，足有三十万精兵，何愁不能抵御宋师呢？臣所虑的，不在外患，却在内忧。”李景忙道：“卿所谓内忧，究系何事？可为朕言之。”宋齐邱密奏道：“海陵人丁日繁，生聚已历多年。陛下若不预为之备，他日养精蓄锐，一日崛起，以报复为名，恐势成燎原，不易制服，故臣深以为虑。愿陛下及早图之，无使滋蔓，国家之幸也！”李景连连点头道：“非卿言及，朕几忘之，卿可从速派人，暗中查察海陵一族，现有丁口若干，报朕知道，自有处置。”宋齐邱领了李景之命，自去暗中查察去了。

你道宋齐邱所言的海陵人丁日繁，究是指什么而言呢？原来当初李昪篡夺徐温的基业，即位之后，以自己是徐温的养子，徐氏族人皆是自己的昆弟，不忍加害，又恐留在金陵日后必致为患，遂将徐氏一族，徙居海陵。传至李景的时代，徐氏在海陵地方，生聚多年，人丁很是繁昌，族中且有杰出之才，著名于时。宋齐邱闻得这个消息，惟恐徐氏死灰复燃，深以为忧，胡奏明李景，叫他预先防备，以免后患。李景听了宋齐邱的言语，便命他派人往海陵，调查徐氏族中，究有多少人丁。宋齐邱奉了旨意，哪里还肯迟延，立刻遣亲校前赴海陵，秘密调查，并嘱咐道：“此事乃奉了旨意的，须要格外当心，不可遗漏一人。”亲校奉命，唯唯而去，不上数日，调查清楚，回来复命道：“查得徐氏亲丁，男妇长幼，一共五百余口。”宋齐邱得了实数，遂即进宫，奏明李景。李景便与宋齐邱商议定了，命一员将校，带兵一千名，径往海陵，将徐氏人丁，尽行弑戮，不得存留一人。将校得令，统率一千人马，如飞的奔至海陵，会同海陵州官，将徐氏府第，团团围住，打门而入，见一个杀一个，见两个杀一双，无论男女少长，尽皆杀死。可怜徐氏一门，也不知为的什么事情，要遭此屠戮，真个杀得鸡犬不留，尸横满地！事毕之后，海陵州官，收敛尸身，见有数十小儿都被杀死，州官见了，也觉甚是凄惨，暗暗说道：“国主也未免太残忍了，这许多小儿，知道什么，也要横加杀戮。”嗟叹了一会，命人将尸首收敛起来，即行埋葬。至今海陵州宅之东，尚有小儿坟数十，皆为当时被杀的徐氏子孙。那员将校，办理已毕，回去复旨，李景大喜，以为徐氏族灭，从此可无后患了，深嘉宋齐邱的功绩，厚加赏赐。齐邱谢恩回府，携了许多御赐的金帛，心中好不欢喜，一一贮藏起来。

谁知冤冤相报，来得甚快。不上几日，宋齐邱最小的儿子忽然生起病来，口中唤着宋齐邱的姓名骂道：“宋齐邱老贼！我有何亏负于你，帮助李昪夺我基业，那是气运当然！我也无可如何，现在为什么又挑唆李景，杀我子孙，至于尽绝？老贼恶贯未盈，暂留你命，先将你的爱子取去，以彰报应。”宋齐邱听了，知是徐温的阴魂作祟，吓得手足无措，连忙具了衣冠，叩头求告道：“屠戮大王子孙，乃出自国主之命。与老臣无涉，伏乞大恩，赦臣之罪，饶恕小儿性命，臣当大建功德，超度大王，脱离幽冥，早升天国。”说着，连连叩头。他的儿子，又作徐温的口气说道：“老贼！焉敢花言巧语，希图卸罪？李景本无杀我子孙的意思，完全由老贼挑唆而成，我在冥冥之中，早已知道，还敢图赖么？但李景惑于奸言，妄杀无干，我亦岂肯放过了他？今已请于上帝，他的气运已终，不久便有报应了。”说着，宋齐邱的幼子，好似睡醒一般，睁开了眼，只是呻吟。宋齐邱问他刚才说些什么？他却一无所知，只说有个穿了金冠黄袍之人，把自己身体一推，便失了知觉，并不晓得说些什么，此时醒来，只觉头痛欲裂，四肢如同被缚一般，很是难受。从此宋齐邱小儿子的病,便日重一日,延医诊治亦无效验,急得宋齐邱求神许愿,拜佛烧香,忙乱了数日,仍是无效,便请了三十六个和尚、三十六个道士来到府中,起建罗天大醮,超度冤魂,自己却杜门谢客,守着患病的幼子,一步也不肯离开。恰值李景因有国事,要与宋齐邱商议,降旨宣诏入朝。齐邱只推有病,竟不奉诏。李景见齐邱违诏不来,细细的打听,方才知道徐温的阴魂附在齐邱幼子身上,为他子孙索命,不觉也暗中吃晾道:"宋齐邱一心为国,代朕划策,尽灭徐氏,以杜后患。不料招了徐温阴灵之怨,害他幼子生起病来。朕素知齐邱最爱幼子,现在遭此祸患,无怪他杜门不出,连朕降旨宣召都不来了。"李景心内想了一会,很觉垂念齐邱,即命摆了筵席,宣召齐邱前来赴筵,以便替他解闷。那宋齐邱因幼子疾病已经垂危,在府内哭得喉干声嘶,如何还能奉诏赴筵?便托传旨的内侍,将实情启奏李景,乞恕逆旨之罪。内侍回宫,将情形奏明。李景知道宋齐邱的幼子,已经无可挽救,很替他悲伤,叹息了一会,也就罢了。其时金陵的人民,都知徐温显灵,宋齐邱的幼子,已将垂绝,李景宣齐邱赴筵,他也因舍不得儿子不肯前去,便到处议论,都说宋齐邱意毒心狠,挑唆国主杀了徐氏一族的人丁,理应得此逆报。这种说法,传入一个老乐工的耳内,不禁拍手称快道:"宋齐邱着李氏,谋夺徐氏河山,已是罪大恶极;今又暗施阴谋,尽杀徐氏之族,少长不遗,死个幼子,他还舍不得么?待我来讥诮他一番,为徐氏略略出口恶气。"遂即题诗一首,系在纸鸢上面,放入宋齐邱家内,其诗道:

化家为国实良图,总是先生划计谋。
一个小儿抛不得,上帝当日合如何?

宋齐邱见了这诗,知是徐氏旧臣,因自己辅助李景,灭了徐氏之族,心怀怨恨,故以此诗相诮。若在平日,齐邱见了这样讥刺的诗句,定然不肯干休,必要访出作诗之人加以罪责,方才快意。无奈这时,徐温刚刚显灵,自己的幼子,又在垂危。齐邱忏悔还来不及,如何还敢追问这事,所以瞧见这诗,只得长叹一声,搁过一旁,置之不理了。

不提宋齐邱在家中杜门谢客,为了幼子病重着急。且说唐主李景在宫,听说宋齐邱家内,因徐温作祟,累及幼子,心内虽也十分惊骇。过了几日,便把此事忘记,仍旧酣歌漫舞,悠然自得,宋齐邱家中的事情,早又抛在九霄云外去了。这一天,因苑中花事甚盛,李景又大摆宴筵,宣召近臣入苑赏花,命乐工杨花飞奏水调词进酒。那杨花飞却甚作怪,奉命之后,只把南朝天子爱风流的一句词儿,反复歌唱。李景初时并不留心,后来听杨花飞单这句词儿,心中恍然大悟,遂覆杯叹道:"使孙、陈二主,得闻此句词儿,如何至有衔璧出降之辱呢?"因命内侍,取过金帛,厚赏杨花飞。李景此时,已觉微醉,乃起座出席,率近臣同至池边垂钓取乐,吩咐群臣,略去礼节,各自钓鱼,群臣奉命,各取鱼竿,垂入池内。李景也令内侍献上钓纶,一同钓鱼。停了半晌,群臣都已钓得,独有李景坐在那里,池中的鱼儿,游来游去,随定了他的钓钩,唼喋不已,偏偏不肯吞他的香饵,惹得李景发起性来,用力将钓竿往上一提,仍是一个空钩,反把池中之鱼,吓得逃窜开去,再也不肯聚拢来了。李景见近臣都已得鱼,自己钓了半日,一尾也未获

取,心内好生不快,面上现出不悦之色。时有优人李家明,随侍在侧,见李景因钓鱼未获,心甚不悦,他便进诗一首,为之解嘲道:

玉甃垂钓兴正浓,碧池春暖水溶溶。
凡鳞不敢吞香饵,知是君王合钓龙。

这首诗献将上来,李景看了,大悦而罢。原来李家明虽然是个优人,却生得性情敏慧,语言伶俐,时时以诙谐之谈,讽谏时政,弥补缺失。李景因其善于讽谏,甚加宠爱,每逢游宴,必命李家明随侍左右,大有非他不欢的行径。那李家明感激知遇,也就拾遗补缺,随时纳谏,挽救不少。李景因与诸弟十分友爱,把诸弟悉皆加爵。李家明不以为然,便又想法规谏。未知如何进谏,且听下回分解。

第三十三回　金莲花上观妙舞　红罗亭中逼承恩

话说南唐主对于诸弟甚是友爱，如皇弟景遂、景逖、景达，皆已封王。李景尚以为未足，又把景遂等子弟，皆加封爵。李氏一族，富贵荣华已达极点，对于外姓之臣，却绝无恩泽。李家明见了，甚为不然，意欲讽谏。一日，李景设筵殿中，俳优杂进。家明乃扮为翁媪，列坐于下，下列许多儿媳，进奉饮食，礼拜甚烦，翁媪嫌儿媳过于多礼，发怒骂道："自家官，自家家，何用多拜。"李景听了笑道："家明以朕恩及于家人，而不及于外臣，所以有此讽谏。遂重赏家明，加恩文武臣僚，进秩有差。后人因杨花飞、李家明皆能借事讽谏，遂作宫词一首，以咏之。其宫词道：

停觞久为听歌声，花外垂钓空复情。
一笑当筵除拜普，仙僚共话李家明。

李景因李家明善于讽谏，所以大为宠爱，每遇游宴，必令相随。这日在池边钓鱼，家明亦随侍在侧，见李景垂钓半日，未能得鱼，心内甚为不悦，他便作诗，为之解嘲。李景览诗之下，为之释然，遂散了群臣，回到宫中。睡至三更时分，忽梦徐温，仗剑而来，怒目言道："李景贼子，妄杀无辜，我已请于上帝，取你之命，为子孙报仇。"说着，举剑砍来。李景躲闪不迭，大叫一声，惊醒过来，冷汗遍体，侧耳听时，正打三更，侍寝的妃嫔，也为李景喊声惊醒，忙问陛下因甚大声叫唤？李景知道杀了徐氏之族，因此徐温阴灵作祟，心内甚是惊恐，口中却不肯说出梦之事，只言忽然梦魇，所以惊喊，并无别故。遂命斟了一杯香茗，慢慢饮下，重行睡觉。哪知刚一合眼，便见徐温仗剑而来，并且率领了许多男女小儿，围绕着李景，亦呼"还我命来！"你推我搡，把李景闹得不敢合眼，心内又惊又怕，只盼望快些天明。不料到得天明，李景身体已如为炭一般发起热来，头眩眼花，四肢无力，动弹不得。从此病势日渐沉重，医官诊视开方，服药下去，如石沉大海，绝无效验。李景知是冤魂索命，自己大数已尽，料难痊愈，急宣宋齐邱、冯延巳等诸臣入宫，预嘱后事。宋齐邱等遵旨入宫，来到御榻之前，启请了圣安。李景说道："卿等皆国之重臣，辅佐朕躬，已历多年。今朕大限已尽，料难再与卿等共理国事了。"宋齐邱、冯延巳齐声奏道："圣躬略有不豫，即当痊愈，万勿以后事，致劳圣虑。"李景道："朕身为一国之君，富贵已极，死亦无恨。惟长子冀，立为太子，不久即逝。"至今储贰未定，朕拟以第六子从嘉正位东宫，诸卿以为如何？"众臣顿首道："陛下断自宸衷，择贤授器，谅必不谬，臣等敢不敬遵圣谕？"李景乃命韩熙载，就榻前草诏，立从嘉为太子，并命监国；又嘱咐太子道："年纪尚轻，卿等宜善辅之。宋主雄才大略，宜恭顺臣事，不可自召灭亡。"众臣顿首领命。李景嘱托后事毕，不上两日，即便薨逝。

众臣奉太子从嘉即位，改名为煜，立母钟氏，为圣尊后，以后父名章泰，故不称太后;立妻周氏为周后,群臣均进秩有差,遣户部尚书冯谧赴宋廷告哀,并请追遵李景帝号,宋廷答诏许之。李煜乃谥璟为明道崇德文孝皇帝,庙号元宗,陵曰顺陵。李煜年少颖悟,喜读书属文,工书画,知音律,甚有才名,故李景临殁,立为太子。那李煜相貌清癯,一目有重瞳子,史家皆称为南唐后主。

后主自即位之后,不以国事为心,一味的征歌选舞,谱词度曲,以风流自命。每当春日,百花盛开,便把殿上的梁栋窗壁,柱拱阶砌,都装成隔筒,密插各种花枝,悬榜于殿上,谓之“锦洞天”;令宫中妃嫔,皆为纤裳高髻,首翘鬓朵之装,日夕相偕,饮于锦洞天内。又命内侍,将后苑所有之花,尽行折取前来,当筵赐于宫嫔插戴。一刹那顷,妃嫔入宫,满头都是花枝,红绿相间,上下颤动,后主看了,觉得粉光腻滑,花香拂拂,扑入鼻官,馨芬异常。其时有个宫人,名唤秋水,生得粉面樱唇,颀身玉立,甚是美丽,素性最喜簪花,今天也侍立筵前,忽蒙后主折了许多奇异的花枝,赐与她们插戴,正是投其所好,心内如何不喜呢?旁的妃嫔宫人,不过择取数枝插在头上,也就算了。惟有秋水,却抢着插戴,竟把两髻插得满满的,好似戴着一顶花冠,连她的一头青丝细发,都遮盖得密不通风。恰乃殿庭之中,有一对五彩粉蝶,在庭心里来往飞舞,闻得殿上花香馥郁,那蝶儿便向着有花香的所在飞来,一上一下的直入殿中徘徊旋舞,好似寻找什么一般。后主和妃嫔们,见一对蝶儿,蓦地飞入殿上,正在看着纳罕,谁知那对蝶儿,飞了一会,好似寻着了藏身之地一般。竟向着秋水头上扑去。秋水正侍立一旁,预备替后主斟酒。忽见一对蝶儿,直向自己头上扑来,连忙将酒壶放下,举起纤手去赶逐蝶儿。这蝶儿好生奇怪,任凭秋水举着一双玉手,乱赶乱扑,只是在秋水头上绕来绕去,不肯飞开。众人见了,齐声称奇,把个秋水急得慌了手脚,不知如何是好。众妃嫔见一对蝶儿,只是绕住了秋水的云鬓飞舞,把秋水急得面红耳赤,还是不肯离开,那种形状,十分好看,不觉齐声笑将起来。这一笑不打紧,却把个秋水羞得无地容身,几乎哭将出来。后主见秋水羞得要哭,心中十分怜爱。忙起身出席,走近秋水身旁,连声阻止道:“这对蝶儿,并不是什么异怪之物。乃因你生得花容月貌,异常美艳,又戴满了一头的花枝,香气从头上发出。那蝶儿嗅着花香,所以绕着你云鬓飞舞不去了。你可任它停止在鬓上,待到香气略散,那蝶儿不用你去扑它,自会飞去的。”说着,拦住了秋水的纤手,一任那蝶儿停在秋水花鬓上面,后主方才重复入席,欢呼畅饮。后人有宫词咏此事道:

匝匼春阴锦洞天,纤裳高髻斗婵娟。
花香拂拂随人影,凰子纷粘绿鬓边。

后主有琵琶一面,名叫烧槽,甚为贵重,常亲作念家山曲,以琵琶弹之,其声清越嘹亮,不同寻常。周皇后亦通晓书史,精擅音律,尤工琵琶。一日雪夜,后主与周后设筵赏雪,酒至半酣,周后向后主言道:“素闻陛下善舞,今夜饮宴甚欢,陛下何不一献身手呢?”后主笑道:“朕幼年嬉戏之时,常喜为之,今已多年,未尝练习,生疏得极了。卿能于顷刻之间,创为新声,朕当为卿起舞。”周后道:“陛下此言,可是真么?莫要使妾制成新曲,陛下又不肯起舞呢?”后主道:“卿尽管放心,朕为一国之主,岂有失信之理?”周后闻言,遂即命笺缀谱,喉无滞音,笔无停思。倾刻之间,谱成《邀醉舞》、《恨来迟》两曲,取烧槽琵琶,亲自弹将起来。后主又命歌姬,和着琵琶,歌唱新曲,真是个琵琶琤纵,歌声宛转;那新曲之妙,果然不比旧时之歌,甚是可听,更益周后弹着琵琶,轻挑浅拨,声韵悠扬。后主听了,心中大悦,待至歌毕,向着周后连声称赞道:“卿真才思敏捷,一刹那间,即能谱成新曲。朕实佩服得很!这面烧槽琵琶,乃是从前父皇常御之物,极为宝贵,今即以之赐卿,酬卿谱制新曲的劳苦。”周后连忙拜谢道:“虽蒙陛下赐妾烧槽琵琶,只是适间允妾起舞,亦求陛下克践前言,使妾一开眼界,那就感恩不尽了。”后主笑道:“卿既爱观朕舞,即为卿试之。”遂起身出席,结束衣襟,步至筵前,舞将起来。初时还是慢慢的一起一落,周旋中节,舞到分际,忽然一阵紧一阵,好似鹰隼盘空,龙蛇飞舞,令人看了,目眩神迷,口中说不出话来。后主舞了半日,收住了架式,面不改色,气不涌出,仍是安安详详的入席饮酒。周后连连称赞道:“陛下之舞,真乃灵妙已极,宫中那些舞女,哪里能及得陛下这样的出色。”后主道:“朕不过略谙手法,未征精妙,卿瞧了已是如此称扬,若见了宫嫔李窅娘的妙舞,还不知要称扬到如何地步呢?”周后忙道:“宫中既有此人,陛下奈何瞒着臣妾,不令一观呢?”后主道:“非朕不允卿言,召取窅娘前来,使卿得观其技,只因窅娘疾病方愈,尚须静养,此时召令前来,也是病后无力,不能试技的。朕拟制造一件东西,待至七月七夕,当大张筵宴,使窅娘当筵献技,不但令卿纵观,且使后宫中人,亦知窅娘色艺双佳,绝非寻常宫嫔所可企及。”周后听了这番言语,料知后主必有新鲜娱乐之法,所以必要待至七夕,方令官娘献技,便也不再多言,陪着后主,饮过了酒,方才散去。从此后主日夜与周后,率了许多妃嫔,歌舞取乐,饮筵蹴鞠,遂无虚夕。后主又因宫嫔所歌诸曲,均嫌陈旧,听了甚觉可厌,尝慕唐明皇与杨贵妃所谱的霓裳羽衣曲,乃是明皇同了叶法善,游月宫时,窃听而来。可惜五代兵乱,歌词尽皆遗失,至今仅有谱而无曲。后主常与周后谈及,甚惜霓裳羽衣曲绝无传者。倘得有人依谱寻声,填出歌词,必较宫中所歌的曲儿,格外动听。周后听了后主之言,欲显才能,也不当面说明,即于暗中,翻出霓裳羽衣曲的旧谱,花了不少功夫,按谱填词,制成一曲。私自唱了一会,果然声韵铿锵,余音绕梁,绝非平常之曲所可比拟。周后心下甚喜,遂将此曲,教导宫中歌伎练习,亲自指示音节,练了数日,已经熟习;周后又再三复按,并无错误,方才启奏后主道:“陛下素以霓裳羽衣曲失传为恨,臣妾现在按谱寻声,制成歌词,已练习纯熟,敬献御前,尚乞陛下俯赐清听,指点谬误,以便更正。”后主不待言毕,已经欢跃起来道:“卿既制成霓裳羽衣曲,何不早些陈明,朕思听此曲,寤寐萦情,已非一日。可速于麝囊花下,盛设筵席,以歌此曲。”遂命内侍传出旨意道:“朕今日赏名花,听仙曲。可令御厨司,备给丰盛筵席,设于移风殿内,不得迟延。”内侍传旨既讫,后主遂携着周后,同至移风殿内去了。

你道后主听那霓裳羽衣曲,为什么定要设筵在移风殿的麝囊花底奏曲呢?原来这麝囊花,乃是仙种,其色正紫,又号紫风流,江南境内,只有庐山僧人得着一丛,栽于庵中,视同珍宝,不肯传种于人。后主闻得庐山僧人有此奇花,遂下诏于僧人,欲传麝囊花之种,僧人怎敢违逆圣旨,只得分取一丛,交于使臣带回。后主得此奇花,颇为喜悦,即命种于移风殿,赐名为蓬莱紫。每逢花时,后主必定设筵赏玩,今日正因麝囊花盛开，欲与周后同往看花，恰值霓裳羽衣曲已经周后按谱填成，所以欲在麝囊花底奏曲，一则赏名花，二则听新曲，乃是一举两得之事，后主怎么不要兴如癫狂呢？当下携着周后，来至移风殿前，见那蓬莱紫，开得异常茂旺，其花如丁香一般，芬芳馥郁，扑人眉宇。周后细细赏玩了一会儿道："此花颜色正紫，却是光芒四射，香气馨烈，果然与众花不同，别有异趣，非仙品哪能如此。"后主点头道："朕闻此花，与扬州的琼花，称为双绝。琼花是白玉种成，此花乃系五代时候有一仙人，结茅于庐山，修炼多年，成道之后，白日飞升，怀出紫玉，埋于土中，遂生玉花，所以开放时，尽做紫色，天下之人，无不称为仙品。惟庐山僧寺，留得此种。朕闻其异，颁诏求之，得这一株，栽培数年，方才开花，很不容易得此异种呢！"说着，又携了周后，步入移风殿上。见酒席已经摆好，遂同周后入席饮酒，吩咐歌伎们，排立在麝囊花旁，奏起霓裳羽衣曲来。一时之间，笙箫齐奏，歌声悠扬，比到那些旧曲，果然大不相同，只觉那歌声于清越之中，含着柔和之气，其音韵中正和平，绝不偏激，使人听了，躁释矜平，心神怡悦，便是殿阶之前养的一对白鹤，听了这样的乐声，也伸颈长鸣，展翅飞舞起来。后主满心大悦，极口称扬，即命宫人斟上酒来，连进数觥。后人有宫词一首，咏此事道：

> 烧槽拜赐出东房，新破番番迭和长。
> 要倩重瞳频醉舞，麝囊花底按霓裳。

后主自得周后谱了霓裳羽衣曲之后，愈加纵情酒色，日日与妃嫔宫人和在一处，追欢取乐，把国家政事完全置之度外。每天除了饮酒听歌之外，便拈弄词翰，日夕吟哦。偶见宫人云鬓蓬松，晚妆惺忪，遂戏作《云鬓乱》一词，调寄鹧鸪天道：

> 节候虽佳景渐阑，吴绫已暖越罗寒。朱扉日暮随风掩，一树藤花独自看。
> 云鬓乱，晚妆残，带恨眉儿远岫攒。斜托香腮春笋嫩，为谁和泪倚阑干？

又有保仪黄氏，宫人庆奴，都生得容态华丽，冠艳当时，顾盼颦笑，百媚横生。又皆能文善书，后主命两人分掌书籍及墨宝，十分宠爱，尝题诗于黄罗扇，赐赍两人道：

> 风情渐老见春羞，到处魂销感旧游。
> 多谢长条似相识，强垂烟态拂人头。

那扇上所写的字迹，皆作颤笔樛曲之状，遒劲如寒松霜竹。后主自称其书为金错刀。每日在宫欢娱快乐，那时光过得甚是迅速，转瞬又到七月七日，乞巧佳节，其时宫嫔李窅娘的疾病已经调理痊愈，精神复原。后主拟于七夕这晚命她献技，先在碧落宫内，张起八尺琉璃屏风，以红白罗百匹，扎成月宫天河之状。又于宫中地上，凿金作莲花，高约六尺，饰以各种珍宝，细带缨络，更于莲花之内，作品色瑞莲，布置好了，即同周后说道："卿前日闻得宫嫔窅娘，纤丽善舞，曾欲令其献技。朕因窅娘正在病后，且欲特制一物，令她舞于其上，故允卿于七月七日，当使窅娘献其平生绝艺，今日已是乞巧良辰，诸事预备停妥，卿可随朕往碧落宫观看。”说毕，携了周后，同乘小辇，偕至碧落宫前，方才下辇，已听得笙箫盈耳，鼓乐齐鸣，十分热闹。步进宫门，只见红白相间，现出一座月宫，檐前天河一道，横亘于上，长约数丈，四面悬着一色琉璃灯，点得内外通明；月宫里面，有无数歌伎，身穿霞裾云裳，扮成仙女模样，各执乐器，奏着霓裳羽衣曲，音韵嘹亮，悦耳怡神。后主携定周后，步入宫中，好似真个到了月宫一般。周后四边观看了一会，连声称扬道：“陛下巧思真不可及！如此布置，与广寒、清虚之府，一般无二，倘被姮娥知道，恐怕也要奔下凡间，参预这个盛会了。”后主听得周后极口誉扬，心中大悦，拍着周后的玉肩，含笑说道：“昔唐人有诗道：‘嫦娥应悔偷灵药，碧海青天夜夜心。’就诗意看来，嫦娥虽得安居月宫，成了万劫不坏的金身，也未免有寂寞凄凉之感，哪里及得朕与卿，在这凡间，反可以朝欢暮乐，安享荣华富贵呢！”后主与周后并肩细语，一路游览，行入正殿。周后见正殿上面，周围悬了各色彩灯，地上铺了锦罽，居中设立一座黄金凿成的莲花，四周绕着珍宝缨络，光辉夺目。那莲花的中心，又生出一朵品色瑞莲来，周后瞧了，不识何物，便问后主，设此何用？后主道：“此即朕新近为窅娘制成的舞器。卿且观之，自知其妙。”周后听了，不知怎样舞法，正欲细问，忽听一派细乐，声韵悠扬，许多纤裳高髻的宫人，簇拥着一个美貌女子，身穿五色舞衣，一双小脚，用白绫缠绕，纤细屈上，作新月之状；外面罩着素袜，由众宫人细吹细找，引导而前。周后细看那个女子，正是窅娘，只见那轻盈慢步，上前参见了后主与周后，侍立一旁，恭候旨意。后主点头含笑说道：“窅娘，朕知你身轻善舞，特地制成金莲花一座，你可上去舞来。”窅娘口称领旨，行至莲花之前，将脚一蹬，已立在当中瑞莲上面，一时之间，管弦齐奏，乐声嘹亮，窅娘随着乐声，在莲花里面舞将起来。忽疾忽徐，忽进忽退，翩若惊鸿，翻若游龙，体态婀娜，腰肢轻盈，舞到紧处，回旋曲折，飘飘然有凌虚之态。看得后主与周后，心眩目荡，连声喝彩。那窅娘听得喝彩声齐起，她故意立异呈奇，要显本领，把头一折，鬓边的一枝玉簪，坠于氍毹上面，窅娘乘势翻转柳腰，纵金莲花中，徐徐的把身体弯向后面，将粉颊贴地，张开樱唇，衔起那枝玉簪，仍旧从从容容，气闲神定的端然立在莲花上面。后主与周后瞧了这样绝技，更是称赞不绝，就是奏乐的歌姬舞伎和随从的宫人，见窅娘有这等本领，也都不胜佩服。后人有宫词一首咏道：

红罗叠间白罗层，檐角河光一曲澄。
碧落今宵谁得巧，凌波妙舞月新升。

后主与周后看窅娘舞得精妙异常，遂即重加赏赐，并命她坐旁侍宴。窅娘谢恩入席，陪侍后主开怀畅饮，直至天色已明，方才席散。

不料天道忌盈，乐极悲生。周后在七夕夜间，多饮了几杯酒，失了睡眠，忽然生起病来，卧在床上，呻吟不已。后主甚是着急，一面命医诊视，一面召着周后家属，入宫省视。周后的父母，得了此信，自然惶急异常，便由后母携带次女，入宫问候。周后见了母妹，心下甚喜，病势略觉轻减，遂留母妹在宫略住数日，待自己病愈，再行回去。后母因家事繁冗,不能不回去,却因周后正病中,未便重违其意,即留次女在宫侍疾,她便告辞回去。周后姊妹之间,甚是情重,得着妹妹在宫陪伴,已有起色。后主闻得王姨在宫,他素知王姨秀外慧中,才色比周后,尤为佳妙,久已在暗中垂涎,只因无由亲近,惟有心中羡慕。现在听得王姨居住宫中,如何还肯轻轻放过,遂命心腹宫人,将王姨引诱至后苑红罗小亭里面,逼着她勉承雨露。你道这红罗小亭,是何等所在?原来后主尝在群花之中,建筑一亭,罩以红罗,押以玳瑁象牙,雕镂得极其华丽,面积极其狭小,仅容两人栖止。后主遇有美貌宫人,中了自己之意,便引至亭内,任意临幸,所以亭中备有床榻、锦衾绣褥,一切完备。此时看中了王姨,暗嘱宫人,领着王姨,赴后苑游赏,慢慢的把她引入小亭里面。那小亭的门,是暗藏机关的,不知其中巧妙的人,休想开得。宫人把王姨引入之后,转身退出,那门"呀"的一声,早已阖上。王姨见内中地方甚小,却收拾得金碧辉煌,设着珊瑚床,悬着碧纱帐,锦衾高叠,绣褥重茵,有一个美貌青年,端然坐在那里。王姨认得正是后主,不觉红潮晕颊,羞惭无地,慌忙翻转身来,用手启门,意欲退将出去。哪知这门闭得甚是坚牢,任你用尽气力,也不能开。后主早已起身上前,满面含春的说道:"难得王姨独自来此,真是前生缘分。"说罢,走上一步,执定了王姨的纤手。王姨此时要想躲避,又无处可以藏身,只得含羞带愧的说道:"陛下请放尊重些。倘被姊姊知道,妾之颜面何存,就是陛下也颇多不便。"后主笑嘻嘻的说道:"自古风流帝主,哪一个不惜玉怜香呢?唐明皇这样的英明,他还宠爱虢国、秦国两位王姨,何况于朕?且此处甚为秘密,宫人们不奉传宣不敢擅入,万无泄漏之理,王姨尽管放心。"未知王姨肯顺从后主成就好事否,且听下回分解。

第三十四回　小周后秘制帐中香　李后主始创北苑妆

话说王姨生得玉貌花容，慧质兰心，常常对镜自怜，深恐自己具有这般才貌，将来落于庸俗人的手内，岂不误了终身大事？又见自己姊姊嫁得后主，册立为后，做了南唐的国母，在宫内十分富贵，真个朝朝寒食，夜夜元宵，说不尽的安富尊荣，享不了的欢娱快乐，心里本来羡慕得了不得，现在见后主看中了自己，引入后园小亭里面，软语温存，愿效鸾凤，一寸芳心，早已许可，却不得不做出娇羞的样子，故意推却。一经后主再三央告，也就半推半就顺从了后主。自此以后，王姨与后主，鳒鳒鲽鲽，怜我怜卿，十分恩爱。后主是个风流天子，得着王姨这样的美貌佳人，与自己有了私情，心中非凡得意，少不得又要形诸笔墨了，便填了菩萨蛮词一阕，把自己和王姨的私情，尽情描写出来。其词道：

> 花明月暗飞轻雾，今宵好向郎边去；刬袜步香阶，手提金缕鞋。画堂南畔见，一晌偎人颤；奴为出来难，教郎恣意怜！

这阕词儿，填得十分香艳，早被那些宫人妃嫔，把这词传播开来，到处歌唱。后主和王姨的暧昧事情，连民间也知道了，都纷纷地议论，传为风流佳话。幸亏得周后病卧在床，时清时醒，精神衰弱未会知道这事。那后主偏生还不肯谨慎点儿，每天和王姨在红罗小亭里面，歌唱酣饮，后主亲执檀板，王姨宛转歌喉，真个是明月风清，良辰美景对佳人，饮美酒，便是天上神仙，也不过如此。那后主见王姨饮了几杯酒，略带微醺，柳腰一搦，玉肩双削，樱唇微启，香气扑人，不禁趁着酒兴，以香口为题，又填《一斛珠》词道：

> 晚妆初过，沉檀轻注些儿个；向人微露丁香颗，一曲清歌，暂引樱桃破。罗袖裛残殷色可，杯深旋被香醪涴；绣床斜凭娇无那。烂嚼红绒，笑向檀郎唾。

后主这一阕一斛珠的词儿，更把自己和王姨饮酒歌唱，及平日间的情趣一齐描写出来。那些妃嫔们个个都有争娇夺宠的心肠，忽然来了一个王姨和后主这样情浓；后主又是个喜新厌故的脾气，只在红罗亭内日夕取乐，早把众妃嫔抛在九霄云外，不复记忆。那些妃嫔经了后主这样的冷落，未免心怀怨意，却没有什么法儿可以钳制后主，使他不与王姨恩爱。恰巧后主填了这两阕词儿，把所有的私情，都真实描写出来，就有妃嫔想出个恶毒主意，借着探问周后疾病的名目，来到中宫，把两阕词儿作为证据，将后主与王姨的私情，一齐告知周后。那周后正在病中，深恨自己的妹儿，不顾廉耻，来到宫中，不过几日工夫，便与后主做下不端的事情；心内又气恼，又怀着一股妒意，三路夹攻，顿时病势加重起来，哇的一声，从喉中吐出一口鲜血，立刻昏晕过去。那个搬弄是非的妃嫔，见周后一气之下，口吐鲜血，昏晕过去，情知弄出祸患，也急得手足无措，忙忙的叫唤宫人，帮同施救。过了半晌，周后才悠悠醒转，长叹一声，喘息不已。宫人和那个妃嫔，又安慰一番方才退出。周后经此一气，疾病愈加重，不上数日，便三魂渺渺，六魄悠悠，竟自撒手尘凡，回归极乐世界去了。可怜一个如花如玉，才貌双全的周后，只因胞妹与后主私通，遂致气恨而亡。那气量也未免太窄狭了！后主见周后亡故，倒也大哭了一场，传旨从厚殡殓，祔葬山陵，谥为昭惠皇后。过了些时，便降下旨意，命钦天监选择吉日，聘定昭惠皇后胞妹周氏为继后。其实这位继后，早已在着宫中，与后主恩深义重，十分亲爱。那些闻名纳采的事情，不过是遮掩耳目罢了。直待钦天监择定了吉期，举行纳采礼，方才暗暗的出宫，送归家内，静候迎娶。后主因与继后先行私通，恐妃嫔们不知尊敬，有意铺张扬厉，郑重将事。纳采已过，到了迎娶这一日，命宰相宋齐邱为纳后正使，冯延巳为副使，又以古者有奠雁之礼，遂用白鹅，被以文绣，衔着帛书，二十四名内监，用黄罗亭抬了前行。随后便是各种彩盘盛着明珠宝玉，珍贵玩器，并皇后的册宝衣裙，沿路行去，香烟飘渺，鼓乐齐鸣。接着便是国主的卤簿，皇后的仪仗，排出有数里之遥。最后方是皇后乘坐的沉香龙凤辇，辇前排列着许多锦衣花帽的宫监，纤裳高髻的宫女，一对一对的都是手内执定上方仪物，并红纱灯，与金炉提香等类。三十六名皇衣宫监，抬定龙凤辇，徐徐而行。辇后随定六百名御林军，都是顶盔贯甲，腰弓悬箭，持着金刀银戟，雄赳赳，气昂昂的骑在马上，护卫着凤辇向前进发。其时早惊动了各处的人民，都说这样的盛事，自有生以来，没有见过，哄哄的传播开来，前几日便有各地的人民或乘车，或坐船，纷纷地赶来观看。建康城中，顿时添了数百万人！异常热闹。到了亲迎的仪仗出发，那街道上，早已挤满了人民，甚至有登屋观看坠瓦跌毙的。好容易一对一对的仪仗通行过去，到了国丈府中，由正副二使，宣读了诏书；待周后换了衣服，装束好了，辞别父母亲族，轻移慢步的登上凤辇，一路之上，笙箫管笛的迎入禁中，受了册宝，行过了立后礼，然后又参见了后主，行过了夫妇之礼。送入宫中；又依照江南的风俗，坐床撒帐。你道什么叫做坐床撒帐？只因江南地方迎娶新人，行礼之后，须将新郎新娘，双双送入新房，并坐床上，然后用着五色的采果和许多金钱，向床上四散撒去，口中说着种种吉语，以为祥瑞。后主遵依江南风俗，于纳后之前，便已铸成许多撒帐金钱，钱上的文字，或是长命富贵，或是金玉满堂，更有忠孝传家，五男二女，天下太平，封侯拜相等各种吉利文字。当下撒起帐来，那采果的声音，和着金钱的声音，豁辣叮当，甚是可听。撒帐已毕，然后行合卺礼。此时天色已晚，正宫之中，悬着一颗明珠，光芒四射，如同白昼，映着那金莲宝炬，更觉得四壁生辉。后主与周后对面坐下，共饮合卺之樽；举目向周后看时，只见她丰容盛鬋，丽富堂皇，愈加出落得玉样精神，花样风韵。后主瞧着满心欢喜！想起从前香阶划袜，无限恩情，不禁魂飞魄荡，哪里还忍耐得住！就草草的饮了几杯酒，催促宫人替周后卸去装束，携手入帏。他两人虽是新婚，本系旧好，这一夜你贪我爱，恩深之重，自不必说了。后人读史至此，也有宫词一首，咏后主亲迎继后，礼节之盛并合卺时的情形道：

致迎银鹅被绣成，钱钱四撒帐生春。
明珠依旧深宵展，恰照香阶刬袜人。

后主自娶了周后，真是燕尔新婚，不胜恩爱，每日的宫内，恣情调笑，十分快乐，合宫之人，皆称之为小周后。那小周后，明眸善睐，一笑倾城，惹得后主心迷意醉，和她寸步不离，把六宫粉黛，看得如尘土一般，三千宠爱，尽在一身了。小周后不但相貌生得美丽，并且知书识字，素擅音律，较之故后尤为精妙。性喜焚香，爱柔仪殿富丽宏广，徙居其中，自出巧思，制造焚香之器，有把子莲、三云凤、折腰狮子、小三神、卍字金凤口罂、玉太古、云华鼎等数十余种；每日垂帘焚香，满殿氤氲。小周后坐于其中，如在云雾里面，望去如神仙一般，并派有宫人，专司焚香之事，名曰主香宫女。后主复宣徐熙、董元、周文炬等，擅于绘画之人，于又缣帽素之上画成丛艳叠石，旁出药苗，杂以禽鸟蜂蝉，灵妙如生，悬挂于宫殿之上，取名为“铺殿花”。小周后性爱绿色，所服衣装，均尚青碧，艳妆高髻，身服青碧之衣，衣裾飘扬，愈觉逸韵风生。妃嫔宫人，见小周后身穿青碧之衣，飘飘然有出尘之气概，一齐都把云裳雾裾抛弃不御，尽都效着小周后，争穿碧色衣裳。宫人们又嫌外间所染碧色，不甚鲜妍，便将绢帛亲自染之。有一宫人，染成一匹绉绢，晒在苑内，夜间遗忘未曾收取，为露水所沾，次日视之，其色分外鲜明。后主与小周后见了，甚是称美自后，妃嫔宫人，竟收露水，染碧为衣，号为“天水碧”。后人遂谓天水乃赵氏之望，“碧”字与“逼”同音，“天水碧”三字，实是谶言，含着赵氏逼迫，江南灭亡之意。后人亦有宫词一首，咏此事道：

主香门日奉柔仪，铺殿花光望欲飞。
等得秋凉新露满，忙收天水染罗衣。

后主迷恋着小周后，日日在宫，歌舞取乐，饮酒追欢。略有闲暇，便研究填词度曲，旁及衣服装饰，专务奢侈。其时昭惠皇后殁已三载，后主偶然记忆旧情，想着当初昭惠后在日，自己曾作念山曲，昭惠后欲观自己起舞，也制《邀醉舞》、《恨来迟》两曲，命宫人歌唱，昭惠亲弹烧槽琵琶以和。自从昭惠后病亡，不忍再歌旧曲，今日因追念昭惠后，忽然传集宫人，命她们重歌昭惠后所制的《邀醉舞》、《恨来迟》两曲。谁知道这些宫人，许久未曾歌唱，早已遗忘殆尽，后主要她们重理旧曲，哪里还歌得出来？都默默无言的立在两旁，不敢启口。后主不觉长叹一声道：“人死如灯灭这句俗语，真是不错！昭惠后仙去以后，你们连她所制的歌曲，也无一人记得了，还说旁的事情么？”后主说罢，愀然不乐，心中甚为悲悼。忽然宫女里面走出一人，趋前奏道：“陛下欲重歌旧曲，贱妾还能记得，乞求烧槽琵琶，待妾鼓而歌之。”后主闻言，举目细观，认得是宫人流珠，便转悲为喜，忙命将烧槽琵琶取到，交于流珠，令其歌唱。流珠接过琵琶，坐于一旁，调和弦索，一面轻挑浅拨的弹着琵琶，一面转珠喉启樱唇，歌着昭惠后所制的《邀醉舞》、《恨来迟》两曲，果然一字不遗的歌得抑扬宛转，音韵悠然。后主听了，凄然欲泣道：“流珠非但不忘旧曲，即所弹琵琶亦与昭惠后十分相似，令朕听曲思人，愈加要追念昭惠后了！”

流珠见后主很是悲戚,就舍了琵琶,起身奏道:“皇后已经仙去,陛下徒悲无用,只要心中不忘皇后在生时的恩情就是了;倘若陛下过于悲戚,有损龙体,反使皇后在天之灵,不能安稳了。”后主听了流珠一番言语,称她很识大体,就命重赏流珠。自此后主常常思念昭惠后,虽有小周后和保仪黄氏、宫嫔窅娘、庆奴,流珠、秋水、宫人乔氏等,想着法替他解愁消闷,后主总觉抑抑无欢,大有坐卧不安的神气。

一日,坐在宫中,昼长无聊,甚是烦闷,心内想道:“我在藩邸时,常常出外游览街市,无拘无束,颇为快意。自即位之后,身居九重,出禁入跸,哪里像从前的任意遨游哩。今日心内如此不乐,何不微行出外,以散心情呢?”想罢,就即换了飘巾艳服,也不命内监跟随,也不告知小周后和一众妃嫔,悄悄地径从后苑门出去,独自行到街市;见阛市繁盛,人民富庶,熙来攘往甚是热闹。后主瞧了甚是高兴,随步向前行去。忽然见一座高墙大门,其中楼阁参差,笙歌聒耳。后主暗暗想道:“这座宅第必是公侯之家。待朕进去,看他们在那里做些什么,却这样的丝作繁兴,笙歌迭奏。”心下想着,也不问三七二十一,大踏步进去。只见中堂上面,张着盛筵,一个和尚居中高坐,拥着一个妓女,在那里欢饮。两旁立着许多美女,都在那里歌舞弹唱。后主见那和尚这样的风流潇洒,料知不是寻常僧人,颇合自己心意,就步上堂去,大声说道:“有不速之客一人来!”众妓女听了这声叫喊一齐错愕顾视,见一个中年人直向堂上走来,并没有认识他的人,正要开口叱问。那个和尚见后主衣服华丽,品貌不凡,知非等闲人物,立即舍了怀里拥抱的妓女,出席迎着后主道:“贫衲独自饮酒,正觉没有兴趣,得施主到来,是最好没有的了,快来同饮一杯。”说着不由分说,即把后主拖入席内,命妓女斟上酒来,敬于后主。后主见那和尚甚是倜傥,也不问他是何法名,在何处出家,便入席酣饮起来。众妓女因和尚邀后主入席,又称为施主,只道他平素与和尚相识的,便也不敢轻慢,轮流着上来把盏劝欢。后主并不推辞,酒到杯干,连饮数十巨觥,和尚与众妓女,见他这样豪饮,大家看得呆了。后主此时已有醉意,眼见天色已晚,不便逗留,见侧首设着书案,案上摆着笔砚,遂即立起身来,取笔蘸墨,在石壁上连真带草,如龙蛇飞舞,写了一行,将笔掷下,举手向和尚一恭道:“我们再会吧。”说了这一句,便回转身来,大踏步的向外去了。和尚不识他是什么人,也不知他在壁上写些什么,急至石壁看时,见上面写道:

浅斟酌唱,偎红倚翠。大师鸳鸯寺主,传持风流教法。

二十个大字,和尚不解其意。众妓女都向和尚问道:“这个人如此狂饮,忽来忽去,大模大样的,究是何等之人?”和尚道:“我也不认识他是什么人。”就有一个妓女道:“大师既不认识他,怎么邀他入席饮酒,又称他为施主呢?”和尚道:“我因他直至内堂,身上衣服华丽,品貌不凡,只道你们院内的熟客,所以不敢怠慢,邀他饮酒,称为施主。哪知你们也不认识呢?但不知究是何人,却这样放荡不羁,壁上所写的字句,又不知他寓着什么意思,再也猜测不出来。”众人正在心中疑惑,互相诧异,只见守门的鸨奴,进来说道:“上禀大师及各位姑娘,刚才出去的那个中年人,原来就是国主。”和尚与众妓女听了这话一齐吃惊问道："你怎么知道那人就是国主呢?"鸨奴道："那人进来，我因有事偶然走开，所以没有通报。待他出去的时候，我却守在门前，只见那人匆匆出去，步至门外，就一个内监，同了四个卫士，牵着一匹马，迎上来请着安说道：'万岁微行出宫，不知前往何处，周娘娘十分着急，派遣奴婢等数人带领卫士，分头寻觅圣驾。奴婢向这一路来迎接万岁，不想恰好在此遇见，快请回宫，以安众心。'说着，便带过马来，扶掖着那人，坐上雕鞍，由那内监同着卫士簇拥而去。我在旁边听得这番说话，方才知道那人就是国主，因此急急的来报知大师与众位姑娘。"和尚与众妓女听罢大惊道："原来那人乃是国主，怪不得这般大模大样，幸亏我们没有得罪于他，否则获罪非轻了。"不提和尚与众妓女们私自庆幸。单说后主遇见内监带领卫士扶上了马，簇拥着回至宫中。小周后见后主已平安回来，方才放下心肠，便问："陛下因何独自一人外出？妾身好不忧虑！"后主道："朕在宫中觉得异常烦闷，本拟外出略略游览，即行回宫，不料到了一家妓馆，有个和尚在那里面饮酒听歌，朕便闯将进去。那和尚倒倜傥得很，邀朕入席饮酒。朕一时高兴，酣呼畅饮起来，以至回宫迟延，劳卿伫望，心甚不安。"小周后含笑问道："陛下，今日驾临妓馆，可有美貌妓女，中得圣意么?"后主摇头道："那些妓女，都是庸脂俗粉，哪里及得宫内的妃嫔呢？倒是那个和尚甚是风流，佛教中也有此人物，真是不可轻视的。朕当初在藩邸时，曾发愿手写金字心经，施舍寺院，以祈福佑，直到现在，还没有书写；今日遇见这个和尚，倒触动了朕的心愿，从明日起，即当斋戒沐浴，手写金字心经，了此心愿。"

得到次日，后主果然斋戒沐浴，关了一间静室，秉着一片至诚心肠，端坐静室之内，书写金字心经。小周后因宫人乔氏生得明艳倩丽，小心谨慎，素为后主所爱，就命她专值静室，侍候茶水。后主清心寡欲的在静室中书写金字心经，其得一百零九卷，计算南朝的大寺院，恰有一百零八处。后主一一命人送去施舍，尚余心经一卷，因宫人乔氏在静室内早晚侍候甚为小心，后主赏以金帛，乔氏拜辞不受，愿得余的一卷心经，朝夕持诵，为国主祈福。后主心中大喜道："你既有此心愿，朕又何惜一卷心经呢！"当下即以所余的一卷赐之。乔氏得赐心经，叩谢了后主，双手捧着，回到后宫，果然朝夕虔诚唪诵，虽祁寒盛暑，亦不间断。后来江南国亡，后主降宋，到了宋太宗太平兴国三年，因在赐第，命故妓作乐声闻于外，为太宗所忌，赐牵机药而死。那时乔氏已入太宗禁中，闻得后主赐药而殁，暗中不胜悲伤，便把这卷金字经，出舍大相国寺西塔，为后主资求冥福；并于经后写首一段文字道："故李氏国主宫人乔氏，伏遇国主百日，谨舍昔时赐妾所书金字心经一卷，在相国寺院，伏愿弥勒尊前，持一花而见佛云云。"后人见了经后跋语方知这卷心经，乃南唐后主亲笔手书，赐于宫人乔氏，再由乔氏施舍于相国寺，为后人祈求冥福的。后人读史至此，有宫词一首咏后主，因听宫人流珠歌旧曲，有感于心，始微行入娼家；因入娼家，得遇和尚，方书心经，并赐乔氏其词道：

鸳鸯寺主感销零，谱在流珠指上听。
还证多生花佛谛，细摹金字施心经。

后主自书写花经之后，每日仍在宫内与小周后及一班妃嫔酣歌曼舞的快乐不已。那小周后生平最爱的是焚香，虽在柔仪殿内制了数十种焚香的器具，早早晚晚，命主香宫人，焚着异香，氤氲馥郁，馨烈无比。只因安寝之时，帐中未便以为异香，恐有烟焰熏灼之患，所以挖空了心思，又想出了一个法儿，你道是什么法儿呢？乃是用鹅梨蒸沉香，置于帐中，便有一种香气散发出来，其味沁人肺腑，令人心醉。因为沉香这样东西，遇着热气，其香方始发出来，现在用鹅梨蒸过，置于帐中，沾着人的汗气，所生之香，便变成一股甜香，所以令人嗅了这个香气，便要心醉神迷了。小周后创制了这个法儿，心内很是快乐，就取了一个美名，叫做“帐中香”。后主见小周后制成了帐中香，他也要争奇斗异和小周后比赛一番。便在妃嫔宫人的装束上，想出一种新鲜的饰品，乃是将建阳进贡的茶油花子，制成花饼，或大或小，形状各别，令各宫嫔淡妆素服，镂金于面，用这花饼，施于额上，名为“北苑妆”。妃嫔宫人，自后主创了“北苑妆”以后，一个个去了浓装艳饰，都穿了缟衣素裳，鬟列金饰，额施花饼，行走起来，衣袂飘扬，远远望去，好似月殿嫦娥、广寒仙子一般，另具风韵。后主见了，十分欢喜，更加兴致勃勃，与小周后日日商议新鲜法儿消遣时光。未知后主又想出什么法儿来寻欢取乐，且听下回分解。

第三十五回　十万水军歼采石　一曲离歌别江南

话说后主创制了北苑妆，心内尚以为未足，又与小周后日夕研究，将茶乳作片，制出各种香茗，烹煮起来，清芬扑鼻，真个可使卢同垂涎、陆羽停车。其中最著名的叫做京铤的乳茶、骨子茶等数十种。后主又于食物中，另出心裁，将中国外夷所出产的芳香食品，通统汇集起来，或烹为肴馔，或制成饼饵，或煎做羹汤，多至九十二种，没有一样不是芬芳袭人，入口清香。后主对于每种肴馔，皆亲自题名，刊入食谱，有和合煎食、佩带粉囊等名目，多是江南地方所没有的东西，不知耗费几许人力，多少金钱，方才制成了这九十二种食品。后主有了这许多芬芳的肴馔，便要在臣僚面前夸耀起来，就命御厨师，将新制食品配合齐全，备下盛筵，尽召宗室大臣入宫赴筵，名叫“内香筵”。宗室大臣见后主这样的骄奢淫逸，莫不暗暗叹息，却没有一人敢出言规谏的。后主平日在宫，到了夜间，未尝点烛，宫殿之间，都悬挂着夜明珠，到了天色已晚，那夜明珠自然放出光来，照耀数丈，如同白昼。妃嫔宫人，习以为常，见了灯烛，都憎嫌着有油腻气味，烟焰熏蒸，不是掩着鼻孔，便是闭着双目，不敢上前。后主尝有玉楼春词一阕，咏他宫中的富丽繁华，并及宫内并不点灯烛之事其词道：

晚妆初了明肌雪，春殿嫦娥鱼贯列。笙箫吹断水云间，重按霓裳歌边彻。临春谁更飘香屑？醉拍阑干情未初；归时休照烛花红，待放马蹄清夜月。

读了后主这阕玉楼春的词儿，那时南唐宫里的女宠之多，歌舞之盛，以及后主的奢靡无度，也就可想而知了。

后主只图目前的快乐，无日无夜的歌舞酣宴，哪里知道宋太祖已是出兵平了南汉。汉主刘鋹出降于宋，成了俘虏，宋廷已经调将遣兵，在讲武池训练水师，预备战舰，要想一鼓作气，荡平江南了。后主还算心下明白，听得南汉灭亡的信息，震恐异常，便遣其弟从善，上表宋廷，愿去国号，改印文为江南国主，并请赐诏呼名。以为这样一来，总可以免得宋师南下，苟延残喘了。哪知太祖心里念念不忘江南，从善到汴，虽然看待甚厚，暗地里仍在进行着预备南下。却因南唐江都留守林仁肇，智勇足备，未可轻敌，要想除了仁肇，再行进兵。正在盘算划策，可巧江南又遣从善入汴朝贡。其时正在开宝四年，太祖见从善到来，顿时生了一计，便把从善留在汴京，授职泰宁军节度使，并赐第居住。从善不敢违旨，只得留京任职，修函回报后主。后主得了书函，上疏乞恩，恳求遣从善回国。太祖却诏谕后主道：“从善多才，朕将用为辅佐，现在南北已属一家，卿可无虑！”后主没有法想，又不知太祖留住从善，不允遣还，是何主张，便时常命人私至从善处，探听消息。太祖听得从善邸第，时有南江人奉使命往还，便暗中预备停妥，等到从善入见，由廷臣引导从善入一别室，室中并无他物，唯上面悬挂一幅图像。廷臣故意指示从善，问他可认识图像上的人么？从善看了，不觉惊诧道："这是敝国江都留守林仁肇的肖像，为何悬在此处？"廷臣听言，又故意嗫嚅道："足下在京供职，已是我朝臣子，就是说了，也属无妨。只因圣上爱林仁肇智勇足备，遣使谕降。他已遵旨愿降，先献这肖像为信。"说着，又导从善前往一座邸第游览，内中供张什物，莫不齐备，而且珍宝充盈。廷臣又向从善道："这座邸第，乃是圣上预备了赐于林仁肇居住的，将来入朝之后，还怕不得高官厚爵么？"从善听了这番话，心下很是惊疑！退归邸中，连忙修书，遣人来往江南，告之后主，查访林仁肇意欲降宋，究竟真假如何？后主得了此书，急宣仁肇入朝，诘问他可曾接到宋主诏书？仁肇回称没有。后主只疑仁肇欺诳朝廷，也不细加察访，当下命仁肇侍宴，暗中置毒。仁肇哪里知道，待宴已毕，谢归私邸，毒性发作，七孔流血而死。这个消息传到汴京，太祖闻得林仁肇已中毒而亡，心下大喜！一面选将拣兵，预备南侵，一面命从善传谕后主，命他入朝。后主只推有疾，不肯入朝。太祖便说后主违逆谕旨，心怀异志，就命曹彬为西南路行营都部署；潘美为都监；曹翰为先锋，领兵十万，即日南下。曹彬受命与诸将陛辞，太祖谕曹彬道："当日王全斌率师平蜀，多戮降卒，朕心至今不宁。卿此次出师江南，万勿杀戮生灵，暴虐人民，务要恩威兼施，令其归顺，幸得破敌，切莫怒意屠杀，设或城中困斗，亦当除暴安良；李煜家属，不可加害，卿其切记朕言。"曹彬顿首领命。太祖又拔佩剑赐于曹彬道："副将以下，有不用命者，卿可先斩后奏。"曹彬受剑，谢恩而退。潘美等见了，莫不失色，彼此相戒，各守军律，不敢抗违军令。曹彬就率领大兵，浩浩荡荡杀奔江南而来。

先是有江南书生樊若水，在南唐考试进士，一再被黜，即谋归宋，以图富贵。平常无事之时，借着钓鱼为名，乘了一只小船，忽来忽往，或东或西，在江中游行，尽把江南的阔狭，江水的深浅，测量得十分清楚。常把一根长绳，从南岸系定，用船引至北岸，如此的量过数十次；因此江面的尺寸不差累黍，现在听得宋廷要出师讨平江南，便潜赴汴京，上平南之策，并请造浮梁以济大军。太祖见了樊若水的平南策，立刻召他入朝，当面询问。若水见过太祖，即取长江图说以进。太祖接过细看，见长江的曲折险要，均详细载明，至采石矶一带，且注明江面的阔狭，及水的深浅。太祖接过看罢，大喜道："得此一图，江南已在掌握中了。"就授樊若水为右参赞大夫，命赴军前听用；又下谕令荆湖造黄黑龙船数千艘，遣使监督，限期造成；且以大舟装载巨竹，自荆湖东下。这时江南屯戍的边将，见宋军到来，还疑心宋人派兵巡江，预备了牛酒，犒劳宋师，并不出兵拦阻。直待宋军到了池州，守将戈产，差侦骑探视，方知宋师并非巡江，竟是南侵。城中毫无预备，如何抵御？只得弃城遁去。曹彬兵不血刃得了池州，即进军铜陵，方有江南兵到来厮杀，却被宋军乘锐而上，杀得四散奔逃。曹彬又统领人马，进至石牌。樊若水已奉命驰赴军前，制造浮梁，先于江岸隐僻之处督工试办，然后移至采石矶，三日即成，不差尺寸。曹彬见浮梁已成，就命潘美带着步兵，先行渡江。兵履其上，如回平地一般。就有探马报入金陵，后主闻报，忙召群臣，会议御敌之计，学士张洎进言道："臣遍览书籍，从没有江面上造得浮梁的事情，必系军中讹言。倘若果有此事。那宋军的主帅，也是个笨伯了，还怕他什么呢？"后主笑道："朕亦疑心没有这等事情，他们必是故意散布谣言恫吓我军的。"语尚未毕，早有探报前来道："宋军已飞渡长江了。"后主听了，方才有些惶急，就命镇海节度使同平章事郑彦华，督水军万人，都虞侯杜真，率步兵万人，协力抵御宋军；且面谕道："我军必须水陆相济，方可获胜，幸勿互相推诿为要！"郑、杜二将奉命而退。郑彦华亟统战船，直趋浮梁，鸣鼓而进，意在截断浮梁，使宋军首尾不能相顾。潘美闻得有兵来攻打浮梁，即选五千弓弩手，排列两岸。待江南战船，驶到分际，一声鼓响，箭如飞蝗，江南兵射死无数，意切之间难以抵挡，只得倒退下来。那杜真所领步兵已从岸上驰到，潘美不待他摆成阵势，便挥兵冲杀过去，势如狂风骤雨一般。杜真的部下，方才跑得血脉沸涨，喘息未定，忽经宋军骤然杀来，哪里能抵敌？不上片刻，已被宋军杀得七零八落，四散奔溃。水陆两军尽遭败衄。后主闻报，异常着急，只得募民为兵，并谕民间，若献财粟，得拜官爵。无奈江南百姓，向来是文弱不过的，听得"当兵"两字，早已吓得躲避不及，谁还肯来枉送性命呢？就是有钱人家，贮着财粟，也要留在家中自用，怎肯献将出来，换取这饥不可以当食，寒不可以当衣的官爵呢？因此迭加劝谕无人应命。其时宋军已捣破白鹭洲，进迫新林港，又分兵攻下溧水等地，江南统军使李雄，有子七人，皆以勇悍著闻。见宋军所至，势如破竹，各郡县望风投降，李雄知不可为，叹息谓诸子道："国事如此，吾必死难，汝曹亦宜勉之，不可失却志节，隳吾家声。"七子齐声应道："父亲能够死忠，儿等难道不能死孝么？"李雄乃与七子，攻扑宋师，为宋师所围，战至矢穷刀缺，父子八人，皆殁于阵。宋师曹彬，直次秦淮，夹河而阵。那秦淮河，在金陵城南，水道可达城中。江南兵，水陆数万，列阵城下，扼河防守。潘美率兵临河，因舟楫未集，部下未免怯顾。潘美奋然道："我兵自汴至此，战无不胜，攻无不克，任是什么险阻，也不能阻挠我军，奈何因这一衣带水，便裹足不前呢？"说罢，纵马直前，绝流而渡。各军见主将跃马而渡，也就跟着过去，便是步兵，亦复凫水以达对岸。江南兵见宋师渡河，忙来阻挡，被宋师一阵冲杀，招架不住，只得退入水寨，坚守不出。巧值宋都虞侯李汉琼用巨舰满载苇葭而来，就因风纵火，焚毁南城水寨，寨中守卒，不死于火，即死于水，顷刻间闯破了水寨。这时后主听信门下侍郎陈乔、学士张洎的话说，是宋师到来，只要坚壁固守，待他粮尽，自行退去，可以无虑。城中的守备事宜，专属于都指挥皇甫继勋，后主毫不过问。只在宫内召集僧道，诵经礼忏，烧香许愿，祷告神灵保佑，且亲自写疏祀告皇天，立愿于宋师退后，造佛像若干身，菩萨若干身，斋僧若干万员，建殿宇若干所，疏来自称莲峰居士，敬告上苍默佑，速退宋师，保全危城。除了诵经许愿，具疏祝祷以外，他却还有心情，拈弄笔墨。相传有《临江仙》词一阕，乃后主在围城中所做的，其词道：

樱桃落尽春归去，蝶翻轻粉双飞，子规啼月小楼西。玉钩罗幕，惆怅暮烟垂！别苓寂寥人散后，望残烟草低迷；炉香闲袅凤凰儿，空持罗带，回首恨依依！

后主在围城里面，还有这闲情逸致，按谱填词，丝毫不以军务为念。你想这座金陵城，还有不被宋师攻破的道理么？这日，后主正在宫内看着一众僧道铙钹宣天，香烟缭绕的诵经礼忏，只听得城外号炮连声，方才吃惊。命人探听，始知宋师已逼城下，不禁着急起来，亲自上城巡视。登陴而望，但见宋师已在城外，立下营寨，杀气横空，旌旗蔽日，这时才知不妙，回问守卒道："宋师已抵城下，怎么还不入报？"守卒道："皇甫将军吩咐不要入报，所以不敢上达圣听。"后主发怒道："宋师逼临城下，尚不报告，必是怀着异志了。"急召皇甫继勋，问他为何隐蔽军情，兵临城下，尚不报闻？皇甫继勋答道："北军气势甚锐，难以抵挡，臣即日日报知陛下，亦不过徒使圣心着急，宫廷惊惶，所以不行入报。"后主闻言，怒不可遏道："依你这般说来，只好一任宋师进城，也不用御敌了，明是与宋师通连，卖国求荣，这种背主的贼臣，不即斩首，何以儆众？"就令左右，将皇甫继勋拿下，置诸死刑；一面飞召都虞侯朱令赟，速率上江兵马，入援金陵。

那朱令赟，接到后主入援的急旨，便率领水师十万，由湖口顺流而下，意欲焚毁采石江南的浮梁，断绝宋师的归路，令他军心摇动，然后纵兵截击。早为曹彬探知消息，便召战棹都部署王明，授了密计，命往采石矶防堵来军。王明领了密计，飞速前去。那朱令赟带着战舰，星夜下驶，将近采石江头，遥望前面，帆樯如云，好似有数千艘战舰排列在那里。朱令赟瞧了，心下很是惊疑，又值天色已晚，恐为敌人所截，不敢前进，传令将战船在皖口停泊一夜，待至天明，再行进兵。哪知到了半夜，忽闻战鼓如雷，水陆相应，江中来了许多敌舰，火炬照耀得满江通明，现出一杆大旗，上面有个斗大的"王"字。岸上又到了无数步兵，也是万炬齐燃，飞出一杆帅旗，写首"刘"字。岸上江中，两下夹攻，喊声不绝，也辨不出有多少宋师。令赟不知敌军虚实，惟恐黑夜交兵中了敌人的计策，急命军士纵火，将船堵住，不令近前。不料北风大作，自己的战舰都在南面，那火势随风卷来，没有伤着敌船，反向自己的战舰燃烧起来，全军顿时惊溃。令赟亦慌了手脚，急命各舰拔碇返奔，无奈舰身高大，转动不便，早被敌军乘势逼近，跳过船来，刀枪齐施，乱砍乱戳，兵士的头颅，纷纷滚下水去，霎时之间，各舰大乱，只为着逃命。刚才往岸上跳去，又有陆路的宋师，奋力砍杀，只得投入江中，凫水逃生。令赟此时，束手无策，正想跳入水中。忽然一员宋将，奔向前来，一声吆喝，把令赟拿下，穿索捆绑活擒而去。这员拿令赟的大将，就是王明，他领了曹彬的密计，在浮梁上下，竖着无数长木，悬挂旗帜，远远望去，好似帆樯一般，作为疑兵。又预约刘遇，带了步兵，从岸上杀来，水陆夹击，果然令赟坠入计中，不战自乱。只用半夜工夫，便把令赟的十万水军，迅扫而空，其实宋师不过五千水师，五千步卒，统共一万人马，击败了江南十万水师，曹彬也可算善于用兵了。那后主在金陵城内，只盼望令赟前来，击退宋师，方可解围。忽地接得令赟被擒全军覆没的消息，直吓得后主面如土色，没法可施，只得命徐铉星夜驰赴汴京，面见太祖，哀求罢兵。太祖道："朕令李煜入见，何故违命不来？"徐铉道："李煜并非违抗命令，实因病体缠绵，不能就道；且李煜以小事大，如子事父一般，并没有什么过处，还求陛下逾格施恩，诏领罢兵。"太祖道："李煜既视朕如父，父子应该一家，哪有南北对峙之理？"徐铉听了这语，一时难以辩驳，只得顿首请道："陛下不念李煜，也当顾念江南数百万生灵，若大军逗留必致生灵涂炭，尚祈陛下体天地好生之德，饬令罢兵。"太祖道："朕于出师之时，已谕令将帅，不得妄戮一人。李煜见大军既至，早日出降，又何至涂炭生灵呢？"徐铉又道："李煜连年朝贡，未尝失仪。陛下何妨恩开一面，俾得生全。"太祖道："朕并不加害李煜，只要他献出版图，入朝见朕，便可罢兵了。"徐铉见太祖绝无矜全之意,便道:“臣事陛下,如李煜这样恭顺,仍要见伐,也未免寡恩了。”太祖见徐铉说他寡恩,不觉动了怒气,拔剑置案道:“汝休得哓哓不休,卧榻之旁,岂能任他人酣睡,能战即战;不能战从速出降。如再多言,可视此剑。”徐铉见太祖动怒,无法可想,只得辞别而行,不分晓夜奔回江南。后主闻太祖不肯罢兵,更加惶急,忽地又接到常州急报,乃是吴越王钱俶,奉了宋廷之命,攻取常州。后主此时,无兵可以救援,只得寄书于俶道:“今日无我,明日岂有君,一旦宋天子易地酬庸,恐王亦变作大梁布衣了。”钱俶置之不答,进军攻拔江阴、宜兴,下了常州,江南州郡,所余无几,金陵围困愈急。曹彬令人语后主道:“事已至此,困守孤城,尚有何为?若能早早归命,保全实多!否则城破之日,不免残杀,请君早自为计!”后主尚是迟疑不决。曹彬意欲攻城,又念攻破城池,必致害及生灵,虽出令禁止,也难遍及,就想了一个计谋,诈称有疾,不能视事。众将都入帐问候。曹彬道:“诸君可知我的病源吗?”诸将闻言,或说受了感冒;或说积劳成疾。曹彬摇头道:“诸君所言,皆非我的病源。”诸将不觉惊异,便请延医诊视,曹彬道:“吾病非药石所可医治,只要诸君诚心自誓,克城之后,决不妄杀一人,我病就可痊愈了。”诸将齐道:“主帅尽管放心,我等当在主帅之前,各设一誓。”就焚香宣誓而退。次日,曹彬出令攻城,攻了一日,金陵已破。侍郎陈乔入报后主道:“城已破了,国家灭亡皆臣等之罪,愿陛下速加诛戮,以谢国人。”后主道:“这是国家气运使然,卿死于事无济。”陈乔道:“陛下即不杀臣,臣亦何面目自立于天地之间。”就即退归私第,自缢而亡。勤政殿学士钟茜,闻得城破,朝冠朝服,坐于堂上,召集家属,服毒俱死。学士张洎,初时与陈乔相约同死,后洎仍扬扬自得,并无死志。后主到了此时,已是山穷水尽,无法可施,只得率领臣僚,诣军前投降。曹彬用好言抚慰,待以宾礼,请后主入宫治装,即日前往汴京。后主就辞别回宫。曹彬带了数骑,在宫外等候。左右向曹彬道:“主帅放李煜入宫,倘或觅死,如何是好?”曹彬笑道:“李煜优柔寡断,既已乞降,怎肯自己觅死,此言未免过虑了。”后主果然治了行装,匆匆的辞别了宗庙与宰相汤悦等四十余人,同赴汴京。后主在江南快乐惯了,哪里经过这路风霜之苦?况且又被监押的军健,逼着他夜晚奔驰,早起迟眠,甚是辛劳。后主虽没志气,到了这般地步,回想从前在江南的快乐,心下也不禁悲酸起来,掩面涕泣了一会。他生平误在自命风雅,以致贪恋酒色,不问政事,弄到了国破家亡,身为俘虏,还是不知追悔,在路途之上,悲伤了一会,仍旧不改他的老脾气,又做出一阕《去国词》其词道:

四十年来家国,八千里地山河。凤阁龙楼连霄汉,玉树琼枝作烟萝,几曾识干戈。

一旦归为臣虏,沈腰潘鬓消磨。最是仓皇辞庙日,教坊犹奏别离歌,垂泪对宫娥!

后主一路之上,感慨悲歌,同随从臣僚,前赴汴京。这日到了都城,恰巧曹彬亦奏凯回朝。太祖就御明海楼受俘,旨令李煜君臣,白衣纱帽,至楼下待罪。李煜叩首引罪,遂宣诏道:

上天之德，本于好生；为君之心，贵乎含垢。自乱离之云瘼，致跨据之相承，谕文告而弗宾，申吊伐而斯在。庆兹混一，加以宠绥。江南伪主李煜，承奕世之遗基，据偏方而窃号，惟乃先父，早荷朝恩。当尔袭位之初，未尝禀命，朕方示以宽大，每为含容，虽陈内附之言，罔效骏奔之礼。聚兵峻垒，蓄谋日彰。朕欲全彼始终，去其疑问，虽颁召节，亦冀来朝；庶成玉帛之仪，岂愿干戈之役？蹇然弗顾，潜蓄阴谋，劳锐师以徂征，傅孤城而问罪。洎闻危迫，累示招携，何迷复之不悛？果覆亡之自掇，昔者唐尧光宅，无非丹浦之师；夏禹泣辜，不赦防风之罪；稽诸古典，谅有明刑。朕以道在包荒，恩推恶杀，在昔骡车出蜀，青盖辞吴，彼皆闰位之降君，不预中朝之正朔；及颁爵命，方列公侯。尔实为外臣，戾我恩德，比禅与皓，又非其伦。特升拱极之班，赐以列侯之号；式优待遇，尽舍尤违。今授尔为光禄大夫，检校太傅，右千牛卫上将军，仍封违命侯，尔其钦哉，无再负德此诏。

李煜听诏，惶恐谢恩，太祖还登殿座，又召李煜入见。未知又有何事，且听下回分解。

第三十六回　疑怪物英雄初诞　宴父老豪杰还乡

话说太祖自明德楼回殿升座，又召李煜入见。李煜奉召趋入，俯伏在地。太祖慰问了一番，赐以冠带器币鞍马各物，并封煜妻周氏为郑国夫人，子弟等一并授职，所有臣僚，亦量能任用，授秩有差。李煜等谢恩而退。江南自李昪篡吴，自谓系出唐宗室吴王恪之后，称国号曰唐；传子景，至周世宗时，去帝号自称国主，传于李煜，在位十九年，为宋所灭，共历三世，计四十八年。

初时，太祖命曹彬率师南侵，曾面谕道："俟平江南，当以卿为使相。"潘美等闻之，均向曹彬预贺，曹彬笑道："此次出师，上承庙谟，下赖众力，方得集事。我虽身为主帅，侥幸成功，何敢邀赏！且使相职居极品，岂可妄企非分？"潘美等都道："天子无戏言，今江南既平，定必加封了。"曹彬又微笑道："还有太原未下，如何能遽使相重任。"潘美等尚不信曹彬之言。到得受俘毕，饮至策勋。太祖谓曹彬道："朕前日有言，理应授卿使相，惟北汉未平，容当少待。"曹彬顿首谦谢。潘美等在侧，见太祖果不以使相之职予彬，不觉向彬微笑。恰巧太祖回头顾视，一眼瞥见，便问卿等何故视彬而笑？潘美不能隐瞒，只得从实奏闻。太祖也禁不住笑起来了，遂赐曹彬钱五十万。曹彬拜谢退出，谓诸将道："人生何必为使相，好官也不过多得钱罢了。"未几得除为枢密使，潘美加升为宣徽北院使。

其时，江州尚未平定，曹翰移师征讨。江州指挥使胡则，率众拒守。翰围攻五月始下，遂入江州，杀胡则，纵兵屠戮，民无孑遗，所掠金帛，以亿万计，用巨舰百余艘，运至汴京。

太祖叙功，迁翰为桂州观察使，判知颍州吴越王钱俶，因宋廷平了江南，遣使奉表朝贺。太祖面谕来使道："尔主帅攻克常州，建立大功，可暂时来朝与朕相见，慰朕思慕之怀，即当遣归。上帝在上，决不食言。"来使领了旨意，回去告知钱俶。钱俶料知不能推却，只得整装入汴。写到这里，又不能不把吴越建国的历史，略叙一番了。钱俶之祖，名钱镠。世居临安县。钱镠初生之夕，其父钱宽，方自他处归来，有邻人迎告之道："吾家舍后，闻甲马的声音甚众，不知何故？"钱宽听了，疾速跑归家中，妻已生子，且有红光满室，历久不散，以为怪物，要把来弃于井中。宽母得知，力持不允。母子二人正在争执。邻妪闻声，过舍视之，闻知其故，忙谓钱宽道："此儿日后，必定富贵非凡，所现红光，乃是祥瑞，决非怪物，汝莫疑心。"钱宽听了邻妪的言语，方才答应留养在家。因为其父母及邻妪所留，得以长成，故取名为婆留。那钱婆留长大之后，颇具神力，能挽强弓，初时贩盐为盗，唐僖宗时，黄巢为乱，纠众平定吴越，改名为镠。唐时封越王，继封吴王，名声远震，即契丹亦闻其名。当石晋天福年间，契丹使臣尝闻监伴官李泳道："吴越王每夜不睡有这事么？"李泳闻言道："你国何以知道吴越王每夜不睡呢？"使臣答道："五台山王子大师，尝说吴越王是不睡龙降生，因此知其每夜不睡。"钱镠封王之后，宫院里面,夜间派人轮流着监更守院,一夕有敏利姥姥,应当监更,忽见有一绝大的蜥蜴,行至银缸之前,沿缸而上吸食其油,至缸中油已吸尽,那个蜥蜴已倏然不见了。敏利姥姥心中甚为奇怪,不敢对人说及这事。哪知次日,钱镠却自己说道:“我昨夜梦至前殿,见敏利老姥监更甚勤,且痛饮麻骨,腹内极饱,及至醒来天色已明。”敏利姥姥听了钱镠的言语,方知夜间所见蜥蜴,乃是钱镠元神出舍,乃将昨夜监更时见蜥蜴吸油之事,告知钱镠。钱镠听了,笑而不言。后人作吴越宫道:

婆留井上夜芒冲,绝域争传不睡龙。
白发宫娥知底事,绿蟠偏话黑甜浓。

钱镠封王之后,颇知礼贤下士,延揽英豪,物色人才。尝在宫中造一高殿,名为握发殿,取周公吐哺握发之意,表示自己求贤的真诚,且深得相人之术。人的贤愚善恶,不必亲见,只要看了肖像,便知道这人有才无才,因此养着二三十个有名画工,号称鸾手校尉。凡有士人,自北方流寓而来者,必就画工,图貌以进,悉经钱镠亲自披览,择清修有福相者,加以任用。有士人名胡岳者,渡江南下,画工图其貌,进入宫中,钱镠一见其像,便赞叹道:“此人面有银光,奇士也!”立即宣召胡岳入见,加以官阶,大为信任;胡岳后果有声于时,因此吴越当钱镠之世,人才济济,颇称得士。后人也有官词咏此事道:

汲引高居握发频,相看客面泽于银。
写生校尉描鸾手,不貌寻常行路人。

钱镠不但巨眼识人,并且生性勤俭,虽居皇位,不御纨绮,寝室尤为朴素,所悬布帐,已经毁裂,尚不忍弃,王妃因制青练帐一顶,将为更易。钱镠作色言道:“吾为一国之主,安敢厚自享奉,为人民所訾议,况作法于俭,犹恐为奢,一帐虽微,实启奢靡之习,可贮藏以赏有功之人。”王妃婉言相请,至于再三,终不为动。宫中夜寝,不用嫔御,常恐贪眠忘晓,未尝安然寝处,睡时以圆木为枕,光滑易倾,偶遇熟寐,其枕自攲,即便惊寤,名曰警枕。又恐日久怠玩,或办事辛劳,虽有警枕,亦未易醒寤,更以金作弹丸,每夕使人以丸弹于墙楼之外,发一弹丸,值宿者皆手执金钮,大声毕应,虽然沉睡,也要惊醒,听政之暇,退居一室,或习书,或画墨竹以自遣,但一有政务,遂即弃去,绝不妨阻正事。宫内侍奉者,仅有内监、老妪,未尝用青年宫女,严申蓄养声伎之禁,布告中外,咸使遵守。

其子元瓘,年逾三十,尚未育子,亦不敢纳妾。元瓘妻马氏,深以无子为忧,常劝元瓘纳妾,庶可生子,以承宗祧。元瓘虽然心动,终以钱镠立法甚严,未经禀命得其许可,不敢擅纳姬妾,一日,马氏入宫朝见,乘间以请。钱镠尚不肯允;幸王妃亦以祧宗为虑,从旁相劝。钱镠始允元瓘纳妾,不加禁止。马氏得请,欣然而退,遂为元瓘广置姬侍。其后鄜氏生弘僔、弘倧;许氏生弘佐;吴氏生弘俶;众妾生弘偡、弘亿、弘偓、弘仰、弘信,马氏皆亲自抚养，视同己出，常置银鹿于帐前，唤诸儿坐于其上，以为嬉戏。钱镠见元瓘纳妾生子，亦叹马氏之贤，常称扬马氏道："吾家宗祀有主，皆汝之力也！"钱镠自得诸孙，颇为欣悦。平日宫中未尝夜宴，因于除夕，设椒盘，燃画烛，召子孙依次列坐，合家欢宴，命诸孙鼓胡琴，叙天伦之乐，酒至三行，即命撤宴道："莫令人称我为长夜之饮也。"后人读史至此，亦作宫词一首咏钱镠勤俭朴素道：

警枕敧听警夜丸，长年布帐不知寒。
椒盘画烛逢今夕，唤取胡琴一再弹。

又有宫词一首，赞马氏为元瓘广置妾侍，得生诸子，且能亲自抚养，视同己出，其贤殆不可及，直可垂为壶范。其词道：

樛木恩推壶化行，玉羊卅载梦罴成。
宫闱镇日喧何事，银鹿纷纷看戏婴。

词中所咏之玉羊，乃是钱镠生元瓘之时，先有一胡僧，持玉羊来献道："国主得此，当生贵子。"钱镠谢而受之，遂以丁未年生瓘，适符胡僧玉羊之兆，故宫词中提及此事。

钱镠以杭州潮水冲激，海涛汹涌，民田受累，无有穷时，遂议定建筑捍海塘，以御海潮，择期兴工，因怒潮急湍，版筑不就，屡建屡毁，乃作表申告于天，祝祷于胥山祠，并涵诗置于海门道："传语龙王并水府，钱塘借与筑钱城。"投诗已毕，兴工再筑，仍为潮水冲激而毁。钱镠怒道："潮神有灵，应顾合郡生灵。我筑塘卫民，非有私意，奈何屡次毁坏我的工程？这样的潮神，我当射之以示罚。"于是，采山阳之竹，造箭三千支，羽以鸿鹭之羽，饰以丹珠，炼火刚之铁为镞，造箭即成。用苇敷地，分箭六处，再斋戒沐浴，陈币以祭。其币咸分方位，东方用青，九十丈；南方用赤，三十丈；西方用白，七十丈；北方用黑，八十丈；中央用黄，二十丈；鹿脯、煎饼、时果、清酒、枣脯、茅香、净水，各具六分，陈列香案，于丁日丙夜三更子时，亲自致祭，上酒三行，虔诚祝祷道：

六丁神君，玉女阴神，从官兵六千万人，镠以此丹羽之矢，射蛟灭怪，竭海枯渊，千精百鬼，勿使妄干。唯愿神君佐我，令我功行早就！

祷告即毕，撤去香案祭礼，乘马回宫，独处静室，齐心一虑，养神蓄锐，预备明日抗拒怒潮。到得次日，天才微明即便起身，梳洗已罢，更换礼服，头戴天平冠，身穿赭黄绣龙盘金袍，内裹青猊甲，腰横碧玉带，脚蹬粉底乌缎靴，真个是"银盆白面生光彩，耿耿丹心照汗青"。由侍从诸臣，率领卫士，拥护着出来。文武僚属，早已齐集，参见礼毕，传令登程。一声令下，号炮齐鸣，鼓角迭起。钱镠在阶前，跨上了追风逐电能征惯战的白龙驹，前面列着仪仗，后面随着僚属，威风凛凛，志气昂昂，向钱塘江边而去。那杭州城内的人民，早已知道国主因筑捍海塘屡次为潮水冲毁，昨日已祭告天地神祇，要和潮神宣战，为民请命，此番前去，正是乘着早潮的时候，要去射潮神的。众百姓见了仪仗，已是欢声如雷，震动天地，待至钱镠乘马过来，一齐以手加额道："国主为了我们，不辞辛劳去射潮神，我们快去助威呀！"一声叫喊，早就聚集了无数百姓，追随于钱镠的马奔将出来助威。钱镠见百姓如此齐心，甚觉欢喜。匆匆来到钱塘江边，停住了马，下了雕鞍，传命将特制的三千支丹羽箭，取将过来，已预先选择五百名强弩手，各执硬弓，在岸旁侍候着。钱镠吩咐每名强弩手，领箭六支，一字排齐对准江面，待早潮来时，闻梆子响即行动，不得有误。五百名强弩手，奉了命令，排列齐整，专等潮来，便要发箭，须臾之间，那早潮已经发动隐隐的似有千军万马之声，向江面涌来，一转眼，见一座银山势同崩裂一般，直卷入钱塘江中。那江水被潮头激动，也与没羽的箭一样，向四面乱射，那声音比半空中的怒雷还要响上几倍。钱镠见了，传令放箭。一声梆子响，那五百名强弩手一齐向怒潮射去，说也奇怪，不过每人射了五支箭，那如山一般的怒潮，已是退将下去，顿时风平浪静，一些声音也听不见了。众百姓见潮水已退，齐声高呼道："国主的福音，潮已射退，我们从此可以永庆安澜了。"那欢呼的声音，正如雷鸣一般。后人有宫词咏钱镠射潮道：

香茅脯枣佐清醅，水府函诗称霸才。
夜半六丁趋海上，君主亲自射潮回。

钱镠见强弩手每人只射去五支丹羽箭，那潮头已直退下去，心中大喜！即命停止射击，勘定海塘基础，以钱絙贯幢，用石建之，不过数月，塘工即成；又置龙山、浙江二闸，以遏江潮入河，更辟候潮等门，以利行旅，人民称便。

海塘即成，钱镠因思自己少年时候贩盐为盗，出身微贱，今日身登王位，富贵已极，古人有言：富贵不归故乡，如衣锦夜行。况我自唐僖宗时征讨黄巢，即离临安，至今已数十载，祖宗丘墓久未拜扫，现在国事粗定，理应回乡省墓，抚问亲党，加恩闾里，方不负我这一生的事业。主张已定，遂下令旨，改其乡临安县为临安衣锦军，并择吉日，起节还临安，省视茔陇。到了启程这日，旌旗蔽空，戟钺映日，鼓吹丝竹之声，震动山谷。钱镠张着黄盖，骑了白龙驹，马前抓着一对一对的白龙旌凤节，金瓜银钺，以及红纱灯、金提炉等各种仪仗。那执仪仗的，都是另行挑选来的青年子弟，锦衣花帽，十分美观，后面跟随着六百名水犀军，保护王驾。原来这水犀军乃是钱镠亲自训练的劲卒，一个个都是身强力壮的大汉，武艺精通，弓马娴熟，并且深明水性，不论江湖河海，任你水势如何湍急，都能没入其中数日不出，真是陆斩虎豹，水断蛟龙，勇猛异常。钱镠仗着这支水犀军，横行水陆，到处无敌，所以能够奠定吴越，化家为国，此时因回乡省墓，并非行军打仗，只挑了六百名，作为护卫，直向临安进发。

那临安县尹，早已接天吴越王祭扫墓地的令旨，已将钱氏祖茔修葺得整齐辉煌，便是钱镠幼年钓游之所，亦皆蒙以锦绣，甚至一树一石，曾经钱镠当日憩息抚摹过的，也披红挂彩，以示欢迎，就是旧时卖盐的肩担，亦被乡人找寻了出来，韬以锦绣陈列着，夸为盛事。钱镠驾到临安，除了全城的文武官属与地方人民及钱氏亲族都出郊十里，恭迎王驾外,还有一个九十余岁的老妪手携壶浆、角黍,拄着鸠杖。在道迎候。那清道的人役,早经钱镠传谕,临安地方是孤故乡,老幼妇稚,悉邻里亲戚,任其从旁观看瞻仰,不准以势压迫,所以,这个老妪年迈龙钟,迎候着道左,并没有人敢去驱逐,只不过暗中憎厌这个老怪物不知进退,如此衰颓,还要出外现世。哪知众人正在唧唧哝哝憎厌这个老妪,吴越王钱镠御驾到来,一眼瞥见这老妪立在那里迎候,慌忙跳下坐骑,就在道旁端肃叩拜道:"钱镠回里,尚未到府请安,反劳太太前来迎接,心下不安之至。"那老妪见钱镠跪拜在地,不急去扶掖,反举手抚着他的背,口中呼着幼时的小名道:"钱婆留,喜汝长成之后,英勇无敌,创成若大事业,衣锦还乡。老身心里也很欢喜哩!"老妪紧叨了半晌,方把钱镠扶起,把带来的壶浆、角黍递于钱镠道:"这是老身闻得汝今日归来,令儿媳们赶作起来的,乃是新鲜的东西。汝可用些,以领我欢迎之意。"钱镠忙恭身接过吃了一个角黍,饮了些壶浆,复又顿首谢道:"婆留敬领太太的赏赐,明白谒祭于祖墓,再到太太府上,请安叩谢!"那老妪听了这话,方才扶了鸠杖,颤巍巍的欣然而去。钱镠还躬身立着,直到老妪行得远了,方敢跨上坐骑,赴行辕休息。

你道这老妪究是何人,见了吴越王,竟敢直呼他的小名,并且大咧咧的生受钱镠的礼拜;那钱镠又这样的恭敬相待,视同尊长一般,岂不令人百思莫解么?休要疑惑,可记得上文钱镠实生的时候,红光满室,历久不散,邻人又闻得舍后有甲马的声音告知他父亲钱宽。这钱宽是个不读书的乡人,见了这异兆,心内惊惶,便疑钱镠是个怪物,长大成人必招大祸,立意要把钱镠抛入门前智井面溺毙了,以免后患。钱镠的祖母,不舍得孙儿溺死,再三拦阻,钱宽母子两人争执起来,惊动了邻家老妪,过舍问明细情,敢劝阻钱宽不可溺毙小儿,并说甲马声音红光满室,乃是富贵的预兆,此儿长成,必非寻常人物,如何可以溺毙呢?钱宽听了老妪的话,方才没有把钱镠溺毙,因此取名婆留。后来钱镠讨征黄巢,平定吴越,受爵吴王,感念老妪救命之恩,要把老妪接入宫内供养,以报其德。那老妪却推辞道:"老身当日救援吴越王,乃是出于无心,岂可莫作恩德要他供养呢?"遂坚辞不行。使人再三邀请,老妪只是不允,只得回至杭州告知详情。钱镠更加敬重老妪的风诣,便暗中置田百亩,命老妪的儿子好好的赡养。到得钱镠回乡扫墓,毒妪已是九十岁,还是十分康健,亲自至道旁迎接。钱镠见了这救命恩人,怎么不要恭迎相待视同尊长呢?闲言休絮。

单说钱镠在行辕休息一日,到得次日,便轻车简从,前往祖墓,摆设礼品优哉游哉这先坐。此时钱镠的祖茔已是华表巍峨,树木葱茏,礼堂享室,莫不全备。钱镠见视已毕,心下大悦,盘桓了一会,大有恋恋不舍之意,直至天色傍晚,方才命驾归来。次日即命张蜀锦为广幄,大陈牛酒,宴饮乡邻,凡男女八十以上者,滁用金爵,百岁以上者用玉樽,时黄发用玉樽者,多至十余人。钱镠自起执爵,唱还乡歌,以如众宾,其歌道:

三节还乡兮挂锦衣,吴越一王驷马归,临安道上列旌旗。碧天明明兮爱日晖,父老远近来相随,家山乡眷兮会时稀,斗女光起兮天无欺。

唱罢,亲为父老斟酒劝饮。钱镠劝过了酒,见父老听了自己的歌都不懂得,兴致未免欠佳，遂又酌酒高唱吴歌道：

你辈见侬底欢喜！别有一般滋味子，永在我侬心子里。

钱镠歌声未毕，席间男女皆高声唱和，拍手欢呼，歌音震席，喜动颜色！钱镠乃命大爵进酒，畅饮至晚而散。其时临安官属以钱镠归来取衣锦还乡之义，到处皆复以锦，故临安有十锦之称，当日传为美谈。那十锦是些什么呢？一衣锦营；二衣锦山；三衣锦南乡；四衣锦北乡；五锦溪；六锦桥；七画锦望；八画锦坊；九保锦坊；十衣锦将军树。这十锦之中，惟衣锦将军树，乃是钱镠少年时节遇着大雨无处躲避，不得已隐身树下，借以避雨。这树好似具着灵性一般，钱镠刚入树下，它的枝叶竟纠结起来，宛然如一柄巨盖，巧巧荫庇着钱镠，使他得以隐匿身体，衣履不致沾湿，所以此次回乡，特地封这树为将军树。其余九处，也都是钱镠幼年钓游之地，临安官属，因钱镠回里扫墓，都披以锦绣，所以称作十锦。后人也有宫词咏道：

扶鸠翁媪识真王，照耀临安十锦张。
玉斝金樽齐醉舞，吴喉高揭唱还乡。

钱镠与乡亲父老畅饮了三日，方才启节回归杭州。父老相送至数十里外，方才珍重而别。

钱镠即归，未及两月，王妃又复启驾赴临安了。原来吴越王的王妃，亦系临安人士，每年必返临安一次，趁着清明时节寒衣良辰，归省母家，并扫祖墓，回去之后，在临安盘恒游览，依依不舍，常常说道："杭州与临安，相距非遥，不可时来时往，惟王爷力崇节俭，恐车驾所至，劳动人民耗费物力，所以每岁只得省视一次，故乡之思，殊令人眷眷于怀，不忍抛去。这一次王爷因御驾已竟到过临安，意欲叫我不要前来。只因故乡景物，祖父坟茔，寤寐难忘，是以再三请求，始蒙见允。既已来此，必须要多留数日了。"王妃在临安住了数旬，尚是不忍舍去，忽然接到钱镠来信，催促返驾。未知王妃得书后是否回去，且看下回分解。

第三十七回 **烛影斧声留疑案 见机纳土献版图**

话说吴越王妃回临安省亲,因恋于故乡风景,盘桓数旬尚未归去,忽接吴越王寄来一信,立即启视,上面写着两句道:

陌上花开,可缓缓归矣。

王妃笑道:“王爷性急,又催我归去了。”原来王妃每年以寒食节返临安,至春色将老,陌上花开方才归去,岁岁如此,成为习惯,所以钱镠来书,作此两语,乃叫王妃循着归例,不要耽延的意思。临安人遂用其语,作为吴歌,含思宛转,声甚凄切。其歌计有三首,录之于下:

陌上花开蝴蝶飞,江山犹是昔人非。
遗民几度垂垂老,游女还歌缓缓归。
陌上山花无数开,路人争看翠軿来。
若为留得堂堂去,且更重教缓缓回。
生前富贵草头露,身后风流陌上花。
已作迟迟君去鲁,犹歌缓缓妾归家。

这三首吴歌到处歌唱,音韵凄恻,悲思宛转,动人心肺。王妃初时接到钱镠的来信,还要在临安多住几日,不愿归去。自从这三首吴歌到处传唱,被王妃听见不觉恻然心动道:“王爷年迈,既有信来,命我归去,安可有违?”遂传谕即日登程,回返杭州。王妃回驾的时候,恰值钱镠身体不愈,淹卧床席,闻得王妃已自临安归来,喜动颜色,病势略减。但年纪衰迈终难霍然而愈,自此忽作忽止,延至来年春间,病势愈沉,医药无效,遽尔逝世。子元瓘嗣位,追尊为武肃王。元瓘即嗣位,颇反钱镠之所为,内多妾媵,广蓄声伎于越州,制窑烧造磁器,屡烧屡毁,费耗财力,以亿万计。烧成之后,专作供奉之物,禁止臣庶不得擅用,故民间称越州所造磁器为秘色窑,以其专作宫内供奉,人民无见磁器之颜色者,所以有这个名目。元瓘又喜各种玩物,珍珠古玩,画图玉器,罗列宫中,光怪陆离,触目生辉。常有海舶,自外洋来浙商贩,元瓘尽购其货,悉系珍品。中有沉香一株,其粗如臂。元瓘命巧匠雕琢为老人之状,衣冠古朴,发眉生动,见者疑为鬼斧神工。元瓘置之座右,呼为清门处土,常谓左右道:“吾得清门处土,昼长无聊,把而玩之,可以伴我沉寂。”初钱镠在日,崇尚朴素,力矫奢侈之习,宫中未尝设筵,每遇节令,仅命西湖渔人,进鲜鱼为鲜,且厚偿其值。至元瓘时,宴饮几无虚日,以已意制造肴馔,列为食品。有名玲珑牡丹鲊者,乃用鱼成牡丹之状,加用五味入笼蒸之,既熟,置于盎中，其色微红，与初开牡丹无异，食之肥美可口，芳香扑鼻。又喜以鱼作羹，饮酒至醉，辄用鲜鱼羹解酲，故每日皆须鲜鱼进奉，勒令西湖渔人，每人每日，须进鲜鱼数斤，谓之使宅鱼。渔人捕鱼不足供使宅鱼之数，只得自去买了鲜鱼，前来献纳，因此受累非浅，颇生怨望。一日，属僚罗隐入见。元瓘命之侍坐闲谈，壁间悬挂镰溪垂钓图一幅，元瓘指示罗隐道："此图运笔灵妙，闻卿素擅吟咏，何不吟诗一首，题于图上呢？"罗隐原因使宅鱼一事，劳民非浅，意欲话事规谏，今见元瓘命他吟诗，遂不假思索，援笔题道：

吕望当年展庙谟，直钩钓国更谁知？
若教生得西湖上，也是须供使宅鱼。

元瓘读诗笑道："卿因事纳谏，可谓婉而多讽了。吾当为卿尽蠲其役，使渔人亦沾恩惠，以旌卿之忠谏。"遂传令西湖渔人，自此免除进奉鲜鱼之役。此令宣布，西湖渔人莫不额手称庆，感念恩德。后人也有宫词一首咏此事道：

鲜蚱玲珑出盎初，天然色样牡丹如。
买来新向渔人网，不是西湖使宅鱼。

元瓘在位，虽好宴饮，但遇事纳谏，引用文士，量才器使，颇得人心。未几因病而殁，子弘佐嗣位，弘佐既逝，传位于弟弘倧。弘倧愚暗无能，权柄下移。大将胡进思，骄恣特甚，以弘倧昏弱不堪为主，拟废弘倧，迎立弘俶。时弘俶奉朝命为台州刺史，下车数月，吏氏爱戴，颇有贤名，故胡进思欲废弘倧而奉弘俶。适值弘俶在台州，遇异僧德诏，对弘俶说道："杭州将有纷扰，此地非君为治之所，若不速归，必失时机，且有大祸。弘俶从其言，表求归国，拜表即行，驰抵杭州。胡进思闻弘俶已至，遂废弘倧，迎弘俶为主。弘俶辞让再三，嗣奉太妃马氏懿旨，僚属劝进，始入城嗣位，徙弘倧居住越州。弘倧临行，亲为置酒饯送，资给丰厚。胡进思以弘倧居住越州，恐为后患，密请弘俶除之，弘俶不允，进思请之不已，弘俶涕泣道："若杀吾兄，将来何面目见先君于地下，汝必欲行此事，吾当退避贤路。"进思闻言，怀惭而退。弘俶恐进思谋害之心未已，因遣心腹将校薛温，往越州为弘倧守卫。临行密谕道："进思意在杀害废王，汝为吾心腹，故以保全之委任汝，既至越州，当日夕谨防，以死卫之，无使吾有杀兄之名。"薛温顿首领命，径往越州，保卫弘倧，甚是尽力。一日夜间，有二盗扶刃逾垣，欲入弘倧室内，弘倧闻声大惊，急阖扉力拒，高声叫喊，彻于外庭。薛温率兵入卫，击毙二盗，事后推究踪迹，知是胡进思遣来害弘倧的，进思自此事发觉后，恐弘俶加罪，心怀忧惧，疽发于背，不久即毙。进思死后，左右尚有劝弘俶诛废王以杜后患者，弘俶决不肯从，弘倧乃得始终保全，居住越州二十余年，安然而卒，追谥为忠逊王。弘俶为人俭素，自奉尤薄，常服大帛之衣，幄帐茵褥，皆用紫絁，衣无罗绮，食不重味。善草书，雅好吟咏，自编其诗数百首，号为正本集。会陶穀奉使至杭，求其为序。秉性谦和，未尝忤物，每遇朝廷有使命赴浙，接待甚厚，凡所上乘舆服物器玩，制作精巧，遣使修贡，必罗列于庭，焚香再拜，然后遣使，其恭谨近世藩臣，无有其匹。惟生平崇信释氏，在杭州造寺，不下百所，甚至以爱子为僧，祈得佛佑。王妃孙氏，亦崇尚佛法，斋僧布施，岁费无数。尝以一物施龙兴寺，形如朽木，寺僧得之，不知何物，以是王妃所赐，漫藏之，亦不珍惜。一日，有胡舶至，胡人数辈，入寺游瞩。僧人偶以此物出视，胡人见之，大惊道："此日本国龙蕊簪也，愿以金钱易取。"僧人靳之，增价至万二千缗，售得而去。高丽商人王大世，乘海舶贸易浙中，以沉木千斤，造成一山叠为衡岳七十二峰之状，上作诸天菩萨、五百罗汉，三世如来之象，雕缕精工，刻画入细，名为旖旎山，号称法苑珍品，人若得之，虔诚供奉，香花顶礼，可获无量福寿，其灵验不可思议。弘俶愿以黄金五百两购之，王大世犹不肯售。其事传入宫中，弘俶宠妃黄氏，竟以黄金千两易得。又有佛螺髻发，来自西天佛国迎入宫内，供养祈福。后因宫闱之中，悉系妇女，惟恐有亵尊严，致干佛怒，黄妃禀明弘俶，愿出私财，于南屏山雷峰显严院，建塔奉藏佛螺髻发，弘俶欣然允许。命工庀材，大事兴作。初拟建塔十三层，高逾千尺，后以财力不及，仅筑七层，已是高矗云霄，不可企及。塔成之日，移佛螺髻发，入塔供奉，并于塔之周围，镌刻华严楞严等各种佛经，令巧手工人勒石围绕八面。此塔系黄妃出私财建筑，故名为黄妃塔。世人以地处南屏山雷峰之上，遂称为雷峰塔，至今传播，称作西湖十景之一。后人有宫词一首，咏吴越王弘俶崇信佛法道：

一枝龙蕊施禅关，法苑珍逾旖旎山。
更与黄妃留塔记，细书经尾礼华鬘。

弘俶嗣位之后，知时识势，臣事中朝，自五代以迄宋朝，两浙未尝被兵。至太祖篡周，奉宋正朔，因避太祖父弘殷偏讳，改名为俶，每岁朝贡不绝，太祖以钱俶甚为恭顺，赐号开吴镇越崇文耀武宣德守道功臣，封其妻孙氏为贤德顺穆夫人。及曹彬征讨江南，太祖特命有司，于薰风门外，建造大第，连亘数坊，栋宇宏丽，储偫什物，无不悉具，名为礼贤宅，遣使诏谕钱俶，命出兵夹攻江南，功成入朝，当以礼贤宅赐予居住。至江南既平，太祖又召之入朝，钱俶不敢逆旨，与妻孙氏、子惟濬入朝。太祖闻钱俶抵汴，特命皇子德昭，出郊迎劳，赐居礼贤宅，恩礼优渥，逾于寻常。钱俶入觐于崇德殿，太祖特赐剑履上殿，书诏不名，并封其妻孙氏为吴越国王妃。钱俶叩首谢恩，太祖特命内侍扶掖以起，赐宴于长春殿，命与晋王光义叙兄弟礼。钱俶伏地，涕泣固辞，乃止。前后赏赉赐予，不可胜计。开宝九年四月，太祖将巡幸西京，行郊祀礼，钱俶请随行护跸。太祖道："南北风土异宜，渐及炎暑，卿可早日归国，赐饯于讲武殿。"钱俶感谢泣下，自愿三年一朝。太祖道："川途迂远，不必预定限期，只要诏旨东来，卿既入朝就是了。"钱俶遵旨辞行，太祖特赐导从仪卫，及黄金万两，白金十余万两，锦绮绫罗细绢四十余万匹，名马数百匹，另外又有一个黄袱小包，封志谨严，太祖亲手赐予，且命其于途中方可开视，无致泄漏于人。钱俶拜受而退，行至途中，启袱检视，其中尽是群臣乞留吴越王钱俶勿令归国的奏章，多至数十百通。钱俶看了，也惊得目瞪口呆，深感太祖恩德，奉表申谢。

太祖自命钱俶归国以后，即日启跸，巡幸西京。原来，太祖承周旧制，定都开封，号为东京，以河南府为西京。其时江南已平，淮甸澄清，遂西幸河洛，祭告天地，且欲迁都洛阳，群臣皆以定都开封，已历长久，不宜轻动，相率入谏。太祖不从，晋王光义亦入见太祖，力言不可迁都。太祖道："朕不但迁都洛阳，还要迁都长安哩！"光义便问为什么要迁都长安，太祖道："汴梁地居四塞，无险可守，徙居关中，倚山带河，裁汰冗兵尽复周汉之旧，方才可以长治久安，一劳永逸。"光义道："在德不在险，何必定要迁都呢？"太祖叹息道："你也如此拘执，无怪群臣了。今日依从你们，恐不出百年，天下民力，已尽疲了。"遂怅然启驾返汴。过了一晌，又因北汉未平，定议北伐，命侍卫都指挥党进、宣徽北院使潘美，与杨光美、朱光进、米文义等，率兵北伐，分路进攻。党进等奉了诏命。遂即进兵，连败北汉兵将，正要进逼太原，忽接汴京急报，太祖病重，促令班师。党进等奉命回朝，方知太祖自西京返驾，已是圣躬不豫，回汴后医治痊愈，便随处游幸，一日偶幸晋王光义邸第，宴饮甚欢，及至回宫，旧病复发，自此卧床不起，一切政务，悉委光义代理。这日，天色傍晚，大雪纷飞，光义因政事羁身，进宫略迟，忽由内侍宣召，命光义立刻入宫。光义飞驰而入，见太祖喘急异常，对定光义，睁着眼睛，说不出话来，未几又瞧着外面。光义见了这般样子，恐有什么言语嘱咐，便命左右内侍，一齐退出，独自一人听候谕旨。内侍等退出寝门，远远的立在外面，只听得太祖和光义讲话，若断若续，语音过低，一个字也听不清楚，过不到片刻工夫，只见烛影晃摇，或明或暗，仿佛光的影儿，连连在窗上晃摇，遂听得柱斧戳地，其音甚巨，接连着便闻太祖现出很惨切的声音道："汝好，自为之……"这一声叫过以后，光义即步出寝门，传呼内侍，速请皇后、皇子等到来。内侍奉命而去，不一会，陆续到来，趋近御榻，揭帐而视，不看犹可，一看之下，皇后、皇子齐声大哭。原来，太祖已僵卧御榻，归天去了。这烛影斧声的疑案，究竟真相如何，我也不敢凭空武断，历考稗史，也是议论不一。或说太祖生一背疽十分痛苦，光义入视见一女鬼，用手抚太祖之背，光义吃了一惊，亟举柱斧，向鬼劈去，那斧反劈在太祖背疽之上，太祖一痛而绝；或说光义屏去左右，有心谋弑太祖，所以太祖很惨切的呼道："汝好，自为之……"这五个字，并不是叫光义好好去做，乃是瞥眼见光义谋害自己，因此惨呼这声，"汝好"二字，应该作一句，"自为之"三字又是一句。意思是说你好得很，竟自己亲手做这样弑君的事情，只因病中说话不能圆转如意，内侍们听得好似吩咐光义好好的自己去做一般。至于太祖究竟如何致死，我却不敢乱下断语。宋史太祖本纪，抱定为尊者讳的宗旨，把烛影斧声，一切传闻，尽都屏去，一概不录，只说帝崩于万岁殿，年五十就完了。

闲话休絮，且说皇后宋氏，与皇子德昭、德芳抚床大哭，就是光义，亦十分哀伤。内侍王继恩入劝宋后，且言先帝奉诏宪太后遗命，传位晋王。金柜密旨，可以按验，现在应请晋王嗣位，然后治丧。宋后闻言，愈加哀伤号哭不已，光义见了，只得也上前劝慰，宋后涕泣告道："我母子性命，托付官家了。"光义道："当共保富贵，请毋过虑！"原来，皇子德芳，系宋后所出，宋后欲请立为太子，因太祖孝友性成，遵守昭宪太后金柜遗命，所以宋后无法可施，此时太祖既崩，大权尽在光义掌握，知道争也无益，只得忍悲含泪，低头相嘱。光义也乐得应承，敷衍目前。次日光义即皇帝位，号为太宗，大赦改元，即以本年为太平兴国元年，号宋后为开宝皇后，授弟光美为开封尹，进封齐王。光美因避主讳，改名廷美。封兄子德昭为武功郡王，德芳为兴元尹，同平章事，所有太祖廷美子女，皆称皇子皇女。封薛居正为左仆射，沈伦为右仆射，卢多逊为中书侍郎，曹彬仍为枢密使，同平章事，楚昭辅为枢密使，潘美为宣徽南院使，内外各官，均进秩有差。次年孟夏，乃葬太祖于永昌陵。太祖在位，共计改元三次，享国一十三年，后人有诗一首，咏太祖死后，孤儿寡妇，即受欺凌，也与周室一般，其词道：

斧声烛影大限来，嫠妇孤儿也罹灾，
比似陈桥篡位日，事虽异辙一般哀。

太宗自将太祖葬毕，即将开宝皇后移居西宫，降诏改御名为灵，追册原配尹氏为俶德皇后。继配符氏，即符彦卿之女，亦于开宝八年病逝，亦追册为懿德皇后，此时中宫虚位，惟有李妃一人与太宗很为亲爱，生女二，相次夭殂。嗣生子，名元佐，后封楚王，又生次子，名元侃，即是将来的真宗皇帝，开宝中封陇西郡君。太宗即位，进封夫人，正拟册立为后，不料李妃又生起病来，竟于太平兴国二年逝世。乃选李处耘第二女入宫，至雍熙元年，始立之为后，这且按下不提。

单说太宗即位，转眼便是太平兴国三年，到了三月内，吴越国王钱俶与平海军节度使陈洪进，先后来朝。钱俶历史上文表过，这陈洪进又是什么人呢？待略略叙明，就有头绪了。陈洪进，泉州人氏，初隶清源节度使留从效部下为牙将。留从效受南唐册命，为泉漳等州节度使，号称清原军。加封鄂国公、晋江王，殁后无子，兄子绍镃嗣立，年尚幼稚。洪进诬绍镃附吴越，执送南唐，另推副使陈汉思权留后，自为副使。未几又逼陈汉思将印缴出，遣使赴南唐，称陈汉思年老，不能治事，众人推自己权留后。唐主李煜，即命陈洪进为清源军节度使。后因宋廷讨平泽潞扬州荆湖等处，声威远播，陈洪进急遣将校魏仁济，间道赴汴，上表宋廷，自称清源军节度副使，权知漳泉等州军府事，因节度陈汉思老耄，暂慑节度印，伏候朝旨。太祖受了表章，遣使慰问，从此岁岁朝贡，并不间断。乾德元年，太祖下诏，改清源军为平海军，即以陈洪进为节度使，赐号推诚顺化功臣。开宝八年，曹彬平定江南，李煜降宋，洪进愈加恐惧，遣子文灏，入汴朝贡。太祖遂召洪进入朝。洪进奉诏启行，方抵剑南，闻得太祖崩逝之信，乃回镇发丧。太宗三年，加洪进检校太师，洪进受命入觐，太宗赐钱千万，白金万两，绢万匹，恩礼隆重赏赉优渥。洪进遂上漳泉二州版图，有诏嘉纳，授洪进为武宁节度使，同平章事，赐第居住。陈洪进纳土归朝的信息，传至吴越，那吴越王钱俶，正拟入觐，得了此信，大为惊恐，遂得上表乞罢所封吴越国王，及撤销天下兵马大元帅，并书诏不名的成命，且请解甲归田，终老天年。表上，太宗不许，傲臣崔冀入见道："朝旨不言可喻，大王若不从速归宋，祸将不测。"钱俶迟疑未决，左右亦俱言不可。钱俶更加狐疑不定，遂亲赴天竺，拜祷于观音大士之前，祈赐梦以决进退。至夜果梦观音大士，以彩绳围绕其宅。次日即以其梦告于僚属，大家参详。崔冀复道："大王梦彩绳围绕住宅，乃是纳土归宋，子孙必得腰金衣紫，绵延不绝之意。况吴越不过千里之地，若不见机纳土，怎敌天下之兵呢？此观音大士，所以示梦于大王，亦以保全富贵相劝也。”钱俶闻言，其意乃决，遂治装入汴，觐太宗。太宗抚慰有加，赐宴迎春苑。次日即上表纳土道：

臣俶庆遇承平之运，运修肆觐之仪，宸眷弥隆，宠章皆极，斗筲之量，实觉满盈，丹赤之诚，辄兹披露。臣伏念祖宗以来，亲提义旅，尊戴中京，略有两浙之土田，讨平一方之僭逆，此际盖隔朝天之路，莫谐请吏之心。然而票号令于阙廷，保封疆于边徼，家世承袭，已及百年。介者幸遇皇帝陛下，嗣宗丕基，削平诸夏，凡在率滨之内，悉归舆地之图。独臣一邦，僻介江表，职贡虽陈于外府，版籍未归于有司，尚令山越之民，犹隔陶唐之化，太阳委照，不及蔀家；春雷发声，兀为聋俗，则臣实使之然也。罪莫大焉！不胜大愿！愿以所管十三州，献于阙下执事，其间地里名数，别具条析以闻，伏望陛下，念奔世之忠勤，察乃心之倾向，特降明诏，允兹至诚。臣俶谨再拜上言。

钱俶表章既上，未知太宗允其纳土否，且听下回分解。

第三十八回　**庆生辰钱俶亡身　赐药酒李煜绝命**

话说钱俶上表，请献纳吴越十三州版图于朝，这道表章，正中太宗之意。当下览了表章，甚为愉悦，即手诏褒美道：

> 表悉：卿世济忠纯，志遵宪度。承百年之堂构，有千里之江山。自朕纂临，聿修觐礼，睹文物之全盛，喜书轨之混同，愿亲日月之光，遽忘江海之志，甲兵楼橹，即悉上于有司。山川土田，又尽献于天府，举宗效顺。前代所无！书之简册，永彰忠烈。所请宜依，藉光卿德。

太宗降了褒美钱俶的手诏，即命范质长子范旻，权知两浙诸州军事，所有钱氏总缌麻以上亲属，及境内旧吏，悉遣至汴，共载舟一千零四十四艘。既抵汴京，太宗尽加恩赍，并下诏封钱俶为淮海国王，推恩官其子弟亲属，也有一篇很美丽的骈体诏书道：

> 盖闻汉宠功臣，聿著带河之誓，周尊元老遂兮表海之邦。其有奄宅勾吴，早绵星纪，苞茅入贡，不绝于累朝。羽檄起兵，备尝于百战。适当辑瑞而来勤，爰以提封而上献，宜迁内地，别锡爰田。弥昭启土之荣，俾增书社之数。吴越国王钱俶，天资纯懿，世济忠贞，兆积德于灵源，书大勋于策府。近者庆冲人之践祚，奉国珍而来朝。齿革羽毛，既修其常贡；土田版籍，又献于有司，愿宿卫于京师，表乃心于王室。眷滋诚节，宜茂宠光，是用列西楚之名区，析长淮之奥壤。建兹大国，不远旧封；载疏千里之疆，更重四征之寄。畴其爵邑，施及子孙，永夹辅于皇家，用对扬于庥命。垂厥百世，不其伟欤！其以淮南节度管内，封俶为淮海国王，仍改赐宁淮镇海崇文耀武宣德守道功臣，即以礼贤宅赐之。子惟濬为节度使，兼侍中；惟治为节度使；惟演为团练使；惟灏暨侄郁昱并为刺史；弟仪信并为观察使；将校孙承佑、沈承礼并为节度使，各守尔职，毋替朕命。

此诏即下，钱俶率领子弟，对阙谢恩，每值入朝，太宗必加意看待。礼貌隆崇，冠绝一时。适值中元节，汴京张灯庆祝，太宗特降谕旨，令有司于礼贤宅前，设灯山，陈声乐，以示宠异。钱俶至此安享富贵。直至瑞拱元年，八月二十四日，值钱俶生辰，大会亲戚，张乐陈宴，庆祝寿诞。正在欢饮，忽朝廷遣使赐生辰器币，并金樽御酒，且有诏，令使者以御酒劝钱俶立饮三樽，表示朝廷尊礼元老之意。钱俶奉诏谢恩，使者奉上王封御酒，看钱俶饮过三樽，方才回去复旨。众亲戚见朝廷这样恩礼有加，莫不称羡，就是钱俶也洋洋自得，深感皇恩。哪里知道到了夜间，忽然暴病起来，腹中痛疼难忍，不到一刻,竟尔去世。家人们见钱俶暴疾而亡,方疑日间所赐御酒有异,但事无佐证,不敢宣扬,只得以暴卒上闻。太宗闻得钱俶已死,表面上甚为哀悼,为他废朝七日,追封秦国王,予谥忠懿,命中使护其丧,葬于洛阳。自钱镠传至钱俶,世有吴越之地,共历三世五主,计九十八年。那吴越十三州,一军,八十六县,尽归于宋。东南一带,从此平定。太宗意欲兴兵讨平北汉,混一天下,只因心中还有一事,未能了结,深恐兴师北伐,留下后患,反为不美。

你道太宗有什么事情未曾了结呢?原来江西平定,李煜力竭降宋,举家来至汴京,太祖特加恩德,封违命侯,赐第居住。到了太宗嗣位,又加封为陇西郡公,仍与其妻郑国夫人周氏,在赐第内安稳居住。但是李煜不比刘鋹,虽是同一样的失国投降,刘鋹却长于口才,能言善道,专工谄媚,在太宗面前,典意逢迎,所以太宗对于刘鋹,并无猜忌之意。那李煜便大不相同了,他只能拿着一支笔,吟风弄月,作几首华瞻哀怨的诗词,若说口才,是一些也没有的。所以到了朝见太宗的时候,刘鋹总是谈笑风生,极能称旨;李煜总是垂头丧气,默然而坐,并不开口。太宗见李煜这般样子,便疑心他有怨望的意思,胸中一有芥蒂,便处处都觉得李煜的行事皆是不好。因此暗中命人监视李煜,看他平日间作何事情,有无怨望的心肠。偏生那李煜到了国亡家破、身为臣虏的地步,还不肯抛弃笔墨,到了花朝月夕,常常的思念在江南时节的游宴快乐,不觉涕泗交颐,悲伤不已。又想着那些嫔妃,都已风流云散,心内更是百感俱集,便忍不住提起笔来,把怀思故国,忆念嫔妃的意思,填了一阕词,调寄《浪淘沙》道:

> 帘外雨潺潺,春意阑珊,罗衾不耐五更寒。梦里不知身是客,一晌贪欢。
> 独自莫凭栏,无限江山,别时容易见时难。流水落花春去也,天上人间。

李煜填了这词,独自吟哦,甚是悲酸。恰遇当初的宫人庆奴,于城破之时,逃出在外,隐身民间,现在已做了宋廷派江南镇将的妾侍。那镇将遣使入朝,庆奴不忘旧主,带了封信前来问候。李煜见了庆奴的信,愈觉哀感,不禁长叹道:"庆奴已得好处安身,倒也罢了,只是我呢?"说到这里,又涕泣了一会,猛然抬起头来,见送信的人,还在阶前,守候回书。李煜便将心中的哀怨写在书中,到末了,还有"此中日夕只以泪眼洗面"的一句言语。写罢了,便交付来使带回江南,返报庆奴。李煜这一阕词,一封信,原不过抒发他心里的哀怨,并没什么旁的心思,那知太宗差来监视的人,早把这一词一信,暗中去报告于太宗。太宗见了词,还不怎样,看了那信,便勃然变色道:"朕对待李煜,总算仁至义尽了,他还说'此中日夕只以泪眼洗面',这明明是心怀怨望,才有此语的。"太宗虽然发怒,还是含忍着,并不发作。到了太平兴国三年,元宵佳节,各命妇循着向例,应该入宫,恭贺令节。李煜之妻,郑国夫人周氏,也照例到宫内去庆贺。不料周氏自元宵入宫,过了数日,还不见回第,直把个李煜急得如热锅上蚂蚁一般,在家中唉声叹气,走来踱去,要想到宫门上去询问,又因自己奉了禁止与外人交通并任意出入的严旨,不敢私自出外,只得眼巴巴的盼望周氏回来,一直至正月将尽,那周氏方从宫中乘轿而归。李煜盼得周氏归来,好似获到了奇珍异宝一般,连忙迎入房中,陪着笑脸,问她因何今日方才出宫。哪知宋氏却一声不响,只将身体倒在床上,掩面痛哭。李煜见了这般行径,料知必有事故,当时不便多问,待至夜间,没有旁人在房,方悄悄的向周氏细问情由。那周氏仍是泣不可抑的,指着李煜骂道:“多是你当初只图快乐,不知求治,以致国亡家破,做了降虏,使我受此羞辱,你还要问么?”李煜被周氏痛骂了一顿,也只得低头忍受,宛转避去,一言也不敢出口。你道周氏为什么在宫中这些多日子呢?只因那日进宫朝贺太宗,太宗见周氏生得花容月貌,甚是美丽,不觉合了圣意,便把她留在宫内,硬逼着她侍宴侍寝。周氏这时生死由人,哪里还敢违抗?无可奈何,忍耻含垢的顺从了太宗,所以从元宵佳节进宫,至正月将尽,方才放她出外,回归私第。李煜向周氏询问何事在宫耽延,她如何说得出口呢?只有哭泣痛骂,并无它言。李煜也是个聪明人,察言观色,早已明白此中情由,只是长叹一声,仰天流泪,也就罢了。那太宗自逼幸了周氏,爱她美貌,不愿放她回去,惟恐永久留在宫中,要被臣僚议论,所以暂时忍耐,任凭周氏重归私第,再谋良策,以图永久。这日思念周氏,未知回至私第,见了李煜如何情形;又想李煜本来心怀怨望,如今有了这事,他更加要怀恨的了,何不命人去探视一会呢?想罢,便传给事中徐铉入宫。原来徐铉自降宋之后,为左散骑常侍,现在升为事中,忽闻有旨宣召,忙驱入宫,朝见礼毕,听候圣旨。太宗突然问道:“卿近日曾见李煜吗?”徐铉见太宗忽问此言,不知何故,遂即奏道:“臣未奉旨,何敢私自往见。”太宗道:“卿可前往看望李煜,不可对他说是朕命卿前去的;若有什么言语,可速来告朕知道。”徐铉不敢有违,只得奉命辞出,径向李煜私第而来。到了门前,只见门庭冷落,甚是凄凉,徐铉下了马,走入门来,有一个守门老卒,坐在一张破凳上,靠着墙壁,正在睡觉。徐铉只得把老卒叫醒。那老卒惊醒转来,用手揉了揉眼睛,向徐铉看了半晌,方才问道:“做什么将我唤醒?”徐铉道:“可入告陇西郡公,就说徐铉请见。”老卒道:“陇西郡公奉有严旨,不得与外人交结往来,我替你传报,也是无益。”徐铉道:“你尽管上报,我已奏明皇上,方敢前来的。”老卒听了,才引请徐铉,径至庭前,嘱他稍待,自己入内通报。徐铉立在庭下,等候了半日,方见老卒从里面出来,取了两张旧椅子,相对摆下。徐铉便摇着手阻止老卒道:“你但在正中朝南摆一张椅子就是了,不要用两张椅子的。”正在说着,李煜已从里面步了出来,头戴青纱帽,身穿道袍,腰系丝绦,面容憔悴,体态清癯。徐铉见了,向上拜倒。李煜忙趋步下阶,亲手扶起,引至堂中让坐。徐铉惶恐辞谢,侍立于侧,李煜道:“今日哪里用得着这般礼节,快请入坐,不必客气。”徐铉无奈,只得将椅子略略移偏,侧身而坐。李煜持着徐铉的手,放声大笑,徐铉不知何故,望着他只是发怔。俟李煜笑罢,方欲向他问候,尚未启口,李煜又仰天长叹道:“懊悔当初杀了潘佑、李平、林仁肇等一般人。”徐铉听了此言,十分惊惧,只得用好言安慰了一番,辞别而去,出了李煜私第,遂即前往复旨。太宗问道:“卿见李煜,曾说些什么话来?”徐铉知道太宗暗里派遣了人,日夜监视李煜,一言一动,尽皆知晓,因此不敢隐瞒,便将见李煜的情形和所有的言语,据实奏闻。太宗听了,面现怒容道:“卿且退,朕自有区处。”徐铉辞驾退出,暗中替李煜捏着一把汗,深恐太宗便要降罪。不料过了多时,并无动静,也不见太宗有加罪李煜的意思,以为这事已竟过去,可以无甚变动,便不放在心上。

时光迅速,早又到了七月七日,乞巧佳节。那李煜还不知自己的语言举动,犯了太宗之忌，因为七夕这一天，乃是自己生诞之辰，回忆在江南的时节，群臣祝贺，赐酒赐宴，歌舞欢饮，何等热闹。现在孤零零的夫妻二人，闲居在赐第里面，比似囚犯，只少了脚镣手铐，连侍服的宫女，也只剩了两三个人。其余心爱的嫔妃，死的死，去的去，一个也不在眼前。思想了一会，好生伤感，便又触动愁肠，把胸中的悲感，一齐倾泻出来，先填了一阕《忆江南》的小令道：

多少恨！昨夜梦魂中，还似旧时游上苑，车如流水马如龙，花月正春风。

填了这阕《忆江南》，胸中的悲愤，还未发泄尽净，又背着手，在阶前踱来踱去，再填成了一阕感旧词，调寄《虞美人》道：

春花秋月何时了，往事知多少？小楼昨夜又东风，故国不堪回首月明中。雕栏玉砌应犹在，只是朱颜改，问君还有几多愁？恰似一江春水向东流。

李煜正在走来走去，口中吟哦着："问君还有几多愁？恰似一江春水向东流"，其妻周氏，忽从里面走出，向李煜说道："你又在这里愁思悲吟了，可记得今日乃时七月七日，正值你的诞辰，现在虽然背时失势，也须略略点缀，不可如此悲怨！况且属垣有耳，你不过怀思感旧。外人听了，便疑是缺望怨恨了。从古至今，以诗词罹祸的，不知多少，你我处在荆天棘地之中，万不可再以笔墨招灾惹祸了。"李煜叹道："国亡家破，触处生愁，除了悲歌长吟，教我怎样消遣呢？"周氏道："你愈说愈不对了，时势如此，也只得得过且过，随遇而安，以度余生。从前的事情，劝你不必再去追罢！我今天备了两样小菜，一壶薄酒，且去痛饮一杯，借浇块垒。"说着，不由分说，将李煜一把拖了，直入房内，推向上面坐下，提壶执盏，劝他饮酒。李煜见桌上摆着几样肴馔，倒还精致，便道："承你情！因为是我的生日，备下酒肴，只得要生受你的了。"说罢，举起杯来，一饮而尽道："今日有酒今日醉，遑顾明朝是与非。我自来汴之后，将卿的歌喉也忘记了，今日偶然填了两阕词儿，卿何不按谱寻声歌唱一会呢？"周氏道："我已许久不歌，喉涩得很，就是勉强歌来，也未必动听，还是畅饮几杯，不必歌吧。"李煜哪里肯依，亲自去拿了那支心爱的玉笛，对周氏道："烧槽琵琶，已是失去，不可复得，待我擪笛相和罢。"周氏本来不愿歌唱，因为李煜再三逼迫，推辞不得，便将那《忆江南》、《虞美人》两词，一字一字的依谱循声，低鬟敛袂，轻启朱唇，歌唱起来。李煜乘着酒兴亲自吹着玉笛相和，虽然一吹一唱，并无别的乐器，相和迭奏倒也宛转抑扬，音韵凄楚，动人心肺。李煜与周氏歌吹得很是高高兴兴，哪知这笛韵歌声，彻于墙外，早为太宗派来暗地监视的人，听得明白，飞奔至宫中，报告于太宗知道。太宗正疑李煜心情怨望，大为不快，闻说他今天生辰，在私第饮酒作乐，亲自填词，命妻子按谱歌唱，心中更觉不悦，便道："李煜所作诗词，必怀缺望怨恨之意，速取来与朕观看。"那报告的人，早就将李煜所填的两阕词儿，抄了前来，闻得太宗索取观看，便从袖中取出呈览。太宗看了，勃然变色道："他还心心念念不忘江南，若不将他除去，必为后患。"便命内侍，取了一瓶牵机药酒，太宗亲手加封，命内侍传谕李煜道:“今日为陇西郡公生辰,圣上特赐御酒一樽,以示恩礼。”李煜接了御酒,俯伏谢恩。内侍即将金杯斟酒送上,看李煜饮罢,谢过圣恩,方才回去复旨。那李煜饮了御酒,初时并不觉得怎样,还和周氏饮酒谈笑,很是有兴,不料到了夜间,忽从床上跃起,大叫了二声,两手两脚,忽拳忽曲,那颗头,或俯或仰,好似牵机一般,绝不停止。周氏见了这般形象,不知他得了什么疾病,吓得魂飞魄散,双手抱住了李煜,问他何处难受,李煜口不能言,只把那头俯仰不休。如此的样子约有数十次,忽然面色改变,倒在床上,已是气息全无,呜呼哀哉了!周氏见李煜已亡,大哭了一场,守至天明,便以暴卒上闻。太宗听说李煜亡故,心下大喜,表面上却做出很是哀悼的样子,下诏赠李煜为太师,追封吴王,并废朝三日,遣中使护丧,赐祭赐葬,恩礼极为隆重。那周氏葬了李煜,自然也要入宫谢恩。太宗便学着太祖对待花蕊夫人的故智,竟把周氏留在宫内,不放出外了。

再说太宗如今已把李煜了结。除去了后患,内顾无忧,便一心一意,要去征讨北汉,统一天下,遂命群臣会议兴师北伐。左仆射薛居正等,多说未可轻动,独曹彬赞成北伐。太宗问道:“从前周世宗及太祖,均亲征北汉何故不能荡平呢?”曹彬答道:“周世宗时,史彦超兵溃石岭关,人心惊慌,因此班师。太祖屯兵草地,适值天气炎热,又降大雨,是以中缀。今陛下神武,诸将用命,北汉势已穷蹙,兴师往讨,何患不克?”太宗听了曹彬之言,知他并非夸大的言语,遂力排众议,决计兴师。乃命潘美为北路都招讨使,率领了崔彦进、李汉琼、刘遇、曹翰、米信、田重进等一班久经大敌,能征贯战的勇将,分为四路,进攻太原。另派郭进为太原石岭关都部署,驻扎石岭,阻截燕蓟救援之兵。太宗预备齐全,遂赐群臣筵宴,预祝北伐胜利。是日文武诸臣莫不齐集,卫国公刘铱,因口才伶俐,甚得太宗欢心,亦召令预宴。酒至半酣,群臣皆颂扬太宗仁德,独刘铱起身言道:“朝廷威灵及远,四方僭窃之主,今日尽在座中,太原朝夕亦可削平,刘继元不久即至,臣刘铱首先来朝,愿得执梃为诸降王长。”太宗听了,龙心大悦,不禁放声大笑,饮酒既毕,遂命厚赐刘铱。

次日便拟派遣诸将分头出发,不料辽主忽遣使挞马长寿南来,入见太宗,责问北伐的情由。太宗道:“河东逆命,朝廷自应问罪。贵国如不出面干涉,自然照旧和好,否则有战而已。”辽使闻言,知不能阻,悻悻而去。太宗见辽使愤愤不平而退,知他必要出来干涉,恐诸将不肯出力,遂亲自督兵,以作士气。当下拟命齐王廷美留守汴京,开封判官吕端入见廷美道:“圣上栉风沐雨亲征太原,以申吊伐,大王地处亲贤,当为扈从,职掌留务,恐非所宜,还请裁夺为是。”廷美乃奏请随营扈从,太宗准了廷美之奏,改命沈伦为东京留守,王仁赡为大内都部署,自率廷美等择日北征。这个消息传到太原,北汉主刘继元听了,自然着急得很。一面预备人马与宋人拒战,一面遣人飞往幽州,向辽主请求救援。辽主接得北汉的来使,即遣耶律沙为都统,冀王迪里(一译作“敌烈”)为监军,领兵往救北汉。方至石岭关,被郭进出兵截击,迪里战死,耶律沙大败而回。这个捷报传达行在,太宗御驾已抵镇州,闻得郭进大获全胜,辽兵已退,不胜喜悦。催促前军,从速进战。潘美等奉了旨意,奋力向前,屡战屡胜,直至太原城下,筑起长围,将太原城困得水泄不通,城中十分危急,日夕盼望辽兵来援,哪知辽兵已为郭进所败,哪里还能前来救援。幸得建雄军节度使刘继业入城助守，悉力抵御，方得苟延残喘。太宗见太原久攻不下，杀伤甚众，遂遣使诏谕刘继元，从速出降，又被守城士卒所阻，退了回来。太宗只得督令诸军，猛力进攻，无奈刘继业率众死守，矢石如雨，会北汉宣徽使范超，逾城出降，宋军疑是奸细，把范超一刀杀死。刘继元闻得范超出降，又将他的妻子尽行杀戮，悬首城上。太宗闻得范超枉死，妻子受戮，心甚悲悯，传旨治棺厚殓，亲自致祭。城内诸将见太宗厚待范超，大为感动，便有指挥使郭万超，暗使军士，缒城约降。太宗当面折箭为盟，誓不相负。郭万超遂潜行出城，投降宋军。太宗格外优待，城中守将，闻得此信，纷纷出城，投入宋营请降。太宗料知刘继元势已穷蹙，又草手诏，谕继元速降。其手诏道：

越王吴主，献地归朝，或授以大藩，或列于上将，臣僚子弟，皆享官封。继元但速降，必保终始，富贵安危两途，尔宜自择。

刘继元接读了手诏沉吟了一会，方对来使说道："宋主果能优待，我当即日迎降。"来使退回复命。刘继元即遣客省使李勋，赍表至宋营请降。太宗厚赐李勋，且令通事舍人薛文宝，偕李勋入城，捧诏慰谕。次日清晨，太宗幸城北，登临城台，张乐设宴，刘继元缟衣纱帽，待罪台下。太宗召继元登台，传旨特赦，授为检校太师，右卫上将军，彭城郡公，赏赉甚厚。刘继元叩首谢恩，太宗乃命继元，领宋兵入城。忽然城上立定一位金甲银盔的大将，威风凛凛，勇气昂昂的大声喝道："主上降宋，我却不降。有本领的，速来拼个你死我活。"那声音好似洪钟一般，震耳欲聋，宋军闻声，一齐大惊。未知这位大将军是谁，且听下回分解。

第三十九回　遭疑忌皇子自刎　修宿怨妹丈殉边

话说刘继元奉了太宗旨意，方欲引导宋军入城，忽然城墙上立定一员大将，不肯降宋。太宗问是何人，左右奏道："乃是北汉建雄军节度刘继业。"太宗素闻刘继业忠勇之名，意欲收为己用，即令刘继元好言抚慰，劝他归降。继元遂遣亲信入城，把不得已的苦衷告知继业，劝他解甲出降，保全百姓的性命。继业无法可施，只得大哭一场，解甲开城，放入宋军。太宗入城，首先召见继业，授为右领军卫大将军，赏赐甚厚。那刘继业本姓杨，太原人氏，在刘崇时节，屡立战功，赐姓为刘，降宋后仍复原姓，只以业字为名，即俗小说中所称杨令公是也。北汉自刘崇立国，传至继元，共历四主，至此遂亡。太宗既灭北汉，命毁太原旧城，改为平晋县，以榆次县为并州，遣使分部徙太原人民，前往居住，且纵火焚烧太原庐舍，老幼男妇，迁避不及，焚毙者不计其数。太宗乃出发太原，欲移得胜之师，顺道伐辽，恢复故地。潘美等皆以师老饷匮为言，请太宗班师回汴。独侍卫崔翰，以为时不可失，劝太宗进取，以免再举。太宗大喜，遂从太原启行，到得易州。辽刺史刘字及涿州判官刘原德，先后献城投降。太宗留兵驻守，进取幽州。辽将耶律奚底（耶律希达）率兵来战，被宋兵杀得大败而逃。太宗命宋偓、崔彦进、刘遇、孟玄喆乘胜围攻，另外分兵往徇各地，蓟州、顺州依次请降。幽州为辽将耶律学古多方守御，尚未攻下。太宗亲自督攻，昼夜不休，眼看得难以支持，忽报辽相耶律沙来救幽州。太宗遂亲统大军，至高梁河迎战。将士奋勇格斗，耶律沙亦挥兵抵御，一时之间，金鼓齐鸣，旌旗飞舞，辽兵死伤甚多，渐不能支，向后退去。太宗见辽兵已败，挥军急进，忽听一声炮响，辽兵分左右两翼杀来，左翼是耶律斜轸，右翼是耶律休哥（耶律休格）。休哥为辽邦名将，智勇足备，部下的都是精锐之卒，宋军正战得疲乏，怎禁两支精兵，冲杀过来，顿时不能抵敌，纷纷溃散。耶律休哥乘势杀入中军。太宗见了，不觉仓皇失措，幸亏有辅超、呼延赞两员勇将，死命保护着太宗，冲出重围，走往涿州。宋将亦陆续败退而回，检点兵马，丧失了一万有余。其时天色傍晚，正要入城休息，那耶律休哥带了辽兵，又复追杀前来，宋军已吓得心胆俱碎，一闻辽兵追来，纷纷逃走。太宗见军心慌乱，料难抵挡，只得拍马加鞭，向南奔走。谁知天已昏黑，不辨路径，太宗闻得后面喊杀的声音，急于逃走，将马缰收紧，用鞭乱捶，那马急了，向前乱奔，忽然扑通一声，陷入泥淖里面，连忙高声呼救，前后左右，已无一人，不禁仰天叹道："朕误信崔翰之言，亲蹈危机，今虽追悔，已无及了！"正在急迫之际，忽见前面火光照耀，一队人马到来。太宗未知是敌军，还是自己人马，心中更是惶急，直待人马已至附近，见大旗上写着一个斗大的杨字，太宗喜道："来的正是杨业了。"连忙大声呼救。来将闻声而前，正是杨业。原来杨业奉了太宗之命，往太原搬运粮草，接济军需，去了好几日，方才回来，适值太宗遇险。杨业慌忙跃入淖中，将太宗拽上岸来，又把御马牵引登岸，方才回身率一小将，拜见道："臣救驾来迟，应该死罪！"太宗道："朕非卿来，性命难保，何罪之有。"又指着小将问是何人。杨业躬身答道:“这是臣子延朗。”太宗连连夸奖道:“此子真千里驹也!”正在说着,后面尘烟大起,太宗惊道:“追兵又至,如何是好?”杨业道:“请御驾先行一程,由臣父子退敌便了。”遂即去牵太宗的御马,那马已倒卧在地,不堪乘坐了。乃启奏太宗道:“御马不复可乘,请陛下乘臣马先行。”太宗道:“大敌当前,卿家何可无马。朕看装载饷械的驴车,可以腾一乘出来,由朕暂坐而行。”杨业闻命,急急腾出驴车请太宗坐上,命士卒保护前行,所有饷械,亦一律同行,自与延朗勒马待敌。不上片刻,那队军马趋至,乃是孟玄喆、崔彦进、刘廷翰、李汉琼等一班宋将,带着败残人马,退将下来。未几潘美亦垂头丧气,狼狈趋至,见了杨业,便问可见圣上。杨业即将前事告知。潘美道:“后面将有追兵怎生是好?”杨业道:“我父子二人,正思退敌,今有元帅与诸位将军前来,怕他甚的!”潘美听了这话,甚觉惭愧,只得命杨业整顿残兵,预备厮杀。部署方定,辽兵果然追到,当先二将,一名兀环奴;一名兀里奚,勒马飞出阵前。杨业跃马横刀,大呼道:“狗羯奴,快来纳命!”兀环奴、兀里奚大怒,双马齐上,杨业力敌二人,毫无惧怯。延朗恐父有失,急忙挺枪助战,兀里奚见了,即便迎往延朗,,杨业与兀环奴对敌,战不数合,被杨业一刀挥成两段。兀里奚心内一慌,被延朗枪挑下马,重复一枪,结果了性命。众将见杨业父子获胜,一齐上前助战。辽军丧了两员大将,不敢对敌,慌忙退去,当下为宋军追杀一阵,夺还器械无数,方才收兵。回至定州,遇见太宗。太宗命孟玄喆屯定州,崔彦进屯关南,刘延翰、李汉琼屯真定,又留崔翰、赵彦进等援应各镇,驾返汴京,从此与辽人绝好。

当太宗伐幽州的时候,太祖长子武功郡王德昭随侍营中。军马战败,不见了太宗,全营惊惶,尽疑太宗被难,诸将议论纷纷,便有人倡议拥立德昭,以安众心,未及实行,已将太宗寻获。这件事情传入太宗耳内,心中老大不快,接连着损兵折将,班师而回,愈加愤怒。因此回京两月,竟把太原的事情搁置起来,并不行赏。诸将皆有怨望之意,德昭还未觉察太宗的心事,只道是忘记了这件事情,便入宫朝见,请太宗论功行赏。太宗听了,愈加动怒,大声叱道:“战败回来,还有什么功赏可行?”德昭仍不见机,重又说道:“征辽虽然无功,北汉究属荡平,还请陛下分别行赏,免得将士缺望。”太宗见他坚请论功行赏,更加疑他有意笼络将士,收买人心,便拍案怒道:“等待你做了皇帝,再赏他们也还不迟!”这两句话,已把疑忌的心思和盘托出。那德昭的性子,素来刚烈得很,如何忍受得住?默默的退出宫来,回至邸第,愈想愈恼,由恼而悲,想起了父母俱亡,无可依赖,虽有继母宋氏,兄弟德芳,一个徙居西宫,无异幽禁;一个年仅弱冠,未知人事。思来想去,一切悲感之事陡上心来,觉得活在世上毫无生趣,竟硬着心肠,向壁上拔下青锋宝剑,自刎而亡。等到他人得知,已是碧血模糊,阴魂渺渺,死了长久了。只得前去报告太宗,太宗闻报,佯作大惊之状,亟刻命驾往视,只见德昭,僵卧榻上,双目不瞑。太宗故作悲哀,挥泪说道:“痴儿!痴儿!朕不过一时之怒,出言无度。你又何至如此呢?”说罢,又抱着尸首,大哭一场,即命家属好好殡殓,回至宫中,颁下诏来,赠德昭为中书令,追封魏王。遂追平论太原功,除赏生恤死外,加封皇弟廷美为秦王,总算是依从德昭的意思,这且不提。

单说辽兵杀败了宋兵,大获全胜,奏凯而回。辽主贤,因宋人无故侵犯,意欲报怨,料定宋军新败，必然丧胆，正可乘机进取，遂命南京留守韩匡嗣，与大将耶律沙、耶律休哥，领兵五万，入寇镇州。刘廷翰闻得辽兵入寇，忙约崔彦进、李汉琼等，商议战守之策。崔廷翰道："我军方败，元气未复，今若与战，胜负难以逆料，我想用诈降计，赚他入内，然后设伏掩之，必定获胜。"崔廷翰道："耶律休哥，乃辽邦名将，未必肯上圈套。"李汉琼道："先去献他粮饷，他必信为真情，定无不纳之理。"廷翰也就点头答应。当下计议已定，便差人至辽营，献粮请降。韩匡嗣见粮饷，谅非诈降，便约定明日入城。差人去了，耶律休哥谏道："南人多诈，恐是诱敌之计。"匡嗣道："他若有诈，如何肯献粮饷？"休哥道："这正是欲取先与的计策。"匡嗣道："我兵前次杀败宋师数十万，人人夺气，个个惊心，今闻我军前来，所以投降，我料他必是真情，可以无用多疑。"休哥见匡嗣不纳良言，只得退出帐来，吩咐部下，不可妄动，须待自己将令，方可出发。那韩匡嗣、耶律沙，见定宋将纳降，只道镇州唾手可得。到了次日，领了人马，直向镇州城而来，将至城下，见城门大开，并无一人，匡嗣即欲拍马入城，护骑尉刘武雄，上前谏道："元帅不可轻进，既然请降，如何不来迎接？"匡嗣闻言，也甚疑心。忽听一声炮响，城西杀出刘廷翰，城东杀出李汉琼，大叫："胡奴休走，快来纳命！"匡嗣方知中计，拍马便走。部下人马，见元帅已走，一齐往前乱奔，反把耶律沙的后队冲动。耶律沙那里遏禁得住？只好倒退下来。突然又是一声炮响，崔彦进引着一彪宋军，从斜刺里杀出，拦住去路。韩匡嗣、耶律沙的兵马，腹背受敌，只好拼命冲突，要想杀条血路逃生。不料宋将崔翰、赵彦进，得了辽人入寇镇州的消息，各领一支兵前来救应，恰巧遇个正着，奋勇杀上，把韩匡嗣、耶律沙困在垓心，再也冲杀不出。正在万分危机时，忽见宋军阵后喊声大起，一将挺刀跃刀，领了健卒，从北面杀入，正是耶律休哥。韩匡嗣、耶律沙见了救兵，满心大喜，遂跟着休哥，杀出重围。宋军追赶一阵，斩首万余级，夺得粮草辎重无数，直追至遂城，方才收兵而回，各还原地，报捷宋廷。太宗得报，与廷臣计议道："辽人此次入寇镇州，不能得志，必定侵犯他处。朕想代州一路，最关重要，须遣良将镇守，才保无虞。"群臣齐称陛下明见万里，应遣良将，预防辽兵入寇。太宗道："朕有一人，必定胜任。"遂命宣杨业上殿。杨业奉召前来，太宗道："卿熟悉边情，智勇兼备。今任卿为代州刺史，往防辽人。"杨业顿首谢恩。太宗敕赐橐装，令其即日赴任。杨业辞驾而出，率子延玉、延昭，星夜前往代州。延昭即延朗，随父降宋，授职供奉官，改名延昭。杨业尝说此子类我，因此屡次出兵，必令相随。既抵代州，适值天寒地冻，杨业修缮城池绝不懈怠。转眼之间，腊尽春回，又是太平兴国五年，辽邦乘着天气和暖，塞草已茁，又复大举入寇，由耶律沙、耶律斜轸等，领兵十万，径趋雁门。雁门在代州北面，乃是最紧要的关隘，雁门有失，代州亦不能守。杨业得了辽兵大至的探报，便对延玉、延昭道："辽兵号称十万，我军仅有一二万人，就是以一当十，也难获胜，只可用智，不可力敌，先要杀个下马威，命他知道厉害，方才不可轻视我军。"延昭道："儿意欲从间道出兵，袭击辽兵后路，出其不意，必可获胜。"杨业道："此言正合我意，人马不必过多，只要黉夜掩击，令他自相惊溃，便可制胜。"当下议定，便挑精兵数千，由雁门西口西陉关出去，绕至雁门北口。正值更鼓沉沉，星斗黯黯，遥见雁门关下，黑压压的扎下数十座大营，便命延玉率兵三千人，从左杀入。延昭带兵三千人，从右杀入。杨业自领健卒百骑，独踹辽兵中营，三支人马,衔枚疾驰,到了辽营,一声呐喊,冲杀进去。耶律沙、耶律斜轸等,只防关内兵马前来袭营,不料宋军忽从营后杀来,惊疑飞将军从天而下,大家吓得东躲西逃,哪里有心抵敌?中营里面,有一辽邦驸马,官居侍中节度使,名唤萧咄李,素称骁勇。见宋军冲入营来,便持着利斧,上前厮杀,大喝:“俺萧咄李在此,谁敢前来送死。”恰巧杨业一马驰到,两人战在一处。萧咄李哪里是杨业的对手,战不数合,只听得杨业大喊一声,如半空中起了一个暴雷,萧咄李吃了一惊,手中的斧,慢了一慢,已被杨业兜头一刀,挥于马下。辽兵见萧咄李阵亡,吓得魂胆俱丧,抱头乱窜,自相践踏,死者不计其数。耶律沙、耶律斜轸见部兵溃散,不可收拾,也只得逃命而去。杨业父子追赶一阵,便整军入雁门关。检点带去的兵马,只伤了数十个人,当即休息一日,驰回代州,上表布奏捷。

辽人经此一场挫折,从此皆称杨业为“杨无敌”,望见了杨字旗号,即便惊哗,不敢迎战了。辽主贤,闻得大军败回,不胜忿怒,竟亲自督军,大举侵宋。命耶律休哥为先行,入寇瓦桥关。守关将士,闻得辽兵两次败退,料他没甚伎俩,竟自开关迎战,面水列阵。耶律休哥率领精骑,渡水南来,宋将欺他兵少,并不截击,待到辽兵渡过岸来,始与交锋。那休哥的部下,都是曾经百练的功卒,宋军如何抵敌得住?被他杀得大败而逃,连关门都不能守,一哄逃走,奔入莫州。休哥直追至莫州城下,紧紧围住,尽力攻打。败耗到了汴京,太宗又下诏亲征,调齐了兵将,向北进发,途中又接到官军连次败绩的消息,连忙倍道前进,行至大名。辽主闻得宋主御驾亲征,料知兵势其盛,恐难抵御,便率兵退去。太宗闻报辽兵已退,乃令曹翰部署诸将,自回汴京。过了数日,又欲兴师伐辽,廷臣皆迎合上意,奏称应速取幽、蓟,恢复故土,独左拾遗张齐贤,上书谏阻,其言甚为剀切。这张齐贤乃是曹州人氏,为人饶有智略,颇具胆识。太祖巡幸洛阳,曾以布衣上书,条陈十事已有四事称旨,尚有六条,未合太祖之意。齐贤坚执以为可行,太祖发怒,命武士将他撵出。等到回至汴京,便对太宗说道:“朕这次巡幸西京得一张齐贤,日后可为汝之辅相,慎勿忘怀!”太宗谨记此言。太平兴国二年,考试进士,齐贤竟至落第。太宗不见张齐贤中选,特开创例,一榜尽赐京官,齐贤始得出仕。历任知州,人为左拾遗。此时因太宗又欲兴师伐辽,上书直谏,太宗甚为嘉纳,暂罢征辽之师。

且说赵普自从太祖时候罢了相位,出为河阳三城节度使,当时见太祖不加信任,知道再用无期,但他是个患得患失的鄙夫,一旦丢了相位,心内如何不恼。却因太祖识破了自己的行径,料想恩宠必无恢复之望,到了任所,便想出了一个狡猾主意,为将来再相的地步,就上了一道本章,略言皇弟光义,忠孝兼会,外人谓臣轻议皇弟,臣怎敢出此?且曾预闻昭宪太后顾命,宁有贰心,知臣莫若君,愿赐昭鉴等语。一道表章,却有两层用意:一是挟制太祖,不便再加他的罪;二是讨好太宗,将来可以再用。当日太祖见了赵普的表章,果然上了他圈套,便亲手将这表封好,同昭宪太后的遗诏,藏在金柜里面。太祖贺崩,太宗继位。赵普入朝,改封为太子太保,因为卢多逊所制,命奉朝请,闲住在京,郁郁不乐,欲想运动再入枢府,重柄朝政,偏偏那卢多逊十分厉害,令人散布谣言,说他本不愿立晋王为帝。太宗听了这话,虽不深信,心内却甚是不乐,赵普见势头不对,更加不敢轻动。他有个妹丈,名叫侯仁宝,曾经在朝供职,卢多逊因和赵普嫌隙甚深，知道侯仁宝是他的妹丈，便调仁宝往知邕州。邕州地方在南岭以外，与交州相近。交州就是交趾，唐末为大理所并，遂入于唐，五代时归属南汉。太祖平了南汉，交州师丁琏，尝入贡宋廷。琏死，弟璿袭职，年尚幼稚，为部将黎桓所拘禁，自称权知军府事。赵普恐仁宝久居邕州，数年不调，老死岭外，即设法上书，言交州可取之状。太宗见了普奏，果然惹动了好大喜功的心思，拟召仁宝入京，面询边情。那卢多逊何等奸刁，早知赵普之意，如何肯令仁宝入朝，急急面奏太宗道："交州内乱，正可往取，先召仁宝，不但误了时机，且恐泄漏秘密，不如密令仁宝，整兵直入，较为万全。"太宗深然其言，遂降旨命仁宝为交州水陆转运使，孙全光、刘澄、贾湜等为部署，进取交州。仁宝奉了诏旨，不敢有违，只得整顿兵马，偕同孙全兴等，先后出发，行抵白藤江口，适值交州水军，靠着江驻扎在那里，江面上排列着战船数百艘。侯仁宝率领人马，当先冲入，交兵未及防备，大惊溃散。宋军夺得战船二百，大获全胜，正要乘胜杀入，仁宝自为前锋，约孙全兴等为后应，全兴等屯兵不进，只有仁宝独自杀入，沿路进去，势如破竹，忽然接黎桓来书，愿意投降。仁宝道是真降，不甚戒备，到了夜间，一声呐喊，黎桓前来劫营，宋军从睡梦中惊醒，人不及甲，马不及鞍，连兵器也寻找不着，如何能够抵挡？被交州兵一阵乱杀，仁宝死于乱军之中。转运使许仲宣据实奏闻，太宗降诏班师，拿问孙全兴，立斩刘澄、贾湜以徇于军。全兴入京，亦复弃市。后来黎桓遣使入贡，并上丁璿自请让位的表章，太宗因惩前失，也就含糊过去。独有赵普用计不成，反害了自己妹丈的性命，内心愈加怨着卢多逊，恨不能立刻将他枭首，以出心头之气，无如多逊方膺主眷，哪里寻得到间隙？况且多逊防备也十分严密，恐怕赵普运动廷臣，上章参劾，所有群臣奏疏，必令先行禀白自己，又要至匦门署状，亲书"不敢妄陈利便，希望恩荣"十字，因此朝右诸臣，尽皆侧目。赵普没有法想，镇日里恨声叹气，怨忿填胸，及至皇子德昭自刎而亡，皇子德芳未几亦因病而殁。赵普已瞧料了太宗的心事，不觉大喜道："机会来了！"果然不到几日，便有晋邸旧僚柴禹锡、赵镕、杨守一等，直入内廷，密奏太宗，说秦王廷美，骄恣不法，势将谋变，卢多逊交通秦王，有沟通情事。太宗听了，甚是疑惑，密召赵普入朝询问。赵普居然效着毛遂自荐道："陛下如果使臣备位枢府，方能体察奸变。"并且叩头自陈道："臣忝为旧臣，预闻昭宪太后遗命，备承恩遇，不幸戆直招忧，反为奸臣所沮，耿耿愚忠，无可告语。臣前次被迁，有人说臣讪谤陛下，臣曾上表自诉，极陈鄙悃，档册俱在，可以复按的。"太宗初听赵普要备位枢府，体察奸变的话，知道他要把宰相做扫除廷美的交换品，后来又听他有表自诉的一层话说，太宗即命取过金柜，打开一看，果然得着赵普的一道自诉表章，便对赵普说道："人谁无过，朕不待五十，已知四十九年之非了。"乃面授赵普为司徒兼侍中，封梁国公，并密谕访察廷美的反迹。这时他的第一步计划，已经如愿，便要进行第二步计划，除去卢多逊，以泄心头之恨了。便在室中独自一人，以口问心，暗中思想道："主上的行为，立意要背金柜遗命，欲除卢多逊，我也顾不得秦王廷美了，必须如此如此，方可一网打尽，报复前仇。"主意既定，便在暗中进行起来。

你道赵普怎样陷害廷美，连卢多逊也可一网打尽呢？原来廷美并非昭宪太后亲生之子，乃是太宗乳母耿氏所生。那耿氏生得年少妖艳，为宣祖所爱，遂生廷美。及宣祖既殁，耿氏又出嫁赵氏，生子名廷俊，为军器库使，耿氏封陈国夫人。廷美秉性粗率，凡事任意而行，不避嫌疑，因耿氏是自己生母，廷俊又是同母之弟，所以时常往来。其时太祖次子德芳，年才二十三岁，身体甚为强壮，忽然暴病而亡，距德昭自刎，不过一年有余。廷美见德芳好好的暴疾逝世，想起太宗对待李煜的手段来，便疑及德芳之死，亦有暧昧情事，料是太宗要背金柜遗言，所以下出这样毒手，自己是金柜内第一个应该传位的人，深恐不能免祸，心内甚是忧惧。又因德昭、德芳俱遭惨死，心下颇觉悲愤，便不知不觉的形于口角，常对人说："太宗有负兄意。"从来说的"言出如箭"不可妄发，廷美无意中一句话，便被一班谄谀小人，火上加油的入奏太宗说廷美谋反。太宗本因金柜遗言怀着鬼胎，得了此奏，恰好借此发作，遂罢廷美开封尹，出为西京留守，特擢告变的柴禹锡为枢密副史、杨守一为枢密都承旨、赵镕为东匼门使。这样一来，太宗的心事，已是显而易见，又有赵普在暗中主张，那班小人乐得趁着机会，你也说廷美的歹话，他也说廷美的坏处，太宗又拿定主意，要除去廷美，就此一来，便生生的把个廷美置于死地了。未知廷美如何致死，且听下回分解。

第四十回　沙河口曹彬败贯　陈家谷杨业捐躯

话说赵普与秦王廷美,本来无甚嫌隙,只因恨着卢多逊,要想扳倒他,便不得不昧了良心,连廷美也一齐陷害在内。那太宗又有意要背金柜遗诏,眼前却碍着赵普,因他是预闻昭宪太后顾命的,不得不征求他的同意,便于谈话的时候,有意无意地提及金柜遗诏,试探赵普的心。赵普早已知道这件事情和自己的功名富贵,大有关系,立刻启奏道:"有天下者,父以传子,及不易之常经。太祖已误,陛下安可再误?"太宗闻言大喜,顿时赏他许多金帛和内府珍品,这明明是买赵普的心了。太宗见赵普已爬到自己一边来了,就准备着下廷美的毒手,先把告变的柴禹锡等升了官爵,料知臣僚中贪图富贵的,明白了内里情由,必定要攻击廷美,自己就可乘机下手。果然不出太宗所料,又有人告讦廷美,与卢多逊互相沟通。中书守堂官赵白,尝奉卢多逊命,以中书机密中,报告廷美。太宗得了告讦,立命赵普详细察访。赵普奉命,正好报卢多逊的仇恨,如何还肯放松,故意地迁延了一两日,算是密加察访,遂去启奏太宗道:卢多逊遣堂吏赵白,私告秘密于秦王,乃是实事。还有秦王府孔目阎密、小吏王继勋、樊德明等,朋比为奸,秦王与卢多逊交好,都是这几个人往来介绍。赵白非但替卢多逊私泄中书秘密,且传卢多逊之语,告秦王道:"愿宫车早晏驾,尽力事大王。"廷美亦令樊德明报多逊道:"承旨言正合我意,我亦愿宫车早些晏驾。"又私赠多逊弓矢等物。赵普将这些事情,访察明白,逐件入告。太宗览奏道:"兄终弟及,虽有金柜遗诏,但朕尚强壮,廷美竟这样的性急么? 朕待多逊可谓厚矣,乃敢如此无礼,真是罪不容诛了。"遂颁诏降多逊为兵部尚书,次日即下手谕捕赵白、阎密、王继勋、樊德明等,令有司秉公审讯。赵白等哪里抵赖得来,一一伏罪,又令卢多逊对簿,多逊料知遇着了对头,万难再活,只得诬伏。审讯官李昉等,具狱以闻。太宗又召文武诸臣,议于朝堂。太子太师王溥等七十四人,联名具了表章,上奏道:

> 谨案兵部尚书多逊,身处宰司,心怀怨望,密遣堂吏,交结亲王,通达语言,咒诅君父,大逆不道,干纪乱常。上负国恩,下亏臣节,宜膏铁钺,以正刑章。其卢多逊,请依有司所断,削夺在身官爵,准法处斩。秦王廷美,亦请同卢多逊处分,其所缘坐,望准律文裁遣! 谨奏。

太宗见了文武诸臣所议罪案,故作不忍之色道:"廷美自少刚愎,长益凶恶,朕因手足之谊,不忍加诛,当宽宥之。"诸臣早已知道太宗的心事,一齐俯伏奏道:"廷美罪在不赦,万无宽宥之理,望陛下断自乾刚,以彰国法。"太宗见诸臣再三相请,乃不得已下诏道:

> 臣之事君，贰则有辟，下之谋上，将而必诛。兵部尚书卢多逊，顷自先朝，擢参大政，洎予临御，俾正台衡，职在燮调，任当辅弼，深负倚畀。不思补报，而乃抱藏奸宄，窥伺君亲，指斥乘舆，交结藩邸，大逆不道，非所宜言。爰遣近臣，杂治其事，丑迹尽露，具狱以成。有司定刑，外廷集议，佥以枭夷其族，污潴其官，用正宪章，以合经义。尚念尝居重位，久事朝廷，特宽尽室之诛，只用投荒之典，实汝有罪，非我无恩。其卢多逊在身官爵，及三代封赠，妻子官封，并用削夺追毁，一家亲属，并配流崖州，所在驰驿发遣，纵经大赦，不在量移之限。期周以上亲属，并配隶边远州郡，部曲、奴婢纵之。余依百官所议，列状以闻。

这诏下后，卢多逊遂即遣发。又由群臣议定赵白、阎密、王继勋、樊德明等罪状，并斩于都门外，仍籍没家产，亲属流配海岛。廷美勒归私第，所有子女，均不得称皇子公主。又责廷美僚属，辅导无状，贬西京留守阎矩为涪州司户参军，前开封府推官孙屿为融州司户参军。那卢多逊，窜谪之后，竟死于崖州。当此祸未发以前，多逊的祖墓，都在河南，有一夜忽然天降雷火，将多逊祖墓前的树木，尽皆烧去。及至祸作，方知是上天预示谴谪之兆。那赵普虽把卢多逊贬往崖州，报了宿怨，但是廷美犹存，深恐他死灰复燃，又授意开封府李苻，上书说廷美不肯悔过，终日怨地恨天，请徙居边地，以免他变。太宗下旨，降封廷美为涪陵县公，房州安置。又命阎彦进知房州，袁廓为通判，各赐白金三百两，命他们暗中监察廷美。廷美到了房州，举动不得自由，气郁成疾，遂患肝逆等症，不久即死。赵普闻得廷美已死，心中大喜，惟恐李苻仍在开封，将来要泄漏了计策，就借桩事儿，把李苻贬做宁国司马。哪知赵普拿这个法儿对待李苻，太宗也就拿这个法儿来待他了，真个是螳螂捕蝉，黄雀在后，一报还一报，丝毫也不得错的。太宗因廷美已死，没有什么事要用赵普了；况且他做了宰相，自己有好多不便，又防着他泄漏语言，便想了一个主意，对群臣道："赵普为开国元勋，又是朕多年故交。朕正深倚畀，只是看了他齿落发白，衰迈之状，不忍再以枢务相劳。"遂降旨命赵普罢政，出为武胜军节度使，并赐宴长春殿，又御笔题诗一首，以示宠异。诗中就把赵普有开国大功，现在年老，不忍再把政务烦劳他的意思，做在里面，命翰林缮写好了，亲自赐于赵普。赵普捧着诗，哭泣谢恩道："陛下赐臣这诗，臣下去必定刻石以藏，将来与臣朽骨同葬泉下。"太宗听了，面色略变，只把头点了几点，算是答应他的意思。赵普这两句话，就是愿保首领以没的隐语。太宗何等聪明，心中早已明白，便点了点头，表示心照。酒宴已毕，赵普辞谢而出，太宗亲自送至殿外，又命宋琪等代送出都。

那赵普到了武胜军，做了几年节度使，太宗又任他为西京留守，直至淳化二年春日，赵普以年老多病，令留守通判刘昌言，奉表到京请求致仕，乞赐骸骨。太宗遣中使驰驿抚慰，授他为太师，封魏国公，给为相俸，命他好好养病，待痊愈后，赴阙相见。赵普接了诏书，感激涕零；还想力疾办公，勉图报称。哪知衰体已难支持，冤魂又来缠绕，每夜梦中看见廷美率了多人，向他索命，往往在睡酣之时，口中呼着太后娘娘及秦王殿下，或纷争不已，或哀泣求告，及至左右侍妾将他唤醒，问他梦中看见什么，他总是支吾其词，不肯明言。等到朦胧睡去，又复呼号起来，因此昼夜不得安寝，精神恍惚，饮食减少，渐渐的卧床不起，甚至略一闭眼，便见秦王廷美坐在床侧，戟指而詈。赵普此时弄得无法可施，只得延请了许多道士和尚，建醮诵经，上章禳祷。道士和尚是问为着何事上表？所建斋醮，是超度哪一个的？赵普又不便说出，睁着眼想了一会儿，就索取纸笔，伏在枕上，亲书数句道：

> 情关母子兄弟，及自出于人谋，计协臣民，子贤难违乎天意。乃凭幽祟，遽称阳强。瞰臣血气之衰，肆彼魔呵之厉。信周祝霾魂于鸠翘，何普巫雪魄于雉经？倘合帝心，诛既不诬管蔡，幸原臣死，事堪永谢朱均。仰告穹苍，无任祈响！

书罢了，署上自己的姓名，亲手密缄，吩咐向空焚祷。众人遵命焚化，火才燃着，忽起一阵狂风，吹起了这道封章，飘飘扬扬，直向半空而去。众人见了，不胜惊异。后来有人经过朱雀门，拾得一函，外面似乎被火爇焦，中间尚还完好。拆开看时，即是赵普祷天的表章，字迹存在，看了之后，才知秦王廷美之死，完全由赵普构成的，到了卧病，因冤魂来缠，所以上表告天。因此一传十，十传百，都知赵普暗害秦王廷美。这道表文不啻赵普自画供招了。

闲话休絮，单说赵普自焚表祷天之后，并无灵验。那秦王廷美的冤魂，更加来得厉害，就是日间，也在赵普眼内出现，口口声声要他赔还性命，并说奉了昭宪太后、太祖皇帝的旨意，要捉他去对质，那病势也日渐沉重起来。赵普实在禁受不起，只得又解下所佩的双鱼宝犀带，命亲吏甄潜持往上清太平宫，建醮斋天。有个道士姜道元，素精扶鸾之术，就替赵普扶乩，乞求神语，但见乩上写道："赵普为开国元勋，无奈冤累相缠，不能再避。"姜道元又叩问道："冤累为谁？切赐示知，以便解让。"乩笔又画出一面巨牌，牌上乱书数字，多不可识，惟牌末有一火字，却还看得清楚。姜道元还要问时，乩笔停止不动，仙已去了。只得告知甄潜，令他返报赵普。赵普听了叹息道："这必是廷美无疑了，但他与卢多逊勾结，以致遭祸，与我有甚相干，何故祟我呢？"说罢，涕泣不止，到了半夜，大叫一声，手足有如被缚，气绝而亡，年七十一岁。太宗闻知，大为震悼，对廷臣说道："赵普事先帝，与朕故交，自朕君临以来，颇为效忠，真社稷臣也！今闻溘逝，殊为可悲！"遂辍朝五日，为出次发哀，赠尚书令，追封真定王，赐谥忠献，御笔亲撰神道碑，作八分书以赐。并遣右谏议大夫范杲，摄鸿胪卿，护理丧事。赙绢布各五百匹；米面各五百担。葬日，有司备卤簿鼓吹如仪，总算恩礼备至了。

再说辽邦，初居黄河附近，自称神农氏后裔聚成部落，号为契丹。朱梁初年，契丹主耶律阿保机，并吞诸部，僭称帝号，辽人称为太祖。阿保机死，子耶律德光嗣立，助晋灭唐，得幽、蓟十六州地。至晋出帝，不愿称臣，德光举兵灭晋，改国号曰辽，纵兵饱掠而归，死于杀孤岭，是谓辽太宗。侄兀欲嗣位，更名为阮，在位五年遇弑，称为世宗。德光子兀律入继，改名为璟，嗜酒好猎，不恤国事，又为近侍谋毙，称为穆宗。兀欲子贤继立，是为景宗。用萧守兴为尚书令，即立其女燕燕为后。燕燕色技过人，且通韬略，既立为后，遂干预国政。景宗素有风疾，诸事皆委燕燕代理，国人只知有萧后，不知有景宗。太宗七年，辽景宗贤殂，子隆绪继立，年尚幼冲，由萧后摄政，史称为萧太后，仍复国号为大契丹。用韩德让为政事令，兼枢密使，总宿卫兵。耶律勃古哲（耶律博郭济）总领山西诸州事。耶律休哥为南面行军都统。号令严明，威震朔汉。夏主李继迁，又复投降，契丹便使他窥伺宋边，阴图南下。宋三交屯将贺怀浦，与其子贺令图，意欲立功，也不打听打听契丹的内容，以为辽主贤故后，新主年幼，母后专政，宠幸用事，机有可乘，遂上表奏请速取幽蓟，并力陈可取之状。太宗见了这道奏章，恰中心怀，也不和廷臣商议，令曹彬为幽州道行营都部署，崔彦进为副；米信为西北道都部署，杜彦圭为副，出雄州；田重进为定州路都部署，出飞狐；潘美为云应朔等州都部署；杨业为副，出雁门。诸将临出发时，请示方略。太宗道："潘美可带一支兵，直往云州，诸将带领数十万大军，但声言进取幽州，路上可缓缓而进，不许贪利。敌人闻得大兵到来，必悉众救范阳，不暇顾及山后，那时掩杀过去，就可获胜了。"曹彬等叩辞而退，分道并进。曹彬的先锋李继隆，北向攻入，连拔固安、新城两县，进攻涿州。不上三天，已经打破，杀其守将贺斯。契丹兵来攻新城，恰遇米信，麾下只有三百人，契丹兵有一万有余，众寡悬殊，被契丹重重包围。米信拼命厮杀，冲突不出，十分危急。幸亏崔彦进、杜彦圭两路宋兵杀到，将契丹兵赶散，曹彬亦趋向前来，会集名将，并赴涿州。田重进出飞狐，部将荆嗣，率五百骑先行，遥见契丹人马，漫山遍野而来，看去有两三万人，统兵的大将，乃是契丹西面招讨使大鹏翼。荆嗣见来势甚盛，急急报知田重进。田重进闻报趋至，列阵岭东，命荆嗣出岭西，乘暮搏敌。大鹏翼赵崖而来，荆嗣用短兵相接，彼此舍命争战，直到半夜，方始收兵。契丹兵结营崖上，宋军安营崖下，次日再战。契丹兵自崖上杀下，有似建瓴之势，荆嗣如何抵挡得住，幸得田重进派兵相救，方免败退。荆嗣见敌势颇张，很难取胜，因想谭延美屯兵小沿，可资臂助，急遣使驰书，请他列队平川，另遣二百人，手执白旗，驰聘道旁。大鹏登崖遥望，见山下旗帜绵亘，疑是援兵已至，意欲遁去。荆嗣急率所部，疾驱往战，一面催促田重进出兵。大鹏冀正与荆嗣拼命相持，不意田重进杀到，惊慌无措，率众奔走，荆嗣拈弓搭箭，飕的射去，大鹏翼中箭落马，宋军上前获住。契丹兵见主将被擒，纷纷溃散，飞狐灵邱相继而降。

那潘美从西陉进兵，与契丹大战于寰州城下，契丹兵败退；寰州刺史赵彦章出降，进取朔州。节度副使赵希赞亦举城降，遂转攻应云诸州，所至皆克。各路将帅，十分得意，个个争先恐后，谁肯将现成的功劳让于他人，早把太宗临行时嘱咐的言语，忘在九霄云外了。捷报到京，太宗大为惊讶道："何其如此迅速呢？"路途遥远，不能控制，只得听凭他们前进。忽地接到曹彬急奏，说是兵饷不继，暂退雄州就饷。太宗见了，不觉变色道："大敌当前，如何可以退师，倘被袭击，岂不要前功尽弃么？"忙飞诏去阻止曹彬。时潘美已尽得山后之地，与田重进合取幽州。曹彬部下，见他人得功，自己落后，皆请于曹彬道："三路出师，我军乃是正路，如今逗留不进，望着他人立功，岂不可耻！元帅何不统兵急进，袭取幽州呢？"曹彬道："朝廷有诏，不得急进。"崔彦进道："将在外，君命有所不受。元帅克了幽州，难道还有谴谪么？"曹彬被逼不过，只得与米信复趋涿州。契丹大将耶律休哥，初因部下兵少，不敢轻敌，专令轻骑缀其后，一夜数惊，不得休息。

一面截宋粮道,一面又报知辽廷,请发援兵。萧太后燕燕,本来具有胆识,接得休哥禀报,遂自统雄兵,同了幼主,出都南援。曹彬人马,为休哥所扰,昼夜不宁,更加天气炎热,沿途无井,人马多半渴死,粮草又复告尽,正在十分危急,忽探马来报,契丹主同了萧太后带兵来援,已抵驼罗口,转眼就要到了。曹彬、米信知不能敌,正要退回,被休哥截住大战,士卒饥疲之余,如何能敌?纷纷溃退,无复行伍。夜间要渡拒马河,又为休哥追上,落水而死者,不计其数。曹彬、米信带了残兵,急趋易州,到了沙河,埋锅造饭,忽闻人喊马嘶,耶律休哥领着契丹兵,漫山遍野而来。宋军大惊。弃食而遁。人马大半坠入沙河,河小为之不流,抛弃的盔甲戈矛,辎重器械,堆积如山。耶律休哥还要乘胜追赶,被萧太后止住,方才退兵回营。萧太后因耶律休哥立了大功,封他为宋国王,改遣耶律斜轸,调集生力军,再行南下。那曹彬逃至易州,计点兵士,伤亡大半,只好据实上闻,自行请罪。太宗闻得败耗,甚为懊闷,乃下诏召还曹彬等,命田重进屯定州,潘美还代州,徙云、应、寰、朔四州人民,分置河东京西。安布未毕,契丹将耶律斜轸,已率兵至安定,贺令图与战大败,死者无数。耶律斜轸进攻蔚州,潘美领兵往援,战于飞狐,又大败,于是应寰诸州,仍入契丹之手。潘美退至代州,再议出兵保护云朔诸州。副将杨业入谏道:"今虏兵益盛,不应与战,战亦难胜。朝廷只令徙数州人民,入居内地,我军但出大石路,先遣人密告云朔守将,俟大军抵代州时,云州人民即可先出,我师进次应州,虏兵必来拒战。那时朔州人民,亦可乘间出城。我军直入石碣谷,遣强弩千人,阵列谷口,再用骑兵援应。三州人民,可保万全,虏亦无从杀掠了。"潘美闻言,正在沉吟,护军王侁,大声说道:"我军多至数万,乃畏葸如此,岂不令人耻笑?为今日计,惟有径趋雁门,鼓行而进,堂堂正正与他交战,未必契丹总是胜,我军总是败。"杨业摇首道:"胜败虽难预料,但彼已两胜,我已两败,再遭挫衄,后事就不堪设想了。"王侁冷笑道:"君侯素号无敌,今忽逗留不进,莫非怀有他志么?"杨业奋然道:"我何敢避死,不过因时尚未至,徒令士卒死亡,无益于国。今护军疑我有贰,我当为诸公先驱,须知杨业不是怕死之人。"遂号召部兵,准备出发。临行时向潘美涕泣道:"我本太原降将,蒙主上不杀,反加信任,并非纵敌不击,实欲伺便立功,借报恩遇。今诸君责业避死,尚敢自爱么?恐此去不能再见主将了。"潘美闻言,装着笑脸道:"君父子皆负盛名,今乃未战先怯,无怪他人疑心,尽管放心前去,我当派兵救应。"杨业道:"虏兵机变莫测,须要预防,此去有陈家谷,地势险峻可以驻守,请主帅派兵埋伏,待业转战至此,出兵夹击,方可援应,否则恐无遗类了。"潘美又淡淡地应道:"我知道了。"

杨业遂领兵从石碣口出发,延玉、延昭随父同行,途遇契丹,兵当即上。耶律斜轸稍战即退,杨业挥兵追去,沿路尽是平原,料无伏兵,只管尽力穷追。斜轸且战且行,诱至中途,一声炮响,四面伏兵,蜂拥而至,斜轸又回兵来战,把杨业困在垓心。杨业带了二子,舍命冲突,杀出一条血路,退至狼牙村,兵士已伤亡过半,敌兵尚不肯舍,一齐追来,只得驱兵南奔。杨业自己断后,战一阵,退一阵,好容易到了陈家谷口,巴望援兵杀出,哪知谷中并无一人,忍不住大哭道:"这遭死了!"延玉、延昭亦涕泣不已。杨业道:"父子俱死,于事无益,我身受国恩,为奸臣所害,除一死外,更无他法。你们可自寻生路,归报主上,若蒙昭雪,我死亦无恨了!"延玉道:"孩儿愿随父亲同死,不愿逃生。"延昭道:“元帅前允援救,哥哥可保护父亲,据住谷口,待我前去乞援,若肯发兵,尚可父子俱全哩。”说话之间,契丹兵已经追到,万弩齐发,箭如飞蝗。延昭慌忙冲出,早已流矢中于左臂,血流如注。他也不顾疼痛,奔往求救去了。杨业自延昭去后,同了延玉,率领部下,舍命血战。无奈矢如雨下,延玉已中了数十箭,忍痛不住,大声叫道:“孩儿不能保护父亲了。”坠马而死。杨业心如刀割,痛泪直流,回顾部下,只剩得数百骑了。便道:“汝等皆有父兄,与我俱死,有何益处。可各自逃生,归报天子。”士卒皆流泪道:“我们蒙将军厚待,生则俱生,死则俱死,岂肯抛了将军,独自逃命。”杨业听了,又舍身忘命向前杀去,力杀百余人,身上已受了数十伤,衣甲都被血染红了,再看部下时,只剩得寥寥数十人,还要向前时,无如马亦受伤,难以再进,只得退至林中暂避。被契丹副将耶律希达窥见了袍影,一箭射来,正中马腹,马仆于地,杨业早已坠下,契丹兵上前擒住。只因契丹君臣上下,甚是钦慕杨业忠勇,未战之先,便下命军中,要生擒他,不准伤害。所以虽然被获,士卒们都不敢失礼,预备拥他去见主将。杨业长叹道:“主上待我恩典不薄,今日为奸臣所害,兵败被擒,还有什么面目活在世上呢?”从这日起,便水浆不入于口而死。部下人马,竟无一人生还。未知杨业死后,得蒙昭雪否,且听下回分解。

第四十一回　讨蜀乱宦官掌兵　战夏寇小将却敌

话说潘美自杨业父子出发后，倒也同了王侁等来至陈家谷口，列阵以待，预备救应，自寅时待至巳时，不见杨业退回。王侁便向潘美道："杨业此时不回，必已获胜，主帅何不领兵上前，乘机图功呢？"潘美沉吟一会儿道："且待一二时再定行止。"王侁退出，对众将道："此时不去争功，尚待何时？我可要先去了。"说着，即率兵径自出口。众将见王侁已行，也都想立功，一齐要去。潘美哪里制得住，也只得相随同行，沿着交河，向西而进，约摸行了二十余里，忽见王侁领兵退回，向潘美道："杨业已败，契丹兵十分利害，元帅快退兵罢！"潘美听了，很觉惊慌，早把陈家谷的预约抛在脑后，竟退兵直向代州而去，以致杨业败死。边境大震，云应朔诸州的将吏，都弃城而遁。警报传达宋廷，太宗闻得杨业战死，边境又失，大为悲愤，下诏追赠杨业为太尉，大同军节度使，赐其家布帛千匹，粟千担。潘美削去三官，王侁革职除名。曹彬到了京师，亦因丧师失律，贬为右卫上将军。崔彦进、米信各个降调。惟李继隆、田重进，能保全部下，整队而归。升田重进为马步军都虞侯，李继隆为马军都虞侯，知定州。自此宋廷与契丹结下仇怨，无一年没有战事，已是不胜纷扰。偏生那夏州地方，也有蕃众扰乱，不能安宁。叙述契丹的事情，一支笔不能写两处，现在把契丹的事情暂时搁下，又要将西夏的来由，补叙一番了。

且说秦陇以北，有银、夏、绥、宥、静五州，为拓跋氏所占据。唐初，拓跋赤辞入朝，赐姓李。至唐末黄巢作乱，僖宗奔蜀，拓跋思恭纠合蕃众，入境讨贼，受封为定难军节度使，复赐姓李，五代时据境如故。周显德中，李彝兴嗣立，受周封为西平王，宋太祖初年，彝兴遣使入贡，太祖授彝兴为太尉。彝兴殁，子克睿嗣立，克睿未几即殁，子继筠立。太宗伐北汉，继筠曾遣将李光远等，渡河路太原境，遥为声援。既而继筠复殁，弟继捧嗣位。太平兴国七年，继捧入觐，献银、夏、绥、宥四州地，且自陈与亲族不睦，愿居汴京。太宗乃遣使至夏州，迎接继捧亲属，授继捧为彰德节度使，另派都巡检曹光实，往戍四州。独继捧族弟迁，为定难军都知蕃落使，留居银州，不愿入汴。闻宋使到来，诈言乳母病故，出葬郊外，竟与同党数十人奔入地斤泽。这地斤泽，离夏州东北三百里远近，继迁号召部落，声势日盛。曹光实恐为边患，率师袭击，斩首五百级，焚毁四百余帐，继迁仓皇遁去，母、妻均为光实拿往夏州。继廷辗转迁徙，连娶豪族之女为妻，日渐强大，遂召集众部落，慨然说道："李氏世有西夏，数百余年，一旦拱手让人，岂不可耻！汝等若不忘李氏，幸大家努力，共同兴复！"蕃众齐声应道："我等誓必尽力。"继迁道："用力不若用谋，我当设诈降计，诱杀曹光实，一则可报前仇，二则可复故土，汝等意下如何？"蕃众应声道："悉听调度。"继迁大喜，乃率众向夏州进发，先遣人致书曹光实，自述愿降之意。光实信以为真，即与来人面约，会于葭芦川，收纳降众。光实届期，只带领百余骑，径往葭芦川。见继迁已领了数十人迎候于道，待至光实到来，继迁拜谒马前,执礼甚恭,邀请往抚余众。光实见继迁十分恭顺,漫不加察,昂然同往,乃至营帐之前,蕃众约有数千,一齐尽出,继迁举手中鞭一挥,大声喝道:"仇人已到,与我动手!"喊声未毕,蕃众刀枪齐举,直向光实杀来。光实只带得百余骑,如何敌得来,被蕃众杀得一个不留。继迁乘势袭据了银州。边报传来,太宗亟命知秦州田仁朗,会师进讨。仁朗奉了诏命,立刻调集各路军马,陆续会齐,启程北行。到了绥州,闻得继迁围攻三族寨,有众数万,仁朗恐寡不敌众,飞章赴京,请求添兵,并不往救三族寨。不到几日,三族寨为继迁攻破,寨将折裕木,杀死监军使者,投降了继迁。蕃众又进攻抚宁寨,将士请速赴援,仁朗反笑道:"不要紧,蕃人乌合之众,胜则进,败则退。今继迁啸聚数万,进攻孤垒,抚宁寨地势险峻,甚为坚固,决非数日所可破,待其劳敝,然后出兵撩击,可一鼓而擒了。"将士见他大言不惭,一齐默然退出。仁朗不问军事,日在营中,纵酒樗捕,昼夜取乐,故示闲暇之状。副将王侁,恐遭连累,将细情奏报宋廷。太宗得知情形,即召仁朗还京,下御史狱,讯问三族寨被陷,及无故奏请添兵等事。仁朗反大声答道:"银、夏、绥三州守兵,均托词守城,不肯出发,故奏请添兵。三族寨相距过远,待臣勉强凑集人马,行抵绥州,已经失守,臣不能负责。况臣已定下良策,可擒继迁,因奉诏旨,促臣来京,计不得行。臣知继迁,颇得蕃众之心,此时不能成擒,只好优诏怀徕,或用厚利啖饵他酋,令图继迁,及早除之,乃为上策,否则必为大患。"太宗闻言大怒道:"朕闻得汝在营纵酒樗捕,不问军事,难道继迁肯来就擒么?"仁朗道:"这正是臣诱敌之计。"太宗愈加怒道:"明是畏葸纵敌,还敢巧言诱敌之计,希图免罪。朕偏不用你,看继迁能猖獗么?"遂传旨将仁朗贬窜商州。那副将王侁,自仁朗召回汴京,即统兵出银州北面,连破敌寨,斩蕃酋折罗遇,麟州诸蕃,大为惶惧。皆请纳马赎罪,助讨继迁。王侁大集诸军,人濁轮川,大败蕃众,生擒折裕木。继迁亲来救援,又被王侁杀得大败而逃,蕃众十成中丧折了六七成。王侁奏凯而回。适有诏令郭守文到边,与王侁共领边事。守文与知夏州尹宪共击盐城诸蕃焚烧千余帐,自此,银、麟、夏三州,所有蕃众,一百二十五族,尽行内附,户口计万六千有余,西北一边,总算暂时无事。惟继迁虽然得命,穷蹙无归,只得奉书辽廷,愿作外臣。辽人册封他为夏国王,并将宗女义成公主,嫁于继迁。继迁既得荣封,又婚辽女,便慢慢的养精蓄锐,徐图报仇,因此边境不得安宁。太宗没有法想,暗思李继捧留京无益,反恐泄漏机密,不如令他归镇夏州,招抚继迁。定了主张,便召继捧入见,赐他姓名为赵保忠,并厚加赏赉,遣往夏州,劝继迁归诚。哪知继捧到了夏州,非但不劝谕继迁,反倒与继迁同谋,共为边患,这是后话,暂按不提。

单说太宗自即位以来,用的宰相,如赵普、李昉、宋璜等人。此时赵普已死,宋琪亦复罢免,遂用吕蒙正为首相;张齐贤、陈恕、王沔为参知政事;张逊、温仲舒、寇准为枢密副使。王沔聪察敏辩,吕蒙正尝倚以为重。惟沔过于苛刻,未免与同僚龃龉,张齐贤、陈恕与沔不和,互相疑忌。太宗乃罢陈恕、王沔并及蒙正,遂重任李昉与张齐贤同平章事,贾黄中、李沆为参知政事。嗣又用吕端参政,未几又罢张齐贤,仍用吕蒙正。那吕蒙正,河南人。父名龟图,曾为起居郎,素多内宠,与妻刘氏不睦,甚至出妻逐子。蒙正为父所逐,无家可归,流落在外,常就食于僧寺。寺中僧徒甚众,每饭必敲钟会食,僧徒憎厌蒙正在寺寄食,不欲与餐,故意于饭后方始敲钟。蒙正听得钟声,又来就食,僧徒揶揄之道:“吕相公既要吃饭,也须早些前来,现在饭已吃过,难道还替你烧煮起来么?”说罢,又故意喝着小和尚道:“我们出家人,蒙十方施主,捐助钱财,很不容易,你们吃了白米饭,也须替我做些事情,怎么在这里闲坐着呢?难道和尚的饭,应该给你们白吃的么?”那和尚絮絮叨叨,骂个不了。蒙正知道是骂于自己听的,也只得微微地叹一口气,并不与僧徒争论,忍着饿,自去读书去了。直至太平兴国二年,擢进士第一,通判升州,入为翰林学士,擢左谏议大夫,参知政事。蒙正既贵显,因母刘氏,虽被父出,矢志不肯重嫁,蒙正乃恭迎父母,同堂异室,奉养备至。父母相继逝世,蒙正服阕,得为参政。有朝士指点着说道:“此子亦得参政么?”蒙正佯为不闻,从容趋过。同列皆为不平,欲究问朝士姓名,蒙正连忙阻止道:“不必、不必,若一知其姓名,便终身不能忘记,还是不知的好。”同列相率叹服。及登相位,守正不阿。有僚属以家藏古镜,拟献于蒙正,自言此镜光照二百余里,乃是稀世之宝。蒙正笑道:“我的面孔不过碟子大小,何用照二百里的镜子呢?”坚决辞却。平居常储一夹袋,无论大小官吏进谒时必详询才学,书藏袋内,及朝廷用人,即从袋中取阅,按才奏荐,所以用人无不适当。太宗尝有志北伐,蒙正谏阻道:“隋唐数十年中,四征辽羯,民不堪命。隋炀帝全军覆没,唐太宗自运土木攻城,终归无效,可见治国大要,总在内修政事,内政修明,远人自然来归,便足致安静了。”太宗点头称然,所以蒙正为相,不闻劳师远征。惟淳化四年,青神民王小波起事,免不得调兵遣将,西向用兵。那青神县令齐元振,性尤贪黩,专事敲剥,百姓怨声载道,恨入骨髓。土豪王小波乘机纠众,揭竿而起,对众人说道:“贫的贫,富的富,很不平均,使人痛恨!我今日起事,并不是要争城夺地,不过要把贫富平均一下罢了。”贫民听了这话格外赞成,不到几日,已集众万余,攻入县城,捉住齐元振,指斥罪状,剖肠挖心,将心肝肚脏一齐取出,陈尸门外,揭示罪状,遂旁掠彭山,所过响应。西川都巡检使张圯,调兵往剿,与之战于江原,射中小波左目,民军败走。张圯恃胜而骄,夜不设备,被小波袭击,杀死官军无数,圯亦遇害。小波因左目受伤,痛不可当,未几亦死。民军便推小波妻弟李顺为主,寇掠州县,陷邛州永康军,有众数十万。又转陷汉鼓诸州,乘胜进攻成都。转运使樊知古,知府郭载,及一切官属,出奔梓州。李顺遂据成都,僭号大蜀王,并遣党四出骚扰,两川大震。其时李沆、贾黄中、李昉、温仲舒均已罢免,改用苏易简、赵昌言参知政事。太宗接了蜀中乱耗,召集廷臣会议。或请派遣大臣,入川抚谕。赵昌言毅然道:“潢池小丑胆敢弄兵,若非命将速讨,如何整肃天威?且恐滋蔓难图,养成大患,宜从速进讨。”太宗闻言,乃决意进兵,遂命内侍王继恩为两川招安使率兵西行,雷有终为陕西路转运使,管理饷务。继恩等尚未到蜀,李顺已遣党羽杨广,率众数万,进逼剑门。都监上官正只有疲卒数百人,遂即勉以忠义,登陴拒守。杨广围攻三日,均为矢石击退。会成都监军宿翰,引兵来援,与杨广战于城下。上官正亦领数百骑,出城杀敌,两下夹攻。民军披靡,斩首几尽,只剩残贼三百多人,奔还成都。李顺大怒,责杨广挫动锐气,拖出斩首,又将逃回的三百多人,尽行杀戮,民军因此心怀不服,渐渐内溃。李顺再率众攻剑门,王继恩已从剑门驰入,长驱至研石寨,杀退民军,斩首五百级,遂北过青疆岭、平剑州,进抵柳池驿,又大破民军。李顺闻北路失败,拟向西路进攻,遂率众围梓州。知梓州张雍,闻王小波作乱,早已募练士卒为城守计,一面修城凿壕,备粮缮械,专待民军到来。果然民军大至,约有十余万,猛扑城壕。张雍率练兵三千人,尽力守御,无隙可乘,相持两月有余,民军已竟疲乏。王继恩又遣将来救,李顺料知攻打不下,因此退去。未几王继恩连获胜仗,直捣成都,李顺尚有数十余万,开城迎战,被官军杀得大败亏输,遁入域中,死命守住。官军昼夜攻打,四面架起云梯,冒险登城,遂攻破。李顺还率众巷战,力竭被擒,斩首三万级,恢复了成都,李顺解陕伏法。民军张余,溃走出城,收合残众,复攻陷嘉、戎、滤、渝、涪、忠、万、开八州。开州监军秦傅序战死,川境复震。王继恩方奏捷宋廷,书中叙功论赏,拟授王继恩为宜徽使。太宗道:"朕读前代史,宦官预政,最干国纪,就是我朝开国,掖庭给事,不过五十人,且严禁干预政事,今擢继恩为宣徽使,即是参政的开端,如何使得?"参政赵昌言、苏易简等,又上言王继恩平寇,立有大功,非此不足以酬庸。太宗怒道:"祖宗定例,何人敢违?"遂命学士张洎、钱若水,别议官名目,创立了一个宣政使的名,自赏给继恩,进领顺州路防御使。

王继恩既握兵权,便小人得志起来,久处成都,每日宴饮博戏,出游的时候,前呼后拥,音乐齐奏,美女娈童,左执博局,右执棋枰,手下仆役,骄傲横暴,肆行无忌,掳掠财帛,奸淫妇女,任意而行,州县遣使乞救,置诸不理,以致张余的势焰,日渐坐大,较之李顺,更为猖獗。事闻宋廷,太宗知道王继恩不足恃,乃命同知司事张咏,出知益州。益州便是成都府,李顺乱后,降府为州,张咏奉诏,不分晓夜,驰驱至蜀,召集上官正、宿翰等,勉以大义。诸将尽为感动,即日出师。临行之时,张咏举酒相饯,遍及军校,涕泣言道:"尔等受国厚恩,此行各能扫平乱党,朝廷自有赏赉。倘若劳师无功,贻误戎机,非但不能回来,即使脱身而回,军法俱在,亦不宽贷。"军校皆唯唯而去。张咏又亲自下乡,劝谕人民,各安生产,毋得从盗,且传语道:"昔李顺胁民作贼,我今化贼为民,可好么?"又称得城中屯兵,尚有三万人,无半月粮,民间旧苦盐贵,仓廪却有积余,遂采盐至城,令民得以米易盐,不上一月,得米万斛,兵民咸安。并礼贤士,轻刑狱,远近讴歌,益州大治。上官正、宿翰等奋勇前进,屡战屡捷,所失州县,依次恢复。张余败退嘉州,被官军追至中途,生擒了来,蜀乱遂平。太宗急召王继恩还京,以雷有终、上官正,为两川招安使,且下诏罪己,自言委任非人致有此敌,自后当慎选官吏。与民更始,由是蜀民大悦。

哪里知道西蜀才平,西夏边境又复扰乱了,原来李继捧还镇夏州,原是奉了太宗之命,去抚谕继迁的。他到了夏州不上数月,即上言继迁悔过,情愿投诚,太宗遂授继迁为银州刺史。其实继迁哪肯投降,不过借此休息,以便召集部落,过了一年,便召继捧一同叛宋,入寇边境。继捧不从,继迁即攻继捧,幸得已有防备,将继迁击败,飞马遁去,后又入寇夏州,继捧上表乞师。太宗命翟守素往援,为继迁侦悉,恐势不能敌,又与继捧讲和。继捧落了他的圈套,又替他上书宋廷,说是继迁决计归诚,誓不复叛。太宗降诏,授继迁银州观察使,赐姓名赵保吉,并用其子德明,为管内蕃落使、行军司马。不上几时,继迁又胁诱继捧道:"降服契丹,可封王爵。"继捧心动,答复之词,模棱两可。继迁即为代请于契丹,果得契丹册封为西平王。转运副使郑文宝,因继迁狡诈特甚,设法预防,查得银、夏一带旧有盐地,每年产盐颇巨,继迁收为己利。文宝令归官卖,不得私占。继迁失了绝大利源,如何不恨,遂率边人四十二族,寇掠环州,后来又要徙绥州民至夏州，部将高文岯等不愿移徙，竟将继迁逐去。继迁又纠集部众，入攻保寨，掳掠居民，焚烧积聚，进寇灵州。太宗闻得继捧、继迁兄弟同叛，乃命李继隆为河西都部署，调兵征讨。继捧闻得李继隆将至，先携母妻子女，屯营郊外，上言与继迁解怨，献马五十匹，请求罢兵。太宗道："二竖反复无常，朕岂为彼所绐。"即谕继隆进兵，继隆贻书继捧，约其共讨继迁；一面又与继迁书，令其共讨继捧，继迁乃夜袭继捧，继捧方才梦中，孑身逃出，回至城中，为指挥使赵光嗣诱入别室，禁锢住了，开城迎接继隆。继隆入城即将继捧押送汴京，继捧到汴，由太宗当面诘责，特赦为右千牛卫上将军，封宥罪侯，赐第都中，并削赵保吉姓名，隳夏州城，迁居民至绥银，饬兵固守。继迁志不得逞，又献马谢罪，遣弟延信入觐。太宗温言慰谕，赐赉甚厚。旋遣中使张崇贵，招谕继迁，并赐茶药器币衣物。及至道元年，继迁复遣押衙张浦，贡献良马橐驼。太宗命张浦为郑州团练使，留居京师，另遣使持诏授继迁鄜州节度使，继迁佯不敢受，上言郑文宝诱他部属，屡加逼迫。太宗欲以恩信邀结继迁，为弛盐禁，且贬郑文宝为蓝山令。哪知继迁狡猾异常，岂肯甘心降服？休息了数月，养足气力，又复入寇清远军。幸得守将张延预先防备，设伏要道。继迁兵到，发伏出击，继迁惊惶而遁，会太宗命落苑使白守荣等，护送刍粟四十万，前赴灵州，行至浦洛河，尽为继迁劫去。太宗闻报，遂命李继隆为环庆州都部署，再讨继迁，适值四方馆使曹璨，自河西还汴，上言继迁率众万余，围攻灵武，请速发兵救援，方保无虞。太宗乃交枢臣复议，时吕蒙正罢相，吕端继任，请分道出师，由麟府、鄜延、环庆三道会攻平夏，直捣继迁巢穴。继迁不顾根本，灵武之围自解。太宗深以为然，但主张五道出师，与吕端之义大同小异，乃诏李继隆出环州、丁罕出庆州、范廷召出延州、王超出夏州、张守恩出麟府，五路进兵，直趋平夏。继隆因环州道迂，拟从清冈峡出师较为便捷，遣其弟继和驰奏，自率部兵，竟从清冈峡出发。太宗得了继隆奏报，立召继和厉声叱道："汝兄不遵朕旨，必定败绩，朕命之出环州，因与灵武相近欲令继迁闻风解围，驰救平夏，汝速回去，告知朕意。毋得违旨获罪。"继和奉命，星夜回去，那继隆已是去得远了。继隆出清冈峡，与丁罕合兵，行了十日，不见一敌，遂率军回来。张守恩与敌相遇，不战而走，独范廷召与王超两支人马，行抵乌白池，却遇敌兵，蜂拥而来。王超便对廷召道："敌势甚锐，我军宜各守营寨，坚壁不动，免为所乘。"廷召应诺，彼此依险立寨，饬军士不得妄动，敌人来攻，只准射箭，不准出战。继迁率众到来，分左右两路进攻，都被飞箭射回，相持一昼夜之久。王超之子，名唤德用，年方十七，随侍在营，入帐请战。王超怒道："汝敢故违军令么？"德用道："儿非故意违令，但是我不出战，敌兵未必肯退，此处道迂路险，转饷艰难，不能持久，不若杀将出去，击退贼兵；方可从容班师。"王超沉吟了一会道："汝言亦是有理！但贼人气势方张，且再待半日，俟其锐气稍衰，方可出击。"德用乃待至日昃，请了军令，挺身杀出。继迁见宋营先驱是个少年，欺他年轻，即挥两翼围里上来。德用舞动银枪，如蛟龙出水，猛虎离山，枪锋所及，贼兵纷纷落马，继迁方识得他的厉害，连忙悉锐来敌。不料王超又来救应，廷召营中，亦出兵夹击，贼兵如何能支，继迁只得向北遁去。德用挥军追赶，继迁又回身再战，三战三败，乃率众远扬。王超鸣金收军，德用始收兵回营。次日班师欲回，德用道："归师遇险必乱，应整饬戎伍，休为虏袭。"王超与廷召皆以为然，乃令德用开道，所经险阻，侦而后进，且下令军中，乱行者斩，全军肃然。继迁早就令轻骑埋伏要道，预备邀截，因见宋师严阵而退，才不敢逼。王超、范廷召退回泛地，没甚死伤，惟继迁仍旧抗命。太宗再议进讨，适值圣躬不豫，只得暂时停止。先是至道改元，开宝皇后宋氏驾崩，太宗不成服，连群臣亦不令临丧。翰林学士王禹偁大为不平，常对同僚言道："后尝母仪天下，应遵用旧礼为是。"太宗闻得此言，说他谤上，少不得又要降罪了。未知王禹偁怎样获罪，且听下回分解。

第四十二回　寇准片言立储君　吕端独力定帝位

话说开宝皇后宋氏，乃是太祖册立的正宫，贺崩之后，自应成服。太宗非但不成服，且不令群臣临丧，满朝文武，竟无人敢出言规谏。惟有翰林学士王禹偁，心内不平，对同僚们说道："宋后曾经母仪天下，应尊用旧礼为是。"这话被太宗闻知，便大怒道："王禹偁敢讪谤君上，如何恕得！"遂谪禹偁知滁州。这事过了没有几时，又有廷臣冯拯疏请立储，太宗斥他多事，贬置岭南，自此以后，宫禁中事，简直无人敢言了。太宗到了这时，金柜缄名的人，俱已死亡，传子之局已成，为什么不立太子呢？只因为内中还有一段隐情。

原来太宗有子九人，长子元佐，次子元僖，三子元侃，四子元份，五子元杰，六子元偓，七子元偁，八子元俨，九子元亿。元僖、元亿早逝。太宗于诸子中，最钟爱的是长子元佐，因他从小时候，生得聪明机警，性情又仁慈宽厚，相貌复与太宗相类，真是个龙凤之姿，天日之表。到了年纪稍长，善骑劣马，能开硬弓。十三岁时，常随着太宗出猎近郊，忽有一个兔儿，打从长舆之前走过，太宗命元佐射之。元佐奉了旨意，从容不迫，拈弓搭箭，觑准射去，早把个兔儿射倒在地。其时适有契丹使臣在侧，见元佐小小年纪，矢无虚发，不胜惊异，大为赞扬，随驾诸臣，亦皆伏地，向太宗称贺。太宗因此更加喜爱，到得征伐太原，元佐随驾在营，平了北汉回来，拜检校太尉，加职太傅，晋封楚王，另营新第于内东门，赐于居住。太宗有意要立他为太子，却因有金柜遗诏的一层关碍，只得暂时耽延。后来德昭自刎，德芳暴亡，廷美又获罪而死，太宗没了顾忌，正可立元佐为太子。不料元佐见太宗逼死德昭，心中甚不为然，后来廷美获罪，元佐更加觉得太宗刻薄寡恩，没有手足之情，并负太祖传位之德，他便竭力谏阻太宗，营救廷美。无如太宗立定主意，要除去廷美，又有赵普等人，在旁怂恿，因此救护不来。到得廷美安置房州，忧郁而亡，那消息传来，元佐十分悲恨，暗中想道："父皇处死皇叔，不过要违背金柜遗言，所以下这般毒手。现在皇叔病殁，必然要立我为太子，我若承受了大位，如何对得起太祖皇帝和死去的皇叔呢？"他心下想着，又气又恼，又没有善处之法，不知不觉，神经错乱，发起狂疾来，时时和左右侍候的人寻事，执刀弄杖，闹过不了。有个近侍偶然触怒了元佐。他便发起性子，举刀将近侍斫伤，幸亏逃走得快，方才保全了性命，这个信息传入太宗耳内，十分着急。忙召御医前往诊治。御医诊过了脉，太宗召问是何病症，御医奏道："楚王之病乃因平时忧愤恼恨，积郁于心，无可发泄，故得此颠狂症候，只要好好地调理，便可痊愈，但要嘱咐左右侍候的人，小心谨慎，切不可把什么事情去激恼他了。"太宗听了御医的言语，便疑心元佐身旁侍候的人，不能曲意承顺，把所有近侍都传了来，大加责罚，那些近侍明知楚王是为了廷美被逼身亡的缘故，哪里敢说出来，只得含屈负冤的受了一顿责罚，回到楚王府中，格外地小心侍候。那元佐自御医诊视，用药调理，又经左右近侍百般劝慰，曲意承迎，居然慢慢的痊愈起来。太宗知道元佐的病逐渐告痊，心中大喜，立刻降诏，大赦天下，替他邀福。又因时值重阳佳节，御苑中菊花盛开，五色缤纷，花光烂熳，甚是可爱，便命诸王，皆至长春苑，赐宴较射，除元佐因病新愈，恐怕劳动了旧疾复发，不去宣召，其余诸王，皆陆续到齐。太宗因元佐病有起色，分外高兴，诸王见太宗心内欢喜，自然有意承顺，在席间谈笑议论，异常欢畅，那说笑的声音，连隔院都听得见。太宗因诸王赋诗射箭，都能称旨，便命近侍，取出许多上方珍物，厚赐他们，所以这一次的筵宴，直到夜分方散。诸王谢过宴。各自捧着赏赐的珍品回去，由内东门出去，经过元佐府前。元佐病体新愈，虽不出外，太宗宣召诸王赐宴的事情，早已知道，不见有旨传宣自己，心内不觉发恼道："他人都得与宴，我有何罪不闻宣召，这明明是弃我了。"左右见他发怒，忙上前劝解。元佐命摆上酒来，左右哪敢不从，立刻陈列酒肴。元佐自斟自饮，愈饮愈恼，连举数十觥，已觉有些醉意，恰值诸王宴罢散去，打从元佐府前经过。元佐正在冒火的时候，闻得诸王回去，便走出来拦住道："你们都巴结父皇，朝欢暮乐，要爬上高枝儿上去，却把我抛在脑后，不是明明的欺负我么？"诸王听了，摸不着头脑，又因他疾病初愈，不敢触恼他，只得好言敷衍，预备要走。元佐哪里肯放他们过，双手拦在路上，一定要陪他吃过了酒，方准回去。诸王见他这般行径，不敢违拗，只得进去，果然见摆着现成的酒肴。元佐便自己踞在上座，也不让客，只顾一杯一杯的痛饮，口中说的都是些牢骚不平的话。诸王见他醉了，不敢兜搭，便一个一个暗中溜之大吉。元佐已是酩酊大醉，还不肯罢休，直生气，只叫斟酒，左右无法，惟有依着他的话说，连连斟酒。元佐直饮到更深人静，方由左右扶入寝室，倒在榻上。那些侍候的人，总道他已经熟睡，一齐退出，预备安息。哪里知道元佐并未睡着，他等左右退出，便放起火来。一时之间，烟雾迷漫，红光烛天，内外侍从慌忙入救，哪里还救熄得？只把元佐和所有眷属，抢救出来，总算没有损伤人口，只可惜一座楚王府，竟烧成了白地。太宗闻得楚邸被焚，正在惊疑，向左右查问起火原因，方知是元佐醉后，自己纵的火。平日虽然十分爱怜他，到了此时，也禁不住大怒起来，立刻命御史捕治，将他废为庶人，安置均州，并不准逗留，即日出都。宰相宋琪，约了百官，联名上表，再三请求，说楚王原有狂疾，望恕他罪名，召还京都居住。太宗心内本舍不得元佐远去，表面上不得不这样的作一番。今见百官再三请求，也就顺水推舟的下了诏书召还。元佐已抵黄山，才奉到诏书，回转汴京，发往南宫居住，另外派人看管。太宗因元佐遭了这事，不便立为太子。

诸王当中，还有第五个皇子元杰，封为益王，自幼生长深宫保姆之手，虽也生得聪明伶俐，太宗心内很是钟爱，元佐得罪被废，便想立他为太子。无如元杰少不懂事，哪知道物力艰难，一味的骄奢淫逸。太宗见他如此，便要选个好好的师保辅导他，将来好承继大位。因见姚坦为人端方谨慎，遂派为王府翊善。姚坦自为翊善之后，倒也十分尽忠，遇事规谏。这日元杰在益王府里，造了一座假山，高峻玲珑，与真山无异。元杰看了，好不得意，特命准备下盛筵，召集各府官僚，宴赏假山。各官僚莫不称扬赞美，独有姚坦，低头闷坐，不言不语，好似有甚心事一般。元杰便呼令观看，姚坦道："我因为但见血山不见假山，所以不敢观看。"元杰听了，十分惊讶，禁不住立起身来问道："明明是座假山，你何以看做是血山，莫非眼花了么？"姚坦叹息言道："大王生长宫中，不甚出外,哪知道民间的疾苦呢?臣自乡间来,却深知乡间的事情,每见州县派了官吏,到乡间去催征租税,百姓们还不起租税,便捉了来,敲打鞭扑血流满身,任是呼号哀求,也是没用,总要想着法子,或卖田产,或鬻儿女,凑集银钱,还了租税,方得无事,否则就有性命之忧了。这假山都是用民间租税来筑成的,怎么不是血山呢?"元杰听了这番议论,知是托词规劝的,到了次日,入宫定省,便把姚坦的言语,告知太宗。太宗也正在御花园里,添筑假山,听得这话,连忙传旨停工,并厚赏姚坦。从此姚坦每逢元杰有了过失,总是尽力阻碍,把个元杰约束得很觉难受,就是左右侍候的婢仆小人,也因姚坦正直无私,凡事抑制他们,也是心内怀恨!一齐要想着法儿,推翻了姚坦,借便私图,都撺掇着元杰,叫他赶走姚坦。元杰道:"他深得父皇的信任,如何赶得去呢?"就有个近侍献计道:"大王只要装着生病,令人去报知主上,主上平日深爱大王,听得有病,必然放心不下,传宣乳母宫婢去询问大王的病情。那时乳母宫婢,只要如此这般的回奏,主上怜爱大王,自然可把姚坦赶去了。"元杰听了,连声道好!便一面装病,一面令人报告太宗。太宗闻得益王生病,果然放心不下,传了乳母宫婢和近身侍候的人来问道:"你们为什么不小心保护,以致五王常常生病?"乳母等人一口同音地奏道:"王爷何尝有病来?都是被姚坦先生逼迫着,使他举动不能自由,自然要不爽快了。"太宗听得此言,早已明白他们的意思,便发怒道:"朕派人去辅导王爷,原要他遇事规谏,补缺拾遗的,你们不遂私图,就不能容他,想出这个法儿来挟制朕躬。五王年纪尚轻,必定没有这样的诡计,定是你们指使的。"说着,愈加忿怒!喝令左右,一齐拖往后园,每人重责一百,以后再敢出坏主意,挑唆五王,决不宽贷。这些人吃了这个大亏,方才不敢捉弄姚坦,元杰的病也就立刻好了。太宗就因为这桩事情,瞧出元杰,也不是可以继承天位的,心内很是不悦!暗中察看诸子,第四子元份、第六子元偓,皆不甚钟爱,第七子元偁,第八子元俨,又年纪太小,不能立为太子;惟有第三子元侃,现封襄王,人还稳重可靠,欲思立为太子,只因冯拯奏请建储,充发岭南,廷臣没人再敢开口提及此事了。太宗又不便自己开口,现在圣躬不豫,患着足疾,知道太子是国之根本,不能够再迟延了。看那些廷臣,都是畏首畏尾,不敢提及此事,想起寇准为人,很是可靠,以刚直获罪,出知青州,何不宣召还朝和他商议呢?决定主张,便把寇准从青州召回。寇准到了汴京入朝觐见。太宗便褰衣给他看道:"朕年衰多病,今又患着足疾,如何是好?"寇准奏道:"臣非奉诏不敢到京,既已到来,窃有一言上达陛下,愿陛下加以采纳,勿施罪责,天下幸甚!"太宗知道他要请建储,遂霁颜问道:"卿有何事,不妨直陈。"寇准才敢奏道:"储君为国之根本,陛下还须早日建立。"太宗道:"卿看诸子中,何人足付神器?"寇准答道:"太子为天下之君,必要孚天下之望,陛下建储,宜断自宸衷,不应谋及近臣,尤不应谋及妇人宦官。只要选择得宜,就可付托无忧了。"太宗故意想了一会,屏去左右,密语寇准道:"襄王可好么?"寇准又答道:"知子莫若父,陛下既以为可,请即决定。"太宗点首称善。建储之议遂定。

那襄王元侃,乃太宗第三子,只因长子元佐病废,次子元僖早夭,所以太宗自与寇准商议之后,已决定立为太子,遂于至道元年八月,立襄王元侃为皇太子,改名为恒,大赦天下。太子受了册宝,自然有许多仪注,参叩社稷,谒见太庙,忙个不了。中国自唐天祐以来，乱离扰攘，将及百有余年，不看见这立皇太子的礼节。这一天太子谒庙还宫，众百姓都扶老携幼，在道旁观看。见太子生得英年玉貌，堂皇富丽，一齐鼓舞欢迎，遮道拜伏，高声呼道："这才是真天子哩！"众口一词，都是如此，传入太宗耳内，大为不乐，立刻宣诏寇准入内，未曾开口，先长叹一声道："朕今天又做错一件事了，你看还有挽救么？"寇准听了这几句话，摸不着太宗因为何事，忙问陛下是何事情，如此不乐？太宗道："你没有见今天这种景象么？人心都归向了太子，把朕放于何处呢？不是成了个赘疣了么？快去想个主意才好！"寇准连忙再拜称贺道："这正是国家之幸，社稷之福，陛下应该欢喜才是，为何反出此言呢？"太宗听了，心内总是将信将疑，不甚快乐。回到宫内，见后妃、宫嫔都一齐叩头称贺，说陛下付托得人，民心归向，将来后福无穷，太宗方才感悟，不觉大喜，又重复出外，赐群臣筵宴，尽欢方罢。次日又命李沆、李至，并兼太子宾客，令太子以师傅礼事二人。太子每见二李，必先下拜。李沆与李至，上表辞谢，太宗不许，手谕二李道：

朕旁稽古训，肇建承华，用选端良，资于辅导，借卿风望，委以调护。盖将勖以谦冲，故乃异其礼数，勿饰当仁之让，副予知子之心，特此手谕。

李沆、李至复相偕入谢。太宗又面谕道："太子贤明仁孝，足固国本，卿等可尽心规诲，有善应劝，有过应规。至若礼乐诗书，系卿等素习，不烦朕谆谆嘱咐了。"李沆、李至叩谢而退，太子年逾弱冠，姿性聪明，相传母妃李氏，常于夜间梦以裙承日，因此有娠。及产生后，左足指纹成一天字，五六岁诸王嬉戏好作战阵，自称元帅。又常登万岁殿，上升御座。太宗抚其顶，笑颜问道："这是皇帝的宝座，儿它日亦愿做皇帝么？"太子答道："天命攸归，儿亦不敢辞。"太宗暗暗称奇，及长，就学受经，一览即能成诵，至是立为储贰，入居东宫，人皆称为天授。太宗立了太子，一生心事俱已放下，但是外间人言，却也不可不虑。想起太祖劳苦一生，手创天下，授之于己，总算是个开国元勋，子孙也该同享富贵。如今他的嫡长孙，名唤惟吉，年纪已经不小，终日拘禁宫内，也不是件事情，何不给他个官职，谅他也无能为，又可以掩饰外人的耳目，岂不很好么。那惟吉原挂着一个左骁卫大将军的虚衔，太宗现在授他为阆州观察使，又命一切宅第供俸，车马衣服，都与诸王一样，不准稍有上下。太宗的布置，也总算周到了，但不知将来的天命是怎样呢。

闲话少表，单说太宗到了至道三年三月，疾病渐渐不起，内监王继恩，因平蜀乱有功，授为宣政使，暗中很想弄权，因太宗抑制宦官，不能得志。现在见太宗将近弥留，他忌太子英明，若被他继了大位，日后仍难如愿。好在太子的生母李妃，久已亡故，宫内无人援助。寇准又已谪到登州去了，外面亦无反对之人，尽可于天子驾崩之后，假传一道圣旨，改立故楚王元佐为帝。那元佐是个有狂疾的，就可任意施为了。想定主张，就把立嗣之后的话，去蛊惑皇后。宫中都是些妇人女子，自然依从王继恩的言语，只要再联络几个大臣，事情就不难成就了，将来论起定策功来，还怕不是推我为首么？便去与自己最要好的李昌龄、胡旦联络好了，等到太宗晏了驾，皇后便命王继恩宣召吕端进宫。吕端早料到其中必有变故,王继恩前来宣召,就邀他到内书室商议秘密事情,等到继恩进入书室,吕端急将房门反锁起来,吩咐家人看守好了,无论何人前来,不许开门。嘱咐已毕,跨上了马,匆匆入宫来见皇后。皇后见吕端颜色之间很是庄严,又见王继恩没有同来,心内早就有些惧怯,便哭着说道:“皇上已经晏了驾了。”吕端闻言,也就泣下,问道:“太子何在?”皇后道:“立嗣以长,方谓之顺。今召卿来,正为商议这事,你意下如何?”吕端收泪正色言道:“先帝选立太子,正是为的今日,还有什么商议呢?请皇后不可听信人言,有误国家大事!”皇后默然不语。吕端即命内侍,速迎太子。等太子到来,亲视大殓,立即伺候太子更衣,往福宁殿,垂帘引见群臣,文武百官,都排班行礼。吕端平立殿阶不遽下拜,请侍臣卷帘审视然后退降殿阶,率众臣跪下,山呼舞蹈,是为真宗皇帝,大赦天下,尊皇后李氏为皇太后。晋封弟越王元份为雍王;吴王元杰为兖王;徐国公元偓为彭城郡王;泾国公元偁为安定郡。王季弟元俨为曹国公;侄惟吉为武信军节度使。追复涪王廷美为秦王;追赠兄魏王德昭为太傅;岐王德芳为太保。复封兄元佐为楚王,加授同平章事吕端为右仆射,李沆、李至并参知政事。册立继妃郭氏为皇后。真宗元配潘氏,乃潘美之女,端拱元年病殁。继妃郭氏,宣徽南院使郭守文第二女,郭氏册立为后,元配潘氏,亦追赠为庄怀皇后。追赠生母李氏为贤妃,进上尊号为元德皇太后。葬后考大行皇帝于永熙陵,庙号太宗,以明年为咸平元年。总计太宗在位二十二年,改元五次,寿五十九岁。后人有诗咏宋太宗辜负太祖授位之恩,以致伦常缺憾道:

寸心未许乃兄知,虎步龙行饰外仪。
二十五年称令主,伦常缺憾总难弥。

真宗皇帝即位之后,所有施赏大典,一律举行。惟王继恩、李昌龄等谋立楚王元佐,应该坐罪,真宗特降旨,贬李昌龄为行军司马;王继恩为右监门卫将军,安置均州;胡旦除名,长流浔州。到了改元以后,吕端因老病乞休;李至亦以目疾求罢,乃均免职。特进张齐贤、李沆同平章事,向敏中参知政事,越年枢密使兼侍中。鲁公曹彬,以疾卒。彬在朝,未尝忤旨,亦未尝言人过失,征服西蜀南唐二国,秋毫无私,位兼将相,不矜不伐。俸禄所入,多半周济贫弱,家无余财。病危时,真宗御驾,亲临省视,问及契丹事宜,彬答道:“太祖手定天下,还与契丹罢战言和,请陛下善承先志。”真宗道:“朕为天下苍生计,当屈节言和,但此后何人足膺边防之任?”彬又答道:“臣子璨、玮,均足为将。”真宗又问二子优劣。彬道:“璨不如玮。”真宗见他气喘不已,不便多言,宣慰数语而出。及殁,真宗异常痛悼,赠中书令,追封济阳王,谥武惠。又越年,太子太保吕端卒,端为人持重,深知大体。太宗用端为相时,廷臣有说吕端遇事糊涂的。太宗道:“吕端小事糊涂,大事不糊涂。”后来王继恩趁太宗晏驾,欲谋立楚王元佐,全赖其果敢,方使真宗登位。吕端病殁的时候,真宗也亲自慰问,抚劳备至。殁后,赠司空,谥正惠。咸平二年,契丹闻得太宗驾崩,曹彬又殁,宋朝宿将凋零,真宗年纪尚轻,以为有机可乘,遂即兴师入寇。镇定高阳关都部署傅潜,拥兵八万有余,畏葸不前,闭营自守,将士等请发兵逆战，傅潜勃然道："你等要去寻死么？"将士不敢多言，忿忿而退。恰值副将范廷召到来，众将遂向他述说傅潜之言，廷召道："我入见，再作计较。"廷召进帐，傅潜一见，知道他必定进战，便装出铁青的面孔，与廷召相见。廷召见他这副模样，心中甚是好笑，参谒礼毕，不待坐定，即大声问道："虏兵到来，总管从容坐镇，不动声色，必有退敌的妙策？"傅潜淡淡地答道："我主守，不主战，此外要用什么法儿呢？"廷召道："请问总管主守，可保定守得住么？"傅潜道："你怎么也和众将一般见识，敌势甚大，如何战得？"廷召道："公拥兵八九万，很可一战，今若发兵扼定险要，与敌兵开仗，只要一鼓作气，将士齐心，定可得胜。"傅潜只是摇头不语。廷召禁不住发怒道："公恇怯至此，何异妇人女子呢？"说罢，也不作别，径自出外，恰遇钤辖张昭允，便道："傅总管如此畏懦，边防有失，朝廷必加谴责，连你也难免罪了。"张昭允道："我有一法使他不能不战。"廷召忙问有何妙法。未知张昭允说出什么法子来，且听下回分解。

第四十三回　康保裔血流战阵　杨延昭冰冻坚城

话说范廷召闻得张昭允说，有法儿使傅潜同兵攻敌，廷召忙问钤辖有何妙法，使这懦夫出兵。昭允道："现有廷寄到来，饬本部从速发兵。昭允正要进报朝廷旨意，谅总管难以违逆了。"昭允说罢，入见傅潜，捧递朝旨。傅潜见了旨意，暗想必是诸将要出战，密奏朝廷，才有旨意，催我出战。他们既不要性命，我又何必顾恤呢？便冷笑道："范廷召正要出战呢，我就拨骑兵八千，步兵二千，凑成一万之数，令他去拒敌就是了。"昭允退出，把傅潜的话告知廷召。廷召道："这明明是借刀杀人了。敌兵有十余万，我兵只有万人，就是以一当十，也恐不敷，如何能敌呢？"说罢，大踏步趋入帐，大声说道："总管要我先驱，我不敢辞，但万人却是不敷，应再添三万人马，方才敷用。"傅潜道："将在谋，不在勇，兵贵精不贵多，况你不过是先行，我领兵随后前来援应，还怕什么呢？"廷召道："公果来救应么？"傅潜道："你知忠君，我就背国么？尽管先去便了。"廷召退出，暗想傅潜之言，一定靠不住，不如另行乞师，免得孤军无援。遂修书一通，命人往并州都部署康保裔那里乞师。

那康保裔乃洛阳人氏，祖父皆殁于王事，因屡承世荫，得为武职。常从诸将至石岭关，战败辽兵，太祖嘉其劳绩，任为马军都虞侯，领凉州观察使。真宗初，调任并州都部署，并州一带，地接高阳，因此廷召前往乞师。康保裔生成的忠肝义胆，屡经战阵，未尝败北，身上伤痕数十处，血迹淋漓，也不知道痛苦。既接到范廷召乞师的书，如何还肯迟延，亟点起一万人马，倍道赴援。其时契丹已被破狼山寨，悉锐深入，四处都是敌兵，保裔直抵瀛州，约廷召夹击契丹，哪里知道廷召兵尚未到，契丹早已大队杀来。康保裔率领部下，血战两昼夜，盼望廷召的兵马前来救援，竟是杳无音信。康保裔直杀得矢穷力尽，血染征袍，陷入敌阵，为乱枪戳死。保裔战死，全军皆殁，那范廷召方才率兵到来。闻得保裔已死，契丹兵乘胜而来，声势甚盛，廷召不敢再进，只得据住瀛州的要隘，暂行驻扎。契丹又进取遂城，遂城小而无备，闻得契丹大队杀来，众情恟惧。杨业之子延昭，方为缘边都巡检使，驻节遂城。当即召集丁壮，慷慨晓谕道："尔等身家，全靠这城做保障，城破敌入，身家俱陷，不如彼此力戮，凭城固守，倘得保全，岂不是家国两益么？"大家听了此言，齐愿死守。延昭即编列队伍，各授器械，按段分派，登陴固守。契丹猛扑数次，均为矢石击退。时值天气严寒，延昭命汲水灌城，一夜北风吹来，把这座城池，冻成坚冰，比铁打的还要牢固，而且滑不可上。契丹兵知道难以攻破，便改道从德隶渡河，进掠淄齐。

真宗闻得寇已深入内地，下诏亲征，命同平章事李沆为东京留守，王超为先锋，车驾随后进发，直抵大名。闻得康保裔血战身亡，震悼辍朝，下诏优恤，追赠为侍中，官其二子一孙，又闻得傅潜逗遛不进，即命高琼往代，召傅潜回京，命集贤学士钱若水等按讯审得种种逗挠妒忌罪状，依法当斩。真宗特诏贷死，削其官爵，徙流房州。张昭允亦坐罪削职，流于道州。契丹的本意不在战，不过劫掠些财帛，借此试探新皇帝的举动，看他有无胆量，现在听得真宗御驾亲征已至大名，料知是个英明果决之主，倘若与战，必难取胜，早已带了沿途掳掠的子女玉帛，遁将回去。宋兵追到莫州，乘胜邀击，契丹大败，被斩万余级，所获财帛，一齐抛弃净尽，方得逃去。真宗接得捷报，论功行赏，擢范廷召为并州都部署，杨延昭为莫州刺史，李重贵知郑州；张凝为都虞侯。并召杨延昭至行在，面询边防事宜，延昭奏对称旨，真宗大喜，指示群臣道："延昭之父业，为本朝名将。延昭治兵护塞，绰有父风，真不愧将门之子！"遂厚赐金帛，令其赴州，真宗即日回京。到了这年的冬天，契丹又发兵南侵。杨延昭设伏于羊山，自率老弱兵丁诱敌。契丹不知是计，追至羊山，伏兵齐起，把契丹兵杀得大败而逃。延昭追杀敌将，函首以献，进官本州团练使。契丹望风生畏，都呼延昭为杨六郎。尚有登州刺史杨嗣，亦因屡战有功，擢为本州团练使，与延昭同日下诏，边人称为"二杨"，一言表过不提。

且说西蜀益州地方，自李顺叛后，太宗命张咏知益州，雷有终为两川招安使，文武得人，蜀境大治。至真宗初，张咏、雷有终相继调去，改用牛冕知益州，苻昭寿为兵马钤辖。那牛冕懦弱无能，苻昭寿骄恣不法，部下兵士大多怀怨，阴图异谋。益州戍兵，由都虞侯王均、董福分统，董福部勒有法，兵土皆得优赡。王均喜欢饮博，军饷尽饱私囊。恰值牛冕、苻昭寿会同阅兵，蜀人相率往观，但见董福的部下，甲仗鲜明，王均的部下，衣甲敝陋。蜀人都称扬董军，指责王军。王军部下赵延顺等深以为耻，且衔怨主将，遂于咸平二年，胁众为乱，戕杀苻昭寿。次日正是元旦，益州官吏方在庆贺，忽闻兵变，全城惊惶。牛冕缒城遁去，转运使张适，亦闻信而逃，只有都巡检点刘绍荣在城。乱兵杀入城内，欲奉刘绍荣为主。绍荣怒叱乱兵，挥刀格杀，众寡不敌，败回署内，投缳自尽。监军王泽，因乱兵是王均部下，令其出外招安，乱兵就拥王均为主，王均竟直受不辞，僭号大蜀国，改元化顺，用小校张锴为谋士，出兵陷汉州，进攻绵州。虽有知剑州李士衡、知蜀州杨怀忠等，连将叛兵杀败，乱终难平，便飞报宋廷，请师救援。真宗闻得西蜀扰乱，即命雷有终为川陕招安使，李惠、石普、李守伦皆为巡检使，拨给步骑八千名，往平蜀乱，所有留蜀官员，如上官、正李继昌等，都归有终节制。雷有终等到了益州，恰值都巡检使张思钧，已克复汉州。雷有终遂驻军升仙桥，匪首王均，率众拦截，被官军杀败，绕道遁去。官军来至城下，见城门洞开，有终只道王均畏怯遁去，便挥兵径入，不烦血刃，克复益州，都喜得心花怒方，纵容部下劫掠民居，抢掳妇女，饮酒取乐，正在十分畅快，忽地一声炮响，喊杀声连天，官兵毫无预备，慌忙觅路逃生。到了路口，又被些破床败榻，堵塞住了，不能前行。好容易搬将开去，成了一条狭巷，奔走出去，叛兵候个正着，刀枪乱上，杀死无数，有几个漏网出去，逃至城闉，城门上又有叛兵把守。雷有终、石普、李守伦知道城门上一定难以出去，忙忙的跑上城头，缘堞而下，幸亏没有跌死。李惠路上略慢得一慢，被王均率众追上，一刀送了性命，一场厮杀，官军死了大半。雷有终、石普逃至汉州，张思钧接入城中，慢慢地整顿兵马，等到元气恢复，方敢进兵。官军到了升仙桥，雷有终深恐叛兵众多，难以抵敌，便与石普等计议定了，设伏以待。王均不知就里，分路而出，掩杀过去，四面伏兵齐起，将叛兵杀得落花流水。王均舍命杀出，逃回城中，不敢出战，一意坚守。官军进抵城北，命将校等分东西南三面环攻。适值大雨兼旬，城不能克，直待至雨霁天晴，雷有终吩咐用火箭火炬，抛射城头，将敌楼尽行烧去，城内慌乱，官军乘势攻入。王均尚有二万余人，溃而夜走。雷有终恐叛兵仍有埋伏，纵火焚烧庐舍，光焰烛天，通宵达旦，人民被焚死者不计其数。次日又搜获伪官二百余人，一齐推入火中，方命巡检使杨怀忠，往追王均。王均逃至富顺监，招集蛮酋，在监署饮酒，吃得酩酊大醉。所有羽党，亦皆酒气醺醺，猛听得官军追来，吓得不知所措。王均料不能脱，解下腰带，自缢而死。乱党无主，悉行溃散。杨怀忠杀入监署生擒乱党六千余名，割取王均首级，宰兵回至益州。雷有终申报朝廷，真宗下诏，进有终、怀忠等官爵；流牛冕至儋州；张适至连州。遣翰林学士王钦若、知制诰梁颢，往抚蜀民。过了两年，仍命张咏知益州。蜀民闻得张咏再来，欢呼相庆，父老扶杖迎接。张咏到蜀之后，威惠兼施，政绩大著。真宗下诏褒美，且令巡抚使谢涛传谕道："得卿在蜀，朕西顾无忧了！"此时西蜀已定，可以无虞，惟契丹、西夏，时来侵扰，边疆总不安宁。

那西夏的李继迁，自真宗即位，上表称贺求请封藩，真宗知他狡诈，只因国有大丧，姑予羁縻。遂命李继迁为定难军节度使，且把夏、绥、银、宥、静五州，一并给与，并将从前太宗留下的张浦也资遣回去。继迁上表申谢真宗优诏慰答，仍赐还赵保吉姓名。真宗以为这样的相待，总可以知恩报德，不再侵犯边境了。哪知李继迁狼子野心，阳奉阴违，仍然抄掠边境，四出为患。恰值同平章事张齐贤，与李沆不相能，冬至朝会，被酒失仪，坐免相位。真宗命他为泾原诸路经略使。齐贤临行陛辞，真宗垂询边情，齐贤答道："臣看灵武，孤城陡悬塞外，万难固守，徒使军民陷入危境，不如弃置，舍远图近，徙守环庆，较为便利。"真宗沉吟半晌道："卿且去巡阅一番，可弃则弃，可守必守。"齐贤方才领旨前去，就有通判永兴军何亮上安边书，言灵武决不可弃。真宗见了此奏，诏令群臣会议，知制诰杨亿，引汉业珠崖故事，请速弃灵武徙守环庆。辅臣又言灵武为必争之地，万不可弃。议论不一，把个真宗弄得狐疑不定，便与李沆商议。李沆道："保吉不死，灵武必不可守，臣意不如密召诸将，部署军民，空垒而还，庶几使关右可以息肩。"真宗默然不答，竟命王超为西面行营都部署，率兵六万，往援灵武。过不几时，李继迁寇清远军，都监段义叛降继迁。都部署杨琼，拥兵不救，城遂被陷。继迁进攻定州，且及怀远，都部署曹璨，召集蕃兵，出外邀截，方把继迁杀退。到了咸平五年，继迁又进攻灵武，截断城中粮道，守兵乏食，灵武遂陷，知灵州裴济，巷战而亡。继迁即得灵武，改为西平府，占作都城。真宗得报，优恤裴济，且悔不弃灵武，致丧良吏。未几有六谷酋长巴喇济，愿讨继迁。知镇戎军李继和，请授为刺史，俾得效力。张齐贤且上书请巴喇济为六谷王，兼招讨使。真宗降旨，授巴喇济为朔方节度使，兼灵州西面都巡检使。巴喇济奉了诏命，表称感激图效，已集骑兵六万，静待王师，合讨继迁，收复灵州。真宗优诏嘉许。既而李继迁进攻麟州，又转寇西凉，杀西凉府丁惟清，踞住城池。巴喇济所居谷，本是西凉蕃属，便去继迁营内诈降。继迁未知他已受职宋廷，便传见巴喇济。巴喇济称说继迁威德，并言六谷蕃部，尽愿投诚。继迁闻言大喜，令他招徕六谷蕃部，巴喇济欣然领命，招了部落，共至西凉，进谒继迁。继迁亲往校场检阅，各番兵负弩挟矢，鱼贯而入，报名应选。继迁正在留心察核，猛听得弓弦声响，抬头四顾，可巧一箭射来，正中左眼，大叫快拿匪徒。左右上前拥护，番兵已各出短刀，来杀继迁。幸赖几个悍军保护着，且战且逃。番兵奋勇追杀，险些儿将继迁拿住，好容易奔回灵州，左目暴痛，睛珠突出，无法医治，一命身亡。子德明遣使赴告契丹，赠继迁为尚书令，封德明为西平王。环庆守吏因德明新立，部落方衰，奏请降旨招降。真宗遂下诏令德明审去就，德明乃遣人奉表归诚。真宗授德明为靖难军节度使，统辖银、夏、绥、宥、静五州，寻闻契丹封德明为西平王，也就援照契丹之例，封为西平王。德明乃进誓表，请藏盟府，西夏自此略略平靖。

咸平六年残腊，真宗下诏改次年为景德元年。元旦令节，朝贺礼毕，京师地震越日又震。过了十几天，又复大震。真宗乃蠲租缓逋，力加修省。方交夏季，皇太后李氏崩，丧葬已毕，尊谥为明德皇太后，到了新秋，首相李沆病殁。

沆字太初，洺州人氏，太宗常称他风度端凝，不愧正士，因擢为参政。真宗初元，进任右相，居位慎密，遇事敢言。及殁，真宗亲临吊奠，痛哭移时，谓左右道："沆忠良纯厚，始终如一，怎料他不享遐龄呢？"回到朝中，追赠为太尉、中书令，谥文靖，改用毕士安、寇准同平章事，相位方定。忽然边报似雪片飞来，契丹主隆绪，与其母萧氏，率兵二十万，前来入寇。先遣其统军将军、顺国王萧挞览攻北平保州一带地方。真宗忙召廷臣会议，寇准主战，毕士安赞成其议，参政以下，王钦若等主和主守，纷纷不一。后闻契丹攻威虏安顺各军，尽皆败去，真宗略略放心。嗣接定州捷报，王超在唐河击退敌军，岢岚军捷报，高继勋力战却敌，瀛州捷报，李延渥接战获胜。寇准入奏道："契丹入寇，不过恐吓我们，请速命将出师，扼守要辖，与他决一胜负。"真宗口内虽然应着，心下仍是狐疑不决，过了些时，契丹主见中国无隙可乘，遂派李兴带了中国降将王继忠的书信，到莫州都部署石普营中来讲和，石普不敢专主，具本进京，请示办法。真宗又召廷臣讨论办法，满朝大臣，都不知讲和的利弊如何，不敢开口。毕士安身为首相，不能不出个主意，当下奏道："据臣看来答应他讲和暂时羁縻拖延，免得目前的兵连祸结，也未始不可。"真宗道："敌人如此强盛，他肯受我的羁縻么？"毕士安道："契丹内情，臣略略有些风闻，他这一次起了倾国之兵，远道深入，不能得志，意欲退兵，又恐无名为人耻笑，臣所以略他知讲和，乃是实情。"真宗即下诏，许其通和。王继忠又乞石普复奏请遣使契丹，共议和约，真宗遂遣阁门祗候曹利用，往契丹军中议和。临行的时候，真宗又当面嘱咐道："契丹请和，不是求地，便是索赂，关南地方，久归中国，万万难轻许，惟金帛一层，昔汉用玉帛，赐于单于，尚有故例可循，但须酌量数目，方可答应。"曹利用道："臣此去见机而行，契丹若狂妄不肯就范，臣便死在他营内，决不有辱君命的。"真宗道："卿能竭诚报国，朕有何言？"利用奉命而行。尚未到契丹营中，契丹又变了前议，率领大兵，攻陷德清军，直逼冀州，进抵澶州。边报飞递，急如星火，一夜之间，连到五次。急得满朝文武，和居民人等，莫不惊惶失色。真宗叫人去看寇准时，他却坐在中书省里，连边报也不看，手里拿着酒杯，浅斟低酌，有说有笑，和没事的人一般。内监便把这情形，报告真宗。真宗好生诧异，立刻宣召寇准入宫，问他有何布置，寇准道："陛下如信臣言，不过五日，即可退敌。"真宗喜道："卿有何妙计？"寇准道："若要退寇，莫如御驾亲征。"真宗道："寇势方张，亲征恐亦无用。"寇准道："前岁契丹入寇，声势亦异常厉害，陛下御驾方至大名，彼已惊惶遁去，这便是个先例。"众大臣听了这话，都以为皇帝御驾亲征,倘有闪失,那还了得,大家都不敢担这个责任,一齐要退下去,寇准早喝住道:"你们到哪里去,御驾启行,不要扈从么?"真宗见寇准要实行亲征,口内不得推辞,心下却十分惧怕,便想避进宫去。才立起来,寇准已牵住龙袍道:"陛下一进后宫,臣等不能入见,大事就不可收拾了,须请立时决定。"毕士安见寇准为主亲征,料得他必然成竹在胸,便也从旁赞助,劝真宗依从寇准之言,真宗只得仍旧坐下,诏群臣各抒所见,共议退敌之计。群臣都以为寇兵深入,都城万不能守,只有避敌一法,可以不惊垂舆。王钦若是临江人,便劝真宗幸金陵,陈尧叟是阆州人,便劝真宗幸蜀。真宗听了这话,更加没有了主意,又和寇准商议,寇准明知是王钦若、陈尧叟的主意,故意大声道:"谁为陛下划这个计策,先请斩此人,取血衅鼓,然后北伐。方今陛下神武,诸将齐心,御驾亲征,敌必自退。既不然,坚壁老敌,出奇兵以挠之,彼劳我逸,可操胜算。此时若一动摇,抛弃宗社,摇惑人心,天下且不能保,金陵、成都又有何用?"真宗尚是沉吟,毕士安也在旁奏道:"寇准之言甚是,请陛下俯允!"真宗道:"两卿既然意思相同,就下诏亲征罢。"寇准深知王钦若的为人,小有聪明。真宗很是亲信他,深恐夜长梦多,被他从中阻挠,误了大事,遂又奏道:"敌兵深入,天雄军最为重镇,万一陷没,河朔皆为虏有,请陛下遣大臣出守为要!"真宗道:"卿以为何人可任?"寇准道:"莫如参政王钦若。"钦若在朝班内,听得寇准前面的一番话说,已气得面红耳赤,忽闻寇准荐他出守,不由得面目失色,连忙趋至座前,正要跪奏。寇准急道:"主上亲征,臣子不得畏难,我已荐参政出守天雄军,参政应即领敕启行。"钦若道:"寇相是否居守?"寇准道:"老臣应为王前驱,怎敢偷安?"真宗便向钦若道:"王卿应善体朕意,朕命你为天雄军兼都部署,卿其勿辞!"钦若不敢推却,只得叩头领敕,辞驾而去了。天雄军见契丹大军压境,束手无策,惟有坚闭城门,在营内诵佛念经,祈祷佛天保佑,就是他的韬略了。

再说契丹兵临澶州,李继隆将兵抵御,打听得契丹统军萧挞览,要来劫营,继隆将计就计,分派人马四面埋伏,等得契丹兵来。萧挞览当先冲入,乃是一座空营,连忙退出,已是号炮齐起,宋将张环等,领了一班弓弩手,伏在营门,呐喊一声,万弩齐发,萧挞览躲闪不及,一箭正中咽喉,死于乱军之中,其余的兵将,自然溃散而遁。萧挞览乃契丹名将,谋勇兼全,手下的兵,又都是精锐,遭了败衄中箭而亡,全军为之气夺。那真宗启跸之后,行在路上,又有人奏称,前进一步,便很危险,不如改行金陵较为稳当。真宗心里又不禁活动起来,召寇准来和他商议。寇准奏道:"陛下只可进尺,不可退寸,河北诸将,日夜望乘舆,如大旱之望云霓。若后退一步,敌人随后追蹑,人心瓦解,如何得到金陵呢?"真宗道:"卿且退,容朕细思。"寇准退出,恰遇殿前都指挥、晋职太尉高琼,便对他说道:"太尉受国厚恩,今日应该报国。"高琼惧然道:"琼一介武夫,蒙恩超擢,应当效死。"寇准携了他的手道:"我与你一同入奏,请天子即日渡河杀敌。"高琼点头称善。两人入见,高琼先立在阶下,寇准上前奏道:"陛下如果不信臣言,现有高琼在此,可召问之。"高琼即趋前道:"寇准所言甚是,陛下不必再疑心了。"寇准又道:"陛下在此,仍不足以砺将士之气,寒贼人之胆,请速渡河,免失机会。"真宗方一心向前,不再畏怯。时值朔风凛冽,天气严寒,左右进上貂帽毳裘。真宗道:"朕安居帐中,还要用此,那些将士们露宿旷野,应该用什么东西呢?"吩咐快拿下去。将士们知道了,更加感激,一齐奋勇前进。行至澶州城南，只见河北一带，契丹的营寨星罗棋布，真宗心内很觉慌张，左右便请驻跸静觇敌势，再决行止。寇准忙趋前固请道："陛下若不过河，敌气未慑，人心亦危，安能取威决胜？现在王超领着精兵，驻扎中山，可以扼敌。李继隆、石保吉东西列阵，可制敌之左右肘。四方镇将，相率来援，还怕什么呢？"高琼亦请道："臣愿保驾渡河，前途决无可虞！"寇准不待上谕，亟挥卫士备辇，真宗只得渡河，进至澶州城北，亲御城楼。远近将士，望见御盖，知道驾已渡河，一齐踊跃鼓舞，高呼万岁，声闻数十里。契丹主隆绪，与萧太后正因萧挞览战殁，在那里商议军务，忽闻宋军中三呼万岁，震动天地，不觉吃了一惊。未知契丹见真宗御驾到来，又有什么诡计，且听下回分解。

第四十四回　鼓乐喧阗拜天书　典礼辉煌封泰岱

话说契丹主隆绪，正同萧太后在营中商议军情，忽闻宋军三呼万岁之声，震动天地，不觉吃了一惊。命人探视，见澶州城楼上，隐隐地打着黄盖，知道真宗御驾已至，契丹兵益加气沮。萧太后还不肯就此罢休，令精骑数千，径来扑城。寇准对真宗道："这是来试我强弱的，请诏将士痛击一阵，免得为他轻视。"真宗既已到此，也就无从退缩，便将军事全权，委托寇准道："一概由卿为朕调度。"寇准奉了旨意，便整饬部伍，严明赏罚，开城出敌。一场大战，将契丹军斩获大半，余众一起逃去。真宗闻捷，自回行宫住宿，留寇准宿于北城上面。真宗身虽在于行宫，究竟放心不下，使人打听寇准做甚事情。回来报告道："寇准邀了杨亿，正在吹呼饮博。"真宗大喜道："寇准如此从容，朕可无忧了！"过了几天，契丹遣使臣韩杞，同了曹利用回来求见。真宗将利用传入，参谒礼毕。利用奏道："契丹欲得关南地，臣已拒绝，就是金帛一层，臣亦未尝轻许。"真宗道："要求割地，宁可决战。金帛不妨酌许，尚与国礼无伤。"遂命韩杞进见，朝拜过了，呈上国书，并言奉国主命，索还关南地即可订盟。真宗道："这却不便，国书权且留下罢。"又谓利用道："外使来此，总当以礼相待，卿可领其出宴，待朕熟商之后，遣之回去。"真宗即召寇准商议。寇准奏道："现在他来求和，非但不与金帛，且要他上表称臣，献还幽蓟之地，方是长治久安之计，否则数十年后，他必又来生事了。"真宗道："果如卿言，非战不可，但胜败究难预料，就是战而获胜，也要伤亡许多生灵，朕心总觉不忍。且数十年后，子孙果能英明，自有防御之策，此时且许通和，暂使目前过去就是了。"寇准还要坚持不允，与韩杞争论数次，未能决定，又欲出战，忽然有人进了谗言，说寇准挟主邀功，希图久掌兵权，所以不允和议。寇准得了这个消息，不禁长叹道："忠而被谤，尚有何言？"遂命曹利用往契丹营内，磋商岁币。利用临行请训，真宗道："只要不失土地，岁币不妨多给，就是增至百万，亦所不惜。"利用退出，寇准召利用至帐前，正色说道："敕旨虽许多给岁币，我意不得过三十万，你若多许，当斩首号令，休得后悔！"利用暗暗咋舌，忙忙应道："岁币是少一些好一些的，我此去自当力争。"遂即辞别而行，径往契丹营中。契丹止事舍人高正始问道："和议如何？"利用道："岁币或可酌给，割地万难允许。"正始道："我们出兵前来，原是要恢复故地的，若只得金帛回去，如何对付国人？"利用道："君身为大臣，也应为国熟计利害，倘执意不允，兵连祸结，亦非贵国之福！"正始无言可折，便引利用入见萧太后。萧太后道："关南之地，本属我国，被周世宗恃强取去，自应归还我们。"利用道："前朝的事，与我朝无涉，若要求些金帛，那还可以商酌，割地的话，万不能允。"再三磋商，到底以银十万两，绢二十万匹，定约回来。契丹主也遣丁振，带了誓书前来，互用国宝，议定两国境界如旧。契丹主以兄礼事宋。议既成，契丹引兵北去，真宗也就回朝，从此南北议和，边境略略平靖，这且不表。

单说那王钦若，出知天雄军，因为兵事已息，仍旧召回京内，任为参知政事，钦若与寇准不睦,欲思报复,又因寇准新立大功,明知斗他不过,便自请罢政,要在暗中觑个方便,好下手推翻寇准。真宗乃命钦若为资政殿学士,以冯拯为参知政事。那寇准乃是个质直的人,如何去防备这些事情,再加立了大功,真宗尚且另眼看待,遇事未免专断,因此同僚中得罪的人,很是不少。一日会朝,寇准奏事已毕,退将出去,真宗在御座上,目送寇准出去。王钦若便趋前奏道:"陛下敬准,莫非因他有功社稷么?"真宗点首称是。钦若道:"澶州一役,陛下不以为耻,而反目为寇准的功劳,臣实不解。"真宗愕然道:"这是何故?"钦若道:"城下乞盟,春秋所耻!陛下为中国天子,反与外夷作城下之盟,岂不是可耻的事情么?"真宗听了,突然变色。钦若又逼进一步道:"澶州之役,有个极明显的譬喻,犹之赌博,输钱将尽,倾囊一掷,叫做孤注。陛下竟做了寇准的孤注,其危孰甚!幸而量大福大,才得无事哩。"真宗面上发赤道:"朕知道了。"从此真宗看待寇准,礼意日衰,不多几时,罢为刑部尚书,出知陕州。寇准也知为钦若所谗,只得赴陕州而去,恰巧知益州张咏,自成都还京,道出陕州,寇准至郊外欢迎,临别时问张咏道:"公治蜀有年,政绩卓著,准方仰慕,敢问何以教我?"张咏徐徐答道:"公言未免过谦!但《霍光传》不可不读。"寇准闻言,莫明其意,只得答称领教。张咏乃执手为别,径自回京,寇准回到署内,亟取汉书《霍光传》,随读随想,至"不学无术"一句,不禁笑道:"张公之语,必是指此了。"未几,又徒知天雄军。契丹使臣过大名,与寇准相见,问道:"相公望重,何故不在中枢?"寇准道:"天子以朝廷无事,差我到此执掌北门管钥,你又何必起疑?"契丹使臣方才不敢多言,自向汴京而去。原来寇准生得相貌魁梧,颇有雅望。初生时,两耳垂有肉环,数岁方合,自疑前世为异僧,故好游佛寺,遇虚窗静院,惟喜与僧谈禅说法。生平抗直无私,历富贵四十年,无田园第宅,每入觐,常寄居僧舍,或赁屋栖止。诗人魏野栖献诗称扬,有句道:"有官居鼎鼐,无宅起楼台。"时人以为称扬得实,因此名震中外,契丹畏威。使臣经其辖境,必问道:"这莫非'无宅起楼台'相公么?"平生好读书,善作古乐府,其思凄惋,一往情深。在青州日,因早春宴客,自撰乐府长短句,使乐工歌以侑酒。其词道:

> 春早柳丝无力,低拂青门道暖。日笼啼鸟初坼桃花小。遥望碧天净如扫,曳一缕轻烟飘渺;堪惜流年谢芳草!任玉壶倾倒。

看他所作的诗词,情致缠绵,不像个刚决明断的人,到了决策庙堂,气概不可一世,所以世人称他为仁者之勇。寇准是宋朝有数人物,故将他的生平,略表一番,亦是表彰人才之意。闲言按下不提。

且说真宗罢免了寇准,用参政王旦为相。王旦乃大名人氏,识量宏远,有宰相器度,当时称为得人。独有真宗为王钦若谗言所惑,想起澶州的事,常常不乐,要钦若想法子洗雪此耻。钦若深知真宗厌兵,故意奏道:"陛下欲雪此耻,只有选将命师,恢复幽蓟,所有耻辱就可洗雪了。"真宗道:"河北生灵,方免兵革,朕何忍又动干戈呢?须要另想他法才好。"钦若道:"陛下既不忍劳师动众,惟有封禅,可以镇服四海,夸耀外国。但自古封禅,必要先有祥瑞,或是稀世绝伦的事,方好举行。"真宗听了,便道:"天降祥瑞,哪能必得定有呢，这不是件难事么？”钦若回顾左右，做出不肯泄漏的样子。真宗知道他的意思，即命左右暂退。钦若启奏道：“天降瑞，原不可必得，但古来的祥瑞，有几件是真的呢？也是用人力造出来，哄动愚民的，只要人主能够尊信崇奉，也就与真的无异了。陛下以为上古的河出图，洛出书，也真有此事么？不过是圣人神道设教，借此诱服人心罢了。”真宗沉思半晌道：“王旦为人，甚是正派，恐他不肯依从。”钦若道：“圣上若果决定，臣可出去，转嘱他遵旨而行的。”真宗点了点头。钦若退出，便把真宗的意思，说知王旦，叫他临时不可作梗。王旦因出自上意，只得勉强答应。钦若到了次日，又入见真宗，奏称王旦已遵旨。真宗心下辗转思维，做这样骗人的事，总觉有些不安，所以尚未定夺。这日偶然亲临秘阁，直学士杜镐等迎驾首意。杜镐年纪最长，故为学士首列。真宗忽然问道：“古所谓河出图，洛出书，可真有这事么？”杜镐未知上意所在，只得叩头奏道：“这不过是圣人神道设教罢哩！”谁知言者无心，听者有意。真宗见杜镐有年纪的宿儒，也与钦若的话如出一口，便不疑心了。当即命驾回宫，次日便召王旦入内，特别赐宴。宴毕，王旦起谢。真宗又取出一个很美的酒瓶，亲自赐给王旦道：“此酒极佳！卿可带回与妻子共享。”王旦慌忙双手接过，叩头谢恩。回至家中，见瓶口封得甚是严密，启封看时，哪里有什么美酒，内中满满的装了一瓶珍珠，都有黄豆大小。王旦不觉怔了一怔，低头一想，不觉大悟道：“定是钦若前次所嘱之事，要实行了。”便命妻子将珍珠收去，口中也不多言，只看真宗怎样的玩那把戏，自己预备见机而行。真宗赐嘱了王旦，又与钦若密密的商议，将各事预备妥当，已是景德五年正月，皇城司上奏道：“守卒涂荣，见左承天门南鸱尾上，有黄帛曳着，约长二丈，因此奏闻。”真宗一面命中使往视，一面对群臣说道：“去冬十一月初三夜，朕刚就寝，忽然室中满屋放光。朕正在惊异，即有一神人，星冠绛衣，入室向朕说道：‘来月宜在殿上，建黄录道场一月，上帝当降赐天书大中祥符三篇。’朕正要起问，这神人已经不见。朕自十二月朔日，已虔诚斋戒，在朝元殿建设道场，以待天贶，因恐宫廷内外，反启疑言，所以没有宣布，现在帛书下降，莫非就是天书么？”正在说着，那奉命往视的中使，已来奏道：“承天门上，果有帛书，约长二丈，缄物如书卷，外用青缕缠住，封处隐隐有字。”真宗悚然道：“这一定是天书了。”王旦等齐集殿阶，再拜称贺。真宗道：“既有天书，朕须亲往迎接才是。”当下带了文武官员，步行至承天门，先对着天书拜了一会儿，然后令两个内史到屋顶上去，恭恭敬敬的捧了下来。王旦接过跪下，捧献于真宗，真宗又拜了三拜，接将过来，亲手安置在彩亭里面，鼓乐喧天的送至道场里面，命知枢密院事陈尧叟启封，先读帛上的字，真宗跪着敬听，乃是篆文。遂宣读道：

赵受命，兴于宋，付于眷。居其器，守于正；世七七，九九定。

共计二十一个字，幸而都还认得。读毕，真宗又向书跪拜，然后打开书卷看时，共分三幅，无色绢上，写着黄字，语句类似洪范，又似道德经。第一幅上，大概说皇帝能以至孝至道绍世。第二幅告以清净简俭又治；第三幅即是国祚绵长的话。陈尧叟读毕，真宗跪受，仍用那黄帛裹好了书，贮于金柜之中。群臣又复至崇政殿称贺。真宗与辅臣，皆茹斋戒荤三日，遣官祭告天地宗庙社稷，大赦天下，改年号为大中祥符元年，遍宴群臣，并赐京师大酺五日，改承天门为承天祥符，置天书仪卫扶持使，遇有大礼，即命宰执近臣，兼领此职。陈尧叟、陈彭年、丁谓、杜镐等人，争先竞言符瑞，附和经义。就中惟有杜镐，最是兴头，无意中一句话奏了全功，因此扬扬得意，自居首功。肚内的经书，又是烂熟的，便东涂西抹，做了一篇洋洋洒洒的大文章，说得有情有理，有凭有据，那天书竟像是他亲眼瞧着上帝颁发下来的一般。王钦若代他奏了上去，真宗重加赏赐，一时之间，传遍天下。人人都想富贵功名，到处去搜寻祥瑞，居然变成了一种风气。在这举国若狂的当儿，偏有个不识时务的龙图阁待制，名唤孙奭，当面奏道："天何言哉，岂有书也?"真宗只作没有听见，不去理他。孙奭碰了这一鼻头灰，默然退下，群臣都笑他不识时务。不到几日，宰相王旦又率了文武百官，诸军将校，官吏蕃夷，僧道耆老，二万三千二百余人，上表请真宗封禅。真宗不便遽然答应，暂时留中，直待上表五次，方召权三司使丁谓问道："经费可否敷裕?"丁谓答道："臣早已筹备，可以绰绰有余。"真宗乃决计封禅，命翰林太常详定仪注，以王旦为大礼使，王钦若等为经度制置使；冯拯、陈尧叟分掌礼仪；丁谓计度粮草，不胜忙碌，足足筹备了好几个月，遂令王钦若作为前站，先去布置。钦若沿途注意祥瑞，行到乾封县，已经得了好几种了，如泰山醴泉现锡山苍龙出，一一上表奏闻。又有一个董木匠，山东人，名叫董祚，家住泰山脚下，这天出去做工，走至醴泉亭北，猛抬头见树林里面，拖出一幅黄帛，上面写着许多字，他便走到汴京，报告皇城使王居正。王居正便修书与王钦若，嘱他就近查看。钦若接了此信，如获异宝，星夜赶去调查，见黄帛上写着御名，知道又是天书，亲自上去捧了下来，交于中使，驰驿献上。真宗御崇政殿，向群臣说道："五月某日，夜半子时，又梦见前次的神人，向朕言道：'来月上旬，当在泰山，颁降天书。'朕即密谕王钦若，随时留意凡有祥瑞，无论大小，立刻上闻。如今果有天书下降，与梦相符，足见上天保佑，惟朕德薄，无以仰答天庥!"王旦又率领群臣称贺，将天书供奉在含芳园正殿，一切迎授宣读的礼节，都照前次一般，那书上的篆文乃是：

汝崇孝奉，育民广福。
锡尔嘉瑞，黎庶咸和。
秘守斯言，善解吾意!
国祚延永，寿历遐岁。

共八句三十二个字。陈尧叟谨敬读毕，捧书升殿。百官遂表上真宗尊号，为崇文广武仪天尊道宝应章感圣明仁孝皇帝。接连着便有许多样瑞出现，如王钦若献芝草八千根，赵安仁献五色金玉丹、紫芝草，八千七百多根，其余各州县献的芝草、嘉禾、瑞木、灵禽、三脊茅莼，不可胜计。又因供奉天书，特诏建造玉清昭应宫一座，规模宏丽，极土木之盛。知制诏王曾，都虞侯张旻，上书谏阻。真宗问丁谓道："工程应该停止么?"丁谓答道："陛下富有天下，建一座宫，算得什么呢? 再有谏的，陛下只要说是为处祈皇嗣起见，他们自然不敢多言了。"真宗用了丁谓这个法子，果然没有人再敢开口了。不到几时，前次派出去的封禅典礼各使，都次第复奏，一切仪注，及应用物件，俱已备齐，请真宗择吉启銮。真宗乃择定十月初二日，启跸登程。

不料契丹忽地遣使臣前来，请在岁币之外，多借些钱币。真宗便和王旦商议对付之策。王旦奏道："契丹知道陛下东封，特来试探我们，我们须要放得轻松，不可被他小看了。便谕在岁币之外，另发银三万两，绢三万匹，还问他可够么？"契丹得了银绢，果然好生愧悔！到了来年，真宗又命使臣对契丹说道："前次所借，数目甚是微细，不足措意，所在岁币，仍旧照发，不必扣除。"这是后话，暂且不提。

单说真宗到了十月初二日，由汴京起程，用玉辂载了天书，在前行走，所有卤簿仪仗，都是新制的，光彩鲜明，耀目生辉，途中历十七日，方至泰山。王钦若率领典礼各使，迎谒道旁，又献上芝草三万八千余本。真宗慰劳有加，在行宫歇下，斋戒了三日，然后上山，道经险阻，降辇步行。享祀昊天上帝，左陈天书，配以太祖太宗。命群臣享祀五方帝及诸神于山下封祀坛，礼成，出金玉柜，由大礼使王旦亲手将封禅书，放入里面，谨敬封识，藏于石磩。将作临亲督工匠，将石磩封好，真宗又亲自登园台，巡视一周，方还御幄，受群臣朝贺。次日又禅祭地祇于社首山，一切仪节，均与封禅相同。王钦若等连上颂词，说是彩霞起岳，黄云复被，瑞霭绕坛，紫气护幄；到了封禅的时候，又见日晕重轮，月现黄色，真个是天花乱坠，凡自亘古至今所有的祥瑞，一齐出在今日。真宗见了，好不欢喜。又御寿昌殿，受百官朝贺，上下传呼万岁，震动山谷。下诏大赦天下，令开封府及所过州郡，考选举人，赐天下酺三日。改乾封县为奉符县，大宴穆清殿，又宴泰山父老于殿门。真个是皇恩浩荡，帝德汪洋！过了数日，又幸曲阜，谒孔子庙，酌献再拜，令近臣分奠七十二子，加谥孔子为玄圣文宣王。真宗谒圣之后，又率领群臣，游览孔林。到了兴尽思归，方才回銮，仍用玉辂载了天书。按驿还京。王钦若护驾西归，又联合了一班逢迎小人，朝奏符瑞，暮颂功德，把个真宗弄得昏天黑地，坠入迷途，自以为三皇五帝，也不过如此。丁谓又上封禅祥图，揭示朝堂，因此东封才过，又议西封。恰值徐兖大水，江淮亢旱，无为烈风，金陵大火，各郡县灾祲迭见，依次入报，真宗只得把西封暂时停止，到了次年，中外略略安靖，又由群臣奏请西祀汾阴，一切典礼，仍照东封一般，命廷臣预备。陕州又奏称黄河清，集贤院校理晏殊，献河清颂。真宗亲制奉天庇民述，宣示相臣。转眼间冬尽春来，命群臣戒备祭仪，毋得懈怠。适值京师大旱，谷米腾贵，龙图阁待制孙奭，毅然上疏，谏阻西封，章至再上。真宗非不知孙奭很有忠心，言言当埋，但已经入了迷途，哪里还能挽回，便将孙奭的奏疏，留中不发，置之高阁。仲春吉日，又趁着天气晴和，启銮西幸，仍用玉辂，奉了天书，从京师出发，过潼关，渡渭河，遣近臣祀西岳。进次宝鼎县，奉祀后土地祇，一切典礼，与前略同。又召隐士李读、刘巽、郑隐、李宁见驾。李读托言足疾，不肯到来，郑隐、李宁赴行在朝见，受赐茶果粟帛，坚请回山。只有刘巽，受职为大理评事。真宗至阌乡，召见道士柴又玄，垂问无为要旨，又玄略对数语，不能称旨即令退出。及抵陕州，又征召隐士魏野，魏野亦托疾不至。先是咸平五年，张齐贤闻京兆隐士种放之名，奏请征召。真宗下诏往召，种放即赴京，受官左司谏，直诏文馆。后来东封西祀，莫不随从，时论颇加鄙薄！此时李读、魏野，并辞不至，名盛一时。李读与魏野皆是好友，均遁迹草茅，终身不仕。魏野先殁，李读痛失良友，不过六日，亦即逝世。又有杭州隐士林逋，终身不娶，隐居西湖，结庐孤山。真宗料知林逋必不肯应征，但赐予粟帛以示优礼。林逋到仁宗时始卒，临殁时，口吟自挽诗，有茂陵他日求遗稿，犹幸曾无封禅书二语，传诵一时。这且不必提他。

单说真宗自西封回銮，尚有余岳未封，又命向敏中为五岳奉册使，加上五岳帝号并作会灵观，奉祀五岳，又任王钦若为枢密使，擢丁谓参知政事，另用林特为三司使，三人互相勾结，专言祥瑞经度。制置副使陈彭年，索性奸猾，绰号九尾狐，与内侍刘承珪，通联一气，广修宫观，迎合上意，朝中目为五鬼。那时有个汀州人，名唤王捷的，平日小以贩为生，往来江湖，颇多阅历，闻得朝廷朝符暮瑞，东封西祀的闹个不了，他便异想天开，要从这个上头谋取富贵，遂捏造一片谎言，对人说道："我于某日，路过南康，遇着一个披头散发的道士，自言姓赵，同我一路行走，教了我许多安鼎炼丹的法儿。他说：'当今天子，乃是他的裔孙，他乃是姓赵的始祖。'临别时，又送我一个小环，一柄神剑，忽然平地飞升，就不见了。后来向人家打听有博学的人，知道他的根由，说这道士，就是司命真君。现在小环神剑还藏在我家里呢！"这王捷信口乱说，传入刘承珪耳内，心下好不欢喜！如飞的入告真宗，又惹出一番事情来。未知惹出何事，且听下回分解。

第四十五回　**小贩儿骤膺武职　花鼓女正位昭阳**

话说刘承珪听得王捷的一派荒唐之言，心下大喜，也不暇问他的话是真是假，便如飞地报知真宗。真宗就命刘承珪把王捷找来，当面垂问。那王捷本是捏造出这番谎言，求取富贵的，见真宗已落圈套，召见询问，心中暗暗欢喜，格外说得圆转动听，好似真个遇见了神仙一般。真宗听了这一派话说，十分高兴，立刻赐王捷改名中正，授为左武卫将军。一个小贩儿，居然朝衣朝冠，做起官来，真可算是平步青云了。这事传播开来，满朝文武，莫不惊异。真宗临朝面谕群臣道："朕常梦神人传玉皇说，曾令汝始祖赵玄朗，传汝天书。次日，又梦神人传圣祖之命道：'吾座西偏应设立位候着。'至时自有道理。朕清晨醒来，便依照圣祖之谕，在延恩殿设立六个座位建立道场伺候。至五鼓一筹，果然黄光满庭，异香遍室，圣祖先降。朕下阶叩拜，复有六人到来，依次坐下。圣祖即谕道：'我乃人皇中九人之一，正是赵姓始祖，再降为轩辕皇帝，后唐时复降生赵氏，今已百年，愿汝后嗣，善抚苍生，毋坠先志。'说毕，各离座乘云而去。王捷所遇，想就是这位圣祖了。"王旦等听了，又黑压压的跪了一地，再拜称贺。因颁诏尊赵玄朗为圣祖，加封司命天尊，诏天下人民敬避圣祖讳"玄"应作"元"，"朗"应作"明"，载籍中如遇偏讳，应各缺点画，后复以"玄元"二字，声音相近，改"玄"为"真"，故称玄武为"真武"。命丁谓修订崇奉仪注，加上圣祖尊号，为上灵高道九天司命保生天尊大帝，圣母懿号为"元天大圣后"，敕建景灵宫、太极观于寿邱，供奉圣祖圣母。并诏建康军铸玉皇，圣祖、太祖、太宗神像。这神像乃选精铜铸成，各有数丈之高；授丁谓为奉迎使，迎入玉清昭应宫内。真宗又亲率百官郊谒，再命王旦为刻玉使，王钦若、丁谓为副，把天书刻隶玉籍，谨藏宫中。此后玉清昭应宫祀事，均归王旦承办，即赐他一个官名，叫做玉清昭应宫使。王旦虽自觉得可笑，但帝命难违，也只得随着他一天到晚地玩那把戏了。

且说真宗自登极以来，专门忙这些虚无飘渺的事情，此时玉清昭应宫虽未告成，天书已刻隶玉籍，圣祖的神像也供奉妥当，总算料理已毕，慢慢的清闲下来，才想起正宫虚位已久，须得从嫔妃之中，挑选一人，册为正宫，主持内政。但是真宗即位之时，不是说册立郭氏为皇后吗？怎么现在又说宫中虚位，这不是前后矛盾吗？只因忙着叙述真宗迷信符瑞，东封西祀，各项事情，没有工夫去叙及宫闱之事。现在真宗既要册立皇后，正可乘势叙述一番了。

原来，真宗皇后郭氏，谦约惠下，性极俭朴，族属人谒禁中，服饰稍华，即加诫饬，母家间有请托，亦从来不允。真宗因此甚加敬意，素无闲言。景德四年，随驾幸西京，拜谒诸陵，途中偶冒寒气，回至宫中，即得疾病，以致不起，及崩，谥为章穆皇后。真宗后宫，虽多宠幸，并无中意之人。现在想从妃嫔中挑选一人，册为正宫，想来想去，只有刘德妃最为合意。这天临朝，便把欲册刘德妃为皇后的话，与群臣商议，不料朝臣中却是谏阻的多,赞成的少。你道朝臣为何都不赞成?只因内中也有个小小的原因。那刘德妃乃是成都人氏,父名刘通,做过一任小小的武职,曾随太祖征伐太原,死于途中。那时德妃生方数月,跟着母亲在外祖家长大的。到了十三四岁,便出落得身材袅娜,相貌美丽,再加性情又很是聪明机警,一切书画文字,丝弦弹唱,一学便会,最擅长的乃是鼗鼓。这鼗鼓乃是一种古乐,久已失传。德妃天生的聪明资质,能用自己的意思,变化运用,拨将起来,铿锵动人,使人听了她的鼗鼓,愈加觉得她丽质翩跹,娇艳异常,大约加今通行的打花鼓,就是她流传下来的。

可惜她少年时候,运气不佳,母亲一病而亡,外祖家中也是门庭衰弱,所有的人丁渐渐死亡已尽,只剩了个德妃,孤零零的无依无靠,有了朝餐,没有午饭,如何能够存活,几次要想寻个自尽,到阴间去寻找父母,免得在人间受这饥寒之苦。却于无意中立在门前闲望,遇见一个相士走将过去,瞧见了德妃的玉容,便立定了脚,从上至下,看个不已。德妃见这相士只管瞧着自己,连眼也不眨一眨,心内好生奇怪,不觉脸上一红,对那相士说:“你好没道理,从来说的男女有别,你不走路,向我看些什么?”那相士听了,陪笑说道:“我并非存着什么歹意,只因你的品貌,乃是个大贵之相。我一生相人甚多,今天遇见你这相貌,还是第一次呢。”德妃正在穷极无聊的时候,听了相士的话,心中不觉一动,便问他道:“你相我怎样的大贵呢?须知我是贫寒之人,没有相金与你的,休要讲谎话骗人了。”相士道:“我并不要你的相金,请你将手伸出与我一看,就可断定家身了。”德妃被他打动了心,便也不避什么嫌疑,竟将一双春葱似的玉手,伸将出来,相士看了一看,连连称扬道:“你竟是后妃之相,到了中年,还要执掌天下的大权,富贵真个达到极点。但目下尚未交运,务要耐定了性子守候,并且一生与姓李的不对,所遇的佳运,几乎被姓李的打破,幸而有贵人扶持,还可逢凶化吉,没有大碍。”相士这一席话,旁人听了,莫不暗笑,说他在那里梦呓。便是德妃也似信不信的,以为那相士的话,毫无影响。自己一个女子,贫困到这般田地,又伏处在乡间,无人知道,哪里来的大贵呢?

但是自从听得相士之言以后,却把自尽的念头打断了。每到无可奈何的时候,就把相士的话拿来自己宽解一会儿,也就过去了。不到几时,闻得邻舍家有个做银匠的,名唤龚美,要到京师去做生意,德妃想道:“我枉自生得相貌美丽,满肚才学,埋没在穷乡僻壤,怎的有个出头的日子呢?不如也到京师去碰碰机缘,或者应了相士之言,有个发迹的日子,也说不定的。”定了主张,便走去找着龚美,说出结伴同行的意思。龚美起先也不肯答应,说一来我盘费无多,只够一人的使用。二来孤男寡女,一路同行,甚为不便。德妃笑道:“你说的两层意思,我早就打算到了。头一件,盘费,不用忧虑,我有随身本领,到处都可以吃饭,决不累你;第二件,我们可以认做兄妹,沿路上有人查问,我自有话回答,必无意外之虞!”龚美见她这般说法,没法推辞,只得答应了,携带她一同上路。

德妃到了路上,便打起花鼓来,看的人见她生得花容玉貌,唱得珠喉宛转,花鼓又打得高下疾徐,别有节奏,格外多给银钱。起初德妃一个人打着唱着,后来龚美见打花鼓很可以嫌钱,也就十分高兴,便制了一面小小的铜锣,帮着德妃歌唱起来,居然成功了男女合演的花鼓戏了。一路之上，逢州过县，哄动了不少的人，收入的银钱，不但德妃吃用不完，连龚美也沾了不少的光。不日到了京师，龚美仍去做他的银匠，德妃把沿路赚来的几个钱用完了，只得又去卖艺。京师地面，不比得别的州郡，内而宫廷，外而官宦，来往不绝。忽然来了个打花鼓的女子，大家都没有瞧过这玩艺儿，争着前来观看。德妃见生涯不恶，格外高兴！那花鼓打得格外可听。

这一天正在卖艺，恰巧有个襄王邸的贴身内监，看见了德妃的色艺，便回到邸中，向一般同伙说了，并称赞这女子生得怎样标致，唱得怎样好听。内监们都是一窝风的性儿，便不约而同地前来瞧德妃打花鼓，瞧了之后，人人称扬，个个赞美，因此一来，襄邸中人都被她哄动了，渐渐的传入真宗耳内。真宗此时尚未立为太子，年少好奇，听说有个外路来的打花鼓女子，便带了几个近侍，微服往游。此时德妃的年纪，尚只十五岁，仍与龚美住在一寓。真宗由近侍领导，直至寓中，恰巧德妃收拾好了，正要上街卖艺，忽有几个人闯将进来，见中间一人，年纪甚轻，身穿华服，生得龙眉凤目，相貌堂堂，随身跟着四个人，都是太监的形象，德妃是何等聪明的，早已知道不比寻常，连着迎着他们，殷勤让坐。真宗便在上面坐下，四个跟随站在旁边，内中就有一个先开口对德妃说："咱们小爷，听说姐儿的花鼓打得很好，所以亲来赏鉴，你可打一套来给小爷听？"德妃连忙答应，取了花鼓，连打带唱，把平生的绝艺都献了出来。

真宗初见德妃的芳容，已是目眩神迷，暗中称赏，及见她打起花鼓来，身材娇小玲珑，声调悠扬铿锵，更加怜爱。德妃早知真宗不是平常之人，有意地目挑眉语暗暗传情，惹得真宗意马心猿，一刻也忍耐不住。回至邸中，立时令内监把她召入，作为侍女。当下真宗细细地问她家世，据德妃自己说，先家太原，后徙成都，祖名刘延庆，曾在晋汉间做过右骁卫大将军。父亲刘通，太祖时曾任虎捷都指挥使，从征太原，中途病殁。因家世清寒，六亲无靠，所以同了表兄龚美，转徙来京的。德妃一面诉说，一面着凄惨悲切的态度，愈加楚楚可怜。真宗正在少年时候，怎肯将她轻轻放过。那德妃又生性聪明，机变异常，想着从前相士之言，更加移篙近岸，图个终身富贵。一个是解佩水边，不啻神女，一个是行云梦里偏遇楚王，两下里相怜相爱，如胶似漆，片刻也分离不开。

真宗有个乳母秦国夫人，秉性甚是严厉，见他们这般行径，料知必有情弊，乘间入白太宗，太宗即传真宗当面申饬，令他速速屏斥德妃，不得存留在邸。真宗不敢违逆，便把她暗中托付了王宫指使张耆，命他暗中收留着。到得太宗晏驾，真宗即位，重新召入宫内，封为美人，破镜重圆，爱怜倍至。屡次要晋封贵妃，俱为李沆谏阻。不久又封为修仪，进位德妃。

德妃性情极其灵变，在郭皇后面前，侍候十分殷勤，就是于同列杨淑妃，也甚为和好，御下又宽严得体，因此宫中尽皆称她贤德，真宗越发宠幸。德妃进位修仪的时候，因自己母族寒微，终鲜兄弟，前次进京，与龚美结为兄妹，现在便奏知真宗，要将表兄龚美认作亲兄，接续刘氏香烟。此时德妃宠冠六宫，真宗哪有不从之理，即令龚美改姓为刘，赏了个四品官职。初时郭皇后连生三子，长名禔，次名佑，又次名祇，皆生而早殇。杨淑妃生子祉、祈，又都夭折。真宗望子心切，又选纳宰相沈伦孙女为才人。沈才人之父，名继忠，亦曾任光禄卿，就是杨淑妃，家世亦复通显，乃是天武副指挥使杨知信之女，比德妃先入襄邸。德妃封修仪，淑妃亦封修仪，到得郭后驾崩，德妃与淑妃名位相埒，都有继位中宫的希望。沈才人虽系后进，乃是将相后裔，望重六宫，倒也是个劲敌。德妃表面虽是谦和，内里甚是忌刻，只巴望生一个皇子，皇后的位置，就到手了。无如熊梦难期，祈祷无灵，便想出一个移花接木、李代桃僵之计，暗令侍儿李氏充当司寝，每天叠被铺床，侍候真宗。

这李氏生得容貌婉丽，性情柔和，乃是杭州人氏。祖名李延嗣，在吴越王时，曾任金华主簿。父李仁德，为左班殿值。钱椒纳士归朝，所有亲属官僚，均徙至汴京，李仁德亦在徙中，携带儿女至汴，未几仁德染疫身亡。继母携所生子他适，剩下李氏，孤零零的无以为生，遂遁入空门，削发为尼。刘德妃斥出襄邸，寄居张耆家内时，偶至庵中礼佛，见李氏相貌娇美，举止从容，知是大家闺阃，与之谈论，又复知书识字，应答得体，德妃心内甚为喜爱。问明了家世，知道是官宦后裔，举目无亲，遁迹空门，因与自己同病相怜，很觉惋惜。又因出了襄邸，住在张耆家内，虽然有侍候的人，并无可以托得心腹的，就与李氏说明，要将她带在身旁，蓄起发来，将来不愁没有富贵的时候。李氏本因无可奈何，才做尼姑的，现在刘德妃情愿带携她，哪有不应之理。又知刘德妃是襄王宠爱的人，此时因不能自主，所以寄居外面，遮人的耳目，日后总要重召入宫的。李氏动了富贵之念，便拜谢了德妃，随她回去，慢慢地蓄起发来。

到得真宗即位，重召德妃入宫，李氏也跟随进去，做了侍儿。德妃因为自己没有生育，要想邀结天宠，思来想去，只有李氏是亲手提拔起来的，而且性情柔顺，胆量很小，不怕她争娇夺宠。倘得生下一子，自己取来抚养，只要事情做得秘密，也就与亲生的一般了，因此命李氏为司寝，暗中嘱咐了一番言语。李氏的生死荣枯，都在德妃掌握，自然如命而行。真宗见李司寝娇媚动人，婉转柔顺，心内也甚爱他，竟得当夕，一度春风珠胎孕结。真宗知道李司寝怀娠，心中大喜！每逢宴饮游览，常命侍驾。一日，随着真宗临幸砌台，因为金莲瘦小，偶然一绊，将头上的玉芜钗，震落下来。李司寝惊得面目失色，恐受谴责，哪知真宗暗地借坠钗卜祷道："钗落无损，当生男子。"及至左右拾起献上，果然绝无毁损，真宗更加欢喜。十月满足，产生一子，便是仁宗了。

真宗替他取个名字，叫做受益，晋李司寝为崇阳县君。德妃便从襁褓中，把受益抱去，作为亲生，并与杨淑妃言明，同心保护，又嘱咐左右，以后只说皇子是自己亲生，不得泄漏于外廷，一面暗求真宗册立为后。

那真宗本来很宠爱德妃，哪有不允之理？次日便与群臣商议。哪知朝臣都不赞成，第一个就是翰林学士李迪，出班谏阻道："刘妃出身寒微，不足母仪天下。"真宗不防他说出这句话，即变色道："妃父刘通，曾任都指挥使，如何说是出身寒微。"此言未毕，又有参知政事赵安仁奏道："陛下欲立继后，莫如沈才人，才人出自相门，足孚众望。"真宗哪里肯听，遂答道："后不可以僭先，且刘妃才德兼全，不愧母仪，朕意已决，卿无多言。"李、赵二人不敢再谏，只得退下。真宗还要选个有名望的草诏，装些体面。乃令丁谓传谕杨亿，命他草诏册后。杨亿摇头不应，丁谓道："你若草了这诏，还愁不富贵么?"杨亿道："如此富贵非我所愿。"丁谓返报真宗，只得命别的学士草诏。竟册刘氏为皇后，并晋授杨氏为淑妃，才人沈氏为修仪，崇阳县君李氏为婉仪，一切典礼，概从华赡。

刘后继位中宫，想起从前贫苦时相士的言语果然灵验。并闻得李沆曾经阻止自己晋封贵妃，现在又有个李迪，谏阻册立自己为后，生平与姓李的不合这句话，也是不错，就暗暗地将李沆、李迪记在心上，不肯忘记。又因自己母族无人，虽然有个龚美，改叫了刘美，在朝做官，算是哥哥，只是人丁过少，挣不来面子，心中暗暗懊恨。刘后的心事，虽然不曾出口，早有人窥测了内情，传将出去，一时之间，就有多少姓刘的都来认做刘后的本家亲族。刘后竟是来者不拒，一一的加以恩赏，汴京城内姓刘的，顿时成了大族。那刘后又紧记着相士的话说，自己日后还要掌握大权，就仗着心性聪明，留心时事。本来知书识字，此时又旁览经史，每当真宗退朝，展阅天下章奏，辄至夜半，刘后也陪着坐在一旁，得以预闻，一经过目，就不遗忘。真宗有时不能记忆，或是有些疑狐的地方，向刘后询问，竟能原原本本的回答，且能援古证今，滔滔不绝，替真宗解决事情。真宗愈加敬爱，凡事都和刘后商酌而行，因此竟干预起外政来了。

真宗仍是不改本性，专门相信符瑞仙道，每日里东祀西祷，谈神说怪。忽然闻得亳州有个太清宫，供奉着老子神像，颇有灵感，遂尊老子为太上老君，混元上德皇帝，御驾亲征朝谒，少不得又是一番铺张扬厉，并且改应天府为南京，与东西两京鼎立为三。（应天府，即太祖旧藩归德军，在宋州，故真宗改为南京。）敕南京建鸿庆宫，奉太祖、太宗神像，真宗亦亲去巡阅。到得还宫，却值玉清昭应宫告成，监修官乃是丁谓。初建筑的时候，据将作监计算工程，须要十五年方能告竣。丁谓嫌他太慢，监督工人，昼夜赶做，不准休息，彻夜点起巨烛，照耀得如同白日，果然七年告成。内中共有房屋二千六百一十座，制造宏丽，金碧辉煌，由内侍刘承珪帮同监工，略有不合，便要改造，拆了重造，造了重拆，不知耗费了多少财力，才得造成。宫中造着一座飞阁，高入云霄，取名宝符，供奉天书。又仿真宗御容，铸一金像，侍立右侧，真宗亲制誓文，刻了石，列于宝符阁下。

张咏从益州还京，入直枢密，见了这般景象，深为叹息，上疏劾丁谓道："贼臣丁谓，诳惑陛下，劳民伤财，乞斩谓头，悬诸国门，以谢天下，然后斩臣头，悬于丁氏门，以谢谓。"这数语，传诵京师，无奈真宗信任丁谓，非但不从张咏之言，反命他出知陈州，没有多少时候，染病而亡，谥为忠定。其余如太傅、太师吕蒙正，司空张齐贤等，亦已凋谢。吕蒙正谥文穆，张齐贤溢文定。王旦此时也年衰多病，屡次造退，真宗只是不准，因此尚在朝中。他本是有智量的人，明知真宗所行，多不合于理，但为五鬼所挟制，只得随声附和，不敢立异。当李沆为相时，每取四方盗贼水旱诸事，上奏朝廷，王旦参政，以为事属琐碎，不必多渎。李沆笑道："人生少年，当使知道四方艰难，免起骄侈之心，否则血气方刚，不留意声色犬马，即旁及土木神仙之事。我年已老，不及见此，参政日后，或见及此事，那时才忆及我的言语哩。"李沆殁后，果然东封西祀，大营宫观。王旦常私自叹道："李文靖不愧圣人，我辈抱愧多多矣！"大中祥符九年残腊，真宗又要改元，次年元旦，遂改元天禧，御驾亲诣玉清昭应宫，上玉皇大帝宝册兖冕，次日上圣祖宝册，又过数日，谢天地于南郊，御天安殿，受册号，御制钦承宝训述，颁示廷臣，命王曾兼会灵观使。王曾转推钦若，固辞不受。曾青州人，咸平中由乡贡试礼部，廷对皆列第一。有友人作贺道："状元及第，一生吃着不尽了。"王曾正色答道："平生志不在温饱，求功名岂是专为吃着的吗?”未几入直史馆,迁翰林学士,擢任右谏议大夫,参知政事。此时命兼会灵观使,坚辞不受。真宗疑其示异,当面责问,王曾跪奏道:“臣知所谓义,不知所谓异。”奏毕,从容退出。王旦在旁听罢,出朝对同僚道:“王曾词直而气和,他日德望勋业,不可限量,我却不及见了。”遂决计辞职,连表乞表。真宗哪里肯依,反加任太尉侍中,五日一朝,参决军国重事。一日,召见福滋殿,别无他人,真宗见王旦老病日增,不觉黯然道:“朕方欲托卿重事,不意卿疾若此,转滋朕忧!”因召皇子受益出见,真宗命拜王旦,王旦慌忙趋避。皇子已拜于阶下,王旦跪答毕,对真宗说道:“皇子盛德,自能承志,陛下尚有何忧?”言罢,又顿首乞求避位,且荐寇准、李迪、王曾等数人,可任宰辅重任。真宗乃允其罢相,仍命领玉清昭应宫使,兼职太尉,给宰相半俸,命乘肩舆入朝。王旦奉诏,不敢推辞,遂力疾入内廷。真宗降旨,令王旦子雍,与内侍扶掖入见。真宗婉言问道:“卿今疾亟,万一不讳,国事之重,何人可任?”王旦道:“知臣莫若君,惟圣主自择。”真宗固问道:“卿又何妨直陈?”王旦乃举笏荐一个人来。未知所荐何人,且听下回分解。

第四十六回　移山陵王曾劾奸　结女巫丁谓获罪

话说王旦，因真宗命他推荐可以担任国家大事的人，便举笏奏道："以臣所知，莫如寇准。"真宗摇头道："寇准性刚量狭，且常说卿短处，卿何故一再荐？"王旦道："臣蒙陛下恩遇，久参国政，岂无过失。寇准事君无隐，臣所以钦佩他的正直，屡次保荐。他人非臣所知，不敢妄言。"遂告退而出。

真宗自王旦免职，竟任王钦若同平章事。先是钦若为枢密，每入朝，必预备奏疏数本，伺真宗意旨，方出奏章，余多怀归。枢密副使马知节，平素深恶钦若，便在真宗驾前，当面责他道："怀中各奏，何不尽行呈览？"钦若面色改变，力奏知节虚诬，知节抗争不屈，从此两人结了死冤家，时常面折廷争。知节退朝，见了王曾，犹恨恨不已道："我若用笏击死这贼，又恐惊了圣驾，这贼不除，朝廷没有安宁的日子。"真宗因王、马两人时时争执，遂一同罢免。钦若出枢密院，知节徙为彰德留后。至是又念及钦若，遂任为同平章事。钦若入相，时人因其状貌短小，项有肉瘤，都呼之为瘿相。他却毫不知耻，常常对人说道："为了一个王子明，迟我十年作宰相。"那王子明就是王旦的表字。

王旦闻得钦若入相，愈加忿恨，病更加剧。真宗遣中使驰问，每日必三四次。有时亲自临问，御手调药，并煮薯蓣粥赐之。王旦并无奏对，只说负陛下圣恩一句言语。到了弥留之际，请杨亿至榻前，托他拟遗表，说道："我参为宰辅，过处甚多，遗表中但叙我生平遭遇，感谢隆恩！并请皇上日亲庶政，进贤黜佞，切勿为子弟求官，致滋后累。君为我多年好友，故托办此事。"杨亿依言撰成，付于王旦观看，王旦还亲易数语，方命缮正。又召子弟等嘱咐道："我家世清白，槐庭旧泽，幸毋遗忘！此后当各持俭素，共保家门。我一生无甚大过，惟天书虚妄，我不能谏阻，甚为抱愧，死后削发披缁，依僧道例殓葬，还可以对祖考。"说罢，溘然而逝。原来，王旦之父，名为王佑，太祖、太宗朝，曾为兵部侍郎，平生多阴德事，常手植三槐树于庭中，自言后世子孙，当有作三公者，所以王氏至今称为三槐堂，便是那时流传下来的。家人都要尊奉王旦遗言，从僧道例殡殓。杨亿再三阻止，仍照常例殡殓。遗奏进呈，真宗临丧哀恸，追赠太师、尚书令，魏国公，予谥文正。还宫后，又辍朝三日，录王旦子孙外孙门客十余人。诸子服阕，皆进一官，生荣死衰，可称达于极点了。

那王曾因不受会灵观使，钦若说他示异，在真宗前，进了谗言，出知应天府。忽然西京地方，讹言四起，互相传说：有个妖物，形同席帽，夜间飞入人家，变成大狼之形，伤害人民。百姓惊慌非凡，一齐关闭门户，深居简出，慢慢的传到汴都，都下也就喧哗达旦。又渐渐的传到南京，王曾正出知应天府，听得这个谣言，即命夜开里门，如有倡言妖物的人，立时捕来治罪。被王曾这样施为，妖物并没出现，百姓也就安宁了。真宗知道此事，也称王曾很有胆识，就存了个召回之意。又因皇子年纪尚长，自己常有疾病，降旨立皇子受益为太子，改名为祯，大赦天下。

到了天禧三年，永兴军巡检朱能，结连内侍周怀政，诈称天书降于乾佑山。时寇准方判永兴军，乃将伪书上奏，有旨迎入禁中。谕德鲁宗道上言，奸臣妄诞，荧惑圣聪。知河阳军孙奭，亦请斩朱能，以谢天下。真宗不从，反召寇准入京。寇准奉诏启行，有门生劝道："先生若至河阳，称疾不入，力请外补，策之上也。如果入觐，面发乾佑天书之伪，尚不失为中策，若再入中书，便是下策了。"寇准不能从，竟入都朝见。恰巧商州拿获道士谯天易，私藏禁书，说是能驱遣六丁六甲。钦若坐与往业，以致免相。真宗即命寇准继任，用丁谓参知政事。寇准平素与丁谓相善，常称其才，时李沆还没有死，笑谓寇准道："此人何可使之得志。"寇准道："才如丁谓，相公安能久遏。"李沆又微哂道："他日当思吾言。"到得寇准这次入相，已略知丁谓奸邪，因是故交，仍加礼貌。丁谓对于寇准，也甚殷勤。某夕会食中书，寇准饮羹污须，丁谓起身代拂。寇准已有酒意，便戏语道："参政国之大臣，乃替长官拂须吗？"这两句话，说得丁谓无地自容，面颊发赤，一时不便发作，心中怀恨不已。从此有意倾陷寇准，暗暗伺隙而动。未几，寇准与向敏中，均加授右仆射。寇准素性豪奢，驾客盈门，笙歌鼎沸，向敏中却杜门谢客。真宗命中使觇视，极口称扬敏中，不及寇准。

天禧四年，真宗患风疾，不能视朝，政事皆决于刘后。寇准深以为忧。一日入宫问安，乘间奏道："皇太子关系众望，愿陛下以宗社为重，传以神器择方正大臣为之辅翼，方保无事。"真宗道："卿言甚是！"寇准既得真宗许可，遂令杨亿草表，请太子监国。不意酒后漏言，为丁谓所闻，大惊道："皇上略有不适，为何便令太子监国呢？"便去告知李迪。李迪从容答道："太子监国，乃是古制，有何不可？"丁谓愈加疑忌，便运动内侍，入奏刘后，只说寇准谋立太子，隐怀异图。刘后本来怀着奢望，竟矫制罢寇准相位，授为太子太傅，封莱国公，以李迪、丁谓同平章事。真宗尚不知此事，深恐一病不起，常卧宦官周怀政股上，言太子监国之事。怀政告知寇准，请寇准竟立太子为帝。寇准连连摇手道："此事万不可行。"怀政奋然说道："刘可幽，丁可杀，公可复。皆由怀政一人去干，事成大家受福，不成我一人受祸便了，请公毋虑！"寇准再三阻止，怀政不听而去。

寇准自怀政去后，杜门不出，暗侦宫廷举动。过了数日，已闻怀政被拿下狱。又过一日，怀政发枢密审讯，竟伏了法。寇准当怀政下狱时，颇为惊惶，后来打听只有怀政一人伏法，并未株连他人，方才略略放心。原来怀政密谋，为客省使杨崇勋所悉，告知丁谓。丁谓与崇勋，连夜坐了犊车，到曹利用家计议，要乘势除却寇准。曹利用也因澶州议和，受了寇准的申饬，心中怀恨，便商定奏章，待旦陈进。有诏捕怀政下狱，命枢密院审讯，恰好这日的审讯官，派的是签书枢院事曹玮。玮系曹彬之子，屡立战功，入副枢密，不肯多事株连，只讯怀政罪状，怀政也挺身自认，并不妄扳他人，具案复奏，罪止怀政一人。丁谓等大失所望，复结联宫禁拟兴大狱。适值真宗疾愈，刘后不便专擅，便乘间激怒真宗，力疾视朝，面谕群臣，且要彻查太子，有无情弊。廷臣见上意甚怒，都面面相觑，不敢出言，独李迪从容奏道："陛下有几个皇子，乃有此旨？太子仁孝，臣敢保决无异心。"真宗闻言，连连点首，所以只将怀政一人正法。丁谓等还不肯罢手，复与刘后通谋，讦发朱能、怀政伪造天书，因寇准欺主入奏，遂贬寇准为太常卿，出知相州，一面捕拿朱能。寇准奉诏，暗自叹息道："不遇大祸，还算万幸！"立即束装出都，径赴相州。不料朝旨捕拿朱能,朱能竟拥众拒捕,后经官军进剿,朱能惶惧自杀,连带罪及寇准,再贬为道州司马。及真宗病愈,顾语群臣道:“朕目中何久不见寇准?”群臣方知以前的谕旨,都非上意,尽是刘后的矫制。

寇准既贬,丁谓揽权用事,黜陟专擅,除官也不使李迪预闻。李迪忿然道:“我自布衣为宰相,受恩深重。有可以报国,虽死不恨!岂肯附于奸党,为自安计?”便留心伺察,不使丁谓妄行。其时陈彭年已死,王钦若外调,刘承珪亦复失势,五鬼已十分寥落,惟有林特尚在朝中。丁谓欲引林特为枢密副使,李迪不允,丁谓悻悻与争。李迪遂入朝面劾丁谓,罔上弄权,私结林特、钱惟演、曹利用、冯拯等,相为表里,臣不愿与奸臣共事情,甘同他罢职付。御史台勘正这几句话,颇为激烈,惹得真宗发怒,命翰林学士刘筠草诏,左迁李迪知郓州,丁谓知河南府。次日丁谓入谢。真宗道:“身为大臣,如何与李迪相争?”丁谓跪奏道:“臣何敢争论,李迪无故詈臣,故不得不辩,如蒙陛下恩宥,臣愿留侍朝廷,以酬万一。”真宗道:“卿果矢志无他,朕何常必欲出卿。”丁谓竟谢恩而出,自传口诏,复至中书处视事,且令刘筠改草诏命。刘筠不允道:“草诏已成,非奉特旨,不能更改。”丁谓遂令学士晏殊草制,仍复相位。刘筠慨然道:“奸臣用事,何可一日与居。”遂表请外用,出知庐州。

未几,真宗下诏,此后军国大事,取旨如故,余皆委皇太子同宰相枢密,参议施行。太子固辞不许,遂开资善堂议政。其时太子年才十一,纵使聪明仁孝,未免少不更事,刘后与丁谓等,内外弄权,其势愈危!恰巧王曾奉诏回京,仍任参知政事,他却不动声色,以保护太子为第一要著,密语钱惟演道:“太子幼冲,非中宫不能立,中宫非倚太子,人心亦未必归附。为中宫打算,能加恩太子,太子自安;太子既安,刘氏岂有不安的吗?”惟演很赞成此言,遂即答道:“参政此言,真是国家大计!”当下入告刘后。刘后亦深以为然!从此对于太子,将护惟谨,方得无事。

你道钱惟演是何等人物,竟能得刘后的信任呢,那钱惟演,乃吴越王钱俶之子,博学能文,曾任翰林学士,曾枢密副使,性善逢迎。将自己的同胞妹子,嫁于刘美为妻(即银匠龚美,与刘后同入京,改姓刘,刘后认以为兄)与刘后乃是亲戚,王曾利用他入告刘后,所以深信不疑。过了天禧五年,真宗又改元乾兴,大赦天下,封丁谓为晋国公,冯拯为魏国公,曹利用为韩国公。元宵佳节,真宗还御东华门观灯。到了仲春,旧病复发,临崩时,诏太子即皇帝位,并面谕刘后道:“太子年幼,寇准、李迪可托大事。”言毕晏驾。总计真宗在位二十六年,改元五次,寿五十五岁。

刘后召丁谓、王曾入直殿庐,恭拟遗诏,并说奉大行皇帝特旨,由皇后处分军国事,辅太子听政。王曾即援笔起草,于皇后处分军国重事中间,添入一个“权”字。丁谓道:“中宫传谕,并没有权字,此处如何添入了呢?”王曾正色道:“我朝无母后垂帘故事,今因皇帝幼冲,特地从权,已是国家否运,加入权字,尚足示后,且增减制敕,本相臣分内事,祖制所特许的,公为当朝首相,岂可不郑重将事,自紊典刑吗?”丁谓无言可答,只得默然。草诏既定,入呈宫禁,刘后已先闻得王曾的议论,不便改易,就将这道诏书,颁示中外。

太子祯于柩前即位,便是仁宗皇帝了。尊刘后为皇太后;杨淑妃为皇太妃。中枢密两府，因后临朝，乃是宋朝创例，会集廷议。王曾请如东汉故事，太后与皇帝五日一朝，太后坐于皇帝右首，垂帘听政。丁谓道："皇帝冲年，凡事须由太后作主，每月朔望，由皇帝召见群臣。遇有大政，由太后召辅臣议决，寻常小事，可由押班传奏禁中，盖印颁行就是。"王曾勃然道："两宫异处，柄归宦官，必召祸机，如何使得。"丁谓不以为然，群臣也纷议未决。那丁谓因要从中弄权，便串通押班内侍雷允恭，密请太后手敕，依照丁谓之议，大众不敢反对。丁谓万分得意，雷允恭以此擅权骄恣，百官屏息，不敢与争。还亏得王曾正色立朝，宫廷内外，尚无他变。加封泾王元俨为定王，赞拜不名。元俨即太宗第八子，素性严毅，不可干犯，内外惮其丰采，皆称为八大王。加丁谓为司徒，兼侍中、尚书、左仆射；冯拯为司空，兼侍中、枢密尚书、右仆射；曹利用为尚书、左仆射兼侍中。三人朋比为奸，丁谓尤其骄傲。

太后因记着李沆阻封贵妃，李迪谏册立为后的怨恨，李沆已死，倒也罢了，李迪现在，恒思报复。丁谓与事要求太后欢心，且与寇准有隙，便乘机说寇准、李迪互为朋党，奏请一一坐罪。太后正中下怀，即命学士宋绶草诏，贬寇准为雷州司户参军，李迪为衡州团练副使，连曹玮也谪知莱州。王曾便对丁谓道："罚重罪轻，还当基斟酌。"丁谓捋着几根鼠须，带笑说道："居停主人，恐亦不免。"原来王曾尝将第舍，假于寇准居住，所以有此言语。王曾因此不便多言。丁谓又授意宋绶，命他于诏中添入春秋无将，汉法不道二语。宋绶不敢有违，其余尚还含糊。丁谓看了，甚不惬意，又援笔添了四句道："当丑徒干纪之际，属先帝违豫之初，罹此震惊，遂致沉剧。"这道诏书颁示出来，都下人士，莫不呼冤，也就编成四句俚词道："欲得天下宁，须拔眼前丁；欲得天下好，不如召寇老。"丁谓竟不恤人言，遣使迫促李迪速行。又令中官赍敕赴道州，特赐锦囊贮剑马前，示以诛戮之状。寇准在道州，方与郡官宴饮，命妓歌柘枝曲以侑酒。忽报中使到来，且有悬酒马前情形，郡官不禁失色相顾。寇准形神自若，与郡官迎中使入庭。从容问道："朝廷若赐准死，愿见敕书？"中使无言可对，遂登堂宣敕，寇准北面拜受，徐邀中使入宴，抵暮始散。次日即赴雷州。

其时真宗陵寝，尚未告成，丁谓充山陵使，与雷允恭同办梓宫奉安事情。山陵将近完工，有判司天监邢中和，对雷允恭说道："山陵上百步，即是佳穴，于子孙大有利益，但恐下面有石与水。"雷允恭道："先帝嗣育不多，若令后世多生子嗣，何妨移筑陵寝。"中和道："山陵关系重要，踏勘复按，动须时日，必误葬期，如何是好？"雷允恭道："你尽管督工改造，我立刻去奏知太后，必蒙俞允。"此时雷允恭势倾朝野，哪个敢违拗他，邢中和唯唯答应，自预备去改筑。雷允恭便去告知太后，太后道："这是何等大事，如何轻易更改。"允恭道："奴婢是为先帝子孙兴盛起见，有何不可改动呢？"太后很不为然，便道："可去与山陵使商议，再来回话。"雷允恭出去与丁谓商议。丁谓哪敢不从允恭之意，便唯唯答应，同去奏请改筑。太后方才答应，命监工使夏守恩督领工役数万名，改穿穴道。初时掘土数尺，就有乱石重叠，好容易搬移去了，再掘下去，约有一丈多深，忽然一泓清水，变成小池，工役大哗。夏守恩很觉惊惧，不敢再令动工。即遣内侍毛昌达奏闻。太后责问允恭、丁谓，丁谓还袒护允恭，请另派大臣按视。

王曾挺身请往，不及三日，已复勘回京。时已近夜，入宫求见，且请独对。太后即宣王曾入宫，当面垂询复勘情形。王叩首密奏道："臣奉旨按视陵寝，万难改易，丁谓存心叵测，结连雷允恭，将梓宫迁移绝地，罪无可逭。"太后闻言大惊道："先帝待丁谓恩重如山，他竟敢如此存心，那还了得？"即命左右拟旨降罪，将丁谓、雷允恭斩首。冯拯闻知，入谏道："斩一丁谓，固无足轻重，但皇帝初登大宝，遽诛大臣，恐骇天下耳目。"太后听了，怒犹未已，即命先拿问雷允恭，再行定夺。冯拯只得遵旨，将雷允恭拿下，讯问定谳，勒令自尽，邢中和亦一同伏法，并查抄雷允恭家产，查出丁谓托允恭令后苑工匠，造金酒器密书，又有雷允恭托丁谓荐保管辖皇城司，及三司衙门书稿。太后乃召集廷臣将原书出示，遂宣谕道："丁谓身为大臣，甘心与宦官交通，奉派陵寝要差，又敢擅自改移，几误大事！从前他与允恭奏事，都说与卿等商议过的，所以多半照允，究竟可是这样吗？"冯拯等伏地奏道："自先帝上宾，凡事均系两人专主，说是已经奉有太后旨意，所以臣等不敢不从，今赖圣明察出其奸，真乃宗社之福。"当下召中书舍人草诏，降丁谓为太子少保，分司西京。擢王曾同平章事，吕夷简、鲁宗道参知政事，钱惟演为枢密使。吕夷简为蒙正从子，当真宗封岱祀汾的时候，两过洛阳，皆幸蒙正私第，垂问蒙正诸子可否大用？蒙正奏称诸子无能，惟侄夷简，有宰相才。真宗返汴，即召夷简入直，累擢知开封府，颇有政声，至是入为参政。鲁宗道尝为右正言，刚正不阿，真宗称为鲁直，故此连类同升。王曾请太后匡有新君，每日垂帘听政，太后允行。

先是丁谓，最喜媚事鬼神，闻得有女道士刘德妙，专会装神扮鬼，便请入家中，占卜休咎，因此时常出入丁谓私第。刘德妙颇有姿色，与丁谓第三子丁玘通奸，丁谓未及觉察，反向她说道："你专靠着做女巫，能寻几个钱呢？何不假托老君附体，说是能知人生过去未来，岂不动听吗？"刘德妙自然十分愿意，当下丁谓就在花园里面，打扫了三间房屋，作为刘德妙焚修之所，挂起许多神像，又招了好些徒弟，请了几个客师，都是年青女子，每日里诵经拜忏，钟鼓喧天，铙钹震地，走进去宛然是个庙宇，哄动了汴京城里的男男女女，都来烧香许愿。雷允恭便是内中的大施主，没有一天不到的。又知道拜神求佛这些事情，是妇女们最相信的，便把刘德妙带进宫去参见太后。那太后倒还有些见识，并不受她的迷惑。丁谓心终不死，在山陵上掘土的时候，得着一个绿毛龟，一条灵蛇，带了回来，交与刘德妙，叫她带进宫去，太后见了，必定要问，就说从我花园中假山洞得来的。倘若太后问起老君如何情形，你就说丁相公不是凡人，乃是天上星宿降世，请太后问他，自然知道。谁知太后见了龟蛇，只当绝无其事，也不问它从何而来，所以丁谓枉用心机，竟不能迷惑太后，这是以前的话。现在丁谓获罪，太后正要调查他平日的所作所为，那刘德妙还不知死活，这一天又摇摇摆摆的到宫内去参见太后。太后见了刘德妙，忽然想起她住在丁谓家中，丁谓所做的事情，一定知道，便不动声色，喝令左右拿下，交于领班太监，就在内廷审问。刘德妙要想抵赖，哪禁得严刑拷打，就把以前的事情，一一招认，问她别的事情，一概只推不知。太后又派人到她住的地方，抄出丁谓亲手写来赠刘德妙的一篇颂文，面上题着混元皇帝四个字，内中言语，尤其怪诞不经，太后见了大怒道："就这身为宰相，交通女巫，左道惑众一件事情，已够办他的罪了。"遂命将刘德妙永远监禁，神像全行焚毁，贬丁谓为崖州司户参军，家产抄没入官。在他家中，抄出金钱珠宝不计其数，都是这两年中，内外官员送与他的。贬丁谓的诏书，仍由学士宋绶起草，首四语便是“无将之戒，归典甚明，不道之辜，常刑罔赦。”都下人士见了这诏书，莫不称快！都说报应昭彰，丝毫不爽！

那崖州地方，比雷州更远，丁谓奉旨起身，必要打从雷州经过，寇准还在那里做司户参事。听得丁谓将到，便煮好一只全羊，命人送于他做路菜。丁谓将全羊收下，还老着面皮，要求见寇准，寇准固辞不见。寇准虽然不想报仇，那班家人，都是年少气盛的，见主人受了他的害，弄到雷州来受苦，现在冤家路窄，劈面相逢，都要前去报仇。寇准知道这事，忙将家人一一叫齐，放他们赌博一天，亲自把大门下了锁，一个人也不许出去，等丁谓去远了，方才放开。那丁谓到了崖州，猾狡性质仍旧不改，外面装着诵经忏悔，心内依然打主张。这一天，忽地写了封家信，先说自己怎样自怨自艾，中间历叙深受国恩，末了戒忌家人，不许怨望，写罢了，叫过一个老家人，差他将信送往西京，不许直送到家里，须要请洛阳太守刘耀卿转交，并且要打听得太守宴客的这一天，方可直递进去。老家人奉命，自然照办。那刘太守接信在手，很觉诧异，况且当着众人，忽与犯官通信，恐受奸党的恶名，便想出个主意来。未知是何主意，且听下回分解。

第四十七回　服兖冕太后谒庙　宠美人仁宗拒谏

话说洛阳刘耀卿太守，正在大宴官僚，忽然丁谓有家信请他转交，深怕受了与奸党通连的恶名，当下定了一个主意，把丁谓的原信申奏朝廷。太后与仁宗看丁谓说得可怜，果然不过三年工夫，便把他调移了雷州。又过了五年，复徙移道州，后来以秘书少监致仕，病殁光州，尚有诏赐钱十万，绢百匹。宋廷对待丁谓，总算宽厚的了。那寇准自从丁谓贬谪以后，过了一年，就徙为衡州司马，尚未启行赴任，忽然病亟。寇准自知不起，忙遣人至洛中取了通天犀带前来，沐浴更衣，束带整冠，向北再拜，命仆役拂拭卧具，就榻而逝。那通天犀带，乃是太宗所赐，夜间发光，照耀人目，是件稀世之宝，所以寇准一定要用他殉葬。灵柩回西京时，道出公路，百姓皆设路祭，插竹烧纸逾月。枯竹生笋遂成为林，地方人士，因其地为之立庙，春秋祭祀，称为竹林寇公祠。寇准少年富贵，性喜奢华，往往挟妓饮酒，不拘小节。有侍妾茜桃，以能诗名深得宠爱。寇准死后十一年，方奉诏复官，赐谥忠愍。寇准、丁谓，一忠一佞，皆为书中重要人物，所以一言表过，交代清楚，免得遗漏。

再说仁宗即位，于乾兴元年十月，葬大行皇帝于永定陵，庙号真宗。仁宗知道天书是个无用之物，留着它未免导民趋于虚伪，若是烧毁了，又恐对不住先皇，所以把来殉了葬，倒也收拾得很是干净。到了次年，改为天圣元年，罢钱惟演为保大节度使，知河南府，冯拯亦以老病免职，复召王钦若任同平章事。钦若再相，毫无建树，只言皇上初政，用人当循资格，不宜乱叙，编成一幅官次图，献入宫廷，未几亦因病逝世。仁宗后来对辅臣道："朕观钦若所为，真宗为邪。"王曾答道："诚如圣谕。"仁宗乃用参知政事张智同平章事，召知河阳军张耆为枢密使。那张耆毫无勋绩，只因太后微时，曾得张耆照应，所此得此宠命。枢密使晏殊谏道："张耆既无功绩，又无资望，不堪重任。"此言大拂太后之意，适值驾幸玉清昭应宫，晏殊扈从。家人持笏后至，晏殊发怒，举笏力击家人，至于折齿。太后借此因由，责晏殊出知宣州，令学士夏竦继任。夏竦小有才，善事逢迎，遂得迁副枢密。

太后称制数年，事无大小，悉由裁决。一日参政，鲁宗道进谒，太后问道："唐武后如何？"宗道正笏奏道："武后为唐室罪人。"太后道："何以为唐室罪人？"宗道奏道："幽嗣主，改国号，几危社稷，故为罪人。"太后默然无语。有内侍方仲弓，请立刘氏七庙。太后以问辅臣，鲁宗道亟奏道："天无二日，民无二主，刘氏立七庙，将何以处皇上？"太后为之改容。会太后与皇上同幸慈孝寺，太后凤辇先发。鲁宗道挽辇谏道："夫死从子，古之通议，太后母仪天下，不可以紊乱大法，贻讥后世。"太后闻言，立命停辇，俟帝驾先发。

枢密使曹利用，自恃勋归，气势甚盛。太后亦加畏惮，称为侍中而不名。鲁宗道每与争执，不稍屈挠，因此宫廷内外，都称宗道为鱼头参政，可惜天不假年，老成凋谢，天圣六年,竟以病殁。太后亲临赐奠,称为遗直。未几同平章事张知白亦卒,曹利用保举尚书左丞张士逊同平章事。利用的侄儿曹讷,为赵州兵马都监,尝于酒后,身着黄衣,令人呼为万岁。朝廷闻知,遂兴大狱,将曹讷毙于杖下。内侍罗崇勋,亦在太后前说利用的坏处,连带着发交廷议。张士逊奏道:"此事乃不肖子侄所为,与利用无涉。"太后怒道:"你感利用举荐之恩,应作此言。"王曾亦前奏道:"此事实与利用不相干涉。"太后道:"卿常言利用骄横不法,今亦何故助之?"王曾道:"利用恃宠而骄,故臣举其过失,今若牵连侄案,说他谋逆,臣实不敢附和。"太后意乃稍解,遂罢利用为千牛卫将军,出知随州,张士逊亦坐是罢免。曹利用奉旨出都,复因私贷官钱,安置房州。原来利用自澶州与契丹讲和有功,累蒙恩宠,甚为骄横,平日瞧不起内侍,遇有内降恩典,皆力持不与,因此结怨宦官。现在获罪贬谪,内侍罗崇勋,令其同党杨怀敏,押解利用,沿路之上,诟辱交加。利用气忿不过,至襄阳驿,投缳自尽。太后遂任吕夷简同平章事,夏竦、薛奎参知政事,姜遵、范雍、陈尧佐为枢密副使,独王曾为首相,任职如故。

先是太后受册,欲御大安殿,受百官朝贺,曾力言不可。到了太后生日上寿,又要御大安殿,曾又以为不可。太后虽从其议,就偏殿受贺,心内很是不快!太后左右姻戚,稍通请谒,曾又多方裁抑,太后愈加不乐。只是含容吞气,不便发作。不料天圣七年六月内,骤降大雨,雷电交至,忽有一团火飞入玉清昭应宫内,霎时之间,火星爆烈,烈焰飞腾,直穿屋顶,卫士慌忙赴救,哪里扑灭得来,延烧了一夜,把这座玉清昭应宫,烧成一片白地,只剩长生、崇寿两座小殿,没有烧去。太后闻报,立刻降旨,将守宫官吏,系狱问罪,并召集廷臣,流泪说道:"先帝造此宫时,费尽心力,一旦延烧俱尽,如何对得住先帝呢?"枢密使范雍,见太后这般做作,料知她只要借端罪人了,不待言毕,即抗声奏道:"如此大宫,忽成灰烬,乃是天意,非由人事,不如将长生、崇寿二殿,亦一并毁去,免得日后再议修葺,致劳民力。"中丞王曙也道:"天意示戒,应除地罢祠,挽回天变。"司谏范讽又奏与人无关,不应置狱穷治。太后拗他们不过,只得下诏,不再修葺,改长生、崇寿二殿为万寿观,减轻守宫官吏之罪,并废诸宫观使。惟首相王曾,以不能变理阴阳,致召灾异,出知青州。宋朝自仁宗以前,宰相有小过罢免,多出为节度使,王曾以首相罢知州事,可见太后对于王曾,衔恨甚深了。

那仁宗已是二十多岁,太后还是临朝听政。秘阁校理范仲淹,因皇帝年长,疏请太后还政。太后非但不听,反将仲淹出判通州。翰林学士宋绶,又请军国大事,及除拜辅臣,由皇上禀请太后裁夺,余事皆殿前取旨。此奏又大忤太后之意,出宋绶知应天府。仁宗又改元明道,过了月余,生母李氏患病,可怜那李氏,枉是生了仁宗,混在先朝宫娥里面,一声也不敢言语,看着太后这等荣耀,心里未免气愤,所以疾病一天重似一天,直至临终时,才有人奏知太后,方进封宸妃。册宝送来,已是不省人事,当晚就死了。太后只当抱养仁宗的事情,外廷无人知道,使命照宫人例殡殓,移棺出外。吕夷简入奏道:"臣闻得有宫嫔病殁,如何不闻内旨治丧?"太后听了,勃然变色,知道语出有因,碍着仁宗在旁,不便追问,即便立起,引了仁宗入内。不到一刻,重又出外,立在珠帘之下,召夷简问道:"死了一个宫嫔,乃是平淡之事,还要你们大臣干预吗?"夷简道:"臣待罪宰相,宫内宫外,事无大小,都应该知道的。"太后将脸一沉道:"卿要离间我母子吗?"

夷简不慌不忙的奏道："太后不顾念刘氏，臣不敢多言，若欲使刘氏久安，宸妃葬礼，万难从轻。"太后心性本来灵敏，听了此奏，不禁点头，遂命用一品礼殡殓宸妃。夷简又对内侍押班罗崇勋道："宸妃入殓冠服，你怎样预备？"崇勋道："自然遵依太后谕旨，用一品冠服殡殓。"夷简道："据我的意思，要用后服殡殓，棺中还要满满的贮着水银，你可照此办理。"崇勋连连摇头道："太后谕旨，谁敢更改。"夷简道："你不从我言，他日办起罪来，休要后悔！"说罢自去。崇勋见夷简说得如此厉害，只得到太后跟前把夷简的话，一一奏知道。皇太后低着头想了一会儿，便命依了夷简之言，用后服盛殓，停柩于洪福院中。

到了次年春季，太后欲用天子兖冕，入祭太庙。薛奎谏道："太后若用兖冕，将用什么拜礼？太后不从，吩咐尚衣，预备了平天冠，兖龙袍。到了致祭这天，穿着起来，备齐法驾，至太庙主祭。皇太妃杨氏，皇后郭氏，随驾而行。太后行初献礼，拱于上香。皇太妃亚献，皇后终献。礼毕，群臣上太后尊号为应天齐圣显功崇德慈仁保筹皇太后，太后觉得穿了兖冕，很是好看，从此临朝办事，也就穿起来了。就有那些善于趋奉的小人都疑心太后要自己做皇帝。三司使程琳，便画了一幅武后临朝图于太后，以为总合了太后的心意。哪知太后瞧了一眼，即掷在地上道："我不做这样的负祖宗的事情。"其余的人，再不敢前来尝试。但是太后虽不想做武后，他母家刘氏想做武三思的，很不在少数。那些冒认宗族的诸位，都位诸请要，十分得意。还有那刘美，更是盛极一时，居然甲地齐云，田连阡陌，一个做银匠的，富贵双全，在他倒也心满意足了，但刘美虽不去招揽权势，一班奔竟夤缘的人，自会找上门来。如赵稹因为走了他家中丫环的门路，便升到参知政事，当时的势力，也就可想而知了。正在炙手可热的时候，太后忽感寒疾，甚是沉重。仁宗征召天下名医，诣京诊治，终无效，逾月而崩。年六十五，谥曰章献明肃，归制后妃皆无谥，称制加曰谥，自刘太后为始。

太后临朝十一年，政令严明，恩威并用，左右近侍，不稍假借，内外赐予，亦有节制。漕使刘绰，自京西还都，奏称在庾储粟，有羡余粮千斛，乞付三司。太后道："卿识王曾、张知白、吕夷简、鲁宗道吗？他四人曾进献羡余吗？"刘悼怀惭而退。至晚年，稍进外家。宦官罗崇勋，仁德明，始从中弄权，所有被服兖冕等事，皆是二人怂恿出来的。太后临殁之时，口不能言，还用手牵扯衣服，若有所嘱。仁宗看了，未免怀疑，出问群臣，参政薛奎奏道："太后命意，想是着了兖冕，不便见先帝于地下。"仁宗恍然大悟，遂用后服殡殓。且因太后遗嘱，尊杨太妃为太后，同议军国重事。

御史中丞蔡齐，入白相臣道："皇上春秋已富，习知天下情伪，今日亲政，又嫌太晚，如何还要母后称制呢？"吕夷简等皆不敢决，八大王元俨，入宫与丧，闻得此事，朗声说道："太后是帝母名号，刘太后已是勉强，尚欲立杨太后吗？"夷简等面面相觑，不敢出声，仁宗也十分惊疑。元俨又道："治天下莫如孝，皇上临御十余年，连本生母还没有知道，这也是我辈臣子不能尽职之过。"仁宗愈加惊疑，急问元俨道："皇叔所言，令朕不解。"元俨道："陛下是李宸妃所生，刘杨二后，不过代育。"仁宗不待说毕，便道："皇叔何不早言！"元俨道："先帝在日，刘后已是用事，至陛下登基，四凶当道，内蒙外蔽，刘后又讳莫如深，不准宫廷泄漏机关。臣早思举发，惟恐一经出口，臣遭谴责，固不足惜，且与圣躬及宸妃有碍。臣十年来杜门养晦，不预请谒，正欲为今日一明此事。谅举朝大臣，意亦相同。只可怜宸妃诞生陛下，终身莫诉，就是当日身死，亦复人言藉藉，说是刘后暗中谋害哩。”仁宗闻言，忍不住痛泪双流，回顾吕夷简道：“这事可是真的吗？”夷简答道：“陛下确是宸妃所生，刘太后与杨太妃共同抚育，视若己子，宸妃薨逝，实由正命，臣却深知底细。今日非八大王奏明，臣亦当待时举发。”仁宗此时，见证据确凿，绝非谬误，竟大声号痛，亟往宸妃殡所，亲视遗骸。夷简复奏道：“陛下应先尽公义，后及私情，且刘太后与杨太妃抚养圣躬恩勤备至，陛下亦不宜忘。”仁宗只是悲伤，默无一语。元俨对夷简道：“杨太妃若为太后，李宸妃更宜尊为太后了。”夷简转告仁宗，仁宗略略点头，随即议定尊杨太妃为皇太后，删去同议军国重事一语。李宸妃亦追尊为太后，谥曰章懿。一面为刘太后治丧，一面下诏罪己，又亲自至洪福寺祭告，抚棺恸哭。嫌棺木不好，另外备了楠木梓宫，开棺观看，见宸妃身上全是皇后冠服，棺中贮水银，而容如生。仁宗心中始略略宽慰，回到宫内，私自叹息道：“人言究不可尽信。”因此待刘氏恩礼如故，但召还宋绶、范仲淹，放逐内侍罗崇勋、江德明，罢修寺观，裁抑幸进，朝政清明，中外称庆。吕夷简揣摹仁宗心理，颇欲励精图治，他便乘机取悦，上一道奏章，条陈八事：

一议正朝纲，二议塞邪径，三议禁贿赂，四议办佞幸，五议绝女谒，六议疏近习，七议罢力役，八议节冗费。

这八个条陈，却也说得语语得体，言言恳挚。仁宗看了，很为惬意，即召吕夷简入宫商议，将张耆、夏竦、范雍、晏殊等，尽行罢职。夷简自然赞成上意。到了次日，正在洋洋得意，押班唱名，罢免张耆等人。哪知宫门宣诏，到了末了，忽然霹雳一声，自己的大名也在其内，却是同平章事吕夷简，着授武胜军节度使，检校太傅，同中书门下章事，出判陈州。这诏宣罢，惊得夷简呆呆发怔，不知何事忤了上意，致有此变。当下只得领旨告退，暗话内廷太监打听原故。有个内侍副都知阎应文，告诉他细情，方知是郭皇后弄出来的事情。那郭皇后，乃是平卢节度使郭崇的孙女，与石州推官张尧封的女儿，同时入宫。天圣二年，拟册立皇后，仁宗爱张女秀丽敏慧，欲选为正宫，刘太后不以为然，遂致立郭氏为后。恰不甚得仁宗的欢心，偏是这日步入宫中，与郭后谈起把从前谄附刘太后的人，一一罢免，又称赞吕夷简忠诚可靠。郭后与夷简并没嫌隙，无意中说道：“陛下以为夷简不谄媚刘太后吗？不过他的为人很是机警，所以瞧不出来。”仁宗听了，不免动疑，遂不令中书草制，用手敕罢免夷简。夷简既罢，复召李迪入相，用王随参知政事，李谘为枢密副使，王德用签书枢密院事。不到几个月，有谏官刘涣，疏陈时事道：“臣前请太后还政，触怒慈衷，几投四裔，幸陛下用吕夷简言，察臣愚忠，准臣待罪阙下，故臣不避斧钺，渎陈一切之语。”仁宗览疏暗道：“夷简究竟不附刘太后，这一晌委屈他了。”遂又召夷简为相。擢刘涣为右正言，又命宋江绶参知政事，王曙为枢密使，王德用、蔡齐为副使。夷简再召入相，深怨郭后，欲图报复，日复窥伺，乘机而发。

那仁宗虽然是宽仁之主，却甚好女色，因为郭后不甚称自己之意，心内很不喜爱，但阻着刘太后做了主，立为正宫，仁宗并不到昭阳院内去。好在宋朝那时的制度，后宫中还有三千佳丽,仁宗既不喜皇后,就在后宫,任意挑选,拣那中意的封为美人。那时刘太后虽然尚在,却不便干涉这些事情,因此除了张美人以外,还有许多美人。最宠美的乃是尚美人、杨美人两个。这两个美人,深得仁宗之心,真个是承欢侍宴无闲暇,春从春游,夜专夜。郭皇后见尚、杨二美人,如此得宠,心内未免怀着妒意,便依仗刘太后的势力,常常地拿出皇后身份,要压服这两个美人。尚、杨二美人都在仁宗面前,撒娇撒痴惯的,如何肯受皇后的欺负,少不得争莺叱燕,指桑骂槐,彼此闹个不了。仁宗不好偏袒哪个,只得装痴作聋,不去理睬他们。但碍着刘太后的情面,尚、杨二美人,也略让皇后一步。现在刘太后已崩,这些美人愈加肆无忌惮,不把皇后放在眼内。这日正在腊八日子,众嫔妃都随了仁宗,在宫内闲谈,皇后也在座中。尚美人得意洋洋,手内拿了一只哥窑茶杯,一面吃茶,一面谈笑,说得忘情,偶不当心,将茶溅在皇后衣服上面,皇后便责备她卤莽。尚美人不服,反与皇后顶撞起来。皇后愤怒已极,也顾不得什么礼节,遂上前力批尚美人面颊。尚美人到底因她是个皇后,不敢对打,便哭着向仁宗身后躲闪,仁宗见尚美人为皇后所打,心内好生怜惜,又不便责备皇后,遂用全身遮蔽着尚美人。那皇后见仁宗助着尚美人,更是火上添油,哪里遏制得住,又举手一掌批去,却打在仁宗颈项上,指爪锐利,划成两道血痕。仁宗不禁动怒,呵斥了皇后几句,遂带了尚美人,自往西宫。那尚美人还撒娇撒痴,哭个不了,逼着仁宗替她出气,惹得仁宗越发动怒。

内侍阎应文与吕夷简平日甚相友善,夷简正托他窥伺宫中的间隙,有了这个机会,如何还肯放过。遂入奏仁宗道:“寻常民家,妻尚不敢凌夫,陛下贵为天子,竟受皇后如此欺侮,还当得了吗?”仁宗半晌无言。应文又道:“陛下颈上,血痕宛然,明日指示颈痕,并言皇后泼悍情形。”夷简答道:“皇后太觉失礼,恐不足母仪天下。”仁宗道:“废后一事,惟恐有干清议,不知古来有这个办法吗?”夷简道:“汉光武,及英明之主,因郭后怨谤,即行废黜,何况伤及圣礼呢?”仁宗听了,意思乃决,遂与夷简商定,只说皇后自愿修行,封为净妃玉京冲妙仙师,出居长宁宫。夷简知道台谏必要来谏阻的,就劝仁宗传谕有司,不得受台谏章奏。果有中丞孔道辅,谏官范仲淹、孙祖德、宋庠、刘涣,御史蒋堂、郭劝、杨偕、马绛、段少通等一班人,联名具疏,入呈不纳,遂同至垂拱殿,俯伏阶下,请赐召对,只见殿门紧闭,绝无声息。孔道辅见了这般景象,如何忍耐得住,乃扣环大呼道:“皇后被废,有累圣德,奈何不令台谏进言。”仁宗传旨,令至阁中,与宰相对话。道辅率同诸人,来至中书,吴夷简已守候在那里,就对夷简说道:“大臣之与帝后,独人之子与父母,父母不和,只可谏劝,断无顺父出母之理。”夷简道:“皇后伤及帝颈,失礼太甚,且废后亦汉唐故事,有何不可?”道辅厉声道:“如此说来,废后乃是你的主意了。大臣当导君为尧舜,如何效法汉唐失德之事呢?”夷简无言可答,拂袖径入,对仁宗说道:“伏阙请对,不是太平景象,非加贬谪,恐他们还不肯停止谏诤。”仁宗深以为然,遂决意贬黜台谏。次日孔道辅要齐集百官,与吕夷简廷争。哪知刚到待漏院,即有诏旨道:伏阙请对,盛世无闻。孔道辅等冒昧行径,殊失大礼,孔道辅着出知泰州,范仲淹出知睦州,孙祖德等罚俸半年,以示薄儆。自今群臣,毋得相率请对。道辅等奉了旨意,只得叹息而退。

郭后既废，仁宗更加宠爱尚、杨两个美人，每夕当御，贪恋淫乐，不到几时，把个仁宗累得形神俱疲，竟至不能起床。这个消息传将出来，中外忧惧。杨太后闻后情由，即命仁宗斥退二美人。仁宗奉了慈谕，心恋二美，如何舍得，只是含糊答应，迟迟不遣。杨太后见仁宗不遵懿旨，心内动怒，立刻召了阎应文，当面发作，命他传谕仁宗，速斥二人，否则要召集百官，宣布二美人迷惑皇上的罪状。阎应文见太后动怒，方才着急起来，便再三向仁宗劝道："太后发了怒，若不遣美，一定不肯甘休。尚真个召集群臣，宣布罪状，非但尚、杨二美人难逃罪谴，就是陛下面上，也不好看，还是自动的把两个美人遣出为妙。"仁宗听了，只得恨恨地道："既然太后不肯容留，你就叫她们出去吧。"阎应文奉了旨意，即去令她们出宫。尚美人与杨美人，哭哭啼啼，哪里肯出去。未知两个美人究竟斥逐否，且听下回分解。

第四十八回　侵边疆元昊入寇　违节制任福尽忠

话说仁宗因杨太后发怒，不敢有违慈意，将尚、杨二美遣出宫去。阎应文奉了旨意，即唤入两乘毡车，逼迫二美人出宫。二美人哭哭啼啼，不肯出去，还要央求应文，带去面见仁宗，希望顾念旧情，免遣出宫。应文哪肯用情，大声叱道："宫婢休得饶舌。郭皇后身为正宫，也被你两人弄出宫去，做了道姑，你们还要在宫内迷惑皇上吗？"遂勒令上车，驱出宫去。次日仁宗下诏，命美人尚氏为女道士，居洞真宫，杨氏别宅安置。过了月余，仁宗没有这两美人缠绕，果然病体痊愈，就另册曹氏为皇后，令废后郭氏，出居瑶华宫。曹皇后乃已故枢密使曹彬孙女，系出名门，宽仁大度，驭下有方。自册立为后，见仁宗身体孱弱，恐无皇嗣，深以为忧，遂劝仁宗于宗室中取一幼子，作为螟蛉。素知太宗之孙，商王元份之子允让多男，其第十三子名宗实，年方四岁，便召入宫内，由曹后抚养，后来就是英宗了。

那郭氏自出居瑶华宫后，仁宗想起结发之情，未免心中记忆，常常叫太监去问候，又命宫女送些东西给她，无事之时，还作两诗赐与她。郭氏也依韵和答，念思凄婉，悲凉动人，仁宗瞧了，更加想念，悄悄命人备车去接郭氏进宫，大有好梦重圆之意。郭氏却对来使说道："陛下要我进宫，却也不难，只要百官立班，重新受册就可以了。"仁宗听了来使之言，便道："这也没有什么不可以的。"哪知这句话不打紧，竟送了郭氏的性命。因为当初废郭氏时，乃是内侍阎应文激动仁宗的，现在听见这话，深恐仁宗真个实行起来，郭氏复了位号，自己的性命难保，心下甚是忧虑！恰巧过了两天，郭氏忽然患起病来，仁宗闻知，便命应文带了御医，前往看视。应文得了机会，好不欢喜，便贿嘱了御医，下了些不对症候的药，郭氏服了，不到几日，一命呜呼。仁宗不免哀悼一番，无可如何，只得付之天命。外面却纷纷议论，都说废后死得可疑。阎应文难辞其责，只是拿不着他弑后的证据，无从举发罪状。此时范仲淹正调做开封府尹，上疏请复郭氏皇后名号，一切殡殓，悉从皇后典礼，只是不祔太庙，没有谥号就是了。又参劾阎应文种种不法，仁宗也正因郭氏死得奇异，又听了外面种种风传，心下也要办他，立刻准了仲淹本章，将应文充发岭南。应文奉旨登程，觉得有个女鬼跟随着他，满心忧惧，生起病来，时时只叫饶命，走到半路而死。未几杨太后亦崩，谥曰章惠，祔葬永定陵。

这年西夏入寇延州。原来西夏主赵德明，臣事宋朝，又臣事契丹，总算安分守己，不来生事。德明有子元昊，性颇勇毅，且有智略，常要并吞回纥吐蕃诸部，称霸西陲。后竟破了回纥，占据甘州，德明因其有功，立为太子。元昊耻居人下，常常劝德明叛宋，德明不从，且戒元昊道："自我父连岁用兵，疲敝不堪。近三十年来，称臣中国，累沐恩泽，中国待我，不谓不厚，万勿辜负。"元昊道："衣毡毳，事畜牧，乃我蕃族本性，丈夫子生为英雄，非王即霸，奈何甘作宋人奴隶呢？"未几德明逝世，其子元昊嗣位。宋遣工部郎中杨吉，册元昊袭封西平王、定难军节度使，夏、银、绥、静、宥等州观察使，及处置押蕃落使。

元昊虽然受册，常有侵宋之心，自号鄂摩兀卒，仿中国朝廷体制，杂蕃汉人为文武百官，正在招揽人才的时候，恰值华州有两个秀才，一姓张，一姓吴，都因屡次考试不能取中，文困场屋，自以有才不能得志，心怀怨望，便结伴闲游，偶至边塞，闻得元昊有意窥边，正在收用人才，便商量前去投效，以展胸中抱负。主意即定，回到家中，拾掇了行李，凑集了几十两银子，作为川资，来到西夏。见街市繁盛，与内地不相上下。两人人地生疏，无从见得元昊，每日只在街市游荡，怀中所带银两，亦已用罄。这天又出来闲游，走到一条街上，见有一所大房子，修饰得很是壮丽，门上悬着一块扁额，写着“招贤馆”三个大字，两人见了大喜，依姓吴的便要进去投效，姓张的忙止住了他道：“我们去找他，要被他瞧不起的，须要他来请我们才好。”姓吴的道：“你有什么法儿，使他来请我们呢？”姓张的用手一指道：“那边不是一座大酒楼吗？我们且去吃饱了再说。”姓吴的道：“你怀里还有银子吗？我是早完了，先明白告诉你。”姓张的道：“谁还有银子呢？你不要管，跟了我去就是了。”说着，撒开大步，便向酒楼奔去。姓吴的没法，只得跟着走去。到了楼上，拣个清洁的座头，坐将下来。堂馆问两位要什么酒菜，姓张的吩咐只拣好的搬上来，姓吴的却捏着一把汗，怕吃了没钱会钞，伸伸缩缩的不敢下箸。姓张的却如若无事，一面说笑，一面吃喝，不上一会儿，早已杯盘狼藉。堂官过来算帐，该是九两五钱银子，姓张的道：“好好！另外赏你五钱银子，一共是十两吧，你可去取副笔砚来。”堂官先听说赏他五钱银子，心内十分欢喜，连连道谢。后来听说要笔砚，便着急道：“小店里是向来不写帐的，相公休要缠错了。”姓张的道：“胡说！谁要欠你们的钱，快把笔砚取来，我有用处。”堂官无奈，只得把帐台上的笔砚取来，姓张的研得墨浓，蘸得笔饱，就伸手在那雪白的粉墙上，写下一行道：“某年月日张元、吴昊在此饮酒。”写罢，将笔一掷，拉着姓吴的起身就走。堂官慌了，走上前来紧紧将两人拉住，口里喊道：“你们要吃白食，也先打听打听这个酒楼是什么人开的。”这一声喊，早从楼下跑上个人来，先把张、吴二人打量了一会儿，便喝令堂官放手，问是何事叫喊？堂官道：“这两个客人，吃了九两五钱银子酒菜，还说赏我五钱银子，凑成十两，到临了在雪白的粉墙上，涂抹了许多字，一个大钱也不给，就这样的要跑了。”那人听说在墙上写着字，便跑去瞧了一瞧，也不与二人搭话，吩咐堂官好好地看守着，径自下楼去了。原来这座酒楼，便是元昊开设的。他知道这些奇才异能之士，都是有志量的，如何肯低头折腰，自来投效？虽然设了招贤馆，恐怕难得真才实学的人，所以又在这冲要地方，开了这座酒楼，派了个亲信官员，常常的前来查视。如有举动特异，相貌与常人不同的，即去报告于元昊知道，一则是收罗人才，二则可以访查奸细，真是一举两得的事情。方才上楼来的这个人，正是元昊派的亲信官员，他一见张吴二人，就觉得举止不凡，大异寻常，后来又见墙上写了两人的名字，巧巧的犯了国主的讳，知道两人必是有意前来投效，不肯屈节，所以如此，他便不多言，径去启奏元昊去了。那姓吴的见这人去了，料知必有祸患，又被堂官监视着，不能脱身，就埋怨姓张的，不该闯祸，姓张的只是微微冷笑，不去理他。等了一会儿，那先前的人，又走了来，向两人说道：“国主传见两位呢！”姓张的巴不得这一声，便道：“很好！我也正要请见国主呢。”说着，举脚就走，姓吴的也跟着同行。

到了王宫,元昊一见,便问你二人向来做什么事情的?姓张的道:"我们向来都是读书的秀才。"元昊喝道:"做了秀才,连入国问讳这句话都不知道吗?"姓张的哈哈大笑道:"大王连姓也不顾,还顾什么名字呢!"元昊听了这话,好似兜头浇了一盆冷水,暗自想道:我闹了这些年,称帝称王,自命雄豪,怎么还用着宋朝的赐姓,不但是我糊涂,连我手下的人,也没一个想得到此。这两个人,既有这般见识,一定是不凡之人。想罢,便走下殿来,亲自扶二人上殿赐坐,问道:"两位先生远道而来,必有妙策可定中原,还请赐教。"张吴两人便劝元昊速建大号,说是非此不足以团结人心。元昊本有此意,闻言大喜,即日称帝,改元天授,国号为夏,授张、吴两人为枢密使,一切开国制度,军事方略,都由二人为之规划施行,真个是言听计从,很有权力。两个中朝不得第的秀才,竟做了西夏的开国元勋,这也是宋朝用的那些主试的官员,屈抑有才气的人,使他不能得志,才弄出这样事情来。张、吴二人既做了元昊的官,又得了他的信任,也便忘记是中国人,竟替他尽心竭力的筹划起来了。元昊意欲侵宋,张、吴二人替他划策,先以朝五台山拜佛进香为名,窥探道路,再与邻近酋诸长,歃血为盟,约定先攻鄜延,拟从靖德"塞门寨"赤城路三道并进,又遣使上表宋廷,语言悖谬。

是年仁宗改景佑四年,为宝元元年,吕夷简等皆已罢职。王曾封沂国公,亦复逝世。仁宗又起用张士逊同平章事,王鬷、李若谷参知政事。因元昊表词傲慢,群臣皆主张兴师问罪。谏官吴育上言,姑许所求,密修战备,彼渐骄盈,我日戒饬,万一决裂,不足为害,这乃是欲取姑与之策。张士逊目为迂腐之谈,遂下诏削夺元昊官爵,禁绝互市,悬赏募元昊首,有能斩之以献者,即授定难军节度使。任夏竦为泾原秦凤安抚使,范雍为鄜延环庆安抚使,经略夏州。知枢密院赵德用,请自将西征。仁宗不允,德用状貌雄伟,颇似太祖,平日颇得军士之心。仁宗左右都说他相貌不凡,不可久典枢密,掌握兵权,仁宗不免动疑,非但不许德用西征,且把他降知随州,改用夏守赟知枢密院。

元昊入寇保安军将至安远寨,见有数千宋军前来,哪里放在心上,以为数千宋兵,值得什么,只须一阵,就可打发干净。哪知两阵方圆,忽从宋军队里,飞出一员披发仗剑,面如黄金的将官,直驱过来。夏兵不知是人是鬼,是妖是仙,顿时惊慌起来,纷纷倒退。这披发金面将官,横冲直撞,驰骤如飞,数千宋军跟着他,似风雨般杀将过来。夏兵如何抵挡得住?元昊也惊疑不定,只得率兵遁去。你道这将是谁?乃是巡检指挥使狄青,表字汉臣,河西人氏,骁勇善战。初为骑御散直,从军西征,屡立战功。平时上阵,戴了铜面具,披发督战能使敌人惊崩。现在正做巡检指挥使,屯守保安。钤辖卢守勤,檄令御敌,他手下只带兵士数千,一经对阵,竟吓退元昊雄师数万。捷闻于朝,仁宗要召问方略,又值元昊商议进兵,乃命图形以进。后人有诗一首,咏狄青道:

面戴铜具立战功,奇谋早已贮胸中。
西征自有将军在,数万叛兵一旦空。

元昊败退,又欲进寇延州。先遣人到范雍军前诈降。范雍信以为真,毫不设备。延州地方辽阔,堡寨稀少,守兵又多老弱。元昊突然发兵,攻破金明寨,擒了都监李士彬父子,乘胜直抵延州城下。范雍方知中了元昊奸计,一面命石元孙出兵,一面往庆州调副总管刘平前来救应,战了三日,两军各有胜负。石元孙、刘平合兵一处,在西南山下扎寨,到了夜间,敌兵已将营寨,团团围住,大叫你们这些残兵,还不早早归降,一定要等死吗?宋军惊惶涣散,天将黎明,四下里战鼓齐鸣,夏兵冲杀过来,把官军截为两段,石元孙、刘平都被元昊擒去。刘平到了敌营,破口大骂,首先被害;石元孙拘在营内。延州自遭此败,人心恟惧。幸而天降大雪,不能进攻,元昊急于回去,延州未为攻下。是役之败,刘平、石元孙当危急时,不能奋力鏖战;都临黄德和,率步兵未战先退;万俟政、郭遵等,亦相率奔溃。及刘平被害,黄德和反诬刘平降贼,因致挫衄。宋廷已闻悉内中情由,仁宗命殿中侍御史文彦博,往河中问状。文彦博,汾州人氏,为人正直无私,一经审讯,水落石出。德和坐罪腰斩,范雍亦贬知安州,追赠刘平官爵,从优抚恤。遂命夏守赟为陕西经略安抚招讨使,内侍王守忠为钤辖,即日启行。知谏院富弼上疏谏道:“夏守赟庸懦之夫,不足以当大任。王守忠乃内臣,命为钤辖,正蹈唐季监军覆辙,请收回成命。”仁宗不从。

会知制诰韩琦,使蜀回都,奏陈西夏形势甚为鲜明。仁宗遂命韩琦安抚陕西。韩琦陛辞时,面奏仁宗道:“范雍节制无状,致遭败衄,贻君上忧,臣愿保举范仲淹往守边疆。”仁宗道:“范仲淹吗?”韩琦急奏道:“仲淹前忤吕夷简,徙知越州,朝廷方疑为朋党,臣非不知,但陛下宵旰勤劳,臣若再顾嫌疑,埋没人才,罪且益大。倘或迹涉朋比,所举非人,即坐罪族诛,亦所甘心。”仁宗听了,方才点头道:“卿且去,朕当令仲淹即来。”韩琦叩谢而出,遂有诏令仲淹知永兴军。先定仲淹知开封府,因吕夷简当国,滥用私人,上疏指陈时政,隐斥夷简为汉之张禹。夷简说他越职言事,面劾仲淹,落职外徙。集贤院校理余靖、馆阁校勘尹洙、欧阳修奏称仲淹无罪,也致坐贬,斥为朋党,京都人士却称为四贤。韩琦这次举荐仲淹,所以有这般议论。

仁宗听从韩琦之言,竟用仲淹,可谓从谏如流了。独有那张士逊,本来主张用兵,到了紧急的时候,反一无措施,谏院中啧有烦言。士逊倒还见机,上章告还,诏以太傅致仕,再起吕夷简同平章事。夷简再相亦以夏守赟非专阃才,不如召还。仁宗乃命与王守忠一同返阙,改任夏竦为陕西经略安抚招讨使,韩琦、范仲淹为副。仲淹奉旨陛辞。仁宗面谕道:“卿与吕相有隙,今吕相亦愿用卿,卿当尽释前嫌,为国效力。”仲淹顿首道:“臣与吕相,本无嫌怨,前日就事论事,亦不过为的国家,安敢预存成见。”仁宗道:“能同心为国,尚有何言?”仲淹叩别出朝,即回登程。途中闻延州诸寨,多半失守,因上表请自守延州,诏令兼知州事。仲淹乃兼程而进,到了延州,大阅州兵,得万八千人,选六将分领,日为训练,视贼众寡,更番出敌。又修筑承平、永平等寨,招流亡,定保障,遍斥羌、汉人民,相率复业,边疆日固,敌不敢侵。夏人相顾告诫道:“这次来的小范老子,胸中有数万甲兵,不比从前的大范老子,可以欺骗得的,延州不可妄想了。”大范老子是指范雍,小范老子乃指仲淹的。仲淹字希文,吴县人氏,大中祥符八年举进士,至是守延州,赏罚严明,治军整肃,蕃汉咸服。仲淹于军旅之间,裘带雍容,吟咏不辍。一日,正常秋高气爽,仲淹巡阅诸营,闻得长空雁唳,四面角声,呜呜不断,觉得心头很有感慨。又见将士卒,戍守劳苦,及自己终年镇边,久未归去,更加激起胸中悲感,便以秋思

为题,谱成《渔家傲》词一阕道:

塞下秋来风景异,衡阳雁去无留意。四面边声连角起,千障里,长烟落日孤城闭。浊酒一杯家万里,燕然未勒归无计。羌管悠悠霜满地,人不寐,将军白发征夫泪。

仲淹这阕词儿,传了出去,蕃儿汉卒,一齐练习了歌唱起来,音韵非凡悠扬,声调极其悲壮,传到了元昊耳中,暗暗吃惊道:"小范如此从容,他若坐镇边疆,我永无得志之日了。"急与手下商议,假意遣使与仲淹议和。仲淹便亲手写了一封回信,反复劝谕,叫他先撤帝号,速尽臣节,以报累朝宽厚之德。元昊瞧了,置之不理,又差人到韩琦那里乞盟。韩琦道:"无约请和,是诱我也。"遂拒绝来使,不准请和。元昊计不得逞,率众入寇渭州,进薄怀远城,韩琦乃亲出行边,尽发镇戎军土卒,又募勇士万八千人。命环庆总管任福为统将,耿傅为参谋,泾原都监桑怿为先锋,朱观、武英、王珪为后应。大军将发,韩琦亲嘱任福道:"元昊多诈,须要加意小心。此去须从怀远直趋德胜,绕到牧羊隆城,攻击敌背。如果势未能敌,即据险设伏,截其归路,不患不胜。不听节制,虽然有功,亦必斩首。"任福唯唯答应,带领人马,径赴怀远而去。走至捺龙川,见尘头大起,知是开战,向前一望,方知是镇戎军西路巡检常鼎、刘肃与敌兵对阵,竟将敌兵杀败而逃。任福忙令先锋桑怿上前相助,自己押了大队,随后追赶。探马又报夏兵甚少,任福更是放心直进,傍晚时候已至好风川,便与桑怿合兵,扎下营寨。此时参谋耿傅,尚在后面,接得韩琦来檄,力戒轻进,耿傅亟写了手书并檄文,差人送于任福,劝他遵从命令,万勿躁进。任福冷笑道:"韩招讨太觉迂谨,耿参谋尤其畏葸,我看敌兵甚是易与,明日进战,定要大获全胜,使夏人只骑不返。"但约会朱观、武英等,一同进兵。

次日,任福、桑怿沿着好水川西行,到了六盘山下,见有银盒数个,弃于路上,封得甚固,桑怿取来看时,觉得盒内微有跃动的声音,不知是什么东西,未敢遽启。任福到来,也不管什么好歹,立命开看。不料那盒内,都藏的是鸽儿,还是人家养熟的,尾上皆悬了响哨,盒盖一启,鸽儿都飞向空中,响声振耳。桑怿、任福抬头瞧着鸽儿,正在疑惑,忽闻胡哨四起,夏兵大至。元昊亲领铁骑,杀向前来,任福、桑怿方知中计,慌忙迎敌,被夏兵横冲直撞,往来驰骤,人马早已散敌,要想据险固守,已不可能。忽见夏阵中竖起一面鲍老旗,长有二丈余,旗向左麾,左面伏兵齐起,旗向右麾,右面伏兵俱出,四面夹攻,宋军大败,桑怿、刘肃相继阵亡,任福身被十余创,尚力战不退。小校刘进劝他速走,任福道:"我为大将,不幸军败,走向哪里去呢?"说罢又战,面颊中了一枪,血流如注,遂扼吭而死。任福之子怀亮,亦没入阵内而亡,只剩武英在重围内左冲右突,不能出外。王珪亟往救应,杀条血路,救出武英,但武英已受重伤,不能再战。王硅独立难支,正在着急,忽然夏兵又至,围裹住了。耿傅、朱观正欲往救,恰巧驻泊监都赵津,率兵前来,耿傅令朱观守住后军,即与赵津往救,哪知王珪、武英均已身亡。耿、赵两人,陷入阵内,亦复被杀。朱观带了千余人,躲在一带民墙里面,用箭乱射,因天色已晚,夏人怕有埋伏,遂奏凯而回。这场大战,宋将亡了六员,士卒伤了一万有余,关右大震。

夏竦使人收集散兵，于任福衣带中，查着韩琦之檄，并耿傅手书，乃将详情奏闻，说是任福违命致败，罪不在韩琦、耿傅。韩琦亦上本自请议处。仁宗闻报，甚为震悼，乃降韩琦一官，移知秦州。

元昊自胜了宋军，声势大盛，作书答复范仲淹，语极傲慢。仲淹对着夏使，将书扯碎，付之于火。这事传入宋廷，吕夷简对廷臣道："人臣无外交，仲淹擅与元昊书，已失臣礼，即得答复，又擅焚不奏，该得何罪？"参政宋庠道："即此已当斩首。"枢密使杜衍道："仲淹志在招叛，其心未尝不忠，如何可以深罪？"彼此争议不决。仁宗即命仲淹自陈，仲淹上奏道："臣始闻元昊有悔过意，因致书劝谕，宣示朝廷威德，后因任福败殁，其势益骄，答书悖慢，臣若以书上闻朝廷，不亟申讨，辱在朝廷，对使毁书，辱不过及臣，可与朝廷无涉，此实区区愚忱，乞垂鉴察。"仁宗复下其疏，令中书枢密复议。宋庠、杜衍仍执前议。仁宗垂问吕夷简，宋庠以为夷简赞同自己之议，哪知吕夷简却奏道："杜衍议是，只应薄责了事。"仁宗乃降仲淹知耀州，后又徙知庆州。令工部侍郎陈执中，任陕西安抚经略招讨使，与夏竦同判永兴军。两人意见不合，动辄争执。仁宗只得令夏竦屯鄜州，执中屯泾州。那夏竦守边，甚为元昊轻视，尝悬赏募夏竦首级，只出钱三千文。未知夏竦首级，为何如此轻贱，且听下回分解。

第四十九回　增岁币富弼奉使　进词曲柳永获谴

话说夏竦,在陕西守边两年之久,敌兵来后,总是挫败。遇着朝廷有所询问,也是首鼠两端,毫无方略,反在营中带了侍妾,终日沉湎酒色,不问边事,不恤兵民,因此元昊知他无能,甚为轻视,故意悬着赏格,购取夏竦的首级道:“有人斩得宋陕西安抚经略招讨使夏竦的首级来献者,赏钱三千文。”将这赏格在宋朝边疆,凡是夏竦的辖境,到处悬挂,以示羞辱。夏竦知道了,虽然忿恨,也是无可如何,边人都把这事传为笑谈。这消息到了汴都,知谏院张云平上疏论劾夏竦道:“竦为统帅,已将三年,师惟不出,出必丧败,寇惟不来,来必残荡,如此统帅,究有何用?请另行择帅,藉固边防。”仁宗览奏改任夏竦判河中,陈执中知泾州。一面与廷臣商议,分秦凤、泾原、环庆、鄜延为四路,令韩琦知秦州,辖秦凤,范仲淹知庆州,辖环庆,王沿知渭州,辖泾源,庞籍知延州,辖鄜延。各兼经略安抚招讨使。这四人之中,除王沿外,都是缮城湟、筑堡寨、招流亡、抚人民,羌汉畏服,不敢贰心。羌人尤其爱戴仲淹,都呼他龙图老子,因仲淹曾为龙图阁待制,所以有这个名称。自此边将服人,防御渐固。元昊也就知难而退,不敢生事了。

哪知西边方才略略安靖,那契丹忽又遣使萧特末、刘云苻,前来复求关南之地,且问兴师伐夏及沿边浚河增戍的理由。廷议派知制诰富弼为接伴使,偕同中使往都外迎接。两下相见,当由中使传旨慰问。萧特末不肯下拜,富弼抗声道:“南北两朝称为兄弟,我朝皇帝与你国皇帝相等,今传旨慰问。如何不拜?”萧特末推托有病,不能行礼。富弼道:“我从前曾奉使前往北方,卧病在车中,闻得你们国主有命,尚勉强起来行礼,你怎么因为有病,就失礼呢?”萧特末无言可答,只好起身下拜。富弼便把他们引入使馆,开诚布公与他谈话。萧特末很为感悦,即将契丹主遣使本意一一说明,富弼据理辩驳。萧特末密语富弼道:“贵国可从就从,如不可从,或增币,或和亲,亦无不可。”富弼遂引萧、刘两使入朝仁宗,并把萧特末的话奏知。仁宗道:“如此很好,我们只要增加些岁币,或者仿古人和亲的办法,选个宗女,嫁给他的儿子就是了。但须差个报聘的人,叫吕夷简保荐可以胜任的,前往北方。”吕夷简与富弼不合,便奏道:“富弼前曾往契丹,可称熟手,此次命之前往,当可不致辱命。”仁宗点头,遂命富弼报使契丹。诏命下来,廷臣都为富弼担忧。集贤院校理欧阳修且上疏道:“富弼一介书生,手无缚鸡之力,倘如唐季李希烈留颜真卿一般,富弼固不足惜,岂不有误国家大事?”疏入不报。富弼却慷慨请行,向仁宗奏道:“主忧臣辱,臣此去除岁币外,决不妄许一事。”仁宗闻言,甚为动容,即授富弼为枢密学士,富弼不肯受道:“国家有急,义不惮劳,怎敢先受爵禄?”仁宗又复嘉奖数语,富弼叩辞退出,偕了萧特末等同赴契丹,朝见国主。

此时契丹主隆绪已亡,萧太后亦死,嗣子宗真继位。富弼见过了礼,开口头一句,便向宗真道:“两朝皇帝,父子继好,已四十余年。无故来求割地,究属何故?”宗真道:“南朝先是违约,塞雁门,增塘水,治城隍,缮兵民,是为的什么事情?我国大臣,早要兴兵南来，是我没有答应，因此遣使责问，并索还关南之地，倘若不允，再行举兵。”富弼道：“北朝忘了我章圣皇帝（即真宗）的大德吗？当日澶州一役，我朝将士，均与开战，章圣皇帝若从其议，北兵无一生还的！而且还有一句话，我不能不尽忠告：两国修和，那利益就归国家，若启兵端，那利益就归臣下了。北朝又欲启衅，想是臣子均为身谋，不顾国主的祸福。”宗真闻言，不禁惊异问故。富弼道：“这个道理，是显而易见的。从前晋高祖欺天叛君，末帝昏乱，土地小狭，上下离叛，北朝始得进取中原，但试问，所得金币，果能涓滴归公么？国家费了许多军饷，折了许多士马，徒令私家充牣，公府凋残。现在的中国，疆封万里，精兵百万，法令修明，上下一心，更非晋朝可比。北朝如果用兵，能保必胜吗？就是得胜，劳师动众，所捐已多，还是臣下受害呢，还是国家受害呢？倘若通好不绝，每年的岁币，完全为国家所有，臣下不能分润，他们自然很不愿意，要劝国主兴兵了。”宗真听了，手拈着胡子，连连点头。富弼又道：“若说我朝堵塞雁门乃是防备西夏；浚深塘水，是在通好之前；修缮城隍，招练民兵，不过补从前的缺额，如何说是违约呢？”宗真道：“如你所言，我却错怪了南朝了，但土地是我祖宗所固有，还乞见还！”富弼道：“晋以卢龙赂契丹，周世宗复取关以南地，皆是前朝政事，若两国都要求地，幽蓟曾隶属中国，也就应该见还了。”宗真无话可答，宣弼退下。

刘六符引富弼至使馆说道：“我主耻受金币，定欲索取关南十关。南朝何不暂许通融呢？”富弼正色道：“我朝皇帝常说：‘为祖宗守土，不敢以尺寸之地与人。北朝所欲，不过租赋，朕不忍两朝赤子，重罹兵革，宁多加岁币，以代租赋。如果北朝一定要索土地，便是有意背盟，北朝应为戎首，其曲不在我朝了。’”刘六符道：“南朝皇帝，如此存心慈善，我们自当帮忙，使两朝皇帝和好如初。”是日开宴尽欢而散。次日，契丹主宗真出猎，约富弼同往，宗真引马与富弼密语道：“南朝若允割地，我誓感厚谊，永敦和好。”富弼答道：“北朝以得地为荣，南朝自必以失地为辱，彼此既为兄弟，岂可使一荣一辱了呢？”宗真默然无语。猎毕而归，刘六符即来说道：“我主闻荣辱之言，颇为感动。关南之地，暂且不提，愿与南朝和亲，谅来总可以答应的了。”富弼道：“和亲易启嫌隙，况我朝长公主出降，赍送不过十万缗，哪能及得岁币的大利呢？”次日，宗真召富弼入见道：“卿可返国取誓书来，俟卿再至，我当从一事为约。”富弼作辞南返，见了仁宗，把辩论情形，详细奏闻。仁宗复遣富弼，持誓书前赴契丹，并命至枢臣处亲受口传。

富弼领勒即行，方抵乐寿，忽然心中一动，对副使张茂道：“我领国书时，没有亲自观看，倘口传的话，与国书不同，如何能取信于人，这不误了大事吗？”遂启书看视，果与口传不符，立即驰马回京，时已午后，朝事已散。富弼直叩宫门，请求朝见。仁宗召入，富弼呈上国书道：“枢臣意图陷害，特作此书，与口受不同，臣死不足惜，如国事何？”仁宗也觉疑心，便传问晏殊，国书如何错误？晏殊道：“吕夷简身为大臣，当不至糊涂若此，或恐录述时有了错误。”富弼奏道：“晏殊奸邪，与吕夷简同党，自然为之庇护，当面欺诳陛下，该得何罪？”仁宗遂命晏殊，更易国书，交于富弼动身。到了契丹，不议和亲，但议岁币。契丹主宗真道：“南朝即增岁币，应称献。”富弼道：“南朝为兄，岂有兄献于弟之理。”宗真道：“不用献字，就改一纳字罢。”富弼仍是不允。宗真艴然道：“几十万金帛，且拱手送我，何在乎区区一字？若恼了我，率兵南下，休要后悔！”富弼道：“我国皇帝，顾全南北生灵，故屈己增币，并非惧怕北朝。若不得已而开战，曲直自有定论。谁胜谁败，使臣都不敢预料。”宗真道：“卿毋迂执，古时也有此例的。”富弼道：“古时惟唐高宗借兵突厥，曾称献纳。后来颉利为太宗所擒，岂尚有此例吗？”言时声色俱厉，宗真知不可夺，遂道：“你也不能作主，我当另遣人往议。”便留下增币誓书，另遣使耶律仁先及刘六符，持誓书与富弼同行，往议献纳两字。当富弼先入奏道：“献纳两字，经臣竭力拒绝，陛下幸勿轻许。”仁宗应允。后来竟用晏殊之议，许用纳字，岁增银十万两，绢十万匹，遣知制诰梁适，持誓书与仁先等偕行，契丹亦遣使再致誓书，从此宋朝与契丹，依然和好。

那富弼初次受命，前赴契丹，适一女夭殇，亦不过问；及二次前往，闻得一男，也不暇顾，接到家书，未尝启视，随到随焚。左右问故，富弼道：“启视家书，不过徒乱人意。国事尚未办妥，何暇顾及家事？”此时和议已成，仁宗复命为枢密直学士。富弼力辞道：“增币非臣本意，契丹狡猾，明誓亦未可恃，愿陛下卧薪尝胆不忘修备，臣何敢以此受赏？”仁宗甚为嘉纳，不久即改授为资政殿学士。

再说元昊虽然屡胜宋军，将士死亡的很是不少，兵马亦折损许多，而且西夏境内，天旱年荒，兵民交困，渐有纳款于宋之意。知延州庞籍，报告宋廷。仁宗命知保安军刘拯，传谕元昊亲臣刚浪陵（译为野利纲利拉）、遇乞（译为雅奇）兄弟二人，令他内附，即畀以西平爵位。刚浪陵乃是刁猾之徒，令部下浪埋、赏乞、媚娘三人，赴延州诈降。鄜州判官种世衡，料知有诈，留在营中，佯加录用。刚浪陵又令教练使李文贵，前来报告投降之期，种世衡也将他留住。元昊复入寇镇戎军，王沿使副总管葛怀敏出敌，被元昊截击，大败而死，全军陷殁无存。元昊乘胜直抵渭川，泾原以东，烽火连天。知庆州范仲淹率蕃汉兵往救，元昊方才退去。初时仁宗命翰林学士王尧臣，安抚陕西，回朝后奏称韩琦、范仲淹皆有将帅之才，不宜置诸散地。仁宗尚不深信，及葛怀敏败殁，中外惶惧，遂命文彦博经略泾原，且欲徙范仲淹知渭州，与王沿对调。仲淹以王沿无用，上疏请与韩琦并驻泾州。仁宗纳了仲淹之言，即用韩琦、范仲淹、庞籍为陕西安抚经略招讨使，置府泾州，分司行事。并召还王沿，令文彦博守秦州、滕宗谅守庆州、张亢守渭川、韩琦、范仲淹受命之后同心防边，号令严明，拊循士卒，诸将乐为之用，夏人畏惧，不敢侵犯。边人编成四句歌谣道：

军中有一韩，东贼闻之心胆寒。
军中有一范，西贼闻之惊破胆。

那种世衡，却因刚浪陵遣人诈降，一心要以假应假，除灭了他，免为元昊心腹。恰巧有个僧人王光信，是个足智多谋人，种世衡收录在部下，奏补三班借职，令改名为王嵩，遣他持书去招降刚浪陵、遇乞。刚浪陵接了书，拆开，观看，书中说是朝廷知道王有附内之心，已授为夏州节度，王可速速前来。书的后面，又画了一个枣儿和一个龟儿。刚浪陵看了，不解所谓。王嵩在旁解说道：“枣与早同音，龟与归同音，是劝大王早早归朝的意思。”那刚浪陵和遇乞两人，皆属野利氏，元昊娶野利氏女为第五妃，便是两人的女弟，因此两人深得元昊宠任，又是很有才干的，并握大权，夏人皆称为大王，所以王嵩也称他为大王。刚浪陵何等狡猾，冷笑一声道："种使君把我、看作何人，却来弄这玄虚。"喝令左右，将王嵩拿下，连同原书，献于元昊。

元昊见了王嵩，拍案大怒，喝令斩首。王嵩丝毫无惧，反哈哈大笑道："人家说你们西夏人多诈，我却不信，哪知果然诈伪。"元昊听了，忍不住大喝道："你还多言吗？这明明用的是反间计，难道瞒得过我吗？"王嵩道："刚浪陵大王，若不令浪埋来降，种使君也不至无缘无故，就送书来。现在浪埋等尚在鄜州，李文贵已经重用，我朝又授刚浪陵大王为夏州节席使，羌汉人民，谁人不知，哪个不晓，这样可靠的事情，也要变卦，岂不是西夏人多诈的证据吗？也罢，我死也值得的，有李文贵等四人在那里偿命哩。"元昊听了这话，很觉惊诧！便问："刚浪陵、李文贵等何事到他们那里去的？"刚浪陵前差浪埋等诈降，本未与元昊说明，此时被诘，反难答复。元昊见了，心下好生惊疑，即命将王嵩缓刑，暂禁监内，一面盘问刚浪陵。刚浪陵忙将前情详细言明，元昊将信将疑的，也将刚浪陵留在帐中，派人诈为刚浪陵之使，往见种世衡。世衡早已料到是元昊所使，故意将错就错，格外优待，且与他约定刚浪陵和遇乞归降之期，来使回去，把情形报告元昊。元昊不禁大怒，即召刚浪陵与所使之人对质，刚浪还要分辩，元昊已一剑将刚浪陵杀死，又将遇乞拘囚狱中。

种世衡闻得刚浪陵已死，遇乞被囚，笑道："遇乞这厮，也留他不得，须要一并除去方好。"遂又作了一篇祭文，说是刚浪陵兄弟有意归降宋朝，不意遭了惨变深可痛惜。这篇祭文，说得甚惨恻，暗暗地投在夏境。有人拾了献于元昊。元昊又将遇乞斩首。但是元昊也是个很有胆识的人物，种世衡用这反间之计，就是无谋下士也识得的。元昊如何落入圈套，竟把自己的羽翼剪除了呢？只因遇乞之妻没藏氏，生得明媚艳丽，风姿绝世，与元昊第五个妃子野利氏有姑嫂之谊，时常出入宫中。元昊见了，诧为美人，很想引诱上手，与她通情，只忌着遇乞和刚浪陵，都是很有本领的人，且又手握重权，不敢妄动。正在没有法想的当儿，却巧碰着种世衡施了反间计，便将错就错，把刚浪陵兄弟二人杀了，遂将没藏氏诱进宫去，威吓利诱，成就了好事。

元昊既已如愿，就把王嵩从狱中放出，以礼相待，令他作书于种世衡，愿与宋朝通和。世衡告知庞籍，遣李文贵往议和解。元昊大喜，即令李文贵与王嵩，同至延州，赍书议和，庞籍接了来书，飞报宋廷。仁宗令庞籍复书许和，但命他稍作恭顺。庞籍奉旨，乃遣李文贵赍书前去。元昊令六宅使贺从勖，赍书同来，书中自称男邦泥定国兀卒曩霄，上书父大宋皇帝。庞籍看了问道："怎么叫做泥定国兀卒曩霄？"贺从勖答道："曩霄是吾主新改的名字，泥定国是立国的意思，兀卒是国主的称呼。"庞籍道："这样说来，尔主仍不肯臣事我朝，这书如何上闻呢？"贺从勖道："即称父子，也和君臣一般，倘若天子不许，再作计较。"庞籍道："如此，尔须入阙自陈。"贺从勖应声愿往，遂令人送贺从勖至京。庞籍奏言元昊来，书体未正，应谕令称臣，始可议和。仁宗览奏，即召贺从勖入谕道："你主果愿归诚，应照汉文格式，称臣立誓，不得说什么泥定国，什么兀卒。"贺从勖叩首道："天朝皇帝，既命称臣，当归国再议。惟天朝仁恩广被，每岁应赐予若干，使臣可以还报国主。"仁宗道："朕遣使与你同往定议便了。"遂命邵良佐、张士元、张子奭、王正伦等四人,偕同贺从勖前往,与元昊酌议。四人到了西夏,因元昊多索岁币,未能议妥。元昊反遣使臣如定聿(译为儒定裕舍)、张延寿等,至汴再议。当下议定,每年赐予绢十万匹,茶三万斤,夏主元昊称臣立誓,永不渝盟。夏使既归,元昊即上誓表,仁宗亦赐诏答复。夏使去后,过了一年,又遣尚书员外郎张子奭,充册礼使,册元昊为夏国主,于岁赐之外,特赏对衣,黄金带,银鞍,勒马,银二万两,绢两万匹,茶三万斤。从此契丹通和,西夏称臣,西北两边,总算一齐平静。

仁宗十分快乐。除了每日在宫与妃嫔美人歌舞饮酒追欢取乐,一有空暇,还要作些诗词歌曲,谱入乐中,命宫人们歌来侑酒。从来说上有所好,下必应从。仁宗既喜歌词,自然就有那些文人学士,批风扶月,挖尽心思,作了许多词曲,希图迎合上意,好取富贵。其时有个屯田员外郎柳永,初名三变,后来改名为永,表字耆卿,崇安人氏,景佑元年,进士登第,最擅填词度曲。所谱之词,音律谐婉,词意妥贴,把承平气象,形容曲尽,赏用雨霖铃调,作《秋别词》道:

> 寒蝉凄切,对上亭晚,骤雨初歇。都门帐饮无绪。方留恋处,兰舟催发。执手相看泪眼,意无语凝噎。念去去,千里烟波,暮霭沉沉楚天阔。多情自古伤离别!更哪堪,冷落千秋节。今宵酒醒何处?杨柳岸,晓风残月。此去经年,应是良辰好景虚设,便纵有千种风情,更与何人说?

这阕词儿,做得清雅流丽,传了出来,都下争诵,皆称他为晓风残月柳屯田。流入禁中,仁宗闻得,也深爱此词,每逢宴饮,必令侍从歌唱,但传旨说歌柳词,众人便知是要唱晓风残月了。那柳永文才虽好,却是个希荣慕利之人,闻得仁宗深爱他的词曲,时常歌唱,就想借此梯进,只是没有机会,惟有耐性守候。却巧那年秋季,太史奏称老人星现,主国家承平,圣寿绵长,仁宗闻奏大喜。又值中秋这天,天色晴朗,月明如昼,仁宗高兴得很,便在宫内摆宴乐饮。柳永本与内侍联络,遇有机会,便去偷偷的报告了柳永,叫他谱阕新词,献于仁宗,碰碰机缘。柳永得了机会,好不欢喜,疾忙展纸磨墨,谱了《醉蓬莱》一阕,暗暗切着中秋晴霁,老人星现,国脉绵长的意思,令内侍献于仁宗,其词道:

> 渐亭皋叶下,陇首云飞,素秋新霁。华阙中天,锁葱葱佳气。嫩菊黄深,拒霜红浅,近宝阶香砌。玉宇无尘,金茎有露,碧天如水。正值升平,万机多暇,夜色澄鲜,漏声迢递。南极星中,有老人呈瑞。此际宸游,凤辇何处?度管弦声脆,太液波翻,披香帘卷,月明风细。

柳永谱了这词,献于仁宗,以为富丽堂皇,切时切景,又寓着颂扬之意,必定大加奖赏,可以升官晋爵的了。哪知仁宗看了那词,见头一个便是渐字,心下已是不悦。读至"宸游凤辇何处",又与从前御制揽真宗的词相同,更加惨然不乐。又读到"太液波翻",便道:"何不用波澄二字,可见柳永是个反复无常之人了。"说着,就把这个词,投于地上,不去观看,内侍们见圣心不悦,也就不敢多言。后来仁宗又把柳永沟通内侍,进献词曲的情由打听出来,更加鄙薄他的为人,遂以无行罢黜,不再起用。

柳永以词曲罢免,却有个宋祁,偏以词曲见赏于仁宗,很得宠幸。那宋祁,宋子京,本是安州安陆人,后来徙居开封府之雍邱,与兄宋郊,天圣年间,同举进士。礼部奏宋祁为第一名,宋郊名列第三。时刘太后临朝称制,说道:"宋郊乃宋祁之兄,不可以弟先兄。"遂命以宋郊为第一。宋郊后改名为庠,累参知政事,同平章事,充枢密使,封莒国公。宋祁才情倜傥,雅擅歌词,尝于春日谱《玉楼春》词道:

东城渐觉风光好,縠皱波纹迎客棹。绿杨烟外晓寒轻,红杏枝头春意闹。浮生长恨欢娱少,肯爱千金轻一笑。为君持酒劝斜阳,且向花间留晚照。

这首词儿,传诵都下,人皆称宋祁为"红杏枝头春意闹"尚书。仁宗也深赏其词之妙,常常召入禁中,甚加优待。

其时因边疆平静,在庆历八年,元宵这天,仁宗以中外臣民,逢着承平时节预先下旨,元宵令节,大张灯彩。这道旨意一下,汴京城内,谁敢不遵,官宦人家是不必说了,或扎鳌山,或列祥兽,便是庶民人家,也在门前,悬了各色的异样灯景。真是个家家大张宴会,户户尽致珠玑,银花火树笙箫,鼓乐喧声聒耳。这夜金吾不禁,与民同乐。那汴京的繁台街,人山人海,满路拥挤,不能通行。恰巧街西有几乘绣幰,如飞而来,街东有一位官员,坐轿而行。两下走得相近,被看灯的人四下一挤,不偏不倚,碰在一处。未知两下都是何人,且听下回分解。

第五十回　狭路相逢褰帏一笑　中宫饮宴肇祸三更

话说元宵佳节，京城内大张灯绿。那条繁台街，正在城之中心，平时也异常繁盛，何况元宵这夜。全城的百姓和中外人士，以及红男绿女，老人幼童，都到这条街上来看灯，早已拥挤得水泄不通。恰巧有几乘绣幰，坐的都是内家宫女，奉命往八大王俨邸中回来，由此经过。对面又来了一顶轿子，内中坐的是翰林学士承旨宋祁，喝道而来。虽然两下都有侍从开路，那看灯的人，过分多人，哪里让得开来？那绣幰好容易从人丛中挤将过来，恰巧宋祁的轿子也到了，忽地被众人四下一挤，那轿子和一乘绣幰，碰了一下，幸亏碰得不重，并无损伤。那坐在绣幰中的宫人，已是吃了一惊，就有两个小内监喝道："是个什么官儿，敢这样无礼，惊动咱们。"宋祁的从人忙打招呼道："对不起得很！是宋学士侍宴回来，被看灯的人逼迫过甚以致如此，并非有意，尚请原谅。"小内监还要发作，那绣幰内坐的美人，早已伸了纤纤玉手，褰起帘帏，露出粉脸，向宋祁望了一眼，微微一笑道："是小宋吗？他们出于无心，不必计较，快复旨去。"小内监不敢多言，一刹那间，风驰电掣的去了。宋祁坐在轿中，看见这个宫人生得丰容盛鬋，杏脸桃腮，真是天上奇葩，不同凡卉，又听她娇滴滴的声音，称自己为小宋，不觉心有所感，遂于轿中，口占《鹧鸪天》词一阕，以表思慕之意，其词道：

画毂雕鞍狭路逢，一声肠断绣帘中。身无彩凤双飞翼，心有灵犀一点通。金作屋，玉为笏，车如流水马如龙。刘郎已恨蓬山远，更隔蓬山一万重。

宋祁一面填词，一面回去，心中怏怏，如有所失。不料这词传禁中，为仁宗闻知，不觉笑道："宋祁有此艳思，朕当曲为成全。"遂问元宵那夜，是第几车子，何人呼小宋的？宫人们只得据实奏闻，仁宗也不言语，只是召宋祁侍宴，仁宗命歌所谱《鹧鸪天》词，宋祁听了，不胜惶恐。仁宗从容问道："此词是卿所作吗？"宋祁惊惶无地，拜伏请罪。仁宗笑道："朕当使卿不隔蓬山，得遂心愿。"召呼小宋的宫人，当面赐之，并命内侍备车送往学士府中。宋祁叩头谢恩而退，当时传为佳话，朝臣莫不艳羡。

这年乃是庆历八年闰正月，仁宗因为西北边境，兵患已消，见州叛卒王则之乱，又经明镐文彦博讨平，天下无事，四海升平，心内觉得十分快乐。在正月内游宴了一个月，还觉未能尽兴，便借着闰正月的名目，下诏第二个元宵节，再张灯宴三天，以尽余兴。这道诏旨下来，汴京城中，上自官宦，下至百姓，各个兴高采烈，重新张灯结彩，鼓乐喧天的又庆祝起元宵佳节来了。仁宗更是异常高兴，带了文武百官，设宴露台，赏玩灯景，饮酒赋诗，选舞征歌的闹了一夜。次日十六日，乃与文武，宴饮取乐。只因昨日闹了一个通宵，今晚不便再闹一夜，到了二更已过，便传旨散宴，排驾回宫。仁宗回到宫中，仍然兴致勃勃，遂又传旨排宴。曹后见仁宗正在兴头的时候，不敢谏阻，只得在旁陪侍。

仁宗连举数觥，已是三更时分，忽闻外面呼噪的声音，接连不断。曹后系出将门，性情机警，听了这个声音，即知有变，连忙抬头一看，月光底下，分外清楚，早见对面屋脊上，有几个短衣窄袖，雄赳赳的男子，手执明晃晃的利刃，跳将下来，直扑寝门而来。此时外面喧声更甚，仁宗也十分惊诧，意欲出视，早被曹后拖住，拥护着坐下，说道："宫中如此纷扰，必然有人谋变。黑夜仓皇，陛下不宜轻出。速传旨出去，召都知王守忠，引兵入卫，方保万全。"其时直宿的宦侍，俱已前来。当由仁宗，亟召王守忠引兵入卫，内侍奉旨去了。那外面的乱党，逢人便杀，妃嫔宫人，惨呼盈耳，仁宗惊惶无措。曹后勃然变色道："贼党已是内人，不可不须为防备。"遂传集内侍勒为队伍，守御宫门。有个太监谗言道："莫非宫中乳媪殴打小女子，所以有这样的声音。"曹后怒喝道："贼人已至眼前，在那里杀人，你还敢当面撒谎吗？"便命宫人内侍，速去汲水。水汲人，又亲执绣剪，将各内侍鬓边，皆剪一缺道："你们可奋力守门，静侍外援，明日当视发行赏。"宦侍闻言，一齐踊跃起来，都至宫门拒守。果然不上一刻，贼党已至中宫，在门外齐声呐喊，纵火毁门。曹后忙督率内侍宫人，将所备之水，向外扑救，火势虽盛，遂扑遂灭，宫门得以保全。

两下正在相持，都知王守忠已率卫兵到来，四面截杀，不消片刻，已将贼党擒住，叩门请安。曹后闻知贼人已获，在内传旨道："叛贼共有几人？"王守忠道："共计数十名，为首的乃是侍卫颜秀。"曹后道："知道了，你可押带出去，即交刑部。确是擒住的贼人，命即正法，不得妄事株连。"守忠奉命而去。仁宗见曹后仓猝指挥，一丝不乱，十分赞叹。其时天色已明，各院妃嫔得了消息，陆续前来，在门外请安。当时由曹后吩咐，启门放入。第一个进来的便是张美人。这张美人乃是仁宗第一个宠妃，生来巧慧多智，最善逢迎，仁宗本要立她为后，因与刘太后意见不合，所以册立郭后。郭后被废，又要立她为继后，却因张美人自己辞让，不敢承当，方才改立曹后。平日与两后相处，倒还谦退尽礼，无甚乖忤之处，因此更得主眷。

庆历元年，封清河郡君，后迁修媛，忽然患病，甚为沉重，遂申奏仁宗道："贱妾蒲柳之姿，待罪掖庭，不克上荷主眷，愿仍退居美人之列。"仁宗见她意出真诚，也就允许。但是封号虽属美人，权力却倾于皇后。这回到中宫来请安，仁宗反好言抚慰，曹后也屈意殷勤。紧跟着张美人进来的，便是周美人。她从四岁上，即入宫闱，甚为张美人所钟爱，因此抚为养女，到得年将及笄，出落得如花如玉，美艳动人。仁宗见了这天仙般的佳人，如何还肯放过，也顾不得什么名分，竟把养女收入凤侣，也是很得宠幸的一位美人。此外又有苗才人，冯都君，也相偕前来问安。苗才人本是仁宗乳母的女儿，幼时便和仁宗在一处嬉戏，青梅竹马，两小无猜，自然十分相爱。到得年纪长成，又生得身材苗条，妩媚可爱，仁宗便收她在妃嫔之列，封为才人。这冯都君，是个良家女子，其祖名起，曾为兵部侍郎，以德容入选的。其余还有许多才人、美人，一齐都来问安，因为无关紧要，也就不再详述了。

到得次日，仁宗以宫禁谋变，祸生肘腋，特下诏书，谴责皇城使与卫官数人。副都知杨怀敏，由乱首颜秀供出，通同一气，例应押外庭，严加审问，却因枢密使夏竦和他私相结纳,尽力包庇,奏请仁宗,在禁中审讯。便有参知政事丁度谏阻道:“宿卫作乱,谋害乘舆,关系着社稷安危,乃是何等大罪,岂可胡乱了结吗?”无如夏竦一力坚持,仁宗不欲遽兴大狱,只将杨杯敏降官,仍在内适当差。

夏竦非但保护杨怀敏,他还想交结宫闱,以图自保。知道张美人宠擅专房,深得主眷,要在这个当儿结一内援,遂上章说张美人有扈跸大功,应进荣封。仁宗本来宠爱张美人,日思进她的爵位,苦于无词可借,这次得了夏竦的奏章,正合心意,即命册张美人为贵妃。夏竦见仁宗准了自己的奏章,料知有机可乘,意想就此动摇中宫,唆使谏官王贽,奏言叛逆起于中宫,请彻底追究。仁宗见了此奏,心下又不免动疑,转问御史何郯,何郯奏道:“中宫仁智,内外交钦,这是匪徒有意中伤,摇动正宫,觊图非分,陛下不可不察。”仁宗听了何郯的话,方把此事搁过一边,惟加封张贵妃之父尧封为郡王,伯父尧佐为太师,兼宣徽节度景灵群牧四使。殿中侍御史唐介,知谏院包拯、吴奎,都竭言不可,中丞王举正又留百官到廷论驳。仁宗难违众议,只得罢去尧佐宣徽景灵二使。过不上几天,又命尧佐知河阳,兼职南院直徽使。御史唐介,又抗章谏道:“外戚不可预政。前日陛下从臣等之言,已经收回成命,今日如何重又拜除,自紊典章,致召出反之。”仁宗遂召唐介进见,面谕道:“除此之权,出自中书,并非尽由朕意,卿何责备过甚?”唐介道:“相臣文彦博,也想结交贵戚,希荣固宠吗?”仁宗见唐介语言切直,心内不悦,拂袖竟入。

唐介退归家中,重又缮疏,参劾文彦博,身为宰相,交通宫禁,引用贵戚,不称其职,请即日罢免,改相富弼。次日入朝递呈,仁宗阅了数语,将奏章掷下,怒斥道:“你若再来多言,朕立即将你远谪。”唐介毫无怯意,拾起所掷奏章,从容跪读。读毕,又叩头道:“臣忠愤所激,死且不畏,何畏远谪。”仁宗召谕群臣道:“唐介位居御史,言事原是本职,但擅劾文彦博,妄荐富弼,难道黜陟大权,也是御史可以干预的吗?”时值文彦博也在殿上,唐介竟向彦博道:“彦博应自省,如有此事,不可隐讳。”文彦博向仁宗拜谢道:“臣不称,愿即避位。”仁宗见唐介如此无礼,愈加发怒,立斥唐介下殿,声色俱厉。谏官蔡襄趋进道:“介诚狂直,但纳谏容言,乃仁主美德,乞赐宽贷!”仁宗余怒未释,遂贬唐介为青州别驾,后由王举正等再三进谏,改处英州。文彦博旋亦免职,出知许州。唐介劾他交通宫掖一事,有人说并非诬枉。当日张贵妃之父张尧封,曾为彦博父洎门下客。贵妃未入选时,曾认彦博为伯父。后来入宫专宠,彦博进献蜀中著名之灯笼锦,与贵妃制衣,所以后人所作宫词有“无人更进灯笼锦,红粉宫中忆佞臣”之句。又有人说,灯笼锦乃是文夫人进献,彦博并不知道,究竟孰虚孰实,也难查考。但当时彦博为唐介所参劾,不加辩论,却是很可疑的,想来果有此事也未可知。仁宗在盛怒之下,贬了唐介,等到调查得实,遂将彦博外调,另派中使,护持唐介至英州赴任。当时皆称唐介刚直不阿,可以谓之真御史。

且说仁宗贬了唐介,又罢免了文彦博,遂用庞籍同平章事,高若纳为枢密使,梁适参知政事,狄青为枢密副使。那耿青原以戍卒起家,历官西陲,善战善守。经略判官尹洙,一见之下,识为将才,尝力荐于经略使韩琦、范仲淹,韩、范召狄青入见,谈论战略,洞中机宜,因此甚为嘉许,倚为臂助。范仲淹并授以《左氏春秋》道:“为将不知古今,不过匹夫之勇。”狄青唯唯受命，自是斩节读书，虽躬擐甲胄，手不释卷，举凡秦汉以来，将帅兵法，无不通晓，积功升都指挥，入为殿前都虞侯。其时面涅犹存，仁宗命其敷药除字。狄青拜谢道：“陛下以臣曾立微功，屡加擢用，并非论及门弟。臣之得有今日，正赖此涅，愿留示军中，以为劝勉，非臣不肯奉诏。”仁宗点头道：“卿言亦是有理，不必去吧。”又为彰化节度使兼知延州，至是遂擢为枢密副使。

仁宗于庆历八年后，又改元皇祐。皇祐元年，广源州蛮酋侬智高，举兵谋叛，僭称南天国王，改元景瑞。广源州地邻交趾，自唐以来，即为交趾所并，其东为傥犹州，亦系交趾所属。知州依全福，为交人所杀，全福妻阿侬，改适商人，遂生智高，冒姓侬氏。智高生而强悍，不肯下人，年仅十三，耻有二父，即将商人杀害，与其母占据傥犹州。交人进兵攻取州城，生擒智高母子，见其状貌魁梧，遂加赦宥，且令知广源州。智高不知感德，反生怨恨，潜集部曲，袭取了安德州，居然僭号改元，妄自称尊起来。一面遣使入贡中国，自愿内附。

宋廷以交趾一隅，自黎桓受封，已历二传，素称恭顺，不便收纳智高，结怨交人，因此却还贡使，不允所谓。智高恼羞成怒，竟欲侵犯宋疆，以泄其忿。适有广州进士黄师宓，郁郁不得志，往投智高，为作谋士。先劝智高屯积粮食，令出敝衣物等，与边民换粟易米。邕州与广源州邻近，邑民皆输粟出边，与之交易。知州陈珙，命人责问，智高推说洞中饥馑，恐部下暴动，反来扰边，自以易粟振饥，免得生事。陈珙得复，信以为真，毫不设备。黄师宓又教智高，焚毁居室，召集部下说道：“数年屯积，焚烧已尽，只有进取邕广，谋一生路，否则只好束手坐毙了。”部众闻言，一齐赞成。智高大喜，率众五千，沿江而下，攻打邕州横江寨，守将张日新陈亡。智高进薄邕州。陈珙仓猝无备，被智高一鼓杀入，活擒将去。司户孔宗旦、都监张立，皆骂贼而死。智高据了邕州，自称仁惠皇帝，国号大南，改元启历。广南一带地方，承平已久，军同虚设，智高挥众四出，横、贵、藤、梧、康、端、龚、封八州之地，悉为所陷，进围广州。知州魏瓘，一面飞报宋廷，一面鼓励民兵，登陴死守。又得知英州苏缄、转运使王罕，先后率兵往援，方才保守得住。

仁宗接到了广州急报，遂命余靖为广西安抚使，杨畋为广南安扶使，亟调广东钤辖陈曙，发兵西征。适值知秦州孙沔入朝，仁宗以秦事为勖。孙沔奏道：“秦州可以无忧，岭南之事，却很可虑。臣观贼势其盛，官军虽已往讨，未得将才，恐不能即日奏捷。”仁宗默然无语。过不到几日，果得败报，昭州钤辖张忠败殁，贼锋极为猛锐。仁宗又授孙沔为湖南、江西安抚使，沔请骑兵七百人，立刻就道；且分檄湖南、江西各州县，亟缮营垒，多悬燕犒，以备大军到时应用，果然虚声夺人。智高本拟越岭北侵，闻得此檄，始不敢北上。等得孙沔到了鼎州，宋廷又召还杨畋，加孙沔广南安抚使。智高又移书行营，求为邕桂节度使。仁宗意欲如其所请。参政梁适谏道：“智高猖獗已甚，再事姑息，岭南非朝廷所有了。”仁宗道：“杨畋无功，余靖等亦难获胜，如何是好？”言语未华，忽有一位大臣，出班奏道：“臣愿奉诏南征，生擒蛮酋，献于阙下。”仁宗视之，乃枢密副使狄青，不觉喜道：“卿若南征，不难平贼，未知应需若干人马？”狄青道：“臣起家行伍，非征伐无以报国，愿得蕃落数百骑，益以禁兵万人，即可生擒渠魁，槛送汴京了。”仁宗道：“既是如此，事不宜迟，朕即命卿宣抚荆湖，卿可速去整备行装，指日出发便了。”狄青拜谢而退。

宋朝制度，重文轻武，文臣除授节钺，久成习惯，此次仁宗命狄青南征，独任武臣，免不得众议纷纷。谏官韩绛奏称狄青一介武夫，不应专任。仁宗欲令内都知任守忠为副使，知谏院李兑，又上言内宫不宜典兵。弄得仁宗疑惑不定，左右为难，遂召首相庞籍。庞籍奏道："狄青智足平贼，陛下不妨专任，倘若号令不一，不如勿遣。"仁宗方才决定主意，专任狄青，置酒垂拱殿，替他饯行，且诏令岭南诸军，概受宣抚使狄青节制。狄青方出都门，便飞檄前敌各将士，不得妄与贼战，俟令乃发。钤辖陈曙，乘狄青未至，发兵出敌，抵昆仑关，为贼所败，溃退而回。狄青到了宾州，会集孙沔、余靖各军，设立营栅，驻扎已定。沔、靖入报陈曙败溃之状，狄青勃然道："号令不齐，焉得不败？明日请诸位到来，严申军律，方可破贼。"

次日天明，狄青传令，齐集各军大小将领，尽会堂上，依次列座。狄青见陈曙在座，起身问道："日前往击昆仑关，共有若干兵马？"

陈曙无可掩饰，只得起身答道："共有步兵八千，将校三十二人。"狄青又令陈曙，把将校一一召入，遂即升堂高坐，传卫士入帐，排列两旁，召陈曙至案前，厉声言道："皇上授我特权，征讨蛮酋，途次已传出军令，不得妄战，钤辖何得违我号令，致遭挫折，按法当斩。"喝令军政司，将陈曙拿下，又传随征三十二将言道："违令之罪，虽出陈曙，但汝等既相随出征，应该奋力进战，何得遇贼即溃，不斩汝等，何以申军法？"也喝令捆绑好了，驱出辕门，一一斩首。须臾之间，三十多个首级，一齐陈于帐下。孙沔、余靖以及诸将，皆相顾失色，莫敢仰视。狄青命将首级，悬竿示众，过了一日，方命备棺掩埋。从此以后，行伍整齐，壁垒精严，令出必行，无敢违犯。

其时已在残腊，转眼之间，又是皇祐五年的新春。狄青按兵不进，传令营中道："新年令节，应行庆贺，请军可休息十日。"众将得了此令，皆不知元帅是何命意，贼人的间谍，探得这个消息，忙去报告。智高以为宋兵果然要休息十日，方才进军，也就懈怠起来。哪里知道，过了一天，狄青自将前军，首先出发，孙沔为次军，余靖作后军，联合并进，直抵昆仑关。智高因狄青有休息十日之命，尚在邕州，没有知道。过了一二日，再遣侦骑，窥探宋军行止，恰值上元佳节，宋军营中，大张灯宴，歌舞欢饮，侦骑探了情形，自去回报智高。狄青和诸将将宴饮了一夜，到了此夕，仍复设宴共饮，直至二鼓，尚是兴高采烈，不肯休息。狄青忽称身体不适，暂时入内，传令将佐们可尽量饮酒，待次日候令进关。众将佐奉了命令，你斟我酌，开怀畅饮了多时，方始散席，等到天明，都至帐下候令。忽有军校口传将令道："元帅早已进关，诸位将军，从速前往会师，不得迟误。"诸将闻言，不胜惊愕，匆匆领兵入关，孙沔、余靖也就率军亟进。

你道狄青是什么时候入关的？原来他于起座入内的时候，便改换了军装，约会了先锋孙节，乘夜渡过了昆仑关。他又为什么要这样偷偷地度过关去呢？因为这座昆化仑关，设在昆仑山顶上，适当宾、邕两州的交界，是个最重要的所在。倘若正正当当的渡过去，贼兵必然来争，这样险要的地方，如何能渡得过去呢？他明知贼人必有侦骑前来窥视，故意在上元这一夜，张灯宴传，以安贼人之心，使他不设防备。到了次夕，便轻轻地度过关去。这正是兵书上所说的出其不意、攻其无备的意思。果然贼人中了耿青之计,丝毫没有防备,竟是人不知鬼不觉的度过了昆仑关,直抵归仁铺,列阵以待后军。到得各军陆续前来,已是辰牌时分。智高那里,也已得信,倾寨齐出,抗拒官军先锋孙节。孙节见贼兵大至,上前交战。贼兵来势甚锐,枪箭齐施,孙节舍命抵敌,中枪而亡。孙沔、余靖领了人马,驻在高冈上面,见孙节阵亡,不觉大惊。忽闻鼓声大震,一彪人马,从山麓杀出,分为两路,夹攻贼兵。阵云影里,一员大将,金盔银甲,面戴铜具,手执白旗,身坐银合战马,在那里左右指挥,忽开忽合,忽纵忽横,大呼杀贼。孙沔向余靖道:"下面不是狄元帅在那里督战吗?看他部下的将士,好似生龙活虎一般,真个名不虚传,你我何不挥军直下,助他一阵呢?"余靖连声答应。遂即分兵两路,杀下高冈,直冲敌阵。贼人被狄青的兵马,正杀得东倒西歪,不能招架,怎禁得又有两支生力军,前来相助,顿时弃甲抛戈,纷纷溃乱。狄青率领诸军,追赶了五十余里,斩首数千级。贼将黄帅宓、侬建中及伪官属等,死了一百五十余人,生擒贼目五百多名,方才鸣金收军。狄青收军之后,绝不休息,立即下令军中道:"贼人经此一败,魂胆俱丧,诸君可努力前进,直捣邕州,方能擒得贼酋,略一迟延,必然被他逃去,那时又要多费周折了。"众将佐听了,齐称得令,大家奋勇向前,都想擒住贼首,好得重赏。未知侬智高果能擒获否,且听下回分解。

第五十一回　承大统旁支入继　议崇封聚讼盈廷

话说狄青获胜之后，深恐侬智高为人狡猾，就此潜逃，更难擒拿，所以决不休息，挥军亟进。果然不出狄青所料，宋兵追至邕州，智高已纵火焚城，夤夜遁去。宋兵进了邕州，扑灭余火，查觅智高，竟无踪迹。适有一具尸体，身穿龙衣，众将都目为智高，说他已死，拟即上闻。狄青连连摇头道："安知非诈？我宁失智高，不敢欺君冒功。"遂据实具奏。仁宗接得捷报，喜慰非凡，谓庞籍道："狄青果能一战成功，卿可谓有知人之明了。"乃诏余靖经制广西，追捕智高，召狄青、孙沔还朝。擢青为枢密使；沔为枢密副使，南征将士，均各赏赉有差。智高母阿侬及弟智光，侄继宗，逃至特磨道，为余靖追获，解京伏法。独智高窜死大理，由余靖索取尸身，函首入献。南方既平。

仁宗又下诏改元，号称至和。适值张贵妃一病不起，竟尔逝世。仁宗悲悼逾恒！辍朝七日；且禁京城举乐一月，追册为皇后，治丧皇仪殿，赐谥温成。知制诰王洙，迎合意旨，阴与内侍石全斌结连，欲令孙沔读册，宰相护葬。其时庞籍罢相，陈执中断任。执中奉命惟谨，孙沔入朝抗言道："陛下欲令臣沔读册，何敢不遵！但臣职任枢密副使，非读册官。不读册，是谓逆旨；臣若读册，是谓越职。须陛下将臣免职，方才可告无罪。"仁宗默然不答，次日竟罢沔职，徙知杭州。且令参政刘沆充温成皇后园陵监护使，葬毕叙功，擢同平章事。未几，陈执中以台谏交章论列遂致免职。

仁宗择相未定，恰值学士王素，因事入见。仁宗问道："卿为故相王旦之子，与朕为世旧，非他人可比。朕欲择相，卿以为谁可当此重任？"王素奏道："但教宦官宫妾不知姓名者，便可入选。"仁宗道："据卿所言，只有富弼一人可以充选。"王素顿首拜贺道："臣庆陛下得人矣！"仁宗又问文彦博如何？王素道："亦宰相才！"乃下诏召二人入朝，并授同平章事。诏下之日，士大夫额手称庆。过了至和二年，又改年号为嘉佑，仁宗御大庆殿受贺。忽然眩晕欲仆，亟命群臣草草行礼，退回宫中，自此数日不朝，内外忧疑，群情恟惧。幸赖文、富二相，以祈祷为名，值宿殿庐，方能镇靖无事。文彦博于问疾之时，乘间请立储君，仁宗总是含糊答应。过了一月，才得痊愈，御延和殿召见百官。文、富二相，始敢退归私第。知谏院范镇，请建储位，罢免谏职。学士欧阳修、侍御史赵汴、知制诰吴奎，上疏力请，亦不见允。殿中侍御史包拯，又上章极谏，竟把他出知开封府。

这包拯，字希仁，及安徽合肥人，初举进士，授建昌县知县。因父母年老，辞不赴任。直至双亲逝世，庐墓终丧，方才出仕。初知天长县，即以善折狱著闻。后拜御史，加按察史，又历三司户部判官，出为京东转运使，复入为天章阁待制，更知谏院，除龙图阁直学士，兼殿中侍御史。生性刚正不阿，权贵豪戚，宦官近幸，皆为敛手。既知开封府，大开正门，任人诉冤。无论何种案件，皆令两造上堂，辨白是非，如有枉屈，必尽力察访，务得真情而后已。锄强扶弱，伸冤理枉，不避权贵；矜恤孤寡，一介不取，铁面无私。童稚妇女，皆知其名，或呼为"包待制"，或呼作"包龙图"，京师为之语道："关节不到，有阎罗包老。”后人因此一语，便说包公能日断阳间，夜断阴间，死后且为阎罗天子，《包公案》一书，就是从此附会而成的。其实包公善能断狱，乃是真的。那些无稽之谈，却不足凭信。后人有诗一首，咏包公之善于折狱，倒还说得不错，录在下面，诸位看了，就知包公的为人了。其诗道：

理枉全仗是廉明，岂有神仙异术存？
刚正如公能有几，果然一笑比河清。

读了这首诗，可知包公完全是个刚正不阿的人，并非攻乎异端之辈，后人说神说鬼，未免厚诬包公了。那包拯做了两年开封府，仁宗仍旧召他入朝，授为御史中丞。包拯受职以后，仍然是正色立朝，绝不阿附。才过了几日，他又伏阙上，请立储君，以端国本。仁宗不悦道：“卿又来说此事了，朕且问卿，何人可立？”包拯叩首奏道：“臣之本意，不过为宗庙万世计，陛下今问臣何人可立，是疑臣请立储君，抱有邀福之意了。臣年将七十，且无子嗣，还有什么后福可邀，但是耿耿孤忠，难安缄默，愿陛下察之。”仁宗听了，很为动容，方和声谕道：“卿之忠心，朕已知之，建储一事，总当举行，待朕妥议便了。”

那包拯本有一子，名唤包繶，娶妻崔氏，曾为建州通判，壮年去世。崔氏无子，守节不嫁，因此包拯面奏仁宗，说道没有子嗣。但包拯有个媵妾，怀孕被出，在母家生下一男，为崔氏所知，暗中赡养，母子俱得生全。嘉佑六年，包拯为枢密副使，过了一年，患病将死，崔氏始将此事告知包拯，乃命取回媵子，继承宗祧，命名曰綖。包拯临殁，留遗嘱道：“后人倘得出仕为官，当谨守清白家风，如或犯赃，生不得放归本家，死不得安葬祖茔，不从吾志，非我子孙。”言毕而逝。有诏追赠礼部尚书，赐谥孝肃。

惟立储一事，也在嘉佑六七年间方才定夺。原来，仁宗生有三子，长名昉，次名昕，三名曦。皆生而不育，仁宗日夕望子，无奈育麟乏兆，终成虚愿。自张贵妃殁后，仁宗追思故人，又召回前时的杨美人。杨美人原是刘太后的亲戚，色艺双全，重新入宫，晋位婕妤，迭进修媛、修议诸名号，也是梦态无期，徒擅宠幸。仁宗因后宫无出，又采选良家女子十人，一一召幸，宫中号称十阁。这十阁都欢喜恃宠争权，各有各的门路，内中尤以黄美人、刘美人两个更为骄纵揽权，贿赂公行，中外侧目。当嘉佑四年秋间，月食几尽，御史中丞韩绛，奏称十阁恃宠，不足育麟，反伤阴教，应请严加裁抑。仁宗览奏，暗加察访，得了实据，遂将十阁尽行遣去，并放出宫女一二百人。

至嘉佑六七年间，文彦博年老致仕，富弼亦丁母忧，乃用韩琦同平章事，宋庠、田况为枢密使，张升为副使。韩琦入相，首以建储为请。仁宗道：“后宫现已有孕，且待分娩后，再议吧。”不料到了产期，又复生女。韩琦乃呈进《汉书·孙光传》道：“汉成帝无子，曾立犹子为嗣。彼乃中材之主，尚能择人付托，何况英明如陛下呢！”仁宗仍是迟疑不决。会知谏院司马光，知江州吕诲，连章固请。司马光奏中且言储位不定，必有小人从中作梗，欲俟临时仓猝之际，援立亲厚的人。古时有定策阉老，门生天子之名，都是从此而来的，岂不可危？仁宗见了此奏，果然感悟，命将本章交中书会议。首相韩琦，次日带了本章进见,正要论奏,仁宗遽然说道:“朕久有立储之意,卿看哪个可立呢?”韩琦答道:“此事非臣等所敢私议,还请决自宸衷。”仁宗道:“宫中尝养二子,年小的不甚聪明,就是大的吧。”韩琦即便请名,仁宗道:“名为宗实。”韩琦道:“既然如此,陛下不用再疑,就此定夺才好。”此时宗实生父濮王,身故未久,正在藩邸守制,遂下诏起复,令知宗正寺。宗实天性至孝,欢喜读书不好嬉游,衣服俭朴,与儒素之家无异。当下得诏,再三辞谢。仁宗又问韩琦,韩琦道:“陛下为宗社计,择贤而立,今固辞不受,正是器识远大,足见陛下赏鉴不虚,请令终丧视事便了。”次年宗实服满,韩琦又入奏道:“宗正一诏,已见明文,中外臣民,尽知陛下择嗣,不如即日正名为是。”仁宗点头答应。韩琦退回中书,即令王珪草诏,王珪道:“此事关系宗社,非当面受命,不敢遽草。”次日早朝,亲自入宫请示。仁宗道:“朕意已决,你可速去办来。”王珪再拜称贺,乃退回革制,立宗实为皇子,赐名曙。宗实又称疾固辞,司马光入奏道:“谦让固是美德,但父召无诺,君命召不辞驾而行,这是臣子大义,请陛下举义相绳皇子,自不敢有违了。”仁宗召判大宗寺安国公从古往传意旨,宗实尚不肯受,记室周孟阳,私问宗实,究是何意?宗实道:“非敢邀福,实欲避祸。”孟阳道:“今皇上屡次传诏,固辞不受,倘中官等别有所奉,转启嫌疑,还能安然无患么?”宗实始悟,即与从古等相偕入宫。临行的时候,向家人说道:“谨守芜舍,待上有嫡嗣,我便归来了。”进宫之后,每日一朝,有时或入侍禁中。过了一月,受封为巨鹿郡公。大事方定,仁宗已一病不起,嘉佑八年三月初旬,驾崩于福宁殿,遗诏皇子曙即皇帝位,皇后曹氏为皇太后,仁宗在位共计四十二年,寿五十四岁。

仁宗既崩,皇后曹氏深防有变,即命将宫门各匙收在身旁,待至黎明,命召皇子入宫,并传集韩琦、欧阳修等,共议皇子即位事宜。皇子哭临已毕,遽欲退出。曹后道:“大行皇帝遗诏,令皇子嗣位,皇子应承先志,不得有违。”皇子变色道:“曙不敢为。”韩琦忙掖留道:“承先继志,始可谓孝,圣母言不得有违。”皇子曙乃遵命嗣位,御东楹,见百官,是为英宗皇帝,尊皇后曹氏为皇太后,大赦天下。英宗欲行古礼,谅阴三年,命韩琦摄冢宰,大臣等多不为然,这才罢了。不到一月,英宗忽得暴疾,喜怒无常,病卧于床,不能理事,只得援前朝故事,请太后垂帘听政。

太后深通书史,遇事援引处断,颇为适宜,外事却可放心,倒是宫廷里面很为不和。只因英宗患病,性情暴躁,举动改常,左右内侍,稍有不和,非打即骂,因此怨声载道。内都知任守忠,本是奸猾之人,前时仁宗无子,他原想立个昏弱的人做了皇帝,就可以于中揽权。后来立了英宗,已是满肚皮的气愤无可发泄,今见各人皆怀怨望,他就联络左右使令之人,在两宫之前,肆行离间起来。在太后跟前,说皇帝怎样不孝,到底不是亲生之子,总没有真心对待太后的;在英宗面前,只说太后怎样不慈,陛下这样病着,她连正眼也不瞧一瞧,仍是寻欢作乐,好在不是她亲生养育的,陛下倘有不测,她又可以再承继一个了。诸如此类的言语朝夕进谗,两宫之间如何能和睦呢?初时还不过各存意见,后来竟成了仇隙。外面得了这个风声,人心忧惧,中外不和。知谏院吕诲,亟上疏两宫,指陈大义,词旨恳切,多言人所难言。两宫嫌隙已深,哪里挽回得来。

一日,韩琦、欧阳修奏事帘前,太后呜咽流涕,具言英宗改变常度。韩琦道:“这是圣躬不豫,故失常态;病愈以后,必不至此。”欧阳修接着说道:“太后事先帝数十年,贤德之名，四海共闻，温成得宠之时，太后尚能容忍，如今母子相关，难道反不能容忍么？”太后听了，气方略平。欧阳修又道：“先帝在位日久，德泽在人，所以一日晏驾，天下奉载嗣君，无敢异议。今太后虽然贤明，究竟是个妇人。臣等五六人皆是措大书生，若非先帝遗命，谁肯服从呢？”太后沉吟不语，韩琦即朗声道：“臣等在外，皇躬若失调护，太后不得辞责。”太后听了这话，瞿然道：“这话是从哪里来，我心里更为此事愁得很哩。”韩琦、欧阳修皆顿首道：“太后仁慈，臣等素所钦仰，所望是能够全始全终。”言毕而退。这一番言论，左右内侍听了，莫不瞠目咋舌，方才不敢肆其阴谋。

过了些时，英宗渐愈，韩琦进宫独见。英宗略问数语，便道：“太后待朕，未免寡恩。”韩琦对道：“古来圣帝明王，也属不少，因何独称舜为大孝，难道此外的都是不孝么？不过亲慈子孝，乃是常道，未足称扬。若父母不慈，子仍尽孝，乃可名传千古，臣恐陛下事亲尚有未至，天下岂有不是的父母么？”英宗闻言，为之改容。英宗身体既愈，命侍臣在迩英阁讲读。翰林侍讲学士刘敞，进读《史记》，至尧授舜天下事，拱手讲解道：“舜起自侧陋，尧乃禅授大位，天下归心，万民悦服，这不是舜另有他术，只因他孝亲友弟，德播遐迩，所以讴歌朝觐，不召自来了。”英宗大为感悟道：“朕明白了。”遂进宫问太后安，且呈病中昏乱无状，得罪慈躬，伏望矜寡。太后也欣慰道：“病时小过，不得为罪，此后能善自调护，不致违和，我已喜慰得很了，还有什么计较。况皇儿四岁入宫，我朝夕抚养，正为今日，难道反有异心么？”英宗泣拜道：“圣母大恩，昊天罔极，儿若有忤慈命，是无以为人，还能治国么？”太后亦流泪扶起英宗道：“国事有大臣辅弼，待皇儿册后以后，我亟应归政了。”英宗道：“母后多一日训政，儿得多一日受教，请母后勿遽撤帘。”太后道：“我自有主张。”从此，母子之间，嫌隙尽释，和好如初。

英宗即位之后，因为患病，尚未册后，此时病愈，遂册妃高氏为皇后。后乃故侍中高琼曾孙女，母曹氏，为太后胞姊。幼育宫中，及长出宫，为英宗妃，封京兆郡君。至是册为皇后，与太后不啻母女，自然十分亲爱了。到了第二年，英宗身体复元，韩琦欲令太后还政，不便奏请，乃于入朝奏事的时候，取了几本奏章，请英宗裁决。英宗批后，韩琦复奏太后道：“皇上载决政事，悉合机宜。”太后一一复阅，亦每事称善。韩琦顿首道：“皇上亲断万机，又有太后训政，此后宫廷规划，应无不善。臣年力已衰，不堪重任，愿即乞休，辛祈赐允。”太后道：“朝廷大事，全仗相公，如何可去，我当退居深宫，不再与闻政事了。”韩琦道：“前朝太后，贤如邓马，尚且贪恋权势，今太后如此盛德谦冲，真可压倒千古了，但不知于何日撤帘？”太后道：“我并不要干预政权，说撤就撤，何用定日。”言罢即起。韩琦抗声道：“太后已有旨撤帘，銮仪司何不遵行？”当下走过銮仪司，将帘撤下，太后匆匆入内，御屏后犹见衣角，内外都惊为异事。

英宗亲政，加韩琦为右仆射，每日御前后殿，亲理政事。上太后宫殿名为慈寿宫，所有太后出入仪卫，如章献太后故事。知谏院司马光，见诸事就绪，只有内侍任守忠还没有除去，便上疏极言任守忠离间两宫，致酿大祸，请将守忠斩首市曹，以申国法。英宗见奏，也很以为然。次日韩琦至中书处忽出空白敕书一道，自己先行署名签字，复请两参政一同署名签字。此时参政是欧阳修、赵概，欧阳修接敕，并不多言，遂即署讫。赵概还在迟疑，欧阳修道：“韩公必有道理，不妨照签。”赵概方才署名，韩琦即坐政事堂,将任守忠传来,立于堂下,当面喝道:“你知罪么?本该斩首,皇上天恩浩荡,姑从宽典,发往蕲州安置,你可从速启行。”任守忠在下面,只是叩头,哪里敢说一句话。韩琦遂把敕书取出,填了守忠的名字,立命押解起程。众人才明白韩琦用空白敕书,是因为任守忠势力浩大,倘若露了风声,不但有人前来求情,恐有甚变故,所以用迅雷不及掩耳的手段办理此事。守忠既去,又追究余党史昭锡等十余人,一概充发出去,中外人心为之大快。

英宗自亲政之后,首先下诏,命廷臣会议追尊本生父濮王典礼。群臣奉诏,很觉为难,没人敢开口议论,独知谏院司马光,援史评驳。说是汉宣帝为孝昭后,终不追尊卫太子史皇孙,光武上继元帝,亦没有追尊巨鹿南顿君,这是万世一定的道理,不可以移易的。于是翰林学士王珪等,就照着司马光话说,略加增改,议奏上去。中书处嫌他们议得不甚详细,究竟濮王应该怎样称呼,用名不用名,发下再议。王珪等又奏称濮王为仁宗之兄,宜称为皇伯父而不名。欧阳修以为议得不妥,援据丧服大记,撰成《为后或问》上下二篇,大旨说是身为人后,应为父母降服,三年为期,惟不没父母原称,这就是服可降,名不可没的意思。若本生父改称皇伯,历考前代,均无典据,即如汉宣帝及光武帝,亦皆称父为皇考,未尝称皇伯,至进封大国,尤于礼不合,请下尚书省集三省御史台议。太后也下手诏,说执政处事寡断,徒起纷纭。英宗只得将此事搁起,等考得确实典故再说。

转眼便是一年,这一年里面,御史吕诲、范纯仁、吕大防,先后上疏固争,都说王珪等所议不错,请即照准。一连上了七道奏章,总是不见批答。又因为尊崇本生父的话,乃是韩琦发起,又上疏参他专权导谀,请免职治罪。又参欧阳修首倡邪议,媚君邀宠,请与附会不正的曾公亮、赵概一同贬谪。英宗只是置之不理。后来还是太后见群臣们永远坚持下去,不是个道理,便下一道手诏道:

> 吾闻群臣议请皇帝崇封濮安懿王,至今未见施行。吾载阅前史,乃知自有故事。濮安懿王,谯国夫人王氏,襄国夫人韩氏,仙游县君任氏,可令皇帝称亲。濮安懿王称皇,王氏、韩氏、任氏并称后。特此手谕,其各钦遵。

中书处奉到手诏,呈于英宗,英宗又下诏辞让一番,然后定议称濮王为亲,在坟园立庙,封濮王次子宗朴为濮国公。濮王名字,臣民均须敬避。一场聚讼才算了结。

当下吕诲等一班御史,因朝廷不用他们的条陈,一齐缴还诰敕,回家待罪。英宗令人送还他们,吕诲等又复固辞,且言与辅臣势难两立。英宗又转问韩琦、欧阳修如何处置?两人同声奏道:“御史等以为势难两立,陛下如以臣等为有罪,当留御史,黜退臣等。”英宗默然不答,到了次日,下诏徙吕诲知蕲州,范纯仁通判安州,吕大防知休宁县。司马光等上疏乞留吕诲等,不报;又请与俱贬,亦不准。侍读吕公著上言陛下即位二年,屡黜言官,何以风示天下。英宗不从,吕公著因乞外调,遂出知蔡州。一番大争论,从此罢休。治平三年十一月,英宗病又复发,韩琦入内问候,请早立太子,以安众心。英宗点头。韩琦取过笔砚,英宗勉强写了“立大大王为皇太子”八个字,便将笔放下。

韩琦道:“一定是颍王了,还要请陛下写明。”英宗又批了“颍王顼”三个字,就倒在枕上。韩琦传学士承旨张方平到福宁殿,草拟立太子制书。此时英宗病已甚重,制书草就,只能亲笔写了个“顼”字,发将出去。到了来年正月,遂崩于福宁殿,太子顼即皇帝位,是为神宗。尊皇太后为太皇太后,皇后为皇太后,立向氏为皇后。

这时乃是宋朝人才最盛之际,一班君子,如韩、富、文、赵、范、吕等人相继用事。神宗初即位时,又授吴奎参知政事,司马光为翰林学士,都是一时之彦。但是从来说的“物极必反,消长盈虚,互为乘除,”乃是一定的道理。那神宗锐意图治,虽然人才济济,他还以为未足,忽然想起王安石来,立刻传谕执政,召他即日来京陛见。等了许久,总不见来,神宗问辅臣道:“朕在藩邸久闻王安石的名字,先帝也曾屡次召他,总托病不来,朕疑他是个狂妄之人,现在又不肯应召,究竟是真有病么?”曾公亮道:“王安石有宰相之才,必不至于欺罔朝廷。”吴奎进言道:“臣从前在外任时,曾与安石同事,其人护非自用,所为又多迂阔,不近人情,万一重用,必安紊乱朝纲。”神宗如何肯听,又下诏旨,命王安石知江宁府。当诏书下去的时候,群臣都料定王安石一定不肯屈就,这道诏书又是白下的。哪里知道,竟有出人意料之事呢。未知何事出人意料,且听下回分解。

第五十二回　**行新法误用怪僻人　引刑律狡脱谋夫女**

话说王安石乃临川人氏，号介甫。少年时好读书，善作文，曾巩常拿他的文稿，与欧阳修观看，大加赏识。从此他到处延誉，因得进士及第，授淮南判官。旧例判官秩满，可以献文求试馆职。安石独不求试，遂调知鄞县，寻通判舒州。文彦博任中书时，力为荐举，乃召试馆职，安石不至。欧阳修又荐为谏官，安石复以祖母年高为辞。修乃勖以禄养，在仁宗末年，荐为度支判官，安石又复辞让，且恳求外补，因令知常州，改就提点江东刑狱。为他屡次辞官，人都说他恬退为怀，贤士大夫都想望丰采，恨不一见。朝廷也想与以美官，惟恐他不肯屈就，后来改官同修起居注，他又竭力固辞。仁宗派阖门吏，将敕书送至其家，仍不肯接。阖门吏跟着安石，向他道喜，安石反避到茅厕里去了。阖门吏只得将敕书放于案上而回，安石又令人追上送还，往返了八九次，方才收下。没有多时，又升知制诰，安石却立刻谢恩，不再推辞。直至仁宗崩驾，安石也回家里居。

英宗朝安石虽然没有做官，却无时不想猎取高官。见乡里韩、吕两族都做着朝廷显官，便竭力去与韩绛、韩维、吕公著结交。三人到京供职，便尽力替安石誉扬。神宗在颖邸时，韩维充当记室，每逢讲解经义，至独具见解的地方，必向神宗说道："此是故人王安石的新诠，并非维所发明。"因此，神宗记忆在心内，一意要用他。虽有苏洵作辨奸论说："安石不近人情，是个大奸慝。"又有吕诲劾他道："大奸似忠，大许似信，外示朴野，中藏奸巧，骄蹇慢上，阴贼害物，诚恐陛下悦其辩才，久而倚畀，成由是生。臣究安石，本无远略，惟务改作，立异于人，文言饰非，罔上欺下，误天下苍生，必斯人也。"虽然说得十分透彻，无如神宗总不相信，又下诏令安石知江宁府。众人还道安石总要推辞，哪里知道安石居然受了诏命，竟往江宁赴任，此事出人意料，大家以为奇怪。

安石到了江宁，不上半年，有人底毁韩琦，说他执政三朝，权力太大。神宗也因韩琦遇事专擅，心内不悦。曾公亮乘机力荐安石可以大用，立刻补授翰林学士。韩琦因内外倾轧，屡乞罢免，遂罢为镇安武军节度使兼判相州。陛辞的时候，神宗问道："卿去之后，谁可主持国事？"韩琦答道："圣衷当必有人。"神宗道："王安石如何？"韩琦道："安石为翰林学士，绰然有余；若以处辅相之任，惟恐器量不足。"神宗不答。韩琦告辞而去。那王安石奉了翰林学士的诏命，有意迟延，经过了七个月，方才入京报到。神宗闻得王安石已来，立刻召见。

到了熙宁改元，即令王安石越次入对。神宗问他治道何先，安石答称先在择术。神宗道："唐太宗何如？"安石道："陛下当上法尧舜，何必念及唐太宗？尧舜治天下，至简不烦，至易不难，后世君臣未能明晓治法，便说他高不可及。尧亦人，舜亦人，有什么奇异难学呢？"神宗道："卿可谓责难于君了，但朕自顾眇躬，恐不足副卿之望，还要卿尽心辅朕，共图至治。"安石道："陛下如听臣言，臣岂敢不尽死力！"言毕而退。

一日侍讲经筵，群臣皆已退出，神宗独留安石，命他坐下。安石谢恩入坐。神宗道："朕阅汉唐历史，汉昭烈必得诸葛亮，唐太宗必得魏征，然后可以有为。亮、徵二人，不是天下奇才么？"安石抵掌道："陛下诚能为尧、舜，自然有皋、夔、稷、契；诚能为高宗，自然有传说。天下甚大，何材没有？独恐陛下主意不坚，就是有皋、夔、稷、契传说等人，也不免为小人所排挤，那就不得不远去了。"神宗道："小人何代没有，就道尧、舜之时，也不能无四凶。"安石道："那就在乎人主能辨别贤奸了。倘若尧、舜不诛四凶，皋、夔、稷、契能够尽心竭力的办事么？"这一席话，说得神宗很是入耳。安石退出之后，尚喜叹不止！从此，一心一意要任用安石。不久，便令王安石参知政事。

安石既入中枢，自然要施展手段了。常常说周礼有泉府之官，原是要调济贫困，变通天下之财的，后世惟桑弘羊、刘晏能知其意，可惜不能竟其功。现在若要理财，非修泉府之法，以收利权不可。神宗也深以为然。安石还恐有人破坏，又逼进一步说："人才非但难得，而且难知，譬如现在派十个人理财，只要内中有一二个不对的，就被外人作为话柄，全盘破坏了。只要看尧与群臣，择一人治水，尚且不能不败事，何况使用不止一人，岂能个个都好呢？只要皇上看着利多害少，拿定主意，不为众论摇惑那就可以收效了。"神宗道："这个自然，如果主意不定，还能办事么？"安石得了这话，便告退出外，放心大胆的批了条规，奏请创设制置三司条例，掌经划邦计，变通旧制，调剂权利，并举知枢密院事陈升之，协同办事。神宗即命安石升之总领制置三司条例司，许其自置掾属。安石遂引用吕惠卿、曾布、章惇、苏辙等分掌事务。

吕惠卿曾为真州推官，秩满入京，与安石谈论经义，意多相合。安石常说他是大儒，学先王之道能够实用的，只有惠卿一人，遂授为条例司检详文字，事无大小，必与商酌，所有章奏，亦一概由他撰批。惠卿便和章惇、曾布联为一党，互相标榜，狼狈为奸。于是悉心商酌，定与许多新法，乃是农田、水利、青苗、均输、保甲、免役、市易、保马、方田，种种搜括的方法无不施行。安石素与刘恕是至好，又要叫他到条例司来办事。刘恕道："我听你口口声声要致君尧、舜，自比皋、夔，现在所行的政策，却是非利不开口，皋、夔当年是这样吗？我向来不敢存做皋、夔的奢望，所以钱谷一道，没有学过。承蒙好意，实不敢领，还是去另请高明罢。"安石碰了这个钉子，从此就与刘恕绝交，自去进行新法。

但是这农田水利，乃是调查赋税徭役，恐有畸轻畸重和荒废隐匿的，却非派人四出察访不可。那些老成之士，都不赞成变法，安石索性不去请教他们，便奏派了刘彝、谢材、侯升献、程颢、卢秉、王汝翼、曾伉、王广廉八个人，分行各路。那些小人，就借此迎合意旨，搜剔骚扰的办了几年工夫，虽然查出荒田三十六万一千一百七十八顷有余，那民间已是受累不堪了。这还是新法里面最好的，至于均输一法，尤其可笑。条例司说是各省贡献物品，每年皆有定例，丰年不能多，荒年不能少，路远的未免吃亏，路近的太觉便宜，徒令一班富商大贾，操奇计赢，于中取利。即如江、浙、荆、淮等路，出产最多，凡应贡献之物，大可由官先备资本，在适中地方，设立局所，贱的时候买下，贵的时候卖出。好在京城仓库某时应办某物，总可预先得信，比民间消息自然灵通，从此货价涨落，由官主持，还怕国用不足吗？神宗听信此言，简发薛向为发运使，专管均输平均的事;领内库钱六百万缗,上供米三百万石,先从江、浙、荆、淮路办起。薛向到任后,又奏称责任繁重,请得设置属官,补吏役概仿衙署体制,神宗一一准奏。

此时苏轼正做开封府推官,遂上疏道:"开办之初,首先设官置吏,未免铺张过甚。簿书廪禄耗费既多,日后势必取偿于赢利? 层层剥削官卖之价,必比民间更贵,谁肯过问。买进之时亦必如是,臣恐所领六百万官本,永无收回之日。纵有稍获利益,征商之额所失必多,所得已不偿所失矣。"此外如刘琦、钱颛(yǐ)等,皆上疏极谏。神宗此时已为王安石所迷,如何肯听,反把谏阻的几个人,一概贬谪远方。最可笑的是登州地方的一件谋杀案,在此略叙一番,也可见得王安石的奇僻怪张了。

登州乡下有个女子,小名阿云,很有几分姿色,每日对镜理妆,自以为天仙化人,不过如是,总要嫁个美貌郎君方才如意。无如那时自由平等的风气未开,婚姻都是专制,父母擅自作主,替她定了一门亲事。阿云暗中打听,得知未婚夫乃是邻村的田舍郎,心中好不气闷。再加同行姐姐一齐替她可惜,都说阿云妹嫁得这个丈夫,好似一朵鲜花插在牛粪堆里了。又有与她不和的人都嘲笑她,说她的丈夫像庙里的土地公公,将来就要做土地婆婆了。阿云听了,几乎气得没有寻死。正在无可发泄的时候,恰巧男家已竟择日迎娶。阿云暗想,与其嫁了这个蠢牛一般的人,一生不得称心,不如死了倒还干净,与其我一个人死,不如大家同死。想了一会决定主意,便磨了一把快刀,乘着黑夜无人,独自一个蹑足潜行。走到邻村,正值十月秋粮食登场的时候,她的未婚夫睡在草棚里面看守禾稼。阿云推门进去,举刀便砍,谁知男的还没睡着,见一把明晃晃的刀劈头砍下,连忙用手一挡,巧巧的碰在刀口上,五个指头,齐齐砍下,鲜血淋漓。阿云再想砍时,已无气力,男的也跳起身来,狂喊救命,惊动邻人,走将拢来,把阿云拿住送将官里去。

这时,知登州的乃是许遵,听说事关人命,不敢怠慢,立刻坐堂问讯。阿云到堂,毫不惧怯,从从容容,一字不加隐瞒,从头至尾说了一遍。说罢,伏地大哭。许遵见阿云一个娇滴滴的女子,被逼至此,未免动了可怜之心,就有意要开脱她,便引了一条例,说是因犯杀伤而自首的,得免所因之罪,请从末减。录了全案招供报进京去,奉旨交司马光、王安石议奏。安石说许遵议得不错,应该照办。司马光愤然道:"妇谋杀夫,尚可末减吗?"安石道:"妇既自首,应从末减。"司马光道:"这例引得错了。当日定例之意,原是指因为别样罪致杀伤的,如果自首了,可以将别样罪减轻。现在此案,岂可以谋与杀分做两事。因她到案直供,就不办罪吗?"两人相持不下,当即同请神宗判断。神宗正在信用安石,自然左袒安石,要从末减。文彦博、富弼等,一齐谏阻,均不听从,且将谋杀已伤,按问自首一条,增入律中,得减罪二等,发交刑部,垂为国法。侍御史兼判刑部官刘述,封还诏旨,驳奏不已。安石大愤,暗唆王克臣参劾刘述。刘述索性联合刘琦、钱颛上了一本,说安石妄改祖宗成法,致害天下大公,这种人岂可久在政府,紊乱纲纪,请早罢免,以慰天下。安石大怒! 遂奏请神宗,贬刘琦监处州盐酒务;钱颛监益州盐税,并将刘述拘禁狱中。司马光、范纯仁上书力争,才将刘述贬为江州通判。就此一事,已可见王安石的坚僻怪张和他缔结神宗的魔力了。

安石在朝,每事皆占胜利,自然意气扬扬,十分高兴,当下又要推行他的青苗法了。

那青苗法原不是安石起首的，因为陕西边境，戍兵最多，转运使李彦，惟恐粮储不继，令百姓有愿用官钱的，可以趁春夏方种青苗之时自行计算，将来可以收若干粮食，可以借若干钱。等到秋冬收成后，即以粮食加利还官。办了几年，居然很有功效，仓廒存米不少。安石知道了，便要仿照而行，就要诸路常平、广惠的钱谷做本钱，百姓有愿预借的，按二分起息，每年随夏秋租税，一同完纳，且不必拘定还米谷。有愿还钱的，亦听其便，遇有荒年，且可展长期限，俟至熟年再还。照他说来，自然动听，神宗哪有不准之理？安石即请朝廷酌量诸路钱谷多寡分别遣官提举，每州选通判幕职官一员，专管收放，仍先从河北、京东、淮北三路入手，等试办有了头绪，再行推广。神宗见了此奏，立刻批准，先发内帑缗钱一百万，从河北办起。行不到一年，百姓已经叫苦连天。

这时韩琦正任河北安抚使，百姓知道他是公正无私的好官，都到辕门上来递呈，请免借青苗。韩琦遂即转奏道："臣奉到诏旨详细推求，朝廷所以行青苗，原欲惠民不使兼并乘急，以邀倍息，公家本无所利其入。今观所列条约，无论乡村内居户，借钱一千纳还一千三百，岂非官家放债？与富户盘剥有何分别？与诏旨初意大相背谬。又章程上虽有不许强制抑勒之语，但不抑勒，上户必不愿借；下户虽然愿借，又恐无力偿还，势必着落保人赔偿，以致骚扰不休。臣伏见陛下，躬行节俭，以化天下。国家经常收入已足敷用，何必使兴利之臣纷纷四出，以致远迩之疑？乞罢诸路提举官，仍依常平旧法而行。"神宗见了韩琦的奏章，颇为感悟，遂将原疏藏于袖内，出御便殿，召辅臣入议道："韩琦真是忠臣！身虽在外，不忘王室，朕初时以谓青苗乃是利民的，不料如此害民，且住于城市之民安有青苗？乃亦强令借给，如何可行？"安石听了，气愤愤的出班奏道："只要从民所欲，虽城市何害！"神宗即将原疏付于观看，安石略一瞧看，勃然说道："汉朝的桑弘羊，笼络天下货财奉人主私用，始可谓兴利之臣。今陛下修周公遗法，抑兼并，赈贫弱，如何是言利呢？"神宗心内终以韩琦之说为是，沉吟不语。安石趋出，神宗面谕辅臣道："青苗法既不便行，不如饬令罢免。"曾公亮道："待臣详加访问，果不可行，罢免为是。"神宗点头。公亮退出，安石即上章，称病不朝。神宗命司马光草诏答韩琦，内有"士大夫沸腾，黎民骚动"之语。安石上章自辩，神宗又撰辞婉谢，且命吕惠卿劝令任事，安石只是称病不出。神宗对赵抃道："青苗法多害少利才批罢免，并非与安石有嫌，他如何不肯任事？"赵抃道："新法多安石创行，待他销假，再与妥议罢免未迟。"韩绛道："圣如仲尼，贤如子产，初入为政，尚且谤议纷兴，何况安石？陛下如果决行新法，非留安石不可。安石若留，臣料民间亦必先谤后颂呢。"这一席话，又将神宗罢行青苗之意，完全打销，遂即敦促安石入朝。安石方才销假视事，当面奏称："中外大臣从官台谏，没有一人懂得先王之道，所以哓哓不休。陛下千万拿定主张，不可摇惑。"神宗深以为然，令他即日到司办事。安石更加肆无忌惮，把韩琦的原奏，交于曾布，令他逐句加了批驳，刻于石上，印刷一万张，颁示天下。韩琦再疏辩白，朝廷置之不理。韩琦因此辞去安抚使，止领大名府事，安石硬行批准。从此正人君子，如司马光、范镇、孙觉、吕公著、吕公弼、赵抃、宋敏求、苏颂、李大临、程颢、张戬、李常、林旦、薛昌朝、范育数十百人，有言青苗不便的，有参劾安石的，尽皆贬官去位。安石待他们去了，便荐举私人同党来补缺，甚而至于内官太监，经筵侍读，都加以防备。崇政殿说书一官，虽是闲曹，却与神宗每日见面,安石深恐有人借着讲学谈论外事,因此令吕惠卿兼了此职。惠卿丁忧,又改派了曾布。至于内监一方面,安石明知神宗不放心,必定派人私出察访。他又暗中结纳内副都知张若水、押班蓝元振。果然事有凑巧,神宗偏偏派他两人往河北去察访,两人回来,竭力说青苗法有利无害,民情不胜欢悦,都争先恐后的领取青苗钱,官差从无强派之事,因此神宗十分相信。大臣们有说青苗不便的,神宗便拿两个内侍的话来搪塞他们,所以朝中无人敢言新法不好的了。那王安石更加肆无忌惮,连太祖亲手制定,历代奉为金科玉律的更戍法,都要废弃起来了。未知安石又要改行何法,且听下回分解。

第五十三回　进图画郑侠谏主　咏诗句苏轼贬官

话说王安石逐去了正人君子，满朝都布置了他的羽党，自然可以任意而为，更加狂妄，竟将太祖所定的更戍法，也改为保甲法、免役法。又更定科举法，专用经义策论考试，废去诗赋，令士子于诗、书、易、周礼、札记及论语、孟子，专治一经。考试分为四场，头场考专经；二场兼经大义，共十篇；三场论一篇；四场策问三道；礼部试加两篇；殿试专考策，限千字以上。考中者，分为五等：第一第二等，均赐进士及第；第三等赐进士出身；第四等赐同进士出身；第五等赐同学究出身。

次年苏轼放了主考，因为安石常劝神宗，独断专任，他便出了个策题，是晋武平吴，独断而胜，符坚伐晋，独断而亡。齐桓专任管仲而霸，燕哙专任之子而败，事同功异，命考生各抒意见。安石知道，不觉大怒，暗令御史谢景蕴，诬奏苏轼，从前丁忧回西蜀时，沿途乘舟载货，商贩牟利。诏旨经过各处地方捕拿篙工舟子讯问，毫无影响。苏轼自请外调，乃命通判杭州。

到了熙宁七年，天气亢旱，从去年七月，至今四月不雨。神宗不胜忧虑，召见宰相，欲将不好的法度，尽行停办。安石道："水旱偏灾，乃是常有的事，只要略修人事便了。"神宗蹙然道："朕正恐人事未修，所以如此。今取免行钱太重，人情嗟怨，自近臣以及后族，无不说是弊政，看来不如罢免为是。"参政冯京，亦应声道："臣亦闻有怨声。"安石愤然道："士大夫不得逞志，所以訾议新法，冯京独闻怨言，便是与若辈交通往来，否则臣怎么没有闻知呢?"神宗默然。安石、冯京，各个挟恨而退。

未几，神宗即下诏求直言，诏中痛责自己，语甚沉痛，相传为翰林学士韩维手笔。这道诏书传出去，有个福州人郑侠，本为安石所提拔，新由广州司法参军任满入京，升为监安上门，先去面见安石，力陈新法不便，安石不理。现在见了求言诏书，便把沿途所见百姓困苦情形，画成十二幅流民图，连同一道请罢新政的奏章呈上去。岂知阁门上早已得了消息，不肯递进，退了回来。郑侠无法，只得假说有紧急秘密军情，发马递送到银台司，转达御前。神宗拆开观看，见是十二幅流民图，另外有个夹片，上面写道：

> 去年大蝗，秋冬亢旱，麦苗焦槁，五种不入，群情惧死。方春斩伐，竭泽而渔，草木鱼鳖，亦莫生遂。灾患之来，莫之或御。愿陛下开仓廪，赈贫乏，取有司掊克不道之政，一切罢去，冀下召和气，上应天心，延百姓垂死之命。今台谏充位，左右辅弼，又皆贪猥近利，使夫抱道怀识之士，皆不欲与之言。陛下以爵禄名器，驾驭天下忠贤，而使人如此，甚非宗庙社稷之福也。窃闻南征北伐者，以其胜捷之势，山川之形为图来献，料无一人以天下之民，质妻鬻子，斩桑坏舍，遑遑不给之状上闻者。臣谨以逐日所见，绘成一图，但经眼目，已可涕泣，而况有甚于此者乎？如陛下行臣之言，十日不雨，即乞斩臣宣德门外，

以正欺君之罪。

神宗闻毕，已觉恻然，又打开图来看时，画的都是东北一带正遇荒年，再加上追呼紧急，一班百姓在风沙困顿之中，扶老携幼，奔走号哭。有的一身疮疡，面黄肌瘦；有的身上衣服，七零八落，甚至裹些芦席稻草；有的在那里掘草根树皮，当饭充饥；有的带着脚镣手铐，还有几个差役，恶狠狠的赶着乱打；有的拆下自己住屋的木石材料来卖了偿还官帐。郑侠的画法，本来传神维肖，直将那些流民呼天不应的神情，绘得活现纸上，就是铁石人看了，也要流泪，何况神宗原是爱民的皇帝，当下翻来覆去，把肃图看了又看，不住的短叹长吁。看完了，将图卷好，收在袖内，带进宫去，这一夜哪里还合得眼！

次日黎明，特颁谕旨，命开封府，酌收免行钱，三司察市易，司农发常平仓，三卫裁减熙河兵额，诸州体恤民难，青苗免役，权息追比，方田保甲，并行罢免。这诏一下，百姓尽皆欢呼相庆。那上天却也奇怪，顷刻间兴云布雾，雷声隆隆，电光闪闪，大雨顷盆而下，农田一齐沾足。宰相等都进朝叩贺，神宗便把郑侠的流民图，取出与观，并责问他们为什么不早来奏报。群臣没有话说，只是免冠叩头。王安石又施出老法子来，连章求去，一班狐群狗党，知道神宗忽然有这番举动，都是郑侠弄出来的，莫不咬牙切齿，把他痛骂。曾布想了一会道："我们在背后骂他，有甚用处，他擅发报马，应该有罪，何不借此处治他，以泄愤恨呢？"众人同声称是。安石忙下劄子，将郑侠拿交御史治罪。一面由吕惠卿、邓绾进宫，向神宗说道："陛下废寝忘餐，宵旰勤劳，创行新法，何等艰难！如今听了一个狂妄无知的人将前功尽行废弃，岂不可惜吗？"说着，都向着神宗哭泣起来。神宗见二人哭得可怜，心中不忍，忙安慰他们道："这新法是朕排除异论，竭力施行，好容易才有这个样子，岂肯废止？朕不过暂时缓行罢了。你们既有爱国之心，可赶紧办去，第一叫王安石不要求去才好。"吕惠卿道："陛下仍行新法，安石自然不去。"说罢，告辞而出。从此，非但新法仍旧举行，吕惠卿和王安石，又想出一法，名为"手实法"，比免役钱更加骚扰百倍。几百物件，都由官中定了价钱，然后令人民将家中所有的田地房产，资财货物，以及牲口等项，都照价计算，自去报官。若是生财物件，比自用物件加五倍计算，有敢隐匿的，许人告发，以三分之一充赏。报告的款式，都由官中印好，只要去领来填写。一县之中，挨门逐户，都报齐了，然后由县官按照价值，定列高下，分为五等，通盘计算，把这一县应缴的役钱，按数摊派，这样一来，就可以使百姓无可躲闪了。奏入，奉旨照行。从此非但尺椽寸土，都搜刮干净，便是一只鸡，一只狗，也不敢隐瞒。试想那些小民还能存活么？吕惠卿的条陈，本来说灾荒五分以上的地方，不在其列，那荆湖按察使蒲宗孟上言道："这种良法，何必等到丰年方才施行，请旨饬下有司，不问丰凶，即日照行。"因此，民更不聊生了。可怜四海骚扰到这个样子，宫禁内外，莫不知道，只瞒着神宗一人。

这日，神宗到太皇太后宫中问安，太皇太后乘间说道："祖宗法度，不宜轻改。从前先帝在日，我有闻必告，先帝无不察行。今亦当效法先帝，以免祸乱。"神宗道："现在并无他事。"太皇太后道："免役、青苗诸法，民间很感痛苦，何不罢除？"神宗道："这是利民，并非苦民。"太皇太后道："恐未必然。我闻各种新法，作自王安石，安石虽有才学，但违民行政，终致民怨。如果爱惜安石，不如暂令外调，较可保全。”神宗道：“群臣中惟安石一人能任国事，不应令去。”太皇太后还思驳斥，忽有一人入言道：“太皇太后的慈训，确是至言。皇上不可不思。”神宗视之，乃是胞弟昌王颢，不禁怒道：“是朕败坏国事么？它日待汝自为可好？”昌王不禁涕泣道：“国事不妨共议，颢并不敢有异心，何至猜嫌若此。”太皇太后亦为不欢，神宗自去。过了几日，神宗又复入谒。太皇太后流涕道：“安石必乱天下，奈何？”神宗方道：“且俟择人代相，把他外调便了。”安石自郑侠上疏，已求去位，现在得了这个风声，求退益力。神宗乃令荐贤自代，安石荐了两个人，一个是韩绛，一个是吕惠卿。神宗遂令安石出知江宁府，命韩绛同平章事，吕惠卿参知政事。韩、吕两人都是安石一党，自然谨守安石的成法，绝不改变。时人号韩绛为传法沙门，吕惠卿为护法善神。两人听了，非但不恼，反觉得意。

郑侠见国事日非，辅臣益坏，更加激动忠愤，取唐朝宰相数人，分为两编，汇呈进去，如魏徵、姚崇、宋璟，称为正人君子；李林甫、卢杞等，称为邪曲小人；又以冯京比君子，吕惠卿比小人。那吕惠卿得了消息，如何不气，遂参劾郑侠，讪谤朝廷，以大不敬论。御史张璪，也迎合吕惠卿，刻奏冯京与郑侠交通有迹。郑侠因此获罪，罢谪英州；冯京亦罢参政，出知亳州。安石弟安国，任秘阁校理，素与安石意见不合，亦斥吕惠卿为佞人，也坐与郑侠交结，放归田里。吕惠卿本是个狡猾小人，与韩绛在中书处，互相嫉妒，时常因事争执，又因自己已为辅臣，地位稳固，惟恐安石再来，处处想谋害安石，凡可以杜绝他来路的法儿，莫不做到。却巧蜀人李士宁，自言能知人休咎，且与安石有旧交，竟要借此兴狱。幸赖韩绛暗里维护安石，从中阻挠，将士宁杖流永州，连坐颇众。韩绛恐吕惠卿先发制人，连忙密请神宗，再用安石。神宗亦复记念安石，即召他入朝。

安石奉诏倍道前进，七日入京，晋见神宗。神宗见面，便问一年来卿有何著？安石忙将注释的诗经、书经、周礼，呈上奏道：“臣奉设经义局，督同吕惠卿及臣子王雱，加紧撰述，现在先成了三部，请陛下御览。”神宗略看了一看，下诏布天下学馆，名为“三经新义”，以后士子应试，都要以此为主，不许再有杂说。又奖叙著述之功，加安石左仆射，吕惠卿给事中，王雱龙图阁直学士。王雱因是现任首相之子，不得不假意推辞，奏章上去，吕惠卿在旁劝神宗批准。原来王雱为人，阴险刻薄，比安石更甚，却很有才气，十几岁上，已是著书立说，动笔万言。因见父亲所用的都是少年新进，屡次想出来做官，安石因为是自己的儿子，不便推荐，想把名气弄大，由神宗召用。王雱急于出仕，如何耐得，求着父亲，说是经筵一职，与政治无关，可以做得，安石便荐为崇政殿说书，后来又兼了经义局修撰，好容易修成了书，满拟可以青云直上，岂知又为惠卿所阻。安石父子，直气得一佛出世，二佛涅槃，把个吕惠卿恨如切骨，没有一刻不图报复。恰巧御史蔡承禧，参劾惠卿，欺君玩法，立党行奸，惠卿居家等候消息。王雱趁此机会，暗唆中丞邓绾，再上一本，把惠卿挤倒。那邓绾因为安石罢职的时候，曾经附和惠卿，深恐安石怀恨，正要找件事情见好于他。遂即想出一个贪赃枉法的大题目上了一本，说惠卿之弟，强借秀州华亭富民钱五百万缗，与知华亭县张若济，买田均分。这本一上，立刻拿交刑部审讯，一时却找不出什么真实证据，先将惠卿出知陈州。三司使章惇，也由邓绾劾他与惠卿同恶相济，出知潮州。那华亭县张若济与惠卿之弟押在监狱，过了一年，王雱深恐日久生变，瞒着安石，与门客吕嘉问、练亨甫商了一计，将这案件，夹杂在安石划过行的别样公事内，送到刑狱里去。安石还困在鼓里，衙门中的书吏，有和惠卿联络的，忙写信知照惠卿。惠卿捏着这个错处，如何还肯放过？上书直达朝廷，说安石一件事如此，其余可知，请治以矫命罔上之罪。次日早朝，神宗将这道奏疏递与观看，安石力陈冤枉，退朝回家，心内总有些疑惑。便叫王雱前来细问，王雱不能隐瞒，才将实情吐出。安石不免埋怨他一番，并说我一世的名誉，为你丧尽了。王雱盛年负气，性子甚是躁急，受了安石的埋怨，这一气如何禁受得住，因此终日爵闷，不久生了背疽，医治不愈而死。从此，神宗也觉得安石行为不甚正当，恩眷渐衰。还有个不识起倒的邓绾，深恐安石去了自己没有靠山。上言安石功高，朝廷应该录用他的儿子女婿，并赐第京师。神宗就将这奏章，交于安石观看，安石一时下不来台，只得奏道："邓绾身为风宪大臣，反替宰相乞求恩典，未免有伤国体，请陛下重治其罪，以肃官箴。"神宗遂将邓绾贬知虢州。安石经此一事，心内愈觉不安，又因悲痛儿子，举动改常，连疏求去。神宗亦即准奏，以使相判江宁府，寻改集禧观使。

安石到了江宁，往往写"福建子"三字。"福建子"乃是指吕惠卿的，有时且直言惠卿误我。惠卿再讦告安石，并附呈安石私书，有无令上知，无令齐年知等语。神宗察知齐年二字，乃指冯京而言，京与安石同年，故称齐年。神宗遂以冯京为贤，召知枢密院事。又因安石女夫吴充，素来中立，不附安石，擢同平章事，王珪亦由参政同升。吴充请召司马光、吕公著、韩维，又荐孙觉、李常、程颢，神宗依奏召用。独知湖州苏轼为中丞李定、御史舒亶所劾，有诏逮苏轼入都，下付台狱。

那苏轼因何得罪呢？原来他自杭徙徐，由徐徙湖，平居无事，常常借着吟诗，讽刺朝政。尝咏青苗道：

赢得儿童语音好，一年强半在城中。

《咏课吏》道：

读书万卷不读律，致君尧舜终无术。

《咏水利》道：

东海若知明主意，应教斥卤变桑田。

《咏盐禁》道：

岂是闻韶解忘味，迩来三月食无盐。

这数首诗传诵一时，李定、舒亶遂藉端进谗，坐他诽谤不敬之罪，意欲置之死地。

太皇太后适在病中，神宗入内问安。太皇太后道："苏轼兄弟初入制科，仁宗皇帝常欣慰道：'我为子孙得两宰相'。今闻轼因赋下狱，莫非有人中伤他么？且文人咏诗，乃是恒情，若必毛举细故，罗织成罪，亦非人君慎狱怜才之意，理应熟察为是。"神宗连连答应。吴充也替苏轼力辩。同修起居注王安礼，亦谏道："自古以来，宽仁大度的君主，不以言语罪人。轼具有文才，自以为爵禄可以立致，今碌碌如此，不无怨望，所以托为讽咏，自写牢骚。一旦逮狱加罪，恐后世谓陛下不能容才。"神宗道："朕原不欲深谴，当为卿贷其罪名。但轼已激成众怒，恐卿为之辩白，他人反欲害卿。卿勿漏言，朕即有后命。"同平章事王珪，闻神宗有赦轼之意，又举轼《咏桧》诗，有"根到九泉无曲处，世间惟有蛰龙知"二语，说他确有不臣之心，非严谴不足示惩。神宗道："轼自咏桧，何预朕事，卿等勿吹毛求疵。"舒亶又奏称驸马都尉王诜辈，与轼交通声气，居然朋比。还有司马光、张方平、范镇、陈襄、刘挚等，托名老成正士，实与轼同一举动，隐想联络，均非严办不可。神宗不从，但谪苏轼为黄州团练副使，本州安置。轼弟辙与王诜，皆连坐落职。张方平、司马光、范镇等二十二人，俱罚铜。

苏轼出狱赴黄州，豪旷不异昔日，常手执竹杖，足踏芒鞋，与田父野老优游山水之间，且就东坡筑室居住，自称东坡居士。每有宴会，谈笔不倦，时或醉墨淋漓，随吟随书，人有所乞，绝无吝啬，虽供寺的营妓，索题索书，亦无不应，因此文名益盛。神宗以轼多才，拟再起用，终为王珪等所阻。一日视朝，语王珪、蔡确道："国史关系，极为重大，应召苏轼入京，令他纂修，方见润色。"王珪奏道："轼有重罪，不宜再召。"神宗道："既不召轼，且用曾巩。"乃命曾巩为史馆修撰。曾巩进太祖总论，神宗尚不惬意，遂手诏移苏轼知汝州，诏中有苏轼黜居思咎，岁月滋深，人才实难，不忍终弃等语。苏轼受诏后，上书自陈贫士饥寒，惟有薄田数亩，坐落常州，乞恩准徙常，赐臣余年，实出天恩。神宗立即报可，苏轼乃至常州居住。

元丰二年，太皇太后忽然生病，神宗连忙召医诊治，亲自入侍，衣不解带的至匝旬之久，尚未见愈。不知太皇太后能痊愈否，且听下回分解。

第五十四回　进贤臣朝政清明　黜奸党人民悦服

话说太皇太后曹氏忽然患病，神宗连忙召医官诊治，并亲自入侍，衣不解带的匝旬之久，终未见愈。未几，遂即升遐。有司援刘太后故事，拟定尊谥，为“慈圣光献”四字。神宗孝思纯笃，服侍太皇太后，曲意承欢始终无间。太皇太后待神宗亦极慈爱，闻退朝略晚，即亲至屏展间，守候盼望，有时或持膳饷帝。因此上慈下孝，中外同钦，故例外家男子，不得入谒。太皇太后之弟曹佾，任同中书门下平章事，神宗常白太皇太后，请使入见。太皇太后道：“我朝宗法，何敢有违！且我弟得跻贵显，已属逾分，国家政事，不可令其干涉，亦不准令其入宫。”神宗敬谨受命而出。至太皇太后抱恙，复由神宗申请，乃得引佾入见。谈未数语，神宗先起退出，意欲使佾可以略述言情。谁知太皇太后已对佾说道：“此非汝久留之处，应随帝同出。”这两句言语，不但动曹佾伸舌，连神宗也为竦然。太皇太后既崩，神宗哀慕逾恒，几至毁瘠。一慈一孝，可以并传千古了。

元丰三年，神宗拟改定官制，饬中书置局修定。至元丰五年，方才制定。改中书门下平章事为左右仆射，参知政事为门下中书郎，尚书左右丞。此时吴充已殁，遂以王珪为尚书左仆射，兼门下侍郎，蔡确为尚书右仆射，兼中侍郎，章年惇为门下侍郎，张璪为中书侍郎，蒲宗孟为尚书左丞，王安礼为尚书右丞。当初定仪，原是仿照唐之六典，事无大小，皆由中书取旨，门下审复，尚书承行，三省分班，奏事并归中书。定议之后，将要施行，蔡确明知王珪糊涂可欺，便对他说道：“你做了多年首相，还怕中书令不属你么？”王珪也深以为然。蔡确又去密奏神宗，说是三省长官位分既高，不必另外置令，只要派左右仆射，分兼两省侍郎，就可以了。神宗便照他的主张，分派下来，他自己虽是次相，大权却在他的掌握之中。王珪虽是首相，却没有权柄，只得拱手听他号令，直至此时，方才知道上了蔡确的当，悔已无及。那蒲宗孟原是个外官，并无学识，为了力行新法，善于迎合意旨，现在居然执政。这天神宗临朝，谈起人才难得的话来，蒲宗孟不待说毕，便越班奏道：“人才哪里没有？可惜都为司马光邪说教坏了。”神宗闻言，很为诧异，对他面上望了半晌，方才说道：“你不以司马光为然么？现在不用说别的事，单就辞枢密使一事而言，朕在位这些年数，只见他一个人，要是换了别的人，赶也赶不掉的。”宗孟听了，又羞又惧，几乎无地自容。不久御史参宗孟荒淫酒色，盖造房屋，僭逾制度，免职而去。

那司马光虽然没有在朝，却成就了千秋事业。是什么事业呢？原来英宗在位的时候，即命司马光设局编纂《资治通鉴》，上自周威烈王起，下及五代止。共分三百五十四卷，现在已经告成，进呈御览，神宗极为称许，升授资政殿学士，便存了令他入内执政之意。哪知，次年正月，神宗忽然病重，群臣共请神宗早立太子，又请太后高氏暂同听政。神宗遂下诏，立延安郡王佣为皇太子，赐名煦。太子年才十岁，太后垂帘，一同听政，暗中叫内侍梁惟简，在家中做了一件三尺长的小黄袍带进宫来，恐仓猝之间，手忙脚乱，来不及预备。果然到了三月内，神宗便晏了驾，年三十有八。总计神宗在位，改元二次，共十八年。

太子煦即皇帝位，尊皇太后高氏为太皇太后，皇后向氏为皇太后，生母德妃朱氏为皇太妃，是为哲宗皇帝。追尊大行皇帝庙号曰神宗，葬永裕陵。晋封叔颢为扬王，頵为荆王；弟佶为遂宁郡王；佖为大宁郡王；俣为咸宁郡王；似为普宁郡王。尚书左仆射王珪是岐国公，潞国公文彦博为司徒；王安石为司空，余官一律加秩，并赐致仕各官，带服银帛有差。太皇太后训政，首先传旨，遣散修京城役夫，止造军器，及禁庭工技，叛中外无苛敛，宽民间保甲马，人民大悦。这几道诏旨下来，都从禁中发出，王珪等并未预闻，及中旨已经传出，方才得知。过不了几天，又下一道诏书道：

> 先皇帝临御十有八年，建立政事，以泽天下。而有司奉行失当，几于烦扰，或苟且文具，不能布宣实惠，其申谕中外，协心奉令，以称先帝惠爱元元之意。

这诏书一下，都中御士大夫已知太皇太后之意，欲改繁为简，易苛从宽了。蔡确深恐与己地位不保，要设法迎合太皇太后，因为高遵裕是太皇太后叔父，为了西征失律，待罪家居，便面请太皇太后，开复遵裕原官。太皇太后听了，不觉凄然道："灵武一役，先帝中夜得报，环榻周行，彻旦不寐，因此惊悸，遂致大故，追原祸始实自遵裕一人。先帝骨肉未寒，我岂敢专徇私恩，不顾公义吗？"蔡确碰了个钉子，吓得汗流浃背的退了出来，才知道太皇太后不是好惹的。太皇太后又诏罢京城逻卒，及免行录，废浚河司，蠲免逋赋，驿召司马光、吕公著入朝。

司马光居洛十五年，田夫野老，莫不尊敬，都称他为司马相公。即妇人女子，也都知大名。神宗升遐。原要入临，因避嫌猜，不敢径行。适程在洛，劝他入京，司马光遂启程东进。方近都门，守门卫士都欢呼道："司马相公来了！"当下一人传十，十人传百，居民住户，尽皆出外观看，沿街塞巷，都聚满了人。司马光坐在马上，为百姓拦住，不能速行，只得按辔徐进。那些百姓，都乱喊道："司马相公这回来京，请留相天子，活我百姓，千万不可回洛了。"司马光见百姓们一唱一和，反觉疑惧起来。暗想："我原怕招人忌妒，所以不敢前来，如今人民这样情形，岂不更令忌者有所借口。万一他们进起谗言来，说我买嘱百姓，意图入相，如何是好？"当下向几个年老百姓安慰了一番，径向先帝灵前哭临过了，即从间道归去。

太皇太后闻得司马相公入都，正要询问要政，谁知待久不至，即令内侍梁惟简，驰骑追问。司马光请大开言路，诏榜朝堂。惟简复命。蔡确等已知其事，先创六议入奏：大旨说是阴有所怀，犯非其分，或扇摇重机，或迎合旧令，上则侥幸希进，下则眩惑流俗，有一相犯，立罚无赦。太皇太后见了此议，又令人持往司马光观看。司马光愤然道："这不是求言，乃是拒谏。为人臣的，只好杜口不言，一经启齿，就要犯这六件事情了。"遂具疏列论，太皇太后即改诏颁行。果然不多几时，应诏陈言的，竟有一千多人。太皇太后又下诏，令司马光知陈州，并起程颢为宗正寺寺丞。程颢受诏，正要起身，忽然患病而亡。程颢与弟程颐，受学周门，以道自乐，平时极有涵养功夫，不动声色，既卒，士大夫无论识与不识，莫不哀悼。文彦博采取众论，题其墓曰："明道先生"。司马光受了诏命，往陈州赴任，经过阙下，正值王珪病殁，辅臣以次递升，适空一缺，太皇太后即留司马光在朝辅政，命为门下侍郎，即日到政事堂办事。天下人民莫不欢欣鼓舞，都说这一来好了，司马相公入朝，王安石新法的困苦，可以除去了。蔡确等听了，便用个大的题目来压制道："司马光难道不读书么？圣人说的三年无改于父之道。现在新君即位，还没有改元，就可以改变先帝的成法么？"司马光不觉笑道："说这话的，才是真没有读过书的。试问当初圣人说这两句话，可是指天子说的么？天子以宗社为重，能够保守宗社，亿万年不坠，方可谓孝。先帝所行的政治合宜，虽传之百世，也应遵守。若是王安石、吕惠卿所创的新法，害国病民，应当从速改变，如救焚拯溺一般，才是道理。况且太皇太后以母改子，并不是以子改父，有什么不可以呢？"众人无可辩驳，只得默然。太皇太后又召吕公著为侍读，公著自扬州进京擢为尚书左丞，京东转运使吴居厚，继鲜于侁后任，大兴盐狱，暴敛横征，民不堪命，为言官所劾，贬谪黄州，仍用鲜于侁为转运使。司马光对同列道："子骏甚贤，不应复令居外，但朝廷欲救京东弊困，非子骏不可，他实是一路福星，安得如子骏者一百人散布天下呢？"子骏乃鲜于侁表字。侁到任之后，即奏罢莱芜、利国两冶，及海盐依河北通商，人民大悦，有口皆碑。从此，司马光、吕公著同心辅政，革除新法，罢保甲，罢保马，罢方田，罢市易，贬前市易提举吕嘉问三秩，知淮阳军，吕党皆连坐贬谪，且谪州恕出知随州。

次年改为元佑元年，右司谏王觌，右谏议大夫孙觉，侍御史刘挚，左司谏苏辙，御史王岩叟、朱光庭、上官均皆连章参劾蔡确、章惇、韩缜、张璪朋邪害正。章至数十上，乃免蔡确相位，出知陈州。擢司马光为尚书左仆射兼门下侍郎；吕公著为门下侍郎；李清臣、吕大防为尚书左右丞；李常为户部尚书；范纯仁同知枢密院事。司马光已经得疾，因青苗免役诸法，尚未尽除，西夏议亦未决，不觉诏道："诸害未除，死不瞑目。"遂致书于吕公著道："光以身付医，以家事付愚子，以国事付公。"公著为白于上。太皇太后降诏，免光朝觐，许乘肩舆，三日一人省。司马光辞不敢当，且道："不见天子，如何视事。"乃改诏，令光子康，扶掖入对。这事情传至辽邦，辽主即嘱咐守边兵将道："中国相司马光，你们遇事须要格外小心，切不可生出事来。"这就可以想见当日的声望了。

次年，青苗免役诸法，一概罢免。司马光又想起文彦博来，便入奏道："文彦博宿德元老，年虽衰迈，精神矍铄，仍可起用。"太皇太后便有用他为相之意。有人说："彦博年老，宰相事繁，惟恐照顾不到。"因改为平章军国重事，六日一朝，一月两至经筵，班在宰相之上。吕惠卿见正人满朝，自知无容足之地，乞求闲散。苏轼、王觌又连章参劾，乃发往建州安置。一时之间，将所有小人，驱逐殆尽，一切政事，尽复旧观。惟罢免役法时，司马光请复差役法。会苏轼已入为中书舍人，独请行熙宁初给田募役法，且条陈五利。监察御史王岩叟，说是五利难信，且有十弊。群臣又各是其是，议论纷纭。

苏轼本与司马光交好，便去见他道："公欲改免役为差役，轼恐两害相均，未见一利。"光道："请言害处。"轼答道："免役的害处，是掊敛民财，十室九空，敛从上聚，下必患钱荒，这害已经验过了。差役的害处，是百姓常受役于官，无暇农事，贪吏猾胥，随时征比，因缘为奸，岂非异法同病么？”司马光道：“依君高见，应当如何办法？”苏轼道：“法有相内，事乃易成，事能渐进，民乃不惊。三代之时，兵农合一，秦始皇乃分作两途；唐初又变府兵为长征卒，农出粟养兵，兵出力卫农，天下称便，虽圣人复起，不能变易。今免役法，颇与此相类，公欲罢去免役，仍复差役，正如罢长征，复民兵，恐民情反多痛苦了。”司马光终不以为是，苏轼退出。

次日，司马光至政事堂议政，苏轼又入言此事。司马光不觉怒情于色。苏轼从容说道：“昔韩魏公刺陕西义勇，公为谏官，再三劝阻，韩公不乐，公亦不顾。轼常闻公自述前情，今日反不许轼尽言么？”司马光起谢道：“容待妥商。”范纯仁也向光说道：“差役一事，不应速行，否则反恐病民，愿公虚心受言。所有谋议，不必尽自己出，若事必专断，邪人曲士，反得乘间迎合了。”光有难色。范纯仁道：“这是使人不能尽言了。纯仁若徒知媚公，不顾大局，何不少年之时，迎合王安石，早图富贵呢？”光乃令役人悉用现数为额，衙门用坊场河渡钱，均用雇募。先是司马光决改差役法，以五日为限，僚属都嫌期限太促，独知开封府蔡京，如约面复。司马光大喜道：“使人尽奉法如君，天下尚有何事不可办？”待蔡京退后，光遂信为可行，所以坚持到底。其实蔡京是个大奸巨猾，专事迎合意旨，初见蔡确得势，就附蔡确，后见司马光入相，就附司马光。这种反复小人，最能贻误国事，司马光是个忠厚长者，哪里知道他暗中的机巧呢？此时王安石宦居金陵，听得朝廷改革新法，毫不介意，乃闻罢免役法，不禁失声道：“竟一变至此么？”停了良久，又道：“此法终不可罢，君实辈也太胡闹。”未几病殁。太皇太后因是先朝大臣，追赠太傅，后人都称他为王荆公，因安石于元丰五年，曾封荆国公，所以沿称至今。司马光、吕公著又共荐程颢之弟程颐，有旨召为秘书郎。及入对，改授崇政殿说书，且命修定学制，于是诏举经明行修之士，立十科举士之法。

一、行义纯固，可作师表。二、节掺方正，可备献纳。三、智勇过人，可备将相。四、公正聪明，可备监司。五、经术精通，可备讲读。六、学问赅博，可备顾问。七、文章曲丽，可备著述。八、善听狱讼，尽公得实。九、善治财赋，公私俱便。十、练习法令，能断清谳。

这十科条例，皆由司马光拟定，请旨颁行。司马光因言听计从，愈加激发忠忱，事无大小，必亲自裁决，竟因政体过劳，日益清瘦，同僚以诸葛亮食少事烦为劝。光慨然道：“死生由命，一息尚存，怎敢稍懈！”因此老病愈甚，不能起床，弥留时，尚呓语不绝，细听所言，皆是国事。及卒，年六十八，遗折递入，太皇太后失声痛哭，哲宗也悲伤不已。赠太师，封温国公。

设奠之日，两宫车驾，亲来赐祭。京师百姓，要祭司马相公，为之罢市，连挑葱卖莱的，都到灵前来哭两声，磕个头。还有些没钱的人，情愿脱下衣服，典卖了买纸钱来焚化。灵柩回陕州夏县时，有诏予谥文正，赐碑曰：“忠清粹德”。命户部侍郎赵瞻，内侍省押班冯宗道护送而行。沿路送的人，不知其数。还有些执着香跪拜号哭的，真是如丧考妣一般。到了安葬以后，都中和四方人民，尚画像祭祀，饮食必祝，可见他的德泽及民至远且深了。后人有诗咏他道：

到底安邦恃老成，甫经著手即清平。
如何天不延公寿，坐使良材一旦倾。

司马光殁后，吕公著为首相，一切用人，仍依司马光之意。进吕大防为中书侍郎，刘挚为尚书右丞，苏轼为翰林学士。苏轼自奉召入都，不过十个月，三迁清要，寻兼侍读。每入值经筵，必反复讲解，期沃君心一夕，值宿禁中，有旨召见便殿。太皇太后与他谈了几句政务，便问道："卿前年为何官？"轼对道："常州团练副使。"太皇太后又道："今为何官？"轼道："待罪翰林学士。"太皇太后道："为何忽升此缺？"轼答道："皆太皇太后及皇帝陛下隆恩。"太皇太后道："并不为此。"苏轼又道："莫非有大臣论荐么？"太皇太后又复摇首。苏轼惊愕道："臣虽无状，不敢由他途希进。"太皇太后道："这乃是皇帝遗意。皇帝每读卿文，必称为奇才！奇才！不过未及用卿，即便升遐了。"苏轼听罢，不禁感激涕零，哭至失声。太皇太后亦为泣下。哲宗见他们对哭，也忍不住呜咽起来。那些左右内侍，也不禁下泪，反觉得宫廷岑寂，良夜凄清。太皇太后见此情景，觉得不雅，遂停泪道："这不是临朝时候，卿可不必拘礼，且在旁坐下，我当询问一切。"未知所问何事，且听下回分解。

第五十五回　绍述事众奸佞登朝　恃宠爱刘美人进谗

话说太皇太后对苏轼道："卿且在旁坐下，我当询问一切。"说着，命内侍移过锦凳，令轼旁坐。苏轼谢恩坐下。太皇太后垂询了一番要政。苏轼随问随答，颇合慈意，特赐茶一盏。苏轼谢恩饮毕，太皇太后对左右内侍道："可撤御前金莲炬，送学士归院。"说罢，自携了哲宗入宫。苏轼恭送了圣驾，又向虚座前申谢，跪拜礼毕，方由两个内侍捧了金莲炬，导送归院。真是个旷典隆恩，千古稀逢，这遭际也光荣极了。苏轼感恩图报，常常借着言语文章，规讽时政。卫尉丞毕仲游，寓书戒轼道："君官非御史，职非台谏，乃好论人短长，危身触讳，恐抱石救溺，非徒无益，反致祝患。"轼不能从。时程颐侍讲经筵，毅然自重，尝道："天下治乱系宰相，居德成就责经筵。"因此入殿进讲，貌端色庄。苏轼说他不近人情，屡加抗侮。当司马光病殁，适朝廷有庆贺礼，事毕，众官皆欲往吊，独程颐以为不可。人问他何以不可往吊？程颐引鲁论，子于是日哭则不歌为言，有人说："哭乃不歌，未尝说歌即不哭，如何不可往吊？"苏轼在旁冷笑道："大概是枉死城中的叔孙通新制的礼，所以如此。"程颐听了此言，很有芥蒂。

苏轼发策试馆职，问题有云：今欲师仁宗之忠厚，惧百官有司不称其职，而或至于偷。欲法仁宗之励精，恐监司守令不识其意，而流入刻石司谏贾易左。正言朱光庭，乃程颐门人，遂借题生事，劾轼讪先谤帝。轼因乞外调。侍御史吕陶上刘台谏当秉至公，不应假借事权，图报私隙。左司谏王觌，亦奏称苏轼所拟策题，不过略失轻重，关系言小。若必吹毛求疵，酿成门户，恐党派一分，朝无宁日，这是国家大患，不可不防。范纯仁复言苏轼无罪。太皇太后临朝谕道："详览苏轼文意，是指今日的百官有司，监司守令，并非讥讽祖宗，不得为罪。"轼得任事如故。

适值哲宗病疮疹，不能视朝。程颐入问吕公著道："上不御殿，太皇太后不当独坐，且主上有道，宰相岂不知道么？"次日，公著入朝，即问帝疾，太皇太后答称无妨。廷臣因此嫉程颐多言，御史宗丞胡宗愈，给事中顾临，连章劾奏程颐，不应令值经筵。谏议大夫孔文仲，劾程颐奸下险巧，素无乡行，经筵陈说，僭横忘分，偏谒贵臣，勾通台谏，睚眦报怨，沽直营私，应放还田里，以示典型，道罢程颐出管西京国子监。从此朝臣各分党派，互相倾轧。程颐以下，有贾易、朱光庭等，号为洛党；苏轼以下，有吕陶等，号称蜀党；又有刘挚、梁焘、王岩叟、刘安世等，另树一帜，谓之朔党；其实都非奸邪，只因意气不合，致成嫌怨。哪知熙丰旧臣，正恨诸贤入骨，要想乘瑕蹈隙，借图报复，这三党还不知道，日事排挤，真是授人以柄，使之自刺了。

到得元佑七年，哲宗年已十七，太皇太后留意立后，选了世家女子百余人入宫，细细考察他们的品行性情，以及言语动作，只有马军都侯虞孟元的孙女，年纪才十六岁，才貌双全，性格也温柔庄重。太皇太后与太后，都爱重她。又请了保姆，教导宫中礼节仪范，遂由太皇太后宣谕宰执道，现有孟氏女能执妇道，可以正位中宫。一面命学士草制，一面派各官署议定古时六体。七年四月，议定复奏。乃派吕大防兼六礼使；韩忠彦充奉迎使；苏颂、王岩叟充发册使；苏辙、赵宗景充告期使；高密郡、王宗晟充纳成使；王存、刘安世充纳吉使；梁焘、郑雍充纳采问名使。哲宗升座文德殿，册孟氏为皇后。礼成，太皇太后对哲宗道："得贤内助，所系非细，汝宜刑于启化，媲美古人，方不负我的厚望。"及帝与皇后退出，太皇太后忽叹息道："此人贤淑，可无他虞，但恐福薄。他日国家有事，不免首先受祸。"果然哲宗少年好色，以孟后色不胜德，心怀不足。恰巧侍御中有个刘氏女，生得纤秾合度，修短适宜，面若芙蓉，腰如杨柳，艳比夷嫱，姿胜环燕，哲宗遂封为婕好，十分宠幸。这且不在话下。

单说朝中辅臣，自吕公著殁后，由吕大防、范纯仁执政。那范纯仁忽因司谏吴安诗等，劾他党于蔡确，力求外调，出知颍州。尚书右仆射一缺，空了下来，尚未补授。太皇太后特擢苏颂为尚书右仆射兼中书侍郎，苏辙为门下侍郎，范百禄为中书侍郎，梁焘、郑雍为尚书左右丞，韩忠彦知枢密院事，刘奉世签书枢密院事。又因辽使入贺，问及苏轼，召入为兵部尚书兼官侍读。原来苏轼做翰林学士的时候，每遇辽使往来，应派为招待员。其时辽亦趋重诗文，使臣多是文学之选，每与苏轼谈笑唱和，轼无不立应，辽使甚为惊服。会辽有五字属对，未得对句，遂商诸副介，请苏轼照对。苏轼便问是何对句？副介答称是"三光日月星"五个字。苏轼应声道："四诗风、雅、颂，不是天然的对句么？你不要说我对的，只说自己想着的便了。"副介如言还告辽使，方才叹赞。苏轼又出见辽使道："四德元亨利不是也可以对么？"辽使要起座对辩，苏轼道："你疑我忘记一个字么？你可知两朝乃兄弟之国，你虽是外臣，仁宗庙讳，亦应知道。"辽使闻言，亦为心服。嗣又令医官对道："六脉寸关尺。"辽使更加敬服，遂对苏轼道："学士前对，究欠一字，须另构一语才好。"言时，恰值雷雨大作，苏轼即答道："一阵风雷雨，以眼前即景属对如何？"辽使道："敢不拜服！"遂欢宴而散。到得哲宗大婚，辽使不见苏轼，甚觉怏怏！因此召轼内用，寻又迁礼部尚书兼端明侍读二学士。

元佑八年，太皇太后患病，不能听政，时范纯仁又召入为尚书右仆射兼中书郎，遂与吕大防入宫问安。太皇太后对二人说道："我病恐不能好了。"二人同声说道："慈寿无疆，必不至有意外事的。"太皇太后道："我已六十二岁，死亦不失为正命，所虑的是官家年少，容易为人摇惑，还望卿等用心保护。"吕大防、范纯仁齐声道："臣等敢不遵命。"太皇太后又谓纯仁道："卿父仲淹，可谓忠臣，在明肃垂帘时，惟劝明肃尽母道，至明肃上宾，惟劝仁宗尽子道。卿当效法先人，毋忝所生。"纯仁涕泣受命。太皇太后又道："我受神宗顾托，吸政九年，这九年中，卿等试思，曾加恩高氏么？我为公忘私，遗有一子一女，今病且死，尚不得相见。"言讫涔涔下泪。又喘息了好一会，复嘱大防、纯仁道："日后官家不信卿等之言，卿等亦宜早退。"说到这里，又回顾左右道："今日正值秋社，可备社饭与二相公吃。"吕、范二人不敢却赐，等左右将饭备好，暂出辞外，草草吃毕，入寝门拜重谢过了。太皇太后流泪道："二相公于明年社饭时，恐要记念老身了。"吕、范二人劝慰了几句，遂即退出。过了数日，太皇太后竟崩，共计训政九年，朝政清明，中外安宁。辽主常戒群臣道："南朝尽复仁宗旧政，老成正士，尽皆起用，国势又要昌盛，汝等不可生事启衅。"是以元佑九年，绝无边患。西夏来归永乐所俘，乞还侵地。太皇太后为安民计，诏还米脂、葭芦、浮屠、安疆四寨。夏人谨修职贡，不复侵边。太皇太后之侄，元绘、元纪终元佑之世，仅迁一官，还是哲宗再三请求，方蒙允许，为自古女主垂帘所仅见，四方皆称为女中尧、舜。礼官拟上尊号，为宣仁圣烈皇后。

自十月起，哲宗才亲理政事。太皇太后新故，中外不知道皇上是何如主，都有仓皇观望之意。朝廷大臣不过循例办事，没人敢多开口。翰林学士范祖禹，深恐小人乘机尝试，便上了一道奏疏道："陛下初次亲政，乃是紧要之时，国家盛衰，社稷安危，生民休戚，君子小人的消长，天命人心的去就，都在此时分别，岂不可惧！太皇太后大功大德，虽然布于天下，然而前次驱逐的小人，怨毒已深，全仗陛下有以压伏才不敢乘隙而起。若辈此时，必心存报复，难保不设法来离间陛下，全仗陛下防微杜渐，遇有邪说奸言，加以重惩，始可使之知难而退。"奏疏上去，竟如石沉大海，绝无声响，反而下诏起用太监刘瑗等十人，进内廷给事。这十个太监，都因不安本分，为宣仁太后所罢黜。范禹祖又上疏谏阻，哲宗只是置之不理。于是这些乱政的小人，却一齐起来了。当时吕大防奉派了山陵使，前去督工勘地，方才出京，他的弟子杨畏，就背叛了大防，竟上疏道："神宗改定法制，为的是永垂万世，陛下身为人子，岂可不讲求继述。"哲宗听了，很觉入耳，便召问杨畏："先朝旧臣，有哪几个可用？"杨畏进举章惇、安焘、吕惠卿、邓润甫、李清臣等各加褒美，且言神宗建立新政与王安石创行新法，实是明良使交济，足致富强。今安石已殁，惟有章惇才学与安石相似，请即召为宰执，先朝德政，不难恢复。哲宗深以为然，章刻下诏，开复章惇、吕惠卿原官，又用李清臣为中书侍郎。邓润甫首请哲宗，效法武王继述文王之志，以治天下。哲宗深为嘉许。于是此言继志，彼言述事，范祖禹、范纯仁、苏轼、苏辙等，皆次第贬谪。召曾布回京，用为翰林承旨。曾布请将先帝定的新法，一一修复，又请改元以顺天心人意。哲宗便命从四月起，改元绍圣。天下臣民，这才晓得哲宗意思所在。

此时章惇已为首相，第一件即议复免役法。令各官会议，各持一说，久而不决。蔡京方奉召为户部尚书，谒见章惇，谈起此事，蔡京笑道："照这样游移不决，还能办事么？只要照熙宁旧章而行就是了，还有什么可议的呢？"章惇恍然大悟，于是复免役法、免行钱、保甲法、罢十课举士法，令进士专习经义，除王氏字说禁令。黄履、张商英、上官均、来之邵等，乘势修怨，都说司马光妄变成制，叛道悖理。哲宗命廷臣会议，章惇、蔡京，请将司马光、吕公著掘棺戮尸。适知大理府许将，内用为尚书左丞，哲宗问及戮尸事，许将从容道："此非盛德之君所为，请陛下三思。"哲宗乃追夺司马光、吕光著官爵赠谥，仆所立碑。其余吕大防、刘挚、苏辙等，一概贬官，并分司南京。章惇心还不足，又构致文彦博等三十余人罪状，请旨一齐远贬岭南。李清臣乃进言道："要改先帝成法，虽不能无罪，但诸人皆累朝元老，若从惇言，恐大骇物听，应请从宽为是。"哲宗点首称然，乃颁诏除司马光以下，悉置勿问。

原来，李清臣并非袒护元佑诸贤，他当初首先发起绍述，原指望为相，谁知事成八九，首相的位置忽被章惇夺去，心实不甘，因此遇事与惇反对。章惇又荐用吕惠卿，有诏令惠卿知大名府。监察御史常安民上言："北都重镇，惠卿不足胜任。试思惠卿由王安石荐引，后竟背了安石，待友如此，事君可知。今已颁诏命，惠卿必过阙请对，臣料他入见陛下，必泣述先帝，希望留京了。”哲宗闻言，还是半信半疑，乃惠卿到京，果然请对，果然述先朝事，涕流交颐。哲宗正色不答，惠卿只得辞退赴任。章惇得知此事，隐恨安民。恰巧安民又劾论蔡京、张商英接连数本，末了一本，且斥章惇专权植党，乞收回主柄，抑制权奸。章惇挟嫌愈深，密遣亲信，对安民说道：“君本以文学闻名，奈何好谈人短？能稍事安静，当以高位相报。”安民正色斥道：“汝乃为当道做说客么？烦汝传语，安民只知忠君，不知媚相。”这一来，章惇气愤已极，立嗾御史董敦逸，弹劾安民与苏轼兄弟，素作党服，安民乃谪滁州监酒税。章惇、蔡京乃钻营宫掖，恃刘婕妤为护符，且追溯范祖禹当初谏乳媪事，指为暗斥婕妤，坐诬谤罪，且牵及刘安世。哲宗只要得婕妤的欢心，无论何事，都可行得，遂谪范祖禹昭州别驾，安置贺州。刘安世新州别驾，安置英州。刘婕妤从此愈加得势，遂闹出一大冤狱，连皇后都废掉了。

原来，刘婕妤恃宠而骄，每每的轻视孟后，不循礼法。孟后性情和顺，从不与她争论短长。那些中宫内侍，冷眼旁观，见刘婕妤无礼已甚，大家心为不平。这年正月，孟后率领妃嫔，朝景灵宫。三宫六院，随从的人很是不少。行礼之后，皇后就坐，诸嫔御皆侍立于旁。刘婕妤心里很不愿意，料着皇后不能奈何她，便独自一人，轻移莲步，走向帘下去看花。中宫侍女陈迎儿，口齿伶俐，遂抗声道：“帘下何人，皇后宝驾在此，难道不知么?”刘婕妤非但不肯过来，反而竖起柳眉，要与迎儿争论，后见站立两旁的宫娥内侍，一个个都怒眉横目，大家怀着不平之意，方才不敢开口。迎儿再要呵斥，孟后以目示意，只得罢了。孟后回宫，妃嫔等随后回归，刘婕妤已怀着一腔怒意，只是无从发泄，暂时忍耐。到了冬至令节，又随了孟后去朝谒太后。孟后率妃嫔至隆佑宫，太后尚未御殿，大众在殿右等候暂行就坐。向例皇后坐椅，朱漆金饰，妃嫔不得相同，此次当然照例。众人皆已入坐，惟刘婕妤立定了不愿意坐。内侍郝随，明白婕妤之意，便取了一张与皇后相同的坐椅来，与她坐下。哪知刚才入座，忽然有人传呼道：“皇太后御殿了。”孟后与妃嫔等，尽皆起立，婕妤也只得立将起来。等了片刻，仍不见太后出外，后、妃等又陆续坐下，刘婕妤也坐将下去，不意坐了个空，一时收缩不住，竟仰天跌了一跤。侍从连忙扶起，已跌得玉山倾倒，云鬓蓬松，嫔御们莫不窃笑。刘婕妤经这一来，真是惊愤交集，气满胸膛，欲要发作，又在太后宫内，倘若闹将出去，自己不得便宜，只是强自忍耐，等过后了再设别法，以报此仇。当下含着眼泪，叫侍女替她整理衣服，代刷鬓云，刚才完毕，太后已经临殿，御座受朝。孟后带了妃嫔，行过了礼，太后也无甚问答，随即退出。刘婕妤气愤愤的回宫，坐在那里哭泣。太监郝随劝道：“娘娘也不烦着为了这事生气，自己保重身子要紧，倘能生下个太子，这中宫的坐位，怕不是娘娘的吗?”刘婕妤恨恨的道：“有她无我，有我无她，总要与她拼个上下，方才出得这口怨气。”正在说着，恰巧哲宗进来。刘婕妤也不去接驾，直至哲宗走近前来，方才慢慢的立起。哲宗见她玉容寂寞，两眼含泪，不禁问道：“今日是冬至令节，朝见太后，敢是太后有什么责斥么?”婕妤道：“太后有训，理所当从，怎敢怀怨。”哲宗道：“此外便有何人敢来惹卿?”婕妤乘势跪下，带哭带说道：“妾被人家欺侮死了。”哲宗道：“有朕在此，谁敢侮卿，卿且起来，与朕说明，自有办法。”婕妤只是啼哭，一语不发。哲宗焦急起来，便问郝随究为何事？郝随即跪陈大略，却一直咬定是皇后的主意。哲宗道：“皇后循谨，必不至此。”婕妤接口道:“都是妾的不是,望陛下撵妾出宫。”说着,枕在哲宗膝上,一味娇啼。哲宗最宠爱的是刘婕妤,今见她哭得如此模样,心内不胜怜惜。只得软语温存,好言解劝。费了无数言语,方把刘婕妤劝住了哭,起来陪侍哲宗。哲宗又命取酒肴来,与婕妤对饮消愁。饮到了酒酣耳热,已是夜漏沉沉,方才归寝。从此刘婕妤一心一意要谋害皇后,日与太监郝随商议计策,要想下手。未知皇后如何遭害,且看下回分解。

第五十六回　**兴冤狱皇后修行　生太子贤妃正位**

却说刘婕妤怨恨孟后，要想把皇后除掉，一则报怨，二则可夺中宫的位置，日夜与太监郝随和几个心腹内侍计议，只是没法下手，只得且等机会。过了些时，孟后之女福庆公主，偶得奇疾，医官诊治，绝无效验。孟后有个姊姊精通医理，从前孟后生产患病也是这位姊姊治好的，因此，时常出入禁中，绝无避忌。近来为了宫内人多口杂，恐犯嫌疑，所以长久没有进宫。孟后因公主病重，也顾不得这些事情了，便去召她进宫，代公主治病。哪知请了前来，服药下去，也如汤沃石，毫无起色。孟后之姊焦急起来，遂出宫去打听有何名医，好请来替甥女医治。有人对她说："京城里新来了一个道士，善能书符治病，大有起死回生的妙术，一经他手没有不好的。"她正在穷极无法之际，也不计及利害，便去向道士求了一张符，又问明了使用的方法，带进宫来，向孟后说道。孟后不待言毕，即大惊道："这事如何使得？姊姊出入宫中连禁例也不知么？宫里最忌的是巫蛊咒诅。从古以来，因此被诬的，不知凡几，哪能像民间这样的随意画符念诅呢？倘若被人知道，进起谗言来，如何得了！快快把它收藏起来才好。"她姊姊也醒悟过来，忙道："收藏起来也不妥当，既有这样重要关系，我拿进宫时，已有许多人瞧见，现在，左右服侍的宫女、太监也都知道，万一传说出去，反倒弄假成真了。况且我闻得近来宫廷里面和你不对的人极多，正想寻事捉弄你。倘若收藏起来，岂不是无私有弊么？不如索性在皇上面前陈说明白，倘有罪责，是我拿进来的，由我出面承当便了。"孟后也深以此言为然。

恰巧次日，哲宗驾临中宫，孟后便将原委禀明，哲宗却毫不介意道："这也是人之常情，她无非爱惜甥女，求其速愈，所以如此。"孟后听了，忙命内侍取过符来，当面焚毁，总以为心迹已明，可以无事了。谁料宫中已谣诼繁兴，说是皇后善用魇魅的方术，偏又遇着孟后的身体不舒服，孟后的养母德宜夫人燕氏，要替女儿祈祷，便约了三藐庵女尼法端，在庵内诵经拜忏，替孟后祈福消灾，早生太子。法事还没有完毕，早为刘婕妤所知，便令人去和章惇计议，叫他奏明哲宗，只说孟后怀有异心，用妖人咒诅。章惇本与刘婕妤联络一气，又经婕妤许他止位中宫以后，保管累世富贵。章惇又因深恨宣仁皇后，也要除去孟后，宫中没了见证，就可以诬蔑宣仁，以报前仇，所以听了这话，正中下怀，便一力担承此事，并嘱婕妤在内暗助。

当日晚上，哲宗进宫，便由太监郝随，奏称中宫施行魇魅，防有内变。哲宗尚不甚相信，到了次日早朝，章惇又奏说皇后在三藐庵做法事，心中不禁犯疑，即命皇城司，至庵内捕逮宦官宫妾三十余人，命内押班梁从政与皇城司苏珪审讯。梁、苏二人，内受刘婕妤的嘱托，外面又有章惇指使，竟致滥用非刑，尽情榜掠。孟后驭下，素来宽厚，宦官宫妾感念其恩，甚至断肢折体，也不肯妄扳孟后。苏、梁二人，偏要他们诬供。这些人也就反唇相讥，骂个痛快。梁、苏二人大怒，竟令割舌，到了结果，仍是没有口供，只得由梁、苏二人捏造口供，复奏上去。哲宗诏令御史董敦逸，覆铭罪囚。敦逸奉旨提讯，见罪人登庭，都是奄奄欲绝，不能发声，此时触目生悲，倒觉握笔难下。郝随怕他翻案，亟去见敦逸道："你可知此案来历么？恐怕救不成他们，连自己的性命也保不了。我劝你还是为自己子孙家族打算打算吧。"敦逸经此一吓，畏祸及身，只得昧了良心，照着原谳，复奏上去。哲宗遂下诏废孟后，令出居瑶华宫，号为华阳教主，玉清静妙仙师，法名冲真。其时为绍圣三年，孟冬之月，天忽转暑，阴翳四塞，雷雹交下。董敦逸自觉不安，又上书自称奉诏录囚，仓猝复命，恐致有误，得罪天下后世，请复派良吏，再核真伪，然后定谳。哲宗览毕道："敦逸反复无常，朕实不解。"次日临朝，谕辅臣道："董敦逸无状，不可更居言路。"曾布道："陛下因宫禁重案，由近习推治，恐难凭信，故命敦逸复讯。今忽贬录问官，如何取信中外？"哲宗乃止，嗣亦自悔道："章惇误我，坏我名节，因此中宫虚位，一时不闻继立。"

刘婕妤以为孟后既废，自己总可册立为后，眼巴巴的盼望多时，只博得晋封一阶，升为贤妃。贼臣章惇，又以罗织元佑党人为事，把吕大防、刘挚、苏辙、梁焘、范纯仁，都充废岭南，韩维等三十人，一概贬官。大防年纪已老，受不起辛苦，押释到信丰，便已死了。刘挚、梁焘，均至配所，忧劳成疾而亡。惟范纯仁整装就道，怡然启行。僚友说他好名，范纯仁道："我年将七十，两目失明，难道甘心远窜么？不过爱君本心，有怀未尽，若欲避好名之嫌，反恐背叛朝廷，转致罪戾了。"既至贬所，怡然自乐，所以还得保全。章惇又说程颐与司马光同恶相济，发往涪州，交地方官看管。蔡京等竭立附和，甚至说梁焘、刘挚有意谋反，非夷灭九族不可。哲宗道："元佑党人，何至如此？"蔡京道："他们并非没有这心，不过没有露出形迹来就是了。"因梁焘、刘挚已殁，反将两人之子，贬管岭南。

章惇还恐元佑党人有一天翻过身来必要报复，便无日无夜的与蔡京、郝随等一班奸人商量永绝根株之策。索性一不做，二不休，连宣仁皇后也打下来才好。但是，这样大的题目，总要捏造些凭据出来，遂令郝随到宫内去放谣言，说哲宗幼年时候，太皇太后屡次要加以危害。后来元佑年间又与司马光谋废立，现有当日太皇太后面前的亲信太监，曾经目睹，可作为凭证。章惇即启奏哲宗说："当日宣仁皇后面前的太监，现存的只有陈衍、张士良二人。陈衍因犯了罪，废贬朱崖，一时不能前来；张士良现在郴州，可以立时召来。"哲宗准奏。不久张士良果然奉命到京，章惇恐他不肯附和，不令进宫见驾，令蔡京、安惇先行讯问。蔡京、安惇高坐堂上。在旁安设了刀锯鼎镬，装出非常严厉的模样，方传张士良上堂，大声问道："你肯说一有字，便可复还原职。"说着，即将诰敕等件，从袖中取出，置于案上道："立即把诰敕付你前去上任。倘若说一无字，"又指着旁边的刀锯鼎镬道："请你试尝这个滋味。"张士良仰天大哭道："太皇太后不可诬，天地神祇不可欺。士良宁甘受刑，不敢妄供。"蔡京、安惇百般威吓，士良抵死不从。蔡京等无法可施，只得奏称陈衍、张士良离间两宫，驱逐从龙内侍刘瑗等十人，有意剪除人主腹心羽翼，谋为大逆，例应处死。哲宗神志昏迷，居然批准下来。章惇、蔡京，遂擅似草诏，进呈御览，议废宣仁为庶人。哲宗本有不满宣仁之意，要想照议施行，又觉得心内不安，正在那里踌躇不决，却有两个宫女知道这事，念及宣仁太后在日的好处，心内不觉伤感,都走到廊外去拭泪。有个太监李成仁,从廊前经过,一眼瞧见,使问二人何事伤心,二宫女就将原委说明。那李成仁是受过宣仁恩典的,倒也很有见识,便道:“既是如此,你们空白哭泣有何用处,可趁诏书尚未盖玺,速去启知太后,就可以有挽回了。”两个宫女连称有理,便匆匆的跑进隆佑宫内。谁知太后正因发了肝胃痛的旧病,睡卧在床,两个宫女如何敢去惊动,只有抽了口冷气。回转身来要想退将出去,不料太后并未睡着,早已看见两人急匆匆的前来,又复退回,随即喝问:“有何事故如此惶遽?”两个宫人只得止步跪下,把这事奏明。太后听了,不免伤感,说道:“这不是反了么?”便从锦被内坐起,命两个小太监搀扶着,要亲自去责问哲宗。早有左右的宫女、太监,一面劝慰太后不可出外,一面飞也似的,去传哲宗。

哲宗听说太后发怒,也觉惊惶,连忙跑进宫内朝见太后。太后一见面就问道:“听说廷议,拟废太皇太后为庶人,有这话么?我昔日侍崇庆宫,天日在上,哪有废立的遗言?我因为发病,睡卧在床,猝闻此事,令我心悸。我原不应干预外事,但宣仁在日,待官家何等慈爱,今且如此,它日尚有我么?何不趁我在着,一并废了,免得日后费事。”说着,既怒且悲,不觉泣下。哲宗初时满面陪笑,连称不敢,此时见太后这样,也就流下泪来,连忙亲自扶了太后,仍旧送她睡下,自己坐在床前想道:“太后从没有这样发怒,此事定是虚诬,我险些上了章惇的当。况且这样的事情,也不是做子孙的可干的。”忙命左右将草诏取来,亲自撕碎,丢在火里焚毁了,方才告辞而出。郝随早已知道这事,忙去通知章惇、蔡京。两人还不甘心,次日早朝,又复具状,坚请施行。哲宗不待阅毕,已大怒道:“你们不欲朕入英宗庙么?”说着,将本章撕碎,掷于地上,两人方才不敢复提。

过了两天,又换了一个题目,联络了许多党羽,请立刘贤妃为皇后。原来,刘贤妃自废了孟后,便日夕盼望册立,因为哲宗颇悔废后一事,所以蹉跎三载,未曾继立中宫。刘贤妃不胜觊望,格外献媚,终是没有消息。再嘱内侍郝随、刘友端,联络了章惇、蔡京,内外奏请,亦未见允。累得刘贤妃望断秋波,不胜忧虑。就中只有一线希望,乃是后宫嫔御,皆没有生育,若得诞一麟儿,中宫的位置,自然可以到手。果然天从人愿,刘贤妃已经怀孕,遂东祷西祀期得一子。到了十月满足,临盆分娩,居然生了皇子。这番喜事非同小可,刘妃固是欢喜无尽,哲宗也快慰非凡。于是宫庭内外,皆请立刘贤妃为后,奏章竟至一日数上。哲宗遂命礼官备礼,册立刘氏为继后。左正言邹浩,独上疏谏阻,说刘贤妃因与孟后争宠,以致废后,断不可以继位中宫。哲宗见了此奏,因面谕邹浩道:“这是前朝有过的,真宗立刘德妃不是如此么?”邹浩道:“祖宗德政,应该仿效的甚多,陛下未能仿行,乃独取及小疵,恐后世难免遗议了。”哲宗闻言,变色不答。及邹浩退出,心中觉得踌躇不决,遂将原疏发交中书,饬令复议。那立后废后一事,原是章惇一力主持,现在已经告成,平空里来了个邹浩要想阻挡,他如何容得?遂力斥邹浩狂妄,请加严惩。哲宗乃将浩削职除名,编管新州。尚书右丞黄履入谏道:“浩感陛下知遇之恩犯颜进谏,今反欲置之死地,从此盈廷诸臣,无敢与陛下再论得失了。愿陛下改赐善地,无负孤忠。”哲宗不从,反出黄履知亳州。

初阳翟人田画,系前枢密副使田况从子,与浩友善。元符中,田画入京监城门,常向浩说道："君为何官，此时尚作寒蝉仗马么？"浩答道："待得当进言，勉报君友。"到得朝廷欲立刘后，田画对同僚道："志完若再不言，当与绝交了。"志完即邹浩表字，至浩得罪，田画已病归许邸，闻浩出京，扶病往迎。浩相对流泪，田画正色道："志完太没气节了，假使你隐默不言，苟全禄位，忽然生了寒疾，五日不出汗，就要死去，何必岭海以外，才能死人呢？古人说的，烈士徇名，君勿自悔前事，恐完名全节的事情，还不止这一件哩。"邹浩爽然谢教。浩之母张氏，当浩除授谏官，当面嘱道："谏官责在规君，果能尽忠报国，无愧公论，我亦喜慰！你不必别生顾虑。"宗正寺簿王回，闻浩母之言，极为感叹。及浩南贬，人不敢过问，王回集友醵金，为浩治装，往来经理，且安慰浩母。逻卒以闻，被逮入狱。王回从容对簿，御史问他是否与邹浩同谋？乃慨然道："不敢相欺，回实与闻。"遂诵邹浩所上奏疏，先后二千余言，狱上除名。王回即徒步出都门而去。

哲宗自立刘皇后，自然十分欣悦，满朝人士，也都说刘后命好，应该要做皇后，所以早生贵子。哪知这个皇子，取名曰茂，不上两月有余，忽得奇疾，终日啼哭，饮食不进，竟尔夭逝。刘后正在悲悼，偏偏的哲宗又生起病来，好容易过了元符二年，至三年元旦，卧床不起，免朝贺礼。延到正月八日，遂即上崩，享年二十五岁。总计哲宗在位，改元二次，阅十五年。

哲宗即崩，向太后召入辅臣，议立嗣君。章惇抗声道："依礼律而论，当立母弟简王似。"向太后道："老身无子，诸王皆神宗庶子，不能这样分别。"惇又道："若主立长，应属申王佖。"太后道："申王有疾，不堪主器，还是端王佶罢。"惇又大言道："端王轻佻，不可君天下。"曾布在旁呵斥道："章惇未尝与臣等议，如皇太后谕，臣极赞同。"蔡京、许将亦齐声说："合依圣旨。"章惇孤立无援，不能争执，只得默然无言，遂由皇太后宣旨，召端王佶入宫，在柩前即位，是为徽宗皇帝。群臣因请太后同处分军国重事，太后道："嗣君年长，不必垂殿。"徽宗泣恳太后训政，方才允许。

徽宗为神宗皇帝第十一子，母陈美人。神宗升遐，陈美人常守殿陵，以哀毁卒。徽宗即位，追前为皇太妃，并前哲宗后刘氏为元符皇后。太后想起哲宗在时，谈到废皇后孟氏，尝说章惇误我，坏我名节，因此要复孟后位号。恰巧布衣何文正，伏阙上书，言孟后无罪，遂复孟后位号，称为元佑皇后，入居宫中。授皇兄申佖为太傅，进封陈王；皇弟莘王封为卫王；封王封为蔡王；睦王偲为定王。特进章惇为申国公。召韩忠彦为门下侍郎，黄履为尚书左丞。立夫人王氏为皇后。后系德州刺史王藻女，元符二年，归端邸，曾封顺国夫人。

于是徽宗御紫宸殿受百官朝贺。韩忠彦首陈四事，一宜广仁恩，二宜开言路，三宜去疑似，四宜戒用兵。太后览表，深为嘉许。又进龚夬为殿中侍御史，召陈瓘、邹浩为左右正言。安惇入阻道："邹浩复用，如何对得起先帝？"徽宗勃然道："立后大事，中丞不言，独浩敢言，如何不可复用？"安惇失色而退。陈瓘劾安惇诳惑主听，妄聘私见，若明示好恶，当自惇始，乃出安惇知潭州。韩忠彦请召还元佑诸臣，乃遣使至永州，赐范纯仁茶药，传问且疾，并令徙居邓州。纯仁自永州北行，途次又接到诏命，授观文殿大学士，制词中有四语道："岂惟尊德尚齿，昭示宠优，庶几鲠论嘉谋，日闻忠告。"纯仁泣谢道："上果欲用我么？死有余责了。"乃抵邓州，又有诏促令入朝。纯仁乞归养疾，乃召范纯礼为尚书右丞。苏轼亦自昌化军移徙廉州，再徙永州，更经三赦，复提举玉局观，徙居常州，未几病殁。苏轼为文，如行云流水，嬉笑怒骂皆成文章，当时号为奇才。惟始终为小人所阻，不得久居朝右，士林常叹息不置。徽宗又诏许刘挚、梁焘归葬，录用其子孙，并追复司马光、文彦博、吕公著、吕大防、刘挚、王珪等三十余人官阶，用台谏言，贬蔡京为秘书少监，分司池州，安置邢恕于舒州。

向太后见徽宗初政清明，任贤黜邪，内外悦服，遂决意还政，使徽宗自行主持。即于七月中撤帘，共计训政不过六个月，可称是不贪权位的贤太后了。宋室成立，每遇皇帝驾崩，必用首相为山陵使。章惇例得此差，至八月间，哲宗葬永泰陵，灵輂陷入泥淖，朝中得知此事，大为惊诧，台谏交章劾论章惇。未知徽宗如何处分，且看下回分解。

第五十七回　黜邪任贤政治清明　继志述事朝纲紊乱

却说哲宗安葬的时候，章惇办差不慎，将灵辇陷入泥淖之中，直至一夜之久方才得行。台谏丰稷、陈次升、龚夬、陈瓘等，弹劾章惇大不敬，乃罢知越州。章惇行后，陈瓘又申论章惇，陷害忠良，备极惨毒，甚至设立钉足、剥皮、斩头、刮舌种种非刑，处置元佑诸臣，令人惨不忍睹。中书舍人蹇序辰，与出知潭州安惇，甘为鹰犬，肆行搏噬，应请明正典刑。有诏除蹇序辰、安惇名，放归田里。贬章惇为武昌节度副使，安置潭州。蔡京变被劾夺职，黜居杭州。林希也连坐免官。后来任伯雨又奏章惇，当先帝新故，忽生异志，欲奏立简王似，其谋若成，将置陛下于何地？徽宗留中不发。陈瓘、陈次升又连章论奏，才降章惇为雷州司户参军。从前苏辙谪从雷州，不许占居官舍，不得已赁居民屋。章惇又诬他强夺民居，下州究治，幸而赁券登载明白，无从锻炼成狱。现在章惇谪居雷州，也要向民家赁屋居住，州民没有一人答应。章惇问他们不肯赁居是何缘故？州民答道："前苏公来此，章丞相无事生非，几破我家，所以不敢以赁了。"章惇惭沮而退，后徙睦州，病发而死。曾布本来主张绍述，因为与章惇有嫌，坐视贬死，绝无一言。既而朝廷以韩忠彦为首相，命曾布继忠彦之任。布因力排绍圣时人，遂得为宰辅。

时议改元，廷臣以元佑、绍圣皆有所失，须折衷至正，消灭朋党，遂拟定年号为建中，又因建中与唐德宗年号相同，特于建中之下，添入靖国二字。遂下诏改元，以次年为建中靖国元年。到了正月朔日，徽宗御殿受贺。正在行礼，忽有一道赤气，照入殿庑，自东北延至西南，差不多和电光相似，赤色之中，复带着一股白光，缭绕不已。群臣不胜惊愕，及礼毕退朝，各人仰望天空，赤、白二色已经将散，只有四旁黑祲，尚且未退，百官互相推测，议论纷纭。右正言任伯雨，以为年当改元，时值孟春，乃有赤白气起于空中，旁列黑祲，恐非吉兆，即连夜缮疏，极陈阴阳消长之理，谓不免有夷狄窃发，扰乱中国之事，请陛下进忠良，黜邪佞，正名分，击奸恶，上格天心，灾异乃可变为庥征了。次日递本进宫，只见宫廷里面甚是慌乱。连忙询问内侍，始知向太后病重，已在弥留时候了。伯雨乃不复入奏。

过了两日，向太后遂崩，寿五十有六。太后素来抑制母族，所有子弟，均不令入选。徽宗追念太后恩德，推恩两舅，一名宗良，一名宗回，均加开府仪同三司，晋封郡王，自太后父向敏中三世以上，亦追赠王爵。礼臣议尊太后谥为钦圣宪肃，祔葬永裕陵。徽宗复追尊生母陈太妃为皇太后，亦上尊谥曰钦慈。哲宗生母尚存，徽宗事奉甚谨，越一年而逝，谥曰钦成皇后，与陈太后同至永裕陵陪葬。

徽宗自向太后去逝后，仍用韩忠彦、曾布为左右仆射，兼门下侍郎。那曾布当向太后在日，竭力排挤绍圣党人，原是想进用的，此时既为辅臣，故态重萌，仍以绍述为事。任伯雨欲上疏参劾，为曾布所闻，即徙伯雨为度吏员外郎。尚书右丞范纯礼，沉毅刚直，为布所惮，遂挑唆驸马都尉王诜，遮谗于徽宗之前，说纯礼当款宴辽使的时候，屡斥御名,见笑辽使,无人臣礼,遂出纯礼知顺昌府。又罢左司谏江公望及权给事中陈瓘,连李清臣也为曾布所嫌,罢去门下侍郎。朝政复变,绍述风行,又引出一个大奸臣来紊乱朝纲了。便是前翰林学士承旨蔡京。

自徙至杭州,亲友都替他惋惜。他却毫不介意,暗中则走了太监童贯的门路。那童贯素性奸狡,善于揣度人主的意思,不用开口,便能迎合上意。因此徽宗大为信任,派他到江浙一带,采办书画及奇巧玩物。童贯到了杭州,蔡京日夜陪伴着游玩名胜。两人的性情甚为相投。蔡京又知徽宗性喜书画,便卖弄本领,刻意加工,画了许多屏障扇带,贿嘱童贯,带京呈进。贯便应他代为揄扬,时常将蔡京手笔寄呈入宫,并密表蔡京才堪大用,不应置于闲地。徽宗已是有意用他,不过尚未发表。蔡京又听说道箓司徐知常,时时进宫替元符皇后书符治病。蔡京素来与他交好,遂托他带进许多东西,送于宦官宫妾,每件上都写了自己的名字,所以宫里的人没有一个不知道蔡京的,提起来总是夸奖得天上少有,地下无双。徽宗便道他真有过人之才,遂下诏起蔡京知定州,改任大名府。

适值曾布与韩忠彦有嫌,欲引蔡京自助,荐为翰林学士承旨。蔡京入都就职,欲望甚奢,意思要将韩、曾二相,一并罢斥,方好专政。那韩忠彦乃韩琦之子,蔡京因嘱起居郎邓洵武,乘间向徽宗道:"陛下乃神宗子,忠彦乃韩琦子,神宗变法利民,韩琦竭力反对,今忠彦为相,改变神宗法度,是忠彦身为人臣,尚能绍述父志;陛下身为天子,反不能绍述先帝之志了。"徽宗不觉动容,洵武又接言道:"陛下欲继父志,非用蔡京不可。"徽宗道:"朕知道了。"洵武退后,又画一爱莫能助之图以献,图中分左右两表,左表列元丰旧臣,以蔡京为首,下列不过五六人,右表列元佑旧臣,将满朝辅相、公卿、百执事,尽行载入,约有五、六十人之多。徽宗看了,以为元佑党众,元丰党少,遂疑元佑诸人,朋比为奸,有意欲用蔡京。次日取图与曾布观看,却把蔡京的名字,用白纸盖住,叫曾布猜是何人。曾布想不到是蔡京,又不敢乱说,只得请徽宗留白指示。徽宗揭开白纸道:"就是此人,洵武以为非相他不可。朕知此事,与卿意见不合,所以不与你看。"曾布道:"洵武意见,既与臣不合,臣未便与闻。"说毕辞出。明日,徽宗又与温益观看,温益一力请用蔡京,且请将右列所有反对之一,一概除去,以免掣肘。徽宗遂决意重用蔡京,且因京入内陈言,力请绍述,下诏改元崇宁,表示前崇熙宁之意,擢邓洵武为中书舍人,给事中,兼职侍讲,复蔡卞、邢恕、吕嘉问、安惇、蹇序辰官。崇宁元年五月,贬尚书左仆射韩忠彦知大名府,追夺司马光等四十四人官阶,籍元佑、元符党人,不得再与差遣。又诏司马光等子弟,毋得官京师。晋许将为门下侍郎,蔡京为尚书左丞,杨挺之为尚书右丞。

自韩忠彦去位,曾布当国,力主绍述,因此熙丰邪党陆续进用。蔡京亦由布引入。京本与布有隙,反而日夜图布,布亦有些觉得,无如蔡京已深得主眷,一时无法可施,只得虚与委蛇。蔡京既任尚书左丞,已居辅政地位,一切政事,布欲如何,京必反对,因此常有争执。适曾布拟进陈佑甫为户部侍郎,佑甫为曾布女婿之父,乃是儿女亲家。蔡京乘隙入奏道:"爵禄乃是公器,如何使宰相私给亲家?"曾布忿然道:"京与卞乃是兄弟,如何同朝?佑甫虽布之亲家,但才足胜任,何妨荐举?"蔡京冷笑道:"恐未必有才吧。”曾布愈怒道：“蔡京以小人之心，度君子之腹，怎见得佑甫无才呢？”说至此，声色俱厉。温益从旁叱道：“布在上前，何得无礼？”曾布尚欲还叱温益，徽宗已面带愠色，拂袖退朝。布乃悻悻而出。殿中侍御史钱遹，次日即弹劾道：“曾布援元佑奸党，挤绍圣忠贤。”遂有诏罢曾布为观文殿大学士，出知润州。曾布初由王安石荐引，阿附安石，胁制廷臣。哲宗亲政，始附章惇，继而又排挤章惇。徽宗嗣位，章惇被黜，布为右揆，欲并行元佑、绍圣之政，乃逐蔡京。后因与韩忠彦有隙，乃引京自助。

蔡京入京不过两月，遂排挤曾布，落职出外。时人谓自“杨三变”以后，无有过于曾布的。那杨三变又是何人呢？原来就是杨畏。畏在元丰间，依附王安石，元佑间依附吕大防，绍圣间依附章惇。后为谏官孙谔所劾，号他为“杨三变”，出知虢州。曾布更比杨畏为甚，且曾居宰辅，宋史编入奸臣传，与二惇二蔡并列，可算是实录了。曾布既罢，遂命蔡京为尚书左仆射，兼中书侍郎，制既下，中外大惊。徽宗却十分敬重他，宣诏之日，蔡京入谢，徽宗赐坐延和殿，向他说道：“昔日神宗皇帝创法立制，未尽施行。先帝即位，两遭垂帘，国是未定。朕欲上述父兄之志，历观在朝诸臣，没有可与为治的。今朕相卿，卿将何以教朕？”蔡京腹中，本无多大才学，比不得王安石还有些文才，能滔滔不绝的大发议论，只有顿首叩头道：“臣愿尽死力以报陛下。”徽宗常常将玉盏、玉卮出示辅臣道：“朕制此器已久，惟恐人言过奢，故未曾用。”蔡京奏道：“事苟当理。于人言何足畏，陛下当享天下之奉，区区玉器，又何足道？”正是：

> 不争奸佞居台辅，合是中原血染衣。

蔡京入相之后，遂禁用元佑法，复绍圣诸法，仿熙宁条例司故事，在都省置设讲义司，自为提举。引用私党吴居厚，王汉之等十余人为僚属，调赵挺之为尚书左丞，张商英为尚书右丞，凡一切端人正士，与京异志的，一概目为元佑党人。就是元符末年，疏驳绍述的人，也都称为奸党，奏请徽示，毁唐鉴、苏黄等，又削景灵宫元佑臣僚画像。蔡京心还不足，又与其子蔡攸，门客强浚明、叶梦得商议，将元佑、元符两朝，自宰相以及百职司，开出一百二十人，以司马光、文彦博为首，镌名刻石，立碑端礼门外，叫做党人碑，乃是徽宗御笔亲书的。还恐各路不能尽皆知道，又颁诏天下，将元佑贤臣，籍为奸党，立石刊刻姓名，凡路监史、长史所厅上，皆须各立一碑。当日诏旨颁下，谁敢不遵？

那时长安府里，有个刻石匠，叫作安民，这天奉了长官牌票，传到衙中，刊刻石碑。他见有生意上门，十分欢喜，携了斧凿等应用器具，欣然而往。及至打开碑文来一看，见为首的就是司马光，后面还叙着种种罪恶。安民不觉大惊，即求见知府道：“小人本是乡愚无知，不懂得刻碑的意思，但是如司马相公的为人，天下都称他为正直忠良，如今说他是奸邪，小人实在不忍刻这个石碑，请大人另外命人刻罢。”知府拍案大怒道：“这是奉圣旨的事情，限期要复命的，如何可以你推我诿，耽误公务！快去动手，如再多言，可取板子过来，重责一千板，再问他什么司马相公，司牛相公。”安民吓得哭告道：“我刻，我刻，但要求大人的恩典，小人刻完了，碑的末尾免镌小人的名字，省得受天下后世的骂名。”知府听了，回嗔作喜道：“只要你肯刻就是了，谁还要你镌名字呢？”安民没法，只得照刻了，涕泣而回。从此以后，小人道长，君子道消。

昌州判官冯澥，本与内侍郝随结纳往来，却值元符皇后刘氏，因为元佑皇后孟氏复了位号，心内十分不快，郝、冯也不胜疑惧，深恐元佑皇后值报复旧怨。此时乘蔡京执政，重复哲宗旧规，刘后便私与郝随计议，令他暗嘱蔡京，奏明徽宗，重废元佑皇后。蔡京当初复职，原是密结刘氏方得起用，现在刘后私行嘱托，如何可以推却？因对郝随道："要重废孟后却也不难，只要有人出名奏请，我就可从中为力了。但是京内的大臣台谏，出面启奏，恐皇上暗中生疑，反倒不妙。须得个外任没有名望的申论才好。"郝随便想起冯澥和自己有旧，便去买嘱冯澥，并允许事成之后，保他升官。冯澥竟越俎上书，说元佑皇后不应复位。蔡京见了此奏，便面请徽宗，交辅臣台官核议。一此时的辅臣台官，哪一个不是蔡京羽党，于是御史中丞钱遹，殿中侍御史石豫左肤等，奏称韩忠彦等，不该迎还废后，钓名沽誉。当时物议即已沸腾，现在连疏远小臣，亦效忠上书，天下公议，可想而知。蔡京、许将、赵挺之，又竭力主持。徽宗不得已，下诏除去元佑皇后位号，仍旧出居瑶华宫。又追究当初议复位号的人，降韩忠彦、曾布官，追贬李清臣为雷州司户参军，黄履为祈州团练副使，安置翰林学士曾肇、御史中丞丰稷等十七人于远州，擢冯澥为鸿胪寺主簿。刘皇后深恨邹浩，复令郝随密嘱蔡京，加罪于浩。浩自徽宗召还，诏令入对，言及谏立后事，颇为嘉许，且问谏草何在？浩奏称已经焚去。及退朝，以告陈瓘，陈瓘惊道："君如何答称已焚，倘日后查问有司，奸人从中舞弊，那时无从辨冤，恐反因此得了祸了。"浩闻之，亦悔失言，但已不可挽回，只得听其自然了。蔡京受了刘后密嘱，果令私党，捏造诰疏，内有刘后夺卓氏子，杀母取儿，人可欺，天不可欺等语。徽宗斥浩诬蔑刘后并及先帝，因暴其罪，立谪昭州。追册刘后子茂为太子，予谥献愍并前刘后为皇太后，奉居崇恩宫。

时童贯在江浙设局，采办各种象牙、犀角、金玉、竹藤器皿，装潢、采画、雕刻、织绣，日用工匠数千，应用材料，悉令百姓供给，因此中饱之财不计其数。但是富而不贵，心内尚觉不足，乃于暗中嘱托蔡京。京想，内侍若要升官，只有军功的一条路可以立刻得个大官。现在正主张收复湟州，蔡京乃力荐童贯，说他从前到过陕右，地理军情颇为熟悉，可以派去监王厚军。后来王厚收复湟州，蔡京便率百官入贺，当由徽宗下诏赏功，特授蔡京为司空，晋封嘉国公。童贯果然得了景福殿使，兼襄州观察使。其时景灵宫内，元佑诸贤画像已毁，另图熙宁元丰功臣于显谟阁，且就都城南大筑学宫，列屋千八百七十二楹，赐名辟雍。广储学士，研究王氏经义字说。辟雍中供奉孔、孟诸图像，以王安石配享孔子位，居孟子下，重籍奸党姓名，得三百有九人，刻石朝堂。许将稍有异议，即罢知河南府。从此满朝文武及各路将师，悉皆易为蔡京私人。陕西河东五路经略使陶节夫，为蔡京私党，诱致土蕃，贿令纳士，得邦、叠、潘三州，遂报称远人怀德，奉土归城，奏中竭力称扬蔡京，徽宗因此益加信任。蔡京因收复湟州，得晋公爵，更觉扬扬得意，又要用童贯为熙河、兰湟、秦凤路制置使，令图西夏。群臣莫敢异议。不料乃弟枢密使蔡卞反对道："用宦官守边疆，必误大事。"蔡京极为怀恨！竟诋蔡卞怀私，出知河南府。蔡卞娶妻王氏，乃王安石女，号称七夫人，知书能诗，卞入朝议政，必先受教闺中，僚属当嘲谑蔡卞道："今日奉行各事，想就是床笫余谈了。"及入知枢密院事，家中设宴张乐，伶人竟揭言道："右丞今日大拜，都是夫人裙带。"卞明明听得，只当不知。平居出入兄门，归家时尚称兄功德。七夫人冷笑道："你兄比你晚达，今位出你上，你反去巴结他，可羞不可羞呢？"就这一语，遂使蔡卞与兄存了芥蒂，两府政议，时有龃龉，至此竟为乃兄排挤出外。

崇宁四年，春正月，以童贯为熙河等处经略安抚置制使，有彗星出西方，其长竟天。徽宗下诏求言，户部尚书刘逵，劝碎蔡京所立元佑党碑，将禁锢系籍诸人，悉行放宽，以禳天变。徽宗从之，夜半遣黄门至朝堂，将元佑党碑击碎。次日，蔡京入朝，见党碑已碎，厉声问道："是谁大胆，敢擅毁党碑，这还了得！必当启奏皇上，严加惩办。"

未知蔡京见了徽宗，有怎样话说，且看下回分解。

第五十八回　郑贵妃宫中专宠爱　张天师殿上显神通

却说蔡京次日上朝，见党人碑已毁，他尚不知出自上意，厉声责问何人所为，且欲奏知皇上严加惩处。旁边有个黄门，向他说道："这个奉了皇上旨意，方才毁去的。"蔡京愤愤说道："碑可毁，名不可灭。"其声朗彻殿廷。朝臣尽皆惊愕，恰值徽宗临殿，听了此言，亦觉不快，向蔡京微微的瞧了一眼，面呈怒色。这情早被赵挺之看在眼里，退朝之后，便与刘达计议，要想除去蔡京。

原来，赵挺之辞右相后，深恨蔡京，每与僚友往来，必谈蔡京过恶。刘达与挺之最称莫逆，当言有日得志，必奏黜蔡京，所以乘彗星出现，请毁党碑。挺之又见徽宗有不悦蔡京之意，故与刘达计议。刘达道："不趁此时进言，何日方能如愿。"遂上疏极陈蔡京专横，目无君父，党同伐异，陷害忠良，兴役扰民，耗捐国帑，应亟加罢黜，安国定民。徽宗见奏，犹豫未决。嗣因司天台奏称太白昼现，应加修省，乃从刘达之议赦一切党人尽还所徙，暂罢崇览诸法及诸州岁贡方物，并免蔡京为太乙宫使，留居京师，复用赵挺之为尚书右仆射兼中书侍郎，宁吴居厚为门下侍郎，刘达为中书侍郎。挺之入对，徽宗道："朕见蔡京所为，一如卿言，卿其尽心辅朕。"挺之顿首应命，自是与刘达同心辅政，凡蔡京所行悖理虐民之事，稍稍改易，且劝徽宗罢兵息民。

一日，徽宗临朝，谕大臣道："朝廷不应与四夷生隙，衅端一开，生民肝脑涂地，岂是人主爱民至意？卿等如有所见，不妨直陈。"赵挺之奏道："西夏用兵，已历数年，现在尚才告靖，不如许夏可和成，可抒边患。"徽宗点头道："卿且去妥议方法，待朕施行。"挺之退朝，对同列道："皇上志在息兵，我等应当将顺。"同列应声称是的只有数人，其余多从旁冷笑。那些冷笑的人，可想而知是蔡京的羽党了。挺之乃嘱刘达草疏，请罢五路经略使，黜退陶节夫，开诚晓谕夏人。奏入，徽宗照准，徙陶节夫知洪州，遣使劝谕夏主。夏主也允应罢兵，仍修岁贡。惟蔡京为刘达所排，愤恨已极！必欲将刘达除去，以泄私忿。因于暗中结连郑贵妃代为进说，又托郑居中乘间乞请，蔡京竟又重新起来了。

你道郑贵妃与郑居中有何权力，竟能使蔡京复相？原来，郑贵妃系开封人，父名绅，曾为外官。绅女少人掖庭，侍钦圣向太后，秀外慧中，得为押班。徽宗时为端王，每日入问太后起居，必由押班代为传报。郑女善为周旋，颇得人意，况且如花如玉，丰神绰约，早已惹动徽宗之心，虽然没有苟且的事情，免不得眉目传意。及徽宗嗣位，向太后早窥破徽宗之意，即将郑女与另一押班王氏，一同赐于徽宗。徽宗得偿夙愿，自是欣慰，遂封郑氏为贵妃，王氏为才人。郑氏知书识字，喜览文史，一切章奏，皆能自草。徽宗爱她多才，更加亲爱。王皇后素性谦退，郑氏是擅专房，晋封贵妃。郑居中乃是贵妃的疏族，自称为从兄弟。贵妃因母族平庸，亦欲俯居中为重，因此居中恃有内援颇得徽宗信用。居中既得蔡京嘱托，先使蔡党密为建白，说是蔡京绍述熙宁，皆秉上意，未尝擅自私行，今一切罢去恐非绍述之意。徽宗虽未批答，早有贵妃在旁，淡淡的代他疏通，已有五、六意思。郑居中又从容入奏道："陛下即位以来，一切建树，皆是学校礼乐，居养安济之法，何必罢去呢？"徽宗霁颜道："卿言亦是。"居中退出。礼部侍郎刘正夫，也即请对，亦与居中所言相同。徽宗遂疑及赵挺之、刘达，欲重用蔡京。次日御史石公弼等参劾刘达，说他专恣反复，凌蔑同列，引用邪党。徽宗下诏，免刘达职，出知亳州；赵挺之亦罢为观文殿大学士，佑神观使。再授蔡京为尚书左仆射兼门下侍郎，京请下诏改元，再行绍述。及改崇宁六年，为大观元年，所有崇宁诸法继续施行。

又用京子蔡攸，为龙图阁学士兼官侍读。蔡攸毫无学术，惟采献花石禽鸟，取悦主心。蔡京又荐私党林摅为中书侍郎，余深为尚书左丞。先是河南妖人张怀素，自言能知未来事，与蔡京兄弟秘密交通，及怀素谋为不轨，事发被诛，狱连蔡京兄弟，并及邓洵武诸人。洵武、蔡卞坐罪落职，京亦甚忧惧，幸有御史中丞余深，及开封尹林摅，替京掩饰，乃得免坐，因此京与二人结为死党，极力援引，遂得辅政。

知枢密院事张康国，本由蔡京荐引，因与京互相权势，各分门户，常于徽宗前力诋蔡京，徽宗亦觉蔡京专横，乃密谕康国，监视蔡京，且允其代京为相。蔡京亦有所闻，遂引吴执中为中丞，弹劾康国。事为康国所知，先见徽宗，奏称："执中今日必为蔡京论臣，臣愿避位，免受京怨。"徽宗道："朕自有主张，卿无过虑。"康国即退，执中果入陈康国过失。徽宗不待言毕，即怒斥道："你敢受人唆使来进谗言么？朕看你不配做中丞，与我滚出去。"执中受斥退出外，面如土色。是夕即有诏，谪执中出知滁州。蔡京阴谋不遂，愈加怀恨，千方百计要想谋害康国，康国也小心防备。哪知明枪易躲，暗箭难防。一日，康国入朝，退值殿庐，不过饮茗一杯，便觉腹中大痛，狂叫欲绝，不上半刻，已是仰面倒地，有如牛喘。殿庐值役，忙奔至待漏院，已是呜呼哀哉。廷臣闻康国暴卒，料知中毒，只是不好明言。徽宗闻报，也觉惊异，只得照例优恤，追赠开府仪同三司，赐谥文简便算了结。康国一条性命竟白白的送掉，所有遗缺，命郑居中代任，另用管师仁同知院事。

会集莫殿胪唱贡士，应由中书侍郎林摅传报姓名，贡士中有名甄盎的，摅竟读"甄"为"烟"，读"盎"为"央"。徽宗止不住笑道："卿读错了。"摅尚未知误，并不谢罪，同列在旁匿笑，摅反抗声道："殿上何得失仪。"群臣听了，大为不平，遂由御史劾摅寡学，倨傲不恭，无人臣礼，降为提举洞霄宫。用朱深为中书侍郎，薛昂为尚书左丞。昂亦京党，举家不敢言京字。倘有子弟误及，必加笞责。昂有时无惹误及，即亲自批额。蔡京喜其恭顺，荐举是职。惟郑居中入居枢府，与蔡京已有宿嫌，暗使谏官陈京罪恶，连上数十章，尚未见报。居中乃买通方士郭天信，密陈日中有黑子，为宰辅欺君之兆。徽宗正宠爱天信，遂深信其言，罢蔡京为太乙宫使，改封楚国公，朔望入朝。殿中侍御史洪彦升、毛注，申论京罪，请立遣出都。太学生陈朝老等，又上言，蔡京奸恶，多至十四款，疏末且引用《左传》成文，请投诸四裔，以御魑魅，徽宗乃令蔡京致仕，仍留京师。用何执中为倘书左朴射兼门下侍郎。大观四年夏季，彗星出现奎娄间，诏令侍从官，指陈缺失，石公弼、毛注极论京罪；张克公劾京不轨不忠，多至数十事，因贬京为太子少保，出居杭州。朝中正在互相倾轧紊乱，不料那检校司空童贯，出使辽邦，又带了一个辽臣马植回来，奏请徽宗起用蔡京，约金攻辽，闹出亡国的事情来。

原来童贯镇西已久，稍稍得志于西羌，便以为辽亦可图，表请奉使辽邦觇其虚实。时徽宗又改元政和，正想出些风头点缀国庆，便令端明殿学士郑允中，充贺辽生辰使，童贯为副。两道出芦沟，遇见辽人马植，自言曾为国禄卿，因见辽势将亡，意欲去效顺童贯。以为得了机会，急将后车载了马植，待使事已毕，遂与同归。令易姓名为李良嗣，竟献灭辽策略，说是辽主荒淫失道，女真恨辽人入骨，若天朝自来莱涉海，结好女真，约而攻辽，不忧辽不灭亡。徽宗即召马植，亲询方略。植对道："辽必亡国，陛下若代天行罚，以治攻乱，王师一出，辽人必壶浆来迎，既可拯民于水火，又可以恢复中国归疆。此时犹豫不决，恐女真得志，便失却机会了。"徽宗闻言大喜，即面授为秘书丞，赐姓赵，人皆呼他赵良嗣。未到几日，又升为右文殿修撰，大加宠眷。

童贯因约金攻辽一事，廷臣会议，相持不决，又劝徽宗召用蔡京。徽宗也记念蔡京的好处，即日遣使驰召。蔡京奉诏，兼程入都。徽宗闻京已至，立即召见，并于内庭太清楼特赐宴饮，复还从前官爵，赐第京师。京再黜再起，益加献媚贡谏，无微不至，徽宗因此更加宠眷。京恐谏官再来攻击，想出一法，面请徽宗。所有密议皆由徽宗亲书诏命，称为御笔手诏。从此一切朝政，不归中书门下共议，一经徽宗写定，立即特诏颁行，如有封驳，便坐以违旨罪名，因此廷臣不敢置喙。后来竟有不类御书，也只是奉行。贵戚近幸，又仿照所为各去请求，徽宗应接不暇，遂命中官杨球代书，因此百弊丛生。后来竟有几件事，又反对蔡京，京又复生悔，但已无法挽回，也就无可如何了。

蔡京又欲仿行古制，改置官名，以太师、太傅、太保，称为三公；司徒、司空、周时列入六卿。太尉乃秦时掌兵重官，并非三公，宜改置三少，称为少师、少傅、少保。左右仆射，改称太宰、少宰，仍兼两省侍郎。罢尚书令，及文武勋官，以太尉冠武阶，改侍中为左辅，中书令为右弼，开封府尹为六曹，县分六案，内侍省职，悉仿机廷官号，称为某大夫，修六尚局，建三卫郎。京任太师，总治三省事。童贯进职太尉，掌握兵权。进封王安石为舒王，其子王雱，为临川伯从礼孔朝。熙宁新法，一律施行。

蔡京又知徽宗性好古玩，尤喜花石。遂密保朱勔，在苏州设一应奉局，专办花石，号为花石纲。第一次进献，止黄杨三本，高可八九尺，确是奇品。献入后，大蒙赏奖，后乃岁岁增加，内帑由其使用，每一领取，辄数十百万。于是搜岩剔薮，穷幽索隐，虽江湖不测之澜，凡力可致者，必百计出之，名为神运。百姓之家，有一花一木，悉以黄帕遮复，指为御用之物，不论坟墓阡陌，尽行发掘。士庶之家，若经指定，即须小心看守，静待搬运，稍一不谨，便加以大不敬之罪。到了发运之时，必撤墙毁屋，辟一康庄大道，恭舁而出。百姓稍有异言，鞭笞立至，因此民家得一异物，即指为不祥，相率毁去，不幸泄漏风声，为所侦知，往往破家荡产，穷民至于鬻儿质女，供给所需，或既经毁去，为勔所知，又说他藏宝不献，勒令交出，及至载舟运物，无论商船市舶，一经指定，即须举行，篙工舵师，倚势贪横，凌轹州县，道路侧目。

恰值太湖有一巨石，高广数丈，用大舟装运，水陆牵挽，凿河断桥，毁堰拆闸，数月方至京师，役夫劳民不胜其害。朱勔反奏称不劳民，不伤财，如此巨石，安抵都下，乃至川渎效灵，得此神捷，因此宫廷之间，号为神运石，后来万岁山成，遂将此石作为奇峰。蔡京恐徽宗性情聪察，烛照自己的奸私，乃以神仙土木之事，蛊惑上心，使之愈溺愈迷，不复经意政治。但徽宗自即位后,初信郭天信,继信魏汉津。天信既已被斥,汉津又复老死,内廷几无方士之路。可巧太仆卿王亶,荐一术士,名唤王老志,奉旨宣召进京。

那王老志乃濮州人氏,事亲至孝,初为小吏,不受馈赂,后遇异人,自称是钟离先生,授丹使服,便抛弃妻子,入山修道。后来结庐乡间,为人占卜语多奇中。至是奉召入都,正中蔡京下怀,忙迎居府中,款待优厚。老志入见徽宗呈上一封密缄。徽宗开看,乃是去岁中秋,与乔、刘二妃,燕好情语,不觉暗暗称奇,遂赐号洞微先生。从此朝士往问休咎的,户限为穿。老志遇到有人往问却只用笔写了几句话,随手付与并不多言,其语多不可解,问的人还是似信非信,哪知后来竟是灵验。蔡京见问事的人太多,深恐弄出事来,便与老志商议,禁止朝士叩问休咎。老志又制乾坤鉴入献,说帝后他日恐有大难,请时坐鉴下静观内省,经尔灾变。又劝蔡京急流勇退,勿恋权位,京不能从。老志见朝政日非,仅在都中一年即上书求去,徽宗不允,他即生起病来,再三求去,归濮而死。

蔡京自王老志去后,又荐个方士王仔昔。仔昔洪州人,常操儒业,自言曾遇许真君,得大洞隐书豁落七元之法,能知未来之事。蔡京又把他荐入宫内,徽宗召见,赐号冲隐处士。适值天旱求雨,徽宗遣小黄门索符。仔昔对他说道:“今日皇上所祷,乃替爱妃求疗目疾。我疗疾要紧。”遂即用朱砂符篆,焚入汤内,令黄门持住道:“此汤洗目疾,可以立刻痊愈。”小黄门还奏,徽宗道:“朕清晨赴坛,曾为妃默祷求痊,仔昔何以得知。他既有此神奇,何妨一试!”遂命宠妃沃目,顷刻而愈,乃晋封为通妙先生,仍传命令仔昔祈雨。仔昔复奏道:“现有高士王文卿在此,可以召其求祷雨泽。”徽宗即命文卿祈祷,文卿奏道:“九江四海五湖龙君,皆奉上帝敕命,停止行雨,独黄河神未奉睿旨。”徽宗道:“卿何不令黄河神行雨。”文卿领旨,于京师太乙宫设坛祈两次,日升坛,祝告道:“大宋皇帝,借黄河三尺水,以济焦枯。”祝毕,画符拈诀,喝声雨至,果然甘霖立至,遍地皆雨黄雨,乃系黄河之水,所以如此。徽宗大喜,立赐凝神殿侍宸,冲虚观妙通玄真人。

时解州有蛟,在盐池作祟,布气十余里,人畜在气中者皆为所害,伤人甚众。奏报入都,徽宗命文卿往治。文卿谢道:“妖物为祟,应由天师镇治,臣不敢越奏侵权。现在,嗣汉三十代天师张继先,法术精妙,倘令治蛟,必奏大功。”徽宗遂诏命张继先治蛟。诏旨传出不到十日蛟祟已平。继先入见,徽宗抚劳再三,且问道:“卿今翦除是何妖物?”继先答道:“昔蚩尤为轩辕所斩,后人立祠于池侧,以祀之。今其祠宇已废,故化为蛟,以妖是境,欲求祀典。臣赖陛下威灵,已遣神将除之。”徽宗因其口说无凭,便道:“卿用的是何神将,愿得一见,少劳神庥。”继先道:“神将自当起居圣驾。”语甫毕,忽有二神现于殿前空际。一神绛衣金甲,青巾美髯;一神全身甲胄,相貌威武。继先指金甲者道:“此是蜀将关某。”又指甲胄者道:“此是信上自鸣山神石氏。”言罢,神已不见,徽宗甚为称许,遂赐张继先视散秩大夫虚靖真人。

徽宗因为这几件事情,愈益相信道教。命在福宁殿东轫造玉清阳和宫,奉安道像,日夕顶礼。政和三年长至节,祀天于园丘。除卤簿之外,用道士百人,执杖前导。徽宗服衮冕,搢大圭,执元圭,蔡攸为执绥官。文武百官,随从于后。玉辂出南董门。至玉津园，徽宗忽问左右道："玉津园以东，若有楼殿重复，此是何处？"蔡攸道："待臣仔细看来。"看毕，回奏道："臣见云间，楼殿台阁，隐隐数重，既而细观，皆去地有数十丈之远。"徽宗道："卿还见人物么？"蔡攸回奏道："若有道流童子，持幢幡节盖，出入云间，衣服眉目，历历可数。此系陛下德感上苍，故有神明下降，以显庥征。"祀天礼毕，即以天神下降，布告天下。蔡京率百官入贺，诏于云气表见处，建筑道宫，取名迎真，御制天真降灵示现记，刊碑勒石，竖立宫中。敕求道教仙经于天下，又置道流官阶，有先生处士等名，秩比中大夫，下至将仕郎，凡二十六级。有诸殿侍宸、校籍、授经等官衔，与待制、修撰、真阁相似。于是黄冠羽客，相继引进，势力出于朝臣之上。王仔昔尤邀恩宠，徽宗特命于禁中，建一圆象徽调阁，赐于居住。仔昔恃着恩宠，居然贿赂公行，不觉恼了一位大臣，立即上章参劾。未知这位大臣是谁？且看下回分解。

第五十九回　信方士大筑宫观　导微行私入青楼

却说方士王仔昔，得了徽宗的宠信，居然贿赂公行，暗通关节起来。不觉恼了御史中丞王安中，上疏谏争道："自今以后，招延术士当责所属切实具保，宣召出入，必察视行径，不得与臣庶交通。"疏末又论蔡京，引用匪人，欺君害民数十事。徽宗颇为嘉纳，安中再论蔡京之罪，徽宗只答以"知道了"三个字，已为蔡京所知，令其子蔡攸，泣诉于上前，说是安中诬蔑臣父。徽宗遂迁安中为翰林学士，不上几日，又命为承旨。安中工骈文，为徽宗特别器重，所以不至贬谪，且因此疑及仔昔，渐加疏远。哪知仔昔宠衰，又来了一个方士，名叫林灵素，比仔昔更加利害。

那林灵素，温州人，初名灵噩，表字岁昌，家世寒微，少入禅门，受师笞骂，遂为道士。远游于蜀，学道于赵升道，善作幻术，并辅以五雷法，往来淮、泗等处，乞食于僧寺。寺僧屡加白眼，故灵素深恨僧徒。既而至京师，居于东太乙宫。徽宗在大内里面，忽得一梦，见东华帝君使仙童相召，游神霄宫。及至醒来，要想访问神霄宫事迹，敕令道箓徐知常，访求神霄事迹进陈。正是：

鹿分郑相终难辨，蝶化庄周未可知。

徐知常素不知神霄之事，方以为忧。忽有一道士，告知常道："今道当中有温州林道士，屡言神霄，又有神霄诗题在壁上，何不问之。"知常听了，哪敢怠慢！忙去看那壁上的神霄诗。但见粉墙之上，端端正正写着四句神霄。知常便细看道：

神霄宫殿五云间，羽服黄冠缀晓班。
诏诰群臣亲受策，步虚声里认龙颜。

知常读了一遍，亟将此诗录呈徽宗。徽宗遂召林道士问道："卿有何仙术？"林道士回奏道："臣上知天宫，中知人间，下知地府。"徽宗问以神霄宫在于何处？林道士奏道："神霄宫乃东华帝君所治，天上有长生大帝君与其弟青华大帝君，皆玉帝之子。又有左元仙伯，赏罚仙吏八百余员。陛下乃长生大帝君，降生人间，为天下帝王。蔡京乃左元仙伯降生，故为陛下辅弼。前日陛下赴青华大帝君之召，作神霄之游，想甚快乐。"徽宗闻之大喜，自言与林道士如旧日相识，乃赐名灵素，号金门羽客，通真达灵元妙先生，赐金紫服，得出入大内。徽宗既得灵素，甚加宠信。适值后宫忽有妖魅出现，夜间抛砖弄瓦，不能宁处，乃诏灵素治之。灵素作一铁简，长约九尺，上书符篆，埋于地中，其怪遂绝，乃于景龙门建上清宝勾宫，使灵素居住。其宫中山包平地，环以佳木清流，有如仙境。又就太乙西宫，达仁济亭，施符水，开神霄宝箓坛，诏天下天宁观，改为神霄玉清

宫,各设长生大帝君、青华大帝君像,虔诚供奉。徽宗自称教主道君皇帝,且降诏谕百官道:

朕为上帝元子,为神霄帝君。悯中华被金狄之教,遂恳上帝,愿为人主,令天下归于正道。卿等可上表章,册朕为教主道君皇帝,止用于教门。

于是册上尊号,百官称贺。又命灵素修道书,改正诸家醮仪,校雠丹经。灵素每遇七日就座,百官宰执,三衙亲王,中贵士俗,观者如堵。徽宗当呼灵素为聪明神仙,御笔赐为玉真教主,神霄凝神殿侍宸,立两府班。徽宗当思明达皇后,惜其已死,对灵素道:"朕欲一见明达皇后。卿有此法术否?"灵素道:"臣能为叶静能致太真之术,陛下但瞑目少顷,即可见了。"徽宗如其言,瞑目静坐,果觉身游于宫阙之中,若瀛州神仙之境,得与明达皇后邂逅,语甚款洽。忽然惊寤,恍如梦寐。灵素又奏十二月内,有天神降坤宁殿,宜修神保观。神保观为二郎神之庙宇,都人素畏二郎神,闻灵素之言,倾城士女,负土以献,助修神保观,谓之献土。村落间人,且装作鬼使之状,挨门逐户,催居民纳土,竟至络绎于道,连绵不绝。徽宗乘舆前往观看。蔡京入奏献士纳土,皆非佳兆,请下诏禁止,数日乃绝。后人有诗咏此事道:

道君好道事淫荒,雅意求仙慕武皇。
纳士谶言无用禁,纵有佳谶国终亡。

灵素又奏请徽宗御宝篆宫开玉清神霄秘录会,凡宦官道士有不如意的,倘若度箓,可以百凡如愿,因此愿意度等者八百余人。当开会之时,群臣士庶皆可入殿,听灵素讲解道经,正殿上面搭了一座高台,灵素升台,坐于正中。徽宗反设一小屋,坐在旁边。听讲的人,有疑惑不解之处,都可向灵素再拜请问。但细听讲解,并无深与之义,不过顺了经文敷衍下去。有时不能敷衍,便节外生枝,杂入许多诙谐滑稽的趣谈,引得殿上殿下听讲的哄堂大笑,全无君臣之理。一直讲至傍晚,方才散会,徽宗却绝无倦容。

此时道教十分兴旺,每一斋施,动获数千万适,每一宫观,给田也不下数百千顷。做道士的皆有俸禄。他们有了钱,便在外面蓄妻子,置妾媵,用胶青刷鬓,美衣玉食,逍遥快乐的多至二万人。每逢施一次大斋,用费须至数万金,凡是道流,皆可赴斋。有些穷苦的人,临时买幅青布,做了一顶道士巾戴在头上,前去赴会,即可饱餐一顿,又可领去衬钱三百带了回去,名为千道会。灵素又荐一个同道张虚白,徽宗赐号通元冲妙先生,把灵素的名字上,也加赐元妙二字。两人得了徽宗的宠幸,真是趾高气扬,十分得意。每逢出入,总是前呼后拥,开锣喝道。就是亲王在路上行走,遇见了两人,也要回避,都人称为道家两府。灵素得志之后,想起从前乞食僧寺,曾受寺僧的白眼,有意借端报复,便奏明徽宗,改天下寺院尽为宫观,改佛号为大觉金仙,其余悉为仙人大士。僧为德士,尼姑为女德,女冠为女道,一起改为道士装饰。不过,这种法度,没有行到一年,次年灵素势败就恢复转来了。

先是徽宗无嗣，道士刘混康，以法录符水之术出入宫禁，当言京师西北隅，地势稍低，若加筑高大，当有多男之喜。徽宗遂命工筑运，叠起罔阜，高约数仞，后来宫中果然生子，就是皇后也生一男一女。蔡京欲徽宗沉迷于神仙土术，乘机献媚，所以徽宗愈加崇信道教，现在神仙一事，徽宗已竟着迷，土木一事还没有动心，京又阴嗾童贯、杨戬、贾祥、何诉、蓝从熙五个中官，导兴土木。遂于政和二年，改筑延福宫。宫址在大内拱辰门外，由童贯等五人分任其事，且要各为制度，不得相袭。因此五个人争奇闹巧。吉务华丽高广，不计工财。等到建筑告竣，又把花石纲所办的珍品，布置在内。这座宫由五个人分造，自然分五个位置，东西配大内，南北稍劣，东自景龙门，西抵天波门，殿阁亭台不计其数，凿池为海，引泉为湖，鹤庄、鹿寨，文禽奇兽，孔雀翡翠，数以千计。嘉花名卉，类聚群分；怪石巉岩，幽胜天成。真是穷工极丽，不啻仙乡。徽宗见了，不胜之喜，亲作《延福宫记》，镌碑刻石，立于宫内。后来又添设村居野店，酒肆青帘，茅舍竹篱，大有山村风味。每年冬至节后，即自东以北，遍悬灯彩并不禁夜，一任人民入内游观，且徙市民行铺，夹道而居，悉听自由，聚饮纵博，欢呼之声震耳欲聋，直至上元节后，方才停止，谓之先赏。后人有诗一首，咏此事道：

万炬银花锦绣围，景龙门外软红飞。
凄凉但有云破月，曾照当年步辇归。

后来又跨旧城，建筑与五位相同，号为延福第六位。复跨城浚濠，筑二桥，桥下叠石为固，引舟相通，桥上人物，不见桥下纵迹，名为景龙江。江之两面，皆植奇卉异木，与殿宇对峙，备极辉煌。徽宗常率领侍臣前往游览，仰观俯察，极目赏心，几若身到瑶台，羽化登仙。心下快乐非常，回顾侍臣道："这都是蔡太师爱朕，议建此宫。又赖童太尉等苦心经营，始得告成。古时秦始皇、隋炀帝，大兴土木，恐亦未必有此佳胜。"左右侍臣道："秦隋亡国之君，安能比及陛下。况陛下所赏鉴，皆山林间弃材，无伤盛德，有益圣躬，可谓直超前古，上拟唐虞了。"徽宗道："朕亦常恐搅民。只因蔡太师查核库余，约有五六千万，所以兴筑此宫与民同乐的。"侍臣闻了此言，又谀颂一番。徽宗愈加心酣意畅，神迷志荡了。要知人主在位，全仗小心恭俭，寅畏敬天，倘若侈心一开，那神仙土木，选色征歌的事情，就没有一件不要做到了。徽宗宫内，除郑贵妃幸得宠幸外，尚有王贵妃、乔贵妃，还有大小二刘妃，最得欢心。以下便是韦妃等人了。

二刘妃皆系出寒微，以色得幸。大刘妃生子三，曰棫，曰模，曰榛，于政和三年病殁。徽宗不胜伤感，追册为明达皇后。小刘妃本是酒家之女，夤缘内侍，得入崇恩宫，侍元符皇后刘氏。刘氏自前为太后之后，时时干预外事，且因不耐宫廷寂寞，做出了许多暧昧事情，为徽宗所知，欲加废逐，诏命尚未下降，先饬内侍责问。刘氏不胜羞惭，竟就藤钩上悬带自尽而亡。宫内所有侍女，尽行放出。小刘妃不愿归家，寄居内侍何诉家内。适值大刘妃病殁，徽宗不胜思念。内侍杨戬便盛夸小刘妃姿色，说是可以移花接木代替大刘，徽宗立命召入。那小刘妃天资聪颖，善承意志，一切装饰尤能别出新意，每戴一冠，制一衣，无不精致绝伦，宫禁内外竞相仿效。因此徽宗对于小刘妃，比大妃还要宠幸。不到两年，即由才人进位贵妃。此时小刘妃已生三子一女，名花结果，芳菲顿减。徽宗又觉得心中不足。

一日，因游幸已倦，坐在千秋亭上闷闷不乐，时有高俅、杨戬在旁陪侍，高俅见徽宗不快，便进言道："陛下贵为天子，何事不可为！正可及时行乐，以期不负韶华。况人生如白驹过隙，若不自寻欢乐，未免老大徒伤悲了。昔幽王宠褒姒之色，楚王建章华之台，明皇宠幸杨贵妃，汉帝嬖爱飞燕，陈后主有玉树后庭之典，隋炀帝有锦缆长江之游，朝朝歌舞，夜夜管弦，也不枉了一生受用。陛下不闻昔人有诗道：人生如过隙，日月似飞梭。百年弹指过，何不日笙歌。"徽宗道："卿言甚是爱朕，朕当排遣愁怀，力寻欢乐，以免辜负年华。"正在说着，忽然一阵风飘来管弦之声，甚为嘹亮。徽宗微笑道："朕深知九重，反不如小民这样快乐。朕欲出观市尘景致，恨无其由。"杨戬连忙奏道："这个甚便。陛下只要扮做秀才模样，臣等装为仆从，自后宰门出去私行，就可以畅观市尘风景了。"徽宗大喜。立刻换了衣服，引着高俅、杨戬，一径出了后宰门，竟自穿长街，游短巷。只见汴京城里，都是些歌台舞榭，酒市花楼，真是个富贵繁华，锦天绣地。徽宗看了，好不高兴，与高、杨两人只顾游玩，不觉天色将暮。行到一处地方，名为金环巷，觉得这里的风趣更与他处不同。只见巷内人家，门按塑像，户列名花，帘儿底笑语喧华，门儿里萧管嗷嘈，一个个粉颈酥胸，一人人桃腮杏脸。徽宗瞧了，心内甚喜。又前行了几步，见一座大宅，粉墙鸳瓦，朱户兽环，飞檐映绿郁郁的高槐，绣户对青森森的瘦竹。徽宗问高俅、杨戬道："这座邸第，不知是哪个大臣的，盖造得很是清幽哩！"正说着，忽闻有人咳嗽。徽宗连忙观看，见这翠帘高卷，绣幕低垂，帘儿下有个美人，鬓亸乌云，钗亸金凤，眼横秋水之波，眉拂春山之黛，腰如弱柳，肤似凝脂，十指露春笋纤长，一搾衬金莲稳小，若道是郑观音，不抱着玉琵琶，若道杨贵妃，不擎着白鹦鹉，恰似嫦娥离月殿，恍如织女渡银河。真个是：

> 亸眉鸾髻垂云碧，眼入明眸秋水溢。凤鞋半折小弓弓，莺语一声娇滴滴。
> 裁云剪雾制衫穿，束素纤腰恰一搦。桃花为脸玉为肌，费尽丹青描不得。

这个美人，正是汴京城里有名的烟花行首李师师。这日出来闲眺，正与徽宗打个照面，徽宗不禁暗暗的喝了一声采。高俅、杨戬早已听得，便依着徽宗视线望去，李师师瞧着高俅，恰对他一笑。原来高俅曾与李师师有些认识，所以笑面相迎。高俅遂密启徽宗道："这是名妓李师师家，陛下愿去游幸么？"徽宗道："这恐未便。"杨戬道："臣等都是陛下心腹，必不泄漏风声，况陛下微服出游，有谁认识？若进去游幸一回，也属无妨。"徽宗心内原很爱李师师的美貌，巴不得立亲芳泽，便对高俅道："如戬所言，没甚妨碍，朕就进去一游，只是要略去君臣名分，勿使人识破机关。"高俅领命，遂引徽宗步入门内。李师师早已上前迎接，让他三人登堂，向前行礼，相让坐下。师师奉茗肃宾开筵宴客，徽宗坐了首席，高俅、杨戬挨次坐下。师师末座相陪，执壶进酒，询问姓名。徽宗便说了个假姓名，杨戬也捏造了一个，轮到高俅，也诌了两个字，师师不禁向他微微一笑。高俅暗暗递了个眼色，师师是何等心灵性巧的人，察言观色，早已会意。便打叠起精神侍候徽宗。酒过数巡，又提起了娇喉，唱了几支小曲。徽宗看着师师，轻挑微逗，眉目传情，早已忘记自己是个皇帝，便与师师百般调笑起来。高俅、杨戬便在旁边鼓助兴致，渐渐的谑浪笑傲，绝无忌讳。直至夜静更深，徽宗还没有回宫之意。高俅早已窥破其意，一面向李师师渐洽，一面密语徽宗，请圣驾留院住宿。徽宗点头许可。高俅、杨戬即行退出。徽宗见两人已去，便拥了师师，入帏安寝。师师初来雨露，明知他是位贵人，自然放出手段，百般奉承，这一夜的风情，比那后宫妃嫔，欢娱万倍。无如更长夜短，天色微明的时候，高俅、杨戬已竟入内，请驾启行。徽宗无奈，只得披衣而起，与师师叮咛后期，抽身而去。

回到宫里，勉强御殿临朝，一心只记念着师师，哪里还有闲情去理政事？只觉得师师的可爱，不但王、乔二妃不能比就，就是小刘妃这样美艳如花也不能及得。因此茶里饭里，坐处卧处，都惦念着师师。但是深居九重，不便每夜微行，只得忍耐。好容易挨过两天。恰有学士王黼侍侧。徽宗忽向他问道："朕欲出外察访民情风俗，卿以为可否?"王黼乃开封人，曾在崇宁间登进士第，外结宰相何执中、蔡京，内交宦官童贯、梁师成、杨戬，屡次升迁，擢为翰林学士承旨。平素甚有口才，专务迎合，深得徽宗信任。夜宿李师师家的事情，早有杨戬暗中告知，此时听得徽宗欲外出，便回奏出两句话来。未知王黼说的什么？且看下回分解。子骏乃鲜于侁表字，侻到任之后，即奏罢莱芜利国两冶，及海盐依河北通商，人民大悦！有口皆碑。从此，司马光、吕公著同心辅政，革除新法，罢保甲，罢保马，罢方田，罢市易，贬前市易提举吕嘉问三秩，知淮阳军。吕党皆连坐贬谪，且谪州恕出知随州。次年改为元佑元年，右司谏王觌，右谏议大夫孙觉，侍御史刘挚，左司谏苏辙，卸史王岩叟、朱光庭、上官均皆连章参劾蔡确、章惇、韩缜、张璪朋邪害正。章至数十上，乃免蔡确相位，出知陈州。擢司马光为尚书左仆射兼门下侍郎；吕公著为门下侍郎；李清臣、吕大防为尚书左右丞；李常为户部尚书；范纯仁同知枢密院事。司马光已经得疾，因青苗免役诸法，尚未尽除，西夏议亦未决，不觉诏道："诸害未除，死不瞑目。"遂致书于吕公著道："光以身付医，以家事付愚子，以国事付公。"公著为白于上。太皇太后降诏，免光朝觐，许乘肩舆，三日一人省。司马光辞不敢当，且道："不见天子，如何视事。"乃改诏，令光子康，扶掖入对。这事情传至辽邦，辽主即嘱咐守边兵将道："中国相司马光，你们遇事须要格外小心，切不可生出事来。"这就可以想见当日的声望了。次年，青苗免役诸法，一概罢免。司马光又想起文彦博来，便入奏道："文彦博，宿德元老，年虽衰迈，精神矍铄，仍可起用。"太皇太后便有用他为相之意，有人说："彦博年老，宰相事繁，惟惟恐照顾不到。"因改为平章军国重事，六日一朝，一月两至经筵，班在宰相之上。吕惠卿见正人满朝，自知无容足之地，乞求闲散。苏轼、工觌又连章参劾，乃发往建州安置。　时之间，将所有小人，驱逐殆尽，　切政事，尽复旧观。惟罢免役法时，司马光请复差役法。会苏轼已入为中书舍人，独请行熙宁初给田募役法，且条陈五利。监察御史王岩叟，说是五利难信，且有十弊。群臣又各是其是，议论纷纭。苏轼本与司马光交好，便去见他道："公欲改免役为差役，轼恐两害相均，未见一利。"光道："请言害处。"轼答道："免役的害处，是掊敛民财，十室九空，敛从上聚，下必患钱荒，这害已经验过了。差役的害处，是百姓常受役于官，无暇农事，贪吏猾胥,随时徵比,因缘为奸,岂非异法同病么?”司马光道:“依君高见,应当如何办法?”苏轼道:“法有相内,事乃易成,事能渐进,民乃不惊。三代之时,兵农合一。秦始皇乃分作两途;唐初又变府兵为长征卒,农出粟养兵,兵出力卫农,天下称便,虽圣人复起,不能变易。今免役法,颇与此相类,公欲罢去免役,仍复差役,正如罢长征,复民兵,恐民情反多痛苦了。”司马光终不以为是,苏轼退出。次日,司马光至政事堂议政,苏轼又入言此事。司马光不觉怒情于色。苏轼从容说道:“昔韩魏公刺陕西义勇,公为谏官,再三劝阻。韩公不乐,公亦不顾。轼常闻公自述前情,今日反不许轼尽言么?”司马光起谢道:“容待妥商。”范纯仁也向光说道:“差役一事,不应速行,否则反恐病民,愿公虚心受言,所有谋议,不必尽自己出;若事必专断,邪人曲士,反得乘间迎合了。”光有难色。范纯仁道:“这是使人不能尽言了。纯仁若徒知媚公,不顾大局,何不少年之时,迎合王安石,早图富贵呢?”光乃令役人悉用现数为额,衙门用坊场河渡钱,均用雇募。先是司马光决改差役法,以五日为限,僚属都嫌期限太促。独知开封府蔡京,如约面复。司马光大喜道:“使人尽奉法如君,天下尚有何事不可办?”待蔡京退后,光遂信为可行,所以坚持到底。其实蔡京是个大奸巨猾,专事迎合意旨,初见蔡确得势,就附蔡确。后见司马光入相,就附司马光。这种反复小人,最能贻误国事。司马光是个忠厚长者,哪里知道他暗中的机巧呢?此时王安石宦居金陵,听得朝廷改革新法,毫不介意,乃闻罢免役法,不禁失声道:“竟一变至此么?”停了良久,又道:“此法终不可罢,君实辈也太胡闹。”未几病殁。太皇太后因是先朝大臣,追赠太傅,后人都称他为王荆公,因安石于元丰五年,曾封荆国公,所以沿称至今。司马光、吕公著又共荐程颢之弟程颐,有旨召为秘书郎。及入对,改授崇政殿说书,且命修定学制,于是诏举经明行修之士,立十科举士之法。哪十科呢?一、行义纯固,可作师表。二、节掺方正,可备献纳。三、智勇过人,可备将相。四、公正聪明,可备监司。五、经术精通,可备讲读。六、学问赅博,可备顾问。七、文章曲丽,可备著述。八、善听狱讼,尽公得实。九、善治财赋,公私俱便。十、练习法令,能断清谳。这十科条例,皆由司马光拟定,请旨颁行。司马光因言听计从,愈加激发忠忱,事无大小,必亲自裁决,竟因政体过劳,日益清瘦,同僚以诸葛亮食少事烦为劝。光慨然道:“死生由命,一息尚存,怎敢稍懈!”因此老病愈甚,不能起床,弥留时,尚呓语不绝,细听所言,皆是国事。及卒,年六十八,遗折递入,太皇太后失声痛哭!哲宗也悲伤不已!赠太师,封温国公。设奠之日,两宫车驾,亲来赐祭。京师百姓,要祭司马相公,为之罢市;连挑葱卖菜的,都到灵前来哭两声,磕个头;还有些没钱的人,情愿脱下衣服,典质了买陌纸钱来焚化。灵柩回陕州夏县时,有诏予谥文正,赐碑曰:“忠清粹德”。命户部侍郎赵瞻,内侍省押班冯宗道护送而行。沿路送的人,不知其数。还有些执着香跪拜号哭的,真是如丧考妣一般。到了安葬以后,都中和四方人民,尚画像祭祀,饮食必祝,可见他的德泽及民至远且深了。后人有诗咏他道:

到底安邦恃老成,甫经著手即清平;
如何天不延公寿,坐使良材一旦倾。

司马光殁后，吕公著为首相，一切用人，仍依司马光之意。进吕大防为中书侍郎，刘挚为尚书右丞，苏轼为翰林学士。苏轼自奉召入都，不过十个月，三迁清要，寻兼侍读，每人值经筵，必反复讲解，期沃君心一夕，值宿禁中，有旨召见便殿。太皇太后与他谈了几句政务，便问道："卿前年为何官?"轼对道："常州团练副使。"太皇太后又道："今为何官?"轼道："待罪翰林学士。"太皇太后道："为何忽升此缺?"轼答道："皆太皇太后及皇帝陛下隆恩。"太皇太后道："并不为此。"苏轼又道："莫非有大臣论荐么?"太皇太后又复摇首。苏轼惊愕道："臣虽无状，不敢由他途希进。"太皇太后道："这乃是皇帝遗意，皇帝每读卿文，必称为奇才！奇才！不过未及用卿，即便升遐了。"苏轼听罢，不禁感激涕零，哭至失声。太皇太后亦为泣下。哲宗见他们对哭，也忍不住呜咽起来。那些左右内侍，也不禁下泪，反觉得宫廷岑寂，良夜凄清。太皇太后见此情景，觉得不雅，遂停泪道："这不是临朝时候，卿可不必拘礼，且在旁坐下，我当询问一切。"未知所问何事？且听下回分解。

第六十回　皇帝吃醋借端逐词人　女子观灯乘机窃金盏

却说王黼原是善于迎合的人,微行出外一事,早在杨戬口中得了消息,今见徽宗要出去察访民情风俗,已知圣意所在。便乘机迎合道:“昔太祖当微行访宰相赵普,虽遇风雪,亦不为阻。人主身居九重,若不微行,民情怎得上达呢?陛下若欲往游市廛,臣愿随侍。”徽宗大喜,遂又更易服色,与王黼同行。徽宗出了后宰门,一意记着李师师,哪里还有心情去观玩风景。便令王黼引道,竟奔李师师家而来。师师接了徽宗,见有王学士随侍,心内更加明白。原来王黼生得丰仪秀美,目光如电。他仗着自己的品貌,在三瓦四舍走动,所以与李师师熟识。今见王黼随侍徽宗,料定是位大贵人,但还想不到乃是当今皇帝。便将徽宗引入房内,极意巴结,重续前欢,将徽宗奉承得心花都开,居然自明真迹。李师师知是当今皇帝,便恳求着要徽宗将她迎入后宫。徽宗心中虽然十分愿意,究畏人言,踌躇再三,方允师师充个外妾随时临幸,师师乃不敢再请。从此以后,徽宗与师师恩爱非凡。到了政务余暇,即往师师处谈笑取乐。有时竟不带侍从,独自一人前去临幸。

那师师本是名妓,色艺俱佳,相与的王孙公子,巨宦豪族不计其数。自徽宗许她充作外妾,恐圣驾不时降临,便不敢招待外客。那些人也风闻得徽宗宠幸师师之事,谁敢再去当这禁脔!惟有一个起居舍人周邦彦,与李师师相交已久,两个人你爱我怜,一时却分拆不开。原来周邦彦号美成,钱塘人氏,生得风雅绝伦,博涉百家,且能按谱制曲,所作乐府长短句,词韵清蔚。元丰初游汴,献《汴都赋》,神宗奇其才,召为太乐正。他与师师时常往来,师师所歌乐曲,大半为邦彦所制,因此师师遂以善歌名于时。两个人花前携手,月下并肩,异常恩爱,十分情浓。诸料平空里来了个徽宗把师师占为外妾,不得不将平日往来的客人一概谢绝。但师师既爱邦彦才貌双全,一时之间又舍不得离开。邦彦也记念着师师,不忍断绝,因此,打听得徽宗不来临幸,师师便命人把邦彦请来,细叙情衷。

这一天,师师闻得圣躬微有违和,料想必不出宫,又暗约邦彦来家。两人久不相逢,携手入房,自然各有一番慰问。正在叙谈之际,忽然传报圣驾降临。邦彦惊惶失措,师师也慌作一团,仓猝之间,无处躲避,师师只得令邦彦匿于床下,自去接驾。不到一刻,徽宗手拿新橙一个,同了师师进房,坐了下来,将新橙赐于师师道:“这是江南进献来的,朕因身体不豫,在宫中觉得烦闷,所以来此消遣。”师师谢过圣恩,又询问起居如何不适?徽宗道:“没有什么,不过略觉疲乏,至卿处盘桓一回,自然好了。”说着,便携了师师,并肩坐下,与她调笑。所言之语,皆为匿于床下的周邦彦听得清清楚楚。徽宗与师师调笑了半日,便要启驾回宫。师师款留道:“城上已传三更,马滑霜浓,陛下圣躬不豫,岂可再冒风寒。”徽宗道:“朕正因身体违和,不得不加调摄,所以要回宫去。况玉辂四图,锦幕密张,内中又设着重茵,不至有犯风寒,卿可无须忧虑!”师师因有邦彦匿在床下，也就不再坚留，送了徽宗御驾，回到房中，将邦彦从床下拉出。那邦彦一面扑着衣上的尘土，一面说道：“好险！好险！倘若被皇上瞧破了此事如何得了！”说着，又将双眼瞧了一瞧师师，笑着说道：“你得当今天子这样的恩待，可算是千古的风流佳话了。”师师也笑道：“我只道做皇帝的不胜威严，哪里知道也和你一样的风流蕴藉呢！”邦彦听了，心有所感，便将这日的情形，谱成《少年游》词一阕道：

并刀如水，吴盐胜雪，纤手破新橙。锦幄初温，兽香不断，相对坐调筝。
低声问向谁行宿？城上已三更。马滑霜浓，不如休去，直是少人行。

邦彦题罢了词，便在师师家住了一宿而去。师师爱邦彦这阕《少年游》词，题得情景真切，又复清丽缠绵，便依着谱，一字一字的填入宫尺，练习歌唱，真个是响遏行云，十分悦耳。

一日，徽宗又到师师那里开筵畅饮，命师师歌以侑酒。师师一时忘情，便将这《少年游》词歌将起来。徽宗本也精通音律，听了师师所歌，竟完全是说的前日在师师房内的情事，不免大为惊异，便问师师道：“此词想是新近谱的，可是卿自己的佳作么？”师师随口道：“这是起居舍人周邦彦所谱的。”说了这话，方才想起前日之事，深悔失言，颇觉局促不安。徽宗瞧了师师的情形，已知邦彦前日必是隐匿房内，窥探举动，所以才谱此词，心下很是发怒。心想：“邦彦明知师师为朕外宠，乃敢私自前来，若不严加惩处，将来别的官员也要效尤了。但是为了师师的事情加罪于他，外面必要疑朕与邦彦拈酸争风，甚非美事，此时暂且隐忍，自有处置。”想了一会，便不动声色，仍然饮酒谈笑。次日回宫，上朝之后，即传起居郎张果，密谕道：“周邦彦近日常作乐府么？汝可为朕留意，邦彦若有新作，不论诗词歌曲，可即进陈，只是不可漏言。”张果领命而退。适值邦彦赴同僚燕会，席间见一舞女，甚为美丽，遂即谱小令，赠于舞女。其词道：

歌席上，无赖是横波，宝髻玲珑欹玉燕，绣巾柔腻掩香罗，何况会婆娑。
无个事，因甚敛双蛾，浅淡梳妆疑是画，惺忪言语胜闻歌，好处是情多。

张果得了这词，立即进陈徽宗。徽宗见了这词，说邦彦轻薄佻侻，不堪在朝任职，立即谴谪外出。降旨之后，过了两日，徽宗理政余暇，天将傍晚，又幸师师家。恰值师师外出，徽宗心中狐疑，未知师师何往，因坐于房中守候。直至初更，师师方归，玉容寂寞，泪珠盈颊。徽宗见了这般情形，甚是惊讶，忙问卿因何故心中不快？师师竟直言道：“并无它故，只因周邦彦得罪去国，押解出都，略致一杯相送。不知圣驾降临，又失迎讶，罪该万死。”徽宗道：“邦彦临别，可谱词么？”师道：“曾谱《兰陵王》词一阙，以当骊唱。”徽宗道：“卿可歌于朕听。”师师乃整备酒筵，亲奉金樽，敛手低眉，歌邦彦所谱之词道：

柳荫直，烟里丝丝弄碧。堕堤土，曾见几番拂水，飘绵送行色。登临望故国，谁识京华倦客？长亭路，年去岁来，应折柔条过千尺。闲寻旧踪迹，又酒趁哀弦，灯映离席。

梨花榆火催寒食，愁一剪，风快半篙波暖。回头迢递便数驿，望人在天北凄恻。恨堆积。渐别浦萦洄，津堠岑寂。斜阳冉冉春无极，记月榭携手，露桥闻笛。沉思前事，似梦里，泪暗滴。

师师一面歌着，一面偷将红巾拭泪。歌到那“酒趁哀弦，灯映离席”，及“沉思前事似梦里，泪暗滴”等句，不禁悲伤欲绝，几乎歌不成声。徽宗听了这词，也觉恻然！又爱邦彦之才，次日又有诏旨降下，复召邦彦入为大晟乐正，命订正雅乐。徽宗自与师师往来，不胜宠爱，每日临幸，几无虚夕。师师当向徽宗恳请，欲入宫瞻仰，徽宗允她须待旨宣召，方可入内。

一日黄昏月上，忽有内侍驰至，密宣师师入宫。师师闻旨，好不欢喜，连忙淡扫蛾眉，入朝至尊。一路行来，经过了无数楼台殿阁，始抵深宫。内侍也不通报，竟引师师入室。徽宗已在此迎候，待着内侍退出，携手入帐，彻夜欢娱，自不消说。从此师师常常奉召进宫，渐渐的出入自由，竟与后宫妃嫔熟识起来。师师原是平康老手，最善阿谀奉迎，那些妃嫔见她有说有笑，十分知趣，又会体会人情，迎合旨意，因此，非但徽宗与她狎昵，就是小刘妃、乔贵妃等人，也甚是见爱，常常留居宫中，数月不出。

一日，正值天气严寒，徽宗在便殿围炉，林灵素自外进谒，徽宗与他畅谈仙机的时候，灵素忽然起立，趋走下阶道：“九华玉真仙妃将来了，臣当恭肃迎谒。”徽宗出其不意，惊问道：“哪个是仙妃？”灵素道：“陛下且不必问，到时便见。”语毕，拱手端立，很是诚敬。未及片刻，果有几个宫女，簇拥了一个丽人冉冉而来。徽宗远望着不甚清楚，也疑仙人下降，不禁起座出迎。谁知走近前来，乃是小刘妃，徽宗止不住大笑起来，灵素却做出一片庄敬的模样，端恭下拜，拜罢起来，又大言道：“神霄侍案夫人也来了。”语音未毕，又有一个美人，带了宫女，环佩珊珊而来。徽宗视之，乃是崔贵嫔。灵素说道：“这位贵人在仙班中，与臣同列，礼不当拜。”遂鞠躬长揖，然后升阶，重又就坐。原来，灵素时常出入宫禁，所有宫眷皆不回避，因此仍在旁首坐下。刘、崔二妃向徽宗行礼已毕，自然另有坐位。甫经坐定，灵素忽现惊异之色，四面瞩望道：“怪极！怪极”徽宗吃了一惊，忙问有何怪事？灵素道：“殿外妖气甚浓，必有妖魅前来，迷惑圣驾。”此言未毕，又有一个美貌妇人，满头珠翠，妆饰入时，袅袅婷婷的走将进来。灵素突然离座，取过御炉火箸，大踏步行及殿门，要打那个妇人。幸有内侍在旁拦住，那个美妇人已吓得目瞪口呆，几乎跌倒地上。徽宗也忙唤灵素道：“先生休要误会，这乃是教坊中的李师师。”灵素道：“她乃是个千秋妖狐，若将她杀死，没有狐尾显出，臣愿坐欺君之罪。”徽宗正在爱着师师，如何肯听？便带笑带劝的说了一番。灵素道：“臣不愿与妖狐同坐，愿即告退。”言罢，拂袖而去。自此，徽宗疑灵素真是先知之术，更加宠信。

恰巧西陲一带屡报胜仗，徽宗遂加童贯为陕西两河宣抚使，进开府仪同三司，签书枢密院事。蔡京亦得恩赏，令他三日一朝，正公相位，总治三省事，晋封鲁国公，五日一赴都堂治事。未几，又将茂德帝姬下嫁蔡京第四子鞗。帝姬即是公主，蔡京更是制度，称为帝姬。徽宗且幸京第，略去君臣名分，称为儿女亲家，所有蔡家仆妾皆得亲近天颜。蔡京设宴，燕向徽宗，一般一馔费至千金，异样精美，虽御厨中亦未常有。徽宗大喜，命自京以下，均得列坐，彼此传觞，如家人礼。又命茂德帝姬，乃姑嫜娣姒等，也设席左右。稚儿娇女，皆有登堂欢宴，真可谓帝德汪洋，皇恩浩荡了。后人有诗咏之道：

误把元凶作宰官，万方皆哭一家欢。
试看父子承恩日，国帑民财已两殚。

蔡京在这里沐皇恩，那边童贯也在加官。原来，童贯经略西陲屡次晋爵，到了政和八年，改元重和，贻恩内外，贯又升为太保。次年又改元宣和，贯欲侥幸图功，进取朔方为夏兵杀得大败而回。童贯吃惊不小，一面掩饰朝廷，讳败为胜，一面请辽主排解，令夏主重行修好。夏主亦已厌兵，遂引辽使进表纳疑。童贯即上言夏主畏威，自愿投诚。徽宗归功于贯，加太傅，封泾国公。时人称贯为媪相，与公相蔡京齐名。徽宗因西夏投诚，圣心愉悦，却值宣和五年年底，徽宗因为边外已平，欲于次年元宵佳节大张彩灯，点缀升平，又恐元宵这日或有风雨，致妨行乐。诏命京师人民从腊月初一日起，即张灯彩，直至次年正月十八日方止，叫做预赏元宵。

到了这时，汴京城内，从东华门至宣德门，皆遍悬灯景。入夜视之，如同繁星下垂，掩映争辉。又在景龙门前，架造一座鳌山，长十六丈，阔二百六十步，中间竖着两条鳌柱，长二十四丈，悉用金龙缠柱，每一条龙，口内衔灯一盏，谓之双龙衔照，中间悬一金书长牌，大书八字：宣和彩山，与民同乐。那彩山真是华丽，可以直趋禁阙，仰捧端门，梨园奏和乐之音，乐府进婆娑之舞，热闹繁华，不可言喻。徽宗又命皇城司，勿禁百姓，任其入内纵观，以符与民同乐之意。皇城司撤去禁令，那些百姓无老无幼，少长男女，好似潮涌一般，挤入里面观看鳌山，欢呼之声震动天地。徽宗大喜，命杨戬等，取了无数金钱，撒将下去，赏于百姓。一时之间，金钱撒下，百姓争先恐后上前争抢，情形甚为可观。徽宗心中大乐，教坊大使袁陶，曾谱一词，名曰《撒金钱》：

频瞻礼，喜升平又逢元宵佳致。鳌山高耸，翠对端门珠玑交制。似嫦娥降仙宫，乍临凡世。恩露匀施，凭御阑，圣颜垂视。撒金钱，乱抛坠，万姓推抢。没理会，告官里，这失仪，且与免罪。

到了十五夜，又命赐观灯万民，酒各一盏，众百姓不论富贵贫贱，老少尊卑，尽到端门前，领取皇封御酒，欢欣鼓舞，口呼万岁，感谢皇恩。哪知有个青年妇人，吃了御酒，将金杯藏于怀中，意欲带去，为光禄寺所见，遂即喝道："这金杯是御前宝玩，胆敢偷取，还当了得！"遂为内侍获住，奏闻徽宗。降旨问这妇人何故窃取金杯？妇人奏道："贱妾与夫同玩鳌山，因人多拥挤，与夫相失。蒙恩赐酒，贱妾面带酒容，又不偕夫同归，恐公婆见责，欲借金杯，携归为证。贱妾有《鹧鸪天》一词，上渎天颜。"因陈词道：

月满蓬壶灿烂灯，与郎携手至端门。贪观鹤笙歌舞，不觉鸳鸯失却群。天渐晓，感皇恩，传赐酒，脸生春。归家只怕公婆责，也赐金杯作照凭。

徽宗见了此词，即赐金杯与之。当有教坊大使曹元宠奏道："妇人之词，恐是其夫宿构，当押妇人，当面命题，若能构就，再以金杯赐之。否则宜押交刑部，证其欺君之罪。"徽宗准奏，令妇人再撰一词。妇人请题，即以金盏为题，《念奴娇》为调，命即构来。妇人领了圣旨，遂口占一词道：

桂魄澄辉，禁城内万盏花灯罗列。无限佳人穿绣径，几多妖艳奇绝。凤烛交光，银灯相射，奏箫韶初歇。鸣梢响处，万民瞻仰官阙。妾自闺门给假，与夫携手，共赏元宵。误到玉皇宫殿砌，赐酒金杯满盏，量窄从来，红凝粉面，尊见无凭说。借皇金盏，免公婆责罚臣妾。

谱毕，陈上徽宗御览，圣心大悦，不许后人援例，赐盏与之。观灯已罢，又命开封府尹，设幕次于西观下，尽押狱囚，于幕次讯问，意欲使监狱空虚，希踪刑措之风。徽宗率领六宫，从楼上下观，审讯罪囚。忽有一人从众中跃出，身着墨色布衣，若寺僧行童之状，以手指定徽宗，口中喃喃辱骂，声彻御座。徽宗大怒，命内侍执下，拷问姓名。未知这人是谁，且看下回分解。

第六十一回　艮岳成山禽飞鸟舞　睦州肇乱财尽民穷

却说徽宗命内侍执下那个辱骂的人来，问他姓名，那人如醉如痴，瞋目不答。令下有司审讯，笞捶乱下，又加以炮烙，这人终无一语，亦无痛楚之色，甚至断手折足，血肉狼藉，终莫知其所从来。

此时叠陈妖异，景灵宫内，夜间忽有哭声，守宫官吏莫不闻之。正月朔日，徽宗往朝，见圣祖神像，现有泪痕。神宗皇帝庙室便殿，有砖出血，随扫又出，数日方止。夏五月，有物若龙，长六七尺，苍鳞黄色，驴首，两颊如鱼头，色绿，顶有角，其声如牛，见于开封县茶肆。茶博士早起拂试床榻，见有物若大犬伏其旁，熟视之，始知为龙，不觉惊惶大喊。肆旁为军器作坊，坊中军人闻声来视，知为龙，杀而食之。是夕西北有赤气数十道，冲天而起，仰视北斗，若隔绛纱，间以黑白二廉未几，有声如震雷，霪雨大作，汴河之水高十余丈，犯及诸城，人民屋舍飘流几尽，哭声振天。徽宗命户部侍郎唐恪治之。其他灾异，不知凡几。

徽宗尚不知悟，遣使四出，搬运花石，布置艮岳。你道什么叫做艮岳？原来就是万岁山。自政和七年，下诏改造万岁山，耗费不可胜计。真是看不尽的楼台亭阁，说不尽的繁华富丽。徽宗自己曾作一编《艮岳记》，照录如下，看了，就可以知道艮岳的堂皇富丽了。

尔乃按图度地，庀徒僝工，累土积石，设洞庭湖口丝溪，仇池之深渊与泗滨。林虑灵壁、芙蓉之诸山最，环奇特异瑶琨之石。即姑苏、武林、明越之壤，荆楚江湘南粤之野，移枇杷、橙柚、柑榔，步荔枝之木，金蛾、玉羞、虎耳、凤尾、索馨、渠那、茉莉含笑之草。不以土地之殊，风气之异，悉生成长养于雕栏曲槛，而穿石出罅。冈连阜属，东西相望，前后相续。左山无右水，沿溪而旁陇，连绵弥满，吞山怀谷。其东则高峰峙立，其下植梅以万数，绿萼承趺，芬芳馥郁，结构山根，号绿萼华堂。又旁有承岚昆云之亭，有屋内方，外圆如半月，是名书馆。又有八仙馆，屋圆如规。又有紫石之岩，祈真之磴，揽秀之轩，龙吟之堂。其南则寿山嵯峨，两峰并峙，列嶂如屏。瀑布下入雁池，池水清泚涟漪，凫雁浮泳水面，栖息石间，不可胜计。其上亭曰噰中，北直绛霄楼，峰峦特起，千叠万复，不知其几十里，而方广兼数十里。其西则参术杞菊，黄精芎䓖，被山弥坞，中号药寮。又禾麻菽麦，黍豆粳秫，筑室若农家，故曰西庄。有亭曰巢云，高出峰岫，下视群岭，若在掌。自南徂北，行冈脊两石间，绵亘数里，与东山相望，水出石口，喷薄飞注，如兽面，名之曰白龙渊。濯龙峡，蟠秀练光，跨云亭、罗汉岩。又西半山间，楼曰倚翠，青松蔽密，布于前后，号万松岭。上下设两关，出关下平地，有大方沼，中有两洲，东为芦渚，亭曰浮阳，西为梅渚，亭曰雪浪。沼水西流为凤池，东出为研池，中分二馆，东曰流碧，西曰环山。馆有阁曰巢凤，堂曰三秀，以奉九华玉真安妃圣像。一宠妃耳为之立像，又称为圣徽宗之昏谬。东池后结栋山，下曰挥云厅。复由磴道，盘行萦曲，扪石而上。既而山绝路隔，继之以木栈，倚石排空，周环曲折，如蜀道之难跻攀。至介亭最高诸山，前列巨石，凡三丈许，号排衙。巧怪巉岩，藤萝蔓衍，若龙若凤，不可殚穷。丽云半山居右，极目萧森居右，北俯景龙江，长波远岸，弥十余里。其上流注山涧，西行潺湲，为漱玉轩。又行石间，为炼丹亭，凝观圌山亭，下视水际，见高阳酒肆清澌阁。北岸万竹，苍翠蓊郁，仰不见天。有胜筠庵、蹑云台、消闲馆、飞岑亭，无杂花异木，四面皆竹也。又支流为山庄，为回溪。自山溪石罅搴条下平陆，中立而四顾，则岩峡洞穴，亭阁楼观，乔木茂草，或高或下，或远或近，一出一入，一荣一雕，四面周匝。徘徊而仰顾，若在重山大壑深谷幽崖之底，不知京邑空临，坦荡而平夷也。又不知郛郭寰会，纷萃而填委也。真天造地设，人谋鬼化，非人力所能为者。此举其梗概焉。

看了这篇记，就可以知道艮岳的穷工极巧了。当时各内侍争出新意，土木工程，极其工丽。独有禽鸟一时未能尽驯，恰又无法可想。适有市人薛翁，自言能驯诸禽，愿至艮岳执役，内侍许之。他入值之后，即日集舆卫，鸣銮张盖，到处游行，一面用大盘盛肉及粱米，口效禽言，呼鸟集食。众鸟渐渐狎习，不复畏人，遂自命局所为来仪所。

一日，徽宗往游，翔禽交集，作欢迎状。薛翁先用牙牌跪奏道旁道："万岁山瑞禽接驾。"徽宗大喜，赐给官阶，赏赐颇厚。嗣于山间开通两条复道，一通茂德帝姬宅，一通李师师家。徽宗每游艮岳，即至两家宴饮取乐。后因万岁峰旁产生金芝，又更名为寿岳。

其时朝廷政令烦苛，又加上这些大臣，个个都是无耻之徒，如李邦彦，以次相谄谀奉迎，每逢徽宗宴饮，自为倡优之酒，杂以市井诙谐，以为笑乐，人呼李邦彦为浪子宰相。一日侍宴，先将生绡画成文采，贴体藏着，到了事酣呈技，裸衣宣示文身，时出狎语。徽宗以其过亵，举杖欲击，邦彦缘木而避，皇后自内望见谕道："可以下来了。"邦彦答道："黄莺偷眼觑，不敢下枝来。"皇后叹道："宰相如此，怎能治天下呢?"蔡攸更是进见无时，便辟趋走，或涂抹青红，优杂侏儒，多道市并淫媟之言以媚徽宗。其妻朱氏，有殊色，徽宗深为爱慕，时常召入宫中侍宴，章至十数日始出。蔡攸不以为耻，反以为荣。还有王黼，也可以直入宫禁，就是徽宗与妃嫔们睡在床上，也不避忌。王黼趁势便与这些妃嫔宫女，打情骂俏，闹做一团。那童贯更是可笑，已做到太傅，晋封公爵，领枢密院事，加职太尉，总揽陕西一带兵马，可算是古来内侍中少有的了。遇到宴客，总是高高坐在宰相之上，每日入朝办事，也与宰相同进同出，按品级穿着公服，很是辉煌。到得退朝，他就往御屏后面一钻，换了短襟窄袖的衣裳，混在小太监一堆，去当洒扫宫廷的差使。试想，朝中的大臣，都是这样，那外任的官员，还能洁已奉公，不扰百姓么? 因此，逼得百姓无处求生，老弱的填了沟壑，少壮的便去啸聚山林做那盗贼的勾当。于是山东宋江、淮南王庆、睦州方腊，纷纷而起。小或打家劫舍，大且杀官据城。

众寇里面，要算那方腊最是厉害。他本来居住睦州青溪，这地方乱山重叠，树木幽深，所产各种漆楮松杉，取之不尽。方腊家内，又有祖传的漆园，占全山十分之七，因此睦州富户，要推方家第一。自从童贯在江浙设了供奉局，所用木料髹漆皆责成方腊供应，供应不足，还要需索，弄得方腊一贫如洗，心内十分怨恨。只因党羽尚少，不敢发作，只学些邪术妖法愚惑百姓。后来童贯去了，又换了一个朱勔，办理花石纲，受害的人更加多了。江浙地方居民住户，没有一个不怨气冲天。方腊便把失业的人招聚起来，约有二三千众，以攻杀朱勔为名，自称圣公，改元永乐，分派官吏将帅，都以头巾的颜色，判别贵贱。打仗临阵，不用刀枪剑戟，专恃画符诵咒。到处杀人放火，裹胁良民。那时东南一带，承平已久，百姓不经兵革，已有多年，听见金鼓之声，早就吓得束手从命。那些武官兵将，更是没用，还没临阵，已弃甲抛戈，远远逃走。因此方腊起事不到半月，连破青溪、睦州，歙州，又劫掠桐庐、富阳，进逼杭州，知州赵震，弃城而遁。方腊入城，杀制置使陈建，廉访使赵约，放火延烧六日，死者不计其数。每逢捉住官吏，不肯使他即死，有的脔割肢体；有的破开肚皮；有的撩在锅内煎成油膏；有的绑在树上，万弩丛射，方才出了这口无穷怨气。

警报到了汴京，又为王黼压住，不使上闻。因为蔡京、童贯等一班奸党，正在聚兵筹饷，要与金国联兵攻辽，恐被徽宗得知又生阻碍，所以方腊的势焰，一天盛似一天，东南半壁都摇动起来。淮南发运使陈遘借着奏事，附疏告急，说是贼势浩大，东南兵力万万不能抵敌，请调近畿兵及鼎澧枪牌子速来救应，徽宗方才从睡梦中惊醒转来，急罢攻辽之议，命童贯为江淮荆浙宣抚使，谭积为两浙置制使，带领禁兵及蕃汉兵十五万前行征讨。童贯陛辞请训，徽宗许他便宜行事。童贯谢恩登程。到了江浙，官绅均来谒见，一口同声，说是此次乱事都是花石纲扰累所致，倘能罢撤，贼不难平。童贯便将所有应奉局及花石纲，一概罢免。朝廷也有诏书，将朱勔父子弟侄尽行革职，苏、杭人心渐平。

这时，婺州、衢州、严州一带地方，尽为方腊所有。又令大将方七佛，引众六万，进攻秀州。守将王子武竭力拒守，几乎不保。幸童贯大军前来才把贼兵杀退。方腊退到杭州，见官军声势浩大，料知不能抵敌，尽焚官舍，退还清溪，尚有贼兵二十余万，仗着岩深林密，官军不能进攻，顽抗拒守。幸亏王渊部下有个偏裨小校，名唤韩世忠，乃是延安人氏，性格勇敢，足智多谋。官军因不识路径不敢轻进。世忠便扮个商人模样，在涧旁行走，遇见几个妇女在山谷里拣柴，世忠向她们问明路径，连忙回营换了衣甲，带了几十个小卒径入山洞。遇见守隘的举刀便杀，共杀了数十百个，方才找到方腊住处，他正在里面和许多妇女饮酒快乐。忽见官兵到来，连忙施展邪术，谁知竟不灵验，被世忠奋勇上前，一把擒住，押了出来。刚才走到洞口，却有一支兵马拦住去路。世忠抬头看时，乃是童贯部下最得宠的将官辛兴宗。他闻得世忠杀入洞中有意前来争功的。世忠如何敢与争执，便把方腊献上。辛兴宗还在马上打话道："你要小心了，回到官内，不可说起。照军律无令擅动，虽立大功，也要斩首的。"说罢，带了方腊，自到童贯帐前报功。童贯大喜，立刻调了大队，分三路杀进山去。方腊既擒，所有余党纷纷乱窜，官军追杀了七万多人，直入洞内，将方腊家口并伪宰相方肥等五十三人一齐拿下，连同方腊，解进京去正法。方腊起事共计不过七个月，便遭败灭。

方腊平定，童贯又加了太师，晋封楚国公。还有山东的大盗宋江，结连了亡命无赖三十六人，横行京东河北一带。后来幸为海州知州张叔夜，设计招降。徽宗见寇盗已平，又渐渐的放纵起来。此时蔡京，因为儿子蔡攸所倾轧，以太师鲁国公致仕。要算王黼最有权势，他迎合上意道："近来各处遇着乱事，群臣不知自己认咎，反损抑朝廷，任意讥谤。江浙应奉局及花石纲都为罢免，成何体统？陛下尽可重行设立，只要归臣管领,还有谁人敢来么?”徽宗准奏,即派王黼总管应奉局,前所没有设立的地方,也添设起来。又令梁师成为总领,专管大内收纳稽核之事。从此两人狼狈为奸,滥支公款,连转运漕米的兵役也调了去,户部那里敢去过问?四方进献贡品,两人皆运入家中,进陈御用的,不过十分之一。

原来这梁师成,也是个内侍,为人机巧聪明,稍通文墨。初时不过管领睿思殿文字外库,宣传旨意。现在竟得宠幸,升为河东节度使,加太尉。他知徽宗欢喜礼文符瑞诸事,便极力奉迎,所以更加亲信。徽宗竟令其入宫殿中,遇有诏旨敕令,悉命其缮写。师成专善模仿御书,群臣皆不能辨,因此师成之意即是诏旨。又欢喜冒充文人,高自标榜,以翰墨为己任,对人谈论总说本姓是苏,乃是苏东坡的儿子,因为母亲王氏,本是东坡之妾,有了身孕,方才被出,另嫁梁氏,所以自己也跟着姓梁。就是在徽宗面前,也常常如此陈说。当时见东坡被诬为党人,并禁其文集不许流行,师成甚为不平,当面奏徽宗道:“先臣何罪?文章更得何罪?请予开禁。”徽宗含笑应许。东坡的文章,得以流传至今,总算是师成之功了。而且最喜结交文人,凡属隽秀名士,必召致门下。若是真有长才,还肯暗中引荐,竟有升至侍从执政的,因此声势浩大。王黼直视同父辈,当面称为恩府。蔡京父子,也极为趋奉。当时称师成为隐相,可与蔡京公相、童贯媪相鼎足并峙了。

先是童贯见国内无事,又闻金人攻辽,屡次得胜,贪恋军功,便请发兵助金。徽宗从之,乃令右文殿修撰赵良嗣,借市马为名,再出使金,申请前约。恰值金主攻辽,取其上京,入城犒师,置酒欢宴。赵良嗣等捧觞上寿,皆称万岁。金主留兵居守,自偕赵良嗣等还国。良嗣因对金主道:“燕本汉地,理应仍归中国。现愿与贵国协力攻辽,贵国可取中京大定府,敝国愿取燕京析津府,南北夹攻,必可得志。”金主道:“这事总可如约,但汝主曾给辽岁币,他日还当与我。”良嗣允诺,金主遂付良嗣国书,约金兵自平地松林趋古北口,宋兵自白沟夹攻,否则不能如约,并遣勃董同良嗣入汴,申述意见。徽宗又令马政报聘,且致国书道:

> 大宋皇帝,致书于大金皇帝,远承信介,特示函书。致讨契丹,当如来约,已差童贯勒兵相应,彼此不得过关。岁币之数,同于辽。仍约毋听契丹讲和,特此复告。

马政持书至金,金主答称如约,有诏令童贯整军待发。恰值方腊作乱,东南摇动,因此暂停北征。至是金主又发兵,攻克辽之中京、西京。辽主延禧仓皇遁入夹山。金主且遣使至宋,请速出师,攻取燕京。徽宗因方腊初平,颇有厌兵之心,蔡京已奉诏致仕,独王黼进言道:“兼弱攻昧,武之善经,现在辽已将亡,我若不取,燕云必为女真所有,中原故地,永无归还之日了。”徽宗听了这话,乃决意出师。命童贯为两河宣抚使,蔡攸为副,勒兵十五万,出巡北边遥应金人。蔡攸本是纨袴子弟,哪里习过戎事,反自谓燕云唾手可得。入朝陛辞,见徽宗左右,有二美嫔侍立,蔡攸望将过去,不觉欲火上升,馋涎欲滴,便指定二美嫔向徽宗道:“臣得奏捷归来,请将二美人赐臣。”徽宗对他微笑,蔡攸又道:“想陛下已经许臣,臣去了。”说罢,回身自去。中书舍人宇文虚中,上书谏阻。王黼恨他多言,改除集英殿修撰。朝散郎宋昭,乞诛王黼、童贯、赵良嗣等,仍遵辽约,无启兵端。有诏革职除名,窜置海南。王黼就三省,置经抚房,专治边事,不关枢密。且括天下丁夫,计口出算,得钱二千六百万缗,充作兵费。

童贯到了高阳关,用知雄州和诜计议,遍张黄榜,晓谕燕民。旗上悬揭“吊民伐罪”四大字,且悬赏购求敌士,谓能归献燕京者,除授节度使,一面下令都统制种师道,护诸将进兵。种师道入谏道:“今日出兵,犹之盗入邻家,不能相救,又欲与盗分赃。太师尚以为可行么?”童贯大声斥责道:“天子有命,谁敢有违?你敢妄言惑众,如或违令,当申军法。”种师道叹声而出。童贯仍派师道领东路,辛兴宗领西路,直趋范村。辽遣耶律达什出战,师道前军大败,与辛兴宗退守雄州。未知战事怎样收束,且看下回分解。

第六十二回　**贪小利背盟纳降将　请内禅刺臂上血书**

话说童贯令种师道、辛兴宗两路进兵，为辽将耶律达什所败，退守雄州。消息传达到宋廷，徽宗又惧怕起来，下诏令童贯、蔡攸班师。辽人遣使前来责问，童贯无话可答，反上言种师道暗中通敌，王黼又左袒童贯，遂授师道左卫将军，勒令致仕。这里宋军败退，那边金兵却屡次胜辽。辽主耻律淳病死，群臣奉萧后为皇太后，主军国事，遥立秦王定为帝，改元德兴。消息传至宋廷，王黼又入白徽宗，申请北伐，复命童贯、蔡攸整军再出。辽常胜军统帅郭药师，留守涿州，遂举涿、易二州，诣童贯处乞降。有诏授药师为恩州节度使，令归刘延庆节制。宋军行抵良乡，辽萧干率兵来战，宋军大败。次日郭药师与大将高世宣、杨可世乘夜渡芦沟，袭摄辽军。又因后援不继，为辽兵所败。萧干又设计纵火摇惑宋军。刘延庆遥见火起，疑是辽兵大至，烧营急遁，士卒自相践踏，死亡过半。萧干纵兵追至涿水，刘延庆只得退守雄州，检点军实，丧失殆尽。童贯两次大败，恐徽宗加责，乃密令王环使金，请夹攻燕京。金主也遣蒲家奴至宋，以出兵失期相责。徽宗又遣赵良嗣往金。金主旻道："我今发兵攻燕，我取应归我有，不过从前有约，我不能忘，灭燕以后，当分给燕京及蓟、景、檀、顺、涿、易六州之地。"良嗣与他争论，金主起身入内，良嗣只得怅然而出。

既而金出兵三路，进攻燕京。辽不能敌，燕京失守。萧干与萧太后乘夜出奔天德，辽五京皆为金有。徽宗又遣赵良嗣往金，请于六州外加给平、滦、营三州。金主不允，遣良嗣归，且献辽俘。徽宗与王黼还痴心妄想，令良嗣再去要求。金主非但不允，还要将燕京租税，留为己有。良嗣道："有土地，必有租税，既以土地与我，租税怎不与我呢？"粘没喝喝道："若不归我租税，当还我涿易诸州。"良嗣只允拨粮二十万石。金又令李靖与良嗣至宋，请给岁币，且及租税。王黼议岁币如辽，惟燕京租税，不能尽与金人，又命良嗣赴金。先后往返数次，金主只是不允。经良嗣再三力争，始议定每年代税钱一百万缗，粘没喝且只肯让涿、易二州。降臣左企弓又作诗献金主道："君王莫听捐燕议，一寸山河一寸金。"还是金主顾念前盟，方定了四条和约：

一、将宋给辽岁币四十万，转遗金邦。二、每岁给燕代税钱一百万缗。三、彼此贺三旦生辰，置商场交易。四、燕京及山前六州归宋所有。山后诸州，及西北接连一带山川归金。

议既成，金主使杨璞赍了誓书，及让给燕京六州约文呈进宋廷。诏令童贯、蔡攸入燕交割。谁知燕京城内，所有子女玉帛以及职官绅富，已为金人为掠尽，只剩了一座空城。其余六州，也与燕京一般。交割既毕，金主班师，童贯、蔡攸亦相偕回京。童贯入见徽宗，且奏称燕京父老，率领妇稚伏道迎谒，焚香称寿。徽宗大喜，论收燕功，晋封童贯为徐豫国公；蔡攸为少师；赵良嗣为延康殿学士；王黼为太师，总治三省事，特赐玉带。郑居中为太保，居中目陈无功，不愿受命。未几，入朝而卒。

徽宗又命廷臣议镇燕山府的人，左丞王安中愿往，乃命安中为庆远军节度使，知燕山府；郭药师为检校少保，同知府事。是岁辽主为金所擒，废为海陵王，辽亡。总计辽自太祖阿保机称王，历八主，凡二百有十年。惟耶律大石，西走可敦城，会集西鄙七州十八部，战胜西域，至起儿漫，自称天祐皇帝，改元延庆，又绵延了三世，历史上号为西辽，这且不去提他。

单说王安中出知燕山府，有李安弼等献计道："平州乃形胜之地，守将张珏有干练之才，从前本为辽将，现因不服金人，早有异心。如果乘机招徕，平州既为我有，燕京安如磐石了。"安中深然其言，奏知朝廷。徽宗手诏，令知燕山府萧度，联络张珏。张珏正想脱离金人，遂即写了降表，令张均、张敦持书至燕山府，愿以平州内附，安中立即奏闻。王黼以为奇遇，劝徽宗招纳降臣。赵良嗣入谏道："国家新与金盟，若纳降臣，必失金欢，后必追悔。"徽宗不从，反斥良嗣，坐贬五阶。即诏安中妥抚降将，并免平州三年常赋，张珏甚为得意。

那金国方当强盛，张珏叛降宋廷，岂有不来征讨之理。当有金将多昂摩，领兵三千，来讨张珏。张珏即率部下，至营州迎战。多昂摩见众寡不敌，退兵而去。张珏便虚张声势，向宋廷报捷。徽宗大喜，下诏改平州为泰宁军，授张珏为节度使，另发银三十万两，绢三十万匹，犒赏兵丁。谁知金国又令斡离不助多昂摩，攻打平州。宋廷使臣方赍了犒赏兵丁的银绢，行抵平州。张珏出城远接，被斡离不乘虚袭攻城东，张珏回战大败，只得逃至燕山，匿居王安中府内。平州都统张忠嗣、张敦固，开城迎降。斡离不率兵驻于城外，令敦固入谕城中，并遣使偕行。城中杀死金使，推敦固为主，闭门坚守。斡离不大怒，一面率众围城，一面向燕山府索张珏首级。王安中为金使催逼不过，只得将一面貌相似的小卒，枭首畀金。金使仍旧持回，掷于地上，定要张珏真首级，否则移兵攻燕。安中无法，奏请杀珏畀金。徽宗准奏，安中遂缢死张珏，割了首级，并执其二子，交于金使。燕降将及常胜军，皆动了兔死狐悲之念，相率泣下。郭药师忽然道："金人索珏，即与珏首，他日索药师亦与药师首吗？"于是潜蓄异谋，讹言百出。安中大惧，力请罢职，召为上清宝箓宫使，另简蔡靖知喜山府。

金主旻病逝，弟吴乞卖立，改名曰晟谥旻，为武元皇帝，庙号太祖，改元天会。宋遣使往贺，并求山后诸州。金主晟以新即大位，不欲拒宋，已有允许之意。粘没喝自云中驰还，竭力谏阻。金主只许割让应、朔二州，惟索赵良嗣所许粮米二十万石。谭稹答道："良嗣口许，岂足为凭？"因拒绝金使。金人怒宋无礼，决便侵宋。会多昂摩攻克平州，移兵应蔚二州，势将及燕。宋廷以谭稹措置乖方，勒令致仕。乃用童贯领燕密院事，出为两河燕山路宣抚使。时国库余积，早已用尽，当伐辽之时，已命宦官李彦，括京东西路民田，增收租税，又命陈遘，经制江淮七路，量加税率，号经制钱。至是又因各地需饷，用王黼言，令京西、民南、两浙、江南、福建、荆湖、广南诸路，遍置夫役，各数十万。民不给役，令纳免夫钱，每人三十贯，委漕臣淮限督缴，所得不到二万缗。人民已痛苦不堪，怨声载道。

徽宗尚荒淫如故,王黼奏称宅中生芝。徽宗以为奇异。夜往游观,见堂柱果有玉芝,信为祥瑞,十分喜悦。黼设宴款待,并邀梁师成列席。师成从便门入内,谒见徽宗。原来,师成私第,与王黼宅毗邻。黼事师成如父,当称为恩府先生,因此开户相通,借便往来。徽宗问明底细,也要过去游幸,遂从便门过去。师成设筵宴飨徽宗,徽宗不胜愉悦,痛饮至醉,又重至王黼宅内,继续开筵,竟至昏沉不省人事。直至五更,方由内侍十余人,拥至艮岳山旁龙德宫,开复道小门,回到大内。次日尚不能御朝。人情汹汹,禁军齐集教场,严备不虞。及徽宗酒醒,勉强临朝,已是日影西斜了。退朝后,尚书右丞李邦彦入内请安。徽宗告以在王黼、梁师成宅酒醉之事。邦彦道:“王黼、梁师成交宴陛下,敢是要请陛下作酒仙吗?”徽宗默然,邦彦轻轻一语,引起徽宗疑心,从此不直王黼。

先是徽宗立太子桓,王黼欲立徽宗帝三子郓王楷,与谋夺嫡。事尚未成,被邦彦执知,密奏于上。蔡攸又从旁作证,中承何栗又论黼专权误国十五事,乃勒黼致仕。擢白时中为太宰,李邦彦为少宰,张邦昌任中书侍郎,赵野、宇文粹中为尚书左右丞,再起蔡京领三省事。京此时已四次柄用,两目昏眊,不能视事,一切政事,皆由季子蔡绦裁决。因此,蔡绦权势几倾中外,白时中、李邦彦等均畏之如虎。惟蔡攸心怀不愤,屡讦绦罪,劝徽宗诛绦。徽宗因令勒侍养,不得干政。蔡攸心尚不足,必欲加罪季弟,且怨其父夙爱季子,心内怨恨,益加媒谋,接连下诏,褫蔡绦官,勒令蔡京致仕,且复元丰官制。命三公毋领三省事,晋封童贯为广阳郡王,令治兵燕山,加意防金。

其时天狗星陨,有声若雷,黑眚现禁中,状如龟,长约丈余,腥风四洒,兵刃不能加,且出入民家,掠食小儿,二年乃息。京师地震,宫中殿门皆摇动有声,都城有卖青果男子,忽有孕,坐蓐不能产,换易七人,始分娩而逃去;又有丰乐楼酒保朱氏妻,年四十余,忽生髭髯,长六七寸,毓秀甚美,京尹以其事闻于朝。诏度朱氏妻为道士;又有群狐于万岁山宫殿间,陈设器皿,相对饮酒,兵士逐之,彷徨不去;又有狐自艮岳直入禁中,据御榻而坐,殿司张山,逐之始去。都城东门外卖菜夫,哭入宣德门下,忽若痴迷,释去荷担,戟手言道:“太祖皇帝、神宗皇帝使我来言,速改为要。”逻卒捕之下狱。一夕而寤,并不知前事,密于狱中杀之。天灾人祸,相继而至,宋廷君臣,还要粉饰太平。金使来汴,置酒相待,每将上方珍物,移陈座旁,夸示富盛。哪知金人早知道汴京繁盛,恨不得即日并吞,尽括而去。宣和七年十月,金命斜也为都元帅,坐镇京师,调度军事。粘没喝为副元帅,偕右监军谷神,右都监耶律余睹,自云中趋太原。挞懒为六路都统,率南京路都统多昂摩,汉军都统刘彦宗,自平州入燕山。

两路大军分路南侵,徽宗尚是昏迷不醒,命童贯往受应、蔚二州土地。到了太原,闻粘没喝领兵南下,方知有变,遂遣马扩、辛兴宗赴金军问明来由,并请如约交地。粘没喝严兵高坐,胁马扩等庭参,如见金主礼。礼毕,马扩问交地事,粘没喝怒道:“你还想我应、蔚二州么?山前山后都是我家土地,何必多言?你们纳我叛人,背我前盟,另割数城畀我,才可赎罪。”马扩等不敢多言,只得逃回,报告童贯,请速备御。童贯还不肯相信道:“金初立国,能有多少兵马,敢来窥伺我朝。”言未毕,粘没喝已遣王介儒、撒离拇持书到来。童贯发书视之,不觉气馁,便支吾道:“贵国说我纳叛渝盟,何不先来告我?”撒离拇道:“已经兴兵,何必再告。若要我退兵,速割河东河北土,大河为界,聊存宋朝宗社。”童贯听了,胆魂俱销,停了半晌,方才说道:“贵国不肯交地,还要我国割让两河,真奇极了!”撒离拇作色道:“不肯割地,且与你一战如何?”说罢,同了王介儒竟自去了。

童贯心内不胜畏惧,即借赴阙禀议为名,逃回京师。知太原府张孝纯谏阻道:“兵临城下,大王当会集诸路将士,勉力支持。若大王一去,人心摇动,万一河东一失,河北尚保得住么?”童贯大怒道:“我受命宣抚,并无守土之责,必定要留我,要你们做什么呢?”说着,竟自策马加鞭去了。孝纯叹口气道:“平日贯太师何等威风,今日临敌畏缩,抱头鼠窜,有何面目见天子呢?”既而,金兵连下欸、代二州,直下太原。孝纯遂鼓励士卒悉力拒守。金兵攻打不下,即行退去。河东路已失二州,燕山路又遭兵祸。斡离不等人攻燕山府,知于事蔡靖,令郭药师出御。药师久蓄异迁,带兵四万五千,在白河迎战,败了回来,他竟劫了蔡靖,出降于金。斡离不既得药师,即用为向导,所有燕山各州县,皆为金有,长驱南下,直抵大河。

警报如雪片一般飞报宋廷,徽宗忙命内侍梁方平,率领禁军扼守黎阳。又想传位太子,又想迁都南京。此时王黼已罢,蔡攸深知徽宗的意思,便奏请以皇太子桓为开封牧,实在是将责任卸在皇太子身上,预备好走路的意思。宇文虚中入奏道:“今日宜首罢不急之务,且下诏罪己,并诏天下勤王。”徽宗乃罢花石纲,并内外制造局,下诏罪己,召天下勤王。虚中又请出宫人,罢道官及大晟府,行幸局。徽宗一一照准,并命虚中为河北、河东路宣抚使,召诸军入援。虚中乃檄熙河经略使姚古,秦凤经略使种师中,领兵入卫。无如远水不能救近火,宫廷内外,一夕数惊。徽宗意欲东奔,令太子留守。太常少卿李纲,对给事中吴敏道:“储君出牧,想是为留守起见,但敌势猖狂,两河危急,非将大位传于太子,恐不足号召四方。”吴敏道:“内禅的话,似乎不便出口,不如奏请太子监国罢。”李纲道:“唐肃宗灵武之事,于此何异,不建号不足复邦。惟当时不由父命,遂致贻讥。今上聪明仁恕,公何不入内奏闻呢?”吴敏应诺,次日即以李纲之言上闻。徽宗召纲面议,李纲即刺臂流血,书成数语入陈。徽宗见是血书,不禁为之动容,因览其奏道:

> 皇太子监国,礼之常也。今大敌入攻,安危存亡,在呼吸间,犹守常礼,可乎?名分不正,而当大权,何以号召天下,期成功于万一哉?若假皇太子以位号,使为陛下守宗社,收将士心,以死悍敌,则天下可保矣。臣李纲刺血上言。

徽宗览奏,遂决意内禅。次日视朝,亲书“传位东宫”四字,付于蔡攸,攸不便多言,便令学士草诏,禅位于太子桓,自称道君皇帝。退朝后,召太子入禁中。太子进见,涕泣固辞,徽宗不许,乃即位,御垂拱殿,朝见百官,是为钦宗。礼成,命少宰李邦彦为龙德宫使,进蔡攸为太保,吴敏为门下侍郎,俱兼龙德宫副使。尊奉徽宗为教主道君太上皇帝,退居龙德宫。皇后郑氏为道君太上皇后,迁居宁德宫,称宁德太后。立皇后朱氏,后系武康军节度使朱伯材女,曾册为皇太子妃,至是正位中宫。追封后父伯材为恩平郡王。授李纲兵部侍郎，耿南仲签书枢密院事，遣给事中李邺赵金军，报告内禅，且请修好。

斡离不闻知宋朝另易皇帝，其太史亦称南朝帝是复明，不及遣还李邺，即欲北归。郭药师道："南朝未必有备，不妨进行。"斡离不从其言，进陷信德府，驱军而南，寇氛益炽。太学生陈东，率诸生伏阙上书，数蔡京、童贯、王黼、梁师成、李彦、朱勔之奸，指为六贼，乞诛之以谢天下。其书陈进，时已残腊，钦宗因预备改元，一时无暇计及。次年为靖康元年，正月朔日，受百官朝贺。退诣龙德宫，朝贺太上皇，诏中外是庶，直言得失。李邦彦居中主事，遇有急报，方准群臣进言，稍缓即阴加阻抑，当时有"城门闭，言路开，城门开，言路闭"的传言。忽闻金斡离不陷相、浚二州，梁方平所领禁军，大溃于黎阳。河北、河东置制副使何欢，退保滑州，朝廷非常惶急。那些误国奸臣，得了这信，不问国家如何，先行收拾行李，捆载财物，携带娇妻美妾，爱子宠孙，料理逃走。第一个要算王黼，逃得最早。第二个便是蔡京。连太上皇也整备了行装，要想东奔了。未知逃得脱否，且看下回分解。

第六十三回　罢战议和益炽寇氛　去忠留奸竟犯众怒

却说王黼、蔡京闻得金军已至河北，黎阳禁军溃散，他们便收拾财宝，载运妻子，暗中逃走。连太上皇也收拾行装，预备东奔。当有吴敏、李纲，请诛王黼等，以申国法，钦宗乃贬王黼官，窜置永州。潜令开封府聂昌，遣武士杀黼，黼至雍丘南，借宿民家，为武士追及，枭首而回。李彦赐死，籍没家产。朱勔罢归田里。在钦宗也可以算从谏如流了。但是，朱勔的罪，更浮于王黼诸人。勔在东南二十年，百姓始终受其毒害。官至宁远军节度使，所获金银财帛不可胜计。家中池馆亭台，可比上苑；服饰器甲，僭拟乘舆。借挽舟载运为名，募兵三千，专为自保，当是称为东南小朝廷。南方刺史郡守，大都出其门下，甚至厨役厮养，势力也十分浩大，官员亦须小心侍候。朱勔更颐指气使，视若奴隶。现在只将他放归田里，他也乐得回去享福，岂不是赏罚不均么？

单说金兵既抵大河，梁方平的禁军在河北岸，见贼奄至，遂即奔溃。河南守桥兵士，望见金兵的旌旗，也就烧断了桥梁，四散奔去。宋兵在河南的，竟无一人。金人以郭药师为向导，觅取小船渡河。骑兵先渡，渡了五日，方才完毕，又渡步兵，并不见一个南军。金兵皆纵声大笑道："南朝可谓无人了，这样大河，若用一二千人守在河口，我们如何能安然渡过呢？"等到渡河既毕，重整队伍，进攻滑州，何欢又弃城逃回。这个消息传入汴京，太上皇不胜惊惶，便要整装东行。当命蔡攸、宇文虚中为行宫副使，奉太上皇出都，童贯率领捷胜军护驾。你道什么捷胜军？原来，童贯在陕西的时候召募壮年长大的关西大汉，作为他自己的亲军，约数万人，赐名为捷胜军，此时遂用以保护上皇，名目是护跸，实在是保卫他自己的。上皇的车驾，将过浮桥，卫士皆随辕悲号，都要随行。童贯恐前进不速，被金兵追及，即命胜捷军用箭乱射，卫士方才退去。还有高俅，也随驾而行。上皇竟由亳州而赴南京。

钦宗送了太上皇，回阙以后，李邦彦、白时中也劝钦宗御驾，暂幸襄邓，以避敌锋。独李纲慷慨言道："太上皇原为要人代守宗社，所以托付陛下。若陛下也抛弃了宗社而行，如何可以对太上皇呢？"钦宗听了此言，默然不语。白时中在旁说道："金兵盛，京城万不可守，不如暂幸它处，岂不玉石俱焚么？"李纲道："京师城坚壕深，如何便能不守，况且宗庙社稷，百官万民，都在此处，若不能守，还有什么地方可以去呢？现在没有它法，只有整顿人马，固结人心，坚守都城，等待勤王之师到来。金人远军深入，不能持久，自然退去了。"钦宗便道："要守必要有人为将，卿看何人可以为将呢？"李纲道："白时中、李邦彦虽然未习行军，但即为宰相，自然应负责任，无可推诿的。"白时中听了这话，不觉怒气冲天道："李纲既如此说，想他总能够冲锋陷阵杀退敌兵的了。陛下何不就命他去哩？"李纲道："陛下用不着臣，如果命臣前去，安敢不尽死力！"钦宗见李纲这样忠诚，即命纲为尚书右丞东京留守，李纲奉命谢恩。内侍忽来奏道："中宫已经启行。"钦宗不禁颜色更变，猝然步下御座道："朕也不能再在这里了。"李纲涕泣再拜道：

"陛下万不可去,臣当为陛下死守京城。"钦宗嗫嚅道:"朕今为卿留京,惟一切治兵御敌之事,均以委卿,千万不可疏虞!"李纲涕泣受命而退。次日李纲入朝,忽见禁军卫士,悉已擐甲,乘舆亦已驾好,知是又要出京了。李纲无法可想,只得急呼卫士问道:"你们是愿守宗社呢,还是愿意从皇上出幸呢?"卫士齐声应道:"愿意死守宗社。"李纲乃入奏道:"陛下已许臣留,奈何复欲戎行。试思,六军的亲属皆在都城,谁肯抛弃而去,万一中道散归,何人保护陛下。况且敌寇已近,若探知陛下出幸,命轻骑疾追,陛下又将如何御敌呢?"钦宗听了这一番言语,方才大悟,传命将中宫追召回来,御驾亲登宣德门,宣谕六军。军士皆拜伏地上,三呼万岁。嗣又下诏亲征,命李纲为亲征行营使,许便宜行事。李纲急登京城四壁,缮修守具,草草告竣,金兵已抵城下。据牟驼冈,趋天驷监,获马二万匹,刍豆如山。因郭药师从前在京时,曾往打球,故导金兵往据云。白时中畏惧辞职,以李邦彦为太宰、张邦昌为少宰。

钦宗召群臣议和战事宜,惟李纲主战,李邦彦等皆主和。先是钦宗即位,遣给事中李邺使金营,告内禅,并请修好。李邺自金营归,盛夸虏强我弱,谓虏的人马,如虎如龙,上山如猿,下水如獭,其势如泰山,中国如累卵。当时号李邺为六如给事。因此李邦彦等栗栗危惧,钦宗亦十分畏怯,竟从邦彦等议和之言。命员外郎郑望之防御,使高世则,出使金营。途遇金使吴孝民正来议和,遂与偕还。谁料吴孝民尚未入见钦宗,金兵已进攻通天,正阳门甚急。李纲登城守御,督将士运蔡京家山石叠门,坚不可破,又率将士在城上极力抵御。金兵又攻陈桥、封兵、卫州门。李纲尽力挎战,自卯至酉,杀贼数千。到了夜间,又缒敢死士千人下城,杀入金营,砍死酋长十余人,兵士百余人。斡离不经此一番创衄,也就有些疑惧,勒兵暂退。次日,金使吴孝民入见,责问纳张珏等,并索交童贯、谭稹等人。钦宗答道:"这是上皇朝事,朕未曾开罪邻邦。"孝民道:"既是先朝事,不必再计,应重立誓书修好。愿遣亲王宰相,赴我军议和。"钦宗当即应许,令同知枢密院事李棁与吴孝民同往。李纲奏道:"李棁怯懦,去必误事,臣愿代棁前往。"钦宗不许道:"城守之事,仗卿维持,如何可去。"

李棁既至金营,斡离不高坐堂皇。营里营外,兵卫森严,刀枪剑戟,白如霜雪。李棁见了这般情形,吓得魂胆俱丧,战战兢兢,爬在地上,从营外膝行而入。到了斡离不座前,只是叩头,连一句话也说不出。斡离不却高声喝道:"我要攻破汴京,易如反掌,因为看着少帝情面,所以按兵不进,暂存赵氏宗社,这乃是莫大之恩,应该知感。现在既要求和,一要输金五百万两,银五千万两,牛马万头,表缎万匹,为犒赏军队之费;二要割让中山、太原、河间三镇于我朝;三要宋帝以伯礼事金;四要以宰相亲王各一人为质。就是这四件条款,你可回去说明,倘有一件不允,立刻进兵攻城。"说罢,又取出一纸,掷与李棁道:"恐你记不清楚,可将这件带回。"李棁吓得冷汗直流,也不辨他说的什么,及至条款掷下,接到手中,也看不清写的何事。但听得一声去罢,便连连叩头,退出营外,好似得了命一般,飞奔回来,将这条款,呈于钦宗。钦宗看了,又忙召宰相商议。李邦彦力劝钦宗,不必同他计较,快些依了他的条件,就可退兵了。李纲却抗声道:"金人要索至此,如何可从?"李邦彦又争道:"兵临城下,迫在倾刻,宗庙震惊,社稷岌岌可危,除了依从他的条款有何别法?"李纲冷笑道:"你只知道依从他可以敷衍了事,你可知道条款我能履行吗？第一条要这许多金银缎匹，牛马牲口，就是括收全国，也恐不及此数。都城里面，一时之间，如何能取得出呢？第二条要割让三镇，这三镇地方，乃是国家的屏蔽，屏蔽撤去，如何还可以立国？第三条更不容辩论了，两国平等，如何有伯侄的称呼？第四条遣质一层，也只能遣宰相去，不能遣亲王去。”钦宗道：“据卿所言，无一可从。倘若全城失陷，如何是好？”李纲答道：“依臣愚见，为目前之计，只有先遣辩士与他假意磋商条款，迁延数日。勤王兵至，不怕金人不退。那时节我的实力已足，再与议和，自然没有这许多要求了。”李邦彦道：“金人何等奸狡，他肯迁延时日，等我勤王兵到吗？现在京城尚且不保，还论什么三镇呢？至于金银牛马，更加不足较量了。”张邦昌也附和着邦彦，赞成和议，说李纲一偏之见，保全京城要紧。李纲再要辩论，钦宗道：“卿可速去治兵，守御京城，和议一事，朕自有主张。”李纲只得退出，前去巡城。不料李邦彦、张邦昌竟遣沈晦，前往金营，将所有条款，一一依从。等到李纲得知要想阻止，已经来不及了。只是忿恨嗟叹，气闷不已。

既已允许条约，第一件便要输出金银。钦宗只得下诏，括借都城金银，可怜把倡优们的家财都括搜了，集聚起来，只得金二十万两，白银四万两。民间已一空如洗，还远不及金人要求之数，只得恳求金人，展限续缴。第二件先奉送了三镇地图。第三件赍交誓书，允许伯侄。第四件是遣质，当下派了张邦昌为计议使，奉康王构往金营为质。那康王构乃徽宗第九子，系韦妃所生。将生康王之前一夜，徽宗梦吴越王钱俶，以手挽御衣道：“我好意来朝，你家便留我不遣，终须还我山河社稷。”韦妃亦梦金甲神人，自称钱武肃王，谓当令第三子来，索还河山。梦中惊寤，遂生康王，初生之时，红光满室。宣和二年，晋封康王，后来接位南京，建都杭州，果符梦兆。当下康王构，奉了往金营为质的诏命，倒也镇静如常，并无惧色。那张邦昌初时与李邦彦力主和议，不料和议将成，自己倒要往金营去为质起来，这个苦处，真是哑巴吃黄连，再也说不出口，只得于临行时，要求钦宗亲御署批，无变割地之议。钦宗却不肯亲署，只说：“朕自知道，卿去就是了。”邦昌流泪而出，与康王构开城渡壕，往抵金营。

适值都统制马忠，从京西募兵入卫，见金兵劫掠于顺天门外，遂指挥兵将冲杀金兵，将他驱退，四面一路，稍稍通行，勤皇兵得达京城。其时，种师道，已奉命起复为两河置制使，听得京师为金兵所围，调取了泾原、秦凤两路的人马，兼程入援。都人因种师道年纪已老，尽称为老种，听说他的兵来，皆额手相庆道：“好了！老种到了。”钦宗闻得种师道兵至，也为欣然，立刻命李纲开安上门，迎问慰劳，并召他入朝。

种师道进城，晋见钦宗，行礼既毕，钦宗问道：“今日之事，已甚危逼，卿意如何？”师道回奏道：“女真不知兵，安有孤军深入，能够久持不疲的么？”钦宗道：“现在已与他讲和了。”师道道：“臣以军旅之事事陛下，不知道旁的事情。”钦宗道：“京中正缺统帅，卿来还有何言。”遂命为同知枢密院事，充京畿河北河东宣抚使，统率四方勤王兵，及前后军。时金使王汭，正在殿上，装模做样，不肯行仪。一眼瞧见种师道，侍立钦宗之侧，不觉为之气慑。遂恭顺了许多，跪拜尽礼，不敢失仪。钦宗笑对师道道：“这皆是得卿前来，方能如此。”未几，姚古子、姚平仲、种师中、折彦质、折可求，皆各引勤王兵到来，大军云集，多至二十万人，京师人心为之稍安。

斡离不仍驻兵城外，日肆要求，且逞兵屠掠不已。后见勤王兵四集，乃稍稍敛迹。李纲献计于钦宗道："金人贪而无厌，势非用兵不可。且敌兵仅六万人，若扼守河津，截其饷道，分兵克复畿北各县，再用重兵压敌，坚壁勿战，待至食尽力疲，然后用一檄，取誓书，废和议，纵令北归，半途邀击，定可获胜。"种师道亦赞成此策。钦宗乃饬令各路兵马，约期举事。那姚平仲却说道："和就不必战，要战应该从速。"这两句话，又把钦宗弄得疑惑不定起来。原来这姚平仲，世为西陲大将，自幼丧父。从父姚古，养为己子，年十八，与夏人战于臧底河，杀伤甚众。童贯召见与语，平仲不为稍屈，童贯不悦，抑其功赏。睦州方腊之乱，童贯奉命征讨，心中虽不喜平仲，但服其勇敢，调取偕行。及方腊既平，平仲之功冠一军，遂对童贯道："平仲不求官赏，但愿一见皇上颜色。"童贯愈加猜忌，将王渊如、刘光世等辈，皆得召见，独平仲不得召见，实由童贯嫉妒所致。钦宗在东宫时，已知其名，及平仲引兵勤王，立即召见福宁殿，授为都统制，厚赐金帛，并许功成之日，有不次之赏，因此平仲急欲立功自见，故有速战之议。钦宗亦因深信平仲，遂召李纲入问。纲听说士欲速战，亦不愿坚持前议，因退出与种师道计议，预备出战。姚平仲进言道："虏已骄甚，必不设备。我今拣选精锐，乘夜劫营，非但可以取还康王，就是斡离不也可生擒活捉了来。"师道摇首道："只恐未必如此容易。"平仲道："如若不胜，甘当军令。"李纲道："且去一试，我们在后接应便了。"计议已定，等到夜半，平仲率精兵万人，出城劫寨，专向中营砍入，不意冲了进去，乃是一个空寨，已知中计，连忙退了，四面伏兵齐起，斡离不亲自指挥，来围宋军。平仲拼命厮杀，冲开一条血路，逃得性命，惟恐回块获罪，竟自遁去。李纲率兵出援，至幕天坡，恰值金兵乘胜追杀，急令兵士用神臂弓射住，方得收兵入城。师道等接入，李纲不胜追悔！师道道："今夜发兵劫寨，原是失策。惟明日却不妨再去，这是兵家出其不意的奇谋。如再不胜，可每夜用千人，分道往攻，但求扰敌，不求胜敌。我料不出十日，寇必遁去了。"李纲称善其言，次日奏知。钦宗默然不语。李邦彦道："昨夜已经失败，今夕何可再举。"遂将师道之计，阻止不行。

那斡离不得胜回营，自幸有备，未至失败，便召过康王构、张邦昌，责以用兵违誓，大肆咆哮。邦昌吓得涕泣不止，康王构却挺然直立，神色自若。斡离不瞧着，因命二人退出，私语左右道："我看这个宋朝亲王，恐是将门子孙来此假充的，若真是个亲王，生长深宫之中，哪有这般胆量？"斡离不语未毕，有金国的亲王接口说道："我也疑他不是真的，正要前来告知哩。"斡离不忙问因何知他不是真的，亲王道："前日我与康王在宫中习射，他连发三矢，竟如连珠一般，枝枝皆中红心。若不是将门之子，假冒着亲王前来，岂能习熟武艺，精于技射呢？"斡离不听了这话，愈加相信康王不是真的，遂遣王汭入城，责问何故背盟劫营，且令易他王为质。

王汭奉命入城，见了李邦彦，把斡离不的言语一一告知。李邦彦正在深恨李纲，忌他成功，便一口推在李纲身上，道："用兵劫营，都是李纲、姚平仲的主意，朝廷并不知道。"王汭道："李纲等如此胆大妄为，因何不加罪责呢？"李邦彦道："姚平仲已畏罪远遁，只有李纲，尚在朝中。我当奏闻皇上即日罢免。"王汭闻言，方才回去。邦彦入宫，不到数刻，即有诏罢李纲职，废亲征行营使，并遣宇文虚中，往金营谢过。虚中方出，忽然宣德门前，一片人声，喧扰不已，那登闻鼓，却打得山一般响。钦宗吃了一吓，忙命吴敏前往观看,为了何事如此喧嚷。吴敏去了片刻,持了一本奏章回来,陈于钦宗道:“就是前次请杀六贼的太学生陈东,聚了许多士庶军民,请陛下仍用李纲。”钦宗忙将奏章展开观看,大略说李纲奋不顾身,乃社稷之臣;李邦彦顾全身家,乃社稷之贼,忠奸不能并立。所以李纲巩固社稷之策,皆为邦彦所破坏,而惟恐其成功。今陛下去忠留奸,将置国家于何地,非但中了邦彦的奸计,而且中了金虏的毒计了。钦宗看了奏章,正在迟疑,那门外的喧声,更加厉害。又有内侍匆忙的报说满城的百姓,都聚集来了。知钦宗怎样发付众百姓,且看下回分解。

第六十四回　促进兵老将捐躯　通蜡书宰相误国

却说门外的众百姓,因为闻得陈东率了太学生,请用李纲,大家都来帮助。一时之间,聚集了万余人,声势汹汹,把登闻鼓几乎击碎。守门的内侍,瞧着情势不好,忙来报告钦宗道:"宣德门下军民人等,约有数万,请陛下仍用李纲,无术遣散,恐防生变,望陛下详察。"钦宗没了主意,只得召李邦彦来计议。李邦彦奉诏入朝,被军民瞧见,一齐围将拢来,数落他的罪恶,破口大骂。有几个在前的,便举手去打,还有用着石块乱掷的。李邦彦头上的朝冠,腰间的玉带,都被百姓打在地上,踏得粉碎。还亏邦彦跑走得快,没有受着重伤,已是吓得面如土色。到了钦宗御前,还是浑身发抖,连一句话也讲不出来。钦宗又命吴敏出去宣旨,令百姓速退。众人哪里肯听,索性连登闻鼓的架子,都拆去了。

殿前都指挥王宗楚,请钦宗复用李纲。以顺舆情。钦宗无法,命内监朱拱之去召李纲,耿南仲奉旨出外宣谕,立在门楼上面,大声喊道:"皇上已有旨意,复用李纲,已去宣召了。"众人齐问何时去的?耿南仲道:"旨意下了许久了。"众人又道:"派哪个去的?"南仲道:"派内监朱拱之去的。"众人又喧哗起来道:"既然如此,为何不见他出来?敢是他不愿意李相公复用吗?"正在嚷着,朱拱之骑了马,从门内出来。众人不问情由,一拥齐上,都嚷说这贼太监不愿意去召李相公,我们就打这贼太监。便你一拳,我一脚,把朱拱之顿时打死,连那匹马,也踏成肉泥。有几个太监上前阻止,众人又牵怒到太监身上,接连打死了几十个。直至钦宗命户部尚书聂昌,传出旨来,复李纲原官,兼充京城西壁防御使,方才欢声雷动,齐呼万岁。欢呼已毕,又要请见种老相公。聂昌传闻于上,钦宗忙召种师道,进城弹压。师道奉召,乘车疾驰而至,众人争揭车帘,审视不错,齐声欢呼道:"果是我种老相公。"乃欣然散去。次日下诏饬捕擅杀内侍的首恶,并禁伏阙上书。王时雍便奏请尽罪太学生,士民又复大哗。钦宗忙命聂昌宣旨,令他们静心求学,毋干朝政,将用杨时为国子监祭酒,即有陈请,亦可由他转达。诸生都大喜道:"得龟山先生前来,尚有何言?我等自然奉命承教,不敢有违了。"

你道这龟山先生又是何人?原来杨氏的别号,叫作龟山,乃南剑州人氏,与谢良佐、游酢、吕大防皆师事程颢。程颢既殁,又师事程颐,尝于冬夜,偕游酢往见。程颐瞑目危坐,杨时、游酢端然侍立于旁。及颐开目省视,不觉门外已雪深三尺,程颐极为叹赏,遂将所学,尽行传授。及程颐殁后,人皆称为伊川先生,并称伊川学术;惟谢、游、吕、杨,尽得真传,因此号为程门四先生。蔡京闻杨时之名,于宣和元年,荐任秘书郎,进擢迩英殿说书。及金兵围困都城,杨时上疏,请黜内侍,修战备,钦宗特命为右谏议大夫,兼官侍讲。至是太学生伏阙上书,请留李纲,聚众万余人,击死内侍。廷议以为暴动,欲加罪太学生。杨时又上言诸生因出于忠诚,并无它意。能择老成愿望之人,为之监督,即可不致逾越范围。钦宗深善其言,有意欲用杨时,督率诸生,故命聂昌传旨。

及聂昌复命，陈述太学生闻杨时将为祭酒，皆欢欣鼓舞，情愿承教的状况，钦宗更不狐疑。即命杨时兼国子监祭酒，并除元佑党籍，学术诸禁，且追封范仲淹、司马光、张商英等官爵，太学生从此安静许多。

且说宇文虚中奉了旨意，向金营而去，不管死生，冒着矢石，好容易到得金营。坐在风沙地上，也没有人前来理他。只有许多雄赳赳，气昂昂，怒眉横目的兵卒，手里执定明晃晃的刀枪，把他围住，直从巳刻围至申刻，还不肯放他。宇文虚中分辨，即命退出。次日便令王汭偕宇文虚中回城，要求朝廷把李邦彦、吴敏、李纲及驸马曹晟一齐交出，并催速割三镇，且要御笔画定地界及另易亲王为质。钦宗只得命徽宗第五子肃王枢为质，并诏割三镇畀金。王汭回营复命。斡离不见了肃王，方将康王、张邦昌放回。且因李纲复用，下令军中有能斩金人首级来献的，皆有重赏。将士人人奋勇，斡离不防不胜防，遂不待金币数足，便遣使告辞，带了肃王枢，径自北去，京城解严。

种师道请临河攻击，李纲请用寇准澶州讲和故事，遣兵护送。钦宗乃命姚古、种师中、折彦质等，领兵十余万，数道并进，候有便利，并力击之。李邦彦恐诸将有邀击之功，密奏钦宗道："我新与金人讲和，岂可听诸将邀击之计，以阻和议。"钦宗惑于邦彦之言，又立大旗于河东河北两岸，上面写道："准敕有擅用兵者，依军法。"诸将之气为之索然。

御史中丞吕好问进谏道："金人得志，益轻中国，秋冬必倾国而来。当速讲成军备，无再贻误。"钦宗不听，惟颁诏大赦，除一切弊政。李邦彦为言路所劾，出知邓州，张邦昌为太宰，吴敏为少宰；李纲知枢密院事；耿南仲、李棁为尚书左右丞，诏诸将还镇，并罢种师道官。

未几，有金使从云中来，言奉粘没喝之命，来索金币。辅臣又说他要索无礼，拘住来使。粘没喝大怒，即分兵向南北关，平阳府，叛卒竟引金兵入关中。粘没喝见关城坚固，险要异常，不觉叹息道："有这样险峻的关隘，竟令我安然越过，南朝可谓无人了。"遂挥兵直达成威胜军，守将李植，开门迎降。遂进攻隆德府，知府张确，殉难自尽。后闻泽州一带，守备尚固，仍退还云中，围攻太原。

钦宗得到警报，乃召群臣会议，金兵不守盟约，仍来侵扰，三镇应否割让。中书侍郎徐处仁道："敌已败盟，如何还要割三镇"。吴敏亦言三镇决不可弃，且荐徐处仁可为宰相。于是钦宗又复变计，因张邦昌、李棁两人，素来主张和议，即行免职，擢徐处仁为太宰；唐恪为中书侍郎；何栗为尚书右丞；许翰同知枢密院事，且下诏道：

> 金人要盟，终不可保。今粘没喝深入南关，陷隆德，先败盟约。朕夙夜追咎，已黜罢原主议和之臣。其太原、中山、河间三镇，保塞陵寝所在，誓当固守。

诏书既下，起复种师道为河北河东宣抚使，出屯滑州；姚古为河北置制使，率兵援太原；种师中为副使，率兵援中山、河间。种师中渡河，追斡离不出北鄙，乃令还师。姚古亦克复隆德府及威胜军，固守南北关。钦宗闻得捷报，心下颇觉欣慰，正要迎回太上皇,以便朝夕侍养,忽然发生了一种谣言,说是太上皇将要复辟的先兆。钦宗听了这些谣言,不免也疑惑起来。那班内侍们,本来专喜兴风作浪,没有事情,还要装点些出来,讨皇上的欢喜,何况有了这种谣言呢?便有几个内侍都劝钦宗严为防备。钦宗还在踌躇,太上皇忽然又打发内侍来说:“大驾已经回至南京。”取出太皇手谕,责问近来何故改革以前的政事,是哪个的主张?”又传谕吴敏、李纲去当面问话。当下见了这个手谕,非但钦宗心内惊惶,满朝的人,都危惧起来了。独有李纲泰然说道:“这又何足为奇,上皇在外,自然记念朝廷政事,不能放心,急于要知现在的情形,乃是极平常的事。待我到南京去,面见上皇,就明白了。”钦宗听了此言,急命李纲前往迎请上皇回銮。

李纲奉了命令,星夜赶至南京,叩见上皇。先申皇上思慕之忱,并说特命臣来迎请上皇回宫奉养。上皇果有不悦之意,冷笑了一声,问道:“我出外了一年有余,身边带的几个人,蔡京父子都贬了官,童贯也仅剩了一个虚衔了,这不是有意来逼迫我,而且逢着几次换季,应进奉的衣服用品都不见来,这是何故?”李纲道:“贬谪诸人,乃是自出公论,并非皇上之意。至于不进陈御用衣服,乃因当时金人逼近,惟恐其得知行宫所在,反致两面照顾不到,全是保护陛下安宁的意思,并无别故。臣亲见皇上,每次接奉陛下诏书,必忧惧数日,不能进膳。现在臣却有个譬喻,比如人家家长出外,家中忽来无数盗贼,做子弟的,不能不从权办理。待至家长归来,只能原谅子弟保守田园,不致损失,加以奖勉,不能挑剔子弟的小过了。倘若吹毛求疵起来,做子弟的,还有立足之地吗?臣请陛下回銮之后,须要安慰皇上才是。”上皇闻言,大为感悟,以玉带及金鱼、象简赐之,且谓纲道:“此次保安社稷,你的功劳很是不少;再能调和我们父子之间,不生猜疑,将来更可传名了。”李纲叩谢回都,奏知钦宗。钦宗也很喜慰!

靖康元年四月,太上皇启驾还都,钦宗迎奉如仪,立皇长谌为皇太子。谌系皇后朱氏所生,素为徽宗所钟爱,赐号嫡皇孙。因此上皇回朝,特立为太子,以便侍奉太上皇。左谏议大夫杨时,奏劾童贯、梁师成等罪状,侍御史孙觌等,复极论蔡京父子过恶,乃贬梁师成为彰化军节度副使。蔡京为秘书监,童贯为左卫上将军,蔡攸为大中大夫。太学生陈东、布衣张炳,又力陈梁师成等罪恶,遂遣开封吏,追杀师成,藉没其家产。再贬蔡京为崇信军节度副使,童贯为昭化军节度副使,蔡京天性凶狡,四握朝政,毒流四海,士大夫莫不切齿痛恨。童贯掌兵柄二十年,与蔡京表里为奸,专结后宫妃嫔,馈遗不绝于道。左右妇寺,交口称誉,因此终徽宗之世,信任不衰,权倾中外,百官宰执,多出其门,穷凶极恶,擢发难数。都中常有歌谣道:“打破筒,拔了菜,便是好世界。”“筒”与“菜”,暗寓童、蔡二姓。自有诏再贬,言官更群起弹劾,便是童贯、蔡京的私党,也恐祸及己身,交章攻讦。右正言崔鶠的弹章说得更为透彻,大略道贼臣蔡京,奸邪之术,大类王莽,收天下奸邪之士,以为腹心,遂致盗贼蜂起,夷狄动华,宗庙神灵,为之震惊云云。遂有诏,复窜蔡京于儋州,赐其子攸、翛自尽。翛平时稍持正论,奉诏后,慨然道:“误国至此,死亦其分。”遂服毒而亡。蔡攸还犹豫不决,左右授以绳,乃自缢而死。季子蔡绦,窜死白州。惟蔡鞗以尚主免流。余子及诸孙,皆分徙远方,遇赦不赦。蔡京赴儋州,后又量移至潭州,押送使臣为吴信。信为人小心,事京甚谨。京感旧泣下,当独饮,命信对坐,谱西江月词一阕,自述道:

八十衰年初谢，三千里外无家。孤行骨肉各天涯，遥望神州泣下。金殿五曾拜相，玉堂十度宣麻。追思往日谩繁华，到此反成梦话。

蔡京居住潭州，终目忧愁怨恨而死，年八十余。童贯亦被窜吉阳军。行至南雄州，忽有京吏，飞马前来，向贯拜伏道："朝廷有旨，赐大王茶药，将宣召赴阙，命为河北宣抚使，小吏先来驰贺，明日中使就到了。"童贯拈髯笑道："却又少我不得。"遂令京吏留侍，伫装以待。次日上午，御史张澄，果然奉诏而来，童贯出迎，澄命跪听诏书。诏中历数十大罪恶，将要宣毕，昨日驰马报信的京吏，立于其后，急拔利刃，枭取童贯首级。原来这个报信的京吏，乃是张澄随行官装扮的。张澄深恐童贯久握兵柄，诡计多端，不肯受刑，所以先命随行官改装前来，诈言召用，出其不意，把他杀了，免得生变。相传童贯状貌魁梧，颐下生须十数茎，皮骨如铁，不类阉人。伏诛后，张澄首驰归，众皆称快！还有梁方平、赵良嗣等，亦次第伏诛。朱勔后亦有诏诛死，惟高俅但削太尉官阶，竟获善终，也算侥幸了。后人有诗咏六贼次第伏诛道：

权奸误国祸机深，开国承家戒小人。
六贼诛灭何足道，奈何二圣远蒙尘。

蔡京、童贯等六贼虽诛，耿南仲、唐恪，并起用事。杨时在谏垣，仅九十日，即劾致仕。种师道荐用河南尹惇，也是程门高弟，奉召进京，见朝政日非，即日乞归。其时太白、荧惑、岁星，聚于张；彗星出东北，长数丈，北扫紫薇垣，扫文昌。天象如此，廷臣尚奏称为夷狄将衰之兆，不足为中国忧。因此战略不加修，边防尚未固，反欲守三镇，逐强寇，哪里能够呢？

其时金粘没喝攻太原，姚古、种师中，奉命往救。姚古复龙德府、威胜军，师中亦克复寿阳、榆次等县。朝廷因两军得胜，屡次催促进兵。师中老成持重，不欲急进。朝廷便降诏责他逗挠不进，师中叹道："逗挠乃兵家大戮，我自结发从戎，未尝退怯，今年已老，还肯受这个罪名么？"即挥兵径进，并约姚古等夹攻。兵至寿阳，与金兵相遇，五战三胜，趋杀太岭，离太原百余里，静待姚古会师前进。谁知姚古失期不至。师中进军时，所有辎重，均未随行，兵士尽皆饥疲。金兵又四面围来，师中部下，还是忍饥耐饿，上前死战，绝不退怯。自卯至巳，兵力疲极，土卒皆怨忽散去。师中仅剩亲兵百余人，力战不退，身被四创，没入阵中而亡。金兵乘胜杀至盘河驿，与姚古兵相遇。姚古稍战即溃，退保隆德。种师道闻弟战死，悲伤成疾，称病乞归。

朝廷接得败报，耿南仲、唐恪等，又惊惶异常，意欲抛弃三镇。李纲独持不可，钦宗遂命李纲为宣抚使，刘鞈副之，往代师道。李纲奉命而往，查得姚古后期为统制焦安节所误，遂召焦安节，数罪正法，且奏请贬谪姚古，抚恤种师中。遂赠种师中为少师，谪姚古至广州，以解潜为置制副使代之。李纲留守河阳，练士卒，修战备，进至怀州，大造战车，誓师御敌。令解潜屯威胜军；刘鞈屯辽州；折可求、张思正，与慕官、王以宁等，屯汾州；范琼屯南北关，约三道出兵，共援太原。那耿南仲、唐恪，又忌李纲成功，重主和议。

令解潜、刘韐仍受朝廷指挥,不必遵李纲节制。徐号仁、许翰等又主张速战,催促诸将,速援太原,刘韐恃勇轻进,为金兵杀败退回。解潜抵南关,亦为金人所败。张思正等率兵十七万,竟至溃散,折可求溃退。子夏山、威胜、隆德、汾、晋、泽、绛的人民,均闻风惊避,渡河南奔,州县为之一空。李纲上疏言节制不专,致有此败。从此以后,应合成大军,由一路进,当有把握。这疏方上,朝旨已竟到来,召李纲回去,命种师道接任。

最可笑的是宋朝宰相,不知练兵选将,备御敌人,反想诱结亡辽旧臣,暗中图金,以致强敌入寇,把宋朝的江山送去了一大半。原来,宋廷自肃王枢为金兵携去为质,也将金国的使臣萧仲恭、赵伦留下,不肯放回。副使赵伦,惟恐老死中国,不得还乡,便想出一条计策,谎骗馆伴使刑倞道:"金国有个耶律余睹,与我等皆是辽臣,不得已而降金的,意中却深恨金人,倘有机可乘便要恢复故国。贵国若肯相助,我当回去联络耶律余睹,除去了斡离不、粘没喝两人,贵国可以安枕无忧,我国也可以兴灭继绝了。"刑倞信以为真,忙告知吴敏等人。吴敏等也以为耶律余睹、萧仲恭都是辽臣,不免有亡国之恨,因此也甚相信,便与萧仲恭、赵伦商议妥当,奏明钦宗,放二人回国。另外又写了一封信,约耶律余睹做内应,用蜡丸封好,交于萧仲恭带去。岂知萧、赵两人回至金国,先将腊丸信送至粘没喝,将宋人的计划,尽行吐露出来。粘没喝便转陈金主,金主大怒,已有侵宋之意,又有折可求,也向宋廷报告,说辽国的梁王雅里,在西夏之北,也想结交宋廷,报复仇恨。吴敏也信以为真,入奏钦宗,通信于梁王雅里。走到路上,又为斡离不截住,搜出信来,奏知金主。金主愈加忿怒。立命粘没喝为左副元帅,从云中进发。斡离不为右副元帅,从保州进发,两支人马,分道南下。未知宋廷如何抵挡,且看下回分解。

第六十五回　**挖目脔肉庸臣结果　割须弃袍老贼逃生**

却说金主以粘没喝为左副元帅，斡离不为右副元帅，分道侵宋。这次大举南下，兵精粮足，又是熟门熟路，连问道都不必用。粘没喝耀武扬威，率领大兵，直攻太原。城中粮饷已竭，军民十死八九，哪里还能再守？城遂被陷，知府事张孝纯被获，粘没喝以为忠臣，劝令降金，仍为城守副都总管。王禀负太宗御容，赴水而亡。通判方芨，转运使韩揆等三十人，尽皆死难。金兵分队陷汾州、知州，张克戬全家死节。

消息传到宋廷，众辅臣又主和、主战，议论纷争起来。耿南仲、唐恪主和；徐处仁、许翰主战。吴敏本来主战的，此时也附和主和一派，与徐处仁反对。徐处仁以吴敏反复无常，遂与他当廷争执。吴敏不服，竭力辩论。徐处仁不觉忿怒已极，也顺不得身在御前，竟将御案上的墨笔，拿将起来，力掷过去，恰巧碰在吴敏的鼻梁上，划成一道墨痕，就同戏台上的小丑差不多。耿南仲、唐恪都在旁窃笑不已。吴敏忿极，竟要扭打处仁，还是钦宗连声喝阻，方才没有打起来。一场计议，遂无结果而散。次日御史中丞李回，便弹劾吴敏、徐处仁，连许翰也带在里面。钦宗遂将徐处仁、吴敏、许翰一同罢斥，用唐恪为少宰，何栗为中书侍郎，陈过庭为尚书右丞，聂昌同知枢密院事，李回签书枢密院事。当下决意主和，先将李纲贬知扬州府。中书舍人刘珏、胡安国，并言李纲忠心报国，不应外调，竟得罪了辅臣，刘珏坐贬提举亳州明道宫，安国也出知通州。南道总管张叔夜，闻得京城空虚，请统兵入卫，陕西置制使钱益，也要率兵前来。耿南仲、唐恪一意主和，飞檄驰阻，令其驻守原镇，不得无故移师，诸人只得折行而回。其余各处行营，皆已奉到停战的旨意，都坚闭营门，不管外事，一任金兵如何侵掠，视若无睹。宋廷又遣著作郎刘岑，太学博士李若水，分使金营，请缓师修好。及岑等还朝，说斡离不只索所欠金帛，粘没喝定要割与三镇。钦宗不得已，再遣刑部尚书王云，出使金军，许他三镇岁入的赋税。一面又遣给事中黄锷，从海道赴金都，请罢战言和。

试想此时的金兵，已经分道出发，乘锐南下，还有什么和议而言？金人明知宋廷怯懦、辅臣昏庸，故意的答应讲和，使他们不作预备，挥兵直入。粘没喝从太原直取汴梁，攻下平阳、威胜、隆德、泽州，到一处破一处，官吏悉皆弃城逃走。粘没喝兵抵河外，宣抚使折彦盾拥兵十二万，夹河而阵。李回亦有马军一万，也来到河上。粘没喝见宋朝军容甚盛便向部下道："若是对阵厮杀，未知谁胜谁负，不如先用虚声来吓他一吓，宋人都是胆小无用的，倒可以省些气力，也未可知。"遂下令军中不必出战。到了夜间，各营都敲起战鼓来，敲了一夜，到得天明去看宋军时，折彦盾的十二万人，全都溃散。李回的军马，也奔回京师。这一阵鼓声，果然比十万大军还厉害。粘没喝哈哈大笑，领兵渡河。知府杨燕瑛，河南留守西道总管王襄，都弃城逃走。永安军、郑州皆望风而降。粘没喝得步进步，过河之后也不提三镇了，遣人来说：要全得两河地方，划河为界。京师又戒严起来了。

那面的斡离不从井陉进兵，杀败宋将种师闵，长驱破天威军，攻陷真定。守将都钤辖刘竧自缢，知府李邈被虏北去。又进攻中山，河北大震。宋廷的辅臣，到了这时，还是坚持和议，接连不断的遣使求和。斡离不乃遣杨天吉、王汭，持了宋廷从前与耶律余睹的原书，入见钦宗，抗声问道："陛下不肯割畀三镇，倒也罢了。为什么还要恢复契丹呢？"钦宗嗫嚅道："这乃奸人所为，朕并未闻知。"王汭冷笑道："中朝素尚信义，奈何无信若此，现在只有速割三镇。并上我主徽号，献纳金帛车辂仪物，还可言和。"钦宗迟疑半晌道："且与大臣商议。"王汭道："商议商议，我军已渡河了。"言罢欲行，钦宗尚要挽留，王汭道："可命亲王往我军陈请，我等无暇久留了。"遂扬长而去。

钦宗十分惶急，只得下召徽四方兵勤王。种师道料知京师难守，上疏请幸长安。宰相反说他畏怯，下诏召还，令范讷往代。种师道奉诏回京，见沿途毫无预备，不胜痛恨，惟祈速死。过了数日，果然病殁。前次京师受困，全仗种师道、李纲竭力支持。现在种师道已死，李纲出知扬州，耿南仲、唐恪还不甘心，说他启衅召寇，贬为保静军节度副使，安置建昌军。适值王云从金营回来，说是金人必欲得三镇，否则进兵取京师。钦宗无法，只得命百官赴尚书省会议三镇弃守。耿南仲、唐恪力主割地，何栗道："三镇为国家根本，如何可割？"唐恪道："不割三镇，如何退敌？"何栗道："金人无信，割地亦来，不割亦来。"两人争论不已，仍是一场没结果。接着粘没喝又令人前来，要割两河，以河为界。廷臣听了，皆面面相睹，不敢发言。王云向钦宗说道："臣前日使金，曾由斡离不索割三镇，且要康王往谢。现若依他前议，当可讲和。万一金人不从，也不过如王汭所言，加上金主徽号，献纳车辂罢了。"钦宗无计可施，遂进王云为资政殿学士，偕康王赴金军，许割三镇，并奉衮冕玉辂，尊金主为皇叔，加上徽号至十八字。王云奉命，便与康王出师，由滑浚至磁州。知州宗泽，迎谒道："肃王一去不归，大王尚蹈其覆辙么？况且敌兵已竟逼近，所有讲和的话皆是欺谎之语，大王去亦何益，请勿前进。"康王遂留于磁州，王云尚再三催康王前行，康王不从。

次日，康王出谒嘉应神祠，王云也随侍康王左右。磁州人民，皆遮道谏阻，请康王不可北去。王云还不知进退，厉声呵叱。不觉激动众怒，齐声喊道："奸贼王云，尚想恃威恐吓？"人民一齐大怒，奔向前来，你一拳，我一脚，将王云立刻打死。康王带谕带劝，才把人民遣散开去。回到州署，已有知相州汪伯彦，遣人赍书，请康王赴相州。康王遂即往相。汪伯彦带领步兵，身服櫜鞬出城迎接。康王加以慰劳道："他日面见皇上，当以京兆荐公。"伯彦拜谢，康王乃留居相州。

忽有一个壮士，前来请见。康王立命延入，见他生得相貌堂堂，威风凛凛，英气逼人，心内颇为奇异，便问他姓氏。这人自称姓岳，名飞，表字鹏举，乃相州汤阴县人。原来这岳飞生时，有大鸟飞鸣屋上，因以为名。家世业农，其父名和，母姚氏，诞飞未尝弥月，适值内黄河决，大水淹至，飞母抱之，坐于缸中，随水飘流，幸得抵岸，才能抚养长大。这岳飞天生神力，能挽强弓三百斤，弩八石，闻得周侗善射，投拜为师，尽传所学。当刘韐宣抚真定，招募战士，飞遂往投，乞得百骑，至相州，剿平土匪陶俊、贾进和，至是家居无事，因来请见康王。王留作护卫。适相州有盗吉倩，跋扈异常。康王命飞前往招抚。飞奉了王命，单骑驰入盗寨，与吉倩角技。吉倩屡败，乃率众三百八十人，情愿投诚。飞引见康王,王嘉其功,授为承信郎。飞乃请王募兵御寇,康王乃一面请旨,一面招募兵卒,以防金兵,相州人心渐定。

单说京师,自康王与王云去后不见消息,朝中愈加惊惶,又遣侍郎冯澥、李若水往粘没喝军中议和。二人奉命而行,走至牟县,守河的兵丁都如惊弓之鸟一般,见冯澥等一班人,带了几个兵丁,只当是金兵到了,立时扰乱起来,倒把冯澥前站的人,惊的跑了回来,仓皇失色的说道:"请相公们从小路走罢,走大路去,恐要遇见金兵哩。"冯澥便问若水,意下如何?若水道:"现在这些把守关隘的兵丁,见敌即逃,已成习惯,我们如何可以学他们,岂不被金人所笑。尽管从大路而行,就是遇见敌人,不过一死罢了。"遂下令道:"有敢轻信谣言者斩。"这令下去,果然安静了许多。冯澥、李若水到了怀州,执知州霍安国等,胁降不屈,共杀死十二人。这时的气焰,正在不可一世,哪里还有礼貌待遇宋使。冯澥、李若水只得忍耻含辱入见粘没喝,申请和议。粘没喝反把二人呵斥了一场,立即驱逐出帐,遂与斡离不会师,直至汴京城下。斡离不屯刘来寺,粘没喝屯青城。

京城里面,仅有卫士和弓箭手七万人,分作五军,命姚友仲、辛永宗二人为统领。此时兵部尚书孙传,已擢同知枢密院事。他本来不习戎事,现在见京城被困,便想起从前邱浚的感事诗上面有一名"郭京、杨适、刘无忌",便在街市上面,觅取了一个姓刘之无忌的;又在龙卫里,觅得一个姓郭名京的,请了回来,当作神仙一样看待。这郭京、刘无忌,本是个奸狡无赖,见孙传如此供奉,乐得装模做样,骗些衣食。郭京便说:"善行六丁六甲的法术,只用七千七百七十七人,就可以生擒斡离不、粘没喝两人了。"孙传听了,立刻奏闻朝廷,钦宗也深信不疑,下诏授郭京为成忠郎,并厚赐金帛,令其自行召募。郭京奉了旨意,顿时意气扬扬,出了皇皇谕告,募兵保国。他那里募兵的法儿,又与寻常募兵不同,并不讲求身材体格,也不试验力量大小和年纪老少,只要年命里带了六甲的,就可以入册。京城中的人,明知他妖言惑众,并无本领,谁肯前去应募,因此郭京所募的,尽是些无赖乞丐,前去骗顿饭吃,借免饥寒的,所以不上十天,便已召募足额。及至金兵已抵城下,矢石乱飞,郭京还大酒大肉吃个不已,谈笑自若,人问他为什么不出去杀敌?郭京笑道:"我只要选了一个吉日,带三百人出城,便把金人杀得一个不留,直追到他们国内,连种都绝了。"于是京城里的无赖,都瞧着郭京眼红,一齐想得好处。有的自称六丁力士,有的自称北斗神兵,有的自称天阙元帅,终日里谈神说鬼,满地都是这些乞丐编成的军队了。

那斡离不,先遣人来计议割两河的办法。钦宗唯唯应命,遣耿南仲去报命,耿南仲推说年纪大了,不能前往。又遣聂昌,聂昌说有老亲在堂不能远离。陈过庭道:"身为大臣,连君忧臣辱这句话都不知道么?臣愿前往金营,虽死无悔。"钦宗流着泪,向南仲、聂昌喝道:"议和乃是你两人的主意,到了事到临头,又你推我诿起来,还成事情么?"便命南仲往河北斡离不军,聂昌往河东粘没喝军。聂昌退下,向人说道:"我此去不能回来了,两河人民素称忠勇,不肯归降金人,知道议和是我们的主意,一定不肯放我。我死在九泉,也不瞑目了。"行抵绛州,果然众百姓将城门关闭,不许聂昌进城。只得取出诏书,再三晓谕,人民只是不理。聂昌无法可施,只得从城墙上爬将进来,被钤辖赵子清喝令拿下，先把两眼挖出，然后一阵脔割，送了性命。这也是庸臣误国之报。

耿南仲在钦宗做太子时，就为东宫保傅，相依十年。南仲自以为资格甚老，后见吴敏、李纲皆是新进，位出己上，心中异常不快。遇事不顾是非利害，一味反对。这次金兵临城，李纲主战，他硬要主和，情愿割地亡国，就是这个缘故，现在奉了旨意，只得与王汭同赴斡离不军中而去。到得卫州，乡村人民都恨极了，齐说误国贼臣到了，立刻鸣锣聚众，要来杀他。王汭跑得快，跑了回去。南仲见势不妙，割须弃袍，逃往相州康王那里去了。这是金兵未曾到京时的事情。金兵既至，钦宗没法，只得遣使，持了蜡书，乘夜出城，约康王及河北守将入援。行至城外，又被金兵的逻卒所获。唐恪即劝钦宗西幸洛阳，何栗引苏轼调"周朝失计，莫如东迁"之语，谏阻钦宗。钦宗顿足于地道："朕今日当死守社稷，决不远避了。"次日，唐恪随钦宗巡城。京内人民都恨主和之人，见了唐恪过来，拦马就打。幸而逃走得快，飞马跑归，但是砖石乱下，已是受惊不小。唐恪即闭门家居，恳请罢职，钦宗准奏，命何栗继任，且复先丰三省官名，不称何栗为少宰，仍用尚书右仆射名号。以冯澥为尚书右丞。

此时却来了两处勤王兵，一是南通总管张叔夜，一是东道总管胡直孺。直孺领了五千人马，行抵拱州，为金兵杀得片甲无存，连直孺也生擒了去，缚示城下。张叔夜令长子伯奋将前军，次子仲雍将后军，自将中军，合三万余人，转战至南董门。钦宗召对，叔夜请驾幸襄阳，钦宗不从，但命叔夜统兵入城，令签书枢密院事。殿前都指挥王宗濋，愿开城出战。当即调拨卫兵万人，开城而出。略略交战，遂即遁去。金兵进扑南壁，张叔夜与都巡检范琼，竭力防御，方将金兵击退。其时军心惶惑，大有不可终日之事。钦宗亲自披甲登城，以御膳犒赏将士。且值仲冬，连日雨雪，士卒冒寒执兵，皆至僵卧。钦宗见此情形，心怀不忍，因徒跣求晴，复亲至宣化门，抚慰军民，乘马行泥淖中，军民感泣，因此没有变志。

粘没喝遣萧庆入城，要钦宗亲自出盟。钦宗面有难色，但令冯澥与宗室仲温赴金营。粘没喝不交一语，立刻驱回。范琼率兵一千出战，渡河冰裂，溺死五百人，只得退回。士气更为沮丧。何栗屡催郭京出战，郭京答道："非至危急，我兵不出。"至是诏令迭下，无可迁延，方才定期出兵。先将守城兵士，尽撤下城，不许窥视，然后用六甲兵，大启宣化门出战。金兵张四翼，鼓噪而前，六甲兵抱头鼠窜，想逃进城来，人多路窄，泥宁滑濋，跌入护城河而死的，不计其数。郭京便向张叔夜道："金兵如此猖獗，待我出城作法，信管退去。"叔夜放他出城，竟带了几个余党逃得不知去向。金兵乘机追上城来，官兵望风溃散。金人放火烧南薰门，统制姚友仲战死。四壁守御使刘延庆，抵敌不住，回身要走，被追兵一箭射死。统制何庆言、陈克礼，中书舍人高振，皆殁于难。内侍监军黄金国，赴火自尽。金兵长驱直入。钦宗闻得京城已破，放声大哭道："悔不听种师道之言，致有今日。"

当金兵初次围困汴京，议和北去之时，种师道力劝钦宗，乘其半渡击之。廷臣牵于和议，不从其言。种师道厉声道："此时不从吾言，异日必为后患，恐追悔无及了！"至是果如其言，所以钦宗回思前事，深悔不从种师道之言。后来南儒有咏史诗一首道：

陈迹分明断简中，才看卷首可占终；
兵来尚恐妨恭树，事去方知悔夹攻！
丞相自言艺产第，太师督奏鹤翔空；
如何直到宣何季，始忆元城与了翁。

钦宗正在放声大哭，忽然喧声直达禁中，钦宗大惊失色。未知后事如何，且看下回分解。

第六十六回　**赴敌营万民挽驾　立异姓二帝蒙尘**

却说钦宗闻得京城失守，正在哭泣，追悔不用种师道之言。忽然喧声大起，阑入禁中，不禁面容失色，疑是金兵到来，连忙起视，乃是卫士们因京城已失，追至驿馆里面，将金使刘晏乱刀杀死，又聚集了京城人民，求见钦宗。钦宗只得登楼慰谕。当有卫士长蒋宣到来，挥众使退，情愿拥护乘舆，突围出来。孙傅、吕好问，连称不可。蒋宣厉声道："宰相误信奸臣，害到如此地位，还有何说。"孙傅尚要争辨，吕好问忙道："汝欲护从出幸，原是一片忠义之心，但此时四面俱为敌兵困住，如何可以轻动，倘若有失，怎生是好呢？"蒋宣乃道："总算吕尚书能知军情。"言罢，率师退去。

何栗欲亲率都人巷战，适值金人遣使前来，仍是宣言议和退师。钦宗遂令何栗与济王栩，赴金营请和。二人去后不久即回，说是粘没喝等，要太上皇出城订盟。钦宗呜咽说道："太上皇已是惊忧成病，何可出盟？必不得已待朕亲往。"何栗等皆默默无言。钦宗顿足流涕道："罢！罢！事已至此，也顾不得了。"遂命何栗草了降表，由钦宗亲自赍往金营请降。粘没喝、斡离不高坐胡床，传令入见。钦宗进营，向他长揖，递上了降表。粘没喝道："我国本没有兴兵的意思。只因你国君臣昏庸，故兴师问罪。现在只要别立贤君，主持中国，我等就可退兵了。"钦宗默然不语。何栗、陈过庭、孙傅随侍钦宗同声抗争道："若是割地纳金，还可勉从。别立君主，请毋庸议。"粘没喝只是摇头，斡离不冷笑道："你们既愿割地，快些割来。说到纳金一层，非金千万锭，银二千万锭，帛一千万匹不可。"何栗等听了，伸出舌头，缩不回去，哪里敢承认这个要求。粘没喝便将钦宗何栗等留下，硬行胁迫。钦宗无法，只得一一答应，方才放令回城，限日办齐。

钦宗从金营出来，已是哭得不能仰视。见士民欢迎道旁，不禁掩面大哭道："宰相误我父子。"等到进了城，便遣刘韐、陈过庭、折彦质为割地使，分往河北、河东，割地与金。又令欧阳珣等往谕各州县降金。欧阳珣曾知监官县，尝与僚友九人上书，言祖宗的土地，子孙应行保守，不可以尺地寸土与人。后来做了将作监，金兵围困京师，又上言战败失地，它日取还，不失为直；不战割地，它日取还，未免理屈，因此触怒了宰相，偏要派他去割深州畀金。各路派去谕降的使臣，都有金兵押解同行。欧阳珣到了深州城下，高声喊着城上守兵，涕泣说道："朝廷为奸臣所误，丧师割地，我舍命前来劝谕你们，守土报国，不可降金。"语声未毕，早为金兵执送燕京，痛骂不绝，被焚而死。两河军民却也不肯降敌，多半闭门拒绝使命，不受诏书。

其时为靖康二年元旦，钦宗朝太上皇于崇福宫。粘没喝也遣子真珠入贺，钦宗命济王栩往金营报谢。过了两三天，金人既要来索金帛。城中哪里取得出许多金帛来？到了初十，竟令人入宫坐索，倘若没有，仍要钦宗往营中面议。何栗、李若水进言道："陛下前已去过，并无意外情事，此时何妨再去。"钦宗不得已，命孙傅辅太子监国。自与何栗、李若水复赴金营。阁门宣赞舍人吴革谏抵："天文帝座甚倾，车驾若出，必坠金人狡计。”何栗不听，仍拥钦出外。张叔夜叩马谏道：“陛下已去过一次，此次不宜再往。”钦宗道：“朕为保全一城人民，不得不往。”叔夜号恸再拜，钦宗亦流泪道：“稽仲努力！”稽仲乃张叔夜表字，钦宗呼字而不名，乃是重托的意思。将至城门，有人民数万，挽住马道：“陛下不可轻出，若出事在不测。”皆放声号泣，不放钦宗出外。范琼拔剑道：“皇上本为合城生灵出去的，今幸金营旦去暮回，若不放出城，你们也无生理了。”百姓大骂奸贼，争以瓦砾击之。范琼举剑砍伤数人，方才得出。到了金营，粘没喝即将钦宗留住，作为抵押，索交金帛。太学生徐揆，赴金营投书，请车驾返阙。粘没喝怒加诘责，徐揆大声辱骂，遂为所害。刘韐割地回来，粘没喝颇重其人，令仆射韩正，款待于僧舍，劝他道：“国相知军，将加重用。”刘韐道：“偷生以事二姓，宁死不为。”韩正道：“军中正在议立异姓，国相欲令君代我之位。与其徒死，不如北去，安享富贵。”刘韐仰天大呼道：“苍天！苍天！大宋臣子刘韐，肯任虏人迫逼么？”遂走入耳室，觅得片纸，啮指血了几句绝命词道：

贞女不事二夫，忠臣不事两君！况主忧臣辱，主辱臣死，以顺为正者，妾妇之道也，此予之所以死也。

写罢，折了一个方胜，命亲信的人，持还以告家属，当即沐浴更衣，酌饮卮酒，自尽而之。金人也称赞他的忠诚，把他葬在寺西的高冈上面，且遍题窗壁，写明葬所。直过了八十天，家人方才前来，寻得尸体，备棺收殓，还是颜色如生，毫不改变，后来赐谥忠显。

钦宗留在金营里，日夜要想回城。传谕廷臣，搜刮金银，不论戚里宗室，内侍僧道，技术娼优，一概搜罗。搜括了八日仅得金三十万八千两，银六百万两，衣缎一百万匹，赍送金营。粘没喝还以为未足，再令开封府征收，复得金七万两、银一百十四万两，衣缎四万匹，仍旧献上。粘没喝怒道：“宽限这许多日，还只得这一些，分明是有意欺我。”提举官梅执礼答道：“实在收刮已尽了。”遂被杀害。其余各官，皆杖数百，再令继续搜刮。一面宣布金主命令，废上皇、钦宗皆为庶人。知枢密院刘彦宗请复立赵氏，不许。且在南薰门筑起堑道，杜绝内城出入，小心更加惶恐。后又令迫翰林承旨吴开，吏部尚书莫俦，回到城内推立异姓。又迫太上皇、太后出城。太上皇将行，张叔夜谏阻道：“皇上一去不返，太上皇不可再去。臣愿率领将士，护驾突围。如果天不佑宋，死于宗社，比生降夷狄光荣得多了。”上皇长叹一声，意欲觅药自尽。都巡检范琼竟劫佑上皇、太后乘犊车出宫，并逼郓王楷与诸妃公主驸马及后宫有位号的妃嫔，一齐同出。只有元佑皇后孟氏，因废居私邸，始得幸免。

先是有内侍邓述随钦宗往金营，粘没喝令人诱吓他，开出诸王皇孙及妃嫔姓名，檄开封府尹徐秉哲，尽行交出。秉哲令坊巷，五家为保，毋得藏匿，共得三千余人，命将衣袂连属，牵往金营。粘没喝既得太上皇，胁令与钦宗改换胡服。李若水抱定钦宗，放声大哭，用手指定金人痛骂不已，金兵捶击齐下，血流满面，气结仆地。粘没喝又胁二帝，召皇后、太孙。孙傅留太子不遣，意欲设法保全。那吴开、莫俦，定要太子出宫。范琼竟胁令卫士,牵了皇后太子,同车而出。孙傅大哭道:“我是太子师傅,当与太子共死生。”遂将留守职务,交托王时雍,跟随太子出宫。百官士庶,追随号哭!太子也泣喊道:“百姓救我。”行至南薰门,范琼请孙傅回去。守门的金兵也说道:“我们只要得太子,与留守何涉!”孙傅道:“我是太子太傅,理应从行。”金兵不许出外,只得寄宿门下,再待后命。

那李若水气结仆地之后,即由粘没喝令人守视,若水苏醒过来,粘没喝召他前去,议立异姓。若水不与多言,但连骂剧贼不休。粘没喝还不肯加害,斥令退去。若水仍是痛骂不绝,惹恼了一班金将用铁挝击若水口唇,唇破血流,且喷且骂,直到颈裂舌断,气绝以后,方才无声。粘没喝连声赞道:“真是忠臣!”众兵将也相对说道:“辽亡国时,有十多个人死义,南朝只有李侍郎一人,算得血性男子!”

粘没喝又命吴幵、莫俦召集宋臣,议立异姓,百官噤声,莫敢发言。惟王时雍密问吴幵、莫俦,金人意究谁属。吴幵、莫俦齐声答道:“金人之意,欲立张邦昌。”王时雍道:“张邦昌么?恐众心未服。”正在说着,尚书员外郎宋齐愈,从金营前来,手持片纸,上书张邦昌三字。宋齐愈且向众人说道:“不立张邦昌,金人未必肯退。”王时雍遂决意将邦昌姓名,列入议状。惟孙傅、张叔夜不肯署名,其余各官,皆署名盖印,由吴幵、莫俦赍往金人。粘没喝因孙傅、张叔夜不肯署名,遂遣兵将二人拘去,监于营中。召叔夜入内道:“孙傅不肯署名,已经杀死,公老成硕望,不可与他同死。”叔夜道:“世受国恩,宁死不能署名。”粘没喝不禁点头叹息,仍令还拘营中。太常寺簿张浚,开封士曹赵鼎,司门员外郎胡寅,皆不肯署名,逃匿太学。唐恪已经署名,不知如何良心发现,仰药而死。王时雍复集百官于秘书省,闭门胁署,外环兵甲,令范琼晓谕众人,众皆唯唯答应。惟御史马绅、吴给约中丞秦桧,自为议状,愿迎还钦宗,严斥邦昌。粘没喝又将秦桧拿去,吴幵、莫俦遂将议状送往金营。王时雍等又请张邦昌居于尚书省,邦昌意欲自尽。吴幵对他说道:“相公前日死在金营倒也罢了,此时若死,不是要涂炭都城的生灵么?”邦昌遂入居尚书省,静候金人敕封。

阁门宜赞舍人吴革,志在讨逆,不肯服从异性,暗中联络内亲事官数百人,要诛了邦昌,迎还二帝,约期三月初八日起事。后来闻说邦昌于初七日受金人的册命,不及等待所约之期,即于三月初六日,先将房屋焚毁,妻子杀死,以示破釜沉舟之意,率众奋勇夺金水门。恰值范琼出外,问明了原由,佯表同情,把吴革引入门内,喝令拿下。吴革极口痛骂,遂为所杀。革有一子,也一同被害,同事百余人,尽遭杀戮。

次日,金营赍了册宝前来,立张邦昌为楚帝。邦昌居然拜受,遂就文德殿御之旁,另设一个座位,受百官的朝贺。令阁门传谕勿拜,王时雍首先拜于地,百官也随行着跪拜。邦昌心内也觉不安,东面拱立而受。当朝贺的时候,风霾日晕,白昼无光,百官虽然勉强行礼,心里总觉非常凄惨。张邦昌也很觉不宁。独有王时雍、吴幵、莫俦、范琼这四个人,手足舞蹈,不胜欢喜,自以为佐命功臣,只等封赏。邦昌升调百官,不敢居然自称皇帝,所有官员,均加以权字。当下以王时雍权知枢密院事,吴幵权同知枢密院事,莫俦权签书院事,吕好问权领门下省,徐秉哲权领中书省。邦昌自称曰予,命令称为手书。虽然未尝改元,所有文移上面,已去了“靖康”两个字。

独有吕好问所行的文书，仍旧写着“靖康二年”。王时雍因事入殿，对着邦昌，当言臣启陛下。

原来这王时雍，本是个市侩出身，只知计算利息，哪里知道国家政事。都人皆称为三川牙郎，现在又改称为卖国牙郎。他还不知羞耻，当以佐命功臣自居，屡劝邦昌坐紫宸殿，因吕好问力争而止。又劝邦昌举行大赦，吕好问道：“现在京城以外，都在金人掌握，你要大赦，却去赦哪个呢？”王时雍又再三力争，只得单赦都城以内的一般罪囚。其时太上皇在金营闻得金人立张邦昌为皇帝，不觉泣下道：“邦昌若能死节，社稷亦有光荣了，今已俨然为君，还有什么希望呢？”斡离不等也恐久居生变，遂于四月初旬，将徽宗、钦宗分为两起押解而去。张邦昌穿了柘袍，张着红盖，到金营去送行。斡离不劫了太上皇、太后与亲王驸马妃嫔，及康王生母韦贤妃，康王夫人刑氏，从滑州一路北去。粘没喝劫了钦宗与皇后、太子、妃嫔，宗室有何栗、孙傅、张叔夜、陈过庭、司马朴、秦桧等，从郑州北行。后人有诗咏之道：

万里銮舆去不还，故宫风物尚依然。
四围锦绣河山地，一片云霞洞府天。
空有遗愁生落日，可无佳气起非烟。
古来国破皆如此，谁念经营二百年。

到了将要起程的时候，张邦昌又同了百官，到南薰门外来遥送二帝。二帝相望大哭。忽有一个半老佳人，穿了一身素服，装饰与道士一般，居然不避斧钺，不顾死生，闯进金营，来和太上皇诀别。

你道此人是谁？原来就是李师师。师师自蒙徽宗临幸，封为明妃，后竟常居宫内，甚得宠爱。及徽宗内禅，师师求为女寇，隐迹庵内。金人素知师师艳名，如雷贯耳，破了都城，到处收来，没有踪迹，只得罢了。现在忽然自来好不欢喜，当下问了姓名，要将师师拥去。师师从容说道：“待我见过太上皇，便随了你们北去。”金人遂引师师去见太上皇。两人见面，抱头大哭，说不尽会短离长的苦楚。金人不许他们迁延时刻，便将两人拖将开来，师师只说得一声太上皇保重，已是哭得如泪人一般。粘没喝的儿子真珠，素性好色，他见师师哭得如带雨梨花，分外妖艳，心内十分怜惜，便走上前去，令她一同乘车，好言抚慰。谁知刚才走进前来，师师竟是柳眉紧蹙，桃靥捐妖，口中模模糊糊，喊了几声太上皇，翻身倒地，已是香销玉陨了。真珠还想施救，那里救得转来。仔细查验，如何致死，乃是折断金簪吞服自尽。真珠不胜叹惜！下令随从之人，在青城附近择地埋葬。自己还亲手奠了一卮酒，方才启程。后人有诗咏李师师，以一娼妇尚知殉节，宋廷诸臣，竟甘心改从异姓，觍然自安，连一个娼妇也不如了，哪里还有一个可算的男儿呢？其诗道：

上皇北狩展行旗，宛转蛾眉效死时；
笑煞盈廷诸臣宰，更无一个是男儿。

金人劫了二帝北去,携带的金银绢帛,不可胜数。所有宋廷的法驾卤簿,皇后以下的车辂,以及冠服礼器,法物大乐,教坊乐器,礼器八宝,九鼎,圭璧,浑天仪,一切宫观供应器具,太清楼阁三馆书籍,天下府州县图,还有一切珍玩宝贝,都从汴京城内搜括净尽运载了去。钦宗同了皇后等人,每过一城,便掩面号泣。到了白沟,听得车夫互相说道:"过界河了。"那叔夜行在路上,早已绝食,只饮水数杯;忽闻车夫之言,竟霍然跃起,扼吭而死。及行抵信安县,有人献牛酒于押解官泽利。泽利拔刀切肉而食,连进酒六七杯,以其残酒余食,与钦宗道:"你吃了罢,前途没有得吃了。"又取肉与朱后道:"这块好的,你可吃了。"正在吃酒,卫士言知县来见。即有一番官,穿褐色纻丝袍,着皂靴裹小巾,手执马鞭,向泽利长揖。泽利又办酒食羊肉,与知县同坐饮酒。饮了半醉,乘兴要朱后唱歌劝酒。朱后对以不善唱歌。泽利怒道:"你们的性命,在我掌握,安敢有违。"朱后不得已,涕泣持杯,作歌道:

幼富贵兮厌绮罗裳,长入宫兮奉尊觞。
今委顿兮流落异乡,嗟造物兮速死为强!

歌罢,以酒进泽利,泽利笑道:"歌得好!可再唱一歌,劝知县酒。"朱后无法,只得又作一歌道:

昔居天上兮珠宫玉阙,今日草莽兮事何可说。
屈身辱志兮恨何可雪!誓速归泉下兮此愁可绝。

遂又举杯进知县酒。泽利竟用手拽朱后衣,要她同坐饮酒。朱后大怒!欲投庭前井中自尽,左右救之得免。知县乃劝泽利道:"北国皇帝,要他们活的去朝见,公事不小。你不可如此逼她。"泽利乃止。及至燕山,金兵两路会齐启行。粘没喝子真珠,未能得着李师师,心内十分不快,因见徽宗身旁的王婉容和一个帝姬,生得美丽无双,十分艳羡!因在斡离不军中,只得暂时忍耐。现在两军会合,真珠便向斡离不要求,愿得王婉容与帝姬作妾。未知斡离不允许否?且看下回分解。

第六十七回　贪生皇帝作俘虏　应天藩王继大统

却说真珠要求斡离不将徽宗身边的王婉容和一个帝姬，赐于作妾，斡离不微笑答应，令人转告徽宗。此时徽宗连性命也在他们手里，哪敢不应？只得割爱许给。真珠得了两个美人，立刻拥上马去，带回营中受用去了。未几，从燕山行至金都，粘没喝、斡离不两人奉了金主之命，令徽、钦二宗换了素服，先进谒金太主阿骨打庙，然后再到乾元殿去朝见金主。中国的两朝皇帝，只因贪生怕死，竟做了俘囚，屈膝金廷，真把汉族的面光扫尽无余了。金主晟，居然下诏封徽宗为昏德公，钦宗为重昏侯，徙锢韩州，后来又徙居五国城，北宋遂亡。计自宋太祖开国传至钦宗，共历九主，一百六十七年。后人有诗叹道：

当年太祖开邦日，曾闻登楼赦敌囚。
哪识汴梁王气尽，儿孙北狩也蒙羞。

那汴京自金师将起程的时候，张邦昌率领百官，排下酒筵，替金师饯行。粘没喝临行，又把冯澥等四五人留下，帮助张邦昌办事，又要留金兵保护他，亏得吕好问在旁说道："南北风尚不同，言语不通。恐怕有了冲突，反为不美。"粘没喝道："我留个贝勒在此统辖，自然无事了。"吕好问道："那更不好了！贝勒金枝玉叶，何等尊贵？倘若有个三长两短，我们更加吃罪不起。"粘没喝见他说得有理，方才没有留下兵来。

吕好问等到金兵去远，见张邦昌还是尸位如故，毫无动静，忍耐不住，便去问他道："相公真个要做皇帝吗？还是权宜行事，另图他策呢？"邦昌听了愕然道："这是何说？"

吕好问道："相公阅历很深，应该知道中国的人情。那时金兵在此，无可奈何，只得由他摆布。现在业已去了，谁人还肯拥戴相公呢？为今之计，惟有即日归政，一面迎接元佑太后进宫，一面速请康王早正大位，还可保全身家，否则到了四方兵起，就不可问了。"张邦昌还有些舍不得富贵，狐疑不决。监察御史马仲，亦贻书邦昌，极陈其利害，请速迎康王入京。邦昌方才迎元佑太后孟氏入居延福宫，称为宋太后。上太后的册文，尚念宋氏之初，首崇西宫之礼，明明是指太祖登位，迎周太后进宫的事情，居然将太祖比自己，心迹也就可想了。宋朝的宗室子孙，乃燕王德昭五世孙，出知淮宁府。闻得二帝蒙尘，国破家亡，便约了江淮经制使翁彦国等，誓众登坛歃血为盟，同扶王室，并移檄斥责张邦昌。邦昌接到檄文，始知人心尚向宋朝，方才遣谢克家往迎康王。

康王在京城危机时，已奉命为天下兵马大元帅，陈遘、汪伯彦、宗泽等佐之。由相州出发，进抵大名，那时金兵沿河驻扎，均有数十个营寨。宗泽前驱，挥兵直进，攻破三十余寨，履冰渡河。知信德府梁扬祖，以三千人来会，麾下有张俊、苗傅、杨沂中、田师中诸人，皆有勇力，兵威甚振。宗泽请即日援救京城，康王倒也应许。恰值曹辅赍了蜡书前来，说是金兵攻城不下，现方议和，可屯兵近畿，勿遽来京。宗泽道："这是金人奸计，欲缓我师，况君父有难，为臣子者，应该速往救援。大王可督兵直趋澶渊，次第进垒，敌人倘有异谋，我兵已到城下了。"汪伯彦道："朝旨令我们驻师勿进，如何可违？"宗泽道："将在外，君命有所不受！况这道诏书，安知不是受了金人的威逼才下的呢？"康王听从汪伯彦之言，命宗泽先赴澶洲。

宗泽即从大名，往开德，连战皆捷，一面上书康王，请檄诸道，会兵京城，一面移书河东北宣抚使范讷，北道总管赵野和兴仁府曾楙，会兵入援。哪知这几檄绝无影响，宗泽率领孤军，直趋卫南，转战而东。忽然金兵四集，几乎受困，裨将王孝忠阵亡。宗泽率兵死战，军士皆以一当百，斩首数千级，金兵大败而退。到了半夜，金人往劫宗泽营寨，宗泽早已料着，将营迁移，只剩了一座空寨。金兵冲入，见是空营，惊惶而遁。宗泽渡河追击，又获大胜，陆续向康王报捷，催促进兵。

康王那时已有众八万，且召集高阳关路安抚使黄潜善，总管杨维忠，移师东平，分屯济濮诸州。嗣得金人假传诏书，令康王即日进京，所有兵马，尽交副元帅执掌。为张俊识破狡谋，力谏而止。康王遂进至济州，探听京中消息。宗泽屡次催促，只是不进。后闻二帝被劫北去，急提孤军回至大名，传檄河北，要想邀截金兵归路，夺回二帝。无如勤王之宾，没有一处前来，宗泽独立难支，不敢轻进。康王尚安居济州，未知京中情形，直至谢克家前来，方才知道京师失守，二帝被劫的消息。欲思往救，已是无及了。谢克家便劝康王应天顺人，早正大位，康王不从。不上几日，汴使蒋思愈又赍张邦昌书信前来，书中自为解免，请康王归汴正位。康王复书慰勉，宗泽以张邦昌篡逆，请康王声罪征讨，恢复宗社。康王正在迟疑不决，吕好问也致书道："大王不自立，恐有不当立的人，起据神器，请速定大计为是。"张邦昌重又令谢克家与康王之舅、忠州防御使韦渊，赍了大宋受命宝，到济州劝进。元佑太后孟氏，也命冯澥等为奉迎使，同至济州，康王始痛哭受宝，令谢克家还京，办理即位仪物。那时孟太后已由张邦昌尊奉，垂殿听政，遂命太常寺少卿汪藻，代草手书，谕告中外，其诏书道：

> 比以敌国兴师，都城失守，祲缠宫阙。既二帝之蒙尘，祸及宗祊，谓三灵之改卜。众恐中原之无主，姑令归窈以临朝，虽义形于色，而以死为辞，然事迫于危，而非权莫济！内以拯黔首将亡之命，外以抒邻国见逼之威，遂成九庙之安，坐免一城之酷。乃以衰癃之质，起于闲废之中，迎置宫闱，进加位号。举钦圣以还之典，成靖康欲复之心，求言运数之屯，坐视邦家之复，抚躬犹在，流涕何从！缅维艺祖之开基，实自高穹之眷命，历年二百，人不知兵，传序九君，世无失德。虽举族有北辕之衅，而敷天同左袒之心。乃眷贤王，越居近服，已徇群情之请，俾膺神器之归。绵康邸之归藩，嗣宋朝之大统。汉家之厄十世，宜光武之中兴，献公之子九人，惟重耳之尚在，兹惟天意，夫岂人谋？尚期中外之协心，同定安危之至计，庶臻小愒渐底丕平。用敷告于多方，其深明于吾志。

这道手诏，到了济州，济州父老争赴军前，说是济州近日，冰泮复凝，云复华盖，城厢四壁，红光如火，独照空际。这明是天上瑞应，宋室中兴之兆，请在济州城内，即皇帝位。康王温言抚慰，令他们散归听命。权应天府朱胜非，亦从任所晋谒，请康王至应天府。说那应天府乃艺祖龙兴之地，四方所饷，且漕运甚便，望即日启行。宗泽也以为然，康王遂决意赴南京。临行时，鄜延副总管刘光世，从陕州来会，康王命为五军都提举。西道总管王究，宣抚使统制官韩世忠，也相继前来，皆随康王往应天府，于府门左首筑坛，定期于五月朔即位。

张邦昌得信，先期赶来，伏地大哭！自称不敢逃罪，特来请死。康王仍是好言抚慰。王时雍也奉了乘舆服御，从汴京赶到。到了五月朔日，康王登坛受命，行礼已毕，遥谢二帝，北向痛哭。嗣经百官劝止，即就府治升座，受百官朝谒，改元建炎，颁诏大赦。自张邦昌以下，及供应金兵等人，均置不问，惟蔡京、童贯、朱勔、李彦、梁师成等子孙，不得再用。遥上靖康帝尊号，为孝慈渊圣皇帝，尊元佑皇后孟氏，为元佑太后，遥尊生母韦氏，为宣和皇后，遥立夫人刑氏为皇后。孟太后即日在汴京撤帘，一切政治，皆归新皇帝裁决，是为南宋高宗。

相传徽宗，是江南李后主托生。初生之时，神宗曾梦后主来谒，故其性情学术，皆与后主相似。被劫至金，金主亦仿用宋太祖见后主故事。高宗生时，徽宗、韦妃皆梦吴越王索还河山。吴越王都临安，寿至八十一，高宗亦都临安，寿至八十一，所以都说高宗是钱俶后身。宣和年间，徽宗与宫内赐诸王宴，高宗酒醉欲睡，退卧幄中。徽宗褰帘入视，但见金搱丈余，婉蜒榻上，惊骇而退。及高宗往金营为质，斡离不疑为将家子，遣还不质。

未几，访问得实，遣使急追。康王方在途中，行路困乏，憩于崔府君庙，倚阶砌假寐。忽闻有人喝道："速起上马，追兵将至！"康王从梦中惊醒，答道："无马奈何？"其人道："马已备好，幸大王疾远加鞭。"康主豁然四顾，方知为梦，果有一马立于其侧。将身跃上马背，一昼夜驰七百余里，所骑之马渡过河去，即僵立不动，亟视之，乃是崔府君庙中的泥马。康王遂徒步而行，至一村庄，觉得腹中饥饿，入庄略求浆饮。有老妪出迎，延入庄中，老妪让坐甫毕，复行出门，久之方回，遂问姓名，何方来此？康王乃假造姓名，只说经商于磁相间，因为金兵劫掠，所以至此。老妪道：'官人休要瞒我，你的行动举止，岂是经商之人，必是宫中亲王。前日有数骑追赶过去，适间又有四骑前来，追问康王可曾由此过去。我已对他道：'康王过去已有两日，你们追不着了。'来骑举鞭击鞍道：'可惜！可惜！'相偕而去，官人且安心，容进酒饭。"康王问老妪姓名，老妪答道："妾之子李若水，官居侍郎。前日有信来家，言'虏势猖獗，倘有疏虞，惟以一死报答朝廷'。吾儿得为忠臣，妾亦无恨了。"说罢，即进酒饭。康王饭毕，辞谢欲行。老妪道："天下事尚可为，幸官人努力！"因出金数两，赠于康王，作为川资。康王受金，相向泣别而行，因得脱归，其中殆有天意，非人力所能为。

至是即位南京，以黄潜善为中书侍郎，王伯彦同知枢密院事。授张邦昌太保，封同安郡王，五日一赴都堂，参决大事。未几，复加太傅。罢尚书左丞耿南仲，右丞冯澥，用吕好问为尚书右丞。召李纲为尚书右仆射，兼中书侍郎，置御营司，总齐军政。命黄潜善为御营使，汪伯彦为副使，王渊为都统制，刘光世为提举，韩世忠为左军统制，张浚为前军统制，杨维忠主管殿前公事。窜误国罪臣李邦彦至涛州，吴敏至柳州，蔡懋至英州，李棁、宇文虚中、郑望之、李邺等，皆安置广南诸州。又以宣仁太后高氏，从前保护哲宗功在社稷，令国史馆改正诬谤，播告天下。追贬蔡卞、蔡确、邢恕诸人。御史中丞张澄，疏论耿南仲主和之罪，将南仲窜死南雄州。

宗泽入见，力陈兴复大计。李纲亦奉诏到来，两人涕泣而言，高宗倒也很为感动。那黄潜善、汪伯彦却暗忌宗泽，推说江防要隘，无过于襄阳，奏请宗泽镇守，高宗遂命宗泽知襄阳府。李纲闻得黄、汪二人交相谗谤，力辞相位。高宗道："卿之忠义，朕所深知，幸无固辞！"李纲顿首泣谢道："今日欲还二圣，抚四方，安内攘外，责在陛下与宰相。愚陋如臣，如何能负此重任。必欲臣暂执朝廷，臣愿首陈十事，如蒙陛下采择施行，臣方敢担任。"高宗道："卿有何意见？尽可直言。凡是可行的，朕无有不依之理。"李纲遂逐条陈说：

一议国是；二议巡幸；三议赦令；四议僭逆；五议伪命；六议战；七议守；八议本政；九议久任；十议修德。

高宗闻得这十议，不加可否，但言明日当颁议施行，李纲退出。到了次日，颁出八议，惟僭逆、伪命二事留中。李纲又剀切上言，大略说："张邦昌在政府十年，钦宗即位，首擢为相。宜如何以死守节，乃敢乘国势危急，受金人册立，晏然处于宫禁。若不加罪，何以示四方？所有邦昌时伪命臣僚，亦置而不问，何以历天下士大夫之节。乞申睿断，毋失民望！"高宗见了李纲这一道奏章，还不肯加罪张邦昌，召黄潜善、汪伯彦入内计议。黄潜善素与邦昌交好，极力替他辩白。高宗又召吕好问问道："卿在围城，当知邦昌情形究竟如何？"吕好问道："邦昌僭位，人所共知，但已自归，请陛下眷断。"高宗越觉疑惑不决。李纲入谏道："张邦昌僭逆至此，仍令在朝，百姓将目为二天子。臣不愿与贼臣同列，陛下欲用邦昌，请免臣职。"高宗颇为动容。汪伯彦接口道："李纲之直，为臣等所不及。"高宗始出李纲奏议，榜张邦昌罪于朝堂，贬为彰化军节度副使，潭州安置。

先是张邦昌入居宫中，有华国靖恭夫人李氏，尝以御园果实持赠，邦昌亦以厚礼答之。一夕，李氏请邦昌夜宴，故意将自己的养女陈氏，装束得如天仙一般，令她出外侍酒。那陈氏本来生得体态苗条，骨骼轻盈，再加了一身新装，在灯光底下瞧着，真如蓬莱仙子，汉皋神女一般。邦昌见了，不觉身体酥麻，好似溶化了一样。再加她勤劝酒，目挑眉语，邦昌愈加迷惑，竟假作酒醉欲睡的光景。李氏见邦昌已醉，便同陈氏扶他进来，与她说道："事已至此，还有什么顾忌。"言毕，遂将褚色半臂，替邦昌披在身上，拥入福宁殿，扶他小睡。且令陈氏在床前侍候，便退了出来。邦昌本来心爱的是陈氏，见李氏已出，便从床上跳起，抱住陈氏。陈氏也半推半就的成了好事。从此陈氏、李氏轮流陪侍邦昌，邦昌竟将陈氏封为伪妃，及邦昌还居东府，李氏还私下相送，并出怨恨高宗之语。古语说得好："若要人不知，除非己莫为。"邦昌既已贬谪，威势尽失，便有人将这事密白高宗，高宗不禁大怒，立命拘李氏入狱，下御使台审讯。李氏如何能够抵赖，只得实供了出来。高宗命马伸持诏赴潭，历数邦昌罪状，勒令自尽，并诛王时雍。李氏杖脊三百，发配军营。吕好问曾受邦昌伪命，御使王宾，上疏弹劾，自请免职，出知宣州。宋齐愈阿附金人，首书张邦昌姓名，坐罪下狱，就戮东市。追赠李若水、刘韐、霍安国等官阶。高宗方起用李纲，又下诏书命纲兼御营使。李纲更加尽力图报，又规划九条建国方略，上疏陈奏，是为：

一、请建河北招抚使。河东经署使，特荐张所、傅亮充任。二、高宗登极，赦诏未及两河，适潘贤妃生子臬，例应大赦，请便及两河，以广德意。三、请调宗泽为东京留守，规复两河。四、请立沿河江淮师府。五、修明军法。六、令诸路募兵买马，劝民出财，并制造战车。七、议车驾巡幸，首关中，次襄邓，不当株守应天。八、遣宣议郎傅雱使金军，通问二圣，不言祈请。九、请还元佑党籍，及元佑上书人官爵。

这条陈上去，高宗件件允行，真可谓言听计从，人民也忻忻望治了。独自黄潜善、汪伯彦两人深忌李纲，复昌和议。恰值娄室率兵进攻河中，权知府事郝仲连，合门死难，河中遂陷。娄室又连陷解、绛、慈、隰诸州。汪、黄二人，便密请高宗，巡幸河南。未知高宗允从所请否，且听下回分解。

第六十八回　**诵唐诗遗恨渡河　幸浙省迁都避寇**

却说金娄室率兵南来，警报到了宋廷。那黄潜善、汪伯彦，本来常劝高宗巡幸扬州。现在闻得金兵又来，高宗心下也一甚惧怯，便决意前往扬州。李纲以为不可，竭力谏阻。黄潜善、汪伯彦暗进谗言。高宗便渐渐的疏远李纲，虽进他为左仆射，只因欲用黄潜善为右相，方有此命的。那黄潜善入相之后，便催促傅亮渡河。傅亮以诸事未备，请暂从缓，朝旨责他逗留，竟罢其职。傅亮为李纲所荐，因此再疏求去，遂罢为观文殿大学士，提举洞霄宫。李纲入相，不过七十七日，政治规模皆粗有头绪。李纲既罢，遂尽反所为。太学生陈东、欧阳辙，请复用李纲。黄潜善向高宗道："陈东等纠众伏阙，若不严加惩办，恐有骚动事情，为患非细。"高宗即交潜善办理。潜善既退，尚书右丞许翰道："公欲办二人何罪?"潜善道："按法当斩。"许翰道："国家中兴，不应杜绝言路，须下大臣会议。"潜善徉为答应，将二人处斩。二人以忠谏获罪，无论识与不识，莫不流涕。四明李猷，为赎尸埋葬。后来汪、黄得罪，始赠二人为承事郎，各官新属一人，抚恤其家。

许翰闻二人处斩，代著哀词，上疏求去。高宗不允，章至八上，遂免其职。时金兵连陷河北州郡，高宗下诏幸扬州，隆佑太后以下先期出行。那隆佑太后，便是元佑太后。高宗因元字犯太祖号，因此改了隆佑。高宗即幸扬州，这说避敌已远，可以无患了。哪知金人却更加看轻宋人，竟要兴兵前来了。

初时金人闻得高宗即位，斡离不倒想送还二帝，粘没喝不以为然。不到几时，斡离不死了，粘没喝独掌大权。闻得高宗不向北进，反向南退，明明是个苟安没用的人。又值高宗遣朝奉郎王伦，觊门舍人朱弁使金，请休战议和。愈加知道高宗畏葸退缩，不是有为之君了。此时还不乘机南侵，更待何时。遂即奏闻金主，遣银术可攻汉上；讹里呆、兀术从燕山进攻山东；阿坦克蒲卢浑趋淮南。娄室与撒里喝、黑锋自同州，趋陕西。粘没喝自率大军下太行，由河阳渡河，直攻河南。五路金兵分道而进，粘没喝兵至汜水关，留守孙昭远战死。娄室到了河中，见西岸有宋军扼守，不敢径渡，进取道汉城，攻陷同州、华州。安抚使郑骧与战不支，投井而亡。娄室乃攻入潼关，经制使王琼，弃陕州逃入蜀中，中原大震。只有兀术，要渡河攻取汴京，宗泽已遣兵保护河梁，始暂行退去。

到了建炎二年正月，银术可陷邓州。知州范致虚弃城而遁，安抚使刘汲阵亡，所备巡幸粮储，皆为所劫。又分兵连下襄阳、均、房、唐、陈、汝、蔡、郑诸州，及颍昌府。兀术又从郑州至白沙，离汴京已是很近。宗泽毫不为意，还是与客围棋，谈笑自如。僚属皆入内问计。宗泽答道："我已有准备了。"未几，捷报到来，果然得胜。原来，宗泽先令部将刘衍至滑州，刘达至郑州，牵制敌兵，另选精锐数千骑，绕出敌后，邀截金兵归路。金兵正在与刘衍力战，不想后面又有宋兵，前后夹攻，遂致大败而退。宗泽虽然胜了一阵，知道金人来势方张，必不甘心退去，又令部将阎中立、郭俊民、李景良领兵赴郑。途中遇着粘没喝大军，两下交战，阎中立败死，李景良逃去，郭俊民投降金人。

宗泽闻得败报，立捕李景良，斩首以徇。那郭俊民后又引了金使，持了粘没喝的书信，招降宗泽。宗泽撕毁来使，喝令左右，将俊民与金使一同斩首。恰值刘衍回至汴京，金人乘虚攻入滑州，宗泽部将张㧑往救，㧑只领一二千兵，金兵却有万余，手下皆请稍避其锋。张㧑叹道："避敌偷生，有何面目回见宗公。"遂力战而死。宗泽闻知张㧑危急，忙令王宣往救，已是不及。王宣率领部下力战，竟破金兵，金兵弃了滑州遁去，遂令王宣知滑州。

时有河上屯卒获得金将王策解来，宗泽闻知王策乃亡辽旧臣，即亲解其缚，延之入坐，询问金人虚实，实得其详。遂召诸将涕泣宣谕道："你们皆心存中心义，当协力杀敌，迎还二圣，共立大功。"众将闻言，皆感泣思夺，誓以死报。宗泽决意大举，募兵储粮，招抚盗魁王善等，共集城下，预备渡河。又上疏请高宗还汴，一面檄召都统制王彦，还屯滑州。

王彦性颇忠勇，常与张所、宗泽共图恢复，宗泽尝令岳飞往助张所，所以国士待之，后来又令随王彦渡河。彦领了人马，直抵新乡，望见金兵数万，蜂拥而来。王彦部下不过七千人。将校十一人，众人皆有惧色，不敢进战。岳飞独持丈八铁枪，冲入金兵阵中，左右驰突，无人敢当，夺得大纛一面，向空抛去。诸将见岳飞得胜，也奋勇向前，并力杀敌，立时杀退金兵，故复新乡。次日又战于侯兆川，岳飞身带十余伤，士皆死战，又将金人杀退，适军中粮尽，赴王彦营乞粮，彦竟不应。岳飞自行备粮，转战至太行山，擒金将拓跋耶乌。金帅黑风大王，素称枭悍，恃勇来战，未及数合，为飞刺于马下，金兵大骇而退。岳飞因王彦不应接粮草，未敢轻进，只得率领所部，仍归宗泽。王彦骤失良将，无人御敌，后为金兵围住，溃围出走，退保西山，暗中结纳两河豪杰，欲图再举。部下兵将，皆于面上刺涅成"赤心报国，誓杀金人"八个字，因此，两河响应，众至十万。金将不敢近垒，至是接得宗泽之檄，遂还滑州。

宗泽连上数疏，请高宗回汴，皆不得报。宗泽气忿已极，再后一疏，竟隐斥汪、黄，因此更为黄潜善、汪伯彦所衔恨，百端阻挠高宗，不令还汴，且戒宗泽，不得轻进。宗泽忧忿成疾，疽发于背，势甚危迫，诸将相率问疾。宗泽跃然而起，道："我因二帝蒙尘，积愤至此。你们能够杀敌，我死亦无恨了。"诸将齐声道："敢不尽力。"及诸将退出，惟朗吟唐人诗道："出师未捷身先死，长使英雄泪满襟！"宗泽临危，尚无一语及家事，惟"三路渡河"而卒。

宗泽，字汝霖，义乌人氏，元佑中登进士第，屡任州县，迭著政绩。及调知磁州，修城池，缮守备，金人不敢来犯。后佐高宗，授副元帅，连败金兵，威声大著。既守东京，金人屡战屡败，更加敬惮，呼之为宗爷爷，卒年七十。远近悲恸，如丧妣。讣闻于朝，赠观文殿大学士，谏议大夫，予谥忠简。以杜充为东京留守。杜充酷虐苛刻，大失人心，所有将士及抚降诸盗，相率散去。汴京从此不能保守了。

那时金兵所至，到处残破。室攻陷永兴，率众而西。秦州师臣李绩降金，又犯熙河，都监刘惟辅，领精骑二千，连夜至新店迎战。次晨，金前军大半黑锋领兵到来。刘惟辅出马迎敌，舞槊直追，黑锋不及迎战，一槊洞胸，坠马而死，余兵溃退。粘没喝正占据西京，闻得黑锋败殁，即焚烧庐舍，去援助娄室，留下兀术，屯驻河阳。河南统制翟进，袭入西京，引兵进击兀术，兀术设伏以待，翟进中伏几殆。适值御营统制韩世忠，奉朝命往救西京，路经河阳。巧遇翟进败兵，遂救了翟进，与兀术相持数日。那兀术因闻知粘没喝往援娄室，已经改道渡河，复还云中。兀术也起了归心，便率兵自去。惟娄室兵至泾原，为制置使曲端，遣副将吴玠迎击，战败于青溪岭。石壕尉李彦仙，也克复陕州，及绛解诸处。

徽宗第十八子信王榛，本随二帝北去，行至庆源，逃匿真定境内。和州防御使马扩，与赵邦杰聚兵五马山，民间得榛，奉以为主，总制诸寨。两河遗民，闻风响应。信王遂手书奏牍，令马扩赍赴行在。高宗看了奏章，恰值黄潜善、汪伯彦在侧，便递与阅看，潜善不等看毕，便问高宗道："这可是信王的亲笔么？恐未必有假。"高宗道："确是信王亲笔，朕素来认得的。"汪伯彦道："陛下也须仔细。"高宗遂召入马扩，细问情形，已是真确无疑，当下授信王榛为河外兵马都元帅，并令马扩为河北应援使，还报信王。黄潜善问马扩道："信王已是北去，如何还在真定。你须小心，休坠奸人计中。"马扩竭力与辩，潜善又提出密旨来压制他。马扩不敢争论，快快而行，在名逗留了几日。哪知金将讹里朵，已约粘没喝兵亟攻五马山诸寨，信王还领兵抵御，后因汲道破断，遂致失守。信王榛亡命而去，不知所终。

那数室虽为吴玠所败，仍复东下。诸帅又不和协，潼关失守，秦陇一带，几无干净土地。其时讹里朵，已与粘没喝会合下河南，破了徐州，直驱淮泗。警报递到扬州，皆为汪、黄二人捺住，不令上闻。高宗还只道金瓯无缺，可以安享太平，且令黄潜善、汪伯彦为左右仆射。两人入谢，高宗还说得黄卿为左相，汪卿为右相，何患国家不能太平？两人听了，十分兴头，从此更加隐匿军报，所有各处失守的消息，一些也不使高宗得知。终日里拥了娇妻美妾，饮酒欢笑，有了空闲，更要至寺院里面谈经说法。直至建炎三年正月，王彦从滑州入觐，先到黄、汪二人处晋谒，见面之下，便大声道："寇兵一日近似一日，不闻两位相公派兵抵御。难道待敌自毙么？"黄潜善将脸一沉道："有何大不了的事情，如此张惶！"王彦冷笑道："金将娄室扰秦陇，讹里朵下北京，兀术下河南，早已有了军报。近来粘没喝攻下延庆府，陷了徐州。知州王复，不屈被害，全家死难。二位相公也有耳目，难道疾聋了不成！"汪伯彦道："敌人前来，原仗着你们退敌，怎么专门责备宰相呢？"王彦道："两河义士，常延颈以望王师。我王彦日思北渡。无如各处将士，未必同心，全仗相公辅助皇上，下诏北伐，才可以作军心、振士气。如今二位相公偷安迁延，皇帝丝毫不闻，从此下去，恐不但中原隐没，便是江南也难保守了。"黄、汪二人无言可答，惟有心下暗恨王彦，当即入奏高宗，说王彦病狂，请免朝对。高宗即免王彦入觐，命充御营平寇统领，王彦长叹了一声，遂积病辞职而去。

不上几天，粘没喝将由徐州进兵，韩世忠率后救急。粘没喝回兵邀截，世忠败退盐城。粘没喝遂取彭城，间道赴淮，东入泗州。高宗此时才闻得军报，忙命江淮制置使刘光世，率师守淮。敌尚未至，兵已先溃。粘没喝挥兵抵楚州，守将宋淋出降，遂乘势南进，破天长军，距扬州只得数十里了。内侍邝询，闻知消息，连忙入宫报告道："寇已来了。"高宗大惊失色，也不及问明情由，急急披甲骑马，跑到瓜州。遇见一只渔舟渡过江去，随从的人，只有几名护圣军和王渊、张俊与内侍康履。到得镇江，天色已暮了。黄潜善、汪伯彦还率同僚属听浮屠说法，回来吃饭，堂吏入报，圣驾已行。两人相顾仓皇不及会食，骑了马，往南奔驰；隆佑太后与六宫嫔御，幸有护士保护，相率出奔。城内居民各自逃生，夺门而出，自相践踏，死者无数。司农卿黄锷，奔至江上，军士误认为黄潜善，一齐戟指痛骂道："误国奸贼，死有余辜。"黄锷正要辩白，头已落地。此时事起仓猝，朝廷仪物，尽皆委弃，太常少卿季陵，急急取了九庙神主，背负而出，离城未及数里，扬州城内，已是烟焰冲天。绿杨城郭，倾刻之间，已为灰烬。后面的喊声大起，季陵恐金兵追来，仓皇逃奔，遂将太祖神主遗失。

高宗到了镇江，暂居府署，次日和随从官员议及去留问题，吏部尚书吕颐浩，请驻跸镇江，为江北声援。王渊道："镇江只有一面可守，倘若金人由通州渡江，占据了姑苏，镇江就不可保了，不如钱塘，有重江险阻，可以无虑。"高宗深以为然，遂决意赴杭。留中书侍郎朱胜非驻守镇江，刘光世充行在五军制置使，扼住了江口，当夜便从镇江起行。行四日，方至平江，又命朱胜非节制平江秀州军马，张浚为副，王渊守平江。又行两日，已抵崇德，授吕颐浩同签书枢密院事，兼江淮两浙制置使，还屯京口。又命张俊领兵八千，守吴江，一直抵杭，就州治为行宫，下诏罪己，求直言，赦死罪以下，被窜诸臣。一律放还。惟李纲不赦。因为黄潜善说："李纲主战，倘若赦免，恐怕得罪金人，所以不赦。"

中丞张澄弹劾黄潜善、汪伯彦二十大罪，说致陛下蒙尘，天下怨恨，皆是两人的罪恶。汪、黄二人，尚具疏辩论，说是国家艰难，臣等不敢具文求退。高宗渐觉二人之奸，罢黄潜善知江宁府，江伯彦知洪州，以朱胜非为尚书左仆射兼中书侍郎，王渊司签书枢密院事。王渊素失威望，骤膺显秩，人皆不平。御营统制苗傅，自以为世代将门，统制刘正彦，招降剧盗，功大赏薄，每怀怨望。见王渊入任枢府，更加忆恨。且疑王渊与内侍康履、蓝珏结合，所以忽得高位，因此两人私下计议，要先杀王渊，后杀康履、蓝珏。大中大夫王世修，也恨内侍专横，便与苗、刘二人联为一气，计议已定，只待机会到来，便要动手。

这天以刘光世为殿前都指挥使，百官照例应入内听宣。苗傅、刘正彦、王世修伏兵城北桥下，等候王渊退朝走过，便将他拖下马来，不问情由，即行杀死。苗傅、刘正彦拥兵入城，直抵阙下，将王渊首级号令在宫门外面，并分头搜杀内侍，擒斩了百余人。康履闻变，飞报高宗。高宗吓得只是发抖，毫无法想。朱胜非正入直行宫，连忙登楼，诘问他们擅杀之罪。苗傅抗声道："我们当面奏皇上。"语未毕，中军统制吴湛，从内开门，放苗傅等入内，只听得一片声音，说是要求见皇上，知杭州康永之见众人不肯退去，只得请高宗登楼慰谕。

时交正午，高宗登楼，苗傅等望见黄盖，一齐山呼下拜。高宗略略放心，凭着栏问他们何故擅杀王渊？苗傅高声答道："陛下信用内侍，赏罚不公，有功的人不知加赏，结纳内侍的人反可升官。黄潜善、汪伯彦卖国至此，尚不远窜；王渊遇贼不战，首先渡江，结交内侍康履，便除枢密。臣自陛下即位以来，功荣不小，反无升赏，因此共抱不平。现将王渊斩首，在外面的中官，也多伏诛，惟康履等还未退去！乞缚付臣等，将他正法，以谢三军之士。”高宗道：“汪、黄二人已经贬官，康履等自当重惩。卿等可回营听命。”苗傅道：“天下生灵，无故遭此涂炭，都是内侍擅权之故。若不斩康履，臣等决不回营。”高宗沉吟不决。过了片刻，噪声越甚。高宗无法，只得命吴谌将康履缚送楼下。苗傅手起一刀，将康履杀死，脔尸枭首，悬于阙门。高宗道：“卿等之气已出，可以回营了。”苗傅道：“陛下不应正位，试思渊圣皇帝返驾，将置之何地?”高宗经此一诘，倒也不能回答，只得命朱胜非缒楼下去，委屈劝谕，并授苗傅为承宜御营使都统制，刘正彦为副。苗傅道：“既如此，可请太后垂帘听政，且遣人赴金议和。”高宗立即准如所请。哪知，苗傅等得步进步，又抗议道：“皇太子何妨嗣立，况道君皇帝已有故事。”朱胜非无法，只得缒楼而上，奏知高宗。高宗道：“朕当退避，但须得太后手诏方可。”乃命侍郎颜岐入宫，请太后御楼。太后即至，高宗起立楹侧。从官请高宗还坐，高宗呜咽道：“朕恐已无坐处了。”太后见事已危急万分，只得弃了肩舆，亲自下楼去慰谕他们。未知苗、刘等肯听太后慰谕否？且看下回分解。

第六十九回　**英雄美人成眷属　保母宫女殉殇儿**

话说太后见事已危急，弃了肩舆，下楼面谕道："自从道君皇帝，误信奸臣之言，更改祖宗成法，致酿金人之入寇的大祸，与今上皇帝并无关系。况今上皇帝亦无甚失德，不过为黄潜善、汪伯彦所误。现已贬逐出外，你们还没有知道吗？"苗傅等齐声答道："臣等必欲太后听政，奉太子为帝。"太后道："现在强敌当前，我一个妇人，抱三岁小儿临朝，更为金人所轻了。"苗傅等不以为然。太后对朱胜非道："今日之事，正要大臣决断。相公因何默无一言呢？"朱胜非方才退回楼上，密奏高宗道："苗傅等有个心腹，叫做王钧甫，暗中告臣道：'苗、刘二将忠心有余，学问不足。'现在只得暂从所请，徐作后图。"高宗闻言，即提笔写了禅位诏书，传位于皇太子、魏国公旉，请太后训政。朱胜非捧了诏书，到外面宣读了。苗傅等方率众退去。

皇太子旉嗣位，孟太后垂帘听政，尊高宗为睿圣仁孝皇帝，以显仁寺为睿圣皇帝行宫，颁诏大赦天下，改元明受。加苗傅为武当军节度使，刘正彦为武成军节度使。窜蓝珏、曾泽等，于岭南诸州。苗傅仍遣人追还，一概杀死，又欲挟太后幼主，转赴徽越。幸亏朱胜非委婉劝谕，方才罢议。

改元诏书到了平江，留守张浚，料知必有别故，秘不宣布。过了两天，又接到苗傅等檄文，即召守臣汤东野，提刑赵哲，同议讨贼。张俊也引所部来会张浚。浚言及朝事，涕泣交下。张俊道："现有朝旨，命俊将部众分属他将，只准带三百人前赴秦凤，这必是逆贼忌俊，伪传此诏，故特到此与公一决。"张浚道："诚如君言，我等亦拟兴师问罪了。"张俊泣拜道："这是目前最要之着，惟公须济以权变，免惊众舆。"张浚连连点头。

两人正在计议，忽江宁有信到来，乃是吕颐浩所发。信中说禅位一事，必有逆臣胁迫，应共图入讨。这封信正与张浚意见相同，当即回信约颐浩起兵讨逆，并致书刘光世，请他师率来会。吕颐浩见众人一心，事属可行，便上书奏请复辟，誓众渡江。张浚闻颐浩兵已出发，遂令张俊扼住吴江上流，也上书奏请复辟。适值韩世忠自盐城出海道，欲赴行在，即抵常熟。张俊闻知，大喜道："世忠到来，大事成功了。"当下转告张浚，函召世忠。世忠得信，以酒酹地道："誓不与二贼共戴天。"遂驰至平江，入见张浚，流涕说道："今日之事，世忠愿与张俊同当此任，公请无虑！"张浚亦泣道："得两君力任艰难，自可无患了。"遂大犒张俊、韩世忠两军，晓谕大义，众皆感奋。世忠立即辞了张俊，领兵赴阙。张浚又戒世忠道："投鼠忌器，此事万不可过急，急则反恐生变。应先趋秀州，据住粮道，静候各军偕行。"世忠奉命而去，行抵秀州，称疾不进，暗中大修战具。苗傅等闻得世忠到来，深为疑惧，意欲拘他妻子为质。朱胜非忙道："世忠逗留秀州，不即前来，还是首鼠两端；若拘他妻子，反恐激变，不如命他妻前往迎接，劝其前来。世忠能为公用，平江诸人，不足惧了。"苗傅喜道："相公所言甚是！"遂即入奏太后，封世忠妻梁氏为安国夫人，令她前往迎接。

那韩世忠的妻子，自然就是中国历史上大名鼎鼎的巾帼英雄梁红玉了。红玉本为京口营伎，不仅精通翰墨，且生有神力，能挽强弓注射，发必中的。平素见少年子弟，类白以眼相加，绝无娼家气习。会世忠自延安入伍，童贯奉旨征讨方腊，调取鄜延兵马。世忠方为小校，随军进征，独立擒获方腊，为辛兴宗夺去，以为己功。世忠不敢多言，仍旧埋没在军伍里面。童贯班师回来，行至京口，召营伎侑酒。梁红玉与诸伎入侍。酒筵将散，红玉先出，行至营门，见对面树下，有一白额猛虎踞伏不动。红玉大惊，急弯弓注矢，一箭射去，忽见那只猛虎前爪一伸，接住红玉之箭，红玉更是吃惊，留心细看，哪里有什么猛虑，却是个营伍装束的魁伟丈夫。红玉知道此人必有来历，邀往家中，殷勤看待，询问姓名，原来就是韩世忠。他因有志未遂，听得那些大将在营内大吹大擂的欢呼畅饮，心中闷闷不乐，独自一人走出营门，在树下假寐。忽然红玉一箭射来，便施展手段，一把接住。此时由红玉邀了回来，两人各通殷勤，谈论了一番，兵书战策十分入港。正是美人英雄，互相怜惜。红玉即以终身相托，世忠也喜出望外，即与联姻。伉俪和谐，自不消说了。不上两年，红玉便生下一子，取名彦直。高宗在应天府即位，召世忠为左军统制，世忠就带了妻子，入备宿卫。后又奉命出外御寇，妻子留居南京。高宗幸扬州，奔杭州，梁夫人也跟随同行。只是受了安国夫人的诰命，命往迎接世忠，真是出于意外。

梁夫人何等机智，还恐苗傅等生变，在宫中辞了太后，绝不逗留。回家抱了儿子，跨上马背，疾驱出城，一昼夜便到了秀州。世忠接着大喜道："妻子能够无恙来此，我更好安心讨逆了。"旋即有诏到来，促其入朝，写着明受的年号。世忠将诏书撕毁道："我只知有建炎，不知有明受。"立斩来使，通报张浚，克日进兵。张浚贻书苗、刘二人，申诉罪状。苗傅得书，既惧且怒，急令其弟苗翊与马柔吉，率领重兵，守住临平。又请太后下诏，授张俊、韩世忠为节度使，谪张浚为黄州团练副使，安置郴州。张浚等不受诏命，移檄讨贼，传达远近。刘光世、吕颐浩兵亦来会，遂以韩世忠为前军，张浚副之，刘光世为游击，张浚、吕颐浩自统中军，从平江启行，直奔临安。途中又接到太后手诏，命睿圣皇帝处分军马重事，张浚同知枢密院事，季邴、郑珏同签书枢密院事。各军得了这道诏旨，愈加踊跃，相继南下。

苗傅等知事不妙，慌了手脚，忙与朱胜非熟商。朱胜非道："为今之计，惟有二公自行反正，否则各军到来，同请反辟，公等更无容身之地了。"苗、刘两人想了半日，果然无法，只得依从胜非之言，草成百官章奏。太后诏书，预备请睿圣皇帝复位，朱胜非还恐两人中变，请太后允赐苗、刘免死铁券，以安其心。苗傅、刘正彦始率领百官，往朝睿圣宫，迎请复位。高宗仍以好言抚慰，苗、刘二人，喜出望外，皆以手加额道："圣天子度量，真不可及！"次日，太后下诏归政。朱胜非率百官，迎高宗回行宫，御前殿朝见文武各官。太后尚垂帘殿内而坐，有诏复建炎年号，册魏国公旉为皇太子，以苗傅为淮西制置使，刘正彦为副。晋张浚知枢密院事。

张浚、吕颐浩已到秀州，闻得高宗已经反正，颐浩仍主进兵，对诸将曰："朝廷虽已复位，苗、刘二贼尚在内掌握兵柄，倘一不慎，我等反被恶名。汉之翟义，唐之徐敬业，便是前车之鉴，诸公须要小心。"诸将齐声道："公言极是！我们非入清君侧，誓不还师。”遂挥军直进，到了临平。苗翊、马柔吉沿河扼守，扎下许多营寨，河中皆密布鹿角，舟不得进，韩世忠首先舍舟登陆，跨马急驰，张俊、刘光世相继并进，奋力杀将上去。苗翊挥兵迎敌，世忠又弃马誓师道：“今日我们应效死报国，将士有不用命者，立即斩首。”因此，人人奋勇上前，绝无反顾，冲向敌阵。苗翊见来势甚猛，用神臂射来。世忠嗔目大呼，万人辟易，哪里还来得及放箭，顷刻之间，敌阵紊乱，相率奔窜。苗翊、马柔吉，支持不住，只得退走。勤王兵乘胜从北关而进。苗傅、刘正彦，得了信息，忙趋入都堂，攫了铁券，开了涌金门，领两千人马逃去。王世修正奔出城，被韩世忠一把擒住，即行下狱。那苗、刘二贼，直向瓯闽逃去，后韩世忠追至鱼梁驿擒回斩首。

张浚、吕颐浩，并马入城，晋谒高宗，伏地请罪。高宗再三慰劳，并对张浚道：“朕居睿圣宫，与太后隔绝，正在啜羹，闻卿被谪不禁覆手，默念卿若被谪，何人能当此任。”遂解所佩玉带，赐于张浚。张浚再拜谢赐。韩世忠剿灭了逆党，亦即进见。高宗不待行礼，便下座持世忠之手道：“中军统制吴湛，首先开门，放逆贼入内，现犹在朕肘腋间。卿能为朕拘捕吗？”世忠口称遵旨，高宗释手，便趋出行宫，去找吴湛。恰巧吴湛行过关下，世忠佯与相见，趁势拎住，与王世彦一同斩首。同党王元佐、马瑗、范仲容、时希孟等皆加贬谪。

朱胜非入见高宗道：“变起之日，臣当死义，委屈偷生，正为今日。幸而圣驾已安，臣愿避位。”高宗道：“朕知卿心，可无庸辞。”胜非再三恳请，高宗道：“卿既坚执欲去，何人可代？”胜非道：“吕颐浩、张浚皆可胜任。”高宗又问二人优劣，胜非道：“颐浩谏事而暴，张俊喜事而疏。”高宗道：“张浚年纪太轻。”胜非道：“陛下莫谓张浚年轻。臣昔被召，一切军旅钱谷，皆托付于他，就是今日勤王，也是浚首倡的呢。”高宗点头，遂下诏免朱胜非职，以吕颐浩为尚书右仆射，张浚为尚书仆射，李邴为尚书右丞，郑珏签书枢密院事，韩世忠、张俊并为御前都统制，刘光世为御营副使，勤王诸将佐及僚属，皆赏赍有差。并禁内官干预外政，重正三省官名，左右仆射，并同中书门下平章事，改中书侍郎为参知政事，省去尚书左右丞。张浚等请高宗还跸江宁，乃自杭州启行，向江宁进发。临行时，以韩世忠为浙江制置使。高宗方抵建康，皇太子敷，忽然抱病夭逝。

原来太子敷，年方三岁，尚在保抱，从幸建康途中受了风寒，遂致患病，医治未愈。适遇宫人走过，误蹴地上金炉，铿然发声。太子受惊，顿时惊搐不止，过宿而夭。高宗悲伤不已，赐谥元懿太子，命将误蹴金炉的宫人杖毙，连保姆也一同处死。葬于铁塔之下，以宫女、保姆为殉。高宗自退避扬州，误信黄潜善、汪伯彦之言，苟安江都，以为无患。金人南下，高宗正在临幸妃嫔。忽得惊报，说是寇骑已至扬州，矍然一惊，遂即披甲出奔，逃往镇江，因此竟成阳萎之病。所以皇子敷没后，后宫永远绝孕。高宗深以为虑。尝值张浚晏见，向他问道：“卿子想已长成？”张俊顿首道：“臣子载，年已十四，脱然可语圣人之道！”高宗道：“卿可谓有后了。”说罢，念及元懿太子，不觉黯然泣下。后人作南宋杂事诗，曾有一首咏此事道：

蹴得金炉动地惊，旋看铁塔蹴佳城。
九重相遇殷勤问，想道卿儿已长成？

御前都指挥使范琼，自高宗即位，命惩僭伪、张邦昌等皆已伏诛，惟他持有部众，出驻洪州。高宗恐生他变，未敢轻发。此时范琼自洪州来朝，恰巧韩世忠、刘光世擒了苗傅等押解行在。范琼竟为苗傅请求，乞贷其死。高宗不许，将苗傅正法。范琼遂入诘高宗，声色俱厉。高宗心下很是惧怯，只得暂时忍耐，授范琼为御营司提举，暗中却命张浚设计除他。张浚遂与枢密检详文字刘子羽，商了一条密计，暗令张俊领千人渡江，佯称备御盗贼，执械前来。张浚始入白高宗，请了降罪范琼的敕书，携带而出。然后再由高宗降诏，召范琼、张俊、刘光世等，同赴都堂议事。

到了次日午前，刘子羽先至，张浚亦到。百官毕集，范琼慢腾腾的直至过午方到，都堂中已备了午饭，大家会食已毕，一齐入座，待议政务。刘子羽手持黄纸，走近范琼面前道："有敕，令将军至大理寺置对。"范琼不觉愕然道："你说的是什么话？"语音未毕，张浚已召了卫士将范琼拥出都堂，送入狱中。刘光世连忙出外，抚慰范琼部下道："范琼从前在汴京破城之时，私通金人，劫二帝北狩，并逼皇后、太子出宫，罪通于天。现在奉旨，只诛范琼一人，其余皆无干涉。你们同受国家优越禄，并非范琼豢养，应知效忠朝廷，可各回营听命？"众人听了齐声答应，放下兵器，各自退去，范琼即日赐死。子弟窜流岭南，所有部众，分隶御营各军。

张浚除了范琼，进陈中兴要策，当先收复关陕。关陕既失，江南也不能保。臣愿前驱，肃清关陕，请陛下与吕颐浩，同至武昌，相机趋陕。高宗深然其言，命张浚为川、陕、京、湖宣抚置使，得使宜行事。张浚受命，即与吕颐浩接洽，克日启程而去。不料，边报到来，金兀术举兵南下，连破磁、单、密诸州，已攻入兴仁府了。高宗不胜惊惶，连遣二使往金，一为徽猷阁待制洪皓，一为工部尚书崔纵。洪皓临行之时，高宗致书粘没喝，愿去尊号用金正朔，比于藩服。洪皓与粘没喝见面，粘没喝便要逼他投降。洪皓不屈，遂流于冷山。崔纵至金议和，且通问二帝，金人不以礼待，纵责以大义，并欲迎请二帝回国。金人大怒，将崔纵放居穷荒，后来崔纵以病殁。洪皓直至绍兴十二年，方得回国，这是后话，暂按不表。

且说吕颐浩自张浚行后，原欲奉高宗驾幸武昌，忽闻金兵南下，即变更前议，请留都东南。滕康、张守亦言武昌万不可往。高宗决计仍都杭州，下诏升杭州为临安府。授李邴、滕康权知三省枢密院事，先奉隆佑太后往洪州，再命修武郎宋汝为京东转运判官，杜时亮同往金都，申请缓兵，并贻粘没喝书，书中尽是哀求之语。内中有一段言语，令人看了，几欲作呕。现在录了出来，看了可以知道高宗的没有志气。其书道：

古之有国家而迫于危亡者，不过守与奔而已。今以守则无人，以奔则无地，所以鳃鳃然惟冀阁下之见哀而已。故前者连奉书，愿削去旧号，是天地之间，皆大金之国，而尊无二上，亦何必劳师远涉而后快哉？

这样摇尾乞怜的书信，要想金人见哀，不动兵马。哪里知道，你愈畏怯，他愈恫吓；你愈哀求，他愈厉害。知道江南君臣都是无能之辈，那金兵更加放心大胆南下得快了。起居郎胡寅，见高宗这样畏葸怯懦，实在忍不住了，便胪陈七策，疏请施行，是为：

一、罢议和而修战策。二、置行台以处别缓急之务。三、务实效，去虚文。四、大起天下之兵，以图自强。五、都荆襄以定根本。六、选宗室贤才以备任使。七、存纪纲以立国体。

这篇奉章，洋洋洒洒，多至数千言，真是慷慨激昂，淋漓尽致。高宗瞧了，很不以为然。吕颐浩也恨他切直，遂将胡寅贬谪出外。其时寇氛益逼，竟致一夕数惊。高宗弄得不知什么地方，才可以避免寇患，只得召群臣，共议驻跸之所。张浚、辛企宗请自鄂岳、幸长沙。韩世忠道："河北、山东，已是失去，非复国家所有。今日再抛弃江淮，还有什么地方可以驻跸呢？"吕颐浩道："金人近来的谋划，专视皇上到哪里，就赶往哪里。为今之计，只有且战且避，保护陛下得至万全之地臣愿效死力战。"高宗道："朕左右岂可无相，吕卿如何可以不随朕同行呢？"遂议定以杜充兼江淮宣抚使，留守建康，王琼为副；韩世宗为浙西制置使，守镇江；刘光世为江东宣抚使，守太平池州。高宗竟自启程，避兵而去。

未知避往何处，且看下回分解。

第七十回　吴嫔御雕弧退兵　梁夫人桴鼓助战

却说高宗因避金兵，启跸而行，退往临安，方才七日，兀术已分两路入寇。一路自滁和入江东，一路自蕲黄入江西。高宗恐隆佑太后在洪州受惊，又命刘光世移屯江州，作为屏蔽。自己却与吕颐浩渡了钱塘江，逃往越州。那兀术探得高宗越远，一时追赶不及，不如到江西去，逼迫太后，遂取寿春、下光州、陷黄州，长驱过江，直薄江州。刘光世自移镇江州，每日置酒高会，绝不处置兵事，等到金兵已临城下，方才知道，哪里还能守御，连忙逃往南康。金人入城，劫掠一空，遂由大冶进取洪州。滕康、刘钰闻得金兵已到，连忙奉了太后出城。江西制置使王子猷亦弃城遁去。洪、抚、袁三州，相继失守。太后行抵吉州，闻得金兵追来，急雇船夜行。次晨至太和县，船家景信，见太后带了许多金帛珍宝，不觉眼红起来，便将所有财物，尽行夺去。总算还有良心，没有十分惊扰太后，那护卫都指挥使杨维忠的部兵，也溃散了。宫女们逃奔的，被劫的，失去了二百名。滕康、刘钰二人也逃得无影无踪。太后身边还有数十个卫兵都很有忠心，仗着他们保了太后和元懿的生母藩贵妃，从万安登陆，行至虔州。哪知土豪陈新，又将城围了。太后又惊惶不小，幸亏杨维忠的部将胡友前来救援，杀退了陈新，太后方才得安。金人未得太后，又从楚州改道，掠真州。破溧水县，再从马家渡过江，攻下太平。杜充守着江淮，任凭金兵来去，绝不发兵救援。统制岳飞，涕泣入谏，他也不理。到了太平失守，距建康不远，方令副使王琼，都统制陈淬，与岳飞等，邀截金兵。才经交绥，王琼的兵已经逃去。陈淬、岳飞相继突入金兵阵内，陈淬竟至战死。独有岳飞一条枪，一骑马，往来冲突，金人不敢近前，只好让他独逞威风。无如各军溃退，岳飞恐众寡不敌，只得领了部众，杀将出来，择险立营，为自保计。

杜充得了败报，即弃了建康，逃至真州，诸将怨恨杜充暴虐，要想将他杀死。杜充闻知，不敢回营，寄居长芦寺内，忽然接到兀术的书信，劝他投降，当封以中原，如张邦昌故事。杜充大喜过望，潜还建康。恰值兀术也到城下，便与守臣陈邦光，户部尚书李棁，开城迎接。兀术入城，全城官员，尽皆降顺，独有通判杨邦又，啮指血，大书十字于衣襟，道："宁作赵氏鬼，不作他邦臣。"金兵牵了来见兀术。兀术敬他忠义，劝他投降。杨邦又大骂不已，方才将他杀死。

那高宗往来杭州、越州之间，闻得杜充降金，吓得魂飞天外，魄散九霄，连忙召吕颐浩计议道："建康已失，如何是好？"颐浩道："万一危急，莫如航海。敌善乘马，不善乘舟，等他去后，再返两浙。他入我出，他出我入，也算是兵家的奇计呢。"高宗从之，立刻东奔明州。兀术长驱入独松关，见关内外，并无一兵，不禁笑道："南朝若用羸卒数百把守此关，我们哪里能渡过呢？"当下径抵临安，守臣康充之逃去，钱塘县令朱跸自尽。兀术入城，亟令阿里蒲卢浑领兵渡浙，去追高宗。高宗闻得金兵追来，忙乘楼船，航海而逃。留参知政事范宗尹，御史中丞赵鼎守明州。恰巧张俊从越州到来，也奉诏留守明州。且亲付手诏，有捍敌成功、当加王爵之语。吕颐浩奏请从官以下，行止听便。高宗道："士大夫当知义理，岂可不随朕同行，否则朕所到之处，将与盗贼一般了。"于是郎官以下，多半随从，还有嫔御吴氏，也改换戎装，扈从而行。

那吴氏世居开封，其父吴近，尝梦至一亭，匾额上有"侍康"二字。亭之两旁，遍植芍药，只放一花，鲜嫣异常，醒来不知主何祥兆。至吴氏既生，年方十四，已是秀外慧中，知书识字，且能发弩箭，百不失一。高宗在康邸时，选充下陈，甚获宠幸。吴近也得官武翼郎，方才明白侍康梦兆。至高宗奔波渡江，惟吴氏不离左右，及高宗航海，吴氏本来懂得武艺，便改了戎装，保卫御驾。楼船行过定海县，至昌国县，忽有白鱼跃入御舟。吴氏即称贺道："此乃周武王白鱼入舟的祥瑞，皇上终当克复中原，临御万方，妾敢预贺。"高宗大悦，面封吴氏为和义郡夫人。未几，越州被陷。警报到来，高宗愈加不敢登陆。此时已是残腊，只得闷坐在船中过年。吴氏见高宗在船内郁郁不乐，惟恐有伤圣躬，知道高宗最喜题诗写字，便每日里吟诗觅句，为高宗消释愁怀。在船内作的诗倒也不少，只因仓猝奔避，都已遗失，只有吴氏尚有两首，为内侍所藏，所以传流下来。一首是题徐熙所画牡丹的，其诗道：

吉祥亭下万千枝，看尽将开欲落时。
却是双红深有意，故留春色缓人思。

还有一首是题芍药的，其诗道：

农李夭桃扫地无，眼明惊见玉盘盂。
扬州省识春风面，看尽群花总不如。

但就这两首诗而论，女子之中有此才华，也就不可多得了，无怪高宗深加宠爱，流离颠沛之中也带在身旁，顷刻不离了。其时，高宗的御舟，移在温台，过了年，还不敢登陆，直至建炎四年正月，得到张俊的捷报，才敢移舟近岸，泊在台州境内的章安镇。过不到十余日，又闻明州被陷，急得高宗惊惶异常。连忙命水手启碇，速向烟波深处躲避。哪里知道，高宗避得快，金人也追得快，御舟方才开行，已有一员金将，带了数百名兵卒，乘着快船，顺流而下，来追高宗了。高宗见是敌船，吓得战战兢兢，连说："快走！船快走！"那船上的卫士，更是泥塑木雕一般，动也不敢动。舟子慌了手脚，连船也摇不来了。那金兵的快船，却如骏马一般，飞向前来，直扑御舟。此时高宗真是身临绝地，性命只在呼吸之间了。却见那吴氏，不慌不忙，等得敌船将近的当儿，取过了雕弧，搭上了箭，觑定船头立着的金将，一箭射去，那金将一心追赶御舟，擒拿高宗，未曾防备，一箭射中咽喉，倒在船上。金兵忙着救护主将，不能追赶，高宗的御舟方得乘势逃去。倘若没有吴氏这一箭射中金将，高宗也几与二帝一般，要被劫而去了。后人有诗咏吴氏的能诗善射道：

不裹冠巾女圣人，雕弧哪羡十流银；
更饶艳思轻红旬，粉挽香梳十指春。

高宗此次得脱金人之难，幸亏吴氏的力量，便向她再三慰劳。吴氏谢道："保护圣驾，乃是臣妾的本分，何须陛下奖慰。只是方才看那金人的驾驶船只，势如奔马，可见敌善乘马，不惯乘船的话也是假的。恐怕圣驾能到的地方，他亦能到，如此畏避，终非长策。妾想，金人孤军深入，心内亦必畏怯。陛下若能振作精神，亲自视师，再命各路将帅四面邀击，金兵必不敢再驻于此了。"高宗内心甚是畏惧，如何肯从其言。吴氏见高宗这般怯懦，竟至畏敌如虎，不禁娇声叹道："可惜臣妾不是男子，倘裹尺五皂纱，定当誓师两浙，与金人见个高低了。"高宗听得这话也不觉面现惭色。却深服吴氏的胆识，从此有意立她为中宫了。

且说金将阿里蒲卢浑，带领精骑，追赶高宗，直至越州，宣抚使郭仲荀，逃奔温州，知府李邺出降。蒲卢浑留偏将琶八守城，率兵径趋明州。那琶八同了降臣李邺，送过了蒲卢浑，便与李邺并马入城。忽有一大石，直向琶八头上飞来。琶八急忙躲闪，那大石只离头颅尺许，飞了过去，心内大怒。立命军士，搜拿刺客。军士方才奉令，早已有人大声喝问："我乃大宋卫士唐琦是也，恨不得击破尔首，死亦当食尔之肉，寝尔之皮，方得甘心。"琶八不禁叹道："使宋朝皆如此人，我兵焉得至此。"遂向唐琦问道："李邺是个帅臣，尚且降顺，你是何人？乃敢如此？"唐琦厉声道："李邺为臣不忠，应碎尸万段。"说至此，便用手指定李邺道："我月受石米，尚不肯背主求荣，你受国厚恩，甘心降贼，还可算得人么？"琶八即命牵出斩首，至死骂不绝口。

那阿里蒲卢浑，离了越州，渡过曹娥江，直薄明州西门。张俊令统制刘保出战，败了回来；又令统制杨沂中，知州刘洪道，水陆两军，一同进攻，杀死金兵数千名。这日正当除夕，杨沂中等杀败敌兵，回城会饮，犒赏士卒。次日元旦，西风大起，金人又来攻城，张俊督兵守御，金兵反受创而退。到了次晨，金人又添兵攻城，张俊、刘洪道一面守城，一面遣兵掩截。金兵杀伤大半，余众窜退余姚，遣人向兀术乞援。兀术亲自率兵前来，仍由阿里蒲卢浑前驱进攻，声势甚盛。打听得高宗在章安镇，遣快船连夜往追，舟师继进，行了三百余里，未高宗踪迹，先行的快船退了回来，方知裨将中箭而亡，高宗遁去。

兀术遥望大洋，见对面隐隐一座高山，未知何处，即问海师，此是何山？海师答称阳山。兀术叹道："吾得至此，足矣！"下令回舟。是日高宗御驾，阻风不能行，兀术倘再前进，便危殆了，其中盖有天意，宋室理应中兴，所以兀术竟至回兵。后人有诗一首，咏此事道：

饮马歌残络马衔，浮屠军已越重岩。
中兴若不由天意，早向阳山进一帆。

兀术下令回兵，舟师方欲掉转船头，一齐退归。忽然来了数艘大舶，乘着顺风，枪炮矢石，直向金兵击来。金兵舟小力弱，不能抵敌，连忙逃回，已伤了好些兵卒。那大舶乃是提领舟张公裕，奉了诏命，哨探金人消息，恰巧遇着，奋力而上，杀退兀术。回报高宗，高宗方敢回泊温州。翰林学士汪藻，以诸将无功，请先斩王琼，以作士气，其余酌量加贬，令他们将功赎罪，高宗不从。兀术欲壑亦已盈满，引兵回到临安，纵火焚掠，将所有金银财帛，运载了数百年，取道秀州，经平江，留守周望，逃入太湖，知府汤东野，亦奔走而去。兀术乃以舟师，经过常州，径趋镇江。

其时浙西制置使韩世忠，却料定兀术兵回，必要经过镇江，遂带了兵船，在镇江守候，专截金人的归路。果然不出所料，被韩世忠候个正着。兀术舟师到了镇江，见江上布置了战船，旌旆飞扬，鼓角齐鸣，军伍严肃，士气勇壮，与别的将帅大不相同，知道是个劲敌。遥遥的望见坐船上面，竖的纛，绣着一个斗大的"韩"字，不免打了个寒噤，对部下说道："原来是韩世忠，所以有这样的兵力。我素闻得他智勇足备！今日被他截住了去路，料想不能直渡过去，少不得要跟他分个高下，战败了他，方能回去哩。"说罢，便命草了战书，约韩世忠决战。韩世忠坐在船上，接到了战书，立刻批准，越期开战。批准之后，梁夫人从船后出来道："将军约他开仗，我兵只得八千，兀术那边不下十万人马。倘若与他奋力战斗，就是以一当百，尚难获胜。妾身却有一计在此，未知将军以为如何?"韩世忠道："我亦正虑寡不敌众，夫人既有良谋，那是最好的了！何不请道其详呢?"梁夫人道："明日交战，将军可分兵为前后二队，四面截杀敌人。中军由妾暂时管领，专事守备，并发号令。倘若金人杀来，只用枪炮矢石，射住了他，不使前进。兀术见中军无懈可击，必定领了舟师，向左右冲突，要想脱身而去。将军所领之前后二队，只看中军的旗鼓为号。妾坐于船楼上面，击鼓挥旗。将军闻鼓进兵，视其旗截敌，旗往东，即往东杀去，旗往西，即向西杀去。妾料兀术虽勇，也难出此重围。若得侥天之幸，一鼓歼渠，也可除却后患，免得他再来侵扰江南。"韩世忠大喜道："夫人此计甚妙！但我也有一计在此，此间形势，无过于金山龙王庙的，我料兀术，必然登山探视我军的虚实。我今命将前往埋伏，待他到来便可擒住。倘若兀术乖觉，不来中计，便以夫人的谋划，与他开仗，也不愁他不敢。"梁夫人点头称善。韩世忠便拔取令箭，命偏将苏德，引兵二百，以百人埋伏庙内，百人埋伏庙外下岸的侧首，听得江中鼓起，庙外的兵杀向庙内，庙内的兵向庙外杀出，见敌即擒，不得有误。苏德奉令，挑了二百名劲卒，自去埋伏。到了次日，韩世忠亲自坐于船楼上面，将鼓摆在身旁，两眼不瞬的望定山上。不上片刻，果有五骑马上山，行入龙王庙内。韩世忠哪肯怠慢，把鼓击得震天价响起来。庙内伏兵先出，敌骑连忙逃走。庙外伏兵略略迟延，未能拦头截住，忙与庙内之兵奋力追赶，仅能擒获两骑，余三骑飞马而逃。内有一骑，身穿红袍，腰围玉带，马失前蹄，跌将下来，又复跃上马背，逃脱而去。世忠望得清楚，料知必是兀术，不禁长叹道："可惜！可惜！"及至苏德将擒住的两骑，押上坐船，世忠加以询问，那坠马人，果是兀术。世忠虽然惋惜，但亦无法，不过略责苏德几句，也就罢了。当下便依照梁夫人的计策，分派人马，整理战具，预备厮杀。

次日清晨，梁夫人早已装束停妥，只见她戴着雉尾八宝嵌珠金凤冠，身穿一领锁子黄金甲，围着盘龙百玉带，脚上着了一双小蛮靴。真个是神似秋水，容如春月，好比当初出塞从军的花木兰，端然正坐在楼船上面，管领了中军旗鼓。兀术领兵冲杀过来，并不见宋军呐喊对敌。心中有些疑惑，便举目看望，遥见宋军船上，旌旗密布，楼船之中，端坐着一位女将军，两旁排列着疏疏的几个兵，并不像厮杀的模样，心下更觉惊疑，但也顾不得好歹，只有挥军冲上去，专向中军攻击。哪知刚才杀到分际，只听得一阵梆子响，万弩齐发，直向金军注射，又夹杂着火炮轰轰的击来，数十百斤的大石，如冰雹一般打下。碰着人，筋断骨折，遇着船，舷碎橹断，再加了神臂弓，飕飕的横穿直注，射在身上，透甲穿胸，着在面上，贯脑洞目。任凭金兵如何奋勇，如何强悍，究竟不是铜浇铁铸的，怎么能够抵挡呢？顷刻间已是伤亡了不少的兵卒。兀术见了这样情形，料知冲突不去，不过徒伤自己的兵马，再也不能过去。急忙传令，掉转船头，斜刺里向东杀去。只听得鼓声大起，一排战船，密麻也似的拦住去路。当先船上，立定了一员大将，头戴黄金盔，身穿亮银甲，面如满月，目似流星，五绺长须，飘拂胸前。兀术瞧着，不是别人，正是威风凛凛的韩世忠，韩元帅。兀术忙令偏将迎战，自己回船向西而行。哪知，刚到西边，又有一员大将，领着战船，挡头截阻。兀术一瞧，仍是韩世忠。兀术吃了一惊道："他难道有分身的法术么？那边已经派了兵将和他交战，如何这里又遇见了他呢？我今天敢是着了鬼迷了。"正在惊诧，身旁一员大将，竟大呼冲杀过去。兀术一见，连忙拦阻，哪里拦得住？未知那将是谁，且看下回分解。

第七十一回　兀术悬赏出江口　岳飞引军复建康

却说那员大将跃向宋军船上去交战。兀术一瞧，正是自己的女婿，龙虎大王。连忙拦阻他，哪里还来得及。龙虎大王自恃勇猛，跳到宋军船上，要和韩世忠厮杀，早有左右部将长矛齐施，连戮带钩，如雨点一般飞向前来。龙虎大王还没有施展手脚，已经落下水去。这兀术叫得苦也！慌忙命水手泅水往救。已为宋军卒擒上船去了。兀术还想拼命冲突，怎经得宋军那边一齐都用长矛刺击，又兼矢石如雨，金兵纷纷落水，死者无数。兀术知道难以渡过，没命的往后退去，韩世忠挥军追杀，约有数里之遥；听得中军鼓声已止，即行收军，回到坐船。梁夫人恰从楼船下来，世忠上前执手道："劳苦夫人了！"梁夫人道："为国效力，理应忘身，如何可说劳苦。但不知有无敌将擒获前来？"世忠道："擒得一员。"梁夫人道："将军速去发落，妾身略略休息，想那兀术，岂肯束手待毙，必然鼓励士卒，再来冲突，以图脱身。"说罢了，自往后船而去。世忠升帐，押上龙虎大王。问明是兀术的爱婿，立即斩首号令。又复检点军士，仅有数十名受伤，并无死亡。世忠令伤兵退往后面安心调治。忽报兀术谴使下书，世忠命入，折书观看，乃是情愿尽归所俘，恳请借路渡江。世忠不允。来使又请添送名马。世忠仍是不许，斥退来使，来使只得抱头鼠窜而回。兀术见世忠不允借道，便由镇江溯流而上。世忠亦即开船追赶。金兵沿南岸而行，宋军便沿北岸而进，夹江对峙，绝不松懈。到了夜间，击柝之声，也互相应和。行至黎明，金兵径向黄天荡内而去。这黄天荡，看去虽甚开阔，却是一条断港，有路可进，无路可出，金人不识路径，误走入内，等到兀术捉了两三个渔人问明原由，方知是个断港，前面并无出路，不觉叫起苦来。思量了半日，没有别法，只得悬出赏格，征求计划。当下便有土人，贪着千金重赏，往告兀术道："从此北去，不过十余里之遥，有一条河道，名为老鹳河，因日久淤塞，不能通行，若能发兵开掘，就可直达秦淮了。"兀术闻计大喜！立刻赏以千金。土人领赐退去，即令兵士发掘老鹳河的故道。金兵都要逃命，发声喊，一齐动手，不过一夜工夫，便开成了三十余里的长渠，遂移船出去，向建康而行。

天将傍晚，行抵牛头山，忽听得鼓角齐起，一彪军马，拦在前面。兀术还道是自己的人马前来接应，拍马当先，向前探视，遥见那边的人马，全是黑衣，又在天色昏暗之际，分不清是金军，是宋军。正在疑望，忽有一将，金盔银甲，挺矛杀来。兀术见是宋将，慌忙挥兵迎敌，有眼快的小军，认得那员宋将，不禁连声叫道："岳爷爷来了，大家须行小心。"喊声未毕，岳飞已带领白骑，如旋风一般，冲进敌阵。金兵连忙持械迎战，怎当得岳飞那条枪，盘旋飞舞，神出鬼没，碰着的，不死也要带伤。金兵杀死无数，又因已在黑夜，金兵瞧不清楚，竟自相攻击，死亡不可胜计。兀术连忙拍马奔逃，直抵新城，方才转了一口气。反顾后面，见来逃的都是自己人马，宋军并未追赶，略略放怀道："岳飞这厮，果然名不虚传，好生厉害。"当下只得收拾残兵，扎下营寨在新城过夜，吩咐兵卒，小心巡逻。兀术自己也不敢解甲安睡。等到了更深夜阑，正在朦胧欲睡，忽闻兵卒大喊道："岳家军又杀来了！"兀术从睡梦中惊醒，幸亏没有解甲，提了兵器，翻身上马，弃营而奔，金兵也跟随溃走。无夸岳家军力追不舍，一直赶至龙湾，岳飞方才收兵。兀术见岳家军已退，回马检点士卒，已经丧去一半，器械马匹，更不必说了。兀术禁不住叹道："我从建康起身，往浙东的时候，原防着这个岳飞截我后路，故令偏将王权，驻兵广德作为后应。现在只见岳飞，不见王权，那支兵想必又葬送了。如今这条路被岳飞截住，我们万难过去，进退无门，如何是好？"部下将士齐声说道："我们何不仍回黄天荡，再由原路渡江呢？料想韩世忠疑心我们已去，必不在那里守候了。"兀术沉吟了半晌道："果然除了此路，更无别路可以回去。"只得从龙湾乘船，再往黄天荡行进。

那岳飞怎么会在牛头山截杀兀术呢？原来金兵南下，岳飞带领部兵，在后追蹑，行至广德，便与王权相遇，两下交锋，不上数合，已将王权擒住，并获裨将四十余名。岳飞把来一齐斩首，放火烧了金营，本要南下勤王，只因军中无粮，不能前进。料定兀术孤军深入，不能持久，满掠一番，必由原路退归，所以移兵在牛头山，专等兀术回来，杀他一个畅快。及至把兀术逼还了黄天荡，知道江中有韩世宗守住，不愁金兵逃去，自己部下，尽是陆军，不利水战，不如回攻建康，把建康收复了，再邀截兀术，也还不迟，因此径自引兵，向建康而去。

且说兀术，重回黄天荡，只指望韩世忠已经不守在那里，就可以渡江北归了。吩咐众兵出力摇船，驶出荡口。哪知将到荡口，只见无数海船，如一字横列在口外，旗纛上面，都写着斗大的"韩"字，迎风飘扬，十分威武。兀术见了，不禁叫起连珠箭的苦来，众将士却切齿痛恨道："殿下休要忧虑，我们只要并胆同心，舍命杀出，总可保护殿下渡过江去。"原来，兀术是金太祖第四个儿子，所以众将皆称为殿下。兀术道："现在已临绝地，除了死战之外，也无别法了。"当下传令休息一夜，养足精神，明日拼命冲突。这夜，两军都相持不动，到了次日黎明，金兵饱餐酒饭，一齐摩拳擦掌，舍死忘身，大声鼓噪，冲杀出来。韩世忠的战船，经了这一阵冲杀，果然两下分开。兀术大喜，连忙乘势驶去。哪知驶将前去，各战船忽然一艘一艘自己沉下江去。兀术见前面的船自行沉没，料知有异，连忙传令退回，方将后面的保护住了。但已沉没了好几十艘，兀术与诸将面面相觑，不知韩世宗用的是什么法儿。

韩世忠并无异术，如何能使敌舟自沉呢？原来世忠知道兀术此番前来，必定死命夺路，便预先备下铁绠，贯以大钩，将绠之再端，分授于舟中的壮士，等到敌船驶过，即用铁钩搭住，每一牵动，舟便沉下。金人不知此计，都异世忠另有异术，更加惊慌。兀术也不胜焦灼，只得令人请韩元帅答话。世忠便登楼相见，兀术哀求道："但得元帅借条道路放我回去，从此永不再犯江南。"世忠抗声答道："你要借道回去，极为容易，只要还我二帝，复我疆土，我决不为已甚。"兀术无言可答。此时挞懒已令金将孛堇太一领兵驻扎江岸北首，救应兀术。兀术见了自己的旗帜，胆便大了许多。遂即说道："韩将军，你不要太逼迫我，我总要设谋渡江，它日整军再来，必将江南踏为平地，杀得草木不留。"韩世忠也不答话，一翻身拈弓搭箭，向兀术射来，兀术连慌返棹，箭已中了船蓬上面。

兀术仍复退回黄天荡，与诸将计议道："敌人不允借道，如何是好？"众将道："前日掘通老鹳河，是悬赏求策的，现在何不用此法呢？"兀术称善，便又悬赏，征求破韩世忠的计策。有个闽人王姓，来向金兵说道："可于舟中铺土，盖以平板，等到风息出外，有风万不可出，因为海船无风就不能动了，再用火箭射他的篛篷，就可不攻自破。"兀术大喜！依计而行。韩世忠哪里知道，这夜还与梁夫人坐在船上赏月，把酒谈心。两人对饮了几杯。梁夫人忽然蹙额叹道："将军不可因一时小胜，便忘了大敌。兀术狡猾异常，倘为逃去，必然整军前来报仇，那时将军不但无克敌之功，反有纵敌之罪了。"世忠笑道："夫人太过虑了！兀术已成笼中之鸟，还愁他飞去么？我只守着要口，不使他出外，待到粮草已尽，不为我擒，也要活活饿死。"梁夫人道："南北两岸，皆是金兵，将军总以小心为上。"世忠道："北岸金兵乃是陆军，不能入江，可以无虑。"说罢，乘着酒兴，拔剑起舞了一番，又随口吟《满江红》词一阕道：

> 万里长江，淘不尽壮怀秋色。漫说秦宫汉帐，瑶台银阙，长剑倚天氛雾外，宝光挂日烟尘侧！向星辰拍袖整乾坤。消息歇，龙虎啸，风云泣，千古恨，凭谁说。对山河耿耿，泪沾襟血。汴水夜吹羌管笛，鸾舆步老辽阳幄。把唾壶击碎，问蟾蜍，圆何缺？

方才吟罢，梁夫人见他酒已过量，便扶他归寝，然后再到外面，传谕诸将道："今夜月明如昼，金兵将必不敢来犯，但总以小心为是。你们可备小舟，彻夜巡查，不得有误。"诸将遵令，梁夫人方才归寝。哪里知道，兀术已悬赏了计策，刑牲祭天，乘着星月横斜，风平浪静，率了各船，奋勇杀出。世忠与梁夫人闻得鼓噪之声，连忙起身，戎装披挂，上前迎敌，仍饬令将士，照旧截杀。哪知一声胡哨，敌船里面，弓弩齐施，要想用盾遮蔽，无如射来的尽是火箭，篷帆一被射中，便延烧起来，更兼微风不生，海船都不能移动，坐视着烟焰蔽天，无路可逃。幸亏巡查的小船，四面摆来，梁夫人忙道："将军快些逃生要紧！"世忠无法，只得跳上小船，梁夫人也将纤腰一扭，金莲一顿，蹿上小船，令亲兵划桨鼓棹，逃往镇江而去。其余的兵将，烧死溺毙，不计其数，只有一小半，驾着小船，逃了性命。兀术得胜以后，遂即渡江而去。这一次，韩世忠以八千兵，与兀术相持四十八日之久。使无奸人献计，兀术万难脱逃，虽然终究败衄，但声威远振，金兵个个惧怯，不敢再侵江南，所以，虽然战败，也很有光荣的！

世忠到了镇江，等到败兵退归，亲加检点，却战死了两员副将，一为孙世询，一为严允。兵士损折大半，受伤的不可胜计，世忠懊恨欲绝，终日里短叹长吁，闷闷不乐。梁夫人婉言劝道："事已如此，悔亦无及。"韩世忠道："连日接得朝廷诏书，倍极奖勉。如今一败涂地，叫我如何复奏呢？"梁夫人道："前日苗、刘之乱，妾身受封安国，入谢太后，见太后极为仁慈，且对待妾身颇加宠眷。后来平了乱事，妾随将军回至建康，屡次晋谒，很蒙太后褒宠。现闻皇上已返越州，且向虔州迎接太后回銮，妾当密上一奏，表面是弹劾将军，暗中却为将军求免。太后见表，必然顾念前功，转告皇上，不加罪责了。"世忠道："此言甚是有理。且我败兵纵敌，也应上章自劾，方合道理。"当下修了两道表章，遣使去了。不上几日，便有朝命下降，说韩世忠以八千人马，拒金兵十万，相持至四十八日，屡胜一败，不足为罪，特授检校少保，兼武成感德军节度使，以示鼓励。世忠拜受了诏命，夫妇二人甚是欣慰！

且说兀术逃出了黄天荡，渡江北去，还道建康未失，直向那边而行。及至到了静安镇，忽见旌旗飘扬，上面大书“岳”字，不觉吃惊道：“岳飞在此，难道建康已失么？”忙令退兵。哪知后面一声炮响，岳飞已领大队杀到，吓得兀术，尽弃辎重，拍马飞奔，一直逃过宣化镇，到了六合县，收集残兵，已是失去无数兵马。兀术顿足叹道：“前日遇见岳飞，被他杀败，今日遇见了他，又折了许多兵马辎重，此仇必要报的。”正在说着，忽得挞懒军报道：“建康已为岳飞夺去，幸得孛堇太一，已将所有守兵，尽行救回。现在我军正攻楚州，请速来夹击。”兀术看了军报，便问来人：“楚州容易攻取么？”来人道：“楚州城池，并不坚固，只因守将赵立，很是了得，所以攻打不下。”兀术道：“我意欲北归，运还辎重，且向楚州借道。倘若赵立许我，便不去攻他，否则我去夹击便了。”遂写起假道的书信，差人赍往楚州，去了数日并无回音。还是得了挞懒的报告，方知差人已为赵立斩首号令。兀术大怒道：“什么赵立！敢斩我使，此仇如何不报？”即对挞懒来使说道：“要破楚州，先要截他粮道，我愿担当此任。城内没了粮草，自然不攻而破了。你回去可把我的言语告知主帅。”来人领命而去。兀术率领人马，专截楚州粮道。楚州果然不能支持了。赵立见势已危急万分，只得向行在告急。

其时御史中丞赵鼎，正在参劾吕颐浩，说他专权自恣。吕颐浩亦劾赵鼎，阻挠国政。高宗改任赵鼎为翰林学士，赵鼎不拜，又改为吏部尚书，赵鼎又不受，更上章论吕颐浩过失，多至数千言。吕颐浩遂求去，有诏罢吕颐浩为镇南军节度使，兼醴泉观使，仍以赵鼎为御史中丞。未几，即令签书枢密院事。赵鼎得了楚州急报，命张俊往援。张俊素为吕颐浩友善，不愿受赵鼎的派遣，固辞不去，乃改令刘光世往援。那刘光世，本是碌碌无能，因人成事的懦夫。奉到诏命，如何敢去？他只是逍遥江西，逗留不进，朝廷屡次催促，还是迁延拖宕，始终未往。

赵立困守楚州，虽然危急万分，却是到底不懈。见挞懒猛力来攻，即撤去城内沿墙房屋，掘一深坑，燃旺了火，城上用许多壮士，持了长矛，见金人缘梯登城，用矛立钩，投入火炕里面，烧死了不知多少。挞懒又令死士爬城，也被捉住，一一斩首。挞懒不觉大怒起来，立誓不破楚州，决不退兵。遂运了火炮，向城猛击。赵立随轰随补，仍是攻打不下。如此相持了多日，赵立闻得城东，炮声不绝，急忙上城防守。恰巧巨石飞来，击中赵立头颅，血流满面，尚是站在那里。左右忙去救他，赵立慨然叹道：“我伤甚重，不能为国灭贼，死亦不瞑目了！”言毕而死，身体仍旧立着，并不倒下，左右扶他下城，与他殡殓。金兵疑赵立诈死，不敢登城。守陴兵丁，也感赵立忠义，依然尽力守御，又相持了十日，粮尽援绝，城始被陷。

赵立乃徐州人氏，忠义出自天性，恨金人入骨，捉到了金人，立刻处死，并不献首计功。高宗闻赵立死难，追赠奉国节度使，赐谥忠烈。岳飞引兵往救，行抵泰州，闻得楚州已失，不得已率军而回。兀术见楚州攻下，北路已通，正要束装北返，忽然接到金主手札，命他入陕，援助娄室，兀术便从六合西行，到得陕西，与娄室相见。娄室说及攻下各处州县，皆被张浚夺了回去，因此奏闻主上，邀助一臂之力。兀术不觉惊诧道："张浚也这样厉害么？待我与他决战一场，再作区处。"

原来张浚自从建康启行，直抵兴元，正值娄室攻下鄜延及永兴军，关陇大震。张浚乃招延豪杰，修缮城地，以刘子羽为参议，赵开为随军转运使，曲端为都统制，吴璘、吴玠为副将，整顿军马，防备敌人，兵气渐振。娄室进攻陕州，知州李彦仙，向张浚求救，张浚令曲端往救，曲端竟不奉命。陕州因援兵不至，城遂被陷，李彦仙自杀。娄室入关，攻取环庆，吴玠迎战获胜，约端前往援应，端又不往。吴玠再战而败，退归兴元，极言曲端之失。张浚本意要倚曲端自重，至此乃疑曲端不忠。后来闻得兀术入寇江淮，张浚要引军入卫，曲端又从中作梗，百端阻挡，推说西北士卒，不习水战，不便前往。张浚因疑而怒，罢曲端兵柄，贬为海州团练副使，安置万安军，亲自督兵至房州，克日南下入卫。未知张浚能南下否，且看下回分解。

第七十二回　充内奸夫妇同归　誓报国弟兄著绩

却说张浚亲自引兵至房州，克日南下，先令赵哲克复鄜州，吴玠收复永兴军，又移檄被陷各州县，令其自拔来归。各州县果然反正，尽为宋有。后来闻得兀术已经北归，张浚已亦退回关陕，调取五路大军，分道出同州鄜延，东拒娄室，南截兀术。及兀术至陕，会娄室之军西进。张浚遂召熙河经略刘锡，秦凤经略孙偓，泾原经略刘锜，环庆经略赵哲，与统制吴玲，会合五路大军，四十万人，马七万匹，要与金兵决一胜负。当命刘锡为统帅，先行出发，自率诸军为后应。统制王彦进谏道："陕西将帅，素不和协，未可合兵齐出，倘有一路稍挫，各路悉皆奔溃。不如令其各守要隘，待金兵入境，再令来援，万一不捷，还可不致大有挫衄。"张浚不然其言，刘子羽亦力言不可。张浚慨热叹道："我非不知此理，但东南势甚危急，不得不大举攻敌。倘能击败金兵，便无西顾之忧，可以专力东南，防御敌人了。"吴玠、郭浩又进见谏阻，张浚只是不从，大军遂即启行。前锋行至富平，刘锡会集诸将，计议出战之策。吴玠道："出兵宜求胜利，此处一带平原，绝无险要，易为敌兵所乘，当先据高阜，依险立营，方保万全。"诸将道："我军人马众多，比较金兵，何止一倍，怕他甚的。况此处前有苇塘口，便使用铁骑冲突，也不能奔驰如意，何必移住高阜呢？"刘锡因众议不同，也不能决断。那娄室却引兵前米，部下的人马，早已预备了柴薪，运着土袋，把苇塘顷刻填满。金兵纵马而过，进逼宋营。兀术也引人马到来，与娄室分为左右两翼，列阵待战。刘锡见敌兵逼近，遂传令出营出战。吴玠、刘锜等敌左，孙偓、赵哲等敌右。左为兀术之军，上前接仗，吴玠、刘锜身先士卒，奋勇冲突，兀术的部兵，竟自抵挡不住，渐往后退。娄室领了兵在右边与孙偓、赵哲决战。孙偓倒也亲自指挥，尽力上前，那赵哲却躲在旗门影里，不敢前进，早被娄室看出破绽，指挥铁骑，径从赵哲一军杀来。赵哲如何敢出阵迎敌？带转马头，往后边跑，部下兵士，见主帅已走，自然跟随奔跑。孙偓之军，竟为牵动，不能支持，也就溃退。吴玠、刘锜的两路人马，见右军已败，兀是惊心，再加娄室战败了孙偓、赵哲之军，也来帮助兀术，两下夹攻，吴玠、刘锜也就招架不住，只得败退下来。统帅刘锡，见四路兵败，哪里还敢恋战，也便退走。张浚驻扎邠州，正在盼望捷音，忽见败兵陆续退回，知道邠州亦难保守，只得退至秦州。等得刘锡到来，责其败北之罪。刘锡归罪于赵哲。张浚即将赵哲斩首，刘锡安置合州。命刘锜等各归本镇，并上疏自劾。后得高宗手诏，非但不加责罚，反多慰勉之语。张浚奉诏，感激涕零，力图报效，无如各军新败，金兵势焰，日盛一日，泾原诸州军，皆为兀术所攻破，又有叛将慕洧，引导金人，入环庆路，破德顺军。张浚自已部下，只得亲兵一二千人，如何还能再战？就是秦州也保守不住，只得又退往兴州。有人说："兴州也很危险，不如径行入蜀，驻节夔州，就可凭险而守，永保无虞了。"张浚听了这话，心内踌躇不决，即请刘子羽商议，刘子羽不待张浚说毕，已变色道："谁人首倡此议，罪应斩首，四川向称富饶，甲于全国，金人唾涎已久，不过地势险阻，山岭崎岖，不容易进去，且因我们的人马，驻扎在此，不能飞越过去。如今弃了陕西，退入蜀中，引敌举入，我却退避夔峡，与关中不通声气，必致进退两难了。如今敌人方才恣意劫掠，尚未逼近，宣抚使应当留驻兴州，以为关中人望，内安全蜀人心。速遣官属出关，召集诸将，收拾散亡，分扼险要，坚壁以待，俟衅乘隙，待时而动，尚可挽救前次之失，以图将来之效。"张浚闻言，肃然起立道："参军所言，甚合机要！我当立刻施行。"当下召集诸参佐，欲令出关，慰谕诸将。众人皆有难色，刘子羽道："某不才，愿当此任。"张浚大喜道："得君前往，尚有何言。"遂令从速前行。子羽奉令，单骑赴秦州，檄召散亡将士，诸将因富平之散，具获罪谴，各自逸去，已不知张浚身在何处。此时见了檄文，概赦罪，仍复原职，大家欣喜，接踵而来。未及数日，已收集了十余万人，军势复振。刘子羽回到兴州，报告张浚，即令吴玠往凤翔，扼守大散关以东的和尚原。关师古等聚熙河兵，扼守岷州的大潼县。孙偓、贾世芳等，集泾原、凤翔之兵，扼守阶、成、凤三州。三路分屯，遏住敌兵进取之路，金兵得了消息，方才不敢轻易到来。未几，娄室病死，兀术自觉势力孤单，暂时且图自保，待养足了气力，再设法进取。

且说挞懒攻下了楚州，又分兵陷汴京。汴京乃北宋都城，称为东京，河南府为西京，大名府为北京，应天府为南京，此时尽为金人所有。金主晟，本来无意中原，便将河南、燕北州郡，立刘豫为帝。那刘豫，号彦，游州阜城人氏，初为河北提刑，金人入寇，弃官而去。后由张悫保荐，起复为济南府。刘豫因山东盗贼横行，不愿前往，请在东南效用，宋廷不许，刘豫怏怏而去。未及两年，金将挞懒略地山东，来攻济南。豫令勇将关胜，及其子刘麟，率兵抵御。关胜奋勇杀敌，连次获胜，挞懒心中疑惧，令人入城劝刘豫降金，永保富贵功名。豫本来怨望进朝廷，遂将关胜杀死，开城投降。城内人民不肯从金，豫乃缒城而出投往金营。从此，随了挞懒，参赞军事，挞懒倒也很器重他。后来闻得兀术攻下建康，高宗避往东南，西北地方辽阔，金主恐照顾不到，要依照张邦昌的故事，重建藩封。但汉人中只有折可求、刘豫二人，才具相当。刘豫闻得这个消息，连忙大施运动，以重金馈献挞懒，求为荐举，挞懒倒也乐从，便转告粘没喝，请立刘豫为藩王。粘没喝不答，挞懒又致书于高庆裔，嘱为吹嘘。高庆裔受金命为大同尹，与云中相近，即往谒见粘没喝道："我朝屡次举兵，不过为的两河，因此，得了汴京，遂立张邦昌为帝。现在河南州郡，皆归我有，官制还是依照南朝，不是又要仿照张邦昌的故事么？元帅不早建议，乃令恩出他人，窃为元帅不取。"粘没喝听了此言，连连点头，遂即奏闻金主。金主即命至刘豫部下，咨问军民应立何人为帝？刘豫乡人张浃，首请立豫，众亦随声附和，就此议定。挞懒转奏金主。金主遂命大同尹高庆裔，知制诰韩昉为册封使，于高宗建炎四年九月，即金主晟天会八年，册立刘豫为齐帝。刘豫乃上金哲表，世修子礼，奉金正朔。后因金主许其改元，始改次年为阜昌元年，升东平府为东京，改东京为汴京，降南京为归德府，惟大名府仍称北京。

挞懒即立刘豫为齐帝，又因宋廷近年来有岳飞、韩世忠等为将，用兵未必胜利，若要自己毫无损失，坐收其利，惟有讲和一法便，便想了一个计策，将秦桧夫妇，放回中国，使他做个奸细，主持和议。此时秦桧在挞懒营内做了参谋，兼转运粮台，颇得信用。挞懒将他召来，把主意说明，秦桧连声答应，对天盟誓，永不负金。挞懒遂将秦桧及其妻王氏，暗中放归。秦桧携妻，航海而行，到了越州，只言自己杀了监守的人，夺舟回来的。廷臣多半疑惑，尽说秦桧自北至南，迢迢数千里，途中岂无稽察，就使从军挞懒，纵令归来，亦必拘其妻子，如何得与王氏同行呢？惟参知政事范宗尹，同知枢密院事李回，素与秦桧友善，力为辩白，且荐他忠诚可用。高宗乃召他入对，秦桧见了高宗，即出所草与挞懒求和书，且劝高宗屈从和议，为迎回二帝，休养万民之计。高宗闻言甚喜。对辅臣道："秦桧朴忠过人，朕得桧，甚是欣慰！即得二帝母后消息，又得一佳士，岂非是幸事么？"遂除桧为礼部尚书。

建炎四年冬季，下诏改元，以建炎五年，改为绍兴元年。又因秦桧南还，得知二帝消息，遂于元月清晨，率百官遥拜二帝，免朝贺礼。自金人南侵，骚扰中原，人民困苦，多流为盗。江淮湖湘之间，如孔彦舟据武陵，张用据襄阳，李成据江淮，部下皆拥兵数万，结连十余州郡，大有席卷东南之势。又妄作讦符，捏造妖言，摇惑人心，煽动中外。就中惟李成，势更强横，出没于江淮湖湘一带，人民遭其蹂躏，苦不堪言。高宗特命吕颐浩为江东安抚制置使，往讨李成，反为李成部将马进所败，且将江州夺去。适值王彦破了桑仲，岳飞破了戚方，戚方至张俊处请降。张俊上表奏闻，高宗乃授张俊为江淮招讨史。张俊请与岳飞同行，遂命岳飞为副。张俊方才启程，忽得探马急报，江州为马进所陷，现又往攻筠州。张俊乃下令向豫章进发，入城之后，大喜道："此地夹于江筠之间，势所必争，今为我有，贼人不足平了。"果然不到几日，马进也赶了回来，连营西山，声势颇为浩大。张俊按兵不出，相持了十余日。马进致书约战，书中字迹，写得很大。张俊却用端楷答复，亦未言及何日开仗。马进以为张俊畏怯，毫不设备。恰值岳飞引兵到来，入城见了张俊，问及战守事宜。张俊大略与言。岳飞道："马进知进而不知退，乃匹夫之勇，若遣兵至生米渡，截其归路，必败无疑。某愿为先锋，立此首功。"张俊大喜，即令杨沂中率兵入生米渡，岳飞前驱迎敌。岳飞奉命，回至营中，穿了两重锁子甲，骑上健马，偃旗息鼓，从贼营右边杀入，所部人马，皆随后跟进。逢人便杀，遇马即砍。马进不防官军掩至，人不及甲，马不及鞍，奔溃而走，逃往筠州。岳飞追至东城，将兵马埋伏城外，只领二百人，打着红缎大旗，中间绣个"岳"字，直薄城下。马进引兵出城，见官军人少，挥兵上前。岳飞且战且退，走到分际，伏兵齐起，两面夹攻，马进大败。岳飞部下将士大声喊道："你们有不愿从贼的，从速坐下，元帅决不加罪。"贼兵闻言，弃械而坐的，共有八万人。张俊、杨沂中也随后赶到，前后围攻，贼人奔溃得愈加厉害。马进携了死党，逃往南唐而去。岳飞追至朱家山，又将马进副将赵万杀死。李成亲自带了悍贼十余万来援，行抵楼子庄，遇见岳飞、张俊两军对垒，贼又大败，官军克复筠州。此时李成余众，尚有十万，与官军夹河下寨。张俊定计，当晚前去劫营，令杨沂中由西面渡河，自己由东面渡河，衔枚摘铃，毫无声息，渡过河去，呐喊一声，两路杀入。贼兵从梦中惊醒，自相践踏，死者不计其数。张俊乘胜追至江州，贼兵皆呼道："张铁山来了。"原来，张俊面目黧黑，贼兵皆呼之为铁山。李成穷迫已极，只得往投刘豫。于是，兴国军等处，一律克复，贼已肃清。张俊报捷行在，奏称岳飞为首功，高宗乃授为右军都统制，屯兵洪州，弹压盗贼。

再说金将兀术，屯兵陕西，养足气力，连破巩、河、乐、兰、郭、积石、西宁诸州，进陷福津，入区兴州。宣抚使张俊，退保阆州，令张深为四川制置使，刘子羽同赴益昌，王庶为利夔制置使，节制陕西诸路，兼知兴无府。吴玠为陕西都统制，召曲端至阆州，仍将重用。吴玠、王庶皆与曲端有隙，相继入告张浚道："曲端若再起用，必将不利于公。"王庶且言曲端尝题诗，有"不向关中争事业，却来江上泛渔舟"之句，指为暗斥乘舆。张俊乃下曲端恭州狱。提刑康健，曾因事为曲端鞭背，便令狱吏将曲端扎住，用纸糊口，以火炙之。曲端口渴求饮，与以烧血，遂七孔流血而死。

其时关陇六路，尽为兀术所破，只余阶、成、岷、凤、洮五州，及凤翔境内的和尚原，陇州山内的方山原了。吴玠扼守和尚原，聚粮草，缮甲兵，筑成木栅，誓以死守。兀术遣部将没立，自凤翔出兵，乌勒折合自大散关出兵，会攻和尚原。乌勒折合先至在北山挑战。吴玠令诸将列成阵势，以逸待劳，分班轮替，各自休息。金兵不能支，大败而退。没立攻取箭筈关，吴玠亦遣勇将把他战退，两军始终未能会合。金人自起兵入陕，从未遇见敌手，今遭此败，如果便肯甘休。兀术异常愤怒，会集诸将，率兵十余万，亲自前来，跨渭水建浮桥，自宝鸡结寨，连营数十里不断。营墙以外，皆垒石为城，誓必攻破了和尚原，方肯罢手。吴玠见将士皆为惊愕之色，遂召集部下，晓以忠义，并啮臂血，与众宣誓，众皆感泣。吴玠弟吴璘，亦在军中。吴玠对他说道："今日是我兄弟报国之日，万一失败，宁我兄弟先死，决不使将士先亡。"吴璘奋声答应，诸将也齐声道："主将兄弟报国，我等亦愿报主将。"吴玠大喜，遂与吴璘，在军中挑选劲弩，命善射的兵卒，编为队伍，曰"劲弩队"。遣诸将轮流带领，势如雨注，向敌营射去，无论兵将如何骁勇，遇着此箭，也不能前进，金人稍怯；又用奇兵，分两路攻击，杀得金兵叫苦不迭。更从间道截断粮草，绝其汲道，料定兀术必要退走，遂命吴璘率弓弩手三千，埋伏神岔沟，截他归路。吴玠亲自督兵，乘夜劫营，连破金人营寨十余座，兀术仓皇败走。奔至神岔沟，一声炮响，箭如飞蝗，兀术抱头鼠窜，身中两箭而逃。耳中只听喊道："兀术休走！"此时天尚未明，兀术恐人识破，忙忙的将须髯割去，飞马奔走。后来知道陕西地方，不容易攻取，便把所得州郡，尽归豫统辖，因此，刘豫尽有中原之地。

刘豫遂于绍兴二年，迁都汴京，为尊祖考为帝，就宋太庙内，供奉神主。忽然暴风大起，屋瓦皆振，祭品尽行卷入空中。刘豫所立大齐旗帜，也吹得不知去向，旗竿亦被狂飙折断。人民大惧！刘豫亦未免扫兴。其时襄阳盗魁桑仲，已经受抚，高宗命桑仲为襄阳镇抚使。桑仲却想报效朝廷，上疏行在，请合诸路兵，恢复中原。吕颐浩也败贼于饶州，授少保，入为尚书左仆射，见了桑仲的奏疏，便请高宗准奏，下诏命桑仲节制军马，恢复刘豫所置州郡；并令翟兴、解潜、王彦、陈规、孔彦舟、王亨等诸镇抚使，互相援应。桑仲奉了诏命，往郢州调兵，知郢州霍明，疑心桑仲谋逆，诱他入城，击碎其首。桑仲部将李横，方为襄邓统制，闻得主将被害，起兵攻击霍明。霍明败走，李横入郢州。河南镇抚使翟兴，又为裨将杨伟所杀，携首往投刘豫。李横本要继续桑仲之志，恢复中原，得了这个报告，即进兵石阳，破刘豫兵，乘胜破汝州，下颍顺军，攻入颍昌府。刘豫得了警报，令降贼李成，率众二万往救，又向金求助。金调兀术往援，与刘豫军同抵牟驰冈，夹攻李横。横不能敌，引兵退走，颍昌复失。吴玠闻得兀术往助刘豫，遂留弟吴璘守和尚原，自率兵进驻河池，檄熙河总管关师古，收复熙巩诸州。金将撒离喝大怒，令降将李彦琪驻秦州。镇抚使王彦迎战大败,退保石泉。撒离喝乘胜直入,径至洋汉。时刘子羽正知兴元府,闻得王彦败退,亟令田晟守饶凤关,遣人驰报吴玠,请其来援。吴玠从河池驰救,一日夜行三百里,到了饶凤关,遣人以黄柑遗金人道:“大军远来,聊用解渴。”撒离喝大惊,未知金将如何抵敌,且看下回分解。

第七十三回　复襄汉岳家军施威　保江淮韩太尉克敌

却说吴玠驰至饶凤关，遣人以黄柑赴金营，遣撤离喝。撤离喝大惊，以杖击地道："尔来何速？真令人不解了！"遂督军进攻。一人先登，二人拥后，前仆后继更番迭上。吴命众军弓弩齐施，又运大石推压，相持六昼夜，尸积如山，关城矗立，分毫无损。撤离喝乃潜募死士，间道出祖溪关，绕至后面，登高下啖饶凤关，力加攻打。诸军腹背受敌，不能招架，只得溃退，金兵遂入洋州。刘子羽约吴玠守军山，吴玠以为难守退保西县。刘子羽也只得尽焚兴元积储，退屯三泉。撤离喝驰入兴元，进至金牛镇，四川大震。刘子羽从兵不满三百，粮食又尽，与士卒取草芽木甲裹腹，一面致书吴玠，誓死决别。吴玠已往仙人关，得子羽的书信，尚无救援之意。爱将杨政，大声道："节使不可负刘待制，否则政等亦舍却节使，自去逃生了。"吴玠方从间道去会刘子羽，子羽留吴玠同守三泉。吴玠答道："关外乃西蜀门户，不可轻弃。"留兵千人，助守三泉，仍去扼守仙人关。

子羽自吴玠行后，巡阅形势，划策保守。附近有潭毒山，峭壁陡绝，险峻异常，山上地宽平有水，遂督兵建立营垒，垒刚筑就，金兵大队已来，相距仅隔数里。刘子羽反不慌不忙，将胡床移对垒口，亲自坐在那里，端然不动。诸将皆泣请道："此非待制坐处。"子羽道："死生有命，我应死于此地，虽走无益，你们休要惊慌！要死大家同死，恐怕倒未必死哩。"语还未毕，金兵蜂屯蚁聚而来，仰头瞧见子羽，全冠戎装，从容不迫，端然正坐。金兵不解其故，报知主帅。

撤离喝亲来视也，疑心是诱敌之计，又四下了望，见山势高入天际，四面生成的峭壁，猿猱也难上下。就使用箭仰面射去。也觉吃力万分，况且未必命中，当即挥兵退去。子羽见金兵退尽，方才回营。诸将见他有此胆识，愈加敬服。撤离喝退归凤翔，遣使十人，往招子羽来降，子羽斩其九人，留下一人放令回去，当面对他说道："回去告知主帅，要来便来，我愿与他决一死战，岂肯投降。"那个来使，吓得心惊胆裂，抱着头逃了回去，把子羽的话，告知撤离喝。撤离喝疑他有备，不敢轻进。又值粮运不济，杀马而食。吴玠与刘子羽，又派遣游骑四出，扰其营寨，把个撤离喝闹得寝食不安，只得收兵回去。刘子羽闻得金兵将退，约了吴玠，出兵追击，金兵一齐起了归心，谁肯舍了性命，前来抵敌，遂将所有辎重，尽行弃去，四散奔回，坠涧坠溪而死的，不可胜计。王彦乘势恢复了金、均、房三州。

到了次年，金人对于陕西心还不死，兀术、撤离喝与刘豫部将刘夔，三路连合，攻破了和尚原，进取仙人关。吴玠已先令其弟吴琳，设寨于关右，号称杀金平。金兵凿崖开道，沿岭东下，誓必破关。吴玠守第一隘，吴琳守第二隘。金兵用云梯，用挠钩，用火箭，想尽了攻关之法，终究不能攻下，反死了无数士卒。吴玠兄弟带领诸将，以旗紫白为号，杀入金营，金阵大乱，金将被箭刺伤一目，金兵乃乘夜遁去。吴玠又令王浚等，埋伏河池，扼敌归路，又得胜仗。那兀术等人，都垂头丧气，逃回凤翔。从此，吴玠兄弟，名扬陇蜀。金齐诸将,不敢再犯。捷报到了行在,有诏授吴玠为川陕宣抚副使,吴琳为定国军承宣使。

且说吕颐浩入相以后,与张浚虽然没有什么嫌隙,却也没甚感情。秦桧此时又参知政事,暗中力主和议,很与张浚反对,再加张浚镇守陕西三年,功劳皆出自吴玠兄弟,更令秦桧有话可说,因此张浚很为高宗所不悦。那秦桧外面很觉忠诚,内里却藏着一团奸诈,时常大言道:"我有二策,可使天下太平。"同僚问他是何妙策,他又说未登相位,言亦无益。高宗也道他欲陈奇谋,即授为尚书右仆射。秦桧入陈妙策,乃是"南人自南,北人自北"的两句言语,便算是妙策了。高宗不禁问道:"你言'南人归南,北人归北'。朕是北人,却归何处呢?"秦桧经此一问,方才无言可答。

自秦桧与吕颐浩并相,桧因不能独揽大权,欲令颐浩外出,遂授意言官,对高宗说道:"昔周宣王内修外攘,以致中兴,今二相一同在内,如何对外?"高宗乃命颐浩治外,秦桧治内,尝临朝对群臣道:"颐浩治军旅,秦桧理庶务,两人各擅其长。正在卧薪尝胆的时候,须学文种、范蠡才好。"颐浩乃请高宗,移至临安,自至镇江开府,都督江淮荆浙诸军。高宗准奏,驻跸临安。秦桧独相了一年,毫无建白。起居郎王居正,参他言行不符,素餐尸位。吕颐浩也令御史黄龟年,参他专主和议,阻挡国家恢复大计,且植党营私,招权揽势,当即免秦桧职,且将奏章榜于朝堂,以示永不复用之意。以朱胜非为右仆射兼知枢密院事。朱胜非与张浚,宿有嫌隙,日言浚短。高宗乃命王似为川陕宣抚处置副使,张浚意不自安,上疏辞职。遂召浚至临安,浚奉命南旋。侍御史常同等,劾浚丧师失地,跋扈不臣,遂罢浚职,居住福州。刘子羽亦安置白州。未几,吕颐浩亦为辛炳、常同所劾,罢为镇南节度使,提举洞霄宫。以赵鼎参知政事;刘光世为江东淮西宣抚使,屯兵池州;韩世忠为淮南东路宣抚使,屯兵镇江;王琼为荆湖制置使,屯兵鄂州;岳飞为江西南路制置使,屯兵江州。

是时刘豫联络洞庭湖杨么,与李成合军,从江西趋浙。岳飞闻报,即奏请收复襄阳六郡,先逐李成,次平杨么,然后进取中原。朱胜非亦谓襄阳乃江浙上流,不可不取。赵鼎道:"知上流利害的,无过于岳飞。当令岳飞专任此事。"乃命岳飞兼荆南制置使,岳飞奉命,即日渡江,对幕僚们说道:"此行不能擒贼,誓不再渡此江,"不日到了郢州,已有刘豫部将京超拒守。京超有万夫不挡之勇,听说宋兵到来,披挂登城,布置守御。岳飞挥兵登城,牛皋首先跃上,大喝一声,京超出于不意,从城上倒撞下来,跌成肉饼。宋军得了郢州,进攻襄阳。李成出兵迎敌,于湘江边上,列成阵势。岳飞登高了望,微笑说道:"步兵利于险阻,骑兵利于旷野,现在他将马队排于江岸,步兵排于平地,不是自相背谬么?虽有十万之众,我岂惧他!"遂从马上举鞭,指示王贵道:"你可领长枪步卒,挡他的马队。"又指牛皋道:"你可率骑兵,挡他的步卒。"二将奉令,分头而进。王贵杀入敌阵,专用长枪,刺他的马腹。马中枪即倒,骑贼纷纷落地,杀死无数,余贼逼入江内,也多半溺毙。牛皋杀入步兵队里,怒马驰骋,锐不可当,步兵不为刀枪杀死,也为马足踏死,又伤亡了无数。李成见不是势了,逃命要紧,哪里还顾得部下,独自一人飞马而遁。宋军又克复了襄阳。刘豫又添了兵来,联合李成余众,屯守新野。岳飞亲率偏将王万出战。贼兵早知岳家军的厉害,见了岳字旗帜,便纷纷逃散。岳飞与王万,痛杀一阵，直杀得尸横遍野，血流成渠。又遣王贵、张宪收复了唐州、邓州及信阳军；牛皋克复了随州、襄阳一律平定，移屯德字，军威大振。捷报到了临安，高宗喜道："朕只闻得岳飞治军有法，不料他遽能破敌，成此大功。"消息传到汴京，刘豫不胜惊慌，忙遣人向金求救。金遣讹里朵、挞懒两人，调渤海汉军五万，往助刘豫，又因兀术深知中国地理，令为先锋。刘豫亦令子刘麟、侄刘猊率领人马，会同进兵。马队由泗攻滁，步兵由楚州入承州。

警报到了临安，朝中又不免惊慌起来。赵鼎新授了都督川陕之命，入朝陛辞。高宗道："今昔情形不同，卿不可离朕远行。"遂拜赵鼎为尚书右仆射，兼知枢密院事，沈与术参知政事。赵鼎乃劝高宗特颁手诏，促韩世忠进屯扬州。世忠此时，征剿江湖剧盗，降曹成，斩刘忠，进爵太尉，功高望重，勋名赫弈。奉了高宗手诏，自镇江济师，进屯扬州。使统制解元，守承州，御金步兵。亲提骑兵，驻大仪，抵御敌骑，并下令伐木为栅，自断归路，誓与金齐决一死战。恰好吏部员外郎魏良臣，奉命使金，途中与世忠相遇。世忠知良臣是主和派，心生一计，先命营中撤去炊爨，再与良臣相见，诈言已奉诏命，回屯平江。良臣点首，驰马径去。世忠待良臣去后，即奋身上马，下令军中道："视吾手中鞭，鞭指何方，即向何方进行，不得迟延。"将士奉令，跟着世忠出发。世忠相度形势，随处设伏，少约百人，多至千人，计自大仪以北，设伏二十余处。自置营五座，令各伏兵，闻营中鼓起，一齐出击，违令者斩。布置既定，专候金兵前来。金前锋将军聂儿孛堇正要派侦骑，窥探宋军虚实，巧值魏良臣到来，向他询问宋军情形。良臣备述所见，孛堇大喜，即引兵至江口，距大仪不及数里，别将挞不野拥着铁骑，驰马向前，经过世忠五营东首。世忠传令起鼓，鼓声既作，伏兵齐起，奋勇突入金阵。挞不野虽然骁悍善战，一人不敌四手，顾此失彼，东防西溃，一刹那顷，四下里都是宋军旗帜，弄得目眩神迷，无从指挥。忽然一队健卒，横贯阵中，每人持一长斧，上揕人胸，下砍马足，眼见得阵势大乱，人马齐仆。挞不野招架不住，只得策马逃生。匆忙之中，慌不择路，陷入泥淖里面，也就只好任凭围将拢来，束手受擒了。世忠擒了挞不野，挥军进攻金兵，一面又遣成闵率骑兵数千，往承州援助解元。解元到了承州，也各处布了伏兵，又决河水以阻金兵。金兵涉水而过，将攻北门。解元施放号炮，伏兵一齐杀出，金兵胆怯而退。未几又来，再战再怯，怯而又进，一日至十三次。解元也很觉得疲乏，勉力相持。忽听东北角上，鼓声大震，一彪人马杀来。解元疑是金人添兵前来，心下儿是惊惶。恰见金兵阵脚已动，似有慌张之状。解元连忙登高了望，见是韩字旗帜，便大呼道："韩元帅到了！"部将听得"韩元帅"三个字，顿时精神百倍，鼓勇杀出，金兵腹背受敌，如何还能支持，一哄逃走。解元挥兵追将过去，正与救援之兵相逢，见统将乃是成闵，便问元帅还未到么？成闵道："元帅已亲自追杀兵去了。"解元方知成闵是故意打着韩字旗帜，前来救应的，遂与他合兵追杀，直至三十里外，俘获马匹器械，不计其数，方才收军而回。成闵自行返报世忠。世忠已抵淮上，大败聂儿孛堇。金兵渡淮遁去。世忠获胜回营，成闵进谒，方知承州也得胜仗，遂报捷临安。群臣相率称贺，高宗道："世忠忠勇！朕知其必成大功。"沈与求道："自建炎以来，我朝将士，未尝与金人迎敌，今日世忠之捷，可谓中兴第一功了！"高宗道："朕当格外优奖，以示鼓励。"于是赐世忠绢帛马匹，部将解元、成闵俱加官秩。

赵鼎又劝高宗亲征，高宗也觉胆大起来，居然下诏亲征，命孟瘦为行宫留守，克日督兵临江。赵鼎退值，僚属喻樗问道："六龙临江，兵气百倍，但公自料此举，果保万全么？"赵鼎慨然道："中国累年退避，士气沮丧，敌气益骄，义不可以再屈，因此劝驾亲征，至若成败，只可听之天命，哪里能够预料呢？"喻樗道："既然如此，公应先筹归路。张德远素有重望，若令宣抚江淮荆浙福建，募诸道兵赴阙，他的来路就是朝廷的归路了。原来，德远是张浚的表字，现居住福州，所以喻樗提起他来，赵鼎也深以为然，入见高宗，请用张浚。乃召浚为资政殿学士。张浚入朝，高宗言及亲征一事。张浚竭赞成。遂下手诏，为浚辨诬，复命知枢密院事。张浚退朝，往见赵鼎道："此行举措，颇合人心。"赵鼎笑道："这乃喻子才的功劳，他尚思推贤任能，鼎敢蒙蔽么？"张浚谦谢，赵鼎道："公既复任，理应执殳赴敌，为王前驱了。"张浚道："浚受国厚恩，焉敢偷安，明日即为陛辞，出赴江上。"赵鼎大喜，拊浚背道："如此方可杜人口实呢！"张浚遂即告别，即入辞高宗，赴江上视师。

高宗也启跸临安，刘锡、杨沂申，率禁兵护驾，途中饬刘光世移军太平州，为韩世忠声援。光世与世忠有宿嫌，不愿移兵，遣人讽赵鼎道："相公奉命入蜀，何事为他人任患。"世忠也寄语道："赵丞相真是敢为。"赵鼎请高宗遣使劝免韩、刘，且面奏道："陛下养兵千日，用在一朝，若稍加退缩，人心立涣，长江虽险，不足恃了。"高宗即命御史魏矼，往谕韩、刘。刘光世始移军太平州，高宗亦至平江，下诏暴刘豫罪，整饬六军，欲渡江决战。赵鼎恐胜负难定，入谏道："敌众远来，利在速战，骤与争锋，恐属非计。且逆豫尚遣其子，岂可以至尊亲自出马。"高宗方止。金齐又合兵攻庐州，令岳飞往援。飞命牛皋为先锋，徐庆为副。牛皋到了城下，见伪齐兵围住城北，金兵还陆续前来。牛皋便一马当先，遥呼金将道："敌将听着，我乃岳元帅部下先锋，牛皋是也。能战即来，可与我斗三百合。"金将大吃一惊，回首顾视，果见岳字旗帜，飞扬城南，乃不战而退。伪齐兵见金人退去，也就溃走。岳飞到来，向牛皋道："快快追去，我若不追，就此退去，他又来了。"牛皋遂追杀三十余里，金、齐两军，还疑岳飞亲来，没命的退溃，自相践踏，死者不可胜计。金兵回屯泗州竹墩镇，挞懒领泗州军，兀术领竹墩镇军，为韩世忠所扼，贻书币约战期。世忠令麾下王愈，及两个伶人，报以橘茗，且传言张枢密已在镇江，颁下文书，命决战期。兀术道："闻得张枢密已贬岭南，何从来此，你不要欺我！"王愈即出张浚移文与看，兀术颜色大变，半晌方才说道："你国遣使议和，魏良臣刚从北返，我朝正议册封你国为藩属，如何又要与我争战呢？"王愈道："我国本愿与贵国和好，所以屡遣使命，一再谋和。无如贵国逼人太甚，劫我二帝，夺我两河三镇，心还不足，尚欲逞兵江淮，册立逆臣为帝。试问，如此行为还能和好么？从古以来，得国虽由天定，也有一半出于人谋，人定未必不能胜天，且与贵国决一胜负，未必贵国总是赢，我国总是输的。"兀术被他说得无词可对，便道："要战就战，我朝怕你们不成。"说罢，遂令王愈退归。韩世忠还整备军兵，要与金人决战。谁料到了次日，探卒来报，金、齐人马，一齐乘夜遁去。世忠令兵亟追，收获伪齐所弃许多辎重，那人马已经去远，追赶不上，也就收兵回营。

你道金人为何夜遁？原来这时是绍兴四年，暮冬的时候，天气严寒，雨雪甚大，金人饷道不通，杀马代粮，士卒皆出怨言。兀术见部众已无斗志，且闻得张浚复任枢密，宋军又复守御得法，不能深入。况且金主晟，病已危笃，恐生内变，因此亟亟回去。金兵既去，刘麟、刘预，如何还敢停留，连辎重也不及携带，抛弃逃走。报到平江，高宗对赵鼎道："此次将士用命，各路守将皆肯效力，卿之功也！"赵鼎道："此皆断自宥衷，臣何力之有？但敌兵虽去，他日未必不来，还须博采群言，为善后的计才好。"高宗点首称是，即命回跸临安，并下诏在临安建筑太庙，方有中兴的气象。后人有诗咏这次的战事道：

将相齐驱却敌回，中兴气象已崔巍。
当年不用秦丞相，拭目中原大业恢。

未知后事如何，且看下回分解。

第七十四回　平水寇单骑赴贼巢　请终丧结庐傍母墓

却说高宗在临安建立太庙，命廷臣会议攻战备御之法。侍御史魏矼，奏请罢“和议”两字。乃命韩世忠屯镇江；刘光世屯太平；张俊屯建康。以赵鼎、张浚为左右仆射，并同平章事，兼知枢密院事。赵、张二相，左提右携，诸将效命，乃搜兵阅乘，协力备御，南宋始有中兴气象。

未几，金主晟殂，金人称之为太宗，粘没喝、兀术等，拥立金太祖阿骨打之孙合剌为主，改名亶。宋廷得了消息，以为金主初立，或肯许和，又议命使通问，乃遣忠训郎何藓使金。

时洞庭杨么，势甚大。张浚以洞庭据长江上游，不可不急行讨平，自请视师江上。高宗准奏，张浚先至潭州，次至澧陵，沿路稽查狱囚，多为杨么所遣探卒。浚一一绎出，用好言抚慰，各与文牍，令他们回去，招降诸寨，众皆欢呼而去。自此诸寨相继来降，惟杨么仍然恃险抗命，不肯归附。高宗命都统制王琼，会兵往讨。王琼如何是杨么对手？被杨么挥军出攻，大败而逃，反失了鼎州杜木寨，守将许筌战殁。败报达临安，高宗乃封岳飞为武昌郡开国侯，并清远军节度使，代王琼收捕杨么。岳飞部下，皆西北人，不习水战，飞奉命即行，反向部下说道：“杨么据住了洞庭湖，出没烟波之中，人家都说他厉害，不易征剿，其实用兵讨贼，何分水陆，只要将帅得人，陆战既然可胜，水战也一定可胜的。我自有妙策，诸将不必担忧！只要依我号令，齐心戮力，那杨么能逃到哪里去呢？”众将相随岳飞多年，皆知他智勇足备，一齐唯唯受命，绝无畏怯。岳飞先令人招抚杨么羽党，有黄佐愿降。岳飞喜道：“黄佐乃杨么谋士，今他来降，大事可成了。”即欲亲往抚慰。牛皋、张宪齐声谏道：“黄佐来降，深恐其中有诈，不可不防。”岳飞笑道：“不入虎穴，焉得虎子。我要破杨么，完全在黄佐一人身上。”当下命来使在前引导，单骑出营，去见黄佐。到了黄佐寨前，便命来使去对黄佐说：“岳制使到来。”黄佐问道：“多少人同来？”使人答道：“只有岳制使一人骑马而来。”黄佐即召部下面谕道：“岳制使号令如山，万不能敌，所以我要往降。如今岳制使单骑而来，诚信可知，必不薄待我们，我们开寨迎接便了。”部下尽皆答应，遂开门迎接，执礼甚恭。岳飞下马慰谕，以手拊黄佐之背道：“你能知顺逆，深为可嘉！此后若能立功，封侯也很容易。”黄佐连连叩谢道：“此皆制使的裁成。”遂引导至寨，令头目一一晋谒。岳飞好言慰抚，众皆悦服。岳飞又对黄佐道：“彼此皆系中国人民，并非金虏可比。我想令你往湖中代达我意，可劝则劝，令他同来，真有才能的，定当保荐，不可以劝的，你就设法捕获。我回营后，立即上奏朝廷，加以奖赏，借示鼓励。”黄佐感激涕零，誓以死报。岳飞乃与执手而别。到了营中，立即保黄佐为武义大夫，令人报知，自己却按兵不动，静待黄佐的消息。张浚到了潭州，参谋席益，疑岳飞玩寇，请张浚上疏劾奏。张浚摇头道：“岳侯忠孝兼全，岂可妄动，你疑他玩寇，何至如此？兵有深机，你怎么能知道呢？”席益怀惭而退。过了两日，岳飞往见张浚，谈及战事。岳飞道：“黄佐已击破周伦寨，将周伦击死，并擒伪统制陈贵等，现拟上表奏功，迁黄佐为武功大夫。”张浚道：“智勇如公，何忧水寇。”岳飞又道：“前统制任士安，不服王琼命令，因此致败，如欲申明军法，不能不加罪责。”张浚点首许可。岳飞又附张浚之耳，密谈数语。张浚大喜，飞即告别回营，立传任士安入帐，诘责罪事，加鞭三百，且指着士安道：“限你三日，便要平贼，倘若违限，立斩不贷。”士安唯唯而出，自引部下入湖，扬言岳家军二万，朝夕便来。杨么自恃山寨险固，时常说道：“官军从陆路来，我可以入湖，从水路来，我可以登岸。若要破我，除是飞来。”因此并不加意。部下忽报岳家军进攻，立即调了战舰，出来迎敌，却巧碰着任士安，只得几千兵卒，便一拥齐上，围住了士安的战船，尽力攻击。士安恐败退受诛，只得率众死战。正在酣斗，忽东西两面，鼓声大震，岳家军一齐杀到，贼舟大乱。士安乘势杀出，与援兵会合力战，击沉了好几艘贼船，贼人大败而退。任士安等回营报捷。

岳飞正要亲捣贼巢，忽接张浚手札，谓奉诏防秋，即日便要入觐。讨湖寇事，至来年再议。岳飞连忙请见张浚道：“使相且少留，待飞八日，决可破敌。”张浚微笑道：“恐不如此容易。”岳飞亟取一小图，指示张浚道：“此乃黄佐献来洞庭湖全图，杨么平素守备之法，尽在上面，按图进攻，不出十日，就可扫荡贼巢了。”张浚还以水战不易为疑。岳飞道：“王四厢以官军攻水寇，所以难胜，现在飞以寇攻水寇，所以容易。八日内定俘诸囚，献于帐下，请使相勿疑。”张浚道：“既是如此，我暂留八日，八日后恕不相待了。”岳飞应诺而出，即督兵往鼎州。恰值黄佐求见，禀道：“现有杨钦愿降，佐已与偕来。”岳飞喜道：“杨钦素称骁勇，今亦效顺，大事成了。”即命引入。黄佐领杨钦至案前拜道：“钦慕元帅威名，久欲拜谒，只因族元倡逆，恐罪及同族，不敢轻投。今承黄佐相引，所以登门请降，还乞元帅宽其以往之罪。”岳飞亲自将杨钦扶起道：“朝廷定例，自首免罪，你能振拔来归，非特赦免前罪，为使还要保举你为武义大夫。你可再往湖中，招抚同侪，我当按功加赏。”杨钦喜跃而出。

过了两日，杨钦引余端、刘洗来降，哪知见了岳飞，不由分说，便斥责他道：“我叫你尽招诸酋来降，你为何只招两三人，就来见我，左右快拖下杖责五十。”杨钦还要分辩，已为帐下健卒拖了下去，杖责了五十。岳飞又传出号令，命将士百人押着杨钦入湖，再往招抚。杨钦暗想：“岳飞如此糊涂，我上了黄佐的当了。今既命将士押我前去，我便诱他深入，杀个精光，以出胸中恶气。”遂也不说什么，竟与将士同行。时已天晚，湖上一带，烟波缥渺，暝色苍茫，前后莫辨。岳飞待杨钦出营，早已令牛皋、王贵领了数千兵，随定杨钦而行。杨钦哪里知道，曲曲折折的引入里面，到了一座绝大的水寨，便传了个口号，即有巡兵前来迎接。杨钦引了同来的将士，正要入寨，忽听后面鼓角齐鸣，战船猥集，不觉吃了一惊。牛皋、王贵已从船头跃上水寨。杨钦料知势不能敌，只得招呼牛皋、王贵一同入寨。牛皋、王贵已受了岳飞的密嘱，不肯造次入内，向杨钦问道：“寨内人士，都愿降么？如不愿降，我们就要杀进去了。”杨钦无奈，只得大声喊道：“全寨兄弟们听着，今有岳元帅数万人马到了此地，问你们可愿降顺，愿降大宋，请即迎谒，不愿降时，即速出战。”那寨内毫无预备，哪个还敢出战？只得齐声愿降。牛皋、王贵命他们全数缴械，引兵入寨。一面报告岳飞，亲自航湖而来。见这座水寨，正在君山之麓，势甚险峻，登山四望，见湖右尚有贼船，船下有轮，鼓轮激水，行动如飞，两旁还有撞竿，所当辄碎。岳飞叹道："其船如此，无怪官军之船常为撞沉了。"遂令军士，速伐君山的大木，编成巨筏，将所有汊港，一齐堵塞。又用许多腐草烂木，从上流浮下。在水浅之地方，命军士驾了小舟，引敌前来，且行且骂。贼人果然忿怒，鼓棹追来。哪知行近前来，都被腐草烂木，壅了船轮，拦住去路，任你鼓轮撑竿，使尽气力，休想动得分毫。官军这边，却由岳飞亲自督率大队战船，一齐杀来。贼众心胆俱裂，又不能倒退出去，只得向港内汐逃命，及至到了港口，又复连声叫苦。原来有无数巨筏塞住，筏上尽载官军，一齐跃上贼船，奋力砍杀。港外又有官军，一直杀将进来，贼人四面被逼，坠船落水的不计其数。那杨么督率后队前来，听说前队已是危急，忙来救应。港中的官军，便去抵挡杨么。官军一齐张了牛皮，矢石皆不能伤，各人都拿着巨木，向前直撞。杨么的坐船，恰恰到来，碰在上面，已撞了几个大窟洞，湖水汩汩而入。杨么见势不妙，慌忙窜入湖内，意欲泅水逃走。早被官军船上的牛皋看见，也跟着跳下，一把擒住，送往岳元帅船上。渠酋既擒，余党丧胆，岳飞已令官军高喊"降者免死"，贼众齐声愿降。岳飞乃命牛皋等收抚降众，自率张宪等突入贼巢。巢中尚有余贼把守，闻得杨么已擒，官军杀至，如何还敢拒抗，遂既开寨迎降。岳飞又亲行诸寨，谕以忠义，令老弱归田，壮者入伍，惟将杨么，斩首示众，其余一律赦免。当遣部将黄诚，赍了杨么首级，到张浚处报捷，屈指计算，恰合八日的期限，张浚大为叹服道："岳侯神算，真不可及！"即令黄诚返报，请岳飞屯兵荆襄，北图中原。浚即启行，从鄂岳转至淮东，入觐高宗，进陈中兴备览四十一篇。高宗颇为嘉纳，特令置于座右。张浚又荐李纲忠诚，可以大用。高宗乃命李纲为江西安抚制置大使。李纲奉命入觐，面陈金、齐两寇屡扰淮泗，非出奇无以制胜。应遣骁将，从淮南进兵，与岳飞为犄角，方可成功。高宗颇为嘉许，乃令岳飞屯襄阳，进图中原。

岳飞自从平了洞庭湖水寇，还军襄阳，每日枕戈待旦，誓必恢复中原。未几，朝命下来，改授武定国军节度使兼宣抚副使，置司襄阳，且往武昌调军。岳飞奉令，即日便往武昌。正在募集师旅，忽得襄阳家报，其母姚氏病卒。岳飞阅了家报，晕绝地上，左右忙扶掖住了，呼唤醒来，顿足号恸道："上未能报国全忠，下未能事亲尽孝，忠孝两亏，如何为臣，如何为子！"后经左右竭力劝解，星夜奔丧，往为襄阳。岳飞自幼失怙，全赖其母抚养教诲，方得成人。姚氏性极严肃，训诲岳飞，尝以忠义为前提，曾于飞背上，刺成"忠心报国"四个大字，用醋墨涂在字上，深入肌理，永远不变。岳飞渐长，事母至孝，母有所命，未尝敢违。其后出外投军，留妻养母。河北沦陷，全家人失散。岳飞访求数年未能寻获。后有人从姚氏处来，传语于飞，但说为语五郎，勉事圣天子，无以老妪为念。岳飞遣人迎归奉养，至是病殁。岳飞与子云跣足扶榇至庐州守制，一面上报丁忧，且乞终丧。高宗下诏令飞墨经从戎，起复为京湖宣抚使。飞再三恳辞，未蒙俞允，不得已起而就职。朝廷又命他宣抚河东，节制河北诸路。岳飞乃遣牛皋复镇汝军，杨再兴复河南长水县，自率军攻克蔡州。王贵、郝政、董先等复虢州，及卢氏县，获粮十五万石，降敌众数万，再进军唐州，毁去刘豫兵营。

此时，赵鼎与张浚不洽，力请罢职，遂罢为观文殿大学士，知绍兴府。未几，忠训郎何藓自金回，报告道："道君皇帝及郑太后相继崩驾。"高宗不觉大恸道："隆佑太后，不幸前已崩逝，所望的是太上帝后，得迎奉还朝，稍尽于职，哪知又崩逝异域，抱恨终天。"遂命持服守制。百官接连上表，请以日易月，高宗乃勉从众请，宫中仍服丧三年。原来，那隆佑太后，崩于绍兴元年四月，享年五十九，丧祭均用母后临朝礼，所以追上尊谥，亦用四字，称为昭慈献烈皇太后，后又改"献烈"为"圣献"。道君皇帝之死，实在绍兴五年四月，郑太后去世，与道君只隔四月，两人俱殁于五国城。高宗服孟后丧，是临时即服的，服生父嫡母丧，直待何藓自金南归，方才得知，所以距离丧期，已是两年了。当下追尊太上道君皇帝尊号曰徽宗；曰郑太后尊谥曰显肃；高宗生母韦贤妃，也从徽宗北去，建炎初年，遥封为宣和皇后，至是因郑太后已崩，又遥尊为皇太后。高宗常对左右道："宣和太后，春秋已高，朕日夜纪念，不遑居处，屡欲屈己议和，以便迎养，无如金人不许，令朕无法。现在上皇太后梓宫未返，不得不遣使奉迎。金人若肯归我梓宫并宣和太后，朕亦何妨稍屈呢？"遂召王伦入朝，命为奉迎梓宫使，临行时面谕道："现闻金邦执政，由挞懒专权，卿可转告挞懒，还我梓宫，归我母后，朕当不惜屈己修和，且河南一带与其付于刘豫，不若仍旧还我。卿其善言，无废朕命。"王伦奉命而去。

张浚闻得又要议和，入朝谏阻，且请命诸大将，率领三军，发哀成服，北向复仇。高宗哪里肯听，且动了议和的念头，又复思起秦桧，仍旧起用。适值岳飞自鄂入觐，高宗从容问道："卿得良马否？"岳飞答道："臣本有二马，材足致远，不幸相继已死。今所乘马，日行不过百里，已力竭汗喘，实属驽钝无用，可见良材是不易得的。"高宗点首称善。面除飞为太尉，继授宣抚使，命王德、郦琼两军，受飞节制，且谕德、琼两人道："听飞号令，如朕亲行。"岳飞又疏陈规复大略，高宗览奏时批答道："卿能如此，朕复何忧！一切进止，朕不遥制。"未几，又召岳飞至寝阁，殷殷面谕道："中兴事一以委卿。"飞感谢而出，欲图大举。

那秦桧见岳飞如此信任，自己的和议万难成功，便在暗中掣肘，百端馋间。张浚又欲令王德、郦琼往抚淮西，节制从前刘光世军队。高宗自觉为难，命岳飞往都督府议事。岳飞奉命，往见张浚。浚向岳飞道："王德为淮西军所服，今欲任之为都统，再命吕祉以都督府参谋，助德管辖，太尉以为何如？"岳飞道："德与郦琼，素不相下，一旦德出琼上，必致相争。吕参谋未习军旅，恐难服众。"张俊又道："张浚何如？"岳飞复道："张宣抚为飞旧帅，飞本不敢多言，但为国家计，恐张宣抚暴急寡谋，尤为琼所不服。"张浚面色稍变，徐徐答道："杨沂中当高出二人了。"岳飞又道："沂中虽勇，与王德相等，怎能控驭此军。"张浚禁不住冷笑道："我固知非太尉不可。"岳飞正色道："都督以正道问飞，不敢不直陈所见，飞何尝欲得此军呢？"张浚心中不悦。岳飞立刻辞出，上章告假，乞请终丧，令张宪暂摄国事，竟归庐山，在母墓旁筑庐守制。张浚闻岳飞已去，愈加愤怒。即命张宗元权宣抚判官，监制岳军。一面令王德为淮西都统；郦琼为副；吕祉为淮西军统制。

哪知王德等到了淮西，果然不出岳飞所料，互相龃龉。郦琼等竟缚了吕祉，往投刘豫去了。张浚闻得此报，方悔不信岳飞之言，致有此变，遂引咎自劾，力求去位。高宗问道："卿去后，秦桧可继任么？"张浚道："臣前日尝以桧为才，近与共事，始知桧实暗昧。”高宗道:“既如此,不若再任赵鼎。”张浚顿首道:“陛下得人了。”即下诏命赵鼎为尚书左仆射兼枢密使,罢张浚为观文殿学士,提举江州太平吴国宫,并撤除都督府。秦桧本望入相,又为张浚所沮,心内十分忿恨,遂唆令言官,劾论张俊。高宗又为所惑,拟加贬谪,值赵鼎请降诏完抚淮西。高宗道:“待谪了张浚,朕当下诏罪己。”赵鼎道:“张浚母老,且有勤王功。”高宗不待说毕,即道:“功罪自不相掩,朕惟知有功当赏,有罪当罚罢了。”赵鼎退后,竟由内旨批出,谪张浚于岭南。赵鼎持批不下,并约同僚奏解。次日入朝,代张浚辩白。高宗怒尚未息。赵鼎顿首道:“张浚之罪,不过失策,人之谋虑,总思万全,若一挫失,即致诸死地,他人皆视为畏途,虽有奇谋秘计,亦不敢言了。此事关系大局,臣非独为张浚。愿陛下察之。”张守亦为乞免,乃降张浚为秘书少监,分司西京,居住永州。张浚去位,高宗愈加思念岳飞,促召还期。岳飞力辞,不许,只得趋朝待罪。高宗慰谕有加,命出驻江州,授应淮浙。岳飞抵任,便想出一条妙计,使金人废去刘豫。未知是何妙计,且听下回分解。

第七十五回　勇吴璘力障陇蜀　智刘锜计守顺昌

话说岳飞到了任所，一心要除去刘豫，恰巧军中获得金人间谍，岳飞假作酒醉，误认为刘豫使人，佯斥道："汝主刘豫，曾有书约我，诱杀金邦四太子，如何到现在还没有消息？今且贷汝一死，可为我带一信去，告知汝主，不可再迟了。"金使要保住自己性命，见岳飞认错了人，便将错就错的连声答应。岳飞写了蜡书，令其归报刘豫，还再三嘱咐他，不可泄漏。金使得了此书，匆匆逃回，报告兀术，并将蜡书陈上。兀术看了书，拍案大怒，立刻入奏金主，请废刘豫。

那兀术也是惯用兵的大将，生性异常狡猾，岳飞的行为，明明是个反间计，如何兀术竟不识得，中了此计，请废刘豫呢？原来金人从前立刘豫为齐帝，本是挞懒受着刘豫的重贿，替他运动粘没喝，方得成事。粘没喝本来久驻云中，到得金主亶即位，召入为相，高庆裔也随他入朝，授为尚书左丞相。独蒲卢虎与二人不合，屡在暗中谋害。高庆裔识破机谋，即劝粘没喝乘势篡位，好将蒲卢虎除去。粘没喝惮不敢发。未几，高庆裔犯赃下狱，粘没喝乞金主贷他一死，金主不许。及至临刑，粘没喝亲往法场和他诀别，高庆裔哭道："公若早听我言，岂有今日。"没喝恚恨已极，遂绝食纵饮而死。刘豫失了奥援，又因屡请金人援助，屡次败归。兀术等一班人，都说刘豫无用，久存废立之意，所以此次得了岳飞的蜡书，也不细加参详，立即入白金主，请废刘豫。事有凑巧，恰值刘豫遣使前来，请立刘麟为太子，并乞师南侵。金主便与兀术商议，假作起兵南下，直到汴京，先召刘麟议事。刘麟至军，兀术便将他拿下，自引轻骑入城。刘豫尚习射讲武殿，兀术从东华门下马，呼刘豫出外。刘豫下殿相见，兀术把他扯至宣德门，喝令左右押去，囚在金明池。次日召集百官，宣召废了刘豫，改置行台尚书省，命张孝纯权行台左丞相，胡沙虎为汴京留守，李俦为副，诸军尽令归农，听宫人出嫁，且用铁骑数千，围了伪宫，抄掠一空。挞懒也引兵到此，刘豫又向他乞怜。挞懒责备他道："从前赵氏少帝出宫，百姓燃顶炼臂，号泣盈涂，如今你废为庶人，并无一个人哀怜，你自己试想，可以做汴京之主么？"刘豫无言可答，惟有俯首涕泣。兀术又逼刘豫的家属，徙临临潢。

岳飞闻得金人中计，废了刘豫，又约同韩世忠上疏，请乘势北征。高宗此时已着了秦桧的迷，一心主和，哪里还肯北伐。适值王伦南还，入见高宗，说是金人许归梓宫及韦太后，且允归河南地。高宗大喜道："若金人能从朕所求，此外都不用计较了。"因遣王伦再往金，奉迎梓宫，又议还宫临安，遂自建康启跸，还至临安。首相赵鼎，也受了秦桧的笼络，力荐他可以大用，遂任秦桧为尚书右仆射，兼知枢院事。吏部侍郎晏敦复叹道："奸人入相，恢复无望了。"同僚尚多不信，都谓敦复失言。哪知秦桧入相，果然老老实实的提出和议，事与赵鼎作对也。赵鼎至此，方知其奸。

未几，王伦同了金使，前来入见高宗，备言金愿修好，归还河南、陕西。高宗大悦，慰劳甚殷。待到金使退去，对群臣道："先帝梓宫，有了还期，稍迟还属无妨。母后春秋已高,朕急欲迎归侍奉,因此不惜屈己修和。”廷臣闻言,多不以和议为计。高宗不觉动怒,赵鼎从容奏道:“陛下与金为不共戴天之仇,如今屈己议和,无非为迎还梓宫及太后起见,但以此意慰谕群臣,自可少息众议了。”高宗从之,桧切下谕,廷议始息。惟赵鼎本意不欲议和,参知政事刘大中,也与赵鼎同一意见。秦桧深恶二人,特荐萧振为侍廷史,令劾刘大中,竟至免职。赵鼎对同僚道:“萧振之意,并不在大中,不过借大中开手罢了。”萧振听见了,也对人说道“赵丞相可谓知机,不待论劾,便能自审去就,岂非智士么?”未几,殿中侍御史张戒,劾奏给事中勾涛。勾涛上疏自辩,且言张戒劾臣,系赵鼎主使,又言赵鼎内结台谏,外连诸将,意不可测。赵鼎乃引疾求罢。高宗命为忠武军节度使,出知绍兴府。秦桧率僚属饯行,赵鼎已经离去,秦桧更加怀恨,力反赵鼎所为,决计主和。每逢入朝,百僚俱退,秦桧必留身置对,说是诸臣首鼠两端,不可与议。陛下若欲主和,请专与臣议,勿使诸臣与闻。高宗道:“朕独委卿主持便了。”秦桧道:“臣恐不便,还请陛下三思。”过了二三日,秦桧又留身独对,高宗仍为前言,秦桧还请高宗再思;又过了二三日,高宗始终不改前言,方出文字,请决计议和。中书舍人勾龙如渊对秦桧道:“相公主和,乃是天下大计,中外不能明了,多生异议,为相公计,何不择人为台谏,尽去异党,众论自然一致,和议就可成了。”秦桧大喜,即荐勾龙如渊为中丞,遇有异讥,立上弹章。又引孙近为参知政事,孙近事事皆顺着桧的意旨,便是孝子顺孙,也不过如此。

其时,金主遣张通古、萧哲为江南招谕使与王伦偕来,愿归河南、陕西的侵地。到了泗州,要所过州县,用臣礼相见。平江知府向子諲,不肯下拜,辞官而去。到了临安,又要高宗用客礼相待,秦桧疑国书中有册封之语,要高宗屈己听受。高宗道:“朕受太祖、太宗基业,岂可受金人册封。”秦桧无言可对。当下由勾龙如渊思了一个法子,命王伦到馆中说道:“中国古礼,皇帝居丧,须三年不言,不能见客,国书可交冢宰带回。”金使总算答应,由秦桧暂摄大冢宰受了国书,方才糊糊涂涂的混了过去。秦桧又令礼部侍郎兼直学士院曾开,草答国书,体制与藩属相似。曾开不肯起草,秦桧道:“皇上虚执政待君,君尽可拟草。”曾开道:“开知有义,不知有利,敢问我朝对待金人,果用盛何礼?”秦桧道:“如高丽待遇本朝。”曾开正色道:“皇上以盛德当大位,公应强兵备国,尊主保民,奈何忍耻若此?”秦桧勃然怒道:“圣意已决,还有何奏,公自取盛名而去,桧但欲保境安民,他非所计。”曾开始终不肯草诏,自请罢职,且与张寿、晏敦复、魏矼、李称逊、尹焞、梁汝嘉、楼炤、苏符等二十人,联名具疏,极言不可和。又有枢密院编修胡铨,请斩王伦、秦桧、孙近三人,语尤激烈。当时称为名言,连金人也出千金买稿,真可称是当时的大文章了。秦桧见了这个奏疏,不觉触目惊心,恨上加恨,遂弹劾胡铨,狂妄凶悖,鼓众劫持,应置重典。高宗乃命除胡铨名,编管昭州,台谏依次上奏论救,秦桧也迫于公论,改监广州监。仓统制王庶言金不可和,迭上七疏,面陈六次,且与秦桧辩论,笑说道:“公不记东都抗节,力拒异姓的时候吗?”秦桧且惭。王庶遂累怒求去,出疏潭州。李纲在福州,张浚在永州,皆疏请拒绝和议,均不服。岳飞已奉诏还鄂,上言:“金人不足信,和议不足恃。相臣谋国不臧,恐贻讥后世。”这明明指斥秦桧,秦桧十分怀恨。

史馆校勘范如圭,因金人已归河南地,请速派谒陵使,上慰祖灵。高宗乃命判大宗正事士㒟，兵部侍郎张涛，赴河南修奉陵寝。又命王伦为东京留守，周聿为陕西宣谕使，方庭实为三京宣谕使。王伦到了汴京，接收了河南、陕西地方。庭实至西京，见祖宗陵寝，皆被发掘，哲宗陵寝，且至暴露。方庭实解衣复盖，回奏高宗。秦桧又恶他切直，另派路元迪为南京留守，孟庾兼东京留守，李利用权留守西京。权吏部尚书晏敦复与秦桧反对，桧饵以利禄，晏敦复道："性同姜桂，到老愈辣，请勿再言。"秦桧遂奏知高宗，将他出知衢州。宗室士㒟与张涛往谒陵寝，道出蔡颖，河南百姓，夹道欢迎，都喜极泣下道："久隔王化，不图今日又为宋民。"士㒟沿路抚慰，到了柏城，披荆原莽，随处修葺，向诸陵一一祭谒，礼毕而回。张涛偕归入朝复命。张涛奏道："金人入寇，祸及山陵，即使他日灭金，亦不足雪此耻辱，陛下勿恃和议，遂忘国仇。"高宗垂问："诸陵有无损坏之外？"张涛不答，但叩首道："万世不可忘此仇！"高宗默然不语。秦桧又恨他语言激烈，出知成都府。

未几，吴玠卒于蜀。吴玠疾革时，受命为四川宣抚使，扶病接诏，至是去世。蜀人感念吴玠保境之功，立词祭享，永远不绝。李纲亦卒于福州，纲忠义之名，闻于遐迩，金人亦知其名，每遇宋使，必问李纲安否？始终不见用于朝，赍恨而殁。高宗也常称他有大臣风度，闻其卒，与吴玠并赠少师。金人自归三京，要索日甚，议久未决，又命王伦赴金议事。那王伦到了金都，恰值金蒲卢虎谋叛。这蒲卢虎，自恃金太宗长子，跋扈异常，竟与挞懒密谋篡弑。事机泄漏，金主诛蒲卢虎，因挞懒是尊亲，又曾建立大功，特赦不问，令为行台左丞相，杜充为行台右丞相。挞懒大怒道："我是开国元勋，如何与降臣同列？"又复谋反。金主遂下诏捕诛挞懒，挞懒逃走南下，被追兵杀死。

先是许宋议和，还河南、陕西侵地，都是挞懒、蒲卢虎的主张，金主因此疑他暗结宋朝，故有此议。适遇王伦又来，遂命执住王伦，命宣勘官耶律绍文讯问私通情事。王伦答称并无私通的事情。耶律绍文道："你今来此，又有何事？"王伦道："贵国使臣萧哲，曾以国书南去，允还梓宫及河南地，天下皆知。故来通好申议，并无别情。"耶律绍文道："你但知有元帅，可知有上国么？"即将王拘于河间，令副使蓝公佐还议岁贡。正朔，议誓书诸事。其时，高宗刑皇后亦病殁于五国城，金人秘不使闻。蓝公佐回南，高宗从秦桧议，又擢秦桧私党莫将为工部侍郎，充迎护梓宫及奉迎两宫。

莫将方才启行，哪里知道金兀术、撒离喝，已经分道入寇。兀术由黎阳下河南，势如破竹，连陷各州县，东京留守孟庾，南京留守路允迪，不战而降。权西京留守李利用弃城逃回，河南又归金人。撒离喝由河中赴陕西，入同州，降永兴军，陕西州县亦继续陷没。金兵进据凤翔。惊报迭传，远迩震恐！宋廷方命吴世将为四川宣抚使，继吴玠之任，行至河池，闻得金人已陷凤翔，亟召诸将会议。吴璘、孙偓、田晟、杨政陆续到齐。孙偓首言河池不可守，杨政、田晟亦请退守险要之地。吴璘抗声道："为此语者，罪应斩首，璘愿誓死破敌。"吴世将亦自座起立，以手指帐下道："世将亦愿誓死守此。"遂命诸将分屯渭南，凭险扼守。不到几日，又有诏下，命吴世将移屯蜀口，以吴璘同节制陕西诸路兵马。吴璘既得节制全权，即令统制姚仲等，进兵石壁寨，与金兵相遇。姚仲挥军猛进，将士拼命直前，遂将金兵杀退。撒离喝令鹘眼郎君，引精骑三千，从间道绕来，攻击吴璘之军。吴璘早已准备，命统制李师颜，在半途埋伏，等得鹘眼郎君兵到，突然冲出。鹘眼郎君没有防备，为李师颜冲进阵内，左右驰骋，将队伍分为数段。鹘眼郎君不能抵挡，且战且逃，抛弃了许多军械旗帜而去。撒离喝连得两处败耗，不禁大怒起来，亲自率兵到百通坊，与姚仲等接仗，未能获胜，只得退了回来。撒离喝先在扶风筑了城池，派兵扼守，又为吴璘攻破，擒了三员守将，贼目百余人，撒离喝方知厉害，仍旧退回凤翔，不敢再来窥伺了。

那兀术一边，已经到了东京，派兵南下。恰遇刘锜授任东京副留守，行抵角口，正在会食，忽然西北上卷起了一阵狂风，将帐逢兜了去。军士将佐，一齐惊诧，刘锜道："此风主有暴兵，乃是贼寇将要到来的预兆，我们只要上前抵御就是了。"立即下令，兼程前进。到了顺昌城下，知府事陈规出接，并言金兵将至，得太尉来，可以救这一城的生灵了。刘锜亟问："城内有粮草么?"陈规答称，有米数万斛。刘锜大喜道："有米可食，就可以战守了。"立刻同陈规入城，检点城中守备，一无可恃。部下将士，多觉畏怯！尽请刘锜迁移老稚，退保江南，独部将许智，绰号夜叉，挺身言道："太尉奉命副守汴京，军士都携带老幼而来，倘若退避，抛弃了父母妻子走呢？还是携带了走？如果携带了眷属，必定敌兵追及，若不携带了同行，心里又如何忍得！我看，不如决一死战，还可于死中求活。"刘锜大喜道："此言正合我意，有敢言退者斩。"

原来，刘锜曾经受爵太尉，所以陈规及部下都称之为太尉。所领的尽是王彦的八字军，因奉命往东京留守，因此一齐带了家眷同行，连刘锜的家属也在军中。当下既已决计守城，下令将原来各船都沉于江内，示无退走之意。且将家眷寄居寺内，用柴薪堆积门前，命人守着道："若有不测，立即举火，无使我妻子落于贼手。"因此，一军皆勇，男子备战守，妇女司炊爨，各个踊跃争先道："人家都说我们八字军没用，今番却好看我们杀敌了。"刘锜又觅得刘豫当日所造的战车，把轮辕埋在城上，撤取居民们的门扉，作为遮蔽。纵火烧去了城外的庐舍数千家，免得敌人藏匿于内，整备了六天工夫，方才停妥，恰好金兵已经蜂拥而来。刘锜预先派部将伏在要道，擒了两个敌人，加以讯问。一个人不肯说，刘锜把来杀了。再问那个人，剩下的一个，叫唤阿黑见同党已经送了性命，血淋淋的首级，摆在自己面前，早已吓得门牙对战，冷汗披身，哪里还敢隐瞒？只得说道："韩将军驻军白沙窝，离城还有三十里路。"

你道这韩将军是哪个？便是金将韩常，兀术命他来掠顺昌的。刘锜立刻命锐卒千人，乘夜去劫敌营。韩常哪里把宋人放在心上，营中毫无防备，被宋军捣入，慌忙迎战，又在黑夜，反而自相攻击起来，杀了一阵，退营数里。刘锜的一千锐卒，却一个人也没有受伤，全师而归。次日，金三路都统葛王乌禄与龙虎大王，领兵三万，前来攻城。刘锜吩咐大开城门，好似迎接他们一般。乌禄见了，不解其意，倒反不敢上前。正在踌躇的时候，忽然一声梆子响，城上万弩齐发，金兵皆中箭落马，阵势渐乱。刘锜亲率步兵，从城中杀出，金兵不及抵挡，落荒逃走，被刘锜的人马逼将过去，坠入河内，溺毙无数。刘锜取兵回城，休息了两日，闻得金兵又进驻东村，距村不满二十里，又令部将阎充，率敢死士五百名，夜袭敌营。这日天刚下雨，电光四射，阎充领了敢死士突入营内，从电光之下看见有辫发的兵，即行杀死，金兵又惊骇而退。刘锜闻阎充得胜，又募得壮士百人，每人各带一器，形如小儿吹着玩的叫子，作为口号，嘱咐他们，见有电光即便起击，电光一止,便伏着不动。那一百名壮士受了计策而去,金兵正被阎充击退了十五里,要想安营立寨,忽闻器声齐起,四面都有此声,不知多少兵马前来,很是慌乱。那电光又忽明忽灭,但见电光一亮,刀光也就随着到来,飕飕的几声响亮,就是几个头落下地来,电光一灭,刀光也就没有了。金兵不禁疑心是什么神鬼,前来作祟,并不是宋军到来截击。起初还不敢乱动,后来队中有许多兵士做了无头之鬼,方明白又是宋人的鬼计。这当儿宋军已杀到队里了,连忙动手迎敌,乱杀了一阵,等得喊说明白,方知还是自己人和自己人厮杀,并无宋军在内。统将便命赶速点起火炬,不料大风乱吹,火炬随点随息,那四下的器声又起,刀光又霍霍的飞来,将金兵弄得忙乱无主。未知金兵还能攻下顺昌城否,且看下回分解。

第七十六回　**诏班师千秋遗恨　坏长城三字沉冤**

却说金兵正在慌乱，忽听叫声又起，电光一闪，刀光又来。金兵疑神疑鬼，扰乱了一夜，死尸已如山积，只得退至老婆湾驻扎。

兀术连得败报，即率兵十万，亲自来援。到了城下，严责诸将，何不小心，致遭挫折。诸将道："宋朝用兵，大非从前可比了，元帅亲自出马，便可知道。"兀术还不肯信道："刘锜有何本领，你们如此怕他。"诸将皆默默无言。兀术整顿人马，预备决战。刘锜那边，已得兀术亲来的消息，又集将佐计议。有部将劝刘锜道："现在屡次得胜，不如全师南归罢。"陈规接口道："朝廷养兵十年，原是要备缓急的，现在屡败敌军，军声已振，即使众寡不敌，也当誓死以报朝廷，岂可退却！"刘锜道："府公乃是文人，尚愿死守报效国家，何况我们做将士的，本有杀敌之责呢？且金兵逼近，兀术又亲自前来，我军一退，必为敌乘，非但前功尽弃。金虏入侵两淮，扰及江浙，岂不要受误国的大戮么？"将士闻言，齐声应道："愿从太尉死战，决不退却误国。"刘锜见众心已固，即令耿训往兀术营中约战。兀术怒道："刘锜何人？敢与我战？我视顺昌区区城池，只要一靴尖，便可趯倒了。"耿训笑道："刘太尉不但请战，且说四太子必不敢渡河，愿献五座浮桥，令贵军南渡，然后接战。"兀术愈怒道："刘锜敢小视我么？你回去叫他将脖子伸长，等候献我来。不要到我军渡河，他便弃城跑了。"耿训回报，刘锜笑道："我便搭起座桥来让他渡河，方知利害。"连夜使人置毒于颍水上流和水滨草际，并戒自已兵将，勿得汲饮颍川之水。等到天色将明，果然颍水上面，架成五座浮桥，使兀术渡河。此时正当盛夏天气，炎蒸异常。兀术督兵过渡、人马患渴，自然要饮水食草。哪知，一食水草，人皆中毒生病，马皆中毒倒毙。兀术还未知中计，过了颍水，直薄城下，扬武耀威，要刘锜出战。刘锜按兵不动。俟至过午，天气渐渐转凉，又见敌军人马，皆已疲乏，方命部将率领数百人出西门，直冲敌军。兀术见刘锜人马甚少，毫不介意，传令前军接战。宋军阵里，统制赵撙、韩直，挥兵奋斗，身中数箭，绝不少却。兀术又添兵相助，把韩直、赵撙围住，要想将他们擒了，羞辱刘锜。不料城内已有一彪人马从南门杀来，口中绝无声息，一齐持着大斧乱破乱砍，早将金兵截成数段，首尾不能相接。兀术见了，知不可挡，亲自督率长胜军，前来抵敌。

原来，兀术练成一队军马军士皆戴着铁鍪，穿着铁甲，三人为伍，贯以苇索，每进一步，便有拒马随上，有进无退，势不可挡。兀术恃着此军，到处横行，无人能敌。这时见刘锜兵将十分勇猛，所以用长胜军出战。刘锜早已闻得金营有此一军，已预备好了，见长胜军一出，亟率长枪手，刀斧手两大队，亲自督战。长枪居前，乱挑金兵的铁鍪，刀斧跟随而进，用大斧横砍竖劈，金军碰着，不是断首，便是断臂。兀术忙又放出铁骑，号叫拐子马，分左右两翼裹上前来。刘锜仍用长枪大斧，驱杀过去。拐子马虽然厉害，也有些支持不住，一步一步，向后退去。忽然大风四起，日色无光，刘锜恐中了兀术的诡计，亟用拒马木，阻住敌骑，朗声呼唤兀术道："金太子兀术听着，两军已战了半日，想军士亦应饥饿，不如略略休息，各用晚膳，再行厮杀。"兀术也觉腹饥，遂即应允。刘锜即命兵士，入城担饭，分饷军将，自己亦下马用饭，从容不迫，一如平时。兀术那边，也令兵士饱餐干粮，两下食毕，风势顿减，刘锜又乘着上风，撤去了拒马木，再出接仗。一眼瞥见兀术，身披白袍，骑马督战，便高声大喊道："擒贼先擒王，我们何不往擒兀术。"军士闻得命令，都拼命抢前，直向兀术立马之处杀去。兀术的亲兵，不及拦阻，只得拥护兀术，往后倒退，全军也就跟着退下。阵势一动，顿时大乱，金兵四散溃下，兀术也只得退走。刘锜挥军追赶，直杀得尸横遍野，血流成渠，追到后来，金兵将车辆旗帜器械粮食，当道委弃，堆积如山，不能前进。等得搬运开去，金兵已是去远，便将所弃各物，装载数车，奏凯而回。这日夜间，大雨如注，平地水深尺余，兀术败退二十里外，还是立脚不住，只得领了败兵，自回汴京而去。

捷报到了临安，高宗大喜。授刘锜武泰军节度使，兼沿淮置制使，部下将士，亦赏赉有差。岳飞闻得刘锜大捷，也遣王贵、牛皋、杨再兴、李宝等，经略西京及汝、郑、颍、昌、陈、曹、光、蔡诸州郡，又令梁兴渡河，纠集河北忠义社，分徇州县，一面上表请恢复中原。高宗授岳飞为少保，河南府路，兼陕西河东北招讨使，且传命道："设施之方，一以委卿，朕不遥制。"后又改授河南北路招讨使。岳飞奉命，遂誓师大举，兵进蔡州，一鼓而下。令张宪往颍昌，击败金将韩常，收复淮宁府，郝晟复郑州，张应、韩清复西京，杨遇复南成军，乔握坚复赵州，所至之处，无不得利。河南兵马钤辖李兴，亦纠众遥应，收复伊阳等八县及汝州。金河南尹李成，弃城而逃。岳飞即荐李兴知河南府。又遣张应会合李兴，复永安军。捷报每到临安，秦桧反不胜忧虑。未几，韩世忠收复海州。张浚部将王德，收复宿州、亳州。金人大震，致书秦桧，责他背约。秦桧既恨且惭，又恐高宗再用张浚，令给事中冯楫，密探上意。楫入奏道："金人犯顺，不如起用张浚，付以兵权。"高宗正色道："朕宁失国，不用张浚。"秦桧闻之心中大喜。又授意中丞王次翁等，诬劾赵鼎，遂贬为清远军节度副使，安置潮州。秦桧又主和议，令司农少卿李若虚，往岳飞行营，劝他班师。岳飞正当胜利之际，如何肯半途中止，遂即谢绝若虚，一意进兵，留大军驻守颍昌，命诸分道出发，自率轻骑，驰抵郾城，兵锋甚锐。兀术大惧，意欲拼力一战。岳飞得了消息，大喜道："金兵愈多愈妙，我能一战杀败了他，免得他再窥中原。"遂令游骑前往挑战，加以辱骂。兀术大怒！会集了龙虎大王、盖天大王及韩常等，兵薄郾城。岳飞命岳云出战道："如若不胜，当依军法。"

原来，岳云年方十二，已随张宪军出征，善用两柄铁锤，重八十斤，所向无敌，军中皆呼"无赢官人"。此时已二十二岁，奉了将令，率精骑数千出城挑战，突入金兵阵中，横冲直撞，左驰右突，无人敢挡。兀术见岳云如此厉害，只得放出拐子马来抵御他。这回的拐子马，共有一万五千匹，互相钩连，逐排驰聚。马上的骑士，不但铁鍪重甲，连面上也用铁皮包裹，露出双眼，刀枪剑戟皆不能伤。兀术横行中原，无人敢挡，就仗这拐子马取胜。顺昌一战，为刘锜所败，那时保得数千骑，面上也没有铁罩，所以枪挑斧破便可破他。这次愈加精练，挡者辄毙。岳云见了拐子马，也不顾死活，奋勇厮杀，冲突了数十次，身带数剑，兀自勉力支持，不肯退去。兀术见岳云被困，心下正喜。要设法擒拿，忽然城中冲出一队藤牌军来，一个个左手技牌，遮掩身体，右手执了麻扎刀，蹲身于地，专砍马足。拐子马互相连贯，一马既倒，二马不能行，一刹那顷，人仰马翻，一万五千骑拐子马，都七颠八倒，不能动弹了。岳云乘势杀上，岳飞又挥军出城，帮同奋击，直杀得金兵抱头鼠窜，大溃而走，向北遁去。

兀术奔了一程，见宋军并未追来，方才立下营寨，忍不住放声大哭道："自起兵以来，横行中原，所向无敌，全仗的是拐子马。现在为岳飞所破，数年心血，一旦全休了。"众将再三相劝，方才住哭。旋又发恨道："我必再添兵马，与他决一死战。"

于是检点败兵，招集散亡，又从汴京添了生力军来，与岳飞决战。不料，又为所败，兀术愈加愤恨！又会集各处人马，得兵十二万，转赴临颍。杨再兴正引着三百名骑兵，巡哨到来，见了金兵，也不顾他人马多少，便摇动手中长枪，突入敌阵，左右驰骤，杀死金兵二千人，枪挑金万户撒八孛堇，及千户百余人。兀术见杨再兴所向披靡，不禁叹道："岳飞部下，人人勇敢善战，无怪我军屡次败北了。"当下便挥兵诈败，把杨再兴诱至小商河，万弩齐发，将他射死。杨再兴本是剧盗曹成部将，归降岳飞，屡破金兵，及射死小商河，张宪驰兵往救，已是不及，便将兀术杀退，觅得尸身，拔取箭簇，多至二升，不禁泪下。报告岳飞，飞亦伤悼不已。正在悲痛，忽见岳云侍立于侧，便问他说道："兀术虽退，必回攻颍昌，只有王贵一人，恐难保守，汝可速往救应。"岳云闻令即行，刚至颍昌，恰巧金兵已到，岳云便与王贵，里外夹攻。兀术之婿夏金吾，挺刀来战，被岳云一锤打死。金兵大骇而奔，退下十五里，岳云方才与王贵收军回城。

岳家军累战皆捷，两河豪杰，闻风兴起，与岳飞部将染兴，连胜金兵，夺回了怀、卫诸州，太行道绝，金人大怒。岳飞进军朱仙镇，只离汴京四十五里，与兀术对垒。先令背嵬军五百名，驰入金阵，已将阵脚冲动，岳飞又挥军杀入，诸将奋勇争先，将金兵杀得十死八九。兀术几乎被获，幸亏坐的是匹名马，方能逃得性命，回到汴京。岳飞一面遣使修治陵寝，一面联络河北，豪杰群响应，如磁、湘、泽、路、晋、绛、分、隰中原一带都悬了岳家军的旗号，父老百姓，尽备了粮食，馈送义军。就是金将乌陵葛思谋，兴统制王镇等，皆有意降宋。还有龙虎大王以下的将官忔查干户等，已受了岳飞的旗榜。连韩常也要率众内附了。兀术见势甚危急，即带了亲兵，乘马北去。刚出城门，忽有一个书生方巾儒服，大踏步向前扣住了马说道："太子勿走，岳少保且退。"兀术答道："岳少保只用五百骑，破我兵十万，汴京人士，日夜望他到来，我不速走，岂不是束手待毙吗?"书生仰天笑道："从古未有权臣在内，大将能立功于外的。岳少保尚恐不免，如何能成功呢?"这一席话，说得兀术恍然大悟，遂即回马入城，归坐守汴京。

那时岳飞正召集诸将整装出发，对诸将道："当直抵黄龙，与诸君痛饮。"正在说着，忽有诏使到来，命他班师。岳飞接了诏书，便问来使道："何故班师?"来使道："秦丞相与金议和，已有头绪，所以命少保班师。"岳飞不禁愤然道："中原土地，十复八九，奈何中道班师?"来使无言而去。岳飞即拜表言："机不可失，当猛进图功。"

秦桧见岳飞不肯班师，愈加忿怒！遂令张俊、杨沂中等速回，再遣使谕韩世忠等，罢兵还镇，然后连下十二道金牌，催促岳飞速归。岳飞知不可留，遂向东再拜道："十年之功，废于一旦。"拜毕，泣下沾襟，遂传令班师。百姓遮道挽留，尽皆哭泣道："我等戴香盆，运粮草，奉迎王师，金人皆知，元帅若去，我等无噍类了。”岳飞道：“我非忍弃尔等而去，奈迫于君命，不得不行。”百姓闻言，哭声震野。岳飞只得下令道：“愿从我去的，从速整装，我暂待尔等五日。”百姓齐声应诺，岳飞又留驻五日，期满启行，百姓随军南行，如同归市一般。岳飞于途中上表，请以汉上六郡闲田，使民暂住，总算有旨允行。兀术闻得岳飞班师，又分道出兵，把收复的州郡，尽行夺去。

岳飞仍由庐州入觐，请罢兵权。高宗不许，并垂问战时情形，岳飞惟叩头拜谢，绝不言及战功。未几，命韩世忠、张俊为枢密使，岳飞为副使，加杨沂中开府仪同三司，赐名存中。王德为清远军节度使，这皆是秦桧的意思，恐诸将在外作梗，阳示尊崇，暗夺兵权，便可以一力主和了。岳飞已罢兵权，秦桧还放不过他，知道张俊因岳飞初时在自己部下，后来竟与自己并立，心下很是猜忌。便暗中挑唆张俊与岳飞作对，又嘱中丞何铸，待御史罗汝观，劾岳飞罪状。岳飞遂请罢职，高宗准奏，罢为万寿手使，出奉朝请。秦桧还不肯罢手，必欲置之死地，方偿私愿。因与张兴密谋，诱岳飞部将王贵，告他罪状。王贵为张俊所劫持，只得允从。秦桧又令王贵向枢密府投诉，说是副都制张宪，谋据襄阳，还岳飞兵柄。张俊急捕张宪审问，张宪极口称冤，张俊拍案道：“岳云与你书，叫你谋变，复还岳飞兵柄，你还赖么？”张宪道：“何人见有岳云手书？”张俊道：“料你不受刑，必不肯供。”遂命速仗五十。张宪道：“宁死不愿诬供。”张俊又命重责，直将张宪打得死而复苏，仍然没有口供，只得假造一纸，交于秦桧。秦桧即请高宗，逮岳飞父子审问。高宗道：“刑以上乱，妄加追证，反致摇动人心。”秦桧默然而退，遂矫诏逮岳飞父子下狱，命中丞何铸，大理卿周三畏审问。岳飞上堂，但说：“皇天后土，可表此心。”言毕，即解衣露背，请二人观看，乃是“尽忠报国”四字。周三畏肃然起敬，何铸也不禁良心发现，即请岳飞入狱。何铸急往见秦桧，言飞无罪。秦桧道：“这是上意，如何可违。”何铸道：“我非左袒岳飞，但强敌当前，忽戮大将，恐士卒离心，非国家之福。”秦桧不答，何铸退出，周三畏挂冠而去。秦桧遂命谏议大夫万俟卨办理此事。万俟卨素与岳飞有隙，严加拷问，将岳飞拷问得死去活来，只是无供。万俟卨又用笔砚逼他书供，岳飞只写了“天日昭昭、天日昭昭”八个字，再也不肯写了。万俟卨无法，只得也捏造了口供，付于秦桧，只是还要有个证人，方可成狱。又悬赏募集证人，哪知再也无人肯来作证，以致延宕了两个月。

此时，恼了一班忠臣，如大理卿薛仁辅，寺丞李若朴、何彦猷等，皆为岳飞呼冤。判宗正寺士㒟，且以百口保岳飞并无他意。韩世忠心怀不平，亲向秦桧责问岳飞所犯何罪？秦桧道：“岳飞子云，与张宪书，虽无实据，恐是莫须有的事情。”世忠愤然道：“‘莫须有’三字，何以服天下，丞相还当审慎。”秦桧不再与言。世忠回第，尚含怒意，梁夫人见了，即问何事动怒。世忠与言岳飞之冤。梁夫人道：“奸臣当道，相公不如见机而作，明哲保身吧。”世忠深以为然，遂存了宦海抽身，急流勇退的念头，不过一时未便遽行乞罢了。

岳飞在狱中，虽带刑伤，毫无病楚，唯一心还以未能恢复中原迎还二圣为恨，因此题成《满江红》词一阕，以志恨道：

怒发冲冠，凭阑处，潇潇雨歇。抬望眼，仰天长啸，壮怀激烈。三十功名尘与土，八千里路云和月，莫等闲，白了少年头，空悲切！

靖康耻，犹未雪？臣子恨，何时灭？驾长车踏破贺兰山缺。壮志饥餐胡虏肉，笑谈渴饮匈奴血，待从头收拾旧山河，朝天阙。

岳飞自绍兴十一年十月入狱，到了年底案还未决。十二月二十九日，秦桧与妻王氏，在东窗下围炉饮酒，忽然门上传进一书，秦桧看时，乃是万俟卨投来的。书中说是建州布衣刘允升，招集士民，为岳飞讼冤，恐久悬不决，或有他变，故特请示办法。秦桧阅书，很觉为难。王氏便伸手过来，取书看了，笑道："这有何难，除灭了他，免得他人再来多言就是了。"秦桧尚踌躇不决，王氏又道："从来说的，缚虎容易纵虎难，相公岂不知吗？"秦桧听了，其意乃决。遂取纸写了数语，令人送于狱吏。这一日夜间，便报岳飞死于狱中，岳云、张宪也同时死了。后人有诗咏岳飞之死道：

灵旗风卷阵云凉，万里长城一夜霜。
天意小朝廷已定，岂容公作郭汾阳。

未知岳飞如何死的，且看下回分解。

第七十七回　**受册封迎还母后　贪富贵假冒帝姬**

却说秦桧听了其妻王氏的话，遂决意置岳飞于死地，遂取笔写了数语，将纸折成方胜，令人送交狱吏，夜间即报岳飞死于狱。岳云、张宪亦皆同时而死。有人言岳飞之死系秦桧命狱吏勒毙于风波亭上；又有人说，由狱吏请飞沐浴，拉胁而死，享年三十九岁。

飞家无妾侍，亦无财产。吴玠尝敬飞，愿与订交，因饰名姝以进。飞拒之道："皇上宵旰勤劳，岂大将安乐之时。"吴玠因此益加敬服。高宗尝欲为飞营府第，飞辞谢道："金人未灭，何以家为。"其行军，队伍严整，有罪必罚，犯令者立斩以徇。惟兵将有疾苦，即亲为调药，诸将有远戍者，必遣妻慰其家属，有死难者，必抚育其孤寡。朝廷颁赏，立时派给兵将，毫无所私，所以军士爱戴，临阵皆奋不顾身。有将士隶他人部下而怯敌者，一至飞麾下，即反怯为勇，常自言道："临阵却退，何以回见岳元帅。"因此遇敌必胜，从无败衄。金兵亦为之语道："撼山易，撼岳家军难。"

子云，勇而善战，因功受赏，屡次辞让，故终身只进秩左武大夫，死时仅二十三岁。其余四子，曰雷，曰霖，曰霓，曰霆，皆窜于岭南。有女，痛父沉冤莫雪，欲叩阍上书，为奸臣所沮，不得上达，抱银瓶投井而死，时人称之为银瓶小姐，呼所投之井为孝娥井。

飞下狱后，大理卿周三畏，尝奉命勘狱，心有所疑，夜往察狱。忽见古木下，有一物似牛而有角，三畏怯步不前，此物徐行至狱旁一小祠中，遂隐没不见。过数日，又于月明之夜，再往，仍见此物，头上有片纸，写一"发"字。月光照耀，极为明了。三畏因知飞冤，不肯拷问，挂冠而去，不知所终。后于延安葭州山中，有翁头仙人，日饮净水三瓯，不进它食，与人论及岳飞冤狱，必放声大哭。人问其姓，自称姓周，后又不知所往。士人与其坐处得一片纸，上书"周三畏"三字，因知三畏不肯勘狱，遂致仙去。后人有诗咏此事道：

木阴斜转月娟娟，片纸惊看戴角妍。
判得弃官何处去，云中来往翁头仙。

狱卒隗顺，怜飞冤死，负其尸出，葬于栖霞岭。恐发觉获罪，不敢告人，至临死之时，始告其子："日后朝廷昭雪此狱，求棺不得，必悬赏以求，汝可往告官里。棺上有一铅筒，并有棘寺勒字，即是我埋葬的记号，乃是岳少保的真尸体。"后来孝宗即位，诏复岳飞官爵，要依礼改葬，果然不知葬处，乃以一班职为赏格。隗顺之子，始出面报告。改葬时，尚面色如生，还可以更殓礼服，这也是忠义之气，历久不散的证据了。

岳飞既死，天下为之呼冤。秦桧还不肯甘休，又将于鹏等六人，连坐治罪。薛仁辅、李若朴、何彦猷等，亦皆斥退，刘允升拘于狱中，竟至庾死。判宗正寺，齐安王士㒟，亦易居建州。韩世忠既悲岳飞无辜受戮，又见朝局日非，略有气节之人，不死即贬，知道再在朝中任职，连自己也要被奸人所算了。遂即决定主意，上章乞休。高宗初时不允，乃再上表请罢职，始罢为醴泉观使，封福国公。世忠奉到诏书，立即杜门谢客，绝口不言兵事，有时在家与梁夫人小食谈心，欣然忘忧；有时策了蹇驴，对酒瓶词，带了小奚童，往西湖上游览，竟把一生的英雄豪气，销磨尽净，真是个神仙岁月，安享无穷了。

那秦桧因岳飞已死，便致书兀术说，终不负所约，请他应许和议。兀术得书大喜，诸将也酌酒称贺。遂遣宋使莫将，先行南下，道达修好之意。后又命审议使萧仪、刑其瞻，同赴临安，入见高宗，索割唐、邓二州与陕西余地，以淮水为界，并要向金称臣，岁纳银币。高宗命秦桧与来使商议，秦桧哪里还肯辩驳，只要和议成功，无论如何，也可以的。当下件件俱皆答应，金使方才许还徽宗梓宫，并及韦太后。秦桧便与金使决议，且订定了四条和约；

一、东以淮水，西以商州为两国界，以北为金属地，以南为宋属地；二、宋岁纳银二十五万两，绢二十五万匹于金；三、宋受册封，对金称臣，在国内得称帝；四、金送徽宗梓宫及韦太后归宋。

条约已订定，和议已成，命何铸为签书枢密院事，充金国报谢使，赍献誓表。一面令秦桧祭告天地社稷，令金使萧毅等与何铸相偕北去。萧、邢二人入朝告辞，高宗当面说道："今年太后果然归来，自当遵守誓约，倘若逾期，这誓文就同虚设了。"萧毅等也便答应，同了何铸，行抵汴京与兀术相见，兀术便向何铸要看誓表，何铸慌忙取出递于兀术。兀术看那表文上面写着道：

臣构言，今天划疆，以淮水中流为界，西有唐州、邓州，均割属上国。自邓晢西南，属光化军。为敝邑沿边州城，既蒙恩造许备藩方，世世子孙，谨守臣节。每年皇帝生辰，并正旦，遣使称贺不绝，岁贡银绢各二十五万，自壬戌年为首，每岁春季，搬运至泗州缴纳，有渝此盟，明神交殛，坠命亡氏，踣其家国！臣今既进誓表，伏望上国，早降书庶，誓使敝邑，永为凭焉。

兀术看了书，见宋朝君臣，事事依从，没有一件敢违，心内又觉懊悔道："倘若多要求几件事情，他们必定也肯答应的。但是现在却反不转身来，只得要求宋朝，须把商州及和尚原、方山原，也属于金，方肯允和。"何铸见兀术又要翻悔，又不敢作主答应，只得请兀术差人去与秦桧商议。秦桧也不问什么险要不险要，可割不可割，只要金人说得出口，他便答应得下。当即又将商州及和尚原、方山原，双手捧了，送于金人，退致大散关为界。兀术又得了这三处地方，才没有什么话说。

何铸到了金都，见过主，金主看了誓表，便命兀术向宋割地。从此以后，宋朝只有两浙、两淮、江东、江西、湖南、湖北、西蜀、福建、广东、广西十五路，其余如京西南路，只有襄阳一府，陕西路，只有阶、成、和、凤四州之地了。金人划定了疆界，遂即建设五京，以会宁府为上京，辽阳府为东京，大定府为中京，大同府为西京，大兴府为南京，后又改南京为中都，称汴京为南京。金主即得宋朝称臣，又得了许多土地，心尚不足，还不愿归还韦太后。经何铸再三恳请，方允归徽宗、郑后、邢后棺木，及高宗生母韦太后。

韦太后，本会稽人氏。绍圣时，苏颂以宰相致仕，居于丹阳，有韦姓女二人，本属姊妹，其姊不愿事人，遂出家为尼，其妹年尚少，给事苏颂。颂以其品貌端庄，欲纳为妾，及登榻，即通夜遗溺不止。苏颂道："此乃贵人之相，非我家所宜留。"遂命之入京。恰值哲宗选室女二十人，分赐诸王，韦太后得入选，分赐端邸。太后即入端邸，与乔贵妃相叙为姊妹，誓共荣辱。及徽宗以端王嗣位，乔贵妃先得临幸，顾念旧约，荐太后于徽宗，才一临幸，即生高宗。金人入寇，劫帝北去，乔贵妃与太后皆从行，至是和议成，乃许与徽宗梓官俱归。韦太后颇有智虑，既得许归消息，恐金人反复无常，等待役夫毕集，方才敢启攒官。钦宗卧泣车前，对韦太后道："归去请告九哥与宰相，务必为我请还，我若为国，得一太乙宫使便心满意足，它事决不敢计。"言下大哭，韦太后见钦宗婉转哀啼，心中实在不忍，当即满口答应了，而后又出一金环，交付太后，作为信物。乔贵妃亦举酒送行道："姊姊此行，归去见儿，即做皇太后了，沿途宜加保重，妹妹永无还期，当死于此地了。"韦太后听了，不禁大哭，乔妃亦掩面哭泣，悲不自胜！又带哭带说道："姊姊到了快活处，不要忘了此间的不快活。"韦太后道："妹不敢有忘今日。"乔贵妃等得太后启行，又取金五十两，送于金使高安居道："薄物不足为礼，愿好护送姊到江南。"韦太后又与她握手大哭，旁的妃嫔宫眷，也哭泣不止，各个上前送别。

太后行时，正当盛暑，金人惮于行路，沿途逐节逗遛。太后恐有他变，托词称疾，表面说时待秋凉进发，暗中向高安居借了三千金作为犒赏夫役之费。那些夫役得了犒赏，果然连炎暑也忘记了，遂即趱程前进。行至楚州，太后弟安乐郡王韦渊，奉诏来迎。姊弟多年不见，自然悲喜交迸，连话也说不出来。行至临平，高宗御驾，与文武百官，皆在道旁伫候。宋奉迎使王次翁，金扈行使高居安，先入见高宗，高宗慰劳有加。遂迎接徽宗及郑太后梓宫拜跪成礼，然后奉迎太后入御幄，母子相见喜极涕零。太后御座幄内，朝见文武百官，宰臣乃率诸僚，班于幄外，起居如仪，侍卫军禁，欢声动天地。韦太后顾视群臣，御音垂问道："岳飞何在，因何不来见我？"群臣闻谕，不敢出声，连秦桧也不敢奏对。高宗侍立御座之侧，见太后殷殷垂询，不能不答，只得恭身对道："岳飞因罪，狱死已久。"韦太后忽然出涕道："岳飞以五百人败敌兵十万，中原土地，恢复七八，金人莫不畏惧！称之为'岳爷爷'，虽妇孺亦知其名，遇小儿夜啼，即称'岳爷爷来'以畏之。如此勇将，即便有罪，亦不应置之死地，官家奈何自坏长城呢？"高宗闻言，惟有顿首谢罪，秦桧更是暗暗惊心。韦太后母子重逢，本来十欢喜，只因闻得岳飞狱死，御容甚为不乐。此时还未知致死之由，后来仔细打听，知道岳飞之死，完全出于虚构，因此不胜愤怒，深恨高宗昏庸，至欲削发出家，不愿再为太后。幸得左右再三相见，韦太后怒虽略平，但悲念岳飞，无罪冤死，心内终难释然，所以在宫中穿着道家衣服，终身不改，以示悲悼之意。后人有诗一首，咏韦太后悲念岳飞道：

东朝銮驭朔方回，南面方知乐事稀。
可惜岳将军不见！深官只着道家衣。

高宗自接得韦太后銮驾，常对群臣道："朕自东朝之归，方知南面之乐。"故这着诗内也提及此事，这是后话，暂按不提。

且说群臣朝见过韦太后，又随了高宗，迎回邢后丧棺。高宗不禁下泪道："朕虚位以待中宫，历十六年之久，不幸后已先逝。直到现在，始能得知，回念旧情，能不悲痛吗？"秦桧等再三劝慰，方才止哀，遂引徽宗、帝后两梓宫，奉安龙德别宫，并将刑后之棺，祔嫔于两梓宫西北，然后迎韦太后入居慈宁宫。满城士庶，夹道耸观，皆以手加额，欢呼万岁。韦太后入居慈宁宫，文武百官上表称贺，又有献赋颂雅歌，称美圣德的，高宗见了，甚是兴头，命中书舍人程敦厚，品题高下。程敦厚品题之下，以建昌军进士章藻为第一，知正州张昌为第二，进士陆涣为第三。高宗下诏，张昌特转一官，进士免文解一次。徽宗、帝后，前已上过尊谥，惟邢后未尝易名，乃追谥为懿节皇后。

其时金人已遣左宣徽使刘筈，赍了衮冕圭册，册封高宗为宋帝。高宗竟甘心屈膝，北面拜受。受册之后，又御殿召见百僚，行朝贺礼，晋各官爵有差。惟张俊阿附秦桧，冤杀岳飞，此时亦为秦桧所忌，暗令台谏，弹劾其罪，已罢为醴泉观使。现在却封了一个清河郡王的虚衔，总算是酬他杀岳飞之功，但张俊虽诬杀岳飞，也总算是中兴名将。他有一妾，名唤张秾，乃张钱塘妓女，颇知诗书，常常规谏张俊，须要尽忠国家。拓皋之战，金人兵锋甚锐，张俊贻书嘱以家事，张秾回书引霍去病、赵云"贼犹未灭，何以家为"之言，以坚张俊报国之心，后来居然获胜。张俊遂以其书，进陈高宗，高宗乃亲笔奖谕。张俊、韩世忠皆中兴名将，皆有奇女子为助，又皆出于微贱，可算是千秋佳话了。张俊既封为清河郡王，乃置邸于临安，名所居之坊为清河坊，并构园林，有乔木亭诸胜境，汗马功劳得此下场，可称有福了。刘锜已早罢兵权，出知荆南府，王庶安置道州，何铸自金南回，秦桧因他不肯阿附岳飞之狱，谪居徽宗。只有刘光世，因早解兵权，又是随俗浮沉之人，与秦桧没有什么嫌怨，总算保全禄位，直到老死。那些中兴将帅，俱已收拾尽净，朝堂上面，只有秦桧的党羽，自然一切朝政，惟其所欲，毫无阻碍了。那时朝廷上面却没有什么事情，但是韦太后回来之后，又闹出一件假帝姬之狱来了。

原来徽宗有个公主，小名环环，称为柔福帝姬，也随着二帝北去。到了高宗时候，忽然携了一个老尼，从金奔逃回来。说是随了太上皇在五国城受尽难苦，幸亏这个老尼哀怜她年少受苦，把她藏匿庵内，后来改了道装，由老尼带领了她，托名出外募化，慢慢的自北面前，历尽了风霜雨雪，得达临安。说的言语，甚是动听，高宗也忆记徽宗，果然有个公主，名唤环环，封为柔福帝姬。但阔别多年，面貌身材都记不清楚了，惟恐有人假冒，遂亲自召见，当面垂问，并盘诘她在汴京宫内的事情。那柔福帝姬在召见之时，竟能呼唤高宗幼时的小名，并诉说汴京宫内一切之事，丝毫没有错误。高宗便信以为真，又可怜她万里迢迢，奔逃回来受尽了苦楚，遂将她迎入宫内，仍称柔福帝姬，厚加款待，又选了高士㒟为驸马，将柔福帝姬下嫁，甚为隆重。柔福帝姬下嫁之后，也时时入宫，问候起居，高宗亦极为信任。到了和议已成，韦太后銮驭将回，柔福帝姬便请了病假，绝不进宫。高宗以为她果然有病，也不疑心。韦太后回銮之后，闻得柔福帝姬一事，不禁诧异道："柔福已病死于金，怎么又有一个柔福呢？"亟召高宗诘问情由。高宗乃陈柔福由金逃回之事。韦太后道："官家要被金人窃笑，说南朝皇帝错买了颜子了。

柔福已死,如何能自金逃回呢?”你道韦太后所言“南朝皇帝错买了颜子了”这名话是何意思呢?原来,当时京师有一条巷,名为颜家巷,巷内有髹漆店,所制器具,式样灵巧,甚为美观。其实都用败纸做成,表面却髹漆得十分精美,人若购买回去,立刻便毁坏了,不能经久,所以当时的人,称为颜子生活,即假货的意思。高宗听了韦太后的话,不禁发怒,立即拘柔福帝姬,交大理寺审问。假柔福帝姬无可抵赖,只得一一供招。原来,她本是汴京贫家之女,跟随她的老尼,从前常常出入宫禁,深得柔福帝姬之心,曾经在宫给事,所以深知内廷之事。后来,金人入寇,劫了二帝与六宫北去,老尼闻得高宗即位,宋室中兴,因见贫家之女与柔福帝姬面貌有些相像,忽生贪恋富贵之心,便将宫中事情告之贫家之女,诈称从金奔回,骗信高宗,竟享了几年的富贵。不料韦太后回銮,识破此事,无从掩饰,只得从实供出。大理寺审问明白,得了口供,遂即具奏上闻。未知高宗如何处置假姬,且看下回分解。

第七十八回　刺奸相义士丧命　遇行都太师惊心

却说大理寺奉了高宗之命，审问假帝姬的案子，不过一堂，便审问得清清楚楚，复奏上去。高宗览了供词，方知假柔福帝姬，全由老尼教导了到来的。当下即命将老尼也拘捕了来，又加以审讯。老尼无词可辩，假帝姬一案，已是确凿无疑，遂即将假帝姬与老尼，一同斩首于东市。高士㒟虽为驸马，并不知情，只削夺了驸都尉的爵位。后人有诗咏假帝姬一事道：

一朝銮驭报归期，因识环环伪帝姬。
多被番人笑颜子，怪她宫事教尼师。

假帝姬伏诛，高宗乃葬徽宗皇帝，显肃皇后永固陵，懿节皇后亦从旁葬。葬事既毕，秦桧等乃上表请立继后。其时宫中，吴嫔御已升为贵妃，她自随着高宗航海，箭射将保护圣驾，高宗很佩服她的胆识，更兼读书万卷，翰墨绝人，后宫里虽有潘贵妃、张贵妃、刘贵妃，与她名位相埒，哪里及得来她的宠遇。但刘贵妃也风雅绝伦，不特善于吟咏，且精通绘事，尝画并蒂芙蓉，着色鲜妍，精妙无比，且自题一绝于上道：

秋风落尽故宫槐，池上芙蓉并蒂开。
留得君王不归去，凤凰山下起楼台。

这诗画传出，当时称为双绝，高宗见了，也很是赞美，遂由尚衣夫人，升为婉仪。未几，又进为贵妃。此时群臣议奏，请高宗择立继后，惟吴贵妃、刘贵妃最有希望。高宗却因吴贵妃初生时，已有侍康的梦兆，十分属意于吴贵妃，更兼吴贵妃性情委婉，自韦太后南返后，亦能先意承顺，侍奉无亏，深合慈意，因此韦太后亦甚垂爱。故高宗决意立吴贵妃为继后，乃于绍兴十三年，闰四月，册立为后，所有礼节，悉如旧仪。

初，吴后尝与张贵妃同侍高宗，两人名位相等，不判低昂。绍兴二年，张贵妃因元懿太子夭逝，后宫均无所出，因请高宗，援仁宗时曹皇后故事，取宗子入宫抚养。高宗准其所请，诏令伯字号宗子，挑选十人入宫，以便简择。吴后时为贵妃，亦请择一子抚养。高宗乃于十人中，选取一胖一瘦，留于宫内，余悉遣出。瘦才名伯琮，系太祖七世孙，为秦王德芳后裔，父名子偁，曾封左朝奉大夫，在留宫中，赐名曰瑗，年仅六岁，由张贵妃抚养。胖者名伯玖，系太祖七世孙，父名子彦，年方七岁，赐名曰璩，由吴贵妃抚养。高宗欲试验二子天资优劣，性情如何，尝召至御前，仔细端详，瑗、璩二子，奉召趋至，垂手侍立。高宗见二人，品貌皆清秀，难分高下，正要垂询数语，以判优劣，忽有一猫跃至御前，蹲伏案侧。瑗视若无物，仍然植立，璩却趋前，举足蹴猫。高宗道：“此猫有何过失，偶然蹲此，亦无阻于人，必欲蹴之，可知性情严刻，难当大任了。”遂命璩出宫归家，单留瑗于宫内，育为养子。越年，授和州防御使。未几，张贵妃病殁，遂归吴贵妃抚养。

瑗性恭俭，好读书，天资聪颖，尤知礼节，问安定省以外，惟闭户诵读，绝无小儿嬉戏之态。高宗颇为钟爱，累岁加封，至吴贵妃正位中宫时，已进封为普安郡王。吴后对高宗道：“‘普安’二字，乃天日之表，妾为陛下庆得人了。”高宗闻言，亦复欣然。后人有诗咏高宗择宗子抚养道：

难将胖瘦定官家，总属天潢貌似花。
从此中兴开七叶，狸奴偏是判龙蛇。

先是同知枢密院事李回，参知政事张宇，皆上言太祖传弟不传子，德并尧舜，陛下宜效法太祖，庶足以昭格天命。高宗听了这两人的话，倒也很为感动，意欲明降谕旨，立普安郡王瑗为皇嗣。偏是那秦桧，欲取悦高宗，奏称臣有二策：第一策是不可迎还渊圣，以免帝位摇动；第二策是待后宫生育皇子，再立储君，以免传统外支。那高宗也不自己思想，自从在扬州，闻得金人兵来，吃了一惊，仓皇奔逃，已同下了蚕室，受过腐刑一般，后宫哪里还能生育皇嗣。听了秦桧的两条计策，正合私意，竟把立皇嗣的事情，又搁了起来。后来韦太后回国，把钦宗托带的金环，交付高宗，并述钦宗的言语，高宗很现不悦之色，连韦太后也不便再说了。

秦桧又因与赵鼎、张浚不合，意欲暗中加害。平日检阅赵鼎奏章，有请立皇储之语，便嗾令中丞詹大方，劾赵鼎心怀诡计，妄图徼福。高宗竟将赵鼎徙至吉阳军。赵鼎自出知绍兴府，累为秦桧所劾，贬往潮州安置，闭门谢客，绝口不谈时事，至是又徙吉阳军。赵鼎谢表，有“白首何归，怅余生之无几；丹心未泯，誓九死以不移”四语，又触动了秦桧之怒，不觉冷笑道：“此老倔强犹昔，看他还能逃得出我的手吗？”未几，有彗星于出东方，选人康倬上书说：“彗现乃是常事，毫不足畏。”秦桧特擢康倬为京官，且请高宗特颁大赦，仰体天意，除旧布新。高宗从之，特下赦令。

其时，故相张浚，由永州赦回，提举临安洞霄宫，改充万寿观使，后因和议告成，太后回朝，推恩加封为和国公。浚以秦桧揽权，屡次要奏陈时弊，只为老母计氏，年已衰颓，恐言出招祸，致贻老母之忧，所以忍而不发。计氏深知张浚之意，便对他说道：“汝父对策文中，尝有二语，汝忘记了么？”原来浚父名咸，其策文中有二语道：“臣宁以言死斧钺，不忍不言以负陛下。”张浚听了母言，正要上疏论事，恰值因彗星出现，下令大赦。浚遂上表，极陈星变应先事预防，任贤黜邪，以固国家。秦桧见了，不禁大怒道：“我正要与他拼命，他竟敢来太岁头上动土吗？”立即唆令中丞何若等，联名劾论张浚，遂放浚居于连州，又徙永州。从此秦桧势焰冲天，略不如意，立即贬官，就是与他同党，也不能免。那万俟卨，本来附和秦桧谋杀岳飞的，秦桧便引为参知政事，后因秦桧除拜私人，不肯署名，当即斥罢。楼炤、李文会，皆由秦桧援引得副枢密，后因与桧略有违忤，相继罢免。

高宗待桧，恩遇更加隆重，封桧妻王氏为秦、魏两国夫人，养子熺举进士第一，授秘书少监，领国史。原来，熺本王唤子。王氏为唤之姊。桧素昔惧内，尝纳妾怀孕，为王氏所逐，重嫁仙游林氏。生下一子，取名一飞，冒姓林氏，桧虽知道，不敢收回，只得暗中提拔，官至侍郎，兼给事中，桧反无子。王唤之妻，亦甚嫉忌，也因妒宠，遂将熺出嗣秦桧为子。后来秦桧夫妇自金回南，熺率妻往见桧夫妇，呼为父母。桧心甚为感动立即以熺为嗣子。熺既掌国史，进建炎元年至绍兴十二年日历，共五百九十卷。所有从前诏书章疏，稍侵及桧，即改易焚弃，并自诵桧之功德，多至二千余言，请著作郎王扬郎、周执高进呈御览。王、周二人，因此得擢高位。秦桧又禁私家著述，凡有守正阙邪诸学说，一律查禁，不得刊行。秦桧孙名埙，欲取科第，恐不能中式，桧欲以中书舍人程敦厚作主试，为埙预备通关节。自觉不便启齿，因得一计，令人呼程敦厚至阁中谈话。敦厚奉命而来，不见秦桧，只得坐候。候人不至，无聊已极，忽见案头有书一册，以紫绫说成，极为美观，遂取来观看。书中端楷写赋一篇，乃是圣人以日星为纪赋，篇末有类贡进士学生秦埙呈文十字，其赋词像艳丽，大雅裔皇。敦厚心甚爱之，且因守候秦桧，遂兀坐窗下，仔细吟哦，几可背诵。砚童往来服侍，殷勤异常。守候至晚，秦桧竟不出外。敦厚见天色已是黄昏时候，未便再坐，只得退出，心内颇为诧异！未知秦桧是何命意，每一念及，尝为之惴惴不安。过了数日，即有诏下，命知贡举。敦厚奉命，乃恍然大悟，即以前日所见者命题，秦埙果获第一。后人有诗咏秦埙以夙构中选道：

砚童侍立大师窗，夙构佳文未易降。
贡院无烦戴羞帽，紫绫册里士无双。

秦埙既擢上第，桧亦愈蒙恩礼。绍兴十五年，秦熺复升翰林学士，兼侍读，又赐桧甲第，并缗钱金帛。高宗亲幸桧第，封桧妻两国夫人，赐号冲正先生，自桧妻以下，皆加封赠。且御书"一德格天"四字，赐桧立匾于阁内。许桧立家庙，御赐祭器。那恩遇的隆重，比到徽宗时蔡京竟无二致。

至绍兴十八年，有诏命秦熺知枢密院事，桧问同僚胡宁道："儿子进院枢密，外议如何？"胡宁答道："外议谓相公谦冲，必不效蔡京父子。"桧听了这话，心内十分不快，表面上却不能不连声称是。回去与熺商议，只得由熺自疏乞辞，遂罢熺为观文殿学士，位次右仆射，旋又加阶少保。是时中外官吏，揣摩桧意，专事迎合，意称桧为圣相，与皋、夔、稷、契比隆，因此祥瑞之说，又复纷起。雨雪称贺，海清称贺，连日食不见也说是嘉瑞休征，群臣又皆入贺。知虔州薛弼，且上言朽柱里面，忽然现出"天下太平天"五个字来。秦桧立即上闻，诏传史馆，因此高宗愈加视临安为乐土，目为桧之功劳，更加恩遇。秦桧又将洪皓、胡铨、郑刚中等再加贬逐，且必欲将赵鼎置之死地，吩咐吉阳军，随时查察，每月报告赵鼎生死。赵鼎知道秦桧必不肯放过自己，遂致书其子赵汾道："秦桧必欲杀我，我死，汝等尚可无虞，否则恐祸及全家。"发书之后，遂自书墓石，记乡里，及除拜年月，并写挽联一副，作为铭旌道：

身骑箕尾归天上，气作山河壮本朝。

又亲自写了遗表，乞归葬乡里，遂绝粒而死。

南宋贤相，以赵鼎为首，既死之后，远近哀之。参政段拂闻讣叹息，为秦桧所闻，遂降为资政殿大学士。未几，又褫其职，谪居兴国军。秦桧心还不足，要将和自己反对的人，一网打尽，使他子子孙孙永远不得翻身，方才快意。当初第一次议和的时候，秦桧曾引李光为参政，赞助和议。李光只道他因和图治，所以很是赞成。后来见秦桧罢黜诸将，尽撤守备，方知他的主和并无好意，遂当廷与桧争论，因此去职。秦桧怒犹未已，累贬谪至琼州，藤州诸处。又令两浙转运副使曹咏，讦称李光次子孟坚录记李光所作私史，语多讪谤。秦桧奏请高宗，流孟坚至峡州，李光与遇赦不赦。又将胡寅、程瑀、潘良贵等十八人，坐为李光私党，一概贬谪。这时候的秦桧真是气焰熏天，连高宗都惧怕他，凡有奏事，简直不能不从。秦桧也存了取而代之之意，所以要把平日和自己反对的人，一齐除去，方好将南宋的江山垂手取来。

这日秦桧上朝，奏事已毕，大踏步趋出朝来，登舆回府。行至中途，忽有一大汉，手执利刃向秦桧舆中刺来。秦桧连忙躲闪，那刀锋戳在坐板上，幸未刺伤身体，忙呼家将捉拿刺客。那大汉要想再刺，无夸拔刀不及，已为秦桧家将一把擒住。秦桧虽没着伤，已吓得冷汗淋身。到了府中，还是身战不已，便命左右将大汉牵来，亲自讯问道："你是何人？受了何人主使前来行刺？从速供出主使之人，还可饶你狗命。"那大汉面不改色，厉声辱骂道："奸贼！欺君误国，中国人民哪一个不要食你之肉，寝你之皮？俺乃殿前小校施全是也，欲为天下除奸，谁知奸贼命不该绝，误中坐板。我死之后，必为厉鬼，褫你之魂，看你逃往哪里去？"秦桧为施全痛骂，直气得浑身发抖，立命家将，押往大理寺狱中。次日，将施全磔于东市。秦桧经此一吓，还恐有人谋他，遂选家将五十名，各持长挺，出则保护，居则守门。但是从此以后，睡梦中总见施全持刀杀来，又觉冤魂缠绕，得了一种怔忡之病。只得命人往灵隐寺，修醮许愿，倘得病愈，当自往进香礼佛。又延了许多名医调治，仗着参茸等物，持扶元气，方才渐渐痊愈。高宗闻知秦桧有病，特地赐假休养，命执政至桧府第议事。秦桧因病已略愈，乘肩舆入朝。有诏令桧孙埙，堪扶掖升殿，免跪拜礼。

秦桧退朝，因病时曾许愿往灵隐寺进香，遂亲莅寺中，焚香膜拜，在佛前默祷。众僧撞钟击鼓，十分敬恭。忽有一行者，蓬头赤足，浑身腌脏不堪，对着秦桧，拍手笑道："东窗下事，不是祈祷便能获免的。"秦桧听得行者说出"东窗"二字，知是有意讥刺，便怒道："你这行者，说些什么？"行者又仰天笑道："我是说东窗下事，不是祈祷便能获免的，与相公何涉？"秦桧便问寺内众僧道："这行者可是本寺僧人么？"众僧答道："这个行者，前日方来，语言疯癫，也不知他从何而来。"秦桧正要问他在哪里出家，行者不待询问，好似知道秦桧的意思一般，微微含答，随口朗吟道：

丞相问我归何处，家在终南第一山。

吟罢了这两句，便回头而走，且走且言道："挞懒在柳林会议，放汝归来，所办之事已毕，也可回去报命了，还恋恋什么？"秦桧听了此言，心内更觉吃惊！忙命左右，追那行者回来。那行者已大踏步而去，绝无影踪，还往哪里追赶呢？

秦桧听了行者柳林会议这几句话，为何要吃惊呢？只因当日挞懒，因为南宋将帅，如岳飞、韩世忠等勇不可挡，拟遣秦桧夫妇回国，充作间谍，力谋和议，暗图诸将。密表奏闻金主，金主命大臣会议。诸大臣齐集于柳林地方，密议停妥，奏请金主，从挞懒之议，方才纵秦桧夫妇回国。这柳林会议的事情，秘密异常，行者竟能说出，怎么不要使秦桧吃惊呢？当下回到府中，一心记念着那个行者，恐他将自己与金人的秘密事情泄漏出来，心下甚为不乐！王氏见秦桧面有不豫之色，便问有何事故，使相公不乐，秦桧遂将灵隐进香，行者讽刺的话一一告知。王氏笑道："相公多少大事也办了，如岳飞的勇悍，赵鼎的倔强，不费吹灰之力，便把来除了，何患一行者呢？他既说家在终南第一山，只派个干役，将他捕来，杀之以灭口，还愁他泄漏机密么？"秦桧听了，连连点头，遂令干役何立，往终南第一山去找寻那行者，务要将他拘捕回来。何立奉命退下，不知终南第一山在于何处，向门人问，也没有知道的，又不敢违命不去，只得泣别了老母妻子，独自一人，四下去访问这终南第一山。去寻了多时，方遇见一个异人，指引了路径。到得山内，只见宫殿巍峨，上面坐着个和尚，戴了画庐帽，身穿袈裟，在那里预备审问事情。何立见两旁排列着许多差役，便隐身在后面，轻轻的向一人问道："上坐何人？所讯何事？"差役答道："地藏王菩萨审问秦桧杀岳飞的事情。"何立闻言，暗想："太师安居临安，如何能到此地？"正在诧异，已见几个奇形怪状的凶恶差役，牵了秦桧到来，身上荷着铁架，已是蓬首垢面，与罪犯一样，哪里还像个太师呢？秦桧到了阶下，远远的见了何立，便向他说道："汝可归告夫人，东窗事发了。"何立甚是畏惧，不敢答应，只得遥遥的看着。但见秦桧上去，跪在地上，那个和尚略略问了几句，秦桧只是叩头。何立距离得过远，也听不出讲的是什么。只见和尚又说几句话，就有两旁的差役，将秦桧上了刑具，顿时听见一片惨呼号泣之声。未知秦桧怎样受刑，且看下回分解。

第七十九回　伏冥诛报应昭彰　立皇嗣择人付托

却说何立见两旁差役将秦桧上了刑具，只听得一片惨呼悲号之声，心内既觉惊惧，又复不忍，只觉自己的眼光一阵眩晕，及至看视，哪里有什么宫殿，什么和尚审问及秦桧受刑，惨呼悲号之声，自己的身体却靠在山中一块盘陀石上，好似做梦一般。何立心知秦桧必然禄数已终，连忙步下山来，赶回去。及至到了临安，秦桧果然病已垂危了。后人有诗一首，咏何立寻访行者之事道：

心事谁知默祷间，满朝敢道相公奸。
九年伍佰无人识，去访终南何处山。

原来，秦桧自命何立去访拿行者，不上几日，韩世忠亦以病殁。世忠自己乞休致仕以后，杜门不出，谢绝世事。只因韦太后回朝，知道金人所畏惮的，只有韩、岳。兵飞已经冤死，惟韩世忠尚在，韦太后甚为器重。回銮的时候，特行召见，慰劳备至，后来又时常命中使慰问，且谕令高宗，垂念功臣，晋封世忠为咸安郡王。世忠虽然安居家中，并不干预朝政。秦桧因两宫敬礼世忠，倒还惧他三分，及至世忠既死，更加一无忌惮，竟至挟制高宗，任所欲为。高宗初时信任他，此时惧怯他，居然不敢得罪于他。秦桧私党张扶，且当众明言，请秦桧金根车。吕愿中亦献《秦城王气赋》。秦桧心下暗喜，要学王莽、曹操故事，因此要大兴党狱，将所有反对的人，一齐处死，就可成事了。恰巧王庶病殁贬所，其子之奇、之荀，扶棺大恸，誓报父仇。此言为桧所闻，立即将之奇流于海州、之荀流于容州。且因赵鼎虽死，子孙甚多，要斩草除根，免生后患，暗中谋划了好几年，只是无机可乘。又因自己也时常生病，所以迟延下来。到了绍兴二十五年，潭州郡丞汪召锡密告知泉州赵令衿，尝观秦桧家庙记，口内讽诵“君子之泽，五世而斩”二语。秦桧便将赵令衿谪汀州。临行时，赵鼎子汾，曾饯送令衿。秦桧闻知大喜道：“这番可以一网打尽他们了。”即嗾侍御史徐哲，劾奏赵汾与赵令衿，饮别厚赆，必有奸谋，下诏逮赵汾与令衿，下大理寺审问。赵汾等被逮入狱，秦桧暗嘱狱吏，逼胁赵汾，妄供与张浚、胡寅、胡铨等五十三人同谋大逆。赵汾宁死不肯诬供，狱吏无奈，只得又依照从前处置岳飞的旧法，捏造了一张供状，送于秦桧。秦桧好似得了无价奇珍一般，捧了这张供状，来至“一德格天”阁，坐了下来，研墨取笔，要想加入数语罗织成狱。忽然觉得这支笔，有千斤之重，再也举不起来。秦桧心内好生惊诧，不禁抬头仰视，隐隐的瞧见岳飞银盔白袍，立于空中，岳云、张宪分侍左右，刺客施全，手执大锤，直向自己背上打来。秦桧经此一吓，直从太师椅中跌倒地上，昏迷不醒。其妻王氏，听得阁中好似有千钧重物坠地之声，连忙带了几个侍女，飞奔入内，见秦桧倒在地上，晕厥了去。王氏疑心他得中风病，连忙救治，好容易醒了转来，只是用手捧了头，口呼饶命。王氏见此情景，更加惊慌,便与侍女,扶他到房中睡下,等他略略清醒,屏退了左右侍女,私下询问:“身体怎样的不快?”秦桧只是摇头,但说:“我已无命,快备后事。”说罢,又复晕去。王氏极力叫唤,方见他身体颤动,和杀猪一般,口中只呼饶命。王氏无法,只得去请御医王继先来诊视。

王继先与秦桧心腹之交,常在宫中伺察动静。高宗与韦太后有了微恙,总由继先诊视,只要一服药,就可奏效。因此,高宗深为宠信。继先便结交秦桧,专门联络内侍,窃探宫中隐事,挟制高宗。因此权势熏灼,炙手可热,竟至招权纳贿,无所不为,居然珍宝充牣,富堪敌国。有御史参劾继先,恃有秦桧之援,贿赂公行。高宗反而斥御史道:“秦桧国之司命,继先朕之司命,汝敢妄劾么?”群臣听了这话,从此没人再敢说王继先的过失了。那继先更加趾高气扬,毫无忌惮,于宅旁另筑别馆,体制僭拟内苑,储临安名妓刘荣奴于馆内。其子悦道,因爱妓女金盼盼,也迎养于内。父子聚麀,互相淫乐。常令妓女开筵奏乐,制为新歌新舞。后闻钦宗上宾之信,禁止筵乐,继先乃令妓女,舞而不歌,举手顿足,以为欢笑,名为哑乐。又在湖州旧居,建筑大第宅一座,由临安载现钱二十万贯,前往堆垛,称为镇宅钱,令义子都统制王胜,相送前去。那王胜绰号王黑龙,本隶张浚部下,因罪俊责,送建康军中效力,深知继先甚得高宗宠幸,遂投于继先门下,拜为义父。继先遂力荐王胜可以大用,擢为统制。继先阴蓄异志,暗养无赖恶少五百人,制备桃花绣甲,刀枪牌棒及一切兵器,日夜训练,冀成劲旅。事情泄漏,为殿中侍御史杜莘所劾,编管福建居住,子孙永远勒停。后人有诗咏王继先,不过一个医官,势力竟能如此雄厚:

家筵静看无声乐,别馆争排镇宅钱。练得桃花绣甲队,义儿相送上江船。

秦桧得病,去请继先诊视,他这时正在得势的时候,只因和秦桧是心腹至交,不便推辞,立刻前来。哪知秦桧见了继先,睁大了一双眼睛,呼他为岳少保,忽然又呼他为施义士。停了一会,又哀求他饶命。王继先见了这般模样,知是冤魂缠绕,直吓得战战兢兢,坐立不安,勉强开了一张药方,连忙辞去。秦桧服了药,更加病重,连声呼痛,身上也现出青红之色,好似受了刑具一般。王氏等正在忙着,何立已从终南第一山回来请见秦桧,以便复命,王氏令他不必进见。偏生秦桧又清醒转来,闻说何立回来,一片声叫何立进见。王氏传他进内。何立至床前下拜,秦桧不待他开口,便下泪道:“终南第一山的事情,我已知道,你一片诚心奉了命,不惮程途遥远,能够前去,真是不可多得的人物!但是我已没有命了。”又是一声哀号惨呼。何立听他呼痛之声,竟与终南第一山受刑一般无二,心内不思再听,只得含泪退出。何立方退,高宗御驾降临,王氏与秦熺等,连忙迎接。高宗入内问疾,秦桧倒还清醒,只是口内不能说话,惟有看着高宗流泪,高宗见了这般情形,便面谕秦熺道:“卿父病已垂危,恐难挽救了。”秦熺乘机奏道:“臣父倘有不测,他日继臣父后任的,应属何人?”高宗闻言,摇首道:“此事非卿所应干预。”言罢拂袖而出。回宫之后,命直学士沈虚中草制,命秦桧父子致仕,并加封桧为建康郡王,熺为少帅,桧孙埙、堪,均提举江州太平兴国宫。这日夜间,秦桧自嚼其舌,几成粉碎而死。

桧在相位十九年，一意与金议和，摧残善类，密布羽党，所有忠臣良将排斥殆尽。凡弹劾文字，均由桧亲自拟稿，令台谏录陈，奏牍中皆罗织之词，廷臣见了，皆知为老秦手笑。辅政大臣，略有违忤，即加贬谪。故秦桧入相十九年，参政易至二十八人。且贿赂公行，不畏清议，因此家中财产，富可敌国。至桧已死，尚有馈送前来的。到了晚年，潸储不臣之心，高宗见之，亦复畏惧！至桧死后，高宗常语杨存中道："朕今日始免于膝裤中带匕首了。"可知秦桧的跋扈不臣，高宗的畏惧奸人了。但是，高宗虽知其奸，还追赠为申王，赐谥曰忠献，直到宁宗开禧年间，始追夺王爵，改谥缪丑。

桧之墓在金陵牧牛亭，墓身前丰碑兀立，不镌一字。相传秦桧既殁，求人撰神道碑，当时士大夫，因桧怙权恃援，力主和议，诛杀勋旧，诬陷忠良，故鄙其为人，且畏物议，虽有诏命为桧撰碑，竟无一人肯执笔代撰的，后人有诗咏之道：

不见文章立墓门，牧牛亭上泣奸魂。
东窗事犯须臾事，夜半犹然忆子孙。

秦桧殁后，未几，其妻王氏亦以病死，与桧同葬于建康。至明朝成化年间，其墓为盗所发，窃取珍宝金银，值赀巨万。案发后，窃墓贼就获，官往检验，桧与妻王氏，皆僭用水银为故殓，故尸体未毁，面色如生。当下碎剐其尸，投于溷厕，并减轻盗墓之罪，人心大快！千百年后，犹至碎尸投溷，令人恨视奸臣的报应，可谓显明已极了。

张浚于桧死前一年，已经病殁，害岳飞的人，还剩了一个万俟卨，生存于世。万俟卨因为失欢于秦桧，贬谏沅州。高宗因此疑心万俟卨不是秦桧一党，竟召为尚书右仆射，并同平章事，汤思退知枢密院事，张纲参知政事。汤思退平日阿附秦桧，桧殁时，嘱以后事，馈金千两。思退疑桧赠金，是有心尝试自己的，所以辞却未受。高宗闻得思退却金一事，也以为不是桧党，因此特加拔擢。沈该也得参政，乃是随俗浮沉的人，毫无建白，所以秦桧虽死，仍与未死一般，朝政绝无起色。还亏得张纲，因为桧所嫉，以给事中乞休，家居二十余年，此时召为吏部侍郎，升任参政，颇有正色立朝，不挠不屈的气概。御史汤鹏举等，仗着他的援助，追论秦桧欺君误国，党同伐异诸罪状，乞黜退桧之姻党，因此端明殿学士郑仲熊，户部侍郎曹泳，侍御史徐嘉等，皆陆陆续续罢免。赵汾、赵令衿免罪出狱。王之奇、之荀兄弟二人，许其自便居住。张浚、洪皓、胡寅、张九成等，尽还原官。迁李光、胡铨于近州，又追复赵鼎、郑刚中等官阶。张浚复官之后，本因母丧，意欲扶柩归葬，恰值高宗因彗现求言，遂上疏言万俟卨、汤思退、沈该，不洽众望，难胜宰辅之任。且金人贪欲无厌，恐将启衅，宜任贤才，以期安内攘外。沈该、汤思退，见此疏，异常怀恨，万俟卨更加仇怒。遂嗾令台谏劾论张浚煽惑人心，摇动国是。重又安置永州。未几，万俟卨亦以病死。万俟卨阿附秦桧，勘问岳飞，擅动非刑，致岳飞而复苏，所以后人特在岳王墓前，用铁铸成四个人的像，跪在那里。这四个像，乃是三男一女。女像乃秦桧之妻王氏，三个男像，便是秦桧、万俟卨、张浚。至今还在岳墓之前，游玩之人见了四个铁像，莫不唾骂，甚至有以秽物，塞了铁像口鼻，以泄忿恨的。并有人题诗道：

　　青山有幸埋忠骨，白铁无辜铸佞臣。

可见敬仰忠臣，忿恨奸臣，人人同具此心哩。

到绍兴二十九年，沈该以贪黩罢职，以汤思退为左仆射。陈康伯为右仆射，因为韦太后八十寿诞，举行庆祝，典礼既毕，太后便觉身体不豫，病了数日，即崩于慈宁宫。高宗悲恸不已，上谥为显仁皇太后，葬于永佑陵旁。时高宗年已五十有余，尚未生育皇嗣，本来属意于普安郡王瑗，因为秦桧所挟制，故迁延至今，尚未建立。此时韦太后驾崩，念及自己无后，意欲立瑗为皇嗣。但因当初选宗子进宫时，曾有二人，一人赐名为璩，现亦加封为恩平郡王。虽当初试验优劣，高宗已知瑗胜于璩，但现在长成之后，两位郡王，皆是品貌端方，骨格凝重，不愧天子贵胄，一时竟分不出高下来，所以高宗心下，很觉迟疑，不能闪断。默想了半日，忽得一法，命内侍遴选了美丽宫女二十人，分赐于普安、恩平两邸，二王蒙赐，谢恩而退。普安郡王瑗，得了十个宫女，却只令给事左右，绝不相犯；恩平郡王璩，得了十个宫女，便左拥右抱，日夕取乐。过了一年，吏部尚书张寿，入见高宗，偶然谈及皇储一事，张寿乘机言道："立储乃国家大事，今日国计，无过于此，请陛下于普安、恩平两邸，择一建立。"高宗点头道："卿言甚是！朕当选择一人，即行册立。"张寿既退，高宗命向两邸，调回去年赐给的二十个宫女。在普安邸中的十个人，尚是处女；那恩平邸中的十个人，都已破瓜了。高宗乃决计立普安郡王瑗为皇嗣，因将分赐宫女一事，告知吴后。吴后亦赞成立瑗为嗣。商议已定，尚未宣布，利州提点刑狱范如圭，选择至和嘉佑间名臣表疏三十六篇，进陈御览。高宗知道他在讽谏，即日明下诏谕，立普安郡王瑗为皇嗣，改名为玮。加封恩平郡王璩，开府仪同三司，判大宗正寺，改称皇侄，仍将宫女，一概给还。册储礼成，中外人心大悦！忽右相陈康伯入报高宗道："金人恐要败盟，请陛下速筹边防才好。"康伯之言，刚才说毕，汤思退很觉不快。接口说道："去岁使臣回来，还说邻国恭顺，和好无他。这败盟的话，从何而来。臣以为都是沿边守臣，图立战功，妄觊封赏，所以有这讹传。"康伯微笑道："恐怕此悉未必是讹传了，陛下不信，可召问吏部尚书张寿就可知道这消息并非假的。"高宗忙传张寿入见，询问败盟的消息从何而来，张寿便将如何能得这消息的原因一一奏知。

原来，南宋与金国和好以来，每年遇到两国皇帝生辰及正旦，必定互相遣使祝贺，这一条也载在和约里面，是每年必要履行的。今年金国派来贺正旦的使，乃是礼部尚书史宜生。这史宜生本来是中国福建人氏，遇见一个善相的僧人替他看相，说他两颧高耸，天庭相配，地角方圆，是个公卿之相，后来又看他的手和手腕，说道："你身上的汗毛，一齐向上逆生，臂上的毛，且复于手腕，必定要投往他邦，背了祖国，方得富贵。"史宜生听了这话，也似信不信的，抛在一旁。过了一二年，忽然遇着一个龟山僧人，器重宜生的才干，愿意介绍他到金国去做些事情，宜生陡然忆起从前相面的话来，便欣然答应，随了龟山北行。不上几年，居然一帆风顺，在金国做到礼部尚书，金主亮便派他做了贺正旦的使臣。这史宜生，本是中国人，宋朝乃是他的祖国，乃是有心要帮助的。他早已知道金主亮，四下调兵，要想与宋开战，不过还没有宣布就是了。宜生沿路行来，见宋朝全无准备，边防空虚，心内很觉担忧，便拿定主意，泄漏机关，好使宋朝早做防备，免得被金兵突然杀来，弄得国破家亡。及至到了临安，便至班荆馆休息。

宋朝与金修好之后，便在离临安三十里的地方，筑了一座使馆，取名为班荆馆，专为北来使臣寄宿及筵宴之所。照例北使到了班荆馆，派有馆伴使陪侍。这次派的馆伴使，是吏部尚书张寿。依着向例，引使臣诣阙入贺，赐御筵于馆内，传宣抚问买龙茶一斤，银合三十两。一切礼毕，史宜生便和张寿叙谈，并说起自己也是宋人，不过在金为官的话。张寿见史宜生谈话颇为直爽，也就很觉亲近。史宜生有意要吐露金人将欲败盟，引兵南下的消息，只因还有副使在座，不便直言，遂向张寿使了个眼色，故意望着北方说道："今日北风甚劲，阁下须要小心防备，恐生寒疾。"张寿为人，本来机警，见史宜生向自己先使眼色，然后说这两句话，明明是指着金人，要从北南下，叫宋朝早些防备的意思。便点头答道："足下之言甚是，自当小心预防。"史宜生还恐张寿不明白自己的意思，又故意取了案上的笔，扣着桌沿说道："笔来，笔来。"张寿更加明白。他是说，金兵必定要来的意思，便和他们支吾了一会，匆匆的回来告知陈康伯。所以康伯入报高宗，请速防备。偏是汤思退说是讹传，只得请高宗召问张寿。张寿入见把详情陈明，又对高宗道："金主亮弑主弑母，残忍已极，陛下不可不防。"高宗点头称是，遂即请求兵备。但金主本名亶，怎么又说金亮呢？欲知这个原由，且听下回分解。

第八十回　弑君主篡夺大位　杀嫡母灭绝人伦

却说金主亶，初即位的时候，以干本治内，兀术任外，两人内外夹辅，政治甚为清明，黎民也很安堵。金主亶又喜研究文学，志在兴学。在上京建立孔庙，以孔子四十九代孙璠，为衍圣公。不料挞懒以谋叛伏诛，其子胜花都郎君，逃奔西北，结连了蒙古，侵犯边境。

蒙古民族乃是唐代的室韦分部，居住于斡难河、克鲁伦河两流域。初时属辽，金人灭辽，遂属于金。至酋长哈不勒，有众数千，金乃册封哈不勒为蒙兀国王，将西平河北二十七团寨，尽数割让，方能平安无事，休兵息民。此时又助挞懒子寇边，兀术从汴京北返，调兵往征，屡战不能胜，只得与蒙古讲和修好，又割界了几处地方，方才了事。兀术因行军勤劳，班师回来，即以病死。兀术既殁，外无大将，镇压敌国，内中又有皇后裴满氏干预朝政，朝臣皆结纳内援，以图荣显。金主亶欲立继嗣，又为裴满氏狭制，因此心内郁郁不舒，纵酒消愁。不料酒后变易性情，金主亶以积郁而纵酒，以酒醉而发怒，常常的手戮大臣，连宋使王伦，也为杀死。金主亶又以迪古乃平章政事。迪古乃为干本之子，改名曰亮，乃金主亶弟从。自以为系出天潢，与金主亶同属太祖之孙，常常存着篡弑的意思，又与裴满后暗中通奸，金主并不知道，且擢亮为右丞相。适遇亮生辰开筵，金主赐以宋司马光画像，并玉吐鹘厩马。不意裴满后与亮通奸情事，为金主所闻，因未得证据，只得忍耐，却将所赐之物，尽行夺回。亮因此更怀怨望。金主弟常胜，加封胙王，颇得信任，为亮所惮，乃日加谗间，说胙王谋逆，加以诛。胙王妻名撒卯，颇有姿色，金主取入后宫，极为宠幸。裴满后顿生妒意，亲向金主责问。金主大怒，立将裴满后杀死，又杀德乌库哩氏、瓜尔佳氏，将撒卯立为皇后。亮见裴满后被杀，恐祸遂及身，逆谋益亟。暗中结纳侍卫长仆散忽土，卫士徒单、阿里出虎，内侍大国及尚书省令史李老僧，秘密进行，欲杀金主。

皇统九年，即宋高宗绍兴十九年，十二月，丁巳日，仆散忽土、阿里出虎，入值宫内。至二鼓时，亮与妹婿徒单贞，平章政事秉德，左丞唐古辨理大卿达，李老僧等，各怀利刃，直入禁中。唐古辨本为金主亶女婿，亮又是皇弟，卫士们不敢拦阻，任其入内，直抵寝殿，碎门而进。金主亶惊起欲遁，为阿里出虎、仆散忽土砍倒于地，亮上前加了一刀，遂即死去。亮即率众出宫，连夜召集群臣。臣闻召，还疑另有他变，急趋入朝，方知金主亶被弑，亮欲自立为帝。见亮杀气满面，左右露刃环立，哪个敢出声说一不字。惟曹国王宗敏，左丞相宗贤，略有异言，立即杀死，群臣更加畏惧，莫不慑服。亮遂自称为帝，以秉德为左丞相，唐古辨为右丞相，乌达平章政事，废故主亶赦东昏王，追谥裴满后为悼平皇后。下令大赦，改元天德，追尊父干本为皇帝，庙号德宗。嫡母徒单氏、生母大氏，皆为皇太后。徒单氏居于东宫，大氏居于西朝。又大杀宗室，将太宗子孙七十余人，粘没喝子孙三十余人，尽皆屠戮，诸宗室亦杀死五十余人，又杀宗室左副元帅撒离喝等，并夷灭其家族。且因左丞相秉德，不先劝进，也行杀死，戮及亲属。

从此建筑宫观，注意声色，令左丞相张浩，右丞相张通古，改筑燕京宫室，一切制度悉仿汴京式样，遍饰黄金，加施五采，金屑在空中飞舞，散落如雪，每一殿成，工费以亿万计，略不如意，即行撤造。金屋即成，必须贮以佳丽，见叔母阿懒美艳绝世，遂杀其叔阿鲁布，娶阿懒入宫，封为昭妃。又令徒单贞对宰相说道："朕嗣续未广，所诛党人妻女，可尽令入宫，以便选择。"张浩等立将犯妇百余人，选入宫中。金主亮挑选了四个最美丽的，一为阿鲁子，鲁莎啜之妻；一为胡鲁，胡里剌之妻；一为胡里剌弟，胡失打之妻；一为秉德弟，嘉里之妻。四个美人，收入后宫，朝夜取乐，十分快意。就中尤嘉里之妻，性最淫荡，工于献媚，加封为修仪。过了几日，忽然又想起乌达之妻唐括定哥来，道："唐括定哥，曾与我要好异常，约为夫妇，只因乌达有功，不忍杀他，授为崇义军制度使。他竟携妻同去，我已长久不见了，岂可将她抛却了么？"当即密谕唐括定哥，竟将乌达杀死，并允立为皇后，否则就要加以灭族之罪。密谕下去，那唐括定哥，竟将乌达缢死，前来朝见。金主亮大喜，即封为贵妃，大加宠幸。惟唐括定哥，生成妖淫之性，在家中本与俊仆私通，入宫之后，金主亮宠妃甚多，哪能朝夕厮守，唐括定哥又将俊仆暗中事入，重叙旧情。金主亮得知此为，立将俊仆杖死，唐括定哥亦赐令自尽。唐括定哥死了，亮又不免追悔，闻得唐括定哥之妹，名为唐括石哥，生得更为姣美，嫁于秘书监完颜文为妻，即诏令完颜文，献妻人宫。完颜文不敢不遵，献将上去，当即封为丽妃。又记起甥女富察彻辰，很为美艳，已嫁于伊里布为妻，复命伊里布献出。旋闻济南尹葛王乌禄之妻乌林答氏风姿绰约，才调绝人，又下诏令她入宫。乌林答氏与乌禄泣别道："我若不去，必然累及于王，我此去定不失节，王请放心。"乌禄不禁大哭。乌林答氏遂上车北去，行及良乡，即以所携金剪，自刺而死。金主亮闻报，且怒及乌禄，遂降他为曹国公。大刮宗室妇女，入备后廷，不论亲戚姊妹，姑嫂侄女，但有美色，无一得免。寿宁县主什古为斡离不女；静乐县主蒲剌及希延均为兀术女；锡古兰为讹鲁观女；混同县君苏埒和琢与妹伊都为阿鲁女，与金主亮为从姊妹。郧国夫人重节为蒲卢虎孙女，是金主亮侄女。张定安妻乃喇固为太后大氏兄嫂，富鲁和琢为丽妃石哥妹，皆已有夫，金主亮尽行召入纳为嫔御，日夕宣淫。每遇与妇女交合，必定要撤去围幔，奏起音乐，召集妃嫔，围坐纵观。又在床前铺满了地衣，命妃嫔们裸逐为戏，至兴发时，即抱卧地上，交欢取乐。玉体横陈，金莲高耸，任情欢娱。金主意尚不足，听说江南多美妇人，并且宋朝宫中的吴皇后、刘贵妃，皆是美貌绝伦，精通翰墨，心内很是羡慕。平日又纵观诗词，曾见柳永作《望江潮》词一阕，送钱塘帅孙何，说得浙江的杭州地方，风景清丽，山川秀媚，真个是天上少有，地下无双。金主亮梦魂中也惦念着江南地方，恨不能身生双翅，飞往临安，游玩一番。无如地限南北，那江南又是宋朝的世界，不能如愿，只得常常的讽诵着柳永那阕《望江潮》的词儿，以寄相思。其词道：

东南形胜，三吴都会，钱塘自古繁华。烟柳画桥，风帘翠幕，参差十万人家。云树绕堤沙，怒涛卷霜雪，天堑无涯。市列珠玑，户盈罗骑，竟豪奢。

重湖叠巘清佳，有三秋桂子，十里荷花。羌管弄晴，菱歌泛夜，嬉嬉钓叟莲娃。千骑拥高牙，乘醉听箫鼓，吟赏烟霞。异日图将，好景归去，凤池夸！

金主亮，讽诵再三，愈诵愈思慕，踌躇多时，忽下决心道："要多得美人，赏玩风景，非取江南不可。况朕身为天子，有这样好地方，不一往玩赏，岂不枉为一国之君。现在也顾不得誓约和好了，只要兴兵南下，灭了宋朝，还愁江浙地方不为我有吗？"当下决定了主意，正要四处调集兵马大举南侵，不意生母大氏，一病不起。临殁时，向金主亮道："我与徒单太后，情同姊妹，和好无间。你迁都燕京，将她抛在会宁，未曾迎来。如今我已将死，还不能会见一面，与她诀别，真是恨事！我死以后，你要将她迎来，如同事我一样，我在九泉之下，也可冥目。"说毕而逝。

原来，徒单氏与大氏，在金主亮初即位时，本来分居东西二宫。后开徒单氏生辰，筵长庆祝，大氏亲手斟酒，跪地进献。徒单氏正与诸公主宗妇说话，一时没有留心，致令大氏长跪片刻，后来觉得，连忙亲自起立扶将起来。金主亮心疑徒单氏故意如此，当时虽没有言语，到了次日，竟将诸公主宗妻召来，责备她们不应与太后谈笑，各杖数十。大氏闻知，连忙出阻。金主亮哪里肯听，径行责打。行杖已毕，又仰天笑道："好令她知我利害。"徒单氏闻得此事，心怀不乐！因此迁都燕京，便没有相随同行。至是金主亮奉了生母遗命，便亲自往迎，且令左右持杖两根，跪着对徒单氏道："亮自知不孝，久违定省，请太后惩处。"徒单氏见他如此，便亲自将他扶起，叱退左右，随同来至燕京，入居寿康宫。金主亮貌为恭顺，太后起居，必亲自扶掖，若有所需，从无一违，中外称他孝顺。

到了绍兴三十一年，钦宗殁于五国城。金主亮秘不报丧，命签书枢密院事高景山，右司员外郎王全，至宋贺天中节。临行之时，对王全道："汝见宋主，可责问他沿边买马，招纳叛亡，且毁南京宫室，阴怀异志。若诚心修好，速割汉淮地与我，方可赎罪。"王全等到了临安，入见高宗，便将金主之言，一一转达。高宗道："公亦北方名家，奈何出此背理之言。"王全道："汝国君臣，莫非因赵桓已死。敢生异志么？"高宗闻得此语，立即起身入内，命辅臣询问渊圣之死，金使答道："已死数日了。"于是诏令举哀，上尊谥为钦宗皇帝。总计钦宗在位二年，被掳居金，三十余年，寿六十一岁。因为钦宗丧事，把金使的要索，置之不理。金使催逼辅臣，陈康伯道："天子遭了大丧，哪有心情议及此事。贵国若顾念旧盟，本可无用多言，否则只好再议了。"金使再欲争执，康伯不再与言，金使无法，乃悻悻而去。

康伯急入见高宗，请从速防边。高宗下诏，命同安郡王杨存中与三衙帅赵密，同至都堂议事。又命侍臣台谏，一同往谏。陈康伯首先说道："今日不必议和与守，只当论战。"杨存中接口道："强邻败盟，屈不在我，自应主战。"惟赵密与右仆射朱倬，绝不发言。康伯见两人袖手旁观，只得对杨存中道："现在金人决意败盟，虽承认其要求，恐亦难止兵端。但既要主战，必须君臣上下，并胆同心，乃可一战制胜。且待我入朝申请，俟皇上意思坚定，然后再议，如何？"存中赞成此言，众人遂即退出。康伯详加探访，始知内侍省都知张去为，阴阻用兵，且劝高宗驾幸闽蜀。于是手缮章奏，陈说金人败约，天人共愤，事已有进无退，请圣意坚决，速调三衙禁旅，出扼襄汉，观衅而动，勿再迁延。

殿中侍御史陈俊卿,亦上奏诛张去为。杨存中又上备边十策。遂命主管兵马司成闵,引兵三万,出戍鄂州,与守襄阳的吴珙,互为应援,并将金使王全所言,遍谕诸路统制,及郡守监司,命他们随机应变。命吴璘宣抚四川,与置制使王刚中,措置边防。起刘锜为江淮浙西置制使,屯驻扬州,节使诸路军马。

宋朝方在这边慎修军备,金主亮那边也接到高、王两使回去报告了宋朝的事情,顿时怒发冲冠道:“他敢违抗朕命么?朕视灭宋,易如反掌。待得了宋朝疆土,那时再讨平高丽、西夏,合天下为一家,方算得是一统哩。”哪知,方使掌牌印官燥合往西北路募集故辽兵,辽人不愿行,燥合以势逼勒,鞭笞交下。西北路招讨使译史萨巴,乘了辽人怨恨的机会,攻杀燥合及招讨使完颜沃侧,聚众叛金,立故辽遗族老和尚为招讨使,联合咸平府穆昆括里,集众数万,声势日盛。金主亮命仆散忽土往讨,忽土陛辞之后,又入谒太后。徒单氏蹙额言道:“国家世居上都,既徙中都,今又欲往汴京,且要兴兵,征伐南宋,恐人民怨望,将生他变。我已劝过数次,终不肯听。今辽人又叛,如何是好?”忽士劝慰了一番,遂即退出。不料徒单氏身旁有个侍女高福娘,暗与金主亮私通,徒单氏一言一动,必往报告。今天对忽土的一番话,福娘又去告知。金主亮怒道:“她不愿往汴,我偏要前往,她不愿伐宋,我偏要去伐。”当即传令迁都。立即挟了徒单氏和后宫嫔御,文武诸官,即日至汴。徒单氏入宫居宁德宫。搜捕宋、辽宗室一百三十余人,一律处死。未几,高福娘又诬报徒单氏在宫日夕怨望,将有废立之意。金主亮大怒道:“怪不得她私下养着郑王充,现在郑王的四个儿子已经长大了,她想废了我,立他做皇帝吗?”立刻取所佩剑,命点检大怀忠道:“你可以此剑,往取宁德宫老妪之命,前来报我。”大怀忠持剑至宁德宫,徒单氏正做樗蒲之戏。大怀忠当面叱道:“快跪接诏书!”徒单氏愕然问道:“何人诏书要我跪接?”言还未毕,尚衣局使虎特末已向她背上连击三拳,徒单氏倒在地上,已竟垂绝。高福娘又取一绳,套在她头上。可怜金国的太后,已一命呜呼了。大怀忠等回去复命,金主亮命将太后尸体弃于水中,并捕郑王充二子,一同杀死。且恐仆散忽土拥兵在外,另生他变,召取回国,结果了性命。封高福娘为陨国夫人,其夫特末哥为泽州刺史。遂大举侵宋,分诸道兵为三十二军,置左右大都督及三道都统制。命奔睹为左大都督,李通副之;纥石烈良弼为右大都督,乌延蒲卢浑副之。苏保卫为浙东道水军都统制,完颜郑家奴为副,由海道趋临安;刘萼为汉南道行营都统制,由蔡州进窥襄阳;徒单合喜为西蜀道行营都统制,由凤翔趋大散关;左监军徒单贞,另将兵二万入淮阴。分遣已毕,又召诸将,面授方略,赐宴尚书省,各个痛饮,以为凯捷之兆。且亲制《喜迁莺》词一阕,赐于诸将,以示褒宠,其词道:

旌旄初举,正駃騠力健,嘶风江渚。射虎将军,落雕都尉,绣帽锦袍翘楚。怒磔戟髯争奋,卷地一声鼙鼓。笑谈顷,指长江齐楚,六师飞渡。此去毋自堕,金印如斗,独在功名取。断锁机谋,垂鞭方略,人事本无今古。试展卧龙韬蕴,果见功成。旦暮,向江左,想云霓望切,玄黄盈路。

赐诸将筵宴已毕,分道出发。金主亮亦命皇后与太子光英留守。张浩、萧玉、敬嗣辉留治省事。自己戎装佩剑，尽带后宫妃嫔，随军进行。

先是金主亮，因诵柳永《望江潮》词，羡慕临安江山之胜，遣使赴宋，令画工同往，绘取临安潮山风景，持回作为屏障。且命添入己像，作立马吴山顶上之状。亲题一律于屏上道：

万里车书尽混同，江南岂有别疆封。
提兵百万西湖上，立马吴山第一峰。

至是对侍臣道："朕此次兴师南行，正可实践诗中之言，混一车书，灭却宋朝，立马于吴山第一峰了。"金兵约六十万，号称百万，毡帐相望，旗鼓连续不绝。徒单合喜，长驱而进，直薄大散关。令游骑攻黄牛堡，守将李彦坚，飞书告急，人情危惧，大有不能终夕之势。未知宋人如何对敌，且看下回分解。

第八十一回　陈家岛将军奏捷　采石矶书生立功

却说金将徒单合喜，长驱西进，直薄大散关。令游骑攻黄牛堡，守将李彦坚，飞书告急。置制使王刚中，乘快马疾驰二百里，至宣抚使吴璘营中。吴璘尚在帐中高卧未起，刚中急呼之起，正色言道："为大将者，与国家休戚相关，奈何敌兵入境，尚酣卧不起呢？"吴璘大惊道："有这等事么？"急率帐前亲兵，披甲上马，与刚中驰抵金平，扼守青野原，调取省兵，分道速进，救援黄牛堡。徒单合喜，见宋军四集，不敢进攻，退兵驻扎桥头寨。吴璘遣裨将彭青，引兵夜出击破敌，金兵退回凤翔。攻黄牛堡的兵，也为李彦药用神臂弓射退。西面一路的金兵，已是失利而回。吴璘遂乘势令彭青收复陇州，刘海收复秦州，曹休收复洮州，西北一面，已可无忧了。

东北一方面的大名府，已属于金。有高平人王友直，素喜研究兵法，尝有恢复中原之志。听得金人背盟南下，遂结联地方豪杰，权称河北等路安抚置制使，遍谕州县，起兵勤王。不上几天，便集众数万，分为十三军，进攻大名府，一鼓而下，遵奉绍兴正朔，遣人入朝奏闻。后自寿春来归，授为忠义都统制。宿迁人魏胜，颇有智勇，充当弓箭手，闻得金兵南来，亦聚集义士三百人，渡淮取涟水军，进攻海州。先于各处树立旗帜，设置烽火，以为疑兵，又招降守兵道："金人背盟兴兵，朝廷遣师问罪，开门迎降王师者，秋毫无犯。"城中人民，闻得宋兵到来，莫不欢跃，争先迎降。魏胜驰入城内，擒金知州高文富，阵斩高文富子安仁，其余未戮一人。又晓谕朐山、怀仁、东海、沭阳各县，一概反正，并蠲免租税，释放罪囚，尽发仓库，犒赏战士，驰檄远近，四方响应，乘势进克沂州，获甲具数万。金将蒙恬镇国，率兵万人来救海州，魏胜早得探报，派兵埋伏。待得金兵到来，伏兵骤起，杀死金将蒙恬镇国，余众悉遁。淮南总管李宝，奏陈魏胜功绩，擢为知海州事。

金主亮得了数处惊报，要率师渡淮南进，命李通往清河口，建筑浮梁，以便济师。深恐魏胜截他后路，乃分兵数万，往取海州。魏胜驰向李宝求救，宝正引兵航海，要从海道拒敌兵于胶西，闻得急报，遂带兵往救。恰值金军已抵新桥，离海州不过十余里，李宝挥兵迎战，正在拼命酣斗，魏胜又领兵出城，两面夹攻，金兵腹背受敌，只得溃退，魏胜回守北关。金兵再进，又被杀退。未几，又悉锐攻东城。魏胜单枪匹马，驰出城外，对着敌阵瞋目大呼，金兵惊骇而退。次日清晨，阴云四塞，城内不见城外，金兵乘势，四面来攻，又不能下，乃拔寝而去。李宝解了海州之围，遂引舟师，亟往胶西白石岛。恰值金将完颜郑家奴率战舰出海，泊于陈家岛，与李宝相隔仅有一山。宝乃祷于石臼神，北风忽起，即乘风出薄敌舰。顿时间鼓声大起，海波沸腾，敌人大惊，慌忙起碇解缆，举帆欲出。无如风浪湍急，舟不得驶，因此兵士慌乱，无复行列。李宝用火箭注射，火随风势，延烧战舰数百艘。未曾着火之敌舰，尚欲迎战，李宝喝令壮士喝上舰去，用短刀乱砍，金兵措手不及，杀死无数。完颜郑家奴亦受伤而亡，余将倪洵等，弃械愿降。李宝将降将上献,降兵收留,夺得统军符印及文书器械无数,粮米万斛,余物不能载归,尽行焚烧,火光熊熊,历四昼夜始息。海道的金兵,又复覆没。

金主亮连得败耗,忿怒交扼!欲向清河口济师,却有宋将刘锜引兵暗守,暝伏水手,遇见敌舟,即用钉凿沉,又不敢渡将过去,只得改往淮西渡河。守将王权,不从刘锜命令,闻得金人到来,弃了庐州,退守昭关。金主亮渡淮,入庐州,王权又退至和州。未几,又退屯采石矶。刘锜闻得金兵渡淮,也只得退还扬州。金兵陷和州,又遣高景山引兵攻扬州。刘锜因患病乃由扬州退驻瓜州。扬州为金兵夺去,难民沿江而下,道路几塞。刘锜力疾至皂角林,收抚难民,且令步将吴越、员琦、王佐等,整兵御敌。金将高景山,引兵杀来。刘锜跃马骤出,挥军突进。金兵分为两翼,围绕上来,刘锜左冲右突,督兵死战,历两时之久,坐马受伤而倒,刘锜下马步战,杀了一条血路,引兵回营。高景山领兵追来,忽然,树林中一声炮响,箭如飞蝗,射伤许多金兵,只得退下。你道树林里的伏兵从何而来?乃是王佐见刘锜被围,一面令弓箭手埋伏,一面领步兵往救。恰巧刘锜退回,敌兵追来,一阵乱箭,射退了金人。刘锜回营,忙换了坐马,招集诸将,追杀金兵。高景山没有防备,被刘锜一马冲来,手起刀落,斩于阵上,余众大溃。刘锜收兵回营,病势大剧,只得上疏求代。

此时两淮警报传到临安,高宗命杨存中入殿,意欲避敌,令他转问陈康伯。存中奉命而往,康伯接入,解衣置酒,商议大计。存中道:"皇上又想航海避敌了。"康伯道:"我亦闻得此信,明日当竟力谏阻。"存中亦以为然。康伯次日入见高宗,极言不可航海。高宗意亦感悟,康伯始退。不意过了一夜,又奉到手诏,且有"敌若未退,当散百官"之语。康伯见诏,心下愤甚,立刻取火,将诏书毁去,驰见高宗道:"百官散去,陛下之势益孤。臣请陛下发惮亲征,前时平江之役,陛下想还记得。"皇嗣玮,亦因群臣请驾避敌,不胜愤懑!奏请亲为前驱,与敌决战!高宗经这两人一激,方才有些振作,命叶义问督师江淮,视刘锜之疾;中书舍人虞允文、参赞军事杨存中为御营宿卫使,下诏亲征。殿中侍御史陈俊卿,请起用张浚,乃复浚原官,判建康府。褫王权职,编管琼州。命都统制李显忠代统军权,召刘锜回镇江养病。锜乃留侄汜,率千五百人,扼守瓜州。都统制李横,率八千人为援应。

金主亮陷了两淮,分兵犯瓜州。刘汜用克敌弓,射退金兵。叶义问到了镇江,见刘锜病已沉重,不便言及战事,但令李横暂统刘锜之军,督兵渡江,并令刘汜继进。李横以为不可径渡,刘汜颇欲出战,入问刘锜,锜意不欲出战,连忙摇手阻止。汜不以为然,乃拜家庙而行。叶义问又促李横进兵,李横只得与刘汜同时渡江。方才登岸,已见敌骑驰来,势如狂风猛雨。刘汜见了,胆落魂飞,下船逃走。李横独力抵御,如何招架得住?左军统制魏俊,右军统制王方,一齐战殁。李横慌忙退走,连都统制印亦致失去,部兵十死七八,大败而遁。

叶义问得了败报,亟走建康,但命虞允文驰往芜湖,迎李显忠交代王权兵马,乘便犒军。允文到了采石矶,王权已去,李显忠未至,军士三三五五星散着,一齐解鞍束甲,坐在道旁,见了允文,方才起立行礼。通报各队将弁,统制时俊等出来迎接。允文才入帐中,便有侦骑来报,金主亮已渡了江了。

原来金主亮，闻得瓜州大捷，遂筑台江上，自披金甲登台，用一羊一豕祭天。礼毕，投羊豕于江，下令全师渡江，先济者赏。蒲卢浑谏道："臣观宋舟甚大，行驶如飞，我的船小，行驶反慢，水战非我所长，恐不可速济。"金主亮怒道："你昔日跟随梁王追赶赵构，可有大舟么？"侍卫梁汉臣道："诚如陛下所言，此时若不渡江，更待何时。"金主亮听了，怒气稍平，便在岸上建立红黄二旗，号令进退。长江上下，舳舻如织。金主亮自坐龙凤大船，绝流而渡。

采石矶头，钲鼓相闻，诸将皆面面相觑，不敢开口。虞允文慨然起立，对诸将道："大敌当前，全仗诸公勠力同心为国效命。现在金帛诰敕，皆由允文带了前来，诸公只要立功，可以垂手而得。允文一介书生，未习军旅，亦愿亲执鞭镫，追随于后，看诸公杀敌立功。"诸将经此激劝，一齐起立道："参军文人且如此忠勇，某等久列戎行，且有参军为主，敢不誓死一战。"允文大喜。有随从允文的幕僚，暗掣其衣说道："公奉命犒师，并非督师，他人败事，公反替他任咎，报又何必呢？"允文怒叱道："国家灭亡，我将焉逃。"遂命严列阵伍，以待金兵，并分戈船为五队，以两队分列东西两岸，作为左右军；以一队驻在中流，作为中军，还有两队，潜伏小港，作为游兵，预防不则。部署方毕，金兵已大呼杀至。金亮手执红旗，亲自在后面督前，允文在抚统制时俊之背道："将军胆略，远近皆知，今日退立阵后，如儿女一般，威名岂不扫地吗？"时俊闻言，手挥双刀，跃登船头，拼命相搏。军士也出力死战，两下相持，不分胜负。允文又调集海船，猛冲金人船只。金船本不坚固，为海鳅锐角所撞，沉没了好几十艘，金人还相持不退。此时已将日暮，允文见金兵仍不肯退，心下也觉焦灼！忽见西面岸上，有许多官兵陆续到来。忙移舟登岸，询问情由，方知是光州溃兵。忽得一计，对他们说道："你们到来，正好立功，我今与你们旗鼓，可从山后绕道而出，摇旗擂鼓，大声呐喊，敌人疑为救兵，必定惊骇退走了。"那些溃卒，受了旗鼓欢跃而去。允文又重下船督战。不上片刻，那些溃卒已经绕出后山，一齐摇旗擂鼓，呐喊而出。金主亮果然疑援军，忙将手中旗帜弃去，换了黄旗，挥兵退去。允文见敌已中计，立命强弓劲弩向前追射，把金兵射死无数，直至已抵北岸，方才收兵而去。

金主亮回到和州，检点兵士，丧失甚多，迁怒诸将，手杀数人。忽有急报前来，是曹国公乌禄，已经即位于东京，改元大定。金主亮不禁叹息道："朕本拟平了江南，改元大定。今乌禄先已用此二字，莫非是天意吗？"因于箧中，取出预拟的改元诏书，指示群臣，果有"一戎衣天下大定"之语。并说道："乌禄既叛，朕当北归，先平内乱，后再伐宋。"李通道："陛下亲入宋境，无功而还，倘众溃于前，宋乘于后，大事去了。"金主亮道："既是如此，且分兵渡江，朕自北返。"李通又道："陛下既去，即便留兵渡江，将士亦皆解体。为今之计，不如命燕北诸军先行渡江，免得他们别生异心。且聚舟自毁，绝了他们思归之念，众知必死，自然有进无退，不愁宋朝不灭。灭宋之后，陛下威灵大振，回师北旋，平乱便很易了。"金主亮大喜道："兵贵神速，明日即行进兵。"遂传谕诸将，越宿进兵。到了次日，督兵前进，还道宋人没有防备，可以一鼓渡江。哪知，方到杨林河口，已见许多海船，排列得甚是严整，心下不免十分惊诧。

你道这海船，是何人遣来的？乃是虞允文料定金主虽然败回，必定不肯甘休，所以派了宋将盛新,率领海船,备下火箭,烧毁金船。金主亮见宋军已有预备,只得挥军冲突。忽然宋军船上,一阵鼓声,那火箭好似万道金蛇一般,乱舞乱窜,射在金兵船上,立时延烧起来。金主亮连忙督兵扑救,宋兵又从四面驰船纵火,连龙凤舟也烧着了。只得且扑且逃,好容易到得北岸,船上的龙头也烧焦了,凤尾也熏黑了,三百余号战船,只剩了小半,还都受了损伤,不能再用。金主亮遭了这样的大败,直急得三尸神冒,七窍生烟,暴跳如雷,要将所有战船,尽行毁去。后经诸将再三相劝,蒲卢浑又献计请招降王权为反间之计。金主亮听从其言,遣使持书,到宋营去招降王权。虞允文看了来书,微笑道:"这明是反间之计,怎敢前来欺我?"遂复书道:"权因退师,已置宪典,不劳招降。新将李显忠,亦愿再战,以决雌雄。"来使持书回报,金主亮看了,便问左右道:"李显忠何人?我只知宋有老将刘锜,怎么又有一个李显忠,也如此了得?"诸将皆不知显忠的来历,不敢妄言。独有一员偏将道:"莫非是从前捉撒离喝的李世辅么?"金主闻得此言,愈加发怒,遂对着梁汉臣厉声斥道:"你难道不知有李世辅,竟敢首先劝朕渡江么?"言还未毕,已拔剑将梁汉臣斩作两段,命将龙凤舟毁去,连造舟工役也杀死了两名,径自率兵退往扬州而去。

但是那李显忠,如何又称为李世辅?并且说他从前曾捉撒离喝呢?原来那显忠,本名世辅,显忠乃是钦赐的名字。他乃绥德军青涧人氏,父名永奇,为本军巡检使。显忠年方十七,即入戎行,以胆略著称,屡立战功,官至武翼郎,充副将。金人陷延安,仍授显忠父子原官。永奇不愿降敌,常对显忠道:"我是宋臣,岂可为金人所用。"显忠欲承父志,屡次要乘间归宋。后来兀术命显忠知同州,恰值金将撒离喝前来,显忠用计,将他擒住,急驰出城,欲赴宋献功。为金兵所追,直至河边,无舟可渡,遂与撒离喝折箭为誓:一不准害同州人民,二不准杀自己父母家属。撒离喝情愿如约,方才将他放了。显忠令人告知永奇,永奇急携眷南行。到了途中,为金兵追及,杀死一家三百余口。显忠逃往西夏,乞兵报仇,愿取陕西五路以献。夏主令为延安经略使,显忠至延安,适延安又为宋有,遂执夏将王枢归宋。夏人用铁鹞子军来追显忠,被显忠杀得大败而退,获马四万匹,遂用绍兴年号,揭榜招兵,不到十日,有众万余。缉获杀父仇人,碎尸泄恨。四川宣抚使吴玠,命人招抚,谕以南北议和,勿多生事。显忠往见吴玠,玠送显忠至临安。高宗亲加抚慰,赐名显忠,授为都统制。金主亮南侵,王权败退,命显忠代领其众。显忠为金人所惮,故虞允文用其名以扬威,金主亮亦为却退。

未几,显忠果至。允文接得显忠,两下相见,甚觉欣慰。允文道:"金人回扬州,必与瓜州兵合,京口无备,我当往守,公能分兵相助么?"显忠道:"同为朝廷之事,有何不可。"遂分万六千人与允文,即日至镇江,往见刘锜问疾。刘锜执允文手道:"疾何必问朝廷,朝廷养兵三十年,一技不施,大功反出于书生,当令我辈愧死了!"此言方毕,有诏命刘锜还朝,提举万寿观,另以成闵为淮东招讨使,李显忠为淮西招讨使,吴珙为湖北京西招讨使。锜既奉诏,遂与允文告别而去。

未几,杨存中来守镇江,与允文临江阅兵,命战士试船中流,三周金山,往来如飞。适金主亮亦至瓜州,命部将持箭射船,船快箭迟,皆不能中,众将尽现惊骇之色。金主亮冷笑道:"这船想是纸做成的,所以能如此疾驰,朕偏不信,要与他决一雌雄。"言尚未毕，已有一将，跪奏道："南军有备，不可轻进，愿陛下三思。"金主亮怒道："汝敢慢我军心。"喝令左右杖责五十。遂即下令，限三日一律渡江，否定尽斩不贷。此令下后，军中皆有变志。骁骑高僧欲诱私党逃归，为金主亮所闻，乱刀砍死。且下令道："军士逃走，罪及弁目；弁目逃走，罪及总管。"众将益加惊惧！旋又运雅鹘船至瓜州，欲于次日渡江，敢有退后者斩。于是，诸将尽皆变心，先与浙西都统制耶律元宜商议，元宜便问大家有何意见？诸将齐声说道："宋人尽扼淮渡，我若渡江，枉送性命。近闻辽阳新天子即位，不若共图大事，然后举兵北返，免得同死江南。"元宜道："诸军果同心么？"又齐声应道："大家同心。"元宜道："既已齐心，事不宜迟，明日卫军番代，即当行事。"诸将齐声答应。次日清晨，元宜会同了诸将，共赴金主亮行营，喧声直到营内。金主亮闻得喧声，疑是宋军，蓦地来攻，急命近侍大庆山，出去召集诸将，速即迎敌。大庆山奉命欲行，忽有一箭射入，金主亮伸手接住一看，不禁大惊道："此箭是我军所射，必有内变。"言还未毕，外面早大喊道："速杀无道昏君。"金主亮惊惶失色。未知金主亮性命如何，且看下回分解。

第八十二回　惊溃变符离丧师　通和议燕京订约

却说金主亮，听得外面大喊快杀无道昏君，不禁惊惶失色，连忙回身，觅取兵器。不料背后丛矢攒射，一箭已中颈项，呼痛倒地。延安少尹纳合干鲁布大步抢进，连砍数刀，见他手足尚能动弹，取带将他勒死。众将士又把李通、徒单永年、大庆山等一班助恶的人，一齐拿下。所有携带的妃嫔，也牵了出来，绑在一处，砍成肉酱。然后把金主亮的尸体，用衣襟裹起，积薪纵火，烧成飞灰。

耶律元宜，自为左领军副大都督，遣兵往汴京，杀死亮后徒单氏，太子光英，然后退兵三十里，遣使赴镇江议和。杨存中拒绝来使，于是荆襄江淮的金兵，尽行北返。那曹国公乌禄，便做了金国的皇帝，改名为雍，年号大定；追尊父讹里朵为睿宗皇帝，自辽阳移都燕京。废亮为海陵炀王，复故主亶帝号，尊为熙宗。命高忠建为招详宋国使，并告即位。

是时高宗驾幸建康，张浚拜迎道左，卫士见了，皆以手加额，欢跃异常；入城后，虞允文从京口来朝，高宗对陈俊卿道："允文文武兼资，可谓今的裴度了！"因命为川陕宣谕使。高宗欲仍还临安，御史吴芾，请留建康，以图恢复。高宗哪里肯从，托言钦宗神主应祔太庙，遂回临安。恰值刘锜病殁，诏赠开府仪同三司，赐银三百两，帛三百匹，予谥武穆。

金使高忠建，已至临安，廷议遣使报聘，并贺即位。工部侍郎张阐，请慎选使臣，正敌国礼，高宗亦以为然，乃谕廷臣道："往日主和，为梓宫太后计，故屈己卑词，亦所不顾。今两国既已绝好，宜正名分，划境界，改定岁币朝仪。"陈康伯转告金使，高忠建不肯答应。且因两淮州郡，由成闵、李显忠收复，抗言相责。康伯道："弃好背盟，咎在金，不在宋。"说得高忠建无言可对。高宗乃命洪迈为贺登极使，交与国书，改去臣构字样，直称宋帝。洪迈至燕，金阁门见国书不依前式，命他改革，且逼他外自称陪臣。迈坚执不从，被锁于使馆三日，水浆不通，不屈如故。金人欲拘住使臣，幸得张浩说："使臣无罪。"才得南返。此是后事，暂按不提。

且说高宗驾回临安，以年老倦勤，意欲禅位。陈康伯请先正名，因立玮为太子，改名为昚，且追封太子父子称为秀王。未几，有诏命太子即皇帝位，自称太上皇帝，后称太上皇后，退居德寿宫。太子昚逊让再三，高宗不许，又出御紫宸殿，面谕群臣，始退入内。侍臣拥太子出殿，至御座旁，侧立不坐。侍臣扶掖至七八次，乃略就座。宰相率百官拜贺，太子又起立。辅臣升殿固请，太子道："君父有命，敢不谨遵，自恐无德，不克当此大位。"礼成退朝。高宗移居德寿宫，太子自整袍履，步出祥曦门，冒雨扶辇，随行至宫门，尚未止步。高宗再三命退，并令左右扶掖以进，顾谓群臣道："付托得人，我无忧了！"越日，颁诏大赦，以即位礼成，告天地宗庙社稷，是为孝宗。

孝宗闻张浚重名，召他入朝。张浚陛见，极为敬礼，赐坐于旁，改容说道："久闻公名，今朝廷所恃惟公，幸有以教朕。”张浚对道：“人生所恃，以心为本，一心合天，何事不济？古人所谓天即是理，秉理处事，自然赏罚举措，毋有不当，人心皆归，仇敌亦服了。”孝宗悚然道：“朕当永记此言。”遂加封张浚为魏国公，宣抚江淮。张浚劝孝宗万不可专恃和议，须图恢复。请出舟师由海道捣山东，命诸将进取中原。孝宗也以为然。无如有个潜邸旧臣，姓史，名浩，曾为翰林学士，暗预枢密。他上言官军西讨，东不可过宝鸡，北不可过德顺，若离蜀太远，不是保蜀，反是亡蜀了。于是朝廷又拟弃秦凤三路，川陕宣谕使虞允文，遥谏不从，反罢知夔州，并召吴璘班师，因此秦凤、熙河、永兴三路，新复的十三州三军，又为金人夺去。

孝宗于绍兴三十二年六月即位，次年改元隆兴。以史浩为尚书右仆射，同平章事兼枢密陆军。诏宰执以下，各定应敌之策以闻。廷臣皆主战，独史浩主和。正在争议不决，金主雍已遣仆散忠义为都元帅，赴汴京；节制诸军马纥石烈志宁为副元帅，驻军淮阳，预备南下。纥石烈志宁贻书张浚，要索海、泗、唐、邓、商各州之地，所有往来通问，悉照熙宗时款式，否则请会兵相见。发书之后，又令蒲察徒穆、大同仁屯虹县，萧琦屯灵壁，积粮修城，择日出发。张浚得金书，即行入陈，极力主战，劝孝宗幸建康，振作士气，勿坠敌人狡谋。孝宗展览后，即召张浚入朝。浚请乘敌未发，先捣虹县及灵壁。孝宗倒也点头答应，独史浩奏道：“帝王山师，当策万全，如何可以冒昧尝试。”张浚竭力与辩，孝宗道：“魏公既锐意恢复，朕岂肯姑息偷安。”张浚拜谢而退。孝宗决意兴师，对陈俊卿道：“朕倚魏公如长城，不容摇夺。”遂以兵马全权，付与张浚。浚乃开府江淮，令李显忠出濠州，趋灵壁；邵宏渊出泗州，趋虹县。

这次出师，并不由三省枢密院决议，及兵已调发，史浩方才得知，心下不快！面语辞职。待御史王十朋，劾浩怀奸误国等八罪，遂罢知绍兴府。十朋再疏论劾，乃斥令奉祠。李显忠从濠梁渡淮，兵至陡沟。金右翼都统萧琦，趋拐子马来战，显忠率兵猛击，萧琦败走，进克灵壁。邵宏渊围攻虹县，日久不下，显忠令灵壁降卒，往虹县晓谕祸福。金将蒲察徒穆、大周仁，皆出降。邵宏渊因自耻无功，心怀嫉妒。显忠乘胜至宿州，大败金兵，宏渊方才到来。显忠请宏渊闭门休士，明日并力攻城，宏渊默然不应，显忠乃知宏渊不可恃。次日，誓众登城，军士血蒲而上，城已将破，宏渊部兵，犹闲立濠外。大呼促进，方进渡濠而过。攻下宿州，捷报至临安，孝宗大喜，授显忠淮南京东河北抵讨使，宏渊为副。宏渊欲发仓库犒赏，显忠不允，只以现钱犒士，军中始有怨言。侦骑报称金副元帅，纥石烈志宁，率万余人，自睢阳来攻。显忠道：“区区万余人，怕他什么。”遂置酒高会，不以为意。

次日，金兵蜂拥而至。显忠登城遥望，不下十万之众。便道：“这何止万余人呢？”后得探报，乃是金帅孛撤自汴京率步十万前来攻城。显忠约宏渊并力出战。宏渊道：“金兵甚锐，不如退守。”显忠道：“我只知有进，不知有退。”遂亲督部下出战。有部将李福、李保忽然倒退。显忠手斩二人，号于军中道：“如有不前进者，以此二人为例。”诸将奋进，杀退金兵。次日，孛撤添兵而来，显忠驻军城外，用克敌弓射金兵。时天方盛暑，军士皆解甲喘息。宏渊周围巡视，顾语众兵道：“天气酷暑，寻一清凉地方，摇扇纳凉，尚且不堪，况在烈日中被甲苦战么？”因此，人心摇动，无复斗志。到了夜间，中军统制周宏,鸣鼓大噪,扬言敌至,与邵世雍、刘侁等,引部下遁去。未几,统制左士渊等,又遁去。显忠乃移兵入城,统制张训通等,又相继而遁。金人乘虚薄城,显忠尚竭力抵御,斩首二千余级,击退攻城之兵。显忠叹道:“若诸军互相犄角,自城外夹击,敌兵可尽,敌师可擒,奈何离心离德,自失机会呢?”宏渊闻之,反扬言敌兵二十万来攻,不退必有不测,径自率军而去。显忠仰天长叹道:“苍天!苍天!尚不欲平定中原吗,为何阻挠至此!”不得已,乘夜退走,行至苻离,全军大溃。后人有诗一首,咏张浚不能择将,致有苻离之溃道:

忠勇有余识不明,孝宗空自倚长城。
大功竟败垂成日,从此中原永陆沉。

张浚闻得苻离兵溃,所有数十年积贮之器械军资,抛弃殆尽,不禁抚膺太息,上疏自劾。一班主和党人,自然振振有词,劾论张浚。孝宗尚不为动,赐浚手书道:“今日边事,倚卿为重,不可遂畏人言,遽生退志。朕当与卿全始全终。”张浚得手书,益加奋勉,乃令刘宝为镇江都统制,亲自渡淮入泗州,招抚将士,复退还扬州。令魏胜守海州,陈敏守泗州,戚方守濠州,郭振守六合。招徕河北忠义壮士,练成劲旅,建康、镇江两处军队,共有两万四千人。又招淮南健儿,江西群盗,练成万弩营,也有一万余人,令陈敏兼领,驻扎泗州。凡属要害,皆筑寨堡,遇有可以容水设险之地,又积置水匮,增置江淮战舰数百艘。刀枪锋利,旌旗鲜明,金人知不可犯,乘夜潜遁。于是淮北、山东来归者陆续不绝。金将萧琦,原是故辽望族,也愿带领旧部来归。金人大震。

无如朝廷又兴和议。汤思退复入为醴泉观使,右正言尹穑,阿附思退,劾论张浚。孝宗至此,也不免动疑,降授浚为特晋枢密使,宣抚江淮南西路。汤思退任尚书右仆射兼枢密使。未几,又得金帅纥石烈志宁来书,仍复要索如前。思退劝孝宗和金,参政赵葵,亦附和思退。工部侍郎张阐,独奋然道:“敌来议和,是畏我呢?还是爱我呢?不过是骗我罢了;臣以为不当议和。”孝宗道:“朕意亦是如此,且随宜应付,再作计较。”遂命卢仲贤如金帅,赍书回复,谓:“海、唐、泗、邓四州,乃正隆渝盟之后,未奉使之前所得。至于岁币一层,当两淮凋敝之际,征取恐不足数。”

仲贤陛辞,孝宗面谕,勿许四州。汤思退却在朝堂守候,叫他允割四州。张浚上言:“卢仲贤恐致辱国。”孝宗因已派定,只得由他前去。仲贤到了宿州,仆散忠义力加恫吓,仲贤竟不敢措词,但答称归当禀白。忠义又付以文书,要求四款:一、南北通书,改称叔侄。二、割让海、泗、唐、邓四州。三、岁纳银币如旧额。四、送交叛臣及还中原归附人民。仲贤回朝,将书陈入,孝宗甚悔以仲贤为使。张浚遣子栻入朝,奏称仲贤辱国罪状,请加惩处。孝宗乃下仲贤狱,责其擅许四州,削夺官职,窜于郴州。汤思退惟恐和议不成,又奏遣王之望为金国通问使,龙大渊为副,暗嘱之望,许割四州,惟求减岁币半数。之望等行后,右正言陈良翰奏言,“朝议未决,之望遽行,恐辱国更比仲贤为甚,应亟追还之望,先命一使往议,改定原约,再行通问未迟。”孝宗乃饬之望,待命境上,毋得亟往。改命胡昉,为金国通向所审议官。一面令廷臣会议和金得失。陈康伯道："金人要索四事，其中以欲得四州，最关重大，乞召张浚还朝咨议。"汤思退等，俱言和为上计。虞允文已调任湖北京西宣谕使，胡铨亦召为起居郎，与监察御史阎安中，皆力谏不可议和。监南岳庙朱熹，奏召入对，亦言非战无以复仇，非守无以制胜。孝宗默然。汤思退暗中谗间，止除熹为武学博士。未几得报，使臣胡昉，为金人执住。孝宗遂召王之望等还朝，命张浚巡视江淮，整缮兵备。汤思退不胜焦灼，请孝宗禀陈上皇，再定大计。孝宗批答道："金人无礼于此，卿尚欲议和么？况今日国势，非秦桧时可比。卿乃日夕言知，比秦桧尚且不如。"思退得批大骇！恰巧胡昉已由金主雍释放回来，令其传报宋廷，妥商和议。思退暗唆王之望，与户部侍郎钱端礼等，奏称国防未固，国帑已虚，愿以苻离为鉴，易战言和。孝宗乃令之望、端礼二人，宣谕两淮，召张浚入供相识。端礼到了淮上，竟入奏有"名曰守备，守未必备；名曰治兵，兵未必治"诸语。张浚还至平江，上表乞休，共至八次。孝宗乃授浚少师，兼保定军节度使，判南福州。浚行至余干，积郁成疾而卒。讣闻于朝，孝宗思浚忠义，初赠太保，进赠太师，予谥忠献。

张浚既死，汤思退将所有守备，尽行撤除，一意主和，奏请遣宗正少卿魏杞使金，擢定国书，称侄大宋皇帝再拜，奉书于叔大金皇帝，岁币二十万，孝宗面谕魏杞，赴金议和，第一正名，第二退师，第三减岁币，第四不发还归附人。魏杞又条陈十七事道："倘若金人如此要求，若何对付？"孝宗随事许可，始叩首辞行道："臣此去敢不尽力，倘金人要索无厌，请陛下从速加兵。"魏杞行后，汤思退还恐和议不成，竟令孙造，暗往金军，劝用重兵胁和，因此金帅仆散忠义等，又要南下。宋廷闻报，又不免惊惶起来。汤思退还唆使御史尹穑，劾罢反对和议的官员二十八人。忽有诏下，命思退都督江淮军马。思退慌忙入朝固辞，乃命杨存中代任。存中方才受命，忽报金兵已下楚州，魏胜战死。存中驰至淮上，连防守也几乎来不及。

原来，魏杞行至金军，金帅仆散忠义索观国书。魏杞道："国书乃御手亲封，须见过金主，方可廷授。"忠义料不如式，又要商、秦各州，及岁币二十万。魏杞遣人奏闻，孝宗从思退言，许割四州，岁币如二十万之数。再易国书，交魏杞赍往。仆散忠义等还不满意，由清河口入攻楚州，以致魏胜阵亡，都统制刘宝，弃城而遁，楚州遂陷，江淮大震。幸而杨存中星夜前往，檄调诸将，互相应援，边防稍固。无如金人得步进步，入濠州，拔滁州，都统制王彦，又复遁去。朝议几欲查淮渡江，独杨存中坚持不可，并追咎两淮守备，无故撤除，致有此变。孝宗始追悔误信思退之言。台官知道孝宗之意，劾论思退，主和误国，钩引敌人之罪，因此落职，谪居永州。太学生张观等七十四人，伏阙上书，极言汤思退、王之望、尹穑三人，奸邪误国，招致敌人，乞速诛三人，以谢天下。孝宗虽未见允，汤思退得了此信，不胜忧惧！走至信州，发颤数日而死。孝宗乃用陈康伯为尚书左仆射，钱端礼签书枢密院事，虞允文同签书枢密院事，且命王之望劳师江上。之望为思退私党，专以割地畀金为事。端礼与之望同谋，奏派国信所通事王抃，赴金军议和，又檄令诸将，不得轻进。至言官劾退之望，王抃已得金帅复书，核准和议了。这次的和约，共有三款：

一、两国境界如前约。二、宋以叔父礼事金，宋主得自称皇帝。三、岁纳银币，照原约各减五万，计银二十万两，绢二十万匹。

孝宗因南北修和，改元乾道，罢江淮都督府，撤销两淮、陕西、河东宣抚招讨使。未几，陈康伯病殁，赐谥文恭，以虞允文参知政事，王刚中同知枢密院事。未几，刚中复殁，以洪适签书枢密院事。到了暮春时节，魏杞自金回国，入见孝宗，说是已与金正敌国礼了。原来，魏杞在金与金臣辩驳，毅然道："南朝皇帝，不愧神圣。现今豪杰并起，共思敌忾，北朝用兵，能保必胜么？不过为生灵计，能彼此息兵安民，方免涂炭，所以命杞前来修好。若北朝果允践盟，幸勿再加指责，迫人所难。"张恭愈入奏金主，金主御殿，面见魏杞，杞仍如前言。金主雍道："朕亦志在安民，所以谕令息兵，此后当各照新约，固守勿替，朕亦不再苛求了。"杞乃称谢，彼此签了和约。既不发还叛人，也没有再受册封，再上誓表，惟海、泗、唐、邓四州及大散关外新得之地，一律归金。金主雍乃召仆散忠义等归去，只留六万人戍边，且将所得宋朝岁币，分赏诸军。魏杞使事已毕，亦即回国。孝宗闻他详报，亦甚欣慰！从此南北修好，国家无事。孝宗便一意侍奉上皇，竭尽孝思了。未知如何侍奉上皇，且看下回分解。

第八十三回　赏花玩月膝下承欢　笛韵箫声池边奏乐

却说孝宗自即位以来，因金人入寇，军书午旁，未能侍奉太上帝后极尽承欢之举。现在南北通和，国家无事，便要竭尽孝思，以博太上帝后的欢娱。因为太上帝后所居的德寿宫，地方湫溢，特命大兴工役，重行建筑。落成之后，真是个碧瓦朱甍，洞房曲户，楼阁崔巍，亭榭深幽。正中有堂，名为香远堂，堂前以白石为桥，曰万岁桥。其石莹澈如玉，系吴璘所进献，桥上作四面亭，皆用新疆白木造成，与桥一色。下有大池十余亩，池中遍种千叶白莲，花开之时，清香四彻，远近皆闻，故名之曰清远堂。宫之西，有凌虚阁，高入太虚，身登其上，如入云际，可以俯瞰临安全境，湖光山色，尽收眼底。又有翠寒堂，栋宇显敞，不加丹雘，人入其中，畅适异常，真是个宏壮精巧，二者兼备。其正殿更是金碧辉煌，富丽异常。殿前以楠木为柱，柱上皆以赤金为龙，盘绕曲折，夭矫如生。阶前设金狮一对，高约丈余，与盘于柱上之四条金龙，皆空其中。内置沉水香，烟气皆从口鼻鳞甲喷出，郁成云霞，旋绕殿阶，如置身香海之中。正旦与令节，孝宗朝贺太上帝后，皆于此殿行礼。太上皇帝，垂衣而坐，孝宗拜于阶下，雍容穆静，威仪严肃。当时杨万里曾作诗咏之道：

双金狮子四金龙，喷出香云未殿中。
太上垂衣今上拜，百王曾有个家风。

到绕春日，孝宗亲至德寿宫。起居已毕，恭请太上帝后，乘舆往凌虚阁下赏花。阁之四面，皆设酴了牡丹，层级累叠，堆作屏山，高约数尺。垂帘设乐，命宫女歌舞侑酒。所歌舞的，皆是新制曲谱，悉由诸妃嫔，各运巧思，藻采纷批，制谱进陈。有左右垂手，打鸳鸯诸曲，都是从前所有的。太上皇后又制成《霓裳羽衣曲》，共三十六段，命宫人歌之，共用三十人，每番十人，音节悠扬，声韵高妙，疑非世间所有。酒半酣，太上帝后出席游玩，联步辇而行。孝宗亦以步辇相随，至翠寒堂，凭栏而玩。又至水堂中路石桥上少憩，面对荼蘼花架，高柳参天，荼蘼引蔓垂梢而下，其长逾丈，芳菲照座，馥郁袭人。命酒更酌，孝宗起而上寿，诸乐齐奏，太上帝后愉悦异常，命孝宗略去仪节，开怀畅饮。孝宗遵旨，满饮三爵，直至天晚，方才侍候太上帝后回宫。后人有诗一首，咏孝宗与太上帝后春日赏花道：

翠寒堂上赏春风，壮丽由来绝代工。
小憩肩舆高柳下，荼蘼飞雪寿杯中。

那清远堂的万岁桥，原为中秋赏月而设。孝宗每逢中秋，便于四面亭上设列水晶屏几，所有酒器，亦以水晶制成。到了夜间月上，侍奉了太上帝后，坐于亭上，将四面窗扇尽行敞开。池中千叶白莲花，香气扑鼻，映着月光，如同广寒宫会集群仙一般。池的南岸，列着宫女，齐奏清乐；池的北岸，列着教坊乐工，鼓板同敲，真个箫韶并奏，悦性怡情。诸乐停止，太上皇帝大悦，满饮一杯。兴犹未尽，乃召小刘妃，独自奏着白玉箫，吹那裳中序的一段。箫音清脆，大有飘然冲举，羽化登仙之概。遥望着卫观堂、香兰阁，月光如泻，假山玲珑，就是蓬壶仙境，贝阙珠宫也不过如此了。直至月色横斜，露珠湿衣，孝宗方请太上帝后同登步辇，亲自踏月，扶送回宫。后人也有诗一首，咏万岁桥赏月道：

金钉弯桥白玉装，幽奇全胜伟观堂。
假山敕赋壶天景，又见香兰设御床。

孝宗逢时遇节，承欢养志，无论春夏秋冬，皆是如此。又当南北修好，海晏河清，江南人民休养生息，国用充足。太上皇帝安富尊容，日长无事，未免要选色征歌，以为娱老之计。那时德寿宫的妃嫔，真是屈指难数，最有名的是大小二刘妃。大刘妃乃临安人，初入宫，为红霞帔，旋以色艺俱佳，拜为贵妃；小刘妃入宫时，为宜春郡夫人，因善于音乐，深得太上皇之心，进位婕妤。这大小二刘妃，最得宠爱，宫中称为大刘娘，小刘娘。其余又有信安赵夫人、咸宁蔺夫人、乐平王夫人、感安郭夫人、新兴陈夫人、富平孙夫人、缙云蔡夫人、南平张夫人、齐安张夫人、安定李夫人；冯美人、韩才人、吴才人。这吴才人，名唤玉奴，乃是太上皇后的近族，因此更得宠幸。后人有诗咏德寿宫妃嫔众多道：

德寿宫姬取次娱，大刘呼过小刘呼。
夫人更得十余辈，不数宫中有玉奴。

太上皇有许多妃嫔侍奉，真个是朝朝寒食，夜夜元宵，说不尽的繁华热闹富贵豪奢了。于妃嫔娱乐之暇，便与太上皇后吟诗作赋，或是挥洒宸翰，绘为图画。太上皇后更有一种绝技，书画竟与太上皇如出一手，无论何人看了，皆分辨不出。因此，太上皇每有题咏，皆由太上皇后代书。所有御宝的印泥，亦出特制，名曰红沫，虽经历风霜，也不褪色。又因日常闲暇，无可消遣，特设女供奉官，选择良家女子入宫，视其擅长何技，即令其充任何职。如围棋则有沈姑娘，演史为张氏、宋氏、陈氏，说陆棋经为妙慧、陆妙静，小说为史惠英，队戏为李端娘，影戏为王润卿，更番轮值。略有厌倦，立即更换。所以，太上皇后于德寿宫内，和神仙一般欢乐无尽。后人也有诗一首，咏供奉女官道：

满苑奇花拥至尊，宛书宸翰代天恩。
细看御宝新红沫，犹有香生粉指痕。

太上皇娱乐之暇，又喜古书名画，钟鼎彝器，以及一切古玩锦绣之类。常命内侍设肆市廛，搜求各种书画古物。那些内侍奉了旨意，真得了肥缺美差，便在临安的繁盛街市，建了高大的房屋，开张起店铺来。在店门上，大书德寿宫书画古玩应奉所。

那时宋朝南渡，军需浩繁，所以征收租税，极为繁苛。单是人丁税一项，每人已拿到三千五百，旁的捐税，也可想而知了。那些市侩，想方设法免去捐税，知道德寿宫供奉所有没有捐税的，便去结纳内侍，厚加贿赂，将自己的店铺也挂起德寿宫的字样来。征收租税的官员，见是上皇的应奉所，如何敢去收取捐税。此风一开，这些店家争先效尤，都和内侍串通，领取德寿宫的旗匾，悬挂门阈。临安的街市上面，“德寿宫”三字，竟是遍处挂满。到了后来，连商人运载货物的船只，要想避免捐税，也纳贿内侍，制造了“德寿宫”三字的黄旗，挂在船上，飘荡空际，作为护符。

当时竟成了一种风气，无论居民店户，水陆行旅，都要打了德寿宫的旗号，方觉有些威势，不受欺凌。甚至连临安中载粪的舟船，也挂了德寿宫的黄旗，扬武耀威的，在河中往来。任你是什么大官的坐船，遇见挂了德寿宫旗号的载粪船，也要赶速回避，略一俄延，便说是冲撞了太上皇的应奉船，立刻竹篙铁锚，一阵乱打，轻则带伤，重则连舟船也要毁去。

恰巧这日，御史汪应辰家眷的坐船到来。那船上的水手，是从外路雇了来的，不知回避，撞了一个粪船。那粪船上面，便大嚷大骂起来。幸亏有个家人一眼瞧见粪船上挂着德寿宫的黄旗，知道不是好惹的，连忙跑出船头，向粪船打招呼道：“我们是御史汪老爷的家眷船，船上水手，都是外路来的，不知道这里的规矩，无心冲撞，请诸位不动怒罢。”说着，又责备了船家几句。那粪船听说是御史的船，知道是个言官，方才没有十分为难，悻悻而去。

汪应辰闻得这事，不觉奋然道：“哪有粪船也称供奉之理，这不比宣和年间的花石纲还要扰民么？”当即缮了奏疏，次日入陈，大致是说德寿宫应奉所设立过多，奸徒假借名号，闾阎受累无穷，请即裁撤等语。孝宗览了此奏，面色不豫道：“事关东朝，卿何必如此认真。”汪应辰顿首道：“太上圣德，遐迩称颂！今为应奉所一事，奸人从中利用，使民间疑为出自宫闱主张，岂不有累盛德。”孝宗闻言，默然无语，拂袖而退。汪应辰方才上疏，又有右正言袁孚，奏言此内的私酤，乞请禁止。孝宗见了，只是留中不发。谁知这事已为太上皇所闻，不禁发怒道：“连朕在宫饮酒，也说是私酤，日后还有什么不是私的呢？”当下在孝宗将进御膳之时，以玉壶贮酒一壶，亲手封识，大书“德寿宫私酒”五字，赐于孝宗。孝宗见了，不胜惊骇，只得拜恩领赐，亲往德寿宫谢罪。又召袁孚面谕道：“太上怒甚！卿等以后毋再多事。”当下即调袁孚为户部郎，又恐汪应辰还要论奏，特擢为翰林学士。这也是孝宗委屈事亲，惟恐他们要再论奏，触怒上皇，因此将二人迁调，不使再列台谏，乃是保全言官之意。当日孝宗的事奉上皇，真是无微不至，写书的不过说其大概，也难尽言。杨万里曾有孝宗承观两宫诗一首，录在上面，可以看出孝宗的孝意了。

长乐宫前望翠华，玉皇来贺太皇家。
青天白日仍飞雪，错认东风转柳花。

孝宗因朝政清平，国家无事，知道立储一事，乃是根本大计，遂下诏立邓王愭为皇太子。情系故妃郭氏所生，郭妃共生四子，长即太子愭；次名恺；三名惇；四名恪。郭氏未几即逝。孝宗受了内禅，追册郭氏为皇后，封愭为邓王；恺为庆王；惇为恭王；恪为邵王，并立贤妃夏氏为继后。夏后袁州宜春人，生时异光满室，数日不散，及长，姿色美丽，聪颖绝伦。其父夏协，知其非常女可比，遂将她纳入宫中，初为吴后阁中侍御，郭妃去世，吴后乃以夏氏赐孝宗，至是册为继后。

太子章妃钱氏，乃参政钱端礼女。端礼自恃身为贵戚，久有入相的希望。孝宗因宰执虚位，亦拟以端礼为相。侍御史唐尧封上言："端礼帝戚，不宜再予政柄。"疏上，迁尧封为太常少卿。朝论大哗。吏部侍郎陈俊卿，奏称："本朝从无以帝戚为宰相的。愿陛下谨守家法，无改祖制。"

端礼阴怀怨恨，出俊卿知建宁府，遂亦上疏，请避嫌疑。孝宗乃罢端礼为资政殿大学士，提举万寿观使。端礼无法挽回，只得怏怏而去。端礼既罢，以洪适为尚书右仆射兼枢密使。适自中书舍人，半年中四遭迁擢，骤登相位，廷臣又议论纷纷，适亦毫无建树，不安于位。乾道二年春季，因霖雨不休引咎免职，乃以参政叶颙为左仆射，魏杞为右仆射，蒋芾参知政事，陈俊卿同知枢密院事。当时号称得人。

未几，宁远节度使杨存中病卒。存中出入宿卫四十年，大小二百战，未尚大遭败衄，人亦称为中兴名将。讣闻于朝，孝宗甚为震悼，赐谥武恭。到了次年三月，秀王妃张氏卒。孝宗因秀王早逝，此时张氏又复去世，念切本生，不胜哀悼，成服后苑。谁知过了两月，太傅四川宣抚使新安王吴璘复卒。遣疏到来，请孝宗毋弃四川，毋轻出兵。孝宗因懿戚沦亡，老成凋谢，哀痛逾恒！遂追赠吴璘为太师，加封信王。哪知刚才震悼名将，悲哀生母，接连着皇后夏氏驾崩，皇太子愭亦卒。孝宗此时，真是哀上加哀，痛中增痛，只得追谥夏后为恭安皇后，太子愭为庄文太子。其时叶颙、魏杞罢职，蒋芾以母丧去位，改任陈俊卿、虞允文为左右仆射。允文请遣使如金，以陵寝为请。俊卿道："使节不宜轻遣，倘请而不允，反至辱国。"孝宗方信任允文，因罢俊卿相位，出判福州。以起居郎范盛大，为金国祈请使，求陵寝地，及改定受书礼。

先是绍兴年间，和议既成，金使至宋，捧书升殿。宋帝降榻受书，转授内侍。孝宗初年，陈康伯为相，金使到来，即令馆伴使赍书以进。到了汤思退手里，又还复绍兴年间的礼节。孝宗很觉追悔，故命范成大申请。成大恐为金国臣僚所知，必有谏阻，事更难成，遂暗草章疏，密藏于袖，入谒金主之时，先呈国书，词意慷慨。金国君臣，正倾听间，成大忽奏道："两国既为叔侄，受书礼尚未合，外臣有章疏渎陈。"言时，从袖内出疏，搢笏以献。金主雍诧愕道："此岂献书之处吗？"掷疏不受，成大拾疏再进，毫不动容。金太子允恭，侍立于侧，启奏道："宋使无礼，应即斩首。"金主不从，命退居使馆。过了一夜，即发复书，令其南还。复书里有几句话，说得很是中肯，使宋朝君臣无可辩答，因摘录一段道：

和好再成界，河山而如旧，缄音遽至，指巩洛以为言。既云废祀，欲申追远之怀，正可奉还。即俟刻期之报。至若未归之旅榇，亦当并发于行涂。抑闻附请之词，欲变受书之礼，于尊卑之分何如，顾信誓之诚安在。此复 。

孝宗得了复书，心还不死，当遣中书舍人赵雄往贺生辰时，又具函申请。金主仍是不允，到了赵雄南归的时候，反向他说道："你国为何舍了钦宗的灵棺，专请巩洛的山陵？若不要钦宗灵棺回去，我当从你国代葬。"赵雄无从回答，只说回去禀明了，再当回复。金主等了一年之久，见宋朝杳无音信，遂将钦宗灵棺，用一品礼，葬于巩洛之原。后人有诗一首，咏钦宗不能归葬道：

念祖拒兄事最奇，国书申请动人疑。
谁怜五国城头月，夜照孤魂泣血时！

孝宗两次申请，皆为金主拒绝，只得罢了念头。又因太子愭殁，储位未建，依次当立庆王恺为嗣。孝宗以恭王惇，英武类己，遂越次立为太子，进封恺为魏王，出判宁国府，命宰相饯送于玉津园。宴毕，魏王恺临登车时，执虞允文手道："还望相公保全。"允文只得加以慰劝，魏王恺乃携眷而行。未几，改左右仆射为左右丞相，以虞允文任左丞相，梁克家为右丞相，张说签书枢密院事。说为太上皇后妹婿，先是用值枢密，廷议纷起。左司员外郎兼侍讲张栻，上疏切谏，且责允文道："宦官执政，自京黼始；近习执政，自相公始。"允文十分愧愤，入白孝宗，始收回成命。至是又入枢密院，张栻出知袁州。侍御史李衡，右正言王希吕，上书谏阻。直学士周必大，不肯草诏。给事中莫济，封还录黄。反将四人一同罢免，当时称为四贤。虞允文以谏院缺人，荐李彦颖、林光朝、王质充任。孝宗不从，反用幸臣曾觌所荐之人。允文力求去位，乃改授宣抚四川，进封雍国公。允文到任逾年而卒，诏赠太傅，予谥忠肃。允文以采石矶一战成名，既入相，因事纳忠，知无不言，可算是救事良相。到了乾道八年残腊，孝宗又拟改元，乃以次年元旦为淳熙元年。至冬季，始立贵妃谢氏为皇后。那谢氏究系何人？因何得立为皇后呢？请看下回，便有分解。

第八十四回　怀妒意金盒献手　请过宫玉阶流血

却说孝宗于淳熙元年冬季，册立谢氏为皇后。后丹阳人，幼年丧父，寄养翟氏，因冒姓为翟。及长，丰姿娟秀入宫侍太上皇后吴氏，转赐孝宗，初封婉容，晋封贵妃。孝宗携妃至德寿宫，拜谒上皇，上皇见妃端肃恭谨，许其可以正位中宫。孝宗承上皇之命，册立为后，复姓谢氏。孝宗生平，清心寡欲，不喜女色。后宫里面，除谢后外，仅有蔡、李二妃，可算不重女色的皇帝了。孝宗因皇太子年少，宜选择端人正士，为之辅导，乃授王十朋、陈良翰为太子詹事，刘焞为国子司监兼太子侍读。

这时候理学昌明，士大夫皆以授徒讲学为务。张栻称南轩先生，吕祖谦称东莱先生，内中以朱熹的声望，最为卓著。熹，字元晦，从学于李侗，尽得师传。淳熙六年，夏日亢旱，下诏访求直言。朱熹知南康军，上疏请孝宗正心术，立纪纲。孝宗怒道："朱熹敢指朕为亡国之主么?"拟加罪责。幸枢密使赵雄，力为解免，乃令熹提举江西茶盐。未几，调任浙东。时浙右大饥，熹单车入朝，面奏灾异所由来。请修德任人。且指陈时弊七事。孝宗改容纳熹，熹乃陛辞赴浙。方下车，即移书他郡，募集米商，蠲免赋税。米商大集，浙人始不忧乏食。熹求访民隐，按行境内，轻车简从。所经各处，属吏皆不及知，郡县有司，惮其丰采，不敢为非。才及半年，政绩大著，乃入直徽猷阁。熹尚在浙，因各地旱蝗相仍，民多艰食，奏行常平仓，有诏下诸路访行。后来奉诏入朝，因为左丞相王淮所阻抑，诏受兵部郎，又改崇政殿说书，均固辞不受。累乞奉祠，诏令主管推州崇道观。

淳熙十四年，太上皇帝驾崩，孝宗擗踊号痛，二日不进膳，并谕宰相王淮，欲行三年之丧。王淮道："三年之丧，当初晋孝武、魏孝文均欲实行，亦以未能而止，但在宫中服用深衣练冠罢了。"孝宗道："当时群臣不能将顺上意，所以贻讥后世了。"王淮不便再言。孝宗遂下诏道：

> 大行太上皇帝，奄奄至养。朕当缞服三年，群臣自遵易月之令。

总计高宗在位，改元两次，凡三十六年。内禅后安居德寿宫，又二十五年，享寿八十一年。群臣议上庙号，曰高宗皇帝。

淳熙十六年，孝宗以周必大为左丞相。留正为右丞相。必大入见，孝宗密付一绍兴传位诏书。必大接诏，愕然。孝宗道："礼莫重于宗庙，朕当孟享，常因病分诣；孝莫大于执丧，朕不得日至德寿宫，尚可不退休吗？卿当预拟传位诏书，择日内禅。"必大见孝宗之意已决，不便劝阻，遂退拟诏命。过了数日，德寿宫改重华宫，移吴太后居于慈福宫。必大进陈诏书，孝宗乃颁诏，传位太子，由孝宗吉服御紫宸殿，行内禅礼，太子惇出殿受禅。礼毕，孝宗退居重华宫，仍易丧服。

太子惇即位，是为光宗。尊孝宗为寿皇圣帝，皇后谢氏为寿成皇后，皇太后吴氏为寿圣皇太后。大赦天下，立元妃李氏为皇后。后为安阳人，系庆远军节度使李道女。初生之时，有黑凤集于道营之前，因名凤娘。道常以为异，闻道士皇甫坦，善相人术，邀请来家，遍相诸人，及见凤娘，皇甫坦惊起道："此女当母仪天下，非善为抚养不可。"后皇甫坦见信于高宗，言及李道之女成生贵相，将来必为国母。高宗因恭王尚未定亲，遂命纳为恭王之妃，生嘉王扩。未几，立为皇太子妃。这位凤娘，相貌虽然超群绝伦，性情却犷悍异常。常在高宗、孝宗这边挑拨是非，屡次上言太子的过失。高宗心下很是不悦，尝私语吴太后道："此女将种，不知柔道。我为皇甫坦所误了。"孝宗也屡加训饬，命她须以皇太后为法，否则将要废她。凤娘非但不知悛改，还疑是皇太后有甚话说，所以孝宗深加训饬，心内愈加怨恨！此时立为皇后，已是一飞冲天，更加施出泼辣的手段来了。

光宗即位之后，改元为绍熙，免周必大职，以留正为左丞相，王蔺为枢密使，葛邲参知政事，胡晋臣签书枢密院事。这四位大臣，同心辅政，倒还黼黻升平，并无弊政。但是，宫中出了个泼悍的皇后，日日的挟制光宗，离间三宫，要想攘政揽权。光宗十分畏惧这位李后，万事皆不得自由。但是，性情虽是懦怯，还有一二分明白，知道李后所仗的全是内侍，有意要一概诛逐，免得宫内无事生非，不得安宁，却又惮而未发。不料，光宗的意思，早为内侍窥探清楚，便在李后面前乞怜，求她抚全。李后一口承担，完全由她做主，保可无事。因此，每逢光宗憎厌内侍，便一力包庇，横梗在内。光宗心下十分不快，却又说不出口来。再加这些内侍帮着李后搬弄是非，竟把个光宗弄得忧闷异常，渐渐的成了一种怔忡之疾。

寿皇闻得光宗有疾，父子之间天性攸关，自然好生忧虑，便召问御医，拟了良方，合成丸药，要待光宗问安的时候，教他试服。哪知等了许久，也不见光宗前来。你道光宗为何不来呢？只因寿皇合药的消息，传遍宫内，内侍们便借此兴风作浪，捏造谣言，报告李后，说是寿皇合药一大丸，欲待皇上前去问安，即令服饮。倘有不测，岂不贻宗社之忧吗？李后闻言，更疑为真情，等到光宗病势略愈，即备了酒膳，与光宗同饮。乘着光宗高兴的时候，乘机说道："嘉王年已长成，何不立太子？也可助陛下一臂之力。"光宗道："朕意亦是如此，但须禀明寿皇，方可册立。"李后道："这事也要禀明寿皇么？"光宗道："父在，子不得自专，理应要禀明的。"李后听了，也就不说什么。

过了几日，寿皇因日久未见光宗，遣使来召。李后不令光宗得知，乘了步辇，自往重华宫内，叩见寿皇。说是皇上疾还未愈，命臣妾前来侍宴。寿皇不禁皱眉道："时常生病，如何是好？"李后接口说道："皇上多病，据妾愚见，不若立嘉王扩为皇太子。"寿皇摇首道："内禅才及一年，又要册立太子，也觉过早了。况立储也要择贤，稍待数年，尚未为晚。"李后闻言，立即变色道："立嗣以嫡，古之常理。妾乃六礼所聘，嘉王扩系妾所生，年又长成，如何不可立为太子呢？"李后这几句话，暗中明明讥刺寿成皇后谢氏，是第三次所立的继后了。寿皇如何不要发怒！当即呵斥道："你也太无理了！如何敢把这样话来揶揄我。"李后被斥，便转身出外，也不再侍内宴，一径上辇回宫。

不料，光宗又到黄贵妃宫内去了。李后得知，又气又妒，不觉一腔怨气，又冲在黄贵妃身上。原来这个黄贵妃，本在德寿宫内，寿皇见她生得端方恭谨，遂即赐于光宗。光宗甚是宠幸，晋封贵妃。李后本来不胜妒忌，又因是寿皇特赐的，因为怨恨寿皇，更加迁怒于黄贵妃，因此听得光宗在黄贵妃处，连眼中都几乎冒出火来；立刻转身，到黄贵妃宫内，直闯进去，大声说道："陛下龙体初愈，如何不节余嗜欲，反要调情呢?"光宗正在与黄贵妃谈心，忽见李后闯了进来，吃惊不小，连忙立起身来。黄贵妃更加骇惧，跪地相迎。李后连正眼也不瞧她，莫说是回礼了。光宗深恐李后发怒，忙携了她的手一同来到中宫。李后便对着光宗，揩眼抹泪的哭泣起来。光宗还当她为了自己到黄贵妃宫中去，所以如此。当下再三慰谕，加意温存。李后道："妾并非为了黄贵妃，有甚妒意。陛下贵为天子，有几个妃嫔，妾岂不能相容吗？只因陛下龙体初愈，所以竭力劝谏。妾心中另有一件天大的事情，要和陛下商议呢。"光宗问道："是何事情，如此重大?"李后即命召了嘉王扩前来，一同跪在地上，哭着说道："寿皇要想废立了，妾与嘉王，日后不知如何结果哩。"光宗更觉错愕！再加询问，李后便将寿皇所言，又添上了许多话，述了一遍。光宗也着了她的迷，只道寿皇真有废立之意，便道："你们起来，朕从此不到重华宫去了。"李后方才携了嘉王起来，密密的与光宗商议了许多抵制寿皇的计策。

李后又要在临安建六家庙。光宗哪敢不从，传旨择日兴工。枢密使王蔺，奏称皇后家庙不当以国币建筑。李后闻知不禁大怒！立时逼着光宗，将王蔺罢免，以葛邲为枢密使。有一天，光宗在宫内盥洗，有个宫女捧了金盆侍候。光宗见她的一双手，长得洁白如玉，十指纤纤，和初透的春笋无二，不禁称赏道："真是个手如柔荑了!"谁知为李后听见，便怀恨在心。等到光宗退朝，即有内侍献上一个金盒，光宗未知何物，启盒一看，乃是一双血淋淋的手，不觉大骇，又不便发作，只得命内侍弃去，心内未免自怨自悔，因此旧恙复发，连睡梦中也闻哭泣之声。

到了绍熙二年十一月，照例要祭天地宗庙，不能不由皇帝亲自主祭，光宗只得出宿斋宫。李后因深恨黄贵妃，趁着光宗出宿斋宫，召入黄贵妃，责她蛊惑主人，罪同叛逆，命杖一百。那黄贵妃娇嫩皮肤，如何禁得起无情之杖，不到数十下，已是气绝身死。李后即命拖将出去，草草殡殓，报告光宗，只说是暴病而亡。光宗得报，非常惊诧。明知内中必有缘故，决不致无端暴毙，只因畏惧李后，不敢声言。并且留宿斋宫，不能亲视遗骸，抚棺一痛，心内愈加悲哀。这一夜睡在床上，翻来覆去，哪里睡得着。直至四鼓左右，方才朦眬合眼。天已微明，内侍又来相请，只得披衣而起，匆匆盥洗，外面早已备齐法驾。光宗出门登辇，行至郊外，天色大明。但是四面阴霾蔽天，真与黄昏无异。

到了天坛，正要合祭天地，忽然狂风大作，暴雨倾盆，虽有麾盖，也遮挡不住。非但随侍诸臣衣服尽湿，便是光宗的礼服也湿了一半。到了坛前，祭品排齐，只是风色过大，不能燃烛，随燃随灭。好容易燃了一燃，光宗慌忙拜了几拜，令祝官速读祝文。祝官匆匆的读了几句，光宗已是头目昏花，站立不住，由侍臣扶持升辇，回到宫内。旧疾复发，终日里卧在床上，短叹长吁，渐渐的饮食减少，形消骨瘦起来。李后便乘此机会，干预外政，独断独行，肆无忌惮。寿皇在重华宫，闻知这事，便乘了轻车，前来视疾。恰值李后出外，当命左右不必通报，径入殿幄，揭帐看视。光宗正在熟睡，不忍惊他，即在榻前坐下。过了一会，光宗已醒，呼唤内侍。内侍报称寿皇在此。光宗瞿然惊起，下榻再拜。寿皇见他面容消瘦，十分怜惜！即令返寝，并问他病势如何？方才讲得两三句话，李后已闻得寿皇前来观疾，仓皇奔入。见了寿皇，不得不低头行礼。寿皇问道："你在何处，因何不侍上疾？"李后道："妾因皇上未愈，不能躬理政务，外廷奏章，由妾收阅，转达宸断。"寿皇"哼"了一声道："我朝家法，皇后不预政事。便是慈圣——曹太后——宣仁——高太后——两朝，母后垂帘，也要与宰相商议，未尝专断。我听说你自恃才能，一切政事擅作主张，这是我家法所不许的。"李后无词可对，遂强辩道："妾何敢有违祖制，所有裁决事件，仍请皇上作主的。"寿皇正色道："你又何用瞒我，你试想皇上之病，因何而起，因何而增?!"李后闻言，呜咽说道："天有不测风云，人有旦夕祸福。如何责备妾呢？"寿皇道："上天震怒，乃是示儆。"讲到这里，光宗在床上长叹了一声，遂即住了口，不再多言，寿皇劝慰了光宗一番，即起身出去。光宗欲下榻恭送，被李后竖起柳眉，瞋目一瞧，连忙缩住。李后等寿皇去了，又免不得絮絮叨叨，哭闹一场，光宗只得闭目在床，任她哭骂罢了。

光宗这场病，经御医悉心调治，直至绍熙三年三月内，方得痊愈，亲御延和殿听政。群臣请朝重华宫，光宗不从。从前寿皇诞辰及岁序令节倒应往朝。寿皇因光宗多病，降旨罢免。此时群臣因光宗不从所请，便联合了宰相百官，以及韦布人士，伏阙泣谏，请朝重华宫，光宗方才答应往朝。不料过了多时，仍旧未往。宰相等重又奏请，方在四月内往朝一次，此后决不再往。到了长至节前一日，宰相留正等，奏请往朝重华宫，光宗允于日往朝。谁知到了次日，仍复不往。留正只得约同百官齐集重华宫，入谒称贺而退。兵部尚书罗点、给事中尤袤、中书舍人黄裳、御史黄度、尚书左选郎叶适、秘书郎彭龟年等，皆上书请朝，均不得报。惟吏部尚书赵汝愚，独不责请。彭龟年责备他谊属宗亲，反而坐视。汝愚被激，遂入见内廷，再三规谏。光宗转商李后，叫她同往重华宫朝谒。李后因为自己的家庙已成，不若先同光宗往重华宫，然后归谒自己家庙，庶可免人口实，因此满口答应。次日光宗先往重华宫，李后亦相继而至。此次朝谒，父子之间极为欢洽，宴谈竟日，方才回宫。都下人士皆额手称庆！

过了两日，即有内旨，皇后要归谒家庙，朝臣无人敢谏。礼部以下，只得整备凤辇，恭候皇后出宫。皇后到了家庙，四下观望，见祠宇巍峨，规模宏丽，竟与太庙不相上下，心中十分欢喜！其时从高祖以下，皆已封了王爵，殿中所供神主，尽是玉质金镶，美丽非凡，更觉不胜快乐。礼拜过了，李氏亲属，皆来朝谒，李后一一接见。除了疏远戚族共有至亲二十六人，皆推恩加赏，各亲属莫不欢欣鼓舞。李后回宫之后，又传出内旨，授亲属二十六人官阶，侍从一百七十二人，俱各进秩，连李氏的门客，也有五人得官。这真是宋一朝，自开国以来所没有的特别旷典。

到了绍熙四年元旦，光宗往朝重华宫，直至暮春时节，又偕李后随从寿皇、寿成皇后，幸玉津园，自此以后，绝不前往。九月内，乃是光宗生辰，称作重明节。群臣又请朝重华宫，光宗不允。给事中谢深甫上言："父子至亲，天理昭然；太上皇之爱陛下，亦犹陛下之爱嘉王。况太上皇春秋已富，千秋万岁后，陛下何以见天下？"

光宗见了此奏，传旨备驾前往。百官排班鹄侍，方见光宗步至御屏，群臣上前相迎，不料李后亦赶至屏后，揽了光宗之手道：“天气甚寒，官家可回宫饮酒。”光宗转身退去。陈傅良急行数步，牵住光宗衣裾，抗声道：“陛下幸勿再返。”李后恐光宗复出，用力将光宗拉入御屏，傅良也跟随入内，李后怒斥道：“此是何地，你敢入内。奴才家不怕砍头么？”傅良只得放了手，退哭于殿下。李后令内侍出问道：“无故痛哭是何道理？”傅良道：“子谏父不从，则号泣随之，此语载于《礼经》。臣之事君，犹子事父，力谏不从，如何不泣？”内侍回报，李后愈怒。竟传旨不再往朝。群臣无从再谏，只得退归。直过了两月有余，仍不往朝。宰相以下，皆上疏自劾。嘉王府翊善、黄裳，请诛内侍杨舜卿。秘书郎彭龟年，请逐陈源，皆不见批答。太学生汪安仁等二百十八人，联名上书，请朝重华宫，亦不见从。至五年元日，始往朝一次。未几，寿后不豫，接连三月，光宗亦不去问候。到了夏间，反与李后游玉律园。兵部尚书罗点，请先赴重华宫，光宗不从，与李后游玩终日，兴尽始归。鼓龟年已任中书舍人，三疏请对，终不见答。适值光宗亲朝，龟年不离班位，伏地叩头，至于血流满地。光宗方说道：“朕素知卿忠直，今欲何言？”龟年奏道：“今日要事，无如过宫。”同知枢密院事余端礼，并奏道：“叩额龙墀，至于流血，臣子至此，可谓不得已了。”光宗道：“朕已知道了。”遂即退去。未知光宗往朝重华宫否？且看下回分解。

第八十五回　浙江亭宰相待罪　重华宫寿皇崩驾

话说彭龟年叩头流血，请光宗往朝重华宫。光宗退朝以后，仍如石沉大海一般，杳无信息。群臣又一连奏请，光宗始应允。约期前往问候。到了约定的日期，宰相率领百僚，在宫门候驾。待至过午，方见内侍传旨说是圣躬抱恙，不能外出，群臣懊恨而散。到了五月，寿皇疾病，日重一日，以将大渐，意欲一见光宗。屡次顾视左右，频频盼望，至于泣下。廷臣知道这事，陈傅良再疏不报，缴还告敕，出城待罪。丞相留正，亦率百僚入宫谏诤。光宗拂衣欲行，留正牵裾泣谏，罗点也垂泣请道："寿皇病已垂危，若再不去省视，后悔无及了！"光宗决不答言，只管转身入内，留正与百官追随在后，直至福宁殿。光宗走进殿内，即命内侍阖门。留正见不能再进，只得率百官痛哭而出。过了两日，留正等又入宫请对，光宗命知阁门韩侂胄传旨道："宰相等一齐出去。"留正闻旨，遂与百官出都，至钱江北岸的浙江亭待罪。

光宗闻得宰相等出都，却不介意。寿皇闻知，深为忧虑，即召韩侂胄往前垂问。韩侂胄闻召，去见寿皇，请安已毕，寿皇便问宰相出都之事。侂胄对道："皇上昨日传旨，命宰相等出殿门并非出都。臣不妨前往宣召入城。"寿皇点首称善。侂胄又到浙江亭，召回留正等一班官员。次日，光宗召罗点入见，罗点奏道："前日之事迫于忠诚举动失常，蒙陛下赦臣等之罪，不加诛戮。臣等深感天恩！但引裾也是故事，并非臣等创行。"光宗道："引裾不妨，但何得屡入宫禁。"罗点又引魏辛毗故事以对，且言："寿皇现在只有陛下一子，既然付托神器，岂有不思见面之理。"光宗默然无语。彭龟年、黄裳、沈有闻，又奏请命嘉王至重华宫问疾。光宗乃命嘉王前去，寿皇见了嘉王心内感触，不禁掉下泪来。延至六月，寿皇驾崩于重华宫。内侍们先去报告宰相留正，再往赵汝愚处。此时汝愚已知枢密院事，得了此信，恐光宗又为李所阻，秘不宣布。次日，待光宗视庙，方才奏闻，请速往重华宫成服。光宗无可推诿，只得允许，反身入内。不料，守至过午，尚不见出外。留正、赵汝愚只得往重华宫料理丧理。但是，光宗既不到来，无人主丧。当下议请寿圣太后主丧，太后不允所请。留正等奏道："臣等连日请对，不见天颜。累次上疏，复不获报。今日率百官再行恭请，惟恐皇上仍然不出。百官倘再痛哭宫门，或至人情骚动，忧及社稷。乞太后降旨，以皇上有疾，暂在宫中成服。但主丧不能无人，祝文上称为孝子嗣皇帝，宰臣又不敢恭代。太后乃寿皇之母，不妨摄行祭礼。"太后听了这样话说，方才允许，发丧于太极殿。总计孝宗自受内禅，改元三次，共历二十七年，至光宗五年始崩，寿六十八岁。

治丧期内，光宗颁诏，尊寿圣皇太后为太皇太后，寿成皇后为皇太后，但车驾仍称疾不出。郎官叶谪，对留正说道："皇上因患病不执亲丧，将来何词以谢天下。现在嘉王年已长成，不如速正储位，参决大事，以免疑谤。相公既执朝权，理应启请。"留正深以为是，遂会同辅臣，联名入奏道："嘉王夙称仁孝，应早正储位，以安人心。"次日有御笔批出“甚好”二字来。过了一日，拟旨进陈，请加御批，付学士院降诏。这日夜间，传出御批，乃是“历事岁久，念欲退闲”八个字。留正不免惊骇，便与赵汝愚暗中商议。汝愚意欲请太皇太后，竟令光宗禅位于嘉王。留正之意，欲请太子监国，两人各执意见，相持不决。留正便决意辞去相位，免得身入漩涡。次日入朝，假作仆地，由卫土急忙扶送回府，立即写了辞表，令卫士带回入陈。表中除陈请辞职，且劝光宗速回渊鉴，追悔前非，渐收人心，庶保国祚。光宗下诏慰留，已是潜出都门，径自不别而行了。

留正去后，人心愈加震动。光宗上朝，也不觉头晕目眩，倒于地上，幸有内侍赶速扶掖，方才没有受伤。此时朝中，只剩了一个赵汝愚，孤掌难鸣。眼见事情危急，仓皇万状。左司郎中徐谊对他说：“古今来做臣子的，只有忠奸两途。要忠就忠，要奸就奸，从来没有半忠半奸的。公虽心内惶急，外面却要坐观成败，这样行为，岂不是半忠半奸吗？现在国家安危，全仗着有人主持，公奈何不早定大计呢？”汝愚道：“留丞相已去，我虽要定策安邦，独自一人，不能有为，如何是好？”徐谊道：“知阁门韩侂胄乃韩琦曾孙，忠良后裔，又是太皇太后的姨甥，何不令他入内奏闻，请太皇太后作主内禅。”汝愚道：“事虽可行，但我不便嘱令前往。”徐谊道：“我有同乡蔡必胜，与侂胄同在阁门，待我去告知必胜，由他转嘱好吗？”汝愚沉吟道：“事关秘密，万一泄漏，必有大祸，务请小心为上。”徐谊应诺而去。到了夜间，韩侂胄果然来见汝愚。汝愚便与他说起内禅的事情，且托他入陈太皇太后，侂胄答应而去。太皇太后的近侍张宗尹，向与侂胄要好，便去托他转奏。张宗尹启奏了两次，太皇太后只是不允。韩侂胄还在宫门守候回信，适遇内侍关礼，问明原因，便道：“宗尹已奏请两次，未得许可，公乃太皇太后姻戚，何妨入内面陈，待我为公先容便了。”侂胄大喜，关礼遂即入宫，见了太皇太后，面有泪痕，且故意用衣袖揩拭。太皇太后问他何故哭泣？关礼对道：“太皇太后读书万卷，可见有如今日的时局，还能不乱的吗？”太皇太后道：“这事非汝等所知。”关礼道：“事情已是人人皆知，哪里还可讳言呢？”太皇太后道：“现有何事，不可讳言？”关礼道：“留丞相去了，朝中只胜赵知院一人；现在赵知院也要去了，岂不可危呢？”太皇太后愕然道：“他人可去，赵知院乃是宗亲，如何也要他往呢？”关礼道：“赵知院原因是宗亲，不敢遽然就去，所以令知阁门韩侂胄入陈大计。侂胄令张宗尹代奏二次，未蒙俯允，赵知院无法可想，也只得一走了事了。”太皇太后道：“韩侂胄现今何在？”关礼道：“现尚待命宫门。”太皇太后道：“事情只要合于道理，我有什么不肯答应，你可传旨，令他们斟酌办理。”关礼得了这句话，便出来告知侂胄道：“定于明日清晨，请太皇太后在寿皇梓宫之前，垂帘引见执政诸臣，商定大计。公可告知赵知院，不得有误。”侂胄得了回报，立刻出宫去报告赵汝愚。其时天色已晚，汝愚忙去通知参政陈骙，同知枢密院事余端礼，连夜传令殿帅郭杲，调兵士保护南北大内。关礼开遣阁门舍人傅昌朝，暗中制成黄袍，携入宫内。这夜，嘉王遣使告假，拟不入临。汝愚道：“明日乃是禅祭，嘉王不可不来。”来使奉命，自去转达嘉王。

次日，群臣全集太极殿，嘉王扩也素服到来。赵汝愚率百官至梓宫前，见太皇太后升座帘内。汝愚再拜奏道：“皇上有疾，不能执丧，臣等乞立嘉王为太子，蒙皇上批其‘甚好’二字，随后又有‘念欲退闲’的御批。特请太皇太后处分。”太皇太后道：“既出皇上之意，相公便可遵行。”汝愚又道：“此事关系重大，播于天下垂于史册，不能无所指挥，敢乞太皇太后作主。”太皇太后允诺。汝愚即将拟好的禅位诏书，陈于太皇太后。太皇太后看时，上面写道：

皇帝抱恙，至今未能执丧。曾有御笔，欲自退闲。皇子嘉王扩，可即皇帝位，尊皇帝为太上皇帝，皇后为太上皇后。

太皇太后看毕，便道：“就照此施行罢。”汝愚又启请道：“自今以后，臣等奏事，当取嗣皇帝进止，惟恐两宫父子，或有嫌隙等情，全仗太皇太后主张，从中调护。况上皇圣体未愈，忽闻此事，未免惊疑。乞命都知杨舜卿，提举本官，担负责任。”太皇太后遂召杨舜卿至帘前，当面嘱咐，方命赵汝愚传旨，令皇子嘉王扩，即皇帝位。嘉王固辞道：“恐负不孝之罪。”赵汝愚道：“天子以安社稷，定国家为孝。今中外忧惧，倘有不测，将置太上皇于何地。”遂指挥内侍，拥嘉王入幄，改换冠服，扶出即位。嘉王还立着，不肯入座。汝愚已率百官下拜，拜毕，嗣皇帝诣几筵前哭奠尽哀。百官排班，立于殿中。嗣皇衰服而出，立于东庑，内侍扶掖入座。群臣起居如仪，乃率百僚行禫祭礼，礼毕退班。以光宗寝殿为泰安宫，奉养上皇，民心大悦，中外如释重负。

次日，以太皇太后特旨，立崇国夫人韩氏为皇后。后为故忠献王韩琦六世孙女，与其姊皆选入宫中，侍两宫太后。独后能先意承旨，深得欢心，因此归嘉王邸，封新安郡夫人，晋封崇国夫人。其父名同卿，侂胄为同卿叔父，后即正位。侂胄兼两重懿戚，且自恃有定策功，未免专横骄傲起来。赵汝愚请召回留正，命为大行攒宫总护使。留正入辞，又复出都。太皇太后亟命追回，汝愚亦请帝挽留，遂特下御札，召留正回都，仍任为左丞相。一面由嗣皇领群臣进表泰安宫，光宗方才得知这事，宣召嗣皇入见。韩侂胄随同晋谒，光宗瞪目看道：“是我儿吗？”又对侂胄道：“汝等不先禀闻，即做此事，未免操切太过。但既是我儿受禅，也不必说了。”嗣皇与侂胄拜谢而出。改元为庆元，是为宁宗。

韩侂胄欲赏定策功，赵汝愚道：“此事乃你我两人所为，是我宗臣，你是外戚，不当论功求赏。惟爪牙人士，赏一二就是了。”侂胄大为失望，心内不悦。汝愚奏请宁宗，加郭杲为武康节度使，工部尚书赵彦逾，也预定策之议，命为端明殿学士，出任四川置制使，兼知成都府。韩侂胄只迁一官，并任汝州防御使。徐谊密对赵汝愚道：“侂胄他日必为国家之患。他心觊觎节钺，不如饱了他的欲壑，调居外任，始免后患。”汝愚不以为然，又要加封叶适。适辞道：“国危效忠，为人臣之本分，何敢邀功。但韩侂胄心怀缺望，若能任为节度还可如愿，否则怨恨日深，恐非国家之福。”汝愚不从。叶适退出长叹道：“祸患从此始了，我不可在此受累。”因力求外任，出领淮东兵赋。

未几，韩侂胄果然想干预政事，屡次往都堂里去，议论政务。留正使省吏对他说道：“此处的公事与知阁并无关系，请知阁不必劳动往来。”侂胄正加怀恨，但又不能发作，只得退去。适值留正与赵汝愚议论孝宗山陵之事，两下意见不合。侂胄乘间进谗，由宁宗手诏，罢为观文殿大学士，判建康府，授赵汝愚为右丞相。汝愚闻得留正免职，是侂胄的谗言，不禁忿然道："议论公事，总有不合的地方。我与留丞相并无嫌隙。侂胄为何因此进谗，出内旨免职呢？倘若事事如此，尚能办事吗？"签书枢密院罗点闻言，正要开口，忽报韩侂胄前来拜谒，汝愚正在忿怒之际，便道："叫他不必进来。"罗点忙阻道："公错了！"汝愚亦即省悟，忙命吏役请他进来。侂胄闻得汝愚拒绝，意欲回去，后来又闻吏役相请，遂即入见。两人会面，谈了几句，侂胄辞别而去，从此怨恨汝愚之心，愈加深了。

赵汝愚推荐朱熹，诏授焕章阁待制兼官侍讲。熹奉命启行，在路上就上疏请斥近伴，用正士。到了入对的时候，又劝宁宗随时定省，勿失天伦。宁宗不加可否，随他说去。熹见宁宗并不纳谏，遂即面辞新命，宁宗不许。赵汝愚又请增置讲读之官，有诏令给事中黄裳，中书舍人陈傅良、彭龟年等任。汝愚又荐李祥为祭酒，杨简为博士，吕祖俭为府丞，自以为正士盈廷总可以无事了。哪知韩侂胄已在暗中千方百计地排挤他了。

未几，罗点、黄裳相继病殁。汝愚对宁宗下泪道："黄裳、罗点之死，实是天下之不幸。"宁宗也并无悲悼之意，反听了韩侂胄之言，用京镗为签书枢密院事，京镗本为刑部尚书。宁宗要命他镇蜀，赵汝愚谏道："京镗资望浅薄，如何可当方面重任。"宁宗遂留诏不发。京镗因此深恨汝愚，与侂胄结为至好，乃荐镗入值枢密，日夜伺汝愚之隙，欲报私怨。知阁门刘弼，亦以未预定策之谋，颇为缺望，遂对侂胄道："赵相欲专大功，君非特不节钺，恐不免有岭海之行。"侂胄愕然道："为之奈何？"刘弼道："为今之计，只有引用台谏，作为帮手。"侂胄大悟道："我已领教了。"未几，即有内旨，以刘德秀为监察御史；给事谢深甫为中丞；刘三杰、李沐等皆为台谏，朱熹见时局日非，私对赵汝愚道："侂胄怨望日甚，不如以厚赏酬劳，令出就大藩，免得在朝干预政事。"汝愚道："侂胄自言不受封赏，有何后患呢？"右正言黄度，欲上疏弹劾侂胄为其所闻，先请御笔，出黄度知平江府。黄度叹道："从前蔡京擅权，天下大乱，现在侂胄又借用御笔斥逐谏臣，乱端也将发作了。我还可不去吗？"遂以亲老乞养而去。

朱熹见黄度告退，上疏极谏。侂胄见疏中侵及自己，心下大怒。暗嘱优人，峨冠博带，扮成儒者之状，演戏于宁宗之前，故意将性理诸说，变作诙谐。宁宗不禁解颐，侂胄乘间奏道："朱熹迂阔，不堪再用。"宁宗即以手诏与熹道："悯卿耆艾，恐难立讲，当除卿宫观，用示体恤耆儒之意。"手诏应先经过都堂，赵汝愚见了，藏于袖内，入内请见，且拜且谏，并将御笔缴还。宁宗不省，因乞罢政，宁宗摇首不许。过了两日，侂胄又向宁宗求得御笔，令人送于朱熹，熹遂上疏谢恩而去。中书舍人陈傅良、起居郎刘光祖等，交章留熹反到落职。进韩侂胄为枢密都承旨，以余端礼知枢密院事，京镗参知政事，郑侨同知枢密院事。

京镗得为参政，皆出侂胄之力。因此力图报称。每日至侂胄私第，商议事情。侂胄欲害赵汝愚，苦于无从下手。京镗献策道："汝愚乃楚王元佐七世孙，为太宗嫡派。他常对人说，梦见孝宗授以汤鼎，背负白龙升天，是辅翼皇上的预兆。我们何不说他假梦惑人，谋危社稷呢？"侂胄大喜道："此计大妙！但令何人下手呢？"京镗道："李沐尝求节钺，汝愚不许，心甚怀恨！可以嘱他。"侂胄即与李沐商议，李沐一口应承，遂上疏谓汝愚以同姓为相，本非祖宗常制。方上皇圣体未康时，汝愚欲行周公故事，倚虚声，植私党，定策自居，专功自恣。似此不法，即宜罢斥，以安天位，而塞奸萌等语。汝愚闻得此疏，即出都至浙江亭待罪。有旨罢为观文殿学士，出知福州。中丞谢深甫等，又奏称汝愚冒居相位，今即罢免不应再加书殿隆名，帅藩重寄。又降汝愚职，提举洞霄宫。吕祖俭因请留汝愚，侵及侂胄，窜谪韶州。其余如祭酒李祥、博士杨简等，上疏乞留，皆不得报。太学生杨宏中、周端朝、张道、林仲麟、蒋傅、徐范六人，动了公愤，伏阙上书，乞留汝愚，贬李沐。宁宗反加批斥，将杨宏中等送至五百里外编管。

侂胄心尚未足，必欲害死汝愚，又令监察御史何澹、胡纮奏劾汝愚，倡引伪徒，谋为不轨，乘龙授鼎，假梦为符，暗与徐谊造谋，欲卫送上皇过江，为绍兴皇帝等事。宁宗也不辨虚实，即将汝愚谪为宁远军节度副使，安置永州。徐谊为惠州团练副使，安置南安军。汝愚接诏，从容就道，临行时，对诸子说："韩侂胄必欲杀我，我死后，汝等还可免祸。"行至衡州，衡州守钱鍪，受了侂胄密嘱，窘辱百端。汝愚气愤成疾而卒。

宁宗自汝愚罢后，用余端礼为左丞相，京镗为右丞相。端礼本与赵汝愚同心辅政，汝愚窜逐，不能救解，心甚抑郁，且因此为清议所不容，乃称疾求退，罢为观文殿大学士，提举洞霄宫。京镗遂以右丞相专政，意欲将朝野正士，一网打尽。即与何澹、刘德秀、胡纮，兴了一个伪学的名目。无论是道学非道学，但是反对韩侂胄与攻讦自己的，皆说他是伪学一流。刘德秀乃上疏请考核真伪，辨明邪正。宁宗将原疏交辅臣复议。京镗遂取正士姓名，编列伪籍，呈请一一加罪。幸得太皇太后得了消息，劝宁宗勿兴党禁，方下诏命台谏，不必更及往事。这诏一下，京镗等好生气闷。韩侂胄尤为缺望，仍嗾大理司直邵裒然，上言伪学风行，不但贻祸朝廷，并且延及场屋，自后荐举改官，以及科举取士，俱应先行申明并非伪学，以杜祸根。

未知这疏上后，宁宗允奏否，且看下回分解。

第八十六回　钻狗窦尚书拜寿　悦龙颜贵妃献媚

却说宁宗见了邵裒然之奏，居然批准，命即施行。从此正人君子，皆裹足不前。朝廷迁调，科场取士，所获的都是奸邪小人了。太常少卿胡纮，未达时，尝住建安，晋谒朱熹，熹对待学子，向用脱粟饭，未尝为之示异，胡纮因此怀恨朱熹，久欲报复。只因无隙可乘，迁延至今。及伪学示禁，乐得借此排斥，草疏已成。忽由监察御史，调任太常少卿，不便入陈。恰值沈继祖以追论程颐伪学，得任御史。胡纮遂把草成的奏疏给他，说是此书一上，立致富贵。沈继贵只求富贵，哪里顾甚公议，即将疏草带回，又添加几条诬蔑的言语，劾求朱熹十罪，并说熹毫无学术，剽窃张载、程颐之余论，簧鼓后进，乞即褫职罢祠。其徒蔡元定佐熹为妖，乞送别州编管。此疏一上，即有诏下，削朱熹官，贬蔡元定至道州。未几，选人余哲，上书乞诛朱熹，以免伪学。谢深甫见了，掷书于地道："朱熹、蔡元定等不过自相讲明，有什么得罪朝廷之处呢？"因此书不得上，众论略息。

那蔡元定，字季通，建阳人氏。闻朱熹名，特往授业。熹与晤谈，大惊道："季通乃是我友，不当就弟子之列。"元定仍奉熹为师。尤袤、杨万里，交相荐举，屡征不起。及伪学议起，元定叹息道："我辈恐不能免了。"至是贬谪道州。有司催逼紧急，元定仍从容自如，与季子沈，徒步启程，驰行三千里，足尽流血，绝无怨言，并贻书诸子道："独行不愧影，独寝不愧衾，毋以吾得罪，遂懈尔志。"过了一年，以病而死。后人称为西山先生。

庆元三年，太皇太后驾崩，遗诏太上皇帝抱病，由承重皇帝服丧五月。宁宗改为丧服期年，上尊谥曰宪慈圣烈皇太后，祔葬永思陵。未几，有诏籍伪学，列籍者，以汝愚、留正、周必大、王蔺、朱熹等为首，共得五十九人，一一坐罪，连《六经》、《语》、《孟》、《中庸》、《大学》诸书，亦垂为厉禁。因此朝廷上面，自宰相以下，尽是韩侂胄的走狗。其时侂胄已授保宁军节度使，加爵少傅，封豫国公。这年九月，为侂胄生辰，文武百官，送礼称贺者，络绎于途。所收金银珠宝不计其数。当侂胄生辰，百官争奇眩异，各献珍宝。师择独无礼物，众官心皆诧异，哪知师择，待众人献礼已毕，方才独自上前，向侂胄行礼称贺，于袖中取出一个小盒儿，说道："相公千秋，别无所敬，有些小果子献陈下酒。"众人皆疑是难得的佳果。及至侂胄接盒启视，乃是赤金打成的小蒲桃架，上缀大圆珠百余颗，精湛秀润，光辉耀目。众官齐声称赏，侂胄不过说了"还好"二字，顿使众人面上惭愧，自觉所献的礼物，过于轻微。

侂胄后房有四个宠妾，张氏、谭氏、王氏、陈氏，皆封为郡夫人。第三位王夫人，绰号叫做满头花，妖淫非凡，尤为侂胄所爱。此外还有十个姬侍，未受诰命，也深得侂胄之心。一日，有人献了四顶珠冠前来，侂胄见了便命分给四位夫人。那十个姬侍，因未得珠冠，十分妒羡，常常讥讽侂胄偏爱，逼着侂胄，要各置一顶。却又无处可办，侂胄倒弄得没了主意。这个消息传入赵师择耳中，立刻出了重价，买了大珠，扎成了十顶珠冠，送将前去。恰值侂胄上朝，十个姬侍得了珠冠，满心欢喜。等得侂胄回来都向他道谢！侂胄也觉欣然。不久即遇都市行灯，这十个姬侍，带了珠冠，招摇过市，观者好似堵墙一般，莫不赞这十顶珠冠，价值连城。十个姬侍回来之后，皆对侂胄道："我们得赵太卿的厚赠，增光不少，公何不酬与一官呢？"侂胄应允，次日即升赵师择为工部侍郎。那师择自升官之后，更加巴结侂胄，每日皆至侂胄处问安，比孝顺的儿孙还要恭敬。

一日，侂胄造了一座花园，取名南园，开筵宴客，师择自然也在座中。园内的景色，精雅异常，其中有一处山庄，茅舍竹篱，颇有佳趣。侂胄含笑说道："此处甚有田舍风味，若再有鸡鸣狗吠之声，那就更像了。"众人都道："鸡犬无关轻重。"正在说着，篱间忽有犬吠之声，狺狺传出。侂胄不觉惊讶！忙与众人走去观看，看来并没有什么狗叫，乃是新任工部侍郎赵师择爬伏在篱间，学着狗嗥，侂胄不禁大笑。师择见侂胄高兴，愈加做出摇尾乞怜的形状来，博取侂胄的欢心。众人心下都暗中鄙薄师择，面上只好装着笑容，说他学得相像。这事传至外面，太学诸生，便作了一首六字诗道：

堪笑明廷鹓鹭，甘作村庄犬鸡。
一日冰山失势，烫燖镬煮刀刲。

又有一个吏部尚书许及之，谄谀侂胄，无微不至。想侂胄援引，参预政事。哪知等了两年之久，好似石沉大海一般，没有消息，心内甚是焦灼！只得再等机会献媚乞怜。这日打听得侂胄生辰，各官尽皆送礼称贺，也便备了千金厚议，先行送去。自己却因时候尚早，便整顿衣冠，略用点膳，方才前往拜寿。哪知行抵门前，司阍的人，竟闭门拒客，不许入内。许及之惊惶无地，只得亲自下轿，上前将门环轻轻的叩了几下。门内连连呵叱，不允启门，只得又自称官衔道："我是吏部尚书许及之，前来拜寿的。"门内又大声道："什么尚书不尚书，吏部不吏部，既要拜寿，就该早来恭候，现在是什么时候了，还要拜寿么？"及之听了，愈加惶急。允许厚馈门金，容他入内。司阍的人，闻得他有厚赠，便指示一条门路，任他入内。及之一看，乃是宅旁另有一扇小门，平常时候，放狗出入，始启此门，名为狗窦。及之得了此门，心下大喜，连忙撩起衣服，伛偻身体，也不问干净不干净，爬了进去。司阍的人，将金钱需索到手，方才引导至正厅上面，向着寿坛行过三跪九叩之礼，然后转入客座。只见名公巨卿，大老元勋，俱已在座，及之更觉追悔，不应迟来。到了酒阑席散，抢先谢了宴，等到最后，方敢退出。

挨过了两日，又去登堂拜谒。见了侂胄，开口即叙述知遇的隆恩，感激无地，又做出衰老的情状，说是年已垂暮，恐要就木，不及等待再沐相公的恩典了。随言随泣，竟致泪流满面。侂胄徐徐言道："我也知道你年纪已老，正要替你设法。"及之听了，连忙爬在地上，叩头如捣蒜一般道："全仗相公栽培！此恩此德没齿难忘，当为牛马以报。"侂胄笑道："这又何必如此，快快请起，不日自有佳音。"及之又连连碰头，感激不尽的告退而归。不上几日，即有内批，命许及之同知枢密院事。当时都中人士皆传为笑谈。有好事的人，送他两个头衔：一个是狗窦尚书，一个是屈膝执政。及之听了这样的头衔，绝无愧色，反则扬扬得意地赴院治事。

其余还有张岩、程松，皆因谄媚侂胄，得至参政。程松尤为无耻，初时不过钱塘知县，只因善于巴结，没有三年工夫，便升为谏议大夫，皆由侂胄一手提拔。到任了一年，不见迁升，惟恐侂胄将自己忘怀，当下出了重价，买了一个美丽的姬人，亲自送于侂胄。诧胄便问这姬人叫何名字？程松道："取名松寿。"侂胄道："岂不犯了你的大名吗？如何使得。"程松道："正是要使贱名上达钧听，相公唤了，就可以想着下官了。"侂胄见他说得可怜，才授为同知枢密院事。还有一个陈自强，乃侂胄幼年的蒙师，闻得侂胄当国，遂即入都待选。侂胄感念恩师，嘱令从官，交章论荐，不次超擢，自选人入值枢府，不过四年工夫。

此时伪学的禁令，愈加严厉。前起居舍人彭龟年、主管玉虚观刘光祖皆追夺官阶，韩侂胄竟晋受少师，封平原郡王。独朱熹在籍，还与诸生讲学不已。有人劝他谢绝生徒，以免后患。熹但微笑不答。到了庆元三年六月，抱病已笃，还端坐整理衣冠，就寝而卒，年七十一岁。门人不可胜计。与朱熹同时，尚有金溪陆氏，弟兄三人，长名九龄，字子寿。次名九渊，字子静。三名九韶，字子美。这三人与朱熹学说不同，常有辩驳。九龄曾知兴国军，九渊尝知荆门军，惟九韶隐居不仕。九渊尝至鹅湖访朱熹，各谈所学，宗旨互异。朱熹守南康，九渊又去相访。朱熹邀九渊同至白鹿洞，请他对学徒讲演。九渊解释《论语》里面"君子喻于义，小人喻于利"的一章书，讲解得淋漓透彻，学徒尽皆泪下，熹亦甚推服，称为名论不刊。惟论及太极无极，两人见解，终不相合。九渊殁后，人皆称为象山先生，名为陆学，与朱熹别为一派。后来韩侂胄伏诛，伪学驰禁，追赠朱熹为宝谟阁直学士。谥曰文，理宗宝庆三年，晋赠太师，封徽国公。陆九龄亦追赠朝奉郎，予谥文达，九渊予谥文安。

庆元六年，太上皇后李氏崩，上尊谥曰慈懿。过了两月，太上皇亦崩驾，庙号曰光宗，合葬于永崇陵。未几，皇后韩氏亦崩，谥曰恭淑。皇后崩后，侂胄骄横如故。处士吕祖泰，击鼓上书，请诛侂胄，宫廷之中诧为奇事。有诏吕祖泰挟私上书，语言狂妄，着拘窜连州。程松自幼与祖泰交好，闻得祖泰得罪，恐犯嫌疑，遂奏称祖泰应诛，且必有人主使，所以妄言无忌。即使圣恩宽大，待以不死，亦当加以杖黥等罪，窜于远方。侍御史陈谠，亦以为言。乃杖祖泰一百，发配钦州收管。韩侂胄反加封太师。

庆元七年，宁宗又改元嘉泰。临安忽然发大火，延烧四日，毁去民居五万三千余家。宁宗下诏罪己，并避殿减乐，仍旧信任韩侂胄，毫不改变。过了一年，又以苏师旦兼枢密院都承旨。师旦乃侂胄家的故吏，为侂胄司笔札，以敏慧著称，故将他名字，参入嘉王邸中，目为从龙旧臣，因此权势日盛一日。其时京镗已死，何澹、刘德秀、胡弦三人，也失了侂胄的欢心，相继免职。侂胄也自悔党禁，意欲从宽。从官张孝伯、陈景思等，也劝侂胄勿为已甚。遂复还赵汝愚、留正、周必大、朱熹等官阶。

适值议立继后，后宫里面，惟杨贵妃与曹美人最得宁宗宠爱，二人皆有册立为后的希望。杨贵妃涉猎诗书，性情更是机警。曹美人为人柔顺，性情与杨贵妃不同。韩侂胄的四位夫人，时常出入宫禁，与杨、曹二人并起并坐，杨妃心内不悦，未免现于词色。曹美人恰毫无芥蒂，甚为和气。四位夫人，告知侂胄。宁宗与辅臣计议立后之事，侂胄因劝宁宗册立曹氏。杨妃早已探听明白，便与曹美人说道："闻得皇上欲立中宫，谅来不外你我二人，何不各自设下酒筵，请皇上临幸，借卜圣意。"曹美人深以为然。但是设筵须分先后，杨妃愿让曹美人居先，自己落后，曹美人不知是计，欣然答应。便择定了一个日期，曹美人先请宁宗饮酒。等到日旰，车驾方才到来，曹美人接了圣驾，请宁宗上坐，设下酒筵，相陪同饮。哪知酒方两巡，忽报杨贵妃娘娘到来，曹美人只得起座迎接，请她同饮，杨妃却向宁宗说道："陛下一视同仁，此处已蒙赏光，应到妾那边去了！"宁宗闻言，即欲起身，曹美人忙挽留再饮几杯，杨妃道："皇上到妾处一转，仍可再来同饮的，何必急在一时呢？"宁宗也连声说是，遂携了杨妃，一同到了宫内。杨妃殷勤劝酒，放出了媚态，笼络宁宗。此时的宁宗，眼中瞧着花容，手中挑着金杯，口中尝着佳味，耳中听着软语，十分兴头，开怀畅饮。杨妃等到宁宗酒已沉酣，玉山欲颓之际，便投入怀中，请求立为继后。宁宗心已着迷，绝不思索，口内连连答应。杨妃陈上御笔，宁宗醉眼朦胧的写道："贵妃杨氏，可立为皇后。"杨氏接过，又请宁宗照样再写一张，方才叩首谢恩。一面将御旨交于内侍，命他连夜发出，一面扶持宁宗，宽衣解带，入帐安寝。

到了次日，百官入朝，便有一位贵戚，登殿宣旨，立杨氏为皇后。这位贵戚，并非别人，乃是杨妃之兄，名唤杨次山。其实不是嫡亲的兄妹，不过籍贯相同，杨妃便与他认为兄妹。这杨妃的出身，极为寒微，与母亲张氏，同为德寿宫歌女。杨妃天性聪明，无论什么歌曲，按谱能唱，又生成一种娇喉，宛转可听。更兼身材楚楚，玉貌亭亭，后宫妇女，无人能及。其母张氏，因年老归家。杨妃在宫，侍候吴太后，趋承左右，深得太后的欢心，因此赐于宁宗。宁宗自然大加宠爱，封为婕妤。未几，即晋封贵妃。此时与曹美人争夺中宫，随机应变，韩侂胄只得俯首无言，任凭百官，预备仪节，册立皇后了。杨后非但容颜娟丽，而且精擅翰墨，工于吟咏，尝作宫词五十首，词意清新，笔致芊绵，今录其两首，看了，也就知道她的才华了。其宫词道：

小小宫娥近水居，雕楣绣额映清渠。
忽然携伴凭低槛，好似双莲出水初。
日日寻春不见春，弓鞋踏破小除芸。
棚头宣入红妆队，春在金樽已十分。

杨后又有妹，名叫杨娃，生得花容月貌，清才隽思，亦入宫中，承侍翰墨。宁宗为人，不甚聪慧，且讷于言。每有金国使臣入见，一切御旨，皆用内侍代答。惟天性喜爱书画，更喜吟诗填词。杨娃既善吟咏，书法又与宁宗相似，因此特为宠幸。宁宗尝因看杏花，谱成《浣溪沙》词一阕道：

花似醺容上玉肌，方论时事却嫔妃，芳阴人醉漏声迟。珠箔半钩风乍暖，雕梁新语燕初飞，斜阳犹送水晶卮。

宁宗谱了这词，即命杨娃代写，竟与宸翰逼真，毫无分别。宁宗大喜，深为赞扬。又因她刚才入宫，书法虽与自己相似，未知才华究竟如何，竟欲试她一试。恰巧待诏马远,进献《松院鸣琴图》一幅,着色桂花纨扇一柄。宁宗看了,便命杨娃题咏。杨娃奉旨,即于御前挥毫,于《松院鸣琴图》上题词一阕道:

闲中一弄七弦琴,此曲少知音。多因淡然无味,不比郑声淫。松院静,竹楼深,夜沉沉。清风拂轸,明月当轩。谁会幽心。

宁宗瞧着,已是十分欢喜。再看她不假思索,又将纨扇题好。未知题得如何,且看下回分解。

第八十七回　启兵端北伐丧师　降敌国西蜀谋变

却说杨娃题了《松院鸣琴图》，宁宗已是赞不绝口！杨娃有心要显才华，又取过马远所画桂花纨扇，不借思索，顷刻挥成，陈于御前。宁宗看时，乃是题的七绝一首，其诗道：

雨过西风作晚凉，连云老翠出新黄。
清芬一派来天阙，世上龙涎不敢香。

宁宗看了，不胜惊喜道："有此捷才，虽男子中亦不多见。况出巾帼乎？"从此愈加宠爱。凡有御批及颁赐贵戚近臣的诗词，都由杨娃代笔，所以杨娃的势力，日盛一日。后宫里因她是杨后之妹，皆称为杨妹子。竟恃宠擅权，交通外官，干预朝政。杨后本是寒贱出身，一旦继位中宫，内有其妹相助，外面又有杨次山、史弥远等，表里为奸，作威作福，势倾朝野，连韩侂胄这样的骄横，也不敢不低首下心，奉承杨后。相传杨后与史弥远有私通情事，弥远因有武三思之宠，竭力帮助杨后，所以后来奉了杨后之命，诛除韩侂胄，便是这个原因。事虽不见正史，但宋人杨升庵《宝庆诗》，有"夜驾老蟾嫔月母"之句。又有人作乐府《咏云》道"往来与月为俦侣，舒卷和天也蔽荫。"都是讥刺杨后与史弥远私通的。可见这事，并非虚伪哩。宫中之事，暂按不表。

单说宁宗自册后礼成，群臣一齐加秩。韩侂胄进位太师，谢深甫力求罢政，乃进陈自强为右丞相，许及之知枢密院事。这陈自强，性情贪婪，惟钱是好，看着金银，差不多和性命一般。执政以后，四方致书，必要厚加馈献。倘若没有馈献，便不启封发书。又暗令子弟门客，交通货贿，卖官鬻爵。仕途中欲求升调，皆须讲定价目，方才迁宫。那一次临安大火，自强所有金帛，一齐焚毁。韩侂胄首先助以万缗。群臣见侂胄相助，便大家出资馈赠，竟得六十万缗，比到原有的金帛，反而加倍。自强感激侂胄，尝对人说道："我只有一死以报师王。"所以与僚臣谈及侂胄，必称为恩主、恩父。他本是侂胄的蒙师，竟称学生为主、为父，也是千古奇闻了。侂胄有个堂吏，名唤史达祖，一切往来文件，均由他执掌，权力甚大。自强称之为兄。苏师旦慧黠能言，深为侂胄所喜爱，自强称之为叔，其无耻也可想而知了。朝中用了这样的宰相，时局已是不可闻问了。

偏那韩侂胄，位及人臣，还不知足。闻得金主璟昏庸无道，外有鞑靼寇边，内有宠妃幸臣弄权，以致盗贼蜂起，民不聊生，便想乘此机会恢复中原，建立盖世的功劳，伸张自己的权力。苏师旦又从旁一力撺掇，遂决意与金启衅，便聚财募兵，出封桩库的金银，待赏功臣。市战马，造战舰，增襄阳驻军，设澉浦水军。安丰守臣厉仲方，逆知侂胄之意，上疏说是淮北守臣，尽愿来归。浙东安抚使辛弃疾，进言金国必亡，愿嘱元老大臣，备兵应变。恰值郑友龙使金南回，极言金国困弱，可以速取。韩侂胄了这话，好不欢喜,遂追崇韩世忠、岳飞以励将士。孝宗时,已追封韩世忠为蕲王,岳飞仅谥为武穆,未曾加封。侂胄请宁宗封为鄂王,又夺秦桧官爵,改谥为缪丑,当下谕命许及之守金陵。及之只知阿附谄谀,忽然要出守要塞,早已吓得冷汗直淋,只得再三辞谢。侂胄不禁恼怒起来,立即勒令致仕。

自强又想出一条发财的妙计,请遵孝宗朝故事,设立国用司,考核财赋。宁宗准奏,竟令自强兼掌国用司,费士寅、张岩同知国用司。这三个人,得了美差,竭力剥削,把江南原气斲丧无余。侂胄又劝宁宗下诏,改元开禧。武学生华岳上书,请毋轻用兵,且乞斩韩侂胄、苏师旦。其书中有一段道:

> 程松以纳妾求知,倪僎以售妹入府,苏师旦以献妻入阁。黜陟之权,不出于陛下,而出于侂胄,是吾有二中国也。命又不出于侂胄,而出于苏师旦、周筠,是吾有三中国也。

此书一上,侂胄大怒,立将华岳编管建宁。以皇甫斌知襄阳府兼七路招讨副使,郭倪知阳州兼山东京东招抚使。宁宗又命韩侂胄平章军国事,三日一朝,赴都堂议政,并将三省印信,纳于侂胄私邸。侂胄愈加自恣,黜陟将帅,绝不关白,且用苏师旦为安远节度使,领阁门事。

金主璟,已得着消息,召集群臣会议。众人皆说宋朝新遭败衄,必不至于用兵。完颜匡道:"宋置忠义保捷军,取先世开宝天僖纪元,必定有意中原了。"金主也以为然。令平章仆散揆率兵赴汴,防御宋朝。仆散揆到了汴京,遣使责问败盟。宋朝推说增戍防盗,并无他意,仆散揆遂按兵不动。恰值襟使陈景俊赴金贺正旦,金主璟当面说道:"大定年初,我世宗许宋为侄国,至今遵守不忘,你国何故屡次犯我边境?朕特命大臣宣抚河南,你国又称未敢背盟。朕念和好已久,委屈涵容,恐侄宋皇帝,未曾知道备细。你归国应详告你主,谨守盟言。"景俊应命南返,先告知陈自强。自强令其隐匿勿言。

金使太常卿赵之杰,入贺正旦。韩侂胄令赞礼官有意犯金主父嫌名,意在挑衅。之杰大怒,入朝责问。侂胄请宁宗拒绝使命。著作郎朱质,言金使无礼,应即斩首。宁宗不从,但令金使改期朝见,赵之杰恚怒而去。侂胄令邱密为江淮宣抚使,密辞不肯受,并致书侂胄,劝其不可轻启兵端,贻误国家。侂胄令皇甫斌、郭倪就近恢复。皇甫斌进兵唐州,郭倪进兵泗州。又令程松为四川宣抚使,兴州都统制吴曦为副。吴曦为吴璘之孙,节度吴珽次子,任殿前副都统制,郁郁不自得,常命工图画乘舆卤簿,裱成卷轴。有人问他何用此图?曦答道:"带回去令儿女看了,消灾降罪。"因赂苏师旦,请求还蜀。师旦代他请于侂胄,令为兴州都统制。曦即日启程,出了北关,便在船头焚香拜天道:"且得脱身归去。"其背叛之意,蓄之已久。既抵兴州,即谮去副统制王大节。及程松入蜀,召曦议事,要他行廷参礼,曦于半途折回。程松用东西军一千八百名作卫队,曦又尽行调去。旋又有诏,授曦为陕西河东招抚使。知安大军安丙,屡次向程松密言,吴曦有异志,松全不理会。韩侂胄因他世代将门,还想倚仗他建功。不料他早就遣门客赴金,愿献关外阶、成、和、凤四州,求为蜀王了。韩侂胄闻得泗州获胜,新息、褒信、颍上、虹县相继收复，遂令直学士院李璧草诏，宣布伐金道：

> 天道好还，中国有必伸之理；人心效顺，匹夫无不报之仇。蠢尔丑虏，犹托要盟，朘生灵之资，奉溪壑之欲，此非出于得已，彼乃谓之当然。军入塞而公肆创残，使来廷而敢为桀骜，洎行李之继迁。复嫚词之见加。含垢纳污，在人情而已极；声罪致讨，属胡运之将倾。兵出有名，师直为壮。言乎远，言乎近，孰无忠义之心？为人子，为人臣，当念祖宗之愤！敏则有功，时哉勿失。

这道诏书即下，即令薛叔似宣抚京湖，邓友龙宣抚两淮，遣将调兵，大举北伐。

金主璟闻已宣战，乃遣仆散揆领汴京行省，尽征诸道兵，分守要塞，并因战衅启于韩侂胄，恐军民发掘韩琦坟墓，特命彰德守臣派兵保护。侂胄只道金兵易与，饬令各路进兵。郭倪遣郭倬、李汝翼等进攻宿州。大败而回，退归蕲州，金兵追来，将郭倬围住，只得将马军都统制田俊迈，执送金人，说是由他启衅。金人遂放了他，狼狈逃归。建康都统制李爽，攻寿州，又为金人所败。皇甫斌又于唐州败绩。江州都制王大节，攻蔡州，金人开城出战，大节部下，不战而溃。

败报接连传来，侂胄慌了手脚，没有法想，只得请出邱密，令他宣抚两淮，代邓友龙之职。邱密，字宗卿，江阴军人。素怀忠义之心，本来主张恢复，只因宿将凋零，不是启衅的时候，所以前次辞职不就。现在因国事危急，不得不应命赴镇。所有王大节、皇甫斌、李汝翼、李爽等，皆以失机坐罪。郭倬罪状最著，斩首于镇江。侂胄此时，方悔自己轻举妄动，不应误听苏师旦之言致有此失。适值李璧来见，侂胄与他共饮，谈及师旦。李璧极言苏师旦，恃势擅权，使公负谤，非驱逐不足以谢天下。侂胄即罢师旦职，抄没家财，窜往韶州安置。

未几，金师仆散揆，议定九道侵宋之计，令纥石烈子仁领兵三万，从涡口进发；完颜匡领兵二万五千，由唐邓进发；纥石烈胡沙虎，率兵二万，出清河口；完颜充引兵一万，出陈仓；蒲察贞带兵一万，由成纪进攻；完颜纲领兵一万，由临潭出发；石抹仲温，率兵五千，出盐川；完颜璘统兵五千，出来远；仆散揆亲自统领大军三万，由颍寿出发。九路人马，分道南下，急得韩侂胄手慌脚乱，不知所措，一夜之间，须发皆白。思来想去，只有邱密还觉可靠，只得命他签书枢密院事，督率江淮军马。

金将胡沙虎，由清河口渡淮进围楚州，淮南大震。有人劝邱密弃淮守江，邱密勃然变色道："我辈弃淮，敌即临江，是与敌人共长江之险了，如何使得？我只有与淮南共存亡，此外别无他法。"遂调兵防御，日夜戒严。无如金兵节节进展，完颜匡陷光化，入枣阳。江陵副都统魏友谅，突围而遁，招抚使赵淳，焚樊城乘夜而奔。完颜匡又攻下信阳、襄阳、随州，进攻德安府。仆散揆领兵抵淮，渡入叠滩，守将何汝励、姚以佐，仓皇溃奔，兵士死亡不计其数。仆散揆遂陷颍口，破安丰军，下霍邱县，围攻和州。纥石烈子仁破滁州，下真州。郭倪往救，部兵哗溃，郭倪即弃扬州逃去。副将军毕再遇，亟引兵至六合，截住金人。纥石烈子仁，挥军大进。再遇于南门设伏，亲率弓箭手登陴，掩旗息鼓，等候金兵。待到敌人扑城，一声梆子响，弓箭齐发，势如飞蝗，金兵死亡无数，然后令伏兵出城掩击,金兵骇溃,再遇始收兵回来。次日纥石烈子仁亲自攻城,城中箭已射尽,未免惊慌!再遇连道:“无妨,无妨,我可以借敌之箭,用以射敌。”遂令步兵,张了旗盖,在城上频频来往。金兵疑是统兵主将,争先注射,未及多时,城楼上面,矢集如猬,乃令守兵拔矢应用,不下数万支,用以射敌,又出奇兵邀击,金人方始遁去。

仆散揆闻得纥石烈子仁失利,因思通好罢兵,觅得韩琦五世孙元靓,命他往见邱密。邱密问其来意?元靓道:“两国启衅,兵争不已。北朝皆说出自韩太师主意,现在相州的宗族坟墓,都不能保全了,只得潜踪南行,来依太师。”邱密问及金军情形,元靓便吐露议和修好之意。邱密乃令人护送过淮,命求金帅文书,方可议和。元靓去后,重又持了仆散揆书函来约议和款。侂胄已亟欲通和,遂命邱密主持和议。密乃令刘佑持书往见仆散揆,请通好罢兵。仆散揆要求称臣割地,献出首祸,方肯通知。刘佑回来复命,邱密又命王文前去,说是用兵全是苏师旦、邓友龙、皇甫斌等的意思,现在这几个人一齐贬谪,可以不必再议。仆散揆冷笑道:“韩侂胄无意用兵,苏师旦等敢胡行意见?此言明是欺我了。”仍令王文归报,邱密又遣使复往,许还淮北流民及本年岁币。仆散揆始允暂时停战,自和州退屯下蔡,再议和。

韩侂胄闻得金人要罪魁祸首,恐怕和议难成,遣人催促吴曦出战。希望他战胜之后,容易议和。吴曦已得了姚巨源的报告,说是金人已许封为蜀王,令他按兵不动,吴曦即令部将王喜等退兵。金将蒲察贞,入和尚原,下西和州,乘胜入大散关。吴曦节节退让,直至置口。金将完颜纲遣人前来,令他缴出诰敕,吴曦尽行交付。完颜纲方传金主诏命,遣马良显赍送册印,封吴曦为蜀王。曦秘密拜受,回至兴州,召集僚属说道:“东南失守,车驾已幸四明,此处恐不能保。现在金使招降,封我蜀王。我意不如从权,免得川境又遭涂炭。”部吏王翼、杨骙之道:“东南并无失败之信,副使此言,从何而来?即使东南危急,也应效忠国家;否则相公八十年忠孝门庭,一旦扫地了。”吴曦变色道:“我意已决,你们不用多言。”乃令任辛奉表至金,献全蜀地图,及吴氏谱牒。又贻书程松,说是金人欲得阶、成、和、凤四州,方允义和,公可守则守,不可守即去。

程松尚在兴元,闻报大惊。又听得金兵大至,仓皇失措,越米仓山西行。道径阆州,顺流至重庆,致书吴曦,竟称之为蜀王,乞金买舟南去。吴曦匣封金帛,遣使致馈。程松见匣,疑心为剑,慌忙奔逃。吏役追及,言是赆仪。程松方敢启视。见是金宝,大喜致谢!买舟兼程而行,及出峡,乃西向掩泪道:“我今朝方得保住头颅了。”后人有诗咏此事道:

> 卤簿图成出北门,赆仪丐得向南奔。
> 蜀王曾为头颅计,莫望西州掩泪痕。

邱密闻得吴曦谋反,上疏请勉成和议,并言金人指韩侂胄首谋,致书金帅,请免系韩名。侂胄见疏大怒!罢邱密职,命张岸代任,且欲封吴曦为蜀王,令其反正御金。诏尚未发,吴曦已自称蜀王了。

吴曦既受金封,令部将利吉,引金兵入凤州,并上四州版图,以钱山为界,将兴州作为行宫，乘黄幄，置左纛，改元，设列百官。遣董正至成都，修筑宫殿，准备移居。遣人告知伯母赵氏，赵氏大怒，拒绝来使，不许进内。又转告叔母刘氏，刘氏日夜号泣，骂不绝口。吴曦令扶他往。族子僎为兴元统制，授到伪檄，心甚不平。吴曦却得意非凡，分部兵十万，各置统帅。令禄祈、房大勋戍万州，泛舟下江陵，声称约金人攻襄阳，传檄四路，募兵图宋。改兴州为德兴府，以随军转运使安丙为丞相长史，权行都省事。安丙阳奉阴违，俟隙而动。又召权大安军杨震仲，震仲仰药自尽。从弟吴晛，劝他引用名士，收拾人心。无如累下征召，士大夫皆不屑就征。陈威披剃为僧，史次泰涂目为瞽，李道傅、邓性甫等，皆弃官而去。权汉州事刘当可，知简州李大全，高州巡检郭靖，均不屈自杀。知成都府杨辅，弃城而去。

监兴州合江仓杨巨源，志在讨逆，暗与吴曦部将张林、朱邦宁及义士朱福等，深相结纳，共图举义。眉州人程梦锡，探得巨源等密谋，往告安丙。丙方称疾不视事，得报，令梦锡以书招巨源，延入寝室。巨源劈口问道："先生甘心做逆贼的丞相长史么？"安丙流泪道："目前兵将皆不足与谋。必得豪杰之士，始可灭贼。"巨源起立道："非先生不能主此事，非巨源不能了此事。"安丙转悲为喜，与巨源共商诛贼之策。适值兴州中原正将李好义，亦结合军士李贵，进士杨君玉、李坤辰、李彪，共计数十人，意欲举事。李好义对众人说道："此乃报效国家，救拔西蜀生灵之举，惟恐诛贼后，任非其人，一变未息，一变复生，终究不了。我意应奉安运使为主，方无后患。"大众赞成此议。好义乃令坤辰，往约巨源。巨源立即来见，互相约定，还报安丙。丙即出视事。杨君玉与白子申，同草密诏，内有数语道："惟干戈省厥躬，既昧圣贤之戒，虽犬马识其主，乃甘夷虏之臣，邦有常刑，罪在不赦。"草诏既成，到了半夜，好义领七十四人，潜至伪宫，欲诛吴曦。未知能成事否？且听下回分解。

第八十八回　玉津园权奸伏诛　斡难河蒙古崛起

却说李好义率众七十四人，乘夜来至伪宫。等到天色微明，司阍的人开了门。好义打头闯入，大呼："奉朝廷密诏，以安长史为四川宣抚使，令我们讨贼。有敢抗拒的，加以灭族之罪。"吴曦的卫兵，约有一千余人，闻得朝廷有诏书到来，一齐抛弃兵刃，四散而去。杨巨源同了好义，乘马捧诏，口称奉了使命，直进内室，来至寝门。吴曦刚要开门逃走，李贵举刀拦住道："叛贼往哪里走？"随手一刀，砍中吴曦面颊，曦忍着痛，直扑李贵，一同倒地。王换急举利斧，砍入吴曦腰内，李贵方得从地跃起，用刀砍下吴曦首级，好义提了首级，驰报安丙，丙即出厅，宣读诏书。人民欢呼，声动天地。安丙又命人持了吴曦首级，抚定城中，尽收吴曦党羽，一一斩首。当下推安丙权四川宣抚使，杨巨源参赞军事，函吴曦首级，及违制法物，与所受之金人册印，一齐赍送临安。安丙自称矫制平贼，应受处分。总计吴曦僭逆，只得四十一日。

首级到了都城，入献太庙，并徇市三日。有诏诛吴曦妻子，夺曦、珽官爵，迁吴璘子孙出蜀，存璘庙祀。吴珽在曦十余岁时，曾向他询问志向，吴曦已有背逆不臣的言语，吴珽大怒，以脚蹴之，仆于火炉里面，面目焦黑，家中人皆称他为吴巴子。后来调任赵蜀，出塞校猎，至月上始返，偶然抬头，见月中有个人影，也骑着马，拿着鞭子，和自己的形状一般无二。向左右询问道："可见月中人影？"左右皆称尽都瞧见，所说的状貌，且与吴曦所见并无二致。因此私念道："我命中注定大贵，月中必是我的前身了。"遂即扬鞭，对定月中的人，作拱揖状。月中人也扬鞭答礼，所以叛逆之谋愈加坚决。从事郎钱巩之，夜间梦见吴曦，向神祠祈祷，用银杯为珓，方掷于地。神已起立，向曦说道："公有何疑，事情已交付于安子文了。"曦尚未解，神又道："安子文之才，足以办理此事。"巩之醒后，大为奇诧，入告于曦，曦以子文为安丙之字，即召安丙为丞相长史，岂知竟为安丙所图。

宋廷自得四川平逆之报，遂遣人至金军，商议通好。仆散揆决意要罪首谋，因此议仍未决。即而仆散揆病殁，金主乃命左丞相完颜宗浩继任，与宋议和。韩侂胄因屡次使命，均未议成，遂征求使才。得萧山丞方信儒，命为国信所参议官，前赴金营。信儒到了濠州，金将纥石烈子仁，要他缚送首谋，信儒不肯答应。纥石烈子仁竟将他捆绑了，置于狱中，命兵士露刃环守，断绝了饮食，逼他答应五项条款。信儒神色不动，徐徐答道："反俘归什尚可答应，缚送首谋，从来无此办法。至于称藩割地，更非臣子所敢言了。"纥石烈子仁大怒道："你不要性命吗？"信儒道："我奉使出国门时，已将生死置之度外了。"纥石烈子仁倒也无法可施，只得解了信儒之缚，令他赴汴，去见完颜宗浩。完颜宗浩也坚执五项条款。信儒与他争辩，说得完颜宗浩无言可答，只得给了回书，令他返报宋廷，决定和战事宜。

信儒带了书信回来，朝廷又添派了林拱辰为通谢使，同了信儒，赍带国书誓草，且许通谢钱一百万缗，再赴汴京。见了完颜宗浩，完颜宗浩怒道："你不能曲折建白，即带了誓书到来难道不怕死吗？"信儒绝不为动，旁边的将士也说道："这不是犒军可以了事的，须得另议条款。"信儒道："岁币不可再增，所以把通谢钱作代。现在贵国得步进步，我惟有以一死报国。"正在争论之际，恰值安丙出兵，收得了大散关。完彦宗浩遂命信儒持复书回去。书中说是若能称臣，即在江淮间取中为界，若欲世为子国，即尽割大江为界，并斩首谋来献，添岁币五万两匹，犒师银一千万两，方允议和。信儒回至临安，晋谒韩侂胄。侂胄询问金帅有何言语，信儒道："金人要求五项条款：一割两淮，二增岁币，三索归附人，四要犒军费，那第五条却不敢明言。"侂胄道："但说不防。"信儒徐徐说道："五是要太师的头颅。"侂胄不禁变色，拂袖径起，奏请宁宗，削夺信儒官秩三级，居住临江军。一面仍议出兵，撤回两淮宣抚使张岩，以赵淳为两淮置制使，镇守江淮。

自停止和议，重行宣战之议起，那江淮一带的百姓，已受过涂炭，死于锋镝者，不计其数。听得还要再战，人心未免惊恐起来。礼部侍郎史弥远，便以危急情形入陈，请诛韩侂胄以安国家。这史弥远乃是史浩之子，以淳熙十四年举进士第，累迁至礼部侍郎，兼任资善殿直谏。侂胄欲启兵端，史弥远力持反对，奏言不可轻战。至是重又请诛侂胄。宁宗不从。杨后却与史弥远暗中交通，且因与韩侂胄，夙有嫌隙，欲乘机报复，遂嘱皇子荣王严，弹劾侂胄。那荣王曮，为燕王德昭九世孙，本名与愿。庆元四年，丞相京镗等，因宁宗未育皇嗣，请循高宗朝故事，择宗室子为养子。宁宗即将与愿召育宫内，赐名曮，封卫国公。开禧元年，立为皇子，晋封荣王。荣王曮奉了杨后之命，等候宁宗退朝，当面禀称韩侂胄，轻启战衅，将危社稷。宁宗反加以呵叱，说他无知。杨后又从旁竭力陈说，宁宗仍是游移不决。杨后道："宫廷内外，谁人不知侂胄奸邪，不过畏其势力，不敢明言。陛下如何不悟呢？"宁宗道："恐怕未确，且待朕查明，再为处置。"杨后又道："陛下深居九重，何从密察此事，非托懿戚不可。"宁宗心内总因侂胄威权过重，倘若不能制服，反为不美。杨后看透此意，便密言道："别的懿戚恐不可靠，何不委任妾兄杨次山，与机警的大臣妥为商议，成则固妙，即使不成，也无人知道。"宁宗方才点头许可。

杨后深恐事机泄漏，急召杨次山入宫，密嘱他结合朝廷大臣，阴图侂胄。次山知道史弥远与杨后是有首尾的，出宫之后，遂转告弥远。弥远暗召钱象祖入都。象祖从前入副枢密，只因谏阻用兵，忤了侂胄之意，谏居信州。此时得了史弥远的招呼，连夜入都，与弥远秘密商议。弥远又与礼部尚书卫湜，著作郎王居安，前右司郎官张镃，会同定议。旋又通知参政李璧，璧亦赞成。但是史弥远往来各处，互相商议。外间已有人疑心，报告侂胄。侂胄至都堂议事，对李璧说道："闻有人欲变局面，参政知道么？"李璧闻言，不禁面色微变，连忙镇定心神，故作闲暇之状，徐徐答道："恐无此事。"等到侂胄退归，慌忙报告弥远。弥远大惊，又与张镃商议。张镃道："事已势不相立，有何顾忌，只将侂胄杀了，诸事自然了当。"史弥远闻言，不禁咋舌道："君毕竟是将种，故作此语。"原来弥远虽奉杨后之命，甚是畏惧，虽往暗中图谋，并无杀死侂胄之心，及闻张镃之言，其意始决。乃禀命杨后，于半夜调取虎符，密传兵卒，保卫宫廷。又请杨后传出御批，由弥远交于钱象祖。象祖乃以御批，召主管殿前公事夏震，命他统兵三百，秉势诛奸。

夏震奉了御批，遂遣部将郑发、王斌，率兵伏于六部桥，阴侍侂胄，突出邀截。是夕，侂胄三夫人满头花，正在庆祝生辰。张镃素与侂胄为通家至好，故意移庖侂胄私第，佯送寿筵，以疏其防。与侂胄猜枚行令，征歌选舞，欢饮通宵。这日夜间，侂胄的私党周筠，已有风闻，密函告变。侂胄饮酒已醉，开函看了，摇首笑道："谁敢图我，这痴呆汉，又来乱言了。"随手将密函于烛烬上焚去。到了天明，径自驾车入朝。周筠又拦车谏阻。侂胄发怒道："谁敢为乱，他难道不要性命么？"遂登车而行。将至六部桥，见前面有禁军排列，便问有何事故？夏震挺身应道："有诏罢太师平章军国事，特令震赉诏前来。"侂胄道："既有诏命，我为何不知，莫非有人假传诏命么？"夏震不由分说，指挥郑发、王斌等，引了禁军，拥了侂胄之车。竟由玉津园夹墙内，把侂胄拖出了车。夏震立即取出御批，宣诏道：

韩侂胄久任国柄，轻启兵端，使南北生灵枉罹凶害，可罢平章军国事。陈自强阿附充位，可罢右丞相。

夏震还未读毕，夏挺已举铁鞭，向侂胄背上力击。哪知侂胄因预防刺客，身裹软缠，中了一鞭，虽然倒地，仍未受伤。夏挺乃以铁鞭力捣阴囊，方才身死。当侂胄被禁军拥往玉津园时，宁宗闻信，忙出御批，命殿司速往追回韩太师，杨后连忙出阻，手持御批，且泣且言道："陛下若下旨追回他，妾请先死于此。"宁宗始抆泪而止。后人有诗一首，咏此事道：

夜半中宫调虎符，软缠能敌铁鞭无？
九重尚抆追回泪，去国谁怜赵汝愚。

当夏震率兵邀截侂胄，史弥远等在朝门守候消息，久未得信，恐事不成，惊惶异常，几欲易服而逃。恰值夏震驰马前来，报告事已了当。于是众皆大喜，互相称庆。陈自强心内甚是不安，钱象祖从怀中出御批，付自强道："韩太师与丞相皆已罢职了。"自强道："我有何罪，竟至罢职。"象祖道："你不瞧御批说是阿附充位吗？"自强方才无言可说，怏怏而去。史弥远、象祖入见宁宗于延和殿，奏称韩侂胄已经伏诛。宁宗尚不相信，台谏论列侂胄罪状，还不加批答。过了三日，方知侂胄真个死了，方敢下诏，暴侂胄之罪，颁示中外，并籍没侂胄家产、抄出物件，皆属舆服等物。其家中寝榻、青绸帐后，皆以罗木包围，以防刺客。所有各种珍宝，均为宠妾张、二人捣毁，因此二妾坐徒。侂胄虽有四妾十婢，并未生育。养子韩𬀩，流配沙门岛。陈自强窜永州，苏师旦伏诛于韶州，郭倪、邓友龙、郭僎皆安置于远州。张岩、许及之、叶适、薛叔似、皇甫斌，均坐侂胄私党落职，连李璧亦至降官。先是韩侂胄尝与赵师择，同赴南园山庄，偕行至东村别墅，宛然如乡村景象。遥见林薄中有个牧童唱歌而来，细听其词道：

朝出耕田暮饭牛，林泉风月共悠悠。
九重虽窃阿衡贵，争得功名到白头。

赵师择听得他歌词，贪着讥刺之意，遂呵叱道："平章在此，谁敢唐突！"牧童悠然而逝，遂即不知所往。侂胄深为惊异！因与师择追寻牧童踪迹，行过树林，未及数里，忽然有一茅芦，二人相偕入内，并无人迹，只有屏上写着两句诗道："玉津园内行天讨，怨血空啼杜宇红。"那字迹有碗口大小，写得龙蛇飞舞，墨迹淋漓，还是刚才书成的。前后挪寻，又无人影，不明白这两句诗内的意思，也就抛将开去，相偕回来，并不把此事放在心上。及至侂胄被诛于玉津园，方才明白这两句诗，竟是预先示兆的。后人也有一诗，咏此事道：

唐突平章是牧童，朝耕暮饭唱林风。
寻诗赵尹偏多事，屏上空题杜宇红。

侂胄既诛，宁宗乃立荣王曮为皇太子，改名为询。以钱象祖为右丞相兼枢密使，卫湜、雷孝友参知政事，史弥远同知枢密院事，林大中签书院事，杨次山晋开府仪同三司，赐玉带。夏震升任福州观察使。改元嘉定，决意与金议和。先是右司郎中王枘，如金军，请依靖康故事，以伯父礼事金，增岁币为三十万，犒军钱三百万贯。金将完颜匡，仍要索韩侂胄、苏师旦首级。王枘答称和议定后，当函首以献。完颜匡遂转奏金主，金主命匡移书宋廷，索侂胄首，并改犒军钱为银三百万两。完颜匡奉到诏命，恰值宋丞相钱象祖致书金军，说是韩侂胄已经伏诛。完颜匡召王枘入内，问道："韩侂胄贵显已有多少年了？"王枘道："已十余年，平章国事仅二年余。"完颜匡又道："今日可能除去此人吗？"王枘尚未知侂胄已诛，只得答称："主上英明果断，除去此人，并非难事。"完颜匡笑道："韩侂胄已伏诛了，你回去可速送首级来罢。"王枘应允而回，入奏此事。宁宗命朝臣会议，吏部尚书楼钥道："和议为重，奸恶既已伏诛，还可惜一个头颅，不使速成吗？"于是廷议遂决，命临安府开侂胄棺，取首级。开棺之后，取了首级，竟将侂胄之尸，用芦束缚，浅土瘗于其母魏国夫人墓旁。后来有人过此，见其尸体，尚半露于外，权奸结果，也算惨酷的了。苏师旦的首级，也由韶州递到，遂函了两人首级，一并付金。到了金部，金主御应天门，建黄麾，设杖钺，受了两个首级，然后悬竿通衢示众，并令士庶纵观。过了三日，方才添首藏于库内。乃与王枘订定和约，共计四款：

一、两国境仍如前。二、嗣后宋以侄事伯父礼事金。三、增岁币为银三十万两，绢三十万匹。四、宋纳犒师银三百万两与金。

和约已订，金主召完颜匡等班师回国，交还侵地。王枘南返，诏以和议告成，晓谕天下。以钱象祖为左丞相，史弥远为右丞相，雷孝友知枢密院事，楼机同知枢院事，楼钥参知政事。钱象祖不久即行免职。史弥远以母丧去位。不过一年，有诏起复，自此史弥远便独专政柄了。嘉定三年,金主璟殂,无子,群臣立世宗第七子,卫王永济嗣位,尊故主璟为章宗。永济因章宗遗诏,妃嫔里面有两人得孕,生男当立为储贰,深恐帝位摇动,即令仆散端任平章政事,秘密商议。仆散端诈称先帝承御贾氏,当于十一月分娩,现已过期。范氏产期,应在正月,今医生诊视,胎形已失,自愿削发为尼。永济即以贾氏为无娠,范氏损胎,布告国内。元妃李氏,承御贾氏,因有违言,为永济鸩死,托言暴病而亡。任仆散端为右丞相,以酬其功,人民因此不服。又值蒙古部长成吉思汗崛然兴起,甚是勇悍,侵犯金国边境,竟有些招架不住了。

原来,金国的东北方面,斡难河旁,杭爱山下的蒙古部落,自哈不勒汗,受金册封为蒙兀国王。传到曾孙手里,名字叫做铁木真,便是后来元朝的太祖。他的始祖,名为乞颜,在阿儿格乃兖山下,辟地居住,传了数十代,到了朵奔巴延手里,其妻阿兰郭干,生了两个儿子,朵奔巴延便已病死了。阿兰郭干忽梦金甲神人与她交媾,又连接生下三个儿子,最小的一个,取名勃端儿,生得状貌魁梧,勇力绝人。后来子孙蕃昌,遂各自为部,聚族而居。五传至哈不勒,便是受金封的蒙兀国王了。其孙名也速该并吞邻部,威势日盛,其妻诃额伦,生产一子,初下地时,手握凝血,坚如赤石。那也速该,恰巧攻取塔塔儿部,擒了酋长铁木真,得胜回来,闻报生了儿子,便取名为铁木真。后来也速该为塔塔儿部仇人谋死。铁木真长大了,非但为父报仇,并且东征西讨,并吞了不少的部落。邻近的乃蛮部最为强悍,也为铁木真灭了,杀死酋长太阳汗,因此远近部落,尽皆畏惧,情愿尊奉他为成吉思汗。未知后事如何,且听下回分解。

第八十九回　迁汴京远避强梁　渡淮水妄恩开拓

话说铁木真威势日盛，远近部落莫不畏惧，尽愿尊奉他为成吉思汗。他们所称的汗字，就是中国主子的意思，成吉思汗乃是最大的意思。铁木真即了汗位，居然建了九游白旗，率兵攻掠西夏。西夏久已臣服金国，现在的夏主叫做李安全，正当内乱相仍，国势衰弱，又兼夏主懦弱无能，如何抵挡得这新出雄师铁木真呢？因此，屡战皆败，被铁木真一直杀至都城。夏主屡向金国求救，又不见有援师前来，到了无可奈何，只得城下乞盟，把自己的爱女察合，献于铁木真为妾。铁木真最爱的是女色，自然一口答应，订定和约，班师回去受用这个美人了。回到部落，却值金主永济，颁到接位诏书，欲令铁木真北面拜受。铁木真问道："新天子是何人？"金使答道："系卫绍王入嗣。"铁木真当面唾道："我道中原天子，必是天上神人！岂知这样庸奴，也居然要做皇帝，我何能屈居其下。"遂喝令左右，将金使赶出，一面简士搜乘，整军经武，预备南下。

原来永济做卫绍王的时候，铁木真亲至静州，献纳岁币，曾与永济会晤，知他是个懦弱无能之人。现在闻得永济做了金国皇帝，如何还肯屈服。正要预备南侵，那夏主李安全，又因累乞救援未见一应，也不自揣力量如何，竟发兵往攻金之葭州，被守将庆山奴，痛杀一阵，大败而回，损了无数人马。夏主愈加恼恨，便北诉蒙古，请出兵伐金。铁木真正要南下，又得西夏之请，要显自己的威风，即带了长子术赤、次子察合台、三子窝阔台领了人马，浩浩荡荡，杀奔金国。金主永济得报，命平章独吉千家奴、参政完颜胡沙虎，前往抵御，被蒙古兵一阵乱斫，败溃而逃。铁木真拔乌沙堡，陷乌月营，破白登城，进攻西京。留守纥石烈胡沙虎突围逃走。铁木真即入西京，又令三个儿子分道攻下云内、东胜、武、朔、丰、靖诸州郡。

金主连得警报，又命招讨使完颜九斤、监军完颜万奴等，督兵四十万，扼守野狐岭。这野狐岭高峻异常，雁飞过此，也要遇风坠落，乃是西北一个要隘。部将明安，劝完颜九斤屯兵固守，不肯依从。劝他发兵袭击，又复不许。铁木真又进兵貛儿嘴，完颜九斤方遣明安去问他，何故入寇。明安因主将不从其言，心怀怨望，遂降了铁木真，引了人马，乘夜来攻。完颜九斤未及防备，被蒙古兵杀得落花流水，弃甲抛戈而逃。完颜胡沙虎前来接应，闻败而走，至会河堡，被蒙古兵追到，杀得全军覆没。完颜胡沙虎仅以身免，走入宣德州。铁木真陷晋安县，扑居庸关。守将完颜福寿弃关而去，铁木真又入居庸关，径抵金都。金主惶急万分，意欲徙往汴京，卒得卫兵誓死力战，遂将蒙古兵杀退。铁木真见金都攻打不下，留兵把守居庸关，带了三个儿子径自回国。金主乃征上京留守徒单镒为右丞相，纥石烈胡沙虎为右副元帅。

胡沙虎从西京逃归，到了蔚州，擅取官库金银，又擅杀涞水县令，金主绝不加罪，反命为副帅。胡沙虎愈加骄横，时出怨言，金主方将他罢职。适值金益都防御使杨安儿，逃回山东，聚众横行，四出劫掠。千户耶律留哥，原是辽人，此时也降了蒙古，攻取辽东州郡，自称辽王。金将完颜胡沙虎率兵往讨，大败而回。金主仍命纥石烈胡沙虎为副元帅，率兵屯守燕北。纥石烈胡沙虎因前次罢职，心中怨恨，竟生异志。与私党完颜丑奴等定计，只说奉诏入讨大兴府徒单南平，率兵直入金都，屯驻广场门。令人召徒单南平来营，说他谋反，一刀杀死，遂至东华门，护卫叙烈、和尔等引了胡沙虎入宫，自称监国都元帅。命武士迫胁金主永济出宫，移居卫邸，留兵二百人监守。又使黄门入宫收玺，玺为尚宫左夫人郑氏收掌，大声叱道："玺为天子之物，胡沙虎乃是人臣，何敢索取！"黄门道："现在时局如此，主子亦难自保，何况一玺呢！"郑夫人怒道："汝辈乃是近侍，受恩尤重，主上有难，当以死报，如何反为逆贼索玺呢？我头可断，玺不可与。"说罢，闭目不视。胡沙虎乃遣人夺取宣命御宝，除授乱党数十人。

丞相徒单镒，因坠马伤足告假在家。胡沙虎自欲僭位，以徒单镒素为民望，亲自往访。徒单镒对他说道："翼王珣为章宗之兄，众望所归，元帅宜决策迎立，以建万世功勋。"胡沙虎默然，遂令宦官李思中，鸩杀金主永济，令人至彰德，迎升王珣至燕京即位。珣初封翼王，进封升王，至是即位，立子守忠为皇太子，追废永济为东海郡侯。胡沙虎又诱领缙山行省事完颜纲回都，伏兵杀之，尽撤沿边防御。铁木真闻得金防尽撤，又入寇怀来。金元帅右监军术虎高琪与战大败。蒙古兵薄中都。胡沙虎适有足疾，乘车督战，大败蒙古兵，足疾因此益甚，遂召术虎高琪入卫，限日至都。高琪违限而至，胡沙虎欲行斩首。金主珣谕令免死。胡沙虎乃命高琪兵责令出战，并当面饬道："胜则免罪，败必斩首。"高琪率兵迎战。自夕至晓，北风大作，金兵在下风不能开目，大败而退。高琪对部下说道："我等虽得逃回，仍归难免一死，不如杀了胡沙虎，再为计较。"部兵将皆答应，一哄至胡沙虎私第，团团围住。胡沙虎欲越后垣而逃，无如足疾未愈，不便扳登，坠落地上，伤股不能起。高琪赶来，一刀杀死，取首诣阙，自请坐罪。金主珣反加抚慰，下诏暴胡沙虎罪，追夺官爵。命高琪为左副元帅、将士们皆论功行赏。

蒙古兵已四出分略，连陷九十余郡。两河、山东数千里，尸骸遍地，村落为墟，又进兵攻中都。铁木真遣人告金主道："你国山东、河北皆为我有，你们所守不过燕京，我不难一鼓荡平。但天既弱你，我不忍再加逼迫，可速行犒师，消我诸将的怒气。我即回兵了。"金主珣，乃命右丞完颜承晖，出城议款。铁木真道："你主子有子女吗？何不遣来侍我？"完颜承晖回报，金主只得将故主永济的少女假称公主，献于铁木真，并将金帛、童男女各五百，马三千匹犒师。铁木真乃率兵回去，出居庸关，将所虏两河、山东少壮男妇，尽行杀死，奏凯而归。金主珣惧蒙古再来，欲迁都汴京。左丞相徒单镒，再三谏阻，金主珣不从，徒单镒忧愤而亡。金主乃命完颜承晖为都元帅，穆延尽忠为左丞，护太子守忠，留守中都，自率六宫，启程赴汴。

铁木真闻得金主徙汴，不禁怒道："既已讲和，还要迁都，这明明是疑我了，我岂肯为他所欺。"遂大阅军马，再举南下。巧值金国军队作乱，戕杀主帅索温，另推卓达为帅，遣使至蒙古请降。铁木真令降将明安等，出兵助卓达围攻燕京。金主珣，得知燕京被围，忙召太子守忠赴汴。太子一去，燕人益惧。蒙古将木华黎，又分兵辽西，攻金北京，守将银青，出战败回，为部将完颜昔烈等杀死，共推寅答虎为帅。寅答虎见蒙古兵势甚盛，遂即迎降。辽西州郡，望风纳款，燕京危急万分。留守都元帅完颜承晖，因穆延尽忠，久列戎行，尽将兵权付与，自己总揽大纲，飞书向汴京乞援。金主珣命左监军永锡，左都监乌古伦庆寿，率兵数万，分道往救。又命御史中丞李英，专主运饷，行省孛术鲁为后应。李英到了大名，终日饮酒。蒙古兵前来劫粮，他还不曾知道，行抵霸州，途遇蒙古兵，把所有粮草，尽行劫去。李英还醉眼模糊，似醒非醒，似睡非睡的坐在马上，口中连说好酒！好酒！早被蒙古兵赶到马前，乱枪刺死。

永锡、庆寿的两路人马，闻得粮已尽失，只得逃回。燕京救援既绝，完颜承晖便约穆延尽忠誓死力守，尽忠语言支吾，完颜承晖知道不妙，乃辞别家庙，修了遗表，付于尚书省令史师安石，赍赴汴京，遂即仰药而死。尽忠见承晖已死，决计南还。携了家眷，行到通元门，有无数留燕京的妃嫔，求着带了逃走。尽忠诈言出城开路，再来携带同行。妃嫔放令出城，他便带了家眷急急南奔。妃嫔们进退无路，被蒙古兵一拥而入，老年丑陋的尽作刀下之鬼，少年美貌的，全行掳去，任意奸淫。燕京既破，宫室焚毁，府库珍宝搜刮净尽。金国祖宗的神主，也取投溷厕。金人入汴京，掳掠宋朝的时候，也没有到这样地步，这才是天理昭彰，报应不爽哩！金主珣得了完颜承晖的遗表，也没旁的言语，但追赠承晖尚书令，晋爵广平郡王。穆延尽忠，抛弃燕京的罪名，非但不问，反用为平章政事。蒙古兵势如破竹，进攻潼关，急切攻打不下，便从嵩山小路，绕道汝州，直抵汴京。金主忙命花帽军前去阻截，杀败了蒙古兵的前队，铁木真方才退回。

哪里知道，蒙古兵方退，山东又大乱起来了。原来，自从杨安儿逃往山东，群盗响应，势颇猖狂。这杨安儿自小无赖，以鬻卖马鞍为营生，所以人皆唤他为杨鞍儿，他即以此为名，自称安儿。他还有个妹儿，名唤杨四娘子，善用双刀，勇悍无敌，连安儿也杀她不过。因此，兄妹二人招募了许多无赖之徒，日夕攻掠，且结了一寨，称为杨家堡。金行山东省事完颜霆，命人招抚安儿，授为防御使。蒙古兵攻燕京时，金人令唐括合打为都统，安儿为副，往救燕京。安儿行至鸡鸣山，径自逃回，率众劫掠州县，戕杀官吏。其时恰有潍州北海人李全，本是农家子弟，生得蜂目蛇头，虎背狼腰，颇精骑射，善使铁枪，运动如飞，人皆称之为李铁枪。聚集徒众，出没青、沂二州，部众尽衣红衲袄，以为识别，因此又取名红袄贼。打家劫舍，放火杀人，十分厉害。各村堡莫不畏惧，尽出牛酒往犒，期免抄掠。惟杨家堡恃着杨安儿兄妹，英雄无敌，与李全各不相下。李全也闻得杨安儿之名，便欲寻他决斗。安儿出战，势将不支，幸得妹儿杨四娘舞动双刀前来替代。李全又与杨四娘决战，一男一女，战了一昼一夜，两下不分胜负。安儿见李全与自己妹子本事相同，竟是一对好夫妇，便命人通知李全，愿以妹子嫁他为妻，两家言归于好。李全也因杨四娘英雄了得，心内爱慕，便一口应承。即日宰牛杀马，大开筵宴，便在杨家堡结为夫妇。

安儿自与李全合并，声势更加浩大，居然夜郎自大，僭号称王，改元天顺，称霸一方。金将仆善安贞奉了金主之命，统花帽军来至山东，与行省事完颜霆会同征讨。杨安儿奋力迎战，究系乌合之众，敌不来纪律之师，连遭败衄，航行入海，金人悬赏购缉安儿、李全之首，舟人曲成，袭击安儿于舟中，安儿投水而亡。杨四娘仗着勇猛，杀了数人，得脱性命。时李全已还青州，安儿党徒刘全等，收拾余众，权奉四娘为主，号为姑姑，亟遣人往摧李全回救。李全星夜奔归，与杨四娘合力再战，又为金军所败，退入东海。金兵又剿平他盗刘二祖等,余盗如霍义、彭义斌、石珪、夏全、葛德广、时青等,穷无所归,往来岛屿间以劫掠为生。李全与杨四娘也四出掳掠,借此度日。宋知楚州应纯之,令镇江武锋卒沈铎,定远民李先,招抚群盗,号称忠义军,分两路伐金。李全遂引五千人来归,副将高忠皎,与他合兵攻克海州,因粮饷不济,退屯东海。既而李全又与其兄李福袭金,克复莒、密、青诸州。应纯之奏称山东群盗,皆已归正,中原可复,请授李全官秩,以励余众。有诏授李全为武翼大夫兼京东副总管。

金主珣,自迁汴京后,遣使报告宋朝,并督催岁币。宁宗令辅臣会议,廷臣主张不一,有请绝金岁币的,有仍请和金的。起居舍人真德秀,上疏请绝岁币,图自治。宁宗见了真德秀之疏,遂罢金岁币。西夏主李安全殁,族子遵顼继立,致书宋廷,请夹攻金人,恢复土地,宁宗不答。后又命使,贺金人正旦。刑部侍郎刘钥,及太学诸生,上章谏阻,皆不报。未几,命真德秀为江东转运使,德秀陛辞,上言五事:

> 一、祖宗之耻不可忘。二、比邻之盗不可轻。三、幸安之谋不可恃。四、导谀之言不可听。五、至公之论不可忽。

五事以下,又有十失,反复开陈,约有一二万言,宁宗不置可否,好似没有听见一般。到了嘉定十年,金主珣听了王安世之言,意欲南侵,遂用王安世为淮南招抚使。术虎高琪也劝金主侵宋。金主即命乌古伦庆寿、完颜赛不,率兵渡淮,取光州中镇渡,杀死榷场官盛允升。乌古伦庆寿,分兵犯樊城,围枣阳光化军。另遣完颜阿璘入大散关攻西和、阶成诸州。

宋廷得了警报,命京湖置制使赵方,江淮置制使李珏,四川置制使董居谊,分头抵御,便宜行事。赵方,字彦直,衡山人,曾从张栻游,通晓大义。淳熙中举进士第,授青阳县令。常对人说:"催科不扰是催科中抚字;刑罚无差是刑罚中教化。"因此政绩卓著,累迁至京湖置制使。此时闻得金人入寇,亟召二子范、葵,说道:"朝廷忽战忽和,议论纷纭,莫衷一是。今敌兵已出,我只有死战报国了。"遂率二子往襄阳,檄调统制扈再兴、陈祥、钤辖、孟宗政等,往援枣阳。分派军马,扼守要隘,以为犄角。扈再兴等方至团山,已见金兵蚁附而来,势如风雨骤至。亟令陈祥、孟宗政率兵埋伏,自率兵迎战。略略交锋,即便退却。金兵乘胜追杀,一声炮响,两路伏兵,分左右杀出,扈再兴挥军回击。金人三面受敌,顿时溃乱。宋军奋勇追杀,直杀得金兵尸骸横藉,血肉横飞。孟宗政乘胜而进,驰赴枣阳。围困枣阳的金兵,骇溃而退,孟宗政驰入枣阳。赵方接到捷报,心下大悦,即令宗政权知枣阳军。既而赵方部将王辛、刘世兴又连败金人于光山、随州之间,赵方遂请旨伐金。

宁宗闻得连次获胜,也就胆大起来,便下诏,诏谕中原官吏军民人等,各申议愤,合力讨金。这诏下后,两边备战日亟。金完颜赛不,又率众十万,进攻枣阳。孟宗政约扈再兴为外应,修城掘壕,誓众守御,与金兵相持三月之久,大小七十余战,无一次不胜。完颜赛不忿甚,依仗人马众多,环壕筑垒,誓必攻下枣阳。宗政乘隙出击,垒不能成,又盛兵薄城。宗政随机应变,城终不下。随州守许国,率兵来援,抵白水,鼓声相闻,宗政即统兵出战，金人披靡，相率遁去。金将完颜赟，引步骑万人，西犯四川，破天水军，进大散关，入皂荚堡。利州统制王逸，召集兵民，驱逐金兵，夺回大散关，追斩金统军完颜赟，进秦州，至赤谷口。沔州都统制刘昌祖，命其退兵，竟至全部溃散。金人复合长安、凤翔之兵，再攻西和、成、阶诸州，进薄河池。兴元都统吴政，率兵驰御，杀退金人，尽复所失之地。

金主珣闻得各路胜败无定，心下也觉追悔，更兼河北郡县，尽为蒙古所破，腹背受敌，只得命开封府治中吕子羽为详问使，渡淮议和。行到中途，为宋人所拒，只得折回。金主珣命仆散安贞为副元帅，辅助太子守绪南下，并命西路诸军会攻西和、成、凤诸州，入黄牛堡，吴政阵亡。金兵入武休关，破兴元府，陷大安军，直下洋州。沿途州县，望风而溃，董居谊也随众逃走。都统张威，令部将石宣等，至大安军，截击金兵。未知胜败如何，且看下回分解。

第九十回　**授节钺降盗加官　擅废立皇子抱屈**

却说都统张威，令部将石宣等赴大安军，截击金军，杀敌三千余人，擒住金将巴图鲁安，金兵遂即退回。宋廷下诏，坐董居谊罪，以聂子述为四川制置使。子述资望浅薄，不能压服众心，兴元戍卒张福、莫简为乱，以红布裹首，窜扰利州，子述反退以至剑门。其时前制置使安丙，已罢职为醴泉观使，其子安癸仲，知果州，子述檄令讨贼。张福闻知，即侵掠果州及阆州。宋廷乃起复安丙，命知兴元府兼利州路安抚使。百姓闻得安丙重来，相与称庆。张福又掠遂宁，入普州，据茗山以自固。安丙自遂宁檄调各路人马，围困茗山，继绝樵、汲之道。张福屡次冲突，皆不能脱。沔州都统张威，又率兵到来。张福知不能敌，只得乞降。张威执献安丙，丙命斩首以徇。张威复捕获莫简及贼众千三百人，尽行伏诛，红巾贼乃平。安丙还利州，金兵亦不复敢来。

金太子守绪南下，命金将完颜讹可，再围枣阳。孟宗政悉力拒守，告急襄阳。赵方命赵范、赵葵，会同许国、扈再兴两军，进攻邓、唐二州，期金人解枣阳之围，来救唐、邓，所以并不猛力进攻。谁知金兵并不回援，围攻枣阳如故。赵方乃令许国退归随州，扈再兴与赵范、赵葵速救枣阳。枣阳已被围八十余日，金将完颜讹可百计攻城。均为孟宗政设法堵御，时出奇兵，击败金人。赵范等转战而南，连败金兵，抵枣阳城下。孟宗政见救兵已至，遂自城中出击，赵范外攻，内外夹击，自傍晚杀至三更，杀死金兵三万人。完颜讹可单骑逃去。孟宗政与赵范等，合兵追至马磴寨，焚毁城堡，夺获资粮器械，不计其数。金人自此不敢再窥襄汉，且惧宗政威名，尽呼之为孟爷爷。

枣阳之失虽退，淮西一路，尚有金左都监纥石烈牙吾答，驸马图海，围攻安丰军，并滁、濠、光诸州。又分数路，攻石碛、全椒、天长、六合等处，淮南大扰。江淮制置使李珏，令池州都统制武师道，忠义军都统陈孝忠，前往援应，皆逗留却顾，不敢前进。淮东提刑贾涉，继应纯之后权知楚州，节制京东忠义军。闻得江淮危急，飞檄陈孝忠赴滁州，夏全、时青赴濠州，季先、葛平、杨德广赴滁、濠，李全与兄李福，截金人归路。

李全奉檄，至涡口，与金将纥石烈牙吾答，战于化湖陂，斩金将数人，并夺获金牌。乃解诸州之围，金人尽行北返。李全追至曹家庄，又斩首数百级，遂回军献俘，并上所获金牌，向贾涉求赏。先是贾涉尝悬赏格，有杀死金太子者，赏节度使；杀亲王者，赏承宣使；杀附马者，赏观察使。李全诡称杀死附马图海，请如约受赏。贾涉也不细察，即请朝廷，受李全为广州观察使。赵方以金人屡次受创而回，必定不肯甘心，还要再来，不如先发制人。遂令扈再兴、许国、孟宗政等，领兵六万，分三路伐金。临行时，当面吩咐道："毋深入，毋攻城，只要焚毁寨堡，劫夺粮草，撤他守备，就足以示威了。"扈再兴、许国奉令而行，分攻唐、邓两州，见金人有备便沿途抄掠，遂即退还。金兵追来，进抵樊城。赵方亲率诸军，杀退金兵。孟宗政的一路人马，又进破湖阳县，擒金千户赵兴儿。许国令部将耶律均与金战于北阳，复杀金将李提控。扈再兴又攻入高头城。金人屡败，自此声势十分穷蹙。

惟广州观察使李全，因屡立战功，渐渐骄横，佯与贾涉交欢，暗中已蓄异图。此时贾涉受命主管淮东制置司，节制京东河北军马，分忠义军为两屯，仍以陈孝忠为都统，另派季先为副。李全自率一军，管领五寨。季先素性豪侠，为降众所敬服。李全胸怀妒忌，阴结贾涉左右莫凯，令谮季先。贾涉不察，信以为真，乃伪令季先往枢密院议事，暗命心腹，将季先刺死于中途，遣统制陈选，代统季先部众。季先部下以主将无辜被冤，心怀不服，当有裴渊、宋德珍、孙武正、王义深、张山、张友等，为季先发丧，拒绝陈选，潜迎旧党石珪为统帅。陈选被拒，回报贾涉。贾涉无法可施，只得保举石珪为涟水忠义军统辖，借此笼络。

李全见季先虽死，石珪又来，仍是自己的敌手，又要设法除去石珪。一面招降金益都守将张林，得青、莒、密、登、莱、潍、淄、滨、棣、宁海、济南诸州郡，买取朝廷欢心，一面袭取金泗州、东平，自耀威扬武。宋廷一再奖励，贾涉也十分慰劳，降军大半不服。时青先叛降金，金命为济州宣抚使。蒙古将木华黎，乘隙入济南，降将严实亦至蒙古军军前授降，木华黎授为行尚书事，因此石珪亦有异志，竟欲谋叛。李全即乘机请于贾涉，自愿往讨石珪。贾涉遂调李全军至楚州，石珪见势不妙，即往投蒙古军。李全乃请于贾涉，乞兼统涟水军。贾涉举以付之，李全愈益骄横，遂借超度国殇为名，至金山寺作佛事。知镇江府乔行简，以方舟迎接，舟中设盛筵，邀李全高坐畅饮。李全见左右满列吴姬，粉白黛绿，不禁销魂。到了金山寺，出外游赏，触目皆是繁华，到眼尽属佳丽，不觉暗中称羡道："六朝金粉，果然名不虚传，我他日得志，当在此处营一菟裘，方才如愿哩。"设醮已毕，仍还故镇，暗对徒党道："江南繁华，甲于天下，你们也要前往游览吗？"大众齐声赞成。李全遂造方舟，寄泊胶西，扼宁海要冲，令其兄李福守舟榷货。

时当互市初通，南货价值十倍北货。李全诱致商人，车载舟运，与商分利。舟归李福主管，车由张林执掌。张林一无所获，心内很是不快。其时张林已受命为京东总管，全恃监场税则，作为军饷。李福要与他分场，张林如何肯允。李福大怒道："他敢忘恩负义吗？当告知吾弟，取其首级。"张林大惧，遂以京东诸郡，向蒙古乞降，木华黎授他为行山东路都元帅府事。李福深惧来袭，逃回楚州。知济南府仲赟，往讨张林，林败走，李全乘机取青州，宋廷遂授为保宁军节度使兼京东河北镇抚副使。贾涉叹道："朝廷只知以爵赏收人心，哪知愈宠愈娇，将来恐不可制了。"原来右丞相史弥远，久已要授李全节钺，贾涉屡次谏阻。此时朝廷忽下此诏，贾涉知道李全必定有变，遂力求还朝，又不得请。贾涉忧急成疾，始得卸任南返，行至中途而死。其时京湖制置使赵方，四川宣抚使安丙，也相继病逝。宋廷追赠赵方为银青光禄大夫，封太师，谥忠肃。安丙追赠少师，立祠沔州，理宗朝赐谥忠定。

金主珣，因侵宋失败，岁币又绝，尚不甘心。闻得赵方、安丙俱死，又令完颜讹可行元帅府事，节制三路军马南侵，并以同签书枢密院事时全为副，从颍寿渡淮，至高桥市杀败宋兵，进攻固始，破扈州守将焦思忠救兵。后来闻得宋与蒙古通好，深恐南北联合，两面夹攻，没有归路，完颜讹可决计北返。行至淮水，将欲北渡。时青矫称奉密旨，留军淮南，令每人割取宋麦三石，以作军需，因此逗留三日，未能渡淮。完颜讹可说道：

“现在淮水浅涸，尚可速渡，倘若暴涨起来，非但不便渡军，还恐宋人追击，那时便不能全师归去了。”时青不听，岂知夜间大雨忽至，淮水骤涨，完颜讹可决意渡淮，造桥济师，鱼贯而进。蓦闻一声炮响，鼓角齐鸣，宋兵在后杀来。时青惶急无措，连忙乘船先渡。部兵渡淮不及，多半溺水而死。尚有在岸上的，都做了宋军刀头之鬼。完颜讹可归罪时青。金主下诏诛戮，从此不敢再行南下了。

蒙古木华黎，受铁木真之命，加爵太师，进封国王，经略太行山南，攻取河东各州郡，进拔太原，蒙古降将明安，领兵趋紫荆关。金元帅张柔乞降，引蒙古兵南下，攻下雄、易、保安诸州，陷河北各郡。金主不得已，大封郡公，责令恢复。真定经略使武仙，封恒山公，财富兵强，推为诸郡之首。遇了蒙古兵屡战屡败，竟以真定投降。其余诸郡，更是望风而溃了。金主此时，虽然去奸任贤，力求振作，势已无及，只得向蒙古求和。木华黎不肯允许。金宣宗在位十一年，没有一年不被兵，也没有一年不弄兵，北受挫于蒙古，南又败衄于宋朝。至金主守绪即位，国势愈加不振了。

且说宋宁宗，本来立荣王曮为太子，改名为询。太子询于嘉定十三年病殁，谥为景献。宁宗因后宫无所出，只得另择皇嗣。初，孝宗孙沂王柄无子，曾立燕王德昭九世孙均为后，赐名贵和。宁宗遂以贵和为皇嗣，改赐名为竑。但是竑既立为皇嗣，沂王一支，又要择人承嗣。宁宗乃命选太祖十世孙，年过十五的，养育宫内，拟仿高宗择立孝宗的故事。史弥远也密劝宁宗，慎于择嗣，可借为沂王立后的名目，多选数人，以备采择。

适史弥远的馆客余天锡，以性情谨厚深得弥远信任，因欲回绍兴秋试，请假而行。弥远密嘱他道：“沂王无后，你此去可沿途留心，宗室中如有佳子弟可以携带同来。”天锡渡过浙江，至越西门巧值大雨如注，便至全保长家避雨。保长知道天锡是史丞相的馆客，十分殷勤，置酒款待，有两个少年，侍立左右，天锡便问何人？保长道：“是敝外孙与莒、与芮，都是系出天潢，乃太祖者十世孙。”天锡起立道：“失敬得很！”保长连忙邀他入座。天锡又细问两人的履历，方知其父名希卢，母全氏，乃保长之女。与莒初生之时，室中有五采烂然，红光烛天，如日之方中。养下三日，家里的人听得门外有车马喧阗的声音，亟出观看，绝无所见。到了三五岁，偶于白昼假寐，身上忽然出现龙鳞，邻舍皆传为异事。尝有相者，为弟兄二人推算命造，说是与莒之命，贵不可言，就是与芮，也非凡品。天锡听了这番话，便记在心内，等得秋试已过，仍回临安，即将此事告知史弥远。弥远即使天锡至越，召与莒、与芮前往一观。

全保长见天锡奉了丞相之命来召，真是天赐富贵，好不欢喜，便卖了几亩田，替两个外孙备了衣冠行装，同往临安，入见弥远。弥远见了两人的相貌，暗暗称奇，深恐事泄于禁，命二人重行回去。全保长大为失望，快快而返。哪知不到几时，弥远已奏明宁宗，召与莒至临安，立为沂王之后，赐名贵诚，授秉义郎。其时贵诚年已十七岁了，秉性端重好学不倦。每逢朝参待漏，人皆言笑，贵诚但整肃衣冠，不轻言语。弥远暗中窥他举动，暗中叹为大器。

这时史弥远内结杨后，外连党羽，内外要职，以及藩阃将帅，都是弥远引荐，揽权擅政，莫敢谁何。皇子竑心内很不以弥远为善。弥远也有些觉得，知道皇子竑最爱弹琴，便以重价买一善弹琴的美女献于皇子竑，命她暗伺动静。皇子竑哪里知道，因为此女善琴，合了自己所好，便把她当作知音，深加宠爱，胸中的积郁，一齐向她倾吐无遗，常常把杨后及弥远的罪恶记在册上，后面还加着断语道："史弥远当远配八千里。"又指了壁上悬挂的地图，对着美人说道："我他日得志，必置弥远于琼崖。"有时且呼弥远为新恩，言将来窜谪弥远，不是新州，就是恩州。哪知种种言语，都由这个美人暗中转告弥远。弥远不觉大惊！遂立意排挤皇子竑了！其时真德秀，兼充皇子竑的教授，尝进谏道："殿下须要孝顺慈母，敬礼大臣，天命自然来归，否则就恐有危险之事了。"皇子竑只是不肯悛改。一日，史弥远在净慈寺，为其父浩建醮，以资冥福。百官皆来助荐，国子学录郑清之，也欣然而来。弥远密邀他至慧日阁上，私下说道："我看皇子不堪负荷，闻得沂邸后嗣其贤，现在要择一讲官，我意属君善为辅导。将来我的坐位，便是君的坐位了。但是今日之语，出我之口，入君之耳，并无第三人得知，倘有泄漏，你我皆要灭族了。"清之连连答应道："相公尽管放心！此事都在清之一人身上。"弥远大喜，次日即派郑清之教授贵诚。清之每日教导贵诚作文，又把高宗御书，令他勤习。贵诚天资聪明，进功异常捷速。清之就去见弥远，将贵诚的文字，付他观看，并说贵诚品行醇厚，实非凡品。弥远遂于宁宗之前称誉贵诚，历诋皇子竑的短处。宁宗听了，还是莫明其意。到得宁宗抱病，弥远即令郑清之赴沂王府，密告贵诚易储之意。贵诚噤不发声，清之再三诘问，只是不答。清之不禁着急道："丞相因清之从游多年，特命以心腹之言相告，现在不答一语，令清之如何回答丞相呢？"贵诚始拱手答道："绍兴尚有老母，我何敢自专。"清之便把这话告之弥远，遂共叹为不凡。

过了几日，宁宗病势已危，弥远即矫诏立贵诚为皇子，赐名昀，授武泰军节度使，封成国公。宁宗驾崩，弥远令杨后之侄杨谷、杨石两人，将废立之意，入告杨后，杨后愕然道："皇子竑乃先帝所立，安可擅自更易。"谷、石二人出告弥远，再令入请，杨后不允，一夜之间，往返七次，杨后还是坚持不许。杨谷等泣拜于地道："内外军民皆已归心成国，若不策立，恐有它变。杨氏无噍类了。"杨后迟疑半日，始问道："此人何在？"杨谷不待言毕，便令人请成国公入内。弥远立命急足前往宣昀，并面嘱道："今日所宣，乃沂王府内的皇子，不是万岁巷中的皇子，你若错误，立即斩首。"

皇子昀奉召入宫，朝谒杨后。杨后抚其背道："汝今日为我子了。"弥远引昀至柩前举哀，然后命召皇子竑。皇子竑早已闻知，翘足而待，积久不闻传宣，心内疑惑。遂启门以俟。只见有急足经府前而过，并不入内，心下甚是疑虑。到等日暮，又有数人骑着马，簇拥一人过去，只因天已昏黑，分辨不出是何人。直至黄昏时候，始有人来宣召。亟带侍从，匆匆入宫，每过一重门，即有卫士呵止从人，到得灵前，已剩了单身一人。史弥远出来，引至柩前哭临，哭毕，即送出帐，命殿帅夏震监视，不能自由行动。皇子竑心内愈加疑惧。忽听殿内宣召百官，恭听遗诏，百官入殿排班。皇子竑也相随入内，由传宣官引往旧日班位。皇子竑大惊道："今日是何时候，还要我仍立旧班吗？"夏震道："向例于未宣制前，应立旧班，待宣制以后，方可登位。"皇子竑方始无言。不上片刻，殿上灯烛齐明，已有一位新天子，身登宝坐，宣诏即位。宣赞官呼百官拜贺，皇子竑此时，方瞧清登座受贺的，乃是贵诚，便兀立班中，不肯下拜。被夏震在后，揿首令跪，无可奈何，跪拜殿下。拜贺礼成，又传出遗诏，授皇子竑开府仪同三司，晋封济阳郡王，判宁国府，尊杨后为皇太后，垂帘听政，是为理宗，大赦天下。又晋封皇子竑为济王，赐第湖州。追封本生父希卢为荣王，母全氏为国夫人，以弟与芮承嗣。改次年为宝庆元年，葬宁宗于永茂陵。共计宁宗在位三十年，改元四次，享寿五十七岁。

理宗即位，有志求贤，召知潭州真德秀，入直学士院。知嘉定府魏了翁，入为起居郎。真、魏两人，皆理学名家，一时并召，深合人望。不料改元方才数日，湖州忽有谋立济王的消息传将前来。原来湖州人潘壬，与从兄甫，弟丙，因史弥远妄行废立，甚为不平。恰值济王奉祠，居住湖州，意欲立济王为帝，成不世之功。暗中令人往告李全，约其相助。李全意欲坐观成败，佯为应诺。潘壬大喜，与他约期举事。到了约定之期，不见李全兵至，潘壬十分惶急，声言自山东来的，求见济王。未知济王肯出见否？且看下回分解。

第九十一回　史弥远姑息养奸　郑清之力主讨贼

却说潘壬等聚了千余无赖，诈称李全之军，从山东到来，求见济王，济王慌忙逃匿水窦里面，不肯出见。潘壬等将济王搜出，拥护到州治里面，硬将黄袍披在他的身上。济王大哭不从，潘壬等齐声道："此举已是众所共闻，大王若是不允，我们只得与大王同死了！"济王被逼无法，只得向大众说道："你们能不害太后同皇上吗？"潘壬等又齐声道："当遵大王之谕。"于是尽发府库，犒赏军士。潘壬等又假作李全榜文，揭示通衢，声讨史弥远废立之罪，并有"率大军二十万，水陆并进"等语。到了天明，济王暗中遣人出城，探看虚实。哪里有李全的兵马，岸上只有几个巡兵，水中只有几只太湖渔船，连李旗帜也没一面。济王知道断难成事，便与知湖州谢周卿密议，令州吏王春元，入朝陈报，亲自带领了州兵，讨平潘壬。等得宋廷得信，史弥远遣殿司将彭壬，领了禁军赴湖州时，济王已经平定乱事了。

史弥远始终放不过济王，诈称济王有病，命余天赐同了御医，来至湖州，说是奉了密旨，把济王缢死，反以病殁上闻。有诏贬济王为巴陵郡公，又降为县公，改湖州为安吉州。真德秀、魏了翁、洪咨夔皆为济王鸣冤。史弥远大怒，遂荐梁成大、李知孝、莫泽同入谏院，当时目为三凶。三凶之中，梁成大尤为无耻，一意谄事弥远，从知县超擢御史，专以排斥正士为己任。适值太后撤帘，理宗亲政。弥远暗嗾三凶，交劾真德秀、魏了翁，说他私祖济王，朋比误国，真、魏两人相继罢职。员外郎洪咨夔亦连坐罢斥，后又谪魏了翁于靖州。梁成大致书亲友，且称真德秀为真小人，魏了翁乃伪君子，当时目为狂吠，因此皆呼梁大成为成犬。未几，接得淮东警报，制置使许国，为李全所逐，缢死途中。

原来贾涉死后，朝廷命许国继任。国奉诏赴镇，李全适往山东，其妻杨氏出郊相迎，许国拒绝不见。视事之后，又痛抑北军，犒赏银十减八九，又遣人至青州，令李全来见。李全不允，许国屡致厚馈，坚欲邀他一见。李全羽党刘庆福，探知许国无加害之意，遂通知李全，不妨来见，乃至楚州晋谒。宾赞对全说道："节使当用庭参礼，制使自当免参。"李全入拜，许国端坐不动。李全出外，对人说道："全归朝后，未尝不拜人，但恨他非文臣，与我同是武夫。从前他任淮西统制，入谒贾制帅，尝免其庭参。他有何功业，一旦位居我上，就这样自大吗？须知全亦一心报国，并不造反呢？"许国闻得此言，亦复追悔，遂设盛筵，款待李全，慰劳备至。李全心总不快。李党刘庆福，谒许国幕宾章梦先。梦先但隔幕唱喏，庆福亦怒。与李全暗谋为乱。李全欲往青州，恐国不允，遂折节为礼，下拜至再。国喜谓家人道："我已折服此虏了。"李全请往青州，国许之。及至青，即遣庆福，返楚为乱，与全妻杨氏密谋，欲蓄一忘男子，伪托宗室，暗约盱眙四军，盱眙军皆不允从乱。庆福乃决意止除许国。计议官苟梦玉，闻得密谋，劝许国预为防备，国反大言道："尽管任他谋变，变即加诛，我岂书生不知兵么？"梦玉见许国不从其言，恐祸及己身，遂求檄赴盱眙。临行时反密告庆福道："制使要图谋你了。"庆福乃迫不及待，率众趁许国晨起视，露刃而入。许国瞥见，料知有变，厉声道："不得无礼。"语音未毕，箭已射中额角，血流满面而走。由亲兵数十拥护奔避，掖登城楼，缒城逃命。庆福指挥乱党，杀进署内，将许国全家诛戮，纵火焚署，抢劫府库。许国行止中途，闻得全家被害，遂解带自缢而死。

楚州既乱，扬州亦复震动。史弥远闻报，还想将就了事，因大理卿徐晞稷，尝知海州，与李全友喜，即命为制置使。晞稷赴楚州，李全亦来，佯责庆福，不能压众，戮乱党数人。一面上表待罪，一面往参晞稷。晞稷连忙降等止参。李全方才喜悦。因此愈加骄横，不可复制。晞稷一意取悦李全，称之为恩府，全妻杨氏为恩堂。李全竟檄恩州，谓许国谋反伏诛，汝等应听我节制。恩州守将彭义斌，虽系降盗，却有忠心，见了檄文，当即大怒道："逆贼！背国厚恩，擅杀制使，我必报此仇。"遂南向告天，誓师而行。李全闻报，亦复大怒，立即率众攻恩州。彭义斌出城迎战，杀败李全。刘庆福引兵来援，亦为义斌所败。李全不觉气馁，请晞稷代向义斌讲和，晞稷居然出面排解。义斌知道晞稷懦弱无能，致书沿江制置使赵善湘，请共诛全。盱眙四总管，亦愿协力讨贼。知扬州赵范，亦上书史弥远，劝勿养盗贻害。弥远一味姑息偷安，禁止妄动。彭义斌以山东未定，欲先图恢复，再诛李全，乃移兵攻东平。东平守将严实已降蒙古，表面与义斌联合，暗约蒙古将勃里海合攻义斌。义斌行至真定，道出西山，与索里海兵相遇，上前迎战。严实又从背后截杀，全军大战。义斌马蹶被擒，蒙古将史天泽劝他降顺，义斌大声道："我乃大宋臣子，岂降狡虏。"遂为所害。蒙古兵连陷京东州郡，进围青州。李全以青州为巢窟，闻知被围，慌忙往救，屡战不利。李福劝全，间道南归，请兵救援。李全摇首道："敌兵强悍，兄非其对手，不若由我守城，兄去乞援。"李福乃缒城往楚州。

史弥远闻得李全被困，又欲乘间图之。调回徐晞稷，改任知盱眙军刘琸为淮东制置史。刘琸赴任，只调镇江军三万同行。盱眙忠义军总管夏全请从，刘琸恐其不易驾驭，令他留镇。适镇江副都统彭忙，调任盱眙，也欲调开夏全，免为己患，对全说道："楚州贼党不到三千人，健将又在青州。刘制使到镇。即可平贼。太尉何不前往，共立大功呢?"夏全甚以为然，待刘琸启程，即率部兵五千，追蹑而往。刘琸到了楚州，夏全亦至，只得留以自卫。李福回楚，欲分兵救青州，刘琸不肯允从，福与全妻杨氏，遂令部众，鼓噪不已。刘琸命夏全领兵，驻屯楚州内外，加以严防，限令李福、杨氏三日出城。杨氏遣人告夏全道："将军也是山东归朝的，兔死狐悲，物伤其类，李氏今日灭，夏氏明日亦休了，愿将军垂怜！"夏全不觉心动，遂往李全宅中欲见杨氏当面计议。杨氏盛装出迎，夏全见杨氏美艳动人，装饰耀目，不禁神为之夺。杨氏又故意留他饮宴，亲自相陪，殷勤劝酒，夏全几至神魂颠倒。杨氏见他已经入彀，遂即说道："闻得三哥已死，我一妇人如何还能自立，此后当奉侍太尉，已是一家人了，何故还要戕害呢?"原来，夏全曾封太尉，所以彭忙、杨氏皆如此称呼。夏全闻言，心痒难搔，含笑问道："此语可是真的吗?"杨氏道："太尉能除去刘琸，一切惟命。"夏全欣然允诺，即召李福入议。议既定，遂于次日，合攻州署，焚毁官署民舍，全城大乱。刘琸幸有镇江兵，保护了缒城而出。镇江军尽力与战，将校皆多伤亡，器械钱粮一齐失去。夏全既去刘琸，前去会晤杨氏，哪知到了门前竟闭门不纳，只得仍回盱眙，沿途纵兵掳掠，十室九空。盱眙守将张惠、范成进，已得探报，闭门拒绝，且将夏全母妻一齐斩首，抛至城下与他观看。夏全急得暴跳如雷，挥兵攻城。城中纵兵出击，将他杀得大败而奔。夏全无法，只得投降金人去了。朝廷严责刘琸。琸至扬州，忧惧而死。

史弥远又命军器少监姚翀知楚州兼淮东制置使。姚翀临行，将母妻留居临安，另购二妾相携同行。到了楚州城东，不敢径自入城，舣舟治事，探得杨氏没有加害的意思，方才入见杨氏，谄媚阿谀，更甚于徐晞稷。杨氏乃许他入城居住，翀见州署焚毁，只得借居僧寺，日与二妾取乐追欢，颇不寂寞。

未几，李全以青州难守，投降蒙古。刘庆福分守山阳，意欲杀死李福，为自己赎罪地步。李福亦有所闻，也要杀死庆福。一日，杨氏请姚翀议事。姚翀哪敢推却，遂即前往，见庆福亦已在彼。杨氏对两人说道："大哥有疾，不能主持军务，故请姚制使、刘总管共议军情。"庆福道："李大哥何时抱恙，现在略略轻减否？"杨氏正要答言，李福已令人请庆福入内议事。庆福以为李福真个有病，绝不疑忌，坦然而入。到了卧室，遥见李福睡在床上，并未解衣，心内也不免疑虑，只得步至床前问道："大哥有何贵恙？"李福答道："心内很觉烦闷。"庆福左右回顾，见床侧剑已出鞘，心内益惧，连忙退出。李福已持剑从床上跃起，直砍庆福，庆福徒手，哪里能够抵御，遂为所杀，提首出外，交付姚翀。翀大喜道："庆福首祸，奸猾异常，今日头颅，也落入穷措大手内吗？"立刻驰还僧寺，入告朝廷。有诏到来，奖谕姚翀，加李福官秩，杨氏封楚国夫人。

楚州自夏全之乱，仓库如洗，纲运不继。李福向姚翀索饷，翀无以应。李福怒道："朝廷既不养忠义军，何用建阃开府。现在建阃开府，不给粮饷，这明是用阃帅来压制我们了。"便与杨氏计议，欲逐姚翀，遂邀翀赴宴。翀昂然而往，入坐客次，不见杨氏出外。未及片刻，又见自己二妾也被召入内，姚翀不明其意，正在迟疑，只见许多兵士擐甲露刃，向客座内狞目而视。姚翀情知不妙，起身急走。只听一片声嚷道："姚制使逃走了，姚制使逃走了。"吓得姚翀胆裂魂飞，抱头鼠窜而出，到了门前，兵刃环绕，几乎无路可行，幸得李全部将郑衍德，保护出围，还听得后面追喊不绝。姚翀只得剃去须髯，缒城奔逃，逃至明州，因病而死。

朝廷以楚州祸乱频仍，屡逐阃帅，遂欲轻淮重江，楚州不再建阃，即用统制杨绍云兼制置使，改楚州为淮安军。盱眙守将彭忳，要乘机立功，遣张惠、范成进入淮安，对李全部下国安用、阎通说道："朝廷不发忠义军粮饷，皆因李福、刘庆福谋乱的缘故。现在庆福虽除，李福犹存，何不一并除去，替朝廷弭患呢？"国、阎两将竟为所动，遂与王义深、邢德互相联络，意欲举事。恰值张林又复降宋，也要杀了李福，以报前仇。因与四人合谋，同往李福家内，李福出外询问，被邢德一刀砍了首级，杀入内室，斫死李全次子通，四下寻觅杨氏。哪知杨氏早已逃往海州，见床下有个妇人藏匿，便拖出斩首，说是杨氏，与李福首级送至杨绍云处报功。

绍云赍送临安，有诏命彭忳经理淮东。张惠、范成进，未能得赏，又因兵饷缺乏，拟执了彭忳，同去降金。即还盱眙，设筵邀彭忳共饮，将他灌得大醉，捆缚了竟往投降金人。李全奉了蒙古之命，经略山东，闻得李福被杀，要报兄仇，请于蒙古元帅。蒙古元帅不允所请，李全断指为誓道："全若再归南朝，有如此指。"蒙古帅始命他进取淮南，李全改服蒙古衣冠，移文两淮，自称山东淮南领行省事。杨绍云见了移文，避往扬州。王义深逃降金人，安国用斩了张林、邢德两人首级往迎李全。全遂不杀国用，与他同入淮安，又占据海州涟水等处。杨氏仍来淮安，与全团聚。

史弥远仍主招抚，令人说全，毋用兵淮南，当仍加节钺。李全因东南利用水战，阳为降顺，阴造舟楫，练习水战。又与金人合纵，愿以盱眙界金，金封全为淮南王，全佯辞不受。从此占据淮境，对宋称臣，索饷养兵，对蒙古也称臣，将淮南商税盐利，一并收取，作为岁贡；对金人虚与委蛇，免得作梗。宋廷诸臣皆知李全怀着异志，只因史弥远一意羁縻，无人再敢多言。李全因未得节钺，遣人入朝，请建阃山阳，未得所请，密令部将穆椿等，至临安焚毁御前军器库，将所贮兵甲尽付一炬。朝廷明知李全所为，不敢诘责。李全又有粜麦舟，经过盐城，知扬州翟朝宗，令兵士夺麦。李全大怒，立率水陆兵攻盐城，守将陈益、楼强、知县陈迈，悉行逃去，乃留部将董友、郑祥守盐城，自提兵回淮安。上言捕盗过盐城，县令等逃去，恐军民惊扰，所以入城安众，现已回楚。史弥远反称李全能守臣节，授彰化保康节度使，兼京东抚使，谕令释兵。李全勃然道："朝廷待我如小儿，啼则授果，我要节钺何用。"史弥远又为他罢免翟朝宗，命通判赵璥夫暂摄州事。李全又致书璥夫，托词防备蒙古，须增给五千人钱粮，并求誓书铁券，朝廷尚遗饷不绝。

他军士见了，都说朝廷恐贼不饱，叫我们如何杀贼。其时赵范、赵葵，奉令节制镇江滁州军马，赵善湘为江淮制置使，这三个人，皆视李全如仇敌，力主用兵。适值史弥远请假，廷臣皆不置可否。参政郑清之深为忧虑，与枢密袁韶，尚书范楷，力劝理宗讨贼。理宗准奏，清之转告弥远，弥远亦复允许。遂削李全官爵，并下诏宣布罪状，饬江淮守臣，整军讨贼，且悬重赏，购李全首级。其诏书道：

> 君臣天地之常经，刑赏军国之大柄，顺斯柔抚，逆则诛夷。惟我朝廷，兼爱南北，念山东之归附，即淮甸以绥来，视尔遗黎，本吾赤子，故给资粮而脱之饿莩，赐爵秩而示以宠荣。坐而食者逾十年，惠而养之如一日，此更生之恩也，何负汝而反耶？蠢兹李全，侪于异类，蜂屯蚁聚，初无横草之功，人面兽心，曷胜擢发之罪？谬为恭顺，公肆陆梁，因馈饷之富以啸聚侪徒，挟品位之崇以胁制官吏，凌蔑帅阃，杀逐边臣，虔刘我民，输掠其众，狐假虎威以为畏己，犬吠主旁若无人。姑务包含，愈滋猖獗，稔兹恣暴，用怨酬恩，舍是弗图，孰不可忍！李全可削夺官爵，停给钱粮，敕江淮制臣，整诸军而讨伐。因朝廷佥议，坚一意以剿除。蔽自朕心，诞行天罚，肆予众士，久衔激愤之怀。暨尔边氓，期洗沉冤之痛，益勉思于奋厉，以共赴于功名。凡曰胁从，举宜效顺，当察情而宥过，庸加惠以褒忠。爰饬邦条，式孚众听。能擒斩全首者，赏节度使，钱二十万银，绢二万匹，同谋人次第擢赏；能取夺现占城壁者，州除防御使，县除团练使，将佐官民兵，以次推赏。逆全头目兵卒，皆我遗黎，岂甘从叛？良由创制，必非本心，所宜去逆来降，并与原罪。若能立功效者，更加异

赍。噫！以威报虐，既有辞于苗民。惟断乃成，斯克平于淮蔡，布告中外，咸使闻仇。

这道诏书，乃郑清之的手笔。宣布以后，李全即率兵攻扬州。赵璥夫慌张欲遁，都统丁胜，竭力谏阻，始闭门拒守。史弥远闻知李全攻扬城，又致书赵璥夫，令遣人告全，许增万千人粮，劝他率兵速归。璥夫奉命，令部吏刘易，持书往谕。李全笑道："史丞相劝我归，丁都统与我战，这不是骗我吗？"遂掷书不受。刘易还报璥夫，璥夫发牌印至镇江，迎接赵范。范约弟葵，同往救援。葵统雄胜、宁淮、武定、强勇四军，共一万五千名，驰往扬州。其时李全信同党郑德衍之言，先往攻通、泰二州。既至泰州，知州宋济迎降，全掠子女财帛，回转扬州。中途得报，赵范已至扬州，即以马策挝郑德衍道："我原要先取扬州，汝劝我取通、泰，今二赵已入扬州，还容易攻取吗？"郑德衍不敢声响。李全乃分兵守泰州，亲自引众攻扬州。赵、葵即在城濠上，问李全何故来此？李全答道："朝廷动辄猜疑，现在又绝我粮，故来索取。"赵、葵闻言，便说出几句话来。若知说些什么，且看下回分解。

第九十二回　弃汴京金人避寇　攻蔡州宋主报仇

却说赵葵听了李全的言语，不觉怒道："朝廷把你当忠臣孝子一般看待，你反攻城掠邑，如何不要拒你钱粮？你现在称兵反戈，还说不是谋叛，想欺哪个呢？你可说来。"李全受了诘责，无言可答，抽矢弯弓，一箭向赵葵射来。赵葵举枪将箭拨落壕内，意欲开城出战，李全率兵退回。到了次日，悉锐攻城，被赵葵杀退。自此屡次攻薄，赵范、赵葵更番守御，无懈可击。且各处救兵，陆续到来，一时如何攻打得下？李全十分焦灼，便要筑起长围，尽力攻打。赵范用轻兵牵缀，自率锐卒，截杀李全之军。又令偏将金玠，袭全粮草，夺获粮船数十艘。李全屡次败衄，还自恃兵多，不肯退去。从绍定三年冬季，相持至次年孟春，尚是围攻不退。赵范兄弟，令诸将出城掩击，李全没有防备，遁入土城，兵马折损无数。赵范便立成阵势，向贼营挑战。李全固垒不出，赵葵说道："贼人欲待我退师，出兵追击了。"当下令将校李虎，埋伏于破垣之内，佯作收兵诱贼，贼兵果然掩杀过来。李虎奋起力战，城上矢石如雨，贼兵败回。

到了上元这日，赵范于城中张灯设乐，故作闲暇之状。李全也在海陵，召妓侑觞，张灯宴饮。次日又置酒高会于平山堂，有堡塞候卒，见枪上垂有双拂，知道李全在此，忙去报告赵范。赵范对赵葵道："此贼好勇而轻，既出土城，不难成擒了。"遂授计于李虎，然后挑选精锐出城攻击李全，故意建了羸卒旗号，诱他来战。李全望见旗号，奔突而前。赵范、赵葵挥军并进，军锋甚是税利，勇不可当。李全难以招架，且战且走，意欲退回土城，将到瓮门，忽地一彪人马，突然杀出，大叫道："逆贼休走，李虎在此。"李全见了，无心再战，拍马奔逃。赵葵、李虎前后相逼，杀得李全走投无路，一阵乱奔，到了新塘，那新塘内，泥淖深有数尺，又值天气晴朗已久，泥淖上面，积满尘埃，如同燥壤。李全领了数十骑，匆遽奔逃，急不择路，更兼天已昏黑，望不清楚，行到那里，李全同了部兵一齐陷入淖内。官军随后追来，尽用长枪乱搠。李全高声喊道："不要搠我，我是头目。"官军闻得"头目"二字，愈加搠得厉害，遂将李全搠死，支解其尸，各夺鞍马，回营报功。原来，官军营中，早有赏格，获一头目，即有重赏。李全陷在淖中，自称头目，原是要官军知道不是贼帅，便可侥幸免脱，岂知官军早有赏格，所以愈加搠得厉害，到他死了，还恐分夺不匀，把他支解了，前去报功。李全既死，贼党皆欲散去，国安用还不肯就此解散，要奉杨氏为主，退至淮安。赵范、赵葵统兵追杀，大破贼党，方才散去。

赵范兄弟收兵回来掩埋新塘骸骨，见有一具尸体左手缺了一指，方知李全真个死了，方才奏报临安。那临安自得李全兵犯扬城的警报，史弥远束手无策，盈廷惶急，民心忧惧，一夕数惊，岌岌可危。一日夜间，忽然讹传，扬州兵败城陷，李全人马已经渡江，直趋临安。史弥远睡在床上，得了这个报告，吓得面无人色，连忙披衣而起，走出房来，直奔后园，意欲投池自尽，幸得爱妾林氏追随前来，见弥远要投身池内，连忙一把拖住道："相公且耐性少待再作区处。"言罢泣下。史弥远为林氏劝住，方才回身，每天愁眉不展，忧急得寝食不安，好容易挨过了数日，接得扬州捷报，心内的忧愁，方才释去。后人有诗，咏史弥远闻报投池道：

　　铁枪雄盗渡淮南，泣别红妆赴碧潭。
　　后夜捷音仍不至，相公区处又何堪。

临安接到了扬州的捷报，满朝相庆，下诏加赵善湘为江淮制置大使，赵范为淮东安抚使，赵葵为淮西提刑，诸将皆赏赉有差。赵范兄弟再统步骑十万，直捣盐城，杀败贼党。遂薄淮安，击毙贼众万余，焚毁二千余家，淮安城内哭声震天。李全妻杨氏对郑德衍道："二十年黎花枪，天下无敌，现在时势已去，不能再支，你们尚未出降，想必因我在此的缘故了。我今离此他去，你们便可出降了。"遂带了亲卒百人，闯出城外，向北而去。后来窜入山东，又过了几年方才病死。杨氏去后，伪参议冯垍等，纳款军门。赵范许降，淮安平定，海州涟水等处，亦即克复，十年强寇至此方才扫荡尽净。

其时蒙古主铁木真，使木华黎经略南方，自己经略北方，已经灭了西辽，平了西域，直杀至印度河口，方才班师回国。铁木真因西征曾征夏兵，夏主不允；命他遣子入质，夏主又不肯从，铁木真已经恼怒。恰值木华黎病死，铁木真决计征伐西夏，乘便经略中原。遂领了大兵，浩浩荡荡杀奔西夏，行至中途，忽然抱病，便遣使责备夏主，叫他遣子为质，即便回兵。夏主仍不肯从，铁木真大怒，带病领兵势如破竹，一直杀至夏都。夏主势穷力蹙，只得出降。蒙古兵入城，将子女王帛尽行掠去，所有夏主的宫眷官属或杀或辱，靡有孑遗。铁木真因病居住六盘山，自知不起，对左右说道："西夏已灭，金势益孤。我原想乘胜灭金，无如大命已尽，不能再活。嗣君能继我志，南下中原，莫妙于借道宋朝，由唐、邓直趋大梁，不愁金国不灭了。"言毕而逝。遗言命少子拖雷监国，享年六十六岁，蒙古人称为太祖。

到了次年，开蒙古大会，由诸王贝勒及各路将帅，齐集会议，共推太祖第三子窝阔台为大汗。窝阔台即了汗位，欲承父志，尽力攻金。宋理宗绍定三年，与弟拖雷等入陕西，连下山寨六十余所，陷凤翔。惟潼关攻打不下，便想起太祖遗言，命速不罕为行人，赴宋借道，为沔州统制张宣所杀。窝阔台得报大怒，命拖雷引骑兵三万，趋宝鸡，攻下大散关，破凤州，屠洋州，出武休，围兴元，军民死者数十万。又令别将入沔，趋大安军，开鱼鳖山，撤屋为筏，渡嘉陵江，略地至蜀，四川制置使桂如渊逃归，蒙古兵连破城寨四百四十余处。有诏命李皇为四川制置使，知成都府；赵彦呐为副使，知兴元府。这边李、赵两使，方才出发。那蒙古主窝阔台尚不欲遽绝宋朝的和好，不过借此示威，便将拖雷召回，会兵攻下了饶凤关，渡了汉江，东趋汴梁。

金主守绪，忙命诸将分屯襄、邓；领行省完颜合达与移剌蒲阿，领兵入邓州；杨沃衍、陈和尚、武仙等皆来会合，出屯顺阳。蒙古兵渡过汉江，来袭金兵后路。完颜合达，见蒙兵来势甚盛，打算走避。哪知敌已驰至，几乎招架不住，幸得部将蒲察定住，率军截击，蒙古兵方才退去。完颜合达驻屯四日，不见敌兵，引了部下，回归邓州。不意行至半途，敌骑大至，将辎重完全劫去，金兵溃逃。蒙古兵得了辎重，亦即退回，始得返至郑州，合达反报告金主，奏称大捷，金廷相率庆贺。

不上几时，窝阔台亲自南下，进抵郑州，命速不台引军攻汴。金主大惊，忙召完颜合达、移剌蒲阿，还兵救援。哪知合达与蒲阿，还救汴京，拖雷又领了三千精骑，随后追来。金人回兵交锋，他便退去，金兵启行，他又来袭，弄得金兵不能休息，只得且行且战，至黄榆店，又值大风雨雪，势难前进。等到雪霁，汴京遣人催促赴援。合达只得前行，刚抵三峰山，蒙古兵两路会齐，四面抄杀，金兵大败，遂被蒙古兵围住，无从得食，饿了三日，遂即溃散。合达与陈和尚等突围而出，走入钧州。窝阔台又遣将与拖雷会合，攻破钧州，合达、陈和尚等尽为所杀。蒙古又移兵攻潼关，守将李平迎降，进围洛阳。留守撒合，因生背疽不能迎敌，投壕而死。兵民推警巡使强伸为府佥事，坚守三月，蒙古未能攻下，即行退去。窝阔台意欲北返，谕令金主速降，金主乃封荆王守纯之子讹可为曹王，命尚书左丞李蹊送往蒙古军前，纳质请和。蒙古将速不台，仍尽力攻城，幸而汴京城池坚固，相持十六昼夜，尚未能下，方才许金议和。金主遣户部侍郎杨居仁，备下酒肉珍宝等物，出犒蒙古兵，速不台挥军而退，散屯于河洛之间。

未几，蒙古行人唐庆，来金通好，为飞虎军头目申福等杀死，因此窝阔台又欲大举。遣使臣王楫，至宋京湖制置使史嵩之处，商议协力攻金。史嵩之转奏朝廷，廷臣皆以为机不可失，应该乘势复仇。淮东安抚使赵范，上言："宣和时，海上定盟，卒以取祸，不可不鉴。"理宗不从，命史嵩之遣使往报，愿出兵攻金。史嵩之令邹伸之往报，蒙古窝阔台面许成功之后，当以河南地还宋。邹伸之还报，宋乃决意出兵。

其实金主守绪，自知粮尽兵虚，汴京终难保守，即议徙都避难。命右丞相赛不平章白撤，左丞相李蹊等，率军护驾，留参政奴申，枢密副使习捏阿不等守汴，自与太后、皇后、妃主等告别而去。出城后，茫无定向，不禁大哭。群臣请幸河朔，遂从蒲城渡河。归德统帅石盏女鲁欢，送粮至蒲城，留舟二百艘，张布为幄，请金主登船北行。渡未及半，狂风大起，波浪沸腾，后军不得再渡。蒙古将回古乃，又引兵追来，金元帅贺喜，力战而亡，部兵溺死千人。金主急奔沤麻冈遣白撤攻卫州，蒙古兵来战，白撤急退，为蒙古将史天泽杀得全军覆没，白撤单骑逃回。金主忙趋归德，遣人往汴京奉迎太后及皇后、妃主。不料汴京西面元帅崔立，乘机谋变，杀死了留守大臣，请故主永济子梁王从恪监国，自为太师，尚书令、都元帅。

崔立举城投降蒙古。蒙古将索不台，进军青城。崔立盛服往见，称之为父。速不台大喜，赐以酒宴。崔立酣醉而还，托言金主在外，索随驾官吏家属，名为送往行在，实则暗中挑选丽姝充为姬侍，日乱数人，尚不知足。一面将天子衮冕服御，出献速不台，一面又劫太后、皇后、梁王从恪、荆王守纯及各宫妃嫔送往蒙古军。速不台杀死荆、梁二王，所有金太后、皇后以下，皆派兵送往和林。在途艰苦万状，比徽、钦二帝北去时尤为虐待。可见天理循环，报应昭彰了。速不台入汴京，蒙古兵径入崔立家内，将他的妻子、财帛，尽行掠去。崔立还在城外，闻报归家，已是一无所有了。崔立顿足大哭了一场也就罢了。

金主在归德，闻得汴京已陷，合宫被掳，十分忧急。元帅蒲察官奴，竟杀了女鲁欢及左丞相李蹊等三百人，将金主禁锢于照碧堂。金主愤恨已极！暗与内侍局令宋珪、奉御女奚烈完出、乌古孙爱实等，同谋讨贼。恰值东北路招讨使乌古论镐，运米四百斛至归德，劝金主南徙蔡州。金主谕官奴南迁，官奴不从，且号令军民道："敢有言南迁者斩。"金主遂与宋珪定计，令完出、爱实二人，埋伏门内，佯召官奴议事，官奴昂然而入，完出、爱实左右杀出，刺死官奴。金主御门，抚慰反侧，留元帅王璧守归德，经往蔡州。蒙古兵进薄洛阳，留守强伸，力尽被擒，不屈而死。宋京西兵钤辖孟珙，又自枣阳珙师，杀金唐州守将武天锡于光化，俘将士四百余人，进克顺阳，迫金帅武仙至马磴山，斩首无数。武仙逃往石穴。孟珙冒雨而进，武仙又逃。追至鲇鱼寨，及银葫芦山，两战皆捷，武仙易服逃至泽州，为戍兵所杀。余兵七万人，尽降于宋。

孟珙收军还襄阳，方才解甲，奉到史嵩之檄，方知道嵩之已与蒙古都元帅塔察儿，议定攻金，令孟珙速取蔡州。孟珙乃与统制江海，率兵二万，运米三十万石，向蔡州进发，往会蒙古军。金主守绪还不知道，反令完颜阿虎带至宋乞粮，面谕他道："我不负宋，宋实负我。我自即位以来，常戒饬边将，勿犯南界，现在乘我疲敝，来夺我土地。须知蒙古灭国四十，遂及西夏，夏亡及我，我亡又必及宋，唇亡齿寒，势所必至。若与我联合，借粮济急，为我亦是为彼，卿去可以此言转告。"阿虎带到了宋廷，即以此言转陈。宋廷哪里肯依，顿时下令驱逐出境。阿虎带空手而归，返报金主，金主无法，只得对天祝祷，并赐宴群臣，面谕他们，为国效力。酒尚未散，忽报蒙古兵杀来，武将皆起座愿战。金主乃命诸将分为二队，一队出战，一队守城。这次的出战，果然人人奋勇，将蒙古兵杀退。塔察儿亲自来攻，也遭败衄，因此不敢进逼，筑了长围，困住城池。

宋将孟珙、江海已带兵运粮而来，塔察儿见了，甚是欢喜，便与孟珙约定，蒙古军攻北面，宋军攻南面，各不相犯。议约已定，遂安排攻具，分头薄城。金尚书右丞完颜忽斜虎见势已危急，忙把国家厚恩、君臣大义，激励军民，誓死固守。但是斗大一座蔡州，怎禁得两国的兵力攻打呢？次日，柴潭楼已为宋军夺去。孟珙喜道："金人全仗此水，若决堤注河，此潭立涸了。"立命步兵决堤，堤防一溃，水便泄出，遂令刘薪填潭，以便通道。蒙古兵也决练江而入，两军同济，攻入外城。完颜忽斜虎慌忙守御内城，金主守绪已知不能支持，对侍臣涕泣道："我为金紫十年，太子十年，人主十年，自思无甚罪恶，死亦无恨！但恨祖宗之祚，传了百年，至我而绝，与古来荒暴的君主，同一亡国，未免痛心！君死社稷，乃是正义，朕决不受辱虏廷，为人奴隶的。"左右闻言，莫不大哭。金主即出所有金器，分赏战士，杀厩马犒军。

其时已是宋理宗端平元年，蔡州城内，粮绝援穷，人困马乏。孟珙见黑气压城，日色无光，便命诸军运了云梯，密布城下。金主守绪，急召东面元帅完颜承麟入内，谕令传位。承麟泣拜不受，金主守绪道："朕此举实出于不得已。朕身体肥重，不胜鞍马。卿平时矫捷，且有才略，若得脱围，保存一线宗社。朕死也瞑目了。"承麟闻言，方才起身受玺。次日，承麟即位，百官也照例朝贺。忽报宋军已入南城，完颜忽斜虎忙去巷战。只见宋军呐喊而来，蒙古兵也跟随而至。自己手下不过千人，如何抵敌。完颜忽斜虎已起了必死之心，哪里还顾什么众寡不敌呢？奋呼搏战，斗了多时，部众伤亡殆尽。完颜忽斜虎还不肯就死，要见金主一面，方才殉国，遂又退至幽兰轩，闻得金主守绪，已自缢而亡，便对将士说道："相公能死，我们难道不能死吗？"于是兀术鲁、中娄室等以下，相继从死，共计五百余人。

完颜承麟退保子城，因金主自尽，与群臣入内哭临，对大众道："先帝在位十年，勤俭宽仁，图复旧业，有志未遂，实是可哀！应上尊谥为哀宗。"群臣皆以为然，乃酹卮为奠。奠犹未毕，于城复陷，奉御完颜绛山，奉金主守绪遗命，亟焚尸骸。一刹那顷，宋军四集，杀入里面，完颜承麟等皆死于乱军之中。宋将江海抢入金宫，恰值金参政张天纲，便将他捉住，孟珙也随后到来，问道："你主何在？"天纲道："已殉国了。"孟珙命他引往看视。到了幽兰轩，房屋早已成灰烬，令军士扑灭余火，检出金主尸骨，已是枯焦。蒙古元帅塔察儿，也已到来，遂议定将金主守绪遗骨，分两份，一份归蒙古，一份归宋。所有宝玉法器也分为两份，各取一份。且议以陈蔡西北地为界，北属蒙古，南属宋朝。商议既定，彼此告别，奏凯而归。总计金自太祖阿骨打建国，传至哀宗共历六世九主，一百二十年而亡。孟珙回至襄阳，当将俘获，由史嵩之赍送临安。未知宋廷得了俘获，又有什么举动，且看下回分解。

第九十三回　**赵制使议复中原　蒙古主兵伐南宋**

却说史嵩之将金哀宗遗骨、宝玉法器及俘囚张天纲、完颜好海等，解献临安。知临南府苏琼，见了张天纲，即叱道："你有何面目来此？"天纲道："亡国之事，何代无之，我金亡国，比较你们二帝如何？"苏琼不禁惭沮，入奏理宗。理宗召天纲问道："你难道不怕死吗？"天纲道："大丈夫不患不得生，但患不得死，死苟中节，有何可怕？请即杀我。"理宗亦为嗟叹再三！刑官又逼天纲供状，令他书金哀宗为虏主。天纲道："要杀就杀，还有什么供状！"刑官无法，只得令他随意书供。天纲但书"故主殉国"四字，此外更无他言。理宗遂献俘太庙，并藏金哀宗遗骨于大理寺狱库。时人以孟珙灭金，能报国仇，尝绘将军尝后图以美之。后人有诗道：

> 太庙埋魂骨已枯，复仇九庙献军俘。
> 拚香弃雪清风镇，谁写将军尝后图。

理宗赏灭金功，加孟珙带御器，江海又诸将皆论功行赏有差。先是孟珙出兵攻蔡，外由史嵩之主持，内由史弥远等力赞大计。蔡州将下之时，弥远已晋封太师并左丞相，郑清之为右丞相，薛极为枢密使，乔行简、陈贵谊参知政事。未几，史弥远即因疾乞休，遂解左丞相职，加封会稽郡王，奉朝请。弥远疾病加重，不久即死，入相二十六年。理宗因其有定策功，恩礼隆重，始终不衰，二子一婿五孙，皆为显官。初为相时，颇欲引用贤才，力反韩侂胄所为。后因济王竑受冤而死，廷臣啧有烦言，遂援引金壬，排斥正士，权倾中外，朝野侧目。理宗竟为所制，不能自主。及弥远死，理宗始得亲政，改元端平，逐三凶，远四木，朝政略有起色。

但三凶已见前回，这"四木"又是什么故事呢？原来"四木"乃薛极、胡榘、聂子述、赵汝述，名字上面都有一个"木"字，所以当时称为"四木"。这四人皆是史弥远的私党。理宗既逐去了三凶四木，遂召洪咨夔、王遂为监察御史。两人相继入朝，献可替否，荐贤劾邪，朝右始知有谏官。到了史嵩之献俘，举朝相庆！王遂独劾嵩之，素不知兵，矜功自恣，谋身诡秘，欺君误国，在襄阳多留一日，即多贻一日之忧。疏上不报。洪咨夔又上言，残金虽灭，邻国方强，严加守备，尚恐不及，如何可以相贺？理宗颇为嘉纳。太常少卿徐侨，尝值经筵，井陈友爱大义，暗中代济王竑鸣冤。理宗亦为感悟，复还竑官爵，饬有司检视墓域，按时致祭。济王妻吴氏，自请为尼，赐号慧净法空大师，月给衣赀缗钱，朝政方才略觉清明。

那赵范、赵葵，却因蔡州已复，上疏请据河守关，抚定中原，恢复三京。朝臣皆以为未可。即赵范的参议官邱岳亦劝赵范道："蒙古正强，中国新与结盟，如何可背？况中原土地为蒙古百战而得，岂甘抛弃，我军一动，彼必来报。那时衅端既开，非但进退两难，且恐不易收拾。”参政乔行简，正在请假，闻得这个消息，上疏竭力谏阻，其余谏阻的人也很是不少。独郑清之却力赞赵范之议，劝理宗允行。理宗即命赵范、赵葵移司黄州，克日兴兵，又命知庐州全子才，合淮西兵万人赴汴。汴京由崔立留守，都尉李伯渊、李琦素为崔立所虐待，闻得宋军已至，即通书约降，假意与崔立商意守备，即拔匕首将他刺死。李伯渊把崔立之尸系在马尾，号令军前道：“崔立杀害劫夺，蒸淫暴虐，大逆不道，古今所无，应该杀吗？”大众齐声应道：“该杀！该杀！他的罪恶，寸斩还嫌轻的。”当下割了崔立的首级，在承天门遥祭金哀宗，尸骸横在街上，军民脔割，顷刻而尽。李伯渊等出迎宋军，全子才进了汴京，留屯十余日。

赵葵引淮西兵五万到来，见了全子才即道：“我们的计划是据关守河，你兵已到此半月，不速攻潼关洛阳，还待什么时候呢？”才子道：“粮饷未随，如何行军？”赵葵作色道：“现在北兵未至，正好乘虚袭取，若待粮饷齐集，北兵已南下了。”才子无法，遂令淮西制置使机宜文字徐敏子，统帅钤辖范用吉、樊辛、李光、胡显等，引兵一万三千名，即行西上，又令杨谊领庐州强弩兵一万五千，作为后应，两军各怀五日粮而行。徐敏子到了洛阳，城中没有守兵，只得人民三百多家，开城出降，敏子率军入城，次日便没了粮饷，只得采蒿和面，作饼充饥。

太常簿朱扬祖奉命至河南，祭谒八陵，刚至襄阳，有侦骑报告，蒙古前哨已到孟津、陕西、潼关、河南，皆增兵备。驻扎淮东的蒙古兵，也从淮西往汴。朱扬祖得了这个信息，不觉战战兢兢，进又不能，退又不敢，急与孟珙计议。孟珙道：“敌兵虽然两路前来，计算也要旬余才能到汴。我挑选精骑送你前往，尽夜兼程，不过十日，即便竣事，敌兵到来，你已南返了，怕什么呢？”朱扬祖听了这话，仍是不敢前去，孟珙便允许他相偕而往。遂疾驰前进，到了陵下，祭谒礼成，重回襄阳，去来都很平安。朱扬祖谢别孟珙，自往临安复旨去了。

那杨谊引了人马，做徐敏子的后应，行至洛阳东面三十里，诸军散坐蓐食。忽见数里之外，隐隐的有麾盖过来，红的黄的其色不一，遥遥而至。诸军不禁错愕！忽然一声胡哨，蒙古兵四下杀来。杨谊没有防备，仓猝之间如何抵敌，慌忙上马，向南奔走。部兵见主将已逃，自然溃散。蒙古兵追至洛水，宋军溺死者不可胜计，杨谊单骑而回。蒙古兵进迫洛阳，徐敏子出城迎敌，虽然不分胜败，但是没有粮草，如何支持，只得弃了洛阳而归。赵葵、全子才屡次催史嵩之解粮，始终不见解到。蒙古兵又从洛阳来攻汴京，且决河水灌城。宋军已经乏粮，怎经得再遭溺毙，也只得引军南还，前功尽弃了。赵范因师出无功，要想脱罪，不但上表弹劾全子才，连自己的兄弟赵葵，也连带在内，说他们轻遣偏师，所以挠败。有诏将赵葵、全子才各降一秩，其余诸将，也贬黜有差。史嵩之上疏求去，准予免职，郑清之亦力请辞职，理宗下诏慰留，以赵范为京湖制置使，代史嵩之职。未几，蒙古令使臣王楫前来责问败盟之故，宋廷无可答辩，王楫悻悻而去。

当时南宋的将材，无过于孟珙的。珙为孟宗政之子，智勇足备，颇有父风，在襄阳任上，召集中原健儿一万五千名，编为镇北军，分屯于汉北樊城一带地方，防备蒙古。理宗命为襄阳都统制，孟珙至枢密院共议军务，乘便入见，理宗道：“卿为将门之子，忠勤体国，破蔡灭金，功勋卓著，朕深加厚望哩！”孟珙谢道：“此乃宗社威灵，陛下圣德与诸将之功，臣何力之有？”理宗道：“卿不言功，益见谦冲。”乃授为主管侍卫马军司公事，并命出驻黄州。孟珙陛辞，理宗问及恢复大计，孟珙对道：“愿下宽民力，蓄人材，静俟机会，待衅而动。”又问议和可好吗？孟珙顿首道：“臣以军旅事陛下，但当言战，不当言和。”理宗深善其言，优加赏赉。孟珙叩射之后即赴黄州，修城睿壕，搜简军实，招集边民，增置保寨，黄州遂成重镇。

理宗又俯从民望，召真德秀为翰林学士，魏了翁直学士院。真德秀入朝，即进陈所著《大学衍义》，并请理宗屏除一切娱乐无益之事。魏了翁入对，也以修身齐家，任贤建学为言。理宗敛容听受，面加慰谕。原来，真、魏两人所言，看是空谈，实在是有指而言。只因理宗初年议选中宫，那时曾经选入数人，一为故相谢深甫侄孙女；一为故制置使贾涉女。贾女生得异常美艳，深为理宗所爱，欲立为皇后。杨太后却对理宗道：“谢女端重有福，宜册为后。”理宗不敢有违，只得册谢女为后，封贾女为贵妃。那谢皇后幼时，一目生翳，面目黧黑，父名渠伯，久已亡故，家亦中落，后尝亲自汲水烹饪，到得深甫做了宰相，兄弟辈欲纳女入宫，其叔榉伯道：“此女面貌，仅可充一灶下婢，即使势有可援，选入后宫，也不过做一个老宫人，况且要厚备妆奁，一时间又从何处措备呢？”经此一阻，事即中止。恰值元夜张灯，天台县内，忽有群鹊巢于灯山，大家都以为是后妃的预兆。天台县的巨宦，首推谢氏，遂集资摒挡行装，送后入宫，榉柏要想阻止，已是不及。

谢后一路前往临安，忽然发疹，及至痊愈，创痂脱落，面色转白，肤如凝脂，目翳亦得良医治好，竟成了一个姣美女子。杨太后听得有这样的异事，又因自己得册为后，谢深甫曾于暗中相助，所以一力主张，册谢氏为后。但是谢后虽然转陋为美，那轻颦浅美，举动宜人，究竟不及贾贵妃，因此册立谢后时，内侍宫人都暗中说道：“不册立真皇后，倒反册立假皇后了。”只是谢后秉性谦和，驭下宽厚，对于贾贵妃的擅宠争娇，丝毫没有嫉妒之意。事奉太后，亦能先意承顺，因此杨太后更称她贤慧，即理宗也深加敬礼，不敢轻慢。

过了一年，杨太后崩逝，上尊谥为恭圣仁烈，贾贵妃更加恃宠而娇。其弟似道，年少无赖，凭借贾贵妃的内援，居然授为藉田令。似道倚仗势力，行为更不检束，日日纵游妓家。到了夜间，还挟妓游湖，灯火彻晓，丝竹管弦，盈耳不绝。一日夜间，理宗登高，凭阑远眺，见西湖上面池烛辉煌，耀得如同白昼。理宗对左右道：“想必又是贾似道在那里挟妓游湖了。”次日，命内侍出外察访，果是似道所为，因命京尹史岩之，严加戒饬。那史岩之，因贾贵妃深得宠爱，正要设法巴结，恃为内援。见理宗命他戒饬似道，一则惧怕贾贵妃的势力，不敢得罪他的兄弟，二则借此献此殷勤，好保全自己的禄位。遂即奏道：“似道少年性情，落拓不羁，但堪大用，陛下不当拘以小节。”理宗听了这话，只得似道真有大才，便有用他之意。那时后宫里面，除了贾贵妃之外，还有一个宫人阎氏，生得体态苗条，妩媚动人，理宗也甚为宠幸，封为婉容。这阎婉容与贾贵妃，并擅恩宠，暗与内侍董宋臣等，表里为奸，势倾朝野，炙手可热，所以真德秀劝理宗屏除一切娱乐无益之事，魏了翁又劝理宗修身齐家，正是对症发药，并非一派空谈可比。

理宗虽然当面嘉纳，宫内嬖宠仍旧如故，当即以真德秀参知政事。其时真德秀已是抱病，力请辞职，罢为资政殿学士，提举万寿宫，未几，病殁，追赠为光禄大夫，予谥文忠，后世称为真西山先生。真德秀既殁，只剩了一个魏了翁在朝，他却不避利害，遇事直言，理宗要命为参政，执政暗中排挤，未能任用。蒙古主窝阔台，又因宋人背盟，欲雪前恨，三路入寇。第一路命其子阔端、大将塔海入蜀；第二路命忒木解、张柔等侵汉；第三路命温不花、察罕等侵江淮。三路人马，大举南下，兵锋甚锐，各路告急的奏章，如雪片一般飞到宋廷，宋廷又未免惶恐起来。

此时郑清之任左丞相，乔行简为右丞相，两位宰相，会议之下，居然保举魏了翁督视京湖军马。理宗因两位丞相都荐魏了翁知兵体国，文武兼全，立即授为端明殿学士，同检书枢密院事，督视京湖军马。恰值江淮督府曾从龙，因忧惧而死，遂把江淮之事也搁在他一人身上。举朝臣僚，均皆大骇，上书谏阻，理宗又不肯允，竟命了翁即日视师，且赐便宜行事，如当初张浚的故事。了翁辞谢了五次，皆不获命，料知执政大臣，有意倾陷，若再推辞，必加以遇事规避的罪名了。因此就不顾利害，把这千斤重任，挑在肩上。陛辞的时候，理宗御书唐人严武诗，并“鹤山书院”四个大字，以宠其行，又命宰相饯行。

了翁启程，径赴江州，开府视事，用吴潜为参谋官，赵善瀚、马光祖为参议官，申儆将帅，分派援军，又献边防十策，倒很有一番作为。蒙古将温不花，率兵至唐州，全子才弃师而逃。赵范来援，击败敌兵于上闸，敌始退去。阔端的人马，到了沔州，知州事高稼，以孤军迎战，力竭阵亡，蒙古兵进围青野原。利州都统制曹友闻，夤夜赴救，才得解围，又转援大安军，杀败蒙古先锋汪世显。两路军报，到了宋廷，还以为蒙古兵并不厉害。郑、乔两相因倾陷魏了翁，未能如愿，恐他反因此得立功劳，遂奏请理宗召了翁回朝，授为签书枢密院事。了翁力辞不受，改为资政殿学士，出任湖南安抚使兼知潭州。了翁仍复辞谢，乃命提举临安府洞霄宫，不久病逝。理宗深为惋惜，特赠少师，赐谥文靖。

蒙古兵日形猖獗，赵范在襄阳任用北军将士王旻、李伯渊、樊文彬、黄国弼等为心腹，北军势力高于南军，南军心怀不平，交讧起来，赵范又抚驭不善。王旻纵火烧城郭仓库，投降蒙古。南军将士李虎等，又乘着北军纵火，大掠而去。襄阳城内，自岳飞恢复之后，贮积甚富，经此一番劫掠，将累年积蓄，扫荡无余，赵范因此削职，以赵葵为淮东制置使兼知扬州。赵葵屯垦治兵，严饬边防，颇能自守。但是襄汉一带，被蒙古将忒木解破枣阳，下德安府，陷随州，长驱直入，至荆门军。温不花也攻人淮西、蕲、舒、光诸州，皆望风奔溃。温不花由信阳至合肥阔端这一路，破武休，陷兴元，直入平阳关。利州统制曹友闻，与弟友万、友谅，皆战殁。阔端率兵入蜀，不到一月，西蜀全境，几乎尽皆陷没。阔端在成都府屯兵数日，又移兵北攻文州。知州刘锐、通判赵汝芗，固守逾月，知不能免，刘锐令全家服毒，幼子方才六岁，服药之时，尚下拜接受。等到合家已死，刘锐积薪焚尸，所有金帛诰命，亦付一炬，然后自刎。州城被陷，赵汝芗骂贼而亡，军民同死者数万人。

警报至临安，理宗追悔前失，郑清之、乔行简上疏辞职，遂即罢免。起史嵩之为淮西制置使，进援光州，赵葵援合肥。沿江制置使陈韡，遏和州，为淮西声援。史嵩之闻忒木解至江陵,急檄孟珙赴援。孟珙令民兵部将张顺先渡,亲引全军继进为后应,连破蒙古二十四寨,救出难民二万有余。蒙古将察罕攻真州,知州事邱岳,连却敌兵,又于胥浦桥设伏诱敌,击死蒙古将士,方才退去。理宗又改端平五年,为嘉熙元年,仍用乔行简为左丞相兼枢密使,郑清之知枢密院兼参知政事。

蒙古主窝阔台既已南侵,又命将撒里塔,征伐高丽。高丽本来臣服宋朝,辽金迭兴,即属辽金。到得蒙古强盛,又降顺蒙古。只因高丽王瞮,新近嗣位,不知利害,杀死蒙古使臣,所以命撒里塔领兵东征。高丽人如何敌得过蒙古,屡战败北,只得遣使谢罪,情愿增加岁币。撒里塔报知窝阔台,窝阔台命他遣子为质,方许议和,高丽王只得答应。未几,窝阔台又命将绰马儿罕,平定了西域,再命太祖之孙拔都、速不台等,西征钦察,攻入阿罗思部,并屠也烈赞城,陷莫斯科,进兵欧洲,分兵入马札儿、索烈儿,欧洲北境诸国,合为迎战,俱为蒙古所败,全欧大震,捏迷思部民,竟至荷担逃去。窝阔台因为西征欧洲,所以把南方的军务,略为搁置。现在西路接连报捷,他又锐意图南,命温不花进攻黄州。孟珙自江陵回救黄州。将蒙古兵杀退。温不花移攻安丰军,宋将杜杲,凭城坚守,幸得池州都统制吕文德,率军驰至,两下夹攻,方将温不花杀退。史嵩之已奉命为参政,督视京湖江西军马,开府鄂州,闻得蒙古将察罕,入寇庐州,又要调兵救援了。未知檄调何人,胜败如何,且看下回分解。

第九十四回 贤阃帅延揽人才 太学生维持名教

却说史嵩之闻得蒙古将察罕，领兵往攻庐州，急调杜杲前往救援。杜杲奉檄即行，驰入庐州，预备守城，遥见蒙古兵蜂屯蚁附而来，约有数十万之众，所携攻城器具，不可胜计。杜杲见了，并无惧色，但看敌人如何来攻，他便如何应付，随机而动，绝无匆遽之态。只见蒙古兵既抵城下，便撤运土木，尽力筑坝。不到多时，已筑得高于城齐。杜杲力命兵士用油灌草，燃之以火，抛掷坝下，一刹那顷，火势随风而旺，所筑之坝尽行焚去。蒙古兵见坝已被焚，即用炮轰城。杜杲就敌楼内，筑起七层雁翅，抵挡炮火。蒙古兵开炮打来，悉为雁翅所阻，射回敌营，反打伤了自己人马，蒙古兵不觉惊慌起来。杜杲便乘这机会，出城邀击，蒙古兵大败而逃。杜杲追逐了数十里，方才回来，又练舟师，扼守淮河，遣其子遮，与统制吕文德、聂斌等，分伏要险。蒙古兵不能进，方才退去。杜杲奏捷临安，有诏命为淮西制置使，又命孟珙为京湖制置使，规复荆襄。孟珙奉了朝命，对部下道："欲图规复，必得郢州，乃可通饷运，必克荆门，乃可出奇兵。"遂檄江陵节制司进捣襄、邓，自赴岳州，召集诸将，指授方略，命各进兵。诸将依计深入，遂复郢州，克荆门军。又命将取了信阳、光化军及樊城、襄阳。孟珙方才上疏，奏陈保守方法道：

> 取襄不难，而守为难，非将士不勇也，非军马器械不精也，实在乎实力之不给尔。襄、樊为朝廷根本，今百战而得之，当加经理，如护元气，非甲马十万，不足分守，与其抽兵于敌来之后，孰若保此全胜？上兵伐谋，此不争之争也。

理宗得了此奏，便诏孟珙，便宜行事。孟珙乃编蔡、息降人为忠卫军，襄、郢降人为先锋军，择要驻守，襄、汉以固。蒙古将塔海，又引兵入蜀。制置使丁黼，誓死坚守，先遣妻孥南返，然后登陴拒敌。塔海由新井进兵，诈建宋军旗帜，以诱城内，丁黼果然坠入计中，疑是溃兵，令人招徕。等到已及城下，方知是蒙古兵，遂引军夜出城南，于石笋街迎战，众寡悬殊，兵败身死。塔海遂进陷汉、邛、简、阆、篷诸州，又破重庆、顺庆诸府，直趋成都，再赴蜀口，欲出湖南。

孟珙得了消息，料定蒙古兵必由施黔出川，急运粟十万石，分发军饷，令三千人屯峡州，一千人屯归州，命其弟瑛，率五千人驻扎松滋，声援夔州，并增兵戍守归州隘口的万户谷，添派一千人屯施州。忽闻得塔海渡江东下，忙又分派战船，增设营寨，遣兵由简道至均州，扼守要冲。等得蒙古兵渡过万州湖滩，施、夔大震。孟珙之兄孟璟知峡州，拒敌于归州大理寨，杀退蒙古兵前哨。进兵邀截于巴东，又获胜仗，夔州乃得保全。孟珙复侦得蒙古主帅在襄、樊、信阳、随州诸处招集军民布种，又于邓州的顺阳境内，屯积船料，即分兵查察，严密防范，且设计将蒙古所储材料，暗地焚毁，又遣兵暗入蔡州，烧了所屯的粮草，蒙古兵遂不敢进窥襄、汉。

理宗因四川未定，特下诏调孟珙为四川宣抚使兼知夔州，节制归峡鼎澧军马。孟珙奉诏赴镇，召集散民，编为宁武军，用回鹘降人爱里巴图鲁等，为飞鹘军。适值四川节置使陈隆之，与副使彭大雅，不能和协，互相讦奏。孟珙致书责备他们道："国事如此，合智并谋，尚恐不克，两司犹事私斗，岂不闻廉蔺古风吗？"陈隆之、彭大雅得了此书，各怀惭愧，遂改怨为睦，互相和协。孟珙又厘正宿弊，订立条目，颁发州县，内中有最紧要的几句话道："不择险要立寨栅，无从责兵卫民，不集流离安耕种，无从责民养兵。"其余如赏罚不明，克扣军饷，官吏贪婪，上下欺罔等弊，皆严加申戒。因此吏治一新，兵备严整。后又兼任夔州路制置屯田两使，遂调夫役筑堰，募农人给种，由秭归至汉口，为屯二十，为庄七十，为顷十八万八千二百八十。又设南阳竹林两书院，居住襄、汉、四川流寓人士，用李庭芝权施州建始县。李庭芝到任之后，训农治兵，招募壮士，勤加训练，方及一年，士民皆知战守，无事服农，有事出战。孟珙乃将李庭芝所行诸法，饬各属遵照仿行。

其时乔行简已晋爵少傅，平章军国重事李宗勉为左丞相兼枢密使，史嵩之为右丞相，督视江淮四川京湖军马。这三人之中，还是李宗勉清谨守法。那乔行简遇事模棱，无所可否。史嵩之执拗任性，恶闻直言。当时的人，评论三位丞相，都说乔行简太浮泛，李宗勉太狭隘，史嵩之太专擅。三个丞相皆各有一失。未几，乔行简乞休，遂即病死，李宗勉亦殁。史嵩之竟得专政，朝右的正人，如杜范、游侣、刘应起、李韶、徐荣叟、赵腾诸人，皆与史嵩之不合，相继罢斥。只有孟珙一人向为嵩之所尊敬，因此，每有所请，无不准行，并无掣肘之虞。

理宗到了嘉熙五年，又改为淳祐元年。那时蒙古主窝阔台亦以病殂，蒙人称之为太宗。第六后乃马真氏称制，调归拔都等西征各军，惟南军独不调回。塔海令部将汪世显等，复行入蜀，进围成都，制置使陈隆之，坚守十余日，誓必与城共存亡。谁知副将田世显，已送款于蒙兵，乘夜突入衙署，执住陈隆之，杀其家属数百口，开城出降。陈隆之被执至汉州，蒙古将汪世显，令他招降守将王夔。隆之高声对王夔道："大丈夫当舍生取义，何畏一死，幸勿降虏！"语至此，已为蒙古兵杀死。王夔率汉州军三千出战，兵败遁去，汉州遂陷，人民尽为屠戮，蒙古兵又移师出蜀。

其时蒙古使臣王楫，已第五次来宋议和，两下相持不决，王楫竟病死于宋。宋廷送王楫灵榇回去，蒙古又遣月里麻思赴宋，继续议和。同行的共有七十余人，方抵淮土，为守将阻住，劝他归降。月里麻思不从，被拘于长沙飞虎寨。蒙古闻之，又令也可那颜、耶律朱哥等引兵由京兆，取道商房，直薄泸州。孟珙得报，忙分军邀截，一军屯江陵及郢州；一军屯沙市；一军从江陵出襄阳与诸军会合。又遣一军屯涪州，并令守城将士不得失弃寸土。权开州梁栋，因军粮缺乏，弃城而回。孟珙怒道："竟敢违令弃城吗？"立斩以徇，诸将相视战栗，奉命惟谨。蒙古将士闻得守备甚严，遂不敢进兵。

宋廷又命余玠为四川制置使兼知重庆府。余玠蕲州人，家世寒微，为人落拓不羁，往见淮东制置使赵葵。赵葵与语，颇奇其才，留于幕府，后令率舟师泝淮，入河抵汴，所至克捷，累迁为淮东副使。自陈隆之战殁，四川制置使悬缺未补。余阶入朝，奏对称旨,授为四川宣抚使,后又改任四川制置使。四川财赋,甲于天下。自宝庆三年,失去关外之地,端平三年,蜀境又遭蒙兵残破,所存州郡,已是无几。因此,国用愈加穷迫,历任的宣抚制置诸使,皆十分支绌,束手无策。监司将帅各自为令,不相统属,官无法纪,民生凋敝。自余玠到镇之后,大革弊政,重贤礼士,简选守令,严加申儆,又在署左择地,建筑招贤馆,量才任使,皆得其用。

播州有兄弟二人冉琎、冉璞,俱有文武全才,隐居蛮中,不肯出任,前后阃帅,皆加辟召,均辞不就。及余阶至蜀,二人闻其贤名,不召自至,诣府晋谒。余玠待以上宾之礼,冉琎与弟璞,居馆数月,未献一策,亦无陈请。余玠极为怀疑,暗中遣人侦察二人所为何事。但见兄弟二人相对踞坐,终日以垩画地,有时绘山川,有时绘城池,从旁看了,都不解其命意所在,回报余玠,也莫测其浅深。又过了十余日,兄弟二人忽来晋谒,请屏左右。余玠即饬退从人,拱手请教。冉琎献议道:"为今日的西蜀计,莫有过于徙合州城一事最为重要。"余玠听了,又离座言道:"玠亦见及于此,无如无地可徙。"冉琎答道:"蜀口形势,无过钓鱼山,请徙城于彼处,择人扼守,积粟以待,可以抵得十万雄师,巴蜀即可固于金汤了。"余玠大喜道:"我固知先生非浅识者流,那些讥议先生的人,真是毫无见识了。但玠得此奇谋,不敢掠为己功,当为先生请于朝廷,即日照行。"冉琎兄弟退出,余玠立刻拜表,依议陈请,且请授二人官职。有诏命冉琎为承事郎,冉璞为承务郎,权通判州事。徙城工作,尽委二人办理。此诏既下,合府皆知,顿时大哗。余玠勃然道:"此城若成,全蜀赖以安,否则玠一人坐其罪,与君并无干涉。"众人始不敢反对。遂就青居、大获、钓鱼、云顶、天生诸山,建筑十余座城池,皆因山为垒,棋布星罗,将合州旧城,移徙于钓鱼山,专守内水;利戎旧城,移徙于云顶山,以御外水。表里相维,声势联络,屯兵聚粮,为保守计,蜀民乃有依赖,共庆安居。

但江淮之间,仍遭寇掠,蒙兵渡淮,攻入扬、滁、和诸州,进屠通州。史嵩之因江淮保障,重在江陵,请调孟珙知江陵府,借资守御,理宗准奏。恰值嵩之之父去世,嵩之应丁难守制,方才居庐数日。理宗即下诏起复,仍命为右丞相兼枢密使。将作监徐元杰请收回成命,理宗不从。太学生黄恺伯等一百四十四人,叩阍上书,劾论史嵩之不守父丧,遽行起复,大逆不道,无过于此。这篇疏书,洋洋数千言,直将史嵩之奸回心肠,完全抉出,录在下面,阅者看了,就知史嵩之的罪恶,实是不赦。理宗的信任不疑,也可谓昏庸极了。其疏道:

臣等窃谓君亲等天地,忠孝无古今。事亲孝,故忠可移于君。自古求忠臣必于孝子之门,未有不孝而可望其忠也。昔宰予欲短丧,有期年之请,夫子犹以不仁斥之,宰予得罪于圣人。而嵩之居丧,即欲起复,是又宰予之罪人也。且起复之说,圣经所无;而权宜变化,衰世始有之。我朝大臣若富弼,一身关社稷安危,进退系天下轻重,所谓国家重臣,不可一日无者也。起复之诏,凡五遣使,弼以金革变礼,不可用于平世,卒不从命,天下至今称焉。至若郑居中、王黼辈,顽忍无耻,固持禄位,甘心起复,灭绝天理,卒以酿成靖康之祸,往事可鉴也。彼嵩之何人哉?心术回邪,踪迹诡秘,曩者开督府,以和议惰将士心，以厚赀窃宰相位，罗天下之小人，为之私党，夺天下之利权，归之私室。蓄谋积虑，险不可测，在朝廷一日，则贻一日之祸，在朝廷一岁，则贻一岁之祸，万口一辞，惟恐其去之不速也！嵩之亡父，以速嵩之之去，中外方以为快，而陛下乃必欲起复之者，将谓其有折冲万里之才欤？嵩之本无扞卫封疆之能，徒有劫制朝廷之术。将谓其有经理财用之才欤？嵩之本无足国裕民之能，徒有私自封殖之计。陛下眷留嵩之，将以利吾国也，殊不知适以贻无穷之害尔。嵩之敢于无忌惮，而经营起复，为有弥远故智，可以效尤。然弥远所丧者庶母也，嵩之所丧者父也；弥远奔丧而后起复，嵩之起复而后奔丧。以弥远贪黩固位，犹有顾恤，丁艰于嘉定改元十一月之戊午，起复于次年五月之丙申，未有如嵩之之匿丧罔上，殄灭天常，如此其惨也。且嵩之之为计亦奸矣，自入相以来，固知二亲耄矣，必有不测，旦夕以思，无一事不为起复张本。当其父未死之前，已预为必死之地，近畿总饷，本不乏人，而起复未卒哭之马光祖。京口守臣，岂无胜任，而起复未终丧之许堪。故里巷为十七字之谣曰："光祖作总领，许堪为节制，丞相要起复援例。"夫以里巷之小民，犹知其奸，陛下独不知之乎？台谏不敢言，台谏嵩之爪牙也。给舍不敢言，给舍嵩之腹心也。侍从不敢言，侍从嵩之肘腋也。执政不敢言，执政嵩之羽翼也。嵩之当五内分裂之时，方且擢奸臣以司喉舌，谓其必无阳城毁麻之事也。植私党以据要津，谓其必无惠卿反噬之虞也。自古大臣不出忠孝之门，席宠怙势。至于三代，未有不亡人之国者。汉之王氏，魏之司马氏是也。史氏秉钧，今三世矣，军旅将校，惟知有史氏；而陛下之前后左右，亦惟知有史氏，陛下之势，孤立于上，甚可惧也！天欲去也，而陛下留之，常常中国，岂无君子，独信一小人而不悟，是陛下欲艺祖三百年之天下，坏于史氏之手而后已。臣方惟涕泣裁书，适观麻制有曰："赵普当乾德开创之初，胜非在绍兴艰难之际，皆从变礼，迄定武功。"夫儗人必于其伦，曾于奸深之嵩之，而可与赵普诸贤，同日语耶？赵普胜非之在相位也，忠肝贯日，一德享天，生灵倚之以为命，宗社赖之以为安。我太祖高宗，夺其孝思，俾之勉陈王事，所以为生灵宗社计也。嵩之自视器局，何如胜非，且不能企其万一，况可匹休赵普耶？臣愚所谓擢奸臣以司喉舌者，此其验也。臣又读麻制有曰："谍报愤兵之聚，边传哨骑之驰，"况秋高而马肥，近冬寒而地凛。方嵩之虎踞相位之时，讳言边事，通州失守，至逾月而复闻；寿春有警，至危急而后告。今图起复，乃密谕词臣，昌言边警，张皇事势以恐陛下，盖欲行其劫制之谋也。臣愚所谓擢奸臣以司喉舌者，又其验也。臣等于嵩之本无私怨宿忿，所以争趋阙下，为陛下言者亦欲揭纲常于日月，重名教于邱山，使天下为人臣，为人子者，死忠死孝，以全立身之大节而已。孟轲有言："学则三代共之，皆所以明人伦也。"臣等久被化育，此而不言，则人伦扫地，将之嵩之胥为夷矣，惟陛下义之！

这道奏疏，把史嵩之的奸心，揭出无遗，理宗见了，也应感悟。哪知仍如石沉大海一般，毫无影响。武学生翁日善等六十七人，京学生刘时奉、王元野等九十四人，又接连上书陈请，令史嵩之终丧，以维纲常大节。理宗只是不省。徐元杰又入朝面陈道："嵩之起复，士论哗然，乞许嵩之荐贤自代，免丛众谤。"理宗谕道："学校虽是正论，但所言也未免太过了。"徐元杰对道："正论乃是国家的元气，今正论犹在学校，要当力与保存，幸勿伤此一脉。"理宗默然不答。徐元杰遂自求解职，理宗不许，徐元杰只得退出。左司谏刘汉弼，也入奏理宗，请听嵩之终丧，理宗方才有些感悟。恰值史嵩之也自知难逃公议，也上疏奏请终丧。理宗乃下诏从嵩之所请，以范钟为左丞相，杜范为右丞相，皆兼枢密使。那杜范系黄岩人，素有令名，时人皆以公辅期之，现在做了宰相，自然大家都属望他有一番施为了。未知杜范能负众望否，且看下回分解。

第九十五回　丧大将天变频仍　逐宰臣人心共愤

却说理宗因太学生伏阙上书，臣僚入谏，方才听令史嵩之守制终丧，任范钟、杜范二人为左右丞相并兼枢密使。范钟虽是个庸庸之辈，杜范却丰裁峻峭，态度端凝，素有令名，为士大夫所瞩望，一旦入相，必然有一番作为了。果然不到两日，杜范便入陈五事：

一、正治本；二、肃宫闱；三、择人才；四、惜名器；五、节财用。

这五桩事情，已是切中时要，接连着又上陈十二事：

一、公用舍；二、储材能；三、严荐举；四、惩赃官；五、专职任；六、久任使；七、杜侥幸；八、重阃寄；九、选军实；十、招土豪；十一、沟土田；十二、治边理财。

各事都详细规划，悉合时宜。又劝理宗早定国本和安人心。自从高宗南渡，建炎初年，李纲入相，有过这样的规划，以后的宰相哪有如此的施为。理宗见他尽心为国，知无不言，倒也很为嘉纳。其时孟珙正移镇江陵，驻军上流，朝廷又疑他兵权过重，日后恐不可制。孟珙知道这事未免危惧！惟有交欢执政，以免他患。便致书杜范，加以颂扬。杜范复书道："古人谓将相调和，士乃豫附，此后愿与君同心为国，若以虚言相笼络，殊非范所期望了。"孟珙见了这封复书，十分愧服。杜范又擢徐元杰为工部侍郎，一切政事，皆与咨议。徐元杰知无不言，言无不尽，极有裨益。临安人士，方才喁喁望治，谁料天不假年，老成凋谢，杜范竟以疾卒。共计他在相位，不过八十日。理宗甚为悲悼，追赠少傅，赐谥清献。

过不到月余，徐元杰于入值的前一日，谒见左丞相范钟在阁中吃罢午饭，下午归去，忽然腹内不快，到了黄昏时候，寒热交作，方才四鼓，竟至指爪爆裂，大叫数声而死。三学诸生闻知此事，皆说徐元杰为人谋害而死，共抱不平，伏阙上书，略言历期以来，小人之倾陷君子，不过使之远谪，触冒烟瘴而死。今蛮烟瘴雨，不在岭南，转在朝廷，臣等实不胜惊骇！理宗见了此书，有诏将阁中承侍吏役逮交临安府审讯。但此事毫无佐证，哪里还有实供。临安府尹又因事关重大，审了出来，干连的人，必是极有权势的，犯不着结这个怨恨，触犯权奸，便任他拖宕下去，不去详加审问。

哪里知道，一波未平，一波又起。刘汉弼又以会食阁中，忽得肿疾身死。太学生蔡德润等一百七十三人，又叩阍上书，为之讼冤。理宗至此也无法可施，只得颁给徐元杰、刘汉弼二人家属官田五百亩，钱五千缗，作为抚恤之费。众议愈加沸腾，竟有人说：

"故相杜范,也因为人嫉妒,中毒而亡。"因此一番议论,在廷诸臣人人危惧,到了阁堂会食,无人再敢下箸。究竟是什么人下此毒手,却又没有迹兆可以跟寻。只有一事可疑,因为此事发生之后,史嵩之的侄儿史璟卿,因平日劝谏嵩之,惹了嵩之的恼恨,居然也以暴病而亡。有此一事,大众皆疑是史嵩之的主使,只是没有证据,也只好空自议论罢了。未几,知江陵孟珙,以病乞请罢职,理宗下诏,授为宁武军节度使,以少师致仕。哪知使命方至,孟珙已卒,时为淳祐六年九初旬,这月的朔日,有大星陨于江陵境内,声如暴雷。孟珙死的一日,又有狂风大作,走石拔木。讣达朝廷,理宗为之震悼辍朝,赙银绢各一千,赠太师,封吉国公,予谥忠襄,立庙享祀,号曰威爱。孟珙既逝,襄汉已恐不能保全。哪知,理宗还不慎择帅臣,竟命贾似道往代其任。试想这个贾似道,只有挟妓游湖是他的长技,除此以外,一无所长,忽把这样重任付托于他,如何能够担当呢?

未几,范钟以年老乞休,遂罢左丞相职,提举洞霄宫,起郑清之为右丞相兼枢密使。清之自罢职后,闲居家中,日日遨游湖上,与寺僧谈禅说法,且放浪形骸,到处游行。起复之诏到门,清之正在游湖,寄居僧寺,次日方才回家接诏,入朝恳辞。理宗不许,又以赵葵为枢密使,督视江淮京湖军马兼知建康府,陈韡知枢密院事,任湖南安抚大使兼知潭州。那赵葵非但有专阃之才,且精擅文学,性情倜傥,家中婢女侍妾亦善诗词。既任枢密,退朝归来,姬侍皆不知所往,无人承值。赵葵心下诧异道:"往日我归家中皆争先承迎,惟恐或后,今日如何一人不见呢?"遂亲往后园寻访她们,却见诸姬皆在园内,聚集一处,共摘青梅。赵葵见她们如此高兴,也觉欣然,故意责备诸姬道:"你们抛了正事在此游戏,我退朝回来连承值的人都没有,照例应该重责,现在姑从宽贷,可吟诗一首以赎罪。"便有一姬应声朗吟道:

> 柝声默报早春回,满院春风绣户开。
> 怪得无人理丝竹,绿荫深处摘青梅。

赵葵见她才思敏捷,深为赞许。一日,天气炎热,赵葵在园中的水亭上避暑,偶然兴至,便作诗道:

> 水亭四面朱阑绕,簇簇游鱼戏萍藻。六龙畏热不敢行,海水煎彻蓬莱岛。
> 身眠七尺白虾须,头枕一枚红玛瑙。

吟成了六句,忽然身体困倦,掷笔睡去。有个侍儿送茶前来,见赵葵酣呼大睡,不敢惊动,将茶盏放于案上,瞥眼见了诗笺,吟哦一遍,知道尚未作完,遂即续上两句道:

> 公子犹嫌扇力微,行人多在红尘道。

赵葵醒来,见自己的诗已有人续成,诘问之下,方知是婢女续的,心内也很爱她聪慧,因此将这婢女另眼看待,深加宠爱。试想这赵葵,有这样的风雅才调,就是不由科目出身,有甚要紧呢? 偏生有个言官,上章弹劾,说赵葵非由科目进身,难任枢密。赵葵经此纠弹,遂即上疏辞职,辞表中有俪语道:“霍光不学无术,每思张咏之语以自惭;后稷所读何书敢以赵抃之言而自解。”这四语流传人口,理宗竟以赵葵为观文殿大学士兼判谭州。史嵩之此时已经服阕,仍复觊觎相位,理宗也有起用的意思。殿中侍御史章琰,右正言李昂英,监察御史黄师雍,劾嵩之无父无君,竟至落职。翰林学士李韶,又与同官抗疏力谏,方才命嵩之致仕,示不复用。又升贾似道为两淮制置使兼知扬州。李曾伯为京湖制置使兼知江陵府。自理宗淳祐纪元以来,京湖一路有孟珙,西蜀一路有余玠,淮西一路有招讨使吕文德,都能搜军简乘,安排守御无隙可乘,且因蒙古又有内乱,所以屯兵境上,并不敢前来侵扰。

但是蒙古有什么内乱呢? 也须略略表明。看后方有头绪。原来,蒙古自窝阔台第六后乃马真氏称制,国内无君,已经四一载。乃马真氏又宠用侍臣奥都剌合蛮与回妇法特玛,这两个人内外勾通,稍不如意,即将其人置之死地,因此朝中的故旧大臣罢斥殆尽,中书令耶律楚材,竟以忧愤而亡。太祖之弟帖木格大王,闻得朝右如此混淆,便奋然而起,竟自藩镇提兵欲入清朝政。乃马真氏得了这个消息,不免惶惧,遂召长子贵由入都,立为国主,借此可以止住帖木格的人马。帖木格闻得贵由已立为君,果然收兵而回。但是,贵由虽然嗣位,朝政仍由乃马真氏主持,不过徒拥虚名罢了。过了几时,乃马真氏病逝,贵由即将奥都剌合蛮与法特玛等一齐处死,宫祭肃清,朝政略有起色。无如贵由素多疾病,以为都城的水土与自己身体不合,意欲迁居西域,惟恐臣僚谏阻,遂托言西巡,直至横相乙儿,住了年余,即行逝世。皇后斡兀烈海迷失,抱侄儿失烈门听政,尊贵由为定宗。诸王大臣心皆不服,又开库里尔泰大会,共推拖雷子蒙哥为大汗,驰入都城。那时蒙古已定和林为皇都,蒙哥既至,都城官民争出迎接,进城即位,杀定宗皇后斡兀烈海迷失及失烈门生母,又徙太宗后乞里吉帖思尼出宫,放失烈门于没脱亦,禁锢终身。蒙哥之弟名忽必烈,佐兄定命,素有大志,奉命统治漠南,开府于金莲川,延揽旧臣,收罗豪俊,尊崇文学之士,访求治道。一时知名之士,如刘秉忠、姚枢、许衡、廉希宪尽皆归命。忽必烈又能量材器使,授官分职,各得其宜,因此京兆称治。忽必烈修明了内政,遂锐意图南,命察罕等窥伺淮局。一面又在汴京分兵屯田,待隙而动。

此时的理宗,还是姑息偷安,毫不设备。郑清之仍为左丞相,只因年力已衰,政归妻孥,以致卖官鬻爵,招权纳贿,无所不为。未几,告老致仕,授为醴泉观使,过得六天工夫,就病殁了。理宗又要起用史嵩之,诏已草就,不知因何,又改用谢方叔为左丞相,吴潜为右丞相。吴潜素有贤名,谢方叔却意气用事,以致西蜀长城,从此隳坏了。原来余玠镇守四川,地方安靖,边关无警,西蜀甚为太平。利州都统王夔,绰号王夜叉,素性强悍,不受制使节制,所至残破,蜀民闻得王夜叉到来,莫不畏惧。余玠亦有所闻,遂借阅边为名,到了嘉定,王夔引部兵迎谒,班声如雷,江水为沸,所张旗帜,都写着斗大的王字,鲜明异常。幕府诸人见了这般行径,莫不相顾动色。余玠却态度众容,宣令王夔入见,徐徐垂问,语言爽朗,丰度端重。王夔见了,心为之折。出外对人说道:“不料书生中乃有此人!”余玠命左右颁赏,事毕返镇与亲信将士杨成计议道:“王夔骄悍已极,终难制服,但于此时诛之恐他部下或有违言,反致激变,此事殊棘手。”杨成道:“今若不加诛戮,养成势力愈加难图,它日若有变动,西蜀恐不能保全了。”余玠点首道:“所言甚是,此时只有用计除之。”遂与杨成附耳数语,杨成奉命而行。

余玠乃于夜间召王夔议事。王夔方才离营,杨成已单骑而入,传出余玠军令,暂代其职。到了次晨,王夔已为余玠斩首,悬首桅樯,宣示罪状。部众互相惊诧,但也不敢为乱。有统制姚世安,要想继王夔之任,运动戎州都统,贻书保荐。余玠因军营中举代最为弊害,复书不允,且调骑兵四千至云顶山下,另命都统往代姚世安。那姚世安却与谢方叔暗中结合,遣人向临安求助。谢方叔竟奏请理宗,调余玠入都授为资政殿学士。原来余玠镇蜀以都统张实治军旅,安抚使王惟忠治财赋,监抚朱文炳治宾客,诸事皆有常度。宝庆以来,治蜀的阃师,要推余玠为第一。但是一切军政便宜行事,未免专擅,就是平日奏事,语句中也不加检点,理宗心内甚为不快,因此谢方叔一经奏请,即行调回,另任知鄂州余晦为四川制置使。余玠方因姚世安拥兵拒代,意欲进讨,忽接召回的诏命,心中郁郁不乐!又闻得谢方叔进谗,更加忧闷,余晦还没有抵蜀,余玠早已暴卒。有人说是因为忧谗畏讥,深恐回朝之后不能免祸,所以仰药自尽的。

余玠死后,蜀人皆悲悼不置。侍御史吴燧,反劾论余玠聚敛罔利七罪。理宗不加查察,竟命籍余玠家产犒师赈边,并责其子孙认钱三千万,追比数年,方得缴清。余晦、赴镇,令都统甘闰,率兵数万筑城于紫金山。蒙古将汪德臣简选精骑,衔枚夜进,袭击甘闰部兵。甘闰得蒙古兵前来,立即奔逃,全军大溃,所建新城遂为蒙古夺去。理宗接得甘闰败报,还不肯调去余晦。参政徐清叟,本与谢方叔共同排济余玠,此时又启奏理宗道:“朝廷命令,不行西蜀,已是十二年了。今天毙余玠,正是陛下大有为的机会,如何以素无行检,轻儇浮薄的余晦充任制使,臣恐五十四州军民,必致解体,就是蒙古闻之,也要窃笑中国无人了!”理宗遂召还余晦,命李曾伯继任。那余晦,小名再五,安抚使王惟忠闻得余晦镇蜀不禁叹道:“余再五也来镇蜀,大事去了。”余晦闻得此言,心中大怒,遂诬陷王惟忠私通敌国,有诏逮捕惟忠下大理狱。推勘官陈大方力加锻炼罪,应斩首。惟忠临刑,高呼大方之名道:“我死之后,当上诉天阍,必不令陈大方久居人世。”果然惟忠受刑以后,大方也就死了。

其时蒙古藩王忽必烈,命速不台之子兀良合台,统帅大兵进攻大理,虏了国王段智兴;又攻吐蕃,国王苏固图惊骇乞降,忽必烈又转图西蜀。理宗还安享承平,改元宝祐。贾贵妃已是病死,阎婉容晋封贵妃,内侍董宋臣,因与阎贵妃互相声援,遂得理宗信任,奉命管办佑圣观。董宋臣引诱理宗,大兴土木,建梅堂,造芙蓉阁,改造香兰亭,擅夺民田,假公济私,民怨沸腾。理宗日事淫乐,董宋臣还恐理宗察出自己的隐弊,便引了许多娼优入宫,蛊惑理宗,使之纵情声色,无暇问及政事,不但所作的弊端,不至发觉,还可以任所欲为,肆无忌惮,因此临安人士都称董宋臣为董阎罗。

监察御史洪天锡弹劾宋臣,也不见报。又有内侍卢允升,亦因夤缘阎贵妃,深得主眷与宋臣狼狈为奸。萧山县尉丁大全,本为贵戚侍婢之夫,面带蓝色,人皆称之为蓝貌鬼,性善钻营,以财帛馈董、卢二内侍,托他们在阎贵妃前宽容,并进献许多金珠。阎贵妃心内自然欢喜,极力援引,不上几日,便擢为右司谏,除殿中侍御史。时陈大方以夤缘宫禁，除右正言。胡大昌亦因阎贵妃之援授侍御史。都人目此三人，为三不吠犬。恰值四川地震，浙闽大水，临安雨土，洪天锡力陈阴阳消长之理，论劾董、卢两内侍，疏至六七上，皆如石沉大海一般，绝无消息，洪天锡解职自去。

宗正寺丞赵宗嶓，致书责备谢方叔与洪天锡，朋比为奸。理宗遂免方叔职，夺洪天锡官阶，右丞相吴潜已免职奉祠，理宗仍任董槐为右丞相。董槐，定远人氏，久任外职，颇著政绩，及入为参政，亦遇事敢言，不畏强御。既任右丞相，恳请澄清宦途，改革弊政，入奏理宗，极陈三害：一是戚里不奉法，二是执法大吏擅威福，三是皇城司不检士，力请除此三害。理宗尚是疑信参半，那班小人，闻知此事早已深恨董槐，要想将他除去。那丁大全，深恐禄位不能保全，密令心腹，与董槐交欢，董槐正色言道："自古大臣无私交，我只知竭诚为国，不知交结，请速为我谢丁君。"大全得报，老羞成怒，日夜伺隙，预备攻击。董槐又论劾大全，不应重任。理宗道："大全并未毁卿，愿卿勿疑。"董槐顿首道："臣与大全并无嫌怨，不过因其奸邪，臣若不言，是负陛下拔擢之恩。今陛下既信任大全，臣难与共事，愿陛下赐归田里。"理宗不悦道："卿亦未免太激了。"董槐退出。丁大全上疏参谥董槐，理宗还没有批答，大全竟用台檄，调兵百余名，露刃围相府，逼董槐入大理寺。未知董槐为奸所害否，且看下回分解。

第九十六回　嗣汗位改革制度　拘行人结怨邻邦

却说丁大全参劾董槐，理宗尚未批答，大全仗着阎贵妃的内援，竟用台檄，调兵百余名，逼胁董槐入大理寺。董槐徐步而往，果然有内批发出，罢董槐相职。临安士大夫，见了丁大全强行至此，人心共愤。三学生交章诤谏。理宗始授董槐观文殿大学士、提举洞霄宫。太学生陈宜中、黄镛、林则祖、曾唯、叶黻、陈宗六人，联名上书，攻击丁大全。大全暗嗾御史吴衍劾陈宜中等妄言乱政，遂将六人削籍，编管远州。大全恐太学生再行攻击，奏请立碑太学，禁止诸生妄议朝政，当时称陈宜中等为六君子。理宗罢了董槐，任程元凤为右丞相，元凤谨饬有余，风厉不足，变成了妇侍专横，戚幸交通的世界。未几，又命丁大全签书枢密院事，马天骥同签书院事。天骥也因阎贵妃引援而进，朝门外面，忽发现匿名揭贴，上面大书八字道："阎马丁当，国势将亡。"大全见了，毫不介意。理宗还是一味糊涂，到了宝祐五年，且进贾似道知枢密院事，程元凤又自请罢职，遂以丁大全为右丞相兼枢密使。丁、贾两人并掌朝权，宋室哪里还能保呢？

那蒙古主蒙哥，又因前行人月里麻思被宋朝拘住，禁锢而死，要兴兵报仇，决计自行南下。命少弟阿里不哥留守和林，当下分兵三路，诸王莫哥，由洋州趋米仓；万户李里又由潼关趋沔州；蒙哥亲统率大军，由陇州趋散关。又命忽必烈率兵攻鄂，召回兀良台合西征之兵，往应忽必烈，东西并进，宋廷大震。四川制置使蒲择之，闻报蒙古入寇，急令安抚使刘整等，出据遂宁江箭滩渡，断敌东路。蒙古将纽璘既至，见宋军已截住渡口，挥兵大战，自晨至暮，刘整等抵敌不住，只得败退。纽璘长驱而入，直抵成都。蒲择之又令杨大渊等守剑门与灵泉山，亲自引兵至成都城下。谁知纽璘径袭灵泉山，大败杨大渊军，进围云顶山城，扼断蒲择之归路，择之军饷匮乏，顿时溃散。成都及彭、汉、怀、绵等州尽陷，威茂诸蕃，又降了蒙古。蒙哥汗闻知前军得利，即渡嘉陵江，率兵继进，行抵白水，命帅总汪德臣，造浮梁继师，进薄苦竹隘。守将杨立、张实皆被杀，直捣长宁山，守将王佐、徐听又相继败亡，鹅顶堡不战而降，青居、大良、运山、石泉、龙州等处皆望风纳款。

宋廷连得警报，忙遣京湖制置使马光祖，移司峡州，六郡镇抚使向士璧，移司绍庆，两军会合，共击蒙古兵，战于房州，杀败了蒙古兵。蒙哥汗乃转趋阆州。宋将杨大渊，从灵泉山败退至此，闻敌兵又来，急整军守城，蒙哥汗督兵猛攻，炮石齐上，泥堞横飞。杨大渊见不能守，开门出降。蒙哥汗进取合州，先命降人晋国宝招谕守将王坚，王坚将他呵叱而出。已行至峡口，王坚又令人把他捉回，牵到讲武场，责他不忠不孝，枭首示众，涕泣誓师，登城死守。蒙哥汗亲自引兵攻城，王坚乘其初来，率兵出战，将士舍命奋斗，蒙古兵大败，退至五十里外安营。王坚收兵入城，仍复坚守。宋廷调回蒲择之，命吕文德往代其任。文德领兵救蜀，攻破涪江浮桥，转战至重庆，引艨艟千余艘，溯陵江上渡。蒙古将史天泽，兵为两翼，顺流冲击。文德兵处逆流，不能抵挡，被蒙古夺去艨艟百余，败退而回。蒙哥汗得了捷报，便会集各军并力攻取合州。幸王坚守御得法，相持数月，竟不能下。又值军中大疫流行，兵士十病六七，蒙哥汗不胜恼恨。前锋将汪德臣，募集壮士，夜登外城。王坚挥兵堵截，战了一夜，杀伤相当。汪德臣单骑至城下，高呼王坚快快出降，我当活汝。语音未毕，巨石飞来，汪德臣连忙躲闪，击中右肩，大叫落马，兵士慌忙救回，竟至伤重身亡。蒙哥汗因良将身死，心内郁闷，又值秋雨连绵，兵士困顿，不能进攻。蒙古汗抑抑成疾，遂登合州城外的钓鱼山养病，竟至病殂。诸王大臣以二驴载尸，用绘彗掩蔽，拥护北去，合州始得解围。王坚报告临安，擢为宁远军节度使。王坚乃缮城修壕，防敌再至。

那蒙古诸王大臣，拥护蒙哥汗之尸回国，尊为宪宗，遂即治丧颁讣。忽必烈正在悉锐渡江，自率兵进大胜关，命张柔进虎头关，分道而入，所至残破。兀良合也引兵下横山，入宾州、象州，陷静江府，破辰沅，直薄潭州。又有李全之子李璮，也奉了蒙古之命，攻入海州涟水军。京湖江淮告急文书，雪片飞来，宋廷还改元开庆，专靠贾似道一人为长城，命为京湖南北四川宣抚大使，兼督江西、两广、两淮军马。那贾似道奉命之后，只是躲躲闪闪不敢前进。忽必烈早已瞧破他是个无用之人，正要挥军大进，忽然凶讣南来，召他北返。忽必烈如何肯抛弃了机会，遽然北去，便对诸将道："我奉命而来，安可无功而退？"遂登香炉山，俯瞰大江。见大江之北有武湖，武湖之东有阳逻堡，南岸便是浒黄洲，宋军以大舟济师，军容甚盛，忽必烈欷歔叹道："北人乘马，南人使船，此言果然不错！"正在说着，身旁跃出一将道："长江大险，宋人恃此立国，非破他一阵，不足扬威，末将愿去一试。"忽必烈看时，乃是董文炳，点首许之。文炳从山上疾趋而下，命其弟文忠，率领敢死之士数百名，驾了战舰，鼓棹渡江。文炳自引马军，沿岸往战。水陆两路人马，杀得宋军抱头鼠窜，逃得无影无踪，一刹那倾，两岸已是肃清。忽必烈亲自率兵接应，董文炳之军早已渡江。次日全师皆济，进围鄂州，分兵破临江，转入端州。

右丞相丁大全，平日隐匿军报，不使上闻，此时蒙兵渡江人人皆知，无从隐匿，只得申奏军情，并乞休致。理宗遂罢大全为观文殿大学士判镇江府。中书舍人洪芹缴、御史朱貔孙、饶虎臣等，文章纠劾，理宗始命大全致仕。召吴潜为左丞相兼枢密使，并出大内银币，犒赏军士，又将右丞相一职与贾似道，命他进军汉阳，为鄂声州外援。内侍董宋臣，因边报紧急，竟请理宗迁都四明。军器太监何子举，密报吴潜道："车驾一出，都中百万生灵，何所依赖。"吴潜连忙入阻，朱貔孙亦上疏力谏，理宗还在迟疑，后经谢皇后坚请留跸，以安人心，方将迁都一事搁置不提。

蒙古兵围鄂州，副都统张胜，望援不至，不得已使敌兵道："这城已为你们所有，但子女玉帛，尽在将台，何不往取呢？"蒙古兵信以为真，遂焚城外居民，移师而去。恰值襄阳统制高达引兵来救。贾似道也驻军汉阳，遥作声援。张胜又严修守备，蒙古将苫彻拔都儿复进兵攻城，并遣人入城，责张胜背约。张胜杀其来使，率兵往袭敌营。苫彻拔都儿早已防备，竟将张胜围住，左冲右突，不能出围，张胜拔剑自刎而亡。幸得吕文德、向士壁、曹世雄等，皆率重兵，相继来援，请贾似道出马督战。似道见各军大集，也就开放了胆前来。高达自恃武勇，常常轻视似道，每每对人说道他只知饮酒赌博，懂得什么军情，也要来督视军马吗？因此遇到开营出战，必须似道亲自慰谕，善言相恳方才出兵,否则必使部下哗噪军门。吕文德谄事似道,每使人呵叱道:"宣抚在此,你们不得乱哗。"似道因此恨高达。还有曹世雄、向士璧,也瞧不起似道,一切令行进止,都不关白。似道心中也深恨二人。正在与敌军相拒,忽有朝旨到来,命似道移师黄州。

只因蒙古将兀良合台进攻潭州,江西大震,御史饶应予上言,鄂州已集重兵,可以无虞,当令似道改防。黄州在鄂州下流,正当两湖及江西要冲,敌兵倘若渡江出湖,黄州很危险。左丞相吴潜深然其言,故有此命。似道亦知北去十分危殆,但已奉朝命,不得不去。统制孙虎臣,带了精骑七百护送似道,行抵芊草坪,侦骑飞奔来报道:"北兵将到了。"似道闻报,吓得面如土色,浑身发抖,口中连连说道:"这遭没命了!这遭没命了!"孙虎臣倒还有些胆量,便安慰他道:"使相不必害怕,待末将去抵挡一阵,再作计较。"似道战战兢兢的道:"我兵只有七百骑,如何能够抵敌?"孙虎臣见他吓到如此地步,料知他不能督战,只得说道:"使相且暂退一程,待末将领兵前去罢。"似道抖着道:"你你你要小心了!"虎臣应声而去。似道匆匆的奔回数里,择一隐僻之地,藏匿了身体,还一面筛糠似的抖着,一面说道:"死了!死了!可惜死得不明白!"一直等到日已过午,还不见孙虎臣的消息,只道虎臣已是没命,更加着急,好容易挨到天色已竟黑暗,方敢探出头来,向外张望。适有两个骑兵飞驰而至,见了似道道:"使相原来在此,好容易找寻到了,孙统制已经获胜,捉了一员敌将,先赴黄州,请使相入城。"似道闻言,转忧为喜,夤夜赶到了城中。

到了次日,似道摆出威风,鼓吹升座,命孙虎臣带了捉住的一员敌将前来询问,方知北兵乃是游骑,并无大队人马,捉住的将士名叫储再兴,原是宋将降蒙古的。似道传令将储再兴斩首,并奖谕了孙虎臣几句。不到两日,潭州、鄂州的警耗接连传来,似道一无摆布,心内不胜惶恐,没奈何想了一条最下的计策,阴遣心腹宋京往蒙古营中,自愿称臣纳币,恳请退兵。忽必烈不允。宋京回报,似道正在着急,合州守将王坚,令部将阮思聪兼程来鄂,报告蒙古主已殁,北军必退,可设计截他归路。贾似道闻报,还是不肯相信,仍遣宋京往蒙古军前请和。忽必烈还坚持不许,部下郝经,暗中进言道:"现在遭了大丧,国家无主,宗族诸王,尽生觊觎之心。若不先发制人,据有大位,恐大王腹背受敌,大事去了。何不许宋议和,速行北返,另遣一军,迎先帝灵举,收皇帝玺,召集诸臣发丧,议定嗣位问题。那时天位有归,岂不甚善吗?"忽必烈恍然大悟,遂与宋京定议,纳江北地,每岁奉银绢各二十万,连夜撤兵北去,且檄兀良合台,解潭州围,令偏将张杰、阎旺于新生矶,赶筑浮桥,渡兀良合台,回军北上。兀良合台奉檄,退兵至湖北,从新生矶渡了过去,还有殿卒未曾过忽有宋军杀来,蒙古兵无心恋战,被宋军杀死一百多人,毁去浮桥。这支宋军从何而来呢?因刘整献计于贾似道,令夏贵截敌归路,却又迟了一步,只杀得百余名殿卒,回来报告似道。似道竟想入非非,把称臣纳币的和议隐匿起来,反报称诸路大捷,鄂州解围,江汉肃清,宗社危而复安,实为万世无疆之幸福。理宗得报大喜!因贾似道有再造之功,诏令班师,似道将抵临安,又命百官效劳,似道入见,再三奖谕,进封少师,加爵魏国公。吕文德功列第一,授检我少傅。高达授江宁军承宣使,刘整知泸州兼潼州安抚副史。夏贵知淮安州兼京东招抚使,孙虎臣为和州防御使,范文虎为黄州、武定诸军都统制。向士璧、曹世雄等亦各加官秩。

贾似道捏报欺君，得操国柄，第一件事情，便要从事报复。常对左右说道："前日移师黄州，其议出自吴潜，令我受惊不小，幸亏福大，未遭不测，此仇不可不报。"因此日夜伺隙，排挤吴潜。恰值理宗因皇子缉早年夭逝，后宫未有生育，乃以母弟与芮子改入宫，立为皇子，赐名禥，封为永嘉郡王，后又进封忠王。至鄂州解围，理宗接连改元，出兵时改元开庆，回兵时又改元景定，在贺捷的时候，又要立忠王禥为皇太子。吴潜密奏道："臣无弥远之才，忠王无陛下之福。"这两句话，理宗听了，很是不快。似道即乘机入陈立储大计，暗令侍御史沈炎劾潜道："册立忠王，足慰众望，吴潜独倡异议，居心殆不可问。"理宗遂罢潜相位，似道竟得专政，仍令台官交章论劾吴潜，窜谪循州。似道还放他不过，遥令武将刘宗申监守，伺隙将他毒死。吴潜早已防备，凿井于卧榻下面，自行汲水，无从下毒，刘宗申难以复命，遂托词开筵，邀请吴潜赴席。潜再三辞却，不肯前往。刘宗申乃移庖吴潜寓内，强令饮酒，吴潜不能再却。席散以后，刘宗申辞去，吴潜便觉腹内绞痛。长叹道："我已中毒，性命不保了！但我无罪而死，天必怜我，试看风雷交作，便是上感天心了。"这夜吴潜暴亡，果然风雷大作，竟如所言。吴潜，字毅夫，宁国人，歹怀忠悃，两次入相，皆未久任，至是受毒而死，人皆为之扼腕。贾似道又恐难逃公议，便归罪刘宗申，将他罢职，且准吴潜归葬，以杜人口。

似道又申请理宗建立皇储，遂于景定元年六月，立忠王禥为皇太子。太子禥，生母黄氏，湖州德清人，与贾似道母胡氏原系同邑。两人系出寒微，皆生贵子，黄氏以媵妾入荣王与芮邸，与芮见她面如梨花，姣美可爱，遂令侍寝，竟生忠王禥，黄氏遂封为隆国夫人。贾似道母胡氏，本民家妇，偶在河畔浣衣，贾涉渡河，见了胡氏，不觉心动，胡氏也瞧着贾涉眉目含情。贾涉便随胡氏至家，问其夫何在？胡氏答称未归。两下互相调谑，胡氏半推半就，任凭贾涉拥抱入房，成就好事，春风一度，即便怀孕。等到胡氏之夫归家，贾涉还没有去，便出重价将胡氏买归，生下一子，便是贾似道了。后来胡氏又以色衰被黜，嫁为民人之妻。似道年以长成，方才觅得胡氏，归家赡养。胡氏因似道少年无赖，日事饮博不务正业，深以为忧。有姻戚徐谓礼，常至其家，自夸精于相法，阅人多奇中，百不失一。胡氏遂问似道之相何好？现在这般荒唐，日后可有收成？徐谓礼道："夫人不用忧虑！将来可为小郡太守。"又有一日，贾似道跣足而卧，适有善于相法之人前来，见了似道双足，再三嗟叹，胡氏问他何故嗟叹，那人道："令郎贵极人臣，惜两足心深陷，名为猴形，恐日后不免有万里之行，因此叹惜！"胡氏闻言，惟恐似道堕落家声，严加管束。似道甚惧其母。后人有诗咏此事道：

当年富贵付猴形，饮博场中几醉醒。相法若应为太守，可无万里叹伶仃。

及至景定年间，似道贵显，胡氏已受封秦齐两国夫人，出入禁中。忠王母隆国夫人，因其为自己同乡，十分亲昵，常与她同坐并起，恩礼颇隆，当时以一邑出两个贵妇人，诧为奇事。闲话休提，言归正传。

且说忽必烈引兵北还，行抵开平，诸王莫哥合丹等，皆愿推戴忽必烈为大汗，忽必烈佯不敢受。旭兀烈亦遣使，自西域来劝进。忽必烈遂允所请，不待开库里尔泰大会，遂即自立为大汗，于宋理宗景定元年，建号为中统元年，命刘秉蹴、许衡改定官制，立中书省总理政事，设枢密院执掌军务，置御史台管理黜陟，又建寺、监、院、司、卫府等种种名称。外官有行省、行台、宣抚廉访各官。牧民有路有府，有州有县，一代制度完全创立。正在改革之际，忽报阿里不哥称帝于和林。忽必烈命廉希宪等，率兵讨平之，任贤用能，国内大治。忽必烈又命郝经为国信使，至宋通好，并告即位，且促践前日和约。郝经原任翰林学士，并非行人，因为中书平章政事王文统所忌，故令为使，暗中又嗾李璮，潜师侵宋，阴图陷害。贾似道正命门客寥莹中等，撰《福华录》，称颂自己功德，忽接宿州报告，北使郝经南下，请求入国日期。似道恐郝经入朝，前日议和之事必然败露，忙飞使止住郝经，不令入境。郝经又致书三省枢密院，欲指日入都。贾似道便把他拘了起来，那蒙古如何肯依呢？未知又要怎样动兵戈了，且看下回分解。

第九十七回　**史天泽奉命讨叛贼　宋度宗下拜留权臣**

却说贾似道拘住了蒙古使臣郝经，经又上表宋廷，力以弭兵靖乱为言，非但不见宋廷还报，驿吏反棘垣钥户，意在恫吓，郝经毫不动容。贾似道把郝经拘了，虽由蒙古责问，拘留信使，亦不答复，惟将从前的议和一概瞒住。还怕官廷内外或有泄漏，遂将内侍董宋臣出居安吉州。卢允升孤立无援，势力亦减，阎贵妃复病逝，内侍更加无可依赖。似道又勒令外戚不得为监司，郡守子弟门客，不许干涉朝政，将内外政柄，一齐收为己有。又因前出外督师，除了一个吕文德，所有诸将皆看不起他，内中以高达、曹世雄尤为傲慢，引为大憾，遂令吕文德摭拾曹世雄之罪，把他处死，高达坐与同党，亦复罢斥。潼川安抚副使刘整，抱了兔死狐悲的观念，已是心内不安。似道又知俞兴与刘整向有嫌怨，遂调俞兴为四川安抚使。刘整知道俞兴到来，必要借端泄恨，正在忧愁。果然不出所料，俞兴方才到任，即托词奉了似道命令，要会集边费，限期迫切。刘整表请从缓，又为似道所阻，逼得刘整无路可走，便把泸州十五郡三十万户的版图，献于蒙古，竟是投降，蒙古授他为夔路行省兼安抚使。俞兴督军往讨，围攻泸州，又被蒙古成都经略使刘元振，出兵与刘整两下夹攻，杀得大败而回。宋廷以俞兴妒功启戎，罢任夺职，任吕文德为四川宣抚使。吕文德入蜀，乘刘整往朝蒙古，夺回泸州，有诏优奖文德，并改泸州为江安军。贾似道又借了会计边费之名，构陷诸将，如赵葵、史岩之等，皆莫不如额，坐了侵夺掩匿之罪，罢官追偿。向士璧已谪至漳州，还说他侵蚀官帑，浮报军费，拘至行部押偿。幕属方元善，逢迎似道，加意凌辱，士璧气愤而亡，遂拘其妻子，倾产偿官，方得释放。又将王坚降知和州，王坚也郁抑而死。理宗一意信任似道，复赐给缗钱百万，命他建第集芳园，并建造家庙。似道正在作威作福，十分得意，又有蒙古大都督李璮，举京东地来降，似道大喜，奏请理宗，封他为齐郡王。

李璮初时入海州涟水军，迭下四城，尽杀宋军，淮阳大震。后因蒙哥汗病殂，忽必烈即位，李璮即从开平召回长子行简，尽歼蒙古戍兵，举京东地降宋。宋既封以王爵，又命他兼保信宁武军节度使，督视京东河北路军马，并赐还其父李全官爵，改涟水军为安东州。李璮又私通蒙古宰相王文统，借为外援。文统亦令其子荛，与璮通好。谁知，为忽必烈所闻，将文统按法治罪，命哈必赤统诸道兵，往讨李璮，又起复丞相史天泽，节制兵马，史天泽对哈必赤道："李璮诡计甚多，兵马亦精，不可与他力战，我们只要深沟高垒，困住了他，日子一久，自然疲敝，为我所擒了。"哈必赤遂筑长围，将济南困住。李璮渐不能支，乞援于宋，宋以银五万两犒其军，且遣提刑青阳梦炎，引兵往援。青阳梦炎至山东，惧不敢进，蒙古又添各路兵赴济南，李璮出掠辎重，为蒙古兵邀截，杀得大败亏输。史天泽四面围困，济南城内，粮尽援绝，饥饿不堪，甚至以人为食。李璮料知城不能守，遂手刃妻妾，自乘舟入大明湖。城即被陷，蒙古兵到处搜索，追至大明湖中，李璮投身入水，水浅不死，被蒙古兵擒献于史天泽，即行斩首，且将尸体支解，号令军前。

蒙古兵东行略地,各城望风迎降,三齐仍为蒙古所有。忽必烈以董文炳为经略使,文炳本来随军进征,受命后,轻骑便服,即入益都,不设警卫,召李璮将吏,抚谕庭前,众皆悦服。先是李璮有沂涟二军,兵数约有二万。哈必赤欲尽加屠戮,董文炳面请道:"若辈皆由胁从,未可俱杀,天于下诏南征,本为安民起见,若妄行杀戮,恐将军亦难免罪戾了。"哈必赤乃班师而回,留文炳居守。

宋廷闻李璮败死,赠检校太师,赐庙额曰显忠。忽必烈因宋廷背盟,拘使纳降,理屈情虚,遂决意南下,授阿术为征南都元帅,调兵侵宋。宋人尚不以为意,贾似道还要设法敛财。知临安府刘良贵,浙西转运使吴势卿,希承风旨,想了一条收买公田之法,献于似道。似道目为奇计,上疏请行。其大意是规仿祖宗限田制度,请将官户田产逾限的数目,抽出三分之一,买回以作公田,计得田一千万亩,每岁收米六七百万石,可免和籴,可充军饷,可停造楮币,可平物价,可安富室,一举而收五利,是当今无上之良法。理宗准奏,遂下诏置官田所,收买公田,命刘良贵为提领,通判陈訔为副。当下立了定额,每亩折价四十缗,不分肥硗。浙西田亩,有的值百缗,数百缗,甚至有值千缗的,经刘良贵等抑勒出卖,民间大哗。安抚使魏克愚,上疏谏阻。理宗手诏,亦谓永免和籴,原不若收买公田,但东作方兴,且俟秋成后,再议施行。这诏一下,触怒似道,竟奏请归田,暗中却讽令言官,抗章请留。理宗下诏慰勉,促其仍然就职,且因似道入朝,温语谕道:"收买公田,当自浙西诸路开手,作为定则。"似道进陈私议,理宗一概允行,三省奉命惟谨,似道先将浙西的私产一万亩,为公田倡。荣王与芮,也出私田一千亩,赵立奎且自请投卖,从此以后,朝野无人敢言。刘良贵等,又增立条款,硬行敷派,凡民家有田二百亩者,勒令卖出三分之二。后因公田不能足额,便是只有百亩田的人亦勒令卖出,现钱不敷,即以度牒告身等类代之。百姓失了实产,得此虚荣,毫无用处,因此百姓破家失业的不计其数,不到数月,浙西买成公田三百余万亩,进刘良贵官两阶,他官亦各进秩。贾似道奏称公田已成,请立四分司,分领浙西公田。这四分司一设,便将浙西公田照数征收。谁知买收时皆虚报斛数,凡六七斗的,都作一石,因此,不足原数。四分司不能交御,便取偿于田主,甚至追呼逼迫流亡载道。贾似道还以为未足,又举行推排法,凡江南土地,尺寸皆有税,又广发交子、会子等楮褚币。因此物价愈昂,楮价愈贱,人民困苦不堪,江南元气,斫丧殆尽。

至景定五年,理宗圣躬不豫,下诏征医,如有能治疗的,白身授节度使,有官及愿就文资的,并与比附推恩,仍赐钱十万,田五百顷。这诏虽下,始终无人应命。未几驾崩,太子禥即位,追尊大行皇帝为理宗,尊皇后谢氏为皇太后,以次年为咸淳元年,是为度宗皇帝。葬理宗于永穆陵。总计理宗在位四十年,改元六次,享年六十二岁。度宗以自己得立,功出似道,大加宠眷,授为太师,封魏国公,每逢似道入朝,必起座答拜,称为师臣,不呼其名。似道于理宗山陵告竣,即弃官还越,密嘱吕文德诈报蒙古入寇,敌兵已至下沱,朝中惶急。度宗即召似道,他便装腔作势,不肯应召。又经太后手诏敦促,方才昂然入都,晋见度宗,还口口声声要辞职还乡。度宗再三挽留,只是不允,度宗没法,只得向他下拜,求他留任。参政江万里本为似道门客,诸事阿附似道,此时实在忍不住了,连忙挽住度宗道:"自古至今,无君拜臣礼,陛下不应出此,似道亦不可一再言去。”这一席话,说得似道很觉难以为情,急趋下殿,举笏谢万里道:“非公言,似道几为千古罪人了。”万里只道他已知过失,故有此谢。哪知似道暗恨万里,从此处处与他作对。万里窥破隐情,再三辞职,任为湖南安抚使兼知潭州。

次年,册妃全氏为皇后。全后,会稽人,为理宗母慈宪夫人侄孙女,自幼随其父昭孙知岳州,当开庆初年,任满回都,道出潭州,恰值蒙古将兀良合台围潭州,全后与父避兵入城。未几,蒙古竟解围而去,因此潭人皆称有神明保佑。及至临安,其父又出受外任,病殁任所。先是理宗从丁大全言,为太子选妃,聘定知临安府顾岩女。大全被斥,顾岩亦罢,台臣奏称宜别选名族,以配皇子。理宗念及母族,遂召后入宫,且问他道:“父殁于王事,至今令朕又复追念。”后答道:“妾可念,淮湖人民更是可念。”理宗闻言,暗中称奇,出刘辅臣道:“全氏女言语甚善！宜妃冢嫡,以承祭祀。”遂册后为太子妃,此时立为皇后,且以杨氏为美人,后封叔妃。册后礼成,又上太后尊号为寿和,并加封贵戚勋臣。贾似道上章乞休,度宗命大臣侍从,传旨坚留,每日必四五次,中官加赐,每日且十数至。到了夜间,又命侍臣交守在他的私第外面,惟恐遁去,特授为平章军国重事,一月三赴经筵,三日一朝,治事都堂,赐第于西湖的葛岭。这葛岭在西湖的北面乃晋葛洪炼丹之所,因此称为葛岭。似道即鸠工庀材,起造楼台亭阁。最精雅的堂宇,取名为半闲堂,塑了自己的肖像,供奉于内,并延羽流,捧经礼忏,如供奉神佛一般无二。后人有诗咏贾似道塑像道:

鸱夷不逐五湖云,哪肯熔金独范君。
黄土博成终是偶,沉香爇尽更谁薰。

似道闲居葛岭,终日里寻花问柳,选色访艳,无论娼妓女尼,略有三分姿色,便召入私第加以淫污。临安有贱娼潘称心,最为似道所狎,日日携之游湖饮宴,一挥万金,绝不顾惜。度宗宫内有个宫女,名叫张淑芳,本是钱塘西山樵家之女,理宗朝,以姿色明媚选入后宫;又有宫女叶氏,也生得韵秀异常,似道见了,心中爱慕,居然胁迫两人出宫,充作侍妾。度宗虽然知道,也不敢问。似道又将少年时那些无赖博徒,召集前来,共作樗蒲之戏,日夜纵博,男女混杂,漫浪笑傲,市井谐语,迭陈于前,无所顾忌。他又喜斗蟋蟀,到了冬季时候,养了许多蟋蟀,陈列于地。地上皆铺以红毡,与姬妾狎客,同蹲地上,各出采注,以博胜负,诙谑嬉笑,心中方才大乐。有个狎客带着笑,讥讽他道:“朝廷令太师平章军国重事,这斗蟋蟀,想必就是军国重事了。”似道闻言,绝不着恼,反对他点头微笑,颇现得色。似道纵乐之暇,每逢风日晴和,常常携了心爱的侍姬登楼闲眺,玩览湖山景色。一日,倚栏闲望,诸姬随侍,遥见有二少年葛巾野服,丰神潇洒,乘小舟由湖登岸。忽有一姬称扬道:“好美丽的两个少年!”似道回顾道:“你爱他吗? 我当把你许他,令他前来纳聘。”此姬笑而不语。停了一会,相偕下楼。似道忽又召集诸姬,令一人捧了金盒说道:“刚才某姬爱二少,我已替她纳聘,汝等可观聘礼。”启了盒盖,并无别物,乃是某姬的首级,血淋淋令人生惧,诸姬见了,相视股栗而退。似道家内,金银珍宝堆积如山,他尚心怀不足,贪得无厌,令心腹贩盐数百艘,至临安发卖,获

取厚利。有太学见了,心中不平,遂于夜间题诗于似道私第的门壁之上道:

昨夜江头涌碧波,满船都载相公醝。
虽然要作调羹用,未必调羹用许多。

次日,阍人启门,见了此诗,报告似道。似道见了,知是讽刺自己的,不禁大怒。立命调查题诗人的姓名,捕来杀却。因此临安士大夫莫不惶惧,无人敢提及贾似道私事的,似道每日在葛岭的私第里面,追欢取乐,哪里还把国家的政事放在心上。初时到了五日之期,尚乘了湖船入朝,顺便到都堂里面小坐,把内外的紧要公事,略略展览,后来竟是深居简出,所有军国重事都令堂吏送往私第,他如何还有工夫亲自阅看,尽皆与馆官廖莹中,堂吏翁应龙代办。只有台谏的弹劾和诸司的荐辟,还有京尹畿漕,一切事情,非先关白似道,得其可否,就是度宗也不敢径自施行,因此端人正士,排斥净尽,贪官污吏,悉庆弹冠。

那些夤缘美缺,希图升官的人,皆以贿进。似道得了四方贡献的奇珍异宝,便建一高阁,取名多宝,贮藏宝物,每天必定登阁观玩,不忍释手,就是门下的食客,也家资巨万,连阍人也做了富家翁了。似道又恐有人暗中图谋,设立禁令,无论军民人等,不得擅窥私第,如有因事出入的,必先由阍人通报,方许进内。一日,有似道爱妾之兄入内,阍人因他乃是姻戚,并未通报,恰为似道所见,喝令左右将他捆缚投入火内。那人连忙叫喊并自通姓名,方得牵出,已是烧得焦头烂额,几乎性命不保了,似道又嗔怪阍人,责他为何不先通报,阍人吓得战战兢兢,一味叩头谢罪,方才罢了。贾似道正在作威作福,洋洋得意。哪知蒙古兵已南下,攻击襄阳了。

原来,忽必烈久有南侵之意,只因自己即位之后,诸王尚多不服,又忙着改革政治,以刘秉忠为太保,参领中书省事。秉忠请迁都燕京,忽必烈乃就燕京缮城池,营宫室,择期迁都,改中统五年,为至元元年。将诸王中不服的,一一平定,方命征南元帅阿术与刘整等,经略襄阳,阿术驻马虎头山,看见汉东白河口,欣然说道:“若在白河口筑垒,断宋粮道,襄阳不难攻取了。”遂督兵兴工,筑城于白河口。其时吕文焕知襄阳府,闻蒙古筑城白河口,情知不妙,忙报告其兄吕文德。文德反骂他妄言要功,即使有了敌城,也不足忧。襄樊城池坚深,储粟可支十年,叛贼刘整若来窥视,只要你能坚持过年,等到春水一涨,我顺流来援,还怕不逃走吗?文焕经此责备,只得缮城修甲,为固守之计。阿术用刘整之计,造战船五千艘,招募水军,日夜训练,风雨不懈,练成水军七万人,自白河进兵,围攻襄阳。

警报到了临安,尽为贾似道隐匿,不以上闻。叶梦鼎素有令名,以参知政事致仕。似道欲从众望,特行推荐,召为右丞相。梦鼎辞不肯就,似道再三劝驾,乃入朝受职,因利州路转运使王价之子,请求遗泽。梦鼎检查合例,准予给荫,似道以恩非己出,罢斥省吏数人,梦鼎愤而求去。事为似道母胡氏所知,召似道怒加责备。未知似道受了其母责备,又将怎样?且看下回分解。

第九十八回　困襄阳五年坚守　蹂江右三道进兵

却说似道之母胡氏，怒加责备道："叶丞相本来安居家中，你强他出来为相，又要牵制到如此地步，我看你的行为将来必要得祸，我宁可绝食而死，免得同受祸累。"似道本来深畏其母，经此责备，方才出留叶梦鼎，梦鼎求去益力，度宗不许。后来闻得襄阳警报，又为似道隐匿，不以上闻，便长叹了数声，夜间乘了单车，出都而去。

蒙古又命史天泽带了人马来帮助阿术等，围攻襄阳，京湖都统制张世杰，本为蒙古将张柔从子，因获罪降宋，累擢至都统制，率兵往救樊城，孤军不支，只得败退。度宗闻得张世杰兵败，方知襄阳被围，忙命夏贵为沿江制置副使，往救襄阳，又为蒙古截杀，大败而遁。吕文德闻报两路援师俱遭败衄，方悔不早从其弟文焕之言，心中郁闷疽生于背而死。诏赠少师，封为卫国公。其婿即范文虎，似道念文德之功，升为殿前副都指挥使，命典禁兵。遂调两淮制置使李庭芝，转任两湖，督兵往援襄樊。文虎恐庭芝得功，自愿入援襄阳，致书似道道："提数万兵入襄阳，一战可平，但不要使受京阃节制，若托恩相威名，卒平大敌，功绩当尽归恩相。"似道览书大喜！即以文虎一军归枢府节制，不受庭芝指挥。庭芝屡约文虎出兵，文虎推说尚未奉到旨意，日日与妓妾嬖幸，蹴鞠击球，朝夜欢宴，任情取乐。吕文焕困守围城，日夕盼救，那都中的权相，阃外的庸将，只知歌舞追欢，如何还念及襄阳呢？

贾似道还故意要挟，再三称疾，请求归田。度宗苦苦慰留，甚而至于泣下。初时尚诏六日一朝，一月两赴经筵。后来又诏十日一朝，似道尚不如期而至，间或入见，度宗必起身避座，及至似道出朝，又必目送出殿，方敢就座。似道愈加傲慢无礼，甚至累月不朝。一日，度宗闻得襄阳围急，遣使召似道入朝议事，似道方与诸姬蹲于地，共斗蟋蟀，正在高兴之时，拍手欢笑，忽报钦使到来，似道怒道："什么钦使不钦使，即使御驾亲来，也须待我斗完蟋蟀哩。"说着，仍旧蹲在地上，直待斗完了蟋蟀方才出外。钦使传度宗之命，竭力敦劝，始允于次日入朝。次晨入见，度宗初慰问，然后温语谕道："襄阳被围，已将三年，如何是好？"似道故作惊愕之状道："陛下从何得此信息？"度宗道："近有女嫔说及，朕故召问师相。"似道勃然道："北兵久已退去，陛下如何听一妇人之言，举朝大臣皆有耳目，难道皆不能知？独有妇人知道吗？"度宗不敢再言，似道恨恨而退。后来暗嗾内侍，探听了女嫔的姓氏，硬逼度宗把她赐死。浙西公田之害，至此更甚，临安有一士人，深恨似道置襄阳之围于不问，反督促官吏举行害民之事，心内十分郁抑。又闻得似道因宫中的女嫔奏闻襄阳被围之事，为似道硬逼度宗将女嫔赐帛而死，心下更觉愤恨，便题诗一首，写于路上道：

襄阳累岁困孤城，豢养湖山不出征。
不识咽喉形胜地，公田枉自害苍生。

这首诗被贾似道所知，又将那士人搜来杀了。经这一来，再也无人敢提及襄阳两字，似道也因此二事知道难逃公议，便催促范文虎统中外诸军，往救襄阳。

范文虎带领的人马，约有舟师十万，进至鹿门，蒙古兵早已夹江列阵而待。范文虎兵抵会丹滩，忽听鼓声大震，喊杀连天，早把他吓得心胆俱碎，不及鸣鼓进攻，反命水手将坐船退后。哪知主将一经退后，众军也就相随而退，文虎见全军已退，逃得更是捷速，所弃战船甲仗，不可胜计。李庭芝闻知文虎败退，上章自劾，请择贤自代，度宗不许，并令移屯郢州。

庭芝探得襄阳西北有条青泥河，便在河内筑造轻舟百艘，每三舟联成一舫，中间之舟装载兵器，两旁之舟有篷无底，悬重赏募集善战能泅之士，得襄郢西山民兵三千人，以张顺、张贵为统领，两人皆有智勇，夙为民兵所推服，称张顺为竹园张，张贵为矮张。两人奉令之后，下令部众道："此去九死一生，如有怕死的，宁可退伍，勿败我事。"三千人情愿相随，无一肯去，两张遂发令，结为方阵，用红灯为号，乘夜出江，张贵先行，张顺继进，径突重围。只见敌兵布舟蔽江，无隙可进。张顺率领善泅的兵卒，在水中斩断敌舟铁絙，凿通船底。敌舟半解半沉，不免惊乱。张贵乘势杀开一条血路，天将黎明，已达城下。城中绝援已久，闻得救兵到来，开城迎接，勇气百倍，战退敌兵，回至城内，检点人马，只不见了张顺一人。数日之后，有浮尸从上流飘下，身披甲胄，手执弓箭，直抵浮梁，遣人察看，正是张顺，身中六箭，怒气勃勃如生，军士惊以为神，结塚殓葬。张贵乃请于吕文焕道："孤城无援，不战亦毙，我愿向范统帅处乞救。"遂募得二人，能伏水中，数日不食，怀了蜡书，泅水至范文虎军前。文虎允拨兵五千，驻在龙尾州，两下夹攻，仍命两人持书还报。张贵得报，即行东下，登舟时检点部众，缺少一人，乃是以前有罪受笞的。张贵大惊道："我谋必为所泄，赶速前进，敌人未知，还可侥幸于万一。"哪知这个亡卒，已去报告了蒙古军。阿术派兵，先据了龙尾州，张贵前来，被他困在垓心，部众尽亡。张贵身受十创，力竭被执，不屈而死。蒙古兵将张贵之尸，弃至襄阳城下，呼守兵道："识得矮张吗？"守兵见了，不禁大哭，全城丧气，敌兵弃尸城下，文焕出城收尸，附葬张顺墓侧，立庙以祀二忠。

此时襄阳已被围五年，樊城也被围四年了。守兵至撤屋为薪，缉关会为衣，文焕每一巡城，必南望痛哭而后下，还日夕盼望朝廷救兵。贾似道也知不能隐匿，上疏自请防边，暗中去令台官，上章留己，度宗乃留似道不遣。群臣请起用高达，率兵往援，御史李旺，入见似道，亦以此为请，似道摇头道："我用高达，如何对得起吕氏。"李旺退出叹息道："吕氏安、赵氏危了。"似道再请启行群臣会议。监察御史陈坚等，以为师臣行边，顾襄未必及淮，顾淮未必及襄，不如居中调度，反为得当。度宗遂从其议，留似道在都，似道仍是酣歌恒舞，日夜娱乐，襄阳愈加危急。

吕文焕巡城之时，忽闻城下有人叫他姓名，急俯首看时，乃是刘整，前来劝降，文焕不与多言，暗放一箭，射中刘整右肩，幸得甲肩不入，方免受害，连退忙回，痛恨不已。蒙古将阿里海涯，曾得西域新炮法，造炮攻下樊城，此时移攻襄阳，声震如雷，城中惊惶，守卒多越城出降。刘整欲报一箭之恨，要立碎襄阳，捉拿文焕。阿里海涯道："且慢，待我再去召降他，如投诚，何必多伤生灵呢？且彼此各为其主，将军亦不应记他之仇。"说罢，即至城下，呼文焕道："你拒守孤城，已历五年，也可对得起宋廷了。现在势穷援绝，徒苦城中生灵，若肯开城出降，尽赦无罪，且加拔擢，这是我主的诏命，令我口宣的，决不相欺。"文焕听了，俯首不语。阿里海涯见了，知道文焕已经心动，便与他折箭为誓道："我若欺你，有如此箭！"文焕始答应出降，先纳管钥，次献城邑，阿里海涯入城，同了文焕出迎阿术，阿术进城，文焕交出图籍，与阿里海涯同往燕都。

此时忽必烈已改国号为大元，本书以后叙述，也就称为元朝了。文焕入见元主，元主果然依照阿里海涯之言，授文焕为襄汉大都督，文焕遂献攻郢之策，愿为前驱。元主甚喜。命他暂行休息，再图大举。

襄阳已失的消息，到了临安，举朝大恐。贾似道反埋怨度宗道："臣屡请行边，陛下不许，倘若早令臣去，何至如此？"吕文焕之兄文福，现知庐州，文德之子师夔，知靖江府，皆上表待罪。当由似道庇护，概置不问。此时中只知有贾似道，不知有度宗。适值有事明堂，以贾似道为大礼使。礼毕，幸景灵宫，天忽大雨，似道请度宗俟雨过，乘辂而回，度宗允诺。那雨偏不肯止，胡美人兄胡显祖，请如开禧故事，乘逍遥辇还宫。度宗道："恐贾平章未必允行。"显祖道："这是极微细之事，贾平章亦未必介意。"度宗也觉不能忍耐，遂乘辇回宫。似道得知，立即大怒，入奉度宗道："臣为大礼使，陛下举动不得知道，臣尚在此何用。"说着，竟大踏步出朝，向嘉会门去了。度宗惊怕万分，遣人慰留，似道不允，度宗不得已，削胡显祖官爵，似道还不肯允，定要去了胡美人。度宗只得挥泪下诏，夺胡美人命妇诰，送往妙静寺，削发为尼，似道方才回来。后人有诗咏此事道：

乘辇何妨可事神，要将喜怒任权臣。
六宫歌管春风夜，萧寺焚香拜美人。

似道于襄阳失后，又上言"时势如此，非臣上下驱驰，联络情势，将来恐不堪设法。度宗道："师相岂可一日离朕左右。"似道又请设机速房，借革枢密院泄漏军情，及稽迟边报之弊。又诏令中外大小臣僚，密陈攻守事宜。虽有人应诏上言，皆为似道所阻，不能进陈御览。此时陈宜中已官给事中，弹劾范文虎，说襄樊失守，皆文虎畏缩所致，请斩首以申国法。似道不允，但降文虎一官，调知安徽府，反将李庭芝罢职，任汪立信为京湖制置使，赵溍为沿江制置使。溍为赵葵之子，监察御史陈文龙上言，赵溍少年昧事，不足胜专阃之任。似道大怒，立将文龙斥退。后又任李庭芝为淮东制置使兼知扬州。夏贵为淮西制置使兼知庐州，陈奕为沿江制置使兼知黄州。陈奕毫无知识，谄事似道的玉工陈振民，称之为兄，遂得夤缘干进，掌握重兵。

咸淳十年，似道母胡氏病殁，归越治丧，诏用天子卤簿送葬，筑墓如山陵体制，百官奉命丧事，皆立于大雨之中，自朝至暮，不敢易位。葬事甫毕，即起复入朝。不到数月，度宗驾崩，遗诏命皇子显即位。总计度宗在位十年，年三十五岁。度宗为太子时，即以好色著闻，尝设春、夏、秋、冬四夫人，伦值书阁。即位之后，广选女子，充塞后廷，有职位的，不计其数。建一亭，名为"别是一家春"，当时人士，皆说亭名不是佳谶，后果为元所灭。向例天于召幸妃嫔，次日必赴阁门谢恩，书明日月，度宗时，每日谢恩的妃嫔，由阁门赞拜，多至三十余人。其好色实为古所少有，所以年方逾壮，便即崩逝。后人有诗咏此事道：

阁门赞拜尽宫嫔，花外流莺误达晨。
春夏秋冬画日月，酿成别是一家春。

皇子显为全皇后所生，庶兄名昰，年纪较长，群臣以时局岌岌，议立长君。贾似道力立幼主，方可擅权，故力主以嫡子嗣位，群臣不敢多言，遂奉皇子显即位，谢太后临朝听政。封兄昰为吉王，弟昺为信王，命贾似道独班起居，尊谢太后为太皇太后，全皇后为皇太后，追尊大行皇帝庙号为度宗，尚未改元。

元主忽必烈，已命诸将大举南下，历数贾似道拘使败盟的罪状。其谕道：

自太祖皇帝以来，与宋使介交通。宪宗之世，朕以藩职，奉命南伐。彼贾似道复遣宋京诣我，请罢兵息民。朕即位之后，追忆是言，命郝经等奉书往聘，盖为生灵计也。而乃执之，以致师出连年，死伤相藉，系累相属，皆彼宋自祸其民也。襄阳既降之后，冀宋悔祸，或起令图，而乃执迷，罔有悛心，所以问罪之师，有不能已者。今遣汝等水陆并进，布告遐迩，使咸知之。无辜之民，初无与焉，将士毋得妄加杀掠，有去逆效顺，别立奇功，验等第迁赏。其或固拒不从，乃逆敌者，俘戮何疑。

此谕下后，任命两个大元帅，一个是史天泽，一个是伯颜总制诸路兵马，以降将刘整、吕文焕为向导，发兵二十万南下。

宋廷此时，小儿为帝，妇人临朝，知道什么军国大事。那贾似道仍是歌舞河山，粉饰太平。京湖制置使汪立信，闻得元朝出兵的消息，不禁忧愤交并。遂上疏道：

今天大势，十去八九，而君臣宴安，不以为虑，夫天之不假易也，从古已然，此诚宜上下交修，以迓续天命之机，重惜分阴，以趋事赴功之日也。而乃酣歌深宫，啸傲湖山，玩岁愒日，缓急倒施，卿士非度，百姓郁怨，欲上以求当天心，俯遂民物，拱揖指挥，而折冲万里者，不亦难乎？为今日之计者，其策有二，夫内郡何事乎多兵，宜尽出之江山，以实外御。算兵帐，现兵可七十余万人，而沿江之守，则不过七千里。若拒百里而屯，屯有守将；十屯为府，府有总督，其尤要害处，辄三倍其兵，无事则屯舟长淮，往来游徼；有事则东西齐奋，战守并用，刁斗相闻，馈饷不绝，互相应援，以为联络之固。选宗室大臣有干用者，立为统制，分东西二府，以莅任之，成率然之势，此上策也。久拘聘使，无益于我，徒使敌得以为辞，请礼而归之。许输岁币以缓归期，不二三年，边运稍休，藩垣稍固，生兵日增，可战可守，此中策也。二策果不得行，则天败我也，衔璧舆榇之礼，请备以俟。

贾似道最恼的是谈论防御，最怕的是奏报军情，有的犯了这两桩忌讳，恨不能立刻把他处死。当下汪立信的表章到了临安，似道见了，怒掷于地道："这瞎贼敢来妄言吗？"原来，汪立信一目微眇，故似道称为瞎贼。当即罢立信职，以朱祀孙为京湖制置使兼知江陵府。

元兵渡河将至郢州，史天泽以疾北返，诸军尽归伯颜节制。伯颜分大军为两道，自与阿术由襄阳入汉济江，令吕文焕率舟师为先锋；别令博罗欢由东道取扬州，监淮东兵，由刘整率骑兵为先锋。伯颜又将自己统带之军，分为三道，索多带一路，由枣阳哨司空山，翟招讨带一路，由老雅山掠荆南。伯颜自率大队，与阿术、张宏范等水陆并进，旌旗延袤，数百里不断，直趋郢州。

此时宋廷连接警报，张世杰败退，边居谊自焚，郢州、鄂州，次第被陷，所恃以督军的，只有范文虎、李庭芝二人。文虎降元，庭芝屡次失败。伯颜令阿里海涯，率四万人守鄂，尽规取荆湖，自与阿术领兵南下，直捣临安。宋廷闻报大惊，召集群臣会议，群臣皆属望于贾似道，共请师相督，便是三学生也是这般说法。未知贾似道敢去督军否，且看下回分解。

第九十九回　**文天祥倡议浮海　谢太后举国降虏**

却说伯颜引了大军，势如破竹，直趋临安。宋廷闻报，召群臣会议，束手无策，大众皆请贾师相督师退敌。似道至此，也无法推诿，只好应允。遂下诏命似道都督诸路军马，开府临安，用黄万石等参赞军机，所辟官属，均得先命后奏。在封搭库中，拨金十万两，银五十万两，关子一千万贯，充都督府公用。王侯邸第皆令捐助军饷，并核僧道租税，收来作饷，一面诏天下勤王。

其时已是咸淳十年的暮冬时候，似道在葛岭私第与妻妾们围炉守岁，还是花团锦簇，珠围翠绕，十分快乐。次日为帝㬎即位第一个元旦，改元德祐，宫廷里面，仍是循例庆贺。到了晚间，即有惊报前来，元兵已入黄州，沿江制置使陈奕出降，元令为沿江都督。其子岩，守江东州，也随父投降。知蕲州管景模，又遣人往迎元兵。似道闻报，方才有些着急，忙召吕师夔为参赞都督府军事。师夔不肯受命，与江州钱真孙，迎降元兵，伯颜命师夔知江州。师夔于庾楼，特设盛筵，宴请伯颜，且献宗室女两人侑酒。伯颜至，见有二美人侍宴，不禁怒道："我奉天子之命，兴仁义之师，问罪宋朝，你怎么用女色蛊惑我呢？"说罢，饮酒一杯，径自跨马而去。师夔甚觉惭愧，暗中连呼晦气。

贾似道在临安闻得吕师夔又复降敌，急得不知所措，忽报刘整病死，似道大喜道："刘整既死，敌失向导，此天助我成功也。"遂上表出师，抽诸路精兵十三万人从行。金帛辎重，不可胜计，皆装载船中，舳舻相衔，一百余里。到了芜湖，遣人通问吕师夔，请调停和议，师夔不答。夏贵引兵来会，于袖中出一书，指示似道道："宋历只有三百二十年。"似道也不开口，低头叹了一声，心知夏贵也不可恃，即起用汪立信为江淮招讨使，令就建康募兵。立信闻命，即日启行，至芜湖与似道相见。似道抚立信之背道："当日不用公言，以致如此，今将若何措置？"立信道："现在更有何策，寇已深入，江南无一寸干净土，立信此来，不过要寻一片赵家土地，拼却一死，死要死得分明，始不失为赵家臣子。"似道甚为怀愧。勉强对答了几句话，立信告别而去。

似道又令宋京至元军，请称臣奉币，如开庆原约。伯颜答书道："我军未渡江时，尚可议和入贡，今沿江州郡，皆为我有，还有什么和议可言，必欲求和，请自来面议。"似道得书，正急得无可奈何，忽报元兵又进陷池州，知州王起宗遁去，通判赵卯发全家死节。似道只得简选精锐七万余人，尽属孙虎臣，令截击元兵，又令夏贵率战舰二千五百艘，相继而进；自率后军驻于鲁港，作为后应。虎臣军中，携一爱妾，时刻不离，至是亦令乘舟随行。刚至池州下流丁家洲，遥见敌兵，即列舟对垒。伯颜用大炮轰击中军，弹火喷射，所至披靡，虎臣大为惊惶！阿术复率划船数千，乘风直进，呼声震天地。宋军先锋姜才，正在拼命死战，虎臣心惊胆战，忽然跳至姜才船上，部众顿时哗噪道："步帅逃走了。"全军大乱。夏贵因虎臣新进，权出己上，已是袖手观望，此时不战而溃，自乘小舟，掠似道坐船而过，大呼道："彼众我寡，势不可挡，师相速自为计。"似道大惧！忙鸣金收军，舳舻播荡，忽分忽合。阿术乘机横扫，伯颜指挥步骑夹岸助攻。宋军不死于刀剑之下，即死于江水之中，江水为之尽赤，所有军资器械，一概为元兵掠去。

似道奔至珠金沙，夜召夏贵等议事，孙虎臣也逃了来，顿足大哭道："我军无一人用兵，如何是好？"夏贵冷笑道："我从前与他血战，倒也有几次了。"似道便问为今之计，如何才好。夏贵道："诸军胆落，不堪再战，惟有速入扬州，召集溃兵，迎驾海上，我当死守淮西。"言毕，解舟自去。似道与虎臣，单舸奔往扬州。次日，见溃卒蔽江而下，似道令队目登岸，扬旗招集，皆不见应，甚至有出言谩骂的，似道无法可施。镇江、宁国、隆兴、江阴的守将，均弃城而去。太平、和州无为军又相继降元。饶州被陷，知州事唐震，合家殉难。前宰相江万里，自投水中，其子镐等，亦依次投入，积尸如叠。似道上书请迁都，太皇太后不许。殿帅韩震，复以为请，乃下宰臣集议。左丞相李爚主张固守，为韩震等反对，遂遁去。后经三学生上书谏阻，因即罢议。再诏令各路勤王。

先是勤王诏下，诸将皆观望不前，只有李庭芝遣兵入援，此时又来了个张世杰。参政陈宜中，疑世杰由元军来归，将其部下尽行易去，另调新军，归世杰统带。江西提刑文天祥、湖南提刑李芾，亦引兵入卫。但是大局已坏，虽有一二忠义之士，奋身为国，也无可挽回了。右宰相章监，托故径去，进陈宜中知枢密院事。伯颜进兵建康，汪立信自别似道，向建康进发，见守兵皆溃，四面都是北兵，遂折回高邮，意欲控引江汉，作为后图。闻得似道师溃，江汉州郡，望风出降，不禁长叹道："我今日犹得死在宋土了。"乃致酒与宾僚诀别，自作表报谢三宫，并与从子书，嘱以后事。夜半起步庭中，慷慨悲歌，握拳击案，以致失声三日，扼吭而死。伯颜至建康，立信爱将金明，携立信家人走避，有以立信三策，陈告伯颜，请戮其妻孥。遂访求立信家属，赒以金帛。伯颜既入建康，又遣兵四出，收降了广德军。

似道穷迫无计，只得缴还都督印。陈宜中问堂吏翁应龙，似道现在何处？应龙回称不知。宜中疑其已死，上疏乞诛似道。太皇太后谢氏道："似道历事三朝，不忍以一朝失算，即置典刑。"乃诏免似道平章都督，授为醴泉观使，凡从前所行诸弊政，一概罢除，将公田给还田主，令率租户为兵，放还贬谪诸人，并复吴潜、向士璧等官阶，刺配翁应龙于吉阳军，贬廖莹中、王庭、刘良贵、陈伯大、董朴等官。未几，三学生及台谏侍臣，又交章请诛似道，太皇太后还不肯从。似道又上疏乞保全，且言为夏贵、孙虎臣所误。有诏令李庭芝资遣似道归越，守丧终制。似道还留在扬州，不肯归去。王爚又上疏论似道，既不死忠，又不死孝，乞严加谴责，颁诏诘责，似道始返绍兴。绍兴守臣闭门不纳，王爚又入陈太皇太后道："本朝权臣稔祸，从无如似道这样厉害的。搢绅草茅，迭经弹劾，陛下皆不允行，如此不恤人言，将何以谢天下。"太皇太后始降似道三官，居住婺州。婺州人民，闻似道到来，争作露布，驱逐出境，不准逗留。监察御史孙嵘叟等，又上言罪重罚轻，乃流窜至建宁府。国子司业方应发，中书舍人王应麟，请授诸四裔，以御魑魅，且请重惩奸党，以申国法。又下诏斩翁应龙，籍其家产。廖莹中等除名，窜逐岭南，谪似道为高州团练使，安置循州，籍产没官。

荣王与芮，此时晋封福王，深恨似道，募人为监押官，欲与途中除之。会稽县尉郑虎臣，自请于福王与芮，愿充监押官。你道郑虎臣为何自愿请行呢？原来虎臣之父为似道所陷，刺配远方，虎臣久欲报仇，遇到这个机会，所以请行。遂去押解似道启行。似道正寓居建宁府开元寺内，还有侍妾数十人。虎臣命将侍妾逐去，即促似道长行，命舆夫撤去舆盖，曝行秋日中，且编唱杭州俚歌，教舆夫高声歌唱，屡呼似道姓名以辱之。一日，行抵一古寺，壁上有吴潜南行时所题诗句，虎臣故意指着问道："贾团练，吴丞相何以至此？"似道怀惭不能回答。未几，舍舟登陆，行次剑州黯淡滩，虎臣又令似道观水道："此水甚清，可以就死。"似道道："朝廷并未有诏令我就死。"到了漳州木棉巷，虎臣道："我为天下除奸贼，虽死无恨。"遂于似道登厕时，拉其胸，折骨而死。似道既死，漳州守经纪其丧，将富民所蓄油杉以之为棺。初时签书枢密院事林存儒，为似道所倾，南窜至漳州而死。林氏子孙闻得油杉甚佳，欲制棺以为殓，后因价值过巨，无力购置，忿然对富民道："你可好好收藏，留于贾丞相自用。"此时竟用此杉，以殓似道，也可谓奇事了。后人有诗咏似道道：

南荒一逐使人愁，林氏油杉早见收。
迁客墨痕萧寺壁，相逢生怕唱杭州。

先是似道当国，尝梦金紫人引一客至，对他说道："此人姓郑，能制公命。"其时内侍郑师望宠幸用事，似道疑及师道，因借他事，勒令外窜，岂知死于郑虎臣之手。又有临安梢人，泊舟苏堤，方当盛暑，卧于舟尾，中夜不寐，忽见三人长不满尺，聚坐沙州，一人说道："张公到了，将奈何？"一人道："贾平章非仁者，决不相恕。"又一人涕泣道："我固无生望了，你们还可以见他败亡。"三人对泣逾时，入水而没。次日，渔人张公，获一鳖，径逾二尺，纳之葛岭私第，似道烹而食之，未及三年，似道即败。当似道极盛之际，尝发愿斋云水千人，施斋数日，其额已足。最后有一道士，衣衫褴褛，踵门求斋。主其事者，以千人之数已足，不肯放入。道士坚求不已，不得已在门房施与一斋。道人食罢，复其钵于案上而去。众人尽力移钵，分毫不动，大为诧怪！启于似道，尚不相信，亲往观看，举手揭之，随腕而起。内有诗二句道：

得好休时便好休，收花结子在绵州。

似道见了，方知真仙降临，深悔当面错过，未能详问休咎。惟这两句诗经门客等多方猜测，终不能解。后来似道死于漳州木绵庵，始知此两句，实预示似道身死之地，可见世事，皆有定数。

似道死后，宋廷以王爚平章国事，陈宜中、留梦炎为左右丞相兼枢密使，都督诸路军马。宜中在太学时，曾与黄镛等纠劾丁大全，编管远州，当时曾为六君子。后来大全被斥，宜中释回，夤缘似道，得居显职。及似道芜湖战败，逃居扬州，宜中疑其已死，故奏请惩似道罪。此时又因郑虎臣擅杀似道，捕之下狱，置于死地，复请许似道归葬，赐还田庐。太皇太后只道他存心忠厚，事事依从，哪知他竟是似道一党呢？宋廷又命张世杰，总都督府诸军，分道拒元。无如元兵日逼近，临安一日数惊，同知密院事曾渊子等数十人，竟相率遁去。签书枢密院文及翁，同签书院事倪普，故意令台官劾论自己过恶，章未及上，已迫不及待，出关潜逃，相继而遁者，日有数起。太皇太后闻知，特下手诏，戒饬群臣道：

> 我朝三百余年，待士大夫以礼。吾与嗣君，遭家多难，尔大小臣工，未尝有出一言以救国者。内而庶僚，畔官离次，外而守令，委印弃城，耳目之司，既不能为吾纠击，二三执政，不能倡率群工，方且表里合谋，接踵宵遁。平时读圣贤书，自许谓何？乃于此时，作此举措，生何面目对人，死亦何以见先帝？天命未改，国法尚存，其在朝文武官，并转二资，其畔官而遁者，令御史台觉察以闻，量加惩谴。

手诏虽下，朝内百官，潜逃的尚日有所闻，最可笑的是边廷守将，时势危急至此，他们还擅杀元朝使臣。元礼部侍郎廉希贤、工部侍郎严忠范，赍奉国书赴宋，行至独松关，守将张濡，令部兵袭杀忠范，执了希贤，送往临安。希贤受创，死于道中。宋廷知道惹祸，忙遣使往告元军，戕使之事，实系边将所为，朝廷并不知道，当依法加诛，乞贵国修好罢兵。伯颜又令议事官张羽，偕宋使回临安，道出平江，又为宋将杀死，伯颜愈加发怒，遣兵四出，收降常州，攻入岳州，陷了江陵。京湖宣抚使朱祀孙，副使高达，均降于元。元将阿里海涯，命祀孙移檄部属，谕令授诚。于是湖北州郡，相继出降，荆南已为元有。

伯颜无西顾之忧，安心东下，直至真州。先遣弁目李虎，携书扬州谕降，制置使李庭芝，斩使毁书，令统制姜才出战。姜才胜敌于三里沟，宋将刘师勇，又收复常州，兵威稍振。张世杰召刘师勇、孙虎臣等大集舟师，为扬州声援，又为元兵所败。廷臣复发生意见，先是平章王爚上言。陈、留二相，宜出一人督师吴门，为陈宜中所阻。至是因世杰兵败，愤而求去，太皇太后不许。京学生刘九皋，又上言陈宜中误国，不亚于贾似道。疏入不报。宜中悻悻而去，太皇太后自作手书，命宜中母杨氏，促其速来。宜中乃请以祠官入侍，进拜醴泉观使，以文天祥和平江府，李芾知潭州。文天祥上疏请建四镇，留梦炎、陈宜中以为迂阔难行，置之不答。天祥叹息而去。

伯颜分兵三路，水陆并进，期会临安，常州复陷，江西诸州郡尽失。元兵至独松关，守将张濡遁去，元兵长驱入关。宋廷大惧，促文天祥入卫。天祥与张世杰计议，以为淮东坚壁，闽广全地，若与敌血战万一得捷，命淮师截敌后路，国事尚可有为。世杰深然其计，入奏朝廷，陈宜中谓王师务宜慎重，又不允行，左丞相留梦炎，不告而去，宜中没有他法，只有求和一策，命工部侍郎柳岳，至元军通好。柳岳见了伯颜说道："嗣君冲幼，尚在衰绖，古礼不伐丧，贵国为何兴师？况前此背盟，悉出贾似道一人，今似道伏诛，贵国亦可恕罪了。"伯颜道："汝国戮我行人，所以兴师问罪。从前钱氏纳土，李氏出降，皆是汝国旧例。况汝国得于小儿，失于小儿，天道好还，何必多言。"柳岳无言可对，只得退回。宜中又令宗正少卿陆秀夫、兵部侍郎吕师孟与柳岳再往元军，情愿称侄，或称孙乞和，伯颜仍旧不许。秀夫等还报，宜中又奏准太皇太后，奉表求封为小国，再遣柳岳奉表,前往元军,行抵高邮稽家庄,为土民所杀。

元兵逐步进逼,好容易过了残年,已是德祐二年了,忽接湖南警报,潭州已失,湖南镇抚大使兼知州事李芾死节。临安戒备益严,讹言益甚,百官又相率逃去。一日,帝显临朝,文班只得六人。未几,嘉兴府又降于元,安吉州又复输款。太皇太后泣道:“苟存社稷,称臣亦不足惜。”乃命监察御史刘岜赴元军奉表称臣,上元主尊号,岁贡银绢二十五万,乞存境土,聊奉宗社。伯颜不允,必欲宋君臣出降。刘岜还报,太皇太后召群臣会议。文天祥请命吉王、信王出镇闽广,徐图恢复。乃封吉王是为益王,出判福州,信王昺为广王,出判泉州。次日,伯颜兵抵皋亭山,前锋直至临安府北新关,文天祥、张世杰请三宫入海。陈宜中以为危,竟劝太皇太后,遣临察御史杨应奎,赍传国玺及降表,往元军请降。其降表道:

宋国主臣显谨,百拜奉表言。臣眇然幼冲,遭家多难,权奸贾似道,背盟误国,至劳兴师问罪。臣非不能迁避以求苟全,只以天命有归,臣将焉往?谨奉太皇太后命,削去帝号,以两浙、福建、江东西、湖南、二广、四川、两淮,现存州郡,悉上圣朝,为宗社生灵祈哀请死。伏望圣慈垂念,不忍三百余年宗社,遽至陨绝,由赐存全,则赵氏子孙,世世有赖,不敢弭忘。

伯颜收下玺表,命首相陈宜中出议降事。谁知宜中,竟于夜遁去。张世杰、刘师勇等因不战即降,愤恨入海。师勇忧恚成疾,纵酒而死。太皇太后以文天祥为右丞相,兴左丞相与坚,往元军议降。文天祥辞职不拜,径与吴坚赴元营,见了伯颜,即进言道:“北朝若以宋为与国,请退兵平江或嘉兴,然后议岁币及金帛犒师,北朝得全师而回,最为上策;若必欲毁宋社稷,恐淮、浙、闽、广尚多未下,兵连祸结,胜负难料,请执事详察。”伯颜因其语言不逊,将天祥留于军中,令吴坚回去。当即改临安为两浙大都督府,令忙兀台及范文虎入城治事,又命张惠等入封府库。太皇太后尚命贾余庆为右丞相,与左丞相吴坚,签书枢密院事家铉翁等,充祈请使如元,先至伯颜军。未知伯颜肯不灭宋之宗社否,且看下回分解。

第一百回　二帝归魂空支残局　三忠殉国结束全书

却说谢太后命吴坚、贾余庆、家铉翁等，往元为祈请使，先往见伯颜，伯颜引文天祥一同列座。贾余庆语多谄谀，天祥斥其卖国。吕文焕从旁解劝，天祥离座，指着文焕说道："君家受国厚恩，不思图报，合族为逆，尚有何言。"文怀惭不能答。伯颜遂拘住天祥，令他随吴坚等北去，一面进驻钱塘江沙上。钱江本有大潮，每日两至，太皇太后于宫中焚香祝道："海若有灵，当令波涛大作，将元兵一扫而空。"哪知，江潮竟三日不至，临安人士皆以为天竟，不胜嗟叹。伯颜乃建大将旗鼓，入临安城，率左右翼万户巡城，观潮于浙江，又登狮子云峰，览临安形胜。后人有诗咏此道：

> 金堤窅海波颓，祝拜宫中香未灰。
> 笳鼓满城驰铁骑，伯颜江上看潮回。

伯颜又闻得益王、广王已出临安，命范文虎率兵南追。附马都尉杨镇闻元兵来追，遂与二王作别道："臣不能保护殿下前去了。"即驰还临安，途遇文虎，问二王何在？回言已经就镇。文虎遂执杨镇还报，适福王与芮，自绍兴而来。伯颜婉言抚慰，令随帝显及全太后，北往元都，并遣使入宫宣诏，免牵羊系颈之礼。遂劫帝显、全太后、福王与芮、沂王乃猷、度宗母、隆国夫人黄氏、附马都尉杨镇等一概北行，惟太皇太后谢氏，以年老多病暂时免行。及至燕都，帝显入见，元主怜其年幼无知，封为瀛国公。全太后自请为尼，令出居智正寺，后又命帝显为僧。帝显其时，年仅六岁，后竟终于北漠。谢太后在临安数月，被元兵舁往燕都，降封寿春郡夫人，过了七年方殁。

当帝显北去时，知信州谢枋得，为元兵所逐，逃至建宁山中，江东陷没。制置使夏贵、又以淮西降元，惟淮东、真、扬、泰诸州尚称宋土。李庭芝、姜才、苗再成等，死守勿去，恰值文天祥北行至镇江，与幕客杜浒等十二人，乘夜逃入真州，与苗再成共谋恢复。天祥致书李庭芝，令他同时举兵扼敌归路，不意庭芝误信溃卒之言，说是元遣宋丞相说降真州，庭芝因疑天祥有诈，密嘱再成，速杀天祥，再成不忍下手，给天祥出城，始将庭芝书与览。天祥大愤，欲往扬州自诉，及抵城下，闻门卒宣言，制使捕文丞相甚急。天祥知不可入，变易姓名，沿东入海，途中饥寒交迫，卒得樵夫相救，携往高邮。嵇家庄民嵇耸，迎至家内，送他到泰州、遂泛海入温州，访求二王所在。闻得益王昰，已自立于福州，改元景炎，乃赵福州。原来益王昰与广王昺南行，由昰生母杨淑妃及淑妃弟亮节，昺生母俞修容、修容弟如珪，宗室秀王与檡，拥护同行。途中为元兵所追，徒步匿山中七日，幸有统制张全，引数十骑来卫，乃同往温州。宋臣陆秀夫、苏刘义等亦接踵而至。因议召陈宜中于清澳，张世杰于定海，二人奉诏偕来。因奉益王昰为都元帅，广王昺为副元帅，发兵除吏，以秀王与择为福建察访使，先入闽中，抚吏民，谕同姓，檄召路忠议，同谋恢复。闽人颇多响应，于是诸臣奉二王至福州，立益王是为帝，改年号为景炎元年；尊杨淑妃为皇太妃，同帝听政。遥上帝鲍尊号为恭帝，加封广王昺为卫王；陈宜中为左丞相兼枢密使，都督诸路军马；李庭芝为右丞相；陈文龙、刘黻参知政事，张世杰为枢密副使；陆秀夫签书枢密院事；苏刘义主管殿前司。命旧臣赵溍、傅卓、李珏、翟国秀等分道出兵，改福州为福安府，温州为瑞安府，循例大赦。是日有大声出府中，众皆惊仆。

过了几天，文天祥来见，廷议以李庭芝扼守淮东，不能至闽，右相尚虚席，应授天祥为右丞相兼枢密使。天祥不善陈宜中，固辞不受，遂改为枢密使，同都督诸路军马。天祥请还温州，借图进取。陈宜中欲倚仗张世杰，收复两浙，自盖前愆，命天祥开府南剑州，经略江西。由吴浚克复南丰、宜黄、宁都三县，翟国秀进取秀山，傅卓至衢、信，诸民亦多响应，元遣唆都拔婺州，进陷衢州，故相留梦炎降元。唆都进兵，杀败吴浚，翟国秀不战而遁，傅卓降元，还有广东经略徐直谅，已遣部将梁雄飞，输款元军。元将阿里海涯，命雄飞为广东招讨使，任徇广东。益王昰即位，檄至广州，直谅遂拒绝雄飞，雄飞竟引元兵攻入广州，直谅遁去，全城皆降。江西、广东又遭失败，李庭芝与姜才，协守扬州。元将阿术，屡攻不下。阿术乃遣兵守高邮，宝应阻绝扬州饷道。未几淮安、盱眙、泗州皆以粮尽出降，庭芝还力战不屈，粮尽继以牛皮麴蘖，甚至兵民易子而食，尚无叛志。适值福州使命召庭芝为右相，庭芝乃令副使朱焕守扬州，自与姜才引兵七千，赴泰州，不意庭芳方出，朱焕已献城降元。阿术分道追庭芝，庭芝驰入泰州。泰州裨将孙贵、胡惟孝，开门出降。姜才因背上生疽，不能迎战，庭芝急投莲池，水浅不死，与姜才皆为元兵所执，送往扬州。阿术责二人不早被降，姜才愤怒斥道："我是第一个不降，要杀就杀，何用多言。"遂大骂不止。阿术还爱他才勇，不忍即杀，那没良心的朱焕入言道："扬州自用兵以来，积尸满野，皆姜、李二人所为，不杀何待？"阿术乃将李庭芝、姜才一同杀死。扬州人民莫不哀悼。

元兵又转下真州，赵孟锦、苗再成均死于难，淮东州郡尽为元有。元又命阿刺罕、董文炳、忙兀台、唆都等，引舟师出明州。搭出、李恒、吕师夔引骑兵出江西，水陆并进，分循闽广。复檄阿里海涯，略广西。先是东莞民熊飞与宋制置使赵溍，攻入广州，逐元降将梁雄飞。熊飞进取韶州，新会令曾逢龙率兵来会。元吕师夔，越梅岭至南雄，赵溍令曾逢龙、熊飞迎战，逢龙败死，熊飞走入韶州，守将刘自立以城降，熊飞投水死。赵溍遁去，不知所至。元阿刺罕、董文炳入处州；宋秀王与择出兵浙东，战败被杀。元兵长驱至建宁府，执守臣赵崇钒，福州震动。陈宜中、张世杰急备舟，奉帝昰与杨太妃、卫王昺乘舟西行，福州遂陷。帝昰至泉州港，招抚使蒲寿庚迎谒，请就州治驻跸。张世杰以为非计，遂取寿庚舟西行，寿庚深为怨恨！竟将泉州城内皇亲国戚，搜杀多人，举城降元。阿刺罕遂进取兴化军，遣人劝宋参政，知兴化军事，陈文龙出降，文龙斩其使，出战被执。阿刺罕仍劝其降顺，文龙以手指腹道："此中皆节义文章，如何能为你所胁迫。"遂械送杭州，文龙绝食而死。元将阿里海涯入广西。知邕州马墍，屯兵静江，前后数十战，死亡相藉。阿里海涯遣使谕降，并以元主诏谕，授为广西大都督，马墍斩使毁书，誓不背宋。阿里海涯督众力攻，城破之后，马墍犹率死士巷战，臂伤被获下屈被害，头已落地，尸尚奋起，逾时乃仆，兵民皆为坑死。元兵遂尽取广西诸州郡。

那时文天祥尚奔走汀漳，想由江西进兵，即从梅州出兵，克会昌，下云都，使赵时赏等，分道取吉、赣诸县，进围赣州。天祥自居兴国县，指挥调度，广东制置使张镇孙又克复广州，张世杰奉帝昰至潮州，复远军讨蒲寿庚，传檄诸路，取邵武军，夺兴化军。淮人张德兴、傅高，又用景炎年号举民兵入黄州，下寿昌军。四川制置副使张珏，自合州进兵，规复泸、涪等州，一隅残局，大有光复的景象。其时元诸王昔里吉，叛于北平，元主调回诸将，改图北方，所以宋人乘机进兵，克复各处。未几，伯颜即讨平了昔里吉，又命搭出、吕师夔，李恒等率步兵出大庾岭，忙兀台、唆都、蒲寿庚、刘深等率舟师下海，追赶二王。李恒引兵至兴国县，袭击天祥，天祥不意元兵忽至，与战失利，出走永丰，守将邹凤兵溃，改趋方右岭，元兵已是追及，部将巩信、张日中等战死，余卒尽溃。天祥妻欧阳氏，二子佛生、环皆为元兵所掳。天祥几为所及，幸赵时赏坐肩舆后行，元兵问其姓名，时赏诡称姓文，追兵疑为天祥，拘之而回。天祥始得与长子道生，及杜浒、邹凤等奔循州。李恒拿了赵时赏，令俘卒辨别，方知并非天祥，时赏不屈而死。李恒送天祥家属北上，二子病死于道中。元将唆都救泉州，张世杰解围而去，邵武、兴化复陷，唆都取漳州，至惠州，与吕师夔会合，趋广州，张镇孙以城降元。淮西义民张德兴、傅高，亦皆败死。四川制置副使张珏，亦于景炎三年，为元兵所获，解弓弦自缢死，诸州复失。

各路宋兵尽皆败复，只有张世杰一军奉了帝昰奔至浅滩，又为刘深追及，趋避秀山，转达井澳。忽遇狂风，将帝昰坐船掀翻海滩，连忙救起，已是半死半活，几日不能出声。张世杰因元兵追来，欲奉帝昰赴占城，陈宜中托名先往招谕，竟自一去不返。帝昰行至硇州，遂以疾崩，年止十一岁，也算做了三年的皇帝。群臣皆要散去，陆秀夫道："古人一城一旅，犹可中兴，现在百官有司悉具，士卒尚有数万。度宗皇帝尚有一子，竟可嗣立。天意若不绝宋，尚可恢复。"群臣乃共立卫王昺为帝。适有黄龙现于海中，遂改元为祥兴，升硇州为翔龙县，乃由杨太妃听政。都统凌震、转运判官王道夫又克复广州，张世杰择得广州外海的崖山，以为天险可恃，即奉帝昺驻跸于此，令士卒入山伐木，筑行宫军屋千余间，以便居住，即葬帝昰于厓山，号为端宗，进陆秀夫为左丞相。秀夫尚日书《大学》章句，训导帝昺。

文天祥收拾散兵，奉母与弟，同出海丰，至丽江浦，上表崖山，自劾兵败江西之罪。有诏加文天祥少保衔，封信国公。张世杰为越国公。湖制置使张烈良等也起兵响应，崖山、雷琼、全永与潭州人周隆贺等十二人，亦同时举义。元主乃命张宏范为都元帅，李恒为副，再下闽广。又促阿里海涯速平湖广。阿里海涯兼程至潭州，周隆贺等十二人不及防备皆为所害，张烈良亦战死，进掠海南。宋琼州安抚使赵与珞，逆占白沙口，为州民执降元军，被磔而亡，海南一带，遂为元有。李恒由梅岭攻广州，凌震、王道夫屡战皆败，遂奔崖山。张宏范从海道进攻漳、潮、惠三州。文天祥屯兵潮阳，邹凤、刘子俊剿海盗陈懿、刘兴。陈懿被诛，刘兴引元兵入潮阳。天祥与部下走海丰。母与长子皆已遇疫而亡。天祥始终要想复宋，行至五岭坡，方才造饭，元先锋张宏正引兵追到，众尽逃散，仅余天祥，邹凤、刘子俊、杜浒等数人被执往元营。天祥吞脑子不死，邹凤自刎。刘子俊欲脱天祥，说天祥是假的，自己方是真文天祥，彼此互争，后由俘卒辨别真假,子俊以欺诳受烹,杜浒不食死。宏正执天祥至潮阳见宏范,左右叱天祥拜谒,天祥毅然不屈。宏范亲为天祥解缚,待以客礼。天祥请死,宏范不许,令居舟中,凡天祥族属被俘,皆令与天祥同处一舟。天祥还想忍辱恢复,所以不死,在舟中居住,满腔悲愤,尽付诗歌。宏范又令天祥作书,招降张世杰,天祥不从。宏范固令作书,天祥乃书其诗句道:"人生自古谁无死,留取丹心照汗青。"宏范付之一笑,乃进兵攻崖山。

张世杰联舟为垒,结大舶千余,作一字陈,碇泊海中,四周起楼棚,奉帝昺居于中,为必死计,将士皆以非策。世杰叹道:"频年航海,何时得了,不若拼死一战,胜则国家之福,败则君臣同尽罢了。"崖山两门对立,北面水浅舟不得进。宏范乃绕大洋,由南面入攻,世杰之舟坚不可动,宏范遂用茅茨沃油,乘风纵火,世杰早有防备,舟上尽涂水泥,火不能燃。宏范无法,只得令人对宋军道:"你们陈丞相已走,文丞相已擒,尚欲何为?"宋军不答,宏范以舟师据海口,断宋军樵汲之道,宋军坐困。李恒又引兵来会,宏范令守北山,自分部下为四军,传令诸将,宋军舣舟崖山,潮至必遁,宜乘潮进攻,闻我作乐出战。

祥兴二年二月六日,早潮骤涨,李恒先以舟师进攻,世杰率兵死战,相持至午,胜负未分。忽闻乐声大作,宏范之军又至,两下夹攻,宋军大败,旗靡樯摧,波荡舟摇,翟国秀、凌震等,皆降于敌。世杰犹死相争,直至日暮,风雨大作,昏雾四起,咫尺不辨,料知大事已去,遂与苏刘义断缆出港,引了十六舟而去。陆秀夫在帝昺舟上,见诸船相连,知难逃脱,即对帝昺道:"国事至此,陛下当殉社稷,勿为德祐皇帝之继,再去屈辱虏廷。"即负帝昺,同沉于海。后宫诸人从死者不知其数。杨太妃闻帝昺已死,大哭道:"我忍死至此,只为赵氏一块肉,今还有什么盼望呢?"也投海而死。世杰舟至海陵山下,飓风大作,将士皆劝登岸,世杰仰天祷祝道:"我为赵氏,已力竭了。一君亡,又立一君,今又亡,我尚不死,还望敌人退后,别立赵氏以存宗社。今风潮若此,想天心欲亡赵氏,不令我再生了。"祷罢,风流益大,竟覆世杰舟,溺海而亡。苏刘义遁出海洋,为部下所杀。文天祥被执至燕京,越三年,受刑于柴市;又越七年,谢枋得被胁北行,绝食死节。后世称文天祥、张世杰、陆秀夫为三忠,三忠皆死,南宋已亡,与北宋合并计算,共得三百二十年。

编书至此,总算告竣,因作七律一首,作为全书的结束语:

和战纷争敌已来,两朝事迹一般哀!
攻辽未必非计会,亡宋皆因少将材。
空有中兴名目在,终难恢复恨长埋。
崖山遗憾留千古,沧海桑田剩劫灰。